ISBN 978-0-332-76509-9
PIBN 11245294

Forgotten Books is a registered trademark of FB &c Ltd.
Copyright © 2017 FB &c Ltd.
FB &c Ltd, Dalton House, 60 Windsor Avenue, London, SW19 2RR.
Company number 08720141. Registered in England and Wales.

For support please visit www.forgottenbooks.com

EL, COCINERO

DE

MAJESTAD

(MEMORIAS DEL TIEMPO DE FELIPE III)

POR

MANUEL FERNANDEZ Y GONZALEZ

EDICIÓN ILUSTRADA CON GRABADOS

TOMO PRIMERO

MADRID
LIBRERÍA DE F. FE
PUERTA DEL SOL, 15
1907

EL COCINERO

DE

SU MAJESTAD

o

EL COCINERO

DE

SU MAJESTA

(MEMORIAS DEL TIEMPO DE FELIPE III)

POR

D. MANUEL FERNANDEZ Y GONZALEZ

EDICIÓN ILUSTRADA CON GRABADOS

TOMO PRIMERO

MADRID
LIBRERÍA DE F. FE
PUERTA DEL SOL, 15
1907

N

ES PROPIEDAD.

Imp. de A. Marzo, San Hermenegildo, 32 dupdo.—Teléfono 1.977.

CAPÍTULO PRIMERO

DE LO QUE ACONTECIÓ Á UN SOBRINO POR NO ENCONTRAR Á TIEMPO Á SU TÍO

punto que el sol transponía en una nublada y lluviosa tarde de invierno, atravesaba la famosa puente Segoviana, en dirección al ya próximo Madrid, un cuartago enorme que llevaba sobre su afilado lomo una silla de monstruosas dimensiones, y sobre la silla, un jinete en cuyo bulto sólo se veían un sombrero gacho de color gris, calado hasta las cejas, una capa parda rebozada hasta el sombrero, y dos robustas piernas cubiertas por unas botas de gamuza de su color, además del extremo de una larga espada, que asomaba al costado izquierdo bajo la plegadura de la capa.

El caballo llevaba la cabeza baja y las orejas caídas, y el

jinete encorvado el cuerpo, como replegado en sí mismo, y la ancha ala del sombrero doblegada y empapada por la lluvia que venía de través impulsada por un fuerte viento orte.

Afortunadamente para el amor propio del jinete, nadie había en el puente que pudiera reparar en la extraña catadura de su caballo, ni en su paso lento y trabajoso, ni en su acompasado cojear de la mano derecha: la lluvia y el frío habían alejado los vagos y los pillastres, concurrentes asiduos en otras ocasiones á los juegos de bolos y á las palestrillas de la Tela; las lavanderas habían abandonado el río, que, dejando de ser por un momento el humilde y lloroso Manzanares de ordinario, arrastraba con estruendo las turbias olas de su crecida, y en razón á la soledad, estaban cerradas las puertas de las tabernillas y figones situados á la entrada y á la salida del puente.

Nuestro jinete, pues, atravesaba á salvo, protegido por el temporal, una de las entradas más concurridas de la corte en otras ocasiones, y decimos á salvo, porque el aspecto de su caballo hubiera arrancado más de una y más de tres desvergonzadas pullas á la gente *non sancta*, concurrente cotidiana de aquellos lugares.

Era el tal bicho (no podemos resistir á la tentación de describirle), una especie de colosal armazón de huesos que se dejaban apreciar y contar bajo una piel raída en partes, encallecida en otras, de color indefinible entre negro y gris, desprovista de cola y de crines, peladas las orejas, torcidas las patas, largo y estrecho el cuerpo, y larguísimo y árido el cuello, á cuyo extremo se balanceaba una cabeza afilada le figura de martillo, y en la que se descubría á tiro de ballesta la expresión dolorosa de la vejez resignada al infortunio.

Representaos seis cañas viejas casi de igual longitud, componiendo un pescuezo, un cuerpo y cuatro patas, y tendréis una idea muy aproximada de nuestro bucéfalo que allá en sus tiempos, veinte años antes, debió ser un excelente bicho, atendidas su descomunal alzada y otras cualidades fisiológicas que á duras penas podían deducirse por lo que quedaba á aquella ruina viviente, á aquella especie de espectro, á aquella víctima de la tiranía humana que así explota la existencia y los elementos productores de los seres á quienes domina.

Desesperábase el jinete con la lenta marcha de su cabal-

Desesperábase el jinete con la lenta marcha...

gadura, con su cojear y con su abatimiento, y de vez en cuando pronunciaba una palabra impaciente, y arrimaba un inhumano espolazo al jaco, que, al sentir la punta, se paraba, se estremecía, lanzaba como protesta un gemido lastimero, y luego, como sacando fuerzas de flaqueza, emprendía una especie de trotecillo, verdadero atrevimiento de la vejez, que duraba algunos pasos, viniendo á parar en la marcha lenta y difícil de antes, y en el acompasado y marcadísimo cojeo.

No sabemos á quién debía tenerse más lástima: si al caballo que llevaba aquel jinete ó al jinete que era llevado por tal caballo.

El aspecto que presentaba entonces Madrid desde el puente de Segovia, poco más ó menos, semejante al que presenta hoy, no era lo más á propósito para dar una idea de la extensión y de la importancia de la corte de las Españas; veíanse únicamente dos colinas orladas por unos viejos muros, con algunas torres chatas, y sobre estas torres y estos muros, á la derecha el convento y las Vistillas de San Francisco; á la izquierda el alcázar y el cubo de la Almudena, y entre estas dos colinas el arrabal y la calle y puerta de Segovia, viéndose además hacia la izquierda y debajo del alcázar el portillo y la puerta de la Vega.

Añádase á esta vista pobre y árida, lo escabroso y desigual del espacio comprendido entre el puente de Segovia y los muros; los muladares, las zanjas y las hondonadas de aquel terreno formado por escombros; la luz triste que se desplomaba de un celaje de color de plomo sobre todo aquello, y se tendrá una idea de la impresión triste y desfavorable que debió causar la vista de Madrid en el viajero, que á todas luces iba por primera vez á la corte, en vista de la irresolución de que dió marcadas muestras acerca de la dirección que debía seguir para entrar en la villa, cuando ya fuera del puente, se encontró cerca de los muros.

Fijóse, al fin, decididamente su vista en el alcázar y luego en la puerta de la Vega, revolvió su caballo hacia la izquierda, y acometió la ardua empresa de salvar las escabrosidades y la pendiente de la agria cuesta.

Al fin, aquí tropiezo, allá me paro, acullá vacilo, el anciano jaco logró pasar la puerta de la Vega; enderezóse un tanto, animado, sin duda, por el olor de las cercanas caballerizas reales, y acaso por resultado de ese amor propio de que continuamente dan claras muestras de no estar desprovistos los animales, disimuló cuanto pudo su cojera, y siguió sosteniendo un laudable esfuerzo en un mediano paso, adelantando por la plazuela del Postigo y la calle de Pomar, hasta un arco que daba entrada á las caballerizas del rey, y donde, mal de su grado, hubo de detenerse el forastero, á la voz de un centinela tudesco que le atajó el paso.

—Y dígame ucé, señor soldado—dijo con impaciencia el jinete—, ¿por qué no puedo seguir adelante?

—Ser estas las capayerisas de su majestad —contestó el centinela.

—Y dígame ucé, ¿no puedo ir por otra parte al alcázar?

—Foste ir bor donde quierra, mas yo non dejar basar bor aquí ese cabayo.

—¿Me impedirán de igual modo que este caballo pase por las otras entradas del alcázar?

—Mi non saperr eso.

Y el centinela se puso á pasear á lo largo del arco.

—¡Y á dónde diablos voy yo!—dijo hablando consigo mismo el jinete—: mi tío vive en el alcázar, necesito verle al momento... y ¿dónde dejo á este pobre viejo? Indudablemente, lo que sobrará en Madrid serán mesones; ¿pero quién se atreve? Con la jornada que trae en el cuerpo el pobre *Cascabel*, sería cosa de no concluir á las ánimas y luego sin dinero: ¡eh! ¡señor soldado! ¡señor soldado!

Volvióse flemáticamente el tudesco mientras el jinete echaba pie á tierra.

—¿Queréis hacerme la merced de cuidar de que nadie quite este caballo de esta reja á donde voy á atarle mientras yo vuelvo?

—Mi non entender de eso —contestó el soldado #, volviendo á su paseo.

—Como no sea que le roben para hacer botones de los huesos—dijo una voz chillona á espaldas del jinete, no sé quién quiera exponerse á ir á galeras por semejante cosa... ni la piel aprovecha: ¿le traéis para las yeguas del rey, amigo?

Volvióse el forastero con cólera al sitio donde habían sido pronunciadas estas palabras con una marcada insolencia, y vió ante sí un hombrecillo, con la librea de palafrenero del rey.

—Si lo que tenéis de desvergonzado, lo tuviérais de cuerpo, bergante—dijo todo hosco el forastero echando pie á tierra—, me alegraría mucho.

—¿Y por qué os alegraríais, amigo?

—¿Por qué? Porque habría donde sentaros la mauo.

—Paréceme que servís vos tanto para zurrarme á mí como vuestro caballo para correr liebres —dijo el palafrenero con ese descaro peculiar de la canalla palaciega.

—Si mi caballo no sirve para correr liebres, sírvolo yo para haceros dar una carrera en pelo—contestó el incógnito, que aún permanecía embozado —, y sin decir una palabra más se fué para el palafranero con tal talante, que éste retrocedió asustado hacia una puerta inmediata, á tiempo que salían de ella dos hombres al parecer principales, contra uno de los que tropezó violentamente el que huía.

El tropezado empujó vigorosamente al palafrenero, que fué á dar en medio del arroyo, y apenas se rehízo se quitó el sombrero y se quedó temblando é inmóvil, entre los caballeros que salían y el forastero.

Miró el caballero tropezado alternativamente al palafrenero, al incógnito y á su caballo; comprendió por lo amenazador de la actitud del jinete que se trataba de alguna pendencia cortada, ó por mejor decir, suspendida por su aparición, y dijo con acento severo y lleno de autoridad:

—¿Qué significa esto?

—Señor, este mal hombre quería pegarme porque me he reído de su caballo—contestó el palafrenero.

—Yo no extraño que se rían de este animal —dijo el embozado —; lo que extraño es que se atrevan á insultarme, á mí, que ni soy manco ni viejo.

—En cuanto á lo de viejo, no puedo hablar porque no se os ve el rostro—dijo el al parecer caballero—; en cuanto á si sois ó no manco, paréceme que si tenéis buenas las manos, tenéis manca la cortesía.

—¡Eh! ¿qué decís?

—Digo, que para tener de tal modo calado el sombrero y subido el embozo cuando yo os hablo, debéis ser mucha persona.

—De hidalgo á hidalgo, sólo al rey cedo.

—Os habla el conde de Olivares, caballerizo mayor del rey—dijo el otro caballero que hasta entonces no había hablado.

—¡Ah! Perdone vuecencia, señor—dijo el incógnito desembozándose y descubriéndose—, es la primera vez que vengo á la corte.

Al descubrirse el jinete dejó ver que era un joven como

de veinticuatro años, blanco, rubio, buen mozo y de fisonomía franca y noble, á que daban realce dos hermosos y ex-
presivos ojos negros.

—¡Ah! ¿Acabáis de venir?—dijo el conde de Olivares prevenido en favor del joven—. ¿Y á qué diablos os venís á
entrar con ese caballo por las caballerizas del alcázar? En
sus tiempos debe de haber sido mucho...

—Cosas ha hecho este caballo y en peligros se ha visto
que honrarían á cualquiera, y si porque es viejo lo despre-
cian los demás, yo, que le aprecio porque le apreciaba mi
padre...

—¿Y quién es vuestro padre?

—Mi padre era...

—Bien; pero su nombre...

—Jerónimo Martínez Montiño, capitán de los ejércitos de su
majestad.

—Yo conozco ese apellido y creo que le estoy oyendo
nombrar todos los días; ¿no recordáis vos, Uceda?

—¡Bah! Ese apellido es el del cocinero mayor de su majestad.

—El cocinero de su majestad es mi tío.

—¡Ah! Pues entonces sois de la casa—dijo el conde—;
cubríos, mozo, cubríos, que corre un mal Norte, y seguid
hacia el alcázar; y tú, bergante—añadió dirigiéndose al palafrenero—, toma el caballo, llévale á las caballerizas y cúi-
dale como si fuera un bicho de punta; y debe de haberlo
sido. ¡Diablo, lo que son los años!

Y el conde de Olivares y el duque de Uceda se alejaron
hacia los Consejos, mientras el joven pasaba el arco en dirección al alcázar, murmurando:

—¡El conde de Olivares y el duque de Uceda! Paréceme
de buen agüero este encuentro... Ello dirá... Lo que únicamente me inquieta es el haber dejado á *Cascabel* entregado
á aquel bergante... Pero mi tío arreglará esto y lo otro. Vamos en busca de mi tío.

El joven atravesó la plaza de Armas y se encaminó en derechura al pórtico del alcázar sin detenerse un punto á mirarle, á pesar de que pertenecía al gusto del renacimiento y
era harto bello y rico para no llamar la atención á un forastero; pero fuese que nuestro joven no se admirase por nada,
fuese que le preocupase algún grave pensamiento, fuese, en
fin, que comprendiese que es más fácil hacerse paso cuando
se camina de una manera desembarazada, altiva y como por

terreno propio, la verdad del caso fué que se entró por las puertas del alcázar como si en su casa entrara, alta la frente, la mano en la cadera y haciendo resonar sus espuelas de una manera marcial sobre el mármol del pavimento.

Ni él miró á nadie ni nadie le miró; atravesó un vestíbulo sostenido por arcadas, siguió una galería adelante y se encontró en el patio.

Al ver ante sí la multitud de puertas que abrían paso á otras tantas comunicaciones del alcázar, hubo forzosamente de detenerse y de buscar entre los que entraban y salían á alguno de la servidumbre interior que le guiase hasta las regiones de la cocina, y al fin se dirigió á un enorme lacayo que le deparó su buena suerte.

—¿Por dónde voy bien á la cocina, amigo?—preguntó nuestro joven.

Miróle de alto abajo el lacayo, extrañando, sin duda, que por tal dependencia le preguntase un mancebo, buen mozo, que transcendía á la legua á hidalgo y á valiente, y que llevaba con suma gracia su traje de camino.

—No os dejarán llegar á la cocina de su majestad—contestó el lacayo después de un momento de importuna observación—si no decís á quién buscáis.

—Busco—dijo el joven—al cocinero mayor.

—¡Ah! Pues si buscáis al señor Francisco Montiño, os aconsejo que le esperéis mañana, á las ocho, en la puerta de las Meninas; todos los días va á esa hora á oir misa á Santo Domingo el Real.

Y el lacayo, creyendo haber dado al joven bastantes informes, se marchaba.

—Esperad, amigo, y decidme si no vais de prisa: ¿por qué razón he de esperar á mañana y esperar fuera del alcázar?

—Porque el cocinero mayor, aunque vive en el alcázar, no recibe en él á persona viviente.

—¡Cómo!

—No recibe en su casa por dos muy buenas razones.

—¿Y cuáles son esas buenas razones?

—La una es su mujer y la otra su hija; desde que su hija cumplió los catorce años nadie entra en su cuarto; y desde que se casó en segundas nupcias ha clavado las ventanas que dan á las galerías.

—¡Bah! Pero recibirá en la cocina.

—Menos que en su casa. Allí no recibiría ni al mismo rey.

—No importa. Yo sé que me recibirá.

. —Mucha persona debéis ser para él.

--Soy su sobrino.

Cambió de aspecto el lacayo al oir esta revelación; dejó su aspecto altanero y un si es no es insolente; pintóse en su semblante una expresión servicial y cambió de tono; lo que demostraba que el cocinero mayor tenía en palacio una gran influencia, que se le respetaba, y que este respeto se transmitía á las personas enlazadas con él por cualquier concepto.

—¡Ah! ¿Conque vuesa merced es sobrino del señor Francisco Montiño?— dijo acompañando sus palabras con una sonrisa suntuosa—; eso es distinto, vamos, y llevaré á vuesa merced hasta donde sin tropezar y en derechura pueda encaminarse á la cocina.

Y, volviendo atrás, se entró por una puertecilla situada en un ángulo, subió por una escalera de caracol y salió á una larga galería.

El joven siguió tras él y así atravesaron algunas puertas, en todas las cuales había centinelas; pero muy pronto empezaron á recorrer enormes salones desamueblados en la parte íntima, por decirlo así, del alcázar.

Subieron otras escaleras, y en lo alto de ellas se detuvo el lacayo.

—Desde aquí— dijo—nadie atajará á vuesa merced, porque sólo las gentes de la casa andan por esta parte; siga vuesa merced adelante hasta el cabo de la crujía, y el olor le guiará.

Y después de un respetuoso saludo, dejó solo al sobrino de su tío.

En efecto, cuando el joven estuvo al fin de la crujía le dió en las narices un olor indefinible, suculento, emanación de cien guisos, aroma especial que sólo analiza un cocinero; guiado por aquel rastro, el joven siguió adelante, y muy pronto atravesó una gran puerta y se encontró en la cocina de su majestad.

Llenaba aquel espacio, pulcramente blanqueado, una atmósfera que alimentaba; aspirábase allí una temperatura sofocante; cantaban, chirriaban, chillaban en coro una multitud de ollas y cacerolas; veíanse en medio de una niebla *sui géneris* una multitud de hombres y de muchachos, oficiales los unos, pinches los otros, galopines los más y pícaros de cocina; aquel era un taller en forma, en que se iba, se venía, se picaba, se espumaba, se soplaba, se veían acá y allá limpios utensilios, brillaba el fuego y, últimamente, en una larga percha se veían capas de todos colores y espadas y dagas de todas dimensiones.

Por el momento nadie reparó en el joven; pero él se encargó de que reparasen en él dirigiéndose á un oficial que traía asida por las dos manos una descomunal cuajadera.

—¿Queréis decirme— le preguntó—dónde está el cocinero mayor?

Dejó el oficial la cuajadera sobre una mesa y se volvió al joven, limpiándose las manos en su mandil.

—¡Ta, ta! ¡El cocinero mayor!— dijo con acento zumbón—. Si por ventura venís á buscar trabajo, echadle un memorial.

—No busco trabajo, le busco á él.

—No está.

—Ya sé que no recibe en la cocina; pero si está, decidle que le busca su sobrino, que acaba de llegar de su pueblo y que le trae una carta de su hermano el arcipreste.

Operóse en la actitud, en el semblante y en las palabras del oficial la misma transformación que se había operado en el lacayo, pero de una manera tan marcada, que el joven no pudo menos de comprender que si su tío era una influencia poderosa en el alcázar, en la cocina era una omnipotencia.

—¿Conque vuesa merced es sobrino del señor Francisco Montiño?— dijo el oficial completamente transformado—. ¡Qué diablo! Su merced no está.

Habían rodeado á la sazón al joven una turba de galopines que le miraban con las manos á las espaldas, ojos que se reían y bocas que rebosaban malicia.

Como que se trataba de un profano.

—¿Y dónde encontraré á mi tío?. . Me urge... me urge de todo punto—dijo el joven con acento impaciente.

—Yo diré á vuesa merced dónde está su tío—dijo un galopín--: el señor Francisco Montiño está prestado.

—¡Cómo prestado!—dijo el oficial.

—Prestado al señor duque de Lerma - dijo otro pinche.

—Como que está malo de un atracón de setas el cocinero del duque.

—Y el duque tiene convidados.

—Por último, ¿mi tío no volverá probablemente?—dijo el joven.

—No volverá, caballero—dijo otro de los oficiales—, porque me han encargado que sirva la cena de su majestad.

—¿Y dónde vive el duque de Lerma?

—¡Toma!—exclamó un pinche como escandalizado—. En su casa; es menester venir de las Indias para no saber dónde vive el duque.

—Calle de San Pedro, caballero—dijo el oficial encargado accidentalmente de la cocina—; cualquier mozo de cuerda á quien vuesa merced pregunte le dará razón.

Tomó el joven las señas que le dieron, las fijó en la memoria, como que tanto le importaban, y despidiéndose de aquella turba, salió y tomó la crujía adelante; pero fué el caso que, como el alcázar era un laberinto para él desconocido, en vez de volver por el mismo camino de antes, tomó la dirección opuesta, bajó unas escaleras, y se encontró en habitaciones amuebladas, entapizadas, alfombradas é iluminadas, porque ya era casi de noche, y en las que había algunos lacayos.

Pero marchaba el joven de una manera tan decidida, absorto en sus pensamientos y sin reparar en nada, que, sin duda porque por aquella parte habían quedado atrás las entradas difíciles, y no circulaban más que los que estaban autorizados para ello, nadie le preguntó, ni le puso obstáculos, ni le dijo una palabra.

Y así continuó hasta un estrecho pasadizo, medio alumbrado por un farol clavado en la pared, y enteramente desierto, donde hubo de sacarle de su distracción una voz de mujer, grave, sonora, que hablaba sin duda con otra detrás de una mampara próxima, y que le dejó oir involuntariamente las siguientes palabras:

—Me va en ello más que piensas... es preciso; preciso de todo punto... ¡oh, Dios mío!

Nuestro joven hizo entonces lo que en igual situación hubiera hecho el más hidalgo: comprendió que una casualidad le había llevado á un lugar donde dos mujeres se creían solas, que las graves palabras que había oído pertenecían sin duda á un secreto que él no debía sorprender, y se hizo atrás dirigiéndose á la puerta inmediata; pero aquella puerta estaba cerrada.

Dirigióse á la ventura á otra, pero al llegar á ella se abrió y salió una dama.

El joven dió un paso atrás, y se quitó el sombrero. La dama que salía dió un ligero grito de sorpresa, y quedó inmóvil.

—¿Qué hace este hombre aquí?—dijo con la voz notablemente alterada.

—Perdonad, señora, pero...

—¿Pero qué?—exclamó con impaciencia la dama.

—Soy forastero: he venido al alcázar á ver á mi tío, y al salir me he perdido.

—¿Y quién es vuestro tío?

—El cocinero mayor del rey.

—¡Ah! ¿sois sobrino del cocinero mayor?—repuso la dama, cuya voz estaba alterada por una conmoción profunda—; comprendo: venís de las cocinas.

—Así es, señora—contestó el joven—, que contrariado y confuso por su torpeza, tenía la vista fija en el suelo.

—Habéis bajado por las escaleras por donde se sirve la vianda á su majestad; habéis cruzado la galería de los Infantes, y os habéis metido en la portería de damas... ¡y esos maestresalas!... ¡estarán durmiendo!

—Yo siento, señora... yo quisiera...

—¿Cuánto tiempo hace que estáis en esta galería?

—Hace un momento, señora; como que al abrir esta puerta, buscaba una salida.

—¿Y no habéis oído hablar á nadie?

—No, señora.

Y entonces el joven alzó los ojos, miró á la dama y se puso pálido.

Lo que había causado la palidez del joven, era la hermosura de la dama y la expresión de sus grandes ojos, fijos en él, de una manera particular.

—La casualidad que os ha traído aquí—dijo la dama—, os pudiera costar cara.

—Sucédame lo que quiera, me pasará indudablemente menos de ello que de haberos disgustado.

—Venid—dijo la dama—, cuya voz tenía todavía el acento irritado, trémulo, conmovido.

Y en paso rápido, fuerte, enérgico, tiró la crujía adelante, llegó á una puerta, abrió su pestillo con un llavín dorado, la pasó y repitió con impaciencia:

—¡Seguid! ¡Seguid!

Se encontró el joven en otra galería menos alumbrada; por último, la dama tomó por una escalera obscura.

El joven la siguió á tientas; nada veía: sólo percibía el ardiente hálito de la dama, el crujir de su traje de seda, la fuerte huella de su paso.

Al fin de la escalera sintió abrir una puerta, y la voz de la dama que le dijo:

—Salid: id con Dios.

Fué tal el acento de la dama al despedirle, que el joven no se atrevió á contestar: salió, sintió que cerraban la puerta, y se encontró en un ámbito tenebroso, del cual no podía apreciar otra cosa sino que estaba embaldosado de mármol, por el ruido que producían sobre el pavimento sus pisadas.

Con las manos delante, á tientas, siguió á lo largo de una pared; torció, revolvió, anduvo perdido un gran espacio, y al fin, guiado por el resplandor de una luz que se veía tras una puerta, se dirigió á ella, se encontró en una galería baja y luego en el patio.

Acontecióle entonces lo que nos acontece cuando despertamos de una molesta pesadilla: su corazón se espació y aspiró con placer el aire frío que, zumbando en las cornisas, penetraba en remolino hasta el fondo del patio.

Pero la impresión de toda pesadilla, continúa aun después de despertar; el joven guardaba una fuerte impresión de su aventura, pero indeterminada, vaga, como un sueño; aquella impresión partía de la dama que había visto un momento; recordaba, con no sabemos qué agitación, que era una mujer tan hermosa como no había visto otra; pero no recordaba los rasgos de su semblante, ni el color de sus ojos, ni el de sus cabellos, ni su apostura, ni su traje; habíale acontecido lo que al que mira de frente al sol, que solo ve luz, una luz que le deslumbra, que sigue lastimando sus ojos después de haberlos cegado; estaba seguro de no conocerla si por acaso la veía otra vez, y esto le desesperaba; no se daba razón del sentimiento que aquella impresión le hacía experimentar; no pensó en que podía estar enamorado, como al recibir una estocada nadie por el momento se cree herido de muerte.

El amor es hijo de la imaginación; la imaginación del joven no había tenido tiempo ni aun para formar el embrión de ese fantasma ardiente á quien damos la forma de la mujer que ha hablado fuertemente á nuestros sentidos; estaba aturdido y nada más.

Así es que, profundamente preocupado, se dirigió por un instinto á una salida, y por efecto de su preocupación, ni vió dos hombres embozados, que estaban parados en la puerta de las Meninas, ni oyó este breve diálogo, que pronunciaron al pasar el joven junto á ellos:

—¿Ha salido?

—Sí.

—¿Cuándo?

—Hace algunos minutos.

—¿En litera?

—En litera.

El joven pasó y maquinalmente tomó por la embocadura de una calle inmediata.

La noche cerraba á más andar: el temporal seguía; la lluvia lenta, sorda, pesada, espesa, producía un arroyo en el centro de la calle, y las gentes, rebujadas en sus capas ó en sus mantos, pasaban de prisa.

Era esa hora melancólica del crepúsculo vespertino, anticipada por el estado de la atmósfera, y por la niebla que empezaba á tenderse sobre la tierra. En aquel tiempo las calles de Madrid no estaban alumbradas, ni empedradas, ni abundaban las tiendas, y las pocas que existían, se cerraban al obscurecer; andaba poca gente por las calles, porque entonces Madrid, teniendo una periferia casi tan extensa como ahora, tenía mucha menos población; las casas, construídas en su mayor parte *á la malicia*, como se decía entonces, ó para que lo entiendan nuestros lectores, con un solo piso, para librarse de la carga de aposento con que estaban gravadas las que se elevaban más, eran bajas, de pobre aspecto, y muchas de ellas de madera; las calles eran irregulares, tortuosas, estrechas, con entrantes y salientes, y singularmente por la parte contigua al alcázar, por donde marchaba nuestro joven, eran un verdadero laberinto, habiendo trozos en que no se veía una sola puerta, á causa de formarlos las tapias de los huertos de los cuatro ó cinco conventos que había en aquel barrio.

En uno de estos callejones escuetos y solitarios se detuvo de repente nuestro joven, que había llegado hasta allí maquinalmente, para orientarse del lugar en que se encontraba.

El frío y la lluvia le habían vuelto al mundo real; miró en torno suyo en busca de una persona á quien preguntar, y se encontró solo; pero de repente, sin que antes hubiese sentido pisadas, sintió que se asían á su capa, y oyó una voz de mujer que le decía con precipitación:

—¡Dadme vuestro brazo, y seguid adelante, seguid!

Volvióse el joven, y vió junto á él una mujer de buena estatura, de buen talante, de buen olor, completamente envuelta en un manto negro.

—¡Seguid, seguid adelante!—dijo la dama con doble impaciencia—; y no hagáis extrañeza ninguna, que me importa. Yo os explicaré.. ¡pero seguid!

Y la tapada levantó por sí misma la falda de la capa del joven, y se asió á su brazo y tiró de él.

—¡Yo os digo que sigáis adelante!—exclamó la incógnita con irritación—; ó es que sois tan poco hidalgo, que no queréis favorecer á una dama!

No permitiendo la sorpresa contestar al joven, se limitó á dejarse conducir por la tapada.

—Pero, ¡yo os arrastro! ¡yo os llevo!—dijo ésta con acento en que brotaba un tanto de irritación—; ¡y lo notará quien nos vea! ¿Cómo llevaríais á vuestra amante, caballero?

—¡Ah! ¡según!—dijo el joven—... si íbamos huyendo de un marido, de un padre, ó un hermano...

—No, no tanto como eso: marchemos naturalmente, como dos enamorados á quienes importan poco el frío, la lluvia y el viento.

—Sea como vos queráis—dijo el jóven—; y paréceme que si yo os conociera, sería muy posible, casi seguro, mi enamoramiento.

—¿De dónde sois, caballero?—dijo la tapada, marchando ni más ni menos que si no hubiera llovido, y se hubiese encontrado junto al hombre de su elección.

—Soy... pero dispensad, señora; ni comprendo lo que me sucede, ni puedo adivinar el objeto de vuestra pregunta.

—Os pregunto que de dónde sois, porque me parecéis un tanto cortesano: me estáis enamorando á la ventura sin soltar prenda.

—Pues os engañáis, señora; no soy cortesano sino desde esta tarde.

—¡Cómo! ¿no habéis venido hasta ahora á la corte?

—No; y sin embargo, aunque no llega á una hora el tiempo que hace que estoy en ella, me han sucedido tales aventuras...

—¿Aventuras y en una hora?

—Sí por cierto: he reñido con un palafrenero del rey; he conocido á dos grandes señores; me he perdido en el alcázar...

—¡Ah! ¡os habéis perdido... en el alcázar...! ¿y qué aventura os ha sucedido al perderos?

—¡Perderme!—exclamó el jóven, y suspiró porque se acordó de la hermosura de la dama de la galería.

—En palacio es el perderse muy fácil—dijo la dama—, y os aconsejo que si alguna vez entráis en él, os andéis con pies de plomo; ¿y no os ha acontecido más aventura después de haberos... perdido en el alcázar?

—Sí, sí por cierto: ¿no os parece una muy singular aventura esta en que me encuentro con vos, á quien no conozco, que se me os habéis venido sin saber de dónde y que...?

—¿Y qué...?

—Podéis acabar de perderme.

—¡Yo!

—Sí, vos: debéis ser muy hermosa, señora, y muy principal, y hallaros metida en un gran empeño.

—Explicadme...

—Os siento apoyada en mi brazo, y ¡Dios me perdone!, pero quien tiene tan hermoso brazo, debe tenerlo todo hermoso.

—En la tierra de donde venís, ¿se acostumbra á abusar de las mujeres, caballero?

—¡Ah!, perdonad: yo no creía...

—Vos lo habéis dicho: soy una dama principal: más de lo que podéis creer, y, como habéis supuesto, me encuentro en un gran conflicto.

—Vuestra voz, aunque quisistéis disimularlo, era un tanto trémula cuando me hablásteis: vuestro brazo, al asirse al mío, temblaba.

—Acortad el paso y bajad más la voz—dijo la dama—; nos siguen.

—Y vos, cuando os siguen, ¿os detenéis?

—Cuando sé que quien me sigue tiene dudas de si soy yo ó no soy, procuro no desvanecerlas huyendo: quien huye teme.

—¿Y vos no teméis?

—Sí por cierto, y porque temo mucho, procuro que quien me sigue dude; dude hasta tal punto, que siga su camino creyendo que pierde el tiempo en seguirme.

—¿No es vuestro esposo quien os sigue?

—Yo no soy casada.

—¿Ni vuestro padre?

—Está sirviendo al rey fuera de España.

—¿Ni vuestro hermano?

—No le tengo.

—¿Ni vuestro amante?

—Nunca le he tenido.

—¡Ah!

—¿Qué os sucede?

—Quisiera saber quién os sigue.

—No volváis la cara, que sin que la volváis os sobrará acaso tiempo de saberlo.

—Pero si no es asunto vuestro...

—¿Sabéis que sois muy curioso, caballero?

—¡Ah!, perdonad: me callaré

—No, hablad; hablad.

—Pero si mis palabras os ofenden...

-Habladme de lo que queráis.

—¡Ah! ¿de lo que yo quiera? Yo quisiera conoceros.

—¿Y para qué?

—Os repito que debéis ser muy hermosa.

--Mirad no os engañe vuestro deseo.

—Descubrid el rostro.

—Mostraros el rostro ahora sería comprometer acaso un secreto que no es mío.

—¡Cómo!

—Si pudiérais dar señas de la mujer á quien vais acompañando...

—Soy noble y honrado.

—No os conozco.

—Y sin embargo, os habéis amparado de mí.

—A la ventura, á la desesperada.

—¿Y no os inspira confianza la manera respetuosa con que os trato?

—Respetuosa y reservada, por ejemplo, no me habéis dicho quiénes eran los dos grandes señores que habéis conocido.

—¿Y por qué no? Eran el conde de Olivares y el duque de Uceda.

—¿Y cómo? ¿por qué habéis conocido á esos caballeros?

—Terciaron en mi disputa con el palafrenero.

—¡Ah!, y decidme: ¿de dónde salían?

—De las caballerizas del rey.

—¡Ah!, ¡es extraño!—dijo la dama—; ¡juntos y en público Olivares y Uceda!

Y la dama guardó silencio por algunos segundos.

Seguían andando lentamente; por fortuna la lluvia no arreciaba; y los anchos y bajos aleros de las casas los protegían.

El forastero iba fuertemente impresionado. La tapada apoyaba con indolencia su brazo, un brazo mórbido y magnífico, á juzgar por el tacto; su andar era reposado, grave, indolente; el movimiento de su cabeza lleno de gracia, de atractivo; su voz sonora, dulce, extremadamente simpática, y se exhalaba de ella una leve atmósfera perfumada. Además, una preciosa mano cuajada de anillos y extremadamente blanca y mórbida, sujetaba su manto cerrado sobre su rostro, sin dejar abierto más que un candil, una especie de pliegue demasiado saliente, para que pudiera vérsela ni un ojo.

La noche empezaba á cerrar densamente obscura.

El joven empezaba á aturdirse con lo que le acontecía.

—¿Y qué aventura os sobrevino en el alcázar cuando os perdísteis?

—Os lo repito: mi aventura en el alcázar ha sido perderme.

—Pero esa es una palabra que puede entenderse de muchos modos.

—¡Ah, señora...! ¡tengo una sospecha...!

—¿Qué?—dijo con cuidado mal encubierto la dama.

—Que acaso vos seáis la causa de que yo me haya perdido.

—¡Yo! ¡y no me conocéis!

—Esa es mi desesperación: que no os conozco, y os recuerdo.

—¿Sabéis que ya es obra el entenderos? Si no me conocéis, ¿como podéis recordarme?

—Pues ese es el caso: yo os he visto un momento, un momento nada más, y os he visto tan hermosa que me habéis cegado...

—¿Que me habéis visto? ¿Y dónde?

—Cuando os asísteis á mí, teníais abierto el manto.

—¡Oh! ¡no! no recuerdo haberme descuidado. Y si no, ¿de qué color son mis ojos?

—Es que vuestra hermosura me ha deslumbrado, señora, y cuando he vuelto á abrir los ojos me he encontrado á obscuras.

—Nos siguen más de cerca—dijo la dama—, y mucho será de que quien nos sigue, á pesar de todo, no me conozca.

—La noche está obscura, señora; hace tiempo que vamos por calles desiertas: al que estorba se le mata.

—¡Ah!—exclamó la dama y estrechó el brazo del joven.

—Decidme: detened á ese hombre, y no da un paso más.

—¿Y mataríais por mí á quien no conocéis? ¿á un hombre que ningún mal os ha hecho?

—Sí.

—¿Y si no fuera yo quien creéis?

—¿Quién otra pudiera ser?

—La dama de palacio.

—Es que yo no he visto en palacio ninguna dama.

—¿La habéis prometido callar?

—Os juro que á ninguna dama he visto.

—Decidme... pero rodeemos por esta calle: ¿á qué habéis venido á Madrid?

—A buscar á mi tío, que es el cocinero mayor del rey.

—¡Ah! ¿y al arrimo de vuestro tío, venís á pretender algún oficio á la corte?

—Yo, señora, no pretendo nada.

—¿Sois rico?

—Soy pobre. Pero para servir bajo las banderas del rey como soldado, no son necesarios empeños.

—¿De modo que...?

—Vengo á traer á mi tío el cocinero una carta de mi tío el arcipreste.

—¡Ah! ¿y de dónde venís...!

—De Navalcarnero.

—¿Y nunca habéis salido de esa villa?

—Sí, por cierto, señora. He cursado en la Universidad de Alcalá.

—¡Ah! ¡ya decía yo!

—¿Y qué decíais vos?

—Que no érais novicio. ¡Estudiante! ¡ya!

—Y estudiante de teología.

—¿Y ordenado?

—No por cierto. Me gusta más el coselete que la sotana, y luego el amor... ¡poder amar sin ofender á Dios ni al mundo!

—No sabéis hablar más que de amor.

—Pues mirad; hasta ahora no he amado.

—¿Amáis á la dama del juramento?

—Os juro, señora...

—Si yo fuese la dama de la galería...

—¡Ah!

—Si yo fuese la que de tan mal talante os echó por una escalera excusada...

—¿Vos me libertáis de mi promesa?

—Y porque habéis cumplido bien, espero que me contestéis en verdad: ¿es cierto que os he causado tal impresión, que no recordáis mi semblante?

—Os lo juro por mi honra.

—Pues bien; olvidad de todo punto vuestro amor que empieza; es tiempo aún: cuidad que no me volveréis á ver, cuidad que es un sueño lo que os sucede, y seguid callando como callábais.

—¡Oh! ¡sí! ¡callaré! pero amaré... os amaré... aunque no os conozca... ¡os amaré siempre!... ¡sin esperanza...!

—Olvidemos locuras y hablemos de lo que importa, porque vamos á separarnos. Parémonos en esta esquina. Respondedme, si es verdad que he causado en vos la impresión que decís. ¿Oísteis hablar á alguien en la galería?

—Sí.

—¿Qué oísteis...?

—Estas ó semejantes palabras: «me va en ello la vida ó. la honra...» ello era gravísimo. ¿Y queréis que sea franco con vos? He creído que quien pronunciaba aquellas palabras era...

La tapada puso su pequeña mano sobre la boca del joven, y éste, aprovechando la ocasión, la retuvo, la besó; la dama dió un ligero grito, y desasió con fuerza su brazo de la mano del joven; en ésta quedó un brazalete, que el joven guardó rápidamente, y aprovechando el haberse descompuesto el manto de la dama, la miró:

—¡Ah!—exclamó con desesperación.

—Está la noche muy obscura—dijo la dama cubriéndose de nuevo.

—¿Y no tendréis compasión de mí...?

—Escuchadme y servidme.

—Os serviré.

—Desde aquí voy á seguir sola.

—¡Sola!

—Sí. Allí, junto aquella puerta, hay un hombre parado. Es necesario que ese hombre no pueda seguirme.

—No os seguirá.

—Evitad matarle, si podéis. Con que le entretengáis un breve espacio estaré en salvo.

—¿Pero nada me decís? ¿Ninguna señal vuestra me dais?

—¡Ah! ¿queréis una señal? Tomad.

—¿Y qué es esto...?

—Tomadlo.

—¡Una joya!

—No, una señal. Y oíd: seguid guardando un profundo secreto acerca de vuestras dos aventuras conmigo. Vos no hebéis estado en la portería de damas, vos no habéis oído nada. Sobre todo no sospechéis, no os atreváis á adivinar que quien ha pronunciado aquellas graves palabras, ha sido...

—¡La reina!

—Sí—dijo la tapada inclinándose al oído del joven y con voz ardiente y entrecortada—: era la infeliz Margarita de Austria. Ya veis si confío en vos. Deteniendo á ese hombre que me sigue, servís á su majestad. Sed caballero y leal, y tened por seguro que aunque no volváis á verme vuestra fortuna ha de dar envidia á muchos.

—¡Oh! ¡esperad! ¡esperad, señora!

—¿No os he dejado una prenda?

—Pero...

—No puedo detenerme más. Adiós; impedid que ese hombre me siga. Adiós.

Y la tapada tiró una calleja adelante.

El bulto que estaba parado á alguna distancia, adelantó á buen paso.

—¡Eh! ¡atrás! ¡no se pasa!—dijo nuestro forastero, echando al aire la daga y la espada.

El que venía hizo un movimiento igual, y sin decir una palabra, embistió al joven.

—Os aconsejo que os vayáis—dijo éste, acudiendo al reparo de los golpes que le tiraba el embozado—, porque si no os vais, os va á suceder algo desagradable. ¡Hola! ¿se me os venís con estocadas? ¡perfectamente! pero es el caso que yo no quiero mataros, amigo mío.

Echó fuera dos ó tres estocadas bajas, y aprovechando un descuido del contrario, le dió un cintarazo encima del sombrero.

—Eso ha podido ser un tajo que se os hubiese entrado hasta los dientes—dijo el joven pronunciando esta nota con una calma admirable.

El otro redobló su ataque.

—Es el caso que yo no quiero mataros—dijo el sobrino de su tío—; no por cierto: sería bautizar mi entrada en Madrid con sangre. ¡Ah! ¿os empeñáis? pues... allá voy, camarada...

Y se cerró en estocadas estrechas, obligando al contrario á repararse con cuidado.

—¡Ah! ¡ah!—murmuró el joven—; en la corte no saben más que *echar plantas;* paréceme que ya le tengo para el desarme de mi tío el arcipreste. ¡Veamos! ¡Pobre hombre! ¡Bah! ¡estáis preso! ¡Sois mío!

El forastero había cogido á su contrario en el momento en que tenía puesta su daga sobre la espada, cerca de su empuñadura; había metido una estocada baja y diagonal por el ángulo estrecho formado por la daga y por la espada del incógnito y había hecho una especie de trenza con los tres hierros, sujetándolos contra el muslo izquierdo de su contrario.

Era un desarme completo; el enemigo no podía valerse de sus armas; entre tanto, al forastero le quedaba franca la la daga para herir, pero no hirió.

—Idos - dijo al otro—; puedo mataros, pero no quiero asustar á mi buena suerte tiñéndola de sangre la primera noche que entro en Madrid; envainad vuestros hierros y volvéos por donde habéis venido.

Y diciendo esto sacó su espada del desarme, se retiró dos pasos del otro, que había quedado inmóvil, y luego se embozó y i la calle adelante por donde había desaparecido la tapadacó

El vencido quedó solo, inmóvil; un momento después de haberse alejado su generoso vencedor, relumbraron luces en una calleja y adelantó un hombre, á quien seguían otros cuatro.

Aquellos hombres eran alguaciles y traían linternas.

CAPÍTULO II

INTERIORIDADES REALES

Doña Juana de Velasco, duquesa viuda de Gandía, era camarera mayor de la reina.

La viudez ú otras causas que no son de este lugar, habían empalidecido su rostro y poblado, aunque ligeramente, de canas sus cabellos.

Pero, á pesar de esto, el rostro de doña Juana era bastante bello, dulcemente melancólico, y sobre todo expresaba de una manera marcada la conciencia que la buena señora tenía de su nobleza, que, según los doctores del blasón, se remontaba nada menos que á los tiempos de la dominación romana.

Satisfecha con su cuna, con la posición que ocupaba en la corte y con sus rentas, que la bastaban y aun la sobraban para destinar parte de ellas á la caridad, doña Juana de Velasco, ó sea la duquesa de Gandía, era feliz, salvo algunos importunos recuerdos de su juventud.

No se crea por esto que la camarera mayor de la reina gozaba de una manera pasiva de su buena posición, ni que de tiempo en tiempo no la molestase algún grave disgusto.

Si la duquesa de Gandía no hubiese funcionado como una rueda, más ó menos importante, en la máquina de intrigas obscuras que estaba continuamente trabajando alrededor de Felipe III, no hubiera sido camarera mayor de la reina.

La duquesa de Gandía era acérrima partidaria de don Francisco de Sandoval y Rojas, duque de Lerma, marqués de Denia y secretario de Estado y del despacho.

Tenía para ello muy buenas razones, porque sólo apoyándose en buenas razones podía ser amiga del duque la virtuosa duquesa.

Dotada de cierta penetración, de cierta perspicacia, comprendía la duquesa que Felipe III, si bien era rey por un derecho legítimo, que nadie podía disputarle, era un rey que no era rey más que en el nombre.

Sabía perfectamente la duquesa, sin que la quedase la menor duda, que Felipe III era miope de inteligencia; que sólo había heredado de su abuelo Carlos V ciertos rasgos degradados de la fisonomía; que el cetro se convertía en sus manos en rosario; que era débil é irresoluto, accesible á cualquiera audacia, á cualquiera ambición que quisiera volverle en su provecho, y lo menos á propósito, en fin, para regir con gloria los dilatadísimos dominios que había heredado de su padre.

La duquesa, para decirlo de una vez, estaba plenamente convencida de que el rey necesitaba andadores.

La duquesa estaba también completamente convencida de que el duque de Lerma venía á ser los andadores de Felipe III.

El carácter tétrico del rey; su indolencia; su repugnancia, mal encubierta, á la gestión de los negocios públicos; su falta de instrucción y de ingenio, hacían de él un rey vulgarísimo, en el cual ningún ministro podía apoyarse confiadamente, puesto que cualquiera intriga mal urdida bastaba para dar al traste con el favorito y para establecer esa sucesión ruinosa de gobernantes egoístas é interesados que, desprovistos de todo pensamiento noble y fecundo, alentados sólo por una ambición repugnante, dan el miserable espectáculo de una lucha mezquina, que acaba por empequeñecer, por degradar á la nación que sufre con paciencia esta vergonzosa guerra palaciega.

El duque de Lerma, que después de una larga vida de cortesano, que le había hecho práctico en la intriga, llegó á ser árbitro de los destinos de España como ministro universal al advenimiento al trono de Felipe III, se había visto obligado, desde el principio de su privanza, á rodear al rey de hechuras suyas, á intervenir hasta en las interioridades domésticas de la familia real, y, lo que era más fatigoso y difícil, á contrabalancear la influencia de Margarita de Austria que, menos nula que el rey, quería ser reina.

Esto era muy natural; pero por más que lo fuese no convenía al duque de Lerma, que quería gobernar sin obstáculos de ningún género.

La duquesa de Gandía, pues, con muy buena intención, y creyendo servir á Dios y al rey, era el centinela de vista puesto por el duque junto á la reina.

Servía la duquesa á Lerma tan de buena voluntad, con tan buena intención, ya lo hemos dicho, como que creía que todo lo que faltaba á Felipe III para ser un mediano rey, sobraba á Lerma para ser un buen ministro.

Militaban además en el ánimo de la duquesa en pro del favorito, razones particulares de agradecimiento.

La duquesa era madre.

Lerma favorecía abiertamente á su hijo, el joven duque de Gandía, confiriéndole encargos altamente honoríficos.

Por rico y por noble que sea un hombre, hay ciertos cargos que enaltecen su posición, que aumentan su brillo.

La duquesa de Gandía estaba con justa causa agradecida al duque de Lerma.

Y como los bien nacidos no excusan nunca obligaciones á su agradecimiento, la duquesa servía á Lerma por convicción y por deber.

Pero era el caso que Lerma tenía más vanidad que perspicacia, y solía suceder que construyese sus más soberbios edificios sobre arena.

Así es que con frecuencia se equivocaba en la elección de sus instrumentos, tomando lastimosamente la adulación por afecto y el servilismo por solicitud.

El duque de Lerma se había creado sus enemigos en sus

mismos instrumentos, y debía conservar el poder hasta el momento en que, robustecidos por él sus adversarios, se encontrasen bastante fuertes para derrocarle.

Respecto á la duquesa de Gandía, la equivocación de Lerma había sido de distinto género: ella le servía de buena fe, pero la duquesa no servía para el objeto á que la había destinado el duque.

Porque la reina era más perspicaz, y sin ser un prodigio, porque en los tiempos de Felipe III, los prodigios personificados habían dejado completamente de manifestarse en España; sin ser un prodigio la reina, tenía un claro talento, y maravillosamente desarrollada esa cualiddd que se llama astucia femenil.

Desde el principio comprendió Margarita de Austria que su camarera mayor era un instrumento de Lerma, y no le rompió porque prefería un enemigo de quien podía burlarse, á arrostrar el peligro de que, más precavido el duque, ó más atinado en una segunda elección, la pusiese al lado una influencia más temible.

La reina, pues, procuró neutralizar el poder de Lerma respecto al insuficiente espía que la había puesto al lado, colmando de favores y distinciones á la duquesa y demostrándola un cariño de amiga, más que de soberana.

La duquesa tragó el anzuelo, y no vió de la reina más que lo que la reina quiso que viese.

Lerma no logró, pues, nunca saber á lo que debía atenerse á ciencia cierta respecto á la reina.

La duquesa creía verlo todo, y halagada de una parte por los favores del favorito, y de otra por el cariño traidor de la reina, vivía tranquila y feliz, salvo algunos disgustos inherentes á su posición, inevitables.

Como mujer de Estado, tenía satisfecha su vanidad, creyéndose uno de los primeros y más importantes resortes del gobierno.

Como mujer particular, había pasado de la edad de las pasiones, gozaba del respeto y de la consideración de todo el mundo, y pasaba la parte de vida que la dejaban libre los delicados deberes de su alto cargo, rezando, leyendo vidas de santos ó durmiendo.

De lo expuesto se deduce que la duquesa de Gandía vivía soñando.

Y como la vida es sueño, vivía.

Para algo hemos presentado á nuestros lectores esta señora.

Ella va á servirnos de medio para empezar á conocer de una manera gráfica, por decirlo así, á uno de los más importantes personajes de nuestro drama.

Aquella misma noche en que acontecieron al sobrino de su tío las extraordinarias aventuras que dejamos relatadas en el capítulo anterior, y cabalmente en los momentos en que el joven sostenía su extraño diálogo con la dama encubierta, doña Juana de Velasco estaba sentada en un ancho sillón forrado de terciopelo, al lado de una mesa, leyendo á la luz de los dobles mecheros de un enorme velón de plata, un no menos enorme libro á dos columnas, mal impreso y cuyo papel era fuertemente moreno.

Aquel libro tenía por título: *Miedos y tentaciones de San Antonio Abad.*

La habitación en que la duquesa se encontraba era una extensa cámara del alcázar, cuyas paredes estaban cubiertas de damasco rojo, y adornadas con enormes cuadros del Tiziano, de Rafael y de Pantoja de la Cruz.

El techo, obscuro, de pino, tallado profundamente, según el gusto del Renacimiento, estaba, á causa de su altura, casi perdido en la sombra, que no alcanzaba á disipar la insuficiente luz del velón; acontecía lo mismo respecto á las paredes que, veladas por una penumbra opaca, hacían aparecer de una manera extraña y descompuesta las figuras de los cuadros; y el fuego brillante de un brasero colocado á cierta distancia, en la sombra, contribuía á dar cierto aspecto fantástico y siniestro á aquella silenciosa cámara, en la cual no se veía de una manera determinada más que el plano de la mesa en que estaba el velón, parte de la pared, en que proyectaba una sombra fuerte la pantalla, y medio cuerpo de la duquesa, con su toca blanca y su vestido negro, leyendo en silencio y con una atención gravísima.

No se oía ruido alguno, á excepción del zumbar del viento, y el chasquido de una ventana que el viento cerraba de tiempo en tiempo, produciendo un golpe seco y desagradable.

La duquesa seguía engolfada en su lectura.

De repente se estremeció y palideció.

Había llegado á un pasaje en que el demonio estaba retratado tan de mano maestra, que la duquesa tuvo miedo, y cerró el libro santiguándose.

Un segundo estremecimiento más profundo, más persistente, se dejó notar en doña Juana, que exhaló un grito y se puso de pie aterrada.

No podía ser el libro lo que había causado este nuevo terror.

En efecto, había sido distinta la causa.

La duquesa había visto abrirse una de las paredes de la cámara, y salir por la abertura una sombra negra.

Su sobresalto, pues, era muy natural.

Pero sobre los hombros de la figura negra, había una cabeza blanca con sus correspondientes cabellos rubios.

Era, pues, un hombre lo que la duquesa había tomado por una aparición del otro mundo.

—¡Chists! ¡no gritéis, mi buena doña Juana!—dijo aquel hombre poniéndose un dedo sobre los labios—; ¿no veis que vengo solo y de una manera misteriosa?

—En efecto, señor, y me habeis dado un buen susto—dijo la duquesa.

—Vos no sabíais que en las habitaciones de la reina había puertas ocultas, ¿eh? pues ni yo tampoco.

—Pero vuestra majestad... si saben...

—Os diré: nadie puede saber nada, porque he venido emparedado.

—Dejad, dejad que vuelva de mi susto, señor; ¿conque es decir que si no hubiera sido vuestra majestad...?

—Eso digo yo: en nuestro alcázar tenemos entradas y salidas que no conocemos; de modo que si algún miserable como Ravaillac conoce estos pasadizos, estamos expuestos á morir de la muerte del rey de Francia.

—En España no hay regicidas, señor: además, vuestra majestad es un rey justo y bueno y no tiene enemigos.

—Dicen que Enrique IV era un buen rey.

—Pero hereje...

—¡Ah! por la misericordia de Dios, somos buenos hijos de Roma. Sin embargo, ¡si supiérais, doña Juana, de qué manera he sabido que se puede venir de mi cámara á la de la reina sin que nadie lo sepa!

—¿Pues cómo? ¿no conoce vuestra majestad á quien se lo ha revelado?

—Cerrad las puertas, doña Juana, cerradlas, que no quiero que nadie nos vea, y venid á sentaros después conmigo junto al brasero. Hace frío, sí, sí por cierto, mucho frío. Tenemos que hablar largamente.

Mientras que la duquesa de Gandía cierra las puertas, toda admirada y toda cuidadosa, examinemos al rey, que se había sentado junto al brasero y removía el fuego aspirando su calor con un placer marcado.

Felipe III sólo tenía entonces treinta y tres años, pero su palidez enfermiza y la casi demacración de su semblante le hacían parecer de más edad; su frente era estrecha, sus ojos azules no tenían brillo, ni el conjunto de sus facciones energía; el sello de la raza austriaca, ennoblecido por el emperador Don Carlos, estaba como borrado, como enlanguidecido, como degradado en Felipe III; aquella fisonomía no expresaba ni inteligencia, ni audacia, sino cuando más la tenacidad de un ser débil y caprichoso; el labio inferior, grueso, saliente, signo característico de su familia, no expresaba ya en él el orgullo y la firmeza: había quedado, sí, pero un tanto colgante, expresando de una manera marcada la debilidad y la cobardía del alma; aquel labio en Carlos V había representado la majestad altiva y orgullosa: en Felipe II, el despotismo soberbio; en Felipe III, nada de esto representaba: ni el dominador, ni el déspota se había vulgarizado, se había degradado; no era un rasgo, sino un defecto.

Añádase á esto un cuerpo delgado y pequeño, caracterizado con el aspecto fatigoso de un cansancio habitual, y este cuerpo embutido dentro de un traje de terciopelo negro; añádase un cordón de seda del que cuelga sobre el pecho el toisón de oro; un pequeño puñal de corte, pendiente de un cinturón tachonado de pequeños clavos de plata, y al otro lado un largo rosario negro sujeto al mismo cinturón, y se tendrá una idea de Felipe III, tal cual se presentó á la duquesa de Gandía.

—¿Habéis cerrado ya, doña Juana?—dijo el rey, después que hubo removido á su placer el brasero y colocádose en la posición más cómoda que pudo.

—Sí, señor.

—¿Es decir, que no puede escucharnos nadie?

—Nadie, señor.

—Sentáos.

Sentóse la duquesa, pero en una actitud respetuosa y á corta distancia del rey.

—Acercáos, acercáos, doña Juana; hace frío... y sobre todo, tenemos que hablar largamente y á corta distancia, á fin de que podamos hablar muy bajo: vengo á buscaros como un amigo; como un amigo que se confiesa necesitado de vos, no como rey.

—Vuestra majestad puede mandarme siempre.

—No tanto, no tanto, doña Juana; ya sé yo que servís:
con el alma y la vida...

—A vuestra majestad.

—Ciertamente; sirviendo á Lerma, me servís, porque el
duque es mi más leal vasallo.

—Lo podéis afirmar, señor... el duque de Lerma...

—El duque de Lerma me sirve bien; pero aquí, entre los
dos, doña Juana, me tiraniza un tanto; á pretexto de que la
reina es enemiga suya, me tiene casi divorciado; y la reina...
está ofendida conmigo... ya lo sabéis.

La duquesa se encontraba en ascuas: lo que la sucedía
era un verdadero compromiso, porque, al fin, el rey era
el rey.

La rígida etiqueta de la casa de Austria, con arreglo á la
cual raras veces se encontraba el rey libre de una numerosa
servidumbre, había impedido hasta entonces que Felipe III
la abordase con libertad, en su cualidad de cancerbera de
la reina; pero aquella desconocida comunicación secreta, la
había entregado sin armas y, lo que era peor, desprevenida,
á una entrevista particular con el rey.

La duquesa se calló, no encontrando por el pronto otra
contestación mejor que el silencio.

Alentado con este silencio, el rey añadió:

—Vos misma conocéis la razón con que me quejo. Lerma
es demasiado receloso, demasiado, y no sé qué motivo
pueda tener para desconfiar de la reina, para impedirme mi
libre trato con ella.

—Nunca, que yo sepa, se ha cerrado á vuestra majestad
la puerta de la cámara de su majestad, ni yo, como camarera mayor, lo hubiera permitido.

—Sí; pero yo creo que las paredes de la cámara de la
reina oyen.

—Podrá suceder—respondió la duquesa con intención—,
si las paredes de la cámara de su majestad tienen pasadizos como ese.

Y la duquesa señaló la puerta secreta que había quedado
abierta.

—Sea como fuere—dijo el rey—, cuando Lerma sabe que
yo voy á ver á la reina, sabe todo lo que la reina y yo
hablamos.

—Protesto á vuestra majestad que ninguna parte tengo...

—No, no digo yo eso, ni lo pienso, doña Juana; pero
cuando la expulsión de los moriscos... la reina creía que el

edicto era demasiado riguroso... pretendía que los reinos de Granada y Valencia iban á quedar despoblados... me indicó otros medios... estábamos solos la reina y yo... al día siguiente en el despacho, estuvo Lerma taciturno y serio y me hizo comprender con buenas palabras que lo sabía todo... es más: extremó los rigores, sin duda saludables, de la ejecución del edicto, y yo tuve después con la reina un serio disgusto; ahora, con la expedición de Inglaterra, la reina pretende que es aventurada, ruinosa, ineficaz... Lerma ha enviado allá á don Juan de Aguilar y la reina se ha negado á recibirme de todo punto.

Detúvose él rey esperando una respuesta, pero la duquesa no contestó.

—¿Pero no se os ocurre nada que decirme, doña Juana?—dijo el rey, en el cual se iba haciendo cada vez más visible la impaciencia—; estais como asustada...

—En efecto, señor, vuestra majestad acaba de decirlo: estoy asustada, y suplico á vuestra majestad que... señor... perdonadme, pero no se me ocurre nada...

—Pues ello es necesario que se os ocurra, señora mía—insistió el rey con un tanto de aspereza—; preciso... yo no contaba con encontrar á nadie, porque el papel que me han dejado decía...

—¡Ah! ¡el papel que han dejado á vuestra majestad...!

—¡Qué! ¿no os he contado...?

—Vuestra majestad me ha dicho...

—Que no sabía nada acerca de estos pasadizos, y eso es muy cierto. Pero... os exijo el más profundo secreto—exclamó interrumpiéndose y con una gravedad, verdaderamente regia, el rey.

—¡Señor! ¡señor! ¡mi lealtad!

—¡Sí! ¡sí! ya sé que la lealtad á sus reyes, es una virtud muy antigua en la noble familia de los Velascos. Y hace frío...

La duquesa removió de nuevo el brasero.

—Del mismo modo os exijo secreto, un secreto absoluto, acerca de lo que está sucediendo.

—¿Pero qué está sucediendo, señor?

—Sucede que yo estoy hablando mano á mano y á solas con vos.

—Lo que me honra mucho.

—Pues bien; que nadie sepa, doña Juana, que habéis sido honrada de este modo... vos no me habéis visto.

—Crea vuestra majestad, señor...

—Sí, sí, creo que después de lo que os he dicho, seréis discreta. Pero estamos pasando lastimosamente el tiempo.

Y el rey fijó una mirada vaga en la puerta que correspondía á la recámara de la reina.

Aquella mirada hizo sudar á la duquesa.

—Sabed—dijo el rey, acercándose más á doña Juana y en voz sumamente baja—que mi confesor ha estado encerrado gran parte de la tarde conmigo.

Detúvose el rey, y la duquesa sólo contestó abriendo mucho los ojos, porque no sabía á dónde iba el rey á parar.

—Fray Luis de Aliaga, me habló de muchas cosas graves que no vienen á cuento... pero tened presente que mi buen confesor estaba solo conmigo.

Interrumpióse el rey, y la duquesa, por toda contestación, volvió á abrir desmesuradamente los ojos.

—Estaba solo conmigo y encerrado—continuó el rey—, ¿entendéis bien, duquesa? solo conmigo y encerrado...

—Sí, sí, señor, entiendo á vuestra majestad.

—Pues bien—dijo el rey soslayándose en el sillón y buscando en uno de los bolsillos de sus calzas—, cuando el padre Aliaga salió, me encontré sobre mi mesa esta carta cerrada, puesta á la vista y que, como veis, dice en su sobrescrito: «A su majestad el rey de España».

La duquesa miró el sobrescrito y continuó callando.

—Escuchad ahora lo que contiene esta carta, que por cierto no es muy larga, pero que, á pesar de su brevedad, es grave, gravísima: sí; ciertamente, muy grave.

Fijó el rey su mirada en la duquesa, que persistió en su silencio.

—Acercad la luz, doña Juana—dijo el rey.

Levantóse la duquesa, tomó el velón y continuó de pie junto á Felipe III, alumbrándole.

—Oid, pues: oid, y ved á cuánto os obliga mi confianza.

—Vuestra majestad no puede obligar más, á quien está tan obligada, señor.

—No importa, oid.

Y el rey se puso á leer:

«Sacra católica majestad: Los traidores que os rodean...»

Dejó el rey de leer, levantó los ojos y miró á la duquesa, que estaba verdaderamente asustada.

—¡Los traidores que me rodean!—dijo el rey—¿qué decís á esto?

—Digo, señor, que no lo entiendo—contestó la duquesa.

—Ni yo tampoco—repuso el rey—; yo creo que estoy rodeado de vasallos leales.

—Alguna miserable intriga...

—Oid: «los traidores que os rodean, os tienen separado de
su majestad la reina...»

Interrumpióse de nuevo el rey.

—En esto de tenerme separado de la reina, tienen mucha
razón, y no tenéis en ello poca parte, doña Juana.

—¡Jesús, señor!—exclamó la duquesa, que á cada momento estaba más inquieta.

—Como que sois muy grande amiga de Lerma.

—Yo... señor...—contestó con precipitación la camarera
mayor—cuando se trata del servicio de mis reyes...

—Seguid oyendo... «os tienen separado de la reina: es necesario que este estado de cosas concluya...»

Dejó el rey de leer.

—Y yo también lo creo así—dijo—; en cuanto á lo de no
ver libremente á mi esposa... en esta parte piensa como yo
el autor incógnito; pero prosigamos.

Y el rey inclinó de nuevo la vista sobre la carta:

—«...es necesario que este estado concluya, pero ni lo
conseguirá vuestra majestad de Lerma, ni tendrá bastante
valor... ¡para hacerse respetar!»

—Eso es una insolencia, señor—dijo la duquesa—: quien
escribe esto á su rey, no puede ser más que un traidor.

—Eso dije yo... pero más abajo hay algo en que este traidor me sirve mejor que me sirven mis más leales vasallos,
inclusa vos, doña Juana.

—¡Señor!—exclamó toda turbada la duquesa.

—Vais á juzgar—dijo el rey continuando la lectura—:
«pero lo que no conseguiríais del duque de Lerma ni de la
camarera mayor...»

—¡Oh, Dios mío!—exclamó la duquesa—: perdóneme vuestra majestad si le interrumpo, pero... me parece que el que
ha escrito esta carta me cuenta entre el número de los traidores.

—¿Quién dice eso? y aunque lo dijesen, ¿creéis que yo
me dejaría llevar de carteles misteriosos? Si he dado importancia á éste es porque dice algunas verdades, y, sobre
todo, porque ha producido un hecho.

—¡Un hecho!

—Ciertamente: que yo conozca estos pasadizos. Pero continuemos, que se pasa el tiempo y esta cámara es tan fría...

Inclinóse un tanto la duquesa, y sin dejar de alumbrar al rey, removió de nuevo el brasero.

El rey leyó:

—«... pero lo que no conseguiríais del duque de Lerma ni de la camarera mayor, esto es, hablar con su majestad la reina en su misma cámara, sin temor de ser escuchados por nadie, va á procurároslo quien, no sirviéndoos por interés alguno, sino por su lealtad, os oculta su nombre. Buscad debajo de las almohadas de vuestro lecho: encontraréis un llavín de punta cuadrada; id luego al armario donde tenéis vuestros libros de devoción, y junto á la pared, por la parte que mira á vuestro lecho, encontraréis un agujero cuadrado también; meted en él el llavín, dad vuelta, y el armario se abrirá, dejándoos franco un pasadizo; seguidle en línea recta: á su fin encontraréis una puerta que abriréis con el mismo llavín, y os encontraréis en las habitaciones de... vuestra esposa.»

El rey dobló la carta lentamente, se soslayó de nuevo, y la guardó en su bolsillo.

—¿Qué decís á esto, doña Juana?—la preguntó el rey.

La duquesa se había quedado con el velón en posición de alumbrar al rey y hecha una estatua.

—Dejad, dejad el velón, y venid á sentaros frente á mí. Dios me perdone, pero juraría que estábais temblando.

—¡Ah, señor! —dijo la duquesa, que había dejado el velón, volviendo y juntando las manos—; ¡cuando pienso que un traidor puede llegar hasta aquí impunemente!

—Hasta ahora sólo ha entrado el rey; pero sentáos, sentáos y escuchadme bien: exceptuando lo mal que os trata á Lerma y á vos, yo no sabría con qué pagar á quien me ha procurado los medios de llegar hasta aquí... de poder entenderme buenamente con vos: yo hubiera preferido que esa puerta hubiese dado inmediatamente al dormitorio de la reina.

—¡Cómo, señor! ¿pesa á vuestra majestad haberme encontrado?

—No me pesaría si no fuéseis tan amiga de Lerma, ó si Lerma no creyera que la reina le quiere mal, aunque en ese caso, para nada necesitaba yo de pasadizos.

—Pero, señor, para mí, vuestra majestad, después de Dios, es lo primero.

—Sí, sí, lo creo... pero .. estoy seguro de que... me opondréis dificultades.

—¡Dificultades! ¡á qué!

—Mirad, doña Juana, yo amo á la reina.

—Digna de ser amada y respetada es su majestad, por hermosa y por discreta.

—La amo más de lo que podéis creer, y vos y Lerma me separáis de ella.

—¡Yo, señor!...

—Siempre que he pretendido atraeros á mi bando, á mi pacífico bando, os habéis disculpado con las obligaciones de vuestro cargo, con que necesitábais llenar las fórmulas, con que la etiqueta no permite al rey ver á su consorte, como otro cualquier hombre... y yo quiero verla con la libertad que cualquiera de mis vasallos ve á su mujer... ¿lo entendéis?

—Sí; sí, señor; pero...

— Os prometo que nadie lo sabrá: que ese pasadizo permanecerá desconocido para todo el mundo; que aunque la reina quiera hablarme de asuntos de Estado...

—¿Vuestra majestad me manda, señor, que le anuncie á su majestad la reina?—dijo la duquesa levantándose.

—No, no es eso... no me habéis entendido, doña Juana; yo no os mando, os suplico...

—Señor—dijo la duquesa inclinándose profundamente.

—Sí, sí, os suplico; quiero que reservada, que secretamente, me procuréis la felicidad que tiene el último de mis vasallos: la de poder amar sin obstáculo á su familia; mirad, hablaremos muy bajo la reina y yo... no os comprometeremos...

—Vuestra majestad no puede comprometer á nadie, porque vuestra majestad en sus reinos es el único señor, el único árbitro á quien todos sus vasallos tienen obligación de obedecer y de respetar.

—Pero si no se trata de obediencias, ni de respeto, ni de que toméis ese tono tan grave; lo veo: estáis entregada en cuerpo y alma á Lerma, le teméis; le teméis más que á mí; ¿será cierto lo que dicen acerca de que don Francisco de Sandoval y Rojas, marqués de Denia, duque de Lerma, por nuestra gracia, es más rey que el rey en los reinos de España?

Estremecióse doña Juana, porque Felipe III se había levantado de su indolencia y de su nulidad habituales, en uno de sus rasgos en que, como en lúcidos intervalos, dejaba adivinar la raza de donde provenía.

Tanto se turbó la duquesa, de tal modo tartamudeó, que

Felipe III se vió obligado á apearse de su pasajera majestad.

—Os suplico, bella duquesa—la dijo asiéndola una mano y besándosela, como hubiera podido hacerlo un caballero particular—que seáis mi amiga.

—¿Vuestra majestad desea ver á la reina?—dijo toda azorada doña Juana.

—Deseo más.

—¿Y qué más desea vuestra majestad?

—Deseo... que... que esto se quede entre nosotros.

—Yo jamás faltaré á lo que debo á mi lealtad, señor.

—Bien, bien; pues ya que soy tan feliz que logro reduciros, id y decid á mi esposa... á la reina... que yo...

—Voy á anunciar á su majestad, la venida de vuestra majestad.

El rey se quedó removiendo el brasero y murmurando:

—Creo, Dios me perdone, que la duquesa me teme: bien haya el que me ha mostrado el camino; pero ¿quién será? ¿El padre Aliaga? ¡Bah! el padre Aliaga no se anda conmigo con misterios... ¿quién será? ¿Quién será?

Abrióse la puerta por donde había entrado poco antes la duquesa, y el rey se calló.

Adelantó doña Juana, pero p i a y convulsa.

—¿Qué tenéis, duquesa?—dijo el rey, que no pudo menos de notar la turbación de la camarera mayor.

—Tengo... señor... que vuestra majestad va á creer que no quiero obedecerle.

—¡Cómo!

—Me es imposible anunciar á vuestra majestad.

—¡Imposible!

—Sí; sí, señor, imposible de todo punto.

—Pero y ¿por qué?...

—Porque... porque su majestad no está sola.

—¿Qué no está sola la reina? ¡Otra desgracia!... ¿Pero quién está con la reina?

—Está... esa doña Clara Soldevilla; esa menina á quien tanto quiere, á quien tanto favorece, de la cual apenas se separa la reina mi señora... esa mujer á quien no ha sido posible arrancar del lado de su majestad.

—¡Doña clara Soldevilla! —dijo el rey palideciendo más de lo que estaba—; ¿será necesario...?

—Sí; sí, señor; será necesario expulsarla á todo trance de palacio... es... perdone vuestra majestad... una intriganta...

una enemiga á muerte del duque de Lerma, de ese grande hombre, del mejor vasallo de vuestra majestad.

—Pero en resumen... ¿el estar la reina con esa mujer impide...? ¿No es éste un efugio vuestro, doña Juana?

—Juro á vuestra majestad por mi honor y por el honor de mis hijos, que me es imposible, imposible de todo punto anunciar á vuestra majestad... á no ser que vuestra majestad quiera que lo sepa doña Clara...

—¡Ciertamente que soy muy desgraciado!...

—Juro á vuestra majestad, que en el momento en que la reina mi señora quede sola... yo misma... por ese pasadizo, iré á avisar á vuestra majestad...

—¡Cuando haya vuelto Lerma...! ¡Cuando...! no, no, doña Juana, yo volveré; yo volveré... esta noche á la media noche... esperadme... y yo, yo, Felipe de Austria, no el rey, os lo agradecerá.

Y Felipe III, como quien escapa, se dirigió á la puerta secreta, desapareció por ella y cerró.

La duquesa viuda de Gandía volvió á quedarse sola.

Durante algunos segundos permaneció de pie, inmóvil, anonadada, trémula.

—¡Pero Dios mío! ¿Qué es esto?—exclamó con la voz temblorosa—. ¿Dónde está la reina? ¿Dónde está su majestad?

Y saliendo de su inacción, se precipitó de nuevo en la recámara de la reina.

Ni en ésta, ni en el dormitorio, ni el oratorio había nadie.

La reina, á juzgar por las apariencias, no estaba en el alcázar; al menos no estaba en las únicas habitaciones donde podía estar, porque suponer que la reina hubiese salido por las puertas de servicio, era un absurdo; ¿pero no podía haber salido la reina por algún pasadizo semejante á aquel por donde había aparecido el rey?

—La reina estaba sola: me despidió á pretexto de sus devociones y se encerró en el oratorio—dijo la duquesa—; nadie ha entrado, y la reina... su majestad... no parece; ¡oh! ¿qué es esto, Dios mío?

Encontrábase entonces la camarera mayor en el dormitorio de la reina, buscando con una bujía que había tomado del oratorio, por todas partes; su vista estaba maquinalmente fija en el voluminoso lecho, y una idea siniestra, una tradición obscura, que reposaba como otras tantas en el seno del alcázar, vino á herir su imaginación.

—Aquí, en esta misma cámara—murmuró con miedo -, murió la reina doña Isabel de Valois.

La duquesa se detuvo.

—Dicen—continuó—que la envenenó, por celos de su hijo, el rey Felipe II.

La camarera mayor, que hemos dicho era supersticiosa, empezó á encontrarse mal, á tener miedo en el dormitorio.

—¿Servirían estos pasadizos—dijo—para que el rey observase á su esposa?

Detúvose de nuevo la duquesa.

—Dicen que de tiempo en tiempo suceden en esta cámara cosas extraordinarias... que el alma de la reina doña Isabel...

En aquel momento la puerta que conducía al oratorio de la reina, dió un violento portazo. Sobresaltada, sobrecogida la duquesa, dejó caer la palmatoria que tenía en la mano y se quedó á obscuras.

Entonces sintió junto á sí los pasos de alguien que andaba por el dormitorio; sintió que aquellos pasos se acercaban á ella; sobrecogióla un pavor mortal; ni tuvo voz para gritar, ni para moverse; pero á pesar de aquel terror, oyó clara y distintamente una voz alterada, de entonación fingida, que dijo muy cerca de ella:

—Si queréis que nadie sepa vuestros secretos, noble duquesa, guardad vos un profundo secreto acerca de lo que habéis visto y oído esta noche.

La voz calló, los pasos se alejaron, rechinó la puerta, y luego todo volvió al silencio anterior.

Instantáneamente la duquesa se lanzó fuera del dormitorio y de la recámara de la reina, entró en la cámara donde poco antes había estado hablando con el rey y corrió á una campanilla y la agitó con violencia.

Entró una de las doncellas de la servidumbre.

—No, vos no—dijo alentando apenas la duquesa—; decid á la señora condesa de Lemos que entre.

Poco después entró una joven como de veinticuatro años, hermosa, viva, morena, ricamente vestida, y sobremanera esbelta y gentil.

A la primera mirada comprendió que sucedía algo terrible á la duquesa.

—¿Qué es esto, señora?—la dijo—; estais pálida, mortal, tembláis... ¿qué os ha sucedido?

—Una pesadilla .. amiga mia: me había dormido al amor del brasero, y... hacedme la merced de mandar que me traigan agua y vinagre... pero no os vayais... no... será una manía—añadió sonriendo penosamente—, pero no quiero estar sola.

La joven condesa de Lemos fué á pedir el agua, murmurando para sí mientras llegaba á la puerta de la cámara:

— ¡Una pesadilla que la ha puesto azul de miedo! ¡quién será el duende de esta pesadilla!

Al poco tiempo y después de haber bebido un enorme vaso de agua con vinagre, después de haber logrado con grandes esfuerzos obtener una serenidad aparente, la duquesa dijo á la joven dama de honor:

—¡Ya se ve! ¡es tan tétrica esta cámara! luego, esas ventanas que golpean... el ruido de la lluvia... y además... antes de dormirme leía *Los miedos y tentaciones de San Antonio Abad.*

—¡De tentaciones os ocupábais!—dijo la de Lemos--; pues mirad, señora, la noche está de tentaciones.

—¿Vos también leíais?

—No, señora, pensaba.

—¿Y pensando teníais... tentaciones?...

—Y muy fuertes, señora.

—¿Pero de qué? ¿qué diablo os tentaba?

—El diablo de la venganza.

—¡Oiga!—exclamó la duquesa afectando una risa ligera, como para demostrar que había pasado enteramente su terror—: ¿conque queréis vengaros?

—Me han ofendido.

—¿Quién?

—Mucha gente...

—Pero explicáos, si es que... podemos saber el motivo de vuestra venganza.

—¡Ay, Dios mío! sí, señora.

—Y ¿quién os ha ofendido?

—Primero el conde de Lemos.

—¡Vuestro esposo!

—Mi esposo... y me ha ofendido gravemente.

—¿Pero y en qué?

—En dar motivo para que le destierren de esta corte; ¡y qué motivo!, un motivo por el cual se ha puesto á nivel de ese rufián, de ese mal nacido, de ese Gil Blas de Santillana.

—¡Ah, ah!

—Descender hasta...

—Pero eso debe ser una calumnia.

—No, señora; el conde de Lemos ha cedido á una tentación, y cediendo á ella me ha ofendido á mí... como que hay quien dice...

—¡Calumnias!

—Hay quien dice que hubiera sido capaz de llevarme de la mano y de noche, á obscuras, al cuarto del príncipe don Felipe, solo por heredar á mi padre en el favor del rey, como ha sido capaz de llevar al príncipe don Felipe á los brazos de una aventurera.

El padre de la condesa de Lemos era el duque de Lerma.

—¿Pero quién se atreve á decir eso?

—Quien se atreve á todo; quien, arrastrándose delante de todo el que puede darle algo, practica los más bajos oficios; quien no se detiene ni ante lo más alto, ni ante lo más grande; quien se atreve hasta á su majestad la reina, no contándome á mí, que soy su dama de honor, y simplemente condesa de Lemos. En una palabra: don Rodrigo Calderón, á quien tan torpemente concede mi padre toda su confianza.

—¿Pero estáis loca, doña Catalina? Estáis loca; ¿qué cólera y qué malas tentaciones son esas?

—Acabo de recibir esta carta.

La jóven sacó de su seno un pequeño billete. La duquesa se estremeció involuntariamente, porque recordó la carta del rey.

—Leed, leed, doña Juana, porque yo no me atrevo á leer esa carta dos veces.

La duquesa tomó la carta, se acercó á la luz, buscó sus antiparras, se las caló y leyó lo siguiente:

«Ayer fui á vuestra casa y estábais enferma; yo sé que gozáis de muy buena salud: ayer tarde pasé por debajo de vuestros miradores, y al verme, os metísteis dentro con un ademán de desprecio; anoche hicísteis arrojar agua sucia sobre los que tañían los instrumentos de la música que os daba; esta mañana no contestásteis á mi saludo en la portería de damas y me volvísteis la espalda delante de todo el mundo; todo porque no he podido ser indiferente á vuestra hermosura y os amo infinitamente más que un esposo que os ha ofendido, degradándose. Me habéis declarado la guerra y yo la acepto. Empiezo á bloquearos, procurando que el conde de Lemos no vuelva en mucho tiempo á la corte. Tras esto irán otras cosas. Vos lo queréis. Sea. Por lo demás, contad siempre, señora, con el amor de quien únicamente ha sabido apreciaros.»

La duquesa, después de leer esta carta, se quedó muda de sorpresa.

—Esta carta— dijo al fin—merece...

—Merece una estocada—dijo la joven.

—No por cierto: esta carta merece una paliza.

—¿Pero de quién me valgo yo? ¿á quién confío yo...?

—Mostrad esa carta á vuestro padre.

—Mi padre necesita á ese infame: además, ésta no es la letra de don Rodrigo; se disculpará, dirá que se le calumnia.

—¡Esperad!

—¿Que espere?. . ¡bah!, no señor; yo he de vengarme, y he aquí mis tentaciones.

—Pero ¿qué tentaciones han sido esas?

—Primero, irme en derechura al cuarto de su majestad.

—¡Cómo!

—Decirle sin rodeos que estoy enamorada del príncipe.

- ¡Doña Catalina!

—Que valgo infinitamente más que otra cualquiera para querida de su alteza.

—¿Y seríais capaz?...

—¿De vengarme?... ya lo creo.

—¿De vengaros deshonrándoos?

—Un esposo como el mío, que se confunde con la plebe, merece que se le iguale con la generalidad de los maridos.

—Vos meditaréis.

—Ya lo creo... y porque medito me vengaré del rey, que no ha sabido tener personas dignas al lado de su hijo, mortificándole; del príncipe, enamorándole y burlándole...

—¡Ah! burlándole... es decir...

—¡Pues qué! ¿había yo de sacrificarme hasta el punto de deshonrarme ante mis propios ojos?... no... que el mundo me crea deshonrada, me importa poco: ya lo estoy bastante sólo con estar casada con el conde de Lemos; un marido que de tal modo calumnia, solo merece el desprecio.

—¡Cómo se conoce, doña Catalina, que sólo tenéis veinticuatro años y que no habéis sufrido contrariedades!

—¡Ah, sí!—dijo suspirando la condesa.

—¿Pero supongo que no cederéis á la tentación?

—Necesario es que yo me acuerde de lo que soy y de donde vengo, para no echarlo todo á rodar: ¡escribirme á mí esta carta!

Y la condesa estrujó entre sus pequeñas manos la carta que la había devuelto la camarera mayor.

—¡Y si este hombre estuviese enamorado de mí, sería disculpable! pero lo hace por venganza.

—¡Por venganza!

—Contra mi marido, porque al procurar un entretenimiento al príncipe, no ha tenido á mano otra cosa que la querida de don Rodrigo Calderón.

—Tal vez os ame... y aunque esto no es disculpa...

—Don Rodrigo no me ama... porque...

—¿Por qué?

—Porque no se ama más que á una mujer, y don Rodrigo está enamorado de...

—¿De quién?—exclamó la duquesa, cuya curiosidad estaba sobreexcitada.

La de Lemos se acercó á la camarera mayor hasta casi tocar con los labios sus oídos, y la dijo en voz muy baja:

—Don Rodrigo está enamorado de su majestad.

—¡Explicáos, explicáos bien, doña Catalina!

—Ya sé, ya sé que un ambicioso puede estar enamorado de un rey, mirando en su favor el logro de su ambición; pero no he querido jugar del vocablo; no: don Rodrigo está enamorado de su majestad... la reina.

—¡Ved lo que decís!... ¡ved lo que decís, doña Carolina!—exclamó la camarera mayor anonadada por aquella imprudente revelación, y creyendo encontrar en la misma una causa hipotética de la desaparición de la reina de sus habitaciones.

—A nadie lo diría más que á vos, señora—dijo con una profunda seriedad la joven ni os lo diría á vos, si hasta cierto punto no tuviese pruebas.

—¡Pruebas!

—Oíd: hace dos años, cuando estuvimos en Balsaín, solía yo bajar de noche, sola, á los jardines.

—¡Sola!

—En el palacio hacía demasiado calor. Acontecía además, para obligarme á bajar al jardín, que... en las tapias había una reja.

—¡Ah!

—Una reja bastante alta, para que pueda confesar sin temor que por aquella reja hablaba con un caballero, más discreto por cierto, más agudo, y más valiente y honrado que el conde de Lemos.

—Sin embargo, creo que hace dos años ya estábais casada.

—¿Y qué importa? yo no amaba á aquel caballero, ni aquel caballero me amaba á mí.

—Os creo, pero no comprendo...

—Pero comprenderéis que cuando os confieso esto, os lo confesaría todo.

—¿Pero cómo podías bajar á los jardines?

—Por un pasadizo que empezaba en la recámara de la reina, y terminaba en una escalera que iba á dar en los jardines.

—¡Ah! ¡también hay pasadizos en el palacio de Balsaín!

—Un pasadizo de servicio, que todo el mundo conoce.

—¡Ah! ¡sí! ¡es verdad!

—Pues bien: la noche que me tocaba de guardia en la recámara de la reina, cuando su majestad se había acostado; abría silenciosamente la puerta de aquel pasadizo y me iba... á la reja.

—Hacíais mal, muy mal.

—No se trata de si hacía mal ó bien, sino de que sepáis de qué modo he podido tener pruebas.. de los amores ó al menos de la intimidad de don Rodrigo Calderón con la reina.

—¡Amores ó intimidad!... - murmuró la duquesa—¡Dios mío! ¿pero estáis segura?

—¿Que si lo estoy? Una noche, cuando yo me volvía de hablar con mi amigo secreto, al pasar por detrás de unos árboles oí dos voces que hablaban, la de un hombre y la de una mujer.

—Y eran...

—Cuando arrastrada por mi curiosidad me acerqué cuanto pude de puntillas, conocí... que la mujer era la reina, que el hombre era don Rodrigo Calderón.

—¡Y hablaban de amores!

—Al principio... es decir, cuando yo llegué, no; conspiraban.

—¡Que conspiraban!

—Contra mi padre.

—¡Ah!—exclamó la duquesa.

—Recuerdo que su majestad estaba vestida de blanco, y que don Rodrigo tenía un bello jubón de brocado; el traje de la reina me extrañó, porque recordé que cuando entramos á desnudarla tenía un vestido negro.

—Pero... ¿cómo... á propósito de qué conspiran... la reina y don Rodrigo contra el duque Lerma?

—La reina se quejaba de que mi padre dominaba al rey; y

que no se hacía más que lo que mi padre quería; que las rentas reales se iban empeñando más de día en día; que la reina estaba humillada; que nuestras armas sufrían continuos reveses; que, en fin, era necesario hacer caer á mi padre de la privanza del rey, para lo cual debían unir sus esfuerzos la reina y don Rodrigo.

—¡Ah! ¡ah! por el amor... ¿hablaron de amor?...

—Don Rodrigo pidió una recompensa por sus sacrificios á la reina.

—Y la reina...

—La reina le dijo: ¡esperad!

—¡Pero una esperanza!...

—Mi buena amiga: cuando una mujer pronuncia la palabra ¡esperad! como la pronunció la reina, es lo mismo que si dijese: hoy no, mañana.

—Sin embargo, la reina, por odio al duque de Lerma, ha podido bajar hasta decir á un hombre que pudiese servirla contra el duque: ¡esperad! ¡pero bajar más abajo!

—La reina tiene corazón.

—Es casada.

—Está ofendida.

—El rey la ama.

—El rey ama á cualquiera antes que á su mujer.

—Tengo pruebas del amor del rey hacia la reina; pruebas recientes.

—Lo que inspira la reina al rey no es amor, sino temor, y procura engañarla sin conseguirlo. El rey quiere á todo trance que le dejen rezar y cazar en paz, y la lucha entre la reina y mi padre le desespera.

Quedóse profundamente pensativa la duquesa.

—Os repito—dijo recayendo de nuevo en su porfía—que no tengo la más pequeña duda de que la reina inspira á su majestad un profundo amor.

—Ya os he dicho y os lo repito: no se ama á un tiempo á dos personas.

—¿Y el rey?...

—El rey ama á una mujer que... preciso es confesarlo, por hermosa, por discreta, por honrada, merece el amor de un emperador. ¡Pero vos estáis ciega, doña Juana! ¿no habéis comprendido que el rey está enamorado hasta la locura de doña Clara Soldevilla, verdadero sol de la villa y corte, y que vale tanto más, cuanto más desdeña los amores del rey?

—¡Pero si doña Clara es la favorita de la reina! ¿Queréis que la reina esté ciega también?

—La reina sabe que si el rey ama á doña Clara, doña Clara jamás concederá ni una sombra de favor al rey, y la reina, con el desvío de doña Clara á su majestad, se venga del desamor con que siempre su majestad la ha mirado.

—Vamos: no, no puede ser; vos os equivocáis... tenéis la imaginación demasiado viva, doña Catalina.

—Quien tiene la culpa de todo esto, es mi padre.

A esta brusca salida de asunto, ó como diría un músico, de tono, la duquesa no pudo reprimir un movimiento de sorpresa.

—¡Qué decís! – exclamó.

—Mi padre, con la manía de rodearse de gentes que le ayuden, se fía demasiado de las apariencias y comete... perdonadme, doña Juana, porque yo sé que sois muy amiga y muy antigua amiga de mi padre, pero su excelencia comete torpezas imperdonables.

—¡Dudáis también de la penetración, de la sabiduría y de la experiencia de vuestro padre! Yo creo que si seguimos hablando mucho tiempo acabaréis por confesar que dudáis de Dios.

—Creo en Dios y en mi padre.

—Se conoce—dijo la duquesa no pudiendo ya disimular su impaciencia—que os galanteaba con una audacia infinita, antes de que os casárais, don Francisco de Quevedo.

Coloreáronse fugitivamente las mejillas de la joven.

—¿Y en qué se conoce eso?

—En que os habéis hecho... muy sentenciosa.

—Achaques son del tiempo; hoy todo el mundo sentencia, hasta el bufón del rey; ¡y qué sentencias dice á veces el bueno del tío Manolillo! El otro día decía muy gravemente hablando con el cocinero mayor del rey: «Hoy en España se come lo que no se debe guisar»; y como el buen Montiño no le entendiese, replicó sin detenerse un punto: «por ejemplo, allá va un maestresala que lleva respetuosamente sobre las palmas de las manos un platillo de cuernos de venado para la mesa de su majestad.» (1).

---

(1) El autor se ve obligado, para que sus lectores comprendan que los cuernos de venado pueden comerse, á transcribir la siguiente manera con que dice se tienen de condimentar: Francisco Martínez Montiño, en la décimosexta impresión de su *Arte de Cocina*, á la pág. 163, dice así: *Platillo de las puntas de los cuernos de venado*. Los cuernos del venado ó gamo, cuando están cubiertos de pelo, tienen las puntas muy tiernas. Estas se han de cortar de manera que que-

4

A esta salida de la condesa, la camarera mayor no pudo contener un marcado movimiento de disgusto; reprimióse, sin embargo, y dijo procurando dar á su voz un acento conveniente:

—Vamos, se conoce que la insolencia de don Rodrigo os ha llegado al alma, porque estáis terrible, amiga mía; nada perdonáis, ni aun á vuestro padre, y voy convenciéndome de que por vengaros de ese hombre, seréis capaz de todo.

—¿Pues no? ¿Os parece que una dama puede sufrir, sin desesperarse, insultos tan groseros?

—Confieso que tenéis razón y que en vuestro lugar...

—Vos en mi lugar, ¿qué haríais?

—Pediría consejo.

—Pues cabalmente yo no he hecho más que pedíroslo.

—¡Ah! yo creía que sólo me habéis dado á conocer vuestras tentaciones.

—Pues de ese modo os he pedido que me aconsejéis.

Meditó de nuevo profundamente la duquesa.

—Pues bien—dijo después de algunos segundos—, voy á hacer más que aconsejaros: voy á vengaros.

—¿A vengarme, señora?

—Voy á hacer que por lo menos destierren de la corte á don Rodrigo Calderón, y que levanten su destierro al conde de Lemos.

—Procurad lo primero y aun más si podéis—dijo con vivacidad la condesa—; pero en cuanto al conde de Lemos, dejadle por allá: me encuentro muy bien sin él.

—Sea como queráis; y á propósito de ello, voy á escribir ahora mismo á vuestro padre.

—¡Ah, señora! no sabré negaros nada si me desagraviáis.

—Permitidme un momento, amiga mía; concluyo al instante.

La camarera mayor se acercó á la mesa, se sentó delante de ella, abrió un cajón, sacó papel, se caló las antiparras y se puso á escribir lenta, muy lentamente.

---

de hacia la punta todo lo tierno y pelarlos en agua caliente, y quedarán muy blancos y hanse de aderezar con la tripa del venado, salvo que no se han de tostar, sino cocerlos con un poco caldo, y sazonar con pimienta y jengibre, y échese
le un poquito de manteca de vacas fresca, y con esto cuezan cosa de una hora; y no se ha de cuajar con huevos, ni se ha de echar género de verdura. Es muy buen platillo; sólo el nombre tiene malo.

Por lo que se ve, el cocinero de su majestad llamaba cuernos á los que en realidad sólo eran cuernos en leche; como si dijéramos, cuernos in fieri, por nacer ó no acabados de nacer.

La lentitud de la duquesa consistía, no en que la fuese difícil escribir, sino en que pensaba más que escribía.

Ni un sólo momento durante la conversación con la condesa de Lemos, había olvidado la posición difícil en que se encontraba, esto es: su posición de camarera mayor de una reina que se había perdido en su recámara, mientras ella hacía su servicio en la cámara.

La conversación con la condesa de Lemos había agravado, á su juicio, aquella situación; había descubierto grandes cosas; esto es: que la reina alentaba á don Rodrigo Calderón, confidente y secretario íntimo del duque de Lerma, á quien lo debía todo, y que don Rodrigo, alentado por la reina, hacía una completa traición al duque.

Entonces sospechaba si sería don Rodrigo el que había procurado al rey el conocimiento de aquellos pasadizos, y si sería también él quien, en medio de las tinieblas, la había amenazado con publicar sus secretos, si no guardaba un profundo silencio acerca de los singulares sucesos de aquella noche.

La duquesa, desde el momento, había comprendido la necesidad de avisar al duque de la aparición inesperada del rey y de la no menos extraña desaparición de la reina; pero cuando hubo oído las terribles revelaciones de la condesa de Lemos, vió que era de todo punto imprescindible avisar á Lerma sin perder un segundo.

El duque tenía en su casa un convite de Estado, y era de esperar que aquella noche no viniese á palacio; la camarera mayor estaba retenida por las obligaciones de su cargo en el alcázar hasta la hora de recogerse la reina, que era bastante avanzada; urgía avisar al duque, pero la dificultad estaba en procurarse un intermediario de confianza.

Porque es de advertir que tan enmarañada estaba la intriga alrededor de Felipe III, que no había de quién valerse con confianza para confiarle una carta para el duque de Lerma.

La duquesa vió con alegría que la de Lemos, la hija querida del duque de Lerma, interesada gravemente en que aquella carta llegase sin tropiezo á su padre, era el intermediario que necesitaba.

Una vez tomada esta resolución por la duquesa, su mano corrió con más rapidez sobre el papel: llenó las cuatro caras de la carta, que era de gran tamaño, con una letra gorda y desigual, en renglones corcovados; cerró la carta, la selló y puso sobre su nema:

«A su excelencia el señor duque de Lerma, de la duquesa viuda de Gandía.—En mano propia.»

—Tomad, doña Catalina—dijo la camarera mayor—; será necesario que os encarguéis vos misma de llevar esta carta á vuestro padre.

—¡Yo... misma...!—contestó con altivez la de Lemos.

—Menos arriesgado es esto que lo que queríais hacer por vengaros de don Rodrigo.

—Pero tengo mis razones... no quiero mezclarme para nada en estos negocios directamente...

—Pero hay un medio. Ponéos un manto, tomad una litera, id por el postigo de la casa del duque, que da á sus habitaciones.

—Peor aún: ¿qué dirá quien me abra ese postigo, al verme entrar en casa de mi padre de una manera tan misteriosa?

—El que os reciba, nada os dirá... no se meterá en si vais encubierta ó no. Dad tres golpes fuertes sobre el postigo: cuando le abran, que será al instante, entregad al criado que se os presentará, esa carta para que lea su sobre. El criado os devolverá la carta, y os llevará al despacho de vuestro padre, que al punto irá á encontraros.

—Pero habré de darme á conocer á mi padre, me preguntará...

—De ningún modo; si vos no queréis descubriros, vuestro padre no os pedirá que os descubráis, y podéis haceros desconocer de él y salir sin hablar una palabra, tan encubierta como habéis entrado. Pero en cambio, vos, á quien únicamente interesa este negocio, estaréis segura de que la carta ha ido á dar en las manos de vuestro padre.

—¡Iré!—dijo con resolución la de Lemos, después de un momento de silencio.

—Pues si habéis de ir, que sea al punto.

—Sí, sí; os agradezco en el alma lo que por mí hacéis, y voy á mandar que pongan una litera.

—Procurad que los mismos mozos que conduzcan la litera, no puedan conoceros.

—¡Oh, por supuesto! Adiós, doña Juana; adiós, y hasta después.

—Id con Dios, doña Catalina. Y... oid: hacedme la merced de decir á doña Beatriz de Zúñiga que entre.

—No quiere quedarse sola—murmuró la joven saliendo—; ¿qué misterio será éste?

Y llegando en la antecámara á una hermosa joven que, acompañada de otras tres reía y charlaba, la dijo:

—Doña Beatriz, la señora camarera mayor, os llama.

La joven compuso su semblante dándole cierto aire de gravedad, y entró en la cámara de la reina, al mismo tiempo que la condesa abría la puerta de la antecámara y desembocaba por la portería de damas.

CAPÍTULO III

EN QUE SE DEMUESTRA LO PERJUDICIALES QUE SON LOS LUGARES OBSCUROS EN LOS PALACIOS REALES

La condesa de Lemos atravesó en paso lento, recibiendo los respetuosos saludos de ujieres y maestresalas, algunas galerías y habitaciones.

Lo lento del paso de la condesa, consistía en que iba abismada en profundas cavilaciones.

—Me he visto obligada—pensaba—á inventar lo de los jardines de Balsaín, y á calumniar á la reina para procurarme una venganza segura contra el miserable don Rodrigo. La buena de doña Juana de Velasco, vale de oro todo lo que pesa; en habándola de mi padre, no sabe ser suya: es mucho lo que admira, mucho lo que venera, mucho lo que sirve la duquesa á su excelencia, y ha tragado el anzuelo... hasta el cabo... ¡lindezas dirá esta carta! El pensamiento ha sido diabólico... pero yo necesitaba vengarme... á conspirador, conspirador y medio, y salgan allá por donde puedan. ¡Ah! ¡Ah! estoy orgullosa de mí misma, y creo que si yo me dedicara á la intriga, sería... todo lo que quisiera ser.

Y la condesa, respondiendo á su pensamiento, satisfecha de su diablura, soltó una alegre carcajada.

Por fortuna, nadie había en la galería por donde atravesaba.

—Ahora—dijo para sí la condesa, continuando en su marcha y en su pensamiento—es necesario que esta carta llegue á manos de mi padre, sin que la lleve yo... ¡bah! renuncio á mi venganza á trueque de que mi padre y señor pudiera reconocerme; preferiría irme á él con la cara descubierta, y mostrarle la carta de don Rodrigo. Pero mi padre, que deja estar en su destierro á su sobrino, mi señor espo-

so, por no disgustar á su servicialísimo don Rodrigo, sería
capaz de desairar á su hija y de no creerla, porque su muy
querido don Rodrigo no se disgustase. Ahora, haciéndole
sospechar que don Rodrigo le engaña, que le hace traición,
su excelencia, que es tan receloso, que en todas partes ve
peligros, perderá de seguro á su muy amado confidente.
¿Quién os ha mandado, don necio soberbio, meteros conmigo? ¡Bien empleado os estará todo lo que os suceda, y en
vano os devaneréis los sesos para saber de dónde ha venido
el golpe!

La joven sonrió satisfecha de su pensamiento.

—Doña Clara Soldevilla estará en la sala de las Meninas;
acaso ella, que es valiente, que por nada se detiene, que
aborrece de muerte á don Rodrigo Calderón, llevará con
placer esta carta á mi padre, en cuanto sepa que esta carta
puede hacer daño á don Rodrigo. Es necesario inventar otra
historia para engañar á doña Clara, aunque es necesario que
sea más ingeniosa que la que he contado á la camarera mayor, porque doña Clara tiene mucho ingenio. Y bien--dijo
dándose un golpe en la frente--: ya tengo la historia. Utilicemos el ruidoso asunto de los amores del príncipe don Felipe con la querida de don Rodrigo; eso es, adelante.

La condesa entró en una cámara solitaria y llamó.

Presentósela inmediatamente una venerable dueña.

—¿Qué me manda vuecencia?—dijo aquella ruina con tocas.

—Decid á doña Clara Soldevilla que venga.

—Doña Clara no está en el cuarto de las Meninas, señora—dijo la dueña.

—¿No está acaso de servicio?

—No, señora; está en su cuarto enferma.

—¡Ah! ¿está enferma?—exclamó la condesa con un despecho, que la dueña tomó por interés.

—Afortunadamente, señora, la indisposición de doña Clara es un ligero resfriado.

—Me alegro mucho: me habíais dado un susto. ¿Y dónde
tiene su cuarto doña Clara?

—Vive sola con una dueña y una doncella, más allá de
la galería de los Infantes; si vuecencia quiere que la guíe...

--No; no me es urgente ver á doña Clara; la veré mañana. ¿Conque decís que vive...

—En la crujía obscura que está más allá de la galería de
los Infantes, en el número 10. Además, la puerta está pintada
de verde.

—Muy bien, gracias; retiráos.

—La dueña hizo una cumplidísima reverencia, y se retiró, casi sin volver la espalda á la condesa, que, en el momento en que se vió sola, tomó una bujía de sobre una mesa, y abriendo una puerta de servicio, se encontró en un estrecho corredor, pasado el cual, entró en una ancha galería, medio alumbrada por algunos faroles y enteramente desierta, á excepción de un centinela tudesco, que se paseaba gravemente en la galería y que, al ver á la condesa, se detuvo y al pasar ella por delante de él, dió un golpe con el cuento de la alabarda en el suelo, á cuyo saludo contestó la joven con una ligera inclinación de cabeza.

La condesa se perdió por una pequeña puerta al fondo.

La galería que acababa de atravesar era la de los Infantes; el lugar en que había entrado, era una galería densamente lóbrega, en la cual resonaban los pasos de la condesa de una manera sonora.

La de Lemos iba ceñida á la pared del lado izquierdo, con la bujía levantada, mirando los números pintados sobre las puertas, y ya había recorrido un gran espacio sin encontrar el número 10, ni la puerta verde, cuando oyó al fondo de la galería ruido de pasos lentos y marcados, como los de un hombre que anda pesadamente y con dificultad.

Miró la de Lemos al lugar de donde provenía el ruido, y sólo vió la área luminosa de la linterna.

El que la llevaba estaba envuelto en la sombra.

La condesa se detuvo contrariada, porque hubiera querido que nadie la viera en aquellos lugares, y se detuvo irresoluta.

El de la linterna se detuvo también.

—¿Quién va?—dijo con un acento breve, descuidado y ligeramente sarcástico; esto es: con un acento que parecía estar acostumbrado de tal modo á expresar el sarcasmo, que le dejaba notar hasta en la frase más indiferente.

—¡Ah! ¡Dios mío! ¿si será? ¡pero no! ¡no puede ser! ¡si estaba preso! ¿Quién va?—añadió con interés la condesa.

—¡Ah!—dijo el hombre—; yo soy, Diógenes trasegado, que anda en busca de un hombre y no le hallo.

—Y yo soy una dama andante, que busca á una mujer y no la encuentra.

Acercábanse entre tanto los dos interlocutores.

—Pero hallo una mujer—dijo el de la linterna—, lo que no es poco, y me doy por bien hallado.

—Y yo—dijo la condesa con afecto—encuentro un hombre, y me doy por satisfecha.

—¡Ah! ¡doña Catalina!

—¡Ah! ¡don Francisco!

A este punto, don Francisco y doña Catalina estaban á muy poca distancia el uno del otro, y se enviaban mutuamente al rostro la luz de la bujía y de la linterna.

Era don Francisco un hombre como de treinta años, de menos que mediana estatura, y más desaliñadamente vestido que lo que convenía á un caballero del hábito de Santiago, cuya cruz roja mostraba sobre el ferreruelo. Tenía la actitud valiente del hombre que nada teme y se atreve á todo; mostraba los cabellos un tanto más largos que como se llevaban en aquel tiempo; la frente alta, ancha, prominente, atrevida; la ceja negra y poblada, y al través del vidrio verdoso de unas anchas antiparras montadas en asta negra, dejaba ver dos grandes ojos negros, de mirada fija, chispeante, burlona y grave á un tiempo, inteligente, altiva, picaresca, desvergonzada, escudriñadora: mirada que se reía, mirada que suspiraba, mirada *pandœmonium*, si se nos permite esta frase, á cuyo contacto se encogía el alma de quien era mirado por ella, temerosa de ser adivinada ó de ser lastimada; aquellos dos ojos estaban divididos por una nariz aguileña de no escaso volumen, y bajo aquella nariz y un poblado bigote, y sobre una no menos poblada pera, sonreía una boca en que parecía estereotipada una sonrisa burlona, pero con la burla de un sarcasmo doloroso.

Este hombre era don Francisco de Quevedo y Villegas, gran filósofo, gran teólogo, gran humanista, gran poeta, gran político, gran conspirador, caballero del hábito de Santiago, señor de la torre de Juan Abad, epigrama viviente, desvergüenza ambulante, gran bufón de su siglo, que acogía con a a a as convulsivas las verdades que le arrojaba á la cara.d

Era, en fin, ese grande ingenio, cuyas obras leemos con deleite, perdonándole su cinismo, su escepticismo, su desvergüenza; ese grande ingenio á quien amamos, por lo que nos entretiene y por lo que nos enseña; ese hombre, á quien acaso ennoblecemos, ó á quien no comprendemos tal vez; esa colosal figura, colocada la mitad en luz y la mitad en sombra.

—¿Vos por aquí, don Francisco?—dijo la condesa sin disimular su alegría, alegría semejante á la de quien de una manera inesperada tiene un buen encuentro.

—¡Ah, doña Catalina! —¡Ah, don Francisco!

—San Marcos llora; allá le dejo entregado á su viudez, y
á los canónigos escandalizados de que Lerma se haya atrevido á tanto: allá se quedan llorando, porque ya no tienen
quien les haga llorar... de risa, y yo me vengo aturdido á la
corte, porque ya no tengo al lado, en un consorcio infame,
á quien me hacía reir de... rabia.

— ¡Siempre tan desesperado!— dijo con acento conmovido
la joven.

—¡Y siempre vos tan buena!— dijo Quevedo, á cuyos ojos
asomó una lágrima—; ¡tan buena!... ¡tan hermosa y tan desgraciada!—pero cambiando repentinamente de tono, dijo:
—¿conque el rey que os casó mal, os ha desenmaridado bien?

—¡Cómo! ¿sabéis?...

—Sé que por meterse en oficios de dueña, y por el pecado
de torpe, anda por esas tierras desterrado el conde de
Lemos, mi señor.

—¡Pero vos lo sabéis todo! ¡acabáis de llegar!...

—Súpelo en San Marcos, y fué un día grande para mí; el
único de grandeza que conozco al rey Felipe III; como que
desterraba de la corte á vuestro marido, y á mí me permitía
venir á enterrarme en ella, ó mejor dicho, á enojarme.

—¡A enojaros!

—Sí por cierto, á enojarme en vuestros ojos.

—¡Ah, don Francisco!, el amor debía tener un decálogo.

— ¡Torpe soy!

—¿Vos torpe?

—¡Si no os entiendo!, á no ser que el decálogo del amor
empezase de esta manera: el primero, amar á la condesa de
Lemos sobre todas las cosas.

—Bien decís que sois torpe; el decálogo del amor debía
decir: el segundo no galantear en vano.

—Porque sé que en vanísimo enamoro, digo que viniendo
á la corte, me entierro. Pero del mal el menos; viniendo vos
sola, no temo que nadie pise mi alma en su sepultura.

—Acabaréis por enfadarme, don Francisco—dijo con
seriedad la condesa.

—¿Enfadaros, vos, cuando yo estoy alegre? ¿nublaros
cuando yo amanezco?

—¿Es decir, que os alegráis de mi abandono?

—¡Alégrome de vuestra resurrección!

—Es que yo no me he muerto.

—Os enterraron en el matrimonio, poniéndoos por mortaja
al conde de Lemos. ¿Cómo queréis que no me alegre,

cuando os desamortajan y os desentierran? ¿Cómo queréis que no exclame?

Conde que te has condenado,
porque pecar no has sabido:
bien casado, mal marido,
¡guárdete Dios, desterrado!

—¡Sois terrible!—exclamó riendo la condesa.

—Perdonadme, pero de tal modo me han hecho vomitar versos en San Marcos, que aún me duran las ansias; donde piso, dejo sátiras; de donde escupo, saltan romances; donde llega mi aliento, se clavan letrillas. Pero prometo, á fe de Quevedo, no volver á hablaros sino en lisa prosa castellana.

—¿Sin jugar del vocablo?

—Lo otorgo.

—¿Ni del concepto?

—No me atrevo á jurarlo, porque me tenéis tan presa el alma y os teme tanto, que no sabe por dónde escaparse.

—Siempre que no me habléis de amor... ya sabéis donde vivo.

—Me aprovecharé de vuestra buena oferta, y me contentaré con adoraros en éxtasis.

—Es que yo no quiero veros idólatra. Pero dejando esta conversación, que os lo aseguro, me disgusta, ¿á dónde íbais por aquí?

—Iba en busca de un hombre que se me ha perdido, y voy á buscarle á casa del duque de Lerma, vuestro padre, donde según dicen le habré hallado.

—¿Vais á casa de mi padre?

—No, por cierto, voy á buscar al cocinero de su majestad.

—¿Qué, se encuentra en casa de mi padre?

—Allí está prestado.

—¿Queréis hacerme un favor, don Francisco?

—¿No sabéis que podéis mandarme?

—Pues bien: os mando que llevéis esta carta á donde ese sobrescrito dice.

—«Al duque de Lerma, en propia mano»—dijo Quevedo.

Y se quedó profundamente pensativo.

—¡Sé que sois enemigo de mi padre, que os pido un gran sacrificio! Pero...

—¿Me lo pagaréis?...

—Os lo... agradeceré en el alma.

—¡Iré!—dijo Quevedo, levantando la cabeza con resolución.

—¿Y no queréis saber el contenido de esta carta?

—Me importa poco.

—Podrá suceder...

—Me importa menos.

—Adiós—dijo precipitadamente la condesa.

—¿Por qué?...

—Suenan pasos, y se ven luces—dijo la de Lemos—. Si nos encontraran aquí juntos...

Quevedo apagó la luz de la condesa de un soplo, y luego sopló su linterna.

—¿Qué hacéis?—dijo la condesa, que se sintió asida por la cintura y levantada en alto.

—Desvanecerme con vos á fin de que no nos vean.

—Soltad, ó grito.

—Pueden conoceros por la voz.

—¡Traen luces y nos verán!

—Allí hay unas escaleras.

Y luego se oyó el ruido de las pisadas de Quevedo hacia un costado de la galería.

Luego no se oyó nada, sino los pasos de algunos soldados que iban á hacer el relevo de los centinelas.

Uno de ellos llevaba una linterna.

—¿Qué es esto?—dijo el sargento tropezando en un objeto—un candelero de plata con una bujía.

—Y una linterna de hierro.

—Las acaban de apagar.

—Cuando entramos había aquí una dama y un caballero.

—Dejad eso donde lo hemos encontrado y adelante. En palacio y en la inquisición, chitón.

Siguieron adelante los soldados, atravesando lentamente la galería.

Poco después se oyeron de nuevo las pisadas de Quevedo.

—Buscad mi candelero—dijo con la voz conmovida la de Lemos.

—Y mi linterna—contestó con un acento singular Quevedo.

—Ved que ésta es mi mano—dijo la condesa.

—No creía que estuviéseis tan cerca de mí.

—¡Ah! ya he dado con él.

—Ya he dado con ella.

—¡Adiós, don Francisco! mañana me encontraréis todo el día en mi casa.

—¡Adiós; doña Catalina! mañana iré á veros... si no me encierran.

—¡Adiós!

—¡Adiós!

—¡Oh, Dios mío!—murmuró la condesa alejándose entre las tinieblas—, creo que no me pesa de haberle encontrado. ¿Amaré yo á Quevedo?

Entre tanto, Quevedo, adelantando en dirección opuesta, murmuraba:

—Capítulo VI. De cómo no hay virtud estando obscuro.

Poco después extinguióse de una parte el crujir de la falda de la condesa, y de la otra el ruido de las lentas pisadas de Quevedo.

CAPÍTULO IV

ENREDO SOBRE MARAÑA

Quevedo salió del alcázar, se puso en demanda de la casa del duque de Lerma y se entró desenfadadamente en un destartalado zaguán, cuya puerta estaba abierta de par en par.

Aquel zaguán, hijo genuino del siglo XVI, á pesar de su irregularidad, de su pavimento terrizo y de sus paredes rudamente pintadas de rojo y blanco imitando fábrica, no dejaba de ser suntuoso y característico, como representante de la época de transición llamada del Renacimiento.

Un techo de pino acasetonado, con altos relieves en sus vanos, sostenido sobre un ancho friso de la escuela de Berruguete, así como una escalera de mármol con rica balaustrada del género gótico florido, parecían demandar otras paredes y otro pavimento, menos pobres, menos rudos; un enorme farol colgado del centro del techo, otro farol más pequeño pendiente de un pescante de hierro y que compartía su luz entre un nicho en que había un Ecce-homo de madera, de no mala ejecución, y un enorme escudo de armas tallado y pintado en madera; seis hachas de cera, sujetas á ambos lados en la balaustrada de la escalera, y otro farol pendiente del centro del techo de la escalera al fondo, eran las luces que iluminaban el zaguán, y dejaban ver las gentes que en él había.

Eran éstas dos lacayos aristocráticamente vestidos con

una especie de dalmática ó balandrán negro, con bandas diagonales amarillas, color y emblema de la casa. Sandoval, un hombre vestido de camino, rebozado en una capilla parda, que estaba sentado en un largo poyo de piedra que corría á lo largo de la pared en que se notaban la imagen y el escudo de armas, y una especie de matón que echado de espaldas contra una de las pilastras de la puerta, dejaba ver bajo el ala de su sombrero gacho, un semblante nada simpático, y nada á propósito para inspirar confianza.

Los dos lacayos ó porteros se paseaban á lo ancho del zaguán, apareados, hablando de una manera tendida, y riendo con una insolencia lacayuna; el joven embozado del poyo, miraba de una manera hosca á los porteros, y el matón de la puerta fijaba de tiempo en tiempo una mirada vigilante en el de la capilla parda, locutario del poyo.

Al entrar en el zaguán, Quevedo, que cuando iba á ciertos lugares, especialmente para entrar en ellos no desatendía ninguna circunstancia, y todo lo abrazaba de una mirada rápida, oculta, hasta cierto punto, por el verdoso vidrio de sus antiparras, se detuvo de repente junto al hombre que estaba en la puerta, le dió frente y le dijo encarándose e:

—¿Cómo tu aquí?

Afirmóse sobre sus plantas aquel hombre, y clavó sus ojos en Quevedo.

—¡Ah! ¡es vuesa merced!

—Yo te daba ahorcado.

—Y yo á vuesa merced desterrado.

—Pues encuéntrome en mi tierra.

—Y yo sobre mis canillas.

—¡Gran milagro!

—Sirvo á buen amo.

—¿A su excelencia?...

—Decís bien: porque sirvo á don Rodrigo Calderón...

—¡Criado del duque de Lerma! ¿conque eres?...

—Medio lacayo...

—Medio requiem...

—Decís bien.

—¿Quién agoniza por aquí?

Lanzó el matón una rápida mirada de soslayo al hombre que estaba en el poyo.

—¡Ah! –dijo Quevedo siguiendo también de soslayo aquella mirada–. ¿Y quién es él?

—¡Bah, don Francisco! por mucho que y_o os deba, también debo mucho á don Rodrigo y...

Sonó Quevedo algunas monedas en el bolsillo, y el matón cambió de tono.

—¿Pero qué importa á vuesa merced?... ¿no ha perdido vuesa merced la afición á saberlo todo?

—Ven acá, Francisco; ven acá, á lo obscuro, hijo, que en ninguna parte se dice mejor un secreto que donde no hay luz, ni nunca toma mejor dinero quien, como tú, gastas vergüenza, que á obscuras. Ven acá, te digo, y si quieres embuchar, desembucha.

Siguió aquel hombre á Quevedo un tanto fuera de la puerta, y cuando de nadie pudieron ser vistos ni oídos, dijo Quevedo:

—El hidalgo que se esconde entre sombrero y embozo, es mucha cosa mía.

—¡Ah! ¿es cosa vuestra... ese mancebo?... ¿pero cómo le ha conocido vuesa merced, si ni aun no se le ven los ojos?

—Ver claro cuando está obscuro, y desembozar tapados, son dos cosas necesarias á todo buen hidalgo cortesano; y más en estos tiempos en que es tan fácil á medio rodeo dar con la torre de Segovia; ¡hermano Juara, vomita!

—No me atrevo: don Rodrigo...

—Ni acuña mejor oro que el que yo gasto, ni usa mejor hierro que el que y_o llevo.

—¡Pero don Francisco!

—O al son de mi bolsa cantas, ó si te empeñas en callar, hablan de ti mañana en la villa. Conque hijo, ¿qué quiere don Rodrigo con mi pariente?

—¿Vuestro pariente es ese mozo?

—Archinieto de una archiabuela mía, que era tan noble persona que más arriba que el suyo no hay linaje que se conozca.

—¿Me promete vuesa merced guardarme el secreto, don Francisco?

—Por mi hábito te prometo que nadie ha de saber el mal conocimiento que tengo contigo. Desembucha, que ya es tarde y hace frío, y no es justo que me hagas ayudarte tanto á ganar un doblón de á cuatro; y el tal doblón es de los buenos del emperador, que anduvieron escondidos por no tratar con herejes.

Y Quevedo sonó otra vez su bolsillo.

—El cuento es muy corto. Figuráos que y_o, por orden de

don Rodrigo, estoy desde el obscurecer acechando á los que
salen del alcázar por la puerta de las Meninas.

—Palaciega historia tenemos.

—Figuráos que poco después baja una dama por las escalerillas de las Meninas, y se mete en una litera.

— ¿Dama y tapada? ·

— Sí, senor.

¿Estás seguro que no era dueña?

—Andaba erguida y transcendía á hermosa.

—Buen olor tiene tu cuento. ¿Y quién era ella?

— No lo sé; don Rodrigo me había dicho solamente: si sale
de palacio una dama ancha de hombros, alta de pecho, gentil y garrida, manto á los ojos, y halda hasta el suelo, sigue
á esa dama.

—He aquí unas señas capaces de volver el seso á Orlando
Furioso. ¿Seguiste á la dama?

—Iba á hacerlo cuando llegó don Rodrigo.—¿Ha salido?
me preguntó.—Sí, señor.—¿En litera?—Sí, señor. · ¿Por dónde va?—Por aquella calleja se ha metido.—Don Rodrigo
tira adelante y yo detrás de él; henos aquí metidos en una
aventura. Llovía...

—Aventura completa.

—Estaba obscuro.

—Mejor aventura.

—Paró la litera, y salió la dama.

—¿Entróse dónde?

—Siguió adelante.

—¡Con lluvia y de noche, tapada y sola! Sigue, hijo, sigue.
Cantas que encanta.

—Pero de repente, al volver una esquina, hétenos á la tapada asida de un embozado.

—¿Lluvia y tinieblas? ¿tapada y embozado?... buscona
adobada y pollo que miente gallo.

—Más alto debe picar, porque don Rodrigo me dijo: Juara,
lance tenemos; estocadas barrunto. Espada de gavilanes
traigo y daga de ganchos. No se trata de que me ayudes...
¡para un hombre otro hombre!

—¡Aventura con milagro!

—¿Qué milagro hay hasta ahora?

—Que don Rodrigo Calderón no vea más que un hombre,
cuando tiene delante un enemigo.

—Don Rodrigo es valiente...

—Pero más valido. Y en cuanto á valor no niego que es

mucho el valimiento del tal, como que de todo se vale para valerse: ¡válame Dios con tu cuento! Pero cuenta, hijo, y ten presente de no mentir. ¿Qué hubo al cabo?

—Hubo que don Rodrigo me dijo—: No conozco á quien la acompaña; persona debe ser cuando tan tirado platican y tan despacio caminan. Podrá suceder que cuando llegue el caso ese hombre me venza. Anda y busca una ronda, Juara.

—¿Y hubo lance?

—Lance hubo.

—¿Hubo sangre?

—Hubo un desarme...

—¿Quién mandó?

—El embozado del portal.

—¡Ah! Pues no sabía yo que tenía tan buen pariente.

—Llegué con la ronda, pero tarde: seguí á ese embozado de orden de don Rodrigo, metióse aquí, pretendió pasar de las escaleras, sin conseguirlo, y hace una hora que él está allí sentado, y que yo le estoy dando centinela.

—Por el cuento—dijo Quevedo, sacando una moneda del bolsillo—; porque pierdas la memoria—y sacó del bolsillo otra moneda.

—¿La memoria de qué?—dijo Juara.

—De que me has visto en tu vida.

Y sin decir más, rebozóse y se entró gentilmente por el zaguán.

Al pasar junto al de la capa parda, se detuvo y le miró fijamente.

—Mucho os tapáis—le dijo.

—Hace frío—contestó el otro con mal talante.

—Quien por damas se enzaguana—dijo don Francisco—, ó es tonto ó merece serlo.

—Yo os conozco, ¡vive Dios!—dijo el de la capilla poniéndose de pie y dejando caer el embozo.

—¡Mi buen Juan!—exclamó con alegría Quevedo.

—¡Mi buen Quevedo!—exclamó con no menos alegría Juan Montiño, que él era.

—Diez años me dais de vida; ¡apretad! ¡apretad recio!

—¡Que me place! ¡siempre el mismo!

—No tal; contempladme espectro.

—¡Vos espectro!

—Quedé pobre.

—¡Pobre vos!

—Y... vedme muerto, que entre un tuvo y un no tiene, hay un mundo de por medio. En prisiones me han tenido, y hoy á la corte me vuelvo á ser pelota de tontos y pasadizo de enredos.

—Pues en lo de hacer hablar con vos en verso al más topo cuando queréis, sois el mismísimo Quevedo de hace tres años; cinco minutos lo menos hemos estado hablando en romance.

—¡Ah! sí, tenéis razón; sudo para hablar en prosa, ni más ni menos que le acontece á Montalván cuando quiere hablar en verso, ó como al duque de Lerma cuando no encuentra cosa á qué echar el guante.

—¡Por la Virgen! ¡ved que estamos en casa del duque, y que nos escuchan sus criados!

—¡Pues mejor!

—¿Mejor? no entiendo.

—Entendedme; las verdades, cuando las lleva un correo, llegan verdades sopladas, y ganan ciento por ciento. Pero volviendo á nosotros, ¡mal hayan, amén, los versos! se me escapan como el flato. ¡Juro á Dios!...

—¡Guardad, Quevedo!

—Decís bien; no está en mi mano; es ya enfermedad de perro; comezón, archimanía. ¿Qué buscáis aquí?

—Pretendo...

—¿Lo véis? vos tenéis la culpa.

—¿Yo la culpa?

—Sí por cierto; me buscáis el asonante.

—¡Sois terrible!

—Soy... Quevedo. ¿Habéis acompañado á una dama?

—Sí; ¿quién os lo ha dicho?

—Los enredos son mi sombra; en viniendo yo á la corte, se vienen á mí los tales á bandadas, y lo que es peor, enrédanme, me sofocan, me traen de acá para allá, me sudan y me trasudan, y ni con reliquias de santo que lleve encima, dejan de acometerme. Pero volviendo á vuestra aventura. «Érase una tapada...

—Tapada era.

—... alta y garrida...

—¡Sí!

—... ancha de hombros, alta de seno, manto á los ojos, y halda hasta el suelo.»

—¿Conocéisla?

—No, ¿y vos?

—Tampoco.

—¿Pero no habéis reñido por ella?

—Sí.

—¿No habéis vencido?

—Sí.

—¿Y dónde la habéis dejado?

—Se fué sola.

—¿Y no venís aquí por ella?

—¡Ah! ¡no!

—¿Y no habéis vislumbrado quién ella sea?

—La tengo por principal.

—Dios os libre de un portento embozado, de un lucero entre nubes, de una mano entre rendijas, de un envido de buscona, y sobre todo, de un quiero. Desconfiad de carta de dueña como de pastel de hostería, y sobre todo, recibidme por maestro. ¿Dónde vivís?

—No lo sé aún; ¿y vos?

—Yo... vivo aquí.

—¿Acabáis de llegar?

—Ya os lo dije; torno á esta tierra, de un destierro.

—Y yo acabo de llegar de Navalcarnero. Fuí á buscar á mi tío á palacio; llovieron sobre mí aventuras y desventuras, porque esos porteros, á quienes Dios confunda, no han querido avisar de mi llegada á mi tío.

—¿Y quién es ese vuestro tío?

—El cocinero de su majestad.

—¡Francisco Martínez Montiño! pues me alegro, ¡hombre sois!

—¡Cómo!

—¡Ahí es nada! ¡con tío en palacio, cocinero de su majestad y enredador, avaro y celoso! ¡cuando os digo que habéis hecho suerte! ya veréis; ahora, si os importa ver vuestro tío, seguid á mi lado, ni más ni menos que si no os hubiesen negado la entrada; alta la cabeza, fruncido el ceño, y por no dar, que el dar daña, no les deis ni las buenas noches.

Y Quevedo tiró hacia las escaleras, desde en medio del portal donde había estado hablando con Juan Montiño.

Al ver acercarse á un caballero del hábito de Santiago, á quien habían oído hablar mal de su señor, porque Quevedo había levantado la voz para llamar ladrón al duque, los porteros le tuvieron, sin duda, por tan amigo de Lerma, que le dejaron franco el paso inclinándose, y sin duda también porque el caballero de Santiago se mostraba amigo del de la capilla parda, no se les ocurrió ni una palabra que decirle.

Entre tanto murmuraba Quevedo, subiendo lentamente las escaleras:

—Para entrar en todas partes, sirve una cruz sobre el pecho; mas para salir de algunas, sólo sirve cruz de acero.

—¿Qué decís? le preguntó Juan Montiño.

—Digo que al entrar aquí, no somos hombres.

—¿Pues qué somos?

—Ratones.

—¿Supongo que mi tío no será el gato?

—No, porque vuestro tío es comadreja.

—¿Dónde vais, caballero?—dijo á Quevedo un criado de escalera arriba.

Quevedo no contestó, y siguió andando.

—¿No oís? ¿dónde vais?—repitió el sirviente.

—¿No lo veis? voy adelante—contestó sin volver siquiera la cabeza Quevedo.

—Perdonad—dijo el lacayo, que alcanzó á ver en aquel momento la cruz de Santiago en el ferreruelo de don Francisco.

Entraron en una magnífica antecámara estrellada de luces y llena de lacayos.

El lujo de aquella antecámara en la casa de un ministro, era escandaloso: alfombras, cuadros de Tiziano, de Rafael, de Pantoja, del Giotto; tapicerías flamencas; lámparas admirables; puertas de las maderas más preciosas, incrustadas de metales; estatuas antiguas; un tesoro, en fin, invertido en objetos artísticos.

Una antecámara alhajada de tal modo, era un deslumbrante prólogo que hacía presentir verdaderas maravillas en las habitaciones principales.

—¡He aquí, he aquí el sumidero de España!— murmuró entre su embozo Quevedo—; ¡ah don ladrón ministro! ¡ah sanguijuela rabiosa! ¡Tántalo de oro! ¡chupador eterno! ¡para qué se han hecho los dogales!

Y adelantó.

—Oid—dijo Quevedo á uno que atravesaba la antecámara, llevando una fuente vacía.

—¿Qué me mandáis, señor?—contestó deteniéndose el lacayo.

—Llevad á este hidalgo á donde está su tío.

—Perdonad, señor; pero ¿quién es el tío de este hidalgo?

—El cocinero del rey.

—Seguidme — dijo el joven á Quevedo, estrechándole la mano.

—Nos veremos—contestó Quevedo.

—¿Dónde?

— Adiós.

—¿Pero dónde?

—Nos veremos.

Y volviendo la espalda al sobrino de su tío, se embozó en su ferreruelo, y se fué derecho á un maestresala que cruzaba por la antecámara.

Al ver el maestresala que se le venía encima una figura negra y embozada, donde todos estaban descubiertos, dió un paso atrás.

—No soy dueña—dijo Quevedo.

—¿Qué queréis?—dijo el maestresala con acento destemplado.

—Decid á su excelencia, vuestro amo, que soy la duquesa de Gandía.

Dió otro paso atrás el maestresala.

—Mirad—dijo Quevedo ganando aquel paso.

Y mostró al maestresala el sobrescrito de la carta que le había dado la de Lemos.

—Acabáramos – dijo el maestresala—; con haber dicho que teníais que entregar á su excelencia en propia mano...

—Esta carta viene sola.

Miró con una creciente extrañeza el maestresala al bulto que tenía delante, y se entró por una puerta inmediata.

Poco después volvió y dijo á Quevedo:

—Podéis seguirme.

—Si puedo — dijo don Francisco; y tiró adelante, siguiendo al maestresala, que después de haber atravesado algunas habitaciones más suntuosas y mejor alhajadas que las de palacio, abrió con un llavín una mampara, y dijo á Quevedo:

— Pasad y esperad; mi señor me manda rogaros le perdonéis si tardare.

Y el maestresala cerró la mampara.

—¡Perdonar! veré si perdono—dijo Quevedo adelantando, meditabundo, en la habitación donde le habían dejado encerrado—; ¡esperar! sí... tal vez... espero... espero... he entrado con buena suerte en Madrid... y vamos... sí... yo no creía... me ha puesto de buen humor esta pobre condesa, y he encontrado á ese noble joven por quien únicamente vengo á Madrid. ¡Casualidades! una mujer que puede servirme, un joven á quien tengo el deber de servir, y una carta que no sé lo que contiene, pero que veré leer; y ver leer, cuando se sabe ver, es lo mismo que leer ó mejor... ¡pues bien, mejor! y la tapada que ha acompañado ese valiente Juan... y las estocadas de ese caballero con don Rodrigo Calderón... ¡enredo! ¡enredo! ¡y del enredo dos cabos cogidos! esta misma espera me ayuda; esperemos, pero esperemos pensando.

Y Quevedo se embozó perfectamente en su ferreruelo, se sentó en un sillón, apoyó las manos en sus brazos, reclinó la cabeza en su respaldo y extendió las piernas, después de lo cual quedó inmóvil y en silencio.

CAPITULO V

¡SIN DINERO Y SIN CAMISAS!

El lacayo que guiaba á Juan Montiño le llevó por un corredor á una gran habitación donde, sobre mesas cubiertas de manteles, se veían platos de vianda.

En aquella habitación se veían además lacayos que iban y venían, entre los cuales, como un rey entre sus vasallos, se veía un hombrecillo vestido de negro con un traje nuevo de paño fino de Segovia, observándose que en las mangas ajustadas de su ropilla faltaban los puños blancos.

Este hombre tomaba los platos de sobre las mesas, los entregaba á los lacayos, decíales la manera que habían de tener para llevarlos y servirlos, y no paraba un momento, yendo de una mesa á la otra con una actividad febril, con entusiasmo, casi con orgullo, como un general que manda á sus soldados en un día de batalla.

Aproximándose más á este hombre se notaba: primero, que tenía cincuenta y más años; segundo, que tenía los cabellos mitad canos, mitad rubio panocha; tercero, que su fisonomía marcaba á un tiempo el recelo, la avaricia y la astucia; cuarto, que á pesar de todo esto, había en aquel semblante esa expresión indudable que revela al hombre de bien; quinto, que era rígido, minucioso é intransigible con las faltas de sus dependientes en el desempeño de su oficio; sexto y último, que emanaba de él cierta conciencia de potestad, de valimiento, de fuerza, que le daba todo el aspecto de un personaje *sui generis*.

Por lo demás, este hombre tenía la cabeza pequeña, el cuerpo enjuto y apenas de cuatro pies de altura; el semblante blanco, mate y surcado por arrugas poco profundas, pero numerosas; la frente cuadrada, las cejas casi rectas, los ojos pequeños, grises y sumamente móviles; la nariz afilada; la boca larga y de labios sutiles, y la barba, mejor dicho, el pelo de la barba, cano, lo que podía notarse en su bigote y su pe i a, porque el resto estaba cuidadosamente afeitado.

Á este hombre llegó el lacayo conductor del joven, que había quedado á poca distancia, y le dijo:

—¡Señor Francisco Montiño!...

—¡Eh, dejadme en paz!, no os toca á vos—dijo el señor Francisco tomando una fuente de plata con un capón asado y dándole á otro lacayo.

—Perdone vuesa merced, pero no es eso; vuestro sobrino...

—¡Mi sobrino!...—dijo el cocinero del rey—; yo no tengo sobrinos; llevad bien esa ánade, Cristóbal.

—¿Sois vos el señor Francisco Martínez Montiño?—dijo Juan Montiño adelantando.

—Sí, por cierto, que así me nombro—contestó el cocinero del rey dando á otro lacayo otro plato, y sin volverse á mirar á quien le hablaba.

—Pues entonces—repuso el joven--sois mi tío carnal, hermano de mi padre Jerónimo Martínez Montiño.

—¿Eh? ¿qué decís?—repuso el señor Francisco volviéndose ya á mirar á quien le hablaba.

Y apenas le vió su fisonomía tomó una expresión profundamente reservada.

—¡Diablo! —murmuró de una manera ininteligible—¡y es verdad! ¡y cómo se parece ál... perdonad un momento... ¡eh! ¡Gonzalvillo! ¡hijo, que vertéis la salsa de la alcaparral ¡animales! para esto se necesitan manos mejores que vuestras manos gallegas. ¿Conque qué decíais?—añadió volviéndose al joven.

—Digo, que acabo de llegar—dijo Juan Montiño con cierta tiesura, excitado por el carácter repulsivo de su tío.

—¿Pero de dónde acabáis de llegar?...

—De Navalcarnero.

—¡Ah! ¿y quién os envía?

—Pudiera suceder muy bien que hubiera venido sólo por

El cocinero de Su Majestad.

conocer al hermano menor de mi difunto padre; pero no he venido por eso; vengo porque me envía mi tío Pedro Martínez Montiño, el arcipreste.

—¡Ah! ¡os envía mi hermano el arcipreste! perdonad, perdonad otra vez; estos pajes... ¡eh! ¡dejad ahí esas fuentes; son de la tercera vianda, venid para acá! pero señor, ¿qué hacen esos veedores? ahora tocan las empanadas de liebre, los platillos á la tudesca y las truchas fritas.

Juan Montiño empezaba á perder la paciencia; su tío interrumpía á cada paso su diálogo con él para acudir á cualquier nimiedad; se le iba, se le escapaba de entre las manos, y no le prestaba la mayor atención; pero si Juan Montiño hubiera podido penetrar en el pensamiento de su tío, hubiera visto que desde el momento en que había reparado en su semblante, el cocinero del rey había necesitado de todo su aplomo, de toda su experiencia cortesana para disimular su turbación.

Consistía esto en que tenía delante de sí un sobrino á quien no conocía, y del cual en toda su vida sólo había tenido dos noticias dadas de una manera tal que bastaba para meter en confusiones á otro menos receloso que el cocinero del rey.

Veinticuatro años antes, cuando el señor Francisco Montiño sólo era oficial de la cocina de la infanta de Portugal doña Juana, es decir, cuando se encontraba al principio de su carrera, había recibido de su hermano Jerónimo la lacónica carta siguiente:

«Hoy día del evangelista San Marcos, ha dado á luz mi mujer un hijo: te lo aviso para que sepas que tienes un criado á quien mandar.»

Francisco Montiño se quedó como quien ve visiones: sabía que su cuñada Genoveva era una cincuentona que jamás había tenido hijos y que había perdido, hacía mucho tiempo, la esperanza de tenerlos; la noticia de aquel alumbramiento inverosímil, había venido de repente sin que le hubiese precedido en tiempo oportuno la noticia del embarazo; por otra parte, la carta en que Jerónimo Montiño se confesaba padre, no podía ser más seca ni más descarnada.

Francisco Montiño leyó tres veces la carta cada vez más reflexivo, se encogió al fin de hombros, y dijo, guardando cuidadosamente la carta:

—¿Qué habrá aquí encerrado?

Era necesario contestar, y Francisco Montiño, en su contestación, se templó al tono de la carta de su hermano:

«He recibido la noticia—le decía—de que tu mujer ha dado á luz una criatura, y me alegro de ello cuanto tú puedas alegrarte.»

Después, en ninguna de las cartas que se cruzaban periódicamente entre los dos hermanos, volvió á nombrarse al tal vástago, ni en las potsdatas que solía poner á las cartas de Jerónimo, Pedro, que entonces era simplemente beneficiado.

Pasaron así veintidós años: pero al cabo de ellos, Francisco Montiño, que ya había llegado á la cúspide de su carrera siendo, hacía tiempo, cocinero de Felipe III, recibió una carta de su hermano Jerónimo concebida en estos términos:

«Estoy muy enfermo; el médico dice que me muero. Si esto sucede, podrá suceder que Juan Montiño, mi hijo, vaya á la corte. Algún día podrá convenirte el que hayas servido á ese muchacho.»

—¿Qué habrá aquí encerrado?—dijo Francisco Montiño después de haber leído tres veces esta carta, como la otra fechada hacía veintidós años en el día de San Marcos.

Jerónimo murió al fin; habían pasado dos años sin que el señor Francisco recibiese noticias de su sobrino, cuando su sobrino se le presentó de repente como llovido del cielo y portador de una carta de su hermano el arcipreste; aquella carta podía ser la resolución del misterio, y como este misterio se había agravado para Montiño desde el momento en que había creído encontrar en el semblante del joven ciertos rasgos de semejanza con una alta persona á quien conocía demasiado, sintió una comezón aguda por apoderarse de aquella carta; pero siempre cauto y prudente disimuló aquella comezón, afectó la mayor indiferencia hacia su sobrino, y sólo volvió á anudar el interrumpido diálogo con el joven, después de haber dado á los pajes dos docenas de platos y seis docenas de órdenes y advertencias.

—Venid, venid acá, sobrino—dijo ya con menos tiesura, llevándole á un aposentillo situado cerca de la repostería, en el que se encerraron . He servido ya la segunda vianda, y hasta que sea necesario servir la tercera pasará un buen espacio. No extrañéis el que yo os haya prestado poca atención; con señores como el duque de Lerma, que gozan del favor de su majestad, hasta el punto de que su majestad se quede un día sin cocinero, porque su cocinero les sirva, toda diligencia es poca. Me alegro mucho de conoceros. Sois un gentil mozo, aunque no os parecéis ni á vuestro padre ni á vuestra madre; mi hermano era así poco más ó menos como yo, lo que no impedía que fuese un valiente soldado del rey, y mi cuñada, vuestra madre, fué en sus mocedades un tanto cuanto oronda y frescota, pero era fea y morena que no había más que pedir; vos sois muy gentil hombre, blanco y rubio, como si dijéramos, la honra de la familia, porque ya me estáis viendo y ya sabéis lo que fué vuestro padre y lo que es vuestro tío Pedro.

—¡Ah!—dijo el joven, á quien desarmó completamente la insidiosa charla de su tío Francisco—; vuestro pobre hermano, señor, acaso estará en estos momentos en la presencia de Dios.

Púsose notablemente pálido el señor Francisco, lo que demostraba que amaba á su hermano.

—¡Cómo!—dijo—. ¿Pues tan enfermo se halla?

—Tan enfermo, que esta mañana, después de haber hecho testamento, me llamó y me dijo: —Juan, es necesario que te vayas á Madrid en busca de tu tío Francisco, yo me muero; es necesario que antes de que yo muera reciba mi hermano esta carta, que he escrito con mucho trabajo esta noche. —Y sacó de debajo de la almohada esta carta cerrada y sellada que me entregó.

El joven sacó del bolsillo interior de su ropilla una gruesa carta cuadrada, en la que fijó una mirada ansiosa, pero rápida, imperceptible, el cocinero del rey.

—A vos está dirigida esta carta por mi tío moribundo—dijo el joven con voz conmovida—, y á vos la entrego. Mi buen tío Pedro, á pesar del deplorable estado en que se encontraba, me encomendó tanto que era necesario que recibiérais cuanto antes esta carta, que ensillé á *Cascabel*, creyendo que podría tirar todavía de una jornada, y á duras penas he podido llegar al obscurecer. ¡El pobre jaco está tan viejo!

—¿Y cuándo salísteis de Navalcarnero, sobrino?

—Antes del amanecer.

—¡Diez horas para cinco leguas!

—Todo lo que había en casa muere; sólo quedamos vos y yo.

—¡Bah! ¡bah!—dijo Montiño guardando en los bolsillos de sus gregüescos la carta de su hermano-, no nos aflijamos antes de tiempo; vuestro tío Pedro ha estado dos veces á la muerte, y una de ellas oleado y con el rostro cubierto.

—Pero á la tercera va la vencida—dijo el joyen.

—A la tercera...

Al pronunciar Francisco Montiño estas palabras, tenía el pensamiento en la carta de su hermano.

—¿Quién sabe? ¿quién sabe?—añadió Montiño—; ya es viejo, como que nació diez años antes que yo, y he cumplido ya los cincuenta y cinco. Pero ¿qué le hemos de hacer? ¿Y vos?... ¿qué sois vos?... soldado, ¿eh?

—No, señor; soy licenciado...

—¡Licenciado!... ¡no entiendo!... ¿de qué licencias habláis?...

—He estudiado teología y derecho en la Universidad de Alcalá.

—¡Ah!

—Muchas veces heme dicho: tengo un tío en palacio... bien pudiera mi tío procurarme un oficio de alcalde ó corregidor.

Fruncióse un tanto el gesto del cocinero del rey.

—Pero no he querido incomodaros—añadió el joven.

—Habéis pensado prudentemente, sobrino, porque me hubiera incomodado mucho no haber podido serviros.

—Sea como Dios quiera—dijo Juan Montiño.

La conversación había entrado en un terreno sumamente escabroso para el cocinero mayor.

—Sobrino—le dijo—, me es forzoso dejaros; ya es tiempo de servir la tercera vianda. ¿Dónde tenéis vuestra posada, á fin de que yo pueda veros?

—En ninguna parte, señor.

—¡Cómo! ¿pues dónde habéis dejado vuestro caballo?

—En las caballerizas de su majestad.

- ¡Diablo!

—Y contaba también con vivir en palacio, puesto que vos vivís en él.

—¡En mi cuarto!--exclamó todo hosco el señor Francisco—; ¡con una hija de diez y seis años, y una esposa de veinte, y vos joven!... ¡exponerme á las murmuraciones! no puede ser; buscad una posada.

—Es el caso, que no he traído dinero.

—¿Pero cómo os ha enviado así mi hermano? ¡vamos! las gentes de los pueblos se creen que Madrid es las Indias.

—Vuestro pobre hermano, señor, aunque nada os haya dicho, vive en la miseria, atenido á la limosna de tal cual misa, y á lo poco que yo gano enseñando latín. Pero en la enfermedad de mi tío se han ido nuestros últimos maravedises; ni aun maleta he podido traer... porque... toda mi hacienda la llevo encima.

—¡Diablo! ¡Diablo! pero vos os volveréis al pueblo.

—¿Y qué he de hacer allí después de muerto mi tío, por quien únicamente permanecía en el pueblo?

—De modo, que...

—Aquí me estaré.

—¡Y os venís así á la corte, sin dinero... y aun sin camisas!

— Tío, enseñando latín se gana muy poco.

—Pero ese caballo... vendiéndolo...

—¡Cascabel! En primer lugar, que yo quiero mucho á Cascabel, porque desde su juventud, qué es ya remota, ha servido buena y lealmente á mi padre; en segundo, que no habría nadie que diese un ducado por Cascabel, porque ni el pellejo aprovecha.

—¡Diablo! ¡diablo! ¡diablo!—murmuró Francisco Montiño—; pues bien, esperadme aquí, y después... después veremos cómo podemos salir de este compromiso en que me habéis metido vos y mi hermano Pedro.

Y diciendo esto escapó, dejando solo al joven.

A los veinticuatro años se piensa poco en las necesidades materiales ni en el porvenir: el porvenir es de la juventud; á los veinticuatro años sólo se tiene corazón; Juan Montiño estaba profundamente preocupado con el doble recuerdo de la dama de palacio y de la tapada, que le había metido en un lance de armas, que se le había escapado, y que se había dejado dos prendas, una voluntariamente, otra, como quien dice, robada.

Juan no había tenido ocasión de ver aquellas prendas, que pesaban en su bolsillo, y que representaban para él todo un mundo de esperanzas; pero cuando se encontró sólo, arrastró la silla en que estaba sentado, se volvió de espaldas á la puerta para cubrir con su cuerpo las alhajas de la vista de alguno que pudiese entrar de repente, y sacó aquellas joyas.

Por el momento le deslumbró el brillo del brazalete; estaba cuajado de diamantes; su valor debía subir á muchos miles de reales; Juan Montiño se aterró.

—¡Oh! ¿qué es esto, señor? ¿qué es esto?—dijo—; ¿qué dama es esa que tan ricas, tan magníficas joyas usa? ¿y dónde iba esa dama tan engalanada? ¡oh, Dios mío! ¡y qué pensará de mí esa dama! ¡si al echar de menos esta prenda me tomase por un ladrón!...

La frente del joven se cubrió de sudor frío y se sintió malo.

—Pero si estos diamantes fueran falsos... puede ser muy bien... si no lo fueran esa dama debía ser... veamos; examínemos bien esta alhaja.

Y Juan Montiño miró de nuevo y de una manera ansiosa el brazalete.

Entonces la sangre se heló en sus venas, pasando instantáneamente del frío á la fiebre, como si su sangre se hubiera convertido en la lava de un volcán. Sintió un zumbido sordo en sus oídos, y delante de sus ojos una nube turbia que los empañaba. Había visto en el centro del brazalete una placa de oro, y sobre ella, esmaltadas y entrelazadas, las armas reales de España y las imperiales de Austria.

Aquella prenda era efectivamente de gran valor; pertenecía, á no dudarlo, á las alhajas de la corona.

Al reparar en aquellos dos blasones, una sospecha tremenda asaltó la imaginación de Juan Montiño:

—¿Sería la tapada que se amparó de mí la reina?

Juan Montiño había oído hablar muchas veces á Quevedo, tres años antes, en ocasión en que andaba huído en Navalcarnero, por cierta muerte que había causado en riña, muchas y picantes aventuras acontecidas en la corte: sabía que la corrupción de las costumbres había llegado en ella al último límite, que las damas más principales solían verse muchas veces, á consecuencia de sus galanteos y de sus intrigas, en situaciones extraordinariamente extrañas y comprometidas; ¡pero la reina!... la lengua de Quevedo, que nada respetaba, había respetado siempre á las damas de la familia real; acaso el gran mordedor, el gran satírico, había guardado silencio por consideración, por afecto, por un galante respeto, acerca de la reina y de las infantas... pero...

Estos *peros* habían hecho una devanadera de la cabeza de Juan Montiño.

No podía tener duda de que aquel brazalete era una prenda real, que había quedado por un acaso en su mano, l desasir de ella violentamente su brazo la tapada; ¿por qué la tapada llevaba aquel brazalete si no era la reina? y si era la reina, ¿por qué le había dejado voluntariamente otra prenda, la sortija?

El joven examinó la sortija.

Era de oro con una esmeralda, y muy bella, pero no podía ni remotamente compararse su valor con el del brazalete. No importaba; la reina podía llevar por capricho aquella sortija; la mano de la dama tapada, estaba cuajada de ellas; Juan Montiño lo recordaba; había visto un momento aquella hermosa mano arreglando el manto, á la última luz del crepúsculo. ¿Había elegido con intención la dama, entre todas sus sortijas, para dejarle una señal, la que tenía una esmeralda como en representación de una esperanza?

Juan Montiño se volvía loco.

Sumido se hallaba en una confusión de pensamientos á cual más descabellados, cuando una voz que resonó á sus espaldas le hizo guardar apresuradamente el brazalete y la sortija.

—¡Señor Juan Montiño!—había dicho aquella voz.

Volvióse el joven, y vió un paje que traía ropa de mesa, terciada en un brazo, en la una mano algunos platos, y en la otra dos botellas asidas por el cuello.

—¿Sois vos, señor, el sobrino del señor Francisco Montiño?—dijo el paje.

—Ciertamente, yo soy.

—Pues bien, á vos vengo.

—¿Y á qué venís?

—A serviros de cenar.

—¡Ah!

—Sí, por cierto; el señor Francisco Montiño me ha dicho: Gonzalvillo, hijo, ve á aquel aposento, y lleva, á un hidalgo que encontrarás en él, y que es mi sobrino, una empanada de olla podrida, un capón de leche, un besugo fresco cocido, un pastel hojaldrado, frutas, confituras y dos botellas del bueno, de Pinto. Sírvele bien, y si quisiere otras cosas, téngalas; como si se tratara de mí mismo.

Y el paje salió y entró repetidas veces, y acabó de cubrir la mesa en silencio y con sumo respeto, quedando atrás dos pasos é inmóvil después de llenar la copa, como si se hubiera tratado del mismo duque de Lerma, su señor.

Es de advertir que la vajilla era de plata cincelada.

—¿Qué habrá encontrado mi tío Francisco en la carta de mi tío Pedro que así se ablanda de repente, y así me trata?—dijo el joven, que había comprendido lo bastante el carácter de su tío para extrañar aquel brillante exabrupto—; por darme de comer, mi tío me hubiera enviado un pote cualquiera, en un plato de Alcorcón; ¡pero esta vajilla! ¡estas velas de cera perfumada!... ¡estos candeleros de plata!...

6

Vamos, mi tío tiene sin duda sus razones para adularme, y me adula á costa del duque de Lerma. ¿En qué vendrá á parar tanto misterio?

Y el joyen siguió comiendo y bebiendo gentilmente, porque á los veinticuatro años los cuidados no quitan el apetito.

CAPÍTULO VI

POR QUÉ EL TÍO DABA DE COMER DE AQUELLA MANERA AL SOBRINO

Ansioso de conocer el contenido de la voluminosa carta de su hermano, apenas se separó de su sobrino, Francisco Montiño, cuando contra su costumbre, su vocación y su conciencia, dejó encargado el servicio de la tercera vianda, de los postres y de los licores y vinos generosos á uno de sus oficiales de la cocina del rey, que le había acompañado, y se encerró en un aposentillo semejante á aquel en que había dejado esperando á su sobrino.

Una vez allí, solo y seguro de toda sorpresa y de toda impertinencia, sacó de su bolsillo una caja de tafilete, de ella unas antiparras montadas en plata, se las acomodó en las narices, acercó á sí las dos bujías, sacó la carta, rompió su nema, desdobló los tres grandes pliegos de que la carta constaba y los extendió delante de sí.

—Mucho ha escrito mi hermano en una sola noche, para tan enfermo como dice mi sobrino que se halla—murmuró limpiándose cuidadosamente las narices—; leamos ahora— añadió después de haber doblado y guardado su enorme pañuelo blanco.

He aquí la carta, á cuya cabeza había una cruz, y debajo las tres iniciales de Jesús, María y José.

«Navalcarnero, á 30 de Noviembre del año del Señor de 1610.»

—¡Ah!—dijo Montiño--; ahora comprendo; estamos á 15 de Diciembre; esta carta ha empezado á escribirse hace quince días, y lo que sin duda hizo anoche mi pobre hermano, fué concluiría; veamos, veamos.

«Mi buen hermano Francisco: Estoy enfermo de unas calenturas malignas; hace algún tiempo que tomaron muy mal aspecto, pero no he querido decírtelo; hoy tengo ya la certidumbre de que estas calenturas acabarán conmigo en un plazo brevísimo, y por una parte, una solemne promesa que hice á nuestro hermano Jerónimo cuando murió, y mi conciencia por otra, me obligan á traspasar á ti un gran secreto de familia.

»El joven que lleva el nombre de Juan Montiño, no es hijo de nuestro hermano Jerónimo.»

—¡Ah!—exclamó interrumpiendo su lectura el cocinero mayor—; bien dije yo cuando dije, que había algo encerrado tras la secatura y la brevedad con que mi hermano me anunció el nacimiento de ese hijo que no es su hijo. Veamos, veamos, porque yo no sé cómo mi hermano Jerónimo, siendo quien era, pudo cargar con hijos de otro.

Y volvió á la lectura.

«No siendo hijo de nuestro hermano, no tengo que asegurarte que tampoco lo es de nuestra cuñada Genoveva, porque te consta que si como era virtuosa y honrada, hubiera sido hermosa, habría sido un prodigio.»

—¡Pero señor! —dijo Montiño deteniéndose de nuevo— ¿de quién es hijo este muchacho?

Y siguió leyendo:

«Figúrate, Francisco, que eres sacerdote, y que cuando lees esta carta, estás escuchando en confesión á un moribundo; porque yo voy á traspasar á ti, y con autorización suya, la confesión que me hizo nuestro hermano Jerónimo hace veinticuatro años.»

Tomó cierta gravedad, después de la lectura del anterior período, el semblante del cocinero del rey; que el hombre, aun estando solo, toma el color que le dan los sucesos y las circunstancias.

«Hace diez años, me dijo Jerónimo arrodillado delante de mí, por una disputa impertinente maté al capitán de la compañía de que era alférez. No sé si las leyes de Dios me disculparán de aquel homicidio, pero las del honor me absuelven. Sin embargo, las pragmáticas me condenaban á muerte y huí. Antes de seis meses, volvía á llevar en otro tercio, como alférez, la bandera del rey.

»Consistió esto en que cierto señor poderosísimo había interpuesto para con el rey sus buenos oficios, para con la familia del muerto, sus doblones, y en que, perdonado por la viuda y por los hijos, é indultado por su majestad, volvía al goce de mi empleo, como si nada hubiera acontecido.

»El mismo poderoso señor, que ya había hecho tanto por mí, cuidó de mis adelantos, y en muy poco tiempo llegué á teniente, á capitán después. Una bala me había dejado cojo é inútil, y me vine al pueblo, ya con los inválidos, y seguro de que cuando yo faltase quedaría viudedad á mi buena Genoveva.

»Yo no podía olvidar, ni dejar de ser agradecido, á quien tantos beneficios me había hecho.

»Pero ha llegado el momento en que se me pida, si bien de la mejor manera del mundo, el precio de esos beneficios.

»El magnate á quien tanto debo, ha tenido una aventura amorosa con una dama muy principal; esta dama es casada, su marido está ausente y ella se encuentra encinta. Ha venido ocultamente al pueblo, y mi favorecedor me ha buscado también de una manera oculta. Por amor á lo que naciera, quiere que no sea un hombre ó una mujer que tenga que avergonzarse de su origen, y me ha suplicado que puesto que Genoveva y yo no tenemos hijos, hagamos un fingimiento de embarazo de Genoveva, y demos nuestro nombre legítimo al hijo de esa dama.

»Después de esta confesión, Jerónimo me pidió consejo como hermano mayor y como sacerdote.

»Yo, teniendo en cuenta que cuanto Jerónimo era, hasta su vida, lo debía á aquel personaje, cuyo nombre, decía, no poder revelarme; viendo que no se le pedía aquel sacrificio por dinero; que no era posible, atendida la edad de Genoveva, que pudiera tener hijos á quienes perjudicase acaso el postizo; siendo además una grandísima obra de caridad el mejorar la suerte de la criatura que naciera, le aconsejé, es más, le reduje á que se prestase á aquel engaño, con el cual á nadie perjudicaba ni ofendía; antes bien, hacía un beneficio inmenso á un desventurado.

»En efecto, cuatro meses después se trasladó de noche, muy tarde y muy recatadamente, á casa de nuestro hermano, en una litera, una dama tapada, acompañada de un caballero cuidadosamente encubierto, y algunas horas despues, á obscuras, asistida por una partera, que creía asistir á Genoveva, dió á luz aquella dama á nuestro pobre Juan.

»A pesar del peligro inminente en que ponía su vida, la dama salió de la misma manera misteriosa de casa de Jerónimo y desapareció.

»Al tercer día yo mismo bauticé á Juan como hijo legítimo de nuestro hermano, y aunque todos en el pueblo extrañaban que Genoveva á sus años hubiese dado á luz un hijo, tuviéronlo á milagro, pero no desconfiaron.

»Pasaron algunos años; Juan crecía hermoso y robusto.

»A los diez años ya sabía gramática, que yo le había enseñado; trasladaba al romance á Horacio y á Virgilio, y además mostraba gran afición á las armas.

»Queríale Jerónimo como si hubiese sido realmente su hijo; Genoveva al morir nos encargó con las lágrimas en los ojos que no le desamparásemos, y yo fenecía de placer cuando mi rapazuelo corregía, á los padres graves que solían pasar por el pueblo, el latín corrupto que vomitaban con tanto exceso cuanta era su ignorancia.»

—De modo que—dijo interrumpiendo de nuevo su lectura Montiño—, tenemos en nuestro sobrino pegadizo todo un sabio; pues mejor: al duque de Lerma le gustan los mozos de provecho. ¿Quién sabe?

Y después de meditar un momento sobre esta pregunta que se había hecho el cocinero del rey, tornó á la lectura:

«El mismo día en que Juan cumplía los doce años, paró delante de la puerta de nuestra casa un dómine vestido de negro, montado en una mula y acompañado de un mozo. Preguntó por nuestro hermano, y cuando le hubo visto le dijo: que era un eclesiástico que se dedicaba á ser ayo de jóvenes, que un caballero á quien no conocía le había dicho que nuestro hermano le había encargado de buscar una persona docta y de buenas costumbres, que acompañase á un hijo suyo, cuidase de él y le asistiese mientras hacía sus estudios en la Universidad de Alcalá, para cuyo efecto le mandaba con una carta de recomendación. Guardó silencio nuestro hermano mientras duró el mensaje, y tomando la carta vió que el verdadero padre de Juan, aunque con un sentido doble, por el cual aunque se hubiera perdido aquella carta no se hubiera perdido el secreto, le suplicaba enviase á Alcalá á hacer los estudios que más le agradasen á Juan, bajo la vigilancia del bachiller Gil Ponce, hombre de virtud y conciencia, en quien podía confiarse enteramente. Añadía la carta que no había que pensar en los gastos, y concluía suplicando encarecidamente á Jerónimo no se negase á aquella demanda. A aquella carta acompañaba una maleta, y dentro de la maleta se encontraron ropas para Juan y doscientos ducados en oro.

»Nuestro hermano no tenía derecho alguno á oponerse, pero sintió grandemente que su pobreza no le permitiese sufragar los gastos de los estudios de Juan; á los tres días abrazó llorando á nuestro rapazuelo, que partió acompañado de su ayo y llevando en el bolsillo algunos ducados de que nos desprendimos sin dolor Jerónimo y yo, aunque no nos quedaban otros tantos.

»En cuanto á los doscientos que contenía la maleta, se entregaron íntegros al señor Gil Ponce.

»Juan volvió por vacaciones.

»Por lo que había aprendido, comprendía que los maestros de Alcalá eran dignos por su ciencia de la famosa Universidad complutense. En cuanto al estado de educación y de buenas costumbres en que Juan volvía, comprendí también que se había tenido un gran acierto en elegir para ayo de un joven al señor Gil Ponce.

»Este permaneció con nosotros durante las vacaciones, y se volvió con Juan cuando llegó el tiempo de abrirse de nuevo las aulas.

»Todos los años Jerónimo recibía una maleta llena de ropa y doscientos ducados. Cuando Juan cumplió los diez y ocho años, acompañaron á la maleta y al dinero una espada y una daga magníficas, aunque muy sencillas, como convenía al hijo de un hidalgo pobre.

»Juan cursó en Alcalá letras humanas, teología, derecho civil y canónico; á los diez y ocho años era bachiller, á los veintiuno licenciado; montaba á caballo como si á caballo hubiera nacido, y en cuanto á esgrimir los hierros, vencía á su padre; y aun á mí mismo, que ya sabes que meto una estocada por el ojo de una aguja, me hacía sudar y andar listo. Yo le enseñé todo lo que sabía en esgrima, que no es poco, y estoy seguro de que no hay dos en la corte que le metan un tajo ó que le alcancen con una estocada.»

—¡Ah! ¡ah!—murmuró Montiño—; también le gustan á su excelencia los mozos diestros y valientes.

Y siguió leyendo:

«Hace tres años que Juan volvió definitivamente, terminados sus estudios. Ya hacía dos que, por muerte del señor Gil Ponce, iba solo á Alcalá. Sin embargo, en esos dos años no se pervirtió, á pesar de andar entre estudiantes. Ni bebe, ni juega, ni riñe; sólo tiene una afición, y ésta es muy natural á sus años: es enamorado y audaz con las mujeres.»

Dió un salto sobre su sillón al leer esto Montiño.

—¡Ah! ¡ah! bueno es saberlo—exclamó.

Y siguió la carta adelante:

«Pero ni las mujeres le engañan, ni él procura engañar á la que por inocente pudiera ser engañada.»

—¡Hum!—interrumpió el cocinero, sin dejar de leer.

«Es un mozo completo, lo que se debe en gran manera á su padre, porque nosotros, por nuestra pobreza, no hubiéramos podido darle los estudios que se le han dado, el título que posee y que podrá servirle de mucho.

»Pero la conducta de su padre es hasta cierto punto extraña: sólo ha atendido á la subsistencia de su hijo mientras ha sido estudiante; pero después le ha abandonado á sí mismo y á nuestra pobreza.

»La circunstancia que hay también extraña es que, siendo lo natural que para ir á Alcalá desde Navalcarnero se pase por Madrid, siempre, por expresa prohibición de su padre, ha pasado junto á Madrid, dejándole á alguna distancia á la izquierda, cuando ha ido á Alcalá.

»El pobre ha vivido ayudando al escaso sueldo de su padre, y á lo poco que yo gano como sacerdote, dando lecciones de latín, algunas fuera del pueblo, costándole todos los días un viaje.

»Hace dos años, antes de morir, me dijo nuestro hermano—: No te he dicho todo lo que sé respecto á Juan; Dios no quiere que yo viva hasta que cumpla los veinticinco años: para entonces le espera una gran fortuna.»

—¡Una gran fortuna cuando cumpla los veinticinco años, y nació el día de San Marcos del año de...! veamos: le quedan pocos meses para cumplirlos; ¡ah! ¡ah! ¡diablo! ¡una gran fortuna! no hay como ser hijo secreto de gran señor. ¿Y qué fortuna será ésta? ¡oidor en Indias! ¿quién sabe? ¡secretario del rey! ó lo que es mejor, secretario del secretario de Estado. ¡Ah! ¡diablo! será necesario estar bien con el muchacho; ¡eh! ¡eh! veamos, veamos.

«Esta gran fortuna, continuó nuestro hermano Jerónimo, está encerrada en un cofre que está guardado en aquel armario que no se ha abierto hace veinticuatro años—. ¿Pero qué contiene ese cofre?—pregunté á Jerónimo—. No lo sé, contestó; sólo sé que pesa mucho, y que cuando me le entregaron vi meter en él, como si se hubiesen olvidado, algunos papeles: aquellos papeles parecían como escrituras.»

Abrió enormemente los ojos Montiño y le pareció que las letras que de allí en adelante contenía la carta eran de oro.

«Delante de mí el escribano Gabriel Pérez selló el cofre, y pegó sobre él, de modo que para abrirle es necesario romperle, un testimonio en que constaba que yo había recibido aquel cofre cerrado el día de San Marcos de 1586.

»Yo firmé un recibo en que me obligaba á entregar aquel cofre cerrado, tal cual le había recibido, á la persona cuyo nombre constase en el recibo, ó á Juan, con facultades de abrirlo, si al devolverme el recibo se expresaba en él esta circunstancia; yo transmito á ti ese cofre, por una cláusula de mi testamento que te obliga á cumplir lo que yo no puedo por mi muerte.

»Después me reveló el nombre del padre de Juan, nombre ilustre, nombre de uno de los españoles más grandes y más nobles que han honrado á nuestra patria, nombre que no me atrevo á escribir, porque aunque Juan me inspira mucha confianza, una carta puede perderse.

»Es necesario, pues, que te pongas inmediatamente en camino. Deja en la corte á Juan, porque al pobre muchacho le sería muy doloroso verme morir. No le digas que tú vienes, para que no se empeñe en acompañarte.

»Ven, porque es necesario que ese ilustre nombre que ha guardado Jerónimo durante veintidós años como un depósito sagrado, que he guardado yo después de la muerte de nuestro hermano, pase á ti después de mi muerte.

»Ven, porque sólo á ti diré yo ese nombre, y eso muy bajo por temor de que lo escuchen las paredes; si cuando vengas he muerto, ese nombre bajará conmigo á la tumba.

»Como podrá suceder que llegues tarde, porque mi mal se agrava extraordinariamente de momento en momento, permíteme que respecto á Juan te dé algunos consejos que podrán aprovecharte.

»No seas miserable ni áspero con Juan: te digo esto, porque te conozco; has amado á tus hermanos, pero has amado más al dinero; tus hermanos han sufrido resignadamente su pobreza, porque tus hermanos sabían bien que si te pedían socorros se los hubieras enviado, pero causándote una dolorosa herida cada doblón de que te hubieras desprendido; tus hermanos no han querido hacerte sufrir; perdona á uno de ellos, moribundo, el que te diga estas palabras y no veas en ellas una queja; sí únicamente justificar el consejo que voy á darte: sé generoso con Juan; sé franco: él es sumamente agradecido y leal, y tal persona puede llegar á ser, que si tú te haces amar de él, sea para ti su amor un tesoro; tienes además, hermano, un excelente corazón, pero eres receloso, desconfías de todo... y luego... tu avaricia... Juan es muy generoso y muy delicado. No desconfíes de él, porque esto le resentiría, y te lo repito, el cariño de Juan, dentro de muy poco tiempo, puede valerte mucho.

»Allá te le envío pobre de ropa y de bolsillo, pero muy hermoso, muy valiente, muy noble, casi sabio.

»¡Ah! te advierto, para lo que te pueda convenir, que hace tres años vino aquí huyendo de ciertas malas aventuras, el docto y regocijado don Francisco de Quevedo. Conoció á Juan, y se hicieron los más grandes amigos del mundo. Don Francisco es un hombre que vale mucho, y que podrá servir de mucho á Juan. Y cuando Quevedo, que es un hombre que estrecha muy pocas manos de buena fe, distingue y ama y no muerde con su sangrienta burla á nuestro hijo, mucho debe éste de valer.

»Allá te lo envío: sale de aquí sin un maravedí y sin una camisa. Cuando llegue á esa, llegará hambriento, cansado, mojado: préstale mesa á que sentarse, ropa con que mudarse, lecho en que descansar; no le niegues nada de esto, Francisco; recuerda que tu hermano y yo le hemos amado como si fuera un hijo de nuestra sangre, y que yo, que nunca te he pedido nada, te lo suplico desde el borde de mi sepultura.

»Sobre todo ven al instante, porque me siento morir.— Tu hermano que desea verte un solo momento y expirar en tus brazos,

PEDRO MARTÍNEZ MONTIÑO.»

Enjugóse el cocinero del rey dos lágrimas enormes que le había arrancado el final de la carta de su hermano, la guardó cuidadosamente en un bolsillo y se puso á pasear por la pequeña estancia, profundamente pensativo.

—Sí, sí, es preciso—dijo al fin—; me le ha endosado; prescindiendo de que llegue á ser ó no ser, yo no puedo... vamos, de ningún modo; un mozo hermoso, y esto es verdad, que ha sido estudiante, que le gustan desordenadamente las mujeres, y que puede dar un chirlo al lucero del alba... no, no... es imposible que yo tenga á este mancebo en mi casa... mi mujer, mi hija... gracias á que las tengo seguras guardándolas y cerrando mi puerta á piedra y lodo; y luego no teniéndole en mi casa, échese vuesa merced el cargo de pagarle un día y otro la posada durante quince meses; no, señor; será preciso que el duque de Lerma le dé un oficio... es verdad que cualquier oficio, por pequeño que sea el que me dé el duque, podría valerme algo, y en estos tiempos... pero del mal el menos. ¡Ah! me olvidaba de que ha salido sin almorzar de Navalcarnero. ¡Hola! ¡eh!—dijo abriendo la puerta y entrando en la repostería—Gonzalvillo, hijo, ven acá.

Acercóse un paje.

—Ve á aquel aposento—le dijo—y lleva un servicio de mesa, un pastel de olla podrida, un capón de leche asado, un besugo cocido, un pastel hojaldrado, frutas y confituras, y dos botellas de vino de Pinto, á un hidalgo que se llama Juan Montiño, que es mi sobrino, hijo de mi hermano: sírvele bien, hijo, sírvele, y guárdate por el servicio las sobras, que bien podrás sacar de ellas dos reales.

Gonzalvillo se separó de la puerta, y cuando Montiño iba á cerrarla, se le presentó de repente un hombre.

—¡Eh! ¡esperad, señor Francisco, esperad! ¡pues á fe que me ha costado poco trabajo llegar aquí para que yo os suelte!

—¡Ah! ¡señor Gabriel! ¿y qué me queréis?—dijo el cocinero del rey, con mal talante—. Entrad, entrad, y decidme lo que me hayáis de decir.

Entró aquel hombre, y Montiño se encerró con él.

CAPÍTULO VII

LOS NEGOCIOS DEL COCINERO DEL REY.—DE CÓMO LA CONDESA DE LEMOS HABÍA ACERTADO HASTA CIERTO PUNTO AL CALUMNIAR Á LA REINA.

El hombre que acababa de entrar era un hombre característico.

Si la persona que tiene alguna semejanza típica con la fisonomía de algún animal, tiene las propensiones del animal á quien se parece, aquel hombre debía tener alma de lobo, pero de lobo viejo y cobarde, que en sus últimos tiempos hace por la astucia, lo que en su juventud ha hecho por la fuerza.

Habiendo dicho que la fisonomía de aquel hombre se parecía á la de un lobo viejo, nos creemos dispensados de una descripción más minuciosa.

Bástanos añadir que aquel hombre en su juventud, debió ser alto y robusto, que á causa de sus años, que casi rayaban en los sesenta, estaba encorvado, y que á la expresión feroz que debió brillar en sus ojos y en su boca, cuando ganaba la vida matando á obscuras y sin dar la cara, había sustituído una mirada hipócrita y una sonrisa fría y asquerosa que parecía haberse estereotipado en su boca rasgada.

Aquel hombre, que en otros tiempos había sido rufián y asesino (nosotros sabemos que lo fué, y basta que lo digamos á nuestros lectores sin que nos entremetamos á contarles una historia que nada nos interesa), era hacía ya algunos años ropavejero en la calle de Toledo, y corredor de no sabemos cuántas honradas industrias.

Conocíale Montiño, y aun le trataba íntimamente, porque el cocinero del rey era hombre de negocios, y un hombre de negocios suele necesitar de toda clase de gentes. Pero como el buen Montiño sabía demasiado que el señor Gabriel Cornejo había sido perseguido por la justicia, salpimentado más de tres veces por ella, puesto por sus méritos en exposición pública más de ciento, para ejemplo de la buena gente, y compañero íntimo de un banco y de un remo durante diez años, guardábase muy bien, sin duda por modestia, de decir á nadie que conocía á tan recomendable persona, y mucho más de que le viesen en conversación con ella.

Por esta razón, Montiño, que tenía suficiente causa para estar entristecido con la muerte próxima ó acaso consumada de su hermano, y con la venida de un sobrino putático que se le entraba por las puertas, sin dinero y sin camisas, acabó de ennegrecerse al ver que el señor Gabriel Cornejo se arrojaba á buscarle nada menos que en casa del duque de Lerma, y en medio de una legión de pajes y lacayos, gentes que á todo el mundo conocen, y que hablan mal de todo el mundo.

—¿Qué cosa puede haber que os disculpe de haberme venido á buscar de una manera tan pública?—dijo severamente Montiño.

—¡Bah! señor Francisco: nadie tiene nada que decir de mí—contestó sonriendo de una manera sesgada Cornejo—; si en mis tiempos fuí un tanto casquivano, y no supe guardar el bulto, ahora todo el mundo me conoce por hombre de bien y buen cristiano. Y luego, sobre todo, cuando las cosas son urgentes y apremiantes, es menester aprovechar los momentos...

—¿Pero qué sucede?

—Suceden muchas cosas: por ejemplo, esta tarde ha estado en mi casa el tío Manolillo.

—¿Y qué me importa el bufón del rey?

—Despacio y paciencia. Quien escucha oye, y cosas pueden oírse que valgan mucho dinero.

—Sepamos al fin de qué se trata.

—Ya que de dinero he hablado, se trata de dinero, y de un buen negocio; de una ganancia de ciento por ciento.

—¡Ah! ¿Y qué tiene que ver con eso el bufón del rey?

—El tío Manolillo ha ido esta tarde á mi casa, se ha encerrado conmigo ó yo me he encerrado con él, y de buenas á primeras, como hombre de ingenio y de experiencia, que sabe que todas las palabras que sobran en una conversación deben callarse, me ha dicho—: ¿Conocéis á un hombre que quiera matar á otro?

—¡Oh, oh!—exclamó Montiño, abriendo desmesuradamente los ojos.

—Yo, que también sé ahorrar de palabras cuando conozco á la persona con quien hablo, le contesté—: ¿Quién es el hombre que queréis despachar al otro mundo?—Un caballero muy rico y muy principal—. ¿Como quién? por ejemplo, le pregunté—. Así como el duque de Lerma ó el de Uceda, ó el conde de Olivares—. ¿Pero no es ninguno de los tres?—No: pero aunque no lo parece, vale más que todos ellos—. Pues entonces, si vale más... por el duque de Lerma, pediría mil doblones; por el otro mil quinientos—. Trato hecho—dijo el bufón—. ¿Cuándo ha de ser?—Cuando esté depositado en buenas manos el dinero—. ¡Qué! ¿No le tenéis?—Nada os importa eso—. Es verdad—. Adiós—. Dios os guarde.

—¡Conque el tío Manolillo!... —exclamó seriamente admirado Montiño—; esto es grave, gravísimo. ¿Y no os dijo, señor Gabriel, quién era su enemigo?

—No me lo ha dicho, pero yo lo sé.

—¡Ah! ¿Y cómo lo sabéis vos?

—¿Quién es en la corte un hombre que vale tanto como el duque de Lerma el de Uceda, ó el conde de Olivares?

—¡Bah! hay muchos: el duque de Osuna.

—Está de virrey en Nápoles.

—El conde de Lemos.

—Está desterrado.

—Don Baltasar de Zúñiga.

—Ese es un caballero que suele estar bien con todo el mundo.

—Pues no acierto.

—Es verdad: lo que generalmente no vemos, cuando se trata de estos negocios, es lo que más tenemos delante de los ojos. ¿Os habéis olvidado del secretario del duque de Lerma?

—¡Don Rodrigo Calderón!

—Ese, ese es el enemigo del tío Manolillo.

—Pero no entiendo por qué pueda ser enemigo de don Rodrigo el bufón de su majestad.

—¡Bah! ya veo, señor Francisco, que vos sabéis muy poco.

—No me es fácil dar con el motivo de la ojeriza que decís tiene el tío Manolillo á don Rodrigo.

—¿Conocéis á una comedianta que se llama Dorotea, que baila como una ninfa en el corral de la Pacheca?

—¡Ah! ¿una valenciana hermosota, deshonesta, que ha estado dos veces presa por no bailar como era conveniente?

—La misma. Pues bien; esa mujer es hermana, ó querida, ó hija, no se sabe cuál de las tres cosas, del tío Manolillo.

—Me estáis maravillando, señor Gabriel. ¿Conque la Dorotea?...

—Sí, señor, la Dorotea es mucha cosa del bufón del rey. Pero no es esto todo. El duque de Lerma...

—Sí, sí, ya sé que el duque visita á la Dorotea.

—Pero no sabéis quién ha andado de por medio para concertar esas visitas.

—Sí, sí, ya sé que el medianero, el que ha llevado los primeros regalos, el que acompaña de noche al duque y le guarda las espaldas, es don Rodrigo Calderón.

—Vamos, pues de seguro no sabéis que el duque de Lerma es quien paga, y don Rodrigo Calderón quien goza.

—¿Pero quién os dice tanto?—exclamó admirado Montiño.

—Ya sabéis que yo tengo muchos oficios.

—Demasiados quizá.

—Están los tiempos tan malos, señor Francisco, que para ganar algo es necesario saber mucho. Saben que sé muchas princesas, y una de ellas, conocida de la Dorotea, la encaminó á mí para que la sirviese. Dorotea quería un bebedizo.

—¡Ah! ¡ah! ¡las mujeres! ¡las mujeres!

—Son serpientes, vos no lo sabéis bien, señor Montiño: como se les ponga en la cabeza doctorar á un hombre en la universidad de Cabra, aunque el amante ó el marido las encierren en un arca y se lleven la llave en el bolsillo, le gradúan.

Movióse impaciente en su silla el cocinero del rey, porque se le puso delante su mujer, que era joven y bonita.

—Pero á serpiente, serpiente y media. Cuando ella me pidió el bebedizo, me dije: podrá convenirme saber quién es el hombre á quien quiere esta muchacha entre tantos como la enamoran. Porque yo soy muy prudente, y sé que el saber, por mucho que sea, no pesa. Díjela que el bebedizo no podía producir buenos efectos si no se conocía á la persona á quien había de darse. Entonces la Dorotea, poniéndose muy colorada, me dijo —: El hombre que yo quiero que no quiera á ninguna mujer más que á mí es don Rodrigo Calderón —. Necesito saber cómo habéis conocido á don Rodrigo Calderón, la dije.—¿Necesario de todo punto?—Ya lo creo; y si fuera posible hasta el día y la hora en que le vísteis por primera vez.—¿Y si no lo digo no me daréis el bebedizo?— Os lo daré, pero si no sé de cabo á rabo cuanto os ha acontecido y os acontece con don Rodrigo Calderón, no os quejéis si el bebedizo no es eficaz.—Entonces la moza se sentó, y me confesó que había conocido á don Rodrigo cuando don Rodrigo fué á hablarla de parte del duque de Lerma; que se había enamorado de él, y don Rodrigo de ella. Que, en una palabra, el duque de Lerma paga y se cree amado, y don Rodrigo Calderón, que no la paga y á quien ella ama, la engaña amando á otra.

—¡Ah!

—¡Y si supiérais quién es esa otra, señor Francisco!

—Alguna cortesana que tiene tan poca vergüenza como don Rodrigo Calderón.

—Pues os engañáis, es la primera dama de España.

—¿Por hermosa?

—No tanto por hermosa, aunque lo es, como por noble.

—¡La dama más noble de España! ved lo que decís: cualquiera pudiera creer...

—¿Que esa tan noble dama es la reina? ¿No es verdad?— dijo con una malicia horrible Cornejo.

—¡La reina! ¡Su majestad!—exclamó dando un salto de sobre su silla Montiño.

—La misma, Su majestad la reina de España es la querida de don Rodrigo Calderón.

—¡Imposible! ¡imposible de todo punto! ¡yo conozco á su majestad! ¡no puede ser! ¡creería primero que mi hija!...

—Vuestra hija podrá ser lo que quiera, sin que por eso deje de ser lo que quiera también la reina.

—¡Pero la prueba! ¡la prueba de esa acusación, señor Gabriel!—dijo el cocinero del rey, á quien se había puesto la boca más amarga que si hubiera mascado acíbar—. ¡La prueba!

—He ahí, he ahí cabalmente lo que yo dije á la Dorotea: ¡la prueba!

—¿Y esa mujerzuela tenía la prueba de la deshonra de su majestad?

—La tenía.

—¿Pero qué tiene que ver esa perdida con la reina? ¿quién ha podido darla esa prueba?

—El duque de Lerma.

—Me vais á volver loco, señor Gabriel; no atino...

—No es muy fácil atinar. Pero dejadme que os cuente, sin interrumpirme, sin asombraros, oigáis lo que oigáis, y concluiremos más pronto.

—Y me alegraré, porque no me acuerdo de haber estado en circunstancias tan apremiantes en toda mi vida.

—Pues al asunto. Yo, que había hecho confesar á la Dorotea quién era la dama que la causaba celos, asegurándola que si no me contaba todas las circunstancias, sin dejar una, de su asunto, podría suceder que no fuese eficaz el bebedizo, me dijo en substancia lo siguiente—: Una noche don Rodrigo fué muy tarde á verme: al quitarse la ropilla, se le cayó de un bolsillo interior una cartera, que don Rodrigo recogió precipitadamente. Yo me callé, pero cenando le hice beber más de lo justo, acariciándole, mostrándome con él más enamorada que nunca. Don Rodrigo se puso borracho y se durmió como un tronco. Entonces me levanté quedito, fuí á la ropilla, tomé la cartera, la abrí, y encontré en ella cartas de una mujer; de una mujer que firmaba *Margarita.*

—Pero eso es muy vago... muy dudoso—dijo con anhelo Montiño—; si la reina ha de responder de todas las cartas que lleven por firma Margarita...

—Oid, señor Montiño, oid, y observad que la Dorotea no es lerda.

—Cuando leí el nombre de Margarita, solo, sin apellido... sospeché, porque tratándose de don Rodrigo es necesario sospechar de todas las mujeres... sospeché que aquella Margarita que se dejaba en el tintero su apellido era... Margarita de Austria.

—Pero, señor, señor—exclamó todo escandalizado y mohino el cocinero de su majestad—; esa mujer tan vil, de cuna tan baja... esa perdida, ¿sabe leer?

—Como que es comedianta y necesita estudiar los papeles.

—¡Ah!—dijo dolorosamente Montiño, cayendo desplomado de lo alto del que creía un poderoso argumento.

—Oigamos á la Dorotea, que aún no ha concluído—: Sospeché que aquella Margarita, que citaba misteriosamente á don Rodrigo, era la reina, y como no me atrevía á quedarme con una sola de las cartas, las miré, las remiré, hasta que fijé en mi memoria la forma de las letras de aquellas cartas, de modo que estaba segura de no engañarme si veía otro escrito indudable de la reina. El duque de Lerma me dará ese escrito - dije —, ó he de poder poco. Y volví á meter las cartas en la cartera, y la cartera en el bolsillo de donde la había tomado. Cuando se fué don Rodrigo, observé que de una manera disimulada, pero curiosa, se informaba de si la cartera estaba en su sitio, y cuando aquella noche vino el duque de Lerma, le recibí con despego, le atormenté, me ofreció como siempre alhajas, y yo... yo le pedí que me trajese un escrito indudable de la reina. Asombróse el duque, me preguntó el objeto de mi deseo, insistí yo, diciendo que era un capricho, y á la noche siguiente el duque me trajo un memorial en que se pedía una limosna á la reina, y á cuyo margen se leía: «Dense á esta viuda veinte ducados por una vez», y debajo de estas palabras una rúbrica. ¡Era la misma letra, la misma rúbrica de las cartas! no podía tener duda: la reina era amante de don Rodrigo Calderón.

—Pues señor—dijo Montiño—, á pesar de todo, os digo, señor Cornejo, que antes de creer en eso soy capaz de no creer en Dios.

—Sea lo que quiera; pero oíd y atad cabos: ya os he dicho que el tío Manolillo me preguntó cuánto dinero se necesitaba para despachar una persona principal, y que yo le dije que mil quinientos doblones, que el tío Manolillo no los tenía; que la Dorotea cree que don Rodrigo Calderón tiene cartas de amores de la reina... que está celosa... recordad bien esto.

—Sí, sí, lo recuerdo.

—Pues bien; esta noche una dama muy principal, á lo que parece, ha estado casa de mi comadre la señora María; la que tan honradamente vive con el escudero su marido el señor Melchor, que tan hermosa era hace veinte años, que sigue aumentando sus doblones, empeñando y prestando con una usura que da gozo: ya sabéis que cuando la señora María necesita para sus negocios un dinero, viene á mí, como yo vengo á vos.

—Bien, bien, ¿pero qué?

—Esa dama que os he dicho ha ido encubierta esta noche á casa de la señora María, ha ido encubierta también algu nas otras veces á pedir dinero. Pero siempre, excepto esta noche, ha llevado una alhaja de mucho precio, ha vuelto co-otras pero no ha desempeñado ninguna. Esta noche ha ido, toda azorada, asustada, trémula, ha pedido á la señora María mil y quinientos doblones (nunca había pedido tanto), ofreciendo dar por ellos tres mil en el término de un mes. Ya veis si es negocio.

—¡Pues hacerlo! ¡hacerlo!—dijo Montiño.

—Lo haremos á medias, ó mejor dicho á tercias, entre vos, la señora María y yo: quinientos doblones cada uno.

—¿Y para eso me habéis buscado, me habéis entretenido y me habéis mentido tanto?—dijo levantándose Montiño con visibles muestras de despedir á Cornejo.

—Esperad... esperad, que el negocio lo merece—repuso el señor Gabriel con gran calma—. Recordad; yo pido al tío Manolillo esta tarde mil y quinientos doblones por la vida de un hombre principal, que sé de seguro que es don Rodrigo Calderón; don Rodrigo Calderón tiene unas cartas de la reina que la comprometen, y esta noche va á casa de la señora María á pedir mil y quinientos doblones una dama, que aunque no la conocemos, debe ser principalísima. ¿No creéis que debe meditarse esto, señor Francisco? ¿No creéis que en esto danzan las cartas, la reina y el tío Manolillo, y tal vez la reina en persona...?

—¿La reina en persona...? ¿Creéis que la reina haya podido ir á casa de la señora María de noche y sola?

—Yo ya no me admiro de nada, señor Francisco, de nada; además que la dama tapada ofreció como seguridad de los mil y quinientos doblones, mejor, de los tres mil doblones, un recibo en forma de puño y mano de la reina, firmado por ella misma.

—¿Pues qué mejor seguridad queréis? haced el negocio, y dejadme en paz á mí; no quiero mezclarme en él, y siento mucho que me hayáis dicho tanto, porque cuando se trata de enredos lo mejor es no saberlos.

—Pero venid acá; ¿no veis que nosotros solos no pode-mos hacer ese negocio?

—¿Y por qué? ¿Acaso me vendréis á decir, á quererme

hacer creer que la señora María y vos no tenéis mil y quinientos doblones?

—La dificultad no es el dinero, sino la seguridad de él; nosotros no conocemos la letra de la reina, y vos...

—Yo no la conozco tampoco.

—Señor Francisco, vos sois más en palacio que cocinero del rey.

—¡Y bien! ¿Qué? no quiero meterme en este negocio.

—O queréis hacerlo vos solo—dijo irritado por la codicia el tío Cornejo.

—Hablemos en paz, señor Gabriel—dijo el cocinero mayor—, y concluyamos, concluyamos de todo punto. No digáis á nadie lo que á mí me habéis dicho, porque podríais ir á la horca.

Echóse á temblar aquel viejo lobo, porque le constaba que el cocinero mayor era uno de esos poderes ocultos que, bajo una humilde librea, han existido, existen y existirán en todas las cortes.

—En cuanto al negocio—añadió Montiño—, no me meto en él; haced lo que queráis, y lo mejor que podéis hacer ahora es... iros.

Vaciló todavía el señor Gabriel Cornejo, pero una mirada decisiva y un ademán enérgico de Montiño, le decidieron; se despidió hipócritamente deshaciéndose en disculpas, y cuando ya estaba cerca de la puerta, el cocinero del rey, como obedeciendo á una idea súbita, le dijo:

—Esperad.

Cornejo se volvió lleno de esperanza.

—¿Vais á ver á la señora María?

—Ciertamente necesito decirla vuestra resolución.

—Pues decidla, además, que prepare esta misma noche un aposento con lecho en su casa, y que cuando llame á su puerta uno que se nombrará sobrino mío, que le reciba, que yo respondo de los gastos.

Voló la esperanza causando una dolorosa impresión en el señor Gabriel Cornejo, que se despidió de nuevo murmurando:

—He sido un imprudente, no debía haber hablado tanto; yo confiaba en su codicia, pero está visto: su avaricia es mayor de lo que yo creía. Quiere hacer el negocio por sí solo.

Entre tanto el cocinero del rey murmuraba abstraído y pensativo:

—Es muy posible que séa verdad cuanto ese bribón me ha dicho; yo no me fío de ninguno; un negocio redondo por otra parte, mil quinientos doblones de ganancia, como quien dice, de una mano á otra; pero el asunto es demasiado grave, y la prudencia aconseja no meterse de frente en él... mi sobrino postizo es hombre, según dice mi hermano, capaz de meter un palmo de acero al más pintado, y don Rodrigo Calderón, está en el banquete del duque... después se encerrará en su despacho, y saldrá allá muy tarde por el postigo... ¡Ah, señor sobrino! os voy á procurar una buena ocasión... una ocasión que os hará hombre.

En aquel momento se abrió la puerta y apareció una dueña.

—¡Ah, señor Francisco! ¡Y cuánto trabajo me ha costado encontraros!—dijo la dueña—. He tenido que decir que venía de palacio, con orden de su majestad para vos.

—¿Y es cierto...? ¿Traéis orden?

—Casi, casi. Os traigo una carta.

—Dadme acá, doña Verónica, dadme acá.

La dueña entregó una carta al cocinero mayor, que ésté abrió con impaciencia.

«Tenéis un sobrino—decía—que acaba de llegar á Madrid; enviadle al momento á palacio. Tened en cuenta, que se trata de un negocio de Estado; que espere junto á la puerta de las Meninas, por la parte de adentro. Pero luego, luego.»

Esta carta no tenía firma.

—¿Quién os ha dado esta carta, doña Verónica? No conozco la letra, no tiene firma. ¿Estáis de servicio?

—¡Ay! ¡sí, señor! Y yo no sé qué hay esta noche en palacio: las damas andan de acá para allá. La camarera mayor está insufrible, y la señora condesa de Lemos tan triste y pensativa... algo debe de haber sucedido grave á la señora condesa.

—¿Pero quién os ha dado esta carta?

—La señora condesa de Lemos.

—La condesa de Lemos no es alta, ni blanca, ni... no, señor—murmuró Montiño.

—Ea, pues, quedad con Dios, señor Francisco—dijo la dueña—. No me hallo bien fuera de palacio; es ya tarde y está la noche tan obscura...

—¿Os han dicho que llevéis contestación?

—No, señor.

—Pues id con Dios, doña Verónica, id con Dios. Voy á mandar que os acompañen.

—No, no por cierto: vengo de tapadillo; adiós.

—Dios os guarde.

La dueña se envolvió completamente en su manto, y salió.

—Que me confundan si entiendo una palabra de esto—dijo Montiño—. ¿Si será verdad?... ¿si será la reina la que necesite en palacio á mi sobrino?... ¡pero señor!... ¿cómo conocen ya á mi sobrino en palacio?

Montiño tomó el partido de no devanarse más los sesos; para tomar este partido tomó también una resolución.

—Es preciso —dijo —que mi sobrino vaya á palacio con las cartas de la reina.

Y saliendo del aposento en que se encontraba, atravesó la repostería y se entró en el otro aposento donde estaba su sobrino.

CAPÍTULO VIII

DE CÓMO AL SEÑOR FRANCISCO LE PARECIÓ SU SOBRINO UN GIGANTE

Hacía ya tiempo que el joven había acabado de comer y hacía su digestión recostada la silla contra la pared, puestos los pies en el último travesaño del mueble, y entregado á un pensamiento profundo.

Al sentir los pasos del cocinero mayor, dejó la actitud en que se encontraba para tomar otra más decente.

—¿Habéis comido bien, sobrino?—dijo el cocinero.

—Es la primera vez que he comido, tío—contestó el joven.

—¿Os encontráis fuerte?

—Sí por cierto.

—¿De modo que embestiríais con cualquiera aventura?

Al oir la palabra aventura, Juan Montiño, que se había distraído por un momento de su idea fija, volvió á ella.

—¿Conocéis á la reina, tío?—le preguntó.

—¡Pues podía no conocerla!—dijo con sorpresa el señor Francisco.

—¿Es la reina alta?

—Sí.

—¿Es la reina gruesa?... es decir... ¿buena moza?

—·Sí.

—Pues tío, yo quiero conocer á la reina.

—Yo creo que estás loco, sobrino... ¿qué preguntas son esas y qué empeño?

—Empeño... no por cierto... pero me ha hablado tanto de lo buena que es su majestad mi amigo don Francisco de Quevedo...

El cocinero mayor estaba alarmado.

—¿Conoces tú á la reina por ventura?—dijo.

—¡Yo! ¡no, señor! ni me importa conocerla; es muy natural que el que viene por primera vez á Madrid, después de comer y beber, pregunte si el rey es alto ó bajo, hermoso ó feo; lo mismo me ha acontecido á mí; sólo que en vez de preguntaros por el rey, os he preguntado por la reina. Nada más natural.

—Pues es muy extraño; tú me preguntas por su majestad, y yo acabo de recibir esta carta de manos de una dueña de palacio.

Tomó la carta Juan Montiño, la leyó, se puso pálido y se echó á temblar.

—¿Y de quién creéis que pueda ser esta carta?

—Carta que viene por la condesa de Lemos, debe haber pasado por las manos de la camarera mayor, que debe de haberla recibido de la reina.

—¡Aquí dice secreto de Estado!—dijo sin intención el joven.

Pero en aquellas palabras el suspicaz Montiño vió una intención marcada, más que una intención: una explicación completa; su sobrino creció para él de una manera enorme, creyóse relegado al silencio, dominado, convertido en un ser inferior á su sobrino.

—Y no, no creas—dijo—que yo pretendo saber tu secreto. No comprendo bien lo que sucede... pero... te llaman á palacio; la reina es demasiado imprudente...

—¡Tío!

—¡Después de lo de las cartas!

—Pero, tío, no os comprendo.

—Escucha, Juan, escucha—dijo Montiño, que estaba atortolado y que había perdido el tino—: don Rodrigo Calderón está aquí; luego saldrá por el postigo de la casa del duque; yo te llevaré á ese postigo; debes esperarle; lleva en el bolsillo de su ropilla las cartas que comprometen á la reina.

—¡Las cartas que comprometen á la reina!

—Sí—dijo sudando el cocinero mayor—, las cartas de la reina. Es necesario que antes de ir á palacio esperes á don Rodrigo, que le acometas, que le mates si es preciso; pero esas cartas, Juan... y mira, hijo mío—añadió el cocinero mayor asiendo las manos del joven, y mirándole desencajado y pálido, porque cada vez se hacía para él un personaje más respetable su sobrino—: aprovecha tu buena, tu inesperada fortuna; no te pregunto cómo has podido llegar hasta donde has llegado en tan poco tiempo; eres ciertamente muy hermoso, y las mujeres... pero sé prudente, muy prudente... no te ensorberbezcas, aprovecha las horas de buen sol, hijo; pero mira que las intrigas de palacio son muy peligrosas...

—Pero, tío...—replicó el joven, que no comprendía una sola palabra.

—Nada, nada; no hablemos más de esto; lo quiere ella... en buen hora.

Juan Montiño no se atrevió á aventurar ni una sola palabra más, por temor de cometer á ciegas una torpeza, y se encerró en una reserva absoluta, en una reserva de expectativa.

—No quiero que, andando en tales y tan altos negocios, no lleves más armas que la daga y la espada; el oro es un arma preciosa. Toma, hijo—y sacó una bolsa verde y la puso con misterio en las manos del joven—. No es grande la cantidad, pero bien habrá diez doblones de á ocho. Tú me devolverás esa cantidad cuando puedas. Ahora no hablemos más, ni por la casa, ni por la calle. Voy á llevarte á esconderte frente al postigo del palacio del duque.

Y se volvió hacia la puerta.

Pero de repente se detuvo.

—¡Ah! se me olvidaba—dijo limpiándose con el pañuelo el sudor que corría hilo á hilo por su frente—: por muy afortunado que seas, no puedes pasar toda la noche en palacio; allí sólo estarás un breve espacio... luego... en mi casa no quiero que estés... no sería prudente... Cuando un hombre ocupa con una alta señora el lugar que tú maravillosamente ocupas, debe evitar que esta señora sepa que vive en una casa donde hay mujeres jóvenes y bonitas. Cuando estés libre, sube á las cocinas; pregunta por el galopín Aldaba, y dile de mi parte que te lleve á casa de la señora María, la mujer del escudero Melchor... no te olvides.

—No me olvidaré.

—Allí tienes preparado y pagado el hospedaje. Es lo último que tengo que decirte. Conque vamos, hijo, vamos.

Juan siguió á su tío; al pasar por la repostería, éste dijo arrojando una mirada á las mesas y á los aparadores:

—Me voy á tiempo; ya se han servido los postres y los vinos. Buenas noches, señores.

Despidieron todos servilmente, pajes, lacayos y galopines, al cocinero de su majestad, y recibiendo iguales saludos de la servidumbre que ocupaba las habitaciones por donde pasaron, salió á la calle, siguió, torció una esquina, recorrió una tortuosa calleja, dobló otra esquina, y al comedio de otra calleja obscura se detuvo.

—Ese es el postigo de la casa del duque—dijo el cocinero mayor.

—¿Y por ahí ha de salir el hombre que lleva consigo esas cartas que comprometen á su majestad?

—Sí, don Rodrigo Calderón; pero saldrá tarde; aunque te llaman luego á palacio, esto importa más, créeme; espera aquí, porque podrá suceder que don Rodrigo salga temprano, dentro de un momento; podrá suceder también que salga acompañado; en ese caso... déjale, y vuelve mañana á este mismo sitio hasta que le veas solo. ¿Pero estás seguro de tu valor y de tu destreza?

—Cuando se trata de la reina, tío, no hay que pensar más que en servirla.

—Pues bien; ocúltate, que no puedan verte; aquí en este soportal. Y adiós; voy á ver ahora mismo á mi hermano Pedro.

—Quiera Dios, tío—dijo tristemente el joven—, que le encontréis vivo.

— Adiós, sobrino, adiós; nunca he sufrido tanto; quisiera irme y quedarme.

—Id tranquilo, tío, que como Dios me ha sacado de otros lances, me sacará de éste.

—Dios lo quiera.

—Id, id con Dios.

El señor Francisco Montiño tiró la calleja adelante y tomó á buen paso el camino del alcázar.

Para él, á quien habían fascinado las coincidencias casuales del relato de Gabriel Cornejo, con la carta de pala-

lacio y con las impacientes preguntas de su sobrino postizo
acerca de la reina, era indudable que Juan había tenido un
buen tropiezo; que, en fin, la reina le amaba ó le deseaba...
pero todo esto se hacía duramente inverosímil al cocinero
mayor, porque, en efecto, lo era; y sin embargo, creía tener
pruebas indudables: aquella carta que había venido á sus
manos por conducto de una dueña de palacio y con todas
las señales de provenir de la reina; las medias palabras de
su sobrino; el aspecto extraño, la sobreexcitación que en él
había notado, todo contribuía á hacerle creer lo que no quería creer, porque lo que repugna fuertemente á la razón, lo
rechaza enérgicamente la voluntad.

Francisco Montiño no encontraba otra salida al pasmo
que le causaba todo aquello, mas que encogerse de hombros y decir:

—¡Y yo que hubiera jurado que la reina era una santa!

Y luego añadía, en una reacción de la razón y de la voluntad:

—No, no, señor, es imposible, imposible de todo punto; yo
estoy soñando ó me he vuelto loco Ni creo esto ni lo de don
Rodrigo Calderón. ¡Bah! ¡blasfemia! es cierto que la reina
no ama al rey, pero de esto á... á olvidarse de quien es...
¡Vamos, no puede ser!

Y recordando luego cuanto había visto y oído, exclamaba:

—Pero las mujeres, con corona ó sin ella, son siempre mujeres, capaces de hacer lo que ni aun se podría pensar.

Al cabo terminaba su lucha con la siguiente conclusión:

—Ello, al fin, no me importa tanto que me exponga á volverme loco devanándome los sesos: si mi sobrino, es decir,
si ese joven que me cree su tío hace suerte... mejor, algo me
alcanzará; si todo eso de la reina no es más que una equivocación, un enredo .. mejor, mucho mejor, porque la reina
será lo que yo creo que es y lo que debe ser. De todos modos, no pasará mucho tiempo sin que yo sepa la verdad.
Entre tanto vamos á pasar una mala noche por ver á mi hermano, y no nos detengamos, ya que hay que saber otro
secreto importante, porque la muerte no se espera á que uno
despache sus negocios.

Pensando esto entraba por la puerta de las caballerizas
reales.

—¡Hola, eh!—dijo desde la puerta de una cuadra—¡los
palafreneros de guardia!

Acudieron dos ó tres mocetones.

—Al momento, al momento, para el servicio de su majestad, dos machos de paso que puedan andar cinco leguas en dos horas, y un mozo de espuela, que no se duerma y que no me extravíe.

—Muy bien, señor Francisco Montiño—dijo uno de los palafreneros—; cuando vuesa merced vuelva ya estarán las bestias y el mozo dispuestos para echar á andar.

El cocinero mayor atravesó el arco de las caballerizas, la plaza de Armas, el vestíbulo y el patio del alcázar, se metió por un ángulo, por una pequeña puerta, empezó á trepar por unas escaleras de caracol, y á los cien peldaños desembocó en una galería, apenas alumbrada por algunos faroles; apenas entró, llegó á sus oidos la voz de dos mujeres que cantaban de una manera acompasada y lenta, como quien se fastidia, un villancico.

—¡Qué feliz sería yo—dijo—si no me cercasen y me rodeasen y me amargasen la vida, tantos negocios y tantos enredos! ¡y si no, cuán felices y cuán contentas están mi mujer y mi hija!... es necesario dar un corte á esto; soy rico, á Dios gracias, y debo retirarme y descansar. Abre, Inesita, hija mía—dijo llegando á una puerta.

Cesó el canto, oyéronse unas leves pisadas, se abrió la puerta, y con una palmatoria en la mano apareció una preciosa niña de diez y seis á diez y siete años.

—¡Cuánto ha tardado vuesa merced, señor padre!—dijo sonriendo al cocinero mayor—mi señora madre y yo estábamos con mucho cuidado.

—¡Y cantábais!

—Por entretener la espera.

—Pues más voy á tardar—dijo Montiño entrando en una pequeña habitación y sacudiendo su capa, que estaba empapada por la lluvia.

—¿Cómo que vas á tardar, Francisco?--dijo una joven hermosa también, y como de veinte años, que al levantarse para tomar la capa del cocinero mayor, dejó ver que estaba abultadamente encinta.

—Sí, Luisa, sí; me obliga el hacer un pequeño viaje ahora mismo, un asunto bien desagradable.

—¡Y con esta noche!...—dijo Luisa.

—Mi hermano el arcipreste—dijo tristemente el cocinero mayor—se muere, y acaso no llegue á tiempo ni aun de cerrarle los ojos.

—¡Oh! ¡qué desgracia!—dijo Luisa.   .

—¡Está de Dios que yo no conozca á ningún pariente mío!
—añadió Inés.

—No hay que afligirse demasiado—dijo Montiño—, nacemos para morir y mi hermano era viejo.

—¿Y durará mucho tu ausencia, Francisco?—dijo Luisa.

—Mañana, á más tardar, estaré de vuelta. Saca mi loba
de camino, Inesita; y mis botas, yo voy por mis pedreñales,
siempre es bueno ir bien preparado.

Y Montiño abrió una puerta con una llave que sacó de su
bolsillo, y entró y cerró.

La mujer lanzó una mirada ansiosa á aquella puerta.

Montiño atravesó otra habitación, abrió otra puerta y se
encerró en un pequeñísimo aposento, en el cual había un
fuerte arcón, una mesa y algunas sillas. Pero todo tan empolvado, que á primera vista se notaba que no se había
limpiado allí en mucho tiempo.

El cocinero mayor abrió el arcón, que apareció lleno de
talegos; buscó uno de ellos con la vista y con las manos,
con cierto respeto de adoración; desató lentamente su boca,
y procurando que las monedas no chocasen, sacó como
hasta una veintena de doblones de oro.

—Hago un sacrificio, un inmenso sacrificio—exclamó suspirando—, el mayor de todos: dejar mi casa sola. No sé por
qué el tío Manolillo tiene conmigo de algunos meses á esta
parte chanzas que me inquietan. ¡Bah! ¡bah! yo recelo de
todo... no hay motivo... están contentas... ella cada día más
cariñosa... mi hija cada vez más empeñada en ser monja...
Afuera, afuera sospechas infundadas... una sola noche... ¿qué
ha de suceder en pocas horas?

Y tomando un par de pedreñales ó pistoletes que estaban
colgados de la pared, los cargó, les renovó los pedernales,
y cerrando cuidadosamente el arca y las dos puertas que
antes había abierto, salió á la habitación donde estaban su
mujer y su hija, se vistió un traje de camino, se ciñó una
espada. se colgó de la cintura los pedreñales, y después de
despedirse de su mujer y de su hija, salió de la habitación,
luego del alcázar, y llegó á las caballerizas, donde montó
en un mulo, y salió de Madrid acompañado de un mozo de
espuela de la casa real, que iba montado en otro mulo.

No habría llegado aún Francisco Montiño al puente de
Segovia, cuando su mujer, que había despedido á su hijas-
tra para irse á dormir, se encerró en su dormitorio, se diri-

gió á una ventana, que parecía clavada, sacó con suma facilidad dos de los clavos, que sólo servían de una manera aparente, abrió, y tomando un papel, al que hizo tres agujeros, envolvió en él un pedazo de pan, sin duda para dar al papel peso, y se puso á cantar, teniendo fijos los ojos en una ventana cercana de una torre que por aquella parte del alcázar estaba contigua á las habitaciones del cocinero mayor.

Poco después se abrió aquella ventana y dejó ver únicamente su fondo obscuro.

Luisa arrojó á aquel fondo el papel que envolvía el pan y que entró por el vano obscuro de la ventana que acababa de abrirse.

Inmediatamente cerró Luisa la ventana, y dijo suspirando, como suspira una mujer impaciente y enamorada:

—Si á las tres no ha vuelto Francisco, no vuelve de seguro hasta mañana; tienen tiempo de avisarle y vendrá: ¡oh! ¡qué suerte tan infeliz la mía!

—¿Por qué cantará así mi madre, siempre que mi padre pasa alguna noche fuera de la casa?—decía Inés rebujándose en sus sábanas—. ¡Ay, si yo pudiera avisarle! pero le ha tocado hoy de servicio, y no se puede mover de la portería de pajes.

La niña se durmió sonriendo, como sonríe una virgen á su primer amor, á su único amor puro. No sabemos si Luisa durmió también; pero lo que sí sabemos es que entre tanto el cocinero mayor caminaba rápidamente al paso de andadura de los dos poderosos mulos, y que el camino hasta Navalcarnero se acabó antes de que se acabasen sus encontrados pensamientos.

Cuando llegó al pueblo eran las doce de la noche.

Apeóse en la puerta de la casa donde había nacido, y no tuvo necesidad de llamar, porque encontró su puerta franca de par en par.

Algunas mujeres pasaban de la cocina á una sala baja muy atareadas, y entre ellas apareció una anciana.

—¿Vive mi hermano?—dijo Montiño, adelantando hacia aquella mujer.

—¡Ah! ¡señor! ¿sois vos?—dijo llorando la pobre anciana—yo no os conozco, no os he visto nunca; pero debéis ser el señor Francisco Montiño.

—El mismo soy; ¿pero vive aún mi hermano?

—Está acabando; pero entrad, entrad: desde que esta ma-

ñana fué Juan á Madrid, os espera con tanta impaciencia,
que no parece sino que vos habéis de traerle la salvación de
su alma.

Y la buena mujer introdujo al cocinero mayor en una sala
baja, y de ella en una alcoba, donde, asistido por un fraile
francisco, había un anciano expirante.

—¡Señor arcipreste! ¡señor arcipreste!—dijo la anciana —;
he aquí vuestro hermano que ha llegado.

Abrió penosamente los ojos el moribundo.

— No veo—dijo con voz apenas perceptible.

Y calló, como si aquel «no veo» le hubiese costado un inmenso esfuerzo.

—Padre—dijo la anciana, dirigiendo la palabra al religioso—, el señor arcipreste me tenía encargado que cuando
viniese su hermano, le dejásemos solo con él.

—¡Oh! ¡pues cumplamos su voluntad!—dijo el fraile y salió.

El moribundo y el cocinero mayor quedaron solos.

—¡Soy yo, hermano mío! ¡soy yo!—dijo Montiño, estrechando las manos al arcipreste.

—¡Allí! ¡allí!—dijo el moribundo, extendiendo el brazo hacia el fondo de la alcoba de una manera vaga y penosa.

—Sí, sí; no te fatigues, hermano mío: allí está el cofre que
encierra la fortuna de Juan.

—Sí—dijo el moribundo.

—¡Pedro! un esfuerzo—dijo Montiño acercando su semblante al de su hermano, que empezaba ya á descomponer
la muerte—: ¡Pedro, el nombre de su padre!

—Su padre es... el gran... el gran... duque de Osuna.

—¡Ah!—exclamó Montiño—. ¿No deliras, hermano?

—¡El duque... de Osuna!—repitió el arcipreste, haciendo
un violento esfuerzo, que acabó de postrarle.

—¿Y su madre...? ¿su madre...?

—La duquesa... de...

—¡Pedro! ¡Pedro! un solo esfuerzo.

El moribundo hizo un esfuerzo desesperado para hablar y
no pudo; levantó la cabeza, dejó oir un gemido gutural, y
luego su cabeza cayó inerte sobre la almohada.

Había muerto.

CAPÍTULO IX

LO QUE HABLARON LERMA Y QUEVEDO

Desde que don Francisco de Quevedo se resignó á esperar, pensando, al duque de Lerma, hasta que apareció el duque, pasaron muy bien dos horas.

Era el duque uno de esos personajes que se llaman *serios;* su edad rayaría entre los cuarenta y los cincuenta años; respiraba prosopopeya; vestía con una sencillez afectada, y en sus movimientos, en sus miradas, en su actitud, había más de ridículo que de sublime, más hinchazón que majestad; era un hombre envanecido con su cuna, con sus riquezas y con su privanza, que había formado de sí mismo un alto concepto, y que se creía, por lo tanto, un grande hombre.

Quevedo permaneció algún tiempo sentado, después que apareció el duque.

Esto hizo fruncir un tanto el ceño á su excelencia.

—Me han avisado--dijo con secatura--de que me esperaba aquí una persona para darme en propia mano una carta de la señora duquesa de Gandía.

Quevedo se levantó lentamente, y sin desembozarse, sin descubrirse, sacó de debajo de su ferreruelo una mano y en ella la carta de la duquesa de Gandía; cuando la hubo tomado Lerma, Quevedo se volvió hacia una puerta que el duque había dejado franca.

—Paréceme que huís, caballero—dijo el duque.

Quevedo se detuvo, pero permaneció de espaldas.

—Y no creo que haya motivo—añadió el duque, mirándole de alto abajo y sonriendo de una manera que nos atreveremos á llamar triunfante—; no creo que haya motivo para que tan embozado, tan en silencio, y con un encubrimiento y un silencio tan inútil, vengáis á mi casa y pretendáis salir de ella; como os habéis tapado la cruz y el rostro con el ferreruelo, debiérais haberos puesto en cada pie un talego, á fin de tapar vuestros juanetes y disimular lo torcido de vuestras piernas; no digo esto por mortificaros, sino porque comprendáis que os he conocido, don Francisco.

Volvióse Quevedo, se desembozó, se descubrió echando atrás con gentil donaire la mano que tenía su sombrero, y levantando su ancha frente, dijo fijando el vidrio de sus antiparras en los ojos del duque:

—¡Romance!

—¡Romance y vuestro! Soltadle, don Francisco, soltadle, que ya me tenéis impaciente.

Guardó un momento silencio Quevedo, y luego dijo con voz sonante y hueca, cortando los versos de una manera acompasada, y dándoles cierta canturía:

—Dióme Dios, por darme mucho,
con una suerte perversa,
cabeza dos veces grande,
y pies para sostenerla.
   Vine al mundo como soy,
aunque venir no quisiera;
la culpa fué de mi madre,
que no se murió doncella.
   Por los pies me ha conocido
el ingenio de vuecencia;
es difícil que conozcan
á algunos por la cabeza.
   Hay quien puede en pies de cabra
enderezar su soberbia,
porque lo que todo es aire,
cualquier cosa lo sustenta.

Y acabado el romance, se dejó caer el sombrero sobre la cabeza, se embozó de nuevo, y se volvió á la puerta franca.

El duque se adelantó y cerró aquella puerta.

—Sois mi prisionero—dijo.

—Mandadme dar cena y lecho—repuso Quevedo, sentándose otra vez en el sillón que había dejado, como si se encontrara en su casa.

—No os he soltado de San Marcos para encerraros otra vez—dijo Lerma—. Quiero que seamos amigos.

—¡Ah, condesa de Lemos!—exclamó Quevedo.

—¿Por qué nombráis á mi hija, cuando os hablo de otros asuntos?—dijo con el acento de quien se siente contrariado, el duque.

—Dígolo, porque vuestra hija ha sido antes y ahora la causa.

—No os entiendo.

—Basta con que Dios me entienda.

—Si vos galanteásteis á mi hija hace dos años...

—Don Francisco de Sandoval y Rojas, vos sois uno de

El Duque de Lerma.

aquellos hombres de quienes dice la criatura: tienen ojos y no ven.

—Veo que os equivocáis; vos creéis que la causa de vuestra prisión en San Marcos, fueron vuestras solicitudes á doña Catalina.

—Me afirmo en lo dicho: sois ciego; yo cuando se trata de mujeres...

—Estáis por las que valen... y pretendéis por ellas ser valido.

—Valiera yo poco si tal valimiento buscara—y continuó—; yo, cuando se trata de mujeres, no solicito, tomo...

—¿De modo que...?

—No he solicitado á vuestra hija.

—¿Y qué habéis tomado de ellá?—añadió con precipitación el duque.

—Un ejemplo de lo que sois.

—¡Ah! vos para conocerme...

—Os miro.

—Pero me miráis con antiparras.

—Para veros no es necesario tener muy buena vista.

—Quiero saber qué pensáis de mí.

—Mucho malo.

—Al menos no se os puede culpar de reservado.

—Reservéme poco, cuando habéis podido encerrarme.

—Os he guardado porque os estimo.

—Tan acertado andáis en mostrar vuestra estimación, como en gobernar el reino.

—¿Pues no decís que en vez de gobernar soy gobernado? ¿no me habéis fulminado uno y otro romance, una y otra sátira, tan poco embozadas, que todo el mundo al leerlas ha pronunciado mi nombre? ¿no os habéis declarado mi enemigo, sin que yo haya dado ocasión á ello, como no sea en estorbar vuestros galanteos con mi hija?

—¡Ah! ¡es verdad! nos habíamos olvidado de doña Catalina; hablado habemos de memoria; nos perdemos y acabaremos por no decir dos palabras de provecho, desde ahora hasta la fin del mundo, si hasta la fin del mundo habláramos. ¡Vuestra hija! ¡pobre mujer! ¿y sabéis que yo no escribiría por nada del mundo contra vuestra hija?

—¿Tan bien la queréis?

—Se me abren las entrañas por todos los poros.

—¡Ay! ¿y mi hija?...

—Es la mujer más pobre de corazón que conozco.

8

—Pues yo creía...

—¡Pues! vos creéis en todo lo que no es, y de todo lo que es renegáis.

—Quisiera entenderos.

—Pues entendedme: vos creéis á vuestra hija una mujer, y vuestra hija es una niña; vos la creéis contenta, y vuestra hija llora; vos la creéis feliz, y vuestra hija es desdichada; vos al casarla con vuestro sobrino, creísteis hacer un buen negocio... ¡bah! don Francisco; vos que lo primero que veis en mí son las antiparras, no sentís las antiparras que tenéis montadas sobre las narices, y sin las cuales no veis nada; antiparras que vienen á ser para vos las antiparras del diablo, que todo os lo desfiguran, que todo os lo mienten, que os abultan las pulgas y os disminuyen los camellos; para vos, á causa de esas endiabladas antiparras, lo falso es oro, todo lo que es aire cuerpo, todo lo que es cuerpo aire. Yo os daría un consejo.

—¿Cuál?

—Hacéos sacar del cuerpo los malos, y cuando os los hayan sacado entonces hablaremos; entonces veremos si yo os sirvo á vos, ó si vos me servís á mí.

Y Quevedo se levantó en ademán de irse.

—Esperad, esperad, don Francisco; os necesito aún.

—¡Ah! ¿con que aún no me suelta?

—Nunca habéis estado más libre que ahora.

—Pues mirad, nunca me he sentido más preso.

—Veo que vuestra enemistad hacia mí es cruel.

—¡Bah! desengañáos; yo no tengo un enemigo en quien no temo.

—Preso os he tenido dos años.

—No, más bien me he estado yo dos años preso.

—Mucho confiáis en vuestro ingenio.

—Yo más en el vuestro.

—Pero si yo no le tengo.

—Sí por cierto, tenéislo... para hacer lo que nos conviene.

—Ponderan mi lisura y mi paciencia...

—Pues se engañan. Ni sois liso ni agudo, y en cuanto á lo de paciencia...

—Téngola, puesto que me estáis desesperando, y...

—Os estoy leyendo.

—Concluyamos de una vez, don Francisco: yo os tengo en mucho, y si os he tenido preso no ha sido porque no me servíais á mí, sino porque no sirviéseis á otros.

—Yo sólo sirvo á Dios.

— Y al duque de Osuna.

—Es lo que nos queda de grande y noble, porque algo de noble y grande quede en España. Sirviendo al duque sirvo á Dios, porque sirvo á la justicia y al honor.

—O porque sirviéndole, os servís á vos mismo. ¿Qué habéis visto en Girón, que os haga creer que es más grande que Lerma?

—Que Girón es grande sin decirlo, y vos, llamándoos grande, sois pequeño.

—¿Qué queréis, don Francisco, qué deseais? ¿con qué noble premio se os puede comprar?

—¿Queréis que sea vuestro amigo?

¡Oh don Francisco! me llamáis ciego, y sin embargo, no reparáis en que os veo levantaros delante de mí como un gigante, y os respeto; no comprendéis que os aprecio en cuanto valéis, y que sé que con vuestra ayuda nada temería: lo emprendería todo, continuaría los tiempos de esplendor de España...

—Me estáis ofreciendo moneda falsa.

—Y vos me estáis desesperando.

—Ya os he dicho que puedo ser vuestro amigo.

—Hablad.

El duque de Lerma se sentó y Quevedo volvió á sentarse también.

—Voy á desembozar algunas palabras que os están haciendo sombra, y á empezar por mí desembozándome. Nací contrahecho; vos me desembozásteis por los pies, ya os lo dije; ni eché memorial para venir al mundo, ni venido quejéme de los malos pies con que en él entraba; pero si Dios me dió piernas torcidas, dióme alma recta; si pies torpes, ingenio ágil; si cabeza grande, llenóla de grandes pensamientos; os estoy hablando completamente desembozado, y pienso desembozaros para con vos mismo, porque lleguéis á ver claro, que, vos como sois, y yo como Dios ha querido que sea, hemos nacido para ir por camino diferente; yo bien me sé á dónde vais á parar; yo pararé donde Dios sabe.

—Continuaré sacrificando mi vida á la grandeza de mi patria.

—Y como habéis nacido para que todo os salga al revés de como pensáis, acabaréis hundiéndoos con España en un abismo.

—¿Creéis, pues, que estoy engañado?...

—Si volvemos á las réplicas no acabaremos nunca.

—Continuad.

—Pretendieron mis padres que fuese docto. Alcalá me dió su ciencia, pero más la Universidad que se llama mundo. Cada mujer fué para mí un romance, cada hombre una sátira, cada día un maestro, cada año un libro. Díjome la historia que siempre ha habido tiranos y esclavos, y que la vanidad, y la codicia, y la soberbia han escrito con sangre sus anales; quise quitar la carátula á la verdad y se la quité á medias, porque lo que vi, me dió miedo de ver lo que ver no quise. Encerréme conmigo, y allá en mi encierro me siguió el mundo, y me siguieron mis pasiones. Amé: ¡nunca hubiera amado! porqué amé á vuestra hija.

Hizo un movimiento de impaciencia Lerma.

—Y vuestra hija me amó.

Movióse con doble impaciencia el duque.

—Y no fué mía porque no quise que lo fuese.

—¡Oh! exclamó con disgusto Lerma.

—No podía serlo; para querida me daba lástima, para mujer ojeriza.

—¡Cómo!

—Hubiéseis dicho qué me daba á trueque; á falta de riquezas y de títulos, servidumbre judaizante, adoración del oro; yo, que me precio de sangre limpia y de ser buen cristiano, díjeme todo espeluzno y todo escándalo de mí mismo cuando pasó por mí el vergonzante pensamiento de ser vuestro yerno: honra dejáronte tus padres, don Francisco; búrlaste de las busconas; no mates tu honra ni tu musa y buscón no seas; que cuando oro anda en medio de una mujer y un hombre, el mundo no ve el corazón, sino el·talego; no el amor, sino la codicia; traguéme, pues, mi amor, como me he tragado otras tantas cosas, y no queriendo deshonrar á vuestra hija haciéndola mía, no me casé con ella por no deshonrarme.

El duque de Lerma no contestó una sola palabra; únicamente hirió una y otra vez con un movimiento nervioso la alfombra, con el tacón de su zapato.

—Casásteisla entonces con vuestro sobrino; vendísteis á vuestra hija...

—Era una alianza conveniente...

—Pudo conveniros á vos, no á ella. Conviniérala como mujer honrada y honesta, y discreta, y bien nacida, no porque de vos viniera, sino porque nació buena, otro hombre,

más amor, más alma, más valor y dicha la verdad sea, más
vergüenza. Que si el conde de Lemos tuviera todas estas
cosas y con ellas alguna discreción y buen ingenio, bien casada estuviera vuestra hija, y no es cribiera yo despechado
al verla tan mal casada, tan enterrada en vida, aquello de:

> Oro es ingenio en el mundo,
> oro en el mundo es nobleza
> y el que en vanidades trata
> de vanidad se sustenta.
> Con un leproso del alma,
> su padre casó á Teresa...

Con lo demás que decía el romance, que si no hizo reir á
nadie por el chiste, os hizo á vos llorar de rabia por lo claro, y dar conmigo en San Marcos, con tan poco disimulo de
la causa, que todo el mundo tuvo por culpa de ella al romance, y por doña Catalina á la doña Teresa que el romance cantaba.

—¿Y creéis que aunque anduvísteis extremadamente injusto, apasionado y mordaz en el tal romance, fué esta sola
la causa de vuestra prisión?

—Sé que anduvieron también en ella vuestras antiparras.

—Más claro.

—Por turbias que sean esas antiparras para el duque de
Lerma, todos ven que son ellas don Rodrigo Calderón.

—¡Ah! ¡el bueno de mi secretario!

—Vuestro amo.

—¡Mi amo!

—Y del rey.

—¡Ah!

—Y de España, porque como vos sois amo del rey, y el
rey amo de España y es vuestro dueño don Rodrigo, resulta
que don Rodrigo viene á ser amo de España.

—Seguid, don Francisco, á fin de que sepamos hasta qué
punto estáis engañado.

—Era una simple cuestión de secretarios: don Rodrigo lo
era vuestro, y yo lo era del duque de Osuna; el duque de
Osuna era enemigo vuestro, y por consecuencia, vuestro secretario debía serlo también del secretario del duque de
Osuna. Temióse, no lo que hacía, sino lo que pudiera hacer
de la corte el ilustre descendiente de los Girones, y como es
muy principal caballero, y muy poderoso, y muy bravo, se
le desterró á Nápoles dorando el destierro con lo de virrey,

y como se creía que yo era mucha cosa con el duque y que
haría más conmigo que sin mí, se me envió á San Marcos á
hacer penitencia; y como el duque de Osuna no ha cesado
de reclamar en estos dos años á su pobre secretario, y como,
por otra parte, vos os encontráis con que á pesar de los
buenos oficios de don Rodrigo no veis claro en qué consisten tantos reveses y tantas desdichas como sufre España,
os habéis dicho: saquemos del encierro á aquel espíritu rebelde, veamos si podemos mudarle á nuestro provecho, y si
sus antiparras son más claras que los ojos de don Rodrigo.

—¿Y creéis que yo no pudiera pasarme sin vos?

—Creo que necesitáis de todo el mundo.

—El rey me concede más que nunca su cariño, su confianza.

—Sin embargo, no ha gustado mucho al rey que vuestro
sobrino haya llevado á picos pardos al príncipe de Asturias.
Y como el rey, aunque no es muy perspicaz, sabe que vos y
el conde de Lemos sois una misma cosa; y como vuestro
hijo el duque de Uceda se impacienta por ocupar vuestro
puesto; y como la reina trabaja contra vos todo lo que puede; y como Olivares atiza, pensando en su provecho; y como
Calderón, creyéndose ya poderoso, no disimula su soberbia;
y como Espínola desde Flandes pide hombres y dineros; y
como suceden tantas y tantas cosas que no debieran suceder, si no mandárais vos, que no debíais mandar; y como vos
creéis que el duque de Osuna me ha nombrado su secretario
por algo, y que por algo también me pide en una y otra
carta, nada de extraño tiene que yo piense que si quisiera
podía vengarme de don Rodrigo enviándole á galeras y de
vos haciéndoos mi secretario.

— Conócese—dijo el duque sonriendo á duras penas—
que aún os dura la rabia del encierro.

—Os hablo desembozado y nada más.

—¿Y si fuese cierto que yo necesitase de vuestra ayuda?...

—Os la negaría, porque ayudaros á vos, sería desayudar á
la patria y hacer traición al rey.

—Supongo que no os habréis atrevido á llamarme traidor.

—No; pero sois ciego, soberbio y codicioso.

— Os habéis propuesto decididamente enojarme, cuando
yo hago todo lo que puedo por haceros mi amigo.

—No debe enojaros la verdad; no puedo ser yo amigo
vuestro.

—Sin embargo, si no recuerdo mal, me habéis ofrecido
vuestra amistad.

—*Sub conditione.*

—Pero vuestras condiciones...

—En el estado en que se encuentra la gobernación del reino, las condiciones serían muy duras para vos.

—¿Creéis que el mal, si le hay...?

—¿Si le hay? Desde que murió el rey don Felipe, que aun antes de que le royesen el cuerpo los gusanos, se sintió roido por el dolor de dejar la monarquía más poderosa del mundo á un príncipe incapaz, no han pasado por España más que desdichas; la hacienda real, desde que vos subísteis á secretario de Estado, empezó á dar tales traspiés, que dejó muy pronto de ser hacienda; exhausta por los gastos más exorbitantes, escandalizado el reino de tanto desbarajuste, de tal despilfarro, empezó á murmurar, como quien conocía que de su cuero habían de salir las correas; vos, para acallar al reino, os ayudásteis de clérigos para que volviesen á vuestro provecho el púlpito y el confesonario; no era bastante la mentira en nombre del rey: se mintió en nombre de Dios, se pasó de la deslealtad al sacrilegio. Don Rodrigo Calderón, trocado de vuestro paje en vuestro secretario, y engordado con vuestros secretos, y con los empleos que vende, y con la justicia que rompe, se hace fuerte y os domina; la guerra de los Países Bajos, funesta guerra de religión que ningún provecho ha podido nunca traer á España, se encrudece, se hace desastrosa, es más, injusta, deshonrosa, porque nuestros soldados sin pagas, se convierten en una plaga de Egipto, rompen la disciplina, y nuestros valientes tercios son vencidos en las Dunas, en Ostende, en el Brabante, en todas partes, á pesar de la pericia y del valor de Espínola. Somos el juguete de Inglaterra, que satisface el odio que siempre ha sentido hacia la casa de Austria, y de otra parte la Francia ayuda á los Países Bajos, para que entretenida España con una guerra desastrosa no pueda influir en sus negocios. Inútil la tentativa de ceder la soberanía de los Países Bajos al archiduque Alberto y á su esposa la infanta doña Isabel; continúan los desastres. Holanda y Flandes han resistido, resisten y resistirán, como quien pugna por arrojar de su casa un dominio extraño y tiránico. Para satisfacerse de algún modo de los reveses de los Países Bajos, se piensa en ganar gloria perjudicando al comercio inglés, y se envía allá una escuadra que aniquilan los elementos como aniquilaron á la *Invencible;* todo fracasa, todo muere. Perdido el tino, se firma una tregua ver-

gonzosa de doce años con Holanda y Flandes, acogiendo
por medianeras á Francia y á Inglaterra, y se cree tener algún respiro. Pero aqueja la pobreza pública, al par que crecen los dispendios de la corte, y se piensa en leyes suntua-
rias; leyes inoportunas, ineficaces, contra las que representan los mercaderes y quedan sin efecto; es necesario encontrar dinero á todo trance, y se aumenta el valor de la moneda de vellón; expone los inconvenientes de esta medida el
docto Mariana en su libro *De Mutatione monetæ*, y el bueno,
el sabio Mariana es perseguido; á la torpeza sigue la tiranía.
Pero no se halla todavía dinero y la tiranía crece, la tiranía
no respeta ya nada: ni la fe de los tratados humanos, ni la fe
de este eterno pacto de justicia que el hombre tiene hecho
con Dios. El edicto de la expulsión de los moriscos, llena de
horror á todos los pechos generosos...

—Antes que Felipe III han sido sus abuelos rigorosísimos
con los moriscos—exclamó el duque de Lerma, aturdido por
la filípica de Quevedo.

—¡Los clérigos y los frailes! siempre esa plaga que ha logrado dominar al trono y que acabará con la gloria y con el
poder de España. Y, sin embargo, un excesivo celo por la
religión, un celo imprudente y ciego, pudo nublar con hechos indignos de su grandeza, la gloria de los Reyes Católi-
cos, del emperador don Carlos, de su hijo don Felipe; pero
no la mancilló la codicia mortal, la sed infame del dinero;
los moriscos fueron perseguidos, ¡pero no fueron robados!

—¡Robados!

—Sí, Felipe III ha robado á los moriscos, y quien dice Felipe III, dice el duque de Lerma.

—Esto es ya demasiado, demasiado—dijo enteramente
aturdido Lerma, que no había creído que existiese un hombre capaz de decirle de frente tan agrias verdades. A tal
punto le habían llevado su envanecimiento, su privanza y la
nulidad del rey.

—¡Pues ya se ve que es demasiado! Cuatro millones de
españoles ricos, industriosos, han sido expulsados, pobres,
desnudos, miserables, desesperados, del suelo que los vió
nacer. Y el rey, su majestad, como si hubiérais hecho grandes merecimientos, como si en vez de disminuir en una
cuarta parte la población del reino la hubiérais aumentado y
enriquecido, os da trescientos mil ducados para vos y para
vuestro hijo el duque de Uceda, y ciento cincuenta mil á
vuestra hija y á su noble esposo el conde de Lemos.

—¡Concluyamos, concluyamos, don Francisco!—dijo el duque procurando rehacerse—; está visto que no podemos entendernos.

—¡Ya quería yo irme...!—dijo Quevedo levantándose de nuevo—; quería irme sin hablar una sola palabra, porque no podría deciros más que verdades lisas... pero vos... ¡bah! vos habéis nacido para equivocaros...

—He llegado á vos y os he tendido la mano...

—Yo no puedo estrechar vuestra mano, yo no puedo serviros; yo no quiero hacerme cómplice de la ruina de España; á mi duque de Osuna me atengo... y si me desayudare el duque... me atendré á mí mismo, que me basto y aun me sobro. Quede vuecencia con Dios.

—Esperad: no es por ahí, don Francisco—dijo el duque tomando una bujía de sobre la mesa y yendo á una puertecilla.

—¡Cómo!—dijo Quevedo—; ¿vuecencia sirviéndome de paje?

—Honroso es servir al ingenio, á la grandeza y al valor.

—Muy cristiano andáis.

—¡Cristiano!

—Sí, por cierto; dais favores por agravios.

—No hablemos de eso; no sois vos quien me agraviáis, sino la fortuna que se me os roba.

—Ahí os queda don Rodrigo Calderón.

Calló el duque, y bajando unas escaleras, llegó á un postigo y puso la mano en un cerrojo.

—Perdonad, un momento, don Francisco—dijo Lerma—: ¿quién os ha dado la carta que me habéis traido? ¿puede saberse?

—¿Y por qué no? ¡Me la ha dado vuestra hija!

—Y... ¿dónde?

—En palacio.

—¡Oh! ¿con que ya habéis estado en palacio apenas venido?

—De palacio vengo y á palacio voy. Como me crié en él, soy palaciego, y tanto, que atribuyo al haberme criado en palacio mi cortedad de vista.

—Pues cuidad, don Francisco, en dónde ponéis los pies, porque palacio está muy resbaladizo.

—Como ando despacio, señor duque, nunca resbalo; como tengo los pies grandes me afirmo; cuando caigo no es que caigo, sino que me caen. Guarde Dios á vuecencia y le prospere—añadió, viendo que el duque había abierto la puerta.

—Id, id con Dios, don Francisco—dijo el duque—, y no os olvidéis nunca que os he buscado.

—Lo que no olvidaré jamás es la causa por que he venido—dijo Quevedo, y salió.

El duque, que al abrir se había cubierto con la puerta, cerró murmurando:

—¡Que no olvidará la causa por que ha venido! ¡y quien le ha dado la carta de la duquesa de Gandía ha sido mi hija! ¡ese hombre! ¿A dónde tenderá el vuelo don Francisco?

Detúvose de repente el duque; había sonado en la calleja ruido de espadas que duró un momento.

—¿Qué será?—dijo Lerma—; donde va Quevedo van las aventuras. Don Rodrigo me lo dirá... sí, sí... ¡don Rodrigo! y es el caso que empiezo á desconfiar de él, pero yo desconfío de todo el mundo... de todos, hasta de mí mismo.

El duque acabó de subir en silencio las escaleras, entró en su despacho, y abrió con una ansiedad marcada la carta de la duquesa de Gandía.

Hizo bien el duque en esperar á quedarse solo para leer aquella carta; nuestros lectores adivinarán su contenido. En ella, á vueltas de pesadas reflexiones, participaba la duquesa á Lerma lo que la había acontecido con el rey y la desaparición de la reina de su cuarto.

El duque, leyendo esta carta, se puso sucesivamente pálido, lívido, verde. No comprendía bien aquello. Creía tener comprimida á la familia real, y, sin embargo, el rey y la reina se le escapaban, como quien dice, por los poros. Creía saberlo todo, y, sin embargo, ignoraba que existiesen aquellas comunicaciones secretas de que hablaba la carta. Se creía seguro del afecto, de la fidelidad de don Rodrigo Calderón, y la duquesa le daba respecto á él una voz de alerta. Daba vueltas el duque á la carta y la leía y volvía á releer una y otra vez, como si dudara de sus ojos, y siempre leía la misma cosa:

«Su majestad el rey ha venido á mí por un pasadizo secreto, y me he visto en un grande apuro.»

Y más abajo:

«Cuando obligada fuí á anunciar á su majestad la reina que el rey deseaba verla, no encontré á la reina ni en su cámara, ni en su dormitorio, ni en su oratorio, y á la hora en que os escribo no sé dónde está su majestad.

Y más abajo aún:

«Personas extrañas, que no puedo deciros quiénes son, porque no las conozco, aunque las he sentido y casi las he tocado, entran á mansalva en la cámara de su majestad la reina. Además, he descubierto lo que nunca hubiera creído... desconfiad de don Rodrigo Calderón: está en inteligencias con la reina y os vende.»

El duque acabó de aturdirse, y como siempre que esto le acontecía, mandó llamar á su secretario.

Pero antes de que éste llegase, tuvo gran cuidado de guardar en su ropilla la carta de la duquesa de Gandía.

A poco entró en el despacho del duque un hombre como de treinta á treinta y cuatro años.

Era buen mozo; moreno, esbelto, de mirada profunda, semblante serio, maneras graves, movimientos pausados, como quien pretende aumentar la dignidad de su persona; vestía rica pero sencillamente, y todo en él rebosaba orgullo, mejor dicho, soberbia, y una extremada satisfacción de sí mismo; era, en fin, uno·de estos seres que jamás descuidan su papel, y que con su aspecto van diciendo por todas partes: «soy un grande hombre».

Como sucede siempre á estos personajes, su afectación tenía algo de ridículo; pero era la del que nos ocupa una de esas ridiculeces que sólo notan los hombres de verdadero talento, los hombres superiores.

A los demás, don Rodrigo Calderón, que él era, debía imponer respeto, y lo imponía.

Pero delante del duque de Lerma, el más hinchado de los hombres hinchados, don Rodrigo se apeaba de su soberbia para transformarse en un ser humilde, casi vulgar, en un criado, en un instrumento.

Pero esto sólo en la apariencia.

Lo que demuestra que era superior al duque, puesto que le comprendía, y comprendiéndole usaba de él, humillándose.

Cuando entró se inclinó respetuosamente, y su semblante tomó la expresión más humilde y servicial del mundo.

Sin embargo, todos sus esfuerzos y toda su servil experiencia de cortesano no bastaron para borrar de su semblante cierta expresión de profundo disgusto, de ansiedad, de molestia y de un malestar doloroso.

El duque lo notó, receló, pero sin embargo disimuló y ocultó profundamente su recelo.

—¿Qué os sucede?—le dijo —¿no estáis satisfecho de las ventajas que acabamos de alcanzar?

—¡Ventajas! ¡ventajas! tengo la desgracia de no verlas, señor—contestó con voz apagada don Rodrigo—; si llamáis ventajas el haber logrado que se sienten á vuestra mesa y hablen como amigos el señor duque de Uceda vuestro hijo, el conde de Olivares y don Baltasar de Zúñiga...

—Por el momento parecen desalentados, vienen á nosotros, olvidan sus diferencias y se estrechan las manos.

—Para engañarse mejor, engañando juntos á vuecencia.

—Y bien, si no podemos unirlos los separaremos; no nos ha de faltar pretexto para conferir una embajada al conde de Olivares; enviaremos de virrey á Méjico ó al Perú á mi hijo, y alejaremos con otra honrosa comisión á don Baltasar.

—Pero el conde de Olivares preferirá su empleo de caballerizo mayor, que le tiene en la corte, y cerca del rey, y vuestro hijo y Zúñiga no dejarán por nada del mundo el cuarto del príncipe don Felipe. Desengáñese vuecencia: todos quieren ser, todos; aunque todo os lo deben, conspiran contra vos, los primeros vuestro hijo y vuestro sobrino... el conde de Lemos...

—El conde de Lemos seguirá en su destierro; ha sido más audaz que los otros... ha pretendido ganar la confianza de su alteza, despertando sus pasiones y halagándolas... ha sido, pues, necesario ser severo con él, y como lo he sido con él, lo seré con los demás; lo seré, no lo dudéis—añadió el duque contestando á un movimiento de duda de don Rodrigo.

—Sólo hay un medio... ya os lo he dicho... acabar de una vez... cuando un enemigo se hace demasiado terrible, como, por ejemplo, la reina...

—No, no—dijo con repugnancia el duque—; no es necesario llegar á tanto... la reina... la tenemos sujeta... esas cartas... esas preciosas cartas... ¡oh! guardadlas bien... guardadlas.

—Las llevo siempre conmigo; la reina por ahora no se atreve... pero si vuestros enemigos... si fray Luis de Aliaga...

—Ya os he dicho que Olivares, Uceda y Zúñiga, se sienten sin fuerzas, se rinden y vienen á buscarla en mí; vuestro celo, don Rodrigo, os hace muy desconfiado. ¿Qué, creéis que yo no tengo poder?

—¿Y de dónde sacar nuevos tesoros? ¿dónde encontrar otros moriscos? ¿cómo agravar los tributos? ¿Qué hacer para acabar esas guerras eternas que nos desangran? ¿y

cómo acabarlas sin exponerse á caer de lo alto ante el or-
'gullo de España ofendida? ¿cómo quitar á un ambicioso de
un puesto que satisface su ambición para poner á otro? Os
lo repito: cuando se ha llegado á este extremo, cuando falta
oro para tanta boca sedienta, siempre queda el remedio de...

—No, no, el remedio es peor, cien veces peor. Todo se
sabe...

—Y bien, ¿qué medio creéis que os queda para con la
reina?

—Las cartas que poseéis

—Pero esas cartas no pueden usarse sin que yo me
pierda.

—¿Creéis que vos estaréis perdido, cuando yo esté salvado?

—Hace algún tiempo que, con mucho sentimiento mío—
dijo con gran humildad don Rodrigo—vemos las cosas de
distinto modo. Yo veo...

—Vos veis menos de lo que creéis ver.

—Yo veo todo lo que pasa en la corte y fuera de ella,
señor. Sé que vuecencia no puede anunciarme una cosa
grave que yo no sepa.

—Voy á deciros una gravísima: ¿sabéis dónde está la
reina?

Miró con asombro Calderón á Lerma.

—No comprendo á vuecencia—dijo.

—Me explicaré: ¿sabéis por qué la reina no parece?

—¿Qué no parece su majestad?

—Sí, por cierto; la reina se ha perdido esta noche, ó ha
estado perdida. En una palabra: su majestad la reina, á cierta hora de la noche, no estaba en su cuarto.

—¿Cómo, á qué hora?

—Á principios de la noche.

—Pues puedo deciros—exclamó Calderón poniéndose
pálido—que si la reina ha desaparecido de su aposento, ha
salido del alcázar.

—¿Que ha salido?

—Sí, señor, sola y en litera.

—Eso no puede ser; ¡imposible!—exclamó el duque poniéndose de pie—. ¡Margarita de Austria, sola como una dama
de comedias!...

—Es más, señor, acompañada de un hombre.

—¿Pero no habéis dicho que salió sola del alcázar?

—Sí, sí por cierto; yo la había dado una cita.

--¿Y esperábais?...

—No esperaba; pero á todo trance, y por no esperar yo mismo á las puertas del alcázar, para no dar que pensar, puse un hombre de mi confianza, y esperé más lejos. Impaciente, fuí á informarme de mi centinela, y éste me dijo que había salido del alcázar, bajando por la escalera de las Meninas, una dama que tenía todo el aspecto que yo le había indicado, que había entrado en una litera y acababa de alejarse. Seguimos la dirección que la litera había tomado. La hallamos al fin, la seguimos. De repente para la litera y sale...

¡La reina!

—Una dama tapada que tenía el mismo aspecto, el mismo andar reposado, grave, gallardo de su majestad. Más aún; de repente, aquella dama se detiene junto á un hombre que estaba parado en una encrucijada y se ase á su brazo y sigue.

—¡Oh! no podía ser la reina, no; ¿á qué había de asirse á otro hombre?

—¡Ah! aquel hombre, cuando le dejó la dama tapada en una callejuela solitaria, me detuvo hierro en mano.

—¡Oh!--exclamó el duque de Lerma—¿se trataba de mataros?

—Y la reina se había puesto por cebo; no tengo duda de ello. Además, aquel hombre había sido buscado á propósito; yo me jacto de ser buena espada; pues bien, aquel hombre me desarmó y me hizo gracia de la vida.

—No querían, pues, mataros: no era la reina.

—Al contrario, la generosidad de ese hombre me confirma más en mis sospechas; la reina se horroriza de la sangre... como vuecencia; la reina, sin duda, ha querido decirme: aunque soy mujer, y me tenéis obligada al silencio, puedo en silencio mataros; tengo una valiente espada que me sirve.

—¿Pero no se os ocurre que vuestro vencedor pudo quitaros las cartas?

--La reina no sabe que por guardarlas mejor llevo siempre las cartas conmigo.

—¿Y no se sabe quién es ese hombre que ha defendido á la reina?

—No lo sé aún, pero lo sabré; le he hecho seguir por un hombre que no le perderá de vista.

—Pues bien; lo que más urge ahora es desenredar este misterio de la reina, ver claro: saber cómo, por dónde puedan entrar personas extrañas en la cámara de la reina, y cómo la misma reina puede salir sin ser vista de nadie. Hay ciertos pasadizos en el alcázar que han estado á punto de causarnos graves disgustos. Haced que las gentes que están al lado del rey, cuenten sus pasos, oigan sus palabras...

—Tal las oyen, que aconsejo á vuecencia haga dar una mitra al confesor del rey.

—¡Cómo!

· Fray Luis de Aliaga ha pasado toda la tarde al lado de su majestad, mientras vuecencia reconciliaba á sus enemigos y se creía por su reconciliación libre de cuidados.

El duque quedó profundamente pensativo.

—¡El confesor del rey! ¡La reina apela al hierro! ¡Oh! ¡oh! la lucha es encarnizada... y bien, será preciso obrar de una manera decidida...

—No digáis es necesario obrar... decidme obrad, y obro. Estas cartas son ya insuficientes... vuecencia no puede pedirme que me pierda al perder á la reina... la reina lo arrostra todo... imitémosla.

—Procurad saber quién es ese hombre de que la reina se ha valido; averiguado que sea, hacedle prender, y esto al momento. Después, id á avisarme al alcázar.

Don Rodrigo conoció que la orden era perentoria, y fué á salir.

—No, por ahí no; tomad mi linterna; vais á salir por el postigo; de paso mirad si hay algún muerto en la calle, ó al menos señales de sangre.

—¡Ah!

—Sí, antes que viniérais sonaron cuchilladas en la callejuela.

—¡Ah! ¡ah!—dijo para sí Calderón bajando las escaleras detrás del duque—. ¡Cuchilladas junto al postigo de su excelencia, y su excelencia interesado en saber el fin de estas cuchilladas! ¡ah! ¿qué será esto? ¡Creo que este hombre, cuando me guarda secretos, desconfía de mí! Pues bien, obraré como me conviene, señor duque; y ya es tiempo; no quiero sumegirme con vos.

Cuando llegaba á este punto de su pensamiento, Lerma abría el postigo y se cubría con él para no ser visto por un acaso desde la calle.

Calderón salió.

Apenas había salido y cerrado el duque, cuando resonaron en la calle, como por ensalmo, delante del postigo, cuchilladas, y poco después, unas segundas cuchilladas más abajo, unieron su estridor al de las primeras.

El duque de Lerma subió cuanto de prisa le fué posible las escaleras, llamó á algunos criados, y los envió á saber qué había sido aquello.

CAPÍTULO X

DE CÓMO DON FRANCISCO DE QUEVEDO ENCONTRÓ EN UNA NUEVA AVENTURA EL HILO DE UN ENREDO ENDIABLADO

Cuando Quevedo salió de la casa del duque de Lerma por el postigo, apenas había puesto los pies en la calle, se le vino encima Juan Montiño, que, como sabemos, estaba esperando en un soportal á que saliese por aquel postigo don Rodrigo Calderón.

Al verse Quevedo con un bulto encima, y espada en mano, echó al aire la suya, y embistiendo á Juan Montiño, exclamó con su admirable serenidad, que no le faltaba un punto:

—Muy obscuro hace para pedir limosna; perdone por Dios, hermano.

Y á pie firme contestó á tres tajos de Juan Montiño, con otras tantas estocadas bajas y tales, que el joven se vió prieto para pararlas.

Y no sabemos lo que hubiera sucedido, si Juan Montiño no hubiera conocido en la voz á su amigo.

—¡Por mi ánima—dijo haciéndose un paso atrás y bajando la espada—, que aunque muchas veces hemos jugado los hierros, no creí que pudiéramos llegar á reñir de veras!

—¡Ah! ¿sois vos, señor Juan? que me place; y ya que no nos hemos sangrado, alégrome de que hayamos acariciado nuestras espadas para daros un consejo: lo de tajos y reveses á la cabeza, dejadlo á los colchoneros, que sirven bien para la lana, y aficionáos á las estocadas; de mí sólo sé deciros que de los instrumentos de filo, sólo uso la lengua. ¿Pero qué hacéis aquí?

—Espero.

—Ya, ya lo veo. ¿Pero á quién esperáis?

—A un hombre.

—Decid más bien á un muerto; y dígolo, porque á pesar del demasiado aire que dais á la hoja de la espada, si yo no fuera quien soy, me hubiérais hecho vos lo que no quiero ser en muchos años. Pero el nombre del muerto; digo, si no hay secreto ó dama de por medio, que no siendo así...

—Dama y secreto hay; pero me venís como llovido; conozco vuestra nobleza, quiero confiarme de vos, y os pido que me ayudéis.

—Y os ayudaré, y más que ayudaros; tomaré sobre mí la empresa y el encargo. ¿Pero de qué se trata?

—¿Conocéis á don Rodrigo Calderón?

—Conózcole tanto, como que de puro conocerle le desconozco. Es mucho hombre.

—Pues á ese hombre espero.

—Para...

Quevedo hizo con el brazo la señal de una estocada á fondo.

—Cabalmente.

—Perdonad; pero vos no sois cristiano, amigo Juan.

—¿Por qué me decís eso? ¿no os he dejado tiempo para poneros en defensa?

—Dígolo, porque vuestro rencor no cede. ¿No os habéis satisfecho con haber desarmado hace dos horas á don Rodrigo Calderón, sino que pretendéis matarle?

—¡Cómo! ¿era don Rodrigo Calderón el hombre con quien reñí cuando?...

—Sí, cuando acompañábais á una dama muy tapada, muy hermosa y muy noble que había salido del alcázar.

—¡Cómo! ¿conocéis á esa dama?

—Puede ser.

—¿Y es hermosa?

—Puede que lo sea.

—¿Y sabéis su nombre?

—Puede llamarse... se puede llamar con el nombre que mejor queráis; os aconsejo que no toméis jamás el nombre de una tapada, sino como un medio de entenderos con ella.

—¿Pero no decís que la conocéis?

—Lo que prueba, pues tanto me preguntáis, que no la conocéis vos.

—¡Ay! ¡no!

—¿Os habéis ya enamorado?

—Lo confieso.

—Sin conocerla...

—Ahí veréis.

—¿Por la voz, ó por el olor, ó por el bulto? Ved que esas tres cosas engañan.

—Estoy seguro de que es una divinidad.

—Se me os perdéis, Juan, se me os perdéis, y lo siento. Idos de la corte, amigo mío, porque si apenas habéis entrado habéis caído, á poco más sois hombre enterrado. Creedme, Juan, veníos conmigo á una hostería y dejáos de tapadas, que no contentas con haberos matado os piden hombres muertos.

—Idos si queréis—dijo Juan Montiño—, que yo estoy resuelto á quedarme y á cumplir lo que he prometido.

—No, no me iré, puesto que me necesitáis: aquí me estoy con vos y venga lo que viniere.

—He reparado en un bulto que me sigue desde después de mi primera riña con don Rodrigo.

—¡Ah! ¿sí? ¿un bulto? razón más para que yo me quede.

—Y ese bulto está allá abajo, junto á la esquina.

—¿Y no le habéis ahuyentado por no espantar la caza? bien hecho; por lo mismo dejaréle yo allí: pero entrémonos en este zaguán.

—Entrémonos

—¿Y estáis seguro de que don Rodrigo Calderón está ahí dentro, y si está de que saldrá por ahí?

—No lo estoy, pero espero.

—Vais haciéndoos á las costumbres de los enamorados tontos, que se pasan la vida en esperar á bulto.

—Por más que hagáis...

—No os curo.

—No.

—¿Pero tanto vale esta dama?

—¡Oh!

—¡Oh! Decir ¡oh! vale tanto como si dijéseis: esa dama es para mí un acertijo.

—¿Creéis que estoy enamorado?

—¡Ayúdeos Dios, si vuestro mal no tiene cura! ¿Y sabéis que tarda don Rodrigo?

—¿Qué tenéis que hacer?

—Mucho: por ejemplo, me urge ver á vuestro tío el cocinero de su majestad.

—Pues no podéis verlo esta noche.

—¿Cómo?

—Va de viaje. Se muere mi tío el arcipreste y va á cerrarle los ojos.

—¡Ah! pues si no puedo ver á vuestro tío, me importa poco que tarde nuestro hombre; entre tanto á dormir me echo.

—¡A dormir!

—Sí; he encontrado aquí un poyo bienhechor, y estoy cansado. Y luego, ¿de qué hemos de hablar? No conocéis á esta dama... no puedo aconsejaros á ciencia cierta... me callo, pues, y duermo. Avisadme cuando sea hora.

Al sentarse Quevedo se desembozó y dejó ver una línea de luz por un resquicio de su linterna.

—¡Oh! ¡traéis linterna!—dijo el joven.

—Nunca voy sin ella.

—¿Me prometéis decirme el nombre de la dama, si os doy algo por lo que podáis venir en conocimiento?

—Os lo prometo—dijo Quevedo.

—Pues bien, abrid la linterna y mirad.

Quevedo abrió la linterna, y Juan Montiño, doblando la carta que su tío había recibido de palacio, y dejando sólo ver el primer renglón que decía: «Tenéis un sobrino que acaba de llegar de Madrid...» mostró aquel renglón á Quevedo.

—¡Y es letra de mujer!—dijo éste.

—¿Pero no la conocéis?

—No—repuso Quevedo guardando la linterna.

—Voy á ayudaros—añadió el jóven—: esta carta ha venido de palacio á mi tío, de mano de una dueña de la servidumbre.

—Si no me dais más señas no puedo alumbrar vuestras dudas. ¡Y me duermo, vive Dios, me duermo!—dijo Quevedo bostezando.

—Decidme: ¿hay en palacio alguna dama cuya hermosura deslumbre como el sol?

—Háilas muy hermosas: ¿la vuestra es esbelta, ligera, buena conversación, morena?...

—No, no; es blanca.

—¿Cómo, pues, sabéis su color si iba tapada?

—Una mano...

—¡Ah! es verdad, las tapadas que tienen buenas manos no las tapan. Pues no es la condesa de Lemos—dijo para sí Quevedo.

—Era alta, gallarda, muy dama, muy discreta, joven, andar majestuoso...

—No conozco dama que tenga más majestad en palacio que la reina.

—¡La reina!... ¿pero creéis que la reina podría salir sola de noche y ampararse de un desconocido?

—¡Eh, señor Juan Montiño! habláis con demasiado calor, para que yo no sospeche que os ha pasado por el pensamiento que podía ser la reina la dama de vuestra aventura. Creedme, Juan; eso, que si fuera posible, sería para vos una desgracia, es imposible de todo punto. Su majestad la reina... vamos, no pensemos en ello. Es la única mujer que conozco buena y mártir, y la ilustre sangre que corre por vuestras venas os debe decir...

—Mi sangre no es ilustre, don Francisco, sino honrada, y por lo mismo, porque dudo, porque me parece imposible, os pregunto, quiero aclarar una duda que me vuelve loco... tenéis razón; si fuese la reina la dama á quien amo...

—¿Pero qué amor es ese?... un amor de dos horas.

—¡Ay, don Francisco! en dos horas... menos aún, en el punto en que la vi...

—¿Luego la habéis visto?

—Sí.

—¿Dónde?

—Perdonad, no me pertenece el secreto.

— Guardadle, pues; pero entendámonos: ¿decís que habéis visto á esa dama? Dadme sus señas.

—No puedo daros seña alguna, porque fué tal el efecto que me causó su hermosura, que cegué.

—¡Vehemente y apasionado como su padre!—murmuró Quevedo.

—¡Qué! ¿habéis conocido á mi padre, don Francisco? Cuando fuísteis á Navalcarnero ya había muerto.

—He oído hablar de él —dijo Quevedo.

—Pues os han engañado

' —Bien puede ser.

—Mi padre era lo más pacífico del mundo.

—¡Pobre amigo mío—dijo Quevedo.

—¿Por quién habláis, por mi padre ó por mí?

—Hablo por vos. En cuanto á vuestro padre, bien se está allí donde se está; y en verdad y en mi ánima, que si no fuera por vos, ya estaría yo con él.

—¿En la eternidad?

—Decís bien; pero yo me entiendo y Dios me entiende.

—¿Estaréis también enamorado y desesperado?

—¡Enamorado! no lo sé, pudiera ser. ¡Desesperado! no, porque á mí no me desesperan las mujeres.

—Soy muy afortunado.

—O muy pobre. Pero volviendo á la dama...

—Os repito que puedo hablaros de su hermosura, pero no daros señas de ella; os digo que la amo tanto, que si por desdicha fuese esta mujer la reina...

—¿Pero estáis loco, Juan? ¿Acabáis de llegar á Madrid, y ya pretendéis haber tenido una aventura con... su majestad?

—¿Y no pudiera ser?

—¡Poder! Todo puede ser si Dios quiere, puesto que es todopoderoso; pero lo que creo que ha sucedido ya es que habéis perdido el juicio.

—Si esa mujer es la reina, lo pierdo de seguro.

—Y... ¿por qué?

—¿Por qué? La reina es casada.

—¡Ah! ¿y amáis tanto á vuestra dama, que pretendéis encontrar en ella lo que creo que no se encuentra en ninguna mujer? ¿pretendéis que no haya amado una dama que se sale de palacio de noche y sola, que se agarra al primero que encuentra y le embauca hasta hacerle perder el seso?

—Yo no os he dicho que esa dama ha salido de palacio.

—Pero yo lo sé.

—¿Y quién os lo ha dicho?

—¡Bah! quien os ha visto.

—Me estáis desesperando: vos conocéis á esa dama.

—Vos me estáis guardando un secreto.

—No es mío.

—De la reina.

—¡Ah! ¡no! ¡no!

—Escuchad, Juan: yo tengo una obligación mayor de la que creéis de mirar por vos, de guardaros...

—¡Vos!

—Sí, yo; es más: por vos he venido á Madrid; por vos necesito ver á vuestro tío.

—No os entiendo.

—Pues bien podéis entenderme. ¿No somos amigos?

—Sí, ciertamente.

—¿No soy yo más experimentado que vos?

—Experimentado y sabio.

—Pues respetadme por mayor en edad y en saber. Contestadme, joven, y creed, suponed que os habla y os pregunta vuestro padre. Sois nuevo en la corte, y la corte es muy peligrosa. Habéis dado de bruces con palacio y para vos se ha centuplicado el peligro. ¿Para qué esperáis á don Rodrigo Calderón?

—Para matarle.

—¿Y por qué?

—Porque ha ofendido á esa dama que me enamora.

—Me engañáis.

—No os engaño.

—¿La ofensa de ese hombre á la dama?...

—Suponerla amante suya.

—¿Y á vos qué os da?

—Es inútil que pretendáis disuadirme: estoy resuelto.

—Pues sea; me embarco con vos; agito con vos el cascabel de la locura: cometo la primera tontería de que tengo memoria: Cervantes, á quien Dios perdone sus pecados, creyó haber muerto con su *Ingenioso Hidalgo don Quijote* á los caballeros andantes; pero se engañó, porque aquí estamos dos. Vos porque tenéis ojos, y yo porque tengo corazón y agradecimiento.

—¡Agradecimiento!

—Dios me entiende y yo me entiendo.

—Pero no os entiendo yo.

—Cuando fuí huído á Navalcarnero... y fué por una mujer... siempre ellas... encontré en vos...

—Un joven que se volvió á vos asombrado, deslumbrado por vuestro ingenio.

—Muchas mercedes. Pues encontré en vos un hermano, y tan agradecido quedé de ello, que en la primera carta que escribí al duque de Osuna, le hablé de vos.

—¡Ah! ¡don Francisco! ¿habéis hecho que llegue mi pobre nombre al gran duque de Osuna?

—Y tanto bien vuestro le he dicho, que el duque, que no ha dejado de escribirme á San Marcos, me escribió por último en términos breves pero precisos: «Mi buen secretario: el duque de Lerma os suelta, no sé si porque me teme, ó porque os teme á vos, aunque preso y encerrado. Veníos al punto, pero traeros con vos á ese vuestro amigo Juan Montiño, de cuyos adelantos me encargo.»

—¿Eso os ha escrito el duque y os llamáis agradecido de mí?

—Sea como quiera, vengo, os encuentro cuando menos lo esperaba y metido en una aventura, y por fin y postre, me metísteis también en ella. Pues adelante: no siento otra cosa sino lo que tarda el difunto.

No había acabado Quevedo de pronunciar estas palabras, cuando rechinó una llave en la cerradura del postigo del duque, se abrió éste, se vió luz y salió un bulto.

El postigo volvió á cerrarse.

—Ahí le tenéis—dijo don Francisco en voz baja á Juan—. Dejadle que adelante algunos pasos más, y á él.

Juan Montiño salió del zaguán y se fué tras aquel bulto. Quevedo se puso en medio de la calleja, y desnudó la daga y la espada.

Hemos dicho que la noche era muy obscura.

—Defendéos ú os mato—dijo Juan Montiño á dos pasos del que había salido por el postigo.

Volvióse éste y desnudó los hierros.

—¿Y por qué queréis matarme?--dijo.

Juan le contestó con una estocada.

—¡Ah! vos sois el mismo de antes—dijo don Rodrigo, que él era.

—Entonces os desarmé, pero ahora que sé que sois don Rodrigo Calderón, os mato.

Al decir el joven estas palabras, don Rodrigo Calderón dió un grito.

La daga de Juan Montiño se le había entrado por el costado derecho.

Y entre tanto Quevedo daba una soberana vuelta de cintarazos, sin chistar, á un bulto que había venido en defensa de don Rodrigo.

Don Rodrigo quiso sostenerse sobre sus pies, pero no pudo; le brotaba la sangre á borbotones de la herida, se desvaneció, vaciló un momento y cayó.

Juan Montiño se arrojó sobre él, le desabrochó la ropilla y buscó con ansia en ella: en un bolsillo interior encontró una cartera que guardó cuidadosamente.

Don Rodrigo no le opuso la menor resistencia. Estaba desmayado.

Entretanto el hombre á quien zurraba Quevedo, no pudo resistir más y huyó dando voces.

—Habéis acabado ya por lo que veo, ó más bien por lo que no escucho—dijo Quevedo á Juan Montiño.

—Sí, por cierto—contestó Juan.

—Ya sabía yo que teníamos difunto; pero ese rufián. de Juara va dando voces, y por sus voces pueden dar con nosotros, y con nosotros en la cárcel. Dadme vuestro brazo á fin de que yo pueda andar de prisa, y tiremos adelante.

—Adelante, don Francisco, pero tiremos hacia palacio.

—¡Hacia palacio, eh! pues que palacio sea con nosotros.

Y marchando con cuanta rapidez les fué posible, que no era mucha á causa de la deformidad de las piernas de Quevedo, salieron de la calleja.

Poco después entraban en ella muchos hombres con luces.

Aquellos hombres eran los criados que el duque de Lerma había enviado á informarse del suceso.

GAPÍTULO XI

EN QUE SE SABE QUIÉN ERA LA DAMA MISTERIOSA

Quevedo y Juan Montiño tardaron un largo espacio en llegar á palacio, no porque palacio estuviese lejos de la casa del duque de Lerma, sino porque para Quevedo eran largas todas las distancias.

Entrambos iban embebecidos en hondos pensamientos y no hablaron una sola palabra durante el camino.

Cuando vieron delante de sí la negra masa del alcázar, Quevedo dijo á Montiño:

—He aquí que hemos llegado, y que estamos en salvo. Procurad vos no poneros en peligro; ved que palacio es un laberinto en que se pierde el más listo.

--Aunque fuese el infierno entraría en él. Me lo manda mi honra.

—Pues si tan principal señora os manda, no insisto, amigo Juan, y os dejo, porque supongo que necesitaréis ir solo.

—De todo punto.

—Pues vóime á dormir; espéroos mañana en el *Mentidero*.

—¿Cómo en el Mentidero?

—Olvidábame de que sois nuevo en la corte. Llaman aquí el Mentidero á las gradas de San Felipe el Real.

—¿Y por qué no esperarme en vuestra casa?

—Porque no sé aún si será pública ó privada, mesón de transeuntes ó tránsito de infierno. Quedad con Dios, y sobre todo, prudencia, Juan, prudencia, y no os envanezcáis con los favores de la fortuna.

—No sé lo que será de mí — dijo el joven, que estaba aturdido é impaciente.

—Pues procurad saber lo que hacéis, y adiós, que no
quiero deteneros.

—Adiós, don Francisco, hasta mañana.

Quevedo se alejó un tanto, y luego al doblar una esquina
se detuvo.

—¿Será sino de la sangre de los Girones—dijo—el encontrarse siempre metida en grandes empresas? ¿quién sabe?
¡pero aquí hay algo grave! ¿que no haya leído Lerma delante
de mí la carta de la duquesa? ¿que no haya yo podido ver lo
que ha hecho ese noble joven, en el breve espacio que ha
estado inclinado sobre don Rodrigo Calderón, entretenido
en detener á ese bergante de Juara? pero puedo ver algo... y
algo tal, que sea una chispa que me alumbre. Pues procuremos ver.

Y se encaminó recatada y silenciosamente á la puerta de
las Meninas, y con el mismo recato miró al interior.

Bajo un farol turbio estaba parado Juan Montiño.

—¿Conque le esperan? ¿conque le han citado? ¿quién
será ella?—dijo Quevedo.

Pasó algún tiempo; Juan Montiño esperando, y don Francisco observándole.

Oyéronse al fin leves pasos que parecían provenir de
unas estrechas escaleras, situadas cerca del joven; luego los
pasos cesaron y se oyó un siseo de mujer.

—¡Ah! ¡ya pareció ella!—dijo Quevedo—; ¿pero quién será?

Entre tanto Juan Montiño se había dirigido sin vacilar á
las escaleras, y desaparecido por su entrada.

Sigámosle.

A los pocos peldaños una dulce voz de mujer, aunque
anhelante y conmovida, le dijo:

—¡Ah! ¡gracias á Dios que habéis venido!

Era la misma voz de la dama tapada á quien Montiño
había acompañado aquella noche.

La escalera estaba á obscuras.

—¡Señora!—dijo Montiño.

—¡Silencio!—replicó la dama—; no habléis, seguidme y
andad paso.

—¡Pero si no veo!

—¡Ah! es verdad.

—Si no me guiáis...

—Dadme, pues, la mano—dijo la dama con un acento singular en que se notaba la violencia con que apelaba á aquel
recurso.

—¿Dónde estáis?

—Acercad más.

—Ya que me dais la mano, señora...

—Os la presto...

—Pues bien, prestadme la derecha.

—Seguid y callad—dijo la dama, poniendo en la mano de Juan Montiño una mano que hablaba por sí sola en pro de lo magnífico de las formas de la dama.

—¡La que tiene una mano tal...!—dijo para sí Montiño.

Y acarició con deleite en su imaginación el resto de un pensamiento.

Asido por la dama, seguía subiendo.

Terminada la escalera, atravesaron un espacio que debía ser estrecho, porque el traje de la dama, ancho y largo, chocaba con las paredes.

La dama se detuvo y abrió con llave una puerta.

Pasaron y la dama tornó á cerrar.

Y siguieron adelante.

—¡Oh! ¡vuestras espuelas!—exclamó—¡nos hemos olvidado de que os las quitáseis!

—Pues me las quitaré—dijo Montiño.

—No, no, seguid adelante; en esta galería no podemos detenernos; ¡oh Dios mío!

Y la dama siguió andando de prisa.

Al cabo de un buen espacio de marcha por habitaciones obscuras y sonoras, la dama se detuvo y soltó la mano de Montiño.

—¡Ah!—dijo el joven.

—Hemos llegado—contestó ella.

Y sonó una llave en una cerradura, se abrió una puerta.

Al fondo de una habitación, al través de la puerta de otra, vió Montiño el reflejo de una luz.

Vió también que la dama que hasta allí le había conducido, estaba tan envuelta en su manto como cuando la encontró en la calle.

—Entrad—dijo la dama.

Montiño entro.

—Esperad aquí—repitió la dama.

Montiño se detuvo junto á la puerta.

La tapada adelantó rápidamente, atravesó la puerta por donde penetraba el reflejo de la luz, y luego Montiño oyó el ruido de dos llaves en dos puertas distintas.

Luego la dama se asomó á la segunda puerta, y dijo:

—Pasad, caballero.

Montiño pasó.

Y entonces, por la parte de afuera de la puerta, se oyó una voz ronca que dijo:

—¿Quién será ese hombre con quien ella se encierra? Yo no lo creyera á no verlo. ¡Las mujeres! ¡las mujeres!

Y luego se oyeron unos tardos pasos que se alejaban.

Entre tanto Montiño, siguiendo á la dama tapada siempre, había atravesado dos hermosas cámaras alfombradas, amuebladas con riqueza, en muchos de cuyos muebles, reparados al paso por el joven, se veían las armas reales de España y Austria.

Al fin la dama se detuvo en una cámara más pequeña.

Sobre una mesa había un candelero de plata con una bujía, única luz que iluminaba la cámara, y junto á la mesa un sillón de terciopelo.

—Sin duda que comprendéis por qué os he llamado—dijo con severidad la dama.

Juan Montiño, que se había descubierto respetuosamente dejando ver por completo su simpático y bello semblante y su hermosa cabellera rubia, sacó en silencio de un bolsillo de su jubón el brazalete real de que se había apoderado y que en tantas confusiones le había metido, y le entregó á la dama.

—¡Ah! —exclamó ésta tomándole con ansia.

—Habíais dudado de mí, señora—dijo Montiño con acento de dulce reconvención.

—Habéis hecho mal, prevaliéndoos de la casualidad que puso entre mis manos esta joya.

—Perdone vuestra majestad... —dijo el joven, y la dama no le dejó tiempo de concluir.

—¡Mi majestad!—exclamó con asombro, volviendo con terror el rostro á una puerta cubierta con un tapiz.

—Creed, señora—dijo Juan Montiño, que vió una afirmación en la sorpresa, en el cuidado, casi en el terror de la tapada—, creed, señora, que nada exponéis, nada, con quien es hijo de un hombre que ha vertido su sangre por sus reyes... y mi lealtad y mi respeto hacia vuestra majestad...

—¡Pero esto es horrible! ¡me creéis la reina!

—Llevábais en el brazo esa joya que tiene las armas reales de España.

—¿Conocéis á... la reina?

—Ya dije á vuestra majestad...

—Dejáos de importunas majestades—exclamó la dama con un acento en que había angustia, mirando de nuevo á la puerta cubierta por el tapiz—; tratadme lisa y llanamente como á una dama honrada, y concluid. ¿Ha visto alguien esta joya?

—¡Señora!—exclamó con el acento de un hombre profundamente ofendido Montiño.

—Perdonad, pero fuisteis atrevido é imprudente...

—Yo creía que érais otra mujer... una dama principal y nada más, y quise que me quedase algo vuestro por donde pudiera encontraros. Cuando vi esa joya, ya no tenía remedio... ya habíais desaparecido... entonces me pesó haberos hecho escuchar...

—¿Palabras de amor?...—dijo riendo la dama, que se tranquilizó porque en la turbación, en las miradas del joven había comprendido su alma.

—Os ruego otra vez que me perdonéis.

—¡Pero, caballero, si no me habeis ofendido! únicamente me habéis dado un susto horrible, porque había quedado en vuestro poder esta joya y yo no os conocía. Ni vos ni yo hemos tenido la culpa de lo que ha sucedido—añadió la dama volviéndose de nuevo á la puerta de los tapices—; yo me vi obligada á ampararme de vos, y vos, que por una circunstancia casual me habíais visto, y habíais dado en el capricho de enamoraros de mí...

—¡Señora!

—Os hablo así porque no soy la reina.

—Y entonces, ¿por qué no os descubrís?

—Ni puedo, ni debo.

—Pues permitidme que dude.

—Venid acá, testarudo y niño: ¿creéis que la reina os hubiese dado como prenda la sortija que os dí?

—Por deshaceros de mis importunidades.

Hizo un movimiento de impaciencia la tapada.

—¿Pero cabe en quien tenga razón que su majestad salga de palacio, de noche y sola, y se ampare de cualquiera, y charle con él, y tenga, casi casi, una aventura?

---Cuando la causa es grave... cuando una reina está á punto de ser horriblemente calumniada...

—¿Qué decís?...

—No tembléis señora—dijo Montiño desnudando su daga sangrienta y mostrándola á la dama.

—¿Y qué es eso?

—Sangre de don Rodrigo Calderón.

—¡Ah!—exclamó con alegría la dama.

—Sí; la reina estaba amenazada

—¿Amenazada? ¿insistís en que yo soy... la reina?

—¿Créeis acaso que he herido ó muerto á don Rodrigo cuando le detuve para que no os siguiese? Entonces le desarmé.

—¿Pues cuándo le habéis herido?

—Hace media hora; cuando salía don Rodrigo de casa del duque de Lerma; era preciso quitarle unas cartas...

—¿Unas cartas?

—Tomad, señora—dijo Montiño, sacando una cartera de terciopelo blanco bordado de oro, sobre la cual se veían manchas de sangre fresca.

La tapada abrió la cartera, sacó de ella un paquete de cartas y las contó.

Contó seis.

—Eran cuatro—dijo—, y éstas... del conde de Olivares... del duque de Uceda.

Juan Montiño no pudo entender estas palabras que la dama había murmurado.

Luego reunió aquellas cartas, las guardó en la cartera y dejó ésta sobre la mesa.

—¿Habéis visto estas cartas?

—No, señora.

—¿Habéis hablado á alguien de ellas?

—No, señora.

—¿Quién os dijo que don Rodrigo tenía estas cartas?

—Mi tío.

—¡El cocinero de su majestad!—exclamó con un acento singular la dama—; ¿y qué os dijo vuestro tío?

—Me llevó á un lugar donde me ocultó y me dijo: ese es el postigo del duque de Lerma; por ahí saldrá probablemente don Rodrigo Calderón; espérale, mátale, y quítale las cartas que comprometen á su majestad.

—¿Pero cómo ha sabido vuestro tío?...

—Lo ignoro.

Quedóse por un momento profundamente pensativa la dama.

—Yo creía no volveros á ver—dijo—, y si os dí como prenda mía una sortija, por la cual no podíais reconocerme, fué por concluir con vuestras importunidades. Yo esperaba que no me volveréis á ver, porque vivo muy retirada. Pero cuando de tal modo os habéis equivocado...

—¡Oh! ¡dichoso yo, si no sois su majestad!

—¿Por qué?

—Porque si fuérais su majestad... ¡oh! ¡Dios mío! moriría de una manera doble... y perdonadme, señora... pero necesito hablaros de mi amor por la última vez: si sois la reina, mi lealtad, mi deber, me obligan á sufrir, á callar, á guardar para mí solo este amor que yo no he buscado... y luego, ¡al veros de otro hombre!... ¡casada!... ¡oh, Dios mío!...

—¿Pero es posible que me améis de tal modo?...

—Vuestra hermosura... la ocasión en que os vi... la aventura que sobrevino... yo no sé, señora, no sé por qué os amo; pero sé y os lo digo por la última vez, que este amor, que ha sido el primero para mí, será también el último.

Hizo un movimiento de impaciencia la dama.

—¿De modo que—dijo—si no me descubro, dudaréis acerca de mí? ¿es decir, dudaréis acerca de si yo soy la reina ó una dama particular?

—Y si no sois su majestad; si, como me habéis dicho al principio de la noche, no tenéis esposo ni amante, ¿por qué os obstináis en no descubriros?

—Porque quisiera que se os pasase esa mala impresión, que por mi desdicha os he causado en sólo un momento que me habéis visto; porque no quiero que alentéis ninguna esperanza.

—¡Ah! pues entonces, permitidme dudar...

—No dudéis, pues—dijo la dama echando atrás el manto, y dejándose ver á Juan Montiño.

—¡Ah!—exclamó el joven—; ¡sí, vos sois el hermoso sol que me deslumbró!

Y cayó de rodillas, como quien adora, á los pies de la dama.

—Dejáos, dejáos de niñerías—dijo ella—; tal vez nos observan; alzáos, y hablemos aún algunas palabras... pero no de amor. ¿Estáis ya seguro de que no soy la reina?

—Sí, sí; estoy seguro de ello—exclamó con entusiasmo el joven—; aunque no conozco á su majestad; porque estoy segurísimo que la reina no es tan joven ni tan hermosa. ¡Oh! ¡Dios mío! ¡Dios mío! ¿y no me amaréis?

—Ya os he dicho que no me habléis de amor. Vuestro amor sería una locura... es imposible.

—Porque vuestro corazón me rechaza...

—No, no precisamente por eso... mi corazón ni os acoge ni os rechaza... pero... os lo repito... nuestros amores son imposibles.

Si; vos sois el hermoso sol que me deslumbró.

—Habéis dicho nuestros amores.

—He querido decir—contestó con impaciencia la dama—que el logro de vuestros amores es imposible.

—Os disgusto y lo siento.

—Pues bien, no me habléis más de amor.

—Callaré; pero una palabra, una sola palabra: ¿no podré veros?

—Siendo como sois sobrino del cocinero mayor del rey, y viniendo como vendréis por esta razón, con frecuencia, á palacio, me veréis de seguro.

—¿Pero vos no haréis nada porque yo os vea?

—No—respondió fríamente la dama.

—¡Ah! perdonad, señora.

—Estáis perdonado; ahora sepamos: ¿habéis muerto á don Rodrigo Calderón?

—No lo sé, señora; sólo sé que le he tirado á muerte.

—¿Os ha conocido don Rodrigo?

—No lo sé, porque un hombre me seguía.

—¿Os acompañaba alguien?

—Sí... sí... señora—dijo vacilando Montiño.

—¿Quién os acompañaba?

—Don Francisco de Quevedo.

—¡Ah! ¿está don Francisco en la corte?- exclamó con precipitación la dama.

—Creo que, como yo, ha llegado á ella esta noche.

—Y... ¿sois amigo de don Francisco?...

—¡Oh! ¡sí! y débole tanto, como que me ha dicho que me ha recomendado al duque de Osuna, y que el duque de Osuna le ha encargado que me busque y me lleve consigo á Nápoles.

—¡Ah! ¡el duque de Osuna!

Y la dama miró con una profunda atención á Juan Montiño, y se puso pálida; pero sobreponiéndose añadió:

—Y decidme, ¿estaba con vos don Francisco cuando reñísteis con Calderón?

—Tan conmigo estaba, que reñía al mismo tiempo con otro hombre que sin duda servía á don Rodrigo.

—¿Sabe don Francisco lo de las cartas?

—¡Ah! no, señora; por mi boca no lo sabe nadie más que vos.

—Permitidme que os lo pregunte otra vez. ¿No habéis leído esas cartas?

—Por mi honra de hidalgo y por mi fe de cristiano, señora, bastaba con que yo supiese que esas cartas eran de su majestad, para que yo no pusiese en ellas los ojos.

—Esperad, esperad un momento, caballero—dijo la dama.

—Esperaré cuanto queráis.

—Vuelvo al punto.

La dama tomó la cartera y el brazalete de sobre la mesa, desapareció por la puerta de los tapices, y estuvo gran rato fuera dando tiempo con su tardanza á que Juan Montiño, yendo y viniendo en su imaginación con todo lo que le acontecía, con todo lo que sentía y con la noble, dulce y resplandeciente hermosura de la incógnita, acabase de volverse loco.

Al fin la dama apareció de nuevo.

Traía una carta en la mano, y en el semblante la expresión de una satisfacción vivísima.

—Su majestad—dijo—os agradece, no como reina, sino como dama, lo que habéis hecho en su servicio; su majestad quiere premiaros.

—¡Ah, señora! ¿no es bastante premio para mí la satisfacción de haber servido á su majestad?

—No, no basta. Sois pobre, no necesitáis decirlo...

—Sí, pero...

—Dejémonos de altiveces... recuerdo que me dijísteis que érais ó habíais sido estudiante en teología... pero que os agradaba más el coleto que el roquete.

—¡Ah! sí, señora, es verdad; soy bachiller en letras humanas, y licenciado en sagrada teología y leyes.

—Y bien, ¿queréis ser canónigo?—dijo la dama mirando á Juan Montiño de una manera singular.

—Si soy canónigo no puedo alentar la esperanza de que por un milagro seáis mía.

—Dejemos, dejemos ese asunto... ya que no queréis ser canónigo... ¿os convendría ser alcalde?

—¡Oh! tampoco; soldado de la guardia española al servicio inmediato de su majestad; así os veré cuando haga las centinelas; os veré pasar alguna vez á mi lado.

—Y veréis pasar otras muchas hermosas damas.

—Para mí no hay más que una mujer en el mundo.

—Contadme por vuestra amiga, por vuestra hermana—dijo la joven tendiéndole la mano—; otra cosa es imposible. Pero abreviemos, que ya es tarde. Tomad esta carta y llevadla á quien dice en la nema.

—‹Al confesor del rey, fray Luis de Aliaga.—De palacio.—
En propia mano›—leyó el joven.

—¿Y en qué convento mora el confesor de su majestad?

—En el de Nuestra Señora de Atocha... extramuros... ¡ah!
y no me acordaba... esperad, esperad un momento.

Y la dama salió y volvió al poco espacio con otro papel.

—Tomad: es una orden para que os abran el portillo de
la Campanilla, que da al convento de Atocha; bajad á la
guardia, buscad al capitán Vadillo y mostradle esta orden; él
os acompañará y hará que os abran el postigo, y seguirá
acompañándoos hasta Atocha; una vez en el convento, pre-
guntad por el confesor del rey y mostrad el pliego que os he
dado; seréis introducido. Ahora bien; como en vez de ser
canónigo ó alcalde, queréis ser soldado, decid al padre
Aliaga que deseáis ser capitán de la guardia española
del rey.

—¡Capitán á mi edad, cuando mi padre pasó toda su vida
sirviendo al rey para serlo!

—¡Ah! ¡vuestro padre no ha sido más que capitán!—dijo
con un acento singular la dama, fijando una mirada insisten-
te en Montiño—. Yo creía que fuese más. Pero no importa;
si vuestro padre tardó en ser capitán, en cambio vuestro padre no hizo, de seguro, al rey un servicio tal como el que
vos le habéis hecho esta noche, porque sirviendo á la reina
habéis servido al rey y á España. Decid, pues, á fray Luis
de Aliaga que deseáis ser capitán de la guardia española
del rey.

—Pero... yo no pedía tanto.

—Se os manda... se necesita que seáis capitán—dijo severamente la dama.

—¡Ah! ¡de ese modo!

—Id, pues.

—Una palabra.

—¡Qué!

—¿Sois dama de la reina?

—No, soy su menina.

—¡Ah! su menina... y vuestro nombre, vuestro adorado
nombre.

—Doña Clara Soldevilla, hija de Ignacio Soldevilla, coronel de los ejércitos del rey—contestó la dama.

—¡Ah! no en vano os llamáis Sol...

—Pero concluyamos, caballero. Vos tenéis que ir á Atocha. Yo me he detenido ya demasiado.

—Adiós, pues—dijo Juan Montiño, tomando una mano á doña Clara y besándola.

Y se dirigió á la salida.

—Esperad, están cerradas las puertas—dijo doña Clara, tomando una bujía y precediéndole.

Abrió en silencio dos puertas, y al abrir la exterior, Juan se volvió y quiso hablar, como si le costase un violento sacrificio separarse de doña Clara.

—Es tarde... adiós, señor capitán, adiós. Hasta otro día— dijo doña Clara, y cerró la puerta.

—¡Hasta otro día!—exclamó el joven—. Noche será para mí y noche obscura el tiempo que tarde en volveros á ver, doña Clara. ¡Oh! ¡Dios mío! ¡Dios mío! no sé si alegrarme ó entristecerme con lo que me sucede.

Y Juan Montiño tiró la galería adelante, bajó unas escaleras y se encontró en el patio, y poco después, dirigido por un centinela, en el cuerpo de guardia, donde, habiendo hecho llamar al capitán Vadillo, le mostró la orden.

—Aquí me mandan que os acompañe al monasterio de Atocha—dijo el capitán, que era un soldado viejo—. En buen hora; dejadme tomar la capa y vamos allá, amigo.

Poco después, el jóven y el capitán cruzaban las obscurísimas calles de Madrid.

CAPÍTULO XII

LO QUÉ HABLARON LA REINA Y SU MENINA FAVORITA

Doña Clara entró en una pequeña recámara magníficamente amueblada. En ella, una dama joven y hermosa, como de veintisiete años, examinaba con ansiedad, pero con una ansiedad alegre, unas cartas.

Aquella dama era la reina Margarita de Austria, esposa de Felipe III.

—¡Oh, valiente y noble jóven!—dijo la reina—: Dios nos lo ha enviado. Clara, sin él, ¿qué hubiera sido de mí?

—Dios, señora, jamás abandona á los que obran la virtud, creen en él y le adoran.

—¡Oh, mandaré hacer en cuanto tenga dinero para ello, una fiesta solemne á Nuestra Señora de Atocha y la regalaré un manto de oro! ¡Oh, bendita madre mía, si yo no tuviera estas cartas en mi poder!

Y los hermosos ojos de la reina se llenaron de lágrimas.

—Por estas cartas hubiera yo dado mi vida—añadió—. Y dime, Clara, al saber que yo ansiaba tanto tener esas cartas, ¿no has sospechado de mí?

—He sospechado—dijo Clara sonriendo y fijando una mirada de afecto en la reina—, he sospechado que vuestra majestad, arrastrada por su buen corazón, por su virtud, por el deber que tiene de velar por los reinos de vuestro esposo, no había meditado bien, no había estudiado al hombre en quien había depositado su confianza, y se había comprometido por imprevisión.

—Explícate, explícate, por Dios, Clara.

—¿Qué explicación se necesita? esas cartas... estoy segura de ello, son citas á don Rodrigo Calderón; citas, no ciertamente de amor, pero que tal vez puedan parecerlo.

—Yo no te había hablado nada de estas cartas; hasta hoy no te había dicho nada de mis secretos hasta que he necesitado recobrar estas cartas, pero han venido á tus manos... ¿las has leído?

—¡Señora!—exclamó con el acento de la dignidad ofendida doña Clara.

—Pues bien, léelas.

—¡Ah, no; no, señora!—dijo la joven rechazando con respeto las cartas que le mostraba la reina.

—Te mando que las leas—dijo con acento de dulce autoridad Margarita de Austria.

Doña Clara tomó cuatro cartas que le entregaba la reina, abrió una y se puso á leerla en silencio.

—Lee alto—dijo la reina.

Doña Clara leyó:

«Venid esta noche á las dos; yo os esperaré y os abriré. No faltéis, que importa mucho —*Margarita*.»

—Otra—dijo la reina.

«Os he estado esperando y no habéis venido; ¿en qué consiste esto? ya sabéis cuánto me importa que vengáis. Os ruego, pues, que no me obliguéis á escribiros otra vez. Venid por el jardín á las doce y encubierto.— *Margarita*.»

—Otra—repitió la reina con acento grave.

«Es urgente, urgentísimo, que vengáis esta noche; os espero con impaciencia. Nada temáis contando conmigo; atrevéos á todo. Esta noche, á la una, hablaremos más despacio. Venid. --*Margarita.*›

—La última—dijo la reina con acento opaco.

‹Lo que me pedís es imprudente. Decís que nuestras entrevistas son peligrosas en palacio. Desde el momento conocí el peligro. Pero me interesaba demasiado veros, oiros, hacerme oir de vos, tratar con vos de lo que tanto importa á mi dignidad como mujer, á mis deberes como reina y como esposa, y no he vacilado un punto, confiada de vuestra leal·tad. Pero me exigís que salga fuera de palacio, y esto no lo haré jamás. Yo podría justificar, en un caso desgraciado, vuestra presencia en mi recámara; ¿pero cómo podría justificar mi ausencia de palacio, si por desgracia se notaba, ó mi presencia en un lugar extraño si un accidente cualquiera me descubría? Renunciad á ese peligrosísimo medio, y venid; seguid confiando en mí.—*Margarita.*›

—Quema ·esas cartas—dijo la reina.

Doña Clara las quemó una á una á la luz de una bujía.

—Ahora bien—dijo la reina cuando la joven hubo concluido su auto de fe—; después de haber leído esas cartas, ¿qué piensas de mí?

—Pienso lo mismo que he pensado siempre: que vuestra majestad se ha comprometido por el bien de sus reinos y por recobrar su dignidad.

—Más claro, más claro—dijo con impaciencia Margarita de Austria.

—En esas cartas no veo lo que tal vez podrían haber visto otros: una prueba contra la virtud de vuestra majestad; no, yo no veo eso; conozco demasiado á vuestra majestad para que pueda dudar ni un solo momento de su virtud. Veo una conspiración.

—¡Ah! ¡ves una conspiración!

—Sí, por cierto, y una conspiración justa, y más que justa necesaria contra el duque de Lerma. Sólo que vuestra majestad ha elegido un instrumento que le ha hecho traición.

—Un día—dijo la reina reclinándose en su sillón y apoyando su bello semblante en una de sus bellísimas manos—cazaba el rey en El Pardo; entre los caballeros que acompañaban al rey iba don Rodrigo Calderón, que acababa de ser creado conde de la Oliva y estaba al pie de mi carroza, desempeñando accidentalmente el oficio de caballerizo. La carroza se había detenido en una encrucijada, por donde decían los monteros que debía pasar el jabalí. Me rodea-

ba mi servidumbre, á caballo, y cuatro damas que me seguían estaban detrás en otra carroza. Hacía mucho calor,
y yo sudaba. Pedí agua, y don Rodrigo partió y volvió
al punto, trayéndomela en un vaso de oro. El vaso era bellísimo, y yo noté que no era de las vajillas de palacio—. ¿Este
vaso es vuestro?—le pregunté—. Ese vaso no puede ser mío—
me contestó—después de haber bebido en él vuesta majestad.
—No importa, guardadlo—le contesté—. Don Rodrigo lo
tomó, y dijo: —Lo guardaré como un testimonio de honra
mientras viva, y después de muerto, si para entonces tengo
hijos, se lo legaré como una reliquia—. Todo esto fué dicho
con respeto, en estilo cortesano, con dignidad y con un grave acento de lealtad; poco después sonaron bocinas y ladridos de perros, y voces que gritaban: --¡El jabalí! ¡el jabalí!—
Yo asomé la cabeza por la ventanilla de la carroza, y al ver
un animal monstruoso que adelantaba con una rapidez horrible por el sendero junto al cual estaba mi servidumbre,
grité: —Apartáos, caballeros, apartáos, yo os lo permito—.
Unos por miedo, otros por afición á la caza, se apartaron
lejos ó siguieron al jabalí; don Rodrigo no se movió de junto á la portezuela, á pesar de que el jabalí pasó tan cerca
de él que le hirió, aunque débilmente, el caballo, y quedó
solo al lado de la carroza; toda mi servidumbre: picadores,
monteros, guardias, se habían alejado. En aquel momento,
don Rodrigo me dijo: —¿Puedo alcanzar de vuestra majestad un momento de audiencia? —¿Y para qué, caballero?—
le contesté. —Para que yo pueda mostrar á vuestra majestad mi respeto y el interés que me inspira como reina y como
dama. —Explicáos—le dije con severidad. —El duque de
Lerma es enemigo de vuestra majestad—. ¿Qué queréis decir? —Que vuestra majestad tiene un gran interés de dar
en tierra con el duque de Lerma, lo que será muy fácil á
vuestra majestad si se vale de mí. —¡Vos sois secretario del
duque de Lerma! —Por lo mismo, señora, porque sé sus secretos, sé que se atreve á todo, y que obra como traidor y
villano respecto á vuestra majestad. —Basta; lo que me tengáis que decir me lo diréis en un memorial. —¿Y cómo podré dar á vuestra majestad ese memorial, rodeada como está
vuestra majestad siempre de enemigos pagados por el duque? —Dejad esta tarde vuestro memorial en uno de los
mirtos que están bajo los balcones de mi recámara, en el
palacio de El Pardo—. Y me retiré al interior de la carroza.
Don Rodrigo no me habló ni una palabra más. Poco des-

pués volvió la servidumbre, acabó la cacería y nos volvimos á palacio.

Aquel día, como otros muchos, comí separada del rey, en mi cámara, y su majestad no vino á pasar la velada conmigo. En cambio, el duque de Lerma me hacía notar, en cuantas ocasiones estaba delante de mí, el peso de su superioridad. Esta era insoportable, lo era y lo es... insoportable de todo punto.

Tú lo sabes, Clara—añadió la reina...—yo no tengo esposo... tú, nadie mejor que tú, sabe que el rey no me ama.

—¡Ah! ¡señora!—exclamó doña Clara—; ¿vuestra majestad duda también?

—No, no; yo no tengo celos de ti, ni puedo tenerlos: primero, porque conozco tu corazón y tu altivez... tu virtud, más bien; segundo, porque si me importa mucho mi dignidad como esposa y como reina, no me importa tanto el poseer el corazón del rey. Te hablo ahora como te he hablado siempre, desde po o tiempo después de conocerte: como á una hermana. Entre nosotras, Clara, no hay secretos. Tú sabes cuál es mi vida. Tú sabes cuál es mi lucha. No amo al rey, pero le respeto... No le ruego, pero me ofende que vasallos se atrevan á mandar en mi casa, y nieta, y hermana, y esposa de rey, no puedo sufrir con paciencia que el trono donde yo me siento esté hollado por traidores; que el rey, á quien estoy unida por la religión y por las leyes, autorice el robo, la tiranía, los cohechos, las infamias de esa especie de gran bandido, que se llama don Francisco de Sandoval y Rojas, marqués de Denia, duque de Lerma, y más que secretario del despacho, verdadero rey de España. No puedo sufrir esto sin olvidarme de quién soy yo, y de quién es él; de que tengo esposo, de que tengo vasallos, y de que ese esposo está dominado y esos vasallos oprimidos; yo no puedo olvidar y no lo olvido, que España ha sido grande, poderosa, temida, ni puedo ver sin rubor y sin cólera, que hoy está pobre, vendida por todas partes, insultada, á punto de ser deshecha. No, yo no puedo olvidar lo uno, ni sufrir pacientemente lo otro. Odio á Lerma, y he conspirado, conspiro y conspiraré contra él. Mi conspiración ha estado á punto de costarme la honra, y todavía puede costarme la vida.

—¡Ah, señora! ¿Se atrevería ese hombre?

—A todo, á todo por sostener su soberbia; pero el misterio consiste en si me matará él á mí, ó en si yo le mataré á él.

—¡Matarle!

—Sí, su cabeza, nada menos que su cabeza; su cabeza en un cadalso público; una vez por tierra esa cabeza...

—Se levantará otra más soberbia.

—Haya yo puesto el pie sobre uno de esos ambiciosos y rapaces aventureros, y nada temo; como haya caído el uno caerán los otros; pero sigo la relación de mi conocimiento con don Rodrigo. Aquella noche, apenas me quedé sola, llamé á mi buena camarera mayor, la duquesa de Gandía, y á pretexto del calor bajé con ella á los jardines. Cuando me retiré, cerca ya de la puerta, mandé á la duquesa que fuese al banco donde había estado sentada por mi pañuelo, que había dejado olvidado de intento. La duquesa se alejó; el lugar á donde la había enviado estaba algo lejos. Entonces fuí al mirto donde al principio de la noche había visto desde detrás de las celosías de mi balcón poner un papel á don Rodrigo. En efecto, encontré un papel doblado entre el ramaje del mirto, y tuve tiempo de ocultarle antes de que volviese la duquesa. Cuando me quedé sola, retirada en mi dormitorio, leí aquel memorial; en él don Rodrigo manifestaba de la manera más clara, y con la indignación más profunda, el estado en que se encontraban el rey y España, dominado el uno por el favorito, mancillada, desangrada, robada por el favorito la otra; el golpe que pensaba darse á los moriscos, las descabelladas empresas contra Inglaterra, el descuido con que se veía venir á la Liga contra España sin conjurarla; los cohechos, el robo, la malversación de las rentas reales, la depreciación de la moneda, la corrupción de la justicia, los más altos oficios del reino en la familia de Lerma; su tío, inquisidor general; su hijo, gentil hombre del príncipe... sus hechuras puestas como espías alrededor del trono; cerrado al vasallo el camino hasta el rey, todo dominado, todo usado en provecho propio, convertido el clero por su interés al interés del favorito; alejados de España los buenos españoles; todo vendido, todo profanado, todo enlodado; cuantas miserias, en fin, cuantas infamias, cuantas traiciones puedan suponerse de un' hombre; y todo esto robustecido con pruebas, aunque yo no las necesitaba porque harto bien conozco por mí misma á Lerma; todas estas pruebas expuestas con claridad, con nobleza, con desinterés, con lealtad, como conviene á un buen vasallo; don Rodrigo logró interesarme con su memorial, no sólo porque creí ver en él al hombre de honor interesado por su rey y por su patria, sino porque en él también vi al profundo hombre de Estado. ¿Pero á qué cansarme inútilmente?— dijo la reina levantándose, yendo á un secreter, tomando de él un papel y dándosele á doña Clara·—: he aquí el memorial de don Rodrigo.

Doña Clara miró aquel papel.

—¡Ah, infame!—dijo—; ni un sólo momento ha pensado en ser leal á vuestra majestad.

—¡Cómo!, yo creo que cuando don Rodrigo escribió su memorial obraba de buena fe.

—Esta no es su letra, señora.

· ¡Que no es su letra! ¿Y cómo lo sabes tú?

—Como que me ha escrito más de una y más de tres cartas de amor. Pero yo he sido más cauta. He tomado las cartas, pero ni las he contestado, ni las he creído.

—¿Y estás segura de que esa no es la letra de don Rodrigo?

—Segurísima; como que la primera carta que me dió, se la vi escribir en la sala de las Meninas un día que estaba de guardia.

—Bien, no importa—dijo la reina.

—Sí; sí, por cierto—dijo doña Clara—; importa demasiado, y cuando se está en una lucha tan peligrosa como la que vuestra majestad sostiene con ese miserable, es necesario no dejar pasar nada desapercibido. No, no está escrito este memorial de su mano, y siendo tan importante lo que en este memorial se contiene, indica que hay otro traidor desconocido que sabe los secretos de vuestra majestad.

La reina se puso levemente pálida.

—Dios nos ayudará, sin embargo—dijo—, como ya ha empezado á ayudarnos procurándonos á ese joven, que indudablemente es leal.

—Y amigo de don Francisco de Quevedo... que está en la corte.

—Pues bien; nos valdremos de don Francisco por medio de ese joven, que pronto será también de palacio y además está enamorado como un loco de ti, y con razón...

Doña Clara se puso encendida.

—Además—dijo la reina, que había quedado pensativa—; podemos contar con otra persona más importante de lo que parece...

—¡Una persona importante!

—Importantísima.

—¿Y quién es esa persona?

—Ven, ven—dijo la reina—, trae una bujía.

Y marchando delante de doña Clara, fué á su dormitorio.

—Aquí hay una puerta—dijo la reina señalando un lugar de la tapicería.

—Muy oculta debe de ser—dijo doña Clara—, porque no se conoce.

—Sin embargo la hay, y explica cómo han podido entrar hasta aquí las misteriosas cartas que me avisaban secretos graves, que me ponían al corriente de lo que pasaba en el cuarto del rey; en que me proponían, por último, el castigo de Calderón.

—¿Y cómo ha descubierto vuestra majestad esa puerta?

—Cuando esta mañana encontré sobre la mesa la carta que viste en que se me avisaba que don Rodrigo llevaba siempre sobre sí mis cartas, y se me ofrecía darme esas cartas por mil y quinientos doblones, me propuse averiguar quién era el que de tal modo, burlando el particular interés de la duquesa de Gandía y la presencia de la servidumbre, lograba penetrar hasta mi dormitorio. Cuando tú saliste esta noche en busca de los mil y quinientos doblones, con pretexto de recogerme en el oratorio, mandé á la duquesa que me dejase sola: entonces apagué las luces del dormitorio, y con una linterna preparada me escondí detrás de las colgaduras del lecho. Pasó bien media hora, y ya empezaba á impacientarme cuando sentí pasos. Preparé la linterna. Pero la persona que se acercaba traía luz: entró precipitadamente en el dormitorio, y miró con avidez: era la duquesa de Gandía, que siguió adelante y entró en el oratorio. Poco después salió pálida, aterrada, murmurando: ¡Dios mío! ¿dónde está la reina?

—¡Ah! ¡señora! ¡ha estado perdida vuestra majestad para la camarera mayor!

—¡Oh, sí! y me alegro, me alegro, porque se ha llevado un buen susto.

—Susto del que ha salido, porque al fin ha parecido su majestad... ¡acostada!

—Sí, sí, lo que no ha contrariado poco á la buena doña Juana por su torpeza en no mirar el lecho. Pero no hablo yo de ese susto, sino de otro mayor.

—¡De otro mayor!

—Sí por cierto: á poco de haber salido la duquesa, volvió á entrar más pálida y más conmovida, fijó una mirada

cobarde en el lecho y volvió á repetir, ¿Dónde está la reina?
¡no parece su majestad' ¿qué es esto, Dios mío? Si yo hubiera estado en una situación menos ambigua que escondida
tras el cortinaje, hubiera salido, dejando para otra ocasión
mi acechadero, me hubiera dado á luz y me hubiera reído
del terror de la duquesa; pero un no sé qué me retuvo inmóvil. Oí á la duquesa murmurar algunas frases acerca de lo
que se cuenta en las apariciones en el alcázar de la desgraciada Isabel de Valois, y de repente sonó un portazo; cayó-
se el candelero de las manos de la duquesa, quedó el dormitorio á obscuras, y oí una voz de hombre que amenazaba
á la duquesa con revelar no sé qué secretos suyos si no callaba acerca de lo que sucedía. La duquesa dió un grito y
huyó. Luego oí pasos recatados sobre la alfombra en dirección á la mesa. Entonces, encomendándome á Dios, salí de
mi escondite y abrí la linterna. Vi un hombre, y en la tapicería una puerta abierta, una puerta que yo no conocía: aquel
hombre cayó de rodillas á mis pies. Aquel hombre era... el
hombre más despreciado de palacio, el tío Manolillo: el loco
del rey.

—¡Áh! ¡el loco de su majestad! - exclamó doña Clara—; ¿y
ese hombre era el autor de las cartas que aparecían tan misteriosamente?

- Sí.

—Y al verse cogido...

—Se repuso, y me dijo con su acostumbrada insolencia de
bufón:

—He aquí un loco cogido por una loca; porque tú, mi buena señora, hace mucho tiempo que estás haciendo locuras.
¿Qué te va á ti en que España se pierda ó se gane, y en que
el rey no haga de ti tanto caso como de su rosario? En cuanto á lo uno, allá se las compongan ellos, que quien sufre los
palos, merecidos los tiene; y en cuanto á lo otro, alégrate:
así el rey mi amigo no se hubiera acordado de ti.

—¿Son tuyas las cartas que he encontrado sobre esa
mesa?

—Mías han sido hasta que han sido tuyas.

—¿Y cómo sabes tú qué don Rodrigo?...

- ¡Bah! don Rodrigo es muy hablador; no quiere que se le
entorpezca la lengua, y la usa de punta y de filo: por lo mismo, te he aconsejado ya, reina mía, que le tratemos de filo
y de punta.

—¿Cómo sabes tú que existen esas puertas?

—¡Bah! es un cuento muy largo; dejémoslo para cuando el rey se ocupe de las cuentas de su rosario.

—¡Tú quieres escapar!

—¡Y vaya si quiero! como que yo y tú, mientras yo esté aquí, estamos en una ratonera.

—¿Pero no me explicarás?...

—Sí, otro día, más despacio: por ahora lo que importa es que busques los mil y quinientos doblones que vale Calderoncillo, y que salgamos de él... créeme, mi buena señora: Dios es justo, y como se valió de un muchacho para matar á un gigante, se vale de dos locos para matar á un gran pícaro. Nada temas. Si el rey no es torpe, vendrá esta noche por esta misma puerta á visitarte.

—¡El rey!—le dije.

—Sí, señora, el rey; y por cierto que te le hemos puesto blando como un guante; el padre Aliaga, que es muy amigo tuyo y muy bendito hombre, y yo, que soy un loco muy hombre de bien: conque hermana reina, quédese en paz y créame, y déjeme ir, y sobre todo, los mil y quinientos... y cuenta que no los das por la vida de don Rodrigo, sino por la tuya.

Y se me escapó, huyendo por la puerta que se cerró tras él.

—¡Así anda todo!—dijo doña Clara—: cuando un reino está sin cabeza...

La reina frunció un tanto el bello entrecejo.

—El rey es al fin el rey—dijo Margarita con un tanto de severidad.

—Pero cuando sirve de escudo á traidores...

—Dará cuenta á Dios.

—Y al mundo, cuando hace infeliz á una reina tal como vuestra majestad.

Margarita había vuelto á su recámara.

—Afortunadamente—dijo la reina, sentándose de nuevo en el sillón que había ocupado antes—, la lucha podrá ser peligrosa, pero hemos apartado de ella la deshonra, gracias á ese noble joven.

—Noble, y muy noble—dijo doña Clara—: ¿le ha visto bien vuestra majestad cuando estaba hablando conmigo?

—Me ha parecido bien criado, generoso, franco, con el alma abierta á la vida... y enamorado, sobre todo, Clara, enamorado.

—¿Y no ha visto más vuestra majestad en ese joven?

—No—contestó con una ingenua afirmación la reina.

—La frente, el nacimiento de los cabellos, la mirada de ese joven, ¿no han recordado á vuestra majestad uno de sus más grandes, de sus más leales vasallos, que por serlo tanto está alejado de España?

—No – repitió con la misma ingenuidad la reina.

—Pues yo he creído, durante algunos momentos, estar hablando con el noble, con el valiente duque de Osuna, no ya en lo maduro de su edad, sino á sus veinticuatro años.

—¡Parecido ese joven al duque de Osuna!

— Es un parecido vago, en el que es muy difícil reparar cuando el semblante de ese joven está tranquilo; pero cuando se exalta, cuando su mirada arde... entonces el parecido es maravilloso: yo creo que se parece más ese joven al duque en el alma que en el semblante, y como en ciertas situaciones el alma sale á los ojos...

—Sí, cuando se ama por primera vez...

—¡Oh, señora! juro á vuestra majestad que me contraría el amor de ese joven.

—Hablemos un poco de ti, ya que tanto hemos hablado de mí: la verdad del caso es que ese joven ha hecho por ti lo que difícilmente hubiera hecho otro hombre.

—Lo que ha hecho lo ha hecho por vuestra majestad.

—Es que él creía, y no sin fundamento, que mi majestad eras tú.

—Púsose vivamente encendida doña Clara.

—Una casualidad inconcebible: yo creí llevar más seguro el brazalete en el brazo, y una audacia de ese joven...

—¡Una audacia!...

—Más bien una galantería.

—No es lo mismo, pero me agrada tu declaración; ya le disculpas, y eso significa mucho: eso significa, Clara, si yo no me equivoco...

—Que le hago justicia.

—No, que le amas.

—¡Que le amo! ¡En una hora!...

—En una hora has recibido una impresión de tal género, que no le olvidarás, yo te lo afirmo; que recordándole le amarás... le amarás de seguro, y contando con esa seguridad, y hablando por adelantado, puede decirse que ya le amas.

—No sé, no sé... pero... he causado por mi desdicha una impresión tan profunda en su alma...

—Impresión de que estás orgullosa, Clara, y que por primera vez te ha hecho bendecir á Dios por la hermosura que te ha concedido.

—No, no –contestó doña Clara con la misma turbación que si la reina hubiera leído en su alma.

—¿Y por qué no amarle? Un joven que por ti lo ha arrostrado todo; que por ti está en peligro... porque al fin y al cabo ha herido ó muerto á don Rodrigo, ha deshecho con su espada, como noble, una traición infame que traerá contra él poderosos enemigos, de los cuales acaso no podamos libertarle. ¿No merece tanto sacrificio que tú le ames?

—Mi amor, señora, sería un tormento para mí, y una desesperación para él.

—El día en que caiga el duque de Lerma, ese joven será tu esposo: te prometo ser tu madrina.

—Más fácil es que el duque de Lerma muera en un patíbulo, lo que por desgracia no deja de ser dificilísimo, que el que yo sea esposa de ese joven.

—¿Y por qué?

—Olvida vuestra majestad que mi padre, tratándose de mi enlace, no prescindirá jamás de su nobleza.

— Ese joven es hidalgo, según he entendido.

—Sí; sí, señora, hidalgo es, pero...

—No importa que sea pobre; es valiente y alentado.

—Sí, es cierto; pero...

—Como valiente y alentado hará fortuna.

—Por mucha que haga...

—Tu padre no es codicioso.

—Pero siempre verá que ese joven es sobrino de Francisco Martínez Montiño, *cocinero mayor* del rey.

Y doña Clara pronunció la palabra «cocinero mayor» de una manera singular, en que había mucho de repugnancia propia.

—Pero se parece al gran duque de Osuna—insistió sonriendo la reina—, sobre todo cuando se entusiasma.

—Pues peor, señora, peor.

—¡Oh! ¡Peor!

—Sí, por cierto.

—Supongamos, porque estamos rodeadas de misterios, y los misterios no deben sorprendernos, que ese joven es hijo del duque de Osuna, que bien pudiera ser; dicen que el duque en sus mocedades ha sido muy galanteador.

—Pues por eso digo que peor: ¡un bastardo! Ni mi padre ni yo querríamos semejante enlace.

—¿Ni aun interesándome yo por él?

—Respetar debe el rey la honra del vasallo, como el vasallo honra y reverencia la excelsitud del rey.

—¿Conque no hay esperanza ninguna para ese pobre mancebo enamorado?

—Yo le desenamoraré.

—¡Ah! Difícil lo veo.

—Le trataré..

—Como tu corazón te deje tratarle...

—He resistido los amores de unos por muy altos y de otros por muy bajos; resistiré este también. ¿Cree vuestra majestad que á los veinticuatro años y criada en la corte, no habré tenido ocasión de resistir tentaciones?

—Sí, sí; ya sé que eres una mujer fuerte... una maravilla, y esto es una de las razones del amor que te tengo, Clara. Pero en el asunto de que se trata debo demasiado á ese joven para no ayudarle... Aunque creo necesite poca ayuda, creo que él es bastante para hacerse amar de ti.

—Lo veremos—dijo sonriendo tristemente doña Clara.

--Lo veremos. ¿Pero qué hora es ésta?

—Las doce—dijo doña Clara contando las campanadas de un magnífico reloj de pared.

—¡Oh, las doce!... Ya es hora de que tú descanses y de que yo me recoja; hasta mañana, Clara. Di á la camarera mayor que me recojo.

—Adiós, señora—dijo doña Clara doblando una rodilla y besando la mano á la reina.

Margarita de Austria la alzó y la besó en la frente.

Doña Clara salió, y la reina se quedó murmurando:

—Ve, ve á soñar con tu primer amor. ¡Dichosa tú que amas! ¡Dichosa tú que puedes amar!

Y dos lágrimas asomaron á los ojos de Margarita de Austria, que tuvo buen cuidado de enjugarlas porque se sentían pasos en la cámara.

Se abrió la puerta y apareció la camarera mayor; con ella venían la condesa de Lemos y la joven doña Beatriz de Zúñiga.

La duquesa de Gandía se inclinó profundamente.

--¿Qué os ha sucedido esta noche, mi buena doña Juana?—dijo sonriendo la reina—; creo que me habéis creído perdida y que habéis estado á punto de ofrecer un hallazgo por mi persona.

—¡Ah, señora! Nunca me consolaré de mi torpeza. ¡No

pensar que podía vuestra majestad estar recogida en el lecho! ¡Y en qué circunstancias! ¡Cuando su majestad el rey estaba en la cámara!...

—¡Ah! ¡Su majestad!... ¿Y qué mandaba su majestad?

—Me mandaba que le anunciara á vuestra majestad.

—¡Ah! ¿Y ese mandato os causó tanto miedo, que os obscureció la vista y no reparásteis en mí?

—¡Señora!

—¿Y sin duda dijísteis á vuestra majestad que me había perdido?

Nunca la reina había hablado de tal manera á la duquesa de Gandía; y era que la buena aventura de aquella noche le había dado valor, que se creía de una manera tangible protegida por Dios y se sentía fuerte.

La duquesa de Gandía, que había anunciado con mala intención á la reina que el rey había querido verla, al verse tratada de aquel modo seco y frío por Margarita de Austria, se turbó.

No estaba acostumbrada á tanto...

—Yo, señora—dijo—, dí al rey la excusa de que vuestra majestad estaba acompañada.

—Retiráos, señoras—dijo la reina á la de Lemos y á doña Beatriz de Zúñiga—; vuestro servicio ha concluído, no me recojo.

Las dos jóvenes se inclinaron.

La duquesa de Gandía quedó temblando ante Margarita de Austria.

—Debísteis registrarlo todo antes de suponer que yo no estaba en mi cuarto; ¿dónde había de estar, duquesa de Gandía, la reina, sino en palacio y en el lugar que la corresponde...?

—¡Señora!

—Y sin duda, como servís en cuerpo y alma al duque de Lerma, le habréis avisado de que yo me habría perdido, y si no se ha revuelto mi cuarto es porque, menos ciega en vuestra segunda entrada, dísteis conmigo durmiendo. El duque de Lerma, sin embargo, puede haber tomado tales medidas que comprometan mi decoro, y todo por vuestra torpeza.

—¿Vuestra majestad me despide de su servicio?—dijo, sobreponiendo su orgullo á su turbación, la camarera mayor.

—Creo, Dios me perdone, que os atrevéis á reconvenirme porque os reprendo.

—Yo... señora...

11

—Me he cansado ya de sufrir, y empiezo á mandar. Con-
tinuaréis en mi servicio, pero para obedecerme, ¿lo entendéis?

—Señora... mi lealtad...

—Probadla; id y anunciad á su majestad... vos... vos
misma en persona, que le espero.

—Perdóneme vuestra majestad; el duque de Lerma acaba de llegar á palacio y está en estos momentos despa-
chando con el rey.

—Os engañáis, mi buena duquesa—dijo Felipe III abriendo la puerta secreta del dormitorio y asomando la cabeza—;
vuestro amigo el duque de Lerma despacha solo en mi despacho, porque yo me he perdido.

Y franqueando enteramente la puerta, adelantó en el dormitorio.

La duquesa hubiera querido que en aquel punto se la
hubiera tragado la tierra. Era orgullosa, se veía burlada en
su cualidad de cancerbera de la reina, y se veía obligada á
tragarse su orgullo.

—Retiráos, doña Juana, y decid al duque que yo estoy en
el cuarto de su majestad. Que vuelva mañana á la hora del
despacho... ó si no... dejadle que espere... acaso tenga que
darme cuenta de algo grave... Retiráos... habéis concluído
vuestro servicio; la reina se recoge.

La duquesa de Gandía se inclinó profundamente y salió.

Apenas se retiró, la reina salió del dormitorio, y cerró la
puerta de su recámara, volviendo otro vez junto al rey.

Felipe III y Margarita de Austria estaban solos mirándose
frente á frente.

CAPÍTULO XIII

EL REY Y LA REINA

—¿Qué os he hecho yo para que me miréis de ese modo?—
dijo el rey, que pretendía en vano sostener su mirada delante de la mirada fija y glacial de su esposa.

—Hace cinco meses y once días que no pisáis mi cuarto—
dijo la reina.

—Dichoso yo, por quien lleváis tan minuciosa cuenta
Margarita—dijo con marcada intención el rey.

—Esa cuenta la lleva mi dignidad, y la lleva por minutos.

La reina doña Margarita de Austria.

—¡Ah! exclamó el rey... vuestra dignidad... no vuestro amor...

—¡Mi amor No lo merecéis.

—¡Señora

—Hablo á mi esposo, al hombre, no al rey... vos no habéis penetrado como rey en medio de vuestra servidumbre, con la frente alta, mandando; habéis entrado como quien burla, por una puerta oculta que yo no conocía. ¿Quién os obliga á ocultaros en vuestra casa?

— Creo, señora, que la camarera mayor y el duque de Lerma, saben que paso la noche con vos.

—Pero saben que la pasáis por sorpresa.

— No tanto, no tanto.

—Os habéis venido huyendo del duque de Lerma.

—¿Qué hacéis?—dijo Felipe III.

—Ya lo veis, me siento.

—No creo que sea hora de velar, ni yo ciertamente he venido aquí para trasnochar sentado junto á vos.

La reina no contestó.

—Vos no me amáis—dijo el rey.

—Haced que os ame.

—¡Pues qué! ¿no debéis amarme?

—Debo respetaros como á mi marido; y una prueba de mi respeto son el príncipe don Felipe, y las infantas nuestras hijas.

—¡Ah! ¡ah! ¡me respetáis! ¡y os quejáis de que yo tema pasar de esa puerta, cuando en vez de amor que vengo buscando sólo encuentro respeto!

—¿Habéis procurado que yo os ame...?

—Enamorado de vos me habéis visto...

—Pero más de vuestro favorito.

—¡Oh, oh! el duque de Lerma podría quejarse de vos, señora; le acusáis.

—De traición.

—¡Oh! ¡oh!

—Y le estoy acusando desde poco después de mi llegada á España.

—Pero yo, Margarita, no había venido ciertamente...

—Y yo, don Felipe, que no os esperaba, que hace mucho tiempo que no puedo hablaros sin testigos, aprovecho la ocasión para querellarme á vos de vos y por vos.

—Pues no os entiendo.

—Es muy claro: tengo que querellarme á vos de vos y por

vos, porque don Felipe de Austria ofende al rey de España.

—¿Qué ofendo yo al rey de España? ¿Es decir, que yo, á mí mismo?... pues lo entiendo menos.

—Ofendéis al rey de España, porque abdicáis débilmente el poder que os han conferido, primero, la raza ilustre de donde venís, y después Dios, que ha permitido que descendáis de esa raza, entregando el poder real, sin condiciones, á un favorito miserable y traidor.

—¿Habéis hablado hoy con el padre Aliaga, señora?

—No, ciertamente: yo no hablo con nadie más que con las personas cuya lista da el duque de Lerma á la duquesa de Gandía.

—Os engañáis, porque habláis todos los días y á todas horas con una persona á quien no pueden ver ni la duquesa ni el duque.

—¿Y quién es esa persona?

—Ésa persona es vuestra favorita... la hermosa menina doña Clara Soldevilla.

—Sería la última degradación á que podía sentenciarme vuestra debilidad, el que yo no pudiese retener una de mis meninas en mi servidumbre. A propósito; es ya demasiado mujer para menina, y voy á nombrarla mi dama de honor.

—¡Y quién lo impide!

— Nadie... pero os lo aviso.

— Enhorabuena: decid á doña Clara que yo la regalo el traje y el velo y aun las joyas, para cuando tome la almohada.

—Lo acepto, porque ella es pobre y yo no soy rica.

—Ni yo tampoco; pero para un deseo vuestro...

—Os doy las gracias, señor.

—¡Oh! no me deis las gracias; ved que os amo, y amadme...

—¿Qué me amáis?—dijo la reina inclinándose hacia el rey, dejándole ver un relámpago de sus hermosos ojos azules, y su serena frente pálida como las azucenas y coronada de rizos de color de oro.

—¡Oh, qué hermosa eres, Margarita!—dijo el rey, en cuyas mejillas apareció la palidez del deseo.

Y la atrajo á sí.

Margarita de Austria, se sentó en un movimiento lleno de coquetería en las rodillas del rey, y se dejó besar en la boca.

— Depón al duque de Lerma—dijo la reina entre aquel beso.

El rey se retiró bruscamente como si le hubiesen quemado los labios de Margarita.

—Ya sabía yo que no me amábais—dijo la reina levantándose y mirando al rey con cólera.

—Pero señor, ¿cuándo descansaré yo?—exclamó el rey dejándose caer en el respaldo del sillón.

— Cuando arrojes de tí esa indolencia que te domina—dijo con dulzura la reina—; cuando pienses que un rey no sirve á Dios solo rezando, sino mirando por la prosperidad, por el bienestar y por el honor de sus vasallos.

—Ya velan por todo eso mis secretarios.

—¡Tus secretarios! ¡sí, es verdad! velan por los españoles, y cuentan sus cabezas como el ganadero cuenta sus reses para llevarlas al mercado.

— Eres injusta, yo no escucho ninguna queja.

—Las quejas no llegan á ti. Se pierden en el camino.

—Te pregunté si habías hablado hoy con mi confesor, porque el bueno del padre Aliaga, aunque más embozada y respetuosamente, aprovechándose de que el duque tenía un banquete de Estado, me ha tenido toda la tarde el mismo sermón. Y suponiendo que no os engañáis, ni tú que eres la reina de las reinas, por virtud, por discreción y por hermosura, ni el padre Aliaga, que es casi un santo, ¿qué queréis que haga? —Reduzca vuestra majestad los gastos de su casa, que España anda descalza—me dice el padre Aliaga—. Y cuando esto dice el bueno de mi confesor, cuento las ropillas que tengo y los doblones que poseo, y hallo que cualquier pelgar anda mejor cubierto y mejor provisto que yo.

—Eso demuestra, que siendo exorbitantes las rentas reales, siendo parca nuestra mesa y pocos nuestros trenes y nuestros vestidos, las rentas reales son robadas.

—¡Robadas, robadas! esto es demasiado grave. Yo no creo que un caballero tal como el duque...

—¿Si te doy una prueba de que el duque vende los oficios miserablemente?...

—Siempre se han vendido... me acuerdo de una provisión de corregidor que se ha dado esta mañana á Diego Soto, para que la venda en lo que pudiere.'.. y todo está firmado por mí.

—Sí, pero es que el duque vende por su cuenta... te roba...

—¡Oh! no puede ser.

—Mira.

Y la reina sacó las dos cartas que habían encontrado en la cartera de don Rodrigo Calderón, con las suyas, y dió una de ellas al rey.

Felipe III leyó la cabeza y la firma:

—«¡A don Rodrigo Calderón!—¡El duque de Uceda!»

—Lee, lee... y juzga.

«Mi buen amigo: Es necesario que se den las alcabalas de Sevilla á Juan de Villalpando. Ya le conocéis. Es un hombre muy á propósito para nuestros proyectos. No os olvidéis que para acabar con el duque de Lerma...»

—¡Ah! ¡ah!—dijo el rey—; no lo creyera si no lo viera; y es letra y firma del duque de Uceda, con sus renglones torcidos... el hijo contra el padre... ya sabía yo que no andaban muy acordes entrambos duques... ¡pero que llegasen á tanto!... ¡Ah! ¡ah!

—Sigue, sigue—dijo con impaciencia la reina.

—«No olvidéis que para acabar con el duque de Lerma, y hacer comprender al rey cuán ruinoso y perjudicial es su gobierno, se necesita hacerse partidarios en las ciudades, y ninguno mejor para Sevilla que Juan de Villalpando: allí tiene hacienda, mujer y parientes, le conoce todo el mundo, y es audaz cuanto se necesita para que todos le respeten y le teman. Pero como el duque no proveerá en nadie las alcabalas de Sevilla en menos de diez mil maravedís, es necesario que vos interpongáis para con él lo mucho que podéis, á fin de que de los diez mil rebaje la mitad. Ya llevamos gastado demasiado para que pensemos algo en los gastos. Hacedlo, que conviene. El interesado lleva esta carta y yo os veré á la tarde en la comedia...»

El rey dobló lentamente la carta y plegó su entrecejo: una expresión de majestad y de dominio, aunque indecisa, se marcó en su semblante y luego volvió á desdoblar la carta y la leyó lentamente.

Aquella carta era para Felipe III uno de esos rayos de luz que de tiempo en tiempo rompen la impura atmósfera que rodea á los reyes.

Margarita de Austria, que miraba con profunda alegría el cambio que se había operado en Felipe III, puso otra nueva carta abierta sobre la que el rey leía por segunda vez.

—Del conde de Olivares—dijo el rey leyendo la firma de aquella segunda carta.

—Lee, lee y verás que el duque de Lerma, á más de ser ladrón, es torpe, que le manejan como quieren los que quieren ocupar su puesto, y que el tal don Rodrigo es más traidor, más ambicioso, más miserable que todos ellos.

El rey leyó:

«Os escribo, porque, interesándoos á vos tanto como á mí el negocio de que trata esta carta, tengo una entera confianza en vos, y no quiero exponerme á que se sepa, por muchas precauciones que tomemos, que nos hemos visto. Importa que todo el mundo nos crea desavenidos. Sostened vos por vuestra parte el papel de enemigo mío, que por la mía yo sostendré el de enemigo vuestro. Seguid hablando mal de mí y mirándome de reojo, que yo seguiré hablando mal de vos sin miraros á derechas. Lo de la expulsión de los moriscos es necesario que se lleve cuanto antes á cabo, porque es necesario que cuanto antes, teniendo como tenemos guerra con Inglaterra, con Francia y en el Milanesado, la tengamos también en España, y esta guerra la provocarán los moriscos, que no se rendirán sin combatir. Por otra parte, rebelados los moriscos dentro, se resentirá el comercio que ellos alimentan en gran manera, faltará más de lo que falta el dinero, y reunidos y alentados Enrique IV y el inglés, apretará la guerra por fuera. Insistid en lo de la confiscación de los bienes de los moriscos. El duque, en su sed de oro, se dejará deslumbrar por este negocio en grande, y aun el mismo rey no encontrará de más algunos millones de maravedises para remendar su ropilla. Dicen que Lerma tiene hechizado al rey. Hechizad vos al duque. El mejor hechizo para su excelencia es el oro. Conque apretad, apretad, que urge: que si hemos de esperar á que el príncipe sea rey, larga fecha tenemos. Lo del príncipe lo dejaremos al conde de Lemos y á don Baltasar de Zúñiga, y puesto que el rey es quien puede hacer reyes, vámonos derechos al rey. Sitiemos por hambre al duque haciéndole cometer algunos disparates, y el duque, que si fuera tan buen hombre de Estado como es codicioso, sería invencible, caerá, no lo dudéis, aunque para ello nos veremos obligados á empobrecer el reino, á debilitarle. Nosotros le alzaremos. No os digo más, porque ni tanto era necesario deciros. Guárdeos Dios.—*El conde de Olivares.*»

—Pero esto nada prueba contra el duque, y si mucho contra los condes de la Oliva y de Olivares.

Prueba que los dos condes son más perspicaces que tú, y que saben cuánto es torpe y ciego el duque de Lerma.

—Pero no le vencieron.

—Por una casualidad.

—El duque lo tenía previsto todo.

—Ni el duque ni nadie podía prever que don Juan de Aguilar tuviese la fortuna de aterrar á los infelices moriscos en la primera batalla; ni el duque ni nadie podía prever que los enemigos exteriores de España no se aprovecharan de aquellas circunstancias. Pero el duque fué traidor y torpe.

—¡Traidor!

—Sí, traidor, y de la manera más criminal que puede ser traidor un vasallo: manchando ante la historia el nombre de su señor... porque tu nombre aparecerá manchado en la historia por esa tiranía feroz inmotivada contra los pobres moriscos; por esa codicia innoble que les robó.

La mirada del rey se hizo vaga.

—Y torpe, torpe... porque no previó las funestísimas consecuencias que pudo traer sobre España, y que en la parte de su riqueza y de su población la ha traído, el cumplimiento de aquel infame edicto.

—¡Margarita!—exclamó el rey, cuya conciencia se retorcía.

—Yo te pedí de rodillas, aquí, en este mismo sitio, que revocaras aquel edicto; y te lo pedí por ti mismo, por la gloria de tu nombre, por tu dignidad de rey, más que por el bien de tus reinos. Te lo pedí, Felipe, porque te amo, y porque te amo, te pido la deposición del duque de Lerma.

—¡Que me amas, Margarita! ¡que me amas!—exclamó el rey! ¡y no me lo has dicho hasta ahora!

—¿Qué mujer honrada, y que nunca ha amado, no ama al padre de sus hijos?—exclamó en un sublime arranque Margarita, arrojándose á los brazos del rey.

Y levantándose de repente, añadió:

—Y no te lo he dicho; no se lo he dicho á nadie, no, y me he mostrado siempre contigo reservada y fría porque... mi orgullo de mujer ha estado continuamente ofendido al verme pospuesta á un favorito.

—Y á quién, á quién buscar...

—¿A quién? al duque de Osuna...

—Es demasiado soberbio.

—Pero es justo, y valiente, y buen vasallo. Y si no, Ambrosio Espínola, y si no... si no... Quevedo.

—¡Osuna, Espínola, Quevedo! ¡dos soldados y un poeta!

—Tres españoles que no han renegado de su patria, y que por lo mismo, están alejados de ella por el temor de los traidores.

—Lo pensaré, lo pensaré—; dijo el rey.

—No, no; pensarlo, no; ya lo he pensado yo bastante; ¿no

tienes confianza en tu esposa, Felipe?... ¿no me amas? ¿no crees en mi amor?

—Lo pensaré... me duermo... necesito rezar antes mis oraciones.

Y el rey se dirigió al oratorio de la reina.

—¡Oh! ¡Dios mío! ¡Dios mío!—dijo Margarita viendo desaparecer al rey por la puerta del oratorio—¡Ten piedad de España! ¡Ten piedad de mí!

CAPÍTULO XIV

DEL ENCUENTRO QUE TUVO EN EL ALCÁZAR DON FRANCISCO DE QUEVEDO, Y DE LO QUE AVERIGUÓ POR ESTE ENCUENTRO ACERCA DE LAS COSAS DE PALACIO, CON OTROS PARTICULARES.

Apenas Juan Montiño había desaparecido por la escalerilla de las Meninas, cuando Quevedo, que como sabemos observaba desde la puerta, se embocó por aquellas escaleras en seguimiento del joven.

—En peligrosos pasos anda el mancebo—dijo don Francisco—; sobre resbaladiza senda camina; sigámosle, y procuremos avizorar y prevenir, no sea que su padre nos diga mañana: con todo vuestro ingenio, no habéis alcanzado á desatollar á mi hijo.

Y Quevedo seguía cuanto veloz y silenciosamente le era posible, á la joven pareja que le precedía en las tinieblas.

—¿Y quién será ella?—¿quién será ella? decía el receloso satírico.

Y seguía, sudando, á pesar del frío, á los dos jóvenes, que andaban harto de prisa.

—Pues ó he perdido la memoria y el tiento, ó todo junto—decía Quevedo—, ó se encaminan á la portería de Damas; paréceme que se paran: ¡adelante y chito! suena una llave, se abre una puerta, entran... ¡ah! esa momentánea luz... el cuarto de la reina... ¿será posible? ¿me habré yo engañado pensando bien de una mujer? Merecido lo tendría. ¿Pero quién va?

Había oído pasos Quevedo.

—No va, viene—dijo una voz ronca.

—¡Por el alma de mi abuela! ¿y de dónde venís vos, hermano?

—Ni sé si del cielo ó si del infierno. Vos, hermano, ya sé que del infierno sois venido, porque San Marcos no debe de haber sido para vos la gloria.

—Ha venido á ser el purgatorio, Manolillo, hijo.

—Veo que no habéis olvidado á los amigos.

—¿Y cómo olvidaros, si creo que por haberos tratado en mi niñez se me han pegado vuestras picardías?

—Yo no soy pícaro, y si lo soy, soy pícaro á sueldo.

—Tanto monta, que nadie hace picardías al aire. ¿Pero dónde vivís? Paréceme de que me lleváis por las escaleras de las cocinas.

—Así es la verdad, hermano Quevedo; he visto cuanto podía ver, y á mi mechinal me vuelvo.

—Pues sígoos.

—En buen hora sea.

—Decidme, ¿por qué me dijísteis allá abajo que no sabíais si veníais del cielo ó del infierno?

—Decíalo por un mancebo que acaba de entrar...

—¿En el cuarto de la reina?...

—¿Habéisle visto?

- Le seguía.

—¿Y no os parece que ese mancebo puede muy bien encontrar en ese cuarto una gloria ó un infierno?

—Alegraríame que le glorificasen.

—Y yo; aunque no fuese más que por verme vengado...

—¿Del rey?...

—¡Qué rey! ¡qué rey!—dijo el bufón.

—Paréceme será bien que callemos hasta que nos veamos en seguro.

—Decís bien... nunca palacio ha sido tan orejas todo como ahora. Pero ya llegamos.

Acababan de subir las escaleras, y el tío Manolillo había tomado por un callejón estrecho.

Detúvose á cierta distancia del desemboque de las escaleras, y sonó una llave en una cerradura.

—Pasad, pasad, don Francisco—dijo el bufón.

Quevedo entró á tientas en un espacio densamente obscuro.

El bufón cerró.

Poco después se oyó el chocar de un eslabón sobre un pedernal, saltaron algunas chispas, y brilló la luz azul de una pajuela de azufre, que el bufón aplicó al pábilo de una vela de sebo.

Quevedo miró en torno suyo.

Era un pequeño espacio abovedado, deprimido, denegrido, desnudo de muebles, á cuyo fondo había una puerta, á la que se encaminó el bufón.

Siguióle Quevedo.

El tío Manolillo cerró aquella puerta.

Era el bufón del rey un hombre como de cincuenta años, pequeño, rechoncho, de semblante picaresco, pero en el cual, particularmente entonces que estaba encerrado con Quevedo, y no necesitaba encubrir el estado de su alma, estaba impresa la expresión de un malestar roedor, de un sentimiento profundo, que daba un tanto de amargura infinita á su ancha boca, cuyos labios sutiles habían contraído la expresión de una sonrisa habitual, burlona y acerada cuando estaba delante del mundo, sombría y dolorosa entonces que el mundo no le veía. El color de su piel era fuertemente moreno, sus cabellos entrecanos, la frente pronunciada, audaz, inteligente, marcada por un no sé qué solemne; las cejas y los ojos negros; pero estos últimos pequeños, redondos, móviles, penetrantes, en que se notaba un marcadísimo estrabismo; la nariz larga y aguileña; la boca ancha, la barba saliente, el cuello largo. Sus miembros, contrastando desapaciblemente con su estatura, eran de gigante, cortos, musculosos, fuertes; vestía un sayo y una caperuza á dos colores, rojo y azul; llevaba calzas amarillas, zapatos de ante y un cinturón negro que sólo servía para sujetar un ancho y largo puñal.

El bufón se sentó en un taburete de pino, y dijo á Quevedo:

—Ahora podemos hablar de todo cuanto queramos: mi aposento es sordo y mudo. Sentáos en ese viejo sillón, que era el que servía al padre Chaves para confesar al rey don Felipe II.

—Siéntome aunque me exponga á que se me peguen las picardías del buen traile dominico—dijo Quevedo sentándose.

—¡Oh! ¡y si te hablara ese sillón!—dijo el tío Manolillo.

—Si el sillón calla, España acusa con la boca cerrada los resultados de los secretos que junto á este sillón se han cruzado entre un rey demasiado rey, y un fraile demasiado fraile.

—Pero al fin, don Felipe II...

—No era don Felipe III.

—En cambio, el padre Chaves, no era el padre Aliaga.

—El padre Aliaga no tiene más defecto que ser tonto—dijo Quevedo mirando de cierto modo al bufón.

—Vaya, hermano don Francisco, hablemos con lisura y como dos buenos amigos; ya sabéis vos que tanto tiene de simple el confesor del rey, como de santo el duque de Lerma. Si queréis saber lo que ha pasado en la corte en los dos años que habéis estado guardado, preguntadme derechamente, y yo contestaré en derechura. Sobre todo, sirvámonos el uno al otro.

—Consiento. Y empiezo. ¿En qué consiste que esa gentecilla no haya hecho sombra del padre Aliaga?

—En que el rey, es más rosario que cetro.

— ¿Y cree un santo á fray Luis?

—Y creo que no se engaña, como yo creo que si fray Luis es ya santo, acabará por ser mártir, tanto más, cuanto no hay fuerzas humanas que le despeguen del rey; y como el padre Aliaga es tan español y tan puesto en lo justo, y tan tenaz, y tan firme, con su mirada siempre humilde, y con su cabeza baja, y con sus manos metidas siempre en las mangas de su hábito... ¡motilón más completo!... Si yo no tuviere tantas penas, sería cosa de fenecer de risa con lo que se ve y con lo que se huele; más bandos hay en palacio que bandas, y más encomendados que comendadores, y más escuchas que secretos, aunque bandos, encomiendas y enredos, parece que llueven. En fin, don Francisco, si esto dura mucho tiempo, el alcázar se convierte en Sierra Morena: lo mismo se bandidea en él que si fuera despoblado, y en cuanto á montería, piezas mayores pueden correrse en él, sin necesidad de ojeo, que no lo creyérais si no lo viérais.

—Me declaro por lo de las piezas mayores; veamos. Primera pieza.

—Su majestad el rey de las Españas y de las Indias, á quien Dios guarde.

—Te engañaste, hermano bufón; tu lengua se ha contaminado y anda torpe. El rey no puede ser pieza mayor... por ningún concepto. Y lo siento, porque el tal rey es digno de esa, y aun de mayor pena aflictiva. La reina es demasiado austríaca.

—Y demasiado mujer, á lo que juntándose que hay en la corte gentes demasiado atrevidas...

—De las cuales vos no sois una de las menores.

—Tengo pruebas...

—Pues mostrad, tío Manolillo... dadme capote, que por más que lo sienta os aplaudiré... ¡pero engañarme yo tratándose de mujeres!... ¡creer yo á la buena Margarita de Austria!... si de esta vez me engaño, ni en la honra de mi madre creo... con que desembuchad, hermano, desembuchad, que me tenéis impaciente, y tanto más, cuanto tengo que haceros preguntas de dos años. ¿Quién es el rey secreto?

—Para que lo fuera por entero, sólo podía ser don Rodrigo Calderón.

—¡Tá! ¡tá! os engañáisteis, hermano.

—Don Rodrigo tiene cartas de la reina.

—Téngolas yo.

—Bien puede ser, porque donde entra el sol entra Quevedo.

—Y aun donde no entra; pero de la reina no tengo más que cartas.

—Sois leal y bueno.

—Tiénenme por rebelde. ·

—Los pícaros.

—Y aun los que no lo son.

—Sois una cosa y parecéis otra.

—¡Ah! si no fuera porque estamos perdiendo el tiempo, querría que me explicáseis...

—Os he visto tamaño como una mano de mortero, cuando andábais poniendo mazas á las damas de palacio, y cuando más tarde ellas os ayudaban á poner mazas á sus maridos. Yo os he soltado la lengua, y meciéndoos sobre mis rodillas, he sido vuestro primer maestro. Nos parecemos mucho, don Francisco; yo soy deforme y vos lo sois también, aunque menos; vos lloráis riendo, y yo río rabiando; vos os mostráis contento con lo que sois, y queréis ser lo que ninguno se ha atrevido á pensar; yo llevo con la risa en los labios mi botarga y siempre alegre sacudo mis cascabeles, y si pudiera convertirme en basilisco, mataría con los ojos á más de uno de los que me llaman por mucho favor loco... ¡Ah! ¡ah! ¡ah! yo, estruendo y chacota del alcázar, llevo conmigo un veneno mortal, como vos en vuestras sátiras regocijadas ocultáis el veneno de un millón de víboras; sois licenciado y poeta y esgrimidor, y aun muchas cosas más. Yo no tengo más licencias que las que á disculpa de loco me tomo; yo no escribo sátiras, pero las hago; yo no empuño hierros, pero mato desde lo obscuro. Vos sonáis más que yo; vos sois el bufón de todos por estafeta, y yo soy el bufón del rey por oficio parlante; cuando vos pasáis por una calle, todos dicen: ¡allá va Quevedo! y se ríen. Cuando yo paso por las crujías de palacio con mi caperuza y mi sayo de colores, todos dicen, y no reparan en que al decirlo hablan con el rey más que conmigo: ¡allá va el simple del rey! y... se ríen también; y vos os aprovecháis de las risas de todos que son vuestra mejor espada, y yo me aprovecho de las risas de los cortesanos que son mi único puñal. Vos sois enemigo de los que mandan, y abusan del rey, y servís al duque de Osuna, y os declaráis por la reina, por ambición, y yo aborrezco á los que vos aborrecéis y amo á los que vos amáis por venganza. ¿Sabe acaso alguien á dónde vos vais? ¿sabe alguien á dónde yo voy? ¡oh! y si alguna vez llegamos al fin de nuestro camino, juro á Dios que no han de reírse más de cuatro con los desenfados del poeta y con las desvergüenzas del bufón.

Quedóse profundamente pensativo Quevedo como si hubiese sentido la mirada del bufón en lo más recóndito de su alma, y luego levantó la cabeza, y fijó en Manolillo una mirada profundamente grave y dominadora.

—Dios sabe á dónde vais vos, á dónde voy yo—dijo –; pero si me conocéis tanto como decís, saber debéis que, como me cuesta el andar mucha fatiga, nunca doy pasos en vano. A propósito de las piezas mayores de palacio, habéisme dicho que la primera es el rey. Os engañáis; pero como sois hombre de ingenio y de experiencia, quisiera saber el motivo de vuestro engaño. En esto debe de danzar la Dorotea... vuestra ahijada... ó vuestra hija, ó vuestra querida...

Púsose pálido como un difunto el tío Manolillo.

—¡Pobre Dorotea!—exclamó el bufón.

—Pobre de vos, que sois un insensato... Allá en San Marcos supe, por cartas de algunos amigos que se venían sin que nadie las viese á mi bolsillo, y que yo leía cuando de nadie era visto, supe, repito, que la Dorotea se había escapado del convento donde la guardábais y se había metido á cómica; supe además que el duque de Lerma la mantenía, y alegréme, porque dije: el tío Manolillo será enemigo á muerte de su excelencia. Ahora medito, y después de meditar, saco en claro: que siendo la Dorotea amante vendida del duque de Lerma, debe de haber andado en la venta don Rodrigo Calderón; que siendo don Rodrigo Calderón lo que es, puede haber habido algo que no gustaría al duque de Lerma si lo supiese, porque el buen señor es muy vanidoso, muy creído de que lo merece todo, á pesar de sus años y de sus afeites; que habiendo habido algo entre vuestra hija y don Rodrigo, vuestra hija habrá tenido celos, y no habrá encontrado otra mejor que la reina para justificarlo; de modo que un ministro tonto, un rufián dorado, una mujerzuela semi-pública y un padre ó amante, ó pariente tal como vos, que tratándose de Dorotea no sois ya un loco á sueldo, sino un loco de veras, son ó pueden ser la causa de la deshonra de una noble y digna y casi santa mujer que ha tenido la desgracia de ser reina de España, cuando el rey de España es Felipe III.

— ¿No habéis visto entrar en el cuarto de la reina un hombre, don Francisco?

—Sí por cierto; y os confieso que tal entrada me pone en confusiones; como que el hombre que ha entrado en el cuarto de la reina es un mozo que me interesa mucho y que... os voy á dar un alegrón, tío Manolillo; pero habéis de pagármelo diciéndome todo lo que sepáis.

—Si me alegro, os pago.

—Pues bien, es muy posible que á estas horas don Rodrigo Calderón esté en la eternidad.

--¡Dios mío! - exclamó el bufón—. ¡Pero estáis seguro, don Francisco!

— Lo que sé deciros es que ese mancebo, que sabe lo que se hace cuando da un golpe, acaba de reñir con él y de tenderle cuando entró en palacio.

— ¡Ah! ¡ah! ¡han encontrado quien les haga el negocio de balde!

—Acaso ese pobre muchacho pague muy caro el haber dado al traste con don Rodrigo Calderón.

—¿Muy caro?

—Sí por cierto; como que está enamorado como un loco de la dama por quien se ha metido en ese lance.

—¡Esperad! ¡esperad! yo he visto, al entrar ese mancebo en el cuarto de la reina, su semblante, y no le conozco, aunque me ha parecido encontrar en él un no sé qué... ¿conocéis á ese mancebo?

—¡Mucho!

— ¿Y cómo se llama?

—Juan Martínez Montiño.

—¡Ah! ¿es pariente del cocinero del rey?

—Su sobrino carnal, hijo de su hermano.

—Don Francisco, no merecéis que yo os hable con lisura.

12

—¿Por qué?

—Porque vos no sois conmigo liso y llano.

—Cogedme en un renuncio.

—Estáis cogido.

—¿Por dónde?

—Por ese mancebo.

—¿Y por qué?

—¿Por qué? ¿no decís que es sobrino del cocinero mayor?

—Así resulta de su partida de bautismo.

—Las partidas de bautismo se compran.

Miró Quevedo profundamente al bufón.

—Pero lo que no se compra es el semblante.

—¿Qué queréis decir?

—Digo que sé algo de ese secreto.

—¿De qué secreto?

—Estamos jugando al acertijo, hermano Quevedo, á pesar de que nadie nos escucha.

—¿Tenéis pruebas?

—¿De que ese mancebo...? ¡vaya! al verle me acometió una sospecha; pero cuando me habéis dicho que es hijo de un Montiño... no pude dudar... como que... ya se ve, estoy en el enredo...

—¿Acabaremos, hermano bufón?

—Sí, por ejemplo, ese mozo en vez de llamarse Juan Montiño se llamase don Juan Girón...

—¡Diablo! —exclamó Quevedo.

—¡Cómo! ¿no lo sabíais, don Francisco?

—Algo se me alcanzaba.

—¿Y sabéis cómo se llamaba su madre?

—No me lo han dicho.

—Pues yo voy á decíroslo.

—Sepamos.

—La madre se llamaba... y se llama, doña Juana de Velasco, duquesa viuda de Gandía, camarera mayor de su majestad.

Abrió enormemente los ojos Quevedo.

—Y qué hermosa, qué hermosa estaba entonces la duquesa.

—¿Pero estáis seguro de ello, amigo Manolillo?

—¡Que si estoy seguro! como lo estaría si, por ejemplo, dentro de algunos meses la señora condesa de Lemos, después de haber estado mucho tiempo en la cama á pretexto de enfermedad y en ausencia de su marido, saliese una noche de Madrid en una litera.

—¡Ah! ¡ah! ¿y no habéis encontrado para vuestra comparación otra dama que doña Catalina de Sandoval?

—Es tan hermosa como lo era en otro tiempo la duquesa de Gandía, tan viva como ella, y tuvo la fortuna ó la desgracia de encontrarse una noche á obscuras en El Escorial con el duque de Osuna, como doña Catalina en el alcázar con...

—Pero tío Manolillo, vamos á cuentas: ¿vos sois el bufón del rey, ó el mochuelo del alcázar?

—De todo tengo. Siempre me han salido al paso los enredos.

— Como á mí.

—Si ya os lo dije: nos parecemos mucho. Pero continúo con mi suposición: supongamos que con tales antecedentes sale una noche la señora condesa de Lèmos en una litera por un postigo de su casa muy encubierta, y que yo, por casualidad, paso por la calle y veo aquello; que al ver aquello me acuerdo de lo otro que oí por casualidad, ajusto la cuenta por los dedos, entro en curiosidad de saber en lo que quedará la aventura, y me voy detrás de la litera y de los hombres que la acompañan; que así andando, andando, y recatándome, amparado de una noche obscura, sigo á la litera por espacio de cinco leguas, y entro tras ella, recatándome siempre en un lugar... supongamos que aquel lugar es Navalcarnero; que la litera se para delante de una casa y sale la condesa de Lemos muy tapada y se obscurece en la casa, cuya puerta se cierra en silencio; que yo me quedo á la mira, y á las dos noches después, vacilante y trémula, veo salir de nuevo á la señora condesa muy tapada, que se mete en la litera, y que la litera sale del pueblo y toma el camino de Madrid. Que yo me quedo aún en el pueblo, y que á los tres días se bautiza solemnemente un niño. Aunque me digan frailes franciscos que aquel niño es hijo de matrimonio, y que es hijo de Juan Lanas y de su mujer, yo diré siempre, aun cuando pasen muchos años: ese tal no se llama Juan Lanas, ó no debe llamarse, sino Juan de Quevedo y Sandoval.

—¡Ah! bribón redomado—exclamó Quevedo—, gato sin sueño, hurón de secretos; guardad por caridad el que habéis pescado esta noche, que ridículo fuera negároslo, y decidme por caridad también: ¿era ya pieza mayor del alcázar cuando en él andaba mi señor, el conde de Lemos?

—No abundan los Quevedos, hermano, y necesario era uno para que la buena doña Catalina dejase de ser coto cerrado, como fué necesario todo un duque de Osuna, con toda su audacia, para que la buena doña Juana de Velasco añadiese á su descendencia un bastardo. Pero lo gracioso es que doña Juana de Velasco no sabe quién es el padre de su hijo incógnito; ni el nombre del dueño de la casa en donde tapada y rebujada la metieron en Navalcarnero; que, en una palabra, le parece un sueño su encuentro con un hombre audaz en una galería del palacio del Escorial, á punto que por un celo exagerado iba á avisar á la infanta doña Catalina, de que acababa de llegar un jinete con la nueva de que el mar y los vientos habían vencido á la armada *Invencible*; un soplo malhadado mató la bujía de que iba armada la duquesa, y el duque de Osuna, que acudía al lado del rey, que estaba en el coro, se dió un tropezón con ella. De modo que, si el viento no destruye á la *Invencible*, y si otro soplo de viento no mata la luz de doña Juana de Velasco, Juan... Montiño no existiría.

—Y si vos no estuviérais en todas partes, no sabríais ese secreto endiablado de hace veintidós años, ni este otro secreto reciente... Os pido por caridad, hermano bufón, que calléis, que calléis como habéis callado acerca del secreto de la duquesa... y como nos embrollamos y nos revolvemos, bueno será que volvamos á buscar el hilo. Decíamos...

—Justo, decíamos á propósito de si el rey era pieza mayor ó menor...

—A propósito de eso habíamos ido á dar en don Rodrigo, y á propósito de don Rodrigo, en ese mancebo que ha entrado secretamete en el cuarto de la reina. Decíamos, ó decía yo, que está enamorado como un loco de la dama que le ha metido en el lance; pero él no conoce á esa dama...

—¿Que no la conoce y está enamorado?

—Cosas de mozos; se ha enamorado á bulto.

—Pues mirad: ha acertado en enamorarse, porque eso tiene ahorrado para cuando la vea el semblante.

—¿Pero quién es ella? ¿habremos tropezado con otra pieza mayor?

—No por cierto; se trata de una doncella que, á pesar de su hermosura, nunca ha tenido novio.

—El nombre, tío Manolillo, el nombre.

—Doña Clara Soldevilla.

—La hermosa, la hermosísima hija, digo, si en los **dos**

años que no la veo no la han dado viruelas, la matadora de corazones, engendrada por el buen Ignacio Soldevilla. ¿Y dónde está su padre?

—En Nápoles con el duque de Osuna.

—¡Ah! ¡d abio! ¡diablo! paréceme que si los muchachos se quieren, podremos tener boda; pero maravíllame que doña Clara, que no le ha conocido hasta esta noche...

—Aquí debe de haber algo... y algo grave—dijo el tío Manolillo—, en lo que acaso yo no tenga poca parte.

—Explicáos por Dios, hermano.

—Explícome, y para explicarme pregunto: ¿dónde ha visto á don Juan Girón?...

—Juan Montiño, hermano, Juan Montiño.

—Bien, ¿dónde ha visto Juan Montiño á doña Clara?

—En la calle.

—¡En la calle!

—Amparóse de él al verse perseguida por don Rodrigo Calderón.

—¡Ah, me parece que voy trasluciendo! ¿Y dónde llevó doña Clara á Montiño?

—Callejeóle de lo lindo, largóse, y le metió en un lance de estocadas con don Rodrigo.

—De cuyo lance...

—No por cierto... contentóse con desarmarle y se fué á buscar á su tío postizo á casa del duque de Lerma.

—¿Y cuándo hirió ó mató ese joven á don Rodrigo?

—Eso es después.

—¿Y cómo sabéis vos...?

—Encontréle en casa del duque de Lerma, á donde yo iba en busca del cocinero mayor, y le metí en la casa. Pero en la puerta me encontré antes de hablar con Montiño... ¿á quién diréis que me encontré?...

—No adivino.

—A Francisco de Juara.

—Lacayo y puñal de don Rodrigo Calderón... ¡ah! ¡ah! ¡hermano Quevedo, y qué conocimientos tenéis!

—El conocer no pesa. Francisco de Juara me contó lo que había acontecido á su señor con Juan Montiño, y Juan Montiño se alegró mucho en hallarme y yo de hallarle y... pero vamos al secreto. Yo iba á casa del duque de Lerma con una carta de la duquesa de Gandía para el duque, que me había dado la condesa de Lemos, con quien tropecé cuando iba al alcázar en busca del cocinero mayor... de modo que, válame Dios y qué rastra suelen traer las cosas; ahora se me ocurre que el buen rey don Felipe el II tiene la culpa de mi encontrón con la condesa de Lemos.

—¡Pardiez, no atino!

—Ciertamente; si al rey don Felipe no se le hubiera ocurrido armar la *Invencible* y enviarla á saludar á la reina de Inglaterra, la tempestad no hubiera deshecho la armada; no hubiera ido un jinete al Escorial á dar al rey la nueva del fracaso; la duquesa de Gandía no hubiera ido al cuarto de la infanta doña Catalina, ni el duque de Osuna al coro en busca del rey; no se hubieran encontrado, pues, á obscuras duquesa y duque; no hubiera nacido Juan, y no existiendo Juan, al soltarme de San Marcos me hubiera yo ido á Nápoles en vez de venirme á Madrid, y no me hubiera encontrado con la buena, buenísima hija del duque de Lerma· ni ella me hubiera dado la carta de la camarera mayor para su padre, ni por consecuencia, hubiera yo encontrado en el zaguán del duque á Juan Montiño, ni hubiera salido por el postigo de la casa del duque después de haber hablado con su excelencia, ni hubiera encontrado á Juan Montiño, que me acometió equivocándome con don Rodrigo, á quien esperaba para matarle, y si yo no hubiera estado allí cuando don Rodrigo salió, Juan Montiño muere; porque Francisco de Juara, que guardaba las espaldas á don Rodrigo, no se hubiera encontrado con mi espada, hubiera dado un mal golpe por detrás á nuestro mancebo, mientras don Rodrigo le entretenía por delante. De modo que puede decirse que si el rey don Felipe no envía á la *Invencible* contra Inglaterra, no sucede nada de lo gravísimo que ha sucedido esta noche.

—Desenmarañemos este enredo, y pongámosle claro para dominarle, hermano Quevedo. Decís vos que ese mancebo entró en casa del duque de Lerma amparado de vos, y pudo ver á su tío.

—Eso es.

—Que después encontrásteis á ese mozo al salir por el postigo del duque esperando á don Rodrigo para matarle.

—Verdad.

- Ahora bien; ¿por qué quería matar ese mozo á don Rodrigo?—repuso el bufón.

—Porque decía había comprometido el honor de una dama.

Quedóse profundamente pensativo el bufón, como quien reconcentra todas sus facultades para obtener la resolución de un misterio.

—¡El cocinero mayor de su majestad—dijo el bufón—, es usurero!

—¿Qué tiene que ver ese pecado mortal de Francisco Montiño para nuestro secreto?

—Esperad, esperad. El señor Francisco Montiño se vale para sus usuras, de cierto bribón que se llama Gabriel Cornejo.

—Veamos, veamos á dónde vais á parar.

—Me parece que voy viendo claro. Ese Gabriel Cornejo, que á más de usurero y corredor de amores, es brujo y asesino, sabe por torpeza mía un secreto.

—¡Un secreto!

—Sabe que yo quiero ó quería matar á don Rodrigo Calderón. Sabe además otro secreto por otra torpeza de Dorotea, esto es, que don Rodrigo Calderón tiene ó tenía cartas de amor de la reina.

—¡Tenía! ¡Tenía!—dijo con arranque Quevedo—. Decís bien, tío Manolillo, decís bien, vamos viendo claro; ya sé, ya sé lo que Juan Montiño buscaba sobre don Rodrigo Calderón cuando le tenía herido ó muerto á sus pies. Lo que buscaba ese joven eran las cartas de la reina; para entregar esas cartas era su venida á palacio, para eso, y no más que para eso, ha entrado en el cuarto de su majestad.

—Pues si ese caballero ha entregado á la reina esas cartas, y don Rodrigo Calderón no muere... ¿qué importa que muera don Rodrigo...? siempre quedarán el duque de Lerma, el conde de Olivares, el duque de Uceda, enemigos todos de su majestad; si esas terribles cartas han dado en manos de su majestad, ésta se creerá libre y salvada, y apretará sin miedo, porque es valiente y la ayuda el padre Aliaga...

—Y la ayudo yo...

—Y yo... y yo también... pero... son infames y miserables, y la reina está perdida... está muerta. .

--¡Muerta! ¡Se atreverán! y aunque se atrevan... ¿podrán...?

—Sí, sí por cierto; y para probaros que pueden, os voy á nombrar otras de las piezas mayores que se abrigan en el alcázar.

—¡Ah! ¡Otra pieza mayor!

—Francisco Martínez Montiño, cocinero mayor del rey.

—¡Ah! ¡También el buen Montiño!

—Lo merece por haber inventado el extraño guiso de cuernos de venado que sirve con mucha frecuencia al rey.

—Contadme, contadme eso, hermano. ¡Enredo más enmarañado! ¡Y no sé, no sé cómo se ha atrevido, porque su difunta esposa...!

—La maestra de los pajes...

—¡Y qué oronda y qué fresca que era! ¡Y qué aficionada á los buenos bocados!

—Y creo que el bueno del cocinero hubo de notar que había ratones en la despensa; pero no dió con el ratón.

—Y ya debe estar crecida y hermosa Inesita.

—¡Pobre Montiño...!

—Hereje impenitente... pero sepamos quién es ahora el ratón de su despensa.

—No es ratón, sino rata y tremenda... el sargento mayor, don Juan de Guzmán.

—¿El que mató al marido de cierta bribona á quien galanteaba, y partió con ella los doblones que el difunto había ahorrado, por cuyo delito le ahorcan si no anda por medio don Rodrigo...?

—El mismo.

—Ha mandado don Rodrigo á ese hurtado á la horca que enamore á la mujer de Francisco Montiño...

—Como que la hermosa Luisa entra cuando quiere en las cocinas de su majestad, y nadie la impide de que levante coberteras y descubra cacerolas.

—No creí, no creí que llegase á tanto el malvado ingenio de don Rodrigo. Pero bueno es sospechar mal para prevenirse bien. Alégrome de haberos encontrado, amigo bufón, porque Dios nos descubre marañas que deshacer... y las desharemos ó podremos poco. Pero contadme, contadme: ¿en qué estado se encuentran los amores del sargento mayor y de la mayor cocinera?

El tío Manolillo no contestó; había levando la cabeza, y puéstose en la actitud de la mayor atención.

—¿Qué escucháis?—dijo Quevedo.

—¡Eh! ¡Silencio!—dijo el bufón levantándose de repente y apagando la luz.

—¿Qué hacéis?

—Me prevengo. Procuro, que si miran por el ojo de la cerradura de la otra puerta no vean luz bajo ésta. Es necesario que me crean dormido; necesitan pasar por delante de mi aposento y me temen. Pero se acercan. Callad y oíd.

—Quevedo concentró toda su vida, toda su actividad, toda su atención en sus oídos, y en efecto, oyó unas levísimas

pisadas como de persona descalza, que se detuvieron junto
á la puerta del bufón.

Durante algún espacio nada se oyó. Luego se escucharon
sordas y contenidas las mismas leves pisadas, se alejaron,
se perdieron.

—¿Es él?—dijo Quevedo.

—Él debe ser; pero el cocinero mayor... ¿cómo se atreve
ese hombre?...

—Francisco Montiño no está en Madrid esta noche.

—¡Ah! ¿pues qué cosa grave ha sucedido para que deje
sola su casa?

—Según me ha dicho su sobrino postizo, ha ido á Navalcarnero, donde queda agonizando un hermano suyo.

—¡Oh! entonces el que ha pasado es el sargento mayor
Juan de Guzmán.

Y el bufón se levantó y abrió la ventana de su mechinal.

—¿Qué hacéis, hermano? cerrad, que corre ese vientecillo
que afeita.

—Obscuro como boca de lobo - dijo el bufón.

—¿Y qué nos da de eso?

—Y lloviendo.

—Pero explicáos.

—¿Queréis ver al ratón en la ratonera junto al queso?

- ¡Diablo!—dijo Quevedo —. ¿Y para qué?

Y después de un momento de meditación, añadió:

—Si quiero.

—Pues quitáos los zapatos.

—¿Para salir al tejado?

—No tanto. Por aquí se sale á las almenas viejas, y por
las almenas se entra en los desvanes, y por los desvanes se
va á muchas partes. Por ejemplo, al almenar á donde cae la
ventana del dormitorio del cocinero de su majestad.

—Pues no hay que preguntarme otra vez si quiero—dijo
Quevedo quitándose los zapatos.

—No dejéis aquí vuestro calzado, porque saldremos por
otra parte.

—Ya sabía yo que érais el hurón del alcázar.

—Como me fastidio y sufro y nada tengo que hacer, hus-
meo y encuentro, y averiguo maravillas. ¿Estáis listo ya, don
Francisco?

—Zapatos en cinta me tenéis, y preparado á todo.

—No os dejéis la linterna.

—¿Qué es dejar? Nunca de ella me desamparo; cerrada

encendida la llevo, y haciendo compañía á mis zapatos. ¿Estáis vos ya fuera?

—Fuera estoy.

—Pues allá voy y esperadme. Eso es. ¿Y sabéis que aunque viejo no habéis perdido las fuezas? Me habéis sacado al terrado como si fuera una pluma. Estas piernas mías... parece providencia de Dios para muchas cosas el que yo no pueda andar de prisa ni valerme.

—Dadme la mano.

—Tomad.

—Estamos en los desvanes.

—Mi linterna me valga.

—Nos viene de molde, porque estos desvanes son endiablados.

—*Fiat lux*—dijo Quevedo abriendo la linterna.

Encontrábanse en un desván espacioso, pero interrumpido á cada paso por maderos desiguales. El bufón empezó á andar encorvado y cojeando por aquel laberinto.

De repente se detuvo y enseñó un boquerón á Quevedo.

—¿Y qué es eso?—dijo don Francisco.

—Esto es una providencia de Dios.

—Más claro.

—Eso era antes un tabique.

—¿Y ocultaba algo bueno?

—Una escalera de caracol.

—¿Y á dónde va á parar esa escalera?

—Á muchas partes, entre ellas á la cámara del rey y de la reina, y á las cuevas del alcázar.

—¿Y cómo disteis con ese tesoro, hermano?

—Buscando un gato que se me había huído!

—Sois el diablo familiar del alcázar.

—Sigamos adelante, que luego volveremos por aquí.

—Sigamos, pues.

Anduvieron algún espacio.

—Dadme la mano y cerrad la linterna.

—¿Hemos llegado?

—Estamos cerca.

—*Fiant tenebræ*—dijo Quevedo cerrando la linterna.

—Ahora venid; venid tras de mí en silencio y veréis y oiréis.

Zumbaba el viento, llovía, y el viento y la lluvia y la obscuridad de la noche protegían á los dos singulares expedicionarios.

¿Y qué es eso?

Marchaban entre un tejado y un almenar.

De repente el bufón asió á Quevedo, y le volvió sobre su derecha.

Entonces Quevedo vió frente á él una ventana, y por algunos agujeros de ésta el reflejo de una luz en el interior.

Quevedo acercó su semblante y pegó sus antiparras á á uno de aquellos agujeros, y el bufón á su lado, se puso asimismo en acecho.

En aquel mismo punto dió el reloj del alcázar las tres de la mañana.

CAPÍTULO XV

DE LO QUE VIERON Y OYERON DESDE SU ACECHADERO QUEVEDO Y EL BUFÓN DEL REY

Un hombre se paseaba en una habitación muy pequeña y harto humildemente alhajada.

Una estera de esparto, algunas sillas, una mesa sobre la que ardía una lamparilla delante de una Virgen de los Dolores, pintada al óleo, y algunas estampas en marcos negros sobre las paredes blancas, componían todo el menaje de aquella habitación.

Al fondo había una puerta cubierta con una cortina blanca.

Sentada en una silla, junto á una mesa, apoyado en ella un brazo, y en la mano la cabeza, había una mujer joven y hermosa, pero triste, pensativa y á todas luces contrariada.

Esta mujer era Luisa, la esposa del cocinero mayor de su majestad.

Blanca, blanquísima, pelinegra y ojinegra, gruesecita, de mediana estatura, si no se descubría en ella esa distinción, esa delicadeza que tanto realza á la hermosura, no podía negarse que era hermosa, muy hermosa, pero con una hermosura plebeya, permítasenos esta frase.

Había en ella sobra de vida, sobra de voluntad, violencia de pasiones, disgusto profundo de su suerte, todo esto representado y como estereotipado en su semblante. Estaba, como dijimos anteriormente, encinta de una manera abultada, y vestía sencilla, más que sencilla, miserablemente.

El hombre que se paseaba en la habitación y hablaba casi por monosílabos y lentamente con Luisa, era un hombre alto, fornido, soldadote en el ademán, en el traje y en la expresión, con cabellera revuelta, frente cobriza, ojos negros, móviles y penetrantes, mejillas rubicundas y grandes mostachos retorcidos. Vestía una gorra de velludo con presilla de acero, un coleto de ante, cruzado por una banda roja, una loba abierta de paño burdo que dejaba ver el coleto, la banda y un ancho talabarte de que pendía una enorme espada, unas calzas rojas imitadas á grana, y unos zapatos altos.

Este hombre, en el conjunto, podía llamarse buen mozo, uno de esos Rolandos lo más á propósito para volver el seso á ciertas mujeres que pertenecían á cierta clase media, despreciadoras de gente menuda, que no podían aspirar á los amores de los caballeros de alto estado, y que se contentaban y aun se daban por dichosas con los amores de hidalgos del porte y talante del sargento mayor don Juan de Guzmán, que era el hombre que hemos descrito, que se paseaba en el profanado dormitorio de Francisco Montiño y que hablaba por monosílabos con su mujer.

—Es preciso... pues... sí... de otro modo. .—decía este hombre cuando el bufón y Quevedo se pusieron en acecho.

Tembló toda Luisa.

—Ha sido herido, casi muerto—añadió el soldadote.

—Pero yo...

—Sí; tú no tienes la culpa de que don Rodrigo Calderón haya tenido un mal encuentro, pero esto me impide pasar la noche á tu lado.

—¿Tienes miedo?—dijo Luisa.

—¡Miedo! ¿Y de qué?—dijo Guzmán—; es cierto que todo marido, aunque sea tan ruin y tan cobarde como el tuyo, es respetable; no sé qué tienen los maridos; pero cuando él llama por allá yo escapo por ahí.

Y el sargento mayor señaló la ventana.

—Bueno es saberlo—dijo para sí Quevedo, probando si su daga salía con facilidad de la vaina.

—Me alegro por otra parte de que el bueno de Montiño haya tenido que ir á ver á su hermano. Tenía que hablarte.

—Yo también. Desde el día en que te vi estoy sufriendo, Juan. Primero, porque te amé, luego... porque cuando te amé conocí lo horrible que era estar unida para toda la vida con un marido como el mío. Hace seis meses que te escuché, y poco menos tiempo que te recibí en esta habitación por primera vez. La vida se me hace insoportable, Juan. Yo no puedo vivir así. Se pasan semanas y aun meses sin que podamos hablar... me veo obligada á contentarme con verte cruzar allá abajo por lo hondo del patio paseando con ese eterno amigo tuyo de quien tengo celos... me parece que le quieres más que á mí, que á mí me tomas por entretenimiento.

—¡Dios de Dios!—exclamó el sargento mayor, atusándose el mostacho y parándose delante de Luisa, el un pie adelante, afirmando el cuerpo en el otro y la mano en la cadera; ¿pues por qué, buena moza, no estoy yo ahora en Nápoles?

—¿Qué diablos tendrá que hacer este tunante en Nápoles?—pensó Quevedo—; oigamos, y palabras al saco.

—Es que si tú te fueras y no me llevaras, yo moriría de pesar.

—Descuida, descuida, paloma mía—dijo volviendo á su paseo el soldado—, que en concluyendo cierta empresa que tenemos acá entre manos, iremos á Nápoles á concluir otra. Tú no sabes bien con qué hombre tratas y qué hombres tratan con él.

—Lo que es el que pasa contigo por los corredores bajos de palacio no me gusta nada—dijo Luisa—, tiene el mirar de traidor.

—¡Ah! ¡Agustín de Avila, el honrado alguacil de casa y corte! Pues mira, él no dice de ti lo mismo. Sólo se le ocurre un defecto que ponerte.

—Me importa poco.

—Maravíllase mi amigo de que teniendo por amante un hombre tal como yo, puedas vivir al lado de un marido tal como el tuyo.

—¿Y qué le he de hacer?

—Ya te lo he dicho...

—¡Oh! ¡nunca!... ¡nunca!... ¡qué horror!—exclamó Luisa.

—Pues será necesario que renuncies á verme.

—¡Juan!—exclamó Luisa, cuyos ojos se llenaron de lágrimas.

—Preciso de todo punto: las cosas se ponen de manera que no se puede pasar más adelante. ¿No oyes que esta noche la reina ha salido á la calle?

—¡Oh! no, eso no puede ser.

—¿Que la amparaba un hombre desconocido?...

—¡Dios mío! ¿pero qué tengo yo que ver con todo eso?

—Que ese hombre ha herido malamente á don Rodrigo Calderón.

—¿Y á ti qué te importa?

—Luisa, todo lo que soy, lo debo á don Rodrigo.

—Bueno es ser agradecidos, pero cuando no nos piden imposibles.

—Nada hay imposible cuando se ama.

—Don Rodrigo no puede pedirte tanto.

—Debo á don Rodrigo el no haber dado en la horca.

—¡En la horca tú' ¿y por qué?

—Por una calumnia. Pero tal, que si no hubiera mediado don Rodrigo...

—¿Y qué te cargaron?

—¡Bah! ¡poca cosa! Haber envenenado al marido de una querida mía.

—¿Y eso es verdad?—dijo estremeciéndose Luisa.

—Ni por asomo; pero como yo era amigo del marido y entraba en la casa aun cuando él no estaba, y la mujer era una moza garrida, y un día amaneció muerto el marido, y dieron en decir los que le vieron que tenía manchas en el rostro...

—¿Y eso era verdad?

—Pudo serlo, pero no lo era. Pues tanto dijeron y murmuraron y hubo tantos que supusieron que yo era el causante de aquella muerte, que dieron con los dos, con ella y conmigo, en la cárcel.

—¡Dios mío!

—Ella murió.

—¿La ajusticiaron?

—Tanto da, porque la pusieron al tormento y no pudo resistir.

—¡Dios mío! ¿Y á ti no te atormentaron?

—Sí, pero el alcalde y el escribano eran amigos; mejor: les había hablado don Rodrigo, y aun más que hablado, y lo del tormento quedó en ceremonia. Dos meses después estuve libre y salvo y declarada mi inocencia, y para satisfacerme, de capitán que era de la guardia encarnada, hízome su majestad, por los buenos oficios del duque de Lerma, á quien don Rodrigo había dicho mucho bien mío, sargento mayor de la guardia española: mira, pues, si estoy obligado á servir á don Rodrigo.

—¡Juan! ¡Juan! ¡por Dios! no me obligues á lo que yo no quiero hacer.

—¿Pero á ti qué te importa? Toda la culpa caerá sobre tu marido.

—¡Y si le ahorcaran inocente!... ¡no y no!

—Pues bien, no me volverás á ver.

—No, tampoco.

—¿En qué quedamos, pues? ¿no te digo que estoy haciendo falta en Nápoles?

—Echad abajo la ventana con vuestras fuerzas de toro, hermano—dijo rápidamente Quevedo al oído del bufón.

—Paciencia y calma, y dejemos que corra el ovillo—dijo el bufón.

Una ráfaga de viento arrastró las palabras de Quevedo y del tío Manolillo.

Habíase distraído Quevedo, y cuando volvió á mirar, vió que don Juan de Guzmán mostraba á Luisa un objeto envuelto en un papel, sobre el cual arrojó una mirada medrosa Luisa.

—No, no—repitió la joven—. ¡Qué horror!

—Pues bien—dijo el sargento mayor guardando el papel con una horrible sangre fría—, no hablemos más de eso. Adiós.

Y se dirigió á la puerta.

—No, no—dijo Luisa arrojándose á su cuello—, lo pensaré.

—Pues bien, piénsalo y... si te resuelves, pon por fuera de la ventana un pañuelo encarnado.

—Bien, sí, ¿pero te vas?

—Es preciso, preciso de todo punto; no puedo detenerme ni un momento. No sabes, no sabes lo que sucede.

—¡Oh, Dios mío! ¡y sabe Dios cuándo podremos volvernos á ver!

—Cuando volvamos á vernos será para no separarnos. Pero adiós, adiós, que estoy haciendo falta en otra parte.

—¿Dónde hará falta este pleito?—dijo Quevedo.

Oyóse entonces un beso dentro de la habitación. Cuando miró Quevedo de nuevo por los agujeros, ni Luisa ni don Juan de Guzmán estaban en la estancia.

—Nada tenemos que hacer ya aquí—dijo el tío Manolillo. Yo lo sospechaba, pero no había creído que se diesen tanta prisa. ¿Y no haber muerto ese infame de don Rodrigo? ¿tenía acaso las manos de lana el bastardo de Osuna? Pues no, cuando su padre daba un golpe, no le daba en vano.

—Desengañaos, desengañaos, hermano Manolillo—dijo Quevedo— hay hombres que tienen siete vidas como los gatos.

Y volvióse bruscamente hacia el almenar, y poniendo en
él las manos, exclamó con ronca voz entre las tinieblas:

—¡Ah! ¡infame alcázar, cueva de la tiranía, almacén de
pecados, arca de inmundicias, maldígate Dios, maldígate
como yo te maldigo!

—¡Oh!, sí, maldiga Dios estos alcázares de la soberbia,
donde sólo se respira un aire de infamia—exclamó el bufón.

—Un día soplará viento de venganza, y estos alcázares
serán barridos como las hojas secas—murmuró con acento
profético Quevedo—. Pero hasta entonces, ¡cuánto crimen,
cuánta sangre, cuántas lágrimas!

—Habéis visto lo alto del alcázar, hermano don Francisco,
y voy á llevaros á que veáis lo bajo. Seguidme.

—En buen hora sea, vamos á sorprender al alcázar en
otra hora mala.

—Llegamos á los desvanes; bajad la cabeza, hay cinco
escalones.

Poco después añadió el bufón:

—Abrid la linterna. Voy á llevaros á la cámara de la reina.

—Vamos, hermano, vamos, y que Dios nos tome en
cuenta esta aventura gatuna, y el no haberla dado buena de
esa infame adúltera y de ese rufián asesino.

—No hubiera sido prudente matar á don Juan de Guzmán;
hubiera sido romper una de las cien manos de que se valen
los traidores, y nada más; les sobrarían medios de llevar á
cabo sus proyectos, de modo que acaso no podríamos conocerlos y estar á punto para destruirlos. Confiad en mí, que
ni duermo ni reposo, que estoy siempre alerta, y que como
decís muy bien, soy el mochuelo del alcázar, y que contando
con vos, don Francisco, nada temo. Don Rodrigo se nos
escapa; pero juro á Dios, que como el diablo no le ayude...

—Diablo y aun diablos debe tener al lado, cuando esta
noche no ha dado con él al traste el bravo Juan Montiño.
Pero dejad, dejad, yo tengo una espada tal y tan maestra,
que ella sola se va á donde conviene y no toca á un hombre
que no le mate. Pero si no me engaño, estamos en el negro
boquerón que vos encontrásteis tapiado cuando buscábais
á vuestro gato. Y no haber muerto ese infame de otra y
priesa. Y providencia de Dios fué que se me ocurriera desta-
piarle, porque yo me dije: detrás de ese tabique debe haber
algo, algo que yo no conozco, y eso que me son familiares
todos los escondrijos del alcázar, como que he nacido en él
y en él he pasado los cincuenta años de mi vida. Destapé y

hallé con alegría lo que nadie conoce más que yo, y lo que vos vais á conocer. Entremos.

Dirigiéronse al negro boquerón, y Quevedo se encontró en lo alto de unas polvorientas escaleras de piedra, y tan estrecho el caracol, que apenas cabía por él una persona; aquella escalera estaba abierta, sin duda, en el grueso muro.

Empezaron á descender.

Quevedo contaba los escalones.

A los ochenta, el bufón tomó por una estrecha abertura abovedada.

La escalera continuaba.

—Por aquí—dijo el bufón.

Y siguió por el pasadizo.

A los cien pasos abrió una puerta, y siguió por el mismo pasadizo, que se ensanchaba algo más.

A los pocos pasos se detuvo junto á una puerta situada á la izquierda.

—Mirad—dijo á Quevedo—: esta puerta secreta corresponde al dormitorio de su majestad.

—¡Ah!, ¿y para qué os detenéis? ¿qué vamos á hacer en el dormitorio de la reina?

—Mirad, mirad, y veréis algo que os asombrará.

—¿Y cómo miro? ¿creéis acaso que yo tengo la virtud de ver á través de las paredes, como al través del vidrio de mis antiparras?

—Yo, para observar, he abierto dos agujeros pequeños. Helos aquí.

—¡Ah! ¡famosa catalineta real!—dijo Quevedo arrimando sus espejuelos á las dos pequeñas perforaciones que le había mostrado el bufón.

—¡Jesucristo!—exclamó Quevedo en voz muy baja—: ¿será verdad lo que me habéis dicho acerca de ser pieza mayor el rey? En el lecho de la reina, más allá de ella, á quien da la luz de la lámpara sobre el bello semblante dormido, hay un bulto. Y en un sillón junto al lecho, vestidos de hombre.

—Y un rosario de perlas.

—¡Ah! ¡es el rey!

—¿Pues quién otro pudiera ser, ahí, en ese dormitorio y en ese lecho?

—¡Maravilla! ¡milagro! ¡y la reina parece feliz y satisfecha, sonríe á sus sueños!

—Guárdela Dios á la infeliz—dijo el bufón—; pero sigamos.

—Duerman en paz sus majestades – dijo Quevedo siguiendo al bufón.

Este se detuvo un poco más allá.

—Aquí hay otra puerta – dijo—, y en ella otros dos agujeros. Mirad.

—¡Ah!—dijo Quevedo mirando—, ¡ah corazón mío! ¡guarda, guarda y no lates tan fuerte, que te pueden oir!

—¿Qué veis, que murmuráis, don Francisco?

—Veo á la condesa de Lemos que vela... y que llora.

—¡Ah! ¿y no se os abre el corazón?

—Abriera yo mejor esta puerta.

—No quedará por eso si queréis; pero luego: seguidme y veréis más.

—¿Y qué más veré?

—Habéis visto á la hija llorando; y es muy posible que veáis al padre rabiando.

—¿Y qué hace en el alcázar su excelencia?

—Ha venido á ver al rey y no le ha encontrado en su cámara: le han dicho que el rey está en la cámara de la reina, y si se le ha puesto saber hasta qué hora están juntos sus majestades, se habrá quedado sin duda en la cámara real; pero hablemos bajo no sea que nos oigan.

—Para no ser oídos, lo mejor es ser callados.

—Aquí – dijo con acento imperceptible el bufón, señalando otra puerta y en ella otros dos agujeros.

El bufón no se había engañado: el duque de Lerma velaba en la cámara real; pero no estaba solo.

En el momento en que se puso en acecho Quevedo, un ujier acababa de introducir en la cámara á un hombre vestido de negro á la usanza de los alguaciles de entonces: era alto y seco, de rostro afilado, grandes narices, expresión redomada y astuta, y parecía tener un doble miedo por el lugar en que había entrado, y por la persona ante quien se encontraba.

—¿Tú eres Agustín de Avila, alguacil de casa y corte?—dijo el duque.

—Humildísimo siervo de vuecencia—dijo el corchete mientras Quevedo apuntaba en el libro de su memoria el nombre y la catadura del preguntado.

—¿Has visto á don Rodrigo Calderón que está herido en mi casa?

—Sí, señor.

—Te habrá dado instrucciones.

—Y las he cumplido, señor; sé quién es el delincuente, ó por mejor decir, los delincuentes.

—Yo debí de haber matado á Francisco de Juara—pensó Quevedo—; á veces la caridad es tonta, estúpida. Acúsome de necio: encerrado me doy.

El alguacil entre tanto sacaba un mamotreto de entre su ropilla.

—He aquí las diligencias de la averiguación de ese delito, excelentísimo señor—dijo el corchete.

—Diligencias que habréis hecho vos solo, sin intervención de otra persona alguna.

—Sí, señor.

—Leed.

—«Yo, Agustín de Avila...»

—Adelante.

«...llamado por su señoría el señor conde de la Oliva...»

—Adelante, adelante.

«...encontré á su señoría herido malamente...»

—Al asunto.

«...Preguntado Francisco de Juara, lacayo del señor conde de la Oliva dónde había estado esta noche desde su principio y con qué personas había hablado, dijo: que al principio de la noche, su señor le mandó seguir á un embozado; que habiéndole seguido, el embozado se entró en el zaguán de las casas que en esta corte tiene el excelentísimo señor duque de...»

—Adelante.

«...Que los porteros no dejaron entrar al embozado, que se sentó en el poyo del zaguán. Que el declarante se puso á esperarle; que á poco entró en el zaguán don Francisco de Quevedo y Villegas...»

—¡Ah!—dijo el duque.

—¡Pecador de mí!— murmuró Quevedo.

«...Que el embozado á quien el declarante vigilaba, habló con don Francisco, y que amparado por éste, dejáronle subir los porteros; que el que declara, se quedó esperando; que bien pasadas dos horas, que el mismo embozado que había entrado en casa del señor duque, salió acompañado del señor Francisco Martínez Montiño, cocinero mayor de su majestad, y que entrambos rodearon la manzana, y se detuvieron junto al postigo de la casa de su excelencia, donde estuvieron hablando algún espacio, después de lo cual, el cocinero mayor partióse, y el embozado se quedó escondido en un zaguán frente al postigo de la citada casa de su excelencia. Que el declarante se quedó observándole á lo lejos. Que algún rato después se abrió el postigo de la casa del duque y salió un hombre sobre el cual se arrojó á cuchilladas el embozado que estaba escondido; que á poco las cuchilladas cesaron y el embozado y el otro se dieron las manos, hablaron al parecer como dos grandes amigos, y se escondieron en el zaguán. Que transcurrida bien una hora, se abrió otra vez el postigo y salió un hombre, en quien el declarante conoció, á pesar de lo obscuro de la noche, por el andar, á su señor don Rodrigo Calderón; que apenas don Rodrigo había andado algunos pasos cuando fué acometido, y que queriendo ir el declarante á socorrerle, como era de su obligación, se encontró con el otro hombre, que le esperaba daga y espada en mano, y en quien á poco tiempo conoció á don Francisco de Quevedo. Que siendo el don Francisco, como es notorio, muy diestro, y muy bravo, y muy valiente, y viendo el declarante que no podía socorrer á su señor, tomó el partido de ir á buscar una ronda, y huyó dando voces. Que á las pocas calles encontró un alcalde rondando, y que por de prisa que llegaron al lugar de la riña, encontraron á los delincuentes huídos y al señor don Rodrigo mal herido y desmayado y abierta la ropilla como si hubiese sido robado, rodeado de los criados del señor duque de Lerma, que habían acudido con antorchas; que trasladaron al señor don Rodrigo á la casa del señor duque, y puesto en un lecho y llamado un cirujano, el alcalde tomó declaración indagatoria bajo juramento apostólico al declarante; y á los criados del duque. » Esta, excelentísimo señor, es la declaración de Francisco de Juara tomada por mí, y á cuyo pie el declarante ha puesto una cruz por no saber firmar.

El duque de Lerma se levantó y se puso á pasear hosco y contrariado á lo largo de la cámara.

—¿Y no hay más que eso?—dijo después de algunos segundos de silencio.

—Sigue la diligencia de haber buscado al cocinero mayor del rey y de no haberle encontrado.

—¿Pues dónde está Montiño?

—Según declaración de su mujer, Luisa de Robles, ha partido á Navalcarnero, á donde decía haber ido su esposo á causa de estar muriendo un hermano suyo. Preguntada además si sabía que acompañase alguien á su marido, contestó que no: pero que podrían saberlo los de las caballerizas, porque siempre que Montiño hace un viaje, lo hace sobre cabalgaduras de su majestad. Luisa Robles puso una cruz por no saber firmar al pie de su declaración.

—Iríais á las caballerizas.

—Ciertamente, señor, y tomando indagaciones, supe que el señor Montiño había partido solo con un mozo de espuela. Y como sabía las señas del embozado, esto es, sombrero gris, capa parda y botas de gamuza, supe que aquel hombre había llegado aquella tarde en un cuartago viejo que me enseñaron en las caballerizas, donde le había mandado cuidar el señor conde de Olivares, caballerizo mayor del rey.

—¡Cómo! ¿conoce don Gaspar de Guzmán al que ha dado de estocadas á don Rodrigo?—dijo Lerma hablando más bien consigo mismo que con el alguacil.

—No; no, señor; pero el incógnito había tenido una disputa con un palafranero á propósito de su viejo caballo, había querido zurrarle, sobrevinieron el señor conde de Olivares y el señor duque de Uceda, y el desconocido se descargó diciendo que era sobrino del cocinero mayor de su majestad.

—¡Sobrino de Montiño!...—exclamó el duque—. ¿Y no habéis afirmado más la prueba del parentesco del reo con el cocinero mayor?

—Sí; sí, señor; como el reo había ido á las cocinas en busca del que llamaba su tío, fuí á las cocinas yo. Era ya tarde y so o encontré á un galopín que se llama Cosme Aldaba. Díjome que, en efecto, á principios de la noche había estado en las cocinas un hidalgo preguntando por su tío, y que le habían encaminado á casa de vuecencia, donde se encontraba el cocinero mayor.

—¿Volveríais á mi casa?

—Volví.

—¿Preguntaríais á la servidumbre?

—Pregunté.

—¿Y qué averiguásteis?

—Aquí está la declaración de un paje de vuecencia llamado Gonzalo Pereda, por la que consta que el cocinero mayor del rey le mandó servir de cenar en la misma casa de vuecencia á un su sobrino, á quien llamó Juan Montiño.

—¿De modo que ese Juan Montiño y don Francisco de Quevedo y Villegas son amigos?—dijo el duque.

El alguacil se calló.

—Dadme esas diligencias—dijo el duque.

Entrególas el alguacil.

—Idos, y que á persona viviente reveléis lo que habéis averiguado.

—Descuidad, señor—dijo el corchete, y salió de la cámara andando para atrás para no volver la espalda al duque.

Cogió éste y examinó minuciosamente los papeles que le había dejado el alguacil, y después los guardó en su ropilla y llamó.

—¿Ha venido el señor Gil del Páramo?—dijo á un maestresala que se presentó á su llamamiento.

—En la antecámara espera, señor—dijo el maestresala.

—Hacedle entrar.

Entró un hombre de semblante agrio y ceñudo, vestido con el traje de los alcaldes de casa y corte, y se inclinó profundamente ante el duque.

—¿Sois vos el que rondaba cuando encontrásteis herido al señor conde de la Oliva?

—Sí, excelentísimo señor.

—¿Traéis con vos las diligencias que habéis practicado?

—Sí, excelentísimo señor.

—Dádmelas.

—Tomad, excelentísimo señor.

—Guardad un profundo silencio acerca de lo que sabéis y no procedáis en justicia.

—Muy bien, excelentísimo señor.

—Podéis retiraros.

—Guárdeos Dios, excelentísimo señor.

El alcalde salió.

El duque se sentó en un sillón y quedó profundamente pensativo.

—¿Te alegras ó te pesa de lo acontecido? - dijo Quevedo, procurando ver al través de la inmóvil expresión de aquel semblante—. Allá veremos. En cuanto á mí, no me escondo. No por cierto. ¿Cómo he tener yo miedo de un hombre que no sabe lo que le sucede? Ahora bien, amigo bufón, ¿queréis guiarme á la puerta de la cámara donde está la condesa de Lemos?

—Que no os haga doña Catalina hacer una locura; yo que vos me escondía.

—Pues ved ahí, yo voy ahora más que nunca á darme á luz. Pero guiad, hermano, guiad.

El bufón desandó lo andado, llegó frente á una puerta y dijo:

—Aquí es.

—Esperad, esperad y no habléis; reconozcamos antes el campo. En palacio es necesario andar con pies de plomo.

—Paréceme que hablan en la cámara.

—Pues escuchemos.

Quevedo observó.

Un gentilhombre estaba respetuosamente descubierto delante de doña Catalina.

—¿Conque es decir que la señora camarera mayor—dijo la de Lemos—se ha puesto tan enferma que se ha retirado?

—Y os suplica que la reemplacéis, noble y hermosa condesa.

—Muy bien; retiráos.

—¿De todo punto?

—De todo punto; que cierren bien las puertas exteriores y que las damas, las meninas y las dueñas se retiren también.

—¿Y se va vuecencia á quedar sola?

—Que esperen dos de mis doncellas en la saleta de afuera

—Muy bien, señora; Dios dé buenas noches á vuecencia.

—Gracias.

El gentilhombre salió.

Quevedo oyó cerrar las puertas.

La condesa se destrenzó los cabellos, se abrió el justillo, llegó á la luz, la apagó, y luego oyó Quevedo como el crujir de un sillón al sentarse una persona.

Quevedo cerró su linterna y dijo al bufón:

—Abrid y hasta otro día.

—Pero, hermano don Francisco, ¿os vais á encerrar sin escape en la cueva del león?

—La condesa de Lemos cuidará de darme salida.

—Dios quede con vos, hermano.

—Hermano, Él os acompañe.

Crujió levemente la puerta, y en silencio Quevedo adelantó sobre la alfombra.

La puerta volvió á cerrarse sin ruido.

Pero la condesa no dormía y percibió los pasos de Quevedo.

—¿Quién va?—dijo á media voz levantándose.

—No gritéis, por Dios, señora de mis ojos—dijo Quevedo—, que el amor me trae.

—Os trae Dios—contestó doña Catalina—, porque tenemos mucho que hablar.

—Pues hablemos.

—Pero no á obscuras.

Quevedo abrió su linterna.

—Gracias, mi buen caballero—dijo la de Lemos—; ahora sentáos y escuchadme.

—Siéntome y escucho.

—Oid.

Doña Catalina y Quevedo, inclinados el uno hacia el otro, empezaron á hablar en voz baja.

CAPÍTULO XVI

EL CONFESOR DEL REY

El capitán Vadillo llevó á Juan. Montiño al postigo de la Campanilla, que abrieron los guardas de orden del rey, y luego le acompañó hasta el convento de Atocha.

Por el camino fueron hablando de la mala noche que hacía, de lo obscuras que estaban las calles y de las guerras de Flandes.

Cuando llegaron al convento, el mismo Vadillo tiró de la cuerda de la campana de la portería.

Pasó algún tiempo antes de que de adentro diesen señales de vida.

Al fin se abrió el ventanillo enrejado de la puerta, y una voz soñolienta dijo:

—¿Qué queréis á estas horas?

—Decid al confesor del rey—dijo Vadillo—que un hidalgo que viene en este momento de palacio, le trae una carta de su majestad.

El capitán no sabía si aquella majestad era el rey ó la reina.

—¡Una carta de su majestad...!—dijo con gran respeto el portero—; pero es el caso, que su paternidad estará durmiendo.

—Despertadle—dijo Vadillo—, y entre tanto, como hace muy mala noche, abrid.

—Voy, voy á abrirles, hermanos—dijo el portero, retirándose del ventanillo y dejando notar á poco su vuelta por el ruido de sus llaves.

Abrióse la portería.

—Esperen aquí ó en el claustro, como me mejor quisieren—dijo—; yo voy á avisar á fray Luís de Aliaga.

Montiño y Vadillo se pusieron á pasear á lo largo de la portería.

—¿Sabéis que estos benditos padres tienen unas casas que da gozo?—dijo el capitán, por decir algo.

—Sí, sí, ciertamente; en este claustro se pueden correr caballos—contestó Montiño.

—Dan, sin embargo, cierto pavor esos cuadros negros, alumbrados por esas lámparas á medio morir.

—La falta de costumbre.

—Indudablemente. Los benditos padres no se encontrarían muy bien en un campo de batalla, como yo me encuentro aquí muy mal; corre un viento que afeita, y se hace sentir aquí mucho más que en el campo. Esas crujías... con vuestra licencia, mejor estaríamos en el aposento del portero.

—¿Quién es el hidalgo portador de la carta de su majestad?—dijo el frailuco desde la subida de las escaleras—; adelante, hermano, y sígame.

—Entráos, entráos vos en el aposento del portero, amigo, y hasta luego.

—Hasta luego.

Y Juan Montiño tiró hacia las escaleras, y siguiendo al lego portero recorrió el claustro alto hasta el fondo de una obscura crujía, donde el lego abrió una puerta.

—Nuestro padre—dijo el lego ·, aquí está el hidalgo que viene de palacio.

—Adelante—dijo desde dentro una voz dulce, pero firme y sonora.

Montiño entró.

El lego se alejó después de haber cerrado cuidadosamente la puerta.

Encontróse Montiño en una celda extensa, esterada, modestamente amueblada, y cuya suave temperatura estaba sostenida por el fuego moderado de una chimenea.

En las paredes había numerosas imágenes de santos pintados al óleo y guarnecidos por marcos negros.

En frente de la puerta de entrada había dos puertas como de balcones, y entre estas dos puertas la chimenea; á la derecha otra puerta cubierta por una cortina blanca lisa; á la izquierda dos enormes estantes cargados de libros, entre los estantes un crucifijo de tamaño natural pintado en un enorme lienzo y con marco también negro; á los pies del Cristo un sillón de baqueta, sentado en el sillón un religioso, apoyados los brazos en una mesa de nogal cargada de papeles, entre los cuales se veía un enorme tintero de piedra, y alumbrada por un velón de cobre de cuatro mecheros, dos de los cuales estaban encendidos.

El religioso era un hombre como de treinta y cinco á cuarenta años, de semblante pálido, grandes ojos negros, nariz aguileña y afilada, y bigote y pera negrísimos.

Su espeso cerquillo era castaño obscuro, y las demás partes de su cabello y de su barba estaban cuidadosamente afeitadas.

Su mirada se posaba serena y fija en Juan Montiño, y su mano derecha tenía suspendida una pluma sobre un papel, como quien interrumpe un trabajo importante á la llegada de un extraño.

La primera impresión que Juan Montiño sintió á la vista del religioso, fué la de un profundo respeto. Había algo de grande en el reposo, en la palidez, en lo sereno y fijo de la mirada de aquel religioso.

Y al mismo tiempo el joven se sintió arrastrado por una simpatía misteriosa hacia el fraile.

Adelantó sin encogimiento, saludó, y dijo con respeto:

—¿Es vuestra paternidad fray Luis de Aliaga, confesor del rey?

—Yo soy, caballero—dijo el fraile bajando levemente la cabeza.

—Traigo para vos una carta de su majestad.

—¿De qué majestad?

—De su majestad la reina.

Y entregó la carta al padre Aliaga.

—Sentáos, caballero—dijo el fraile.

Montiño se sentó.

Entre tanto el padre Aliaga abrió sin impaciencia la carta, y á despecho de Juan Montiño, que había esperado deducir algo del contenido de aquella carta por la expresión del semblante del religioso, aquel semblante conservó durante la lectura su aspecto inalterable, grave, reposado, dulce, indiferente.

Sólo una vez durante la lectura levantó la vista de la carta y la fijó un momento en el joven.

Cuando hubo concluído de leer la carta, la dobló y la dejó sobre la mesa.

—Su majestad la reina, nuestra señora—dijo el padre Aliaga reposadamente á Juan Montiño—, al honrarme escribiéndome de su puño y letra, me manda que interponga por vos mi influjo, y me dice que la habéis hecho un eminente servicio.

—He cumplido únicamente con mi deber.

—Deber es de todo buen vasallo sacrificarlo todo, hasta la vida, por sus reyes.

—Sí, señor, padre—replicó Montiño—, todo menos el honor.

—Rey que pide á su vasallo el sacrificio de su honra ó de su conciencia es tirano, y no debe servirse á la tiranía.

—Decís bien, padre.

—¿Sois nuevo en la corte?

—Sí, señor.

—¿Os llamáis Juan Montiño?

—Sí, señor..

—¿Sois acaso pariente del cocinero mayor del rey?

—Soy su sobrino, hijo de su hermano.

—¿Qué servicio habéis prestado á su majestad?—dijo de repente el padre Aliaga.

—Lo ignoro, padre.

—Pero...

—Si esa carta de su majestad no os informa, perdonad; pero guardaré silencio.

—¿Qué edad tenéis?

—Veinticuatro años.

Quedóse un momento pensativo el padre Aliaga.

—Habéis matado ó herido á don Rodrigo Calderón.

—Han sido cuentas mías.

—Algo más que asuntos vuestros han sido. Os pregunto á nombre de su majestad la reina. ¿Conoce vuestro tío el secreto?

—¿Qué secreto?

—El de vuestras estocadas con don Rodrigo.

—Mi tío está fuera de Madrid.

Guardó otra vez silencio el padre Aliaga.

—¿Cuándo habéis llegado á Madrid?

—He venido á asuntos propios.

—¿Guardaréis con todos la misma reserva que conmigo?

—¡Padre!

—Ved lo que hacéis; la vanidad es tentadora; hoy podéis

ser hidalgo reservado, ser leal, de buena fe... mañana acaso...

—Ningún secreto tengo que reservar.

— Cómo, ¿no es un secreto el haber venido á mí en altas horas de la noche, á mí, confesor del rey, á quien todo el mundo conoce como enemigo de los que hoy á nombre del rey mandan y abusan, trayendo con vos una carta de la reina? ¿cómo ha venido esa carta á vuestras manos?

—Si lo sabéis, ¿por qué me lo preguntáis? si no lo sabéis, ¿por qué pretendéis que yo haga traición á la honrada memoria de mi padre, á mi propia honra? Me han enviado con esa carta; la he traído; no me han autorizado para que hable, y callo.

—Seríais buen soldado... sobre todo para guardar una consigna; en esta carta me encargan que procure se os dé un entretenimiento honroco para que podáis sustentaros. ¿Qué queréis ser? sobre todo veamos: ¿en qué habéis invertido vuestros primeros años?

—En estudiar.

—¿Y qué habéis estudiado?

—Letras humanas, cronología, dialéctica, derecho civil y canónico y sagrada teología.

—¡Ah!—dijo fray Luis—¿y cuál de las dos carreras queréis seguir, la civil ó la eclesiástica?

—Ninguna de las dos.

—¡Cómo! ¿Entonces para qué habéis estudiado?

—Por estudiar.

—Y bien, ¿qué queréis ser?

—Soldado.

—¡Soldado!

—Sí; sí, señor, soldado de la guardia española, junto á la persona del rey.

—He aquí, he aquí lo que son en general los españoles: quieren ser aquello para que no sirven.

—Perdonad, padre; al mismo tiempo que estudiaba letras, aprendía estocadas.

—Es verdad, me había olvidado; el que mata ó hiere á don Rodrigo Calderón... y bien; se hará lo posible porque seáis muy pronto capitán de la guardia española, al servicio inmediato de su majestad.

—Es que no quiero tanto.

—Es que no puede darse menos á un hombre como vos; contáos casi seguramente por capitán, y para que pueda enviaros la real cédula, dejadme noticia de vuestra posada.

—No sé todavía cual ésta sea.

—¡Ah! pues entonces, volved por acá dentro de tres días. Para que podáis verme á cualquier hora, decid cuando vengáis que os envía el rey.

—·Muy bien, padre. Contad con mi agradecimiento—dijo Montiño levantándose.

—Esperad, esperad; tengo que deciros aún: guardad un profundo secreto acerca de todo lo que habéis sabido y hecho esta noche.

—Ya me lo había propuesto yo.

—No os ocultéis por temor á los resultados de vuestra aventura con don Rodrigo.

—Aún no sé lo que es miedo.

—Y preparáos á mayores aventuras.

—Venga lo que quisiere.

—Buenas noches, y... contadme por vuestro amigo.

—Gracias, padre—dijo Montiño tomando la mano que el padre Aliaga le tendía y besándosela.

—¡Que Dios os bendiga!—dijo el padre Aliaga.

Y aquellas fueron las únicas palabras en que Montiño notó algo de conmoción en el acento del fraile.

Saludó y se dirigió á la puerta.

—Esperad: vos sois nuevo en el convento y necesitáis guía.

Y el padre Aliaga se levantó, abrió la puerta de la celda y llamó.

—¡Hermano Pedro!

Abrióse una puerta en el pasillo y salió un lego con una luz.

—Guíe á la portería á este caballero—dijo el padre Aliaga al lego.

Juan Montiño saludó de nuevo al confesor del rey y se alejó.

El padre Aliaga cerró la puerta y adelantó en su celda, pensativo y murmurando:

—Me parece que en este joven hemos encontrado un tesoro.

Pero en vez de volverse á su silla, se encaminó al balcón de la derecha y le abrió.

—Venid, venid, amigo mío, y calentáos—dijo—; la noche está cruda, y habréis pasado un mal rato.

—¡Burr!—hizo tiritando un hombre envuelto en una capa y calado un ancho sombrero, que había salido del balcón—; hace una noche de mil y más diablos.

El padre Aliaga cerró el balcón, acercó un sillón á la chimenea, y dijo á aquel hombre:

—Sentáos, sentáos, señor Alonso, y recobráos; afortunadamente el visitante no ha sido molesto ni hablador; estos balcones dan al Norte y hubiérais pasado un mal rato.

—Es que no le he pasado bueno. Pero estoy en brasas, fray Luis; si alguien viniera de improviso... tenéis una celda tan reducida... os tratáis con tanta humildad... pueden sorprendernos.

—El hermano Pedro está alerta; ya habéis visto que no ha podido veros el portero, á pesar de que yo tengo siempre mi puerta franca.

—¿Y quién ha venido á visitaros á estas horas?—preguntó el señor Alonso.

· La providencia de Dios, en la forma de un joven.

—¡Ah! ¡Diablo! ¿Nos ha sacado ese joven ó nos saca de alguno de nuestros atolladeros?

—Como que ha herido ó muerto á don Rodrigo Calderón...

—Mirad lo que decís, amigo mío; cuenta no soñéis.

—¿Qué es soñar? he aquí la prueba.

Y el padre Aliaga fué á la mesa en busca de la carta de la reina...

Entre tanto aprovechemos la ocasión, y describamos al nuevo personaje que hemos presentado en escena, que se había desenvuelto de la capa y despojado de su ancho sombrero.

Llamábase Alonso del Camino.

Era un hombre sobre poco más ó menos de la misma edad que el padre Aliaga, pero tenía el semblante más franco, menos impenetrable, más rudo.

Había en él algo de primitivo.

Era no menos que montero de Espinosa del rey.

A pesar de la ruda franqueza de su semblante, de formas pronunciadas y de grandes ojos negros, se comprendía en aquellos ojos que era astuto, perspicaz, y sobre todo arrojado y valiente, sin dejarse de notar por eso en ellos ciertas chispas de prudencia; vestía una especie de coleto verde galoneado de oro; en vez de daga llevaba á la cintura un largo puñal, al costado una formidable espada de gavilanes, calzas de grana, zapatos de gamuza, y sobre todo esto, una especie de loba ó sobretodo, ancho, con honores de capa.

En la situación en que le presentamos á nuestros lectores, mientras extendía hacia el fuego sus manos y sus piernas, miraba con una gran impaciencia al padre Aliaga que, siempre inalterable, desdoblaba la carta de la reina.

—Acercáos, acercáos y oid, porque esta carta debe leerse en voz muy baja, no sea que las paredes tengan oídos.

Estiróse preliminarmente el señor Alonso del Camino, se levantó, se acercó á la mesa, se apoyó en ella y miró con el aspecto de la mayor atención al confesor del rey, que leyó lo siguiente:

«Nuestro muy respetable padre fray Luis de Aliaga: Os enviamos con la presente á un hidalgo que se llama Juan Martínez Montiño. Este joven nos ha prestado un eminente servicio, un servicio de aquellos que sólo puede recompensar Dios, á ruego de quien le ha recibido.»

—¿Pero qué servicio tal y tan grande es ese?—dijo Alonso del Camino.

—Creo que jamás os corregiréis de vuestra impaciencia. Escuchad.

Y fray Luis siguió leyendo:

«Ese mancebo nos ha entregado, por mano de doña Clara Soldevilla, aquellos papeles, aquellos terribles papeles.»

—¿Y qué papeles son esos?

—A más de impaciente, curioso; son... unos papeles.

—¿Y no puedo yo saber?...

—No: oid, y por Dios no me interrumpáis.

—Oigo y prometo no interrumpiros.

«A más ha herido ó muerto, para apoderarse de esos papeles, á don Rodrigo Calderón.»

—Pues cuento por mi amigo á ese hidalgo, por eso sólo— exclamó, olvidándose de su promesa Camino.

El padre Aliaga, como si se tratase de un pecador impenitente, siguió leyendo sin hacer ninguna nueva observación:

«Pero ignoramos cómo ese hidalgo haya podido saber que los tales papeles estaban en poder de don Rodrigo Calderón, como no sea por su tío el cocinero del rey. Os lo enviamos con dos objetos: primero, para que con vuestra gran prudencia veáis si podemos fiarnos de ese joven, y después para que os encarguéis de su recompensa. A él, por ciertos asuntos de amores, según hemos podido traslucir, le conviene servir en palacio; nos conviene también, ya deba fiarse ó desconfiarse de él, tenerle á la vista. Haced como pudiéreis que se le dé una provisión de capitán de la guardia española al servicio del rey en palacio, y si no pudiéreis procurár-

14

sela sin dinero, compradla: buscaremos como pudiéremos lo que costare. No somos más largos porque el tiempo urge. Haced lo que os hemos encargado, y bendecidnos.—*La Reina.*»

—¿Cuánto costará una provisión de capitán de la guardia española?—dijo fray Luis quemando impasiblemente la carta de la reina á la luz del velón.

—Cabalmente está vacante la tercera compañía. Pero, ¡bah! ¡hay tantos pretendientes!

—¡Cuánto! ¡cuánto!

—Lo menos, lo menos quinientos ducados.

Tomó el padre Aliaga un papel y escribió en él lo siguiente:

—«Señor Pedro Caballero: Por la presente pagaréis ochocientos ducados al señor Alonso del Camino, los que quedan á mi cargo.—*Fray Luis de Aliaga.*»

Y dió la libranza á Camino.

—He dicho quinientos ducados, y esto tirando por largo, y aquí dice ochocientos.

—¿Olvidáis que el nuevo capitán necesitará caballo y armas y preseas?—añadió el fraile.

—¡Ah! en todo estáis.

—¿Podemos tener la provisión del rey dentro de tres días?

—Sí, sí por cierto, sobradamente: el duque de Lerma es un carro que en untándole plata vuela.

—No os olvidéis de comprarla para poder venderla.

- ¡Ah! ¿Y por qué?

—¿No conocéis que tratándose de estos negocios puede el duque conocer á ese joven?

—Bien, muy bien; se comprará la provisión á nombre de cualquiera, como merced para que la venda, y éste tal la venderá en el mismo día á ese hidalgo. Creo que éste sea un asunto concluído.

—Que sin embargo altera notablemente nuestros proyectos, los varía.

—No importa, no importa; no luchamos sólo contra don Rodrigo Calderón.

—Os engañáis; el alma de Lerma es Calderón. Puesto Calderón fuera de combate, cae Lerma.

—Pero quedan Olivares, Uceda, y todos los demás que se agitan en palacio, que se muerden por lo bajo, y que delante de todo el mundo se dan las manos. Creo que en vez de aflojar en nuestro trabajo, debemos, por el contrario, apretar, aprovechando la ocasión de encontrarse Lerma desprovisto de uno de sus más fuertes auxiliares. Debemos insistir en apoderarnos de las pruebas de los tratos torcidos y traidores que Lerma sostiene en desdoro del rey y en daño del reino con la Liga. Debemos probar que las guerras de Italia y de Flandes se miran, no sólo con descuido, sino con traición...

—Esperad... esperad un poco... ese es un medio extremo; el rey es muy débil...

—Demasiado, por desgracia.

—El rey nuestro señor, que no ve más allá de las paredes de palacio...

—¡Pero si en palacio tiene los escándalos! ¿no le tiene Lerma hecho su esclavo, cercado por los suyos? ¿puede moverse su majestad, sin que el duque sepa cuántas baldosas de su cámara ha pisado? ¿No le separa de la reina? ¿No aleja de la corte á las personas que pueden hacerle sombra? ¿Vos mismo no estáis amenazado?

—Creedme, el duque de Lerma no es tan terrible como parece; el duque de Lerma nada puede hacer por sí solo; no tiene de grande más que lo soberbio...

—Y lo ladrón...

—Su soberbia, que le impele á competir con el rey, le hace arrostrar gastos exorbitantes; en nada repara con tal de sostener su ostentación y el favor del rey, que es una parte, acaso la mayor, de su ostentación. Pero en medio de todo, el duque de Lerma es débil; se asusta de una sombra, de todo tiene miedo, procura rodear al rey de criados suyos ó de personas que le inspiran poco temor. Un día estaba yo en mi obscuro convento. Oraba por el alma del difunto rey don Feilpe; se abrió la puerta de mi celda, y entró el superior; traía un papel en la mano, y en su rostro había no sé qué de particular, una alegría marcada. Venía á darme una noticia que á otro hubiera llenado de alegría y que á mí me aterró.

—¿Y qué noticia era esa?

—Apenas subido al trono el rey nuestro señor, me había nombrado su confesor; el papel que traía el superior en la mano, era una carta en que el mismo duque de Lerma me daba la noticia. Yo resistí...

—¡Que resistísteis! ¡bah! de un confesor del rey sale un obispo, y de un obispo un arzobispo, y de un arzobispo un papa.

—Yo no soy ambicioso; un día, una familia honrada me encontró llorando sobre el cadáver de mi madre; mi padre había muerto poco antes; tuvieron piedad del pobre huérfano, y me llevaron á su casa. Yo he crecido en el dolor, y el dolor continuo, lento, que no proviene de los hombres, sino de la voluntad de Dios, labra la humildad y la fortaleza del alma que siente, que ha nacido para sentir. Mis bienhechores eran pobres; me miraban como hijo suyo... partían su pan conmigo... Yo oraba á Dios por el descanso de mis padres muertos, y por la paz, por la felicidad de mis padres de adopción; murieron también el uno tras el otro; mis hermanas adoptivas se habían casado; mis hermanos habían ido por el mundo á buscar fortuna; quedé otra vez solo; pero con el corazón completamente lleno por el dolor, por el dolor completo que ningún lugar ha dejado por herir, desde el amor propio hasta el amor de la familia, hasta ese otro amor que emana de la mujer.

—¡Ah! ¡habéis amado, fray Luis!

— ¿Y qué hombre no ha amado?—exclamó profundamente el confesor del rey—. Y yo he amado como han amado muy pocos hombres, como más daño hace el amor; callándole, dominándole, encerrándole dentro del alma, sin esperanzas, sin deseos, con una ansiedad desconocida, infinita, insufrible, con el vacío del alma que necesita llenarse y no puede ser llenado.

—¿Tan alta era la mujer de quien os enamorásteis?

--Ni me enamoré, ni era alta la mujer á quien mi pensamiento consagró mi amor. Era tan pobre y tan humilde como yo... ¡Margarita!

Fray Luis inclinó la cabeza sobre una de sus manos, y repitió con voz opaca y concentrada:

—¡Margarita!

Entre la entonación con que había pronunciado el padre Aliaga la primera vez aquel nombre de mujer, y la entonación con que le había pronunciado la segunda, había la misma diferencia que puede existir entre un recuerdo dulce y tranquilo y una aspiración desesperada.

Cuando el confesor del rey levantó la cabeza de su mano, Alonso del Camino, que le contemplaba con una atención y una curiosidad intensas, vió relucir por un momento un fuego sombrío en el fondo de los ojos del fraile.

Pero aquello pasó; dilatáronse los músculos del semblante del fraile, un momento contraídos, se dulcificó la expre-

sión de su boca, que durante un momento había reflejado
una amargura infinita, y su mirada se heló; dejó de ser la
mirada mundana de un hombre combatido por fuertes pasiones, para convertirse en la mirada reposada, tranquila de un
religioso ascético.

—Margarita—continuó con la entonación propia de un relato sencillo—era una de mis hermanas adoptivas: cuando yo
entré en su casa para partir con ella el pan de su familia,
para vivir como un nuevo hijo bajo el techo común, Margarita tenía cuatro años; era rubia, blanca, pálida, con los ojos
azules, y la sonrisa benévola, sonrisa en que se exhalaba un
alma de ángel. Margarita creció, creció en hermosura y en
pureza, creció á mi lado; yo la enseñé á leer, yo la expliqué
los misterios de la religión, que el párroco nos explicaba en
la iglesia... Margarita creció en años y en hermosura, y se
hizo mujer. Yo seguía tratándola como hermana; la amaba
con toda mi alma, pero creyendo amarla con un amor de
hermano. Un día conocí que la amaba de otro modo, y la
revelación de mi amor fué para mí una prueba dolorosa, infinita, cruel. Un día llegó á la casa un soldado con una cédula de aposento; fué aposentado, y vivió con nosotros algunos días: Margarita cambió; se puso triste, esquivaba mi
compañía, y no sólo mi compañía, sino la de todo el mundo... Yo no sabía á qué atribuir aquella tristeza; la preguntaba y me respondía sonriendo:

—No estoy triste.

Su ronrisa desmentía sus palabras.

Una noche, estaba yo desvelado pensando en la tristeza
de Margarita, pensando cómo haría para volverla á su
tranquilo estado anterior. Nuestros hermanos dormían. De
improviso y en medio del silencio de la noche oí unas leves
pisadas... las reconocí: eran las de Margarita que pasó por
delante de la puerta de nuestro aposento; yo me levanté y la
seguí descalzo. Margarita marchaba delante de mí como un
fantasma blanco. No sé por qué no la llamé. Habla dentro
de mí un poder desconocido que me impedía hablar. Margarita bajó al corral, le atravesó... Llegó al postigo, sonó
una llave en la cerradura. Entonces grité:

—¡Margarita! ¿á dónde vas?

Pero la puerta se había abierto, un hombre había aparecido en ella, y había asido á Margarita, sacándola fuera.

Oí entonces un ruido que hizo arder mi sangre, que anegó
mi alma en un mar de amargura.

El ruido de un beso, de un doble beso, y luego el llanto de Margarita, triste, apenado, como el de quien se separa de seres á quienes ama.

Yo me precipité al postigo. No sé á qué. Pero un sueño de sangre había cruzado por mi pensamiento.

Yo veía á un hombre que se llevaba á Margarita, y necesitaba matar á aquel hombre.

Era muy joven y la amaba; la amaba como.. como á ella sola, porque... no he vuelto á amar.

Cuando llegué al postigo, aquel hombre, á quien reconocí á la luz de la luna y que era el mismo soldado que durante algunos días había estado de aposento en nuestra casa, había puesto á Margarita sobre el arzón de su caballo, había montado y había partido.

Y entre el sordo galope del caballo, oí la voz de dolor de Margarita, que me gritaba:

—¡Adiós¡ ¡Luis! ¡adiós! ¡hermano mío! ¡ruega á mi padre que no me maldiga! ¡pide á mi madre que me dé su bendición!...

Y Margarita seguía hablándome, pero el caballo se había alejado, y el sonido seco, retumbante, de su carrera, envolvía las palabras de Margarita.

Al fin el ruido del galope se perdió á lo lejos, y sólo quedaron la noche, el silencio y mi desesperación.

No sé cuánto tiempo estuve en el postigo, inmóvil con el rostro vuelto á la parte por donde había desaparecido Margarita, con el llanto agolpado á los ojos y sin derramar una sola lágrima.

Al fin, volví en mí: medité... y cerré el postigo con la misma llave con que le había abierto Margarita, que había quedado puesta en la cerradura; atravesé lentamente el huerto, entré en la casa y puse la llave del postigo en la espetera de la cocina, de donde sin duda la había tomado Margarita.

Y todo esto lo hice estremecido, procurando, como un ladrón, que no me sintiesen.

Y volví en silencio al aposento en que estaba mi lecho junto al de mis hermanos, y me recogí silenciosamente.

Todos dormían.

Ninguno me había sentido entrar, como ninguno había sentido salir á Margarita.

Sufrí... ¡oh! Dios lo sabe, porque yo ya lo he olvidado; sólo recuerdo que sufrí mucho; pero tuve valor para ahogar dentro de mí mismo mi sufrimiento; le ahogué para que nadie me preguntase, para que nadie supiese por una debilidad mía el secreto de Margarita, que sólo sabíamos la noche y yo... y Dios que lo ve todo.

Al día siguiente...

Figuráos, señor Alonso, una madre que busca á su hija, y no la encuentra; un padre que no se atreve á pensar en su hija para maldecirla, ni puede pensar en su desaparición sin suponerlo todo... suponedme á mí ocultando, disimulando mi dolor, hasta que el dolor de los demás protegió al mío... yo callé... callé... porque su padre no la maldijese, y su padre no la maldijo.

Poco tiempo después, su padre murió... luego su madre, después de cuatro años de viudez: sus hermanas se habían casado, sus hermanos se habían alejado del pueblo... me habían propuesto que los siguiese... pero yo tenía otros proyectos.

—¡Buscar á Margarita!—dijo Alonso del Camino.

—No—dijo con acento severo el padre Aliaga—; buscar á Dios.

—¿Os hicísteis entonces fraile?

—Sí. Os he referido esa sencilla historia, para que sepáis cuáles fueron los motivos que determinaron mi vocación, y cuáles las desgracias que labraron en mí esta fuerza para los sufrimientos, este desdén con que miro las grandezas humanas. Huérfano desde mis primeros años, malogrado mi primer amor, sin que nadie lo hubiera comprendido, ni aun yo mismo hasta que le vi malogrado, pasando seis años de rudas fatigas para obtener mi alimento; combatiendo durante estos seis años de la ausencia de Margarita, mis celos... sí, mis celos... mi amor sin esperanza... mi ansiedad por la ignorada suerte de Margarita... fuí un fruto lentamente madurado para la vida triste y silenciosa del claustro; en el fondo de mi corazón vacío sólo había quedado el nombre de Dios... y tendí mis brazos á Dios... le ofrecí mi vida...

—¿Y no volvísteis á ver á Margarita?

—¡Oh! ¡basta! ¡basta!... os he referido lo antecedente para que comprendáis que mi nombramiento de confesor del rey me causó pena; yo estaba acostumbrado á una vida obscura y silenciosa en el fondo de mi celda; á la contemplación de las cosas divinas, que levantaba mi espíritu de las miserias humanas dándole la paz de los cielos; yo no podía ver sin dolor, que se pretendía arrojarme á un mundo nuevo para mí, y más peligroso cuanto más grande, cuanto más elevado era ese mundo; yo no podía pensar sin estremecerme, en que' se me quería confiar la conciencia de un rey, hacerme partícipe de su inmensa responsabilidad ante Dios... y me negué.

—¡Os negásteis!

—Sí por cierto; pero de nada me sirvió mi negativa. Una nueva orden del rey me mandó presentarme en la corte, y me fué preciso obedecer.

—Pero no comprendo cómo, aislado, obscurecido...

—Cabalmente se quería un fraile obscuro, de pocos alcances, devoto, que estuviese en armonía con la pequeñez, con la devoción exagerada del rey. Don Baltasar de Zúñiga me había conocido por casualidad, había hablado de mí á su sobrino el conde de Olivares y éste al duque de Lerma. Creyóse que en toda la cristiandad no había un fraile más á propósito que yo para dirigir la conciencia del rey, y se me trajo, como quien dice, preso á la corte.

Cuando llegué me espanté.

Vi, á la primera ojeada, que se me había traído para ser cómplice de un crimen.

Del crimen de la suplantación de un rey.

Engañado por mi aspecto el duque de Lerma, creyó habérselas con un frailuco, que por casualidad pertenecía á la orden de Predicadores... creyó que yo sería en sus manos un instrumento ciego... hoy acaso le pesa... hoy tal vez piensa en desasirse de mí á cualquier precio... pero esto importa poco... ellos no habían comprendido cuánta firmeza ha dado el sufrimiento á mi alma; ellos no creían que había en mí tal fuerza de voluntad; al conocerme... porque la debilidad del rey me ha descubierto ante ellos... han probado todos los medios: la ambición... los honores... me han encontrado humilde siempre: han venido á mí con una mitra en la mano, y yo la he rechazado; me han enviado á mi celda ricos dones, y los dones se han ido por donde habían venido: han tentado con todas las tentaciones al frailuco, y el frailuco las ha resistido como San Antonio resistió las del diablo en el yermo. ¿Y sabéis por qué, cansado de esta lucha sorda, no he ido á buscar la obscuridad de mi antigua celda? Porque he contraído el deber de guardar, de proteger una vida preciosa. La vida de la reina.

—¡La vida de la reina!

—Pero don Rodrigo Calderón, está herido ó muerto... si herido, ganaremos tiempo... si muerto, nos hemos salvado.

—Pero creéis...

—Don Rodrigó es capaz de todo...

—¡Regicida!

· —¿Pues no dicen que ha dado hechizos al rey?—replicó· el confesor del rey.

—Os he oído decir mil veces que eso de los hechizos es· una superstición.

—Lo he dicho y lo repito; pero no he dicho nunca que don Rodrigo Calderón, á pesar de su buen, su demasiado· ingenio, no sea supersticioso. Quien se ha atrevido á dar al rey cosas que han alterado su salud, será capaz de envenenar á la reina.

—¡Pero si don Rodrigo Calderón no pasa de ser el humilde secretario del duque de Lerma!...

—Don Rodrigo lo es todo. Sólo tiene un rival... rival que con el tiempo le matará, si don Rodrigo no le mata antes á él.

—¿Y quién es ese rival?

—Don Gaspar de Guzmán, conde de Olivares, caballerizo mayor del rey y sobrino de don Baltasar de Zúñiga, ayo del príncipe don Felipe.

—¡Bah! ¡bah! creo que daremos con todos al traste; con los medios que tenemos...

—Podremos, si nos anticipamos, dar un golpe; pero aunque lo demos, siempre quedará un mal en pie.

—¿Y qué mal es ese?

—El rey.

- ¡Ah!

—Sí, su debilidad: la facilidad con que se plega al dictamen del más audaz que tiene al lado; á falta de Lerma, y de Calderón, y de Olivares, vendrán otros, y otros, y otros.

—Que no serán malos como ellos.

—¿Quién sabe? pero vengamos á lo que conviene. Suspendamos por ahora nuestros trabajos...

—¡Ahora que nos dan un respiro, Dios ó el diablo!

—No seáis impío, señor Alonso; no sucede nada que no· proceda de Dios. Por ahora, dejémoslos á ellos solos. Lerma sin don Rodrigo Calderón es hombre al agua. Uceda y Olivares le atacarán. Lerma, entregado á sí mismo, cometerá de· seguro algún grave desacierto: dejadlos, dejadlos hacer. Informáos de lo que hay de seguro acerca de don Rodrigo Calderón. No olvidéis de comprar la compañía para ese mancebo, y con lo que hubiere venid á verme mañana. Conque, que Dios os dé muy buenas noches.

Y el padre Aliaga se levantó y abrió un balcón.

Aquella era la puerta por donde debía salir Alonso del Camino, y por la que salió descolgándose por el balcón á la huerta del convento.

Apenas había cerrado el balcón el padre Aliaga, cuando se abrió la puerta de la celda, y apareció la cabeza del hermano Pedro.

—Un gentilhombre que viene de palacio—dijo—, quiere hablar con vuestra paternidad.

—¡Un gentilhombre del rey!--dijo el padre Aliaga con sorpresa—; que entre, que entre al momento.

Poco después un joven gentilhombre saludaba al padre Aliaga y le decía entregándole un grueso pliego:

—Del rey.

—¿Y esto es urgente?—dijo el padre Aliaga.

—Urgentísimo.

—¿Y os han encargado algo además?

- Sí por cierto: que vuesa merced se venga conmigo á palacio, para lo cual he traído una litera y algunos tudescos- añadió el gentilhombre.

—¡Cómo! ¡que vaya yo ahora mismo á palacio! ¿pues que, está enfermo su majestad?

—No, señor.

—¡Ah! ¿y quién os envía?

—El mayordomo mayor; pero ese pliego dirá á vuestra paternidad, sin duda, lo que yo no le puedo decir.

—Veamos.

El confesor del rey rompió el sobre: dentro venía una carta del duque de Lerma para el padre Aliaga sumamente afectuosa.

«Mi buen amigo -le decía -, vuestras virtudes merecen que se os honre más que con el empleo de confesor del rey; por lo mismo he aconsejado á su majestad que os nombre iuquisidor general. Temo que vuestra humildad se resista á aceptar esta alta dignidad; pero cuando meditéis que así conviene al servicio de Dios y del rey, estoy seguro que consentiréis; para asegurarme de ello, y porque urge, seguid al portador á palacio, donde os espera, vuestro amigo—, *El duque de Lerma.*»

—¡Inquisidor general! -murmuró el padre Aliaga—; pues bien, acepto: no supieron lo que hacían cuando me nombraron confesor del rey, y no saben ahora lo que hacen nombrándome inquisidor general. ¡Oh! ¡Margarita! ¡Margarita!

Coloreáronse febrilmente las mejillas del fraile, que tomó

su manto, se caló la capucha y salió de la celda, siguiendo
al gentilhombre.

—Esperad, esperad un momento —dijo pasando junto á
una puerta de un corredor.

El gentilhombre esperó.

El padre Aliaga entró en aquella celda.

En ella velaba un religioso.

—Amigo Benítez —le dijo el padre Aliaga : salgo del
convento de orden del rey, y acaso no vuelva tan pronto.

—¿Cómo? ¿os prenden? —dijo el padre Benítez , que era
un religioso anciano.

—No por cierto; pero me hacen inquisidor general.

—¡Inquisidor general! No sé si debo alegrarme ó entristecerme.

—Allá veremos. Entre tanto, .y mientras yo estoy fuera
del convento, quedáos á la mira.

—Descuidad.

—En vos confío.

—Id, id con Dios y nada temáis.

Salió de nuevo el padre Aliaga, atravesó el claustro seguido del gentilhombre, salió del convento, entró en una
litera, y aquella litera rodeada de soldados, tomó el camino
de palacio.

CAPÍTULO XVII

EN QUE EMPIEZA EL SEGUNDO ACTO DE NUESTRO DRAMA

Francisco Martínez Montiño, esto es, *el cocinero de su majestad*, nuestro protagonista, en una palabra, había vuelto
de Navalcarnero al anochecer del día siguiente á la noche
en que había ido á recibir un secreto de la boca de su hermano moribundo.

Montiño se había traído consigo un cofre fuertemente cerrado y sellado, sobre cuya cerradura había un papel.

El receloso cocinero había tenido buen cuidado de envolver aquel cofre en un lienzo para que nadie pudiese reparar
en sus señas particulares; le había hecho subir á su alto
aposento del alcázar, y sin decir á su mujer y á su hija más
palabras que las necesarias para darlas los buenos días, se
había encerrado con el cofre en el aposento cerrado y pol-

voroso que ya conocemos, y en el cual tenía secuestrada,. apartada de la vista de todo extraño, el arca de sus talegos.

Una vez allí Montiño, después de haber descubierto con respeto el cofre que había traido de Navalcarnero, le estuvo contemplando en éxtasis.

No cesaba de leer y releer lo siguiente, que aparecía escrito en el papel que estaba pegado y sellado sobre la cerradura del cofre:

«Yo, Gabriel Pérez, escribano público de la villa de Navalcarnero, doy fe y testimonio de cómo el señor Jerónimo Martínez Montiño, recibió cerrado y sellado, como se encuentra, este cofre.» Seguía la fecha y el signo.

—¿Y qué habrá aquí? ¿qué habrá aquí?—decía el cocinero levantando con trabajo pesado el cofre—. ¿Dinero? no, no, más bien alhajas. El señor duque de Osuna es muy rico, muy poderoso, y tratándose de un hijo suyo... ¿quién había de pensar que aquel muchacho que se me presentaba bajo un traje tan humilde, como el humilde nombre de sobrino mío, había de ser no menos que un Girón, aunque bastardo...?... ¿y pensar que yo, por ignorancia, he estado á punto de malquistarme con él?...

Y Montiño seguía abismándose en su pensamiento y contemplando el cofre, y probando su peso, y queriendo deducir por él el valor de su contenido.

El cocinero mayor sufría el tormento de los avaros.

Pero era necesario salir de su reservado aposento.

Puso cuidadosamente el cofre en un rincón, lo cubrió con un tapiz viejo, y no contento aún, con una estera, y se dió al fin completamente á luz á su mujer y á su hija.

Después se presentó, como de costumbre, en la cocina, y dió sus órdenes para la vianda del día.

Después, y libre ya por algunas horas, tomó su capa y su espada y se fué á Santo Domingo el Real, y oyó misa, y procuró oirla, porque el cocinero mayor no tenía pensamiento más que para el cofre y para el sobrino postizo.

Apenas hubo concluído la misa, cuando tomó á buen paso el camino de la calle de Amaniel.

En aquella calle, en una casa chata y vieja, vivía la señora María Suárez, honrada esposa del escudero Melchor Argote, y honrada amiga del prendero Gabriel Cornejo.

Cuando Montiño llegó, encontró á la señora María fregoteando, como la mujer más hacendosa del mundo, en la cocina.

—Buenos días, buenos días, señora—dijo el cocinero—; ¿y cómo va por acá?

—¡Ah! ¿sois vos, señor Francisco?—dijo la vieja.

Pero describámosla.

Era una mujer como de sesenta años, ó por mejor decir, una pelota con pies, cabeza y brazos: morena, encendida y basta, con la nariz gruesa, los labios gruesos, los ojos pequeños y colorados, el izquierdo bizco, y los escasos cabellos, rubios entrecanos. Vestía un hábito de jerga corto, sobre los hombros un pañuelo de lana azul, y por bajo del vestido que tenía levantado, como acostumbran las mujeres durante ciertas haciendas caseras, se veían dos piernas rechonchas con medias azules, y dos pies redondos y abotargados, metidos dentro de dos zapatos gruesos y de un color indefinible.

El ojo bizco de esta mujer era su único, pero completo rasgo fisonómico-característico; era un verdadero ojo de demonio que lucía como un ascua medio apagada, y que en continua movilidad dejaba ver sucesivamente todas las expresiones de los siete pecados capitales.

Esto en ciertas situaciones especiales, que cuando aquel ojo dormía cubierto por una expresión hipócrita, la señora María tenía el aspecto de la mujer mejor del mundo.

Pero cuando asomó á la puerta de la cocina el cocinero del rey, en cuanto la señora María le vió, el ojo se puso en movimiento y expresó la cólera más concentrada y más vengativa que darse puede.

—¡Buena la habéis hecho!—dijo la señora María bajándose de una silla, á la que se había encaramado para fregar una vidriera, y viniendo hacia el cocinero mayor con un estropajo en la mano—: ¡buena la habéis hecho, señor Francisco!

—¿Pero qué he hecho yo?—exclamó asustado el cocinero, porque le constaba que la señora María no hablaba nunca en balde.

—¿Que qué habéis hecho? ¡nada! ¡absolutamente nada!... ¡pero ello dirá!

—Sepamos.

—¿Tenéis un sobrino?

—Sí, señora, tengo un sobrino.

—¿Y os habéis valido de este sobrino?

—¿Para qué?... vamos á ver... ¿para qué me he valido yo de ese sobrino?...

—¡Pues! para malherir á don Rodrigo Calderón.

—¡Ah! ¡diablo!

—Y ¡ya se ve!... os habéis apropiado los tres mil ducados de la reina.

—Yo...

—Sí, señor... y si no, ¿por qué ha dado de estocadas vuestro sobrino á don Rodrigo Calderón?

—Han sido asuntos suyos...

—Pues mirad, tiene muy malos asuntos vuestro sobrino.

—¡Bah! ¡no tan malos como creéis! Pero en fin, ya que habéis hablado de mi sobrino, por él venía, porque supongo que habrá pasado aquí la noche.

—Aquí la ha pasado, quiero decir, aquí ha pasado la madrugada, porque el galopín Aldaba le trajo á las tres.

—¡Ah! ¿conque ha salido á las tres de palacio mi sobrino?

—¡De palacio!

—¿He dicho de palacio?... eso es... ¿habrá estado en mi casa?... sí, cierto...

—En vuestra casa mientras vois habéis estado fuera, no ha estado nadie más que la justicia...

—Sí, sí; ya me ha dicho mi mujer...

—¿Y no os ha dicho vuestra mujer que haya estado nadie más?

—No por cierto.

—Señor Francisco, los hombres viejos no debían casarse... sobre todo con mujeres jóvenes y bonitas.

—Señora María—exclamó todo bilis y enojo Montiño : sois una bribona...

—Bien, muy bien; ahora los insultos.

—¿Queréis vengaros de mí porque os he echado á perder un buen negocio?...

—Yo no me vengo, no os he dicho nada que merezca la pena de que me tratéis así.

—Habéis querido hacerme sospechar de mi esposa.

—¡Jesús María! ¡vea vuestra merced lo que es ser los hombres maliciosos!

—No es necesario ser malicioso.

—¿Pues yo qué os he dicho?

—Pues eso es lo malo, que no habéis dicho nada.

—He dicho que los hombres viejos no debían casarse teniendo hijas jóvenes y bonitas.

—Habéis dicho mujer.

—He dicho hija.

—Y bien, ¿qué tenéis vos que decir de mi hija?...

—¡Hum! ¡nada! ¡pero haberse estado vuestro sobrino hasta las tres en vuestra casa, y no haber parecido cuando le buscaba la justicia!

—Mi hija no conoce á su primo.

—Pero como tal primo es tan hermoso y tan atrevido... — replicó la señora María.

—Dejemos esta conversación, señora María, que estáis equivocada de medio á medio; mi sobrino no ha estado en mi casa...

—Pues si ha estado èn palacio y no en vuestra casa...

—Ha estado en la casa del rey—dijo una voz á la puerta.

Volvióse todo hosco é incómodo el cocinero y vió al bufón del rey.

El tío Manolillo entró con las manos puestas en las caderas, miró frente á frente al cocinero de su majestad, se le rió en las barbas y se sentó en un taburete de pino.

—Y bien, ¿por qué os reís?—dijo Montiño amostazado, porque hacía mucho tiempo que le causaban ojeriza las bromas del bufón.

—Ríome porque siempre que os veo me da gozo, señor Francisco—dijo el tío Manolillo.

—Es que os estáis gozando conmigo hace muchos días.

—¿Qué queréis? cuando yo veo la felicidad de los demás, me perezco de alegría.

—¿Y qué felicidad veis en mí, amigo bufón?

—¡Bah! ¡vuestra mujer!...

—¡Mi mujer!—exclamó, sintiendo un sacudimiento nervioso el cocinero.

—Ciertamente, vuestra mujer... os ama mucho... mucho... muchísimo... Os ayuda en todo lo que puede.

—¿Sabéis que ya me incomoda el que me habléis tanto de mi mujer?

—Como que estoy enamorado de ella...

—Vos no amáis más que á esa comedianta que os tiene vuelto el juicio...

—Puede ser, porque tratándose del juicio de los hombres, no conozco cosa que tanto se lo vuelva como las mujeres. Pero dejándonos de bromas y ya que hablábamos de vuestro sobrino, ¿cómo ha pasado la noche ese valiente joven, señora María?

—¡Qué! ¿conocéis á mi sobrino, tío Manolillo?

—¡Bah si le conozco! ¿pero no habéis oído, señora María,

ó es que tanto os interesa tener limpias las sartenes, ya que no podéis tener limpia la conciencia?

—No sé para qué los reyes han de tener gordos y ensoberbecidos á estos avechuchos—dijo la vieja.

—Pero el sobrino del señor Francisco... os he preguntado por él tres veces y nada me habéis respondido... y sé que ha pasado aquí la noche...

—La madrugada, diréis.

—En buen hora... ¿y duerme todavía?

—El que se acuesta tarde, no se levanta temprano.

—¿Y decís que conocéis á mi sobrino?—dijo el cocinero.

—Ya se ve que le conozco.

—¿Dónde le habéis visto?

—Anoche en palacio.

—¿Pero en dónde?

—Donde no entran todos.

—¿Estáis seguro de lo que decís?

—Vaya si lo estoy.

—¿Y habéis hablado con él?

—No, pero no importa; sé que anda enamorado y en aventuras.

—¿Y le corresponden?

—Tal creo.

—Tenemos que hablar á solas... no os ofendáis, señora María.

—La señora María no se ofende de otra cosa que de no ganar dineros.

—Yo no puedo ofenderme de lo que me da risa.

—¿Y qué os da risa en esto?

—El secreto que gastáis... como si no supiéramos que en palacio es muy fácil tener amores altos.

—Como es muy difícil que vos dejéis de ser una deslenguada.

—Os advierto, hermano bufón, que si mi esposo os oye, que pudiera ser, os cortará una oreja.

—¡Bah! ¡el escuderete! Pero dejando esto... ¿dónde tiene su aposento el señor Juan Montiño?

—Ved que sale en persona —dijo la vieja señalando una puerta que se abría, y tras la cual apareció el joven.

—¡Ah! ¡mi buen sobrino!—exclamó Montiño corriendo hacia él.

—¿Cuánto pensará ganar con su sobrino el cocinero del rey, cuando tan bien le trata?—dijo para sí el bufón.

—¿Y mi tío Pedro?—dijo el joven con solicitud.

- ¡Tu tío!... ¡tu pobre tío, ha muerto!—contestó apagando su sonrisa y con acento triste Francisco Montiño.

El joven se puso pálido, sus ojos se llenaron de lágrimas, y exclamó bajando tristemente la cabeza:

—¡Cúmplase la voluntad de Dios!

Y luego añadió dominándose:

—¿Y nada os ha dicho para mí?

—Nada; cuando llegué ya había perdido el habla.

—¡Ah! ¡mi buen tío! la carta que me dió para vos era un pretexto para alejarme de sí; para que no lo viese morir.

—No te has engañado, sobrino; no te has engañado... ¿y qué he hecho yo de esa carta? creo que la llevé al pueblo, y que la he dejado olvidada allí. ¿Pero, cómo has pasado la noche?

—Muy bien, tío, muy bien.

—Pues me alegro, me alegro mucho—dijo el tío Manolillo—, porque creo que tenéis demasiado que hacer para no necesitar estar descansado.

—No os conozco, amigo—dijo Montiño.

—Nada tiene de extraño. Yo soy el bufón del rey; pero si no me conocéis á mí, conocéis mucho á un grande amigo mío.

—¿Qué amigo?

—Don Francisco de Quevedo.

—¡Cómo! ¡don Francisco de Quevedo!—dijo el cocinero mayor—¿y está don Francisco en la corte?

- Y algo más que en la corte dijo el tío Manolillo.

—¡Ah, ah! ¿Y conoces tú á don Francisco de Quevedo, sobrino? - añadió el cocinero.

—Estuvo hace dos años en el lugar; iba huído...

—¡Ah!—dijo Francisco Montiño, recordando el pasaje de la carta de su difunto hermano, en que se refería al conocimiento de Juan con Quevedo—. ¡Ah, sí! ¡Es verdad!

—¿Y qué es verdad?—dijo Juan.

—¿Qué ha de ser verdad, sino que hace dos años anduvo huído por unas estocadas don Francisco?

—Pues amigo mío—dijo el bufón—, don Francisco os espera.

—¿Que me espera? ¿Y dónde? Habíamos quedado en vernos en San Felipe.

—Pero urge, urge. Así, pues, os vendréis conmigo.

—¡Sin almorzar!—dijo el cocinero—. ¡Yo que venía con él para que almorzase!

15

—Donde yo le llevo almorzará mejor.

—¿Mejor que en·mi casa?

—Sí, señor; vuestro sobrino, señor Francisco, almorzará hoy mejor que el rey.

—¡Algunas empanadas de hostería de esas que no se digieren!—exclamó Montiño con desprecio y picado en su calidad de cocinero.   án-

—¡Yo daré de almorzar á vuestro sobrino pechugas de geles!

—¡Ah, ah!... ¡vos tenéis á vuestra disposicion pechugas de ángeles!... Pero es el caso que yo necesito á mi sobrino, aunque sólo puedo darle pechugas de ánade.

—No son malas, señor Francisco, no son malas; guardadme una para más tarde; pero yo ahora me llevo conmigo al señor Juan Montiño. Como que le espera nada menos que don Francisco de Quevedo, y para asuntos muy importantes.

—¡Oh! pues si don Francisco de Quevedo me espera, tío, necesario será que vaya.

—Iremos todos—dijo el cocinero.

—No puede ser—replicó el bufón –: quedáos en buen hora siguiendo vuestra disputa con la señora María. En cuanto á mí, vuestro sobrino me llevo.

—¿Y dónde para don Francisco?

—En una casa y en una cama.

—Pues quedo enterado—dijo el señor Francisco.

—¡Cómo! ¿Ha pasado algún mal accidente á don Francisco?—dijo con cuidado Montiño.

—Cosa mala nunca muere—dijo desapaciblemente la vieja.

—Por eso no habéis muerto vos, aunque sois vieja del alma y del cuerpo –dijo el tío Manolillo —; pero vamos, señor Juan, y que no se diga que cuesta más trabajo sacaros de aquí que si se tratase de sacar una monja de un convento.

—No; no ciertamente—dijo el joven—; perdonad, tío, pero cuando don Francisco me llama con tanta urgencia, asunto debe ser importante; en cuanto concluya iré á buscaros á palacio.

—Ve, sobrino, ve—dijo el cocinero· ; ya sabes que yo no me meto en tus asuntos; pero mira dónde pones los pies, hijo mío, porque la corte se ha puesto para ti un poco resbaladiza.

—¿Nos veremos en la calle? – dijo el bufón—. Venid, que

el tiempo urge, y vos, compadre, dejadnos por Jesús Nazareno, y vamos, y no se hable más, que en decir y replicar llevamos una hora. Conque hasta después; muchas expresiones al señor Cornejo, señora María, y al señor escudero que se compre un peine fuerte; hasta más ver... ¡Gracias á Dios que estamos en la calle!

Y el tío Manolillo, sin detenerse á escuchar la agria réplica de la señora María, sacó á remolque á Juan.

—¿Conque tan hombre sois?—le dijo el bufón.

—Según—dijo Juan—; no sé por qué me hacéis esa pregunta.

—¡Afortunado y reservadillo! haréis fortuna en la corte, joven.

—Me alegraré.

—¡Ah, ah!—conozco á muy pocos que hayan entrado en palacio con tan buen pie.

Miró profundamente Montiño al tío Manolillo.

—Vuestro amigo don Francisco—dijo el bufón contestando á aquella mirada—me llama el mochuelo del alcázar.

—Os juro que no os entiendo.

—¡Bah! ¿Y cómo os va de vuestros amores?

—¿De mis amores?

—¡Qué! ¿No estáis enamorado?

—¡Yo!

—Mirad que doña Clara Soldevilla es demasiado persona para que se la engañe.

—¡Doña Clara! ¡Oh, doña Clara! ¿La conocéis?

—¡Vaya! ¡Pues medrados estaríamos si el tío Manolillo, el loco del rey, no conociese hasta las arañas del alcázar! Conozco á mi señora doña Clara desde que era así, tamañita.

—¿Y qué se dice de esa dama en el alcázar?

—¿Qué se ha de decir? La llaman la menina de nieve.

—¿Por lo blanca?

—Bien pudieran; pero es por lo fría.

—¡Fría, y tiene dos ojos que abrasan!

—Pues ahí veréis. Nadie ha podido hacer que esos ojos le miren enamorados. ¡Como no seáis vos!...

—¡Yo!

—¿Y qué tendría eso de extraño?

—Os aseguro que...

—Lo creo; doña Clara es dura como una roca.

—Pero yo no pienso...

—¡Vos!... ¡bah!... Vos sois capaz de saltar por esa dama

por cima de la torre de Santa Cruz; y si yo fuera otro, lo sería también... y sois vos solo...

—¡Cómo!

—El primero que salta por doña Clara es...

—¿Quién? ·

—Un personaje muy alto...

—Acabad.

—Don Felipe.

—¿Don Felipe de qué?

—Don Felipe de Austria, mi buen amigo, mi entretenimiento, mi loco.

—¡Ah! ¡El rey!

—No os pongáis pálido, amigo mío, no os pongáis pálido; doña Clara hace tanto caso del rey como de mí.

—¡Pero decís que hay otros!...

— No hay ninguno; es decir, ninguno ha logrado hacerse amar de doña Clara... á no ser que vos...

—¿Yo?

—Seamos francos; ¿cuánto daríais vos por encontrar una persona que os sirviese de puente para con esa dama? ¿Por dos ojos que viesen más que los vuestros?

—¿Me hacéis una proposición?

··Me intereso por vos.

— ¿Y qué clase de interés es el vuestro?

--- Yo... os serviré... pero me habéis de pagar.

—Contad con mi bolsillo.

—Os perdono, porque los enamorados están locos... Vos me pagaréis, pero no me pagaréis en dinero... Llegará un día en que yo os diga: os he servido; servidme.

—Os serviré como me hayáis servido á mí.

— No hablemos más; estamos cerca de la casa donde para nuestro amigo don Francisco.

Entraban á la sazón en la calle Ancha de San Bernardo. Al poco trecho, el bufón llegó á una puerta, tiró de un cordel y la puerta se abrió; siguióle Juan Montiño, el bufón cerró la puerta y subió por unas escaleras, seguido del joven, á un hermoso recibimiento, y de allí á una sala ricamente alhajada.

Sobre los sillones había algunos trajes relumbrantes, á todas luces trajes de teatro, y sobre una mesa joyas en desorden y botes de perfumes.

En la sala no había nadie; pero saliendo de una alcoba se escuchaba una voz vibrante y acentuada que al parecer leía, y de tiempo en tiempo una voz juvenil y fresca, incitante voz de mujer, que se reía de la mejor gana del mundo.

El bufón adelantó y levantó una de las cortinas bordadas que cubrían la puerta de la alcoba.

En un magnífico lecho, que por muchas señales demostraba ser un lecho de mujer, y de mujer galante, hundido en los colchones, medio sepultado en las almohadas, revuelta la cabellera, caladas las antiparras, sosteniendo un libro en folio, leía Quevedo.

A los pies del lecho, indolentemente envuelta en una especie de bata de color de rosa con encajes, mal cogidas las anchas trenzas negras, extendidos los pies, que calzaban unos chapines de tafilete blanco, apoyado un brazo en otro brazo del sillón, y sobre la mano uno de esos semblantes en que no se sabe qué admirar más, si la fuerza de la juventud, la fuerza de la hermosura ó la fuerza de la expresión, había una mujer como de veinticuatro años, sonriente, alegre, escuchando con delicia á Quevedo, que leía uno de los mejores capítulos del *Ingenioso Hidalgo Don Quijote de la Mancha.*

Quevedo al leer no se reía; su acento al leer era el de un profundo crítico, que aprecia cada uno de los detalles, cada uno de los pensamientos, cada una de las bellezas, y las determina, las anota, por decirlo así, con la inflexión del acento, con la acentuación particular de la palabra; que admira y que acaso envidia, y que toma la lectura por lo serio.

Cervantes, leído por Quevedo, ganaba; el chiste se hacía irresistible; la joven se reía con toda su alma.

Se nos olvidaba decir que la joven tenía en la mano derecha, abandonada sobre la falda, un cuaderno de papel en que se veían escritos versos.

A la cabeza de aquellos versos se leía:

«Doña Estrella en la Estrella de Sevilla».—Dorotea.

Aquel era un papel de una de las mejores comedias de Lope de yega.

La que le tenía en la mano, era sin disputa una comedianta.

El papel revela su nombre.

Era Dorotea.

La querida pública del duque de Lerma.

La amante particular de don Rodrigo Calderón.

La mujer que tenía con el tío Manolillo unas relaciones, un punto de contacto que nadie podía calificar.

Quevedo, Cervantes y Lope de Vega, estaban allí; los dos en representación, el uno en persona, haciendo brillar el uno de los representados á Cervantes y cautivando en favor de éste la atención de Dorotea en daño del otro representado, de Lope de Vega.

—Yo os daba durmiendo · dijo el tío Manolillo—y á ti estudiando, holgazana—añadió dirigiéndose á la joven.

—Gracias á mi buen Miguel que me he encontrado por ahí, no duermo, ni Dorotea estudia. Cuando habla Cervantes es necesario no vivir sino para escucharle. ¡Qué ingenio! se entiende, cuando no se trata del Pérsiles. Parece mentira que el tan discreto... pero vamos al asunto, y perdone mi buen amigo—añadió Quevedo cerrando el libro y dejándolo sobre la cama—, ¿traéis con vos á ese sujeto?

—Tráigole por los cabezones.

—¿Cómo tal? ¿por los cabezones venís cuando yo os llamo, amigo Juan? Entrad, entrad, amigo mío, la dueña de la casa es una moza demasiado valiente para asustarse, porque vos entréis en su alcoba.

—Decís bien, y tanto más, cuanto me habéis curado de espanto apoderándoos de mi lecho; ¿qué pensarían de mí, si las gentes os vieran?

—Que estoy cansado. ¿Pero qué hacéis que no entráis, amigo Juan?

—Entrad, entrad, caballero—dijo Dorotea levantándose—; esta casa es muy vuestra.

Y levantó la otra cortina que el bufón no había levantado.

Al ver á Dorotea Juan Montiño, y al ver á éste Dorotea, sucedió una cosa singular: los dos retrocedieron, los dos cambiaron de expresión. La sonrisa que vagaba en los labios de Dorotea se borró; en el semblante de Juan Montiño apareció una expresión de sorpresa, pero no más que de sorpresa.

No esperaba ver una mujer tan hermosa.

Le había dado de repente en los ojos un relámpago de hermosura.

El bufón y Quevedo habían reparado esta circunstancia: la repentina y significativa seriedad de Dorotea y el asombro de Juan Montiño.

—¡Ah!—dijo el bufón.

—¡Oh!—dijo Quevedo.

—Pasad, caballero, pasad—dijo Dorotea ya perfectamente serena.

Juan Montiño entró en la alcoba, enteramente repuesto ya de su sorpresa.

—¿En qué nido le habéis encontrado, amigo Manolillo?—dijo Quevedo.

En el nido de una corneja.

—¿Y dónde tiene esa corneja su nido?

—Es la manceba vieja de un tal Cornejo, galeote huído que anda haciendo milagros en la corte.

—¡Ah! ¡Un ensalmador de condenados, reparador de injurias y falsificador de doncellas! Conozco al tal.

—¡Pero vos conocéis á todo el mundo, don Francisco—dijo Dorotea.

—Conócenme á mí todos; no es mía la culpa; el que en enredos anda, enrédase.

—Yo creo haber oído hablar de ese Cornejo—dijo Dorotea.

—¿Ha graznado á vuestra oreja? pues mal agüero, hija; si supiera esto su excelencia, juntamente con que yo...

—Vos os tomáis licencia para todo; en cuanto á ese Cornejo, conózcole por haberme hablado de él mis compañeras.

—Señor Juan Montiño—dijo Quevedo con voz campanuda—: necesito hablar con vos á solas.

—Muchas gracias por la manera de echarnos, don Francisco—dijo Dorotea.

—Lope de Vega os espera; esta tarde á las dos debéis aparecer estrella; procurad que no os nublen los del patio... debéis, pues, agradecerme que no os distraiga. Paréceme que estaréis aquí mejor que en palacio, tío Manolillo.

—Buenas noches, don Francisco, buenas noches y hasta que despertéis.

—Os engañáis, hermano; aún no me duermo, ni llamo al amigo Juan para que me traiga el sueño... heme echado por descansar un poco, pero ya empiezan mis tareas cortesanas: el no dormir y el no parar. ¿Y vos habéis descansado?—dijo Quevedo dirigiéndose á Montiño, y prescindiendo enteramente del bufón, que salió y se sentó en la sala frente á Dorotea, que se había puesto á estudiar su papel junto á una ventana.

—No he podido dormir, Quevedo—dijo el joven.

—Dichosa edad en que el amor desvela; ¿y no ha tenido parte en vuestro desvelo el lance de anoche?

—¿Cuál de ellos?

Quevedo marcó con el brazo una estocada.

—¡Ah! ¡no!

—Pues sabed que Lerma lo sabe.

—Me importa poco.

—Que os pueden encerrar.

—Me importa menos.

—Que os puede suceder algo que negro sea.

—Sucédame en buena hora.

—No negáis la pinta.

—¿Qué pinta?

—La de vuestro padre.

—Creo que mi padre hubiera tenido en estas circunstancias tan poco cuidado como yo.

—Créelo sin dificultad y me alegro de que os parezcáis á vuestro padre. Sólo por eso os había llamado: estaba cuidadoso por vos. Y decidme, ¿si no habéis dormido, tendrá la culpa doña Clara Soldevilla?

—¡Cómo! ¡pues qué! ¿Sabéis...?

—Yo lo sé todo.

—Tenéis sin duda un diablo familiar.

—Puede ser. ¿Y los amores os han quitado el apetito?

—No por cierto.

—¿No? pues me alegro; ni yo tampoco. ¡Dorotea! ¡amiga Dorotea!

—Decid á vuestra negra que nos dé de almorzar.

—Almorzaremos todos juntos—dijo Dorotea.

—Que me place: almorzarán juntos el amor y las musas, una ninfa y un sátiro. ¿Y tenéis buena despensa? supóngolo.

—¡Ah! me cuidan como una reina.

—Créolo; como creo que agradecéis como una reina los cuidados. Perdonad, amigo Juan, si me dejo ver de vos desencuadernado—dijo Quevedo saltando del lecho en paños menores—; hacedme la merced de echar esas cortinas, no se escandalice Dorotea.

—¿Os levantáis?—dijo la comedianta—: me alegro, voy á mandar sahumar la alcoba.

—Pues dudo mucho...

—¿Que?...

—Que haya sahumerio que la quite su olor: si yo no tuviera la cabeza tan fuerte, trastornado saldría y entontecido. Huele aquí...

—A hermosura...

—Bien, lo creo.

—Y de hoy en adelante olerá á ingenio...

—¿Por qué, pues, sahumais?...

—Pudiera pegársele á don Francisco...

—¡Ah! ¡su excelencia! Créolo libre de tal contagio...

—Dios le ayude.

—Ya le ayudáis vos...

—Pues yo creía que le desayudaba...

—Sois ún oro...

—¿Os habéis vestido ya?

—Atácome las calzas...

—Voy á preparar el almuerzo.

—¿Quién es esta mujer? dijo Montiño.

—No lo sé - dijo Quevedo encajándose los gregüescos.

—¿Qué, no lo sabéis, y os metéis en su casa como en una posada, y la tratáis con una lisura que mete miedo?

—Tratándose de esta mujer, cuanto más miro menos veo. No se lo digáis á nadie, p ue no me gusta pasar por torpe: pero no la leo... no la adivino. Hacedla el amor.

—¿Yo?...

—Es hermosa.

—Pero descarada.

—Por las descaradas se conoce á las enmascaradas; un amante ve lo que no ven los demás, y nos conviene ver á esta mujer.

—Enamoradla.

—Ya lo he hecho.

—¿Y no habéis podido leerla?

—No, porque no se ha enamorado de mí

—¿Y queréis que yo embista con una mujer que os ha rechazado?—replicó Montiño.

—Habéis sorprendido á esta mujer.

—¡Yo!

—Se ha puesto pálida al veros.

—Perdonad, á mí también me sorprendió...

—Mejor: ella ha reparado en vuestra sorpresa y espera.

—Perdonad, pero la sorpresa pasó.

—Créolo: pero os repito que los amores de esta mujer interesan...

—¿A quién?

—A la reina.

—¡Ah!

—Además, no sabe aún lo de don Rodrigo. Procurad que cuando lo sepa le importe poco.

—No comprendo lo que me queréis decir con lo de don Rodrigo...

—La Dorotea cobra del duque de Lerma, y da á don Rodrigo Calderón.

—¡Ah!

—Os aseguro que si en el almuerzo ganáis terreno, cuando le llegue la noticia, que no deberá tardar, la importará poco lo sucedido...

—Pero... un triunfo tan rápido...

—Así se triunfa de estas mujeres... ó á primera vista ó nunca.

—Me repugna...

—Sois mal galán de capa y espada... no servís para una comedia.

—Lo confieso.

—¿No me habéis recibido por maestro?

—Sí.

—Pues obedecedme.

—Bien quisiera, pero tengo el corazón lleno.

—¡Alma de niño! ¡majadero incorregible! doña Clara Soldevilla es el corazón, esta mujer la cabeza.

—¡Ah!

—¿Me habéis comprendido?

—¿Pero tan importante es esta mujer?

—No lo sé, pero pudiera serlo.

—La enamoraré.

—¡Callad! ó más bien... ¿y qué tal, qué tal os fué el último año en Alcalá?

Dorotea acababa de entrar en la sala.

—¡Cómo! ¿este caballero es estudiante?—dijo dejando sobre una mesa dos botellas.

—Y de teología—dijo Quevedo.

—¡Estudiáis para clérigo! —dijo haciendo un mohín de repugnancia la comedianta, á tiempo que salía Montiño de la alcoba.

—Ha ahorcado los hábitos —dijo Quevedo saliendo tras Montiño.

—¡Ah! he ahí una justicia que me agrada; y eso que no puedo ver á un ahorcado sin tener malos sueños.

—¿Y qué diablos hacéis ahí, hijo Manolillo, doblado y redoblado? —dijo Quevedo.

—¡Ah!—exclamó el bufón, como un hombre que despierta—; pensaba.

Quevedo.

—¿Y qué pensábais?

—¡Qué sé yo! era uno de esos pensamientos, que piensan en nosotros.

—Metafísico estáis.

—Y que nosotros no pensamos en ellos.

—Continuad.

—Que se vienen... y que se van...

—Una idea eterna...

—Eso es...

—Un combate...

—No, un tirano...

—Téngoos lástima...

—¡Ah!

—El tío Manolillo tiene unas cosas muy singulares—dijo Dorotea.

—¡Me voy!—exclamó el tío Manolillo.

—¿Y no almorzaréis con nosotros?

—El loco llama al loco; es la hora de levantarse el rey. Adiós.

Y el tío Manolillo salió sombrío y cabizbajo; se le oyó bajar violentamente las escaleras y salió.

—No entiendo vuestro conocimiento con mi buen amigo —dijo Quevedo.

— Ni yo—exclamó Dorotea.

—¡Y os ama!

—¿Pero cómo me ama?...

—Sabréislo vos.

—Pues no lo sé; pero aquí viene el almuerzo, señores: sentiré trataros mal; vosotros tendréis la culpa; doy lo que tengo.

—¡Y como tenéis un cielo!...

—¡Bah, don Francisco! cuando me requebráis, no sé si debo ofenderme, ó...

—¿Es esta negra vuestra cocinera?

—Sí por cierto...—dijo un tanto resentida Dorotea del cambio de conversación de Quevedo.

—Y bien, carbón viviente, ¿qué nos das de almorzar?

La negra, que traía una mesa ayudada por un lacayuelo, contestó sobre la pregunta de Quevedo:

—Vuesamercedes almorzarán salmón fresco, pollas asadas, pastelones negros, pichones ensopados, tortas de dama...

—Basta, basta, y aun diré que sobra, aunque tengo un apetito de gigante encantado.

—Pues sentémonos -dijo Dorotea—; ¿y vos, tenéis también apetito?...

—Está enamorado...

—¡Ah!—dijo con cierto disgusto la Dorotea.

—Enamorado de vos.

—¡De mí!--exclamó riendo la comedianta.

—¡Cosas de Quevedo!—dijo Montiño terriblemente contrariado.

—No, no por cierto... cosas de Dorotea.

—¡Cosas mías!

— Ciertamente, porque vuestras cosas son las que han quitado el apetito de todas las cosas al señor Juan Montiño.

— ¡Ah! ¿os llamáis Montiño?

—Es sobrino del cocinero mayor del rey.

—¡Oh! ¡Dios mío! ¡os va á parecer detestable mi almuerzo!

— El rey no almuerza tan bien como vos, ni con tan buen servicio... apuesto á que esta plata ha venido en derechura para vos del Potosí...

—Ved ahí que me importa poco el lugar de donde haya venido.

—Debe importaros mucho más el lugar en donde ha parado.

— Sabe Dios si para.

—Mejor, porque será río si corre.

—Me voy cansando...

— Decís bien, debéis descansar... aunque no sois vieja.

—Trabajo siempre para el público...

—Decís bien... debéis trabajar para menos gente... ya quise que trabajáseis para mí... con el corazón; pero vuestro corazón anduvo reacio.

—Punzáis, don Francisco.

—¿Ortiga me hacéis? desgraciado ando.

—No lo andáis mucho, cuando os veis en la corte.

—Pues mirad: no quisiera ser cortesano.

—Sóislo muy poco... y en prueba de ello cuando no estáis preso...

—Me buscan... decís bien... y ahora me acuerdo... sois mi olvido de todo... ¿y de qué me había olvidado?... figuráos que anoche anduve cómplice en unas estocadas.

—¡Apenas llegado!

—Es mi sino. Pero como estoy ya cansado de que me echen el guante, trato de echar un guante de oro al escribano para que se le entorpezcan los dedos... y me urge... y me duele dejar á medio roer este pichón... pero os dejo...

—¿Os vais?—dijo Montiño poniéndose de pie.

—¡Oh! ¡no! vos no tenéis nada que ver con la justicia—dijo Dorotea—: almorzad al menos, caballero... si no es ya que os sepa mi almuerzo mal.

—Creo que jamás ha almorzado tan á gusto el señor Montiño, y se quedará, debe quedarse—añadió Quevedo cargando su acentuación de una manera perfectamente inteligible para Montiño.

—Temería abusar...

—¡Oh! ¿qué es abusar?... por el contrario, no sabría á qué atribuir...

—Pues me quedo—dijo Montiño con voz insegura.

—Pues quedáos—exclamó Quevedo—. Os suplico que no os vayáis...

—Pero si tardareis...

—En ninguna parte pudiérais sentir menos la espera. ¡Ah! las diez... conque hasta las doce. Quede con vosotros Dios.

Y Quevedo salió.

Toda esta escena, á resar de que había sido un poco picante, había pasado delante de la negra y del lacayuelo.

—Servidnos los postres y marcháos á almorzar—dijo Dorotea apenas salió Quevedo.

Montiño y la comedianta quedaron al fin solos.

—Tenéis un amigo muy regocijado—dijo Dorotea...

—¡Oh! ¡sí!—contestó el joven, que aunque no era novicio, sentía remordimientos por aquella especie de infidelidad que hacía á su dama, y estaba contrariado.

—Si no fuese por su lengua...—añadió Dorotea.

—¡Oh! ¡sí!—respondió Montiño.

—¿Pero no coméis?—dijo la joven, que empezaba á sentirse preocupada.

—Perdonad, señora, pero...

—¿Pero qué?...

Montiño alzó los ojos, y su mirada se encontró con la mirada negra y resplandeciente de la Dorotea.

Por culpa de la situación, aquellas dos miradas fueron terriblemente criminales, y la Dorotea se puso encarnada, no de rubor, sino de despecho, porque había conocido todo el valor aparente de su mirada.

Lo mismo y por la misma razón aconteció á Montiño.

—Vamos, esto es una tontería—dijo la Dorotea, sin pretender cubrir lo que no podía cubrirse.— Quevedo tiene la culpa.

—Yo creo, señora, que nadie tiene la culpa de nada.

—Bebed—dijo la joven llenando una copa de vino.

—Bebed primero vos...

—La Dorotea llenó su copa.

—No: bebed en ésta, ó bebamos la mitad de la nuestra cada uno; cambiamos.

—¿Sabéis lo que estáis haciendo?—dijo con seriedad la Dorotea.

—¿Os ofende?

—Me estáis enamorando.

—¿Y hago mal suponiendo que eso sea?

—Eso lo sabréis vos.

—¡Cómo! ¿que yo sabré si hago mal en enamoraros?

—Sí, porque vos sabréis con cuánta lealtad, con cuánta razón podéis enamorar á una mujer á quien hace media hora que conocéis.

—La soledad tiene la culpa...

—Llamaré compañía...

—No; más bien si os desagrada mi atrevimiento, me iré yo.

- Don Francisco vendrá á buscaros...

—Pues no encuentro medio...

—Sí; dejar esta conversación.

—Dejémosla.

—Hablemos de otra cosa.

Pero ninguno de los dos habló.

Bebieron en silencio sus copas.

Pasaron algún tiempo callando.

Dorotea miró involuntariamente á Montiño.

En aquel momento Montiño miró á la comedianta.

Esta doble mirada fué más elocuente, más intensa que la anterior.

Dorotea y Montiño se turbaron mucho más.

Pero por aquella vez, Dorotea no se irritó.

Por el contrario, soltó una alegre carcajada, y dijo:

—¿Quién diablos os ha traído aquí?

Y llenó la copa, bebió la mitad, y ofreció la copa á Montiño.

Montiño la tomó y buscó el sitio donde había puesto sus labios la joven.

—Habladme con franqueza — dijo la Dorotea —; ¿qué habéis visto en mí...?

Y se detuvo.

—He visto en vos, señora... ¡la verdad es que no he visto nada fuera de vuestra hermosura, que es divina!

—Pero... mi hermosura sola no hubiera causado en vos... en fin, no hablemos más de esto... os recibo por mi amigo .. conozco que os apreciaré... os apreció ya, no sé por qué... sobre todo, no me gusta una guerra fatigosa, un galanteo que á nada conduciría, porque es una locura.

—Seamos, pues, amigos; prefiero vuestra amistad á vuestro amor.

—¡Mi amor! ¿sabéis si yo he amado alguna vez? ¿sabéis si puedo amar?

—Todos hemos nacido...

—He aquí una cosa indudable.

—Para amar...

—Eso no es tan claro.

—Si no habéis amado, amaréis.

—¿Habéis amado vos?

—Sí, y mucho—dijo Montiño suspirando por doña Clara de Soldevilla.

—¿Y amáis...?

—¡Si amo! ¡si amo! ¡con toda mi alma!—exclamó el joven refiriéndose siempre á doña Clara.

La Dorotea, sin darse á sí misma la razón, se inmutó profundamente y dejó ver claro su disgusto en su semblante.

Acaso aquello era amor propio.

Acaso una sensación involuntaria.

Montiño notó aquella conmoción, la tradujo por amor propio á su favor, y acordándose de que Quevedo le había dicho:—Importa á la reina acaso, el que volváis loca á esa mujer—y comprendiendo que el servir á la reina, el sacrificarse por ella, era la mejor seducción que podía emplear para con doña Clara, se decidió á tomar á la comedianta por instrumento, y á destruir el mal efecto que le habían causado sus últimas palabras.

—Sí—repitió con acento apasionado—, amo á una diosa humana, con toda mi alma, con todo mi corazón... y esa divinidad... ¡sois vos!

—¡Yo! ¡imposible!

—Recordad que me turbé al veros.

—Eso nada prueba.

—Prueba que me habéis matado.

16

—Pero... caballero...—dijo pálida y grave la Dorotea—, creo que me tomáis por entretenimiento.

—¿Me ofendéis...?

—Porque temo ser ofendida.

—¿Qué encontráis de extraño...?

—No sé... porque, como, lo repito, no he amado nunca, no sé si es posible que se ame así como vos decís, tan pronto.

—¿Cuánto tiempo tarda en arder la leña seca?

—¡Ah!

—El tiempo que tarda en acercarse á ella el fuego.

—Pero la llama dura poco...

—Pero cuando acaba ha consumido la leña.

—¿Y vos sois... leña seca...? yo os creía leña verde.

—Os engañáis. En las universidades se empieza á vivir muy pronto, y se vive muy de prisa.

—¡Ah! ¡los estudiantes! ¡dicen que los estudiantes son muy embusteros!

—No sé qué puedan diferenciarse en esto de los otros hombres.

—Tenéis razón; pero tienen también una fama tal los estudiantes...

--Injusticias, envidias... además, si fuí estudiante, ya no lo soy.

—¿Pues qué sois ahora?

—Pretendiente.

—¿Y qué pretendéis?

—Una compañía.

—¿Compañía de qué?...

—¿De qué ha de ser?...

—Hay muchas compañías... la de Jesús, las de comediantes, las de los mercaderes...

—La que yo quiero es una compañía de soldados.

—¿Y habéis hablado á alguien?

—La tengo casi ciertamente...

—¡Ah! ¡es verdad! ¡sois sobrino del cocinero de su majestad!

—¿Y creéis que mi tío puede?...

—Si Francisco Martínez Montiño se empeña, seréis... no digo yo capitán... sino cuartel-maestre, general... vuestro tío, además de tener muchos doblones, tiene mucho influjo.

—Me alegro de saberlo—dijo para sí el joven.

—Capitán—dijo la Dorotea...—¿y os iréis á Italia ó á Flandes?...

—Me quedaré en Madrid; á más de capitán, quiero serlo de la guardia española.

—Lo seréis, porque á más de vuestro tío os ayudaré yo.

—¡Vos!

—Sí, yo... ¿pues no sabe todo el mundo que soy la querida del duque de Lerma, y que su excelencia me quiere tanto, que hace todo lo que yo quiero?

—Temería abusar de vos.

—¡Bah! yo debo agradeceros el que me hayáis mirado tan bien.

—Mejor os agradecería el que no me miráseis mal.

—¿Y por qué? no tengo motivo... os aprecio...

—Más quiero...

—¿Más que apreciaros?

—¡Amadme!

—Echad un memorial á Cupido...

—Vos sois Venus, y le mandáis.

—Ya sabéis que Cupido es un bribonzuelo, que no respeta ni aun á su madre.

—Casi creo que tenéis razón.

—¿Por qué?...

—Porque creo que el rapazuelo me ayuda.

—Son muy presumidos estos estudiantes. .

—Capitán, señora, capitán.

—Pues peor; la gente de guerra cree que las mujeres se toman como las murallas, al asalto... mudemos de conversación...

—Mudemos...

—¿Hace mucho tiempo que habéis venido á Madrid?— dijo la Dorotea, procurando mostrarse completamente olvidada de la conversación anterior.

—Vine ayer.

—¡Ayer!

—Sí, señora, ayer por la tarde.

—¿Y no habéis estado otra vez en Madrid?

—Nunca, señora.

—Es decir...

—¿Qué?...

—No recuerdo lo que os iba á decir.

—¿Queréis que os diga una cosa?...

—Decidla.

—Creo que tenéis más memoria cuando habláis de amor.

—¿Volvemos?

—¡Ah, señora! no recuerdo haber visto en mi vida unos ojos que de tal modo me acaricien el alma.

—¡Cómo! ¡pues qué!... ¡mis ojos'...

—Me están diciendo...

—Mienten... mienten mis ojos... vamos... será necesario que nos separemos.

—¿Sabéis que es muy dichoso don Rodrigo Calderón?

La comedianta hizo un gesto indefinible, mezcla de disgusto y de desdén á un tiempo.

—No me nombréis ese hombre—dijo.

—¡Bah! ¿pues no le amáis?

La Dorotea fijó una mirada dilatada, inocente, dolorosa, enamorada á un tiempo en Juan Montiño; extendió hacia él un magnífico y mórbido brazo, y estrechando una mano del joven, le dijo:

—Os suplico que me dejéis sola; yo os disculparé con don Francisco.

—¡Qué! ¿tanto os enoja que yo continúe á vuestro lado?

—No, no me enoja; pero... me siento mal; estoy turbada, ¿no lo véis? estoy avergonzada.

—¡Avergonzada! ¿y por qué?

—¡Porque soy una mujer perdida!—dijo la Dorotea—, y se cubrió el rostro con las manos.

—¿Pero quién ha dicho eso?—replicó Montiño acercándose á ella y apartándole suavemente las manos de sobre el rostro.

—Lo digo yo.

—Pues decís mal, señora; yo os creo una mujer virgen.

—¡Ah, explicadme... explicadme eso!

—La explicación es muy sencilla: vos misma, recuerdo que hace poco lo decíais, vos misma habéis confesado que no habéis amado nunca.

—¿Y lo creéis?

—Lo creo.

—¿Y no teméis engañaros?

—No.

—¿Pero qué razones, qué pruebas tenéis?...

—Voy á hablaros con el alma, sin embozar mis palabras: cuando yo os vi, me mirásteis como miran las cortesanas...

—¡Ah!

—Pero apenas me vísteis, bajásteis los ojos como una niña que recibe la primera revelación de amor en la mirada de un hombre; os pusísteis seria y grave.

—¡Ah, ah! ¿y creéis—dijo con acento ardiente Dorotea—, creéis que os habéis entrado en mi alma en el momento en que os he visto?

A aquella pregunta de Dorotea, pregunta hecha con sinceridad, con candor, con anhelo, Montiño sintió una especie de vértigo. Dorotea se había transfigurado; su alma, un alma entusiasta, enamorada, noble, se exhalaba de su mirada, de la expresión de su semblante, de su boca trémula, de su acento cobarde, ardiente, opaco.

Pero Montiño estaba prevenido; el involuntario poder de fascinación de la comedianta, luchaba con el amor intenso, voluntarioso, tenaz, que Montiño sentía por doña Clara, y el joven vaciló un momento, pero se rehizo y se mantuvo firme, como un buen justador después de un tremendo bote de lanza recibido en el escudo.

—Yo no me atrevería á decir—contestó Montiño—si yo me he entrado en vuestra alma ó no, señora; pero os puedo asegurar que vos os habéis entrado en la mía.

—Pero esto es una locura—dijo la Dorotea como quien pretende despertar de un sueño—; una locura á que no debemos dar vuelo: vamos, esto no puede ser.

—¿Que no puede ser? ¿y por qué? ¿tanto amáis á don Rodrigo? ¿tanto os importa Lerma?

—Mirad—dijo Dorotea inclinándose hacia Montiño y fijando en él sus grandes ojos—; el duque me importa lo mismo que esto—y tomó un pedazo de pan y le desmigajó de una manera nerviosa—. Cuando tenía hambre... deseé brillar por mi aparato, por mis trajes, por mis alhajas, le acepté con hambre... hoy... hoy me importa muy poco el duque.

—¡No le necesitáis ya!

—No necesito alhajas ni brocados.

—¿Los tenéis?

—Jamás se tienen, porque hoy se lleva uno y mañana otro. No es eso...

—¿Pues qué es?...

—Dejadme hablar; me habéis nombrado á don Rodrigo... don Rodrigo me da hastío, como eso.

Y señaló una copa que estaba llena de vino.

—Y sin embargo, si digo que esta desdichada conversación de amores en que sin saber cómo nos hemos metido es una locura, no es por el duque ni por don Rodrigo, sino por vos.

—¿Por mí?...

—He dicho mal; he debido decir por mi suerte.

—Explicáos, porque no os entiendo bien.

—Yo no puedo ya amar.

—El amor viene sin que le llamen, y no se va aunque le echen.

—¡Oh! no me digáis eso... porque sería muy desdichada... dejemos, dejemos más bien este asunto... soy franca con vos; estoy aturdida; ¿queréis que os cante la canción que he estudiado para esta tarde? seréis el primero que la oiga... lo que no es poco favor— añadió sonriéndose—; así nos distraeremos los dos... vaya... ¡si esto parece una brujería!

Y Dorotea se levantó, tomó un arquilaúd que estaba sobre un sillon, se sentó junto á la ventana, templó el instrumento, preludió con maestría algunos instantes, y luego cantó con una voz fresquísima y de un timbre admirable, la siguiente seguidilla:

> Como el amor es ciego
> por tener ojos,
> en los tuyos se esconde
> dulces y hermosos:
> y al esconderse,
> el traidor con tus ojos
> me da la muerte.

—Cantáis... no sé cómo deciros...—exclamó Montiño— como un ruiseñor es poco, y como un ángel... lo ha dicho todo el mundo.

—¡Gracias! ¿Creéis que gustaré esta tarde?

—Si los del patio sienten lo que yo he sentido...

—¡Ah!

—Habéis cantado como el amor... y esos ojos que cantáis, son vuestros ojos.

—¿Sabéis que tarda demasiado don Francisco?

—Mejor; de ese modo no estorba.

—Haréis que me enoje... Sois muy poco generoso.

—¡Señora!

—¿Pero no comprendéis que os estoy pidiendo treguas?

—Pues bien, señora mía; yo sólo puedo concederos una cosa.

—¡Ah, ya me dictáis condiciones!

—¡No por cierto!... Pero quiero que me tranquilicéis el alma.

—¿Teméis?

—Caer del cielo.

—¡Pero, señor, esto es terrible! Es la primera vez que me sucede... No me conozco...

—Porque me amáis, ¿no es verdad, y no comprendéis que se pueda amar tan pronto?

—Yo creo que tenéis más experiencia que yo.

—Os engañáis; no he amado hasta ahora, pero por lo que siento, no extraño que vos améis lo mismo que yo.

—Pero, ¿qué deseáis de mí?

—¿Qué deseo? Vuestro cuerpo y vuestra alma; vuestro recuerdo continuo... Quiero ser para vos el aire que respiréis.

—¡Me estáis engañando!

—¡Yo!

—¡Os ha traído don Francisco!...

—No creí yo que alguna vez fuese para mí una desgracia mi amistad con Quevedo.

—¡Ah! Quevedo es tal que no sólo no puede confiarse en él, sino que tampoco de una persona con quien él haya hablado tan sólo dos veces.

Montiño estuvo á punto de decir á la comedianta que Quevedo tampoco se fiaba de ella.

Pero se contuvo á tiempo, y siguió aquel papel de enamorado que no le era difícil representar, porque además de ser hermosa Dorotea, estaba embellecida por una sobreexcitación profunda, dominada por el no sé qué misterioso que emanaba para ella de Juan Montiño.

Podía decirse que Dorotea estaba enamorada, sorprendida en eso que se llama *cuarto de hora de la mujer*, por el joven, dominada por él.

Montiño tenía fijas en la memoria las palabras de Quevedo: «De estas mujeres se triunfa á primera vista ó nunca». Y aquellas otras: «Interesa á la reina que enamoréis á esta mujer».

Juan Montiño desempeñaba con gusto su farsa, porque, aunque estaba locamente enamorado de doña Clara, la comedianta tenía para él, en la situación en que se encontraba, un encanto irresistible.

Montiño la veía luchar con una fascinación amorosa.

La veía sufrir.

Los ojos de Dorotea se bajaban y volvían á levantarse para mirar á Juan Montiño con más insistencia de una manera más elocuente.

La despechaba el no poder encubrir la impresión que la causaba el joven, y su semblante se encendía en rubor.

Acaso hasta entonces no se había ruborizado Dorotea.

Acaso hasta que había sentido la primera impresión de ese amor del alma que tan superior es al deseo de los sentidos, á esa otra sensación que generalmente se llama amor, no la había pesado en su vida anterior.

Acaso nunca hasta entonces se había avergonzado de ella.

Juan Montiño comprendía la lucha que agitaba el alma de Dorotea, y no la dejaba tiempo para descansar, para reponerse.

Se había levantado de junto á la mesa.

Había permanecido algún tiempo de pie.

Luego se había sentado en el taburete donde apoyaba sus pies Dorotea.

Por último, había abrazado la cintura de la joven.

Al sentir el brazo de Juan Montiño, se alzó como se hubiera alzado la mujer más pura.

—Me estáis tratando mal—dijo, — me estáis haciendo daño... daño en el alma. ¿Trataríais de este modo á la mujer á quien quisiérais para vuestra esposa?

—¡Ah!—exclamó Juan Montiño sorprendido.

—No, no he querido decir que yo os ponga por condición para amaros que seáis mi esposo: sé demasiado que yo no puedo aspirar á ser la esposa de un hombre honrado... pero os quisiera ver tímido, respetuoso, dominado por mí como yo lo estoy por vos... Os quisiera ver sorprendido por un afecto nuevo como yo lo estoy... quisiera... yo no sé lo que quisiera... que os bastara con amarme. ¡Oh, Dios mío; pero yo estoy diciendo locuras!

Y se volvió á sentar, y el joven volvió á rodear su cintura.

Por aquella vez Dorotea se puso pálida, se estremeció, pero no se atrevió á desasirse de los brazos de Montiño.

—Tengo sed—dijo el joven.

—¡Sed!—dijo la Dorotea bajando hacia él sus grandes ojos medio velados por la sombra de sus largas pestañas y dejando caer una larga mirada en los ojos de Montiño.

—¡Sí, sed de vuestra boca!

—¡Oh! exclamó Dorotea.

Y de repente rechazó al joven.

—Alguien se acerca —dijo—; alzáos, alzáos.

En efecto, Juan Montiño oyó abrir una puerta inmediata y se levantó y fué á tomar su sombrero.

—No os vayáis—dijo Dorotea—, quedáos: sea quien fuere, ¿qué importa?

Abrióse la puerta y apareció un hombre con traje de soldado.

Llevaba calado el sombrero, y su mirada era insolente y provocadora.

Al ver á Juan Montiño le miró de alto abajo, y su mirada se apagó en la mirada fija del joven.

Entonces se quitó el sombrero y saludó de una manera tiesa.

Montiño no se levantó de la silla donde se había sentado antes de que llegara aquel hombre.

Dorotea le miró con una de esas miradas que quieren decir:

—Habéis llegado á mal tiempo. ¿Qué queréis?

Y como si el recién llegado hubiese comprendido aquella pregunta en aquella mirada, dijo:

—Don Rodrigo está gravemente herido, casa del duque de Lerma.

Montiño se puso levemente pálido, y fijó con ansiedad los ojos en Dorotea.

—¿Y bien?—dijo ésta—¿porqué me dais esa noticia como si se tratase de una persona muy allegada á mí?

—¡Cómo!—dijo con insolencia aquel hombre—yo creía que os importaba algo.

—Pues os habéis equivocado, Guzmán.

En efecto, aquel hombre era el sargento mayor don Juan de Guzmán, el mismo á quien la noche antes hemos visto al lado de la mujer del cocinero mayor.

—Es singular lo que está sucediendo á don Rodrigo—dijo Guzmán—. Todos le abandonan. El duque de Lerma, sabe quiénes son los agresores, y no manda proceder contra ellos. Vos recibís la noticia como si...

—Nada me interesase, ¿no es verdad?

—Lo que no deja de ser muy extraño.

—Extrañad todo lo que queráis; podéis decir á don Rodrigo cómo he recibido esta noticia. Y podéis decir más: me retiro del teatro: y tal vez me vuelva al convento.

—¡Ah! yo creí que fuese otra la causa—dijo Guzmán mirando con insolencia al joven.

—Sea cual fuese la causa, nada os importa. Además, que cuando tal le ha acontecido á don Rodrigo, él lo habrá buscado.

—Acaso tengáis vos la culpa.

—¿Yo? ¿le ha sucedido por mí esa desdicha?

—Sí por cierto; mediaban ciertas cartas.

—¿Cartas?...

—De una noble dama... Vos habéis sido imprudente... El cocinero mayor ha llegado á saber lo de las cartas... y un sobrino del cocinero mayor...

—¡Qué decís!

—Que un tal Juan Montiño, que acababa de llegar á la corte, ha sido el que ayudado de don Francisco de Quevedo...

—Os engañáis, señor mío—dijo el joven—; Juan Montiño, no ha necesitado de nadie para castigar á don Rodrigo Calderón, como de nadie necesitaría para castigaros á vos á la menor palabra ofensiva que os atreviéseis á pronunciar contra esta señora, ó contra su tío, ó contra él.

—¡Ah! ¿sois vos, acaso?...

—Sí, señor, yo soy.

—¡Ah! pues comprendo, y como nada tengo que hacer aquí, me voy. Guárdeos Dios, señora. Hidalgo, hasta la vista.

Ni Dorotea ni Juan Montiño contestaron al sangento mayor, que salió.

Durante algún tiempo, Dorotea miró frente á frente y ceñuda á Juan Montiño.

—Yo creí que me engañábais—dijo con acento concentrado.

—¡Que os engañaba!

—¡Y don Francisco! ¡ah! ¡don Francisco!

—¡Pero explicáos por Dios, Dorotea!

—Quevedo no os ha llamado á mi casa para veros, sino para que yo os viese.

—No os entiendo.

—¡Quevedo, Quevedo! ¡Ah! ¡Maldito sea!

—¡Pero explicáos, Dorotea, explicáos por Dios, que no os entiendo.

—Ese hombre, ese Quevedo... parece que lee en mi alma, lo que en el alma está oculto; parece que adivina.

—Os suplico que os expliquéis.

—¡Que me explique! Quevedo es amigo de la reina, de esa mujer á quien todos creen una santa, que á todos engaña.

—Por Dios, Dorotea, ved lo que decís; no comprendo por qué os irritáis.

—¿Por qué? me habéis sorprendido entre los dos... me habéis engañado... Ya se ve... es hermoso, parece tan noble, tan bueno... ella está sedienta de amor... ella no ha amado... el duque de Lerma es su esclavo... utilicemos esta mujer... ¡y el señor estudiante...! ¡Ah, don Francisco...! ¡don Francisco!

—Decid que os ha llenado de dolor la desgracia de ese hombre—dijo con impaciencia Montiño.

—¿Y qué me importa ese hombre? ayer acaso... hoy... hoy quien me importa sois vos... no sé por qué... pero me habéis empeñado... y nos veremos, caballero, nos veremos.

Y tras estas palabras se dirigió á la puerta de sala.

—¡Casilda!—gritó— ¡Casilda! mi manto de terciopelo; que ponga Pedro la litera al momento.

La negra trajo á Dorotea un magnífico manto de terciopelo; la joven se puso algunas joyas, se arregló un tanto los cabellos, y salió.

Montiño se quedó solo en la sala sin saber lo que le acontecía.

Poco después asomó Quevedo á la puerta.

—De seguro—dijo—habéis cometido alguna torpeza, amigo Juan.

—No por cierto; creo que la torpeza, aunque parezca extraño, viene de vos.

—¡Eh! acertádolo habéis; tenéis razón... he sido torpe, porque no he podido prever que la tal ninfa se enamorase de tal modo de vos. ¡Milagro! apuesto á que hacéis de ella una Magdalena; aunque os lo repito, estoy seguro de que habéis cometido una torpeza... seréis capaz de haberla dicho que heristeis á don Rodrigo.

—Pues os habéis equivocado de medio á medio.

—¿Pues quién ha sido?

—Una especie de Rolando de comedia, á quien creo que ella ha llamado Guzmán.

—¡Ah! ¡Don Juan de Guzmán ha estado por aquí...! pues bien, no importa... la verdad del caso es que la Dorotea está loca por vos... ¿qué habéis hecho en tan poco tiempo? Debe existir en el espíritu humano algo terrible, algo misterioso... ¡estas influencias rápidas...! ¡este unirse un alma á otra...! ¡oh! ¿quién sabe, quién sabe lo que somos?

Quevedo pronunció estas palabras como hablando consigo mismo.

—¿Queréis hacer lo que yo os diga?—exclamó de repente Quevedo.

—¿Y qué hemos de hacer?

—¡Qué! buscar postas y marcharnos á Barcelona; embarcarnos allí y plantarnos en Nápoles.

—¿Tenéis miedo?

—Os confieso que estoy asustado.

—¿Por lo de don Rodrigo...?

—No, por lo de la corte... cosas se están preparando... cosas inevitables... sería necesario ser un Dios.

—Pues yo no me voy, á no ser que se viniera conmigo doña Clara.

—¡Ah! maldiga Dios las mujeres... pero como estoy seguro que ni frailes capuchinos son capaces de convencer á un enamorado como vos...

—¿Y la reina...?

—Dios guarde á su majestad.

—Seamos nosotros la mano de Dios.

—Decís bien... quedémonos... pero como yo ahora no puedo acompañaros, ni vos tenéis á dónde ir, quedáos aquí... tomad posesión de la casa que, os lo aseguro, es vuestra, y empezad á ser el déspota de Dorotea. Os digo que está enamorada de vos, que resiste y que la resistencia acabará por hacerla vuestra esclava. No olvidéis que es nuestro instrumento... y adiós.

—¿Pero qué he de hacer yo aquí?

—Primero quitaros la capa, la daga y la espada como si estuviérais en vuestra casa, mandar, hacer y deshacer, y que cuando venga Dorotea os encuentre apoderado de vuestro lugar de dueño.

—Pero esto me repugna...

—Seguid mi consejo... por veinticuatro horas.

—Pero si lo sabe doña Clara.

—Yo me encargo de eso. Pero adiós. Me están esperando en las Descalzas Reales.

Y Quevedo salió.

Juan Montiño permaneció algún tiempo perplejo, y después siguió el consejo de Quevedo.

Se quitó la capa y el talabarte, acercó un sillón al brasero de plata que templaba la sala y poco después dijo:

—¡Casilda!

Presentóse la negra y miró con asombro á Juan, apoderado de la casa de su ama.

—¿Qué me manda vuesa merced, señor?—dijo.

—Tráeme un vaso de sangría.

La esclava salió y poco después entró con un vaso lleno

de un líquido rojo en que flotaba una rueda de limón y puesto sobre una salvilla de plata.

Montiño se quedó solo, pensando alternativamente en las cosas siguientes:

Primero en doña clara.

Después en la reina.

Luego en su banda de capitán.

Por último, en Dorotea.

Al fin, pensando en ella y bajo la influencia de la sangría, del calor del brasero y de la soledad, se quedó dormido.

CAPÍTULX XVIII

DE CÓMO ENTRE UNOS Y OTROS NO DEJARON PARAR EN TODA LA MAÑANA AL COCINERO DE SU MAJESTAD

Dejamos á Francisco Martínez Montiño en casa de la señora María.

Cuando la vieja se encontró sola con él, volvió toda su cólera contra la única víctima que le quedaba.

—Os habéis perdido y perderéis á vuestro sobrino—le dijo—; y todo por vuestra avaricia.

—Tengamos la fiesta en paz, señora María; ni yo me he perdido ni trato de perder á nadie, y con esto quedad con Dios, que yo sólo venía por mi sobrino, y no habiéndomelo llevado me voy á la cocina.

—Bien haréis en estar en ella, y en no perder de vista las cacerolas, y en ver quién anda con ellas.

—¿Qué queréis decir?

—Nada, señor Francisco, nada... yo me entiendo, y sé lo que me digo...

—Pues maldito si os entiendo, ni quiero entenderos. Quedáos con Dios, y si vuelve mi sobrino, tratadle bien, y no seáis con él parlanchina ni imprudente... ved que mi sobrino es mucho hombre y os pudiera pesar.

—¿Por qué no casáis á vuestro sobrino con vuestra hija?... aunque os lo están acostumbrando mal: ¡habérsele llevado el tío Manolillo á casa de la Dorotea!...

—Quedad, quedad con Dios, que vos por hablar os olvidáis de todo, y yo no puedo olvidarme de nada. Conque hasta más ver: muchas cosas al señor Melchor.

—Id con Dios y abrid los ojos.

—¡Oh! ¡maldiga Dios las malas lenguas!—murmuró Montiño saliendo de la casa de la señora María Suárez.

Y se alejó la calle adelante.

—¡Que le case con mi hija!—pensaba el cocinero mayor—; indudablemente que éste sería un buen negocio. ¿Pero lo tomaría á bien su padre?... el duque de Osuna es un señor terrible... ¡y aquel cofre!.., ¿qué habrá en aquel cofre?... ¿para qué se habrá llevado el tío Manolillo á Juan á casa de la Dorotea?... ¿y cómo, señor? ¿cómo se anda Juan por esas calles de Dios al descubierto, después de haber dado de estocadas á don Rodrigo?

Todos estos pensamientos incoherentes, revueltos, se agitaban de tal modo cn la cabeza del cocinero mayor, que andaba maquinalmente sin ver por dónde iba.

Cuando entró en palacio por la puerta de las Meninas, sintió que le tocaban en un hombro.

Volvióse y se encontró delante de un viejo apergaminado.

—¡Ah! ¡el rodrigón de doña Clara Soldevilla!—exclamó.

—Vuestro humilde criado, señor Francisco—dijo el vejete.

—¿Sois vos el que me ha tocado?

—Sí, señor, yo, que buscaba á vuesa merced. He estado en las cocinas, y no hallándole allí, fuí á Santo Domingo el Real por ver si allí le encontraba.

—¿Y qué me queréis?

—Mi señora os llama.

—¿Ahora mismo?

—Ahora mismo.

—Decid á vuestra señora que me es imposible; que falté ayer de la cocina, por asistir, de orden del rey, á la de su excelencia el duque de Lerma, y que de seguro tendré mucho que arreglar; si yo faltara hoy también, sabe Dios lo que sucedería.

—Mi señora me ha dicho, que si os negábais á acudir, os dijese que lo mandaba la reina.

—Pero señor—exclamó Montiño—, ¿quieren matarme?...

—Señor Francisco, yo digo lo que me dicen.

—Pues vamos allá—exclamó Montiño con una resolución heroica.

Subieron por la escalerilla de las Meninas, atravesaron parte del alcázar, y al fin el rodrigón abrió una puerta, hizo atravesar á Francisco Montiño una antesala y le introdujo en una sala.

En ella, sentada junto á la vidriera de un balcón, estaba la hermosa doña Clara.

Su semblante aparecía pálido y triste; pero se animó cuando vió al cocinero mayor.

—Bésoos los pies, señora—dijo éste inclinándose delante de la joven.

—Dios os guarde, Montiño—dijo doña Clara—; ¡con cuánta impaciencia os he esperado! Sentáos.

—¿Y á causa de qué ha sido esa impaciencia, señora?—dijo Montiño sentándose.

—Anoche han pasado cosas muy graves.

—No sé... ignoro...—contestó Montiño—; indudablemente en mi familia han pasado graves cosas: como que ha muerto mi hermano mayor...

—¡Qué desgracia! ¡Vaya por Dios!

—Ya era anciano... Pero tuve que ir allá... á Navalcárnero.

—Sí, sí; ya sé que habéis estado anoche fuera de vuestra casa... No debéis dejar vuestra casa sola, especialmente de noche, señor Montiño... ¡dos mujeres solas!

—¿Esta también?—dijo para sí Montiño—. Pero, señor, ¿qué pasa en mi casa?

—Os esperaba con impaciencia para haceros algunas graves preguntas.

—¿Puedo yo contestar á ellas?

—Indudablemente.

—Pues bien, escucho.

—¿Tenéis un sobrino?

—Sí, señora.

—¿Se llama Juan Martínez Montiño?

—Sí, señora.

—¿A qué ha venido ese joven á la corte?

—Ha venido... pues... ha venido á avisarme de que mi hermano se moría.

—¿Nada más?...

—Nada más.

—Y decidme: ¿quién os dijo que don Rodrigo Calderón tenía ciertas cartas?

—¿Qué cartas?...

—Cartas que comprometían...

—No os entiendo, señora.

—¡Montiño, estáis comiendo el pan de su majestad!...

—Eso es muy cierto, señora... pero... suceden tales cosas, que no sé qué hacer... no sé qué decir...

—Pues es necesario que sepamos á qué atenernos...

—Mi sobrino es muy afortunado, ¿no es verdad?

A aquella pregunta imprevista, doña Clara se puso encendida como una guinda.

Montiño se equivocó al interpretar aquel rubor.

—En palacio, señora—dijo—, nos vemos obligados á hacer cosas que nos repugnan.

—¿Qué queréis decir?

—Seamos francos y no nos ocultemos nada.

—¡Que no nos ocultemos!...

—Yo sé que Juan tiene amores en palacio.

—¿Que sabéis...? ¿Os ha dicho ese joven...?

—No, por cierto; es callado y firme como una piedra; pero yo he adivinado... es más, tengo pruebas... es un secreto terrible... y si para ello me llamáis... entendámonos completamente.

—Explicáos con claridad—dijo doña Clara con la mayor reserva.

—Su majestad tiene disculpa... ¿Nos puede escuchar alguien?

—Nadie, Montiño, nadie—dijo doña Clara, que estaba cada vez más encendida.

—Pues el rey es el rey... siempre rezando y siempre cazando... Pero sacadme de una duda: ¿dónde ha visto su majestad á mi sobrino? Digo á mi sobrino por costumbre.

—¡Cómo! ¿No es vuestro sobrino?

—Doña Clara, os voy á confesar un gran secreto... Juan no es Montiño, sino Girón.

—¡Dios mío!—exclamó doña Clara.

Y de encendida que estaba, se puso pálida como una difunta.

—Sí, sí, señora; es hijo natural del gran duque de Osuna.

—¡Ah! Ahora comprendo...

—¿Qué, doña Clara?...

—Nada, nada; pero había encontrado algo de singular en la mirada de ese joven.

—¡Ya lo creo!... Cuando se entusiasma, cuando se embravece, se asemeja á su padre.

—¿Pero estáis seguro, Montiño? ¿no os engañáis?

—Mirad, señora, y juzgad—dijo Montiño sacando de su ropilla la carta que le había traído la noche antes Juan—: os revelo un secreto de familia; pero vos le guardaréis.

—Sí, sí, pero dadme.

Montiño entregó la carta á doña Clara, que la leyó con un profundo interés.

—Aquí consta—dijo—, que ese joven es hijo de un gran señor y de una noble dama; pero el nombre... el nombre de su padre no está...

—Ya veis que mi hermano no se atrevió á confiarlo á un papel que puede perderse, pero cuando llegué me lo reveló.

—¿Y era... el duque de Osuna?

—Sí; sí, señora..

—¿Y su madre?...

—Faltó el habla á mi hermano para revelármelo... murió poco después de haber llegado yo.

—¡Qué desgracia! un secreto á medias... ¿y sabe él ese secreto?

—No; no, señora: y si os lo revelo á vos, es porque su majestad la reina...

—¡La reina!...

—Ya que se ha dignado favorecer á mi sobrino... á don Juan Girón, quiero decir... debe satisfacerla que alienta en sus venas la generosa sangre de los Girones.

—¿Pero qué la importa á su majestad?...—dijo severamente doña Clara—: don Juan la ha hecho un eminente servicio... la reina se lo agradece... y nada más... ¿qué enredos son éstos?... ¿qué fatalidad puede haber para que se tome el nombre de su majestad de una manera ambigua?

—Perdonad, señora; pero yo no he querido decir...

—Cuando se habla de la reina, las palabras deben ser muy claras.

—Vamos—dijo para sí Montiño—, he cometido una torpeza: doña Clara quiere todo el secreto y todo el provecho para sí.

—Os he llamado—dijo doña clara—, para saber cuántas personas conocen ese funesto secreto de haber tenido don Rodrigo Calderón cartas de la reina... cartas inocentes... cartas que nada tienen de vergonzosas, pero que debían ser destruídas, y que lo han sido por el valor de ese caballero... pero no basta... es necesario que no quede ni la más leve nube delante del nombre de su majestad. ¿Quién os dijo que don Rodrigo tenía esas cartas?

—Un tal Gabriel Cornejo—dijo Montiño dominado por doña Clara.

—¿Y quién es ese hombre?—dijo doña Clara poseída de un terror instintivo.

17

Montiño se arrepintió de haber pronunciado aquel nombre, y no se atrevió á contestar.

—¿Quién es ese hombre?—repitió con energía doña Clara.

—Es... un pobre diablo... un prendero del Rastro...—contestó tartamudeando Motiño.

—¡Un prendero del Rastro!... ¿y á tales gentes ha ido á parar un secreto de su majestad?

—¿Qué queréis, señora? don Rodrigo...

—Es un miserable, ya lo sé... ¿y ha sido don Rodrigo?...

—Don Rodrigo trata con una comedianta...

—¡Ah!

—Y esta comedianta, que le ama...

—Le ha arrancado el secreto...

—¿Ha visto las cartas de su majestad?

—¡Ah! pues no comprendo bien...

—La comedianta fué á ver al Cornejo para pedirle un bebedizo, y le reveló el secreto de las cartas.

—Más claro... más adelante... concluid... ¿cómo ha llegado á vos ese secreto?

Montiño sudaba.

Doña Clara, inflexible, con una fuerza de voluntad incontrastable, dominaba al cocinero mayor.

—¿Quién me habrá metido á mí en estos enredos?--decía para sí el cocinero.

—¿Cómo sabéis vos lo de las cartas?—repitió doña Clara.

—Yo, señora... como tengo mujer... como tengo una hija...

—¿Pero qué tienen que ver en esto vuestra mujer y vuestra hija?

—Tienen... porque me obligan á pensar en ser rico...

—¿Pero no me comprendéis? ¡no os pregunto eso! ¡nada me importa eso!

—Es que, señora, como quiero ser rico, trato con ese Gabriel Cornejo.

—Me estáis haciendo perder la paciencia.

—Estoy turbado, señora... no sé lo que me sucede... no sé lo que pasa á mi alrededor.

—Pues bien, procurad tranquilizaros, y vamos en derechura al asunto.

—Prometedme, señora, que alma viviente no sabrá lo que voy á deciros.

—Estad seguro de ello.

Llevo toda mi vida trabajando, primero en la cocina de la

señora infanta de Portugal, doña Juana; después en la del
señor rey don Felipe II, luego...

—¡Pero por Dios, Montiño!

—Allá voy, allá voy... pues bien; á pesar de todo, he llegado casi á ser viejo sin ser rico... tenía, en verdad, algunos ahorrillos... pero esto no era bastante... propúseme aumentar mis ahorros poniendo dinero á ganancia... pero esto
no es decente en un hidalgo... y si no hubiera tenido mujer
é hija...

—Adelante, adelante.

—Pues como no era decente que yo me mezclase en
cierta clase de asuntos, porque vengo de buen linaje... me
valí de ese Gabriel Cornejo...

—¿Y por causa de esas relaciones—dijo con impaciencia
doña Clara—habéis llegado á saber...?

—Sí; sí, señora... anoche se me presentó el tal Gabriel y
me dijo que una dama encubierta, con trazas de muy principal, había ido á casa de una tal María Suárez, mujer de un
escudero llamado Melchor, y sin descubrirse pidió mil y quinientos doblones, por los cuales se darían tres mil pasando
un mes, mediando un recibo de la reina.

—¡Ah!

—Aquella misma tarde el tío Manolillo, el bufón, había
ido á preguntar al tío Cornejo cuánto quería por matar á un
hombre principal; y como el tío Manolillo es pariente, ó
amante, ó no se sabe qué de la comedianta, y como la comedianta tiene celos de la reina, y como don Rodrigo Calderón es un hombre principal...

—¡He aquí que ese Cornejo, que ese miserable, ha dedu-
cido!... y bien, no importa... eso nada importa, afortunadamente... ¿el nombre de esa comedianta?—dijo doña Clara
yendo á una mesa, buscando un papel, y tomando una
pluma.

—Dorotea—dijo Montiño enteramente atortolado.

—Dorotea, ¿de qué?

—No tiene apellido.

—¿Es amante de don Rodrigo Calderón?

—Sí, señora... pero ocultamente...

—Esas mujeres—dijo con repugnancia doña Clara—tienen muy mala vida; si es secretamente... querida de don Rodrigo Calderón... tendrá de seguro otro amante público.

—Sí; sí, señora: el duque de Lerma.

Doña Clara escribió.

—Bien, muy bien; ¿dónde vive esa mujer?

—En la calle Ancha de San Bernardo.

—Pasemos á la otra persona. ¿Qué antecedentes son los de este tío Cornejo?

—No sé, no sé—dijo verdaderamente asustado Montiño.

—Tratándose de la honra de su majestad—dijo severamente doña Clara—, ya comprendéis, Montiño, que es necesario obrar de una manera enérgica; creo que os será preferible confesar ante mí que ante otra persona...

—Por último, señora—dijo Montiño sobreponiéndose á la situación—, este es un asunto que no puede llevarse ante la justicia, porque su majestad media; yo me he encontrado metido en él sin saber cómo, de buena fe...

—¡Pero si yo no os acuso! sólo quiero saber...

—Pues bien, señora, acerca del tal Cornejo no sé nada.

— Os advierto una cosa. Es cierto que este asunto no puede llevarse á una audiencia; pero en España hay un tribunal que, con el mayor secreto, por medio de sacerdotes, averigua todo cuanto necesita averiguar.

—¡La Inquisición!—exclamó con terror Montiño.

—Hay un hombre, un santo, que defiende en esta corte tan corrompida, tan odiosa, la inocencia y la justicia; ese hombre es el confesor del rey; ya sabéis que fray Luis de Aliaga es del partido de la reina, porque de parte de la reina están la razón y la justicia. Fray Luis de Aliaga ha sido recientemente nombrado inquisidor general.

—Os juro, señora, que yo no he tenido la menor parte... que cuando Cornejo se atrevió á indicarme que su majestad había escrito cartas de amores á don Rodrigo... le desmentí... le desmentí con toda mi alma, porque yo sé que su majestad es una santa...

—Y, sin embargo, engañado por las apariencias, habéis creído que su majestad amaba á... ese don Juan... á ese vuestro sobrino postizo...

—Yo no tengo la culpa de que se me haya mandado le enviase á palacio... hice lo que debía hacer; reprendí á Cornejo... le aterré... y sabiendo que don Rodrigo Calderón llevaba sobre sí las cartas que comprometían á su majestad... llevé á mi sobrino, quiero decir, á don Juan Girón, á un lugar donde podría encontrar á don Rodrigo, y le dije:—Mátale, hijo, quítale las cartas de su majestad y llévalas á palacio, donde te llaman. Mi sobrino... perdonad, la costumbre hace equivocarme.

—Equivocáos siempre; llamad siempre á ese joven vuestro sobrino.

—Pues bien, mi sobrino ha obrado como un valiente, y yo como bueno y leal.

—No lo dudo... y por lo mismo debéis manteneros en en vuestra honrosa lealtad, diciéndome cuanto sepáis de ese Cornejo.

—Por el amor de Dios, señora, que no pronunciéis después de esto mi nombre para nada. Ya sabéis que yo soy inocente.

—Podéis estar seguro de ello; pero hablad.

—Gabriel Cornejo, ha estado en galeras por robos y homicidios.

—¡Ah!

—Es galeote huído.

—Más, más que eso; con eso sólo tiene que ver la justicia ordinaria, y de la justicia ordinaria no podemos valernos. ¿No decís que esa comedianta pidió un bebedizo á ese hombre?

—Sí, señora.

—Ese hombre tendrá, pues, algo de ensalmador, y otro tanto de brujo...

—Sí; sí, señora; no tiene por donde el diablo le deseche.

—Bien; ¿y creéis que puedan encontrarse pruebas en su casa?

—Es probable... dientes de ahorcado, vasijas, untos... yo no lo he visto, pero lo supongo...

—¡Y vos, tan cristiano, vos, criado del rey Católico, os tratáis con esa clase de gentes!...

—¡Ah, señora! ¡si yo no tuviera mujer... si yo no tuviera hija!... ¡si no estuviese á punto de tener otro hijo!...

—Por la familia debe un hombre arriesgar la vida; pero debe conservar la honra... y sobre todo... ¡el alma!—exclamó con repugnancia, y aun podremos decir con horror, doña Clara.

—Estoy arrepentido...

—Bien, bien—dijo doña Clara, consultando el papel en que había escrito—: Dorotea vive en la calle Ancha de San Bernardo; está enlazada, no se sabe cómo, con el bufón del rey; es manceba secreta de don Rodrigo Calderón, y pública del duque de Lerma. Gabriel Cornejo es usurero, galeote huído y brujo; ¿dónde vive ese hombre?

—Tiene una ropavejería en el Rastro.

—Además se trata con una María Suárez... ¿dónde vive esa mujer?...

—Creo, señora, que sabéis demasiado dónde vive, y quién es la señora María.

—¡Yo!

—Creo que vos sois la dama principal que estuvo anoche en casa de la señora María.

—¡Yo! tenéis la mala cualidad de suponer absurdos. ¿Qué tenía yo que hacer en casa de tales gentes?

—Esa mujer—dijo desalentado Montiño—vive en la calle de la Priora.

—Bien, muy bien. Y vuestro sobrino... ¿dónde para?

—Preguntádselo al tío Manolillo.

—¡Al tío Manolillo!... ¿pues qué, el tío Manolillo le conoce? •

—El tío Manolillo conoce á don Francisco de Quevedo, y don Francisco de Quevedo es amigo... de mi sobrino.

—Habéis cumplido como yo esperaba de vuestra lealtad, Montiño—dijo doña Clara ya con semblante más benévolo—, y nada tenéis que temer: seguid ayudándonos y nada temáis.

—¿Que os ayude yo, señora?... ¡yo, inútil, enteramente inútil!

—Ya sabemos lo que sois, y lo que podéis, y contamos con vos. Pero estáis inquieto, impaciente...

—Como que no he ido todavía á las cocinas, y ya debe de estar almorzando el rey. Si se han descuidado... si ha ido algún plato mal servido...

—Id, id, Montiño; tranquilizáos, nada temáis. Id, que os guarde Dios.

Al llegar á la puerta exterior de las habitaciones de doña Clara, oyó la fresca y sonora voz de la joven, que dijo:

—Que me vayan á buscar al bufón del rey.

—¿Para qué querrá doña Clara al bufón del rey?—dijo Montiño alejándose rápidamente á lo largo de una galería, en dirección á unas escaleras que conducían á las cocinas—. Sería chistoso que fuese doña Clara la dama de quien está enamorado mi... sobrino (es necesario que yo crea que es mi sobrino, á fin de que ni por descuido pueda írseme una palabra en contrario). ¿Si será, repito, esta doña Clara la mujer de quien mi sobrino está enamorado? ¿si será doña Clara la confidenta de sus amores con?... pero señor, ¿por dónde ha venido este enredo? ¿y ese afán de todos de hablarme de mi casa y de mi mujer?... vamos, es necesario no pensar en esto: ¿pero, y lo otro? las cartas, don Rodrigo herido, la Dorotea, Cornejo, y la Inquisición á punto de tomar cartas en el negocio. Con esto y con que me hayan echado á perder la vianda de su majestad, no nos falta más. ¡Oh, Dios mío! ¡Dios mío! y quién me ha metido á mí en estas cosas. ¿Para qué diablos ha venido mi sobrino á Madrid?

Y Montiño subía de dos en dos los peldaños de la estrecha escalera de caracol.

Cuando llegó jadeando á lo alto, atravesó, á la carrera casi, una crujía, se entró en la cocina, y sin hablar una palabra se precipitó á las hornillas, y levantó la tapa de una cacerola de una manera nerviosa.

Los ojos de Montiño brillaron de una manera particular.

—¿Quién ha rellenado este capón?—dijo con voz estentórea y amenazadora.

A aquella pregunta, todos detuvieron sus faenas, y todos callaron; pero las miradas de todos se fijaron en un mozangón que miraba entre turbado é insolente á Montiño.

—¿Has sido tú, Aldaba del infierno, has sido tú?—exclamó Montiño arrojando con cólera la tapadera, y echando mano á la espada que desenvainó.

Cosme Aldaba, que era el delincuente, cayó de rodillas en la situación más cómicamente melodramática que puede verse.

—¿Quién te ha dicho, infame—exclamó todo irritado el cocinero—que á un capón relleno se le dejan el pescuezo y las patas? ¿No te he dicho cien veces que estos capones se rellenan entre cuero y carne, que no se les echa en el relleno carne cruda, sino cocida, y que cuando se les pone á cocer se les echan yemas de huevo picadas? Ven acá, hereje y mal nacido; ven acá y huele, y dime si esto huele á capón relleno.

Y asió á Cosme Aldaba del cogote, le llevó á la hornilla y le hizo meter casi las narices en la cacerola.

Después le arrojó de sí y le plantó cuatro ó cinco cintarazos.

Aldaba huyó dando gritos.

—¿Y quién ha sido—añadió Montiño, cuyos ojos parecían próximos á saltar de sus órbitas—, quién ha sido el que ha dejado que un galopín haga un plato que es difícil para más de un oficial?

Todos se callaron.

—Es que el señor Gil Pérez tenía que ir á ver á su coima,

y me dijo que hiciera ese capón—exclamó desde la puerta con voz quejumbrosa el galopín Aldaba.

—¡Ah! ¿conque es decir que las coimas son aquí primero que las viandas de su majestad? A la calle, Cosme, á la calle, y no me vuelvas á parecer por la cocina, ni en seis leguas á la redonda, y el señor Gil Pérez, que busque otro acomodo; así escarmentarán los otros oficiales y no dejarán sus cuidados á los galopines. ¿Pero qué es esto? aquella empanada de pollos ensapados se abrasa... ¡ya se ve! ¡si os estáis todos parados, ahí mirándome como á una cosa del otro mundo!... ¿Apostamos á que hoy no tendremos un solo plato á punto que poner en la mesa de su majestad?

—Del señor duque de Lerma- dijo una voz detrás de Montiño.

Volvióse el cocinero mayor, y vió á un lacayo que le entregaba una carta.

Tomóla con la mano temblorosa aún por cólera, la abrió y vió que decía:

«Señor Francisco: Venid al momento, necesito hablaros. —*El duque de Lerma.*

—Decid á su excelencia que no puedo separarme en este momento de la cocina—dijo al lacayo.

—Tengo orden de no irme sin vos.

—Pues no quiero ir.

-—Tengo orden de presentaros, si os negáis, esta otra carta.

El cocinero la tomó y la abrió.

«De orden del rey—decía—y bajo vuestro cargo y riesgo, y pena de traición, seguiréis al portador.—*El duque de Lerma.*»

—Vamos—dijo el cocinero de su majestad, envainando su espada, arreglándose de una manera iracunda el cuello de la capa y arrojando una mirada desesperada á la hornilla.

Poco después seguía por las calles al lacayo del duque de Lerma.

CAPITULO XIX

EL TÍO MANOLILLO

Llena estaba la antecámara de audiencias de palacio de pretendientes, cuando el tío Manolillo llegó al alcázar.

Su semblante, que hasta allí había ido sombrío, pálido, contraído, se dilató; su boca estereotipó su maliciosa è insolente sonrisa de bufón, sus ojos bizcos empezaron á moverse y á lanzar miradas picarescas, y su andar, sus ademanés, todo se trocó.

Sacó del bolsillo un cinturón de cascabeles y se le ciñó.

Luego atravesó dando cabriolas las galerías de palacio.

El pobre cómico había relegado su corazón á lo profundo de su pecho, y había empezado á desempeñar su eterno papel de loco á sueldo.

Cuando llegó á la antecámara de audiencias, cesó en sus cabriolas, se detuvo un momento en la puerta sonando sus cascabeles, como para llamar la atención de todo el mundo, y luego, con la mano en la cadera, la cabeza alta y la mirada desdeñosa, que parecía no querer ver á nadie, atravesó con paso lento, marcado y pretencioso, la antecámara.

Todos los que le conocían en la corte se echaron á reir.

El tío Manolillo remedaba perfectamente la prosopopeya del duque de Lerma, que poco antes acababa de salir con el mismo continente y la misma altivez de la cámara del rey.

Al llegar á la cortina, un sumiller le detuvo.

—No se puede pasar—le dijo.

—¡Eh! ¿Qué sabéis vos?—dijo el tío Manolillo—; yo no paso, me quedo.

—El rey...

—¿Y quién hace caso del rey?... El rey sabe menos que nadie lo que se dice... déjame entrar ó te entro.

Y como el sumiller se opusiese, el tío Manolillo le asió por la pretina y se entró con él en la cámara real.

—Hermano Felipe—dijo al rey—, aquí te traigo á éste para que le castigues... Se ha atrevido á faltarme al respeto... ¡pretender que la locura no entre en la cámara del rey!

—Idos, Bustamente—dijo el rey al sumiller—. Ven acá, Manolillo. El señor Inquisidor general tiene que hacerte algunas preguntas.

Y el rey señaló al padre Aliaga, que estaba sentado en un sillón frente á la mesa donde almorzaba el rey.

—Dame primero de almorzar, porque así como tú, por haber pasado una buena noche, tienes apetito, yo por haberla pasado en vela por ti, me perezco de hambre.

El rey empujó un plato hacia el bufón.

Este le tomó, se sentó sobre la alfombra y se puso, sin cumplimiento, á comer.

—Están buenas estas lampreas – dijo—, se conoce que no ha estado hoy en la cocina tu buen cocinero mayor.

—Calumnias al pobre Montiño. Es el cocinero más famoso de estos tiempos.

—Lo era antes de tener mujer, pero su mujer le ha cambiado.

—¿Y vos, no sois casado, amigo Manolillo?—dijo el padre Aliaga.

—No, señor; la mujer con quien pude casarme no tenía alma, y yo quiero las cosas completas. Por eso no me gusta la corona de España.

—¡Oh! ¡oh!—dijo el rey.

—Sí, sí por cierto, porque la corona de España no tiene cabeza.

—Parece que os ha escuchado la conversación, padre— dijo el rey.

—Todo consiste en que el padre Aliaga es tan loco como yo.

—¿Me queréis explicar eso, tío Manolillo?—dijo el fraile.

—Con mil amores, pero dame otro plato, Felipe; nunca hablo mejor que cuando tengo la boca llena.

El rey empujó otro plato hacia el bufón.

Este le tomó y dijo:

—Pues es necesario agradecerte el sacrificio que haces por mí, hermano, porque los embuchados te gustan mucho, razón porque te los sirven todos los días tus dos cocineros Montiño y Lerma.

—¡Ah! ¡ah!—¡acometedor vienes hoy!—dijo el rey riendo— algo sucede, de seguro.

—Sucede, que no sucede nada.

—Pero decidme, ya que tenéis la boca llena, tío—dijo el padre Aliaga—: ¿por qué soy yo tan loco como vos?

—Porque vos, como yo, os habéis empeñado en que un loco tenga juicio.

Y miró de una manera sesgada y maliciosa al rey.

—Como veis—dijo el padre Aliaga—, su majestad almuerza sin gentileshombres y sin maestresalas; está solo conmigo.

—Lo que demuestra que estáis haciendo el oficio de loquero.

—Os ruego, señor—dijo el padre Aliaga—, que mandéis al tío Manolillo avise al sumiller que no deje pasar á nadie, absolutamente á nadie, ni aun al mismo duque de Lerma.

—Ya lo oyes, obedece—dijo el rey.

—¿Qué será esto?—dijo el tío Manolillo yendo hacia la puerta—¡apoderado de ese imbécil el padre Aliaga, y en consejo conmigo!—¿qué querrán? ¿sabrán algo? ¡veremos!

Y dió las órdenes al sumiller, cerró además la puerta de la cámara, y volvió á sentarse sobre la alfombra y á comer sus embuchados.

—Os ruego—dijo el padre Aliaga—que por estos momentos dejéis vuestro oficio de bufón y me respondáis bien, lisa y llanamente.

—Entonces reclamo mi sueldo de consejero.

El rey sacó de su portabolsa una bolsa, y la arrojó al bufón.

—¡Escudos de plata! ¡el rey no se conoce por su moneda de oro!... ¡pobre Felipe!...—exclamó el bufón.

—Os pregunté—dijo el padre Aliaga—si habíais sido casado, y me respondísteis:

—Que la mujer con quien yo pudiera haberme casado no tenía alma, por lo que no quise casarme con ella.

—Más claro, tío Manolillo: ¿vos no sois padre legítimo de Dorotea?

¡Ah!—exclamó el bufón como sorprendido, y dejando de comer—¡Dorotea! ¿qué tenéis vos que ver con Dorotea, padre?

Y los hoscos ojos del bufón dejaron ver un relámpago de amenaza.

—Deseo saber, ya que no podéis ser su padre legítimo, lo que sois de esa mujer.

—Soy su perro.

—Os he suplicado que me contestéis con lisura.

—Os he respondido la verdad: me tiendo á sus pies, lamo su mano, y velo por ella, siempre dispuesto á defenderla.

—¿Pero no es vuestra hija?

—No—contestó con voz ronca el bufón—. ¡Oh! ¡si fuera mi hija!

—¿Ni vuestra... querida?

—¡Oh! ¡si fuera mi querida!

—¿Pero la amáis?

—Ya os he dicho que soy su perro.

—Más claro.

—Soy su protector. Ella dice: amo á este hombre, y yo la digo: ámale; ella me pregunta: ¿me vengaréis si me ultrajaren? yo contesto: el que te ultraje, muere.

—¿Habéis querido matar por tanto á don Rodrigo Calderón?

—Sí.

El rey miraba con espanto al tío Manolillo.

—No te conozco—le dijo.

—Tienes razón, hermano Felipe—dijo el bufón—, porque ahora estoy loco.

—Decidme –dijo el padre Aliaga –, ¿de quién es hija esa desgraciada?

—Un día—dijo el tío Manolillo—, por mejor decir, una noche... estaba yo en una casa de vecindad... tenía en ella un entretenimiento: una doncella asturiana que me ayudaba á comer mi ración; era ya tarde; de repente, en el cuarto de al lado, oí gritos, gritos desesperados, arrancados por un dolor agudo; gritos de mujer acompañados de invocaciones á la Madre de Dios.

El rey había dejado de comer y escuchaba con atención.

El padre Aliaga, con la cabeza apoyada en su mano, miraba profundamente al tío Manolillo.

El bufón estaba pálido y conmovido.

—Aquellos gritos—continuó el bufón—cesaron, y tras ellos oí el llanto de una criatura recién nacida.

—¿Era ella? ¿Era esa Dorotea, Manolillo?—dijo el rey.

—Sí, era ella, señor—dijo el bufón tratando por la primera vez al rey con respeto, como si no hubiese querido unir nada trivial á lo solemne de aquel recuerdo –; era ella, que nació, la desventurada, en las primeras horas del día de santa Dorotea.

El bufón inclinó la cabeza y se detuvo un momento.

Luego la alzó y continuó:

—A poco de haber nacido esa infeliz, oí dos voces: una débil dolorida, llorosa; otra, áspera, imperativa, brutal.

—Es una niña –dijo el hombre.

—¡Oh! –exclamó la mujer llorando –, ¿y no tener quien me ayude? ¡no tener un mal trapo en que envolver á este ángel!

—¿Y para qué?—dijo el hombre –; voy á envolverla en mi capa y á llevarla á la puerta de un convento.

—¡Oh! ¡no! ¡es mi hija! ¡no me robes mi hija, ya que me has robado mis padres!—dijo la mujer sollozando.

Tras estas palabras oí una lucha corta pero breve, acompañada del llanto de una criatura; la lucha de un fuerte y de un débil; luego la voz de la mujer que gritaba:

—¡Mi hija, la hija de mis entrañas! ¡dame mi hija!

Y sentí pasos que se alejaban y una puerta que se abría y se cerraba de golpe, y la voz de la mujer que gritaba:

—¡Maldito! ¡maldito! ¡maldito seas!

Después un golpe, sordo como de un cuerpo que caía en tierra, y luego nada.

Yo así á mi manceba por la mano (ella lo había oído todo como yo; era una buena muchacha y estaba horrorizada), la saqué de la habitación al corredor, abrí la puerta de la habitación vecina. —Socorre á esa infeliz—la dije, empujándola dentro, y yo me lancé á la calle, y seguí á un bulto que se alejaba.

Una criatura recién nacida que lloraba bajo su capa, me indicó que era él.

De tres saltos me puse junto á su lado.

—Una madre te ha maldecido, y yo soy la mano de Dios—exclamé.

Y le dí de puñaladas.

—¡De puñaladas!—dijo el rey.

—Sí, sí por cierto, de puñaladas; el hombre que roba á una madre su hija, el hombre á quien una madre desventurada maldice, debe morir.

—¿Y confiesas el delito delante del rey?—dijo severamente Felipe III.

—En primer lugar no fué delito; en segundo lugar ya lo confesé, y he cumplido la penitencia. ¿Y luego no velo yo por Dorotea? ¿no me sacrifico por ella? ¿no sufro un infierno por ella?

—¿Pero aquel hombre murió?—dijo profundamente el padre Aliaga.

—No lo sé—contestó el bufón—; yo no me detuve más que á recoger la criatura, la envolví en mi capa y me volví á la casa de vecindad.

Cuando entré en el cuarto (no lo olvidaré jamás) no había más muebles que un banco de madera, una mesa y un jergón casi deshecho; vi que la infeliz, que estaba aún desmayada, ensangrentada entre los brazos de Josefa, mi manceba, era una joven como de veinte años, rubia, muy flaca, pero muy hermosa. ¿Conocéis á Dorotea, padre?

—No.

—¿Pues por qué me preguntáis por ella?

—Continuad.

—Cuando conozcáis á Dorotea, sabreis cuán hermosa era Margarita.

—¡Margarita!—exclamó el padre Aliaga, poniéndose letalmente pálido.

—¡Se llamaba Margarita!—observó maquinalmente el rey.

—Sí, se llamaba Margarita; según me dijo después en algunos intervalos de razón aquella desgraciada, porque se había vuelto loca, había salido de su casa con un soldado, había corrido con él algunas tierras, y al fin habían venido á parar á Madrid, donde el amante vivía de las estocadas á obscuras que daba por la villa, la maltrataba y, por último, la había exigido que se prostituyese para ayudarle á vivir.

El padre Aliaga temblaba de una manera poderosa y concentrada.

—Algunas veces—continuó el bufón -, cuando yo la preguntaba el nombre de sus padres, me decía:

—No, no; yo he deshonrado su nombre; yo no tengo padres; Luis, que me vió huir, se lo habrá dicho á mis padres y me habrán maldecido.

—¿Y quién es Luis? - le preguntaba yo.

—¡Luis! Luis era mi hermano—me contestaba la infeliz con u zu a—; él me amaba y yo... yo amé á otro; ¡pobre Luis!d l r

—¿Y qué ha sido de esa desdichada?—dijo el padre Aliaga, cubriéndose los ojos con la mano para ocultar sus lágrimas y procurando contener la revelación de aquel llanto que aparecía en su voz.

- Murió: murió entre mis brazos loca, desgarrándome el alma al morir, porque yo la amaba, la amaba con toda mi alma y continúo amándola en su hija. Ahora bien; ¿créeis que yo pequé? ¿qué cometí un delito matando al infame asesino de Margarita?

—¡No! ¡no!—dijeron al mismo tiempo el rey y el padre Aliaga.

—Yo te indulto de esa muerte, Manuel—dijo el rey—; yo Felipe de Austria, rey de las Españas.

—¡Y yo—dijo el padre Aliaga, levantándose y extendiendo sus manos sobre el bufón, que al levantarse, al ver la acción del fraile, había quedado de rodillas—: yo, ministro de Dios, te absuelvo de esa muerte en el nombre del Padre y del Hijo y del Espíritu-Santo!

—¡Amén!—dijo con una profunda unción religiosa Felipe III.

—¡Ah!—dijo el bufón cambiando de aspecto de una manera singular—: vos, padre Aliaga, sois un santo y llegaréis

...yo ministro de Dios, te absuelvo de esa muerte.

á mártir; y tú, hermano Felipe, aunque eres tonto, no eres malo. Dios os lo pague á los dos: á ti, por tu indulto, hermano rey, y á vos, por vuestra absolución, padre Aliaga.

Hubo un momento de silencio.

El tío Manolillo se había levantado y llenaba lentamente de vino una copa.

El padre Aliaga estaba profundamente pensativo.

El rey oraba.

El bufón se bebió de un trago la copa.

—Ahora bien—dijo—, y ya que sabeis que Dorotea no es ni mi hija, ni mi amante, ¿qué queréis de ella? ¿por qué me habéis preguntado por ella?

—Basta, basta - dijo el padre Aliaga -; me siento malo, y con la venia de vuestra majestad me retiro.

—Id con Dios, padre Aliaga, id con Dios—dijo el rey.

—Os espero esta tarde en el convento de Atocha—dijo el padre Aliaga al bufón.

—Iré dijo el tío Manolillo.

El padre Aliaga hincó una rodilla en tierra y besó la mano al rey.

Después salió.

—¡Es muy singular la historia que nos has contado, Manolillo!—dijo el rey

—Tan singular, que me ha hecho daño el contarla y me ahogo en la cámara; es demasiado fuerte ese brasero y hace aquí calor. No sé cómo puedes resistir esto, Felipe; tus gentes te cuidan muy mal; yo en lugar tuyo ya tendría consumida la sangre. Tú no quieres creerme. Echa de tu lado á Lerma, y á Olivares, y á Uceda, que son otros tantos braseros en que se abrasa la sangre de España, y que acabarán por sofocarte.

—¿Sabes, Manolillo, que después de lo que me has contado, me pareces otro hombre? -- dijo el rey.

—¡Bah! tú que has nacido para ser víctima, no conoces la venganza. ¡Peor para ti!

· Un cristiano no puede, no suele ser vengativo.

—¡Pobre rey! mañana te herirán en el corazón... digo, si es que tú tienes corazón.

—¡Que me herirán en el corazón!

—¡Si mañana te matasen á tu buena esposa!...

—¡Oh! ¡si un traidor se atreviese á la reina, moriría! -exclamó el rey con una llamarada de firmeza.

—¡No, no querrá Dios!—dijo de una manera profunda el

18

tío Manolillo—; no pensemos en eso. Me voy y te dejo solo,
Felipe; pero cuidado con que te metas con mi Dorotea,
porque...

—¿Por qué?

—Porque me volveré loco, tendrás que hacer de Lerma tu
bufón, y su excelencia te divertiría muy poco: adiós.

Y el tío Manolillo salió, dejando sólo en su cámara á
Felipe III.

CAPÍTULO XX

DE CÓMO EL TÍO MANOLILLO HIZO QUE DOÑA CLARA SOLDEVILLA PENSASE MUCHO Y ACABASE POR TENER CELOS

Al salir por una puerta de servicio, el tío Manolillo se vió
detenido por el rodrigón de doña Clara Soldevilla.

—Os buscaba, maese—le dijo—, y me habéis tenido cerca
de una hora esperándoos en la antecámara de audiencia.
Conque daos prisa y venid, que os espera la dama más
hermosa que se tapa con guardainfante.

—¡Ah, mal engendro! ¡injerto de dueña en cuerpo de
sapo!... ¿qué me querrás tú que bueno sea?... Mas ahora recuerdo... en efecto... doña Clara Soldevilla tiene el malísimo
gusto de hacerse servir por ti: si es ella quien me llama,
huélgome, porque si ella no me llamara iría yo á buscarla.

—Pues ved ahí, que mi señora es quien os ruega que vayáis á su aposento.

—Pues tirad adelante, don rodrigón, consuelo de contra-
hechos.

—¡Bah! tengamos la fiesta en paz, tío, que no sois vos
ciertamente quien puede hablar de corcovas; y vamos a delante, que mi señora espera.

—Pues adelantemos.

Y el rodrigón tiró delante del tío Manolillo y le introdujo
al fin en la misma habitación donde había introducido antes
al cocinero mayor.

El bufón quedó solo con doña Clara, que le salió al encuentro.

—¿Conque al fin?—dijo el bufón, mirando de una manera
fija y burlona á doña Clara.

—¿Qué queréis decir?—contestó la joven.

—Digo que viene el sol, y derrite la nieve que ha estado hecha una piedra durísima todo el invierno.

—Venís tan hablador como siempre, Manuel, y os agradecería que me hablaseis con formalidad.

—Tan formal vengo, que vengo á hablaros de lo más formal del mundo.

—¡Cómo! yo creía que veníais porque os llamaba.

—En efecto; pero como yo he pensado buscaros á vos, antes que vos pensárais en buscarme á mí, me corresponde de derecho empezar primero. Y empiezo... pidiéndoos la mano, que el corazón no, para un amigo mío.

—Si volvéis con ese enojoso asunto... —dijo severamente doña Clara.

—Es verdad—repuso el bufón interrumpiéndola —que, olvidándome de quien soy y lo que á mí mismo me debo, vine un día á traeros de parte del rey mi señor, una gargantilla y un billete.

—Por lo mal parado que entonces salísteis...

—Entonces érais nieve, y como el rey no es sol ni mucho menos...

—¿Venís decidido á no dejarme hablar del asunto para que os he llamado?

—Me corresponde de derecho el hablar antes del asunto que me trae á buscaros. Ya os he dicho que se trata de vuestra mano.

—Acabaréis por impacientarme, Manuel.

—Yo creo que estáis ya bastante impacientada.

—Será al fin necesario oiros, para que acabéis pronto.

—Os aseguro que por interesante que sea para vos, señora, la más hermosa y más dura que conozco, lo que tenéis que decirme, os interesa más lo que yo voy á deciros. Como que se trata de vuestros amores.

Púsose la joven vivamente encarnada y excesivamente seria.

—Antes, si érais fría como la nieve, teníais el alma blanca y pura como cuando érais piedra. No hay, pues, por qué avergonzarnos, porque yo amo, tú amas, aquél ama y todos, en fin, amamos.

—¿Pero qué estáis diciendo, Manuel?

—Digo que sois la mujer más dichosa y más desdichada que conozco.

—No os entiendo.

—Dichosa, porque os ama un hombre que... perdonad...

no os enojéis, no voy á hablaros de mi hermano Felipe, sino de mi amigo Juan Girón y Velasco, que os adora... con toda su alma, como un loco.

— ¡Juan Girón y Velasco, habéis dicho!—exclamó doña Clara, á quien había hecho conmoverse de una manera profunda aquel segundo apellido, añadido al nombre del joven.

—Ya se ve; vos creéis que vuestro amante, el hombre con quien anoche anduvísteis de aventuras por esas calles de Dios, y á quien metísteis después en vuestro aposento...

—¡Tío Manolillo!—exclamó con indignación doña Clara.

— Sí, lo vi yo... como he visto otras muchas cosas, y porque he visto mucho, sé que el tal enamorado no es ni por pienso sobrino del cocinero mayor, sino hijo de duques.

— Nada me importa.

—Y os está el corazón reventando por saber...

—Si no dejamos esta conversación...

—Si la dejáramos, ¿cómo habíais de saber que ese mancebo, tan hermoso, tan honrado, tan franco, tan bueno, tan valiente, es hijo del duque de Osuna y de la duquesa de Gandía?

Doña Clara se puso muy pálida, pero se dominó. Manolillo la veía sufrir con cierta feroz complacencia.

— Pero si yo no os pregunto nada de eso; si no quiero saber nada de eso—dijo doña Clara.

—Sabéis que os he visto así, doña Clara, tamañita, cuando érais de la cámara de la infanta doña Catalina. Que os he seguido paso á paso, cuando os hicísteis mozuela, y después cuando fuísteis moza, hasta ahora que sois la dama de las damas. A propósito, se murmura que os nombran dama de honor.

—Pero por Dios, Manuel: yo os he llamado para un asunto importante.

—Lo sé todo; sé que lo más importante para vos es mi amigo Juan Girón y Velasco.

—Si os envía ese caballero—y os digo esto para concluir—, decidle que le he dicho ya cuanto tenía que decirle, y que más allá de lo que le he dicho no daré un paso.

—Sin embargo, le diré también que vos, que sois la dama de alma más tranquila que conozco, que dormís bien, que coméis bien, estáis un tanto ojerosa y pálida, y aun me parece que no tan gorda como ayer: habéis adelgazado algo, y si seguís así tragándoos vuestro amor...

—¡Qué pesadez y qué insolencia!—exclamó irritada doña Clara—. ¿Será cosa de que os mande echar?

--Si continuáis así, señora, os vais á poner flaca y fea.

—¿Os he hecho yo algún daño, Manuel?—dijo la joven, á quien no se ocultaba lo que había de agresivo é intencionado en las palabras del bufón.

—¡Daño! ¡á mí! yo no me enamoro, y vos no sois mala: si alguna vez me hiciérais daño me vengaría.

--¿Y á qué ese empeño de hacerme oir lo que no me agrada?

--Cumplo con un encargo.

—¿Con un encargo de don Juan...?

—Sí, ciertamente

—¿Y un encargo para mí?

--Como que sois para él toda una ambición.

—Yo creí más noble y más reservado á ese hombre.

—¿Qué queréis, señora? es joven, recién venido á la corte: conoce que vos le amáis...

—¿Qué lo conoce...?

—Y como os ha hecho un gran servicio...

—¿A mí?

--Lo mismo da, puesto que lo ha hecho á la reina...

—¿A la reina...?

—Por supuesto... las cartas de don Rodrigo...

—Ese hombre es un miserable, un calumniador...

—Es joven, é inexperto.

—Pues decidle... decídselo, que si me ha podido interesar... algo... por circunstancias especiales, ahora por circunstancias especiales le desprecio.

--Pero le vais á matar...

—Quien es hablador, embustero, mal nacido, no puede amar.

—Pero ved que lloráis.

- De rabia.

—¡Ah! ¡ah! y ello al cabo, á nadie lo ha dicho más que á mí.

—Que sois el escándalo del alcázar.

—Estimo vuestro favor: no creía yo ciertamente que cuando venía á hablaros del único hombre que ha podido conmoveros...

—No hablemos más de ese hombre.

—Como gustéis, porque os veo muy irritada.

—Vengamos al asunto que me ha obligado á llamaros.

—Vengamos en buen hora.

—¿Qué sois de esa comedianta que se llama Dorotea: padre, amigo, amante, marido?...

—Esa misma pregunta me han hecho hace poco, y he contestado: soy su perro, su perro valiente, que por lo mismo que Dorotea es desgraciada, la guarda; capaz de despedazar la mano del rey si toca á esa mujer.

—¡Sois, pues, su padre!

—No, pero es lo mismo.

—¡Esa mujer es amante del duque de Lerma!

—Sí; sí, señora.

—¿Y de don Rodrigo Calderón?...

—Lo fué; ahora creo que lo sea de otro.

—¿Y quién es esa mujer?

—Una huérfana.

—Esa mujer se ha atrevido á sospechar de su majestad.

—Ha tenido celos, como vos podéis tenerlos.

—Resulta, pues—dijo doña Clara terriblemente contrariada—, que os he llamado en balde.

—Creo que no.

—Os veo tan decidido por esa mujer...

—Yo os veo más por un hombre.

—Debéis tener mucha confianza en que vuestro oficio de bufón os saque á salvo de todo—dijo con una cólera mal reprimida doña Clara.

—Me habéis tomado ojeriza sin razón.

—No tengo más que una cosa que deciros: mirad cómo tomáis mi nombre en vuestros labios.

—No puedo tomarlo mal; sois honrada, y muy noble, y muy dama; si estáis enamorada, enfermedad es esa con que nacemos, y enfermedad incurable, de que no debéis avergonzaros; conque ¿qué diré á don Juan Girón y Velasco?

—¿Qué le habéis de decir de mi parte? Nada. Id con Dios.

—Quedad con Dios, señora.

Y el bufón salió después de pronunciar con un retintín insolente sus últimas palabras.

—¿Por qué me trata así ese miserable?—se quedó murmurando doña Clara.

Entre tanto decía el bufón saliendo de la sala:

—Dorotea ama al señor Juan Montiño; no tengo duda de ello; la conozco demasiado, le ama con la virginidad de su amor. ¡Qué dichosos son algunos hombres! Pero ella le ama, y bien; yo he hecho cuanto he podido por emponzoñar los amores de doña Clara con él; ¿sabrá doña Clara que ese don Juan ha ido casa de Dorotea, ó indican un peligro mayor las preguntas de doña Clara acerca de ella? Las cartas de la reina.. ¡oh, oh! pues que se anden despacio, porque yo no tengo más amor ni más vida que Dorotea.

La intención del tío Manolillo, sin embargo, no había producido el efecto que se había propuesto. Doña Clara era una jóven de razón fría.

Lo primero que la aconteció, fué sentirse herida en el corazón.

Porque amaba á Juan.

Las circunstancias en que le había conocido y las cualidades del joven, justificaban aquel amor, naciente, es cierto, pero arraigado ya en el alma.

Todo la había agradado en el joven.

Su figura, su entusiasmo, su franqueza, su valor, su discreción, el mismo efecto violento que su hermosura había causado en él...

Doña Clara, dentro de su pensamiento había acariciado á aquel amor.

Se había encariñado con él, es decir, se había sentido halagada, enlanguidecida, llena por su influencia, y amaba á su amor.

Era uno de esos amores que pocas mujeres consiguen.

Un amor completo.

Un amor hermoso.

Una sola cosa podía haber contrariado á doña Clara, y entonces no la contrariaba aún.

La dificultad de su enlace con Juan Montiño.

Pero el amor de doña Clara era su primer amor.

Ese amor casto, tranquilo, que no lleva consigo, que no se funda en el deseo de la posesión material del ser amado.

Doña Clara no había pensado todavía que podía pertenecer á un hombre.

Su alma dormía envuelta en un velo de pureza.

Por lo mismo, no la había contrariado en gran manera la dificultad de su enlace con Juan Montiño.

Y sin embargo, á pesar de la pureza de su amor, no había dormido aquella noche, había sentido un malestar amargo, una inquietud ardorosa.

Su alma, concentrada en el recuerdo del joven, había bebido en sus ojos, en su semblante, en su expresión, en su alma, no sabemos qué lascivia interna, misteriosa, incomprensible

para doña Clara, pero ardiente, profunda, llena de voluptuosidad.

Y es que no se pasa en la naturaleza bruscamente de un
estado á otro, de una forma á otra; es que todas las modifi-
caciones, todas las transformaciones necesitan nacer, des-
arrollarse, hacerse, en una palabra.

Doña Clara, mujer en la razón, niña en el alma, para ser
una mujer completa, necesitaba pasar por una gradación
necesaria, más ó menos rápida, más ó menos violenta,
según fuese la fuerza de impulsión que presidiese á aquella
gradación.

En una palabra, doña Clara estaba enamorada de Juan
Montiño, todo lo que podía y de la manera que debía
estarlo.

Porque nada sucede ni deja de suceder, que no pueda y
no deba ser ó no ser.

Doña Clara había considerado á Juan Montiño á primera
vista y casi por intuición tal cual debía considerarle.

Le halló profundamente simpático, y su alma se extendió
hacia él.

Renunciar á su juicio, lastimarse el corazón renunciando
á él, era cosa que doña Clara no podía hacer sin discutir su
resolución consigo misma.

Así es que si al principio se irritó con las confidencias
del bufón, que suponía á Montiño un mozalbete lenguaraz y
villano, como muchos de los que abundan en la corte, después, más serena, se dijo:

—Cuando una persona se refiere á otra debemos, antes de
decidir, ver si hay en la persona que refiere algún interés en
favor ó en contra de quien se ocupa. Ahora bien; que el tío
Manolillo ama á esa comedianta es indudable. Que su amor
sea capaz de todos los sacrificios, hasta el punto de amar
los caprichos y las faltas de esa mujer, es posible. Ahora
bien; esa miserable tenía celos de la reina... celos de Calderón... el tío Manolillo quiso matar á don Rodrigo, y para
ello pidió á la reina los mil y quinientos doblones; cierto
es que prometió rescatar las cartas, pero acaso si hubiera
muerto ó herido á don Rodrigo, hubiera ido á llevar esas
cartas á la Dorotea en vez de llevarlas á la reina. Se cruzó
ese joven de una manera providencial, rescató las cartas...
esto puede ser un motivo de odio que determine una calumnia del bufón. Además, lo que me ha dicho podía saberlo, y
lo sabía sin duda, sin necesidad de que ese joven se lo dije-

se. Es necesario no obrar de ligero... ¿Pero y si ese empeño·
de que yo desprecie á don Juan, fuese porque le haya visto
:la Dorotea y le ame?

Esta era la verdad, y al suponerla doña Clara, sintio lo
que nunca había sentido: la dolorosa é insoportable sensación de los celos.

Y como los celos nunca son hidalgos, ni se detienen ante
nada, tomó una pluma y escribió una larga carta en que
acusaba ante el inquisidor general á Dorotea y á Gabriel
Cornejo.

Poco después aquella carta entraba en la celda del padre·
Aliaga.

CAPÍTULO XXI

EN QUE CONTINÚAN LOS TRABAJOS DEL COCINERO MAYOR

—¿Me da vuecencia venia para entrar?—decía una-voz
poco firme y contrariada á la puerta de la cámara del duque
de Lerma.

—Dejad ese despacho, Santos—dijo el duque de Lerma á
un secretario que trabajaba con él—y enviad á buscar á mi
sobrino el conde de Olivares.

Levantóse el secretario, arregló los papeles, los puso en
una carpeta y luego aquella carpeta en un armario.

Después salió.

Entonces el ministro-duque se volvió con afectación á la
puerta por donde había entrado la voz que pidió permiso,
y dijo con cierta hueca benevolencia:

—Entrad, Montiño, entrad.

Entró el cocinero mayor del rey, se inclinó profundamente tres veces, y luego, haciendo una mueca que parecía
una sonrisa, dijo:

—¿Quedó vuecencia contento del banquete de ayer,
señor?

—Por el dinero que os dará mi mayordomo, podréis sacar
la consecuencia, buen Montiño.

—¡Ah señor, excelentísimo señor!—dijo Montiño poniéndose en arco y haciendo otra mueca—no lo decía por tanto.

—Sí, sí; ya sé que mil ducados más ó menos son para vos.
muy poco.

—No tanto, no tanto como eso, señor.

—Sin embargo, hacéis muy buenos negocios; debéis estar rico, Montiño; además de que la vianda de su majestad debe dejaros buenas ganancias, siempre me estáis pidiendo oficios.

—Y yo os agradezco á vuecencia...

—No hago más que pagaros vuestros servicios; sois inteligente y activo; y luego... vos me servís bien... es decir, servís bien á su majestad.

Volvió á inclinarse Montiño.

—¿Cómo anda el cuarto del príncipe?

—Don Baltasar de Zúñiga no perdona medio de captarse la voluntad de su alteza; como que dicen que hace versos con él.

—Y aun poesías eróticas...

—No comprendo bien, señor.

—Composiciones amorosas.

—No; no, señor; eso se queda para el duque de...

Montiño se detuvo afectando la confusión de quien ha pronunciado una palabra inconveniente y peligrosa.

—¿El duque de qué?—dijo Lerma –; vamos, concluyamos: ¿queréis sin duda decir mi hijo el duque de Uceda?

—Efectivamente, señor; yo creía haber sido indiscreto...

—No, no, de ningún modo; cuando se trata del servicio de su majestad, yo no tengo hijo; y á propósito de hijos... recordadme más adelante que tengo que encargaros algo acerca de la condesa de Lemos.

—Muy bien, señor.

—Decíamos, que de las composiciones amorosas del príncipe está encargado el duque de Uceda.

—Sí, señor; eso dicen los de la cámara de su alteza.

—¿Y quién es la persona destinada á juzgar del mérito de esas composiciones?

—Una dama muy matronaza, muy hermosaza, á quien suele ver su alteza en la comedia y en el Buen Retiro; que recoge á su alteza entero en la mirada de sus grandes ojazos negros.

—¿Y quién es esa mujer?

—No se sabe. Ha aparecido de repente en la corte; vive en la calle de Amaniel con una dueña y un escudero, y la visita mucho el duque de Uceda.

—¿Y no la visita nadie más?

—Dicen que tarde, de noche, suele entrar en la casa un hombre.

—¿Y quién es ese hombre? Me hacéis preguntar demasiado, Montiño; si no bastan los maravedises que os doy para que estéis bien servido, pedidme más. No importa lo que se gaste; necesito, para servir bien á su majestad, saber todo lo que sucede en palacio, y lo que sucediendo fuera de palacio pueda también convenir.

—Ese hombre es el sargento mayor don Juan de Guzmán.

—¡Don Juan de Guzmán! Don Rodrigo Calderón me habló por él; me ponderó lo útiles que podían ser servicios, y en dos años le hemos hecho capitán, y después sargento mayor. Don Rodrigo me le ha mostrado varias veces, y... veamos si le reconozco: es un hombre soldadote, buen mozo, ya maduro...

—Sí; sí, señor; es un hombre de cuarenta y cuatro á cuarenta y seis años, aunque demuestra diez menos; ya en otra ocasión me mandó vuecencia que me informara, y yo acudí á mi compadre Diego de Auñón, que es un escribano real, que corta un cabello en el aire. Á las veinticuatro horas me dijo:

—El tal por quien me preguntáis, ha vivido honradamente matando á obscuras por poco precio. Hanle puesto á la sombra más de tres veces; pero se da ó se daba tal maña para su oficio, que nada se le ha podido probar, y por no mantenerle y por hacer falta muchas veces desocupar la cárcel un tanto para que cupiesen otros presos, se le ha soltado. Ahora vive honradamente de su sueldo, y nada hay que decir de él.

—¡De modo que si esa dama con quien entretienen al príncipe don Felipe tiene tales conocimientos secretos, debe ser una bribona!

—No sé, no sé, excelentísimo señor; porque también hay damas y muy damas que se pierden por estos tunos.

—Tomad—dijo el duque abriendo un cajón y sacando de él un estuche.

—¿Y qué es esto, señor?

—Una gargantilla.

—¡Ah! ¿Debo visitar á esa dama?

—Sí.

—¿Y qué la he de decir?

—Que un personaje, un altísimo personaje, la conoce y la ama.

—Puede creer que ese personaje es su majestad.

—No importa: si ella lo supusiese...

—Niego...

—No, no negáis... Será bien que vayáis vos en persona: en vez de negar, afectaréis como que la hacéis una gran confianza, y la diréis: su majestad es muy grave, muy cuidadoso de su decoro; su majestad no quiere que nadie, ni vos misma, sepáis que os ama... que os visita... Su majestad vendrá á veros, y le recibiréis sin luz: debéis ser muy prudente, y en las visitas que su majestad os haga, no indicar ni por asomo que le conocéis.

—¿Pero y si esa dama se negase á recibirme?

—¿No decís que tiene dueña?

—Sí, señor.

—Pues bien; tomad para la dueña.

El duque abrió otro cajón, sacó de él algunas monedas de oro, y las puso formando una columna bastante respetable en el borde de la mesa del lado de Montiño.

El cocinero miró con codicia el oro; pero no le tocó.

—Guardad eso—le dijo el duque—, y además... me olvidaba... tomad.

Y el duque sacó una cajita de terciopelo. la abrió, y dejó ver dentro una cruz de Santiago, esmaltada en una placa de oro.

—¡Ah, señor!—exclamó trémulo de alegría el cocinero—; ¿me da vuecencia el hábito de Santiago?

—¿Y para qué le queréis vos? ¿para que no os atreváis á entrar en la cocina, por temor de que se os manche la cruz?

Cayó dolorosamente despeñado de lo alto de su vanidad Montiño.

—¿Pues para quién, señor, es ese hábito?—dijo con un sarcasmo mal encubierto--; ¿acaso para la aventurera con quien entretiene al príncipe el duque de Uceda?

—Para esa el collar de perlas, y más que fuere menester; esta cruz es para otra persoua. ¿No conocéis á alguien que se haya hecho recientemente merecedor del hábito?

—Confieso á vuecencia que no.

—Si el servicio que pienso recompensar pudiera hacerse público, no le pagaría tan barato; sería cosa de titular á quien le ha hecho: ha salvado á su majestad.

—Pues qué, ¿su majestad ha estado en peligro?

—Su majestad la reina ha estado á punto de ser deshonrada—contestó el duque.

Montiño supo contenerse en el momento en que vió claro que se trataba de su sobrino postizo.

—Pues confieso á vuecencia, que no sabía yo que su majestad la reina...

—Vamos, señor Francisco. ¿A dónde llevásteis anoche á un vuestro sobrino?

—¿Yo?... á ninguna parte—dijo Montiño temiendo que lo de la cruz fuera un lazo.

—Será necesario probaros que obro de buena fe—dijo el duque—y por lo tanto insisto; tomad esta cruz, llevádsela á vuestro sobrino Juan Montiño, y decidle que venga mañana á recibir la real cédula de mi mano.

—Muchas mercedes, señor—dijo Montiño tomando la cruz.

—Pero esto no basta; vuestro sobrino será pobre.

—Lo es en efecto, señor.

—¿Y qué puede hacérsele?

—Es valiente...

—¿No más que valiente?...

—Es licenciado.

—¿En qué?

—En teología y en derecho.

—¿Está ordenado?

—No, señor.

—No conviene que sea clérigo; un mozo que da tan buenas estocadas, no debe llevar un roquete; le está mejor un oficio de alcalde; los alcaldes bravos, que tienen letras y puños, valen más que los que sólo tienen letras; le haremos alcalde de casa y corte.

Montiño estaba espantado con lo que veía, y sobre todo de la buena suerte de su sobrino.

—Conque—dijo Lerma—, ¿sabéis todo lo que debéis hacer?

—Sí, señor. Seguir averiguando cuanto pudiere.

—Eso es.

—Procurar introducirme en la casa de esa dama.

—Eso es.

—Dar á mi sobrino esta cruz, y mandarle que venga á dar á vuecencia las gracias.

—Eso es.

—Además, vuecencia me dijo le recordase que tenía que decirme algo acerca de la señora condesa de Lemos.

—En efecto, me importa saber uno por uno los pasos que da doña Catalina.

—Puedo deciros, señor, que cuando yo venía para acá, entraba vuestra hija en las Descalzas Reales.

—Nada tiene eso de extraño.

—Y ya que vuecencia quiere que se le diga todo, bueno será también que vuecencia sepa, que poco después entraba en el convento don Francisco de Quevedo.

—¡Ah! ¡ah! ¿y en el convento, no en la iglesia?

—La señora condesa entró por la puerta de los locutorios, y por aquella misma puerta poco después don Francisco.

El duque de Lerma escribió rápidamente una carta, la cerró, y escribió sobre la nema.

«Á la madre Misericordia, abadesa de las Descalzas reales—. Del duque de Lerma—. En propia mano.»

-- Id, id, Montiño—dijo el duque—; id, llevad esa carta al momento á su destino, y traedme la contestación.

Montiño salió casi sin despedirse del duque por obedecerle mejor, y su excelencia se quedó murmurando:

—¿Qué habrán ido á hacer mi hija y Quevedo á las Descalzas reales?

CAPÍTULO XXII

DE CÓMO EN TIEMPO DE FELIPE III SE CONSPIRABA HASTA EN LOS CONVENTOS DE MONJAS

La madre Misericordia, á pesar de ser abadesa de las Descalzas Reales, no era una vieja.

Esto no tenía nada de extraño, porque á falta de edad tenía caudal.

Gastaba generosamente gran parte de él en regalos á las monjas.

.Y hemos dicho mal al decir que generosamente, porque aquellos regalos habían tenido su objeto antes de ser abadesa la madre Misericordia.

Serlo.

Después de ser abadesa, los regalos servían para que todas las monjas la llevasen á su celda y misteriosamente los chismes del convento.

En el convento de las Descalzas Reales se conspiraba.

Estas conspiraciones eran hijas de la rivalidad de las monjas.

La comunidad, como toda sociedad, estaba dividida en bandos.

Cada uno de estos bandos quería influir en el ánimo de la abadesa, en aquella especie de presidenta de república.

Porque un convento de monjas es una república en que todos los cargos se obtienen por elección.

Y una república más difícil de gobernar que lo que á primera vista parece.

A más de la lucha de influencia, había otras luchas secundarias que acababan de envenenar á la comunidad.

Llegaba un día clásico.

Era necesario un sermón.

Seis meses antes empezaba una lucha sorda en el convento.

Cada madre quería que su confesor fuese el encargado de la oración sagrada.

Y como había muchas madres y muchos confesores, de aquí la lucha.

Cada confesor influía sobre su monja.

Y decimos sobre su monja, porque cada confesor no tenía ni podía tener más que una hija de confesión en el convento, y aun en los conventos de la población en que se encontraba.

¿Saben nuestros lectores lo que hubiera sucedido si un fraile ó un clérigo se hubiese atrevido á tener á su cargo más de una conciencia en la comunidad?

Esto hubiera sido una especie de adulterio *sui generis*.

No ha existido, ni existe, ni existirá, monja que pueda tolerar tal cosa.

Lo más, lo más que sucede es lo siguiente:

Se pone malo un confesor, y en un día de confesión se encuentra huérfana una monja.

Entonces otra, por gran favor, por una gracia especial, especialísima, cede su confesor á la monja huérfana.

Y la rivalidad llega hasta á los regalos que las buenas madres hacen á sus confesores.

Que sor Fulana envió el día de su santo una bizcochada magnífica á su director espiritual.

Que sor Futana pretende sobreponerse, y envía al jefe de su conciencia otra bizcochada mejor.

Las dos madres se pican: la una, porque la otra ha hecho más; la otra, porque la primera ha murmurado de ella.

Entonces tercian chismes más peligrosos.

Si sor Fulana estuvo asomada á la celosía y dejó caer un billete, y si recogió el billete un estudiante.

Si sor Futana soltó por su celosía un rosario bendito, que fué á caer en la halda de la capa de un soldado.

Porque en aquellos tiempos había enamorados y galanes de monjas.

Quevedo lo dice, y hace su aserción verdadera el que la Inquisición revisó los libros de Quevedo, como los revisaba todos, y no se opuso á lo que decía respecto á los enamorados de las monjas, ni lo tachó ni lo encontró inmoral.

Esto estaba en las costumbres de entonces; lo sabía todo el mundo, y no había por qué prohibir un libro que no decía más que lo que todo el mundo sabía.

Además, que estos eran unos amores simples.

Hoy es otra cosa

De modo que la que en aquellos tiempos se metía en un convento para huir del mundo y de las tentaciones del demonio, se metía en otro mundo más agitado, en donde encontraba otras peores tentaciones.

Y no era sólo esto lo que constituía el carácter, el modo de ver y de obrar de los conventos de monjas del siglo XVII.

El clero los utilizaba para otros negocios.

Las monjas venían á ser los intermediarios de otras conspiraciones de carácter más trascendental, puesto que tenían relación con el Estado.

¿Quién había de creer que en una carta dirigida á la abadesa de un convento, iba otra que debía entregarse por la abadesa á tal ó cual alta persona?

¿Quién podía sospechar que en aquellas cartas se agitasen las parcialidades de la corte?

En aquellos tiempos y aun en otros, los conventos de monjas venían á ser para los conspiradores lo que un arroyo ó un río para el que quiere hacer perder las huellas de su paso á quien le sigue.

De modo que una abadesa de monjas en el siglo XVII, solía ser un personaje importantísimo.

Eralo la madre Misericordia, abadesa de las Descalzas Reales de la villa y corte de Madrid.

Primero, porque su convento era el más aristocrático.

Había sido fundado en 1550 por la señora infanta de Portugal, doña Juana.

Le protegían directamente sus majestades.

Le visitaban mucho é iban con suma frecuencia á comer en él conservas.

Las monjas eran todas señoras pertenecientes á la alta nobleza.

Por lo importante de su categoría, que hacía importante su influencia, llovían sobre el convento magníficos donativos.

En el siglo xvii hubo un verdadero furor por las fundaciones religiosas y piadosas.

Solamente en Madrid, durante aquel siglo, se fundaron diez y seis conventos de frailes, diez y siete de monjas, nueve iglesias, seis hospitales y seis colegios; es decir, que se fundaron cincuenta y cuatro establecimientos piadosos, de los cuales sólo eran de beneficencia doce.

Esto sin contar un número igual de fundaciones anteriores.

De modo que en Madrid no podía darse un paso sin tropezar con una iglesia ó un oratorio

Un número inmenso de los habitantes de la población pertenecía á la clase monástica.

Solamente el duque de Lerma fundó dos conventos de frailes y uno de monjas.

Esta manía de las fundaciones religiosas, á más de la piedad, tenía un objeto más egoísta: el de hacerse una ostentosa sepultura para sí y para su familia en una fundación.

Todo el que era bastante rico para ello fundaba un convento; el que no podía tanto, una iglesia; el que podía menos, una ermita; por último, el que no podía fundar nada, hacía donaciones á los conventos y á las iglesias, á fin de asegurar á su alma sufragios perpetuos.

De ahí la gran masa de bienes muertos en poder de las comunidades.

De ahí esa costra de frailes y de monjas que se extendió sobre España, cuya influencia fué incontrastable, que hizo decir á los extranjeros que España era un monasterio, y que no hemos podido quitarnos aún completamente de encima.

En la Edad Media España era un castillo.

Cuando los nobles no pudieron construir fortalezas, construyeron conventos.

No pudiendo tener bandera ni hombres de armas, tuvieron frailes y monjas con su guión y su cruz.

Con los hombres de armas se rebelaban contra el rey, y oprimían al pueblo en la Edad Media.

En el siglo xvii sofocaban al trono rodeándole de frailes, y con esos mismos frailes embrutecían al pueblo.

19

Duraba el privilegio, crecía, se desbordaba.

La clase monástica, pues, pesaba en la balanza de los negocios públicos de una manera incontrastable.

Tenía también una espada, una terrible espada cuyo poder aterraba.

Esta espada era el Santo Oficio de la general Inquisición.

El Santo Oficio tuvo poder bastante para traer á España los vergonzosos tiempos de Carlos II.

En una época tal, el convento de las Descalzas Reales tenía una gran influencia.

La abadesa era un gran personaje.

Era sobrina, aunque lejana, del duque de Lerma, noble y rica.

Había aportado un rico patrimonio procedente del dote y de las gananciales de su madre, y del tercio y quinto de su padre al convento.

En el mundo se había llamado doña Angela de Rojas.

Era rica.

Pudo haberse casado, porque todas las mujeres ricas se casan.

Pero se había enamorado de un hombre que estaba enamorado de otra tan rica como ella y además hermosa y señora de título, con la que se casó al cabo.

Doña Angela, no encontrando otro medio mejor para desahogar su cólera, se metió en las Descalzas Reales.

Duróle la rabia un año, y tuvo tiempo de profesar.

No sabemos si después de haber profesado se la pasó el despecho, y se arrepintió de haberse apartado de un mundo, para encerrarse en otro.

Ella no lo dijo á nadie.

Al profesar, por una antítesis violenta con su carácter, tomó el nombre de María de la Misericordia.

Desde que fué monja, empezó á conspirar por su cuenta y á sostener sus conspiraciones con su dinero.

A los seis años de su profesión, sor Misericordia se llamaba la madre abadesa.

Su competidora vencida enfermó de rabia, y murió desesperada bajo la presión de su vencedora.

Hay entre las armas antiguas una que se llama puñal de misericordia.

Con este puñal remataban los vencedores á los vencidos.

A esta madre, en fin, fué á visitar la joven y hermosa doña Catalina de Sandoval, condesa de Lemos.

A más de ser abadesa de las Descalzas Reales, en cuya comunidad tenía la condesa mucha familia, era parienta suya.

Cuando la condesa llegó al locutorio, la dijo la tornera:

—Será necesario que vuecencia espere; la madre abadesa está confesando en estos momentos.

La condesa se mordió los labios, porque aquella detención la contrariaba.

—¿Quién es el confesor de mi prima, madre Ignacia?—dijo á la tornera.

—¡Oh! es un justo varón, un padre grave y docto de la orden del seráfico San Francisco: fray José de la Visitación.

—¡Ah! ¡Fray José de la Visitación! le conozco mucho y ha sido mi confesor algún tiempo; tomé otro porque nunca acababa de confesarme; era eternizarse aquello.

—Es confesor muy celoso.

—Demasiado; ¿y hace mucho tiempo que mi prima está confesando?

—Ya hace más de una hora.

—¡Ah! pues tenemos para otra hora larga.

—Tal vez—dijo la tornera.

—Decidme, madre Ignacia—preguntó la condesa—, ¿está vacía la celda aquella tan hermosa que está sobre el huerto?

—Sí, sí, señora condesa; está vacía porque las tapias son bajas, y una educanda que vivió en ella se escapó descolgándose por el balcón y saltando las tapias. Esto fué un escándalo que nadie sabe, que hemos guardado todas... pero yo lo digo á vuecencia en confianza.

—Gracias, amiga mía. ¿Conque las tapias son bajas y el balcón bajo?

—Sí, señora; era necesario tener una gran confianza en la persona que viviese en aquella celda.

—Y... ¿no hay otra desocupada?

—No; no, señora: apenas tenemos convento: será necesario ensancharlo: no cabemos.

—¡Bendito sea Dios!

—¿Piensa vuecencia traernos alguna novicia ó alguna educanda?

—No, no por cierto.

La condesa, que estaba profundamente preocupada, calló.

La tornera calló también por respeto.

—Madre Ignacia—dijo doña Catalina—, no me hagáis visita; de seguro estáis haciendo falta fuera.

—En verdad, señora, que ese torno no para en todo el día; pero no importa: allí he dejado á sor Asunción.

—Id, id, y por mí no faltéis á vuestra obligación, ni molestéis á nadie. Tengo además mucho en qué pensar, y no me pesaría estar sola.

La tornera se inclinó profundamente y salió.

Doña Catalina quedó sola.

Su bello semblante moreno estaba pálido; por bajo de sus ojos se veía una señal levemente morada como de quien no ha dormido; su mirada estaba fija, impregnada de no sabemos qué expresión vaga, incomprensible.

Había en su semblante un tinte de tristeza, una expresión de malestar interior.

Golpeaba impaciente con su lindo pie el pavimento.

Parecía, en fin, contrariada, por la tardanza de su prima la noble abadesa.

De repente la distrajo el rechinar de la puerta del locutorio.

Se volvió y vió á Quevedo.

Doña Catalina se puso de pie.

—¿Conque hasta aquí?—dijo.

—Hasta donde vos vayáis, mi cielo. No quiero quedarme á obscuras, y como sois mi sol, os sigo.

—¡Ah, don Francisco... don Francisco!... ¿no me prometísteis anoche. que me dejaríais venir á encastillarme contra vos?

—Sí, es cierto; pero no lo prometí yo.

—¿Pues quién fué?

—Mi amor impaciente.

—¿Pero en tan poco me estimáis, que viendo que huyo de vos queréis aún comprometerme?

—Recuerdo que en la galería obscura me ofrecísteis vuestra casa.

—Tenía á obscuras la razón; no sabía lo que me acontecía.

—¿Pero no me amáis?

—¡Ay!... ¡sí!...—exclamó doña Catalina tendiendo lánguidamente su mano y de una manera instintiva á Quevedo.

—¡Ah!—exclamó Quevedo, apoderándose de aquella mano—; ¡y cómo me da la vida vuestro amor!

—Soltad, que estas monjas son muy curiosas, y siempre están en acecho.

—Decís bien; siempre andan alrededor de los del mundo,

que se les acercan como el gato alrededor de las sardinas.

—Por lo mismo, mirando el lugar en que nos encontramos, y sobre todo mi decoro, sed respetuoso conmigo.

—¿Y cuando, señora, no os he respetado?

—Dadme una prueba saliendo de aquí.

—Prometedme que vos no pasaréis más adelante.

—Aseguradme que seréis dócil á lo que yo quiera.

—Os lo juro, siempre que no me pidáis lo que no puedo concederos.

—Pues bien, no entraré.

—¿Y podré yo entrar hasta vos?

—¡Qué adelantáis, don Francisco, con sacrificar una mujer más!

—Seríais vos la primera.

—Ved por qué no puedo fiarme de vos; negáis lo que todo el mundo sabe: vuestros ruidosos galanteos.

—Helos tenido con muchas hembras, pero tratándose de mujeres vos sois mi primera mujer.

—Tal vez os engañáis... tal vez yo no sea más que... como vos decís, una hembra, y harto débil y desdichada.

—Pues yo os creo demasiado fuerte, y en cuanto á lo desdichada, estando ausente de vos mi señor el duque de Lemos, no os podéis quejar.

—Quéjome de que siempre no haya estado lejos.

—¡Oh! ¡si no hubiérais sido hija de Lerma!

—Ni aun delante de mí, perdonáis á mi padre.

—Eso os probará que para vos, mi lengua es lengua de Dios.

— No os entiendo.

—Quiero decir, que para con vos mi lengua es lengua de verdad: para mejor probároslo, no sólo aborrezco, sino que desprecio á vuestro padre.

—¡Ah! ¡qué desgraciada soy!

—Sóislo en efecto; pero vuestra desgracia no os trae vergüenza: no se eligen padres.

—Si yo fuese una cualquiera no me hubiérais amado.

—Soy hombre que visto negro y liso.

—¡Cómo!

—Quiero decir, que no me paro en bordaduras, ni en apariencias, ni en riqueza; siendo vos lo que sois, además de ser hija de un duque y mujer de un conde, para que yo no os hubiese amado, era necesario que no os hubiera conocido.

—De modo que si yo hubiese sido la hija de un mendigo...

—Hubiera quitado las conchas y hubiera tomado las perlas.

—Desconfío todavía de vos.

—¿Todavía?...

—Sois un abismo. Acaso no me enamoráis sino porque soy hija del favorito del rey.

—Mal haya la fama, que más que bienes da males.

—Sois gran conspirador.

—¿Conspirador habéis dicho? pues conspiremos.

—¿Y contra quién?

—Contra la abadesa vuestra prima.

—Conspirar, ¿y para qué?

—Para salir del atolladero.

—¿De qué atolladero?

—De haberos metido vos aquí, y de haberme metido yo tras vos.

—Con que vos os vayáis hemos salido del paso.

—Os engañáis, porque ya me han visto.

—¿Y por qué habéis dado lugar á que os vean?

—Se me os escapábais.

—No creo que puedan suponer...

—Las monjas no suponen nada bueno...

—Pero mi prima sabe...

—Que sois hermosa; lo que basta para que os mire mal.

—Es virtuosa...

—Con la virtud de las feas.

—¡Pero Dios mío, vos no perdonáis á nadie!

—A nadie sentencio que él mismo no se haya ya sentenciado.

—Y ya que decís que estamos en un atolladero, ¿cómo os parece que podamos salir de él?

—Conspirando.

—¿Pero contra quién?

—¿Contra quién?... contra cualquiera... la abadesa, á trueque de conspirar, creerá todo lo que queramos que crea. ¿Quién es el confesor de nuestra noble prima?...

—¿De nuestra prima?...

—He dicho de nuestra prima, porque hasta cierto punto vuestros parientes son mis parientes.

—¿Os habéis propuesto mortificarme?

—No quisiera. Pero volvamos á nuestra conspiración. ¿Quién es el confesor de nuestra prima?

—Esperad; no sé por qué se me ocurrió preguntar eso

mismo á la tornera, y me dijo que un fraile grave de San Francisco... fray José de la Visitación.

—¿Aquel que se atrevió á decirnos un día que el infierno era negro como vuestros ojos, y que vuestros ojos quemaban sin llama como el infierno? Pues si es ese santo varón, ya sé contra quién tenemos que conspirar.

—¿Contra quién?

—Contra el conde de Olivares.

—¡Ah! el pobre conde nos va á servir de mucho.

—Pienso valerme de él para otras muchas cosas.

—¡Ah! ya no tenemos tiempo de prevenirnos. Me parece que oigo la voz de mi prima.

—¡Oh! pues dejadme hacer, fingíos muy turbada.

Quevedo no pudo decir más.

Acababa de entrar en el locutorio una monja como de veintiseis á veintiocho años muy morena, con un moreno impuro; casi sin cejas, con los ojos pequeños, redondos y grises, desmesuradamente larga la boca, los pómulos salientes y todas estas partes componiendo un semblante cuadrado, un conjunto desapacible, hostil, antipático; añádase á esto el hábito, la toca cerrada, el velo y la expresión monjuna, bajo la cual se encubría mal la soberbia, y se comprenderá que la madre Misericordia tenía un nombre enteramente contrario á su aspecto, eminentemente antitético con ella misma.

Sin embargo, se comprendía lo elevado de su cuna en la distinción de sus maneras.

Adelantó gravemente hasta el centro de la parte del locutorio, situado del lado allá de la doble reja, y comprendió en una reverencia su saludo para doña Catalina y Quevedo.

—Ya nos une esa víbora—dijo para sí don Francisco—, yo haré que nos desuna.

Y contestando con otra no menor reverencia á la abadesa, mientras la de Lemos callaba verdaderamente turbada por la situación, dijo:

—¡Mi señora doña Angela!...

—Hace mucho tiempo que sólo me llamo sor Misericordia, caballero—, dijo la religiosa con acento severo y agresivo.

—Perdonad, pero yo busco en vos la dama, cuando voy á hablaros del mundo, cuando voy á sacar vuestro pensamiento del claustro.

—En primer lugar, caballero, yo no os conozco; en segundo lugar, no comprendo cómo acompañáis á mi parienta doña Catalina.

—Sentémonos—dijo Quevedo con gran calma.

Doña Catalina se sentó más turbada que nunca, y la abadesa extraordinariamente admirada, dominada por la sangre fría y la audacia de Quevedo.

—Vos no me conocéis—dijo—, no lo extraño; vos habéis vivido siempre muy retirada del mundo, mientras que yo he vivido siempre muy metido en él, aun cuando he estado preso.

Al oir la palabra preso, la abadesa dejó ver una altiva expresión de disgusto y de contrariedad.

—Y digo preso—continuó Quevedo como contestando á aquella expresión—, porque los que en España nos encontramos entre cierta gente, cuando no somos prendedores somos prendidos. En fin, señora, yo me llamo, después de criado vuestro, don Francisco de Quevedo y Villegas, señor de no sé qué torre, y autor de no sé qué libros.

—¡Ah!—exclamó cambiando enteramente de expresión la abadesa—; ¿y para qué me buscáis, caballero?

—Primero he buscado á vuestra noble prima.

—¿Y para qué?

—Para asuntos que me tocan al alma... porque á mí me toca al alma todo lo que directa ó indirectamente atañe al servicio de su majestad.

—¡Ah!

—Pues he buscado á doña Catalina, cuya bondad conozco, á fin de que me sirviese para con vos de recomendación y ayuda.

—Bastaba vuestro nombre.

—No había necesidad de que nadie supiese que yo os buscaba; conócese mi nombre más que mi persona... y cuando se trata de conspiraciones...

—¡De conspiraciones!

—¡Se conspira!

—¿Pero contra quién, caballero?

—¿Contra quién se ha de conspirar, sino contra quien manda? Por todas partes hay conspiradores: salen de debajo de las piedras, duermen con uno debajo de la almohada. Es imposible gobernar.

—¡Contra quien manda! Pero quien manda es el rey, y no sé que haya nadie que conspire en España contra su majestad.

—Sí; sí, señora; conspiran contra su majestad, los que conspiran contra el duque de Lerma.

—Dicen que el duque de Lerma, de quien tan justa y honrosamente habláis, os ha tenido preso.

—Me tuvo, y cabalmente porque no me tiene, me intereso por su excelencia. Me ha vencido su generosidad... y no sé... no sé cómo agradecérselo. Eso mismo lo he dicho á su hija, á la señora condesa de Lemos.

—Es verdad - dijo doña Catalina ya más repuesta.

—Y se lo he dicho en la misma antecámara de su majestad la reina, donde estaba de servicio, donde nadie nos oía, donde no nos veía nadie, donde doña Catalina ha podido juzgar, por pruebas indudables, de la sinceridad de mis palabras. ¿No es verdad, señora?

—Sí, sí, don Francisco, es verdad—dijo la de Lemos, poniéndose ligeramente encarnada.

—¿No es verdad, señora, que á pesar de las malas ideas que teníais respecto de mí, me habéis creído enteramente, habéis confiado, y que después, en razón de vuestra confianza, habéis variado vuestro propósito hacia mí y habéis consentido en que hablemos juntos á vuestra noble prima?

—No, no lo puedo negar; todo esto es cierto, certísimo.

—Ya veis, señora, que cuando doña Catalina, hija de quien es, confía en mí, vos también debéis confiar.

—¿Pero por qué no habéis ido directamente á mi tío, caballero? —dijo la abadesa.

—El duque de Lerma acaba de darme la libertad; podía creer que yo... yo no puedo, no debo cambiar así, delante de las gentes, delante del mismo duque. Anoche doña Catalina me dió una carta de la duquesa de Gandía para su padre, y su excelencia quiso atraerme á su partido creyéndome su enemigo.

—Se os presentó, pues, una buena ocasión de ceder.

—Si hubiera cedido, el duque hubiera desconfiado de mí.

—Vuestros hechos le hubieran convencido.

—Pues ved ahí, señora: de tal modo hablé con el duque, que hoy me cree más enemigo suyo que ayer.

—¿Y para qué eso?

—Créame el duque su enemigo en buen hora. Yo nunca he cedido... me equivoco porque soy hombre, pero jamás lo confieso... al menos á la persona respecto á la cual he caído en error. Pero tratándose de vos, señora, de la señora condesa de Lemos, seguro como estoy de vuestra discreción, es distinto; á vosotras vengo para ayudar á ese grande hombre en cuyas manos está la gobernación del reino. Vosotras seréis el medio por donde llegarán á él los beneficios de mi leal y oculta amistad.

—¡Ah! caballero... cuánto os agradezco... ¿y sabéis? ¿habéis descubierto...?

—Una conspiración horrible.

—¿Pero cómo...?

—Anoche un amigo mío, un noble joven que acababa de llegar á la corte, tuvo un desagradable encuentro á causa de una dama, con don Rodrigo Calderón.

—Don Rodrigo, según me ha dicho mi confesor, está herido, y esto es una desgracia.

—No, no señora, esto es una fortuna; don Rodrigo es un traidor.

—Don Rodrigo es un miserable—dijo doña Catalina, que se acordaba de la insolente carta que don Rodrigo là había enviado el día anterior y de la que hablamos al principio de este libro.

—Mi tío confiaba ciegamente en él.

—El duque de Lerma es muy confiado.

—Es, sin embargo, muy prudente.

—Pero don Rodrigo más falso.

—¿Qué decís?

—Don Rodrigo quería alzarse con el santo y la limosna.

—¿Pero de quién se ayudaba ese hombre?

—¿De quién? del conde de Olivares.

—¡Ah! verdaderamente que don Gaspar de Guzmán no tiene perdón de Dios; todo lo debe á mi tío, y, sin embargo, pretende apoderarse del ánimo del rey.

—Es peor que eso: pretende apoderarse del ánimo del príncipe.

—¿Qué queréis decir con eso?

—Nadie pretende la privanza de un príncipe, sino cuando cree que está próximo á ser rey.

Palideció la abadesa.

—¿Y serían capaces...?—dijo.

—Yo no he dicho tanto.

—Pero tendréis algunas pruebas...

—No las tengo, pero las he visto.

—Seguid, don Francisco; pero explicadme.

—Ya os he dicho que mi amigo es enemigo, á causa de una dama, de don Rodrigo Calderón. Pues bien, anoche mi amigo tuvo ocasión de dar de estocadas á don Rodrigo... luego, deseando saber mi amigo si el herido tenía sobre sí alguna prueba de amores, le encontró...

—¿Y qué encontró?

—Unas cartas... la prueba de la conspiración más pérfida...

—¿Cartas de quién?

—De varias personas...

—¿Había alguna del conde de Olivares?

—Sí... ciertamente—contestó Quevedo á bulto.

—¿Pero qué se han hecho esas cartas?

—Llevólas á palacio mi amigo.

—A palacio... ¿y para qué?

—¿Para qué? para entregarlas al rey.

—No habrá podido... esas cartas estarán en poder de vuestro amigo: es necesario rescatarlas...

—Las tiene...

—¿Quién?

—La reina.

—¡La reina!

—Que durmió anoche con el rey.

—¿Qué decís, caballero?

—El duque lo sabe... el duque, que estuvo anoche en palacio gran parte de la noche.

—¿Pero cómo pudo vuestro amigo entregar... anoche esas cartas á la reina?

—Es sobrino del cocinero del rey, y tiene amores en la servidumbre de la reina.

—Me habéis maravillado, don Francisco... yo creía que lo sabíamos todo...

—Pues ya habréis visto que hay muchas cosas que ignoráis.

—Madre abadesa—dijo en aquellos momentos á la puerta del locutorio una monja—, aquí han traído una carta para vos.

—Dadme, dadme.

La monja adelantó y dió una carta á la madre Misericordia.

Luego salió.

—Permitidme, prima mía; permitidme, caballero—dijo la abadesa.

Doña Catalina y Quevedo se inclinaron.

La abadesa abrió con precipitación la carta.

—¿De quién será?—dijo para sí Quevedo.

La abadesa leyó la carta, la dobló, la guardó y, dirigiéndose á Quevedo, le dijo con acento reservado y glacial:

—Os agradezco las revelaciones que me habéis hecho, don Francisco, y estoy segura de que mi tío el duque de Lerma os las agradecerá.

—¡Oh! Pero os habéis olvidado, señora—dijo con suma precipitación Quevedo—. Yo deseo, quiero, os suplico, que el duque de Lerma no sepa, no pueda sospechar siquiera la situación en que me encuentro respecto á él.

—¡Ah! ¡Sí, es verdad, caballero! Y puesto que así lo deseáis, respetaré vuestro deseo.

—Me haréis en ello gran merced; y como supongo que necesitaréis de vuestro tiempo, me pongo á vuestros pies y os pido licencia para retirarme.

—Supongo que nos volveremos á ver.

—Nos volveremos á ver... ¡de seguro!

—Pues adiós, don Francisco.

—Que os guarde Dios, señora.

Y tomando una mano á la de Lemos y besándola cortésmente, y lanzándola rápidamente una mirada en que había todo un discurso, salió.

—¿Qué significa este conocimiento que tenéis con don Francisco de Quevedo, prima?—dijo severamente la abadesa.

—Le conozco desde que era muy joven—contestó con desdén doña Catalina.

—Pero no creo que le conozcáis lo bastante para acompañaros con él.

—Si don Francisco y yo tuviéramos un interés cualquiera en vernos, en andar juntos, no elegiríamos por cierto el locutorio de las Descalzas Reales para lugar de nuestras citas, ni á vos por testigo.

—En lo cual haríais muy bien.

—Y mucho más por la parte que me concierne, porque me excusaría de que pensárais mal de mí.

—Yo no pienso mal de vos; pero quisiera saber para qué habéis venido al convento.

—Unicamente para presentaros á ese caballero; pero la culpa la tengo yo, que me intereso por mi padre y por mis parientes, que tan poco se interesan por mí.

—Si yo no me interesase por vos, no me importaría que dieseis pasos peligrosos.

—¡Pasos peligrosos!...

—¡Quien os haya visto acompañada por Quevedo... por ese hombre de tan mala fama!

—Pero es que nadie me ha visto ni ha podido verme.

—Tanto os han visto, que ya lo sabe vuestro padre.

—¿Y qué es lo que sabe?

—Leed, prima.

Y la abadesa puso en el torno que tienen todos los locutorios la carta que acababa de recibir, y dió la vuelta al torno.

La de Lemos tomó la carta y leyó.

Era de su padre.

En ella decía á la abadesa que habían visto meterse en el convento y en uno de los locutorios á su hija, y tras ella á Quevedo. Que procurase comprender lo que pudiese haber en aquello, y que le avisase.

—Es necesario confesar—dijo la de Lemos, poniendo otra vez la carta en el torno y dándole vuelta—que á veces mi padre está bien servido.

—¿Seréis franca conmigo, prima?—dijo la abadesa después de haber tomado la carta y de haberla guardado.

—¿Y por qué no he de serlo? ¿Creéis acaso que yo tenga algún secreto?

—¡Creo que amáis á don Francisco!

—¡Y qué!—dijo fríamente la de Lemos, que era violenta.

—¡Lo confesáis!

—Ahorro una disputa vergonzosa.

—¿De modo que el amor...?

—¿Y qué entendéis vos de amor?—dijo con desprecio la de Lemos.

La abadesa se mordió los labios.

—Yo creía que os justificaríais.

—Yo no me justificaré jamás de acusaciones tan absurdas—dijo levantándose con indignación la de Lemos y volviendo la espalda á la abadesa.

—Pero escuchad, mi querida Catalina—dijo la abadesa.

—¡Adiós!—exclamó la de Lemos, y salió dando un portazo.

—Creo que he obrado de ligero, y que mi tío recela más de lo justo...—murmuró la abadesa—. Y dice bien ella... si se amaran, ¿á qué habían de haber venido aquí? Lo más que puede suceder es que Quevedo ame á mi prima y quiera obligarla mostrándose amigo de mi tío; pero el padre José me ha revelado cosas que están muy en relación con lo que me ha revelado Quevedo. Un sargento mayor, que es mucha cosa de don Rodrigo, tiene amores con la mujer del cocine-

ro mayor de su majestad; el cocinero mayor de su majestad
tiene un sobrino, que por una mujer da de estocadas á don
Rodrigo Calderón, busca en él algunas pruebas, y encuentra
cartas de Olivares á Calderón... cartas en que se hace traición á mi tío... Hay aquí algo que se toca... Alonso del Camino, montero de Espinosa del rey, estuvo anoche secretamente en el convento de Atocha, según me ha dicho el padre José, y el confesor del rey, á pesar de que es enemigo
declarado de mi tío, ha sido nombrado inquisidor general.
En la revelación de Quevedo hay algo de cierto. ¡Las cosas
han variado... pues bien... nuestra obligación es ayudar á
Lerma... si Quevedo le sirviese de buena fe!... ¡oh! ¡don Francisco vale mucho! ¡pues bien! avisemos á mi tío, y él en su
prudencia, en su sabiduría, sabrá lo que debe hacer.

La abadesa salió del locutorio.

—¿Quién ha traído esta carta?—dijo á la tornera.

—El señor Francisco Martínez Montiño.

—¡Ah! ¡el cocinero del rey! ¿y espera?

—Sí, señora, espera la contestación.

—Hacedle entrar, madre Ignacia.

Y la abadesa se volvió al locutorio, se sentó junto á una
mesa que había en él y se puso á escribir.

Entre tanto Quevedo, que había bajado á la portería, notó
que un bulto se metía rápidamente tras la puerta, sin duda
por temor de ser visto.

Quevedo se fué derecho á la puerta y miró detrás de ella.

Encontróse en un ángulo con el cocinero mayor, encogido
y contrariado.

—Quien huye, teme—dijo Quevedo.

—Pues no, no sé—dijo saliendo Montiño—por qué deba
yo temeros.

—Vos debéis haber venido aquí para algo malo.

—¿Yo?

—Sí por cierto, y ya sé á lo malo que habéis venido. A
traer una carta del duque de Lerma á la abadesa.

—¡Cómo! ¡qué!

—¡Una carta en que se habla mal de mí!

—¡Pero don Francisco!

—Me la ha leído la abadesa y sé que andáis en cuentas
con ese bribón de Lerma.

—Os juro que... yo... no sé ciertamente... el duque me ha
llamado...

—Vos acabaréis muy mal, señor Montiño.

—Mi sobrino tiene la culpa.

—¿Vuestro sobrino?...

—Por él me están aconteciendo desde ayer desgracias. Para él es todo lo bueno, para mí todo lo malo.

—Y será peor si no os confiáis completamente á mí.

—Pero don Francisco...

—¡Se conspira!

—¿Que se conspira?

—Y vuestro sobrino es uno de los primeros conspiradores.

—Mi sobrino...

—¡Escondéos!

—¡Cómo!

Quevedo empujó á Montiño detrás de la puerta.

Había oído en las escaleras unos pasos de mujer y el crujir de una falta de seda; poco después la condesa de Lemos atravesó la portería.

—Habéis mentido en vano—dijo la condesa—; mi prima lo ha adivinado todo.

—¡Todo! pues mejor.

—Mejor, sí... porque he acabado de resolverme... ¿y qué me importa? cuando se ama á un hombre que se llama Quevedo, no hay por qué avergonzarse de amarle.

—Dios bendiga vuestra boca.

—Os espero.

—¿Cuándo?

—Ésta noche.

—¿Por dónde?

—Por el huerto.

—Larguísimo va á ser para mí el día.

—Y para mí insoportable; tenemos que hablar mucho.

—Ahora las noches son largas.

—Pues hasta la noche; ¿á qué hora?

—A las ánimas.

—Pues hasta las ánimas.

—¡Hola!—dijo la condesa á uno de sus lacayos que estaba á la puerta—; que acerquen la litera.

La condesa de Lemos entró en ella, y la litera se puso en marcha.

Quevedo estaba incómodo.

No se había atrevido á cortar la palabra á la condesa, y temía que Montiño lo hubiese escuchado todo, á pesar de que doña Catalina había hablado bajo.

—Salid—dijo á Montiño.

Montiño salió.

—Venid conmigo.

Y Quevedo asió del brazo al cocinero mayor.

—Lo siento, don Francisco, pero no puedo; tengo que hacer.

—Señor Francisco Montiño—dijo la madre Ignacia desde detrás del torno.

—¿Lo veis, don Francisco? ¿Lo veis? me llaman. Allá voy, allá voy, señora mía.

Y se acercó al torno.

—La señora abadesa os ruega que subáis al locutorio.

Allá voy, allá voy, madre tornera; ya lo oís, don Francisco.

Y Montiño tomó por las escaleras como quien escapa.

—Andad, que aquí os ospero—dijo Quevedo.

Detúvose un momento Montiño como acometido por un accidente nervioso, y después siguió subiendo, aunque no tan deprisa.

Quevedo esperó con suma paciencia durante una hora.

Al fin de ella, sintió unos pasos precipitados en la escalera.

Poco después, Montiño, con la gorra aún en la mano, espeluznados los escasos cabellos, la boca entreabierta, pálido, desencajados los ojos, crispado todo, pasó por delante de Quevedo exclamando:

—¡Como la otra!

Y se lanzó en la calle.

Quevedo partió tras él y le asió por la capa.

—¡Ea, dejadme!—exclamó el cocinero mayor.

—¿Os olvidáis de que yo os esperaba?

—¡Como la otra!—repitió en acento ronco y cada vez más desencajado Montiño.

—¿Pero estáis loco, señor Francisco? cubríos, que el aire hiela; embozáos y componéos, y venid conmigo.

Montiño se encasquetó la gorra de una manera maquinal, y repitió su extraño estribillo:

—¡Como la otra!

—¿Pero qué otra ni qué diablo es ese? ¡Ea, venid conmigo, que recuerdo que aquí, en la calle del Arenal, hay una hostería.

Montiño se dejó conducir.

Hostería del Ciervo Azul, leyó Quevedo en una muestra sobre una puerta.

—Pues señor, aquí es; yo no he almorzado más que un tantico de pichón, y no me vendrá mal una empanada de perdiz.

Y empujó adentro á Montiño.

Entraron en un gran salón irregular, pintado de amarillo, color con el que se había combinado el humo de las candilejas de hoja de lata clavadas de trecho en trecho en la pared.

Pero nos olvidamos de que nos hemos puesto fuera del epígrafe de este capítulo, hacemos una pausa y pasamos al siguiente.

CAPÍTULO XXIII

EN LA HOSTERÍA DEL CIERVO AZUL Y LUEGO EN LA CALLE

Aquellas candilejas de hoja de lata, aunque era medio día, estaban encendidas.

Tan lóbrego era el salón donde habían entrado Quevedo y Montiño.

Quevedo había pedido un almuerzo frugal; esto es, una empanada y vino.

Montiño había guardado un profundo silencio.

Quevedo se había ocupado en estudiar la fisonomía de Montiño.

Había acabado por comprender que en aquellos momentos el cocinero mayor no estaba en el completo uso de sus facultades.

—¡Había de haber sido una monja!—dijo Quevedo cuando se certificó del estado mental de Francisco Montiño.

Un mozo entretanto trajo la empanada.

—Quevedo sirvió la mitad de ella á Montiño.

Este cortó maquinalmente un pedazo de masa, y lo llevó á la boca.

Bastó esto para que volviese de su fascinación.

—¿Qué es esto?—dijo—. ¿Quién es el hereje que ha hecho este pastel?

Y escupió el bocado.

—¡Ah, ah!—dijo Quevedo—, me había olvidado de que sois el rey de los cocineros y de los reposteros. Efectivamente, es necesario todo el apetito que yo tengo para tragar este engrudo.

—¿Dónde me habéis traído?

—Á la Hostería del Ciervo Azul.

—¡A la hostería del Ciervo!—exclamó con espanto Montiño—. ¿Qué habéis querido darme á entender con eso?

—¡Yo!

—Sí, señor, vos... vos me habéis dicho no sé qué acerca de mi mujer...

—¡Yo!

—Sí, señor. El tío Manolillo me ha dicho también algo de eso.

—¡También el tío Manolillo!

—Y el duque de Lerma.

—¡Cómo!

—Y doña Clara Soldevilla.

—¡Ah!

—Y, por último, esa mujer á quien Dios confunda... ¡Oh! ¡Dios mío! ¡como la otra! ¡como la otra!

—¿Como qué otra?

—Como Verónica: ¿no os acordáis de mi primera mujer?

—¡Ah!

—Entonces érais paje del rey, y no había paje que no conociese á Verónica.

—¿Pero estáis loco, Montiño?

—Ahora no se trata de pajes: es más... algo... más gordo.

—Ved allí por donde asoma el sargento mayor don Juan de Guzmán—dijo Quevedo.

—¡Oh! pues vámonos de aquí, porque si no no respondo de mí mismo.

Y el cocinero se levantó.

—Sentáos—dijo Quevedo con voz vibrante—; sentáos y no espantéis la caza: yo os vengaré.

—¿Pero es cierto?—dijo con angustia Montiño, que se sentó.

—Certísimo; pero no habléis con ese tono compungido. Vos no sabéis nada; estáis almorzando alegremente. Comed.

—¡Imposible! aunque no me ahogase la pena, me ahogaría ese pastel...

—¡Mozo! ¡un real de olla podrida!—dijo una voz estentórea al fondo del salón.

—Ya veis, ese hombre se ha ido allá muy lejos, y sin duda no os ha visto, estáis de espaldas á él; á mí sí me ve de frente, pero nada importa; si se atreve á mirarme un tanto tieso, mejor para vos, porque aquí mismo os vengo.

—¿Pero estáis seguro de que es verdad, don Francisco?

—Verdad; vuestra esposa Luisa de Robles es querida del sargento mayor don Juan de Guzmán, y aun sospecho que lo que lleva en sí la Luisa, sea cosa de ese mayor sargento, como no me cabe duda de que Inesita, á la que llamáis vuestra hija, es cosa, cosa indudable, de un paje talludo. Os aconsejo que dotéis bien á la Inesita, porque es hija de buen padre.

—Pues mirad, ya lo había yo sospechado. Había olvidado con desprecio á aquella detestable Verónica... ¡pero Luisa!... ¡una muchacha que era moza de retrete, y á la que he hecho casi una dama!

—Pero no la habéis dado marido, y ella se ha provisto de galán.

—¡Pero qué galán!

—Cosas de las mujeres.

— ¿Y qué debo hacer?

Quevedo, que había aprovechado aquella ocasión y había sido cruel con Montiño solamente por apartar un peligro de la reina, contestó:

—¿Qué debéis hacer? separaros de Luisa.

—Decís bien.

—No os faltarán mujeres.

—Decís bien.

Pero de repente, en una reacción del sentimiento, exclamó:

—¡Y lo que nazca!

—Podéis contar que no es vuestro.

—La separaré de mí.

—Haréis bien.

—La enviaré á Navalcarnero.

—Haréis mal; es demasiado cerca, enviadla á su país.

—¿A Asturias?

—Eso es.

—No hablemos más de esto.

—Hablemos de lo otro. ¿Qué os ha dicho la madre abadesa?

—¡Oh! ¡oh! me ha preguntado quién es la dama á quien ama en palacio mi sobrino.

—¿Y vos qué le habéis dicho?

—Yo... nada.

—¿Y qué ha replicado la abadesa?

—Me ha llamado ciego.

—¿Y qué más?

—Para probármelo me ha dicho que anoche estuvo en mi casa, encerrado con mi mujer, el sargento mayor don Juan de Guzmán. ¡Como si uno pudiera saber lo que pasa en su casa estando á cinco leguas de distancia!

—Pero supongo que habréis tenido prudencia.

—Prudencia ¿acerca de qué?...

—Acerca de lo que sabéis relativamente á vuestro sobrino.

—Para prudencia estaba yo.

—¿Pero qué habéis hecho?

—Cuando vi que la abadesa trataba con desprecio á mi mujer, la dije: pues dama hay en palacio mucho más alta...

—¡Diablo!

—Sí, señor, mucho más alta, que no es mejor que mi mujer...

—La abadesa os preguntaría quién era esa dama.

—Cierto que sí.

—¿Y vos?

—Yo... dije la verdad... la verdad pura, porque ha llegado la hora de decir las verdades.

—Diríais que doña Clara Soldevilla...

—¿Qué tengo yo que ver con doña Clara Soldevilla? dije que la reina...

—¡Desdichado!

—Era querida de mi sobrino.

—Pues habéis mentido como un bellaco—exclamó Quevedo—; y ya que no tiene remedio lo que habéis dicho á la abadesa, guardáos, guardáos de volver á pronunciar esa calumnia.

—¡Ah, don Francisco!—exclamó Montiño, cuya alma se encogió de miedo, bajo la mirada terrible, incontrastable de Quevedo.

—De seguro la abadesa os ha dado una carta.

—Es verdad.

—Una carta para el duque de Lerma.

—Es verdad.

—Dadme esa carta.

—Pero tengo que llevarla á su excelencia.

—Dadme esa carta.

Montiño la sacó del bolsillo interior de su ropilla, y la dió á Quevedo.

Quevedo rompió la nema.

—¿Pero qué hacéis?—dijo Montiño.

— Ésta carta, puesto que está en mi mano, es para mí.

Y la leyó.

—Ya lo sabía yo—dijo.

Y llamó á grandes golpes sobre la mesa.

Cuando acudió el mozo arrojó un ducado, y salió dejando solo á Montiño.

Apenas había salido de la hostería Quevedo, cuando vió venir por la parte de palacio una tapada ancha y magnífica, que se levantaba el manto para no coger lodos, y dejaba ver una magnífica pierna y un pequeño pie, calzado con un chapín dorado.

—Confúndame Dios—dijo Quevedo—si yo no conozco á esa. Detengámonos, que de seguro al pasar junto á mí la saco por el olor.

Detúvose, y al emparejar con él la tapada, se detuvo delante de él, y se asió á su brazo.

—¿Tendremos buscona?—dijo para sí Quevedo.

—Vamos, seguid, y no os hagáis de rogar, don Francisco —dijo una voz irritada y breve, á pesar de lo cual Quevedo conoció por aquella voz á la Dorotea.

—¡Ah, reina mía! ¿y á dónde bueno por aquí?

—No lo sé.

—¿Que no lo sabéis?

—No. Llevo la cabeza hecha un horno.

—Más bien creo la lleváis hecha una olla de grillos.

—He tenido que dejar la litera: me mareaba dentro, me moría.

—¿Pero qué os ha sucedido?

—Se me ha subido el almuerzo á la cabeza.

—¡Ah! diablos; ¿y os habéis salido á tomar por estas calles un baño de pies?

—No; no, señor: me he ido al alcázar.

—¿Y qué teníais vos que hacer en el alcázar?

—¡Qué! ¿qué sé yo? buscaba al cocinero de su majestad.

—¿Y le habéis habido?

—Sólo he habido á su mujer. El cocinero se ha perdido.

—Pobre Montiño: le ha salido un sobrino que le trae de cabeza.

—¡El sobrino del cocinero mayor! ¡el señor estudiante! ¡el señor capitán! ¡el embustero! ¡el mal nacido!

—¿Pero qué granizada es esa, amiga mía?

—Debéis saberlo vos. Vos, que habéis formado la tormenta. ¡Pero yo me tengo la culpa! ¡Yo no debí recibiros! ¡yo debí conoceros! el que se atrevió á enamorarme en el convento cuando yo pensaba ser monja...

—No me recordéis eso... No me abráis la llaga,.. ¡Qué hermosa estábais, Dorotea!

—¿Qué, ahora lo estoy menos?—dijo con acento singular la comedianta.

—No, no por cierto. Ahora estáis más hermosa, pero sois también más mujer.

—Entrémonos aquí— dijo la Dorotea—; empieza á llover.

Y se detuvo delante de una puerta, tras la cual se veía un fondo largo y negro.

—Pero ved, hija mía, que esto es una taberna.

—¿Y qué se me da?

—¡Ah! pues si á vos no os da, á mí menos. Entremos. Se van á maravillar cuando vean en esa caverna un manto de terciopelo y una encomienda de Santiago. Nos echamos á rodar.

—Hace mucho tiempo que entrambos rodamos.

—Pues rodemos. Y el sitio es tal, que ni hecho de encargo. ¿Se puede entrar en este aposento?—añadió Quevedo, parándose en el fondo de la taberna delante de una puerta cerrada, y dirigiéndose á un hombre que desde el primer recinto de la taberna les había seguido admirado.

—Sí; sí, señor, con mil amores—dijo aquel hombre—. ¡Nicolasa! ¡la llave del cuarto obscuro! ¡tráete una luz! Esperen un momento vuesas mercedes.

—¿Qué hora es?—dijo Dorotea.

—Acaban de dar las doce en Santo Tomás. Pronto, Nicolasa, pronto, que estos señores esperan.

Acudió una manchegota casi cuadrada, con una llave y una vela de sebo puesta en una palmatoria de barro cocido.

Abrió la puerta, entró y puso la palmatoria sobre una mesa.

—Dos sillas, Nicolasa—dijo aquel hombre.

La Maritornes entró toda apresurada y solícita con dos sillas de pino.

—¿Qué quieren vuesas mercedes?—dijo el hombre, que se había quitado la gorra.

—Vino, mucho vino—dijo la Dorotea.

—Sólo tengo blanquillo de Yepes.

—Sea el que quiera.

El hombre salió.

—No os conozco, Dorotea—dijo Quevedo.

—Tampoco yo me conozco á mí misma.

—Mirad que el blanquillo de Yepes es muy predicador.

—No importa.

—Que tenéis que ser esta tarde estrella.

—Me nublo.

—El autor de la compañía os obligará.

—No puede.

—Estáis anunciada, y el corregidor os meterá en la cárcel.

—Si me encuentra.

—¡Ah! ¡os perdéis!

—Me he perdido ya.

—¡Mirad no perdáis á alguien!

—Una vez perdida yo, que se pierda el universo.

—Traigo un azumbre—dijo el tabernero poniendo sobre la mesa un enorme jarro vidriado y dos vasos.

—¡Fuego de Dios!—exclamó Quevedo.

—Idos—dijo con impaciencia Dorotea.

El tabernero se encaminó á la puerta.

—Volved lo de afuera adentro—dijo Quevedo.

El tabernero le comprendió, puesto que quitó la llave del lado de afuera y la puso por el lado de adentro.

Quevedo se levantó y echó la llave.

Luego colgó de ella su ferreruelo, á fin de que no pudiera verse nada desde afuera, y miró si había alguna rendija.

La puerta era nueva y encajaba bien.

—Henos aquí metidos en un paréntesis—dijo don Francisco.

—Lo que es yo, me encuentro en un paréntesis de mi vida.

—Que me parece muy significativo, en un tan hermoso discurso como vos; pero dadme el manto, que es muy rico y será gran lástima que se manche.

Dorotea se desprendió la joya que sujetaba el manto sobre su cabeza, se le quitó con un hechicero descuido y le entregó á Quevedo.

Quedó admirablemente vestida, un tanto escotada, y dejando ver en su incomparable garganta una ancha gargantilla de perlas, con un pequeño relicario cubierto de brillantes.

—Deslumbráis, Dorotea—dijo Quevedo, doblando cuidadosamente el manto y poniéndole sobre su ferreruelo en la llave—. Se me os vais subiendo á la cabeza.

—Sentáos y ponedme vino.

—No seáis loca. No os parezcáis á los tontos, que cuando les viene mal un negocio se emborrachan.

—Ponedme vino.

—Beberéis vos sola.

—¡Queréis tener sobre mí ventaja!

—Ando delicadillo y no me atrevo con Yepes; bastante tengo con vos.

—Decís bien... pero yo necesito hacer algo.

—¿Y os embriagáis?

—Dicen que un clavo saca á otro clavo; quiero ver si una embriaguez me quita otra.

Y levantó el vaso.

Quevedo se lo arrancó y tiró su contenido.

Luego tomó el jarro y lo arrojó:

—Soy vuestra madre—dijo—; dejémonos de locuras, y ya que os tengo aquí sola y encerrada, ya que me tenéis á mí, hablemos juiciosamente, hija mía. ¿Creéis que yo soy malo?

—¿Quién sabe lo que vos sois?

—Yo soy un hombre que busca aire que respirar y no le encuentra.

—¡Vos venís á buscar aire de vida á la corte!

—No vengo por mi gusto.

—Decid, don Francisco, ¿no sois secretario del duque de Osuna?

—Por secretos del duque, mi amigo, ando en la corte.

—¡Malhayan los tales secretos!

—¿Por qué decís eso?

—Porque creo que me habéis sacrificado á ellos.

—Pues mirad, ignoraba que pudiérais ser víctima. ¿Y á qué dios creéis que os sacrifico?

—No es dios, es diosa.

—¿Diosa?

—Sí, la diosa ambición.

—Conócese que tratáis con el duque de Lerma.

—Porque me pesa de haberle tratado y porque quiero olvidarme de ello, de este año y medio que he pasado en el mundo, os he preguntado si sois secretario del duque de Osuna.

—Confiésome torpe; no os entiendo.

—Llevadme con vos á Nápoles; recomendádme al duque y que su excelencia me abra las puertas de un convento.

—¿Magdalena os tenemos?

—Si me dais medios de que lo sea, os perdono.

—Rechazo vuestro perdón, y me asombro de que me lo ofrezcáis; ¿pues en qué os he ofendido yo?

—¡Ay, triste de mí! ¡Qué desgraciada soy!

Inclinó la comedianta la hermosa cabeza, y luego la levantó en un movimiento sublime.

Su mirada resplandecía.

Quevedo la miraba con asombro.

—No, no soy desgraciada—dijo la Dorotea—, sino muy feliz, felicísima. Y tenéis razón, don Francisco; no merecéis mi perdón, sino mi agradecimiento.

—¡Qué lástima!—dijo Quevedo.

—¿Y de qué?

—¿Pues no queréis que me lastime, si os veo loca?

—¡Loca! ¿creéis en los hechizos? ¿es verdad que se puede hacer mal de ojo?

—Desembozáos, hija, á fin de que yo pueda veros. Porque me estáis maravillando, vais creciendo, creciendo delante de mí, y ya no encuentro en vos á la educanda de las Descalzas Reales, ni á la comedianta de esta mañana.

—Seguid, seguid; veamos cómo me vísteis en el convento, cómo me habéis visto esta mañana y cómo me véis ahora.

—Son las doce—dijo Quevedo—; á las dos empieza la comedia y necesitáis media hora para vestiros. ¿Tenéis la ropa en el coliseo?

—Sí; ¿pero eso qué importa?

—Tenemos tiempo. He conseguido que no os emborrachéis, y conseguiré del mismo modo que no hagáis una locura. ¡Diablo! y debéis valer mucho, porque yo, que por nadie me intereso, empiezo á interesarme por vos.

—Creo que empezáis á engañarme.

—Suponed que no me llamo Quevedo.

—Eso no es posible.

—Suponed que soy un hombre de bien, que me encuentro con una pobre loca y que deseo curarla.

—Dudo que lo consigáis. Pero vamos al asunto; contestadme á lo que os he preguntado: decid lo que habéis pensado de mí en las tres distintas situaciones en que os he visto.

—Empecemos por lo del convento. Yo he sido palaciego ó palacismo, ó hijo de palacio, como mejor queráis.

—Bien, bien, ¿pero qué tiene que ver eso?

—Las cosas deben tomarse en su origen. Vóime, pues, al punto, desde donde llegué á conoceros. Os conocí por medio del tío Manolillo.

—¡Ah! ¡el misterioso tío Manolillo!

—Tenéis razón. No sé si es pícaro ó tonto, si cuerdo ó loco. Lo que sé es que os ama con toda su alma, pero no sé cómo. ¿Lo sabéis vos?

—No por cierto: á veces me mira como un amante, á veces como un padre; á veces hay cólera en sus ojos, á veces odio.

—¡Misterios siempre! Un día, hace tres años, me encontré al tío Manolillo acurrucado como un gato que se encuentra huído y receloso, y hambriento en desván ajeno, en una galería obscura de palacio. El tío Manolillo y yo somos muy antiguos conocidos y tenemos declarada una guerra de chistes. No sé lo que le dije ni recuerdo qué me contestó; pero es el caso que nuestra conversación se hizo formal.

—Yo no gasto, como vos, antiparras—me dijo—; pero es el caso, hermano don Francisco, que veis más claro que yo. ¿Queréis mirar una cosa que yo os muestre, y decirme qué habéis visto en ella?

—¿Y de qué cosa se trata, tío?—le pregunté.

—De una mujer.

—Pues si vos, tratándose de mujeres, no veis, estoy seguro de que yo me quedo á obscuras.

—No tanto, hermano Quevedo, no tanto; yo amo á esa mujer y tengo, naturalmente, una venda sobre los ojos.

—¡Os dijo... que me amaba el tío Manolillo!—exclamó Dorotea.

—Pero no me dijo de qué modo; ¡no me lo ha dicho nunca! ni yo he podido adivinarlo; pero continuemos. El tío me llevó al convento de las Descalzas Reales, tocó al torno, y dijo:

—Madre tornera, tened la bondad de decir á Dorotea que aquí estoy yo con otro caballero.

Entramos en el locutorio.

Vos tardásteis.

Entonces me dije, yo no sé si con fundamento:

—Esa mujer se está componiendo para parecer mejor.

—¡Ah, y qué mal pensador sois!—dijo la Dorotea.

—En efecto, cuando os presentásteis veníais tan compuesta, como podíais estarlo en el convento.

—Había en aquel sencillo hábito, en aquella toquilla, en aquel escapulario azul, en aquella cruz de oro que pendía de vuestro cuello, una cosa que decía: ‹Ved que con lana y lino puede parecer una mujer mejor ataviada que otra con ropas, encajes y brocados.›

Era, además, vuestra mirada ardiente, grave, fija; vuestra palabra, sonora; vuestro discurso, apasionado.

Yo me enamoré de vos.

Cuando salí del convento, dije al tío Manolillo:

—Esa paloma volará en cuanto halle una mano que la abra la jaula, y no me pesará que esa mano sea la mía.

—Si ella os ama—dijo el tío Manolillo—, por mi parte nada tengo que oponer. Me he propuesto darla gusto en todo.

—Pero, ¿qué es vuestra Dorotea?—le pregunté.

—Es una historia—me dijo.

Comprendí que el bufón del rey no me diría una palabra más acerca de vos, y no volví á preguntarle.

Pero me habíais llenado, el alma no, ni el corazón, sino los sentidos; ardía por vos, Dorotea.

—Por lo mismo que sabía que yo no podía contar con vos, que vos no podíais ser para mí más que el primer amante...

—¡Oh!—exclamó Quevedo.

—Me reí de vos.

—Y á mí, que no me gusta divertir de balde, me bastó con que vos os riérais.

—Ya sé que sois altivo.

—No es eso; es que no me gusta malgastar el tiempo.

Aconteció, además, que un día en que por costumbre, no curado aún bien de la locura que me habías pegado, estaba yo en la iglesia de las Descalzas Reales... sólo por oir vuestra voz, que la teníais excelente y me enamoraba, un mal nacido ofendió á una dama. Volví por ella, mediaron palabras y aun más; salimos á la calle, y maté á aquel hombre. Como las pragmáticas en esto de duelo son rigurosas, y como á mí me que an mal en la corte, creí prudente huir, y me amparé en Navalcarnero. Allí conocí á Juan Montiño... excelente muchacho... corazón de perlas, alma de ángel en cuerpo de hombre.

—Pero tan burlador como vos.

—¡Bah! Después hablaremos de eso. Estuve algún tiempo en Navalcarnero, se arregló lo de la muerte, volví á la corte. Poco después se le indigestó un romance mío con algunas otras cosas al duque de Lerma, y me cogió, y me enjauló en San Marcos. Allí he estado dos años; allí os he recordado más de una vez...

—En resumen, lo que vos pensásteis de mí en aquel tiempo...

—Fué que érais una mujer ansiosa del mundo, de las disipaciones, de los placeres, de los amores galantes; una hermosísima criatura, poca alma y muchos sentidos; poco corazón, poca cabeza, y mucha vanidad; desde mi encierro escribí por vos... dijéronme que habíais huido del convento.

—Vióme un comediante en ocasión de ensayar una farsa á las monjas.

—¿Comediante fué?

—Galán.

—¿Se llama?

—Gutiérrez.

—¡Ah! La presunción con ropilla; la vanidad ambulante...

—Me miró, le miré. Elogió mi ingenio y mi voz, y me engreí. Me escribió proponiéndome cambiar la vida del claustro por la del teatro... y... mi celda daba á un huerto que tenía las tapias muy bajas, los balcones eran muy bajos... me escapé... caí loca en los brazos de aquel hombre... perdí la virginidad de mi cuerpo, pero conservé la virginidad de mi alma. Gutiérrez no había sabido despertarla... Gutiérrez no me había dado la ardiente vida que yo necesitaba... El público entretanto me aplaudía... los poetas me dedicaban madrigales... yo era Filis, Venus... sol... luna... lucero ya era la incomparable Dorotea... la diosa del teatro. Esto halagaba mi vanidad, pero no llenaba mi corazón. ¡A! ¡no! en él resonaban huecos los aplausos; le aturdían, pero no le conmovían. Y me faltaba algo; yo era pobre; trabajando á partido ganaba poco; me veía obligada á alquilar trajes, en que todo era falso y muchas veces viejo; otras llevaban sedas y brocados, y perlas y diamantes... eran queridas de algún gran señor. Gutiérrez no podía darme nada de esto. Los galanes que me enamoraban no podían dármelo tampoco. Yo sufría, yo estaba humillada: yo soñaba en el gran señor que debía cubrirme de oro. Me importaba poco que fuese viejo y feo, con tal de que fuese rico y generoso. Yo necesitaba humillar á mis compañeras. Una tarde vi en un aposento á un señor muy grave y muy tieso, y al parecer muy rico. Detrás de él había un hidalgo, altivo también, joven y buen mozo. Los dos me miraban, los dos me aplaudían... yo me enamoré de los dos. Del uno por vanidad, del otro... por amor, no... yo creía que era por amor... pero hoy me he desengañado.

—¡Eran Lerma y Calderón! ¡El amo y el perro!

—Ellos eran. Después de la función, encontré en mi casa, esperándome, á uno de ellos. Se había entrado por fuero propio, pagando á mi doncella. Era don Rodrigo Calderón. Me traía un mensaje y un regalo del duque de Lerma. Yo acepté. Después de haberme hablado por el duque, don Rodrigo me habló por sí mismo.

—Eso sucede casi siempre: el corredor de un gran señor goza antes que él, y es muy justo —dijo Quevedo—; el agua moja antes el cauce que el pilón. Vuestra historia es muy conocida.

—He sido la sanguijuela de Lerma, y la loca de don Rodrigo.

—Os leí, pues, en el convento.

—¿Y qué habéis leído hoy en mí?

—Vamos á vuestra segunda época. Salía yo esta mañana de palacio y andaba por esas calles de Dios, pensando en dónde encontraría posada, cuando al buscar en un balcón una cédula, os vi á vos tras de la vidriera. He aquí mi posada, me dije, y me entré.

—Y como éramos antiguos conocidos...

—Tomé posesión de vuestra casa, y os leí en una mirada. Erais la buscona más perfecta en su época peligrosa.

—¡La buscona!

—Ese es el nombre.

—Es decir, la mujer...

—Que ahorra sangrador, y deja á un prójimo de tal modo, que no puede valerse contra el aire. Gastadora de bolsillos, destructora de saludes, envenenadora de almas y perdimientos de cuerpos. Acostumbrada á la vida alegre, desvergonzada y serena, haciendo gala del sambenito y pregonándose á voces.

—¡Oh! ¡es verdad! ¡qué vergüenza!

—Pasando á vuestro tercer estado, al en que os encontráis en este momento, os confieso que no os conozco: que os habéis transformado; que os ha sido vergüenza, y habéis criado pudor; cuando érais virgen os vi cortesana, y ahora que sois cortesana os veo virgen.

Dorotea bajó la cabeza avergonzada por única contestación.

—¡Vos amáis! ¡amáis por la primera vez!—dijo Quevedo con acento sonoro, seco, vibrante, solemne.

—¡Oh! ¡sí! ¡yo creo que sí! ¡yo estoy loca!—exclamó Dorotea.

—¡Misterios del espíritu!—murmuró Quevedo—; ¡no nos comprendemos! ¡la ciencia escrita! ¡mentira! ¡la ciencia permanece oculta! ¡yo adivino, yo presiento... porque veo... observo... y me asombro!

—¿De qué os asombráis?

—De mí mismo.

—Sois un pozo obscuro.

—Porque me hundo en mi alma.

—¡Ah! ¿no es verdad, don Francisco, que esto es terrible?

—¿Y qué es lo terrible?

—Yo no lo he visto nunca: cuando le vi á él... ya sabéis quién es él...

—Sí, sí; mi amigo Juan.

—Cuando lo vi... cuando me miró, parecióme que mi alma descorría un velo misterioso, que se entraba en ella aquella mirada, que la llenaba, que la besaba, que la acariciaba, que la encendía... sentí... un placer doloroso... debí ponerme pálida.

—Y seria como una difunta.

—Yo creo que él también vaciló.

—Pues ya lo creo.

—¡Ah! ¡don Francisco! ¿por qué habéis llevado á ese hombre á mi casa? yo creo que iba provisto de un hechizo.

—Su hechizo consiste en haber nacido para vos. Yo lo ignoraba... le llamé porque estaba cuidadoso por él... como que había dado de estocadas á Calderón y le había quitado unas cartas de la reina.

—¡De la reina! ¡las cartas de la reina! ¡que le habrá pagado poniéndole en el lugar de Calderón!

—¿Qué estáis diciendo?

—He tenido celos de una mujer cuando creí amar á don Rodrigo... ahora... ¡ahora le aborrezco!

—Hacéis mal.

—¿Que hago mal?

—¿Sabéis para qué llamaba la reina á Calderón en aquellas cartas?

Quevedo hablaba á bulto, porque como saben nuestros lectores, no las conocía.

—¿Para qué llama una mujer á un hombre?

—Margarita de Austria, más que mujer es reina.

—Las reinas tienen corazón y caprichos.

—La reina llamaba á don Rodrigo para conspirar.

—¡Para conspirar!

—Sí, contra el duque de Lerma.

—¡Ah!—exclamó Dorotea como quien recibe una revelación—. Acaso... aquellas cartas no contenían ni una sola palabra de amor... ¿es verdad?

—Eran, sin embargo, ambiguas—dijo Quevedo, que seguía hablando á bulto.

—Sí, sí... bien puede ser... pero si eso es verdad, don Rodrigo es un miserable.

—¿Y qué otra cosa puede ser un hombre que parte su querida con otro? Vos érais un instrumento de don Rodrigo Calderón. Estáis, pues, en el caso de volver en vos.

—¿Me juráis, don Francisco, que no me habéis tomado por instrumento?

—No, no os lo juro, porque quiero que me sirváis.

—¿Y por eso me habéis presentado á ese joven para que me enamore?

—No he tenido esa intención; pero ya que mi amigo Juan os ha enamorado, me alegro.

—No os alegréis mucho, porque me ha empeñado.

—Mi amigo Juan os ama.

—¡Jurádmelo!

—Os lo juro por mi encomienda, y por mi honra y por mi alma. ¡Si cuando me quedé solo con él no hablamos de otra cosa que de vos!

—Pues mirad, yo me había irritado con vos y con él... en el momento que supe que habíais herido á don Rodrigo.

—¿Por amor á don Rodrigo?

—No, porque vi... porque adiviné la verdad. Que don Rodrigo había caído á causa de la reina... y me dije: me han tomado por juguete. Entonces quise vengarme, y para vengarme salí, y me fuí á casa del cocinero del rey, cargada de joyas; Montiño es avaro, y estaba segura de averiguar...

—Bueno es saberlo—dijo para sí Quevedo.

—Pero no le encontré y me abrasaba en el tabuco donde vive... me ahogaba allí, al lado de aquella carne con ojos de mujer. Entonces salí, bajé, y seguí á pie.

—¿Y á dónde íbais cuando os encontré?

—A la ventura, á tomar el aire.

—Habéis, pues, tenido un buen encuentro, porque os he curado—dijo Quevedo.

—Aún no del todo.

—Mi amigo os espera en vuestra casa.

—¡Ah! ¡pero vuestro amigo me da miedo...! ¡no os digo

que estoy asombrada!... ¡yo, que me he burlado del amor'
—El amor se venga.

—Ya se ve; ¡es tan hermoso...! ¡más que hermoso...! ¡tiene para mí tal paz, tal dulzura su mirada...! su voz resuena en mi corazón de un modo tal... he hecho una promesa á la virgen de la Almudena... como mañana me despierte curada de esta locura, la doy mis joyas, que son muchas y muy buenas.

—Si vos no amárais mañana á mi amigo, le mataríais.

—¡Oh! no lo creo—dijo Dorotea con una anhelante candidez.

—¡Si habéis causado en él una impresión terrible! Qué hermosa es esa joven, me decía mientras vos estábais fuera; no puedo mirarla sin enternecerme... sus miradas me vuelven loco... necesito que esa mujer... esa diosa, no viva más que para mí.

—Os lo repito, don Francisco. Vámonos á Nápoles... ó si no queréis venir, dadme una carta para el duque de Osuna; entraré en un convento... vuestro amigo me ha hecho mucho daño... me ha hecho insoportable el duque de Lerma, odioso Calderón.

—Tal vez la vida de mi amigo consiste en que os apoderéis más que nunca del ánimo de Lerma.

—¡Cómo!

—¿Creéis que Lerma dejará sin castigo á quien le ha estropeado á su favorito? no os hablo de mí, que importa poco... pero él... él, que ha alcanzado gracia á vuestros ojos.

—Me pedís un martirio.

—Sed mártir, si queréis la gloria.

—¡Me pedís que, amando á un hombre, sea querida de otro!—exclamó profundamente la Dorotea.

—Necesitáis reparar el daño que habéis hecho.

—¡Yo!

—Sí, vos; habéis calumniado á una santa...

—¿Creéis que la reina?...

—Es digna de que una mujer de corazón como vos, la ame en vez de odiarla.

—¿Y qué puedo yo hacer?

—Sed más que la querida pagada de Lerma.

—¡Ah!

—Enloquecedle; hacedle creer que le amáis.

—Eso no es fácil; don Juan de Guzmán ha visto en mi casa á vuestro amigo.

—¿Y qué importa?

—Lo sabrá Calderón... lo sabrá Lerma.

—Bien: decid á Lerma que mi amigo quiere casarse con vos...

—¡Deshonrarle yo!...

—Cuando median altos intereses, por todo se atropella.

—¿Puedo fiarme de vos, don Francisco?

—¡Fuego de Dios! ¿y para qué había yo de engañaros?

— A vos me entrego.

—¿Veis como he hecho muy bien en que no trabáseis conocimiento con el blanquillo de Yepes? Ea, vamos, que ya es hora. Os habéis enlodado; id á mudaros á vuestra casa. Allí encontraréis á Juan Montiño.., id con él acompañada á la comedia.

—¡A la comedia! ¡Trabajar, fingir, con el corazón lleno de lágrimas! ¡y mostrarme serena y reir!

—Esa es la vida: sed una vez cómica... aprended á serlo, qué os importa. Este es vuestro manto... cubríos bien, hija. Este mi ferreruelo. ¿Os habéis cubierto?

—Sí.

—¡Ah de casa!—dijo Quevedo abriendo la puerta.

Cuando acudió el tabernero, le dió un ducado.

—Cobrad y guardáos lo que os sobre—dijo.

Y salió con Dorotea.

Ahora—añadió cuando estuvieron en la calle—idos sola. Todo el mundo me conoce; á vos podrían conoceros, y no conviene que nos vean juntos. Conque adiós; voy á dormir, que ya es hora.

—¿Y hasta cuándo?

- Yo pareceré.

—Adiós, don Francisco; estaba irritada contra vos y dolorida en el alma, y me separo contenta de vos y consolada. Adiós.

Dorotea se separó de Quevedo y se alejó á buen paso.

Llovía, y más de un transeunte se detuvo á mirar con asombro á aquella dama que parecía tan principal, y que en tal día andaba sin litera, pisando lodos.

Dorotea llegó al fin á su casa y se detuvo á la puerta, dominada por un vago temor.

Sabía que en su casa estaba Juan Montiño.

Su irresolución duró un momento.

Llamó, la abrieron y entró.

—¡Señora!—la dijo Casilda—; ¡ah, señora! ¡no sabéis lo que sucede!

—¿Qué?

—Aquel caballero que almorzó con vos...

—¿Qué ha sucedido á ese caballero...—dijo con cuidado Dorotea.

—¡Nada! ¡nada! se quedó aquí...

—Y bien...

—Me pidió sangría...

—¿Y qué?

—Se la serví... y luego... como no le conocía, como nada sé... por ver lo que hacía, volví quedito... estaba dormido al lado de la chimenea en vuestro sillón.

—¿Y qué hay de malo en eso?...

—Nada, pero... cuando volví otra vez... ya no estaba en la sala.

—¿Que no estaba?

—No, sino en la alcoba, acostado en vuestro lecho y durmiendo.

—¡Ah! ¡Dios mío!— dijo para sí Dorotea, entrando precipitadamente en la sala, y llegando á la alcoba- ; ¡conoce que le amo... y se apodera de mí!

Montiño dormía á pierna suelta.

Dorotea levantaba el pabellón del lecho.

—¡Qué hermoso es! ¡y qué alma tan noble asoma á su semblante dormido! ¡Oh Dios mío! ¡y es ya la una y media!—dijo oyendo á lo lejos un reloj.

Dejó caer la cortina y salió á la sala.

—Vísteme— dijo á Casilda- -: tráeme ropa blanca; me he puesto perdida.

—¿Y le dejáis así?—dijo Casilda señalando á la alcoba.

—Habla bajo, que no despierte; se conoce que ha pasado mala noche.

—Pero señora...

—Mira, Casilda, ese caballero es tu amo y el mío—dijo Dorotea.

La negra se calló y vistió á su señora.

Esta eligió un magnífico traje de brocado, alto, cerrado como los de las damas de la corte y cubierto sobre el pecho de joyas, se llenó las manos de anillos y derramó sobre sí agua de olor.

—Vete, y que Pedro ponga la litera-- dijo cuando estuvo vestida.

Casilda salió, y Dorotea entró de nuevo en la alcoba, y levantó la cortina.

—Siento despertarle—dijo—; ¡duerme tan bien, y está tan hermoso durmiendo! ¡oh! ¡si no me esperara el público! ¡esta es una esclavitud insoportable!

Estuvo un momento contemplando al joven.

Al fin se resolvió.

—¡Caballero!—dijo dulcemente—¡caballero!

Montiño abrió los ojos.

—¡Ah! ¡dichoso el que despierta y se encuentra con un ángel!—dijo después de haber lanzado de sí la última influencia del sueño.

—¿Y no se os ocurre disculparos?

—¿De qué?... ¡ah! ¡me ha traido aquí mi corazón!... ¡soy digno de lástima!... no os enojéis, pues.

—¿Estáis muy cansado?

—¡Ah! ¡no! es cierto que esta noche, por las estocadas, anduve huído y no dormí; pero... he descansado ya... os fuisteis irritada, y yo no me resignaba á no volveros á ver si no me volvíais á vuestra gracia. Me dió sueño; en el sillón dormía mal... como ya Quevedo había dormido aquí, me dije—: ¿Qué importa que yo duerma también? pero he sido más respetuoso que Quevedo, yo al menos no me he desnudado; con ponerme las botas estoy corriente.

—¿Y os vais?

—Sí, pero contando con que vos...

—¿Qué?...

—¿Me volveréis á recibir?

—¿Pero no estáis ya recibido?—dijo la Dorotea.

—¡Cómo, señora!

—Sí; ¿no estáis en vuestra casa?

—¡En mi casa!

—Vais á juzgar. ¡Casilda!

Apareció la negra.

—¿Qué te he dicho hace un momento acerca de este caballero?

—Que era vuestro...

—Dí lo que yo te dije.

—Que era vuestro amo y el mío.

—Vete.

—¡Ah, señora!—dijo Montiño, turbado á su pesar por la expresión y el acento de Dorotea.

—Yo no os conozco—dijo la joven—, pero me siento unida á vos por un poder invencible; conozco que al separarme de vos, mi alma se rompería; no he amado nunca;

vos sois el primer hombre á quien amo: ¿queréis mi amor?

—¡Vuestro amor!—exclamó asustado Montiño.

—¡Qué! ¿le desprecias?

—¡Ah! ¡señora! vuestro amor es la gloria.

Dorotea se arrojó en los brazos de Montiño.

—¡Oh! ¡qué delirio! ¡qué sueño!—exclamó después de algún tiempo—. ¡Que no despierte yo nunca, amor mío! porque si no me amases... me vengaría... y mi venganza... ¡oh! no hablemos de esto... ¡las dos! ¡ya es tarde, Dios mío! ¡y el coliseo!... ¡malditas sean las comedias! ¡pero es preciso! ¡vamos, acompáñame!

—¿Así, con este traje de viaje, pobre y enlodado, y tú tan resplandeciente, reina de mi vida?

—¡Y qué importa! me basta con tu hermosura. Estoy segura de que me van á tener envidia... mi litera es grande, cabemos los dos, ven.

Y Dorotea se llevó de su casa á Juan Montiño como robado.

CAPÍTULO XXIV

DE LO QUE QUISO HACER EL COCINERO DE SU MAJESTAD, DE LO QUE NO HIZO Y DE LO QUE HIZO AL FIN

Montiño se había quedado aturdido en la hostería de Ciervo Azul, después de la salida de Quevedo.

Tenía tanto en que pensar el triste del cocinero mayor, que su cabeza estaba hecha una devanadera.

Iba y venía con sus cavilaciones, y de todas ellas no sacaba más que una cosa en claro: lo referente á los amores de su mujer con el sargento mayor don Juan de Guzmán.

Este pensamiento se formulaba en la frase que Francisco Montiño pronunciaba con los nervios crispados:

—¡Como la otra!

Montiño era, pues, un hombre predestinado.

Pero como todos los predestinados, dudaba de su predesinación.

Y luego decía—: aunque todos lo dicen, es muy posible que todos se hayan engañado. Mi mujer puede haber come-   en cia... ¡y ese sargento mayor ó ese demonio, está allí detrás de mí, en el fondo de la sala! le oigo coscurrear entre sus mandíbulas de lobo las cortezas de pan, ¡si yo me atreviera!... si yo me presentara á él de improviso... ¡si le preguntara!...

Pero acordábase Montiño del semblante de bandido del sargento mayor, de su mirada sesgada, de sus largos mostachos y de su inconmensurable tizona, se desplomaba y renunciaba á su resolución.

Y era el caso que tampoco se atrevía á levantarse y á salir, por temor de ser visto por don Juan de Guzmán.

Permanecía, pues, acurrucado en su silla, vuelto de espaldas al sargento mayor, y haciendo como que comía; pero en realidad, aterrado, reducido á la menor expresión, anonadado.

Pero de repente, sacóle de su anonadamiento una voz que conocía demasiado.

Aquella voz había saludado al sargento mayor.

Aquella voz era la del galopín Cosme Aldaba.

—¡Maldígate Dios, racimo de horca!—dijo el sargento mayor á Aldaba—; hace una hora que me tienes esperando.

—Vuesa merced sabe que hay cosas que no se hacen por el aire; después que vi á vuesa merced y me dió el recado, he tenido que comprar el pañuelo. Por cierto que he tenido que poner algunos maravedises.

—No hay que hablar de ello. ¿Y le has hallado como convenía?

—Ya lo creo: encarnado, encarnado, sin pinta de otro color.

—¿Y lo has llevado á la señora Luisa?

Volvióse todo oídos el cocinero.

—He tenido que esperar á que saliera el señor Montiño, porque si después de haberme despedido me hubiera encontrado, no sé lo que hubiera sido de mí.

—¡Buen temor el tuyo! si no fuera porque Luisa no quiere escándalos, ya le hubiera yo acostumbrado á que se saliese humildemente de su casa cuando yo entrase, sólo con haberle hecho huir á puntapiés la primera vez. ¿Pero qué te ha dicho la señora Luisa?

—Nada; ha tomado el pañuelo, se ha puesto muy pálida y ha exclamado: ¡me quiere perder!

—Si fuera viuda, no temblaría así.

Estremecióse Montiño.

—¡Viuda!—dijo Aldaba—; el cocinero mayor está tan apergaminado y enjuto, que me parece que tiene vida para muchos años.

—El día menos pensado... es rico, ¿no es verdad?

—¡Vaya!... ¡si dicen que revende empleos!

—Luisa dice que en un cuarto obscuro tiene un arcón que debe estar lleno de talegos.

—Es muy avaro.

—Y muy ciego: dicen que su primera mujer era peor que ésta.

—Ya se ve; y que le gustaban los pajes.

—Y que Inés no es su hija.

—No, pues la Inés, que es un pimpollo, ha sacado las mismas aficiones que la madre; ya ha tenido tres novios pajes de su majestad.

—¿Y cuál es el paje de ahora?

—Un muchachote rubio, paje de la reina; un chico rubicundo, que la echa de valiente, y á quien tengo ojeriza.

—¿Y cómo se llama ese paje?

—Valentín Pedraja.

—¡Ah, ah, el hijo del palafrenero mayor!

—Eso es.

—Pues mira, Aldaba, no te metas con ese paje, le protejo yo.

—Si la Inés me quisiera, sería bastante; pero no queriéndome, á qué buscar ruidos.

—Haces bien; toma un ducado por lo que has hecho, y puesto que el cocinero mayor te ha despedido, te tomo por mi criado; tú me guisarás, y me excusaré de venir á este figón del infierno. Conque, vámonos, hijo, y te enseñaré mi casa, que tengo mucho que hacer.

El sargento mayor pagó y salió con Aldaba sin reparar en Montiño.

—¿Conque es decir—exclamó Montiño levantándose con la fuerza de un muelle —, que mi honra anda ya por los figones, y no solamente por un lado sino por los dos? ¡mi mujer y mi hija! ¡y que no sepa yo lo que pasa en mi casa! ¡y que temiera yo llevar á ella á mi sobrino! ¡mi sobrino! ¡será necesario decírselo todo! ¡mi sobrino que es tan valiente! ¿pero cómo decirle: tu tía y tu prima son dos mujeres perdidas? ¡y yo que había pensado en ver el medio de casarle con mi hija!

El cocinero mayor estaba tan desencajado que daba miedo verle.

Y póngase cualquiera en su situación, en aquella situación anormal, aflictiva, deshonrosa, interesados el corazón y la vanidad, todo herido, todo magullado en su alma; encontrá-

Permanecía, pues, acurrucado en su silla.

base de repente solo en el mundo, porque todo lo que constituía su familia era ficticio: su mujer no era su mujer, su hija no era su hija, su sobrino no era su sobrino.

Hacía casi veinticuatro horas que estaba sonando para él la trompeta del juicio final.

Su hermano muerto, su corazón amargado; su cocina, que constituía para él la mitad de su alma, abandonada.

Y además de esto, metido en enredos trascendentales, de los cuales no sabía cómo salir; amenazado casi con la Inquisición...

La cabeza de Francisco Martínez Montiño era un hervidero.

Y en este hervidero se le olvidó una cosa importantísima: esto es, la carta que la madre Misericordia le había dado para el duque de Lerma, y que se había llevado Quevedo.

Pero necesariamente, ó permanecia de una manera indefinida en la hostería del Ciervo Azul, ó tomaba un partido.

Montiño tomó el de acudir á donde le llamaba su pensamiento dominante.

A su casa

Por el camino fué pensando que lo que debía hacer era encerrarse con su mujer, hablarla decididamente como hombre que lo sabía todo, presentarla como prueba lo del pañuelo encarnado, y después hacerla abrir los cofres, apoderarse del pañuelo, apoyarse en él como en una prueba concluyente, y después de esto, confesado el crimen, como no podía menos de suceder, por su mujer, montarla en un macho de los de palacio, y con un mozo de mulas enviarla á su país natal.

Luego metería á su hija en un convento.

Una vez libre, haría dejación de la cocina del rey, se retiraría de intrigas y de enredos, y se iría pacíficamente á comerse sus doblones á Navalcarnero, llevándose consigo la misteriosa arca, donde se encerraba indudablemente el destino del bastardo de Osuna.

Hay proyectos que se piensan, se redondean, se concluyen, que parecen ya conseguidos, pero que al quererlos poner en práctica se desvanecen como humo.

Hablase atravesado además una circunstancia puramente casual, un suceso que debía embrollar más al cocinero mayor.

Poco después de la desaparición de Montiño, una litera llevada por dos ganapanes, y seguida á paso lento por un criado, se detuvo á poca distancia del alcázar, se abrió la portezuela y salió de una manera violenta una mujer.

Era Dorotea.

Hemos retrocedido algún tiempo.

Al punto en que Dorotea, antes de encontrar á Quevedo, había ido al alcázar en busca del cocinero mayor.

Cuando estuvo fuera de la litera, dijo al criado:

—Vete.

—¿Con la litera, señora?

—Sí, con la litera.

—Pero llueve y hace lodos.

—No importa; me mareo, me muero dentro de ese armatoste. Vuélvete con la litera á casa.

Y se entró violentamente en el alcázar.

—Llevadme al cuarto del cocinero mayor—dijo á un lacayo de palacio dándole un ducado.

El lacayo tiró el a io adelante y llevó á la comedianta á las altas regiones donde vivía el cocinero mayor.

—Allí es, señora—dijo señalando una puerta á Dorotea.

—Bien, idos; gracias.

El lacayo se fué.

Dorotea se quedó sola en una galería estrecha, larga y tortuosa y delante de una puerta.

Llamó á ella con impaciencia.

Abrióla una mujer joven y bella.

Era Luisa.

—¿Sois la hija del cocinero mayor?—dijo Dorotea.

—Soy su mujer—contestó con cierta mortificación Luisa—. ¿Para qué queréis á mi marido?

—Para hablarle.

—Acaba de salir.

—No importa—dijo Dorotea entrándose en el cuarto—. Le esperaré.

—Pero yo, señora, no os conozco.

—No le hace; vengo á preguntarle una cosa importante.

—Pero es muy natural que una mujer honrada, cuando ve que otra busca en su misma casa á su marido... piense...

—Pensad lo que queráis.

Y Dorotea se sentó sin ceremonia.

—Y bien, mejor...—dijo Luisa sentándose á coser—ya sé lo que debo decir á mi marido cuando tenga un nuevo disgusto con él

Ninguna de las dos mujeres habló más.

Al cabo de cierto tiempo Dorotea hizo un movimiento de impaciencia.

—¿Dónde estará ese hombre?—exclamó.

—Si lo deseáis—dijo Luisa—le enviaré á buscar.

—¡Para largas esperas estoy yo!...—dijo la Dorotea—. Me ahogo aquí en este chiribitil... y me voy... decid cuando venga á vuestro marido que le espera en su casa la querida del duque de Lerma.

—¡Ah!

—Sí, del duque de Lerma, á quien sirve de correo vuestro buen marido, como le sirve de otras muchas cosas. Conque adiós.

Y la Dorotea salió primero del cuarto de Montiño y luego del alcázar, tomó por la calle del Arenal, y en ella fué donde encontró á Quevedo.

Cuando llegó Montiño á su casa, se encontró á su mujer y su hija cantando y cosiendo.

—Están juntas—se dijo—, y esto me contraría.

Montiño debía haber supuesto que las encontraría de aquel modo, porque siempre las había encontrado así.

Dió dos ó tres vueltas por la sala.

Vió dos ó tres veces á su mujer.

Cada vez le pareció más hermosa y más inocente.

—Pero, señor, ¿y lo que yo mismo he oído? —se dijo.

Y volvió á dar otras dos ó tres vueltas.

—¡Luisa!— dijo al fin.

—¿Qué queréis?—respondió tranquilamente su mujer.

—¿Ha estado alguien aquí?

—Ha estado Cosme Aldaba.

—¡Ah! ha estado ese bribón de Aldaba. ¿Y qué quería?

—Quería hablarme á solas.

—¿Y le hablaste?

—Sí.

— ¿Y qué te dijo?

—Que le habías despedido.

—Me ha echado á perder un capón relleno. Es un infame.

—En tratándose de la cocina, ciegas.

—No ciego mucho cuando no he hecho ya una atrocidad.

—La muerte de tu hermano te tiene de muy mal humor.

—Sí, sí, la muerte de mi hermano, eso es. ¿Y no te dijo más Aldaba?

—Sí, que me empeñase por él contigo.

—¡Pues hombre, no faltaba más! ¡habrá insolencia!

—Yo le he dicho...

—¡Qué!

—Que ya se te pasará; que tú al principio tomas las cosas muy á lo vivo y por donde queman; pero que eres muy buen hombre, y todo al fin se te pasa.

—¡Conque soy yo muy buen hombre!

—Ya lo creo.

—¡Pues no señor! ¡soy un hombre muy malo!

—Como quieras, Francisco; cuando estás así, es necesario dejarte en paz y luego tienes razón.

—¡Que si la tengo! ¡que si tengo razón! ¡tanta tengo, que se me sale por la tapa de los sesos!

—Pues mira, primero eres tú.

—Ya lo creo que primero soy yc.

- Ello pasará; los primeros momentos son crueles; pero cuando te acostumbres...

—¿Y á qué me he de acostumbrar?

—A pasarte sin tu hermano...

—Pues qué, ¿no me pasaba sin él?

—Sí, pero no es lo mismo decir tenía un hermano, á decir ya no le tengo.

—Tienes razón, es muy doloroso perder una cosa que se ama.

Montiño se calló, y Luisa, por no irritarle más, se calló también.

—Está delante Inesita—dijo para sí Montiño -, y no me atrevo... será necesario quedarme solo con ella.

Y siguió paseándose en silencio durante ocho ó diez minutos.

Su mujer y su hija no cantaban, pero cosían.

—Pues señor—dijo para sí el cocinero mayor, deteniéndose de repente -, ello es preciso.

Y luego dijo alto:

—¡Luisa!

—¿Qué quieres?—contestó la joven.

- Tengo que hablarte á solas de un asunto muy importante.

Púsose levemente pálida Luisa.

—Vete Inés, hija mía—dijo á la niña.

Inesita se levantó, miró con cuidado á su padre, y dijo para sí saliendo:

—Me quedaré tras de la puerta, y escucharé lo que hablen.

Montiño fué á sentarse en la silla que había dejado desocupada su hija.

—Vamos, Francisco—dijo Luisa, viendo que su marido guardaba silencio—, ya estamos solos.

—¡Es que'... ¡sí!... ¡yo!... ¡tú!—tartamudeó Montiño, á quien faltó de todo punto el valor.

Estaba viendo por completo sin gorguera el cuello blanco y redondito de su mujer.

—¿Pero qué es ello? - dijo Luisa.

—Me encuentro en un gran compromiso—dijo Montiño renunciando de todo punto á hacer cargos á su mujer, y rompiendo para salir de la situación por donde primero se le ocurrió.

—¡Un compromiso!

—Sí, por cierto, tengo un sobrino.

—Pues no comprendo...

—Ese sobrino ha venido á Madrid.

—¿Y bien?

—Necesito traerle á vivir aquí.

—¡Aquí, como quieras!

—Pero hay un obstáculo.

—¿Cuál?

—Inesita.

—¡Ah!

—Sí, Inesita está ya alta y hermosa, y mi sobrino...

—Es su primo.

—No, no; no estaría bien. Es necesario que Inés salga de casa—replicó Montiño.

—¿Y á dónde ha de ir esa pobre niña?

—¿Dónde? A un convento.

- ¡A un convento! ¡Pero si ella no tiene vocación de monja!

—A un convento mientras esté aquí su primo.

—De modo que si lo haces porque Inés es joven, yo soy también joven, pocos años mayor que ella.

—También he pensado en eso.

—¡Cómo! ¿Quieres echarme de casa por causa de tu sobrino?

—Escucha, Luisa, hija mía; tu embarazo está muy adelantado, las montañas de Asturias son muy sanas...

—Declaro que no me muevo de aquí—dijo Luisa levantándose y arrojando su costura - . Yo no te dejo solo. Tú quieres echarnos de la casa, no para meter á tu sobrino, sino á una perdida.

—¡Cómo á una perdida!—exclamó Montiño, que se estremeció, porque veia una nueva complicación.

—Sí... yo no había querido decirte nada, pero además del galopín Cosme Aldaba ha estado aquí una mujer.

—¡Una mujer!

—¡Buscándote!

—¡Eso es mentira!

—¡La querida del duque de Lerma!

Montiño puso asustado su mano sobre la boca de su mujer.

—Yo me he callado --dijo Luisa...--y tú te alborotas, yo tengo evidencias y sufro... y me resigno... ¡Qué desgraciada soy!

—Yo no quiero ir á un convento, padre—exclamó Inesita entrándose de repente y colgándose al cuello de Montiño.

—Yo me moriré si me encuentro en este trance cruel lejos de mi esposo y señor...

—Yo no puedo vivir sino al lado de mi buen padre.

Y las dos jóvenes lloraban desconsoladas, y se comían á besos al pobre hombre.

A Montiño se le partía el corazón.

—¡Pues señor!— exclamó—¡no puedo! ¡yo me acostumbraré!

—Yo no me voy sino hecha pedazos--dijo Luisa.

—Ni yo saldré si no me llevan atada—exclamó Inés.

—Bien, bien—dijo el cocinero mayor rindiéndose á discreción--; mi sobrino no vendrá aquí, le buscaré una posada... esto me costará el dinero...

—Dinero os hubiera costado, padre, el tenerme en el convento—dijo Inés.

—Dinero te hubiera costado, Francisco mío, el enviarme á Asturias y el mantenerme allí--dijo Luisa.

A estas palabras, dictadas por una lógica rigurosa, no había nada que contestar.

Además, las dos jóvenes lloraban que era un desconsuelo.

Sucedióle á Montiño lo que á muchos que se creen invencibles antes del combate: huyó á la vista del enemigo.

Y huyó, literalmente hablando.

Luisa, al verle huir, sintió una especie de perverso consuelo.

Había adivinado algo aterrador en Montiño.

Se había visto descubierta.

Había temblado.

Pero al huir Montiño se tranquilizó.

Había comprendido, con la perspicacia peculiar a todas. las mujeres, que su marido estaba domesticado.

Pero si Luisa hubiera podido leer por completo en el alma de su marido, no se hubiera tranquilizado tan completamente.

Montiño era uno de esos hombres cobardes para obrar por sí mismos, pero capaces de todo de una manera indirecta.

No podía tener duda de que su mujer le engañaba.

De que amaba á otro.

No tenía duda tampoco, puesto que acababa de experimentarlo, de que jamás se atrevería á hacer nada contra su mujer.

Pero no se encontraba en las mismas disposiciones de debilidad respecto al amante de su mujer.

Esto ya era distinto.

Montiño necesitaba vengarse de aquel hombre.

Cierto es que el cocinero mayor carecía de todo punto del valor suficiente para ponerse delante de Guzmán y decir e:

—Os voy á matar porque me habéis herido el alma.

Montiño se estremecía de miedo al pensar solamente que podía verse en un lance singular con el sargento mayor.

Pero Montiño tenía medios indirectos.

El primer medio que se le ocurrió, fué el señor Gabriel Cornejo.

Esto es, una puñalada dada por detrás.

Pero aquella puñalada debía costarle dinero.

Además, podía envolverle en un proceso.

Montiño desechó aquella idea, dos veces peligrosa.

Ocurriósele valerse de su sobrino.

Valiente, audaz, generoso, no vacilaría ni un punto en ponerse delante del sargento mayor, tirar de la espada y despacharle en regla.

—¿Pero cómo decir á su sobrino que su tía?...

Montiño desechó este pensamiento como había desechado el anterior.

Pero se puso en busca de otro medio de vengarse.

Quevedo se presentó á su imaginación; Quevedo, capaz de plantar una estocada al mismo diablo; Quevedo, enemigo de Lerma, y de Calderón no muy amigo, según las palabras que el mismo Montiño recordaba haberle oído en la hostería del Ciervo Azul, del sargento mayor, don Juan de Guzmán.

Pero al acordarse de Quevedo, se acordó del duque de Lerma; al acordarse del duque de Lerma, recordó que para él le había dado una carta la abadesa de las Descalzas Reales, y que se la había dado de una manera urgente.

Entonces hizo un paréntesis en sus imaginaciones, y dijo suspirando:

—Puesto que necesitamos vengarnos, es necesario servir á quien vengarnos puede. Vamos á llevar esta carta á su excelencia.

Y la buscó en el bolsillo interior de su ropilla.

Sólo encontró dos estuches.

Aquellos dos estuches le recordaron que debía entregar á su sobrino, de parte del duque de Lerma, una cruz de Santiago, y que para servir al duque, debía entregar una gargantilla á la dama con quien pretendía entretener al príncipe de Asturias el duque de Uceda, y que se entretenía particularmente con don Juan de Guzmán.

El amante de su mujer se le ponía otra vez delante.

—¡Dios mío!—exclamó el desdichado—¡me van á matar! ¡Pero señor! ¡la carta que me dió la abadesa de las Descalzas Reales! ¿qué he hecho yo de esa carta?... ¡tengo la cabeza hecha una grillera! ¡todo me anda alrededor! ¡todo me zumba, todo me chilla, todo me ruge! ¡pero esta carta!... ¡esta carta!

Y se registraba de una manera temblorosa los bolsillos, los gregüescos, hasta la gorra.

Y la carta no parecía.

Empezó á sentir ese escalofrío, ese entorpecimiento que acompaña al pánico.

Aquello era muy grave.

Porque sin duda la madre Misericordia decía cosas gravísimas en su carta al duque de Lerma.

¿Y cómo decir al duque he perdido esa carta? ¿Cómo atreverse ni siquiera á presentarse sin ella ante él?

Y volvió á la rebusca; se palpó, y volvió á buscar.·

Y la carta no parecía, y su terror crecía.

Por la primera vez de su vida blasfemó.

Por la primera vez de su vida se creyó el más desgraciado de los hombres.

Y por la primera vez se olvidó de su cocina.

Esto era lu más grave que podía acontecer á un **hombre** como el cocinero mayor.

Volvió de nuevo á su inútil pesquisa.

Y todo esto le acontecía parado, siendo objeto de la curiosidad de los que pasaban y cruzaban, que no podían menos de decirse:

—¿Qué acontecerá al cocinero mayor?

Y Montiño no se acordaba de que había dado á Quevedo la carta y de que Quevedo no se la había devuelto.

Entonces, aturdido enteramente, vacilante, asustado, semimuerto, salió del patio del alcázar, en donde se encontraba, y escapando por la puerta de las Meninas, tiró hacia el laberinto de callejas del cuartel situado frente al alcázar, y se perdió en él.

CAPÍTULO XXV

DE CÓMO LOS SUCESOS SE IBAN ENREDANDO, HASTA EL PUNTO DE ATURDIR AL INQUISIDOR GENERAL

Por aquel mismo tiempo el padre Aliaga se paseaba en su celda.

A juzgar por el semblante sombrío, pálido, inmóvil del confesor del rey, debía suponerse que gravísimos pensamientos le ocupaban.

De tiempo en tiempo se detenía, leía una carta arrugada que tenía en la mano, crecía su palidez al leerla, temblaba, y volvía á arrugar la carta en un movimiento de despecho.

Aquella carta era la que le había escrito doña Clara Soldevilla, acusando ante la Inquisición á Dorotea y á Gabriel Cornejo.

Aquella acusación era gravísima.

La carta contenía lo siguiente:

«Respetable padre y señor fray Luis de Aliaga: El celo por la religión de Jesucristo, y mi amor á la reina nuestra señora, me obligan á revelaros lo que por fortuna he podido averiguar y que interesa al servicio de Dios y al de su majestad. Se trata de dos miserables, de un hombre y una mujer: el hombre es un galeote huído, un hereje hechicero que vende untos, y hace ensalmos y presta á usura. Se llama Gabriel Cornejo y tiene una ropavejería en el Rastro. La mujer es comedianta, hermosa y joven, y se llama Dorotea. Vive en la calle Ancha de San Bernardo. Es mujer de mala vida, y

de malas costumbres, y de malos hechos, y tiene entreteni-
dos á un tiempo al duque de Lerma y á don Rodrigo Calderón. Es hija de padres desconocidos, según he podido averiguar, y para asegurarse del amor de esos dos hombres, se
vale de bebedizos y otras artes reprobadas. He sabido esto
procurando aclarar un misterio que interesa sobre manera á
la honra y acaso á la vida de su majestad la reina. Yo sé
cuánto os interesáis por su majestad, fray Luis; lo sé tanto,
que no dudo que siendo vos inquisidor general, y aun cuando no lo fuérais, haríais cuanto fuese necesario hacer para
sellar los labios de esos dos miserables, que, os lo repito, pueden comprometer gravemente á su majestad. Si queréis informaros mejor, decidme dónde podremos vernos, pero entre tanto asegurad, os lo ruego, á esas dos personas, y haced de modo que no puedan hablar con nadie. Es cuanto
tengo que deciros. Vuestra humilde servidora, *doña Clara
Soldevilla.*»

Esta carta había sido dictada á doña Clara, por su lealtad,
por su amor á Margarita de Austria, que más que su señora
era su amiga; pero además de esto, había en doña Clara otro
empeño íntimo de que no podía darse cuenta, pero que la
impulsaba á hablar de una manera hostil contra Dorotea: su
sospecha de que la comedianta hubiese visto al joven, de
que le amase, de que el bufón tuviese empeño de favorecer
los amores de Dorotea.

Doña Clara, en fin, no había escrito aquella carta sin un
secreto placer, el placer de la venganza; porque una intuición misteriosa, una conciencia íntima, la decía que Dorotea
amaba á aquel joven que era tan hermoso, tan leal, tan noble,
tan valiente.

La carta de doña Clara había aturdido al padre Aliaga.

Aquella carta era para él gravísima.

En el momento que la leyó, la arrugó con cólera entre sus
manos.

Porque cuando el padre Aliaga estaba solo, era un hombre distinto del que conocían las gentes.

Entonces no era humilde, ni su semblante conservaba la
inmovilidad glacial que el mundo veía en él.

Por el contrario, su frente se levantaba con altivez, ceñuda, pálida, como cargada de tempestades.

Sus negros ojos brillaban, relucían, chispeaban, parecía
que llevaban en sí una expresión de reto continua, persistente, indomable.

Su paso no era lento, grave y acompasado, sino vago, indecisivo, maquinal, nervioso, por decirlo así.

Estaba abandonado á sí mismo, y se reflejaban en su semblante, en su ademán, en sus movimientos, pasiones enérgicas, tanto más violentas cuanto estaban de continuo más dominadas, más subordinadas á la conveniencia delante del mundo.

—¿Conque comprenden—decía con voz ronca—, consultando un pasaje de la carta, *cuánto me intereso por su majestad la reina?* ¿Conque es decir, que en vano he pasado días y noches de afán y de delirio, luchando conmigo mismo? ¿veinticuatro años de esfuerzos inútiles, puesto que esa mujer comprende?... sí, sí; lo dice con seguridad, lo afirma: con esas palabras se dirige á mi conciencia. ¿Lo habrá notado también la reina? No; su orgullo la defiende, la ciega. ¿La habrá dicho doña Clara?... ¿La habrá avisado? No, no; esa mujer no se habrá atrevido... Yo lo sabré, yo lo comprenderé, y doña Clara no volverá á leer en mi alma, porque me ha avisado. ¡Y Dorotea!... ¡Dorotea! ¡la hija de aquella otra Margarita, infeliz!... ¡la acusan aquí!... ¡en esta carta! ¡ella y ese Gabriel Cornejo pueden comprometer á la reina!... ¡Dios mío! ¡Dios mío!

Y esta última exclamación del inquisidor general, más que una humilde invocación á Dios, era la impaciente queja de un alma exasperada por el sufrimiento, saturada de dolor, violentada, enferma, desesperada.

Los ojos del padre Aliaga resplandecían con un fuego febril.

Su cuerpo temblaba de una manera poderosa.

—¡El mundo! ¡la tentación! ¡siempre combatiéndome, siempre poniéndome á punto de ser vencido!—exclamó con acento desesperado—; ¡siempre fijo en mí el recuerdo doloroso de la una, la aspiración desesperada, oculta, comprimida, hacia la otra! Dos imposibles, porque sólo Dios podría levantar de la tumba á la Margarita humilde; sólo Dios podría llenar el abismo que me separa de la Margarita altiva; ¡y esa coincidencia en el nombre!... y luego... ¡la hija de la una, enemiga, ó yo no sé qué de la otra! ¡Dios mío! ¡Dios mío!

Y esta segunda invocación del padre Aliaga fué más rugiente, más desesperada, en una palabra, más blasfema que la primera.

Y volvió á leer la carta palabra por palabra, sílaba por sílaba, letra por letra; la devoró con una mirada hambrienta, como pretendiendo traslucir el misterio que bajo aquellas letras se revolvía, grave, misterioso, aterrador, y volvió á arrugar con cólera la carta entre sus manos.

De tiempo en tiempo consultaba con impaciencia la muestra de un enorme reloj de pared.

—Ya es la tarde—dijo—; el bufón vendrá... vendrá... de seguro... no puede tardar... el tío Manolillo tiene un gran interés por Dorotea; acaso la ama... acaso es por ella tan desgraciado como yo... por él... él puede mostrar al mundo su desesperación; él no está adherido al claustro; él no está ligado por ningún voto, por ningún juramento; él puede decir sin temor al mundo: yo soy hombre; ¡yo!... yo me veo obligado á hacer creer que soy un cadáver vivo, un cuerpo sin corazón, un alma sin pasiones... ¡Mentira! ¡mentira repugnante!... Hay momentos en que lo intenso de nuestra desesperación, que se concentra en un ser que no pertenece al mundo, nos hace mirar con desprecio todo lo que al mundo pertenece; hay momentos en que creemos que nuestro corazón ha muerto, que no existe nada que pueda hacerle latir; necesitamos la soledad y el silencio y las tinieblas, todo aquello en que hay menos vida, todo aquello que habla más al alma, entonces nos arrojamos al pie de un altar, pronunciamos un voto; después... ¡oh! después, cuando el tiempo, que si todo no lo cura, lo gasta todo, ha cubierto con una capa más ó menos densa de olvido, de ese polvo que cae sobre el alma, nuestros dolores... ¡oh! entonces... entonces.. podemos ver otro ser... una mujer, por ejemplo... y entonces volvemos con desesperación los ojos en derredor de la prisión que encierra, no nuestro cuerpo, sino nuestra alma... de ese claustro que nos dice con su silencio: soy tu sepulcro ó tu infierno.

El padre Aliaga calló y siguió paseándose lento y solemne por la celda con la carta de doña Clara arrugada entre las manos...

Pasó algún tiempo.

Oyéronse al fin pasos en el corredor.

Pasos tardos y acompasados.

Se abrió la puerta de la celda y apareció el hermano Pedro.

Aquel lego en quien el padre Aliaga tenía tanta confianza.

Sin embargo, al sentir sus pasos, el padre Aliaga se había dirigido á uno de los balcones y permanecido de espaldas á la puerta como si se ocupase en mirar algo en la huerta del convento.

El lego no podía ver su semblante.

—Nuestro padre—dijo—, un hombre pide hablaros con urgencia.

—¡Que entre, que entre!—dijo el padre Aliaga suponiendo que aquel hombre era el tío Manolillo.

Poco después el padre Aliaga sintió pasos en la celda.

Aún estaba de espaldas; aún no estaba seguro de que hubiesen desaparecido de su semblante las huellas de la lucha anterior, y quería evitar que nadie lo adivinase.

El hombre que había entrado se había detenido y no hablaba.

El confesor del rey se volvió. Su semblante estaba completamente sereno. Al volverse vió que quien había entrado en su celda no era el bufón, sino el cocinero del rey.

Francisco Martínez Montiño venía mojado completamente.

Su capa goteaba, ó por mejor decir, chorreaba la lluvia que había empapado sobre la estera de la celda.

Era una de esas tardes lóbregas, en que parece que la Naturaleza, sobrecogida por un dolor silencioso, se cubre con un velo y llora.

Una tarde de luz fría y débil, melancólica y opaca, en que al gotear continuo y múltiple de la lluvia se unía de tiempo en tiempo el silbido seco y sonoro del viento del Norte.

Nada, pues, tenía de extraño el estado en que se encontraban la gorra, la capa y los zapatos de Francisco Martínez Montiño.

Pero lo que era verdaderamente alarmante era el estado moral en que, á juzgar por el estado de su fisonomía, se encontraba el cocinero mayor.

Había algo de insensatez en su mirada, en la contracción de su boca, en la actitud de su cabeza, y la chispa de razón que en aquel semblante se revelaba aún era una razón desesperada.

Temblaba además el mísero, y de una manera tal, que se comprendía harto claro que no era el frío lo que le hacía temblar.

—¿Para qué me querrá este hombre y en este estado?—dijo para sí el padre Aliaga al ver á Montiño.

A pesar de ser el dominico un padre muy respetado en Atocha, confesor del rey, y además recientemente inquisidor general, era un hombre de costumbres sencillas, humildes, hasta el cual todo el mundo tenía acceso.

En cuanto se comunicó á la Inquisición su nombramiento, el Consejo de la Suprema le invitó á que ocupase la casa, casi palacio, que el inquisidor general tenía en Madrid.

El padre Aliaga lo agradeció mucho; pero á pretexto de que tenía amor á su celda, declaró que permanecería en ella.

Enviáronle pajes, familiares y servidores, y como el padre Aliaga no quería ser espiado, y temía que para sólo eso se le hubiese nombrado inquisidor general, despidió aquella servidumbre.

Enviaron algunos alguaciles, para que sin pasar de la portería del convento estuvieran á la disposición de su señoría el señor inquisidor general, y se deshizo también de los alguaciles.

Mandáronle una magnífica carroza, y el padre Aliaga lo agradeció mucho, y dijo que le bastaba con su silla de manos de baqueta negra.

Pusiéronle por delante el decoro inquisitorial, y contestó que cuando con la Inquisición fuese á alguna ceremonia, iría como al decoro de la Inquisición conviniera.

Todas estas contestaciones pasaron en dos horas después de que el padre Aliaga volvió aquella mañana de palacio.

El Consejo de la Suprema le dejó en paz esperando á ver por dónde saldría el fraile dominico, á quien todos, exceptuándose muy pocos, creían un pobre hombre.

Así es que á Montiño no le costó el ver á aquel personaje, terrible por su posición, más trabajo que el de ir al convento de Atocha.

El padre Aliaga le conocía personalmente y le habló con suma afabilidad.

—Sentáos, sentáos, señor Francisco Montiño—le dijo—y sobre todo quitáos esa capa que debe helaros.

—¡Ah, señor! no es la capa la que me hiela—dijo el cocinero mayor.

—Pues hace frío—repuso con su impasibilidad delante de las gentes el padre Aliaga—; el invierno es muy crudo...

Y avivaba los tizones de la chimenea.

—Pero más cruda mi fortuna—dijo Montiño.

—¿Pues qué desgracia os ha sucedido?—dijo el confesor del rey, dejando de ocuparse de los tizones y mirando de hito en hito á Montiño.

—¡Oh! ¡si sólo fuese una desgracia!

—¡Qué! ¿es más que una desgracia?

—Sí; sí, señor, porque son muchas desgracias.

—¡Válgame Dios!—dijo el padre Aliaga—; la vida es una prueba...

—Sí; sí, señor, una prueba muy amarga.

—Pedid fuerzas á Dios, y Dios os las dará.

—¡Dios me castiga!—exclamó Montiño en una tremenda salida de tono, chillona, desesperada y rompiendo al mismo tiempo á llorar.

—¡Vamos!—dijo el padre Aliaga—; confiad en que Dios es infinitamente misericordioso, y que si os castiga hoy os perdonará mañana.

—Soy muy pecador... y lo que á mí me sucede...

—Me parecéis muy desesperado...

—¡Sí; sí, señor! ¡terriblemente desesperado!

Montiño se calló esperando á que el padre Aliaga le preguntase, pero el padre Aliaga se redujo á dejarle oir una de esas frases generales de consuelo, que toda persona buena dirige á un semejante suyo á quien ve atribulado.

Después el padre Aliaga se calló también.

Hubo algunos momentos de silencio.

—¡Perdonadme, señor!—dijo tartamudeando Montiño.

—¿Y de qué os he de perdonar?—contestó con dulzura el padre Aliaga.

—Vos, señor, sois un gran personaje.

—No lo creáis; yo soy un siervo de Dios, aunque indigno, y vuestro hermano.

—Sois confesor del rey.

—Lo que no me hace ni más ni menos sacerdote que otro.

—Sois inquisidor general...

—El rey me lo manda.

—Y yo soy un cocinero, no más que un cocinero, que aunque lo es del rey...

—No dejáis por eso de ser cristiano y hermano mío.

—¡Ah, señor! ¡qué bondadoso sois!

—No tal; pero dejáos de señorías y llamadme padre.

—Pues bien, padre Aliaga, ya que me dais valor, voy á deciros... me atrevo á deciros...

Montiño se detuvo.

Fray Luis siguió arreglando sus tizones.

—Pues... me atrevo á deciros, aunque os parezca impertinencia, que vengo á confesarme con vos.

—Vos no sois impertinente por eso; todos los días abro el tribunal de la penitencia á desdichados que son tan pobres que me veo obligado á recomendarlos al limosnero de su majestad.

—Nadie hay tan pobre como yo...—dijo Montiño saliéndose de nuevo de tono.

—¿Venís preparado?—dijo el padre Aliaga.

—¿Preparado para qué...?—dijo el cocinero, que se alarmaba por todo.

—Para hacer una buena confesión—repuso el padre Aliaga—; he querido preguntaros si habéis hecho examen de conciencia.

—Os diré, padre Aliaga: yo no había pensado hasta hace algunos momentos en hacer confesión general.

—Resulta, pues, que no venís preparado y no puedo confesaros hoy.

El padre Aliaga esperaba con impaciencia al tío Manolillo, y quería quitarse de encima de la mejor manera posible al cocinero mayor.

—Tenéis razón, señor—dijo Montiño—, pero como se trata de hacer una confesión general, yo me atrevería á suplicaros...

Montiño se detuvo; fray Luis no dijo una sola palabra.

—Pues... yo me atrevería á suplicaros... que... me dirigiéseis... me ayudáseis en mi examen de conciencia... y como se trata de una confesión general... y ¡como yo he sido muy malo!

Y para pronunciar esta última frase, salió de nuevo de tono y más ruidosamente que las veces anteriores, el cocinero mayor.

El padre Aliaga sintió un poderoso impulso de impaciencia, casi de despecho.

Su pensamiento estaba fijo en el bufón del rey, que según él, debía llegar de un momento á otro.

Montiño había llegado á ponerse en la situación de uno de esos grandes estorbos que contrarían al más paciente.

Sin embargo, el impenetrable semblante del padre Aliaga no se alteró.

Montiño se le había venido encima con una petición á que no podía negarse como sacerdote.

Además, no quiso alegar ninguna ocupación.

Y, por último, á pesar de la contrariedad que le causaba aquel incidente, tenía un interés vago en conocer la conciencia del cocinero mayor, que por su estado febril, por lo exagerado de su expresión, por otros mil indicios patentes, daba á conocer claro que se hallaba en una situación grave.

Y todo el mundo sabía, y en particular el padre Aliaga, que Francisco Martínez Montiño era en la corte algo más que cocinero del rey.

—¡Tratáis de hacer una confesión generall—dijo el padre Aliaga—; esto es grave.

—¡Ohl sí; lo que me sucede es muy grave—dijo Montiño—; desde ayer han pasado por mí tantas desdichas que con ellas se puede llenar un libro, y por grande que fuese no sobraría mucho. ¡Ayer era yo tan feliz!

—¡Erais feliz y os confesáis malo!

—¡Ah, padre! todo me venía bien y tenía dormida la conciencia.

—El que aduerme su conciencia puede despertar condenado.

—Cuando la desgracia me ha herido, he dicho para mí: esto es que Dios me avisa. Había salido del alcázar loco y desesperado sin saber qué hacer, sin saber dónde ir, y me acordé de vos, padre.

—Hicísteis bien, pero nos vamos olvidando del asunto principal.

—Sí, ciertamente; de mi examen de conciencia.

—Veamos: recorramos el decálogo. ¿Habéis amado á Dios sobre todas las cosas?

Quedóse Montiño mirando de una manera perpleja á fray Luis.

Luego suspiró profundamente y dijo:

—Lo que yo he amado más sobre todas las cosas ha sido... Y se detuvo.

—Ved que estáis hablando con vuestra conciencia—observó el padre Aliaga.

Montiño hizo un poderoso esfuerzo y contestó:

—Lo que yo he amado sobre todas las cosas ha sido... el dinero.

—Me dais cuidado por vuestra alma, Montiño—dijo fray Luis—; el amor al dinero trae consigo muchos y grandes pecados.

—En efecto, he pecado mucho.

—¿Y os habéis hecho rico...?

Vaciló Montiño entre su codicia, que le impulsaba á ocultar su riqueza, y su temor á un terrible castigo de Dios, que creía ya empezado en las desgracias que una tras otra se le habían venido encima y seguían viniéndosele desde la noche anterior.

Al fin triunfó el miedo.

—Sí; sí, señor—dijo—soy... muy rico.

—¿Qué medios habéis empleado para adquirir esa riqueza?

Púsose notablemente encarnado Francisco Montiño y guardó silencio.

—¿A qué queréis, pues, que yo os auxilie para prepararos dignamente á una confesión general?—dijo con dulzura el padre Aliaga.

—A los quince años me huí de la casa de mis padres, robándolos.

—¿Considerablemente?

—Les hurté veinticinco ducados y una mula, que vendí en llegando á Madrid en otros diez ducados. Con aquel dinero viví ocioso algún tiempo. Cuando se me acabó el dinero, cuando sentí el hambre, quise buscarme la vida, y logré entrar de galopín en la cocina de la señora infanta doña Juana. Allí me apliqué al oficio...

—En el que habéis adelantado. Sois un cocinero famoso... según dicen.

—Cuando me tranquilice, yo mismo, por mi misma mano, os haré una merienda que os convencerá de que sé cumplir con mi obligación.

—Gracias, seguid; hablábamos de vuestros pecados por el desordenado amor que tenéis al dinero.

—Padre fray Luis, yo creía que con el dinero se conseguía todo.

—Sí, en la tierra; pero no en el cielo.

—Ni en el cielo ni en la tierra. Por rico que sea un hombre no puede librarse de que se la pegue su mujer... y á mí me han engañado dos. Soy muy desgraciado.

—Acaso seáis, más que desgraciado, mal pensador.

—¡Tan buena la una como la otra'

—Ya llegaremos á eso, ya llegaremos. Estamos en que entrásteis de galopín en la cocina de la infanta doña Juana.

—Sí; sí, señor; y como el salario era corto, hurté.

—¡Hurtásteis!

—Cuanto pude; hasta las especias.

—Hicísteis muy mal.

—¡El amor al dinero!...

El padre Aliaga iba ya fastidiándose.

—Reduzcámonos, reduzcámonos, porque no es necesario

que me contéis vuestra vida. ¿De cuántas maneras habéis pecado por el dinero?

—Hurtando sagazmente, y procurando que la culpa de mis hurtos no cayese sobre mí.

—Eso es ya un grave delito. ¿Y de qué otro modo más?

—Cuando fuí cocinero mayor del rey, poniendo en las cuentas otro tanto del gasto.

—¿Y de qué otro modo?

—¡Ah, sirviendo á todo el que me ha pagado bien!

—Entendámonos; más claro: ¿qué clases de servicios han sido esos?

—Siendo espía de los unos y de los otros.

—¿De qué unos y de qué otros?

—Del padre y del hijo, del tío y del sobrino.

—Más claro.

—Se comprende fácilmente: el padre es el duque de Lerma; el hijo, el de Uceda; el otro, don Baltasar de Zúñiga, y el sobrino, el conde de Olivares, esto sin contar el de Lemos y otros...

—¿De modo que habéis vivido engañando á todo el mundo?

—El amor al dinero... Porque sin el dinero...

—¿Habéis llegado al punto de matar por el dinero?

—¡Ah, no, señor; no, señor!—exclamó todo horrorizado Montiño.

—¿Y si os pagaran por envenenar á una persona que hubiese de comer de vuestros manjares?

—He sido y soy codicioso—exclamó, levantándose el cocinero mayor—, lo confieso; pero matar... ¡eso no, no, no!

Y había verdadero horror, verdadera repugnancia en el aspecto, en la mirada, en el acento de Montiño.

El padre Aliaga se tranquilizó.

No podía dudarse de aquella situación del cocinero mayor. Sin embargo, dijo:

—Es pública voz y fama que se han dado bebedizos al rey.

—Mientras se hace la comida de su majestad, nadie levanta una cobertera que yo no lo vea, nadie echa una especia que yo no examine; tengo hasta la sal guardada bajo llave. Pero su majestad come y bebe con mucha frecuencia en las Descalzas Reales.

—¡Religiosas!

—Religiosas, sí; pero la madre Misericordia es sobrina del duque de Lerma.

—¿Y bien?...

—¡Si yo tuviera una carta que me dió para el duque la madre Misericordia! Es verdad que si yo no hubiera perdido esa carta, no me hubiera desesperado hasta el punto de pensar en hacer confesión general.

—Pero ¿tan importante creéis que era esa carta?

—¿Y qué se yo?

—¿Y no recordáis cómo la habéis perdido?

—¡Que si lo recuerdo!... Cuando la eché de menos no lo recordaba... pero cuando salí de palacio... el frío, la lluvia me refrescaron de tal modo, que me acordé de que se me ha quedado con esa carta don Francisco de Quevedo.

—Veo con disgusto que andáis en muy malos pasos, señor Francisco.

—Sí; sí, señor; el amor al dinero.

—Veo, además, que habéis pecado tanto por el dinero, que desde ahora, sin que os confeséis, puedo deciros...

—¡Qué! ¡señor!

—Que si no reparáis el mal que habéis hecho, os condenáis.

Estremecióse todo Montiño.

—¡Que me condeno!—exclamó.

—Irremisiblemente.

—¿Y qué he de hacer, qué he de hacer, padre?

Fray Luis miró profundamente al cocinero mayor.

Había creído que le echaban aquel hombre para explorarle, y le había tratado con la mayor reserva. Pero muy pronto se convenció de que el cocinero obraba de buena fe, que estaba desesperado, que tenía miedo.

Comprendió, además, que siendo como era avaro y de una manera exagerada Montiño, no había que pensar en imponerle reparaciones respecto á su dinero.

Consideró también que por esa misma avaricia, además de darle buenos consejos, se le debía dar dinero para que sirviese mejor.

En una palabra, el padre Aliaga determinó utilizar al cocinero mayor.

—La manera de reparar en cierto modo el mal que habéis hecho—le dijo—, es decidiros á servir fielmente á una sola persona.

—¿A quién, señor?

—Al rey.

—¡Al rey! ¿pues qué, acaso no le sirvo?

—No por cierto: servís á sus enemigos.

—Yo creía que esos caballeros podían muy bien ser enemigos entre sí, pero al mismo tiempo leales servidores del rey.

—Os engañáis; todos los que hoy se agitan alrededor del rey, piensan antes en su provecho que en lo que conviene á su majestad. Y ciertamente que no podéis decir vos que no sabéis las traiciones de esos hombres, cuando anoche un vuestro sobrino tuvo ocasión de prestar un eminente servicio á la reina.

—He ahí un muchacho que tiene muy buena suerte—dijo Montiño con envidia—; todos me hablan bien de él, todos le protejen: hasta el duque de Lerma.

—¡El duque de Lerma!

—¿Qué creéis que me ha dado para él el duque de Lerma?

—¡Oro!

—No por cierto: una encomienda. Mirad, padre.

Y Montiño sacó un estuche y le abrió.

—Pero eso es un collar de perlas—dijo el padre Aliaga.

Montiño, que no se había repuesto de su turbación, había tomado un estuche por otro, y había mostrado al fraile la alhaja que el duque de Lerma le había dado para seducir á la aventurera con quien se pensaba entretener al príncipe don Felipe.

—Esto es otra cosa—dijo precipitadamente Montiño.

El padre Aliaga no contestó.

Montiño se encontraba terriblemente predispuesto á la confesión y continuó:

—Esta alhaja me la ha dado el duque para una dama.

Hizo un gesto de repugnancia el padre Aliaga.

—Se trata de una dama á quien conoce el duque de Uceda.

—¡Qué vergüenza! ¡qué corrupción! ¡qué escándalos!—exclamó el padre Aliaga.

—Es una dama muy hermosa, de quien pretenden se aficionó el príncipe de Asturias.

—¡Ah!

—Una perdida, aunque no lo parece.

—Importa al servicio del rey que averigüeis quién es esa mujer.

—Esa mujer se ha presentado en la corte hace un año.

—¿De dónde ha venido?

—No sé más.

—¿Cómo se llama?

—Doña Ana.

—¿Doña Ana de qué?

—Doña Ana de Acuña.

—El apellido es noble.

—Ciertamente: se llama viuda de un caballero de la montaña.

—¡Ah! todas estas son viudas ó tienen su marido ausente.

—Y presente el amante.

—¿Y quién es el amante de esa mujer?

—El amante de esa dama es el amante de mi mujer.

—¡El amante... de vuestra mujer!...

—Sí, señor; he sido muy desgraciado en el matrimonio; me he casado dos veces: mi primera mujer era muy aficionada á los pajes; llevósela Dios y quedéme en la gloria; pero como me había quedado una hija, necesité casarme de nuevo; mi segunda mujer ha salido muy aficionada á los soldados, y como es soldado el amante de doña Ana de Acuña...

—Mirad no levantéis un falso testimonio á vuestra esposa.

—¡Un falso testimonio! si yo no supiera de seguro que mi mujer es amante del sargento mayor don Juan de Guzmán ¿por qué había de estar desesperado?

—¡Don Juan de Guzmán!—exclamó el padre Aliaga, poniéndose pálido—; yo conocí á un Juan de Guzmán, soldado de á caballo; ¿qué edad tiene ese hombre?

—Más de cuarenta años, pero aparenta menos.

Quedóse profundamente abismado en su pensamiento el padre Aliaga.

Guardó por un largo espacio silencio.

—¡Juan de Guzmán—dijo al fin—, es amante de una aventurera de quien se valen ellos! ¡y además es amante de vuestra mujer!

—Sí, señor.

—¿Habéis dado algún escándalo en vuestra casa?

—¡No; no, señor! intenciones de más que eso he tenido... ¡pero quiero tanto á mi mujer!... á la pobre han debido darla algún bebedizo.

—¿Ha podido sospechar vuestra mujer que conocéis su falta?

—No; no, señor.

—Pues bien, seguid obrando en vuestra casa como si nada supiérais.

—Sí; sí, señor.

—¿Qué pretende el duque de Lerma de esa doña Ana?

Montiño contó al padre Aliaga lo que respecto á aquella mujer le había encargado el duque de Lerma.

—Es hasta donde puede llegar la degradación—dijo el inquisidor general—; de todo se echa mano. Oid, Montiño: estáis hablando al mismo tiempo que con el sacerdote, con el confesor del rey y con el inquisidor general.

Estremecióse Montiño.

El padre Aliaga había cambiado de expresión y de acento.

—Yo, señor—dijo balbuceando--, he venido á buscar en vos amparo y consuelo.

—Y yo no os lo niego; pero habéis pecado mucho, y es necesario que reparéis el mal que habéis hecho sirviendo de medio para que el crimen no triunfe de la virtud.

—Os serviré, señor.

—Hablábamos de vuestro sobrino. ¿Quién es ese joven?

—Ese joven, señor, no es mi sobrino—dijo Montiño, que temblaba como un azogado.

—¿Que no es vuestro sobrino?

—No, señor.

—¿Pues por qué se nombra vuestro sobrino?

—Él cree que lo es.

—Decidme lo que sabéis acerca de ese joven.

—Os voy á confesar un terrible secreto de familia—dijo Montiño sacando con miedo la carta de su hermano Pedro, que había traído para él la noche anterior el joven.

—Yo guardaré ese secreto bajo confesión—dijo el fraile.

Montiño entregó la carta al padre Aliaga, que se levantó y fué á leerla junto á la vidriera de un balcón.

El padre Aliaga leyó y releyó aquella carta.

Luego volvió junto al cocinero mayor.

—¿Sabe esto alguien?—dijo guardando la carta del difunto Pedro Montiño, con gran cuidado el cocinero.

—Sí, señor—exclamó Montiño—; lo sabe una mujer.

—¿Qué mujer es esa?

—Doña Clara Soldevilla.

—¿Ha estado alguna otra vez ese joven en la corte?

—No, señor.

—¿Y entonces cómo conoce á doña Clara?

—Yo no lo sé, pero en palacio le conocen y mucho.

—Hablad, hablad.

—Yo creo, señor, y casi tengo pruebas, que doña Clara sólo es la cortina de ciertos amores.

—Explicáos.

—La reina...

—¡Qué decís de la reina!...

—La reina ama á mi sobrino.

Pasó algo siniestro por el semblante del fraile.

—¿Decís—exclamó—que su majestad ama á ese joven?

—Estoy casi cierto de ello.

—¡La prueba! ¡la prueba!

—No puedo dárosla ahora, pero os la daré.

—Si me la dais, os hago doblemente rico.

Montiño miró de una manera extraviada al fraile. Su corazón se embrolló más y más, los grandes ojos negros del padre Aliaga le devoraban; no era ya la mirada indiferente y tranquila de antes la suya; había en ella inquietud, ansiedad, cólera... un mundo entero de pasiones.

—¡Habéis dicho—exclamó roncamente—que la reina ama á ese caballero!

—Sí; sí, señor, y creo... creo tener pruebas... en fin... yo... averiguaré...

—Sí... sí... averiguad... pero esto es imposible, imposible de todo punto—añadió como hablando consigo mismo el confesor del rey—; y sin embargo, las mujeres...

—Son muy caprichosas, señor; ya veis, mi mujer...

—¡Vuestra mujer!... ¡vuestra mujer!... ¿decís que es querida del sargento mayor don Juan de Guzmán?

—¡Sí, señor!

—¿Cómo ha llegado ese hombre al empleo que tiene?

—Le favorece don Rodrigo Calderón.

—¿Y favoreciéndole don Rodrigo Calderón, ese hombre ha enamorado á vuestra mujer?...

—¿Qué pensais de eso?

—Vigilad á vuestra mujer.

—¿Y no sería mejor que vos, señor, que sois inquisidor general, encerráseis á ese hombre?...

—Haced lo que os mando.

—Lo haré, señor.

—Además, en esta carta de vuestro difunto hermano que me habéis dado, se dice que existe un cofre sellado.

—Sí; sí, señor.

—¿Dónde está ese cofre?

—Le tengo yo.

—Traedme ese cofre esta misma noche.

—¡Ese cofre, señor! ¿pero no sabéis que es un secreto?

—Para la Inquisición no hay secretos.

—¡La Inquisición!—exclamó aterrado Montiño.

—Lo que me habéis revelado es muy grave, para que la Inquisición deje de ocuparse de ello.

—Pero yo os lo he revelado en confesión.

—No importa. Si no queréis exponeros vos mismo, obedeced.

—Obedeceré, señor.

—Esta noche, tarde... á las doce, por ejemplo...

—El cofre es muy pesado, señor.

—Emplead para traerle cuantos hombres fuesen necesarios.

—¡Ah!

—Ahora oid. No escandalicéis en vuestra casa.

—¡Si no me atrevo á ello, señor!

—¿Habéis dado ocasión para que vuestra mujer vea en vos desconfianza?

—No; no, señor.

—Pues bien, no la deis. Seguid tratando á vuestra mujer como de costumbre.

—Es, señor... que... no sé en lo que consiste, pero ahora la quiero más que antes.

—Seguid, seguid sin novedad alguna.

—Muy bien, señor.

—Respecto al duque de Lerma, seguid sirviéndole de la misma manera que le habéis servido hasta aquí.

—¿Pero no me habéis dicho que peco sirviéndole de ese modo?

—Si antes pecasteis obrando así, ahora que persistiendo en esas obras serviréis al rey, hacéis una obra meritoria.

—¡Ah!

—Para que lo entendáis más claro: antes obrábais por codicia, por interés vuestro; ahora sois en cuerpo y en alma un hombre que sirve al Santo Oficio, para servir al rey.

—¡Ah! ¡es decir, yo!...

—Vos me daréis parte de cuanto sepáis, de cuanto veáis, de cuanto oigáis...

—Pero yo acaso no sirva para eso.

—Servís demasiado para servir al duque de Lerma.

—¿Y es preciso absolutamente que yo?...

—Si os negáis á ello, será prudente prenderos: sabéis secretos demasiado graves.

23

—Contad enteramente conmigo, señor.

—No, no soy yo quien cuento con vos, sino la Inquisición, siempre justa, siempre previsora. Por ejemplo: habéis descubierto que su majestad la reina ama á... vuestro sobrino postizo... observad... observad... vos por vuestro empleo en palacio, podéis...

—No sé si puedo mucho.

—Procuradlo... y no dejéis de avisarme... de lo más mínimo que descubráis acerca de esos amores.

—¡Oh, Dios mío!

—¡Quién pudiera creerlo!... ¡quién pudiera siquiera sospecharlo!... ¡la reina!...

—Es en verdad muy extraño... pero ello en fin... y yo he podido equivocarme.

—¡Oh! ¡si os hubiérais equivocado!

Montiño no pudo comprender el verdadero sentido de la exclamación del padre Aliaga: si era una amenaza para él, ó un deseo íntimo del fraile.

—¿Conque decís —dijo al fin— que yo debo seguir en mi oficio de espía y de corredor para ciertos asuntos del duque de Lerma?

—Sí.

—¿Debo, pues, llevar este collar á doña Ana de Acuña?

—Indudablemente.

—¿Y después debo deciros lo que me haya dicho esa dama?

—Sí.

—Una cosa hay, sin embargo, que yo no puedo hacer.

—¿Cuál?

—Llevar al duque de Lerma la carta que me ha dado para su excelencia la abadesa de las Descalzas Reales... porque... ¡como don Francisco de Quevedo me ha quitado esa carta!

—No se la llevéis.

—Es que todo está entonces echado á perder... porque... de seguro... al no recibir contestación de su excelencia la madre abadesa... le escribirá de nuevo... se descubrirá... ó se creerá descubrir que yo he hecho mal uso de su carta... desconfiará de mí el duque...

—Esperad —dijo el padre Aliaga.

Y se fué á la mesa, se sentó y escribió lentamente una carta que cerró y selló, con el sello del uso privado del inquisidor general, sobre una especie de lacre verde.

—Tomad —dijo—: llevad esta carta á la madre Misericordia y os dará otra, que llevaréis al duque de Lerma.

—¡Ah! Dios os lo pague, señor; porque la pérdida de esa carta era una de las cosas que me tenían desesperado—exclamó con alegría el cocinero mayor.

—Ahora, idos—dijo el padre Aliaga—, y no os olvidéis de volver esta noche á la hora que os he dicho, con ese cofre y con las noticias que hayáis podido adquirir.

Francisco Martínez Montiño saludó profundamente al inquisidor general, salió de la celda, y se alejó aturdido, con el pensamiento embrollado y en paso vacilante como el de un ebrio.

En tanto el padre Aliaga había quedado inmóvil, pálido, sombrío, con los brazos fuertemente apoyados en la mesa.

—¡Dios me castiga!—exclamó—; no he sabido dominar mis pasiones: mi cuerpo está en el claustro, pero mi alma en el mundo; soy un miserable hipócrita. Amo... á una mujer casada... á la esposa de mi rey... de mi hijo... porque yo soy su confesor... Yo que le reprendo sus malos deseos, sus debilidades, no sé acallar el grito de los míos, no sé ser fuerte... y al saber... al oir que ella ama á otro, por más que esto pueda ser una equivocación, una calumnia, me estremezco de celos, y siento odio... un odio terrible á ese hombre... que dicen ama ella... y le haría pedazos entre mis manos...

El padre Aliaga echó violentamente hacia atrás su pesado sillón, se levantó y se puso á pasear irritado á lo largo de su celda.

—¿Y si no es una calumnia?—dijo con voz cavernosa, después de algunos minutos de meditación—¿si en efecto ella... olvidada de todo, le amase?... ella me escribió anoche... él trajo su carta... anduvo muy reservado en sus contestaciones... y es joven y hermoso... tiene esa figura, esa expresión... ese conjunto... esa alma... ese todo que tanto agrada á las mujeres... y la carta de la reina... me le recomendaba eficazmente... veamos otra vez esa carta...

Y se fué á su mesa, abrió los cajones y los revolvió inútilmente.

La carta no parecía.

—¡Oh!—exclamó recordando—; ¡la quemé!... pero... yo la recordaré entera... la recordaré porque quiero recordarla... la memoria obedece á la voluntad.

Y con toda su voluntad, con todo su deseo, el padre Aliaga p o u recordar el contenido de la carta de la reina.

Y recordó, pero de una manera truncada, á trozos.

—¡Oh!—dijo—; la reina me decía que importaba mucho

que ese joven estuviese en palacio... en la guardia española... me mandaba comprarle una provisión de capitán... y me hablaba con calor de él...

El alma del padre Aliaga se ennegreció más.

—¡Oh!—exclamó—; ¡la gratitud de las mujeres! las mujeres no saben tener por un hombre un afecto profundo, sin que aquel afecto las lleve al amor... ¡si al verse salvada de un peligro por ese joven!... pero en todo caso... si nunca ha estado ese joven en Madrid... si anoche le vió ella por primera vez, no puedo suponerla tan liviana que... aún hay tiempo... indudablemente... obrando con sagacidad y energía podrá evitarse... pero si todo esto no fuese más que una locura de Montiño... una exageración de mi recelo...

El padre Aliaga detuvo su paseo y miró á las vidrieras.

—Ya osbcurece—dijo—y el bufón no ha venido... ¡el tío Manolillo! acaso el tío Manolillo pudiera darme alguna luz.

—¿Se puede hablar con vuestra señoría?—dijo á la puerta el bufón, como si se hubiera evocado el pensamiento del padre Aliaga.

—Entrad, entrad—dijo con mal encubierta ansiedad el padre Aliaga—; ¡cuánto habéis tardado!

—Decid más bien, que habéis estado muy entretenido. Pero cerrad bien la puerta, padre Aliaga, cerradla bien, que tenemos que hablar cosas que no conviene que las oiga nadie.

—Dejad, antes es necesario que nos traigan luz; ya ha obscurecido.

—Y decidme, ¿hay por aquí algún lugar donde yo me obscurezca, de modo que no me vea el que traiga la luz?

—¿Y qué os importa que os vean ó no?

—Tanto me importa, como que esperando á que concluyéseis vuestra larga audiencia con el cocinero mayor, me he estado en el claustro bajo mirando los cuadros uno detrás de otro, y volviéndolos á mirar esperando á que saliese el bueno de Montiño, y luego me he paseado otro gran rato en el claustro alto, á fin de encontrar un momento en que nadie me viese para colarme en vuestra celda.

—No comprendo la razón de este recelo; pero puesto que no queréis ser visto, escondéos aquí, en mi alcoba.

Escondióse el bufón, y el padre Aliaga pidió luz.

Cuando se la hubieron traído y se quedó de nuevo solo, cerró la puerta.

Entonces el bufón salió de la alcoba, y puso en la puerta, colgado de la llave, su capotillo.

—¿A qué es eso?—dijo el padre Aliaga.

—A fin de que no puedan verme; y hablo muy bajo, á fin de que no puedan reconocerme por la voz.

—Nadie escucha ni observa lo que se dice ni lo que se hace en mi celda.

—¿Olvidáis que la Inquisición quiere teneros tan cerca que os tiene á su cabeza?

—¡La Inquisición! ¡la Inquisición es mía!

—¿Y no teméis que sea más bien del duque de Lerma?

—Tío Manolillo—dijo con reserva el padre Aliaga—, nada tengo que temer; sirvo á Dios y al rey...

—Pero no servís, sino que más bien estorbáis á algunos hombres.

—Muy quieto me estaba yo en mi convento de Zaragoza, sin salir de él sino para mi cátedra en la Universidad, cuando el duque de Lerma me sacó de mi celda para traerme á la corte; muy alejado de toda codicia, cuando me hicieron provincial de la Tierra Santa y visitador de mi Orden en Portugal, y muy ajeno de que más adelante me nombrasen archimandrita del reino de Sicilia.

—Y consejero de Estado... y á más, á más inquisidor general.

—No sé por qué se han empeñado en engrandecerme.

—Porque á un mismo tiempo os temen y os necesitan.

—Vano temor: yo me limito á dirigir la conciencia del rey.

—Vos conspiráis, padre.

—¡Cómo!

—Como conspiro yo y como conspiramos todos: ¿acaso no conspira también el cocinero de su majestad?

Movióse impaciente en su silla el padre Aliaga.

—Henos aquí juntos—dijo el bufón—: vos fuerte en la apariencia, y yo en la apariencia débil; ¡sabe Dios cuál de entrambos es el fuerte!

—Tío Manolillo, no os entiendo—dijo con gran indiferencia el padre Aliaga—. ¿Qué habláis de fuertes ni de débiles? Si no recuerdo mal, yo os he llamado.

—Es verdad; esta mañana en la recámara del rey, me dijisteis: os espero esta tarde en el convento de Atocha.

—Necesitaba preguntaros...

—Sí, por una mujer... y por esa mujer he venido yo. Y á propósito de esa mujer, ¿tendréis que hablarme también de algún hombre?

—Y de algunos.

—Esa mujer... la madre... se llamaba Margarita como la reina.

Colorósc levemente el semblante del padre Aliaga.

—En efecto—dijo—; Margarita...

—Ha sido siempre vuestra desesperación. Debe de ser para vos fatal ese nombre.

—¡Para mí!

—¡Esto de que hayan de llamarse Margaritas todas las mujeres que amáis!...

—¡Que yo amo!

—¡Bah! ¡ya lo creo! un hombre, al hacerse fraile, no se arranca el corazón.

—Creo que os atrevéis á hacer suposiciones muy arriesgadas.

—Pero las hago en voz muy baja. Estamos solos. Vos tenéis el corazón hecho pedazos, yo también; vos amáis, yo también amo; pero amo con más heroísmo que vos, y lo sacrifico todo á mi amor... todo... hasta los celos.

—Venís muy donosamente loco, tío; yo creí que os habríais dejado á la puerta de mi celda vuestros cascabeles de bufón.

—En efecto, ni aun en los bolsillos los traigo. Soy ni más ni menos un pobre enfermo del corazón que viene á buscar á otro enfermo y á decirle: busquemos juntos nuestro remedio. En este momento, ni vos sois el padre grave de la Orden de Predicadores, maestro, provincial, visitador, confesor del rey, inquisidor general, y qué sé yo qué más, ni yo soy el loco, el simple, el cura fastidios del rey. Somos dos hombres. Si vos os empeñáis en manteneros puesta la carátula, nada tengo que hacer aquí... me habéis llamado en vano. Adiós.

Y el tío Manolillo se levantó y se dirigió á la puerta.

—Esperad—dijo el padre Aliaga.

El bufón volvió atrás, se sentó de nuevo y miró audazmente al padre Aliaga.

—¿Nos quitamos al fin el antifaz?—dijo.

El padre Aliaga no contestó directamente á esta pregunta.

—Esta mañana—dijo—me contásteis una historia muy triste.

—Margarita, cuando estaba más loca, llamaba á su hermano Luis... vos os llamáis Luis, padre Aliaga; hace muchos años que pasó esto, y entonces debíais ser muy joven; ¿sois vos, acaso, el Luis que recordaba Margarita?

—Me habéis dicho que la hija de esa desdichada se parece mucho á su madre; cuando la vea podré deciros...

—¿Queréis verla?

—¿Y cómo puede ser eso?

—De una manera muy sencilla; id ahora mismo á palacio.

—¡A palacio!

—Sí por cierto. Nadie extrañará que el confesor del rey entre á estas horas en palacio. Yo estaré esperándoos en la escalerilla por donde se sube al cuarto del rey.

—Lo que no alcanzo es cómo pueda ir á palacio esa comedianta.

—La llevaré yo.

—En verdad, en verdad, tengo una obligación grave de averiguar quién es esa mujer. ¿No se llama Dorotea?

—¿Quién os ha dicho que la hija de Margarita se llama Dorotea?—exclamó con acento amenazador el bufón.

—Cuando se trata de esa mujer—dijo sonriendo tristemente el padre Aliaga—, todo os espanta.

—Como os espanta á vos todo, cuando se trata de la otra.

El padre Aliaga pareció no haber oído la contestación del tío Manolillo.

—Sólo quiero ver á esa joven—dijo—para salir de una duda; y puesto que vos podéis mostrármela en palacio, á palacio voy.

Y el padre Aliaga se levantó.

En aquel momento sonaron pasos en el corredor.

Al oírlos el bufón se levantó, y escuchó con atención.

Luego se escondió precipitadamente y sin ruido en la alcoba del padre Aliaga.

CAPÍTULO XXVI

DE LO QUE OYÓ EL TÍO MANOLILLO, SIN QUE PUDIERA EVITARLO EL CONFESOR DEL REY

Abrióse la puerta y asomó el hermano Pedro.

—Nuestro padre—dijo—; tras mí viene el señor Alonso del Camino.

—¡A qué hora!—murmuró para sí el padre Aliaga.

Y fué á la puerta con la visible intención de salir de la celda, pero Alonso del Camino no le dió tiempo.

Se entró de rondón en la celda.

—Aquí tenéis—dijo como quien se apresura á dar una noticia agradable—la provisión de capitán para el señor Juan Montiño.

No era ya tiempo de tapar la boca al montero de Espinosa, y por otra parte, el padre Aliaga no se atrevía á dar ninguna señal de desconfianza al bufón del rey, que estaba en posición de verlo y oir todo desde detrás de la cortina de la alcoba.

Tomó la provisión y la miró.

Aquella provisión había sido vendida á un soldado viejo llamado Juan Fernández, y éste la había revendido al señor Juan Montiño.

—Ya veis si he sido eficaz; esta mañana cobré los ochocientos ducados de la casa del señor Pedro Caballero, y en seguida me fuí á buscar á un tal Santiago Santos, secretario de Lerma, en su misma casa. Le hablé, tratamos el precio, dile trescientos ducados, fuése él á casa del duque, y al medio día me dió la provisión firmada por su majestad. He invertido lo que me ha quedado de tiempo hasta ahora en comprar armas y caballo para el dicho capitán, y la reina queda completamente servida.

—¡La reina!—murmuró profundamente el padre Aliaga, lanzando una mirada recelosa á la cortina, tras la cual se ocultaba el bufón.

—¡La reina!—dijo con extrañeza el tío Manolillo, detrás de aquella cortina.

—Además, no he perdido el tiempo; como he estado esperando en la antecámara del rey á que saliese el duque de Lerma, á quien esperaba también el secretario Santos para recoger la provisión firmada por el rey, he visto algo bueno.

El padre Aliaga no preguntó qué era lo bueno que había visto, á pesar de que Alonso del Camino se detuvo esperando esta pregunta.

El padre Aliaga estaba inclinado hacia la chimenea, arreglando los tizones y pidiendo á Dios que el montero de Espinosa callase, porque no se atrevía á imponerle silencio ni con una seña.

Sin saber por qué, no quería dar una muestra de desconfianza al bufón.

Esperaba mucho de aquel hombre, y lo esperaba de una manera instintiva.

Alonso del Camino continuó:

—Se murmuraban en la antecámara muchas cosas.

—Allí siempre se murmura.

—Decían que don Francisco de Quevedo había venido á la corte y que había dado de estocadas á don Rodrigo Calderón.

—¡Bah! siempre persiguen al bueno de don Francisco las acusaciones... ya sabéis que no ha sido Quevedo... ¿pero está en efecto en Madrid?

—Todos lo aseguran; y como todos le desean por su ingenio festivo, todos se preguntan: ¿quién le ha visto? ¿quién le ha hablado?

—¿Y hay alguien que le haya hablado ó visto?

—No; no, señor; es uno de esos rumores que suenan, y cunden y se saben en un momento en toda una ciudad.

—Estaba preso.

—Pues porque estaba preso, y por saber que le han soltado y que al verse suelto se ha venido á la corte, son hablillas y la admiración de todos.

—¡Bah!—dijo el padre Aliaga.

—Se asegura que va á haber variación en el consejo y en la alta servidumbre.

—¿Porque ha venido don Francisco?

—Dicen que anoche estuvo don Francisco en palacio.

—Bien, ¿y qué?

—Añaden que la duquesa de Gandía se fué á su casa mala, porque el rey pasó la noche en el cuarto de la reina.

—¡Que pasó el rey la noche en el cuarto de la reina!—dijo con la voz ligeramente afectada el padre Aliaga—. No me ha dicho nada su majestad.

—Pues preguntádselo al duque de Lerma, que dicen pasó la noche rabiando en el despacho del rey—dijo alegremente Alonso del Camino.

—Tened en cuenta, amigo mío, que en palacio se miente mucho.

—Don Baltasar de Zúñiga va de embajador á Inglaterra.

—Nada tiene de extraño; don Baltasar ha nacido para embajador.

—Y entra en su lugar en el cuarto del príncipe el obispo de Osma.

—Así aprenderá su alteza mucho latín.

—No parece sino que nos escuchan—dijo bruscamente Alonso del Camino—, según andáis de reservado.

—Pues no nos escucha nadie. Yo acostumbro á escuchar siempre con indiferencia las hablillas de antecámara.

—Podrán ser hablillas, pero á la verdad, lo que yo he visto...

—¡Ah! vos habéis visto...

—Sí por cierto, y algo que significa mucho; en primer lugar, he visto que el mayordomo mayor, duque del Infantado, ha tenido que volverse desde la puerta de la cámara del rey, porque el ujier no le ha dejado pasar.

—Pero eso no prueba nada.

—Tenéis razón; eso no probaría nada si, después de no haber podido entrar tampoco el duque de Pastrana, ni el de Uceda, á pesar de su oficio de gentileshombres de la cámara del rey, no hubiese salido el duque de Lerma tan risueño y alegre que parecía decir á todo el mundo: ya no tengo enemigos.. Dióme lástima, porque en sí mismo tiene el mayor enemigo Lerma.

—Nada de lo que habéis dicho prueba nada.

—Se dice...

—¿Se dice más?

—Sí por cierto, que se arma un ejército contra la Liga.

—Ejército que será vencido.

—Pero todo eso prueba que el duque de Lerma tiene miedo y quiere contentar de algún modo á España; para eso... ya sé lo que vais á decirme, lo mejor era que empezase por irse á una de sus villas y dejar el gobierno.

—Perdonadme, señor Alonso, si no os he escuchado como debiera—dijo el padre Aliaga que se impacientaba—, pero estoy enfermo.

—¡Enfermo!

—Sí; sí por cierto, tengo vaguedad en la cabeza, frío en los pies... la celda me anda alrededor.

—¡Ah! perdonad... yo no sabía... llamaré...

—No, no... me voy á acostar... con vuestra licencia...

—¡Oh! lo siento mucho, no os descuidéis...

—Esto pasará.

—Ahí se quedan los cien ducados que han sobrado.

—Bien.

—Perdonad... pero... mañana vendré á informarme...

—Muchas gracias... esto pasará...

—Quiera Dios aliviaros, y quedad con El.

—Id con Dios, y que Él os pague vuestra buena voluntad, señor Alonso.

El montero de Espinosa salió, y al atravesar el corredor que conducía al claustro, dijo:

—¡Es extraño! ¡ponerse malo de repente! ¡y á mí me parece que está muy bueno! ¿qué habrá aquí?

Apenas había salido Alonso del Camino de la celda, cuando salió de la alcoba el tío Manolillo.

—¿Por qué os tratáis con gente tan habladora?—dijo—; pero nada importa que yo lo haya oído, porque ya sabía yo que conspirábais: ignoraba, en verdad, que tuviéseis vuestros espías tan cerca del rey. Y es un buen hombre ese Alonso del Camino.

—Me habéis dicho—contestó el padre Aliaga, como si nada le hubiese hablado el bufón—que si voy á palacio me mostraríais á esa Dorotea.

—Indudablemente; pero es necesario que os detengáis en ir lo menos una hora.

—¿Y por qué?

—Porque necesito ese tiempo para llevar á la Dorotea á palacio. Ya debe de haber salido de la función del corral del Príncipe; pero como ha ido acompañada muy á su gusto, podrá suceder que después de la función se haya metido con su compañía en alguna hostería apartada. Ya veis, el hablar mucho, el cantar y el bailar abren el apetito, y cuando se han hablado y cantado amores y se está enamorado...

—¿Y de quién está enamorada Dorotea?—dijo con interés el padre Aliaga.

—De una persona á quien vos conocéis.

—¿Que yo conozco?

—Sí, ciertamente, y de la cual tenéis celos.

—¡Celos!

—Sí por cierto; unos celos concentrados, crueles, que queréis ocultaros á vos mismo.

—¡Os equivocáis!—exclamó con precipitación el padre Aliaga—, yo no puedo tener celos de nadie; yo estoy retirado del mundo, muerto para el mundo.

—¡Bah! allá lo veremos.

—Os he preguntado de quién está enamorada esa comedianta.

—¿No lo adivináis por lo que os he dicho?

—No ciertamente.

—Llegará un día en que me habléis con lisura: la Dorotea está enamorada con locura...

El bufón se detuvo como devorando con cierto placer maligno la ansiedad del padre Aliaga.

—¿De quién?—dijo el fraile con impaciencia.

—De cierto mancebo á quien ha hecho capitán la reina con vuestro dinero.

El padre Aliaga sintió el golpe en medio del corazón; se estremeció.

—¿Y ama el señor Juan Montiño á Dorotea?

—Debe amarla, porque le ama ella: pero si no la ama, y la engaña, peor para él.

Repúsose el padre Aliaga.

—¿Conque... vais á buscar á esos dos amantes?—dijo.

—No por cierto, voy á esperarlos á su casa... y como pueden tardar...

—Esperad, cuando la hayáis encontrado, en la galería de los Infantes.

—Esperaré...

—Cuando yo llegue, os avisarán.

—Muy bien.

—Y para que los encontréis más pronto, id al momento.

—Quedad con Dios, padre Aliaga; quedad con Dios y hasta luego.

El bufón salió.

Cuando se hubo perdido el ruido de sus pisadas, el padre Aliaga llamó y se presentó el lego Pedro.

—Que pongan al instante la silla de manos.

Algunos minutos después, dos asturianos conducían á palacio al padre Aliaga.

Había cerrado la noche y seguía lloviendo.

CAPÍTULO XXVII

EN QUE SE VE QUE EL COCINERO MAYOR NO HABÍA ACABADO AÚN SU FAENA AQUEL DÍA

En el mismo punto en que el confesor del rey salía del monasterio de Átocha, salía del de las Descalzas el cocinero mayor.

Todo aquel tiempo, es decir, el que había transcurrido

El padre Aliaga.

desde la ida de Francisco Montiño de un convento á otro, lo había pasado Montiño bajo la presión despótica de la madre Misericordia.

El haberse quedado Quevedo con la carta de la abadesa para Lerma, había procurado al cocinero mayor aquel nuevo martirio.

Porque cada minuto que transcurría para él fuera de su casa, era un tormento para el cocinero mayor.

Aturdido, no había meditado que necesitaba dar una disculpa á la madre abadesa, por aquella carta que la llevaba del padre Aliaga. Montiño no sabía lo que aquella carta decía; iba á obscuras.

Esto le confundía, le asustaba, le hacía sudar.

Si decía que Quevedo le había quitado la carta, se comprometía.

Si decía que la había perdido... la carta podía parecer y era un nuevo compromiso.

Si rompía por todo y no llevaba aquella carta á la abadesa, ni volvía á ver al duque de Lerma, y se iba de Madrid...

Esto no podía ser.

Estaba comprometido con el duque.

Estaba comprometido con la Inquisición.

Montiño se encontraba en el mismo estado que un reptil encerrado en un círculo de fuego.

Por cualquier lado que pretendía salir de su apuro, se quemaba.

Decidióse al fin por el poder más terrible de los que le tenían cogido: por la Inquisición.

Y una vez decidido, se entró de rondón en la portería de las Descalzas Reales, á cuya puerta se había parado, tocó al torno y, en nombre de la Inquisición, pidió hablar con la abadesa.

Inmediatamente le dieron la llave de un locutorio.

Al entrar en él, Montiño se encontró á obscuras; declinaba la tarde y el locutorio era muy lóbrego.

Detrás de la reja no se veían más que tinieblas.

Poco después de entrar en el locutorio, Montiño sintió abrirse una puerta y los pasos de una mujer.

No traía luz.

Luego oyó la voz de la madre Misericordia.

El triste del cocinero mayor se estremeció.

—¿Quién sois, y qué me queréis de parte del Santo Oficio?—había dicho la abadesa con la voz mal segura, entre irritada y cobarde.

—Yo, señora, soy vuestro humildísimo servidor que besa vuestros pies, Francisco Martínez Montiño.

—¡Ah! ¿sois el cocinero mayor de su majestad?

—Sí; sí, señora.

—Pero explicadme... explicadme... porque no comprendo por qué os envía el Santo Oficio de la general Inquisición.

—Ni yo lo entiendo tampoco, señora.

—¿Pero á qué os envían?

—Perdonad... pero quiero antes deciros cómo he trabado conocimiento con el inquisidor general.

—¿Es el inquisidor general quien os envía?

—Sí, señora.

—¿Pero sois ó érais de la Inquisición?

—No sé si lo soy, señora, como ayer no sabía otras cosas; pero hoy como sé esas otras cosas, sé también que soy en cuerpo y alma de la Inquisición; pero á la fuerza, señora, á la fuerza, porque todo lo que me está sucediendo de anoche acá me sucede á la fuerza.

—Pero explicáos.

—Voy á explicarme: salía yo de aquí esta mañana con la carta que me habíais dado para su excelencia el duque de Lerma, mi señor, cuando he aquí que me tropiezo...

—¿Con quién?

—Con un espíritu rebelde, que me coge, me lleva consigo, y me mete en la hostería del... Ciervo Azul; y una vez allí me quita la carta que vos me habíais dado para don Francisco de Quevedo.

—Yo no os he dado carta alguna para don Francisco.

—Tenéis razón; es que sueño con ese hombre. Quise decir la carta que me habíais dado para el señor duque de Lerma.

—¿Qué, os la quitó?...

—Me la sacó... sí, señora... no sé cómo... pero me la sacó... y se quedó con ella.

—¡Que se quedó con ella!... ¿y por qué os dejasteis quitar esa carta?—exclamó con cólera la abadesa.

—Ya os he dicho que me la ha quitado...

—¿Pero quién era ese hombre que os la quitó?

Sudó Montiño, se le puso la boca amarga, se estremeció todo, porque había llegado el momento de pronunciar una mentira peligrosa.

—El hombre que... me quitó vuestra carta, señora—dijo con acento misterioso—, era... era... un alguacil del Santo Oficio.

—¡Un alguacil!

—Sí, señora. Un alguacil que me había esperado á la salida de la portería.

—¿Os vigilaba el Santo Oficio?... ¿es decir, que el Santo Oficio vigila la casa de mi tío?

—Yo no lo sé, señora—dijo Montiño asustado por las proporciones que iba tomando su mentira—. Yo sólo sé que el alguacil me dijo:—Seguidme.—Y le seguí.

—¿Y á dónde os llevó?

—Al convento de Atocha, á la celda del inquisidor general.

—¿Y qué os dijo fray Luis de Aliaga?

—Nada.

—¿Nada?

—Sí; sí, señora, me dijo algo: —Desde ahora servís al Santo Oficio. Volved esta tarde. —Como con el Santo Oficio no hay más que callar y obedecer, me fuí y volví esta tarde. El inquisidor general me dió una carta y me dijo: —Llevadla al momento á la abadesa de las Descalzas Reales.

—¡Ah! ¿traéis una carta para mí... del inquisidor general? ¿Dónde está?

—Aquí, señora.

—Dádmela.

—No veo... no veo dónde está, señora.

La abadesa se levantó y pidió una luz, que fué traída al momento.

Entre el fondo iluminado de la parte interior del locutorio y la reja, había quedado de pie, escueta, inmóvil, la negra figura de la abadesa, semejante á un fantasma siniestro.

No se la veía el rostro á causa de su posición, que la envolvía por delante en una sombra densa.

Tampoco se podía ver el del cocinero mayor, que estaba de pie en la parte interior del locutorio.

El reflejo de la luz atravesando la reja, era muy débil.

Esto convenía á Montiño, porque si la abadesa hubiera podido verle el semblante, hubiera sospechado del cocinero mayor, que estaba pálido, desencajado, trémulo.

—Dadme esa carta—repitió la abadesa.

Montiño metió la mano con dificultad por uno de los vanos de la reja, y dió á la madre Misericordia la carta.

La abadesa se fué á leerla á la luz.

Para comprender esta carta, es necesario que insertemos primero la que el duque de Lerma escribió aquella mañana para la abadesa, y después la contestación de éste.

La carta del duque decía:

«Mi buena y respetable sobrina: Personas que me sirven, acaban de decirme que han visto entrar á mi hija doña Catalina en vuestro convento y en uno de sus locutorios, y tras ella, en el mismo locutorio, á don Francisco de Quevedo. Esto no tendría nada de particular, si no hubiese ciertos antecedentes. Antes de casarse mi hija con el conde de Lemos, la había galanteado don Francisco, y ella, á la verdad, no se había mostrado muy esquiva con sus galanteos. Apenas casada, por razones de sumo interés, me vi obligado á prender á don Francisco de Quevedo y enviarle á San Marcos de León. Púsele al cabo de dos años en libertad, y anoche se me presentó trayéndome una carta de la duquesa de Gandía, que le había entregado doña Catalina, que estaba de servicio en el cuarto de la reina. Esto prueba tres cosas, que no deben mirarse con indiferencia: primero, que Quevedo no ha escarmentado; segundo, que está en inteligencias con mi hija; y tercero, que estuvo anoche en el cuarto de la reina. Por lo mismo, y ya que en estos momentos tenéis á mi hija y á Quevedo en uno de los locutorios de ese convento, observad, ved lo que descubrís en cuanto á la amistad más ó menos estrecha en que puedan estar mi hija y Quevedo, porque lo temo todo, tanto más, cuanto peor marido para doña Catalina, y peor hombre para mí, se ha mostrado el conde de Lemos. Avisadme con lo que averiguáreis ó conociéreis, dando la contestación al cocinero del rey, que os lleva ésta. Que os guarde Dios.—*El duque de Lerma.*»

La carta que en contestación á ésta escribió la abadesa, y que entregó á Montiño y que quitó al cocinero mayor Quevedo, contenía lo siguiente:

«Mi respetable tío y señor: He recibido la carta de vuecencia tan á tiempo, como que, cuando la recibí, estaba en visita con mi buena prima y con don Francisco de Quevedo. Doña Catalina me había dicho que su único objeto al verme, era hacerme trabar conocimiento con Quevedo, y éste me había hablado tan en favor de vuecencia, que me tenía encantada, y me había hecho perder todo recelo. La carta de vuecencia, sin embargo, me puso de nuevo sobre aviso, y tengo para mí que doña Catalina y don Francisco se aman, no dentro de los límites de un galanteo, que siempre fuera malo, sino de una manera más estrecha. He comprendido que don Francisco quería engañarme para inspirarme confianza, y que no ha sido el amor el que le ha llevado á hacer faltar á sus deberes á doña Catalina, sino sus proyectos: porque poseyendo á doña Catalina, posee en la corte, cerca de la reina, una persona que puede servirle de mucho, y por medio de la cual puede dar á vuecencia mucha guerra, y tanto más, cuanto más vuecencia confíe en él. Mi humilde opinión, respetando siempre la que estime por mejor la sabiduría de vuecencia, es que debe desterrarse de la corte á don Francisco, ya que no se le ponga otra vez preso; lo que sería más acertado, en lo cual ganaría mucho la honra de nuestra familia, impidiendo á doña Catalina que continuase en sus locuras, y en tranquilidad y tiempo vuecencia; porque don Francisco es un enemigo muy peligroso. Sin tener otra cosa que decir á vuecencia, quedo rogando á Dios guarde su preciosa vida.—*Misericordia, abadesa de las Descalzas Reales.*»

Ahora comprenderán nuestros lectores que, al leer esta carta Quevedo en la hostería del Ciervo Azul, la retuviese, saliese bruscamente y dejase atónito y trastornado al cocinero mayor.

Veamos ahora la carta que el padre Aliaga había escrito á la abadesa, y que ésta leía á la sazón:

«Mi buena y querida hija en Dios, sor Misericordia, abadesa del convento de las Descalzas Reales de la villa de Madrid: He sabido con disgusto que, olvidándoos de que habéis muerto para el mundo el día que entrásteis en el claustro, seguís en el mundo con vuestro pensamiento y vuestras obras. Velar por el rebaño que Dios os ha confiado debéis, y no entremeteros en asuntos terrenales, y mucho menos en conspiraciones y luchas políticas, que eso, que nunca está bien en una mujer, no puede verse sin escándalo en una monja, y en monja que tiene el más alto cargo á que puede llegar, y por él obligaciones que por nada debe desatender. Escrito habéis una carta á vuestro tío el duque de Lerma, y entregádola á Francisco Martínez Montiño, cocinero mayor del rey, á fin de que al duque la lleve. El señor Francisco, contra su voluntad, y bien inocente por cierto, no puede llevar esa carta al duque, é importa que el duque no eche de ver la falta de esa carta. Escribid otra, mi amada hija, pero que sea tal, que ni en asuntos mundanos

se entremeta, ni haga daño á nadie. Recibid mi bendición—
El inquisidor general.»

Sintió la madre Misericordia al leer esta carta primero
un acceso de cólera, luego un escalofrío de miedo. Porque
si bien su tío, como ministro universal del rey, era un poder
casi omnipotente en España, la Inquisición no lo era menos,
y cuando Lerma había nombrado inquisidor general al padre Aliaga, ó le necesitaba ó le temía.

La madre Misericordia, pues, tuvo miedo.

Y no solamente tuvo miedo al padre Aliaga, sino también
al cocinero mayor, que estaba temblando al otro lado de
la reja.

Era aquella una de esas situaciones cómicas que tienen
lugar con frecuencia cuando el poder hace uso del misterio,
cuando explota el recelo de los unos y de los otros, y cuando sus agentes no saben ni pueden saber á qué atenerse.

Por esto estaban en una situación casi idéntica la abadesa de las Descalzas Reales y el cocinero del rey.

Pero era necesario tomar una determinación, y la madre
Misericordia abrió el cajón de la mesa en que se apoyaba, y
sacó un papel, le extendió, le pasó la mano por encima, permaneció durante algunos segundos irresoluta, y luego tomó
una pluma.

Pasó un nuevo intervalo de vacilación.

—¿Y qué digo yo á mi tío—exclamó con despecho—que
le satisfaga y no le obligue á recelar de mí? ¿Cómo contestar á su carta sin incurrir en el enojo del Inquisidor general?

La abadesa empezó á dar vueltas á su imaginación buscando una manera, un recurso.

Montiño veía con una profunda ansiedad á la abadesa,
pluma en mano, meditando sobre el papel.

—¿Qué iría á decir la abadesa al duque?—murmuraba el
asendereado Montiño —. ¡Dios mío! ¡Dios mío! ¡y quién me
hubiera dicho ayer que esto iba á pasar por mí!

Al fin se oyó rechinar la pluma sobre el papel bajo la
mano de la madre Misericordia.

He aquí lo que la abadesa escribió debajo de una cruz, y
de las tres iniciales de jesús, María y José:

«Mi venerado y respetado tío y señor: He recibido vuestra carta en el momento en que estaba en el locutorio en
una doble visita con mi prima y con don Francisco de Quevedo. Y digo una doble visita, porque cada cual de ellos

había venido por su intención, primero doña Catalina, y después don Francisco. Doña Catalina, muy al contrario de lo que vuecencia ha sospechado, venía con la pretensión de apartarse de la corte y del mundo, y encerrarse en este convento durante la ausencia de su marido. Yo procuré disuadirla, y tanto la dije, que al fin ha renunciado á su propósito. En cuanto á don Francisco, ya sabe vuecencia, porque lo sabe todo el mundo, que mató á un hombre que en la iglesia de este mismo convento se había atrevido á insultar á una dama. Don Francisco, que es muy buen cristiano, y muy caballero, venía á darme una cantidad de ducados, á fin de que mandase decir misa por el alma del difunto, y celebrar una solemne función de desagravios á su Divina Majestad por haber sacado de su templo un hombre para darle muerte. Esto es cuanto ha acontecido. De lo demás que vuecencia dice en su carta, no sé nada, ni me parece que haya nada, porque aunque después de leer la carta de vuecencia observé cuidadosamente á entrambos, sólo vi que se trataban como conocidos, sin interés alguno. Doy á vuecencia las gracias por la prueba de confianza que me ha dado en su carta, y quedo rogando á Dios por su vida.—*Misericordia*, abadesa de las Descalzas Reales de la villa de Madrid.»

—¡Perdóneme Dios, por lo que en esta carta miento!—dijo la monja cerrándola—; la Inquisición tiene la culpa; para que no me cojan el embuste será necesario avisar á mi prima y á don Francisco, y gastar algunos doblones en la función de desagravios. ¿Quién había de pensar que el cocinero del rey era alguacil, ó familiar, ó espía de la Inquisición?

Después que la cerró, se levantó, pero se detuvo y volvió á sentarse y sacó otro papel y escribió otra carta.

Aquella carta era para el padre Aliaga.

Decía así, después de la indispensable cruz y de las iniciales de la sacra familia:

«Ilustrísimo y excelentísimo señor inquisidor general: He recibido la carta en que vuestra excelencia ilustrísima tiene la bondad de reprenderme. Yo, desde que abominé del mundo y busqué la paz de Dios en el claustro, no he incurrido en el pecado de dejar la contemplación de las cosas divinas por las terrenales. Si en la carta que vuecencia ilustrísima conoce, escrita por mí á mi tío el señor duque de Lerma, hay mucho de mundano, consiste en que mi tío me ha pedido informes acerca de lo que media entre don Francisco de Quevedo y la condesa de Lemos. Faltaría yo á lo que debo á Dios y mi conciencia, si en lo que digo en la tal carta mintiera. Doña Catalina y don Francisco, á no dudarle, cometen el crimen de mancillar la honra de dos familias ilustres. Por lo que toca á los consejos que daba á mi tío, los creo lícitos y buenos, porque he visto que don Francisco es su enemigo. Si he pecado escribiendo más, sin intención ha sido, pero sin embargo, espero la penitencia, para cumplirla, que vuecencia ilustrísima se digne imponerme como padre espiritual y sacerdote, y por otra parte he escrito la carta para mi tío que vuecencia ilustrísima me manda escribir en la suya, y en la cual carta desvanezco completamente las dudas de mi tío acerca de los deslices de su hija y de la enemistad de Quevedo. Además, para que vuecencia ilustrísima vea cuán sin culpa estoy, inclusa va la que me escribió el señor duque de Lerma.»

Detúvose al llegar aquí la abadesa.

—Para que el padre Aliaga desconfíe menos de mí —murmuró —debo enviarle copia de la carta que escribo á mi tío... Es necesario andar con pies de plomo... Hago, es verdad, traición al duque... ¡pero la Inquisición!...

La madre Misericordia se acordó con horror de que el Santo Oficio había quemado viva á más de una monja.

Este recuerdo la decidió; copió la carta que había escrito para Lerma y continuó la que estaba escribiendo para el inquisidor general, de esta manera:

«Además, incluyo la que á mi tío escribo, y creo que vuecencia ilustrísima quedará completamente satisfecho de mí. Recibo de rodillas su bendición y se la pido de nuevo. Dios guarde la vida de vuecencia ilustrísima como yo deseo. Humilde hija y criada de vuecencia ilustrísima.—*Misericordia*, abadesa de la comunidad de las Descalzas Reales de la villa y corte de Madrid.»

Puso la abadesa bajo un sobre la carta para el padre Aliaga y las dos copias adjuntas á ella, y con la dirigida al duque de Lerma, la entregó á Montiño.

—Dadle un pliego --le dijo —al señor duque de Lerma, y el otro al señor inquisidor general.

—¡Al inquisidor general! ¿Y cuándo?

—Al momento.

—¿Y si me detuviere el duque de Lerma?

--En cuanto os veais libre.

—¿Tenéis algo que mandarme, señora?

—Nada más. Id, buen Montiño, id, que urge, y que os guarde Dios.

—Que Dios os guarde, señora.

El cocinero mayor salió murmurando:

—¡Dios mío! ¡Dios mío! ¡Dios quiera que estas cartas no me metan en un nuevo atolladero!

Entre tanto, la madre Misericordia, que se había quedado abstraída é inmóvil en medio del locutorio, se dirigió de repente á la salida en un exabrupto nervioso, y dijo, saliendo á un espacio cuadrado donde estaba el torno, á una monja que dormitaba junto á él:

—Sor Ignacia, que vayan á buscar al momento á mi confesor.

CAPÍTULO XXVIII

DE LOS CONOCIMIENTOS QUE HIZO JUAN MONTIÑO, ACOMPAÑANDO Á LA DOROTEA

Debemos retroceder hasta el final del capítulo XXII.

Esto es, al punto en que Dorotea salió de su casa con Juan Montiño.

La litera era, en efecto, grande; la conducían dos mulas, una detrás y otra delante, y un criado vestido decorosamente de negro; ya que la comedianta, en razón de su oficio, que estaba declarado infame por una ley de partida, no podía llevar á sus criados con librea, llevaba del diestro la mula delantera.

Arrellanóse el joven en un blandísimo cojín, y sintió á sus espaldas y á su costado derecho otro no menos blando y rehenchido.

Aunque Juan Montiño no se admiraba de nada, causóle impresión aquel lujo, no por sí mismo, sino porque le usase Dorotea.

La litera estaba forrada de raso blanco, con pasamanería de galón de oro, cristales de Venecia en las portezuelas, ricas cortinillas tras los cristales y una rica piel de oso en el fondo.

Podía asegurarse que muchas damas principales y ricas no poseían un tan lujoso vehículo.

Es verdad que antes y ahora muchas señoras de título no podían ni pueden tener los trenes que usaban las comediantas.

Con decir que aquella litera era un regalo del duque de Lerma, está explicado todo.

Del mismo modo, despertado el joven por ella, sorprendido por el breve y extraño diálogo anterior á su salida de la casa, no había podido hacerse cargo de lo exquisitamente engalanada que iba la joven.

Al entrar en la litera, Dorotea se había echado atrás el manto, dejando descubierto su maravilloso traje de brocado dé tres altos plata y oro sobre azul de cielo, con bordaduras en el cuerpo y en las cuchilladas de las mangas de oro á martillo, que no parecían sino verdaderas bordaduras hechas al pasado; una rica gola de Cambray que realzaba lo blanco, lo terso, lo dulce, por decirlo así, de su cutis; un largo collar de gruesas perlas prendido en el centro del pecho por un joyel de diamantes; herretes de lo mismo en la cerradura del cuerpo, guarnición de perlas en las pegaduras de las mangas sobre los hombros, y un grueso cordón de oro con rubíes y esmeraldas ciñendo su cintura y cayendo doble y trenzado en una especie de greca, por cima de la ancha y magnífica falda, hasta los pies.

Uno de estos pies, pequeño, deliciosamente encorvado, asomaba como al descuido bajo la falda, calzado con un zapatito blanco de terciopelo de Utrech y con un lazo de oro y diamantes en la escotadura.

Con decir que bajo los puños rizados de encaje, sobre las manos preciosas por sí mismas y riquísimas por sus sortijas, se veían dos pulseras asimismo de perlas y diamantes, y que también diamantes y perlas salpicaban las anchas trenzas negras de la Dorotea, está hecha la descripción de su atavío.

Todo aquello, y otra infinidad de trajes y de alhajas, era regalo también del duque de Lerma.

Esto no quería decir que Lerma amase demasiado á la comedianta, sino que era la mujer de moda en el teatro, y la envidiada fuera del teatro, lo que bastaba para que la ostentación de Lerma la hubiese deseado para querida pública; y siéndolo, no podía buenamente presentarse al público de otro modo sin desdoro del duque.

Además, este lujo escandaloso de la Dorotea, servía al duque de prospecto para con otras mujeres. Sólo que la mayor parte de las que se suscribían á las obras del duque, se encontraban con que las obras no correspondían, ni con mucho, al lujo del prospecto.

Pero á Juan Montiño que, á pesar de todo, conservaba un fondo de candor y virginidad en el alma, le maravilló todo aquello.

No se dió razón de la razón de aquel lujo, aturdido por él.

Dorotea, como mujer y como atavío, se le había subido á la cabeza; le había embriagado.

Y era muy difícil defenderse de la embriaguez causada por aquella portentosa armonía de formas, por aquella riqueza de cabellos, de color, de atractivos; por aquella mirada dulcísima y ardiente que le sonreía, le enamoraba, le acariciaba, le chupaba, por decirlo así; por aquella nobleza de lo bello, por aquella magia de lo maravilloso.

Encanta una mujer hermosa vestida de blanco ó de negro.

Pero una mujer hermosa, matizada, abrillantada por brocados y pedrerías, y saturada de blandos y exquisitos perfumes, embriaga.

Por eso estaba embriagado don Juan Montiño.

Y como cuando estamos dominados por la embriaguez no somos dueños de nuestra razón y lo olvidamos todo, el joven, dentro de aquella litera y en aquella situación, se había olvidado completamente de doña Clara Soldevilla.

En verdad que la embriaguez pasa, y que después de haber pasado, quien tiene dignidad en el alma, se avergüenza de su pasada embriaguez.

Brillaba, relucía la mirada del joven, fija en Dorotea; su semblante tenía esa dulce seriedad del sentimiento que sólo modifica á veces una indicación de sonrisa, sensual, característica, que parece decir á una mujer ó á un hombre: no vivo, no siento más que para ti.

A más que por la expresión de su semblante, el estado físico y moral del joven se revelaba para Dorotea en el ardor febril de sus manos, que estrechaba una de las suyas, y en el temblor leve y sostenido de su cuerpo.

Dorotea era entonces feliz.

Durante algún tiempo, sólo se hablaron con la mirada lúcida y fija, y con la involuntaria y expresiva presión de las manos.

Hubo un momento en que Juan Montiño acercó demasiado su semblante al de Dorotea.

Dorotea retiró el suyo, y dejó ver en él una dolorosa seriedad.

—Perdonad—dijo Juan Montiño—, estoy loco.

—Perdonad vos más bien—dijo Dorotea—, pero por vos y para vos soy una mujer nueva.

No hablaron más durante algunos segundos.

La seriedad de la joven pasó, como pasa un nublado por delante del sol.

—Estoy pensando una cosa, Juan. ¿No os llamáis Juan?

—Sí; sí, señora, Juan me llamo; ¿en qué pensábais?

—En que me expongo llevándoos al teatro.

—¡Qué os exponéis!

—Sí por cierto, allí veréis á mis compañeras.

—¡Bah!—dijo con desprecio el joven.

—No seáis fanfarrón; no despreciéis al enemigo antes de conocerle.

—Me habéis puesto fuera de combate; me habéis hechizado.

—Quiéralo Dios—dijo suspirando la Dorotea, y oprimiendo dulcemente las manos de Juan Montiño.

—Pues mirad—repuso el joven—, yo pensaba en otra cosa.

—¿En qué?

—En que antes de salir de vuestra casa...

—De nuestra casa, caballero...

—Bien; pensaba en que antes de salir de casa nos hablamos de tú.

—Es verdad; hay momentos en que... pero eso no debe ser... figuráos que yo soy la mujer más honrada y más respetable del mundo.

—Y qué, ¿no lo sois para mí?

—Y tanto como lo soy; ya veréis.

—¿Os habéis propuesto desesperarme?

—Me he propuesto que me améis.

—¡Qué! ¿no os amo ya?

—No, ni yo os amo tampoco.

—¡Cómo!—exclamó con acento severo el joven, creyéndose objeto de la burla de una cortesana.

Dorotea comprendió su intención por su acento, y se apresuró á decir:

—Antes de pensar mal de mí, escuchadme.

—Habéis dicho una herejía.

—No por cierto. Suponed... que por un accidente cualquiera nos separásemos... hoy; que no nos volviésemos á ver...

Pero eso no puede ser.

—Todo puede ser... por ejemplo: si os prendiesen y os sacasen de Madrid y no pudiéseis escribirme... ó bien, si á mí me prendiese... la Inquisición, por ejemplo, y me empozase y no volviéseis á saber de mí; ni siquiera que estaba presa.

—¡Ah, no digáis eso!

—Es una suposición. Pues bien, ¿sabéis lo que sucedería, caballero? Me buscaríais y yo os buscaría; á medida que pasara el tiempo nos buscaríamos el uno al otro con menos interés; al fin sólo nos quedaría al uno ó al otro, ó tal vez á los dos, esa impresión vagamente dolorosa de una esperanza desvanecida; sí, de una esperanza; porque lo que somos el uno respecto al otro... ó para hablar con más seguridad: lo que vos sois para mí, no es más que una bella esperanza, una esperanza que yo no había alentado, porque no había comprendido que el amor es la vida de la mujer; que el amor es lo único que puede hacerla buena, casi santa... el amor como yo le comprendo... desde que os vi... porque antes yo no había amado sino deseado.. y del amor al deseo, hay la misma diferencia que creo existe entre vuestra alma y la mía.

—¡Ah! ¡señora! ¿creéis que mi alma?...

—No, yo no pienso mal de vuestra alma... entonces no desearía vuestro amor... pero me parece que sólo os inspiro deseo.

—Yo no sé lo que me inspiráis, señora.

—Puede ser que algún día sintáis amor por mí... pero eso sólo puede hacerlo el tiempo... espero... espero con ansia... y esperando os amaré más cada día.

—¿Pero es cierto que no me amáis aún, señora?

—No quiero engañaros; he meditado mucho en el breve tiempo que ha mediado desde que nos conocimos hasta ahora, y me he convencido de que soy otra mujer... cuando os vi, sentí... voy á probar si puedo haceros conocer lo que sentí.. sentí que un no sé qué desconocido, dulce, inefable, se entraba en mi alma, se mezclaba con ella, la fecundaba, la iluminaba; y eso... eso lo siento ahora... pero de una manera tranquila, sin deseos... como no he sentido por ningún otro hombre.

—Y sin embargo, ¿no queréis ser mía por completo?—dijo con acento de queja Juan Montiño.

—No... no... mi amor no es eso... y por eso tiemblo, por eso temo llevaros al teatro. Vos sois como todos; más materia que alma... al menos para mí... en el teatro veréis á la Angela, á la Andrea, á la Mari Díaz, que es muy hermosa, alta, gallarda, con un cuello de cisne, unas manos de diosa, un talle de clavel, y sus grandes ojos azules... los ojos más graciosamente desvergonzados del mundo; cuando os vea tan hermoso... sobre todo, cuando os vea conmigo, de seguro se pone en campaña, y empieza á disparar contra vos... mejor dicho, contra mí, toda su batería de miradas y de suspiros enamorados. ¡Oh! tengo miedo... y sin embargo, os llevo porque quiero probaros... si me hacéis traición, mejor... os olvido... os perdono... y me quedo libre de un galanteo que puede acabar por romperme el corazón; si os mantenéis firme... ¡oh! eso sería una felicidad... porque me probaría que vos sois para mí lo mismo que yo soy para vos.

—¿Y podéis dudarlo?

—Pero si no dudo... tengo... por el momento al menos.. una certeza; puede haberos enamorado mi cuerpo, pero mi alma... ¡bah! cuando yo veía en una comedia de Lope unos amores repentinos, me decía siempre riéndome del autor: eso es escribir como querer, y nada más. El amor no es obra de un momento... el amor es hijo del tiempo, del trato continuo y apasionado... lo demás... si yo no sintiese por vos más que una impresión causada á primera vista, si me hubiese enamorado, hubiera caído en vuestros brazos como en los de tantos otros, y os hubiera dicho que os amaba. Pero me hubiera engañado, como me he engañado respecto á otros... hubiera mentido de buena fue y luego... os hubiese abandonado.

—Confieso que no os comprendo, señora.

—No importa, ya me comprenderéis. Pero ya estamos cerca del teatro, oíd: delante de las gentes, en presencia de los comediantes, os trataré de tal modo, como si fuese vuestra querida Que eso no os aliente para exigirme igual conducta cuando estemos solos.

—¿Y eso por qué?

—Si yo no os tratase delante de esas gentes como á un amante favorecido, creerían que me burlaba de vos. Yo no quiero que nadie pueda creer tal cosa. Os aprecio y os respeto demasiado para que yo os ponga en ridículo delante de nadie. Pero cuando estamos solos... ¡oh! dejadme que sea á vuestros ojos una mujer digna y pura... dejadme que yo, mujer perdida, realice para vos ese hermoso sueño de la mujer virgen y honrada .. dejadme soñar, ya que soy tan infeliz que la realidad me mata... dejadme buscar un cielo aunque sea fingido.

En aquel momento la litera se paró en la calle del Lobo, delante de un portalón feo que se veía en una fachada irregular.

Llovía, y el criado que hasta allí había conducido la litera, abrió un enorme paraguas, y luego la portezuela; Dorotea salió, y cubierta con el paraguas, salvó de un salto, sobre las puntas de los pies, y la ancha falda recogida con suma coquetería, el espacio enlodado de la entrada, y ganó la parte seca del interior.

—¡Oh, reina de las reinas!—dijo al verla un joven de aspecto aristocrático por sus maneras y por su traje—; dignáos tomar mi brazo para subir esas endiabladas escaleras del vestuario.

—Gracias, don Bernardino—dijo la Dorotea sonriendo—; pero viene conmigo persona tal, que no cambiría su brazo por el del rey.

Al mismo tiempo Juan Montiño salía de la litera, y Dorotea se asió á su brazo.

—¡Ah, perdonad, señora!...—dijo don Bernardino siguiendo á los jóvenes, que se encaminaban á unas estrechas, negras y horribles escaleras—; yo ignoraba que... como dicen que don Rodrigo Calderón...

—Está herido y medio muriéndose, ¿no es verdad?—dijo Dorotea.

Subían por las escaleras.

—Me espanta la serenidad con que habláis y las galas que vestís.

—Como que estoy de boda.

—¿Os casáis?

—Con Sancho Ortiz de Rodas.

Todos los que conocen las comedias de Lope de Vega, saben que Sancho Ortiz era el amante ó novio de la Estrella de Sevilla, comedia que se representaba aquella tarde, y en la que desempeñaba la parte de protagonista Dorotea.

—¡Ah, sí, es verdad! ¡venís vestida desde vuestra casa!

—Sí, por cierto.

—Habéis hecho bien, porque la función se ha empezado; la loa está casi á la mitad, y han empezado á correr por el patio unas noticias que tienen disgustado al público.

Seguían á la sazón por un corredor estrecho alumbrado por candilejas, á cuyos dos costados había puertas.

—¿Y qué noticias eran esas?—dijo la Dorotea avanzando por el corredor delante de Juan Montiño.

Detrás de los dos iba don Bernardino.

—Esas noticias eran que vos, á consecuencia de la herida de don Rodrigo, estábais desesperada y no representábais.

—Ya veis que no.

—Ya lo veo. Y os anuncio que al salir os van á vitorear con frenesí. El público está enamorado de vos.

—Pues no se conoce, porque me paga poco.

—Eso consiste en que Gutiérrez es un judío. Tiene en vos una mina de oro.

—¿No queréis entrar?—dijo Dorotea empujando una puerta al fondo del corredor, y entrando en un pequeño aposento.

A pesar de que como había sido pronunciado aquel *¿no queréis entrar?* suponía lo mismo que esta otra frase: *haréis bien en iros, porque estorbáis,* don Bernardino se hizo el desentendido y entró.

El aposento, aunque reducido, era muy bello; estaba ricamente tapizado y alfombrado, tenía un ancho canapé ó sofá con almohadones de damasco y sillones de gran lujo, y al fondo había una puerta con cortinaje de seda.

En medio se veía un brasero de plata con fuego.

—Petra - dijo Dorotea á una doncella que estaba esperándola en su cuarto—, ve y di al autor que por mí no tiene necesidad de detener la función.

La doncella, después de tomar el manto de su señora, salió á cumplir su encargo.

Juan Montiño, á una indicación de Dorotea, que se había sentado en el canapé, se sentó en un sillón y se descubrió.

Don Bernardino se descubrió también, aunque con suma impertinencia; se sentó en otro sillón con el mayor desenfado del mundo, puso un brazo sobre el respaldo del sillón y cruzó una pierna sobre la otra.

Juan Montiño, que no había hablado una sola palabra, empezaba á amostazarse.

Era don Bernardino uno de estos jóvenes fatuos, que han frecuentado siempre los vestuarios de los teatros en busca del desinteresado amor de una bailarina, sin encontrarlo jamás, y que acaban por creerse adorados de una especie de desecho del mundo, que les hace pagar el vidrio como si fuera diamante; galanes que se creen hermosos y discretos y valientes, y junto á los cuales no se puede estar un minuto sin sentir desprecio ó cólera.

Don Bernardino de Cáceres era un segundón de una familia principal de Córdoba; gastaba más vanidad que doblones, y por razón de su vanidad andaba siempre perdonando vidas.

Hacíalo con tal aplomo y se creía tan de buena fe valiente, que los demás acabaron por creerlo y por respetarle.

Esto había acabado de hacer insoportable á don Bernardino.

—¿Es pariente vuestro este hidalgo, Dorotea? —dijo cuando se hubo sentado, y con cierto espíritu de protección.

—Algo más que pariente —dijo con descaro la Dorotea—; es... mi amigo, y el amigo á quien más quiero.

Miró de alto á bajo don Bernardino á Juan Montiño, como buscando la razón, el por qué del cariño de Dorotea hacia aquel hombre.

—Debéis ser forastero —dijo don Bernardino.

Juan Montiño hizo una señal afirmativa con la cabeza.

—¿Es paisano vuestro, Dorotea?

—No lo sé, porque yo no sé de dónde soy.

—¡Ah! vos sois del cielo.

—Pues entonces no somos paisanos —dijo Juan Montiño con mal talante—, porque yo soy de la tierra.

—¿Habéis estado alguna vez en la corte?

—Ayer vine por vez primera.

—Y como en la corte no conoce á nadie, ha venido á parar á mi casa.

—Os doy la enhorabuena por haber hallado tal posada —dijo don Bernardino—, y estimando yo como estimo á vuestra... amiga, no puedo menos de ofreceros mi amistad.

Y tendió la mano á Juan Montiño, que se la estrechó fríamente.

En aquel momento se oyó una voz de hombre que decía en el corredor:

—¡Dorotea!

—La escena me llama, señores —dijo la joven—; venid, venid conmigo, Juan, y me veréis trabajar desde adentro.

Montiño siguió á Dorotea; don Bernardino siguió á Montiño.

Siguieron un trozo de corredor, bajaron unas pendientes escaleras y se encontraron en la parte interior del escenario.

En los tiempos de Felipe III empezaban á usarse ya los bastidores, en vez de las tres cortinas que antes cerraban la escena.

El lugar comprendido fuera de los bastidores, estaba lleno de gente, toda alegre y toda *non sancta:* comediantes y comediantas, poetas, galanes de bastidores y criadas; se hablaba, se murmuraba, se mentía; y al pasar Dorotea junto á un grupo de hombres, en medio del cual había una joven sumamente hermosa, dijo á uno de los del corro, haciéndole reparar con una indicación en Juan Montiño:

—Dejad estar entre bastidores á este caballero, que es cosa mía.

Después se dirigió á un bastidor, para esperar su salida. El escándalo estaba dado.

Y decimos el escándalo, porque en la manera de presentar Dorotea á Juan Montiño, había dicho á todos:

—Ese joven es mi amante.

Y presentarse con un nuevo amante, en un momento en que corría por la corte la nueva de que don Rodrigo Calderón estaba herido, era un verdadero escándalo.

—¿Qué decís á esto, Mari Díaz?—dijo un comediante rechoncho á la joven, que hemos dicho estaba en medio del grupo.

—Digo que debe ser muy grave el estado en que se halla don Rodrigo, cuando la Dorotea se atreve á tanto.

—¿Qué es eso?—dijo otro de los del corro—. ¿A quién aplauden de ese modo?

—¿A quién ha de ser sino á Dorotea?—dijo encubriendo mal su despecho la Mari Díaz—; ¿pues no sabéis que en los locos gastos del duque de Lerma por ella, entra una compañía de mosqueteros que hacen salva en cuanto abre los labios ó se mueve la *señora duquesa?* La Dorotea tiene mucha suerte.

Los aplausos se repitieron fuera, nutridos, espontáneos, persistentes.

—No, pues esos no son los mosqueteros—dijo un poeta—; ó si lo son, es mosquetero todo el público.

—¿Qué sabéis vos?—repuso Mari Díaz—; hay tardes en que están de humor, y en sonando una palmada, allá se van todos detrás, como borregos.

—Pues yo voy á ver qué maravillas está haciendo Dorotea—dijo don Bernardino de Cáceres.

—Soberbio modrego—dijo la Mari Díaz apenas había vuelto la espalda el presuntuoso hidalgo—; si tuviera tantos doblones como vanidad, no andaría la Dorotea tan desdeñosa con él.

—Pues no tiene trazas de ser muy rico el nuevo amante—dijo otro.

—Pero es muy hermoso—replicó la Mari Díaz.

—¿Os habéis ya enamorado de él?

—¡Yo!...

—Dicen que sois muy enamoradiza.

—Por eso los llevo detrás haciendo cola.

—Es que dicen que los lleváis delante.

—Pues mienten. Sólo he tenido uno, y ese ha sido bastante para que no quiera tener más. Pero volvamos al asunto del día: ¿conocéis á ese nuevo amante de la Dorotea?

—Yo no le he visto nunca, y eso que voy á todas partes—dijo un comediante,

—Ni yo—repuso otro

—Tiene cierto aire de buen muchacho, que me indica que hace poco tiempo que está en la corte—dijo la Mari Díaz.

—¡Bah! ¡pues si es altivo como un rey, y lleva su capilla parda como si arrastrase un manto ducal! ¡como vos cuando hacéis de reina, reina mía!—dijo un poeta.

—Eso quiere decir que no es un cualquiera—recargó la comedianta.

—¿De qué se trata?—dijo un alférez de la guardia española que se había acercado al grupo.

—¿De qué se ha de tratar, señor Ginés Saltillo, sino de un acontecimiento extraordinario?—contestó un comediante.

—¡De un escándalo!—añadió un poeta.

—¡De una enormidad!—recargó un tercero.

—¿Pero qué milagro, qué escándalo y qué enormidad son esas?

—Ya sabréis, porque lo sabe todo el mundo—dijo la Mari Díaz—que don Rodrigo Calderón tuvo anoche una mala aventura no se sabe con quién.

—Pero eso no es un milagro.

—Escuchad: sabréis además que está muy mal herido.

—Pero eso no tiene nada de escandaloso; donde las dan las toman; don Rodrigo la echa de guapo, y si se ha encontrado con la horma de su zapato... conque vamos al negocio y veamos en qué consisten el milagro, el escándalo y la enormidad.

—El milagro consiste en que la Dorotea se ha enamorado de un pobre—dijo la Mari Díaz.

—¡Ah! eso ya es distinto; comprendo que estéis asombrados: vamos al escándalo.

--El escándalo consiste en que se haya presentado al público con sus mejores galas, cuando no es un misterio su trato con don Rodrigo.

—En efecto, esto tiene algo de escandaloso—dijo el alférez—. Pero la enormidad... veamos la enormidad.

—¡La enormidad! ¿no os parece una enormidad el que nos haya presentado á todos su nuevo amante?

—Efectivamente; esa muchacha se va echando á perder más de lo justo. Y es lástima, cuando se trata de la mujer más hermosa del ejercicio... perdonad, Mari Díaz, la más hermosa después de vos.

—Afortunadamente estoy aquí para daros las gracias, señor Ginés Saltillo—dijo la comedianta sin poder dominar completamente su mortificación.

—¿Y quién es él?

—No le conoce nadie.

—¿Es forastero?

—Y altivo.

—¡Aunque pobre!

—Pobre soy yo—dijo el alférez—, y en punto á orgullo no me trueco por un portugués. ¿Y qué tal? ¿es buen mozo?

—No tanto como vos—dijo la Mari Díaz—, pero aun así puede presentarse sin miedo donde haya galanes... se entiende siempre, después de vos.

—Muchas gracias por la fineza, prenda mía; aunque no me satisface mucho vuestra opinión.

—¿Y por qué no?

—Jamás os he visto acompañada de un hombre que valga seis maravedises. Y esto que, sin contar conmigo, que hace un siglo me estoy muriendo por vos, os siguen y os persiguen más de cuatro gentileshombres. Por eso, porque en vuestro gusto particular no confío, y porque no es cosa de preguntar á estos señores, que por envidia podrán informarme mal, quisiera conocer á ese portento.

—Pues allí está, en el primer bastidor... con don Bernardino de Cáceres que, como sabéis, es el perro de la Dorotea.

--Voy, voy á verle; pero antes tengo que pagaros vuestras noticias con otras no menores.

—¡Qué! ¿Qué sucede?—exclamaron todos.

El alférez se metió más al centro y dijo en voz baja y con sumo misterio:

—¡Hay novedades!

—Novedades, ¿y en dónde?

—Novedades en palacio.

—¡Ah!

—¡Oh!

—¡Eh!—exclamaron todos.

—Pero hablemos muy bajo, porque como por todas partes hay espiones, no se puede uno fiar de su camisa.

—Dicen que lo de las estocadas que tal han puesto á don Rodrigo, tiene su intríngulis.

—¿Su qué?...

—Su misterio, señores, su misterio. Dicen que esas estocadas han venido de lo alto.

—¿De lo alto?

—De palacio.

—¡Ah!

—Parece que don Rodrigo quería alzarse con el santo y la limosna.

—Siempre ha sido don Rodrigo muy alentado.

—Y que tal zancadilla tenía armada al duque, que éste ha echado por el camino más corto para no perder tiempo.

—¿Conque acusan á su excelencia...?

—Sí; pero hablad más bajo, vida mía, si no queréis dormir esta noche sin más compañía que las ratas.

—Seguid, señor Ginés, seguid; vos, Mari Díaz, no interrumpáis—dijo uno.

Todos los cuellos estaban estirados, todas las cabezas extendidas hacia el noticiero, todos los oídos atentos, porque han de saber nuestros lectores, que en todos los tiempos los comediantes, como gente libre, se han tomado gran interés por los negocios públicos.

—Se dice—añadió el narrador—, que el duque... pues... su excelencia... no hay que citar nombres, tiene en su casa como preso al herido.

—¡En su casa!

—Como que le hirieron junto al postigo de su casa.

—¿Y no se sabe quién le hirió?

—Todavía no. Pero nadie hay preso ni mandado prender... De modo que... ¿qué más prueba queréis de que estas estocadas han venido de lo alto?

—Esto es grave—dijo uno.

—Gravísimo—añadió otro.

—Y á mí me parece lo más fastidioso del mundo—dijo Mari Díaz—; ¿qué nos importa todo eso? Por mi parte me voy.

—Id con Dios, princesa, id con Dios—dijo el alférez—; si no fuera por dejar con su curiosidad á estos señores, os acompañaría.

—Muchas gracias—dijo la Mari Díaz alejándose.

—Allá va al primer bastidor—dijo uno.

—A ponerse en guerra con la Dorotea.

—Esas chicas acabarán por arañarse.

—No, porque la Dorotea es magnánima; ¡como siempre vence!

—Dejémonos de mujeres, señores, y vamos á lo que importa—dijo el alférez, que reventaba por soltar sus noticias.

—Sí, sí; seguid.

—Decíamos que las tales estocadas habían venido de lo alto, según todos los indicios. Pues bien, hay más. Ha entrado el rasero, señores.

—¡El rasero!...

—Como que acabo de llegar de haber dado escolta de honor á don Baltasar de Zúñiga, que va de embajador á Inglaterra.

—¡Pero si don Baltasar no se mete en nada!

—¿Cómo que no se mete y estaba metido de hoz y de coz en el cuarto del príncipe? Don Baltasar es muy suave, pero eso no quita, no, señor; don Baltasar conspiraba... Y si no, ¿por qué andaban hoy en palacio tan graves y tan cariacontecidos el conde de Olivares y el duque de Uceda sin poder entrar en la cámara del rey? ¿Y por qué estaba tan alegre el duque?

—Verdaderamente todo esto es grave—dijo uno de los del grupo, que tenía el vicio de verlo todo desde el punto de vista de la gravedad.

—¡Gravísimo!—dijo el alférez—. ¡Pues ya lo creo! Pero hay una cosa más grave aún.

—¿Qué?

—¿Qué?

—No se ha dejado salir de su cuarto al príncipe don Felipe de orden del rey.

—¡Ah! Pues esto es tres veces grave.

—Se cree—dijo el alférez—que Lerma se haya puesto del lado de la reina.

—¡Bah! eso no puede ser—dijo uno.

—La reina odia al duque—añadió otro.

—Creo más fácil que la Mari Díaz deje de ser envidiosa—dijo un tercero.

—Prueba al canto—contestó el alférez.

—Veamos.

—El confesor del rey, fray Luis de Aliaga, es á todas luces del partido de la reina.

—Indudablemente.

—Pues bien, el padre Aliaga ha sido nombrado inquisidor general.

—¡Inquisidor general! ¿Pues y cómo ha quitado esta dignidad á su tío don Bernardo de Sandoval y Rojas, el duque de Lerma?

—Don Bernardo de Sandoval, se ha quedado con el arzobispado de Toledo y tiene bastante. Cuando el duque de Lerma se ha expuesto á enojar á su tío, dando al confesor del rey la dignidad de inquisidor general, le importará mucho tener de su parte al padre Aliaga. Es indudable... indudable; el duque se ha puesto del lado de la reina.

—¿Pero cuándo han nombrado inquisidor general al padre Aliaga?

—El nombramiento ha sido cosa de hoy, y no es extraño que no lo sepáis; lo saben muy pocos. ¡Cuando os exageraba que había novedades...!

—¿Pero qué interés tiene el duque...?

—¡Oh! la zancadilla que se le había preparado era feroz. Se le iba á acusar de traición, de estar vendido á la Liga.

—¡Oh!

—Y uno de los que más han trabajado en esto, ha sido el el duque de Uceda.

—¡Su hijo!

—Los grandes no tienen hijos ni padres. Al duque de Uceda le tarda llegar á la privanza y no perdona medio.

—Todo esto es grave, gravísimo—dijo el que todo lo veía por el lado serio.

—Pues hay además algo que aumenta la gravedad de esestos sucesos.

—¡Qué!

—¡Qué!

—Se cree...—dijo el alférez, bajando más la voz y con doble misterio.

—¡Pero traéis un saco de noticias, alférez!

—Que doy de balde. Pero oíd lo que se dice en palacio, por los rincones, por supuesto, y en voz muy baja: en estas cosas anda el duque de Osuna.

—Se tiene la manía de atribuirlo todo al duque de Osuna,

que, sin duda, para huir de estos enredos, se ha ido á ser virrey de Nápoles—dijo un autor de entremeses.

—Aunque el duque de Osuna esté en Nápoles, vieron anoche en Madrid á su secretario don Francisco de Quevedo y Villegas.

—¡Que está don Francisco en Madrid!—exclamó el autor de la compañía, ó como diríamos en nuestros tiempos, el representante de la compañía—; ¡bah! eso es mentira. Hubiera venido por aquí y yo le hubiera encargado un entremés.

—En cuanto á lo de venir, quizá no pueda porque está escondido—dijo el alférez.

—Pues si está escondido, ¿quién le ha visto?

—Le vieron anoche en palacio.

—Creerían verle.

—Allá lo veremos; ¿pero qué esto?

Lo que había motivado la pregunta del alférez, era un ruido particular, un alboroto que provenía del primer bastidor de la derecha del escenario.

Todos corrierón allá.

Lo que había sucedido, lo verán nuestros lectores en el capítulo siguiente.

CAPÍTULO XXIX

DE CÓMO JUAN MONTIÑO, CON MUCHO SUSTO DE LA DOROTEA, SE DIÓ Á CONOCER ENTRE LOS CÓMICOS.

La Mari Díaz, dejando en su chismografía política al alférez, á los comediantes, á los poetas é tutti cuanti, se fué decididamente, pero como al descuido, al hueco del primer bastidor de la derecha del escenario.

En él estaban solas dos personas: Juan Montiño y el finchado hidalgo don Bernardino de Cáceres.

—¿Me permitís, caballero?—dijo la Mari Díaz tocando suavemente en un hombro á Juan Montiño, y con la voz más dulce del mundo.

El joven se volvió y vió á la comedianta que le saludó con una graciosa inclinación de cabeza y una sonrisa.

—Esta debe ser una de las que me ha hablado Dorotea—dijo el joven para sí—. Y es hermosa esta muchacha... si no fuera tan desenfadada...

Y se volvió á mirar hacia el escenario, donde trabajaba Dorotea.

Don Bernardino se encontraba relegado á un último lugar: la comedianta delante, detrás Juan Montiño, y él á sus espaldas.

—Permitidme, caballero—dijo don Bernardino.

Juan Montiño no se movió.

Don Bernardino guardó silencio.

Pasó así algún tiempo.

Mari Díaz seguía arrojando sobre Juan Montiño mirada tras de mirada, sonrisa tras de sonrisa, á vuelta de algunas frases de elogio á la Dorotea.

· Juan Montiño contestaba con otra frase, pero era tan económico y tan liso en sus contestaciones, que Mari Díaz se impacientaba.

—¿Hace mucho tiempo que conocéis á mi amiga?—dijo la comedianta entablando ya decididamente una conversación.

—Es un conocimiento nuevo—dijo don Bernardino, que tenía el vicio de introducirse en todas las conversaciones, por más que nada le importasen.

—Este caballero—dijo secamente Juan Montiño—, se ha tomado el trabajo de responder por mí.

—Pero es que yo os he preguntado á vos.

—Lo que ha dicho este hidalgo es la verdad.

—¡Oh! yo sé siempre lo que me digo—contestó con fatuidad don Bernardino, atusándose el bigote izquierdo.

—Menos cuando no—dijo la comedianta.

—Mejor será que callemos, prenda, que os estará bien.

En mal hora se metió don Bernardino con la comedianta.

Esta, que quería tener un motivo sólido de entablar conocimiento con Juan Montiño, forzó la situación.

—¿Y por qué hemos de callar? veamos: ¿qué tenéis vos que echarme en cara, como no sea el no hacer caso de vos, por impertinente?

—Si como sois de desvergonzada, fuérais de hermosa y discreta, seríais un prodigio.

—Como vos, si no fuérais grosero y mal nacido.

—¡Vive Dios, doña perdida—exclamó don Bernardino todo fuera de sí—, que me la habéis de pagar!

—¿Me hacéis el favor de iros á cien leguas de aquí?—dijo Juan Montiño volviéndose y encarándose en don Bernardino, á tiempo que levantando éste la mano sobre la Mari Díaz, la hacía ampararse de Juan Montiño, y decirle:

—¡Defendedme de este hombre, caballero! ¡es un infame!

—Idos—repitió Juan Montiño con una calma inalterable.

—¡Que me vaya!—exclamó todo cólera don Bernardino.

—Me estáis cargando la paciencia hace una hora, y no quiero ya más peso. ¡Idos, ó vive Dios!

—Mirad no os tire yo en medio de la escena, don bravatas—exclamó el hidalgo, que echaba fuego por los ojos.

—¡A mí! ¡echarme vos á mí!...—exclamó Montiño poniéndose pálido.

Y en seguida sonó una bofetada, y luego un hombre cayó, como lanzado por una máquina, del lado de adentro de los bastidores.

Juan Montiño había dado aquella bofetada.

Don Bernardino la había recibido.

Juan Montiño era el que había arrojado.

Don Bernardino el que había caído.

Este era el estruendo que había distraído de su chismografía política al alférez de la guardia española Ginés Saltillo y á sus oyentes.

Montiño se había vuelto con suma tranquilidad á su bastidor.

Mari Díaz estaba temblando ó haciendo que temblaba junto á él.

Don Bernardino, empolvado por el tablado, que no estaba muy limpio, se había levantado trémulo de cólera, había desenvainado la espada, y se había ido hacia Juan Montiño.

El alférez y sus acompañantes se interpusieron.

—Dejad que mate á ese hombre que me ha afrentado—dijo don Bernardino.

Y como no le dejasen acercarse á Juan Montiño, empezó á llenarle de improperios.

—Si no queréis que os tengamos por mujer, callaos—dijo Juan Montiño acercándose al grupo—; y si queréis tomar satisfacción de esa afrenta, decidme dónde y cuándo podremos vernos, á fin de que yo os pruebe que no estan fácil desagraviarse de mí.

—Ahora mismo... fuera...

—No puede ser ahora; tened un poco de paciencia, que tiempo sobra.

—Dice bien ese caballero—dijo el alférez, que se perecía por este género de lances—; además, que las pragmáticas son rigurosas, y en esto de duelos es necesario irse con pies de plomo. Cerca de San Martín hay unas casas echadas por

...cayó, como lanzado por una máquina.

tierra: el sitio es medroso y apartado... y allí... hasta se puede enterrar un muerto entre los escombros... á las doce de la noche...

—Acepto por mi parte —dijo Juan Montiño—, y como soy nuevo en Madrid y no conozco sus calles, desearía que uno de vosotros me acompañara, señores.

—Yo –dijo el alferez.

—Y yo acompañaré á don Bernardino –dijo un poeta.

—En hora buena. A las doce estaré en las casas derribadas de San Martín—dijo don Bernardino, y salió.

—¿Y dónde nos veremos nosotros, señor alférez?—dijo Juan Montiño á Ginés Saltillo.

—¿Sabéis á las gradas de San Felipe?

—Sí.

—Pues á las once y media, en las gradas de San Felipe. Montiño saludó y se volvió al bastidor.

Todavia estaba allí la señora Mari Díaz.

—Gracias, caballero, gracias—le dijo—; os estoy tan agradecida, que no sabré cómo demostraros...

—No hay por qué, señora—contestó brevemente Montiño.

—Vivo en la calle Mayor.

—Muchas gracias.

—Número sesenta ..

—Gracias, señora.

—Me encontraréis allí todo el día...

En aquel momento la Dorotea salía de la escena, y oyó las últimas palabras de la Mari Díaz.

La Dorotea era una verdadera reina, una leona de la escena, y aunque la estremecieron aquellas palabras que había cogido al paso, no dió el más leve indicio de haberlas escuchado.

Devoró sus celos, se mantuvo serena y miró á Juan Montiño.

Entonces se aterró.

El semblante del joven estaba demudado aún de cólera.

—¿Qué ha sucedido?—exclamó—; ¿qué tenéis, Juan? ¿Os habéis visto obligado acaso?...

—Se ha quitado una mosca de encima—dijo el alférez Saltillo... y de una manera brava... estos señores pueden testificar.

—Ha sido una bofetada digna de que la cante un Homero —dijo un poeta.

—Eneas haciendo rodar á Aquiles—añadió otro.

—Un lance por una... hermosa - dijo otro.

—De cuyo lance resultarán estocadas.

—¿Queréis hacerme un favor, señoies?—dijo Juan Montiño.

Miraron todos con atención al joven.

—No hablemos más de esto – dijo.

—¡Pero!...—exclamó Dorotea...

—En resumidas cuentas...—dijo un comediante—como don Bernardino de Cáceres es vuestra sombra, y se ha encontrado con otra sombra mayor...

—¡Ah!

—Pues... nada... estas son cosas que suceden en el mundo —dijo el aférez—, y que una vez sucedidas, no tienen más que un remedio... este caballero lo sabe, y yo lo sé, y todos lo sabemos... conque no hay que hablar más de ello.

Dorotea se asió del brazo de Juan Montiño, y se lo llevó entre los telones, en donde estuvo paseando con él, dando lugar á las murmuraciones del corro, que crecieron.

—¿Por quién habéis pegado á don Bernardino?—dijo Dorotea—; ¿por mí ó por Mari Díaz?... estamos solos, Juan, y quiero que me digáis la verdad... cuando yo salía, la Mari-Díaz os citaba.

— He pegado á ese hombre, por él mismo; y en cuanto á esa mujer, no tenéis motivos para enojaros conmigo.

—¿Y qué pensáis hacer?

—¿Qué he de hacer más que matar á ese hombre, y dejar ir por su camino á esa mujer?

—¡Ah! ¡Dios mío! ¿pero sabéis quién es don Bernardino?

—Un impertinente.

—Todos le temen.

—Hacen muy mal.

—Os matará ú os estropeará.

—Creo que ese hombre tiene la espada más virgen del mundo - dijo con desprecio Montiño.

—¡Ah! ¡no lo creáis! cuando él habla todos callan.

—Razón más para dudar de su valentía. Cuando todos temen á un hombre es cuando menos debe temérsele.

—Vos no iréis.

—¡Cómo! ¿me pedís vos que me deshonre? ¿Consentiríais vos á vuestro lado á un hombre que hubiese perdido la vergüenza?

—Os quiero vivo.

—Y vivo me tendréis.

—Pero suponiendo que... lo que es suponer mucho... venciéseis á don Bernardino...

—Anoche vencí dos veces á Calderón.

—¡Ah! ¡es verdad! y don Rodrigo es muy valiente y muy diestro... me había olvidado... pero ¡Dios mío! aunque eso sea, de todos modos os pierdo: si le matáis tendréis que huir.

—No le mataré.

—¡Oh! gracias... ¿no iréis, no es verdad? esperaréis á que se acabe la función y os vendréis conmigo... yo haré... yo diré al duque de Lerma que destierren á ese hombre.

—¿Qué estáis diciendo?... Iré á encontrar á don Bernardino al lugar donde me ha citado... y no le mataré, pero le escarmentaré... ¡Miserable! ¡Vive Dios que ningún hombre se ha atrevido como él á probarme la paciencia!

—¡Malhaya la hora en que os traje al teatro!

—¿Y por qué? Nada temáis; yo haré de modo que me conozcan esos señores, y cuando me conozcan, me respetarán, os lo juro.

—¡Dorotea! ¡Dorotea!—dijo una voz cerca de ellos.

—¡Otra vez á la escena!—exclamó la joven—; ¡oh, malditas sean las comedias y mi suerte!... Esperadme, no os vayáis.

—Y desasiéndose del brazo de Juan Montiño, atravesó rápidamente el espacio comprendido entre los telones, y salió á la escena.

Poco después se oyeron fuera estrepitosos aplausos.

—Es mucha, mucha mujer esa—dijo una voz junto á Juan Montiño—, y no me extraña que la améis.

Volvióse el joven, y vió junto á sí á Ginés Saltillo.

—¿Quién os ha dicho que yo amo ó dejo de amar á esa señora? Y, sobre todo, ¿os importa á vos?—dijo el joven, que estaba resuelto á sostener la cuerda tirante hasta que saltase.

—Tenéis una manera de contestar..—dijo contrariado el alférez.

—Cada cual tiene sus costumbres, como vos las tenéis en meteros en lo que no os va ni os viene.

—Perdonad, yo creí que un hombre que se ha ofrecido á serviros de testigo...

—¿Y qué falta me hacen á mí testigos para mis asuntos?

—¡Ah! Pues os digo que si lo tomáis así, vais á tener mil camorras todos los días, si no es que á la primera os escarmientan.

—Os suplico que me dejéis en paz.

—Señor mío—dijo el alférez, retorciéndose su mostacho—, yo soy un hombre que lo tomo todo con mucha calma, que antes de tirar de la espada, miro si hay motivo para ello, y que antes de ofenderme de las palabras de otro hombre, procuro conocer en qué estado se halla al decirlas. Vos estáis irritado, no sé si con razón ó sin ella. Habéis abofeteado á un hombre, ignoro con qué motivo: ese hombre os ha pedido que le desagraviéis riñendo con él, y vos habéis aceptado; yo era el único hombre de espada que estaba presente, y me ofrecí...

—Y yo he aceptado... gracias—dijo seca y brevemente Juan Móntiño.

—Cuando un hombre acepta de otro esta clase de servicios, es ya casi un amigo, y cuando un hombre es amigo de otro, puede decirle... lo que es he dicho acerca de Dorotea, y tanto más cuanto me había quedado solo, porque los otros se han ido, para serviros. Ahora...—y el alférez se retorció el otro mostacho y dió una entonación singular á su voz—si encontráis en mí impertinencia... es distinto, caballero... decidmelo para que yo sepa á lo que debo atenerme, y obrar como obrar deba.

—Perdonad—dijo Juan Montiño—; estaba, y lo estoy, fastidiado; os he confundido con esa turba que me miraba sonriendo, y acaso por equivocación os he ofendido... Perdonad, yo no os conocía, no os había visto hasta hoy.

Y tendió su mano al alférez.

—Hubiera sentido reñir con vos—dijo éste apretando con fuerza la mano del joven—; tenéis para mí un no sé qué... algo que me habla en vuestro favor. ¿Sois soldado?

—Puede ser que á estas horas lo sea de la guardia española.

—¡Ah, vive Dios! ¡Pues si sois de la guardia española, y de la tercera compañía, de la que soy alférez, seremos camaradas! Y ya que eso puede ser, me alegro de vuestro lance con don Bernardino.

—¿Por qué?

—Á todo el que entra en la guardia española, se le piden pruebas de valiente: conque hayáis reñido bien con don Bernardino de Cáceres, las lleváis hechas.

—Me parece poco hombre para prueba ese hidalgo—dijo con desprecio Juan Montiño.

—¡Bah! Don Bernardino es una espada valiente, y muy

bravo y sereno. Con que salgáis de un lance con él sin que os mate, no hay más; habéis quedado recibido en todas partes y por todo el mundo por valiente y buena espada.

—¿Sabéis á cuántos ha matado don Bernardino?

—Saber por mí mismo... no... pero se dice de él...

—¡Eh! Del dicho al hecho...

—Pues bien; alégrome de que estéis tan bien alentado... Pero por allí pasa la Dorotea, y os hace señas... id... que aquí os espero.

—Mas bien; cuando se acabe la función, y yo haya dejado á Dorotea en su casa, esperadme en las gradas de San Felipe.

—Pues hasta la noche.

—Hasta la noche.

Montiño siguió á la Dorotea, y el alférez, harto pensativo por lo que había mostrado de sí Juan Montiño, salió del vestuario.

CAPÍTULO XXX

DE CÓMO HIZO SUS PRUEBAS DE VALIENTE ENTRE LA GENTE BRAVA, JUAN MONTIÑO

Eran las doce de la noche.

Dos hombres adelantaban por la calle del Arenal, hacia la subida de San Martín.

Era la noche obscura, continuaba lloviendo, y no podía conocerse á aquellos bultos.

Encamináronse á San Martín, llegaron, tomaron á la izquierda por la estrecha calleja del postigo, revolvieron á la derecha, y se entraron, por unos tapiales derribados, en un ancho hundimiento.

Treparon aquellos dos hombres sobre los escombros, y á poco les detuvo una voz que les dijo:

—¿Quién va?

—El alférez Saltillo—dijo uno de los que llegaban.

—¿Viene con vos el difunto?—dijo otro.

—No sé por qué decís eso, amigo Velludo, si no es porque aquí hay un olor á muerto que vuelca.

—Yo creo que traéis ese olor metido en las narices, amigo Saltillo.

—Pronto hemos de ver si está ese olor aquí, ó si le traemos nosotros. ¿Está don Bernardino?

—Impaciente.

—Pues aún no han dado las doce.

—Es que el reloj de la honra adelanta siempre.

—Pues adelante.

—Adelante.

—Me habéis prometido no desenvainar la espada, señor alférez—dijo Juan Montiño.

—Es verdad que os lo he prometido, aunque no es la costumbre: los padrinos siempre riñen.

—Lugar tendréis de reñir si me matan; pero entremos bajo techado, porque llueve muy bien.

—Eso es: en estas casas hundidas han quedado algunas habitaciones en pie. ¿Estáis ahí, amigo Velludo?

—Aquí estoy.

—¿Habéis traido linterna?

—Sí. ¿Y vos?

—También.

—Pues hagamos luz.

En aquel momento salieron dos linternas de debajo de las capas de los padrinos.

A su luz turbia y escasa, se vió una habitación destartalada, ennegrecida, polvorienta, en estado de inminente ruina, y sin maderas en los vanos de las puertas y ventanas, que se habían convertido en boquerones.

Al fondo de la habitación había dos hombres.

Don Bernardino de Cáceres y su padrino.

—Creo que podemos empezar cuanto antes—dijo don Bernardino desnudando la espada y tomando la linterna de mano de su padrino.

—Por nosotros no hay inconveniente—dijo el alférez, dando su linterna á Juan Montiño—. Pero antes de empezar debo advertiros una cosa, amigo Velludo.

—¿Qué?

—Nosotros no reñiremos.

—La costumbre es que los padrinos riñan.

—Cierto; pero yo no soy padrino del señor Juan Montiño, sino su amigo, que viene á ver lo que va á pasar aquí para contarlo después á todo el mundo, si es que este hidalgo lleva á cabo lo que se ha propuesto.

—¿Y qué se ha propuesto este hidalgo?—dijo con desprecio don Bernardino.

—Se ha propuesto—dijo el alférez—daros á los dos una vuelta.

—¡Una vuelta! ¡vive Dios—exclamó don Bernardino—, que este hidalgo debe de ser de Andalucía!

—Una vuelta de cintarazos—añadió el alférez.

—Pues á verlo—exclamó don Bernardino avanzando ciego de furor hacia Juan Montiño.

Al primer testarazo de éste—y decimos testarazo, porque no encontramos otra frase mejor—, la linterna de don Bernardino cayó al suelo, se rompió y se apagó.

Montiño y Saltillo se echaron á reir.

—¿No decía yo que os íbais á divertir, alférez?—dijo Montiño, parando un tajo de don Bernardino—; pues ya os habéis reido, y ahora veréis. ¿Qué hacéis ahí, don murciélago, puesto á la sombra?—añadió, dirigiéndose al que el alférez había llamado Velludo.

Y tras estas palabras le metió un cintarazo.

Velludo dió un rugido, desnudó su espada, y se fué á Montiño.

El joven tenía delante dos enemigos que le acometían ciegos de furor; pero alcanzaba con su espada á uno y otro lado de la habitación, y no les dejaba avanzar.

El alférez, con la espada envainada, estaba detrás del joven.

Juan Montiño volvía la luz de su linterna, tan pronto sobre el uno como sobre el otro de sus enemigos.

De tiempo en tiempo les metía un furioso cintarazo.

El alférez soltaba una carcajada.

Otra carcajada de Juan Montiño contestaba á la del alférez.

Los aporreados blasfemaban y apretaban los puños.

Pero Juan Montiño los había acorralado en un rincón, y dominados ya, les sacudía que era una compasión

Aquello había pasado á ser una burla feroz.

Era el desprecio mayor que podía hacerse de dos hombres.

Juan Montiño demostraba, no sólo que era valiente y bravo, sino que su destreza era maravillosa.

El alférez se tendía de risa, y cuando Montiño, tras una doble parada difícil, sacudía dos cintarazos, aplaudía.

De repente vió un resplandor vivo, y sonó una detonación.

Don Bernardino, aturdido ya por los golpes, irritado, mortificado, fuera de sí de cólera, había desenganchado un pistolete de su cinturón y había hecho fuego.

Pero, por fortuna para Juan Montiño, éste vió el pistolete, y tocó con el único tajo que había tirado al brazo de don Bernardino; el tiro fué al suelo; don Bernardino, que había cambiado la espada á la mano izquierda para apelar á aquel recurso villano, estaba fuera de combate; no podía valerse del brazo derecho.

Velludo estaba acobardado, y había bajado la espada.

—Basta de lección—dijo Juan Montiño—; idos, don Bernardino, á curar, y vos, estiráos, don encogido, y largáos más que á paso. Y en adelante, mirad con quién os metéis, que no todos los caminos son andaderos.

—Lo que habéis hecho es una iniquidad—dijo don Bernardino.

—¡Cómo! ¡he reñido contra dos y llamáis esto inicuo!— exclamó Juan Montiño—; ¡vos, que habéis tenido la cobardía de disparar contra un hombre con quien reñíais con ventaja!

—Mirad, don Bernardino—dijo Saltillo—; os aconsejo que os vayáis de Madrid.

—¡Me vengaré!...

—Dejáos de simplezas... lo mejor es que os vayáis, porque cuando se sepa lo que aquí ha pasado, os van á tirar tomates los muchachos por la calle.

—Os prevaléis de que tengo herido un brazo.

—Yo no creía que érais tan cobarde y tan torpe—dijo el alférez—. Ea, idos, si no queréis que os eche á puntapiés...

—Nos veremos, señor alférez—dijo don Bernardino, y salió.

Velludo se iba á escurrir tras él, pero le detuvo el alférez.

—¡Eh! ¿á dónde váis vos, señor Diego?

—Me voy avergonzado.

—No lo extraño, porque sois valiente.

—Yo no soy nada... lo que me ha sucedido esta noche...

—Si sois valiente y honrado, siento lo que os ha acontecido, amigo—dijo Juan Montiño—; yo lo he hecho sin intención.

—Pero esto es un milagro... ¿Quién os ha enseñado á esgrimir?

—¡Bah! ya lo creo—dijo el alférez cruzando con su palabra la contestación de Juan Montiño—, es verdaderamente maravilloso; ya sabéis que yo meneo bien los hierros.

—Sí por cierto.

—Pues bien, antes de venir aquí, supliqué á ese caballero tuviese la bondad de manifestarme su destreza, porque ya sabéis que don Bernardino es diestro. Yo no quería ser testigo de un asesinato. Nos fuimos casa del maestro Tirante, y este caballero ha tirado con él. Le ha plantado en un santiamén cinco botonazos y tres tajos; entonces me dijo el maestro Tirante:

—Aunque riña solo contra dos, dejadle, señor Saltillo, que no se le acercarán.

—Gracias á mi pobre tío—dijo Juan Montiño.

—Gracias á vuestra ligereza, á vuestros puños, á vuestra vista, á vuestra serenidad... pero vamos á otra cosa: ¿vos, señor Velludo, sentiríais mucho que esto se supiera?

—Yo me voy de Madrid.

—No por cierto; nosotros callaremos, pero vos habéis de contar la villanía obrada por don Bernardino, y la paliza que este caballero le ha dado.

—Pero don Bernardino se irá.

—Don Bernardino dirá que hemos venido dos contra él.

—Pues no, eso no—dijo Velludo—; lo que ha pasado lo sabrá todo el mundo.

—No hay necesidad de hablar de esto una palabra—dijo Juan Montiño —; si ese hombre sigue haciéndose molesto, yo le daré una nueva lección delante de todo el mundo, ó vosotros, señores, si se os viene rodado. Por ahora me parece mejor otra cosa.

—¿Qué?

—Que nos vayamos á una hostería.

—¿Y Dorotea, que estará con cuidado?

—Se la avisará.

—Pues á la hostería.

—Y á dónde que no nos molesten?—dijo Juan Montiño.

—A la Cava Baja de San Miguel. Allí hay truchas y perdices frescas.

—Pues á la Cava Baja.

Los tres jóvenes se pusieron en marcha.

El aporreado parecía haber olvidado su aporreo, y charlaba como los otros dos.

Los tres se burlaban de don Bernardino.

Y entre burlas y risas se encontraron en la Cava Baja de San Miguel, delante de una puerta.

—Ante todo, señores, nadie paga más que yo—dijo Montiño.

—Concedido—dijo el alférez.

—Muy bien —añadió Velludo—, pero á condición que yo he de pagar otra vez.

—Bueno; pero esta noche, esta noche es mía.

—Enhorabuena.

Y acercándose el alférez á la puerta, llamó.

Nadie contestó de adentro.

—No nos abrirán -dijo Velludo --; ha pasado hace mucho tiempo la hora fijada de las ordenanzas.

—Ya veréis—dijo el alférez tocando de nuevo á la puerta—: ¡abrid al alférez Saltillo!

Como si aquel nombre hubiera sido un conjuro, la puerta se abrió.

—Entrad—dijo una voz recatada—y no arméis ruido, no os oigan los vecinos y den parte á una ronda.

—¡Vaya unos vecinos!

—Como que de la multa de diez ducados que nos sacan, dan dos al acusador; y están los tiempos tan malos... las gentes dan en la tentación... ¡si se llevaran quince millones de demonios al duque de Lerma!...

Cuando el hostelero se atrevió á decir estas palabras, había ya cerrado la puerta y estaba bien adentro de su casa.

—Mira—le dijo el alférez—, llévanos arriba, á aquella sala azul pequeña que tienes tan cuca, y que nos sirva aquella muchacha de los ojos verdes; aquella Inés...

—Está durmiendo...

—Que despierte.

—Y si para que nos sirva mejor se necesita muestra, hela aquí –dijo Juan Montiño poniendo en las manos del hostelero un doblón de á ocho.

Sonaron otros muchos en el bolsillo del joven.

El alférez y Velludo se miraron con asombro.

Juan Montiño había crecido para ellos dos palmos.

En cuanto al hostelero, se había avanzado á un corredor exclamando:

—Inesilla, hija, despierta y vístete y ponte maja, que tres gentileshombres te favorecen queriendo que tú los sirvas. Al momento viene, señores. Vamos á la sala azul. Luego yo bajaré á disponer los manjares y á sacar las botellas de la bodega. Eh, ya estamos en la sala azul. Es muy buena, en ella sólo comen personas principales; he comprado esta docena de sillones y estos espejos á un indiano que se volvía á las Indias. Vais á estar como príncipes; os traerán brasero.

que hace frío .. y... necesito dejaros para serviros mejor... conque... ya veréis, caballeros, ya veréis.

El hostelero salió, y los jóvenes acababan de sentarse cuando se oyó en la calle una voz angustiosa y desesperada que gritaba:

¡Ladrones! ¡Ladrones!

La voz se apagó instantáneamente, pero los tres jóvenes estaban ya de pie y se habían dirigido instintivamente á la salida con las manos puestas en las espadas.

—Juraría—dijo Juan Montiño saliendo y precipitándose por las escaleras—que esa era la voz de mi tío.

—¡De vuestro tío!

—Sí; abrid, abrid la puerta—gritó Montiño al hostelero.

—¿Y quién es vuestro tío? - dijo el alférez, que le seguía.

—Francisco Montiño, cocinero mayor del rey.

—Os aconsejo que no salgáis   dijo el hostelero—; nadie se mueve de noche aunque oiga lo que oiga.

—¡Abrid, vive Dios!—exclamó Juan Montiño—, ú os abro la cabeza.

El hostelero abrió sin replicar.

Los tres jóvenes se lanzaron en la calle.

Un hombre estaba rodeado de otros cuatros.

Otros dos hombres se llevaban un bulto.

—Seguid á aquellos y detenedlos—dijo Juan Montiño—, yo me quedo con éstos.

Pero antes de proseguir, necesitamos ocuparnos de ciertos antecedentes, que empezarán en el capítulo que sigue.

CAPÍTULO XXXI

DE CÓMO ENGAÑÓ Á DOROTEA PARA LLEVARLA Á PALACIO EL TÍO MANOLILLO

Dorotea se había quedado sola en su casa, hasta la cual la había acompañado Juan Montiño, después de la salida del teatro.

Eran ya bien las ocho de la noche.

La joven estaba triste, porque Juan Montiño se había separado de ella para acudir á un lance desagradable y acaso peligroso.

—¿Qué necesidad tenía yo—dijo—de haberle llevado al teatro?

Ninguna.

Ha visto á Mari Díaz y ha tropezado con don Bernardino.

Bien empleado me está.

He querido lucirle.

Vamos: si sucede algo malo á Juan, no sabré de qué manera castigarme.

—¡Casilda!

—Señora.

— Si viene el duque de Lerma, que estoy mala.

—Muy bien.

—Si se empeña en entrar, que el médico ha dicho que no puede hablárseme.

—Muy bien; ¿y si viene el señor Juan Montiño?

—Viene á su casa. ¡Ah! me olvidaba: pon una cama en el gabinete de tapicería.

—Muy bien.

—Y cuanto se necesite; un aposento bien servido.

—Muy bien. ¿No os desnudáis?

—No... mira... si viene el tío Manolillo...

—¿Le digo que no puede entrar?

—De ningún modo... si viene...

—Ha venido ya, y dijo que volvería.

—Pues cuando vuelva, que entre.

—Me parece que es ese que llama á la puerta.

—Pues ábrele... ábrele.

Casilda salió.

Dorotea se quedó esperando con impaciencia.

Poco después entró el tío Manolillo, que arrojó al suelo la capa y la gorra, que venían empapadas de agua.

Luego adelantó, se sentó junto al brasero, y se puso á mirar de hito en hito á Dorotea.

—¡Qué hermosa y qué engalanada estás, hija mía!—la dijo—; de seguro no esperas al duque de Lerma. Para él no te atavías tanto.

· Este es el traje que he sacado en la comedia, y por cansancio no me lo he quitado todavía.

—No, no es eso; el duque te ha puesto hermosa para otro.

—¡Ah! puede ser..

—¿Estás enamorada, Dorotea?

—No lo sé.

— Esa contestación me asusta.

—Y ¿por qué?

—Cuando una mujer no ve claro en su corazón...

—Prueba que está ni dentro ni fuera.

—Te creo demasiado dentro.

—Puede ser.

—¿Me hablarás la verdad si te pregunto?

—Nunca os he engañado, me servís de padre.

—Padre que ahora hace bien poco por ti.

—Vos habéis hecho cuanto podíais por mí. Habéis pasado miserias y trabajos durante muchos años, para poder pagar mis alimentos en las Descalzas Reales. Yo he sido una ingrata...

—No hablemos, no hablemos de eso; ya no tiene remedio.

—Sí que le tiene, y en eso estaba pensando.

—¿En eso?

—Sí, en el remedio. Pienso despedirme del teatro.

—¡Ah!

—Y dar ocasión al duque para que se despida de mí...

—¡Ah! ¿Y con quién piensas quedarte?

—Con él, si me ama.

—¿Con el señor Juan Montiño?

—Sí.

—Yo te daría un consejo.

—¿Cuál?

—Que olvidaras á ese joven.

—No puedo.

—¿Tan enamorada estás de él?

—Si no estoy enamorada, estoy empeñada.

—Puede ser que mañana sea demasiado alto para ti.

—¡Pero si yo no quiero que se case conmigo!

—Puede suceder que él se case con otra mujer.

—¿Qué habéis dicho?—exclamó levantándose Dorotea.

—¡Oh! ¡le ama!—exclamó el bufón.

—¡Que se case con otra!... sí, sí, todo puede suceder... pero por ahora...

—Puede ser que ame á otra.

—¡Que ame! ¡es que me avisáis!—dijo Dorotea conteniéndose pero temblando—; ¿es verdad que ama á otra mujer? ¿será verdad lo de la reina?

—No; lo de la reina, no; pero el señor Juan Montiño tiene amores en palacio.

—¿Y con quién?

—Con doña Clara Soldevilla.

—¡Doña Clara! pero si esa mujer... si la llaman... la desesperación de los hombres...

—Sí... sí... es cierto, la llaman la menina de nieve.

—Y aunque él la ame...

—Le ha amado ella antes. La nieve se ha derretido.

—¿Pero cuándo ha visto doña Clara á Juan?

—Anoche... en la calle.

—¡Oh! ¿y se ha enamorado de él?

—Como tú.

—Pero él... él no la ama.

—Doña Clara es muy hermosa.

Plegó el bellísimo entrecejo Dorotea, y adelantó el labio
inferior en un mohín desdeñoso.

—Aunque tú seas tan hermosa ó más hermosa que doña
Clara, hija, te falta una cosa que á ella le sobra.

—¿Y·qué es lo que me falta?

—Ser fruto prohibido.

Conmovióse profundamente la Dorotea, y sus ojos se arra-
saron de lágrimas; al tío Manolillo se le desgarró el corazón.

—¡Oh! ¡sí, es verdad!—dijo dolorosamente la Dorotea—
ella es una noble dama; su padre es un valiente soldado...
yo... yo no tengo padres... yo soy una mujer perdida; ella es
menina de la reina .. yo soy comedianta .. pero ella no le
ama como yo... no, no le ama como yo... de seguro ella no
es capaz de hacer por él lo que yo haré... ella... ¡ah! ¡ella es
altiva! está enorgullecida por su nombre, por su nobleza, y
él es sobrino de un cocinero... esa mujer... aunque le ame...
estoy seguro de ello, no le confesará su amor... mientras
que yo le he abierto mi alma entera.

—¡Ah! ¡estás loca por él, hija mía!

—Yo no sé... yo no sé... pero me parece que le he conocido toda mi vida; que Dios me ha criado para él... me parece el más hermoso del mundo... no se aparta de mi memoria... y mirad: hoy he representado mejor que nunca... y
es que... hasta hoy no había comprendido el amor... hoy he
pronunciado los amores de la comedia con el alma... y el
público me ha aplaudido con frenesí... y escuchad: nunca
los aplausos me han satisfecho tanto... nunca me han causado tanta alegría... nunca me han enorgullecido de tal
modo... porque estaba él allí... me veía... me oía... escuchaba
aquellos aplausos... ¡oh! si ese hombre no es de piedra me
amará... me amará... porque yo quiero que me ame... lo
quiero y será.

-- ¡Estás loca!—repitió tristemente el tío Manolillo.

—Pero decidme... decidme... ¿cómo sabéis vos que esa mujer... doña Clara... ama á Juan?

—¿Quieres tú saberlo también?

—¿Que si quiero? ¡Sí!

-- Pues bien, ven conmigo.

—¿A dónde?

—Á palacio.

—¡A palacio! ¿y qué tengo yo que hacer en palacio?—dijo con desdén la Dorotea.

--Verás lo que yo he visto, verás entrar á Juan en el aposento de doña Clara.

— Esta noche no irá Juan á palacio—dijo con acento profundamente triste la joven.

—¿Y por qué?

—Porque tiene que hacer en otra parte.

—¿A qué hora?

—Es verdad; yo no sé... no sé si antes tendrá tiempo... y si la ama... irá antes... antes de un peligro que puede morir, todo hombre que ama va á ver á la mujer de su amor.

—¡Morir! exclamó el bufón.

—Sí; le he llevado por mi desdicha al teatro; allí ha tropezado con ese impertinente de don Bernardino de Cáceres, que le ha provocado; que le ha metido en un lance.

—¡Bah! pues don Bernardino no le matará—exclamó con gran confianza el tío Manolillo.

—¿Y decís que irá al alcázar Juan?

— De seguro.

—¡Oh! ¿y podéis ponerme en sitio desde donde le vea?... —añadió con ansiedad la joven.

—Desde donde veas y oigas.

—¡Casilda, mi manto y mi litera!—gritó la Dorotea poniéndose violentamente de pie.

—¡Oh Dios mío! ¡Dios mío! murmuró para sí el bufón - ¡si al menos ella no fuera tan desgraciada! ¡Si ya que de tal modo ama á ese hombre, él la amase!...

Entre tanto, Dorotea se ponía apresuradamente el manto; cuando le tuvo prendido, se volvió impaciente al bufón, y le dijo con la voz temblorosa:

—Vamos, llevadme al alcázar.

—Una palabra no más: ¿serás prudente?

—Sí.

—¿Me obedecerás?

—Sí.

—¿Vie es lo que vieres?

—Sí. r

—Pues bien, hija mía, vamos.

El bufón y Dorotea salieron de la sala; poco después, una litera cerrada se encaminaba á palacio.

CAPÍTULO XXXII

CONTINÚAN LOS ANTECEDENTES

El padre Aliaga había entrado en el alcázar por la puerta de las meninas.

No había ido á él con el solo objeto de conocer á Dorotea.

Nuestros lectores recordarán que en la carta que había escrito al padre Aliaga doña Clara Soldevilla, acusando á Dorotea y á Gabriel Cornejo, le había expresado el deseo de hablar con él para explicarle enteramente el contenido de la carta.

Este era otro de los objetos que llevaban á palacio al padre Aliaga: hablar con doña Clara.

Sentía, además, un deseo punzante de hablar á la reina; y doña Clara, que era la favorita de la reina, podía satisfacer este deseo.

Le importaba también no poco sentir por sí mismo qué aire corría en palacio.

De modo que eran muchos los objetos que llevaban á palacio al confesor del rey, objetos todos enlazados, que reconocían una misma causa: su amor á la reina.

Porque nuestros lectores lo habrán comprendido: el padre Aliaga amaba á Margarita de Austria.

Alma vacía de felicidad, llena de dolor; pensamiento enérgico, corazón ardiente, fray Luis de Aliaga había abrazado por desesperación la vida del claustro. Él, como nos lo ha dicho en los primeros momentos de dolor por la pérdida de la primera mujer que había amado, creyó que todo lo que podía ligarle en el mundo había concluído.

El padre Aliaga, joven entonces é inexperto, no había comprendido que el hombre vive para sí mismo, por más que se haga la hermosa, la noble ilusión de que vive para los demás, que el corazón tiene una tendencia invencible hacia el sentimiento dulce, y que rechaza el dolor, que es un sentimiento amargo; le rechaza como rechaza todo lo que existe, lo que le es contrario, mientras busca ansioso ese otro sentimiento de dulzura que es su alimento, por decirlo así, de vida; no había comprendido que el tiempo mata el dolor y concentra el deseo, y se encontró demasiado vivo, cuando se creía muerto; vigoroso, cuando se creía gastado; necesitado de un mundo de impresiones, de afectos, de contrastes, de vida, en una palabra, cuando huyendo del mundo, se había refugiado en el claustro.

Pero fray Luis de Aliaga tenía el sentimiento de la virtud, la amaba y la practicaba.

Comprendió que su suerte estaba decidida y la aceptó.

No dió el escándalo de rebelarse contra ella.

Tuvo bastante fuerza de voluntad para encerrar, para contener dentro de su alma sus pasiones, y que no se demostrasen en sus actos, ni saliesen siquiera á su semblante, ni á sus palabras.

Se mortificó, oró, luchó, pero si consiguió la paz en su aspecto, no consiguió la paz de su espíritu.

Se dedicó al estudio, arrojó sobre sí los penosos trabajos del púlpito y del confesonario, y llegó á ser catedrático de la Universidad de Zaragoza, y logró que le mirase todo el mundo con afecto.

Al verle con su cabeza baja y meditabunda, con los brazos cruzados sobre su cintura y las manos perdidas en las anchas mangas de su hábito, atravesar tristemente las calles de Zaragoza en dirección á la Universidad, acompañado de un lego, todos decían:

—¡Oh, qué buen sacerdote y qué santo varón es el padre Aliaga!

Y sus compañeros, los padres graves del convento, al ver su leve y triste y siempre dulce sonrisa, su palabra siempre tímida y escasa, y lo dulce de sus sermones, y la paciencia con que asistía un día y otro al confesonario, habían acabado por creerle pobre de espíritu, le trataban con cierta superioridad impertinente, y decían de él que era un *buen hombre*.

Su fama de buen hombre trajo sobre él, no sin envidia de sus compañeros, el nombramiento del confesor del rey.

Todos los padres doctos de la Orden de Predicadores, hubieran querido ser en aquellas circunstancias tan buenos hombres como el padre Aliaga.

Este siguió en la corte su inalterable línea de conducta. El rey, que era sumamente devoto, estaba encantado con su confesor, que pasaba con él largas horas hablando de cosas místicas, y con un misticismo tal, que aventajaba al del rey.

Porque el alma del padre Aliaga estaba huérfana, sola y desterrada, y buscaba consuelos en la dulzura de la religión de Jesús.

Encantaba además al rey, el que el padre Aliaga no se entremetiese jamás en los asuntos de Estado, porque Felipe III, en abierta contraposición con su padre Felipe II, que pasaba su vida sobre los negocios, sentía hacia ellos una repugnancia invencible.

A poco tiempo de llegar fray Luis á la corte, conoció á la reina.

Al verla el religioso se inclinó y permaneció con los ojos bajos.

Si los hubiera alzado, la reina hubiera visto algo extraño en ellos.

Al ver á Margarita de Austria, el padre Aliaga había experimentado esa violenta expresión que produce sobre ciertos hombres la vista repentina de una mujer que por sus formas influye poderosamente sobre los sentidos, y por ese misterioso poder que se llama simpatía, en el alma.

Fray Luis, acostumbrado á la lucha consigo mismo, tuvo suficiente poder para dominarse, para apagar su mirada, para contener el estremecimiento de sus músculos; se había puesto la careta, y al través de ella miró ya, sin temor de que su alma fuese sorprendida, á la reina.

Y al verla con más reflexión, dominado, sereno, fray Luis se estremeció. Vió que la reina era una víctima que luchaba, que estaba sola en la lucha, que era infeliz; comprendió que la reina era valiente, que había luchado, luchaba y lucharía, y que la lucha debía haberla procurado enemigos; vió en los ojos, en el semblante de la reina, la altiva tristeza de la dignidad hollada; comprendió cuánto debía sufrir aquella mártir coronada, unida á un rey casi nulo, sobre el que tenían una decidida, una incontrastable influencia palaciegos codiciosos, vanos, miserables, capaces de todo por sostenerse en el favor del rey, que era el medio para ellos de sostener su vanidad y sus rapiñas; fray Luis, por amor á la reina, fué enemigo de aquellos hombres, contrajo consigo mismo el grave compromiso de defender á la reina, de ayudarla, combatiendo á sus enemigos; y sin embargo, nada

·dijo á la reina, jamás una mirada suya torpe ó descuidada, pudo revelarla lo que por ella sentía el padre Aliaga.

Y eso que el desdichado estaba cada día más enfermo del alma, más desesperado, más reñido con su terrible posición.

Uno solo, el bufón, el tío Manolillo, había adivinado el secreto del confesor del rey, y esto en vagas y fugitivas señales, cuando los celos devoraban al religioso, al oír decir al rey:

—Fray Luis, rogad á Dios por la vida de mi muy amada esposa; anoche su majestad me ha revelado que está encinta.

Dos veces que el rey dijo esto al padre Aliaga, fué en presencia del tío Manolillo.

Este, que era observador por temperamento, y astuto y sagaz, y de imaginación vivísima, había reparado en lo que el rey no había podido reparar por su descuido: esto es, ·que al recibir esta noticia imprevista, había pasado por la mirada del fraile algo extraño; que se había revuelto algo misterioso en el obscuro foco de sus negros ojos; que se había puesto pálido, y que una ligera, pero violenta contrac- ·ción, había pasado con la rapidez de un relámpago por su semblante.

El tío Manolillo, á la luz de aquel relámpago, había visto hasta el fondo tenebroso del alma del padre Aliaga.

Importábale mucho al bufón poseer un secreto del padre Aliaga, y un secreto importante.

Le importaba por Dorotea.

Debemos tener en cuenta que la Dorotea era para el bufón lo que la reina para el padre Aliaga: el alma entera. Disi- mulaba el bufón su amor, le comprimía, le devoraba, le con- tenía, aunque por distinta causa.

El padre Aliaga obedecía á sus deberes.

Sacerdote, debía combatir aquella tentación impura.

Cristiano, debía huir del solo pensamiento de unos amo- res adúlteros.

El tío Manolillo debía respetar, respecto á Dorotea, otra razón gravísima para todo corazón de sentimientos elevados.

Dorotea no podía amarle.

Por su edad, por su figura, por la costumbre de Dorotea de verle todos los días desde su infancia, por la protección especial que la dispensaba, Dorotea no podía ver otra cosa en él, que un padre providencial, que había reemplazado á su padre natural. Otros amores en Dorotea respecto al bufón, hubieran sido repugnantes.

Más que repugnantes, monstruosos.

El tío Manolillo lo comprendió, y dominó su amor.

El padre Aliaga y el bufón, aunque por causas enteramente distintas, estaban, por los resultados, en el mismo caso respecto á las dos mujeres que amaban.

Entrambos tenían el alma noble y grande; rechazaron de ella todo lo impuro.

Idealizaron su amor.

Pero al idealizarle le hicieron más grande.

Por amor á la reina, el padre Aliaga, que no era ambicioso, procuró hacerse influyente en la corte, pero de una manera indirecta, sorda, sin dar la cara en cuanto le fuese posible. Procuró atraerse, y se los atrajo, á los enemigos de los enemigos de la reina, y sólo se descubrió en la parte que le fué imposible cubrirse: esto es, respecto al rey.

Ya hemos visto que el padre Aliaga conspiraba de una manera sorda.

Hemos indicado también que había sabido hacerse necesario á Felipe III de tal modo, que Lerma, desesperado de poderle alejar de la corte, en vista de repetidas é inútiles tentativas, había acabado por procurar atraérselo á fuerza de honores y distinciones.

El padre Aliaga recibía las distinciones y los cargos que por sí mismos le daban más fuerzas, más influencia, y respecto á Lerma, se mantenía firme como una roca.

El padre Aliaga se había constituído en escudo de la reina. El tío Manolillo había presentido que, á causa del carácter casquivano de Dorotea, podía suceder que alguna vez tuviese necesidad de una poderosa influencia para sacarla de un terrible compromiso.

Dorotea era violenta; tenía, como la mayor parte de las gentes poco instruídas de aquel tiempo, ideas sumamente supersticiosas; ya, por alguno de sus amantes, la había visto el bufón recurrir á los medios reprobados de bebedizo, de los conjuros, de las hechicerías; si la superstición de Dorotea llegaba hasta el punto, como no era difícil, de querer adquirir la mentida ciencia de la adivinación y de los sortilegios, podía suceder que la Inquisición, implacable con todo l que tendía á empañar la fe de la religión, se apoderase de ella.

El tío Manolillo, al sorprender el secreto del alma del padre Aliaga, se alegró: porque tener en sus manos á un religioso de la Orden de Predicadores, tal como el padre Aliaga, era tener un tesoro para el caso, no imposible, de que Dorotea se viese sujeta á un juicio por la Inquisición.

Ya hemos visto en la carta de doña Clara Soldevilla al padre Aliaga, que los presentimientos del bufón no habían sido exagerados.

Le hemos visto también conmoverse al oir en los labios del padre Aliaga el nombre de Dorotea.

El bufón quería acercar á la joven al padre Aliaga, y explotar en su provecho el amor que el padre Aliaga había sentido en su juventud hacia su madre.

Por eso había sacado de su casa á Dorotea para llevarla á palacio.

El padre Aliaga, por su parte, gravemente interesado en conocer á la Dorotea, y por las demás razones que hemos indicado, había ido á palacio también.

El confesor del rey entró, llevado en su silla de manos, por la puerta de las Meninas, y se hizo conducir á un rincón del patio, bajo las galerías. Una vez allí, salió, despidió la silla de manos, y llamó á una puerta.

Al primer llamamiento nadie contestó.

Al segundo se sintió cerrar silenciosamente una ventana, luego pasos dentro, y al fin se oyó una voz tras la puerta, que dijo:

—¿Quién llama por aquí á estas horas?

—Muy temprano os recogéis, señor Ruy Soto—dijo el padre Aliaga.

—¡Ah!—contestó el de dentro con el acento de quien reconoce á una persona respetable—; voy, voy á abrir al instante.

En efecto, la puerta se abrió.

—Perdóneme vuestra señoría—dijo la misma voz dentro—si no tengo luz: estaba en acecho.

Y se cerró la puerta.

—¡En acecho!— dijo el padre Aliaga—; ¿en acecho de qué?

—De ciertos prójimos que andan rondando desde el obscurecer por las galerías bajas del patio: yo no sé por qué en siendo de noche dejan pasar gentes por el patio de palacio como si fuera una calle; pero voy á cerrar la ventana, y luego á traer luz.

Oyóse, en efecto, el leve crujir de una ventana que se cerraba, y luego los pasos de un hombre que poco después volvió con un velón encendido.

Tenía la librea de palacio, y por su edad, que era ya madura, y por su aspecto y por un no sé qué característico, se conocía que era uno de los jefes de la baja servidumbre.

En efecto, Ruy Soto era portero de una de las subidas de servicio del alcázar, que se comunicaban de una parte con el cuarto del rey, y de otra con las galerías superiores ocupadas por la servidumbre.

—¿Quiere vuestra señoría que avise al ujier de cámara de su majestad?—dijo Ruy Soto.

—Esperad un momento; decíais que estábais acechando...

—Sí; sí, señor, á dos hombres sospechosos que no han cesado de pasearse desde el obscurecer y en silencio, por la galería de la derecha.

—¿Y qué trazas tienen esos hombres?

—Malas, señor; pero aunque las tuvieran muy buenas, la tenacidad con que se pasean...

—Habéis hecho bien en acechar; dadme un papel y tintero.

Ruy Soto sirvió al momento los objetos pedidos al padre Aliaga, que escribió rápidamente una carta y la cerró.

En el sobre se leía:

«Al tribunal de la Santa Inquisición».

—Que lleven al momento esta carta donde dice el sobre —dijo el padre Aliaga—; vos, seguid acechando; si esos hombres salen antes de que lleguen dos ministros del Santo Oficio, les haréis seguir por el lacayo de palacio que creáis más á propósito.

—Muy bien, señor.

—Ahora, enviad recado á la señora doña Clara de Soldevilla, menina de su majestad, de que yo la pido licencia para verla.

—Venga vuestra señoría conmigo; cabalmente doña Clara, según me ha dicho su dueña, no está de servicio.

—Vamos, pues—dijo el padre Aliaga.

Ruy Soto encendió una lámpara de mano, abrió una puertecilla y subió por una escalera de caracol.

El padre Aliaga le siguió.

Poco después Ruy Soto llamaba á la puerta del cuarto de doña Clara, y daba el recado del padre Aliaga.

El confesor del rey fué introducido en el elegante gabinete de doña Clara.

La joven estaba pálida, cansada, y la palidez y el cansancio aumentaban su hermosura.

—¡Oh! ¡bendito sea Dios, que os veo!—dijo levantándose y poniendo un sillón junto al brasero al padre Aliaga.

—Me habéis escrito una carta que me ha puesto muy en cuidado—dijo fray Luis.

—En efecto; me he visto obligada á escribiros, y no me he atrevido á confiarlo todo al papel; si no hubiérais vivido en un convento, yo misma hubiera ido á veros.

—¿Tan importante es el asunto?

—¡Oh! sí; importantísimo.

—Ya he visto por el contenido de vuestra carta...

—Que su majestad está amenazada.

—¡Ah! ¡ah! ¡esto es muy grave!

—La traición nos rodea por todas partes.

—Habéis acusado á dos personas.

—¿Y no las habéis preso?

—No; no tenía bastantes razones.

—Sois otro misterio para mí, fray Luis.

—¿Otro misterio?...

—Sí por cierto; no os comprendo bien; se os acaba de dar un poder formidable; ha llegado nuestra hora... y sin embargo, vaciláis.

—Creo que estamos en los momentos de mayor peligro, doña Clara—dijo el padre Aliaga—; y os engañáis, no vacilo; soy prudente y nada más; ¿creéis que nuestros peligros puedan estar en un ropavejero y en una comedianta?

—Ellos pueden difamar á su majestad.

—Si esos miserables pueden, de seguro hay personas más altas que pueden más que ellos, y con prender á esos ruines, no haremos más que dar un aviso á gentes á quienes debemos tener hasta cierto punto confiadas.

—No soy de la misma opinión que vos; cuando hay un incendio, antes de todo, se corta para que no se propague.

—¿Y sabéis, doña Clara, si tenemos fuerzas bastantes?

—Dios, de seguro, nos ayudará.

—Dios, en sus altos juicios, permite el martirio de los inocentes—dijo profundamente el padre Aliaga—; somos muy pocos los leales; muy pocos los que servimos como Dios manda á nuestros reyes... luchamos y lucharemos... si caemos en la lucha, habremos caído cumpliendo con nuestro deber. Pero aprovechemos el tiempo, señora; ¿qué pasa en palacio? Cuando yo vine esta mañana, encontré grandes novedades; el rey y la reina se habían reconciliado; su majestad estaba contenta...

—Y el tío Manolillo más provocativo que nunca.

—¡Oh! ¡no comprendo á ese hombre!

27

—¡Oh! ¡juro á Dios—dijo doña Clara, que no habia olvidado la entrevista de aquella mañana con el bufón—que yo conoceré á ese hombre!

—Paréceme, sin embargo, que tiene un buen fondo.

—¿Y quién sabe lo que hay en el fondo del alma de ese hombre?

—Pues creo que le debemos mucho; el rey me ha hablado de ciertas comunicaciones secretas...

—En efecto; el tío Manolillo conocía el secreto de esas comunicaciones.

—Se le debe, pues, el que se hayan visto sus majestades y el que la reina haya influido sobre el rey.

—En esto han andado otras dos personas.

—Sí; un hidalgo que ha llegado á Madrid, á quien conoce su majestad la reina—dijo el padre Aliaga con el acento más reposado del mundo, aunque sentía una ansiedad cruel por oír la contestación de doña Clara.

—La reina no conoce á ese caballero—dijo la joven.

—¿Que no le conoce?...

—No; ni siquiera le ha visto.

—Me ha escrito, sin embargo, su majestad, en su favor.

—Es lo más natural del mundo; ha hecho un gran servicio á su majestad, rescatando ciertas cartas, que escritas por su majestad á don Rodrigo Calderón, con sobrada confianza en su lealtad, la comprometían. Es muy natural, que cuando se ha encontrado, como quien dice, en medio de la calle un corazón y una espada tales, se les aproveche; no sobran hoy los amigos... á propósito, ¿habéis conseguido ya la compañía para ese caballero?

—Sí, sí por cierto—dijo el padre Aliaga, metiendo una de sus manos en el interior de su hábito, y sacando un papel doblado—: he aquí su provisión de capitán de la tercera compañía de la guardia española, al servicio de su majestad... tomad.

—¿Y para qué quiero yo eso?

—Me han dicho que ese joven os ama.

Pósose vivamente encarnada doña Clara.

—¿Y quién dice eso?—exclamó con precipitación.

—El tío Manolillo, y aún añade más: dice que vos le amáis...

—¡Yo! ¡á un hombre que he visto dos veces!

—Pero es un hombre hasta cierto punto extraordinario... ¿qué digo? hasta cierto punto grandemente extraordinario.

—Lo extraordinario de ese joven...—dijo tartamudeando doña Clara.

—Consiste en todo: en su nacimiento, en su hermosura, en su corazón, en su vida, en su suerte, que le ha procurado una ocasión envidiable de darse á conocer apenas llegado á Madrid.

—¿No hay ninguna intención debajo de vuestras palabras, padre Aliaga?—dijo la joven mirando de hito en hito al confesor del rey.

—¿Y qué intención puede haber?

—¿No habéis temido que no fuera yo, sino otra persona quien amase á ese joven?

A su despecho, el padre Aliaga se conmovió ligeramente.

—¿Qué motivos tengo yo—dijo—para sospechar nada de ese caballero?

—Habéis hablado con el tío Manolillo, que os ha dicho sin duda lo mismo que á mí.

— El tío Manolillo sólo me ha hablado de vuestros mutuos amores...

—¿Y del nacimiento de ese joven?

—No por cierto; lo que sé acerca de ese joven, lo he encontrado en esta carta que me ha dado el cocinero mayor del rey—dijo el padre Aliaga, sacando de debajo de su hábito la carta de Pedro Martínez Montiño.

—También el cocinero mayor me ha dado á leer esa carta—dijo doña Clara.

—Sabéis, pues, entonces—dijo el padre Aliaga guardándola de nuevo—que ese caballero...

—Es hijo bastardo del duque de Osuna, y de la duquesa de Gandía.

—¡Cómo!—exclamó el padre Aliaga—; ¡el duque de Osuna y la duquesa!... esta carta no dice nada de eso... cuenta sólo, que ese joven es hijo ilegítimo de padres nobles...

—¡Ah! ¡no sabíais los nombres de los padres de ese caballero!

—No... pero vos, ¿cómo lo sabéis?

—El del padre me le ha revelado el cocinero mayor; el de la madre el bufón del rey.

—¿Y no tenéis más pruebas que el dicho de esos dos hombres?

—No. Las circunstancias especiales en que me hallo respecto á ese joven, me impidieron preguntar, informarme acerca de él.

—¿Las circunstancias especiales en que os halláis, os han impedido?

—De todo punto... hubiera sido inconveniente.

—Yo lo sabré, y creo que con pruebas indudables; cuando conozca ese secreto, os lo revelaré.

—¿Y para qué revelármelo?—dijo con un acento singular doña Clara.

—Decís que os encontráis en circunstancias especiales respecto á ese joven; mostráis repugnancia en entregarle vos misma esa provisión de capitán de infantería... ¿qué media entre vos y ese caballero?... ¿creéis que yo puedo tener derecho para haceros esta pregunta?

—Más que derecho, tenéis un gran interés en saber á qué ateneros respecto á ese caballero.

—Conozco á vuestro padre, le aprecio mucho, os aprecio mucho á vos, y me intereso como me interesaría por mi hermano y por mi hija.

—No lo dudo; pero creo que hay en vos otro móvil. Francisco Montiño, por no sé qué singular error, ha creído que la reina ama á ese joven... me lo ha dicho á mí... Francisco Montiño es un ente muy singular, y puede haberos dicho lo mismo; esto es, que su majestad y ese caballero se aman; esto es absurdo, esto es monstruoso, esto no puede ser, tratándose de una señora tal como la reina doña Margarita de Austria, que por su nacimiento, por su virtud, y digámoslo todo, por su orgullo, está muy lejos hasta del pensamiento de una acción vergonzosa. El que se haya atrevido á levantar sus miradas hasta su majestad, ó es muy loco ó tiene formado de la dignidad y de la virtud de la mujer, una idea muy desfavorable; su majestad no podría apercibirse de los deseos de un insensato tal, porque no los comprende, porque mira desde muy alto; sería necesario que, olvidado de todo, el que amara á la reina, se atreviese á declararlo, para que su majestad lo comprendiera, y aun así creería que estaba soñando: solamente el cocinero del rey podía concebir tal sospecha... y vos... por vuestro exagerado celo por la dignidad de la reina.

—¡Yo!...—dijo confundido y descompuesto á pesar de su serenidad el padre Aliaga.

—Vuestro celo os ha engañado, fray Luis—repitió la joven con su acento siempre igual, siempre reposado; pero siempre frío y hasta cierto punto severo.

—Yo no he dudado jamás de su majestad—dijo el padre

Aliaga, puesto por doña Clara hasta cierto punto en el banquillo de los acusados—, pero he temido que ese caballero...

—Sí, ese hombre—dijo doña Clara—ha tenido la avilantez de decir, de indicar, aunque de la manera más envuelta, que su majestad ha sentido por él lo que es imposible que sienta, imposible de todo punto, por él... ni por ninguno... ha mentido como un villano.

—No... no... ese joven, al darme anoche la carta de su majestad, de que era portador, ha estado lo más prudente...

—¡Que ha estado prudente!

—Reservado... mudo... hasta el punto de no permitir decir qué clase de servicio había prestado á su majestad, á pesar de que yo lo sabía, porque la reina me había hablado acerca de las cartas que tenía suyas don Rodrigo Calderón y pedídome consejo... no... ese caballero, valiente para librar á su majestad de un compromiso, ha sido discreto, reservado, noble; ha dado harto claro á conocer en su conducta la influencia de la generosa sangre que corre por sus venas.

—Entonces, si ese caballero no ha dado motivo para que sospechéis... para que temáis en la reina un escándalo, un increíble olvido de sí misma, el hablador, el menguado cocinero del rey ha sido sin duda quien...

—Sí, él ha sido... dice que... su sobrino... él llama su sobrino á ese joven... entró anoche en el cuarto de su majestad.

—Es cierto, entró; pero no pasó de la saleta que corresponde á la galería; allí estaba yo, su majestad le vió, pero desde detrás del tapiz de la puerta de la cámara; ese caballero no conoce á su majestad; yo misma le dí la carta que os llevó, yo misma le eché fuera de palacio; ese caballero no ha vuelto á pisar á palacio desde anoche; dicen que anda mal entretenido... lo que importa poco...— añadió disimulando mal su despecho doña Clara.

—Confieso que me he engañado torpemente—dijo el padre Aliaga—; es cierto que no había creído llegasen á un extremo criminal los favores de su majestad á ese joven; pero temía que él hubiese interpretado mal algún favor de la reina.

—Para que acabéis de tranquilizaros, fray Luis, sabed que á quien ese caballero enamoró fué á mí. Y me enamoró de un modo que... llegó á engañarme, creí que no mentía.

—Valéis mucho, doña Clara; la hermosura y la virtud resplandecen en vuestro semblante, y nada tiene de extraño...

—No hablemos más de esto.

—Quisiera veros más propicia á un casamiento con ese mancebo.

—No puede ser.

—¿Por su bastardía? ¿Ignoráis que el nombre de Girón es tal que hace ilustres hasta los bastardos? Vuestro padre no tendrá reparo...

—Es que yo no quiero, y mi padre no me violentará.

—¿Queréis ser franca conmigo, hija mía?

—No pretendo ocultaros nada, padre Aliaga.

—¿Merezco yo vuestra confianza?

—¡Oh, sí!—dijo doña Clara cambiando de tono y haciéndole sumamente dulce y afectuoso.

—Pues bien; no me ocultéis nada. Vos amáis á ese caballero...

—¡Yo! ¡no lo quiera Dios!—exclamó con un verdadero terror doña Clara.

—¿No os habéis sentido interesada por él?...

—Sí...

—¿No lo recordáis?

—Sí...

—¿No sufrís por él?...

—Sufro, sí... sufro una humillación que no he buscado, á la que no le he dado lugar, porque no le he dado esperanzas de ningún género.

—Os sentís humillada... luego amáis.

—Y bien... sí, le amo... le he visto galán, apasionado, respetuoso, valiente; me ha acompañado anoche por calles obscuras, lloviendo, teniéndome en su poder, y ha sido un modelo de caballeros... me ha obedecido... después, cuando ha venido á palacio á traer esas cartas que había arrancado á don Rodrigo... cuando le vi... cuando en su semblante conmovido adiviné un parecido vago con una ilustre persona... de que no podía darme cuenta... en fin, padre Aliaga... no sé... yo me he visto asediada, acaso más que por otra cosa, por mi fama de esquiva, por lo más ilustre, por lo más noble, por lo más hermoso de la corte... el mismo rey... os lo digo, porque lo sabéis... me ha solicitado... ni á los grandes que me han querido para esposa, ni al rey que me ha ofendido pretendiendo hacerme su entretenimiento, he dado ni el más ligero motivo de esperanza; y no me ha costado trabajo, no: porque yo no he amado... hasta ahora... porque yo, para disponer de mí, no miraré jamás mi conveniencia, sino mi voluntad, mi corazón. Pero él... ¡Dios mío! lo digo al sacerdote y al desgraciado... él, fray Luis, me ha hecho espantarme de mí misma... porque... anoche... no dormí... su recuerdo tenaz, continuo, embriagador... acompañado de no sé qué esperanzas, de no sé qué temores, me desvelaba... todavía no he dormido... me pesa la cabeza, me duelen los ojos... no sé, no sé por qué le amo tanto... porque le amo, no os lo quiero negar.

—Pues bien, seréis su esposa, doña Clara.

—No... imposible... de ningún modo... ¿no os digo que me ha humillado?

—No os comprendo.

—¿No creéis que es una humillación para mí, que yo tan altiva, tan severa, tan desdeñosa con todos, hasta el punto de que creyéndome incapaz de amar, me hayan llamado la menina de nieve, caiga de repente de mi indiferencia, de mi frialdad, en el extremo opuesto, y que el hombre por quien tanto he variado en pocas horas, apenas separado de mí se enamore de una mujer perdida, y se vaya á vivir con ella y la acompañe al teatro?

—¿Pero quién os ha dicho eso?

—Él bufón del rey, padre ó amante, ó qué sé yo, según dicen, de esa Dorotea, de esa dama de comedias, que es amante pública del duque de Lerma; ¡esa miserable!

—Tal vez desgraciada.

—Nunca he creído desgraciada, sino infame, á una mujer tal; ¿una perdida que se ha atrevido á poner la lengua impura en la honra de la reina?

—Estáis irritada... irritada acaso sin razón. El tío Manolillo puede ser que, por un interés que aún no podemos conocer, haya querido haceros creer que ese caballero ama á esa comedianta. No es posible habiéndoos visto á vos. A no ser que de tal modo le hayáis descorazonado...

—Yo no podía obrar de otro modo... y no me pesa, porque yo dominaré este amor que se me ha metido por el alma; le dominaré, os lo juro.

—Si tuviérais necesidad de dominarle, le dominaríais. Pero no será necesario. Yo desenredaré todo esto; yo pondré á cada uno en su lugar. ¿Conque queréis encargaros de dar vos misma esta provisión de capitán al señor Juan Montiño, so ino del cocinero mayor del rey, y vuestro enamorado? br

—Se la daré y aprovecharé la ocasión para darle un desengaño—dijo doña Clara, como obedeciendo á un pensamiento repentino.

—Pues bien, tomad; guardadlo y hablemos de otra cosa. Del cambio que me han dicho se ha efectuado en palacio.

—Ha pasado tanto en mis asuntos propios—dijo doña Clara—, he estado tan poco desocupada en todo el día, que no he tenido tiempo para pensar en nada...

—¿En nada más que en escribirme que prendiese á esa comedianta?

—Os juro por la sangre de nuestro Divino Redentor—dijo doña Clara con vehemencia—, que al aconsejaros que prendiéseis á esa mujer, no he pensado en mí misma, sino en lo que convenía á su majestad.

—Os creo, pero muchas veces causamos el mal sin darnos cuenta de ello; hay veces en que nuestra alma obra por sí misma, sin participación de la razón. Afortunadamente yo soy hombre acostumbrado á mirar las cosas á sangre fría, y no me he apresurado. Y no dejará por eso de hacerse todo cuanto se deba y se pueda hacer. ¿Conque no me podéis dar noticias acerca de lo que sucede en palacio? A mí sólo me han llegado noticias vagas... y venía ansioso.

—Os repito que hoy me he ocupado muy poco de los asuntos ajenos, asustada de los míos propios. Pero seguidme, padre Aliaga; os voy á llevar donde os informen de una manera completa: á la cámara de su majestad la reina.

—¿Creéis que su majestad no se enojará...?

—La reina sabe con cuánto celo la servís, cuánto os interesáis por ella, os tiene en opinión de santo y se alegra siempre de veros. Podrá suceder que también veáis á su majestad el rey, porque lo único que puedo deciros es que ya el rey no encuentra dificultad alguna en pasar al cuarto de la reina; como que de cierto sobresalto recibido anoche anda enferma la duquesa de Gandía. Conque seguidme, padre Aliaga.

Doña Clara se levantó y tomó una bujía.

El padre Aliaga se levantó también y siguió á doña Clara, que se dirigió á una puerta, la abrió y atravesó algunas habitaciones.

Al fin abrió una puerta de servicio y dijo al padre Aliaga:

—Esperad.

Y entró.

Poco después volvió, y dijo al fraile:

—Su majestad os espera.

El padre Aliaga hizo una poderosa reacción sobre sí mismo, se preparó, como siempre que la reina le recibía en audiencia, y entró.

Doña Clara cerró la puerta y desandó el mismo camino que había traído, murmurando:

—¡Infeliz! ¡Cuánto debe sufrir! ¡Yo no sabía lo que hacen padecer los celos!

CAPÍTULO XXXIII

EL SUPLICIO DE TÁNTALO

Entró el padre Aliaga en una extensa y magnífica cámara, en la misma en que presentamos al principio de este libro á la duquesa de Gandía.

Llevaba el confesor del rey la cabeza inclinada, las manos cruzadas y el corazón de tal modo agitado, que quien hubiera estado cerca de él hubiera podido escuchar sus latidos.

Margarita de Asturia estaba sentada junto á la misma mesa donde su camarera mayor leía la noche anterior los *Miedos y tentaciones de San Antón.*

Un candelabro de plata, cargado de bujías perfumadas, iluminaba de lleno el bello y pálido semblante de Margarita de Austria.

Vestía la reina un magnífico traje de brocado de oro sobre azul, tenía cubierto el pecho de joyas, y en los cabellos, rubios como el oro, un prendido de plumas y diamantes.

—Espera al rey—dijo para sí el padre Aliaga.

Y adelantó hacia la reina.

Margarita de Austria dejó sobre la mesa un devocionario ricamente encuadernado que tenía en la mano á la llegada del padre Aliaga.

Este, cuando estuvo cerca de la reina, se arrodilló.

—¿Qué hacéis, padre mío?—dijo dulcemente Margarita—. ¡Un sacerdote, tal como vos, arrodillarse ante una pecadora tal como yo!

—¡Oh! si todos pecasen en este mundo como vuestra majestad...—dijo el padre Aliaga levantándose.

—Pues mirad, padre, lo que peco me espanta. Tengo muy poca paciencia...

—Vuestra majestad es una mártir.

—No, porque no acepto mi martirio. Además, hay momentos en que me bañaría en sangre.

—En sangre de traidores.

—Indudablemente... ¡pero soy tan desgraciada!...

—Demasiado, señora.

—Hoy no... hoy soy casi feliz.

—Quiera Dios, señora, completar esa felicidad y aumentarla.

—Sentáos, fray Luis, sentáos, quiero hablaros mucho y no quiero fatigaros.

—Las bondades de vuestra majestad no tienen límite para conmigo—dijo el padre Aliaga, tomando un sillón y sentándose á una respetuosa distancia.

—¡Mis bondades! No ciertamente, padre Aliaga—dijo con acento dulce reina —, os debo mucho; después de Dios, sois la protección que tengo sobre la tierra.

—La protección mía, señora, es muy débil.

—¿Y vuestros consejos? ¿A quién debo la resignación con que sufro mis desventuras de mujer y de reina, más que á vos?

—Lo debe principalmente vuestra majestad á su gran corazón.

—Ha habido momentos en que me he desalentado, en que he creído inútil la resistencia, en que he estado á punto de abandonarlo todo, de rendirme á mi desdicha. Y entonces vos me habéis aconsejado valor y fortaleza; habéis robustecido mi alma con vuestra palabra; me habéis salvado. Y á esa lucha sostenida por vos, debo el haber llegado á un gran día, á un día de triunfo.

—¡Un día de triunfo!—dijo tristemente el padre Aliaga.

—Creo que no habéis reparado en mí, padre mío; miradme bien.

El padre Aliaga levantó la vista de sobre la alfombra y la fijó en la reina.

Margarita de Austria sonreía; su sonrisa era la expresión de un contento íntimo, y aumentaba su dulce belleza.

La mirada que el padre Aliaga fijó en la reina, era la perpetua mirada que el mundo conocía en él: reposada, tranquila, y aun nos atrevemos á decirlo: ascética.

Pero las manos, que fray Luis tenía escondidas en las mangas de su hábito, estaban crispadas, y sus uñas se ensangrentaban en sus brazos.

Y no contestó á la reina, porque estaba rezando con su espíritu; porque estaba pidiendo á Dios alejase de él la tentación.

—Ya podéis ver—dijo la reina después de que el inquisidor general la estuvo mirando frente á frente algunos segundos, que ni por mi traje, ni por mi semblante, soy la pobre esposa medio viuda, la reina reclusa y humillada; soy la desposada que se viste de fiesta para esperar á su esposo... porque espero á su majestad; ya no hay traidores que impidan al rey llegar hasta la reina... las puertas de mi cámara están francas para su majestad; anoche empezó ese milagro; anoche el rey fué mi esposo.

Fray Luis contuvo una violenta conmoción y se puso de nuevo á rezar apresuradamente.

La reina continuó:

—Y he descubierto una cosa que me ha llenado de alegría, que ha abierto mi alma á la esperanza y á la felicidad: el rey me ama. ¡Oh, sí, me ama con toda su alma! y yo... ¡oh, Dios mío! para vos, padre Aliaga, que tenéis las virtudes y la pureza de un santo, he tenido abierta por completo mi conciencia, mi alma de mi mujer; vos no sois mi confesor, pero sois más que mi confesor, mi padre; yo os había dicho que no amaba al rey, á mi Felipe, al padre de mis hijos... ¡oh! y os lo decía como lo sentía... yo estaba irritada, humillada, abandonada; habían pasado días y semanas y meses sin que yo viera á su majestad más que en los días de ceremonia, delante de la corte, rodeada de personas pagadas para escuchar mis palabras; yo no era allí más que la mitad de la monarquía; la reina cubierta de brocados, con el manto real prendido á los hombros, con la corona en la cabeza; una mujer vestida de máscara presentada á la burla de la corte; después de la ceremonia, el rey se iba por un lado con su servidumbre, y la mía me traía como presa á mi cuarto... esto me irritaba... me indisponía con todo... hasta conmigo misma...; pero anoche... cuando vi al rey delante de mí... ¡oh Dios mío! comprendí que le amaba más que nunca, que mi amor no se había borrado, sino que había dormido, que había estado cubierto por mi despecho. Y sin embargo de que el rey no quiso oírme una sola palabra de política, á pesar de que esto me entristeció, porque ya sabéis cuánta falta nos hace el que su majestad tome sobre sí el peso del gobierno, fuí feliz, concebí esperanzas; el rey se mostró transformado...

—Su majestad medita demasiado las cosas...

—Por el contrario—dijo con arranque la reina—, el rey no medita nada.

—Quiero decir—dijo el padre Aliaga—que el rey en ciertos negocios anda con pies de plomo.

—Decid más bien que cuando se trata del duque de Lerma no se mueve.

—Su majestad cree que no encontrará otro mejor que el duque; le fatiga la lucha, ama la paz, su alma es excesivamente piadosa...

—¡Pero si el rey continúa así, la monarquía queda reducida á una sombra que sólo sirve para autorizar á magnates miserables capaces de todo!—dijo la reina con violencia.

—¿Vuestra majestad dice que las cosas han variado?

—Sí, fray Luis, sí—dijo la reina inclinándose hacia el padre Aliaga, con las muestras de la mayor confianza—; escuchad: yo no sé cómo, pero la variación es completa; ya sabéis... aquellas cartas tan imprudentemente escritas por mí á ese vil Calderón, cartas que me tenían reducida á mí, á Margarita de Austria, á una posición de esclava, que han estado á punto de hacerme cometer un crimen, porque un asesinato, aunque la causa sea justa, siempre es un crimen...

—Sólo Dios puede juzgar las acciones de los reyes.

—Y algo que está más bajo que Dios, fray Luis; su conciencia, la conciencia de sus vasallos, y después la historia... pero Dios, á quien adoro y bendigo, me ha librado de cometer un crimen; me ha procurado una buena y valiente espada y un corazón de oro... á propósito... ¿cómo estamos, en cuanto á la recompensa de esc valiente joven?

—Ya he dado la provisión de capitán de la tercera compañía de la guarda española á doña Clara de Soldevilla para que se la entregue.

—¡Oh! y habéis hecho muy bien, porque... se aman: él á ella como un loco: ella á él... no sé cuánto, pero esta mañana tenía señales en los ojos de no haber dormido...

—Pero según creo, no se habían visto hasta anoche.

—No importa; se aman, yo os lo aseguro, padre Aliaga; él la hablaba con el corazón... ella le escuchaba con el alma, aunque no lo demostraba, porque doña Clara es muy reservada y muy firme... tan firme como hermosa, noble y honrada; ese joven es un tesoro... si no hubiese sido por ella... ella me procuró á ese valiente defensor, á quien yo ennobleceré de tal modo, á quien levantaré tan alto, que el orgulloso Ignacio Soldevilla no se atreverá á negar á la reina la mano de su hija para ese hidalgo.

Hablaba con tal entusiasmo la reina de Juan Montiño, que el padre Aliaga volvió á sentir en su alma la amarga desesperación que le había causado la sola sospecha de que Margarita de Austria amase al joven.

Y la reina hablaba de tal modo por agradecimiento, porque Juan Montiño la había salvado de un compromiso horrible.

—Y no es extraño--continuó la reina—que doña Clara le ame de ese modo; se amparó de él en la calle, á bulto, como se hubiera amparado de otro cualquiera hidalgo, porque la seguía de cerca don Rodrigo; estuvieron largo rato juntos; nuestro joven la enamoró, la salvó, en fin, de don Rodrigo; fué una aventura completa; después, cuando le presentó las cartas que yo buscaba á costa de cualquier sacrificio, manchadas con la sangre de don Rodrigo... doña Clara me ama... como la amo yo, y ama á mi salvador... y si á esto se añade que ese joven, considerado como hombre, es casi tan hermoso como doña Clara, que es la mujer más hermosa que conozco, hay que convenir en que es necesario casarlos. Yo los casaré. ¿Por lo pronto, le tenemos ya dentro de palacio?

Fray Luis ahogó en su garganta un rugido que se revolvió sordo, poderoso en su pecho.

La última pregunta de la reina le había aterrado.

Sin embargo, conservó su aspecto sereno, su semblante impasible é inalterable su acento, cuando respondió á la reina:

—Sólo falta que doña Clara le entregue su provisión de capitán de la guardia española.

—Se le entregará... mañana... Ahora bien: ¿cuánto ha costado esa provisión, porque supongo que Lerma la habrá vendido?

—Vuestra majestad no tiene que ocuparse de esa pequeñez—dijo fray Luis—. Vuestra majestad ha querido que ese caballero tenga un medio honroso de vivir y ya le tiene. Lo demás importa muy poco.

—No, no; cuando os escribí no era reina, y necesitaba de vuestros buenos oficios por completo; hoy ya es distinto; he vuelto á ser reina; Lerma ha dispuesto que se me pague lo que se me debe, y... soy rica; os mando, pues, que me digáis cuánto ha costado esa provisión. Os lo mando, ¿lo entendéis?

—Ha costado trescientos ducados.

—¿Y los demás gastos?...

—No lo sé á punto fijo, señora.

—Pues haced la cuenta, y decidme la cantidad redonda. Casi casi voy haciéndome partidaria de Lerma. ¿Si habrá tocado Dios el corazón de ese hombre?

—El duque ha tenido miedo.

—Y le ha tenido con razón—dijo con acento lleno y majestuoso la reina—; le ha tenido y debe tenerlo; se ha atrevido á sus reyes y se atreve; Lerma caerá... caerá... y yo pisaré su soberbia, yo que me he visto indignamente pisada por él. ¿Y sabéis, sabéis á quién se debe todo este cambio?...

—¡A Dios!—dijo con una profunda fe el padre Aliaga.

—Sí, indudablemente á Dios; pero Dios, para obrar respecto á nosotros, se vale de medios naturales. El medio de que Dios se ha valido, ha sido de ese joven... del sobrino del cocinero del rey.

—Creo que vuestra majestad, en su bondad, abulta los méritos de ese mancebo—dijo el padre Aliaga, cuya alma había acabado de ennegrecerse.

—Hiriendo á don Rodrigo Calderón, ese joven ha producido todo ese cambio.

—Lo dudo.

—El duque, al verse solo, privado de la ayuda de Calderón, que es su pensamiento, no se ha atrevido á seguir en una senda en que Calderón le ha sostenido... esto lo sospecho yo... puede ser que Calderón, al verse herido de sumo peligro, haya sentido remordimientos, y haya revelado al duque lo que se tramaba contra él... y esto es lo más probable, por la conducta del duque. ¿Sabéis lo que ha dicho su hijo el duque de Uceda al verse arrojado del cuarto de mi hijo don Felipe á todo el que ha querido oírle?—Mi señor padre teme que haya quien tire de la cortina, y deje ver sus tratos con la Liga y sus inteligencias con Inglaterra.—El duque de Uceda no ha debido decir esto de una manera muy secreta, porque lo ha sabido su padre, y sin perder tiempo ha propuesto al rey la guerra contra la Liga, y ha enviado de embajador á Inglaterra á don Baltasar de Zúñiga. Y no es esto solo; ha desterrado y preso y asustado á los mismos á quienes ayer llamaba sus amigos, y ha honrado y favorecido á otros á quienes miraba como enemigos. Sin ir más lejos, ¿no os ha nombrado á vos inquisidor general?

—Lo que me ha hecho tener más cuidado ahora que nunca, señora; cuando el lobo lame la mano que odia...

—¡Oh! yo os aseguro que el duque de Lerma no tendrá tiempo de revolver sobre nosotros. El duque de Lerma es hombre muerto.

—¡Ah! ¿hablábais de mi buen don Francisco de Rojas y Sandoval, mi muy amada esposa, mi respetable confesor?—dijo Felipe III, que había entrado poco antes en la cámara, y adelantado en silencio.

La reina y el padre Aliaga se levantaron á un tiempo.

—Sentáos, sentáos – dijo el rey—; vos sois mi buena, mi hermosa, mi amada Margarita—dijo el rey tomando á la reina una mano, y besándosela--; y vos, padre, sois mi amigo y mi confesor. Ya sabéis cuánto he defendido yo el que os aparten de mi lado, á pesar de que Lerma me ha hablado mal de vos. Yo os aprecio mucho, fray Luis; más que apreciaros, os reverencio. He tenido un placer y una sorpresa cuando esta mañana el duque de Lerma me ha dado á firmar vuestro nombramiento de inquisidor general. Como he firmado con sumo gusto el nombramiento de embajador para don Baltasar de Zúñiga, y el de gentilhombre de mi cámara para el duque de Uceda; estaban demasiado apoderados del príncipe don Felipe. Sentáos, sentáos, pues, señora; y vos también, padre Aliaga; nadie nos ve; yo entro y salgo, merced á ciertos pasadizos, sin que nadie me vea, y estamos completamente libres de la etiqueta.

Todos se sentaron.

El rey, que era muy sensible al frío, removió el brasero.

—¡Qué invierno tan crudo'—dijo—; aseguran que hay miseria en los pueblos; ¡pobres gentes!

Y volvió á revolver con delicia el brasero.

—Cuando llegué conspirábais—dijo el rey.

—Es verdad—contestó la reina—; conspirábamos contra Lerma, y es necesario que vuestra majestad conspire también.

—Yo no necesito conspirar—dijo el rey—; el día que quiera, Lerma caerá; pero Lerma me sirve bien. Os tenía quejosa, señora, pero el duque me ha hablado largamente. Le tenía engañado don Rodrigo Calderón.

—¿Y cómo ha sabido el duque que don Rodrigo Calderón le engañaba?

—Le han avisado... no sabe quién... pero tiene pruebas; al conocer su engaño, Lerma se ha apresurado á repararlo. Debéis, pues, perdonarle; señora, perdón merece quien confiesa su error, y perdonar también á la buena duquesa de Gandía, que es una pobre mujer, cuyo único delito es ser excesivamente afecta al duque... me lisonjeo en creer que empezamos una nueva era... enviaremos un respetable ejército á Flandes contra la Liga, arreglaremos nuestros negocios con Inglaterra, y nos haremos respetar.

El rey repetía palabra por palabra lo que le había dicho Lerma.

La reina y el padre Aliaga callaron, porque sabían que en ciertas ocasiones era de todo punto inútil, y sobre inútil, perjudicial, el contrariar á Felipe III.

En aquellos momentos, éste se estaba haciendo la ilusión de que era un gran rey.

—No sé, no sé qué os he oído hablar de cierto hidalgo á quien decíais vos, señora, que debíamos mucho: lo oí al abrir la puerta, pero me pareció sentir pasos en el corredor secreto y me volví... debió ser ilusión mía, porque los pasos no se repitieron; pero cuando me volví de nuevo hacia vosotros, ya no hablábais del tal hidalgo.

—Hablábamos de un sobrino del cocinero mayor de vuestra majestad.

—¡Ah! ¿del buen Montiño? ¿y ese mozo, es tan buen cocinero como su tío?

—Sabe á lo menos manejar la espada tan bien como su tío las cacerolas—, contestó la reina procurando serenarse, porque la había turbado la imprevista pregunta del rey.

—¡Ah! ¡ah! ¿es buen espada?

—Tan bueno, como que es quien ha herido á don Rodrigo Calderón.

—¿El que ha herido á don Rodrigo?

—Sí por cierto.

—¿Y por qué le ha herido?

—Defendiendo la honra de una mujer.

—¡Ah! ¡ah! y... ¿quién es ella?

—Una dama á quien vuestra majestad y yo apreciamos mucho.

—Pues no... no acierto.

—Doña Clara...

—¡Ah! ¡sí! ¡vuestra menina! quiero decir, vuestra dama de honor... porque ya recordaréis que hemos convenido en que es ya muy crecida para menina... la bella y honradísima doña Clara Soldevilla.

—Y además, está ya en buena edad para casarse—dijo la reina.

—Casarse... si bien... es una mujer envidiable... yo sé de muchos que la han solicitado, que han querido casarse con ella... pero ella no ha querido á ninguno.

—Yo aseguro á vuestra majestad, que con quien yo querría casarla es muy del agrado de doña Clara.

—¿Y quién? ¿quién es él?

—El vencedor de don Rodrigo Calderón.

—¡El sobrino de mi cocinero!—exclamó con desprecio el rey—. Esa es una alianza indigna de doña Clara; mi valiente coronel Ignacio Soldevilla, tendría mucha razón de enojarse conmigo, si yo introdujera en sus cuarteles un mandil y un gorro blanco: eso no puede ser... no será...

—Los reyes ennoblecen—dijo contrariada la reina.

El padre Aliaga acudió en socorro de Margarita de Austria.

—Ese joven—dijo—, no es sobrino del cocinero mayor.

—¿Pero en qué quedamos? ¿qué es ese mancebo?

—Él se cree hijo de Jerónimo Martínez Montiño, hermano de Francisco Martínez Montiño, cocinero de vuestra majestad; pero no es así... es... hijo de padres muy nobles, como lo reza esta carta—dijo el padre Aliaga, presentando al rey la tan traída y llevada carta de Pedro Martínez Montiño á su hermano.

—Leedme, leedme esa carta, padre Aliaga, y veamos esa historia.

El padre Aliaga leyó la carta de la cruz á la fecha.

—Ésa carta es una buena historia—dijo el rey—; pero en esa historia faltan los nombres de los padres; nada hacemos con eso.

—Los padres, señor, son, según dice Francisco Montiño, el duque de Osuna.

—¡Oh! ¡mi altivo Girón! ¿y ella?

—Ella, según dice el tío Manolillo, es la duquesa de Gandía.

—¡Ah! ¡la duquesa de Gandía! ¡ah! ¡ah! ¡el duque de Osuna... y la duquesa de Gandía!... ¡por San Lorenzo nuestro patrón! eso es ya distinto... ¿y lo sabe eso doña Clara?

—Lo ignoro, señor.

—Si no recuerdo mal—dijo el rey—en esta carta que aca-

báis de leerme, padre Aliaga, dice que ese mancebo no ha
estado nunca en la corte; si llegó anoche, ¿cómo conoció á
doña Clara? y aun dada la ocasión de conocerla, ¿cómo se
enamoró ella de él? Esto es extraordinario; esto no puede
creerse; por otra dama debió reñir con don Rodrigo ese
joven... precisamente, ó yo no lo entiendo.

Afortunadamente el rey se había extendido en sus consi-
deraciones, y había dado tiempo á la reina de improvisar
una respuesta.

—Fué una casualidad – dijo Margarita de Austria—; al
venir nuestro joven á Madrid con esa triste carta de su tío,
que acaba de leernos el padre Aliaga, vino naturalmente al
alcázar á buscar á su otro tío; por un descuido de los maestresalas, perdido en el alcázar, se encontró en la galería
obscura á donde corresponde la puerta del cuarto de doña
Clara, y oyó voces de dos personas.

—¡Ah! ¡una aventura como las de las comedias de Lope
de Vega!—dijo el rey—. ¿Y esas dos voces eran de una
dama y de un galán?

—E an las de don Rodrigo Calderón y doña Clara Soldevilla.

—¡Ah! ¿conque al fin la rigurosísima doña Clara...?

—Nada de eso; como don Rodrigo es tan audaz, tan miserable, tan malvado, había corrompido á una criada de doña
Clara, y ésta había robado á su señora una prenda muy conocida y la había entregado á Calderón. Este, prevalido de
la prenda con que había querido obligar á doña Clara, se
había introducido en su aposento.

—¡Ah! ¡ah! esto es grave, gravísimo...—dijo el rey—ese
don Rodrigo es demasiado voluntarioso y bien poco mirado...
¡atreverse á una dama tal como doña Clara, á quien sabe
que tienen sus reyes en gran estimación y poco menos que
como á una hija! ¡Una dama á quien ha dejado en nuestra
servidumbre un buen caballero, que derrama su sangre en
nuestro servicio, seguro de que la reina será para ella una
madre... seguro de que bajo el amparo de la reina estará á
cubierto de asechanzas!

La voz del rey, al decir esto, temblaba de un modo particular.

—A pesar de mi protección, señor—dijo sonriendo la reina—, se han puesto grandes tentaciones delante de doña
Clara, y á no ser ella tan honrada, tales han sido algunas,
que todo mi poder no habría podido salvarla...

—Sí, sí dijo el rey, á quien parecían atragantársele las palabras, según se le enredaban las letras y aun las sílabas—; doña Clara, en efecto, vale mucho... ha podido suceder que personas ilustres hayan tenido... puede ser que... hayan caído en una tentación disculpable... porque... puede... sí... pero en fin... ¿y qué prenda era la que don Rodrigo suponía haber recibido de doña Clara?—añadió el rey, saliendo bruscamente del discurso en que se había embrollado, porque le acusaba la conciencia.

—Un hermoso rizo de cabellos negros, sujeto... con... no recuerdo...—dijo la reina poniéndose un rosado dedo en los labios, como quien medita...—¡ah! ¡sí!... con un pequeño lazo de diamantes... en el cual estaban esmaltadas nuestras armas.

—¡Nuestras armas!

—Sí por cierto; era uno de los seis lazos que para que me sirviera de sobreherretes, me había regalado vuestra majestad.

—¡Ah! ¡sí! recuerdo ese regalo.

—Yo había dado uno de esos lazos á doña Clara.

—Pues se conoce que estima en poco vuestros regalos doña Clara - dijo el rey—, cuando así los da á sus enamorados.

—¡Pues si doña Clara no le ha dado á don Rodrigo!

—¿Pero cómo le tenía don Rodrigo?

La criada, á quien había sobornado don Rodrigo, había robado, por insinuación de éste, á su señora.

—Pero, ¿cómo sabía don Rodrigo que doña Clara tenía el tal lazo?...

El padre Aliaga, que escuchaba en silencio y con la cabeza baja este diálogo, oraba en el fondo de su alma porque la reina saliese bien del atolladero en que se había metido; la reina, sin embargo, no demostraba la menor turbación.

—Don Rodrigo - dijo—sabía que doña Clara poseía aquel lazo, porque le ha llevado muchas veces sobre el pecho delante de la corte; porque han hablado mucho del tal regalo las damas; porque es una prenda muy conocida de doña Clara; si no hubiese sido conocida aquella prenda, ¿para qué la quería don Rodrigo?

—Me parece, señora—dijo el rey—, que creéis demasiado á doña Clara, que doña Clara no es tan esquiva como cuenta la fama, y que acaso don Rodrigo...

—¡Oh, no; estoy segura de ella!

—¿Pero creéis fácil que se corten cabellos á una mujer sin que lo sienta? ¿Os habéis olvidado de ese hermoso rizo, sujeto por hermoso lazo?

—Siempre que se peina una mujer que tiene tan largos, tan hermosos, tan abundantes cabellos como doña Clara, queda una maraña; con pocas marañas como las que produce cada peinado de doña Clara, basta para hacer un hermoso rizo.

—¡Ah! efectivamente, no había pensado en ello...—dijo el rey—pero me agradaría ver ese rizo... si fuera posible.....

—No sé si doña Clara le habrá destruído - dijo con la mayor serenidad la reina, mientras el padre Aliaga se estremecía, porque veía llegado de una manera fatal el momento de las pruebas.

—¿Cómo recobró doña Clara ese rizo?—dijo el rey.

—Casualmente ese es el gran servicio que ha prestado el joven de quien hablamos á doña Clara.

—¿Pero cómo supo ese mancebo?...

—De una manera muy sencilla: decía, señor, que por descuido de los maestresalas, sin duda, ese joven, habiéndose perdido en el alcázar, como quien nunca había por él andado, había venido á parar, entrando por la portería de Damas, á la galería obscura á donde corresponde la puerta del aposento de doña Clara. Al entrar en la galería, según dijo después á doña Clara ese hidalgo, oyó las voces de un hombre y de una mujer. El hombre, sin pasar de la puerta, se negaba á devolver una prenda á la mujer, y la mujer decía: «No faltará quien os arranque esa prenda que me habéis robado con el corazón».

—Desengañáos, doña Clara—contestó el hombre—; vuestro padre, el buen Ignacio Soldevilla, está muy lejos, y aunque le llaméis, y aun cuando venga, vendrá tarde; toda la corte sabrá ya que la ingrata hermosura á quien llaman la menina de nieve no ha sido esquiva para mí.

—¡Ah! - dijo el rey, dándose una palmada en la frente—; pues ya lo comprendo todo; el tal afortunado hidalgo quitó á estocadas á don Rodrigo la prenda, y como sabía, por haberlo oído, el nombre y el empleo en palacio de la dama, vino ó presentarla la prenda... se vieron y se enamoraron el uno del otro ¡ah, ah, véase lo que son los acasos!... y si... si... ¡por mi ánima que quisiera ver!... ¿Habrá algún inconveniente en pedir á doña Clara esa prenda?

La reina se estremeció.

Felipe III.

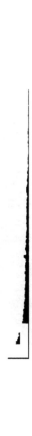

El padre Aliaga se cubrió de sudor frío.

Pero la reina no se detuvo; dió dos palmadas, y se abrió la puerta de la cámara,

Apareció la condesa de Lemos, que, por enfermedad de la duquesa de Gandía, desempeñaba accidentalmente las funciones de camarera mayor, como primera dama de honor.

—Id y decid á doña Clara Soldevilla, mi menina, que venga—dijo la reina, haciendo un supremo esfuerzo para que no se trasluciese en su semblante la agonía de su alma.

El padre Aliaga se puso literalmente malo.

La condesa de Lemos dejó caer el tapiz de la puerta de la cámara.

Sólo una casualidad podía salvar á la reina de ser cogida de una grave mentira por el rey. La reina, por instinto, se conservaba serena.

—Es extraño... es extraño todo esto—dijo el rey—; y, sin embargo, siendo así, no extraño que doña Clara, agradecida... ella tiene unas ideas talmente de dama de comedia... Bien, muy bien... si se aman... los casaremos... ennobleceremos á ese hidalgo cuanto sea necesario, pretextaremos un gran servicio... mentiremos un poco, á fin de que Ignacio Soldevilla no se ofenda... Dios nos perdonará esta mentira.

—Yo creo—dijo la reina—que cuando se miente para salvar grandes intereses, no se peca; el padre Aliaga, que está presente, y que es muy teólogo, puede decirnos...

—Señora—se apresuró á decir el padre Aliaga—, hay ocasiones en que el no mentir sería un crimen.

—¿De suerte que—dijo el rey, que en asuntos de conciencia era muy escrupuloso—la mentira puede, y aun debe usarse, según las circunstancias?

—Indudablemente—dijo el padre Aliaga—; veamos el caso actual; hay que engañar á un hombre... á Ignacio Soldevilla, para evitar grandes males. Debe engañársele, el fin es bueno; el tósigo se emplea comúnmente como medicina.

—Pero, ¿qué grandes males amenazan?

—Supongamos que doña Clara ame... como suelen amar al cabo las que han llegado á cierta edad sin conocer el amor... que se obstine... que no pudiendo lograr su amor por buenos medios...

—Basta, basta; ahora comprendo que debe mentirse, que es una obligación mentir en ciertas ocasiones.

—Además—dijo la reina—de que para honrar á ese joven no es necesario mentir.

—¿Nos ha prestado algún servicio?— dijo el rey.

—¡Oh, importantísimo! ¿recordáis, señor, las dos cartas escritas por el conde de Olivares y el duque de Uceda á don Rodrigo Calderón, que os dí á leer anoche?

—¡Oh, sí! cartas que yo he dado á leer al duque de Lerma.

—Y que han causado la variación que se nota en el duque.

—Indudablemente.

—Y que han hecho que el duque se deje de favoritos y venga á buscar la fuerza en el rey.

—Sí; sí, todo eso es cierto.

—¿Y creéis, señor, que quien ha hecho este servicio, es decir, quien ha sido causa de que esto suceda, no merece una gran recompensa?

—Sí por cierto; merece un título y una renta.

—Pues bien, ese caballero, ese noble bastardo de Osuna, ha prestado á vuestra majestad ese servicio.

—¡Cómo!

—Al quitar á don Rodrigo Calderón, después de haberle vencido, el rizo y el lazo que había robado Calderón á doña Clara, le quitó también esas dos cartas que Calderón, por ser tan importantes, llevaba sobre sí, y entregó con la prenda las cartas á doña Clara.

—Pues ya no extraño que doña Clara ame á un tal hombre; doña Clara aborrece á Lerma... Tengo pruebas de ello; porque doña Clara es vuestro consejo, y al ver á Lerma comprometido... en efecto, esas cartas han producido un resultado saludable... los casaremos; se hará cuanto haya que hacer con el coronel Soldevilla... pero siento pasos en la antecámara, acaso sea doña Clara.

La reina se estremeció; el padre Aliaga se heló; se levantó el tapiz, y la condesa de Lemos dijo desde él:

—Señora: doña Clara está enferma, pero me ha dicho que si vuestra majestad lo desea, se hará conducir.

La reina respiró; al padre Aliaga se le quitó de sobre el corazón una montaña.

—No... no...—se apresuró á decir el rey—de ningún modo. ¿Y está... en mucho peligro nuestra buena doña Clara?

—Está recogida al lecho, señor—contestó la de Lemos—. Además, permítame vuestra majestad que le dé un mensaje importante.

--Pero pasad, pasad, doña Catalina—dijo el rey—; vos sois algo más que un ujier.

— Gracias, señor—dijo la de Lemos entrando, deteniéndose á una respetuosa distancia y haciendo una reverencia á los reyes.

—¿Y qué mensaje... tan importante es ese?—dijo el rey.

—Don Francisco de Quevedo y Villegas, del hábito de Santiago, señor de la torre de Juan Abad, y secretario del virrey de Nápoles, solicita urgentemente y para asuntos graves, una audiencia de vuestra majestad.

—No me dejarán parar—dijo el rey con disgusto—. ¿Y quién ha dicho á don Francisco que yo estoy aquí?

—Le he visto tan afanado buscando medio de hablar á vuestra majestad; me ha encarecido de tal modo la importancia del asunto que le mueve á pedir una audiencia inmediata á vuestra majestad, que siendo quien es don Francisco, he creído de mi obligación...

—Pues bien, doña Catalina, decid á don Francisco que se presente á los de mi cámara; yo daré orden... le recibiré...

La condesa de Lemos se inclinó y salió.

—Ya lo veis, mi muy amada Margarita: el rey se lleva al esposo—dijo don Felipe—; pero os dejo en buena compañía; adiós, tengo cierta impaciencia para saber lo urgente que me trae don Francisco... están pasando por cierto cosas extraordinarias... Adiós... adiós...

Y el rey se levantó y salió por la puerta secreta.

—¡Oh, qué Angel de la Guarda nos ha salvado!—exclamó la reina.

—Un milagro de Dios, señora—dijo el padre Aliaga.

—Sí; sí, Dios se vale de los hombres... pero dejadme sola, fray Luis, tengo sospechas... quiero averiguar... al salir, decid á la condesa de Lemos que entre.

El padre Aliaga se levantó, besó la mano que le tendió Margarita, sin atreverse á posar demasiado los labios sobre ella, y salió.

El infeliz había sufrido toda una eternidad de tormentos durante el tiempo que había pasado en la cámara de la reina.

FIN DEL TOMO PRIMERO

INDICE

Caps.		Págs.
I	De lo que aconteció á un sobrino por no encontrar á tiempo a su tío.	5
II	Interioridades reales.	27
III	En que se demuestra lo perjudiciales que son los lugares obscuros en los palacios reales.	53
IV	Enredo sobre maraña.	62
V	¡Sin dinero y sin camisas!	71
VI	Por qué el tío daba de comer de aquella manera al sobrino.	82
VII	Los negocios del cocinero del rey.—De cómo la condesa de Lemos había acertado hasta cierto punto al calumniar á la reina	90
VIII	De cómo al señor Francisco le pareció su sobrino un gigante.	100
IX	Lo que hablaron Lerma y Quevedo.	109
X	De cómo don Francisco de Quevedo encontró en una nueva aventura, el hilo de un enredo endiablado.	128
XI	En que se sabe quién era la dama misteriosa.	136
XII	Lo que hablaron la reina y su menina favorita.	148
XIII	El rey y la reina.	162
VIX	Del encuentro que tuvo en el alcázar don Francisco de Quevedo, y de lo que averiguó por este encuentro acerca de las cosas de palacio, con otros particulares.	171
XV	De lo que vieron y oyeron desde su acechadero Quevedo y el bufón del rey.	189
XVI	El confesor del rey.	202
XVII	En que empieza el segundo acto de nuestro drama.	219
XVIII	De cómo entre unos y otros no dejaron parar en toda la maña al cocinero de su majestad	253
XIX	El tío Manolillo.	264
XX	De cómo el tío Manolillo hizo que doña Clara Soldevilla pensase mucho y acabase por tener celos.	274
XXI	En que continúan los trabajos del cocinero mayor.	281
XXII	De cómo en tiempo de Felipe III se conspiraba hasta en los conventos de monjas.	286
XXIII	En la hostería del Ciervo Azul, y luego en la calle.	305
XXIV	De lo que quiso hacer el cocinero de su majestad, de lo que no hizo y de lo que hizo al fin.	324
XXV	De cómo los sucesos se iban enredando hasta el punto de aturdir al inquisidor general.	337
XXVI	De lo que oyó el tío Manolillo sin que pudiera evitarlo el confesor del rey.	359
XXVII	En que se ve que el cocinero mayor no había acabado aún su faena en aquel día.	364
XXVIII	De los conocimientos que hizo Juan Montiño, acompañando á la Dorotea.	375
XXIX	De cómo Juan Montiño, con mucho susto de la Dorotea, se dió á conocer entre los cómicos.	390
XXX	De cómo hizo sus pruebas de valiente por ante la gente brava, Juan Montiño.	399
XXXI	De cómo engañó á Dorotea para llevarla á palacio el tío Manolillo.	405
XXXII	Continúan los antecedentes.	410
XXXIII	El suplicio de Tántalo.	425

EL COCINERO

DE

SU MAJESTAD

(MEMORIAS DEL TIEMPO DE FELIPE III)

POR

D. MANUEL FERNANDEZ Y GONZALEZ

EDICIÓN ILUSTRADA CON GRABADOS

TOMO SEGUNDO

MADRID
LIBRERÍA DE F. FE
PUERTA DEL SOL, 15
1907

EL COCINERO

DE

SU MAJESTAD

0

EL COCINERO

DE

SU MAJESTAD

(MEMORIAS DEL TIEMPO DE FELIPE III)

POR

D. MANUEL FERNANDEZ Y GONZALEZ

EDICIÓN ILUSTRADA CON GRABADOS

TOMO SEGUNDO

MADRID
LIBRERÍA DE F. FE
PUERTA DEL SOL, 15
1907

ES PROPIEDAD.

Imp. de A. Marzo, San Hermenegildo, 32 dupdo.—Teléfono 1.977.

CAPÍTULO XXXIV

Apenas había salido el padre Aliaga de la cámara de la
reina, cuando entró la condesa de Lemos.

—¿Qué enfermedad padece doña Clara?—dijo la reina.

—Ninguna, señora—contestó doña Catalina—; doña Clara
está sana y buena esperando en la saleta.

—¿Qué significa, pues, vuestra mentira?

—He creído que debía mentir.

—¿Por qué?

—Contaré á vuestra majestad lo que me ha sucedido: salía yo de la antecámara á llevar en persona la orden de
vuestra majestad á doña Clara, porque, por fortuna, vuestra
majestad me había dicho terminantemente: id y decid á doña
Clara Soldevilla... debía yo ir... y fuí.

TOMO II

—Es cierto... una distracción mía, doña Catalina.

—Vuestra majestad puede disponer de mí como quiera, y siempre honrándome — contestó inclinándose la de
Lemos.

Y luego continuó:

—Salía yo, pues, del cuarto de vuestra majestad, cuando
encontré de repente junto á mí á don Francisco de Quevedo. — Decid á doña Clara Soldevilla, me dijo, si queréis sacar de un negro compromiso á su majestad la reina, que
diga que no puede venir porque está enferma; que os siga,
sin embargo, porque su majestad la necesita, y que cuando
el rey haya salido de la cámara de su majestad la reina,
entre á verla; para que el rey salga, decid á su majestad de
mi parte que yo le pido audiencia para un asunto gravísimo,
que no he podido encontrar quien me anuncie por la hora
que es, y que me valgo de vos. Decid además á su majestad
la reina que yo hallaré medio de entretener al rey largo
tiempo, y adiós, é id, que urge, y que Dios nos saque en
paz.—Tengo yo tal fe en don Francisco de Quevedo, que
he hecho á la letra lo que él me ha dicho.

— Habéis hecho bien—dijo Margarita de Austria—, y pues
to que está ahí doña Clara, que entre al momento.

Salió doña Catalina y doña Clara entró.

La hermosa joven se acercó anhelante á la reina.

—¿Qué sucede, señora—dijo—, que la condesa de Lemos
me trae consigo á pesar de decir al rey que estoy enferma?

—¡Ah, Dios mío! Déjame respirar, Clara; ¡todavía aquellas
cartas, Dios mío!

—¡Pero si las quemó vuestra majestad! ¿Se había olvidado
alguna?... ¿Ha aparecido alguna más?

—No, no; pero las consecuencias... Mira, Clara, ve á mi
joyero, busca uno de los lazos de diamantes de los seis que
sabes... y tráemelo... tráete también unas tijeras.

Doña Clara salió de la cámara por una puerta opuesta á
la por donde había entrado y volvió á poco; traía un lacito
de oro y diamantes, cuyo nudo podía contener en la parte
interior un grueso como de un dedo.

—¡Dame!—dijo la reina con ansia—; dame las tijeras y
siéntate á mis pies.

La joven, admirada y confusa, se sentó á los pies de la
reina sobre un taburete de terciopelo.

—¡Oh, y qué hermosos cabellos tienes! - dijo Margarita
de Austria—; tus cabellos me van á salvar, Clara.

Y la reina deshacía con mano trémula las gruesas trenzas negras de doña Clara.

—¡Oh! Afortunadamente—dijo—, por mucho que te corte no se te conocerá la falta; no te asustes, Clara, no voy á cortarte más que como el grueso de un dedo del centro.

—Córtelos todos vuestra majestad si quiere... Pero no comprendo...

—Ya te explicaré... ¡Perdóname, Clara, si te robo... pero es necesario... necesario de todo punto! Ya está.

Y se oyó el leve, pero característico ruido de las tijeras, que cortaron con trabajo los cabellos del centro de la cabeza de doña Clara.

—¡Oh, Dios mío! Esto es demasiado largo; no puede sacarse un ramal tal de marañas; el pelo de maraña es más corto.

—¿Pero qué maraña es esa, señora?

—Una verdadera maraña que tú sola puedes desenredar.

—¡Yo!

—Tú, sí, y de una manera muy dulce.

—No comprendo á vuestra majestad.

—Casándote con tu caballero de anoche.

—¡Yo!... Imposible... no le amo, no puedo amarle.

—Veamos, veamos, luego trataremos de eso; dime, ¿cómo harías tú para hacer un rizo con estos cabellos que te he cortado?

—¿Un rizo, señora?

—Sí, un rizo para regalarlo á un hombre amado.

—¡Dios mío! Es que á mí nunca se me ha ocurrido ni podía ocurrírseme... de ningún modo... regalar cabellos míos, como no fuese á mi marido.

—Es que tú te casarás, y será tu marido el hombre á quien vas á regalar este rizo.

—Permítame vuestra majestad—dijo con seriedad doña Clara—; vuestra majestad puede disponer de mi vida, de mi alma, pero no de mi honra; yo no haré eso.

—Hagamos, hagamos primero ese rizo—dijo la reina—; tú le guardarás y no se usará de él si tú no quieres. Pero hagámosle.

Doña Clara ató aquel magnífico ramal de cabellos, haciendo con él una ancha sortija, y la presentó á la reina.

—Bien—dijo Margarita de Austria—; ahora sujétale con este lazo.

Doña Clara obedeció.

· He aquí una verdadera joya—dijo la reina—. Ahora, siéntate y escucha, y recógete el cabello entre tanto.

Doña Clara se sentó.

La reina, con voz trémula, la contó punto por punto lo que la había acontecido con el rey.

Cuando la reina concluyó guardó silencio, y no pronunció ni una disculpa ni una súplica.

Doña Clara, que se había trenzado y arreglado entre tanto sus cabellos, permaneció largo tiempo en silencio.

La reina estaba llena de ansiedad.

—Me casaré con ese hombre—dijo al fin doña Clara.

—¡Ah! ¡hermana mía!—exclamó la reina arrojándose al cuello de doña Clara y besándola en la boca.

—Yo le amo...—dijo doña Clara con voz conmovida—, pero no sé si es digno de mi amor, no sé si él me ama como le amo yo.

—El se mostraba ardientemente enamorado de ti... le ennoblecerá el rey, procuraremos que el duque de Osuna le reconozca... tú serás feliz.

—¡Dios mío! ¡feliz!... ¡y se ha ido á vivir á casa de una comedianta! ¡y la ha acompañado al teatro y... no me ama... si me amara... no afrentaría mi amor enamorando á una mujer perdida!

—¿Pero quién te ha dicho eso?

—El bufón del rey.

—¿Qué mujer más hermosa y más pura que tú puede él encontrar?... ¿le has desesperado acaso, Clara?

—Sí, señora.

—Pues ve ahí la explicación de esos amores indignos con la comedianta... cuando sepa que tú... quieres ser su esposa...

—Su esposa... lo seré y pronto.

—¡Ah, Clara mía!

—En el estado en que á vuestra majestad para salir de un compromiso imprevisto la han puesto las cosas, es necesario explicárselo todo; es necesario que esté prevenido por si el rey ha sospechado é insiste. Es necesario que esta noche en mi mismo cuarto le vea yo, y para ello voy á escribirle.

—Pero Clara, ¿tienes tú seguridad de ese hombre?—dijo la reina asustada por la violenta salida de doña Clara.

—El no abusará ni de mi carta ni de mi cita. Y adiós, señora, adiós, necesito prepararme.

Y doña Clara salió sin esperar la respuesta de la reina.

—Señora condesa- dijo la joven al pasar por la antecámara, deteniéndose delante de la de Lemos—, hacedme la merced de que sepa don Francisco de Quevedo, que necesito hablarle antes de que salga del alcázar y en mi aposento. ¿Me lo prometéis?

Os lo prometo, amiga mía, y os aseguro que don Francisco os verá.

—Gracias, doña Catalina, gracias y adiós.

¿Para qué querrá doña Clara á Quevedo?—dijo para sí sumamente pensativa y contrariada doña Catalina—; pero ¡bah!—añadió—; él me ama, me ama, y es leal. Esto debe ser parte de ese enredo que .no comprendo. Cuando salga de la audiencia con el rey, pasará precisamente por la galería. Voy á esperarle; Dios quiera que no se entretenga mucho con su majestad.

Y doña Catalina salió de la antecámara de la reina, y se metió por una galería obscura.

CAPÍTULO XXXV

DE CÓMO QUEVEDO, SIN DECIR NADA AL REY, LE HIZO CREER QUE LE HABÍA DICHO MUCHO

Felipe III atravesó con impaciencia el pasadizo secreto que ponía en comunicación su cuarto con el de la reina.

Halagaba al rey el hacer alguna cosa por sí propio; tan acostumbrado estaba á la tutela de Lerma desde muy joven.

El recibir en audiencia reservada, sin conocimiento de su ministro-duque, á un hombre tan *peligroso* como Quevedo, parecíale un acto de verdadera soberanía, una emancipación monstruosa.

Y todo esto lo pensaba la conciencia íntima del rey; esa voz misteriosa que parece pertenecer al instinto, que nunca nos engaña, y que sería nuestro mejor guía si oyésemos su voz, en vez de oir la de nuestra conciencia artificial, producto de nuestra posición, de nuestras costumbres y de nuestras inclinaciones.

Con arreglo á esto que nosotros llamamos, no sabemos si con demasiado atrevimiento, conciencia artificial, el rey don Felipe III se había creído siempre rey, rey en el uso expedito de su soberanía, por más que su conciencia íntima le dijese:

tú eres un instrumento de tu favorito; tú eres un pretexto;
.eres un esclavo de tu debilidad, de tu nulidad.

. . Y esta conciencia íntima era la que hablaba al rey cuando
se dirigía del cuarto de la reina al suyo por el pasadizo
oculto.

Cuando entró en su dormitorio cerró cuidadosamente la
puerta secreta, y se encaminó con paso majestuoso á su
cámara.

, Llamó, y mandó que en llegando don Francisco de Quevedo y Villegas, del hábito de Santiago, etc., le introdu-
jerán.

En seguida se sentó junto á la mesa, y abrió su libro de
devociones.

No tardó mucho un gentilhombre en decir á la puerta de
la cámara:

—Señor: don Francisco de Quevedo y Villegas, del hábito
de Santiago, señor de la Torre de Juan Abad.   :

—Y pobre—dijo entrando en la real cámara Quevedo.

Se detuvo el gentilhombre y Quevedo adelantó.

El rey seguía leyendo, como si no hubiera visto á Quevedo.

Este llegó junto al rey, y se arrodilló.

—Sacra, católica, majestad—dijo con voz hueca y ví-
brante.

Volvió el rey la cabeza, miró con suma majestad á Quevedo, y le presentó la mano.

Quevedo la besó respetuosamente.

—Alzad, don Francisco—dijo el rey.

Quevedo se puso de pie.

El rey esperaba á que Quevedo hablase, pero Quevedo
se mantuvo mudo é inmóvil como una estatua, pero con la
mirada fría y fija en el rey.

El rey se sentía mal ante aquella mirada, vista por aquellas antiparras.

—¿En qué pensáis, don Francisco?—dijo el rey por decir
algo.

—Estoy contemplando á la monanquía, señor—contestó
Quevedo—; contemplando en vuestra majestad á la gran monarquía española en ropilla.

Frunció el rey el entrecejo.

—¿Y era todo eso lo que teníais que decirme con tanto
empeño?

. —Sí, señor.

—Pues si ya me lo habéis dicho, idos—dijo un tanto contrariado el rey.

—Si vuestra majestad me lo permite, le diré más.

—Decid.

—Digo, que me espanta el que pueda decir á vuestra majestad algo.

—¡Ah!—dijo el rey—¿y por qué os espanta eso?

—Porque á la verdad, hablo con vuestra majestad por compromiso.

—¡Oh!—repitió el rey.

Y espántame que yo me vea comprometido á hablar con vuestra majestad...

—Explicáos...

—He estado preso en San Marcos.

—¡Ah! ¿habéis estado preso?

—Sí, señor.

—¿Qué delito cometísteis?

—El ser ciego y no andar con palo; me dí con una esquina en las narices.

—Dicen que sois hombre de ingenio.

—Eso he oído decir; pero acontéceme, señor, que ahora que estoy hablando con vuestra majestad, no me le hallo; si alguna vez tuve ingenio me lo han robado.

—Dijéronme que os era urgentísimo hablarme.

—Y tan urgente, señor, que solamente con veros se me ha pasado la urgencia.

—Pues os digo que no os entiendo.

—No es fácil, porque yo no me entiendo tampoco.

—Paréceme que habéis venido para algo.

—Indudablemente, señor, he venido para irme.

—Pero... ¿por qué habéis venido?

—Por venirme á cuento.

—¿Pero qué cuento es el vuestro?

—Es, señor, un cuento de cuentos.

—Pues empezad.

—Ya he concluído.

—¡Pero si no me habéis contado nada!

—Si vuestra majestad quiere contaré las palabras.

—¡Don Francisco!—exclamó con irritación el rey.

—¡Señor!—contestó Quevedo inclinándose profundamente.

—¿No tenéis nada de qué quejaros?

—Quéjome de mi fortuna.

– ¿Ni nada tenéis que pedir?

—Sí, por cierto, señor; todos los días pido á Dios paciencia.

El rey se calló y abrió de nuevo su devocionario.

Quevedo permaneció inmóvil con el sombrero echado al costado derecho y la mano izquierda puesta sobre los gavilanes de la espada.

Esta situación duró algún tiempo.

—Permita Dios que se duerma - dijo Quevedo para sí—, no sé ya qué decir á su majestad... y es necesario que la reina se prepare... en mi vida ni en muerte, espero verme en tanto apuro. ¡Gran rey el nuestro! por menos de lo que yo estoy haciendo azotan á otros.

—¡Aún estáis ahí!—dijo el rey levantando del libro los ojos.

—Esperaba, señor, que me mandárais irme.

—Pues idos enhoramala—dijo el rey, y volvió· á su lectura.

—Aún es pronto—dijo Quevedo—; todo se reduce á que este imbécil se acuerde de que es rey y me encierre. Espérome.

Pasó otro gran rato: el rey murmurando sus devociones, Quevedo inmóvil delante de él.

Había bien pasado una hora desde que. el rey recibió á Quevedo.

Levantó otra vez los ojos del libro, y exclamó:

—¡Por San Lorenzo! ¿no os dije que os fuérais?

– Ocurrióseme, señor, pediros que me perdonáseis por haber malgastado el precioso tiempo de vuestra majestad, y como vuestra majestad había vuelto á sus devociones...

—Pues antes de que vuelva otra vez, idos... idos... y perdonado y vuelto á perdonar, con tal de que no se os ocurra en vuestra vida el volver á pedirme audiencia.

—Beso las reales manos de vuestra majestad—contestó Quevedo, y salió.

—¿Qué habrá querido decirme don Francisco?—dijo el rey cuando se quedó solo—; indudablemente me ha dicho algo, y algo grave; pero es el caso que yo no lo he entendido. Estos hombres de ingenio son crueles. ¿Pero qué habrá querido decirme? quitando lo de la monarquía en ropilla, que creo que quiere decir que el reino anda medio desnudo, no le he entendido más. Y de seguro... me ha dicho algo... ¡pero ese algo!... ¡ese algo!...

El rey se quedó hecho un laberinto de confusiones, y creyendo de buena fe que Quevedo le había dicho grandes cosas, que él no había podido entender.

Entre tanto Quevedo iba soplándose los dedos por las crujías del alcázar.

—Bendito mi amor sea - exclamaba—, que me obligó á pedir al tío Manolillo que me abriese la gatera. Mi deseo por ver desculdada y sola conmigo mismo á mi doña Catalina, me ha traído á saber el grande apuro en que se halla la pobre mártir, la infeliz Margarita de Austria. Enredo, enredo y siempre enredo.

Y el buen *ingenio* seguía adelante.

—Y ¡vive Dios, que ya sudaba!... no sabía cómo seguir diciendo al rey palabras y no más que palabras. Si se hubiera tratado de otro marido, ¡bah! la caridad es más difícil á veces de lo que parece. ¡Pero qué rey... señor! ¡qué rey!

De repente Quevedo se detuvo y escuchó con atención.

Había oído un *siseo*.

El *siseo* volvió á repetirse.

—De aquella reja sale, y nadie hay presente más que yo. Llámanme, pues: acudo. ¿Es á mí?

—Sí por cierto—contestó la condesa de Lemos, entreabriendo la reja.

—¡Ah, lucero de mi obscura noche!—exclamó Quevedo -; creo que mi pensamiento me ha traído por tan buen camino, como que en él había de encontraros.

—No podíais pasar por otra parte.

—¿Me esperábais?

—Con ansias del corazón.

—No digáis eso, si no queréis verme loco.

—Aunque mucho os amo, que bien lo sabéis, no por vuestro amor son mis ansias, que de él estoy segura, sino por ella.

—¿Por la ella del enredo?

—Sí; ¿cómo os ha ido con el rey? Me dejásteis temblando.

—Y allá se queda él confuso.

—¿Tanto le habéis dicho?

—Al contrario, no le he dicho nada. Pero decidme, ¿por qué ansiais?

—Porque vayáis á ver al momento á doña Clara de Soldevilla.

—¿A tan hermosa dama me enviáis?

—Vos podéis ir á ella sin que yo os envíe.

—Me estoy bien donde me quedo... ¿Llámame doña Clara?

—Sí.

—Correo soy de seguro.

—Para correo habéis nacido.

—Por mi mala estrella; que los portes pueden ser tales, que de buena voluntad se perdonen.

—Sois hombre afortunado.

—Decidme, ¿dónde está mi fortuna, ya que habéis dado con ella?

—¿Pues qué, no os amo yo?

—¡Si se muriera uno!

—Dadle por muerto. Pero id, id, don Francisco, que creo que importa más de lo que pensamos.

—Adiós, pues, señora mía. Con que me digáis dónde vive doña Clara, me dejo con vos el alma y allá me emboco.

—Más allá de la galería de los Infantes, en aquella galería obscura.

—¿En la de anoche?...

—Sí, frente á aquellas escaleras.

—¡Ah! ¡frente á las escaleras aquellas! no he de perderme con tales señas. Quedad con dios, señora mía, y tratadme bien el alma, que con vos se queda.

—¡Ay, que os lleváis la mía! Adiós.

La condesa sacó una mano por la abertura de las maderas, y Quevedo la besó suspirando.

—Adiós—dijo, y se alejó.

La reja se cerró silenciosamente.

Poco después Quevedo llamaba á la puerta del aposento de doña Clara.

Aquella puerta se abrió al momento.

Encontró á doña Clara sobreexcitada, encendida, inquieta, con la mirada vaga, con todas las señales de una inquietud cruel.

—Vos lo sabéis todo, don Francisco—dijo la joven con anhelo.

—Lo sé, señora, y lo sé tanto, como que aún estoy dudando de ello.

—No os pregunto cómo lo sabéis, no tengo tiempo para nada, ni cabeza; me estoy muriendo; sobre mí vienen...

—Las culpas ajenas os premian.

—¿Qué decís?

—¡Si le amáis!

—¡Dios mío! pero... yo hubiera vencido esta afición...

—¿Y á qué vencerla?

—¿Podéis ver esta noche á vuestro amigo?

—¿A Juan?

—Sí—contestó con esfuerzo doña Clara.

—Lo veré, si vos queréis.

—¿Sabéis dónde está?

—Está donde le han arrojado vuestros desdenes.

—¿Y le sacarán de allí mis favores?

—¡Oh! vos, señora, podéis sacar un alma en pena del purgatorio.

—Bien sabe Dios que me sacrifico por su majestad.

—O no os conocéis, ó no me conocéis, señora—dijo gravemente Quevedo.

—No os entiendo, don Francisco.

—Estáis desconfiando de vos misma, y desconfiáis de mí; vos, señora, sois una valiente, una generosa, una noble joven; vuestra alma es toda caridad; os sacrificáis por una mártir; dobláis vuestro orgullo de mujer, exponéis vuestro corazón, arrostráis la cólera de vuestro padre; Dios os premiará, yo os reverencio y os admiro.

—Me veo obligada á casarme con vuestro amigo por salvar á su majestad de unas apariencias que podían perderla; cierto es que vuestro amigo me ha interesado el corazón, no os lo niego, pero le conozco poco; el paso que voy á dar es decisivo; ¿le conocéis vos, don Francisco? ¿estáis seguro de que su galanteo con esa comedianta pasará en el momento en que le abra mi corazón? ¡decidme, por Dios, cuánto pierdo ó cuánto gano en mi sacrificio!

—Juan es un rey sin corona, doña Clara: para Juan sois sola; Juan es sólo para vos.

—Explicadme mejor...

—Quiero decir que Juan, tal como Dios ha querido que sea, necesita una mujer tal como vos. Que vos, tal como Dios os ha formado, necesitáis un hombre como Juan. Que, en fin, habéis nacido el uno para el otro. Por eso os habéis amado en el punto en que os habéis visto; por eso Dios ha querido que sea inevitable vuestro casamiento.

—Pero mi padre...

—Vuestro padre ¡vive Dios! se dará por muy contento con que os caséis de tal modo, y tales andan las cosas, que más servís para envidiada que para envidiosa.

—¡Ah, os creo! ¡os creo, porque sois caballero y cristiano;

y no me engañáis! os creo, y creyéndoos soy feliz. Tomad, don Francisco, tomad; esta carta es para vuestro amigo.

—Ya sabía yo que había de ser correo; pero no importa. Sólo siento una cosa.

—¡Qué!

—Que acaso no podréis ver á mi amigo tan pronto como quisiérais.

—¿Y por qué?

—Acaso no podáis verle hasta después de la media noche.

—En ese caso se dará orden para que le abran el postigo de los Infantes á cualquier hora que llegue.

—La señal.

—El capitán Juan Montiño.

—¡El capitán!

—Tengo para él una provisión de capitán de la guardia española.

—¡Ah! ¡pues me pesa! ¡se necesita para que os caséis con él, de la licencia del rey!

—No paséis pena por eso.

—El rey os ama.

—El rey está ya bien curado.

—¿Y... cuándo pensáis casaros con mi amigo?

—Si él consiente... pronto... muy pronto.

—¿Será cosa de prepararlo para que no le haga mal el susto?

—¡Oh! no, no tanto. Y os agradecería que me hiciéseis un favor.

—¿Cuál?

—¿Me dais vuestra palabra de que me lo concederéis?

—Dóiosla y ciento, mil.

—No digáis una sola palabra de lo que hemos hablado de él á vuestro amigo.

—Otorzo.

—Y quisiera que...

—Sí; que vaya á cumplir mi oficio cuanto antes.

—No, no es eso; que viniérais con vuestro amigo.

—Vendré; y adiós, señora.

—Adiós.

Quevedo salió pensativo y cabizbajo murmurando:

—¡Pobre Dorotea! ¡ella también le ama con todo su corazón!

Apenas salió Quevedo cuando doña Clara se dirigió al cuarto de la reina y dijo á la condesa de Lemos:

—Hacedme la merced, señora, de decir á su majestad que quiero hablarla al momento.

CAPÍTULO XXXVI

DE CÓMO EL PADRE ALIAGA PUSO DE NUEVO SU CORAZÓN Y SU VIRTUD Á PRUEBA

Cuando el confesor del rey salió de la cámara de la reina, al verse en las galerías del alcázar medio alumbradas, y por consecuencia medio á obscuras, solo, sin otro testigo que Dios, la entereza del desgraciado se deshizo; vaciló, y se apoyó en una pared.

Y allí, anonadado, trémulo, lloró... lloró como un niño que se encuentra huérfano y desesperado en el mundo.

Y lloró en silencio, con ese amargo y desconsolado llanto de la resignación sin esperanza, muda la lengua y mudo el pensamiento, cadáver animado que en aquel punto sólo tenía vida para llorar.

Pero esto pasó; pasó rápidamente, y se rehizo, buscó fuerzas en el fondo de su flaqueza, y las encontró.

—Sigamos hacia nuestro calvario—dijo—, sigamos con valor; apuremos la copa que Dios nos ofrece, y dominemos este corazón rebelde... que obedezca á su deber ó muera: que Dios no pueda acusarnos de haber dejado de combatir un solo momento.

Se irguió, serenó su semblante, y se encaminó al lugar donde le esperaba el tío Manolillo.

El bufón le salió al encuentro.

—¿Ha venido?—dijo el padre Aliaga.

—He tenido que engañarla; ahora mismo la estoy engañando.

—¡Engañando!

—Sí, por cierto; la tengo escondida en mi chiribitil, en el agujero de lechuzas, que me sirve de habitación hace treinta años.

—¿Y por qué la engañáis?

—Si no fuera por sus celos, ella no hubiera venido; la he asegurado de que vería entrar á su amante en el aposento de doña Clara Soldevilla.

—¡Su amante! ¿y quién es su amante?

—El señor capitán don Juan Girón y Velasco.

— ¡Ah, ese joven!—exclamó con un acento singular el religioso.

—Aquí hay una escalera - - dijo el bufón—, y no hubiera querido traeros por estos polvorientos escondrijos, pero vos habéis deseado conocerla... asíos á las faldas de mi ropilla.

Empezaron á subir.

—¿Sabéis - dijo el bufón - que hay esta noche gente sospechosa en palacio?

—Lo sé, y la Inquisición vigila.

· · ¿Dónde creéis que estén esas gentes?

·· En el patio.

—Algo más adentro; mucho me engaño, si por los altos corredores de mi vivienda no anda el sargento mayor don Juan de Guzmán...

¡Ese miserable!

—Y si no le acompaña el galopín Cosme Aldaba. Hame parecido haberlos oído hablar en voz baja á lo último del corredor.

—¿Y qué pensáis de eso?

—Temo mucho malo.

—¿Contra quién?

— Contra la reina.

¡Ah!

—No os asustéis, yo estoy alerta.

—Será preciso prender á esos miserables.

— Dejémoslos obrar, no sea que prendiéndolos perdamos el hilo. Por lo mismo, y porque no puedan veros y conoceros, y alarmarse, os traigo á obscuras; por la misma razón, ya que estamos cerca de lo alto de las escaleras, callemos.

Siguió á la advertencia del bufón un profundo silencio.

Sólo se oían sobre los peldaños de piedra los recatados pasos del religioso y del tío Manolillo.

En lo alto ya de las escaleras, atravesaron silenciosamente un trozo de corredor, y el bufón se detuvo y llamó quedito á una puerta.

Oyéronse dentro precipitados pasos de mujer, y se descorrió un cerrojo.

La puerta se abrió.

El padre Aliaga sólo pudo ver el bulto confuso de la persona que había abierto, porque el aposento estaba obscuro; pero oyó una anhelante y dulce voz de mujer que dijo:

—¿Ha venido ya?

—No, hija mía—dijo el bufón—, y según noticias mías, no vendrá esta noche. Pero, pasa, pasa al otro aposento, que no es justo que hagamos estar á obscuras á la grave persona que viene conmigo.

—¿Quién viene con vos, tío?

—El confesor de su majestad el rey.

—¡Ah! ¡El buen padre Áliaga!

—¿Me conocéis?—dijo fray Luis entrando en el mismo aposento en que en otra ocasión entró Quevedo con el tío Manolillo.

—Os conozco de oídas; delante de mí han hablado mucho de vos el duque de Lerma y don Rodrigo Calderón.

Al entrar en un espacio iluminado, el padre Aliaga miró con ansia á la comedianta; al verla, dió un grito.

—¡Ah! - exclamó—; ¡es ella! ¡Margarita!

—Os habéis engañado, señor - dijo la Dorotea—; yo no me llamo Margarita.

—Es verdad—dijo el padre Aliaga—; vos no os llamáis Margarita, pero ese mismo nombre tenía una infeliz á quien os parecéis como vos misma cuando os miráis al espejo. ¡Oh Dios mío, qué semejanza tan extraordinaria!

—Miren qué casualidad—dijo el bufón—, que tú, hija mía, hayas querido venir al alcázar, que el reverendo fray Luis de Aliaga haya querido venir á mi aposento, y que este santo varón encuentre en ti una absoluta semejanza con otra persona.

La Dorotea miraba fijamente al padre Aliaga.

—¡No me conocíais! ¡No me habéis visto antes de ahora!—dijo la Dorotea, que comprendía en la mirada del fraile, fija en ella, algo de espanto, mucho de anhelo y muchísimo de afecto.

El bufón se anticipó al padre Aliaga.

—No, hija mía, no; este respetable religioso no te conocía ni de nombre.

—Me estáis engañando—dijo de una manera sumamente seria la Dorotea.

—No, hija mía, no—dijo el padre Aliaga—; pero me extraña ver en el aposento del tío Manolillo, y á estas horas, una mujer tal como vos.

La Dorotea sacó su labio inferior en un gracioso mohín, que tanto expresaba fastidio como desdén, por la observación de fray Luis.

—¿Os une algún parentesco con esta joven, Manuel?

—Os diré, fray Luis: sí y no; soy su padre y no lo soy; no lo soy, porque ni siquiera he conocido á su madre, y lo soy, porque no tiene en la tierra quien haga para ella oficio de padre más que yo.

— ¿Y vos habéis conocido á vuestros padres, hija mía?

— No, señor—dijo la Dorotea—; me he criado en el convento de las Descalzas Reales; recuerdo que, desde muy niña, iba todos los días á visitarme el tío Manolillo; yo lo creía mi padre; pero cuando estuve en estado de conocer mi desdicha, me dijo el tío Manolillo: «Yo no soy tu padre; te encontré pequeñuela y abandonada...»

—¡Y no te he mentido, vive Dios! En la calle te encontré— dijo el bufón.

—¡Válgame Dios!—dijo el padre Aliaga—; ¿pero en qué os ejercitáis, que baste á costear honradamente esas galas y esas joyas?

—¿Quién habla aquí de honra?—dijo la Dorotea, cuyo semblante se había nublado completamente—. ¿A qué este engaño? ¿A qué ha subido á este desván? Demasiado sabéis, padre, que soy comedianta, y menos que comedianta... una mujer perdida. Bien, no hablemos más de ello... Pero sepamos... sepamos á qué he venido yo aquí y á qué habéis venido vos.

—¡Oh, Dios mío!—exclamó el padre Aliaga, levantando las manos y el rostro al cielo, dejando caer instantáneamente el rostro sobre sus manos.

Pero esto duró un solo momento.

El religioso volvió á levantar su semblante pálido, melancólico y sereno.

—¡Vos me conocéis!...—exclamó la Dorotea—más que eso... Vos conocéis á mis padres... ó los habéis conocido... Mi madre se llamaba Margarita.

—Es verdad.

—¿Y dónde está mi madre?—preguntó juntando sus manos y con voz anhelante Dorotea.

—¡En el cielo!—contestó con voz ronca el bufón.

—¡Ah!—exclamó la Dorotea.

Y dejó caer la cabeza, y guardó por algunos segundos silencio.

Luego dijo con doble anhelo:

—¡Pero mi padre!...

—¡Tu padre!...—dijo el bufón—¿quién sabe lo que ha sido de tu padre?

—Sentáos, hija mía, sentáos y escuchadme – dijo el padre Aliaga.

Dorotea se sentó, y esperó en silencio y con ansiedad á que hablase el padre Aliaga, que se sentó á su vez en el sillón aquel que en otros tiempos había servido al padre Chaves para confesar á Felipe II.

—No os habéis equivocado, hija mía—dijo el confesor de Felipe III—; se os ha traído aquí con engaño... mi carácter de religioso me vedaba entrar en vuestra casa.

—El engaño, sin embargo, ha sido cruel. Sin él hubiera yo venido... pero ya está hecho; continuad, señor, continuad; os escucho.

—Os encontráis en unas circunstancias gravísimas. Lo que voy á deciros, debéis olvidarlo; debéis olvidar que os habla el inquisidor general.

—¡Dios mío!—exclamó la joven poniéndose de pie, pálida y aterrada.

—Nada temáis; el inquisidor general, tratándose de vos, y por ahora, ni ve, ni oye, ni siente; más claro: en estos momentos no soy para vos más que el hermano adoptivo de vuestra madre.

—¡Dios mío! – repitió Dorotea juntando las manos.

—Yo amé mucho á vuestra madre... no he podido olvidarla aún... la robó un infame de la casa de sus padres... yo fuí el último de la familia que escuchó su voz... Después... no la he vuelto á ver... pero la estoy viendo en vos... en vos, que sois su semejanza perfecta.

—Creo que me parezco tanto á mi madre en la figura como en la suerte.

—De vuestra suerte nos importa hablar. Estáis acusada á la Inquisición.

—¡Acusada á la Inquisición!—exclamó el tío Manolillo poniéndose delante de la joven como para defenderla –; ¡acusada á la Inquisición! ¿y por qué?

El padre Aliaga no quiso comprometer á doña Clara Soldevilla, arrojar sobre su cabeza el odio del bufón, y contestó:

—Por las inteligencias con un hombre, en el cual, según me he informado, está puesto y siempre vigilante el ojo del Santo Oficio: con un tal Gabriel Cornejo...

—¡Con ese miserable!—exclamó el bufón –; ¿tienes tú conocimiento con ese miserable, Dorotea?

TOMO II

—S*.*—contestó la joven—; le he buscado... porque creía
amar á un hombre... desconfiaba de él... necesitaba un bebedizo... pero yo soy cristiana, señor, yo creo en Dios, yo le
adoro, exclamó llorando la Dorotea.

—Os he asegurado que nada tenéis que temer—dijo el
padre Aliaga—; pero es necesario que cambiéis de vida; que
dejéis el teatro, y no sólo el teatro, sino el mundo.

—El teatro, sí—dijo la Dorotea—; sin que vos me lo acon-
sejárais estaba resuelta á ello... pero el mundo... el mundo
no; en el mundo... fuera del claustro está mi felicidad; está
él, y él me ama...

—Ese caballero no puede ser vuestro esposo; ese caballero no puede amaros.

—¡Ah! ¡le conocéis...! ¡os ha enviado él...! ¡ama á la otra...!
¡ama á doña Clara...! ¡y se casará con ella...! ¡oh! ¡no! ¡no se
casará! ¡será necesario para ello que me haga pedazos la
Inquisición!

—¡Oh, Dios mío!—exclamó á su vez el padre Aliaga.

—¿Pero qué te ha dado ese hombre?—exclamó con irritación el tío Manolillo—; ¿qué te ha dado que te ha vuelto loca?

—Me ha dado la vida y el alma, porque yo no sabía lo
que era vivir, lo que era tener alma, lo que era amar, hasta
que le he visto, hasta que le he oído.

—¡Y con esa vehemencia tuya le habrás hecho tu amante!—dijo el bufón.

—No... no... y mil veces no; para él no soy una mujer
perdida.

—¿Pero qué felicidad podéis encontrar, hija mía, en unos
amores ilícitos?—dijo el padre Aliaga—; ¿por qué ligar á vos
á un joven noble y digno...? ¿por qué dar ocasión á que mañana se avergüence...?

—Me estáis desgarrando el corazón—exclamó con una
angustia infinita la Dorotea—; me estáis repitiendo lo que me
dice mi conciencia.

El rostro del bufón, mientras dijo la joven estas palabras,
se había ido poniendo sucesivamente y con suma rapidez,
pálido, verde, lívido.

—Es verdad—dijo con la voz opaca y convulsiva—; decid á una pobre niña abandonada de todo el mundo: sé fuerte, renuncia al amor, que es tu vida, porque la desgracia te
ha hecho indigna del amor de un hombre honrado; ensor-
dece, cuando puedas escuchar palabras de consuelo; ciega,
cuando el sol de la felicidad nace para ti; muere, cuando

empiezas á vivir; no, Dorotea, no; tú vivirás, porque Dios
quiere que vivas; tú amas á ese hombre; ese hombre será
para ti... ó para nadie... y cuenta con que el Santo Oficio se
ponga frente á frente del bufón.

—¡Manuel! ¡estáis loco—exclamó el padre Aliaga.

—No, no estoy loco; pero todos los que tienen algún
poder abusan de él; no en balde he pasado cincuenta años
en este alcázar; nací en un desván de él, y el alcázar me
conoce y me confía sus secretos; yo soy también poderoso,
yo puedo decir al rey... sí... sí por cierto... yo puedo decirle:
hay un hombre... un señor grave... que parece un santo... y
oye, Felipe: ese hombre tiene el corazón como yo... y como
el otro... y como el de más allá... es un embustero con máscara... es una virtud de comedia... es mentira... ese hombre
ama á tu Margarita... observa, observa á ese hombre cuando
esté delante de tu esposa... ese hombre no vela por la reina
por lealtad, ni por virtud... sino por amor... por un amor dos
veces adúltero, por un amor sacrílego.

—¡Ese hombre que dice el tío Manolillo, sois vos!—dijo la
Dorotea, pálida, sombría, señalando con un dedo inflexible
la frente del religioso.

—Yo... ¡Dios mío! ¡yo, que amo á su majestad!

—Y si ocultáis vuestro amor, si le devoráis... porque al
fin ella es una mujer casada, y vos sois un fraile; si tenéis la
virtud de sufrir en silencio vuestro infierno; si sabéis cuánto
ofendéis á Dios, porque os está prohibido amar á otro que á
Dios y amáis á vuestra reina... si sabéis que puede llegar un
día en que blasfeméis, y en que la blasfemia os condene...
¿por qué queréis que una mujer libre engañe á Dios y se encierre en un claustro, y dentro de él sufra un infierno de
amor, y blasfeme, y se condene también? Yo... puedo servirle, amarle con toda mi alma sin ofender al mundo, porque
no soy casada; sin ofender á Dios, porque no soy esposa de
Dios. Y haced de mí lo que queráis: prendedme, matadme,
llevadme á la hoguera... Dios sabe que no le he ofendido,
que le adoro, que creo en Él. Dios dará su gloria á quien ha
sufrido tres veces el martirio.

—La Inquisición no te tocará, no te acusará á ti. ¿No es
verdad, padre, que la Inquisición no se atreverá á ella?

Las últimas palabras del tío Manolillo eran un rugido
amenazador.

—¡Dejadme!—exclamó el padre Aliaga—¡dejadme, y que
Dios tenga piedad de los tres!

Y salió desalentado.

—Esperad, voy á alumbraros y á guiaros, fray Luis; ¡bah! eso pasará, nos entenderemos y seremos los más grandes amigos del mundo. ¡Ah, ah! tú te quedas aquí, hija mía. No llores, que no hay para qué. Vamos, padre Aliaga.

El bufón salió y cerró la puerta exterior.

Después de cerrarla se detuvo.

—Juraría—dijo–que al llegar á la puerta por la parte de adentro, he sentido pasos silenciosos, pero precipitados, que se alejaban. No importa, yo volveré y veremos lo que esto significa. Dadme la mano para que os guíe, fray Luis.

El padre Aliaga dió á tientas la mano al bufón.

—Estáis muriendo, padre; vuestra mano está fría como la de un muerto—dijo el bufón al sentir el contacto de aquella mano.

El padre Aliaga no contestó.

El bufón le llevó por donde le había traído.

Al llegar á la galería de los Infantes, le soltó.

—Desde aquí—dijo–sabéis salir del alcázar. Pero una palabra antes de que nos separemos: tened compasión de ella, tened compasión de vos mismo, tenedla, por Dios, de mí.

El padre Aliaga se alejó en silencio y con la cabeza baja.

—Acaso he sido imprudente—dijo el bufón estremeciéndose—, acaso he sido injusto; ¡Dios mío! cuando se trata de ella me vuelvo loco.

El tío Manolillo volvió á tomar en silencio el camino de su mechinal.

Antes de llegar á su puerta se detuvo.

—Es necesario que yo vea–dijo—qué gentes andan por aquí esta noche.

Y abrió la puerta, entró, encendió una lámpara y salió á los corredores sin hablar con Dorotea, que estaba replegada y llorando en un rincón.

El tío Manolillo recorrió y examinó minuciosamente la parte alta de aquél departamento.

A nadie encontró por más que registró todos los escondrijos.

—Vamos—dijo—, sería el viento.

Y siguió adelante hacia su vivienda.

Al pasar por delante de la puerta del cuarto del cocinero mayor, se detuvo; había oído la voz de Francisco Martínez Montiño, que decía:

—Aseguradle bien, que pesa mucho, hijos, y tapadle de

modo que no se conozca que es un cofre; vosotros dos no os separéis de mí; las manos en las espadas, y que se conozca, si llega el caso, que sois un par de buenos mozos de la guardia española.

—Descuide vuesa merced, señor Francisco—dijo una voz franca y ligera —, que aunque vengan muchos y buenos, vive Dios que no nos han de robar.

A seguida el bufón oyó el ruido de una llave en la cerradura, y apagó la luz y se retiró precipitadamente al hueco de una puerta inmediata y se embebió en él cuanto pudo y escuchó con profunda atención.

Se abrió la puerta y salió el cocinero; tras él, dos hombres que conducían, puesto sobre dos palos, un bulto al parecer pesado, y luego dos soldados de la guardia española, á juzgar por sus armas y por sus coletos rojos.

El cocinero mayor volvió á cerrar la puerta.

Él y los cuatro hombres se alejaron.

Iba á seguirlos el bufón, cuando sintió pasos tras sí á muy poca distancia.

Embebióse más en la puerta, y desenvainó su puñal.

—Cosme, hijo, síguelos—dijo una voz muy conocida del tío Manolillo—; yo me quedo aquí; abajo en la plaza están los otros; quitadle lo que lleve, y que no se diga que os ponen miedo esos fanfarrones de los coletos encarnados.

Alejáronse los pasos, y se perdió la voz á lo largo de los estrechos corredores.

—¡El sargento mayor don Juan de Guzmán!—dijo el tío Manolillo—. Van por la crujía larga; rodeando yo por la derecha, les gano la delantera; para algo estaban aquí estos bribones; no me había yo engañado; pues bien: veamos qué es esto... pero ¿y Dorotea?... no importa... yo volveré.

Y luego se oyeron los rápidos pasos del bufón.

Si hubiera seguido tras el sargento mayor, se hubiera visto obligado á pasar por la puerta de su aposento.

Y entonces hubiera tropezado con un bulto que estaba colocado delante de él.

Aquel bulto era el sargento mayor.

Escuchaba.

—Está sola y llora—dijo—; ¿dónde estará el bufón?

Y volvió á escuchar.

—Tengo conmigo una llave maestra: puedo abrir; cierto es también que el tío Manolillo puede volver; no sé por qué me causa miedo ese hombre; pero bien, necesariamente ha

de hacer ruido en la cerradura... y puedo muy bien escapar
por la ventana, ganarle tiempo y perderme. Me importaba
ver á Luisa; pero después de lo que he oído, me interesa
más verla á ella. Ea, adelante.

Sonó un hierro en la cerradura, que resistió un momento;
luego se sintió correrse el fiador.

La puerta se abrió.

Cerróla de nuevo el sargento mayor, y entró en el aposento donde se encontraba Dorotea.

CAPÍTULO XXXVII

DE CÓMO EL DIABLO IBA ENREDANDO CADA VEZ MÁS LOS SUCESOS

La joven permanecía aún inmóvil en el lugar donde la había dejado el tío Manolillo, y continuaba llorando.

—¿Quién había de decirme—murmuró roncamente el sargento mayor—, la noche en que no sé quién me quitó esta
muchacha recién nacida, que había de llegar un momento en
que nos sirviese de mucho?

Siguió Guzmán contemplando por algún tiempo y de una
manera profunda á la joven, y al cabo dijo:

—Bien empleado os está lo que sufrís; ¿quién os manda
fiaros del primero que llega?

Levantó la cabeza la Dorotea, y al ver al sargento mayor,
dijo con desprecio:

—¿Quién os ha llamado? Idos.

—No necesita que le llaméis quien os sigue ansioso todo
el día, deseando encontraros sola. ¡Pero ya se ve! no sólo
no habéis estado sola, sino que habéis servido de estorbo.

Una vaga sospecha pasó por el pensamiento de la Dorotea.

—¿Y para qué he podido yo serviros de estorbo?

—Para hacer una justicia, cuando ni el rey ni el duque de
Lerma piensan hacerla.

—¿Y cómo he podido yo estorbar?...

—Desde esta mañana hasta que vinísteis á palacio, no
os habéis descosido del ajusticiado.

—¡Ah! ¿se trata?...

—Del señor Juan Montiño; y en matarle, no sólo se venga
á don Rodrigo Calderón, sino también á vos.

—Explicadme cómo se me venga matando á ese caballero

—Ese caballero se ha burlado de vos.

—¿De mí?

—Sí por cierto: cuando os enamoró estaba ya enamorado.

—¿De quién?—exclamó todo afán Dorotea.

De una dama muy hermosa, con quien anduvo anoche vuestro burlador por las calles de Madrid y á quien prometió entregarle las cartas que tenía de la reina don Rodrigo.

—¿El nombre de esa dama?

—No hace mucho que se pronunció en este mismo aposento: os escuchaba... desde esa ventana; os oía á vos, al padre Aliaga, al tío Manolillo.

—¿Doña Clara?

—Éso es... doña Clara Soldevilla.

—¿Pero es cierto que él la ama?

—Podréis juzgar de ello dentro de poco.

—¡Cómo! ¿vos podéis procurarme?...

—Para que no os extrañe lo que voy á deciros, es bueno que sepáis que yo conozco mucha gente en palacio; que parte por este conocimiento y parte por mi dinero, me sirven bien. Entro, pues, en palacio, cuando quiero, y ando á caza de secretos... por las galerías... que algunos se cogen en ellas de noche. Fuí á ver esta mañana á don Rodrigo, y bueno será que lo sepáis... le encontré muy malo con un dagazo en los pechos, lo que debéis sentir mucho; porque, en fin, aunque vos le hayáis dejado por otro, cuando tan mal parado le véis, don Rodrigo os quiere bien. Dijome el nombre de quien le había herido, que le había quitado las cartas de la reina, y que era menester seguirle, y estar al cuidado de si entraba ó salía en palacio. Pero como don Rodrigo no le conocía, no pudo darme las señas, sin las cuales me hubiera costado maña y trabajo averiguar. Pero afortunadamente le encontré en vuestra casa y vos me le disteis á conocer. Se os ha seguido, se sabe dónde ha ido ese hidalgo... lo que ha hecho...

—Tenía un duelo concertado...

—Hace como una hora ha salido bien del duelo. En cuanto á mí, tengo seguridad de que esta noche vendrá á palacio, y á la salida... cuando salga solo...

—¿Y qué seguridad tenéis de que ese caballero vendrá á palacio?

—Desde el obscurecer estábamos en palacio cuatro de los míos y yo; dos fuera en acecho; dos en el patio hasta que se

cerraron las puertas, y yo en el interior. Vagaba yo por las
galerías, y sin saber cómo no podía separarme de la habitación de doña Clara Soldevilla, cuando he aquí que un hombre llama y le abren. A la luz de quien le había abierto,
reconocí á don Francisco de Quevedo, y como don Francisco de Quevedo es muy amigo del señor Juan Montiño,
me dije: esperemos; por algo viene aquí don Francisco, que
no acostumbra á perder el tiempo. Salió don Francisco y
yo le seguí. Don Francisco se fué derecho á vuestra casa
y llamó. Abriéronle y preguntó por vos. Dijéronle que
habíais salido. Cerróse la puerta, y don Francisco se sentó
en el dintel. Indudablemente, don Francisco había salido
del cuarto de doña Clara Soldevilla en busca de Juan
Montiño.

—¿Y decís que él vendrá?

—Ha concluido ya su lance con don Bernardino, según
me han dicho, y no debe tardar en ir á vuestra casa... porque
también sé que vive en vuestra casa; tropezará con don
Francisco, que le está esperando, y vendrá. Entrará, sí,
pero Dios le asista á la salida...

—¿Y si no sale?

—Esperaremos á otro día para vengaros á vos, para vengar á don Rodrigo.

—Si veo entrar en el aposento de doña Clara esta noche
á ese caballero, contad conmigo.

—Le veréis, os lo aseguro... pero es necesario que me
sigáis.

—Al fin del mundo os seguiré.

—Pues venid.

—Juradme que esto no es un lazo que me tendéis.

—¿No os tengo aquí sola?

—Es verdad.

—Además, que vos sois preciosa para don Rodrigo; vos
habéis abierto la herida y vos la cerraréis. Vamos, pues; no
perdamos el tiempo y entre sin que le veamos.

—¿Y le podré ver sin ser vista?

—En esta parte, decuidad.

Dorotea se levantó, se arregló el manto y siguió á Guzmán.

Este abrió de nuevo con la llave maestra la puerta, y sin
cuidarse de cerrarla, llevó á obscuras á la Dorotea á la galería, á donde daba la puerta del aposento de doña Clara.

—Aquí es—dijo el sargento mayor.

—¿Y la puerta por donde ha de entrar?

—Esta.

—No se oye nada.

—Esperan, sin duda.

—¡Oh! ¿y por qué no llamar? ¿por qué no entrar?

—Pero ¿estáis loca?

—Tenéis razón... no sé lo que pienso ni lo que digo.

—Venid; frente á esta puerta hay el hueco de unas escaleras; ocultos bajo ellas podremos esperar sin que nadie, aunque traiga luz, nos vea.

Guzmán y la comedianta se pusieron en acecho bajo las mismas escaleras donde la noche antes había ocultado Quevedo á la condesa de Lemos, para que no la vieran los tudescos.

CAPÍTULO XXXVIII

DE LO QUE VIÓ Y DE LO QUE NO VIÓ EL TÍO MANOLILLO, SIGUIENDO Á LOS QUE SEGUÍAN AL COCINERO MAYOR

Muy pronto el bufón del rey se convenció de que su papel estaba reducido, en la aventura que corría, al de un simple testigo.

Seis hombres, á la larga separados y con gran recato, seguían al cocinero mayor, á los dos hombres que conducían el pesado bulto, y á los dos soldados de la guardia española que le escoltaban.

El tío Manolillo, de todos aquellos hombres que seguía, sólo veía al último, y aun á larga distancia, para no ser reconocido.

Favorecíale la obscuridad de la noche, el ruido sordo y continuo de la lluvia que no cesaba, y lo desierto de las calles.

Porque entonces no había serenos, ni vigilantes nocturnos, ni nada que los reemplazase, á excepción de las rondas de los alcaldes, que en atención á lo crudo y lluvioso de la noche, no se encontraban en todo Madrid para un remedio.

El hombre á quien, como al extremo de una cola, seguía el bufón, recorrió parte de la calle del Arenal, la de las Fuentes, atravesó la Mayor, la plaza Mayor luego, y por la calle de Toledo, torció hacia Puerta Cerrada; pero de repente se detuvo: á la luz del farol de una imagen puesta en una

esquina, le vió el bufón desnudar la espada y partir luego á
la carrera hacia la Cava Baja de San Miguel, donde un
momento antes habían sonado voces de ¡ladrones! y poco
después ruido de espadas.

El bufón desnudó su puñal y corrió también, pero cuando
llegaba á la Cava Baja se encontró con que el ruido de las
cuchilladas había cesado, y en su lugar se escuchaban á un
tiempo grandes carcajadas y la voz trémula, turbada, del
cocinero mayor, que decía:

—¡Ah, señor! ¡señor! ¡me habéis salvado y os habéis salvado á vos mismo!

—¿Qué dice ese imbécil?—exclamó el bufón—; indudablemente los buenos mozos del señor sargento mayor han
sido zurrados bravamente; pero escuchemos.

—¿Qué habláis de señor, mi querido tío?— dijo Juan Montiño riendo—; el miedo os ha turbado la vista, y no me
conocéis.

—Sí; sí, señor, os conozco, os conozco demasiado—, dijo
Francisco Montiño—; pero veamos de ir á cualquier parte,
donde yo pueda recobrarme y revelaros un secreto.

—¡Ta! ¡ta! ¡ta!—dijo el bufón, mientras Juan Montiño, el
alférez Saltillo, Velludo, el cocinero-mayor, los hombres que
conducían el bulto y los dos soldados de la guardia española,
entraban en la hostería de donde habían salido los tres jóvenes—; mucho será que el misterio de ese nacimiento no se
aclare esta noche para el señor don Juan Girón y Velasco.
¡Pobre Dorotea! todo la viene mal: el don Juan, al saber
quién es, puede suceder que la desprecie. ¡Oh, Dios mío!
¡Dios mío! ¡hay criaturas que nacen maldecidas!

Y el bufón guardó silencio, adelantó á lo largo de la obscura y desierta calle, se detuvo delante de la hostería, se
acurrucó en el vano de una puerta y frente á ella esperó.

Dentro de la hostería, en el primer aposento, en la sala
común, sentados á una mesa y esperando con semblante
alegre una cena, estaban dos lacayos de la casa real, á juzgar por su librea, y los dos soldados de la guardia española.

—¿Sabes, Perico, que el tal cofre pesaba como una bendición, y que tengo los brazos dormidos?—dijo un lacayo
al otro.

—Debe estar lleno de oro para pesar tanto—contestó el
otro lacayo.

—Indudablemente—dijo un soldado—, mucho debía valer
cuando querían aliviaros del peso.

--Y á no ser por los tres hidalgos que salieron de la hostería—dijo el otro soldado--, no sé lo que hubiera sucedido; yo creo que eran más de veinte los que nos acometían.

—No eran sino seis—dijo el otro soldado—; el miedo te ha hecho la vista de aumento, Dieguillo.

—¡Qué miedo ni qué berenjenas!—dijo el otro picado—; consistirá en que me han metido un latigazo sobre el sombrero que me hizo ver estrellas, y que si no se le tuerce la mano al que me lo dió, me raja como una zanahoria, y me ha levantado un chichón—, dijo el soldado quitándose el sombrero y tentándose la parte superior de la cabeza.

—Pues no—repuso el otro soldado—; el hidalgo á quien después del lance llamaba señor el señor Francisco Montiño, es un hombre de provecho; no tiraba más que estocadas, lo vi bien, y se los llevaba delante que era una alegría verlo. Y él llamó su tío al señor Francisco; ¿qué será eso?

—Sea lo que fuere, y ya que la cena que nos regalan viene, á cenar y á beber, á ver si comiendo y bebiendo se me aplaca el dolor del cintarazo—dijo el otro soldado.

—Vamos, buenos mozos—dijo uno de la hostería que traía sobre las dos manos una enorme cazuela—; aquí tenéis tres conejos en vinagrillo con sus correspondientes cabezas, y voy á traeros, según orden superior, ocho botellas de vino que hace seis años que está á obscuras.

—¿Con vinagre son los conejos?—dijo un soldado—, pues gracias á que nosotros somos gentes de buenas tragaderas, pero cuida que lo del vinagre no entre en parte con el vino.

Tinto de Valdepeñas voy á traeros, que no lo bebe mejor ni aun tan bueno el papa.

—Tienes razón, porque el papa lo bebe de otra parte.

Pero pasemos adelante.

En una habitación del piso alto estaban el alférez Saltillo y Velludo.

Inesilla les servía.

El alférez devoraba con los dientes una pechuga de perdiz, y con los ojos el redondo cuello y el alto seno de la muchacha, soltando uno que otro guiño y una que otra frase que la joven recibía sonriéndose.

—¿Y qué decís de esto?—dijo entre un bocado, un guiño y una galantería soldadesca á la muchacha el alférez.

—¿De qué queréis que diga?—contestó Velludo—; ¿de esta buena moza, de estas perdices, ó de vos?

—No por cierto; de lo que acaba de suceder.

—Ello dirá.

—Por lo pronto—exclamó el alférez—, ha acabado de maravillarme nuestro nuevo amigo, ¿sabéis que hace cosas que no las creyera si no las viese? ¡Ira de Dios y qué modo de tener la punta de la espada en todas partes, y de tener siempre las paradas donde hacía falta! ¡y cortas, vive Dios! ¡paradas de valiente!

—Es mucho mozo.

—Pero esta chica es mejor moza.

—¡Ah! ¡os gusta á vos también, señor Velludo! Muchacha, trae dados.

La joven salió y volvió con un cajoncillo en que había dos dados y un cubilete, los puso sobre la mesa y esperó con una inquietud de cierto género.

Amigo Velludo, como nosotros somos dos, la jugaremos.

—¡Jugarme! ¿y quién os ha dicho que yo quiero que me juguéis?

—Vamos, pues tú puedes evitar que lo echemos á la suerte—dijo el alférez—; ¿cuál de nosotros dos te gusta más?

—Ninguno - dijo la muchacha.

—¡Ah! pues entonces jugaremos.

—¿Y qué vamos á jugar?

—El derecho exclusivo de hacerla el amor, y el regalo para que se ablande.

—Vaya, vuesas mercedes están muy divertidos—dijo la muchacha poniéndose encendida como una amapola.

—¡Ah!—dijo el alférez—, ¿todavía tienes vergüenza? cosa rara estando sirviendo en esta casa y siendo tan bonita.

—¿Quieren vuesas mercedes algo más que les sirva?

—Nada más.

—Pues que Dios guarde á vuesas mercedes.

Y la muchacha salió.

—Amigo Velludo, no juguemos - dijo el alférez.

—¿Por qué?

—Esta muchacha es honrada y quería bendiciones.

—Bendízala Dios, y paso.

—Hablemos de nuestro amigo, ya que hemos quedado solos.

Y se pusieron á charlar y á aventurar deducciones.

En otro aposento cerrado, dentro de otro aposento cerrado también, en un lugar en donde de nadie podían ser oídos, estaban mano á mano, sentados en una mesa, Juan Montiño y su supuesto tío.

—Sobre aquella mesa, en vez de manjares, había un cofre de hierro, como de pie y medio de largo, y un pie de alto y ancho.

A pesar de que el tiempo no era caluroso, el cocinero mayor sudaba hilo á hilo.

Estaba jadeante, pálido, desencajados los ojos, tembloroso.

Juan le miraba con sumo interés; más que con interés, con cuidado.

Temía que Montiño se hubiese vuelto loco.

—¿Pero qué os sucede, tío?

—En primer lugar—dijo el cocinero mayor—, no me llaméis tío: yo no lo puedo consentir: he obedecido y he callado; pero me falta ya la resistencia á fuerza de desgracias y no me callo ni obedezco más. Yo no soy vuestro tío.

—¿Qué estáis diciendo?

—La verdad.

—Pues si no sois mi tío, no sois hermano de mi padre.

—Justamente, porque vuestro padre no es mi hermano: ¡oh! ¡si lo fuese!

—Pero entonces vos no sois Montiño.

—Al contrario, vos sois el que no lo sois.

—¿Yo?

—Vos; vuestro padre es algo más ilustre: ¿qué digo? vuestro padre es, después del rey, el más grande de España.

Miró profundamente el joven al cocinero, temeroso de si éste tenía ó no cabal el juicio, y dijo:

—¿Y quién es esa noble persona?

—Aquí en este cofre debe decirlo.

—¿Pero vos no lo sabéis?

—Él cofre lo dirá; abrámosle: así como así iban á abrirle á la fuerza: vos sois á quien lo que este cofre contiene interesa más, y aunque todavía no habéis cumplido los veinte y cinco años, no importa: no callo más, no puedo ya con este secreto, harto tengo con lo mío... pero es el caso que yo no tengo la llave. Lo romperemos.

Entonces Juan vió el papel que estaba pegado y sellado sobre la cerradura, y leyó en él en letras gordas lo siguiente:

«Yo, Gabriel Pérez, escribano público de la villa de Navalcarnero, doy fe y testimonio de cómo el señor Jerónimo Martínez Montiño recibió cerrado y sellado como se encuentra este cofre.»

Y por bajo de estas palabras se veía la fecha y el signo y la firma del escribano.

—Pero no podemos abrir este cofre—dijo el joven.

—Si no le abrís vos, le abrirá la Inquisición.

—¡Ah!

Francisco Montiño desnudó su daga, despegó de un solo corte y de una manera nerviosa el papel.

Debajo de él, en un rebajo del arca, encontró una llave.

—¡Ah! todo estaba previsto—dijo el cocinero del rey—. Abramos.

—A vos dejo la responsabilidad de este hecho—dijo Juan.

El cocinero abrió con mano trémula el cofre.

Apareció primero un paño de seda azul.

Levantado aquel paño aparecieron algunos papeles.

Levantados aquellos papeles, quedaron largos rollos empapelados.

Sacado un rollo y abierto, se vió que le formaban relucientes doblones de á ocho.

Contados los doblones resultó que el rollo contenía cincuenta.

Contados los rollos, eran cuarenta.

Es decir, que la caja contenía dos mil doblones.

Sacados los rollos, se encontró un nuevo paño de seda azul.

Levantado el paño, se hallaron veinte cajas forradas de terciopelo.

Abiertas éstas, se halló un riquísimo y completo aderezo de dama, de perlas preciosas, y multitud de alhajas de hombre; joyeles para el sombrero, herretes para la ropilla, sartas de perlas para las cuchilladas, rosetas para los talabartes, cadenas, sortijas, una placa de Santiago, una empuñadura de espada de corte, desarmada, y conteras para la misma; todo de oro y pedrería, y de pedrería de gran valor.

Á la vista de aquel tesoro, relucieron los ojos del cocinero mayor, le acometió un vértigo, y se asió á la mesa con ambas manos para no caer.

—¡Oh! ¡si todo esto fuera mío!—exclamó olvidado de que le escuchaba el joven.

Este por su parte no le oyó, porque su interés estaba vivamente excitado.

Pero en la expresión de su semblante se comprendía que no era la codicia la causa de aquel interés.

—Veamos esos papeles—dijo Juan—ya que habéis abierto ese cofre, á fin de que sepamos á quién pertenece esto.

—Sí, veámoslo, señor, veámoslo—dijo maquinalmente el cocinero mayor.

Cortó Montiño las cintas que ataban los papeles, y cayeron sobre la mesa.

Tomó uno á la ventura y leyó:

Era una partida de bautismo librada por Pedro Martínez Montiño y testimoniada por el escribano Gabriel Pérez.

La partida de bautismo de don Juan Téllez Girón, hijo natural del excelentísimo señor duque de Osuna, y de una principalísima dama, cuyo nombre, según decía la partida, se ocultaba por la honra de la misma dama.

Juan apartó aquel papel y tomó otro.

En él el duque de Osuna, de su propio puño y letra, declaraba ser hijo suyo natural, el conocido por hijo del capitán inválido de infantería española Jerónimo Martínez Montiño, conocido bajo el nombre de Juan Montiño; le reconocía públicamente, le daba su apellido y los derechos que como á tal hijo natural suyo le correspondiesen; firmaban como testigos Jerónimo Martínez Montiño y un Diego Salgado, ayuda de cámara del duque. El escribano Gabriel Pérez, testimoniaba la legitimidad de estas firmas.

Había otros cuatro papeles que eran otras tantas escrituras públicas de bienes libres del duque, consistentes en dehesas, tierras y molinos, con una renta de cien mil ducados, cedidas por el duque como patrimonio á su hijo don Juan Girón.

Otro papel, era una cédula de gracia del hábito de Santiago desde su nacimiento, dada por el rey don Felipe II, por los grandes servicios del duque de Osuna, para su hijo natural don Juan Girón, de cuya gracia podía gozar desde su nacimiento.

El último papel era una carta del duque para su hijo.

El contexto de aquella carta era solemne.

Decía así:

«En el nombre del Padre, del Hijo y del Espíritu Santo. Don Pedro Téllez Girón, duque de Osuna, marqués de Peñafiel, conde de Ureña, á su hijo natural, don Juan Girón.

»Hijo mío:

»Cuando esta carta leyéreis, ó habré yo muerto, ó habréis cumplido vos los veinticinco años, y estaré satisfecho de vos y seguro de que podéis llevar sin mancharle mi apellido.

»Un amor incontrastable, y una ocasión desgraciada para

vuestra noble madre, y aprovechada por mí, no sé si con harta locura, son la causa de vuestro nacimiento.

›No dudéis de vuestra madre; ni aun siquiera sabe quién es vuestro padre, ni el lugar en donde os ha dado á luz. Sin embargo, por un aviso secreto, sabiendo que existís, vuestra buena madre os ha legado un magnífico aderezo que vale muchos cuentos de maravedises, para vuestra esposa cuando os caséis. De la misma manera secreta, y sin darme yo á conocer de ella, la he jurado por mi fe de caballero no revelar á nadie, ni á vos mismo, que sois su hijo, su nombre. Guardo, pues, el secreto. Pero como viviréis en la corte, si os casáis, vuestra madre podrá reconoceros, ya que no pueda por vuestro nombre, en la primera ocasión en que presentéis en la corte á vuestra esposa prendida con ese aderezo, si es que vuestra madre no ha muerto cuando vos os caséis.

›Al reconoceros, al daros lo bastante para que un noble pueda vivir en la corte de sus reyes como conviene á su nombre, he cumplido con Dios, con mi corazón y con mi honra. Un Girón, por más que sea bastardo, no puede llevar sino como antifaz, y durante cierto tiempo, un apellido ajeno por noble que sea. Escribo esta carta con las lágrimas en los ojos; acabáis de nacer y lloráis junto á mí. No os recojo, no os tengo á mi lado, porque quiero qué el orgullo de ser mi hijo no os haga mal criado. Quiero que viváis en una esfera humilde, que os criéis, si no en la desgracia, en una pobreza honrada. Quiero, en fin, haceros bueno y leal, y sabio y valiente. Quiero... todo lo que un padre quiere para el hijo de la mujer que ha amado como yo amo á vuestra madre. Espero en Dios que mis propósitos se cumplirán, y que Dios me dará vida para abrazaros.

›Como podrá suceder que por una infidelidad de las gentes que se han encargado de vos, aunque no lo espero, ó por otro acaso cualquiera, sepáis el secreto de vuestro nacimiento, es mi voluntad que entréis desde tal punto en el goce de cuanto os doy; pero si yo vivo, venid sin perder tiempo á buscarme, ó de no poderlo hacer, escribidme.

›Creo que baste con lo que os digo.

›Que vuestra suerte no os ensoberbezca, seguid siendo siempre bueno y leal y recibid la bendición de vuestro padre,

›EL DUQUE DE OSUNA, CONDE DE UREÑA.›

—¿Comprendéis ahora por qué os llamaba señor?—dijo todo trémulo Francisco Martínez Montiño.

Don Juan Girón (y le llamaremos así en adelante), no contestó.

En vez de mostrarse alegre se mostraba contrariado, y se veía temblar la cólera bajo su semblante.

Recogió los papeles, los guardó cuidadosamente en lo interior de su ropilla y en sus bolsillos el aderezo de su madre.

Luego dijo levantando los ojos hacia el cocinero mayor:

—Señor Francisco Montiño, me pesa mucho el no poder seguir llamándoos tío; pero no lo sois y me veo obligado á tener paciencia.

—¡Obligado á tener paciencia, Dios de bondad, y os encontráis casi un príncipe!

—Hacedme la merced de meter eso otra vez en ese cofre, de cerrarlo y de llevároslo.

—¿Y si me lo roban, señor?

—¡Eh! ¡Si os lo roban, qué importa! ¡Adiós!

—Pero...

—Adiós, ya os veré.

Y don Juan salió.

—¡Pero está loco, Dios mío!—dijo el cocinero mayor guardando todo aquello con precipitación, como si hubiera temido que se lo robasen las paredes—. ¡Y marcharse sin que yo haya podido decirle el apuro en que me encuentro con el inquisidor general... mis negros, mis terribles apuros! ¡Vive Dios que se conoce en él la sangre de los Girones!... Y al fin me servirá de mucho... me vengará ahora mucho mejor que antes, porque al fin él me ha dicho que siente mucho no poder seguir llamándome su tío. Me parece que puedo dejar esperar sin peligro al inquisidor general.

Entre tanto el cocinero mayor había metido en el cofre su contenido, le había cerrado y metióse cuidadosamente la llave en el bolsillo.

—¡Eh, hostelero!—dijo llamando; y cuando apareció éste añadió—: decid á los dos lacayos y á los dos soldados que están abajo que suban.

Cuando hubieron subido, el cocinero hizo cargar de nuevo á los lacayos con el cofre y salió.

Al llegar á la puerta, el hostelero le dijo con la gorra en la mano:

—¿Y el gasto, señor?

TOMO II

—¡Cómo! ¿No han pagado?—dijo el cocinero deteniéndose con sobresalto.

—Esos caballeros se han marchado sin pedirme la cuenta, y como arriba quedábais vos...

—¿Y cuánto es la cuenta?—dijo todo turbado el señor Francisco.

—Quince ducados, señor.

—¡Quince ducados!—exclamó Francisco Montiño, metiéndose en un regateo que en aquellas circunstancias era un rasgo determinante del miserabilísimo carácter del cocinero—; ¿pues cuántas gentes han comido y bebido?

—Dos hidalgos, señor, cuatro criados...

—Basta... basta—dijo el cocinero sacando de una manera nerviosa un bolsillo de los gregüescos—; tomad y adiós. Con muchas cuentas como ésta os ponéis rico.

—Vaya en paz vuesa merced—dijo socarronamente al cocinero mayor.

—¡A palacio!—dijo Montiño á los suyos.

Y se puso en marcha delante de ellos.

CAPÍTULO XXXIX

DE CÓMO QUEVEDO CONOCIÓ PRÁCTICAMENTE LA VERDAD DEL REFRÁN: EL QUE ESPERA DESESPERA

Cuando don Juan Girón se encontró en la calle con sus dos nuevos amigos, se apresuró á despedirse de ellos, citándoles para el día siguiente, y alegando un pretexto tomó á la ventura por la primera calle que encontró á mano.

El joven estaba aturdido.

No de orgullo, sino por el contrario, de abatimiento.

El hubiera preferido una condición humilde, afanosa, con padres legítimos, á la riqueza y á la consideración que le daba la circunstancia de ser hijo bastardo reconocido de aquel poderoso magnate, á quien llamaban por excelencia el gran duque de Osuna, conde de Ureña.

Le pesaban en los bolsillos las joyas que había encontrado en el cofre; sentía sobre su pecho los papeles que acreditaban su nacimiento; y aquellas joyas y aquellos papeles le abrumaban.

Indudablemente era harto raro el modo de pensar del joven, en una época en que abundaban los bastardos reconocidos y respetados, porque en aquel tiempo eran otras las costumbres.

Estaban en tal predicamento, en tal valía la nobleza de algunos apellidos, que honraban á todos los que los llevaban, aunque fuesen judíos convertidos, apadrinados por algún grande.

Pero don Juan se había criado en un pueblo, en medio de los ejemplos de virtud y de dignidad de los que había creído sus parientes, y pensaba de otro modo.

No le afligía el ser bastardo por sí, sino por su madre.

Por su madre, que por más que abonase por su inculpabilidad el duque, estaba acusada delante del mundo por aquel reconocimiento público de su hijo.

Estas y otras muchas afecciones mortificaban al joven, y entre ellas no era la menor, la de que, á su juicio, su condición social hacía dificilísimo su casamiento con doña Clara Soldevilla.

Porque á pesar de que la Dorotea le había fascinado, y empeñádole como una dificultad, la Dorotea sólo llenaba el deseo del joven, mientras doña Clara interesaba sus sentidos, su razón, su corazón, su vida; en una palabra, su cuerpo y su alma.

Don Juan sufría de una manera intensa; se encontraba entre dos mujeres: á la una le arrastraba todo, á la otra su deseo y su caridad.

Su caridad, porque había comprendido que Dorotea le amaba, á pesar del poco tiempo que había pasado desde su conocimiento, de una manera que no podía explicarse sino por otro hecho también excepcional: por el amor violento que el joven había concebido por doña Clara.

Es verdad que don Juan había supuesto de la hermosa menina menos de lo que ella era, ya se tratase de hermosura de cuerpo, ó de hermosura de alma; de ternura hacia el ser que tuviera la fortuna de ser amado por ella, de tesoros de pureza reservados para aquel hombre; don Juan se había enamorado de sus suposiciones, y de ver que sus suposiciones habían sido mezquinas, debía enamorarse todo cuanto su alma era capaz de amar, que lo era hasta lo infinito; don Juan, pues, moría pensando en doña Clara, sufría recordando á la Dorotea.

Poema tranquilo y dulce la una; poema sombrío y desgarrador la otra; dos grandes mujeres, consideradas en cuanto al corazón, pero puestas en condiciones enteramente distintas: la una, altiva con su dignidad de mujer y de nobleza de raza; la otra, humilde, paciente, devorando en silencio las contrariedades de su nacimiento y de su vida; las dos hermosas, espirituales, codiciadas, celebradas; las dos hablando con lenguaje tentador, elocuente, al joven.

Don Juan, pues, tenía fiebre.

Pero enérgico, valiente, acostumbrado á acometer de frente las contrariedades vulgares que hasta entonces había experimentado, acometió de frente la dificultad excepcional en que se encontraba metido, y dijo para sí:

—El ser yo hijo de Osuna, ya no tiene remedio; en cuanto á doña Clara, será mi esposa, porque lo quiero; Dorotea... Dorotea será mi hermana.

Otro hombre hubiera dicho, frotándose las manos de alegría:

—Bastardo ó no, soy hijo de un gran señor, y tengo una gran renta; las dos célebres hermosuras de la corte y del teatro me aman; la una será mi mujer, la otra será mi querida.

Por el contrario, don Juan, con arreglo á su corazón, sin meditar, porque no tenía experiencia, que con las mujeres no hay términos medios posibles, había creído salir del atolladero con una hipótesis que, á realizarse, satisfacía á su corazón y á su conciencia.

Y más tranquilo ya, se orientó, tomó por punto de partida la calle Mayor, y sin vacilar ya, se dirigió á la calle Ancha de San Bernardo, y á la casa de la Dorotea.

Al llegar á la puerta retrocedió.

Un bulto se había enderezado y permanecido inmóvil delante de él.

—¡Quién va!—dijo don Juan poniendo mano á su espada.

—Decid más bien: ¿quién espera, quién se desespera, quién tirita, quién se remoja, quién está en batalla descomunal con el sueño, esperando á un trasnochador insufrible? ¡Cuerpo de mi abuela, que bien son ya las dos de la mañana!

—¡Don Francisco!—exclamó admirado el joven—; ¿qué hacéis aquí?

—Esperar para deshacer.

—¿Para deshacer qué?

—Enredos y dificultades; cuando mi duque de Osuna me escribió que viniese á la corte en busca vuestra, no sabía yo el trabajo que habíais de darme, ni verme metido en tales laberintos, como en los que por vos estoy, sin corazón y sin cabeza, sin cuerpo y sin alma.

—¡Vos!

—Sin cuerpo, porque tal como lo tengo de aporreado me aprovecha, y sin alma, porque la tengo trastornada y revuelta, y andando en cien lugares y no sabiendo dónde pararse.

—¡Ah, esperábais!

—Sí, señor, y había perdido la esperanza, amigo Montiño.

—No volváis á llamarme Montiño, os lo ruego, don Francisco; ese apellido me hace daño.

—¡Ah! ¿Ha reventado del secreto vuestro tío?—dijo Quevedo con intención.

—El cocinero del rey, por una casualidad, ha venido á parar á mis manos con un cofre, y en ese cofre...

—Pues me alegro ¡vive Dios! Alégrome de que sepáis... pero, en fin, ¿qué es lo que sabéis?

—Llevo conmigo mi partida de bautismo, unas escrituras, por las que el duque de Osuna me hace rico, y una carta de mi padre.

—Pero, ¿quién es vuestro padre?

—El excelentísimo señor don Pedro Téllez Girón, duque de Osuna, marqués de Peñafiel, conde de Ureña, virrey de Nápoles, y capitán general de los ejércitos de su majestad—dijo con amargura el joven.

—¿Y os pesa de ello, don Juan?—dijo Quevedo cambiando de tono.

—Pésame por mi madre.

—¿Sabéis quién es vuestra madre?

—No; ¿y vos?

—Tampoco—contestó prudentemente Quevedo.

—Pero, ¿sabíais que el señor duque?. .

—Sí, por cierto; su excelencia se ha levantado para mí la mitad de la carátula.

—¿Y qué hacer?

—Decir á voces, para que todo el mundo lo oiga: yo soy don Juan Téllez Girón, hijo del grande Osuna... pero por lo pronto hay que hacer otra cosa: recibir esta carta que vos no esperábais.

—¿Acaso una carta de mi padre?

—De persona es esta carta que os alegrará, cuando el duque, por ser vuestro padre y por pensar como pensáis, os entristece.

—Pero, ¿de quién es?

—Oedlo, y ver si trasciende á hermosura, y á amor, y á gloria para vos, que, como sois joven, buscáis la gloria en una mujer.

—¡De doña Clara!—exclamó alentando apenas el joven.

—¡Ah, pobre Dorotea—dijo Quevedo—; su hermosura y su amor, á pesar de ser tan peligroso, no ha podido haceros olvidar á la hermosa menina. Quisiera que doña Clara oyese, tiene celos.

—¡Celos!

—Como que ama.

—¿Y os ha dado esta carta para mí?

—Mirad á lo que por vos me reduzco.

—¡Ah, Dios os premie, don Francisco, la ventura que me dais; pero agonizo de impaciencia.

—¿Por leer? Pues leamos.

—¿A obscuras? ¡Maldiga Dios la noche!

—Y bendiga los farolillos de las imágenes callejeras; á la vuelta de la esquina hay uno, á cuya luz, si le han alimentado bien, podréis salir de ansias.

Don Juan tomó adelante hacia la vuelta de la esquina, y de a modo, que Quevedo, que no podía ir ligero, se quedó atrás!

—De todas las necesidades que hacen andar más de prisa á un hijo de Eva —dijo—no conozco otra como la mujer.

Y siguió á paso lento.

Entretanto don Juan había doblado la esquina.

Efectivamente, alumbrando, aunque á media luz, á una virgen de los Dolores embutida en su nicho, había un farol.

Don Juan tenía una vista excelente, y, gracias á ella, pudo leer lo que sigue en la carta de doña Clara:

«Os espero, os espero, no podré deciros con cuánta impaciencia; nunca he ansiado tanto, estoy resuelta á esperaros toda la noche. Venid en cuanto recibáis ésta á palacio por el postigo de los Infantes. Si don Francisco de Quevedo no pudiera acompañaros como se lo he rogado, llamad al postigo, dad por seña: el capitán Juan Montiño, y el postigo se abrirá y una doncella mía os traerá á mi aposento; romped ó quemad esta carta y venid, venid que os espero ansiosa.— *Doña Clara Soldevilla.*»

El joven sintió lo que nosotros no nos atrevemos á des

cribir por temor de que nuestra descripción sea insuficiente; era aquella una de esas agudas sorpresas, que trastornan, aplanan, por decirlo así, causan una revolución poderosa en quien las experimeta.

Don Juan vaciló, y para sostenerse apoyó sus manos y su frente en la repisa de piedra del nicho de la imagen.

Llegó Quevedo, se detuvo y contempló profundamente al joven.

—¡Si las tormentas no se calmarán al fin...!—dijo—. ¡Como su padre! ¡son mucho, mucho hombres estos Girones! ¡ó muy poco! ¿quién sabe? Y hace fríc y llueve. ¡Don Juan!

El jo en se levantó de sobre la repisa aturdido.

—Paréceme que os esperan, y que os espera alguna persona á quien no debéis hacer esperar... y acaso... acaso os esperan muy altas personas.

—Vamos—dijo el joven.

Y tiró adelante.

—No es por ahí—dijo Quevedo.

—Pues guiadme vos.

—Y vos llevadme, si hemos de andar de prisa.

Y Quevedo se asió al brazo de don Juan, y en silencio entrambos, porque el joven estaba más para pensar que para hablar, y Quevedo más que para andar y hablar para dormir, tomaron el camino del alcázar.

Don Francisco se fué derecho, como quien tanto conocía el alcázar, al postigo de los Infantes y llamó.

Al primer llamamiento nadie contestó.

—¿Qué es esto?—dijo don Juan—, ¿nos habremos equivocado de puerta ó se habrá arrepentido doña Clara?

—No; sino que aquí también hace sueño, ¡ya se ve! ¡es tan tarde!

Y Quevedo bostezó y llamó por segunda vez.

—¿Quién llama?—dijo tras el postigo una soñolienta voz de mujer.

—¿No os lo dije? dormían—contestó Quevedo—; ¿pero qué hacéis que no contestáis?

—¿Quién es?—dijo la voz de adentro más despierta.

—El capitán Juan Montiño—contestó don Juan.

Rechinaron los cerrojos del postigo, que se abrió á medias,

—Entrad—dijo la mujer.

Y cuando don Juan hubo entrado, el postigo volvió á cerrarse.

—Esperad—dijo Quevedo conteniendo con la mano el

postigo—; aún queda uno, digo, si no es que yo sobro, que me alegraría.

—¿Sois don Francisco de Quevedo y Villegas?

—Créolo así.

—Entrad, pues, y en entrando oid lo que habéis de hacer—dijo la joven, que joven era á juzgar por la voz la que hablaba, y cerró·la puerta quedando los tres en un espacio obscuro.

—¿Os han dado algún mandato para mí?—dijo Quevedo.

—Mi señora me ha dicho que su majestad os está esperando, que vayáis á su cuarto y os hagáis anunciar por la servidumbre.

—De las dos majestades, ¿cuál me espera?

—Su majestad el rey.

—¡Ah! pues corro—dijo Quevedo permitiéndose una licenciosa suposición de ligereza.

—¿Sabéis el camino?

—Aprendíle ha rato.

—Pues id con Dios.

—Guárdeos él y á vos, amigo don Juan.

—¡Ah! don Francisco, esta es la primera aventura que me hace temblar.

—No digáis eso, que al conoceros medroso, pudiera tener miedo vuestra guía y equivocar el camino. Tengo para mí que os deben llevar por la derecha.

—Y vos debéis iros por la izquierda—dijo la mujer.

—Bien me lo sé.

—Adiós.

—Adiós.

Y se oyeron los tardos pasos de Quevedo que se alejaba.

—¿Dónde estáis, caballero?—dijo la joven que había abierto el postigo.

—Junto á vos, á lo que parece—contestó don Juan.

—Dadme la mano que os guíe.

Diósela el joven, y por su tacto, ni áspero ni suave, comprendió que se trataba de una medio criada, medio doncella.

Llevóle ésta por unas escaleras, luego por una galería, y al fin se detuvo, sonó una llave en una cerradura, se abrió una puerta, se vió al fondo de su habitación el reflejo de la luz que alumbraba á otra, y la sirviente dijo al joven:

—Pasad, en su cámara encontraréis á mi señora.

Adelantó temblando el mancebo, combatido por la duda y

por la impaciencia, que nunca es mayor que cuando estamos próximos á tocar un objeto ansiado, y entró en la habitación de donde salía el reflejo de la luz.

CAPÍTULO XL.

DE CÓMO EL NOBLE BASTARDO SE CREYÓ PRESA DE UN SUEÑO

De pie, inmóvil, apoyada una mano en una mesa, encendida, trémula, con la mirada vaga, estaba doña Clara, alumbrada de lleno por la luz de un velón de cuatro mecheros.

Don Juan no pasó de la puerta.

Al verla se quedó tan inmóvil como ella.

Durante algún tiempo ninguno de los jóveues pronunció una sola palabra.

Doña Clara miraba de una manera singular á don Juan.

Don Juan estaba mudo de admiración, dominado por la magia que se desprendía de doña Clara y con la vista fija en ella.

Estaba maravillosamente vestida.

Un traje de terciopelo blanco de Utrech con bordaduras de oro y cuchilladas de raso blanco, realzaba la majestad y la belleza de las formas, lo arrogante de la actitud, que constituían el ser de doña Clara, en un indefinible conjunto de distinción y de hermosura.

Estaba hechiceramente peinada, ceñía su cabeza una corona de flores de oro esmaltadas de blanco, y de esta corona pendía un velo de gasa de plata y seda.

Inútil es decir que á este bello traje, servian de complemento bellas y ricas alhajas. No podía darse nada más hermoso, más completamente hermoso.

—Acercáos—dijo con acento dulce doña Clara.

—¿Para qué me habéis llamado?—exclamó el joven con afán acercándose.

—Decidme primero lo que habéis pensado de mí al leer la carta que os he enviado con don Francisco.

—He creído... no he creído nada, porque vuestra carta me ha aturdido. ¿No le veis, señora? ¿No conocéis que estoy muriendo?

—Domináos, reflexionad y decidmelo: ¿qué pensais de esta extraña cita?

—Pienso, señora, que sabéis bien que mi vida es vuestra, y no sólo mi vida, sino mi alma, y que si me habéis llamado, es á causa sin duda de hallaros en un grande compromiso.

—Tenéis razón: en un compromiso harto grave. Me caso.

—¡Que os casais!

—Sí por cierto, y voy á mostraros la causa por qué me caso.

Don Juan no contestó, porque se le había echado un nudo á la garganta.

Doña Clara, entre tanto, había tomado de sobre la mesa un objeto envuelto por un papel y le desenvolvió lentamente.

El joven vió un magnífico rizo de pelo negro, sujeto por un no menos magnífico lazo de brillantes.

—He aquí lo que me casa con vos—dijo doña Clara con la voz firme y lenta, aunque grave.

--¡Conmigo! ¡os casaréis conmigo!—exclamó el joven con una explosión de alegría—; ¡yo!... ¡yo vuestro esposo!... ¡yo poseedor de vuestra alma, de vuestra hermosura!... ¡esto... esto es un sueño!

Y don Juan retrocedió, y por fortuna encontró un sillón en el que se dejó caer.

Estaba pálido como un difunto, temblaba, miraba de una manera ansiosa á doña Clara.

De repente se levantó, asió una mano á doña Clara, la estrechó contra su corazón y exclamó:

—Explicadme, señora, explicadme este misterio que me vuelve loco.

—Cuando seáis mi esposo.

—Pero eso será pronto...

—¿No me veis vestida de boda? la corona nupcial de mi madre, las joyas que llevó en una ocasión semejante, me adornan: á falta de traje á propósito la reina me ha regalado éste. Yo quería casarme lisa y llanamente... pero me han mandado ataviarme... me ha sido preciso obedecer: todo se ha reducido á aceptar este traje de su majestad, á abrir el cofre donde conservo las joyas de mi madre y á ponerme en manos de mis doncellas; ya veis que todo esto indica que el casamiento corre prisa: el padre Aliaga alegó no sé qué del concilio de Trento, pero la reina dijo que eso se arreglaría después... de modo, señor, que sus majestades, el inquisidor general y yo, os estamos esperando desde hace tres horas. Sólo falta que vos me digáis si queréis casaros conmigo.

- -Vuestra duda es impía, doña Clara: ignoro por qué habéis cambiado vuestros desdenes de anoche.

—Los ha cambiado este rizo.

—Pero ese rizo...

—Es mío.

—¿Y no me diréis más?

—Luego; después de las bendiciones, á solas con vos.

—Doña Clara, yo os amo; sois lo único á que aspiro; ser vuestro y que vos seáis mía, es una gloria que me enloquece... pero noto en vos no sé qué de terrible, de violento. ¿Os obligan á que os caséis conmigo?

—Sí por cierto, me obliga mi corazón.

—¡Vuestro corazón! habéis pronunciado de tal manera esas palabras, que me espantan; no, vos no me amáis...

—¿Quién sabe?

—Si me amárais pronunciaríais ese ¿quién sabe? con menos amargura. . ¿qué digo con menos?... lo pronunciaríais con el alma, que asomaría á vuestro acento y á vuestro rostro por más que lo quisiérais ocultar.

—¿Y qué no asoma?

—Despechada y amarga, que enamorada y contenta no.

—¿Pero á qué esta disputa? ¿no queréis casaros conmigo?

—He querido y quiero... pero según os veo... me niego...

—¡Ah, os negáis!

—No quiero ayudar á que os sacrifiquen.

—¡Don Juan!...

—¿Por qué me llamáis don Juan?

—Por... ¡por qué sé yo!¿pero esto qué importa?

—Mucho... acaso el ser yo sobrino del cocinero del rey...

—Eso no importa nada...

—¿Y si fuera peor? ¿si yo fuera un bastardo?...

—¡Cómo! ¿sabéis?...

—¿Y qué he de saber? ¿que soy hijo del duque?...

—Del gran duque Osuna, y...

—¿Y de quién? ¿sabéis acaso, señora, el nombre de mi madre como sabéis el de mi padre?

—¡Cómo! ¿no sabéis quién es vuestra madre?. .

—No, ¿y vos?

—Tampoco...

—Ayer ni aun el de vuestro padre conocíais.

—Lo he sabido por una casualidad esta noche...

—Yo lo supe ayer...

—¿Quién os lo dijo?...

—Vuestro supuesto tío...

—¡Ah! ¡mi tío... Francisco Montiño os lo dijo!... ¿y á qué propósito?..

—Estamos pasando el tiempo, don Juan... estamos haciendo esperar á sus majestades.

—Un solo momento; leed, y después decidme si os queréis casar conmigo.

Y sacó de su ropilla los papeles; buscó la carta del duque y la dió á doña Clara.

Esta la leyó.

—Me caso con vos—dijo, devolviéndosela.

—Pero esto es cruel... vuestra decisión me espanta.

—¿No me amáis?.. —dijo con impaciencia doña Clara...—pues si me amáis ¿á qué esa obstinación?... ¿dudáis acaso de mí?... ¿amáis acaso á otra, á causa de esa facilidad que tenéis de enamoraros en dos minutos?

—Me estáis desgarrando el alma, señora... y... no os comprendo... arrostráis un sacrificio al casaros conmigo... todo lo indica en vos; y cuando quiero salvaros, si es posible, á costa mía de ese sacrificio... ¿me preguntáis no sólo si os amo, sino si amo otra?

—Son las tres de la mañana—dijo doña Clara—y sus majestades esperan; concluyamos ó volvéos libre, ó seguidme.

—Esperad; puesto que vais á ser mi esposa...

—¿Qué?...

—En la carta que habéis leído, se habla de las alhajas de mi madre; aceptadlas como vuestro dote, señora...

Y el joven se metió la mano en el bolsillo.

—Después, muy después — dijo doña Clara —; ahora, puesto que entrambos queremos unirnos, venid.

Y se dirigió á una puerta en paso rápido, poderoso, en que se revelaba la excitación de que estaba poseída.

Don Juan la siguió.

Y dominado por lo extraño, por lo maravilloso, y aun podemos decir pór lo terrible de la situación, ni aun se acordó de que iba pobremente vestido, con su sombrero ajado, su capilla parda y sus botas de camino enlodadas hasta las corvas.

Porque todo había variado en el joven; menos el traje, todo.

Doña Clara Soldevilla.

CAPÍTULO XLI

DE CÓMO QUEVEDO SE QUEDÓ Á SU VEZ SIN ENTENDER AL REY

—Enredo como este, confesad que es mayor que vuestra perspicacia, don Francisco—decía Quevedo, dirigiéndose á obscuras desde la parte baja del palacio al cuarto de Felipe III—. Y eso—añadía—que tenéis una perspicacia que os mata. Que doña Clara se haya enamorado de nuestro hombre, pase, porque yo que no peco por los amores barbados, estóilo de él; que doña Clara se haya valido de mí como de un anzuelo para pescar á su enamorado, cosa es que no espanta á nadie, porque las mujeres se agarran á todo... que se encierre con él... cosa es de común apesta... pero que me digan: acompáñele vuesa merced; y acompañado que ha sido: vaya vuesa merced á ver al rey, que le espera, á las tres de la mañana, cuando nuestro señor, que Dios guarde, es más dado á dormir que un gusano de seda, dígome que no me entiendo, dóime capote y sigo y prosigo hacia el cuarto de su majestad.

Y seguía don Francisco, pero dando vueltas á su poderosa imaginación.

—¿Qué será, qué no será?... lo que fuere sonará—dijo al fin, cansado de cavilar y entrando en una galería alumbrada, á donde daba la puerta de la primera antecámara del cuarto del rey.

Llegó, habló á un ayuda de cámara y fué introducido hasta el rey, á quien habían despertado para anunciar á Quevedo, y que había vuelto á dormirse.

Es de advertir que el rey estaba en su lecho y convenientemente rebujado.

El ayuda de cámara despertó á su majestad.

—Pronto amanece hoy—dijo el rey.

—Son las tres de la mañana, señor—dijo el ayuda de cámara.

—¡Ah! ¡son las tres de la mañana!—dijo el rey bostezando y poniéndose la mano á manera de pantalla, para mirar á Quevedo, sin que le ofendiese la luz de la lámpara·—; ¿quién es ese?—añadió después de haber bostezado otras tres veces y de haber mirado durante tres minutos á Quevedo, que estaba tieso é inmóvil delante del lecho real.

—Es don Francisco de Quevedo y Villegas, señor—dijo el ayuda de cámara.

—¡Ah! pues creo, Dios me perdone, que estamos perseguido por don Francisco.

—Perdóneme vuestra majestad, señor—dijo Quevedo con voz campanuda y vibrante—; yo he sido llamado; que si llamado no fuera, no aportara yo en todos los años de mi vida por vuestra cámara.

—¡Ah! es verdad... ahora recuerdo; sólo que no recuerdo para lo que os he llamado... os necesitaba para algo.

Quevedo no contestó.

—¿Sabéis que tengo frío, don Francisco?—dijo el rey.

—Andan los tiempos muy crudos, señor—contestó Quevedo.

—Efectivamente, han dado en decir de estos tiempos que si son crudos, que si son cocidos. ¿Sabéis si se guisa algo bueno por el alcázar?

—No, señor; no me he dado á lo cocinero, y aunque lo fuese, hace mucho tiempo que el alcázar no es cacerola mía.

--¡Ah! pues en la tal cacerola, hierve por un lado y por otro hiela. Y hace frío, sí, señor, hace frío. Hacedme la merced, don Francisco, de llamar.

Quevedo fué á una puerta y dijo:

—Su majestad llama.

—Oye, Sarmiento—dijo el rey—; ponme detrás dos almohadones, á fin de que pueda recostarme, y el gabán de pieles.

Sirvió el ayuda de cámara al rey y éste le despidió.

Felipe III se quedó sentado en la cama, recostado sobre los almohadones y envuelto en el gabán.

—Os aseguro, don Francisco—dijo el rey bostezando de nuevo y haciendo la señal de la cruz sobre el bostezo—, que estoy pasando una mala noche.

—No la paso yo mejor— dijo Quevedo.

—Vos os divertís; yo me fastidio.

—Pues os doy la diversión por dos blancas.

—Os juro que no puedo dormir.

—Y yo os afirmo, señor, que no puedo acostarme.

—Yo os había llamado para algo.

—Yo creía que para algo era venido.

—Y es que no me acuerdo... ¿podéis vos adivinar?...

—¡Cómo! ¡señor! yo no me atrevo á penetrar en la alta

voluntad de un rey tan grande como vuestra majestad—dijo Quevedo inclinándose profundamente.

—Pues mirad, don Francisco, hay ocasiones en que yo tengo que tragarme mi voluntad.

—Y yo con mucha frecuencia las palabras.

—¿Y no se os ocurre para qué os podría necesitar yo?

—Creo que soy demasiado humilde para que haya vuestra majestad necesidad de mí.

—¡Ah! ya recuerdo... recuerdo que tenía que preguntaros algo. ¿No tenéis nada que decirme?

—Que Dios prospere á vuestra majestad, y le dé centuplicados reinos.

—Paréceme que los que tengo me sobran... pero ayudadme, don Francisco.

—¿Y á qué, señor?...

—A que saquemos en claro para qué os he llamado yo.

—¿Apostamos—dijo para sí Quevedo - á que el rey se está vengando de mí por lo de esta mañana? pues aguarda. Yo creo, señor - dijo en voz alta—, que me habéis llamado para entretener la vela; es decir, que me usáis como á libro malo que sólo se busca para llamar al sueño: si quiere vuestra majestad, convertiréme en libro, y contaré á vuestra majestad un cuento.

—No tal, ni por pienso—dijo el rey—, porque vuestros cuentos no los entiendo yo. Hablemos de otra cosa. ¿Qué me decís de vuestro duque de Osuna?

—Que no es mío.

—¡Ah! pues por vuestro os le dan.

—Agradezco la intención, porque indudablemente quieren hacerme un buen regalo.

—¿Está contento con su virreinato de Nápoles?

—Nada debe de dolerle, porque no se queja.

—¿Y vos, estáis contento aquí?

—Según: rabio á ratos, á ratos río, como olla podrida; y si no engordo, no enflaquezco.

—Decíamos que el duque... pues... decíamos que el duque... ¿qué decíamos, don Francisco?

—Yo no decía nada.

—Yo he querido decir algo... pues... quería haberos dicho algo de cierto hijo.

—No entiendo á vuestra majestad.

—Pues hablemos de un sobrino.

—Lo entiendo menos.

—De un rizo...

—Continúo á obscuras...

—De unas estocadas...

—Ni aun con la lengua las doy hace un siglo.

—Pues señor—dijo el rey—, ahora veo que no os he llamado para nada.

—Me ha llamado, indudablemente, vuestra majestad, para que venga.

—Y siendo venido para que os vayáis.

Y el rey bostezó más profundamente, se escurrió á lo largo de las almohadas y se rebujó.

—Dios dé á vuestra majestad muy buenas noches—dijo Quevedo.

El rey no le contestó: se había dormido.

Quevedo dió media vuelta y salió vivamente contrariado.

—¿Y qué debo yo hacer ahora?—dijo cuando se vió en la galería—. ¿Irme ó quedarme? y si me quedo, ¿dónde me quedo? ¿Y qué habrá querido decirme el rey? Cuando los mentecatos pretenden hacerse graves, ¿quién los entiende? ¿Si su majestad querrá dar al traste con Lerma y servirse de Osuna? ¡Que hable claro su majestad, que no soy yo hombre que sirve para catas, ni para ser traído y llevado! Aquí debe de andar la reina... Si yo pudiese ver á la reina... ¡Vamos! lo mejor será no pensar en ello: lo que fuere, sonará.

Y siguió adelante, pero con paso vago, como de quien no sabe á dónde va.

—¡Eh, caballero!—le dijo una voz de mujer al pasar junto á la puerta.

—Hábito llevo—dijo don Francisco—; conque bien puedo responder aunque á pie me hallo. ¿Qué se os ocurre, señora?

—Mi señora os llama.

—¿Y quién es vuestra señora?

—La señora condesa de Lemos.

—¡Ah! pues sed mi estrella.

—¡Qué!

—Que me guiéis.

—Seguidme.

La mujer, que era una doncella de la condesa de Lemos, le llevó á la antecámara de la reina, donde le salió al encuentro doña Catalina de Sandoval.

—Gracias á Dios que el rey os ha soltado—dijo.

—¿Y por qué esas gracias?

—Os esperan.

—¿Dónde?

—En el oratorio de la reina.

—Pues no adivino.

—¿No os ha dicho el rey que vos debéis representarle como padrino de una boda?...

—¡Ah! ¡sí! ¿Se trata de boda? ya lo había yo olido. Pero de nada menos que de eso me ha hablado el rey.

—No importa, yo represento como madrina á la reina.

—¡Ved ahí qué casualidad, que nos hayan buscado á los dos para representar un matrimonio! ¿Y los testigos?

—Son de la casa.

—¿Se trata de un casamiento secreto?

—No, señor; sino de un matrimonio de conciencia.

—Pues entonces no es la boda que yo creía.

—Sí, sí por cierto: el capitán de la guardia española del rey, Juan Montiño, se casa con la dama de honor de su majestad la reina, doña Clara Soldevilla.

—¿Y hay conciencias ya entre esos?... ¡pues si se conocieron ayer!... aunque cuando se vieron en la calle, tarde y á obscuras, y ya sabéis que la soledad y las tinieblas... ¡pero señor, si él estaba desesperado!...

—No os canséis, don Francisco; lo de la conciencia ha sido un pretexto para engañar al rey, á fin de que dé al momento la licencia; todo proviene del enredo de anoche: de aquel rizo de doña Clara.

—¡Ah! ¡el rizo de doña Clara! ¡pues ya entiendo lo que no entendía!

—¡Cómo! ¿el rey puede haber sospechado?...

—El rey no ve más que á dos dedos de sus narices...

—Se ha temido; para perder el temor se ha hecho necesario que ese joven sepa todo el enredo. Pero anoche doña Clara declaró solemnemente á la reina, que no llamaba al señor Juan Montiño, que no le ponía en antecedentes, que no permitía que tuviese el rizo... sino siendo su marido.

—Como que no desea otra cosa, y se agarra como un alacrán á un pretexto.

—Como que era necesario obrar cuanto antes, entraron en la conspiración la reina y el padre Aliaga, y después de conspirar se determinó que el padre Aliaga fuese al momento á ver al rey, y le dijese que enamorada, loca, en una oca-

sión desgraciada, doña Clara había dado un mal paso con
Juan Montiño. Que á más de ser urgentísimo casarlos, la
reina no quería que su dama favorita estuviese un solo momento expuesta á quedarse como se estaba y que era necesario casarlos, luego, luego... como el rey es tan devoto, y
en estos asuntos tan delicado de conciencia, á pesar de que
por doña Clara ha hecho más de dos simplezas, á pesar de
que está enamorado de ella, cuanto su majestad puede estarlo de una mujer, ha dado la licencia para el casamiento, pero
no ha querido asistir.

—¡Ah! ¡la mala noche del rey! ¡ya pareció ella!

—La reina tampoco quiere asistir á la ceremonia, porque...
piensa que doña Clara se sacrifica por ella.

—¡Mentira, mentira y más mentira!

—Y allá están ambos novios con el padre Aliaga y los
testigos, esperando únicamente por vos.

—¿Y quiénes son los testigos?

- Pedro Sarmiento, ayuda de cámara del rey, y Juan de
Urdiales, maestro de ceremonias, los que se han encontrado
más á mano.

—Vamos, pues, allá, y no retardemos la felicidad de los
enamorados. ¡Y llevar yo cuarenta y ocho horas sin dormir
por descanso de viaje!

—Ya dormiréis bien esta noche...

Y la condesa asió á Quevedo de una mano, y guiándole
desapareció con él por una puerta.

CAPÍTULO XLII

DE CÓMO DON JUAN TÉLLEZ GIRÓN SE ENCONTRÓ MÁS VIVO QUE NUNCA CUANDO PENSABA EN MORIR

Una hora después de haber salido de la estancia de doña
Clara con el joven, volvieron.

Pero volvieron casados.

Don Juan miraba de una manera avara á la joven.

La alegría, la felicidad, la pasión brillaban en su semblante.

Doña Clara estaba vivamente excitada, y á duras penas
podía disimular que era feliz.

Y sin embargo, no miraba al joven.

Y sin embargo, se mantenía duramente reservada.

Atravesó el aposento rápidamente, y al llegar á una puerta, como pretendiese pasar don Juan, le dijo:

—Esperad un momento, señor.

El joven respetó la voluntad de doña Clara, y se detuvo. La puerta se cerró.

Don Juan se quitó la capa y el sombrero, la daga y la espada, las arrojó sobre un sillón y se sentó en otro descuidadamente junto al brasero, como pudiera haberlo hecho en su casa.

Y esto era lógico.

El cuarto de su mujer, era su cuarto.

¡Su mujer doña Clara! ¡aquella dama cuyo semblante apenas visto le había deslumbrado! ¡aquella divina y magnífica hermosura, que encubierta había asido á su brazo! ¡aquella dama tan gentil, tan joven, tan pura, que le había llamado para recoger una prenda de la reina y que había acabado de enamorarle! ¡aquel dulce imposible estaba vencido!

Don Juan gozaba de un bienestar completo; se adormía en las ardientes ilusiones de su pensamiento; abrasaba con deleite su alma en aquel amor afortunado.

¡Suya doña Clara!

¡Su mujer doña Clara!

¡Doña Clara la madre de sus hijos, el dorado rayo del sol de su casa, su compañera de por vida!

Don Juan se creía soñando, y cuando se convencía de que no soñaba, moría de impaciencia.

Al fin apareció doña Clara, sencillamente vestida de casa, pero elegante; con un ancho traje de seda negra y una toquita blanca en los cabellos.

—¡Oh! ¡felicidad mía!—exclamó el joven levantándose con tal rapidez, que no pudo evitar doña Clara que la abrazase y la besase en la boca.

La joven dió un grito y quiso desasirse, pero no pudo.

Don Juan la retenía en sus brazos, reclinada sobre su hombro su cabeza, y lloraba.

—Apartad, señor, apartad –dijo doña Clara con voz dulce—; vuestra esposa os lo suplica.

Don Juan soltó á doña Clara, que estaba ruborosa y trémula.

—¿Es verdad que me amáis tanto?...—exclamó la joven, mirando con toda la fuerza de sus ojos negros á don Juan.

—Si no os amara, si no fuérais para mí antes que todo,

¿me hubiera casado con vos, sin pretender aclarar antes de nuestro casamiento el misterio de tal casamiento?

—Sentáos, don Juan, sentáos y escuchadme: escuchadme como si jamás me hubiérais hablado de amores, como si no fuéramos marido y mujer.

—Pero...

—Hacedme la gracia de escuchadme: bien sé que casada con vos, vuestra voluntad es para mí una ley; pero yo apelo á vuestra hidalguía; yo os pido, y os lo pido con toda mi alma, que por ahora no miréis en mí más que á doña Clara Soldevilla, no á vuestra esposa. ¿Me lo concedéis?

—Será siempre, señora, todo lo que vos queráis, menos no amaros.

—No os pediré eso jamás, porque vuestro amor para mí lo es todo siendo como soy vuestra mujer.

—¿Me decís al fin que me amáis?

—Os amo como debe amar una mujer casada á su marido... más claro: por el momento os respeto... os quiero... tengo en vos esperanzas...

—¿Pero no sois para mí la mujer enamorada?

—No quitéis al tiempo lo que es suyo. ¡Yo no os conozco!

—Y sin embargo, os habéis casado conmigo.

—Os confieso que en la situación en que me he casado con vos, y por la razón que lo he hecho, me hubiera casado con cualquiera de quien hubiera podido buenamente ser esposa.

—¿Sin amor?

—Sin amor.

—¿Pero qué misterio, qué razones son esas?

—Las vais á oir: en primer lugar, tomad este rizo, guardadlo.

—¡Este rizo vuestro!—exclamó el joven besándole con locura—. Pero esta joya...

—Es necesario que la dejéis en el rizo.

—La dejaré... pero tomad vos las de mi madre...

—Después, don Juan, después. ¿Queréis oírme?

—Seguid, señora.

—Cuando os pregunte alguien que por qué heristeis á don Rodrigo Calderón, inventad una mentira razonable... pero si el rey os preguntase por un acaso...

—No pienso que tenga ocasión de hablarme.

—Os engañáis; el rey tendrá ocasión de veros con mucha frecuencia.

—¿Como esposo vuestro?

—Por eso no tiene el rey que veros. Pero sí como capitán de la guardia española.

—¡Ah! ¡conque yo soy capitán!

—Tal vez después de saber quién sois, no queráis ser soldado:

—Por el contrario, señora, tengo obligación de servir al rey.

—Con tanta y tan grave cosa como me tiene en cuidado, me olvidé de daros una provisión de capitán que tengo para vos. Esperad. Voy á dárosla.

Y la joven se levantó, sacó del cajón de un mueble un papel, y le dió á don juan.

—Esta provisión ha sido vendida y revendida—dijo el joven.

—Se ha comprado para vos.

—¿Y quién la ha comprado?

—La reina.

—¡Me paga el servicio casual que la he hecho!

—No, no por cierto: el servicio que habéis hecho á su majestad no hay con qué pagarlo.

—Demasiado recompensado estoy si por conoceros he servido á su majestad, y por servirla sois mía. Nada hay en el mundo que valga lo que este premio. Por lo tanto, esta provisión está demás... si la acepto, la pagaré.

—No llevéis vuestra altivez, muy digna sin duda, hasta el punto de ofender á su majestad: aceptad tal como se os da esa compañía, y estad seguro de que ya tendréis más de una grave ocasión de servir á la reina.

—Sea lo que vos queráis—dijo el joven guardando la provisión.

—Sea lo que debe ser—dijo doña Clara—; continuemos: como capitán de la guardia del rey, cuando estéis de servicio, recibiréis en muchas ocasiones las órdenes directamente de su majestad, en particular en las partidas de caza, donde por vuestro oficio estaréis junto al rey. En una palabra: estáis al servicio inmediato de su majestad. Si un día, mañana acaso, el rey os preguntase acerca de mí... decidle... hacedle entender que entre nosotros mediaban amores... que... que en una palabra, por deber y por conciencia estábais obligado á casaros conmigo.

—Pero eso no es verdad... yo no puedo ofenderos... el rubor que tiñe vuestro semblante, dice bien claro que os ofendería.

— Don Juan, la reina es mi hermana — dijo profundamente doña Clara —: ella en su alta posición y yo en la mía, al conoceros... oid desde el principio, don Juan. Yo tenía una madre buena, amante, hermosa... venid... vais á conocer á mi madre.

—Doña Clara se levantó, tomó una bujía y precedió al joven.

Pasaron por un aposento de vestir, y entraron en un dormitorio.

En él había un pequeño lecho blanco que respiraba pureza, algunos ricos muebles, y en una de las paredes, un cuadro cubierto con un velo negro.

Doña Clara corrió aquel velo, y quedó á la vista de don Juan una dama de cuarenta años, pálida, excesivamente hermosa, y á juzgar por su traje y por su expresión, muy principal dama.

— Esa era mi madre — dijo doña Clara con acento vivamente conmovido.

— ¡Ah! ¡digna madre de tal hija! — dijo el joven no menos conmovido.

—¿No es verdad, don Juan, que yo debo de estar orgullosa de mi madre?

— Como debéis estarlo de vos misma.

—No hablemos de mí — dijo doña Clara corriendo de nuevo el velo —. Yo os he dado á conocer á mi madre de la única manera que me ha sido posible. Volvámonos á donde estábamos.

Don Juan salió suspirando de aquel dormitorio tan blanco y tan puro, pero enorgullecido por su mujer, porque la atmósfera de aquel dormitorio había venido á ser para don Juan un testimonio de la valía de doña Clara.

Sentáronse entrambos jóvenes de nuevo, el uno en un extremo, y en otro extremo el otro, de la ancha tarima del brasero.

—Nuestra familia, y la vuestra, porque en ella acabáis de entrar, se componía hace cuatro años: de mi padre Ignacio Soldevilla, coronel de infantería española, encanecido en los combates, de mi madre doña Violante de Saavedra, hija de un mayorazgo de la montaña, y de mí. Cuando conozcáis á mi padre, que espero sea pronto, él os relatará nuestro abolengo, él os dirá muchas de esas cosas que una mujer no debe decir á su marido. Yo sólo os hablaré de mis padres. Mi madre, criada con el recogimiento de una casa de solar de la montaña, no tuvo más amores que los de mi padre; le amó como yo os amaré: después de casada.

—¡Ah! ¡ní vuestra madre amó á su esposo, sino después de casada, ni vos me amáis aún!

—Continuemos. Pasaba mi padre, hace más de diez y ocho años, con su compañía hacia Navarra, é hizo noche en casa de mi abuelo materno, donde fué aposentado. Vió á mi madre... durante la cena... y no pudo dormir.

—Como yo...

—Mi padre lo ha recordado muchas veces á mi madre delante de mí, y mi buena madre le contestaba sonriendo: yo, señor, no dormí tampoco.

—¿Pero creo que vos habéis dormido esta noche pasada?—dijo don Juan.

Doña clara continuó, sin contestar á la pregunta del joven:

—Al día siguiente, mi padre, á pesar de que debía marchar, detuvo con un pretexto su marcha, y como es excesivamente franco, buscó á mi abuelo, y le suplicó que para hablarle de cierto negocio, quisiese dar un paseo con él por el campo. Accedió mi abuelo, y apenas se vieron fuera de la población, mi padre le dijo quién era, cuánto poseía, que estaba perdidamente enamorado de su hija, y que quería casarse sobre la marcha con ella. Mi abuelo le contestó que partiese con su compañía, por lo pronto, que él se informaría acerca de mi padre, y que con lo que hubiese resuelto le contestaría. Mi padre partió sin ver á mi madre, y al mes recibió en Navarra una carta de mi abuelo, en que le decía que, habiéndose informado lo que bastaba para saber que mi padre era noble, honrado y valiente, y no oponiéndose á ello su hija, podía, si persistía en su pensamiento, volver á recibir las bendiciones. Mi padre no vió por segunda vez á mi madre, sino á los pies del altar.

—Pero de seguro, y á pesar de no conocer bastantemente á vuestro padre, vuestra madre no le desesperó - dijo el joven, que no desaprovechaba ocasión.

Doña Clara no contestó tampoco á esta indirecta.

—Fueron felices; ricos, amantes, honrado mi padre por el rey, respetado por todos, respetada mi madre como merecían su virtud y su nobleza. Yo nací en el término preciso después de su matrimonio. Yo he sido su hija única. Crecí al lado de mi madre; lo que sé lo aprendí de ella: durante las largas ausencias de mi padre en la guerra, nuestra casa estaba cerrada, algunos criados antiguos eran nuestra única

·compañía. Yo era feliz. Mi madre lo parecía también. Hace cuatro años, mi madre murió.

Doña Clara se detuvo, inclinó la cabeza durante un momento, y luego la alzó.

En sus hermosos ojos brillaba una lágrima.

Don Juan la contemplaba extasiado: creía á cada momento que su amor no podía crecer, y sin embargo, á medida que se iba revelando el alma de doña Clara, su amor crecía.

La joven continuó:

—La muerte de mi madre fué mi primer dolor. Hasta entonces no había comprendido que podía yo quedarme sola en el mundo; pero cuando mi madre murió, cuando no la vi á mi lado durante el día, al acostarme, llamando sobre mí los buenos sueños con un dulce beso, al levantarme abriéndome con otro nuevo beso otro hermoso día, ¡ay! hasta que todo esto me faltó, no comprendí el horrible vacío á que puede verse condenada una mujer, porque para una mujer, su madre lo es todo. La mujer para su madre es siempre una niña. Mi pobre madre murió de tristeza, murió de amor.

—¡De tristeza! ¡de amor!—exclamó don Juan.

—Del año, los nueve meses los pasaba mi padre en campaña, y aun había años en que no venía.

—¡Ah!—exclamó el joven, arrastrado por el profundo sentimiento de la voz de doña Clara al pronunciar aquellas palabras.

—Mi madre no se quejaba á mi padre: si se hubiera quejado, mi padre hubiera dejado el servicio, pero hubiera enfermado de tristeza. Entre su propio sacrificio y el de su esposo, mi madre se decidió por sacrificarse. Y se sacrificó por completo. Cuando mi padre volvía, y contaba á mi madre los peligros que había arrostrado, mi madre le escuchaba sonriendo; cuando mi padre se despedía para una nueva campaña, le abrazaba sonriendo también; cuando nos quedábamos solas, mi madre se me mostraba alegre, tranquila. No quería ennegrecer mi alma de niña con su tristeza. Pero llegó un día... ya hacía tiempo que mi madre estaba enferma... un día de muerte me lo reveló todo, pero me hizo jurar que nada sabría mi padre. Entonces me hizo comprender cuán terrible es amar y saber que el hombre amado está en un continuo peligro. Recibir cada día noticias de batallas sangrientas, en que se quedaba tendida la flor de la nobleza española, y decir á cada noticia, recibida en carta de mi padre: ¡De esta ha salido salvo!... pero ¡y de la siguiente! Esto es horrible, es una carcoma lenta que mata, ó la mujer que no muera en tal situación, no merece ser amada.

—¡Oh! ¡no seré soldado!—exclamó don Juan—. Mi rey, mi orgullo, sois vos.

—Sí, sí, seréis soldado mientras sea necesario que lo seais; pero después no: ¡no quiero morir como mi madre!

—¡Oh, Clara de mi alma!—exclamó el joven, recibiendo el puro, el glorioso relámpago de amor que destelló de los ojos de doña Clara al pronunciar sus últimas palabras —; ¡vos me amáis!

—Os amaré si merecéis que os ame—dijo doña Clara volviendo á apagarse, por decirlo así.

Y luego, con acento reposado, mientras don Juan suspiraba dominado por la firmeza de carácter de su mujer, ésta continuó:

—Llegó por acaso mi padre á tiempo de recibir la última mirada, la última sonrisa de mi madre. Cuando la vió muerta, su dolor me espantó, me hizo olvidarme de mi propio dolor para acudir aterrada al socorro de mi padre. ¡Creí que se había vuelto loco! Y cuando pasó el primer acceso, me dijo:

—«¡Yo no puedo permanecer por más tiempo en esta casa! ¡está maldecida para mí! ¡no tengo parientes con los cuales llevarte, y no permanecerás aquí tampoco: ¡la reina! ¡yo he derramado mi sangre por el rey! ¡mi lealtad ha costado la vida á ese ángel! Mi padre había adivinado la causa de la muerte de mi madre. ¡El rey no me negará la gracia de que entre en la servidumbre y bajo el amparo de la reina... ó no hay Dios en los ciel)s!»

Y me trajo consigo á palacio; habló al rey, que le oyó benévolamente; y le envió á la reina, y la buena Margarita de Austria se conmovió de tal modo al ver tanto dolor, que me abrazó, me besó en la frente, y me recibió como menina en su servidumbre. Mi padre levantó la casa; me entregó las alhajas y las ropas de mi madre, y yo me traje á nuestros antiguos y leales criados que aún me sirven, y que os recomiendo, señor, porque desde hoy lo son vuestros.

—Amarélos yo porque vos los apreciáis—dijo don Juan.

—Muy pronto no fué ya amistad lo que me dispensó la reina, sino cariño; cariño que creció de día en día y que hoy—vos lo debéis saber, señor, porque debéis saber todo lo que tiene relación conmigo—ha llegado á ser amor de hermanas. Y este amor ha crecido por las mutuas confianzas. Este amor ha hecho que, por servir noble y dignamen-

te siempre á su majestad, que de otro modo no le sirviera
yo, haya salido muchas veces sola de noche, yo que no he
estado nunca sola, ni aun en mi casa.

—¡Bendito Dios sea, que tal lo ha dispuesto! - exclamó el
joven—, porque anoche os vi durante un momento en el
alcázar; si no hubiérais salido no me hubiérais encontrado, no os hubiérais amparado de mí, no hubieran empezado estos amores que para mí tan glorioso fin han tenido.

—Decid más bien que os han casado y me han casado á
mí. ¿Os acordáis de las dudas que anoche teníais acerca de
si yo era ó no la reina?

—Y no me he engañado, porque sois la reina de mi alma.

—Recordad las cartas que me trajísteis; anoche os preguntó doña Clara Soldevilla, hoy os pregunta vuestra esposa: ¿habéis leído aquellas cartas, señor?

—Os afirmo por mi honor, que no; sabía que contenían
un secreto de la reina, y ese secreto no me atormentaba;
hubiera querido conocerle porque yo creía que la mujer á
quien amaba... Mi supuesto tío tuvo la culpa de que yo creyese, por esas exageraciones, que aquella mujer á quien yo
tanto amaba, era su majestad. Y sin embargo de que sentía
celos, no leí aquellas cartas.

—¿Y qué habéis pensado de la reina?

—Dejándome guiar de las apariencias, hubiera pensado
de ella mal si don Francisco de Quevedo y Villegas, mi
amigo, no me hubiera hablado de su majestad bien.

—Si os guiáis por las apariencias, debéis haber pensado
de mí muy mal.

—Yo... séquese mi pensamiento, si llego á pensar de vos...

—Sin embargo, una dama joven, que sale sola de noche... -
dijo doña Clara con amargura.

—Hacíais un sacrificio por su majestad.

—Es verdad; mi padre me dijo hace un año, al ver cómo
me trataba la reina: «Clara, hija mía, eres fuerte y valiente;
vela por su majestad, y si es necesario, sacrifícaselo todo...
todo menos el honor». Pero, volviendo á esas malhadadas
cartas, es necesario que conozcáis ese secreto.

A seguida, doña Clara contó punto por punto á don Juan
el estado en que la reina se encontraba, las traiciones de
don Rodrigo, la historia, en fin, de aquellas cartas, su contenido, el incidente que en el principio de aquella noche había
obligado á mentir á la reina; la historia del rizo, por último.

—En tal situación—prosiguió doña Clara—, habiendo tomado la reina en su apuro vuestro nombre, siendo muy posible que el rey desconfiase y os llamase y os preguntase, la reina, con las lágrimas en los ojos, me suplicó que la salvase; era preciso que yo os llamase; que os hablase á solas en las altas horas de la noche en mi aposento, que os revelase toda una sucesión de misterios... yo creía que todo aquello era necesario para salvar á su majestad, y... me sacrifiqué; me dije: «él se me ha mostrado ciegamente enamorado... le propondré que se case conmigo... Si acepta, al momento, al momento...», y se preparó todo... Me vestí de boda y os esperé anhelante... anhelante por consumar el sacrificio.

—Hay un medio, señora, de que ese sacrificio no caiga sobre vos.

—¡El medio de vivir como dos amigos, como dos hermanos!

—Si no sois más que mi amiga ó mi hermana, podíais ver mañana á un hombre... amarle...

—¡No he amado cuando era libre!... ¡y me han importunado!

—Sufriríais vuestro amor, le callaríais, porque además de vuestra honra, tenéis que guardar la mía... lo sé bien, señora; sé que mi honor está seguro en vos: pero os sacrificaríais, moriríais. Yo os libraré de ese sacrificio.

El acento de don Juan era lúgubre.

Cuando acabó de pronunciar estas palabras se levantó.

—¡Sentáos!—dijo con acento lleno y grave doña Clara.

El joven se sentó.

—¿De qué manera pretendéis libertarme de éste que yo llamo mi sacrificio?- dijo con acento singular doña Clara.

—¿De qué manera? ¿De qué manera decís?—exclamó el joven, con la mirada extraviada y la voz sombría—. ¡Muriendo! ¡Dejándoos viuda!

—¡Dios mío!—exclamó doña Clara, levantándose de una manera violenta y asiendo una mano de don Juan ···. ¿Qué habláis de morir?

—Tengo enemigos, enemigos que me he hecho por vos; los buscaré, los provocaré y me dejaré matar.

—¡No!—contestó con la voz opaca doña Clara, fijando en don Juan una mirada ardiente, fija, aterrada, mientras la mano con que le asía temblaba de una manera violenta.

—Si no encontrare enemigos míos, buscaré los del rey, los de España y me matarán.

—¡No! - repitió de una manera profunda doña Clara.

—¿Y para qué quiero yo vivir—dijo el joven con profundísima amargura —, si vos no me amáis? ¿si al casaros conmigo habéis hecho un doloroso sacrificio por su majestad?

—¡Y esa comediantal—exclamó doña Clara con acento seco y rápido, acercándose más al joven.

—¡Dorotea!

—Sí, esa hermosísima Dorotea, con quien habéis pasado el día.

—¿Si yo os pruebo que no amo á esa mujer...?

—Si me lo probáis... pero no me lo podéis probar, no; ¿por qué me habéis dicho que os mataréis...? ¿por qué me habéis aterrado...?

—¡Dios mío!

—Tengo no sé por qué, de una manera que me espanta, el alma desgarrada, ensangrentada, por lo que nunca había sentido: por los celos.

—¡Celos vos de mí!

—Venid conmigo—dijo doña Clara tomando una bujía y encaminándose de nuevo á su dormitorio.

Y cuando estuvieron en él, descorrió de una manera nerviosa el velo que cubría el retrato de su madre.

—Juradme delante de ese cuadro, por vuestra alma y por la de vuestra madre, por vuestra honra y por la mía, que á nadie amáis más que á mí.

—Lo juro, lo juro, por mi madre, por la vuestra, por Jesucristo Sacramentado.

Yo os amo con toda mi alma exclamó doña Clara—, os amo desde que anoche salísteis de mi aposento; os amo no sé cómo; como... al recuerdo de mi madre... no sé por qué... pero yo os amo, señor; si la casualidad no lo hubiera hecho, si el honor de la reina no lo hubiera exigido, yo no me hubiera casado con vos... sino me hubiérais aterrado... ¡Oh Dios mío...! he visto que la palabra morir no era en vos una amenaza cobarde... os he creído ver muerto... ¡Por la sangre de Jesucristo, señor! yo no sé lo que me habéis dado que me habéis vuelto loca... y soy vuestra, vuestra esposa, vuestra amante, vuestra esclava... vuestra y solamente vuestra, sin que tengáis que temer que yo haya amado á otro hombre, ni autorizado galanteos, ni dado esperanzas... soy vuestra con toda la alegría de mi alma... no sé con cuánto amor... pero no moriréis, ¿no es verdad, que no moriréis ya...? porque mi amor es vuestra vida y yo os lo entrego entero y puro y resplandeciente como el sol.

El joven miró á doña Clara pálido, temblando, extendió hacia ella los brazos, cayó de rodillas y lloró.

CAPÍTULO XLIII

CONTINÚAN LOS TRABAJOS DEL COCINERO MAYOR

Al amanecer·se abrió la puerta del aposento de doña Clara.

En el mes de Noviembre amanece muy tarde y los amaneceres son nublados y fríos.

Y decimos esto para que nuestros lectores aprecien cuánto sufriría la Dorotea agazapada cinco horas mortales, debajo de una escalera, frente á la puerta del aposento de doña Clara, al lado del sargento mayor don Juan de Guzmán, que renegaba y blasfemaba por lo bajo, para que la Dorotea no le oyese.

Cuando se abrió la puerta del aposento de doña Clara, Dorotea, al reflejo de una luz que tenía en la mano una mujer, vió que aquella mujer era doña Clara y que la acompañaba un hombre.

Vió que aquel hombre era don Juan Tellez Girón.

Vió que doña Clara estaba negligentemente vestida, pálida, y con la palidez más hermosa, y el semblante iluminado por una ardiente expresión de felicidad.

Vió que don Juan la miraba de una manera avara, que estrechaba con delicia una de las hermosas manos de doña Clara, que antes de despedirse se miraron con una expresión de amor infinito y satisfecho, y oyó el siguiente diálogo:

—A las once volveré y me presentaré al rey contigo—dijo don Juan.

—Y el rey nos recibirá con la reina y con su servidumbre, y yo llevaré las joyas de tu madre.

—¡Adiós, mi cielo!

Adiós, mi señor.

Aquellas dos cabezas se unieron, y sonó un doble y tierno beso.

Don Juan se rebujó en su capilla, porque hacía frío, y doña Clara cerró la puerta.

Don Juan tomó la salida de la galería, guiado por la débil luz del alba que penetraba por una claraboya.

Apenas desapareció don Juan, se lanzó en medio de la galería la Dorotea.

Siguióla don Juan de Guzmán.

El semblante de la Dorotea espantaba.

Tal representaba lo supremo del dolor, de los celos, de la rabia, de la sorpresa.

—¡Que se presentarán juntos al rey y á la reina!—exclamó con voz ronca -; ¡luego se han casado!

—Una dama tal como doña Clara Soldevilla—dijo el sargento mayor —, no podía recibir de noche en su aposento á nadie más que á su marido. Ya sabía yo que ese buen mozo os engañaba.

-- ¡Que me engañaba!... ¿y se ha casado con esta mujer?... pues bien... acepto lo que me habéis propuesto y os sigo.

—Ya sabía yo que habíamos de ser amigos.

—Pero salgamos pronto de aquí.

—Cubríos antes con vuestro manto; de seguro el bufón del rey ha vuelto á su aposento, no os ha encontrado, y os anda buscando como un tigre; procuremos, pues, que no nos encuentre, y aprovechemos esta hora en que aún no se ve bien claro.

—Vamos, sí, vamos; tengo impaciencia por vengarme.

Y rebozándose completamente en su manto, se asió del brazo del sargento mayor, atravesaron las galerías, bajaron una escalera y salieron por una de las puertas del alcázar recientemente abierta, dando ocasión á que dijese el portero:

—-Muy temprano van de aventuras las damas de la reina.

Cuando salieron á la calle, vieron que ya era entrado el día, esto es, que se había retardado el amanecer á causa de una densa niebla, al través de la cual pasaba la lluvia.

—La niebla nos favorece —dijo el sargento mayor—; pero andemos de prisa, ya es tarde; acaban de dar las siete y media en el reloj del alcázar.

Y siguió andando á gran paso, arrastrando consigo á la Dorotea.

Pero se había engañado el sargento mayor al decir que la niebla les favorecía.

Al salir ellos, de entre el hueco de una de las pilastras de la puerta por la que habían salido, se destacó un bulto informe y se puso en su seguimiento.

Era el bufón.

Al seguir á don Juan de Guzmán y á la Dorotea, se encontró con el cocinero mayor del rey, que, pálido, lacio, mojado, á pesar del frío y de la lluvia, se dirigía en paso lento al palacio.

Tras él venían dos hombres que traían harto mohínos un pesado bulto sobre dos palos, y cariacontecidos y atormentados detrás, dos soldados de la guardia española.

Hizo el acaso que, distraídos bufón y cocinero, pensativos ambos y no habiendo podido verse á distancia á causa de la niebla, se dieran un encontrón formidable.

—¡Por mis desdichas!—exclamó al sentir el choque el cocinero mayor.

—¡Cien legiones de demonios!—exclamó el bufón.

—¡Tío Manolillo!—exclamó el cocinero acercándose á él con ansia—; Dios os envía.

—Y á vos el diablo, para que me detengáis.

—Soy el hombre más desdichado del mundo—añadió el cocinero.

—Aguantad vuestro aprieto como yo aguanto el mío; y basta de bromas y soltad, y adiós.

Y escapó.

—Hijo Marchante—dijo el cocinero mayor precipitadamente á uno de los soldados—, métete con eso en la portería del señor Machuca, y guárdalo como guardarías á su majestad, mientras yo vuelvo.

—Muy bien, señor Francisco—dijo el soldado.

Y el cocinero mayor apretó á correr tras el bufón, que apretaba tras la Dorotea y el sargento mayor.

Asióse al fin á su brazo.

—¿Qué me queréis? ¡por mi vida!—exclamó el bufón sin cesar de correr.

—Pediros consejo.

—Dádmelo y lo agradeceré.

—Me están sucediendo cosas crueles.

—A mí me pasan cruelísimas.

—Nos aconsejaremos mutuamente.

—No necesito consejos.

—Yo sí, los vuestros.

—Pues ya que no os despego de mí, callad, que no puede ser hablar y correr.

Y el bufón siguió á gran paso, porque á gran paso iban el sargento mayor y la Dorotea.

El sargento mayor había tomado por las callejuelas de la parte de arriba del convento de San Gil; había entrado con la Dorotea en la calle de Amaniel, se había parado delante de una casa que estaba herméticamente cerrada, y había dado sobre su puerta tres golpes fuertes.

—¿Quién vivirá en esa casa?—dijo el tío Manolillo parándose, cuando vió que en aquella casa habían entrado el sargento mayor y la Dorotea, y había vuelto á cerrarse la puerta.

—¿Os interesa mucho el saber quién vive en esa casa?—dijo el cocinero mayor.

—Lo averiguaré—dijo el bufón como contestándose á sí mismo á la pregunta que á sí mismo se había hecho poco antes.

—Pero en averiguarlo tardaréis algún tiempo; hay ciertos negocios que se pierden si el tiempo se pasa, y yo os puedo decir ahora mismo...

—¿Qué me podéis decir vos?...

—Sí; sí, señor, os puedo decir que en esa casa vive la querida del sargento mayor don Juan de Guzmán.

—¿Y nadie más?

—Nadie más que una dueña y un escudero.

—¿Y quién es esa mujer?

—Tío Manolillo, hace mucho frío, llueve, y yo no he dormido en tres noches, y si queréis que os oíga, metámonos á cubierto.

—¿Y dónde, que no perdamos de vista esa casa?

—Cabalmente frente á ella hay una taberna.

—¡Una taberna! yo tengo hambre y sed.

—Y yo también; vamos, que yo pago.

—Lo aprecio y lo recibo, porque no tengo blanca.

—Ni yo abundo mucho de dinero, porque hace dos días mis manos están hechas un río; ¡qué suerte, señor, qué suerte!

Y se encaminaron á la taberna.

Cuando entraron en ella se sentaron junto á una mesa, en un rincón obscuro, desde el cual podían ver la puerta de la casa donde habían entrado el sargento mayor y la Dorotea.

Pidieron pan, carne y vino, y se pusieron á comer y á beber vorazmente, sin dejar por ello de hablar.

—Según lo que yo he entendido—dijo el bufón—, vos tenéis la culpa de todo, señor Francisco Montiño.

—¿De qué tengo yo la culpa?

—De lo que á entrambos nos está sucediendo.

— A mí me suceden muchas cosas malas.

—A mí no me suceden menos cosas peores que las vuestras.

—¡Pecres! yo no tengo mujer.

—No la habéis tenido nunca.

—Yo no tengo hija.

—Vuestra difunta fué muy dada á criar pajes.

—¡Ah! y por último, yo no tengo sobrino.

—Vuestro sobrino... he ahí, he ahí la causa de todo; malhaya amén vuestro sobrino... Si vos no tuviérais ese sobrino...

—Es que no le tengo.

—Le habéis tenido; y vos... vos tenéis la culpa... si hubiérais estado en el alcázar antes de anoche.

—Entonces no tengo yo la culpa, sino un maldito cuadrúpedo, un jaco endiablado que invirtió todo el día en traer desde Navalcarnero aquí á mi sobrino postizo; ¡caballo infernal! ¡haber echado para cinco leguas desde el amanecer hasta el anochecer! ¡si ese jaco hubiera andado más de prisa!... ¡si hubiera llegado al medio día!...

—Lo de vuestra mujer había sucedido antes.

—Pero probablemente yo no lo hubiera sabido.

—Señor Francisco, no hablemos de cosas pasadas.

—Es que las cosas pasadas traen las presentes... ¡qué suerte la mía! yo me voy á morir, tío Manolillo.

—¡Calla! ¿quién es ese que llama á la puerta de esta casa y que viene cargado con un cestón?

—¿No veis que tiene librea?

—Sí por cierto.

—¿Amarilla y encarnada?

—Sí... ya sé, del duque de Uceda. ¿Pero cómo el duque de Uceda...?

—El duque, viste, calza, da joyas y dinero; á más envía todas las mañanas á uno de sus criados con un cestón lleno de lo mejor que se vende en los mercados, para doña Ana de Acuña.

—¡Ta! ¡ta! ¡ta! ¿Doña Ana de Acuña se llama la que vive en esa casa?

—Sí por cierto.

—¿Y es querida del duque de Uceda?

—No por cierto; pero está haciendo al príncipe de Asturias aficionarse á las mujeres.

—¡Ah! ¡sí! hasta de los niños se echa mano—dijo el bufón.

—Y de las mujeres y de los viejos—añadió el cocinero.

—¿Pero no tiene algún otro amante rico esa mujer?

—Anda en vísperas de gastar de las rentas reales—dijo el cocinero mayor.

—Explicáos...

—Puede ser que una de estas noches reciba á su majestad.

—¿Habéis andado vos en ello?

—Sí por cierto; anoche traje una gargantilla de parte del rey, aunque sin nombrar la persona, á esa mujer.

—¿Pero quién es el que, contrario al duque de Uceda, que pone ó quiere poner al príncipe en manos de esa mujer, pretende hacerle tiro, enredándola con el rey?... no puede ser otro que el duque de Lerma.

—Acertádolo habéis.

—Pero eso me importa muy poco. Que el duque de Uceda venza á su padre, ó que el duque de Lerma se sostenga sobre su hijo... allá se las hayan... necesitaba únicamente saber en qué casa había entrado Dorotea, y ya lo sé; con que pagad y vámonos.

—Hace cuarenta y ocho horas que estoy pagando y yendo y viniendo—dijo Montiño sacando la bolsa con ese trabajo peculiar á los miserables, y escurriendo de ella un escudo. ¡Hola, tabernero, cobráos!

—Falta aquí; se han comido vuestras mercedes tres libras de carne – dijo el tabernero.

—Y aunque eso sea, ¿á cómo va la carne en el mercado?

—Falta, señor, falta...

—Conciencia á vos y á mí paciencia para tanto robo; ¿qué falta de más de eso?

—Un real.

—Tomadle.

—Dios guarde á vuestra merced muchos años.

—De pícaros como vos. ¿Pero qué es eso?—dijo el cocinero mayor viendo que el bufón se ponía de pie.

—Que nos vamos.

—¿Y no me dais los consejos que os he pedido?

—Voy á dároslos: montad á vuestra mujer en un macho y enviadla á Asturias; meted á vuestra hija en un convento, y luego idos de palacio.

—¡No puedo!

—Pues entonces, adiós, porque no tengo más que deciros.

Y el bufón salió de la taberna y se fué derecho á la puerta de enfrente, á la que llamó.

El cocinero mayor, desesperado, salió de la taberna y se fué paso á paso hacia el alcázar; pero al llegar á él se encontró con un alguacil del Santo Oficio, que le dijo:

—¿Es vuesa merced el señor Francisco Martínez Montiño?...

—Yo soy—contestó todo trémulo el cocinero al ver que se las había con un alguacil del Santo Oficio.

—Veníos conmigo.

—Os lo agradezco –dijo Montiño haciéndose el sueco—, pero es la hora de preparar la vianda para su majestad; porque yo, si no lo sabéis, amigo, soy cocinero mayor del rey.

—Ya lo sabía, y, por lo tanto, aunque faltéis á vuestra cocina, conmigo os vendréis mal que os pese.

—¿Y si no quiero ir?

—Pediré favor á la Inquisición y os llevaré atado.

—¡Atado! ¡un hidalgo! vos os habéis equivocado.

—Mirad esta orden de su señoría ilustrísima el inquisidor general.

—¡Ah! ¡el inquisidor general!

—Sí, por cierto.

—¡Y no hay remedio!

—No, señor.

—¿Y si yo os diera diez doblones?

—No puedo.

—¿Y si os diera veinte?

—Ya veis que yo los tomaría de buena gana, y que si no los tomo es porque no puedo.

—Decid que no me habéis encontrado.

—Eso sería muy bueno para que no me estuvieran viendo hablar con vos.

—¿Y qué saben?

—Saben que vengo á prenderos.

—¿Que lo sabe todo el mundo?

—Mirad á aquella esquina—. Montiño miró de una manera nerviosa.

—¿No veis allí una silla de mano?

—Sí; sí, señor.

—Esa es la silla en que se os ha de llevar, y los que están alrededor ministros del tribunal; con que ni yo puedo remediarme con el dinero que vos me daríais, ni vos libraros con vuestro dinero.

—Pero... un momento... un momento...

—Ni un instante.

—Os daré lo que queráis, si me dejáis dar una vuelta por la cocina y entrar en mi casa.

Meditó un momento el alguacil.

—Se entiende que yo iré con vos.   •

—Venid—dijo Montiño, disimulando su alegría porque se vió suelto.

—Vamos, pues—dijo el corchete.

Entraron en palacio, y al verse el corchete en un lugar donde no podía ser visto por los otros ministros del Santo Oficio, dijo al cocinero:

—De aquí no pasáis si no me dais lo que me habéis de dar.

—¡Asesino!—murmuró Montiño, y sacando cuatro doblones de oro los dió al corchete con el mismo dolor que si le hubiera dado un ala de su corazón.

—Ésto es poco—dijo el tremendo alguacil.

—No tengo más.

—Tendréis en vuestra casa.

—Puede ser.

—Pues vamos.

Montiño se dirigió á la portería del señor Machuca y encontró en ella al soldado á quien había mandado guardar el cofre consabido, durmiendo y con la cabeza sobre el cofre.

—¡Eh! ¡holgazán! ¡despierta!—dijo el cocinero mayor dándole con el pie—; señor Machuca, hacedme la merced de llamar dos mozos y que lleven eso á mi aposento.

—Pero ¿dónde vais con ese ministro?—dijo el portero.

Montiño creyó que debía ser prudente y contestó sin vacilar:

—Es un amigo á quien convido.

—¡Ah!—dijo el portero—creía...

—Venid, señor ministro, venid; vamos á las cocinas...

Y subieron por unas escaleras.

—No hay como ser cocinero de su majestad para convidar á los amigos sin disminuir los ahorros—se quedó murmurando el portero.

Entre tanto, Montiño y el alguacil subieron á las cocinas.

Lo primero que encontró Francisco Montiño, y lo encontró con espanto, fué al galopín Cosme Aldaba, caceroleando en las hornillas.

Aldaba vió al mismo tiempo al cocinero mayor; pero sin turbarse ni asustarse se fué para él, le hizo una profunda reverencia y exclamó:

—Muchas gracias, señor Francisco, muchas gracias; no esperaba yo menos de vuestra caridad.

—¿De qué me da las gracias este tunante?—dijo el cocinero mayor todo hosco y espeluznado de indignación—; ¿quién ha permitido á este lobezno, á este hereje, á ese malhechor que entre en la cocina?

—La señora Luisa ha venido con él esta mañana, y nos había dicho que vuesa merced le perdonaba.

—¡Ah! ¡mi mujer ha venido... con éste!

El cocinero se detuvo; temió que los misterios de su familia entrasen en la cocina y bajo el dominio de oficiales, galopines y pícaros; la gente más maleante del mundo.

—Mi mujer tiene las entrañas muy blandas—dijo tragando la saliva más amarga que la hiel—; mi mujer se deja engañar de cualquiera... pero en fin, ello está hecho; mi mujer... pues... mi mujer es mi mujer. Ea, quitáos de mi vista... y á vuestro trabajo.

—Muchas gracias, señor Francisco—dijo Cosme Aldaba, porque las últimas palabras del cocinero habían sido para él un favor y un disfavor.

A seguida Montiño revisó una por una las cacerolas puestas al fuego, se enteró de todos los pormenores, y viendo que todo estaba á punto para el almuerzo y la comida de sus majestades, se escurrió hacia la puerta de la cocina, evitando el mirar al alguacil, porque se le figuraba que no viéndole tampoco el corchete le veía.

Este no dijo una palabra, pero se fué en silencio tras Montiño.

Al llegar á la puerta de su aposento, el corchete adelantó y le asió por un brazo.

—Pero señor—dijo Montiño—, ¿creíais que me iba á escapar?

—No; no, señor—dijo el alguacil—, pero podríais olvidaros de mí, entraros, cerrar la puerta y dejarme fuera. Luego se os podía ocurrir que lo mismo puede salirse del alcázar por los tejados y escondrijos que por las escaleras, y estarme yo esperando sabe Dios cuánto tiempo á que volviérais de vuestro paseo.

—¡Asesino! ¡asesino!—murmuró Francisco Montiño, viendo frustrado su proyecto de escapatoria.

Y llamó á la puerta.

Le abrió su mujer en persona.

Estaba pálida y ojerosa.

Montiño sintió un estremecimiento cruel; pero parecióle Luisa más bonita que nunca por su palidez y sus ojeras, y no se atrevió á ponerla mala cara.

—Buena hora es de venir á su casa un hombre casado— dijo con mal talante Luisa—; donde habéis pasado la noche pasad el día; ¿y venís acompañado para volveros á ir sin duda? aquí han traído no sé qué, y os esperan.

—Eso es, ríñeme.—Entrad, amigo, entrad; vos sabéis si altas personas me tienen ocupado.

—Ya lo creo; espera á su merced el inquisidor general.

Palideció levemente Luisa.

—¿Y has estado también esta noche con el señor inquisidor general?

—Sí, hija mía, sí, y con otros señores, en gravísimos asuntos que no son para comunicados á mujeres.

—No, no; ni yo pretendo saberlos—dijo Luisa—; yo había creído...

—Has creído mal.

—Has pasado dos noches fuera de casa.

—La una yendo á cerrar los ojos á mi difunto hermano; la otra sirviendo á su majestad.

—No hablemos más de eso; yo me alegro de que mi marido sea hombre de bien.

Montiño tuvo impulsos de echarlo todo á rodar; pero era por una parte su mujer tan bonita... y, además, no quería dar al público sus asuntos domésticos, y estaba delante del alguacil.

—¿Y á qué has llevado á la cocina á ese tunante de Aldaba?—dijo el cocinero, que ante todo quería conservar delante de aquel extraño su autoridad doméstica.

—Como tú tienes tan buen corazón, y el pobre vino llorando...

—Bien, bien—dijo Montiño—; todo está muy bien: tú haces lo que quieres, porque yo te quiero. ¿Dónde están esos?

—En el cuarto de adentro.

Pasó Montiño y el inflexible alguacil tras él.

El cocinero mayor rugía ya por lo bajo; encontró á dos mozos de la casa real y al soldado.

Entonces, con una sonrisa nerviosa, abrió la puerta de aquel aposento empolvado, donde hacía tantos años no entraba nadie más que él.

—Meted eso aquí—dijo con voz ronca.

Los mozos pusieron el cofre envuelto como estaba en la parte de adentro de la puerta.

—Idos—dijo Montiño á los mozos y al soldado.

—¿Y no nos dais para beber?—dijo este último—; mis camaradas se han ido rendidos.

Dió un escalofrío al cocinero mayor, que dió, con un violento esfuerzo, cuatro escudos al soldado y un ducado á los mozos.

Al fin se encontró solo con el alguacil, que había penetrado en aquella especie de *sancta sanctorum* del cocinero mayor.

Éste cerró la puerta.

—Ya estamos solos—dijo al corchete—; ahora bien, ¿cuánto queréis y me dejáis libre?

—Nada.

—Pero ello es preciso... ya veis, yo tengo que perder .. mi presencia hace más falta, más de lo que pensáis, en mi casa...

—Señor Francisco, guardad todo eso para el señor inquisidor general.

Montiño tuvo en los labios la palabra *os haré rico;* pero meditó que acaso no era tan grave el motivo de su prisión, que fuese necesario herirse mortalmente para librarse de ella, y se calló, dió otro doblón al corchete y las gracias por haberle dejado subir hasta allí; salió, cerró cuidadosamente y, despidiéndose de su mujer, asegurándola que no tardaría, salió del alcázar con el corchete.

Apenas había dejado el cocinero mayor las escaleras, cuando el galopín Cosme Aldaba se quitó el mandil y el gorro, y bajó á las galerías del alcázar, dirigiéndose á la antecámara de pajes del cuarto de la reina, á cuya puerta se paró.

A poco un paje talludo, rubicundo, de mirada aviesa, salió.

Alejáronse por la galería, y Aldaba dijo al paje:

—Ya está el negocio... dentro de una hora; escucha bien, Cristobalillo: hay seis perdices; pero una sola está asada con aceite; ya conoces tú las perdices asadas con aceite.

—Sí, hombre, sí.

—No basta decir sí; ¿qué color tienen las perdices asadas con aceite?

—Un color así, dorado blanquizco.

—Eso es; además, y para que no te equivoques, ten pre-

sente que la perdiz estará adornada con berros, y que tendrá
todas las patas y el pico.

—No se me escapará.

—Veremos si eres hombre de ingenio.

—Descuida.

—Procura que sea de los primeros platos.

—Ya...

—Después... Inesilla te quiero mucho, y la señora Luisa
quiere mucho también á don Juan de Guzmán... el viejo es
rico y puede morir...

—Descuida, hombre, descuida.

—Y avísame, para que yo avise á la señora Luisa.

—Te avisaré.

—·Adiós.

—Adiós.

Y el paje se volvió á la antecámara, y el galopín á las cocinas.

CAPÍTULO XLIV

LO QUE SE PUEDE HACER EN DOS HORAS CON MUCHO DINERO

Don Juan Téllez Girón había salido feliz, enloquecido de
amor del alcázar, transformado, gozando de una nueva
vida.

Pero después de haber asegurado su amor, de haber sa-
ciado su sed delante del sol de su felicidad, de aquella felicidad suprema, que el día anterior no se había atrevido á
soñar, cruzaba una nubecilla negra.

Aquella nube era Dorotea.

Don Juan no la podía apartar de su memoria. Sentía hacia
ella ó creía sentir un impulso de ardiente caridad.

Y además de la caridad, no sé qué más íntimo, más humano, más sensual.

Comprendía que quedaba algún licor en la copa de su
deseo.

Era joven, había crecido entre privaciones, tenía el corazón virgen, y le había consagrado sin saberlo á dos mujeres.

Don Juan había salido á la ventura.

No sabía dónde ir.

No tenía en Madrid casa propia, aunque había tomado posesión de dos: de la de Dorotea primero; después y de una manera más completa, de la de su mujer.

Don Juan había salido para procurarse un traje conveniente.

¿Pero dónde buscar aquel traje?

Y luego, ¿con qué dinero?

No tenía en el bolsillo más que algunos de los doblones que le había dado su supuesto tío.

Y esto no bastaba para un equipo de caballero.

Pesóle entonces de no haber tomado una buena cantidad del cofre de hierro; pero al acordarse del cofre, se acordó de que llevaba un tesoro de pedrería en los bolsillos.

—Empeñaré una de estas alhajas—se dijo—y punto concluído... pero ¿y dónde?... no sé como hacer para hallar á Quevedo, y no conozco á nadie en Madrid más que á mi tío postizo; y no me vuelvo atrás ni le pido mi dinero; es menester obrar de cierto modo con cierta clase de gentes.

Y cuando daba vueltas á su imaginación, se acordó de la señora María Suárez, la insigne esposa del bravo escudero Melchor Argote.

—¡Ah!—dijo el joven—la casa donde dormí anteanoche... paréceme aquella mujer á propósito para cualquier cosa. ¿Pero podré yo dar con la casa?...

Y se puso en busca, y al fin, como la suerte le protegía, pudo reconocer la calle y la casa á las pocas vueltas.

Antes de entrar en ella, sacó á bulto de uno de los anchos bolsillos de sus gregüescos uno de los estuches más pequeños, y le abrió.

Contenía una gruesa sortija de oro con un grueso diamante.

—Puede que valga esta joya... pediré mil doblones, y ya veremos.

Entróse, y encontró á la señora María entregada á sus faenas domésticas, y al señor Melchor Argote sentado junto á un fuego mezquino almorzando pan y queso.

—Dios os guarde, señora—dijo don Juan entrando.

Miróle la vieja con su vista cruzada durante un segundo, y luego dijo:

—¡Jesús, buen mozo! ¡yo os daba por perdido! ¿y de dónde venís, hijo?

—Vengo á veros para que me saquéis de un apuro—dijo don Juan.

' Tomó el rostro de la vieja la expresión de una innoble
reserva, y contestó con voz compungida:

—¡Jesús, señor! ¡apuros tenéis apenas entrado en Madrid!
¡y venís á que yo os saque de ellos! ¡si yo supiera quién
quería sacarme de los míos!

—Mi apuro consiste en que, como soy nuevo en la corte,
no sé dónde podré empeñar una rica alhaja.

—¡Ah!—dijo tranquilizándose la vieja—; ¡alégrome de que
ese sea vuestro apuro! ¡conque ya os regalan! ¡preciso! ¡hidalgos como vos!...

—Gastan de lo que han heredado de su padre—contestó
severamente don Juan.

—¡Ah! perdonad, perdonad, señor: ¿y es de mucho valor la
alhaja?

—No entiendo de eso... pero yo pido por ella mil doblones.

—Rica debe ser; pero mostrad.

Sacó el joven el estuche, y del estuche la sortija.

Entonces pasó por la vieja una cosa extraña.

Se estremeció, tembló, y su pequeño ojo bizco y colorado,
se puso á bailar mirando la sortija.

—Rica es, en efecto; pero me parece que pedís mucho: en
fin, lo que yo puedo hacer es enviaros... mejor... mi marido
os acompañará Melchor, lleva á ese caballero á casa del
señor Gabriel Cornejo.

Levantóse renegando Melchor, acabó de tragarse los dos
últimos bocados de pan y queso, bebió agua, se limpió la
boca con el revés de la mano, tomó su capa y su sombrero,
y dijo á su mujer.

—¿Conque á casa del señor Gabriel Cornejo?

—Sí; él os dirá, señor, cuánto puede dárseos por esta alhaja.

—Muchas gracias, señora, y adiós, y quedad en paz, que
estoy de prisa.

Melchor y don Juan salieron.

Cuando estuvieron algo apartados de la casa, el escudero
dijo:

—Os advierto que ese Gabriel Cornejo es un bribón, y
que si queréis que os dé lo que vale la joya, será bueno que
la tase un platero.

—Os agradezco el aviso. ¿Y conocéis á alguno?

' —Háilos aquí á montones, en Santa Cruz.

—Pues llevadme á uno.

—¿Veis aquella tienda obscura de los portales?

—Sí que la veo.

—Allí vive el señor Longinos, platero viejo, que desde que era mozo anda surtiendo de alhajas á la grandeza de España. Pasa por ser un hombre muy honrado.

—Pues vamos allá.

Encamináronse á aquella especie de sótano y entraron.

Un hombre como de setenta años, tembloroso y excesivamente flaco y encogido, se levantó con cuidado de detrás de un mugriento mostrador.

Nada había en la tienda que demostrase riqueza.

Las paredes blancas estaban desprovistas de muebles, y sólo se veía á un lado un fuerte armario de hierro.

—¿Qué se les ofrece á vuesas mercedes?—dijo el platero mirando con recelo á don Juan y á su guía, porque sus trajes no le inspiraban la mayor confianza.

—Se trata de que taséis esta alhaja—dijo don Juan dándole el estuche.

Abrióle el señor Longinos, y miró y remiró la sortija.

—Muy rico es quien ha mandado montar este diamante —dijo con una entonación particular el platero.

—En efecto, es grandemente rico; pero no se trata de eso. El valor de esa joya, ¿á cuánto ascenderá?

—¿Queréis venderla?

—Os pregunto que cuánto vale esa joya.

—¡Valer! este diamante vale, sin el aro, que es muy rico y que está muy bien esmaltado y cincelado, tres mil y quinientos doblones.

—No haríais mal negocio.

—No lo crea vuesamerced, porque como esta joya es de tanto valor, tardaría mucho tiempo en venderla: acaso años.

—En fin, yo no la quiero vender; quiero solamente empeñarla, y empeñarla por horas.

—Pues bien; yo os daré por su empeño tres mil doblones...

—Es que no se va á quedar empeñada aquí—dijo el señor Melchor, que temía las iras de su mujer si el negocio se hacía con otro que con el señor Gabriel Cornejo.

—¡Dios de misericordia!—exclamó el platero—. ¿Y dónde irá este señor que pueda dejar con seguridad esta alhaja?— dijo con acento insinuante Longinos—. Os advierto, caballero, que os vayáis con tiento. En primer lugar, que un usurero no os daría lo que yo... en segundo lugar, que yo os daré un recibo en regla de esta joya, y yo tengo responsabilidad... todos los vecinos de alrededor, de casa abierta, me fiarán...

—La verdad del caso es que me ahorro de andar más—dijo don Juan—; acepto vuestros tres mil doblones; dadme un recibo de esta alhaja, y yo os daré un recibo de vuestro dinero.

—Un recibo de tres mil y doscientos doblones, por los tres mil.

—En buen hora.

— Pero...—dijo el señor Melchor, que temblaba presintiendo las iras de su cónyuge.

—¿Qué tenéis vos que ver en esto?—dijo don Juan—; asunto concluído: extendamos los recibos.

El señor Melchor se calló.

El señor Longinos puso sobre el mostrador papel y tintero, y los respectivos recibos se extendieron dictándolos el platero.

Poco después hizo entrar en la trastienda á don Juan, guardó cuidadosamente el estuche con la sortija en un armario, y del mismo armario sacó un talego, le puso sobre una mesa, contó, y un montón de oro, representando los tres mil doblones, apareció sobre la mesa.

El señor Melchor, que se había quedado fuera del mostrador como una cosa olvidada, oía, estremeciéndose, el sonido excitador del oro que contaba maese Longinos.

—¡Me he perdido!—exclamaba—; mi hombría de bien me ha puesto en el caso de no poder aguantar á mi mujer lo menos en tres meses; esta aventura me va á costar una enfermedad.

En aquel momento apareció don Juan, y dió diez doblones al señor Melchor.

—¿Y qué es esto?— dijo todo turbado el pobre diablo, que en su vida había visto tanto oro junto, por más que fuese poco.

—Eso es vuestro trabajo.

—¡Mi trabajo, señor!

—Debo agradeceros el que no me hayan engañado.

—Muchas gracias, señor.

—Y como ya no os necesito, podéis iros.

—Que Dios os guarde, señor.

Y el escudero salió de la tienda, riendo con un ojo y llorando con otro.

Don Juan entró de nuevo en la trastienda.

El señor Longinos se ocupaba en alinear de una manera simétrica las columnas de oro, con esa sensualidad característica de los avaros.

—Me parecéis bastante hombre de bien—dijo don Juan—y quiero valerme de vos. Yo soy capitán de la guardia española del rey.

—Por muchos años, señor.

—Me casé anoche con una dama principal.

—Dios os haga muy felices, mis señores.

—Pero como veis, este vestidillo de viaje no es á propósito para que yo me presente al rey en medio de la corte con mi esposa.

—De ningún modo, señor.

—Ahora bien: ¿qué ropas, qué galas, en una palabra, dignas de un caballero del hábito de Santiago, puedo yo procurarme con ese dinero?

—¿Piensa vuesa merced gastar esos tres mil doblones?

—Y más que sea necesario.

—¿Y para cuándo necesita vuesa merced presentarse á su majestad con su señora esposa?

—Hoy á las once.

Rascóse una oreja con su trémula mano maese Longinos.

—Y son cerca de las nueve de la mañana. Es decir, que solo tenemos dos horas.

—Aprovechémoslas.

En primer lugar, necesita vuesa merced ropas blancas de Cambray: esto es lo menos, hailas hechas dos puertas más abajo. ¡Antonio!

Apareció un joven con un mandil de cuero, á todas luces oficial de platería.

—Vete al momento á casa del señor Justo—le dijo Longinos—, y que envíe ropas de Cambray para un hidalgo y una gola rica rizada, que no haya más que ponérsela; luego pásate por casa del señor Diego Soto, y que envíe unas calzas de g ana de lo más rico, pero al punto, al punto.

El mancebo, con mandil y todo, se lanzó en la calle.

Faltan jubón, gregüescos, ferreruelo y sombrero; el ferreruelo debe ser de terciopelo, el jubón de brocado, los greüescos de lo mismo que el ferreruelo, y el sombrero igual. Pero es el caso que estas ropas, que yo sé quién las tiene sin estrenar, ricas y buenas, y que es persona así de vuestras carnes, que os vendrá pintada su ropa, y que si se le paga bien y secretamente, no tendrá reparo, y que á más se halla necesitadillo de dinero...

—Pues al momento.

—Poco á poco: el sombrero necesita una toca rica; una toca por lo menos de oro á martillo: el jubón necesita herretes; las cuchilladas piedras ó perlas, y luego espada.

—Todo eso lo tengo—dijo don Juan, descubriendo el resto de su tesoro y abriendo los estuches.

—¡Misericordia de Dios! ¿sabéis lo que tenéis aquí, señor?

—Pienso que es mucho.

—Esta pedrería vale lo menos dos millones de ducados.

—Pues bien; puesto que soy tan rico, veamos si me puedo presentar en la corte como conviene.

—Indudablemente, señor, indudablemente; el dinero hace milagros. Voy á escribir á algunos caballeros conocidos, que andan necesitados; porque la corte traga mucho: voy á procuraros hasta carroza; en cuanto á lacayos y cochero, yo haré que vengan buenos; las libreas se comprarán hechas... y la espada, la espada es lo primero: yo tengo aquí una buena espada de corte, pero no vale ni la centésima parte que esa empuñadura y esas conteras; se montará al momento...

—No, montad esta buena hoja—dijo don Juan desnudando su espada.

—¿Sabéis, señor, que tenéis un arma de las buenas?... Andresillo, hijo, ven acá...

Apareció otro oficial.

—Déjalo todo; monta esta hoja en esta empuñadura, y esta contera en una vaina blanca, rica... anda, hijo, anda; dentro de una hora ha de estar corriente: entretanto, señor, mis nietas coserán los herretes, la toca y las perlas y las chapas del talabarte...

—Y entretanto yo... me daréis de almorzar... me lavaré después...

—Sí; sí, señor; entrad... y ya veréis... ya veréis.

Y precedió al joven por unas obscuras escaleras murmurando:

—¡Y que por estos quehaceres no pueda yo oir como todos los días la misa del licenciado Barquillos! ¡Válgame Dios!

CAPÍTULO XLV

En una habitación magníficamente amueblada, extensa, iluminada blandamente por una lámpara de noche, al través de un cortinaje de damasco, en una ancha alcoba y en un no menos extenso lecho, dormía una mujer sumamente bella.

Debía ser sombrío su sueño, porque su entrecejo estaba fruncido, corría abundante sudor por su frente morena, y su boca sonrosada y de formas voluptuosas, levemente entreabierta, dejaba salir un sobrealiento poderoso y ronco.

Las anchas trenzas de sus cabellos caían abundantes y desordenados sobre su garganta y sobre sus hombros, y fuera del abrigo que la cubría se dejaba ver un brazo de formas admirables, cerca de cuya mano se veía una pulsera de pelo, cerrada por un broche de diamantes.

Había algo de terrible en el aspecto de aquella hermosa mujer dormida.

Y dormía profundamente.

Abrióse de improviso una puerta en el fondo de la cámara y apareció una mujer joven.

Abrió un balcón y penetró en la alcoba la luz fría de aquella mañana nublada y lluviosa.

La mujer despertó.

Se incorporó en el lecho y miró con disgusto á la puerta de la alcoba á donde había llegado la joven.

—¡Está amaneciendo!—exclamó con acento duro—. ¿Qué sucede, Casilda? anoche me acosté demasiado tarde y me despiertas al amanecer. Estoy servida detestablemente.

—Son las ocho y media, señora—dijo temblando la doncella.

—Te dije que no me llamaras hasta las doce.

—Es que está ahí don Juan.

—¡Don Juan! ¡y de día! ¡y acaso por la puerta principal!

—Sí; sí, señora.

—¡Qué imprudencia!

—Nadie ha podido verle. El lacayo de su excelencia no ha venido todavía.

Este excelencia era el duque de Uceda.

TOMO II

—El duque se fué anoche muy tarde; cuando y_0 te avisé aún no se había ido; tú te acostaste, y_0 misma le hice salir por el postigo... podía estar el duque todavía aquí. Te tengo dicho que cuando don Juan venga á una hora imprevista, le contestes como si no le conocieras y le despidas. Esto está convenido entre don Juan y y_0. Eres, pues, una torpe.

—Perdonad, señora.

—Pero en fin, ¿don Juan está ahí?

—Sí, señora; ha venido con una mujer.

—¡Con una mujer! ¿y qué trazas tiene esa mujer?

—Es joven, hermosa, viene ricamente vestida, y parece, según está de pálida y ojerosa, que ha pasado muy mala noche.

—¿Dónde están?

—En el camarín.

—Vísteme.

Y la dama saltó del lecho, y se vistió apresuradamente ayudada de la doncella, se arregló ligeramente los cabellos, se puso sobre ellos una toquilla, y se dirigió rápidamente á una puerta de escape.

Pero al llegar á ella se detuvo, y dijo á la joven:

—Dile á don Juan que entre solo.

Y se sentó en un sillón, se arropó en un abrigo de pieles que se había puesto y esperó que la doncella cumpliese sus órdenes.

Poco después se abrió aquella misma puerta, y entró el sargento mayor don Juan de Guzmán, que, sin quitarse el sombrero, adelantó hasta cerca de la dama, y deteniéndose á poca distancia de ella y permaneciendo de pie, la dijo:

—Nos sucede mejor de lo que queríamos, Ana.

—¡Ah! ¿estamos de plácemes?

—Sí por cierto; el asunto de la reina está á punto de concluirse; una vez quitado de en medio ese estorbo, es distinto, nos quedamos solos con el padre y con el hijo.

—¿Pero y don Rodrigo...?

—Don Rodrigo... afortunadamente la herida, según dicen los medicos, es limpia y no ha tocado á ninguna parte peligrosa; un dedo más acá ó más allá y no tenemos hombre; pero ha faltado un dedo... y don Rodrigo vivirá. Ayer estuvo hablando conmigo largamente, preguntándome y dándome órdenes y consejos. Dentro de algunos días don Rodrigo dejará el lecho, y todo irá bien.

—¿Y el duque de Lerma?

—Cariñoso y solícito con don Rodrigo... por el duque no hay que temer; es ciego.

—Sin embargo, ha enviado á don Baltasar de Zúñiga de embajador á Inglaterra, ha sacado del cuarto del príncipe al duque de Uceda, y su excelencia está dado á los diablos con su padre. Creo que hay un diablo familiar que le aconseja. Anoche estuvo aquí hasta las tantas y me dijo: —Por ahora es necesario echar la red por otra parte; el señor duque de Lerma, mi augusto padre, nos ha conocido la intención; paciencia: en cuanto á vos (se refería á mí), ya que no podéis ser la maestra del señor príncipe, sed mi consuelo.

—¿Eso te dijo el duque?

—Vaya, y que hacía mucho tiempo que no podía olvidar mis ojos.

—¿Y tú que le dijiste?

—Que procurase hacer que mis ojos le pareciesen feos.

—Es decir...

—Que no quiero galanteos con el duque de Uceda.

—Has hecho mal, muy mal. Tus amores con el duque valen más que tus lecciones al príncipe don Felipe. Nos conviene saber lo que hace, lo que no hace, lo que piense ó deje de pensar esa gente. Has hecho mal, muy mal.

—¡Bah!—dijo doña Ana—; yo sé que he hecho muy bien, como sé que haré muy bien en decirte que por algún tiempo no vengas á verme hasta que yo te avise.

Pronunció de tal manera, con tal frialdad, con tal descaro doña Ana estas palabras, que el rostro del sargento mayor se cubrió de una palidez colérica.

—¿Qué viene á ser eso?—dijo con acento amenazador.

—Ya te irritas, querido mío—dijo doña Ana—. ¿Dudas acaso de que te amo?

—Me parece que quieres engañarme.

—¿Y para qué te había de engañar? además de que te amo me sirves de mucho, hijo, para que yo piense no enajenarme de ti. Pero...

—¿Pero qué?

—Espera.

Doña Ana se levantó, entró en el dormitorio, abrió un cofre, y del cofre sacó una cajita, volvió, se sentó y abriendo la caja mostró su contenido al sargento mayor.

—Mira el por qué de no haber querido yo por galán al duque de Uceda y de pensar en que por algún tiempo no nos veamos.

—¿Quién te ha dado esta gargantilla?—dijo con acento ronco Guzmán.

—Francisco Martínez Montiño, cocinero mayor del rey.

—¡Ah! en verdad que ese hombre es muy rico—dijo el sargento mayor—; pero según pienso y por los informes que tengo, dentro de poco no podrá hacerte tales regalos.

—Es mucho lo que los celos entorpecen los sentidos—dijo doña Ana—; el cocinero mayor, me ha dado, en verdad, esta joya, pero ha sido en nombre de más alta persona.

—¡Del duque de Lerma!

—¡Más alto!

—¡Del rey!

—¡Del rey!

—¡Imposible! ¡de todo punto imposible! el rey no piensa más que en cazar, en dormir y en rezar. Con presentarse muy hinchado y grave al lado de Lerma en las audiencias, piensa que ya tiene hecho todo lo que tiene que hacer para ser rey... pero á don Felipe III no se le conocen galanteos... tan devoto... tan asustadizo... buena fortuna sería, y estaríame yo sin venir á verte á tu casa, que ya nos veríamos fuera de ella, aunque fuese de año á año... ¡pero vamos! ¡es imposible!

—Estos hombres creen que las gentes no son más que lo que parecen—dijo con desdén doña Ana.

—No tal, no; yo no creo eso, porque sé muy bien que tú y yo somos una cosa y parecemos otra. Pero tratándose del rey... ¡cuando te digo que no puede ser!

—¿Y de dónde ha sacado el cocinero mayor esa alhaja?

—Cuenta con que las perlas no sean cera, el oro cobre y los diamantes vidrio blanco.

—Ya está visto esto, y apreciada la alhaja: vale mil doblones.

—¡Mil doblones!

—No podía ser menos un regalo de rey.

—¿Pero dónde te ha visto su majestad?

—Eso mismo pregunté yo á Montiño: ¿dónde me ha visto su majestad?

—¿Y qué te respondió?

—Que no lo sabía.

—¡Que no lo sabía! pero cuéntame desde el principio.

—Anoche, ya tarde, llamaron á la puerta. Yo creí que sería el duque de Uceda, y mandé á Casilda que abriese. Poco después oí abajo un altercado: era Casilda que disputaba con un hombre que á todo trance quería entrar, que decía tenerme que decir cosas graves, y que al fin dijo era el cocinero mayor del rey. Como nuestros asuntos están ahora por las cocinas, sentí yo no sé qué terror, yo no sé qué cuidado, y mandé á Casilda que dejase subir al cocinero del rey. Cuando le vi (yo no le conocía) me espanté. Venía pálido, desencajado, desgreñado los escasos cabellos, y la primera palabra que me dijo, fué:

—Desde hace veinticuatro horas, no me suceden más que desgracias.

Estas palabras no eran las más á propósito para tranquilizarme, y le rogué que se sentara y se explicase.

—Tras las desgracias que me suceden—me dijo—, hubiera sido la última la de no poder veros.

—Tranquilizáos, y decidme después por qué hubiera sido una desgracia para vos el no haberme visto.

—Porque una persona muy principal á quien temo mucho, me ha encargado que os vea.

—¿A mí? ¿para qué?

—Para que os dé de su parte, en prenda de la mucha estima en que os tiene, esta alhaja.

Y me dió esa gargantilla.

—Yo no puedo aceptar un regalo—le dije—de una persona á quien no conozco.

—Podéis estar segura de que es muy principal.

—Pues siendo tan principal, y teniendo por mí tanto interés que me regala—le dije—, ¿qué interés puede tener en que yo no sepa su nombre?

—Tanto interés tiene—me replicó—en que vos no sepáis quién es, que desea veros misteriosamente.

—Explicáos.

—La alta persona que me envía—dijo el cocinero dando vueltas á su gorra, porque sin duda hallaba gran dificultad en cumplir con su mensaje—, quiere... pues... quiere que le recibáis sin luz.

—¿Por quién me tenéis?—dije al cocinero mayor fingiéndome gravemente ofendida, á pesar de que tenía una viva curiosidad por saber quién era aquella persona—; ¡ea! añadí: idos de mi casa, si no queréis que os haga echar á palos.

—Perdonad, señora—me dijo—; pero temo más las consecuencias de no llevar una contestación vuestra á la persona... ¿qué digo? al ilustre personaje que me envía, que la riña que pudiera tener con vuestros criados.

—Ya lleváis contestación á esa persona.

—A la persona que me envía, no se la puede contestar de ese modo—me dijo—, porque esta persona...

—¡Me ultraja!

—Será necesario deciros quién es, para que veáis que no hay ultraje.

—Sólo una persona pudiera no ultrajarme... una persona tal, que ni aun para mí pudiera pasar por galanteador.

—¿Habéis adivinado?

—No, no he adivinado; he dicho únicamente que sólo hay una persona que pudiera pretender ser mi amante sin que yo le conociera.

—Pues bien; decidme el nombre de esa persona...

—Esa persona no podía ser otra que el rey.

Miróme fijamente el cocinero mayor, con la boca abierta y los ojos espantados.

—¿No me comprometeréis—me dijo—, si os declaro la verdad?

—Os lo prometo.

—¿Seréis prudente?

—Sí.

—Pues bien, señora; la persona que os solicita, que está ciegamente enamorado de vos, es... ¡el rey!

—¡El rey! —dije sin poder contener mi asombro —; ¡su majestad enamorado de mí!

—Esa rica gargantilla es una señal de ello—me contesto.

—¿Y dónde me ha visto su majestad?—le dije.

—No lo sé. El rey me ha llamado y con gran secreto me ha dicho: Montiño, mi buen cocinero, yo, aunque soy rey, también soy hombre, y como hombre tengo debilidades; amo á una dama, y no puedo contener mi amor; toma, llévala esa joya y dila que te indique cuándo puedo yo ir á visitarla; pero ha de ser de modo que las luces estén muertas cuando yo entre y no pueda conocerme. Ofrécela cuanto quiera y más que quiera, y toma las señas de la casa donde vive y su nombre.

Yo—añadió el cocinero—, no me atreví á negarme; he venido, y temeroso de llevar á su majestad vuestra contestación, he preferido, confiado en vos, deciros lo que os he dicho; pero, por Dios, no pronunciéis ni una sola palabra imprudente, porque su majestad es muy mirado y nos perderíamos los dos.

—Yo le juré guardar el más profundo secreto, acepté la

gargantilla, y el cocinero se fué prometiéndome volver para decirme qué noche y á qué hora debe venir su majestad.

—En esto debe de haber andado el duque de Lerma... estoy casi seguro—dijo el sargento mayor—; porque ¿á quién interesa más que al duque el tener bien cogido al rey? Además de eso, ¿no han desterrado al conde de Lemos porque había llevado una noche al príncipe de Asturias á casa de una de las queridas de don Rodrigo Calderón? ¿No han apartado de la crianza del príncipe á don Baltasar de Zúñiga, porque daba demasiado gusto á su alteza, y no han sacado también al duque de Uceda del cuarto del príncipe, sin duda porque han sabido que le traía aquí para que desde bien temprano se acostumbrase á las favoritas? ¿Acaso ha sabido el duque de Lerma que su hijo se valía de ti para educar al niño príncipe, como, siendo aún más pequeño, se valió para ello de la Angélica el conde de Lemos, su sobrino, y habrá dicho: puesto que esa hermosa doña Ana servía para hacer adquirir al joven príncipe malas costumbres, puede servir también para corromper las del rey y extraviarle.

—Acaso, acaso—dijo doña Ana.

—Pues estamos de doble enhorabuena: confío en que sabrás manejar al rey.

—¡Oh, ya lo veremos!

—No me ocultes nada.

—¿Y cómo? ¿Qué soy yo sin ti?

—Don Rodrigo es lo que más nos conviene.

—Serviré á don Rodrigo. Creo que este asunto esté concluído; y ahora recuerdo que me han dicho que contigo venía una mujer joven, hermosa, ricamente vestida.

—Sí, muy hermosa y muy joven—dijo el sargento mayor apretando el gesto y retorciéndose los mostachos.

—¿Y á qué traes tú esa mujer á mi casa?

—¿Qué? ¿tendrás celos?

—Pudiera tenerlos.

—Pues bien, no los tengas, porque esa muchacha es mi hija.

—¡Tu hija!

—Sí; la hija de aquella Margarita que yo robé de su casa; la hija que me quitó un hombre una noche cuando iba á dejarla en la puerta de un convento, dejándome tres puñaladas, de las cuales estuve á la muerte; la hija de quien no volví á saber, hasta que la conocí siendo á la vez querida secreta de don Rodrigo Calderón y pública del duque de Lerma. En una palabra: la comedianta Dorotea.

—¿Pero estás seguro de que no te has engañado?

—¡Si tú hubieras conocido á su madre!

—Sí; sí, ya me has dicho...

—Verla á ella, es ver á Margarita; además, yo le había hecho una señal...

—¡Una señal!

—Sí; antes de salir de la casa, para llevarla á exponer en el cajón de San Martín, sin saber por qué, pensando no sé en qué, la señalé.

—¡Que la señalaste!

—Le arranqué un pequeño bocado de un brazo.

—¡Ah!—exclamó con disgusto doña Ana.

—Fué la manera más pronta que se me ocurrió de señalarla.

—¿Pero has visto tú esa señal?

—No; pero un día, don Rodrigo, que quiere más de lo que parece á la Dorotea, me dijo:

—Juan, yo te he hecho hombre.

—Indudablemente, señor—le contesté.

—Eres listo y astuto y parece que hueles las cosas.

—¿Qué hay que averiguar?

—Tú sabes cuánto quiero á la Dorotea.

—Sí, señor.

—Hace mucho tiempo que estoy viendo en su hombro derecho una señal; pero nunca hasta ahora la he preguntado; es una cicatriz como la de una mordedura; ella ha dicho que recuerda haber tenido siempre esa señal; he preguntado al tío Manolillo, y me ha dicho que la encontró abandonada en la calle, y que efectivamente, cuando la llevó á su estancia en el alcázar, notó que las pobres ropas en que iba envuelta estaban manchadas de sangre; que la descubrió y vió una mordedura reciente, de la que costó trabajo curar á la niña. Ahora bien, la Dorotea sufre porque no conoce á sus padres; yo la quiero bien, y te recompensaría grandemente si encontrases esos padres perdidos.

Pude en el momento decirle:

—Su padre soy yo; su madre era una muchacha tan hermosa como ella, á la que conocí en su casa, donde estuve aposentado algunos días, y á la que me llevé conmigo. No sé si su madre vive ó ha muerto...

—¡Conque esa hermosa mujer, esa famosa Dorotea, la

querida de Lerma y de Calderón, es tu hija! ¡y ella no lo sabe!
—No.
—¿Y para qué la traes aquí?
—Es como su madre, apasionada y violenta; de la misma
manera que su madre se enamoró de mí á primera vista, ella
se ha enamorado de un hombre; ese hombre es el que ha
herido á don Rodrigo; ese hombre, que es sobrino del cocinero mayor de su majestad, ha hecho suerte en veinticuatro
horas; anteayer por la noche entró en Madrid, y hoy se
encuentra metido en palacio, protegido y casado con la dama
más hermosa y más difícil de la corte: con doña Clara Soldevilla.
—¡Y esa mujer, que es querida del duque de Lerma, está
celosa de una dama que es la favorita de la reina!
—La reina importa ya poco... tal vez á estas horas... pero
conviene, á pesar de esto, que esa muchacha siga enloque-
ciendo á Lerma; ella quería hacer un disparate, pero yo la
he prometido que la vengaría si ella me ayudaba, y ha consentido en seguirme. Te la he traído y te la entrego... tú
sabes envenenar el alma, Ana; envenena la de esa muchacha
y haz de modo que nos sirva bien. Voy por ella.
Y se dirigió á la puerta por donde había entrado.
Pero al abrirla, se vió tras ella un hombre y se oyó una
ronca voz que dijo temblorosa, colérica, rugiente, amenazadora:
—¡Atrás! ¡atrás, sargento mayor! ¡tú no saldrás de aquí!
El hombre que había pronunciado estas palabras, que
había adelantado sombrío y letal y que había cerrado por
dentro la puerta, era el bufón del rey.
El sargento mayor retrocedió sorprendido.
En su semblante apareció la expresión del espanto.
Doña Ana miró con terror al bufón.
Y el bufón adelantó pálido hacia el sargento mayor, que
retrocedía.

CAPÍTULO XLVI

DE CÓMO LA PROVIDENCIA EMPEZABA Á CASTIGAR
Á LOS BRIBONES

Necesitamos decir cómo el tío Manolillo había podido aparecer tan dramáticamente en medio de aquel bandido y de
aquella ramera.

Sabemos que al salir de la taberna donde había estado con el cocinero del rey, se había ido derecho á llamar á la puerta de doña Ana.

Abriéronle, porque hay maneras de llamar que mandan, que se hacen obedecer, y el tío Manolillo había llamado de una de aquellas maneras.

Es decir, de una manera rotunda, decidida, nerviosa, fuerte, retumbante.

Quien llama así en una casa debe tener derecho para entrar ó fuerza, lo que no es lo mismo, ó las dos cosas á la vez.

Hemos dicho que le abrieron; ahora debemos decir que, apenas encontró franca la puerta, el bufón se lanzó sobre el criado que le había abierto, que era un escudero viejo.

Se arrojó sobre él como un tigre; le derribó, le sofocó y le tapó la boca con un pañuelo, al que hizo un nudo, que introdujo en la boca de la víctima.

Esta manera de enmudecer, que se conserva aún hoy y se usa por los ladrones, se llama la *tragantona*.

Hasta el crimen tiene sus tradiciones.

Después quitó al escudero la correa que sujetaban sus gregüescos á la cintura y le ató atrás las muñecas, y con el extremo sobrante ató un pie de la víctima y le dejó tendido en el portal; el escudero no podía gritar, ni aun rugir, ni moverse.

El tío Manolillo se acurrucó en un rincón del zaguán y esperó.

Poco después bajó una dueña, á quien había llamado la atención el que el escudero hubiese bajado á abrir y no hubiese subido.

El bufón la acometió por detrás, la hizo otra tragantona con la toca y la ató de igual modo que al escudero, valiéndose de la correa del hábito de la dueña.

—Aún me faltan la cocinera y la doncella—dijo —; doña Ana, esa bribona, no tiene más criados; el olor de la cocina me llevará.

El tío Manolillo adelantó.

No era entonces un hombre, sino una fiera astuta que adelantaba recelosamente sin producir ruido hacia su presa.

Un momento después la cocinera y la doncella estaban enmudecidas y atadas.

El tío Manolillo había arrostrado por todo y había tenido la suerte de que no surgiese ninguno de esos incidentes que frustran las sorpresas mejor meditadas.

Ya seguro de los criados, el tío Manolillo adelantó por las habitaciones principales.

Al ir á levantar un tapiz vió de repente á la Dorotea.

La pobre joven estaba sentada en una silla, replegada, sombría, inmóvil, con la mirada fija, sufriendo de una manera visible, aterradora.

Hubiera podido ver al bufón á no estar tan abstraída, pero no le vió.

El bufón se retiró sin ruido, la miró un momento al través de la abertura del tapiz con una mirada profunda, en que había tanta ternura hacia ella, como amenaza, como cólera hacia los que causaban el doloroso estado de la joven.

—Está sola -dijo--y entró con él; él debe estar con la otra; busquemos otro camino; es necesario saber de lo que tratan esos miserables.

Y tomó por una puerta y se encontró en un corredor obscuro.

Y adelantó sin hacer ruido como una sombra.

A medida que se acercaba á una puerta oía dos voces.

La de un hombre y la de una mujer.

Adelantó hasta la puerta, llegó y se puso á escuchar.

Por esta razón, cuando el sargento mayor fué á entrar por aquella puerta, se encontró con el bufón.

—¡Ah! Ya sabía yo que habías de buscar á la Dorotea—dijo el sargento mayor -; peor para ti.

Doña Ana miraba aquella escena imprevista con asombro; más que con asombro, con un terror instintivo.

—¿Conque tú eres su padre? -dijo el tío Manolillo -. ¿Conque eres el padre de Dorotea? ¿Conque aún no contento con haber asesinado á la madre, quieres asesinar á la hija?

Y la voz del tío Manolillo era ronca, amenazadora, sombría; sus ojos bizcos se revolvían de una manera espantosa, estaban inyectados de sangre y su barba temblaba.

Don Juan de Guzmán se sentía dominado; doña Ana estaba coartada por el miedo.

La actitud del bufón, de aquel hombre pequeño, cuadrado, robusto, encogido como para arrojarse sobre una presa, y en el cual se adivinaban el valor, la fuerza y la agilidad del tigre, parecían indicar que iba á suceder allí algo terrible.

—Si queréis llevaros á esa muchacha, lleváosla—dijo el sargento mayor, que tenía miedo -; preguntadla si yo la he violentado.

—¿La habéis dicho que sois su padre?—dijo el bufón.

—No.

—Pues mejor.

—No he tenido necesidad de decírselo.

—Y has hecho bien: porque tú no eres su padre, sino una especie de animal monstruoso, que has sido la causa de su existencia. Pero no tengo tiempo que gastar contigo... estoy de prisa...—añadió el bufón con una sonrisa horrible, con la sonrisa de un loco—; ¿te acuerdas de que una noche llevabas á esa niña recién nacida en los brazos?... ¡Oh! era una noche muy obscura: de repente un hombre se arrojó á ti y te dió tres puñaladas.

Y al decir esto el bufón saltó, se aferró al sargento mayor y le dió una puñalada en el pecho.

Don Juan de Guzmán dió un grito, vaciló y cayó.

Luego el bufón vió que doña Ana corría á una puerta, y la asió de una mano.

Doña Ana cayó de rodillas creyendo llegada su última hora.

El tío Manolillo, sin soltar á doña Ana, dirigió su terrible palabra á don Juan de Guzmán, empuñando aún la daga con que le había herido:

—Entonces fueron tres, y ahora ha bastado una... es que ahora tengo la mano más segura... ¡asesino de mi hermana Margarita! ¡envenenador de la reina Margarita! ¡verdugo de tu hija! ya no cometerás más crímenes.

En efecto, don Juan de Guzmán estaba muerto.

—Y tú, Aniquilla, que te llamas doña Ana; tú, que hace veinte años andabas por las playas de Gijón descalza, cogiendo ostras y buscando á los marineros; tú, aventurera ennoblecida por tu hermosura; tú, miserable, ase de los ies de ese cadáver y pronto, porque no tengo tiempo que perder.

—¿Pero qué va á ser de mí?—exclamó desesperada la hermosa doña Ana.

—Sea lo que el diablo quiera. Tú tendrás en tu casa algún escondrijo...

—¡Los sótanos!—exclamó doña Ana,

—Pues á los sótanos; agarra pronto, si no quieres perderte... concluyamos por el momento, que yo volveré.

—Esperad... esperad... voy á abrir las puertas—dijo con angustia doña Ana—para que nada nos entretenga— y salió y volvió poco después.

Entonces la ramera y el bufón asieron del bandido, y le llevaron.

Por donde quiera que pasaba, quedaba un rastro de sangre.

Al fin bajaron al piso bajo, y el bufón señaló un rincón oscuro en una sala lóbrega.

—Dejémosle aquí—dijo.

—Por el amor de Dios—dijo doña Ana--; que no sé cómo vos me conocéis; vos, que cuando no me habéis muerto también, no me aborrecéis, ayudadme á borrar las señales de esta muerte... yo diré á los míos que ese hombre ha salido por el postigo...

—En lo que harás muy bien—dijo el tío Manolillo—será en soltarlos de las ligaduras con que yo los he sujetado, y despedirlos á pretexto de que se han dejado sorprender: ¡quédate sola, que yo volveré y le enterraremos!... por ahora, adiós! ¡Adiós, que mi conciencia me llama á otra parte!

Y subió de dos en dos los peldaños de una escalera, atravesó algunas habitaciones, y entró en la que Dorotea se encontraba todavía inmóvil y dominada por su mudo dolor.

—Ven conmigo—la dijo el bufón asiéndola de una mano.

—¡Ah! ¿sois vos?

—Ven conmigo... yo te salvaré... yo te consolaré... pero ven, ven... no perdamos un momento,

Y arrastró consigo á la Dorotea, que se dejó conducir maquinalmente, bajó por la escalera principal, pasó por junto al escudero y la dueña que permanecían atados, abrió la puerta, salió y la tornó á cerrar.

Cuando estuvieron en la calle, el bufón dijo á la Dorotea:

—Vuélvete á tu casa, y espérame: yo no te puedo acompañar.

—Pero...

—Ve, ve... hija mía... acabo de salvarte de un peligro... yo te salvaré de todos; adiós.

Y partió hacia el alcázar.

La Dorotea, atónita, asombrada, sin comprender lo que la sucedía, le vió desaparecer, se envolvió en el manto, y á paso lento, con la cabeza inclinada, pisando lodo, se encaminó á la calle Ancha de San Bernardo.

CAPÍTULO XLVII

DE LO PERJUDICIAL QUE PUEDE SER LA ETIQUETA DE PALACIO EN ALGUNAS OCASIONES

El tío Manolillo corría como alma que lleva el diablo.

Tropezaba acá y allá con las gentes, como un caballo desbocado, las lanzaba un gran trecho ó las dejaba caer y seguía corriendo.

En pocos momentos llegó al alcázar.

Antes de llegar á él vió á Luisa y á Inés que iban envueltas en sus mantos.

Pararon un momento.

—¿A dónde vais?—las dijo con acento amenazador.

— ¡A misa...!—contestó temblando Luisa.

— ¡A misa! ¿en día de trabajo?...

Pero el bufón recordó que tenía mucha prisa, y tomó de repente el camino de la puerta de las Meninas del alcázar.

Al entrar, salían algunos hombres, y el tío Manolillo tropezó rudamente con uno de ellos.

—¡Qué brutalidad!—dijo el tropezado recogiendo un pesado talego que había caído al suelo, produciendo un sonido sonoro.

—¡Ah! ¡el aguacil Agustín de Avila! —exclamó el bufón, y pasó por sus ojos un relámpago de muerte.

Pero de repente apretó de nuevo á correr, exclamando:

—Lo otro es primero... la reina... ¡Dios mío!

Y entró en el patio del alcázar.

Allí, de una manera involuntaria, superior á su resistencia, se detuvo de nuevo, y miró á una torre almenada que se veía por cima de las galerías en un ángulo del patio.

Sobre aquellas almenas había un cuerpo de edificio coronado por una montera de pizarras; en aquel cuerpo de edificio, había una ventana: en aquella ventana el viento ondeaba un pañuelo encarnado.

—¡Oh! ¡la señal de muerte!—exclamó el bufón.

Y siguió corriendo, subió, no como un hombre sino como una araña que huye, unas escaleras, atravesó como un frenético la galería, y atropellando casi la guardia de corps que daba la centinela de la puerta exterior del cuarto de la reina, se lanzó dentro.

Dióse un tremendo pechugón con una persona á la que no arrojó.

Por el contrario le asió, y le detuvo.

—¡Cuerpo de Baco!—exclamó aquel hombre—, ¿venís ú os disparan, tío?

Aquel hombre era don Francisco de Quevedo.

El bufón no le contestó: por cima del hombro de Quevedo había visto un paje talludo, rubicundo, que llevaba sobre las palmas de las manos una vianda adornada con yerbas verdes.

—¡Allí tal vez!... ¡en aquel plato!...—dijo el bufón—¡soltad, vive Dios, ú os mato!...

—¿Pero estáis loco?... tengo que deciros graves cosas... ¿no me conocéis, tío?

—¡La reina!... ¡la reina!... ¡dejadme, don Francisco!... ¡aquel paje!... ¡es el amante de la Inés!... ¡el pañuelo encarnado está en la ventana!...

—¡Ah!—exclamó Quevedo con una expresión terrible por su horror— ¡un paje... ¡un plato!... ¡el pañuelo!...

Y soltó al bufón, que se lanzó á la puerta de la antecámara.

Los tudescos le cerraron el paso cruzando sus alabardas.

—¡Ah! ¡no me dejáis pasar!...—exclamó el bufón, y asió las alabardas con la fuerza de la zarpa de un león.

Se entabló una lucha.

Quevedo no podía llegar pronto, pero desde donde estaba gritó con la autoridad que sabía dar á su voz en las ocasiones solemnes:

—¡Dejadle pasar! ¡dejadle pasar, de orden del rey!

Al sonido de aquella voz poderosa, á la vista del hábito de Santiago, del que la pronunciaba, los tudescos dominados dejaron pasar al bufón.

Quevedo, á pesar de la deformidad de sus pies, que le impedía andar de prisa, corrió.

En la puerta de la cámara de la reina, se entabló otra lucha con los ujieres.

La autoridad de Quevedo fué allí inútil.

El bufón apeló á la fuerza.

Tiró á un ujier á un lado, y á otro á otro, y entró también.

Pero entre la inocente detención causada por Quevedo, la de los tudescos y la de los ujieres, había pasado mucho tiempo.

El paje había desaparecido.

Cuando el bufón entró, se precipitó á la mesa y se arrojó sobre ella.

La reina dió un grito.

El padre Aliaga, que almorzaba con la reina, se puso de pie.

El tío Manolillo buscó con ansia un plato entre los que cubrían la mesa de la reina, y vió uno solo puesto delante del plato de Margarita de Austria.

Aquel plato estaba adornado con berros.

Era una perdiz que tenía todas las patas.

El bufón le agarró, y al apoderarse de él dijo con una admirable fuerza de espíritu, soltando su hueca carcajada de bufón:

—¡Ah! ¡ah! ¡ah! ¡he ganado! ¡he ganado! ¡para mí! ¡para mí!

Y haciendo como que devoraba al paso la perdiz, dió á correr exclamando:

—¡Para la reina no! ¡para mí!

Y soltó una larga y estridente carcajada que hizo temblar á todos los que la oyeron, y escapó.

—¡Oh! ¡esto es ya demasiado!—dijo la reina.

—Perdonad, señora...—dijo Quevedo—yo no le he podido contener; ¡el tío Manolillo está loco!

Y Quevedo, saludando profundamente á la reina y antes de que ésta, reponiéndose de su sorpresa, le pudiera contestar, salió.

Quevedo buscó inútilmente en la parte baja del alcázar al tío Manolillo, y subió á su aposento, á cuya puerta llamó inútilmente repetidas veces.

Al fin Quevedo gritó:

—Si estáis ahí, tío Manolillo, abrid, hermano, abrid á Quevedo.

Oyéronse violentos pasos y se abrió la puerta.

Apareció el bufón pálido y desencajado.

—¡Entrad! ¡entrad!—exclamó—; entrad y pensemos en la venganza... hoy ha amanecido un día de muerte...

—¡Tenéis sangre en las manos!—exclamó Quevedo...

—¡Es poca!—exclamó el bufón—¡es poca! ¡venid!

Y tiró de Quevedo, le llevó á lo último de su aposento, y le mostró una fuente de plata puesta sobre una mesa.

—Mirad ésto; faltan las pechugas... mirad aquello, y señaló en un rincón un pedazo de perdiz, junto á la cual estaba echado, impasible, un gatazo rodado.

—El *Chato* devora cuanto halla, porque es un gato pobre,

...¡para mí! ¡para mí!

y no ha querido ese pedazo de perdiz. Los animales cono-cen la muerte. ¡Que Dios tenga piedad de la reina!

—¿Y qué hacer?

—¿Qué hacer?... yo no sé... ¿quién dice?... ¿quién decla-ra?... ¡Oh! ¡no! ¡sentenciarnos á ser tenidos por cómplices, á morir deshonrados!... ¡hemos hecho cuanto podíamos hacer... y acaso... acaso nos hayamos engañado!... pero no... no... el *Chato* no ha comido... ¡Dios mío!...

— Sois cobarde... — exclamó Quevedo —; suceda lo que quiera, yo voy á buscar al médico de su majestad... guardad esa perdiz, guardadla; sobre todo, quitadla de esa fuente, que es de plata...

El bufón quitó los restos de la perdiz de la fuente, los echó en una escudilla, y con ellos el pedazo que había arro-jado al gato.

Entre tanto, Quevedo había desaparecido.

Un paje de la reina se presentó poco después.

—Tío Manolillo—dijo—, os aconsejo que os escondáis por algún tiempo.

—Pues ¿qué pasa, hijo?—contestó dominándose el bufón.

—Que habéis dado un susto á su majestad, y no ha aca-bado de almorzar; se ha dejado casi todo lo que tenía en el plato cuando entrásteis vos.

—¿Pechugas de perdiz?...

—Éso es... ¡una perdiz que olía tan bien!... me la he comi-do, tío.

—¿Cómo te llamas, hijo?

—Gonzalo.

—¿Y te has comido la perdiz que quedaba en el plato de la reina?

—Sí... al salir... no me veían...

—¿Y quedaba mucho?...

—Casi una pechuga... y me ha hecho mal... ya se ve... ¡comí tan de prisa, porque no me vieran!

El paje, en efecto, empezaba á ponerse pálido.

—¿Y por qué vienes, hijo?—exclamó el tío Manolillo, ha-ciendo un violento esfuerzo para dominar su horror.

—Por la fuente de plata que os habéis traído.

—¿Y comió mucho la reina?

—¡Quia! no... ni el padre Aliaga...

—¿Y te has comido las dos?...

—Sí.

—Ven, hijo mío, ven... ven á las cocinas... voy á darte

aceite, que es bueno para que arrojes... ¡Oh! ¡Dios mío!...

—Tengo ansias, tío...

El bufón asió al mozo y le arrastró consigo.

Pero al llegar á las escaleras, el paje dió un grito, avanzó, cayó rodando por las escaleras, y con él la fuente de plata.

El bufón se retiró precipitadamente, fué á su aposento y se puso á rezar por el alma del paje.

CAPÍTULO XLVIII

DE CÓMO MUCHAS VECES LOS HOMBRES NO REPARAN EN EL CRIMEN AUNQUE SUS VESTIGIOS SEAN PATENTES

Pasó mucho tiempo sin que nadie subiese por las escaleras por donde el paje había caído.

Al fin subió una moza de retrete.

La escalera era obscura.

La moza tropezó en la bandeja, que sonó.

Recogióla la moza.

—¡Calla!—dijo—¡una bandeja de plata! ¡y sucia!... ¡llena de grasa! ¿cómo está aquí? La llevaré á la repostería.

Y siguió subiendo, y tropezó de nuevo.

Pero tropezó en un cuerpo humano.

Aquel cuerpo estaba frío.

La moza empezó á dar gritos.

A los gritos de la moza acudieron algunos de la servidumbre.

Muy pronto corrió la voz de que se había encontrado muerto un paje de la reina en las escaleras de las cocinas.

Y junto á ésta, corrió otra voz no menos escandalosa.

El aposento del cocinero mayor estaba abierto y abandonado, rotas algunas puertas, roto un gran cofre y vacío.

La mujer y la hija del cocinero mayor habían desaparecido.

El alcaide de palacio, el guarda mayor y el mayordomo mayor del rey, se habían presentado en los lugares de estas dos catástrofes.

A nadie se le ocurrió que entre la muerte del paje y la desaparición de la familia y el robo del cocinero mayor, podía haber una relación íntima.

A nadie se le ocurrió tomar acta de haberse encontrado

junto al paje muerto una fuente de plata del servicio de mesa de la reina.

Los médicos declararon que, según los vestigios que quedaban en el cadáver, el paje había muerto de repente á consecuencia de un ataque cerebral.

Y tenían razón: porque el veneno que Guzmán había dado á Luisa, y Luisa al galopín Aldaba, y el galopín Aldaba al paje rubio, y éste á la mesa de la reina, y la mesa al paje Gonzalo, había obrado sobre el cerebro de este último produciéndole una violenta congestión.

El paje fué conducido al depósito de muertos de la parroquia de Santa María.

La fuente de plata entregada en la repostería y lavada.

Los únicos vestigios del crimen quedaban en una escudilla de madera en el cuarto del bufón.

Y el bufón, vuelto al fin en sí de tan violentas impresiones, se lavaba las manos borrando un vestigio de otro crimen, mientras la fuente se lavaba en la repostería.

Entre tanto el alcalde de palacio y el mayordomo mayor del rey, á quien se había dado parte de lo acontecido en el aposento del cocinero mayor, hacían extender testimonio á un escribano de cómo:

«El día 17 de Diciembre de 1610, llamado, etc. (aquí el largo fárrago curial), yo el infrascrito, entré con su excelencia el señor mayordomo mayor del rey y con su señoría el señor alcaide de palacio y con los señores Lope Ríos y Diego Luque, camareros del rey, en el aposento que en palacio habita el señor Francisco Martínez Montiño, cocinero mayor de su majestad el rey nuestro señor, que Dios guarde, y los expresados y el infrascrito escribano hallamos que la puerta del dicho aposento no estaba cerrada, sino abierta y franca; y en la primera habitación hallamos, á más de los muebles conocidos del uso de dicho Montiño y su familia, un cofre de hierro muy pesado, cerrado, sobre el cual se veían señales de haberle querido forzar, el cual cofre fué entregado en depósito al excelentísimo señor mayordomo mayor. Y entrados en el siguiente aposento hallamos los muebles revueltos, y algunas prendas de ropas esparcidas, con más un ejemplar impreso del arte de cocina, pastelería, bizcochería y conservería que ha compuesto el dicho cocinero mayor; y pasando á las otras habitaciones, las hallamos en el mismo desorden, y á la ventana de una de ellas, atado un pañuelo encarnado de algodón; y en otra habitación más interior hallamos un gran cofre descerrajado á viva fuerza de sus tres cerraduras, y el cofre vacío y sobre la mesa algunos papeles y libros de dinero puesto á ganancia; y otrosí: halláronse dos espadas y un arcabuz, y examinadas aquéllas y éste, hallóse ser de la marca que mandan las pragmáticas; y otrosí: acá y allá esparcidos halláronse seis doblones de á ocho y cuatro escudos de cruz, y veinte maravedises de plata, de todo lo cual y de los muebles y efectos se hizo el inventario adjunto y quedó entregado de todo el dicho excelentísimo señor mayordomo mayor, por cuyo mandato libro la relación presente de que doy fe. En testimonio de verdad.—*Pero Ponce Lucas.*›

Libróse asimismo testimonio de haber desaparecido:

Del cuarto del cocinero, su mujer, Luisa Robles, y su hija Inés Martínez.

De las cocinas, el galopín Cosme Aldaba.

De la servidumbre de la reina, el paje Cristobal Cuero.

Y se tomaron declaraciones, y por estas declaraciones se averiguó que la cocinera tenía un amante, que se llamaba Juan de Guzmán.

Que el paje Cristóbal Cuero era el amante de la Inés Martínez.

Que el galopín Cosme Aldaba andaba en inteligencias con los unos y con los otros, que había sido despedido por el cocinero mayor y que su mujer le había enviado á las cocinas.

En vista de lo cual, sumariamente averiguado, y teniendo de ello conocimiento el rey, mandó su majestad que esta sumaria pasase á un alcalde, el cual alcalde mandó que fuesen presos donde fuesen habidos los expresados don Juan de Guzmán, Luisa Robles, Inés Martínez, Cosme Aldaba y Cristóbal Cuero, por delito de robo y otros, cometidos contra la hacienda y en la honra y en otros extremos y particulares del cocinero mayor de su majestad.

Pero en cuanto á la entrada exabrupta del tío Manolillo en la cámara de la reina, tomóse á gracia y la misma Margarita de Austria cambió su enojo en risa.

Y en cuanto á lo del paje, creyóse en lo de la muerte casual y violenta y se le enterró; diéronse á su madre de orden del rey ciertos maravedises para lutos; diéronse otros á un capellán para que dijera misas por el alma del difunto y no se habló más de ello, ni á nadie se le ocurrió pensar en venenos ni asesinatos.

Sabían el crimen y los asesinos, don Francisco de Quevedo, el bufón y Dios, que lo sabe todo.

CAPÍTULO XLIX

DE CÓMO LA DUQUESA DE GANDÍA TUVO UN SUSTO MUCHO MAYOR
DEL QUE LE HABÍAN DADO «LOS MIEDOS DE SAN ANTÓN»

Doña Clara Soldevilla era feliz.

Feliz de una manera suprema.

Estaba consagrada enteramente al recuerdo de su felicidad.

Apenas si había hecho, desde que había salido aquella mañana de su aposento su marido, más que pensar en él, sentada en un sillón junto al brasero.

Ya bien entrado el día creyó que era un deber suyo dar parte á su padre de lo que le acontecía, y tomó la pluma para escribir una larga carta.

Pero una vez puesta á ello sólo pudo escribir lo siguiente:

«Padre de mi alma: Mi lealtad y la reina me han obligado á casarme; pero al casarme no he hecho un sacrificio. Soy feliz. Mi marido se llama don Juan Téllez Girón. No puedo escribiros más, mi buen padre. Estoy aturdida con lo que me sucede; enviad vuestra bendición, señor, á vuestra hija que os ama y queda rogando á Dios por vuestra vida.—Clara.»

Cerró esta carta y llamó.

—Que venga al momento Anselmo—dijo.

Presentóse poco después un escudero como de cincuenta años.

—Monta al momento á caballo, mi buen Anselmo —dijo Clara—, y ve á llevar á mi padre esta carta.

—¿Pues qué sucede, señora?—dijo Anselmo cuidadoso, porque era un antiguo criado de la casa.

—Sucede que doy á mi padre la noticia de mi casamiento.

—¡Cómo! ¿La señora se casa?

—Me he casado ya.

—¿De secreto?

—No, por cierto; me casé anoche delante de testigos en la capilla real.

El escudero se puso pálido y no se atrevió á preguntar más.

—Pero... me olvidaba... esta carta no puede ir sin otra suya, y él no ha venido.

En aquel momento entró en el cuarto una dama de la reina que venía de ceremonia.

—¡Ah, doña María!—exclamó la joven.

—Vengo, doña Clara, primero á daros la enhorabuena... una triple enhorabuena... qué sé yo cuántas enhorabuenas...

—¡Oh! ¡Muchas gracias, señora! Anselmo, vete fuera. Sentáos, doña María.

—No, por cierto; estoy en el tocador de la reina y la reina me envía. Di á doña Clara Soldevilla, me dijo, que no nos haga esperar; que se vista como conviene á una recién casada que va á ser presentada con su marido á la corte y á tomar la almohada de dama de honor, mientras que su marido toma el mando de la tercera compañía de guardias españolas. He venido, pues, doña Clara, contenta porque vos debíais estarlo mucho.

—¡Oh, sí! ¡gracias á Dios!

—¿Conque casada?

—Anoche...

—¡Y no haber conocido al novio!... ¡Reservada siempre!

—En cambio, señora, conoceréis al marido.

—Pues vestíos, vestíos, doña Clara; dentro de poco vendrán por vos y por vuestro esposo, el conde de Olivares representando al rey, la duquesa de Gandía representando á la reina, como que son vuestros padrinos. Además, permitidme un momento—y doña María salió y volvió á entrar trayendo un cofrecillo en las manos—, la reina me encarga que os prendáis estas joyas que os regala. Y es un bello aderezo... muy bello... su majestad os ama mucho.

—No sé cómo pagar á su majestad... y siento, siento mucho no poder complacerla... pero mi marido me ha regalado otro aderezo.

—¡Ah! ¿Conque es rico?... Os doy otra nueva enhorabuena. ¿Y seréis tan reservada respecto á vuestras galas de novia, como respecto á vuestros amores?

—¡Ay, Dios mío, no! Si queréis ver antes que nadie esas joyas, os daré gusto. Isabel.

Apareció una doncella.

—Trae un cofrecillo que hay en mi retrete, aquel cofre de sándalo donde yo guardo mis alhajas. ¿Y decís—continuó doña Clara—que la duquesa de Gandía vendrá por nosotros como madrina en nombre de la reina?

—Así me lo ha dicho su majestad.

—Ved el aderezo de que os he hablado—dijo doña Clara, abriendo el cofre.

Doña María, que había sabido con envidia el casamiento de doña Clara con un joven capitán de la guardia española, y con disgusto su nombramiento de dama de honor, que las igualaba á entrambas, vió con despecho las ricas alhajas que la mostró doña Clara con la mayor lisura, sin alegría y sin orgullo.

—Sois completamente afortunada—dijo—, y os repito mis enhorabuenas. Pero me voy; ya os he dado el mensaje que os traía, y me espera su majestad—y salió.

Apenas había salido doña María, cuando entró una doncella.

—Señora—dijo—, un caballero pregunta por vos; yo le he dicho que no acostumbrábais á recibir visitas, pero me ha contestado riendo, que estaba seguro que vos le recibiríais.

—¿Cómo se llama ese caballero?

—Se llama don Juan... don Juan...

—¿Téllez Girón?

—Eso es.

—Pues que entre al momento.

—¿Llamo á vuestra dueña?

—No.

La doncella salió escandalizada; doña Clara jamás había recibido visitas de hombre.

Introdujo, sin embargo, á don Juan, y salió.

Pero se quedó mirando por el quicio de la puerta y su escándalo creció cuando vió que su señora y el joven caballero se asían tiernamente de las manos, y que el caballero se atrevía á dar un beso á su señora.

—¡Oh, qué hermoso y qué gentil vienes, mi don Juan!—dijo doña Clara, mirando arrobada al joven—. Y cómo se conoce la ilustre sangre que te alienta. Yo también voy á engalanarme, á prenderme las hermosas joyas que me has regalado.

La doncella, escandalizada, se fué á decir á los demás criados, al rodrigón, á la dueña y al escudero, que su dama había recibido á solas á un caballero que la besaba, y lo que era peor, que la regalaba joyas.

Pero cuando estaba en lo más ardiente de su acusación fiscal, entró la dueña cojitranqueando, y dijo:

—Todo el mundo al cuarto de la señora.

El mundo todo aquel á que se refería la dueña, eran un rodrigón que ya conocemos, dos doncellas, dos escuderos, dos criados y un paje.

Todo el mundo entró con cuatro palmos de curiosidad en el aposento de la joven.

Don Juan estaba lisa y llanamente sentado junto al brasero y con el sombrero puesto.

Como el señor en su casa.

Los criados miraban á don Juan con asombro.

—Amigos míos —dijo doña Clara —, anoche, mientras vosotros dormíais, apadrinada por sus majestades, me casé con este caballero... con don Juan Téllez Girón, que siendo mi esposo y mi señor, es vuestro amo.

—Sea por muchos años —exclamó el rodrigón, que era el más viejo y el más autorizado —; que Dios haga muy felices á sus mercedes... este es el segundo casamiento que veo en la casa... cuando la señora madre de vuesa merced se casó...

—Os dió muestras del aprecio en que os tenía; yo os las daré también; ahora idos; quedáos vosotras —añadió, dirigiéndose á las doncellas—; necesito vestirme.

Los criados salieron por una puerta, y doña Clara y las doncellas por otra.

Quedóse solo el joven.

Una gravedad que hasta ahora no hemos conocido en él, había acabado por ser la expresión de su semblante.

La fortuna le sonreía; se encontraba poseedor de una mujer hermosa entre las hermosas, noble entre las nobles, dificultad viviente que había desesperado á los más peligrosos galanes de la corte; la poseía por completo; doña Clara le había dejado ver todo el tesoro de ternura y de amor de su alma, y le había dicho embriagada de no sabemos qué deleite:

—Vos habéis sido la mano que ha descorrido el velo de mi alma: os habéis presentado en tan poco tiempo delante de mí, tan hermoso primero, tan valiente, tan generoso, tan enamorado, tan noble después, que yo tengo para mí que habéis ganado bien en veinticuatro horas lo que otro no hubiera ganado tal vez en años.

Y cuando don Juan la replicaba:

—¿Y si la suerte nos hubiese separado?

—No os hubiera olvidado nunca; nunca hubiera dejado de sufrir al recordaros.

Y don Juan asía la hermosa cabeza de su mujer entre sus dos manos, la besaba y exclamaba entre aquel beso:

—¡Oh, bendita seas!

No podía ser más feliz don Juan.

Y esta felicidad le había hecho grave.

Contribuían, además, á esta gravedad, un remordimiento y una aspiración.

Aquella aspiración y aquel remordimiento estaban representadas por dos mujeres.

La aspiración era por su madre.

Don Juan sabía que era una dama ilustre. Pero su nombre... el joven hubiera hecho un doloroso sacrificio por saber el nombre de su madre.

El remordimiento estaba representado por Dorotea.

Doña Clara, después de haber asegurado, jurado el joven, que á nadie amaba más que á ella, no le había vuelto á hablar de la Dorotea.

La Dorotea era una cosa pasada, olvidada.

Su deber le prohibía volver á los amores de la comedianta.

Y, sin embargo, don Juan sabía que la Dorotea le amaba; que le amaba con toda su alma, que él había sido para ella una especie de regeneración; que, en una palabra, en la Dorotea se había abierto para él un alma tan virgen como la de doña Clara.

La comedianta, no era, es cierto, la mujer digna, pura, magnifica, el tesoro, en una palabra; pero la Dorotea era un ser desgraciado; tenía en su favor su infortunio... abandonarla era herirla... y luego... digámoslo de una vez, ¡era tan hermosa la Dorotea!... ¡amaba de una manera tan profunda, tan delicada, tan ardiente!...

Don Juan luchaba en vano con el recuerdo de la Dorotea, no podía dominarle, no podía recusarle... y del recuerdo doloroso de la Dorotea pasaba al misterio de su madre...

Don Juan estaba muy de mal humor.

Y cuando se hallaba en uno de sus momentos más tétricos se abrió la puerta, y uno de los pajes dijo:

—Señor, la duquesa de Gandía.

Don Juan se quitó el sombrero, lo arrojó precipitadamente sobre la mesa, y salió al encuentro de la duquesa.

Doña Juana de Velasco entró vestida, por decirlo así, de pontifical, y contrariada, sumamente contrariada.

Su orgullo estaba lastimado.

Un mandato expreso de la reina, la obligaba á presentarse como madrina en el cuarto de una joven dama de honor, á quien, como sabemos, tenía ojeriza, á quien llamaba intriganta y enemiga del duque de Lerma.

Pero lo mandaba su majestad y era necesario obedecer.

Lo que por otra parte contrariaba grandemente á la duquesa, era que el encargado de representar al rey como padrino, fuese el conde de Olivares, otro intrigante, otro enemigo del duque de Lerma.

Así es que la duquesa no se cuidaba de disimular su disgusto.

Don Juan la saludó profundamente.

—¿Sois vos el novio, no es esto?—dijo sentándose en un sillón y mirando al joven con el mismo aire impertinente con que hubiera mirado á un ayuda de cámara.

—Sí, señora; yo soy—dijo don Juan, templando su acento al tono del de la duquesa, porque en orgullo no cedía á nadie —; yo soy el marido de doña Clara.

—No os conozco —dijo la duquesa— y, sin embargo, vestís como noble y lleváis hábito, lo que nada prueba, porque hoy se da á todo el mundo una encomienda.

—Me llamo don Juan Téllez Girón, señora.

—¿Sois pariente de don Pedro?

—Soy su hijo...

—¡Su hijo!... No conozco ningún hijo del duque que se llame Juan.

—Soy su hijo bastardo...

—¡Ah! ya decía yo...

—Pero es un bravo mozo, está reconocido por su padre—, digo, según me han dicho—, y ha hecho grandes servicios á su majestad--dijo un caballero que acababa de entrar.

—¡Ah! ¿sois vos, don Gaspar?—dijo la duquesa con sobreceño.

—Pésame mucho, mi señora doña Juana—dijo el llamado don Gaspar—, de que su majestad se haya acordado de mí para representarle en este padrinazgo, cuando su majestad la reina se ha acordado de vos para el mismo objeto. Ya sé que no me queréis bien, y lo siento, porque yo os estimo.

La duquesa se mordió los labios y no contestó.

—¿Y esa hermosa señora?—dijo el conde de Olivares dirigiéndose al joven, y le dió la mano.

—Se viste en este momento, señor conde—dijo don Juan.

El Conde de Olivares.

—¡Ah! de modo que dentro de poco se nos aparecerá un cielo. Os doy la enhorabuena, amigo, y veo que no me habéis olvidado. Hace tres días ignorábais... creo que ignorábais...

— Ciertamente, señor conde.

—Pero no os habéis olvidado de mí... me alegro... soy vuestro amigo... nos iguala la nobleza y el celo con que entrambos servimos á su majestad. ¿Y... vuestro tío?—añadió sonriendo el conde—. ¡Pobre Francisco Montiñol creo que le suceden grandes desgracias. Pero debéis olvidar eso y tender las alas, que las tenéis poderosas. Aprovecho esta ocasión para ofrecerme todo entero á vos; después que con vuestra esposa hayáis sido presentado á la corte, el capitán general de la guardia española y yo os presentaremos á vuestra brava compañía de arcabuceros.

—Gracias, señor conde.

—Pero me parece que vuestra esposa se acerca.

En efecto; se levantó un tapiz y apareció doña Clara, radiante de galas y hermosura: llevaba un traje de brocado de oro sobre verde, con doble falda y con segunda falda de brocado de plata sobre blanco; en los cabellos, en la garganta, sobre el seno, en los brazos, en la cintura, llevaba un magnífico aderezo completo.

—¡Señora duquesa! ¡señor conde! —exclamó la joven dirigiéndose á ellos—¡cuánto siento haberos hecho esperar!

Pero de repente doña Clara se detuvo.

Los ojos de la duquesa de Gandía estaban fijos con espanto en ella.

Doña Juana de Velasco estaba pálida y temblaba.

—¡Qué joyas tan hermosas!—dijo—; sobre todo... ese collar de perlas... y ese relicario... perdonadme... pero quiero ver ese relicario...

La joven se acercó á la duquesa.

Doña Juana volvió el relicario.

Su mano temblaba.

—¿Quién os dado esas joyas?—dijo en voz baja y rápida á doña Clara.

—Mi marido, señora—contestó en voz muy baja y profundamente conmovida doña Clara.

—¿Y sabe vuestro marido?... ¿sabéis vos?...

—Sí; sabemos que por estas joyas puede conocer á su madre.

—¡Ah!—exclamó la duquesa dando un grito, y retirándose bruscamente de doña Clara.

—¿Qué es eso, mi buena duquesa?—dijo con gran interés el conde de Olivares.

—Nada, no es nada; es un accidente que padezco... caballero—añadió dirigiéndose á Juan·· , ¿queréis darme vuestro brazo?... apenas puedo sostenerme... y sus majestades esperan.

—¡Ah! señora—contestó don Juan turbado y conmovido, porque el acento de la duquesa había cambiado enteramente para él.

Y la dió el brazo.

Temblaba tanto don Juan, como la duquesa de Gandía.

Doña Clara tenía los ojos llenos de lágrimas.

—¿Qué sucede aquí?·-murmuró don Gaspar de Guzmán dando el brazo á doña Clara.

Y siguió hacia una puerta por donde se había llevado la duquesa de Gandía á don Juan.

Se dirigían por el interior de las habitaciones á la cámara pública de audiencia.

La duquesa iba de prisa.

Al pasar por una galería obscura, la duquesa, que iba muy delante del conde de Olivares y de doña Clara, dijo con acento cortado:

—Por piedad, caballero, no me engañéis; ¿por qué habéis querido que vuestra esposa se ponga esas joyas hoy?

—Porque... va á ser presentada á la corte, y en la corte puede estar mi madre—dijo balbuceando el joven.

—¿Y amáis mucho á vuestra madre?—dijo llorando la duquesa.

—¡Por Dios, señora! ¡por vuestro honor!... vamos á salir á los salones.

—¡Ah!—exclamó la duquesa.

Y deteniéndose de repente, asió la cabeza de don Juan y le besó en la boca.

Después apresuró el paso.

Cuando salió á los salones, se mostraba serena; pero severa, sombría.

Poco después los novios y los que representaban como padrinos á los reyes, fueron presentados á éstos.

Después doña Clara tomó la almohada de dama de honor.

Cuando el conde de Olivares se llevaba á don Juan para presentarle á su compañía de arcabuceros de la guardia española, la duquesa le dijo:

—Espero que iréis, en cuanto estéis libre, con vuestra esposa á mi casa.

—Iré, señora, iré.

Y el joven salió.

CAPÍTULO L

DE CÓMO DON FRANCISCO DE QUEVEDO QUISO DAR PUNTO Á UNO DE SUS ASUNTOS

Cumpliendo lo que había prometido á la duquesa, don Juan y doña Clara salieron una hora después del alcázar en una litera.

Era la litera enorme.

Los esposos iban sentados en el testero; los asientos delanteros iban vacíos.

Entrambos iban silenciosos y pensativos.

De repente una voz muy conocida, dijo al lacayo que guiaba á la mula delantera:

—¡Eh, conductor de venturas! ¡para, para, que la desdicha te lo manda!

El lacayo paró.

Una cabeza asomó á la portezuela, y una mano tocó á los cristales.

Don Juan abrió la portezuela.

—¿Es decir, que quepo?—dijo don Francisco de Quevedo.

—Donde quiera que estemos nosotros, cabéis vos; pero entrad, que llueve.

—Desde que llegué á Madrid, que fué el mismo día que llegásteis vos—dijo Quevedo entrando—, no ha cesado ni un punto de llover; hambre tengo de cielo, y hambre de que no me lluevan desdichas; lastimado ando, y espantado y sin sueño aunque no duermo. ¿A dónde vais?

—Casa de la duquesa de Gandía.

—¿Vais casa... de la duquesa?...—dijo Quevedo con acento hueco á doña Clara.

—Yo no he tenido la culpa—dijo la joven.

—¡Cómo! ¿de qué no has tenido tú la culpa, Clara mía?—dijo don Juan.

—Don Francisco lo sabe todo.

—¡Cómo! ¡sabéis!...

—Sí por cierto, sé...

Y Quevedo se detuvo.

—Sí, sabe que la duquesa de Gandía es... tu madre...

—¿Os ha dicho acaso mi padre?...

—Sí, sí... vuestro padre... eso es...,—dijo Quevedo, que no quería que don Juan supiese que el tío Manolillo conocía aquel secreto.

—Mi padre ha hecho mal...—dijo don Juan.

—¡Joven!—exclamó severamente Quevedo—; secretos hay entre vuestro padre y yo que importan tanto, como que él es el duque de Osuna, el grande Osuna, y yo soy don Francisco de Quevedo, su secretario; y si yo no fuera secretario de secretos, no secretearía, y si el duque no tuviera secretos, no me tendría por secretario, y, por último, tan duque soy yo, como el duque es Quevedo, y Dios dirá y ya veremos, y pasemos á otra cosa. ¿Cómo está su majestad la reina?

—Buena y contenta—contestó doña Clara.

—¿Y no está pálida?

—Nunca ha tenido más hermosos colores.

—Pues que paren la litera.

—Pero yo no os entiendo—dijo don Juan.

—Entiéndome yo; vóime donde iba, y adiós.

Y abrió la portezuela.

—Para—dijo al lacayo.

La litera paró, salió Quevedo, se embozó en su capa y echó á andar.

Cerró don Juan la portezuela, y la litera siguió.

Quevedo, pisando lodos, atravesó con pena algunas calles, se detuvo en una, en la de Fuencarral, delante de una gran casa y se entró.

Poco después, una doncella decía á la condesa de Lemos:

—¡Don Francisco de Quevedo!

—Haced, señora, que me den tintero y papel—dijo Quevedo entrando.

—Os lo daré yo—dijo la condesa—. ¿Pero qué es esto, amigo mío?—dijo cuando quedaron solos.

—Esto es, que como no tengo más casa que la vuestra, ni más alma que vuestra alma, aquí me vengo á hacer mis cosas; por delante, es decir, por el zaguán, cuando es de día; por detrás, cuando es de noche. Vos me fortificáis y me consoláis... y yo me convierto en niño para vos; pero dejadme que sea por algún tiempo hombre y cumpla con mi obli-

gación; que escribir tengo al duque... y largo... y de tal modo
que le digo que me espere.

—¡Cómo! ¿os vais, don Francisco?

—Y me alegro.

—No digáis eso, porque creeré...

—Debéis creer que os amo mucho.

—Tenéisme vuestra ..

—Por lo mismo; porque vos no sois vuestra siendo mía,
os lo digo: que si yo no os amara... Oid: el alma... lo que se
llama alma, tiene más de una corcova.

—No os entiendo.

—Quiero decir... que lo mejor que puede hacer una criatura, es enderezar su alma.

—¡Ah!

—Si vos no fuérais quien sois...

—Don Francisco—dijo la condesa—, mirarlo debisteis
antes; vos me caísteis como llovido.

—En esta aventura de aventuras, ha llovido de todo. Así
estoy yo de calado; el agua me llega ya á las narices, y á
poco más me ahogo. Pero dadme licencia para que escriba,
que os lo afirmo, importa. No tiene trazas de dejar de llover,
y como no quiero morir ahogado de este diluvio, dejadme
que fabrique mi barca.

—Y esa barca...

—Ha de serlo una carta. Y en ella heme de salvar yo
huyendo de vos: y habéos de salvar por mi huída, y á más
han de salvarse ciertos recién casados, que no andan muy
seguros...

—¿Conque es cosa decidida?...—dijo de mal talante la
condesa.

—Bien veo que os enojo; pero en este pueblo de orates
algún loco ha de haber con barruntos de juicio. Si sólo se
tratara del conde mi señor... merecido lo tiene, pero vos...
vos sois distinta cosa... y creedme, doña Catalina... cuando
dos almas se casan no hay nada que las divorcie; búscanse,
se juntan, se acarician, por más que los cuerpos que las apri-
sionan anden lejos... y la memoria... ¡bendiga Dios la memoria, consuelo de desterrados!...

—Tormento de mal nacidos...

—¿Por mal nacida os tenéis?

—Mal nace quien nace para penar.

—Penárais más á mi lado; escorpión nací... hortiga crez-
co... hiel lloro... ponzoña respiro. Maldición debo de tener

encima, que si escribo muelo, si obro rajo... donde piso no nace hierba. Pidiera á Dios razones, si Dios con su lengua muda no me las diera, y paciencia si ya no tuviera callos en el alma. Cansado estoy de vivir, y tengo para mí que de cansado, sin haberme muerto, hiedo, y que se me puede sacar por el olor á poco que se me trate. Tomad á sueño lo que ha pasado, señora, como yo lo tomo á locura y maldición mía, y entendedme y no me digáis que no os amo, que al revés de otros, mi amor os pruebo cuando de vos me aparto, y con esto, dejadme que mi barca fabrique, que la tormenta arrecia y el puerto está lejos, y no por mí, sino por otros, á piloto me meto. Dadme, pues, papel, no lloréis, que tragos de hiel son para mí vuestras lágrimas, y si me provocáis á beberlas, matáranme, porque olvidaré mi propósito y todo se llevará el diablo y no hay para qué tanto.

—¡Pluguiera á Dios que nunca hubiérais venido!—dijo la de Lemos levantándose y sacando papel de un cajón.

—Pecados ajenos me trajeron, y pecados ajenos me llevan, como si no bastaran y aun sobraran para llevarme y traerme mis pecados propios. Y Dios os lo pague por el papel, y dadme licencia para que escriba.

La condesa no contestó; fuése al hueco del un balcón y se puso á llorar de espaldas á Quevedo.

Quevedo escribía entre tanto al duque de Osuna lo siguiente:

«Señor:

»Con ansias os escribo, y bien podéis creerlo cuando yo lo afirmo, que ya sabéis que en lo de *garlar* soy duro, y no se me pone tan fácilmente en el *ansia*. Pero tal se ensaña conmigo mi suerte pecadora, que tengo para mí que tendré que irme á un desierto, y aun allí, ya que no haga daño á las gentes, se lo haré á las piedras. Víneme á Madrid desde San Marcos, no sin algún escrúpulo é inapetencia, porque no ha habido vez en que yo haya vuelto á Madrid desde que salí de él á aventuras, que no me haya sucedido una desventura. Apenas llegado, topéme con vuestro hijo, y halléle ya tan enredado y tan en palacio metido y á tanto puesto, que me entró miedo de si podría desatollarlo, y esta es la hora, en que no sólo desatollarlo no he podido, sino que con él atollado me veo, y eso que aún no hace tres días cabales que entrambos estamos en la corte; tal turbión de enredos ha caído sobre nosotros, que estoy enredado y aun con telarañas en los ojos, y tan pegajosas y tales, que por más que restrego no aprovecha. Punzó el mozo, y de tal manera, que de la punzadura anda Calderón en un grito, boca arriba en el lecho, con un ojal en el costado que por poco es de pasión, lo que dudo mucho que llegue á ser de escarmiento. Salvóse por la cala la reina, que no menos que la reina anda en el lance, pero fué salvación de comedia de sustos, que no se sale de un peligro sino para caer en otro. El malaventurado cocinero del rey, hermano del fingido padre de nuestro mozo, se ha encontrado cogido por los enredos, y como es de pasta quebradiza y cicatera, ha cantado de plano, y vuestro hijo sabe quién es su padre y sábelo la corte, y sábelo todo el mundo, y lo único que ha sucedido á derechas y de lo que me alegro, porque el mancebo parece nacido con buena ventura, anoche le casó la reina con la hija del coronel Ignacio Soldevilla, que por ahí anda á las órdenes de vuecencia en los tercios de Nápoles. Y lo que más de espantar es, que siendo ella una dama de acero, donde se han mellado hasta ahora los dardos de Cupido (quiero decir, el diablo), es cera para su esposo, y le ama como si de encargo hubiera nacido para amarle, y está loca y encariñada con él, y él no acertando á mirar ni á ver más que á su doña Clara. ¡Vive Dios que los chicos me dan envidia, y que será gran lástima que tanta miel se acibare! Gran parte para evitar esta desdicha, será el apartar de la corte al recién casado, y que vuecencia le ponga bajo su mano, y nos marchemos de aquí todos; que vos, señor, lo conseguiréis con escribirle, y él se apresurará á obedeceros, que en cuanto á mí, he hecho cuanto he podido, metiéndome por sacarle de donde yo por mi voluntad no me hubiera metido. Pero me descuaderno y me voy de un lado para otro, y no puedo más, y á vueceneia recurro. Venga la orden por la posta, y cuanto antes logre yo poder decir á vuecencia lo que no es para escrito, sino para relatado, y aun así en voz baja y á puerta cerrada. Réstame por deciros, que el mozo es un oro, que si su sangre pudiese honrarse, la honraría, y que es gran pena, que en vez de ser hijo á trasmano, no lo fuese de mi señora la duquesa doña Catalina. Y como me tarda que ésta llegue á manos de vuecencia, abrevio el tiempo poniendo punto final.—Guarde Dios á vuecencia.

DON FRANCISCO DE QUEVEDO.»

Plegó esta carta, la cerró, y se fué hacia doña Catalina.
—¿Lloráis?—la dijo.

—¿No os basta que os esconda mis lágrimas—dijo la condesa—, sino que venís á buscarlas?

—Ellas me ahogan y ellas me dan vida. Llorado me vea por vos, yo, á quien no llorará nadie, y quiera Dios que por vuestro recuerdo, salgan de mi pecho las lágrimas que me hinchan.

—¿Pero no volveréis?

—No.

—Pues... adiós...

—Adiós...

La condesa se quedó llorando; Quevedo salió atusándose el bigote distraído.

—Si me ama—dijo—es feliz y no hay por qué dolerse... si no me ama, otro vendrá y le enjugará los ojos.

Y haciendo un nuevo ademán que podía traducirse por la frase: *adelante*, enérgicamente pronunciada, salió á paso lento de la casa.

Quevedo había tomado su resolución, y dejaba abandonado á tiempo un instrumento que ya no le servía.

CAPÍTULO LI

EN QUE ENCONTRAMOS DE NUEVO AL HÉROE DE NUESTRO CUENTO

El padre Aliaga salió del alcázar inmediatamente después de haberse turbado de una manera tan extraña, por el tío Manolillo, el almuerzo de la reina.

El confesor del rey estaba aturdido con lo que le acontecía.

El bufón había llegado á hacerse para él un gigante.

Aquel hombre había leído en su alma.

Aquel hombre había visto su fondo tenebroso.

Además, el hombre que se había creído amado por la reina, don Juan Téllez Girón, el hombre por quien acaso la reina se interesaba, el que se había casado con doña Clara Soldevilla para cubrir acaso á Margarita de Austria; el recuerdo de aquel hombre, roía el alma del padre Aliaga.

Porque el padre Aliaga, desesperado y loco, estaba celoso.

Y los celosos desconfían de todo, y aun en el mismo sol ven sombras.

El padre Aliaga hizo por lo mismo prender al cocinero mayor.

Porque tenía celos.

De modo que, el mísero de Francisco Martínez Montiño, estaba constantemente pagando pecados de otros.

El alguacil del Santo Oficio le había llevado en derechura al convento de Atocha, le había metido en la celda, y se había quedado guardándole por fuera.

Cuando se vió allí Montiño, respiró un tanto.

—Vamos—dijo—, estos son asuntos del inquisidor general. ¿Pero y mis asuntos? aquel Cosme Aldaba metido en las cocinas... y había en mi casa un no sé qué... yo estoy en ascuas... ¡y cuánto tarda el padre Aliaga! ¡Dios mío!

Y el pobre Montiño tuvo que esperar más de tres horas, esto es, desde las ocho hasta las once, sin atreverse á moverse del rincón de una de las vidrieras de los balcones de la celda donde se había pegado, viendo cómo caía el agua continua sobre la tierra de la huerta.

El ver llover da tristeza.

El cocinero mayor, que tenía más de un motivo para estar triste, se puso más triste aún.

Sus monólogos fueron tomando un no sé qué de insensato.

Sus ojos miraban de una manera singular la compacta cerrazón del cielo, como si ella hubiera tenido una relación directa con el nublado que envolvía su alma.

Acabó por adormilarse, que no eran para menos la inacción en que se encontraba, la insistencia de un mismo pensamiento, esto es, su casa y su cocina, y el lento, continuo, incesante rumor de la lluvia.

De repente le hizo volverse despavorido una mano que se apoyó fuertemente en su hombro.

Encontró delante de sí al padre Aliaga.

Pero no al padre Aliaga humilde, impenetrable, sencillo, sino á un varón pálido, ceñudo, cuyos ojos brillaban de una manera terrible, y tenían allá en su fondo algo que hizo temblar á Montiño.

—¿Por qué no me trajísteis anoche el cofre de que hablamos?—le dijo.

—¡Porque me lo robaron!—exclamó todo lagrimoso, asustado y empequeñecido el cocinero mayor.

—¡Que os lo robaron!

—Sí, señor... en la Cava Baja de San Miguel. Pero miento; no me lo robaron... es decir, sí me lo robaron...

—Tranquilizáos, Montiño, porque estáis diciendo disparates.

—Es que vuestra señoría me está mirando con unos ojos...

El padre Aliaga comprendió que el cocinero mayor estaba
bastante asustado para que fuese necesario asustarle más, y
que seguir asustándole sería dar motivo á que no dijese una
palabra con concierto.

—Vamos, vamos; no os he hecho venir...

—Perdone vuestra señoría; me han traído preso.

— Pues bien, no os he mandado prender para manteneros
preso, sino para que viniérais. No pretendo haceros mal alguno.

—Así fueran todos como vos, padre, porque desde hace
tres días todos me están haciendo daño.

—Tranquilizáos, que yo os protegeré contra todos.

—¿Y mi mujer y mi hija? ¿Y el galopín Cosme Aldaba?
¿Y don Juan de Guzmán? — dijo el cocinero recayendo en su
pensamiento fijo.

—Ya hablaremos de eso. Sentáos aquí, junto al fuego,
que hace frío, y si tenéis apetito pediré de almorzar.

—No; no, señor, he almorzado ya, y por cierto con buen
apetito... y si no me encuentro al tío Manolillo que me
animó...

—¡Ah! ¿habéis almorzado con el tío Manolillo?

—Sí; sí, señor... el tío Manolillo iba que centelleaba tras
la comedianta, tras la Dorotea... que iba con el sargento
mayor don Juan de Guzmán y se metió con ella en casa de
doña Ana de Acuña.

El cocinero mayor, fuese por temperamento, fuese por debilidad, fuese por cálculo, vomitaba todo lo que sabía.

—¡Ah!—dijo el padre Aliaga, cuya fisonomía había vuelto á
ser impenetrable y benévola—¿conque esa comedianta entró con el sargento mayor en casa de doña Ana?

—Sí, señor.

—¿Y el tío Manolillo?

—Se entró conmigo en una taberna de enfrente, donde
almorzamos.

—¿Y luego?

—Luego, el tío Manolillo se fué á la casa de doña Ana,
llamó...

—¿Luego conoce?...

—Debe conocer, porque le abrieron.

—¿Y vos?...

—Yo me fuí al alcázar: llegaba á él, cuando me prendieron.

—Os trajeron... Montiño.

—Yo digo que me prendieron, y aunque alegué que tenía que estar á la mira del almuerzo de sus majestades, y evacuar otros negocios, el alguacil que me prendió, sólo me dejó dar una vuelta por las cocinas, y llevar á mi casa el cofre, el famoso cofre, que había dejado en una portería por irme con el tío Manolillo.

—¿Pues no decíais que os habían robado el tal cofre?

—Sí; sí, señor; me lo robaron.

—¿Y cómo le recobrásteis?

—No le recobré yo.

—¿Pues quién fué?

—Ese caballero, que no sé por qué razón acertó á venir con dos amigos por la Cava Baja, cuando ya se llevaban el cofre.

—¡Don Juan Téllez Girón!

—¡Ah! ¿sabéis ya cómo se llama?

—Anoche le casé.

—¡Que le casásteis!

—Sí, con doña Clara Soldevilla.

—Pero, señor, ese mancebo ha caído de pies en la corte, todas le aman.

—Sigamos, sigamos—dijo el confesor del rey con voz ronca—. Le casé, y al pedirle su nombre, me dijo: don Juan Téllez Girón.

—Como que lo sabía... como que abrió el cofre y dentro encontró papeles, y una carta del duque de Osuna, en la que le llamaba su hijo, y un tesoro en joyas y en buenos doblones de oro, que es lo que queda únicamente en el cofre, porque los papeles y las joyas se las llevó.

—¿Y por qué no vinísteis?

—Tenía miedo.

—¿Qué hicísteis, pues?

—Me volví á palacio, pero estaban las puertas cerradas, y me vi obligado á meterme con el cofre y con mis gentes en donde mis gentes me entraron, en una muy mala casa, señor, donde me dieron un jergón muy malo, y pasé una muy mala noche y luego me hicieron pagar un muy buen precio... desdichas y más desdichas... y cuando creía que iba á descansar, he aquí que me prenden en nombre del Santo Oficio, y me asusté, señor, porque sin que os ofendáis, el nombre del Santo Oficio mete miedo, y me entran y me encierran en vuestra celda.

—De aquí saldréis libre y favorecido: pero me habéis de hablar con verdad.

—Os diré cuanto sepa y más que supiere á trueque de que me amparéis, que bien he menester de amparo.

—Antes de ir por el cofre consabido para traerle, ¿dónde estuvisteis?

—En el convento, por la carta de la madre Misericordia.

—¿Y luego?

—Fui á casa del duque de Lerma, pero su excelencia no estaba en casa.

—¿De modo, que?...

—Tengo todavía en el bolsillo la carta de la madre Misericordia para el duque, y otra carta de la misma madre para vos.

—Dadme, dadme.

—Tomad, señor.

El padre Aliaga abrió la carta dirigida á él, y encontró todo el fárrago que nuestros lectores conocen.

—¡Ah! ¡ah!—dijo el padre Aliaga para sí—; ¿conque la de Lemos y Quevedo mancillan los nombres de dos familias ilustres? ¡se aman! ¡Quevedo es amigo de ese don Juan, y la condesa de Lemos es camarera de la reina!

El padre Aliaga se quedó profundamente pensativo y guardó la carta de la abadesa.

—Llevaréis esta otra al duque de Lerma—dijo el padre Aliaga devolviendo á Montiño la carta que la noche antes había escrito la madre Misericordia para su tío, bajo la presión del temor causado en ella por el Santo Oficio.

El cocinero se levantó súbitamente, porque le tardaba en verse en libertad.

—Esperad, esperad todavía.

Montiño volvió á sentarse con pena.

—Cualquier cosa que os suceda, la remediaré yo, y si no puedo remediarla, procuraré satisfaceros lo mejor posible.

—¡Ah! ¡señor! ¡Dios se lo pague á vuestra señoría!

—¿Para cuándo ha citado doña Ana de Acuña al duque de Lerma?

—Al duque de Lerma, no—dijo en una suave advertencia el cocinero.

—Al rey... eso es... es lo mismo... ¿cuándo debe ir el duque de Lerma á hacer el papel del rey en casa de esa mujer?

—Tengo que avisarla.

—Id á llevar esta carta al duque.

Montiño se levantó de nuevo.

—Si el duque os envía á casa de doña Ana, avisadme.

—Avisaré á vuestra señoría de todo.

—Y como vivís en palacio, procurad no perder nada en cuanto os fuese posible de cuanto haga ese don Juan.

—Serviré fielmente á vuestra señoría.

—Y como os quejáis de haber hecho gastos...

—Yo no me he quejado, aunque los he hecho...

—Tomad.

El padre Aliaga abrió un cajón y sacó un centenar de escudos que dió al cocinero.

—¡Ah! ¡señor! —dijo Montiño—; yo no tomaría esto, si no fuera porque estoy pobre.

Y en aquellos momentos el cocinero mayor decía la verdad sin saberlo.

—Id, id, que el día avanza, y tal vez os busquen.

—No lo quiera Dios: y puesto que vuestra señoría no me necesita, voy... voy á dar una vuelta por mi casa...

—Id con Dios.

Montiño salió desolado.

A pesar de que estaba asendereado y molido, de que llovía, de que el terreno estaba resbaladizo, de que hay una gran distancia desde el convento de Atocha á palacio, Montiño recorrió aquella distancia en pocos minutos.

Cuando estuvo en la puerta de las Meninas, se abalanzó por las escaleras más próximas y subió á saltos los peldaños.

Cuando llegó á su puerta, llamó.

Nadie le contestó.

Volvió á llamar y sucedió el mismo silencio.

Entonces vió lo que en su apresuramiento, en la turbación, no había visto.

Un papel pegado sobre la cerradura, en que se leía en letras gordas, lo siguiente:

NADIE ABRA ESTA PUERTA, DE ORDEN DEL REY NUESTRO SEÑOR

Si hubiera visto la cabeza de Medusa, no hubiera causado en él tan terrible efecto como le causó la vista de aquel papel.

Pero de repente se serenó y soltó una carcajada insensata.

—¡Vamos, señor!—dijo—he perdido el tino; en vez de venirme á mi casa, me he venido á otra puerta.

Y siguió el corredor adelante.

Pero á medida que adelantaba se convencía de que estaba en el corredor de su vivienda.

Entonces volvió á sobrecogerle el terror, y se volvió atrás, y volvió á llamar, pero de una manera desesperada.

—¡Sí, sí!—exclamó—; esta es la puerta de mi aposento, y no hay nadie en él, y luego este papel sellado; ¡Dios mío!

El cocinero mayor se agarró con entrambas manos la cabeza, como pretendiendo que no se le escapara, y de repente dió á correr y se entró en la cocina.

Oficiales, galopines y pícaros, hablaban en corros.

De repente, una voz desesperada, horrible, llamó la atención de todos.

Aquella voz había gritado con una entonación que partía el alma:

—¿Dónde está mi mujer? ¿dónde está mi hija?

Por el momento nadie le contestó.

Al fin, uno de los oficiales de más edad adelantó y le dijo:

—Señor Francisco, es menester que vuesa merced tenga mucho valor.

—¿Pero qué ha pasado?—gritó con más desesperación, con más miedo, con más horror Montiño.

—Hace una hora se ha encontrado abierto el cuarto de vuesa merced y robado.

—¡Robado!

Y aquel robado, no fué un grito, sino un aullido, ni un aullido tampoco, porque no hay en ninguno de los sonidos que representan el dolor, el terror, la muerte, el fin de todo, la agonía, cuanto puede sentir y sufrir un ser humano, nada comparable al grito del cocinero mayor.

Luego dejó caer los brazos y la cabeza, y repitió aquel ¡robado!, pero de una manera ronca, grave, semejante á la preparación del rugido del león.

Y luego, llorando como un muchacho á quien han roto su botijo, y teme la cólera de su madre, repitió la frase ¡robado! y dió á correr sin saber á dónde, como un gato espantado, tropezando en todo, dándose en las paredes.

De repente se sintió asido como por unas tenazas de hierro, y lanzado dentro de un aposento.

Luego se oyó la llave de una puerta, y le arrastraron á otro aposento.

Y al fin Montiño se vió delante del tío Manolillo, que con los ojos como brasas, amenazador, terrible, le mostraba una escudilla de madera en la cual había algunos berros, y los muslos, las patas, los alones y el caparazón de una perdiz, todo verde, como los berros sobre que estaba.

—¡Rezad á Dios por el alma de un difunto!—exclamó con voz concentrada el bufón—¡rogad á Dios! cocinero de su majestad.

—¡Cosme Aldaba!—exclamó Montiño, y cayó de rodillas y con las manos juntas á los pies del bufón.

CAPÍTULO LII

DE CÓMO EMPEZÓ Á SER OTRO EL COCINERO MAYOR

«Un clavo saca otro clavo», se dice vulgarmente.

Un nuevo terror disipó el anterior terror de Montiño.

Aquella perdiz verde que le presentaba la inflexible mano del tío Manolillo, le devoraba, le mordía, le magullaba el alma, por decirlo así.

Pálido, contraído, yerto, con la boca dilatada, los ojos fijos, desencajados, espantosos, los brazos extendidos, crispados los dedos, erizados los cabellos, temblando todo, estaba horrible por el terror que sentía; detrás de aquella perdiz verde veía un cadáver... el cadáver de la reina, y detrás del cadáver de la reina, los dos palos escuetos y rojos de la horca.

—¡Infame Cosme Aldaba!—exclamaba con un acento indefinible—. ¡Infame Cosme Aldaba!... ¡él ha sido!... ¡yo no!... ¡yo no!... ¡no he parecido por las cocinas en dos días!

—¡Pero habéis sido ciego... miserablemente ciego!...—exclamó con acento de desprecio y de cólera el bufón—habéis sido ciego, y por vuestra ceguera ese infame Guzmán ha podido volver loca á vuestra esposa... ha podido hacerla un instrumento de muerte... y todo por vos... por haber sido tonto.

—¡Oh Dios mío! pero su majestad...

—Esa perdiz se ha servido en el almuerzo de la reina—dijo el bufón.

—¿Pero ese difunto... ese difunto de que hablábais?...—dijo Montiño levantándose.

—Ha sido un paje.

—¡Ah!—exclamó el cocinero—¡un paje!...

—Sí, un paje que se ha comido las pechugas que habían quedado en los platos de la reina y del padre Aliaga.

--El padre Aliaga está perfectamente bueno—exclamó con alegría el cocinero mayor.

—¿Que está bueno el padre Aliaga?...

—¡Sí, acabo de hablar con él!

—¿Y la reina?... yo no me he atrevido á preguntar... no me he atrevido á hablar... pero el alcázar está tranquilo... ¡oh! ¡si hubiese querido Dios que el golpe se hubiese frustrado!...

—¡Sí, sí, Dios lo habrá querido!...—exclamó el cocinero—¡porque Dios no querrá que nos ahorquen inocentes!

La horca era el pensamiento fijo de Montiño.

—¡Que nos ahorquen! ¡No, no puede ser! se ha perdido el rastro.

—¡Que se ha perdido el rastro, y tenéis ahí en esa escudilla los restos envenenados de la perdiz!

—Tenéis razón, tenéis razón, Montiño—dijo el bufón—; pero esto desaparecerá, desaparecerá, yo os lo juro.

Y yendo á un negro fogón que le servía para condimentar su pobre comida, el tío Manolillo hizo fuego, y puso sobre él la escudilla de madera con los restos de la perdiz.

—¿Y no queda más señal que esa?—dijo el cocinero viendo arder con ansiedad la escudilla.

—No... el veneno sólo queda ahí... y en las entrañas del paje muerto... Pero, según he oído, se han llevado el paje á la parroquia sin que nadie sospeche; cuando le hayan enterrado....

—¡Oh Dios mío! ¡Dios mío! ¡Pero mi mujer! ¡Mi hija!

—¿Aún amáis á vuestra mujer?...

--No la amo... no... pero siento una horrible sed de venganza... La miserable... la desagradecida... yo que la había sacado de la miseria... y luego el hijo que lleva en el seno...

—Vos nunca habéis tenido hijos.

—¡Cómo! ¿No es hija mía Inés?

—Vuestra primera mujer os engañó, como os ha engañado la segunda.

—¡Dios mío! ¡Dios mío!

—De modo que debéis alegraros de que se os haya escapado.

—¡Pero se ha escapado robándome!...—exclamó en una de sus acostumbradas salidas de tono el cocinero mayor.

—¡Bah! consoláos; ya tendréis algún dinero empleado por ahí.

—No tengo ni un sólo maravedí... había pensado retirarme.

—Según me han dicho, ha quedado un cofre muy pesado, que se encontró en vuestro aposento, que los ladrones no pudieron abrir porque es de hierro, y que no se atrevieron á llevarse por su tamaño, en poder del mayordomo mayor.

—¡En todo tiene suerte ese mancebo... mi sobrino postizo!—exclamó con una rabia angustiosa el cocinero mayor—; me roban á mí, encuentran su dinero en mi aposento cuando me roban y no pueden robarle á él. ¡Dios mío, Dios mío! me quedo solo en el mundo, y pobre y viejo.

—En primer lugar, don Juan Téllez Girón, vuestro sobrino postizo, os debe todo lo que es. Vos habéis sido la causa de las casualidades que le han hecho esposo de doña Clara Soldevilla y favorito de la reina, y qué sé yo qué más cosas... pero ya se ha quemado la escudilla con lo que contenía, ya no queda rastro por aquí del veneno... el alcázar se me cae encima; salgamos... salgamos de aquí, Montiño.

—Llueve que es una maldición. Llovía cuando llegó á Madrid mi sobrino... quiero decir, don Juan Girón; y yo tengo para mí que mientras llueva no cesarán las desdichas.

—Ya veremos dónde nos metemos. Arregláos los cabellos y el vestido, que los tenéis desordenados, ponéos la capa y el sombrero, y vamos.

Púsose el bufón una caperuza, envolvióse en una capilla, salió de su aposento con Montiño y cerró la puerta con llave, murmurando:

—Ahí te quedas, terrible secreto; tú, aposento miserable del bufón, no hablarás, como tampoco hablará la tumba del paje. Vamos, Montiño, vamos; ¿pero á dónde vais?

—A las cocinas. ¿Queréis que cuando me veo arruinado, abandone el único recurso que me queda?

—¡Dios ayude al bolsillo de su majestad!

—¡Otros diez años de cocinero, solo, triste, viejo!... ¡Otros diez años para reunir la décima parte de lo que me han robado!—exclamó Montiño con desesperación.

Y no habló una palabra más hasta llegar á las cocinas.

Ni allí habló otras palabras, que las referentes al servicio.

Lo miró todo, lo inspeccionó todo, dió órdenes, y todos le escucharon con un silencio terrible, con un silencio de espanto, porque á pesar de que el desdichado no decía una sola palabra de su desgracia, ni nadie se atrevía á recordársela, su rostro estaba espantoso.

Se pintaba en él no sólo una desesperación profunda, sino el principio de una insensatez horrible.

Sus miradas vagaban inciertas sobre los objetos, sus mejillas habían como enflaquecido, sus cabellos como blanqueado, habíase afilado su nariz, temblaba de tiempo en tiempo el mezquino, y repetía una misma orden, é iba de acá para allá, volviendo siempre á un mismo punto.

Hasta su voz se había alterado.

Cuándo salió, el oficial mayor dijo en medio del silencio general:

—¡Pobre señor Francisco! ¡está loco!

Y aquella palabra *loco* retumbó fatídicamente en las cocinas, repetida por todos.

Entre tanto, Montiño decía, asiéndose al brazo del bufón:

—Vamos á donde vos queráis—le dijo—; afortunadamente entre tanta desgracia la vianda del rey está lista, no falta nada y... no me despedirán... tendrán lástima de mí...

—¡Infeliz!—murmuró enteramente desarmado el tío Manolillo.

Y entrambos, en silencio, se encaminaron á la salida del alcázar.

CAPÍTULO LIII

EN QUE SE DEJA VER CLARO EL BUFÓN DEL REY

El tío Manolillo había aceptado la situación.

Había comprendido que para dominar los sucesos necesitaba dominarse á sí mismo, y se había dominado.

Para dominarse había hecho el siguiente raciocinio:

—Según todas las apariencias, el plan de los asesinos ha fracasado; la reina ha comido muy poco, y es ya viejo aquello de que: poco veneno ni mata ni daña... podrá suceder que á la reina... pero en fin... ¿y qué me importa á mí la reina? ¿qué favores la debo? he cumplido con lo que Dios me manda, procurando evitar el crimen. Si no lo he denunciado con tiempo ha sido por excusarme de un proceso... de una prisión... de un tiempo perdido durante el cual no podría velar por Dorotea... por ella, que es todo lo que me interesa en el mundo... por ella, que es... mi vida, mi pensamiento único... á la que me he sacrificado, que es desgraciada... no, no; yo he debido conservar mi libertad á todo trance... he hecho bien en callar... el crimen ha pasado sin que nadie le conozca... Guzmán, el incitador de este crimen, está muerto... no puede traslucirse... puedo, pues, consagrarme entero á Dorotea. Francisco Montiño podrá darme luz acerca de ciertas cosas que yo no comprendo... es necesario que yo utilice á este hombre... que le ayude... para todo esto debo estar muy sobre mí... pues sobrepongámonos á todo.

Después de este razonamiento consigo mismo, el semblante del bufón tomó su aspecto vulgar, su aspecto de todos los días, como podríamos decir.

Pero no aconteció lo mismo á Montiño.

Continuaba desencajado, contraído, fuera de sí.

Bastaba ver su semblante para comprender su situación.

—¡Mi dinero! ¡mi mujer!

Esta era la exclamación que de tiempo en tiempo se escapaba de sus labios.

Hécuba, la desventurada esposa de Príamo, la madre sin hijos, la reina esclava, no tuvo nunca el corazón tan desgarrado como lo tenía en aquellos momentos el infeliz cocinero de su majestad el rey don Felipe III.

Cuando salieron del alcázar, continuaba lloviendo ni más ni menos que como tres días antes de entrar don Juan Girón en Madrid.

Montiño no sintió la lluvia.

Pero el bufón, que tenía sobre sí un dominio inmenso, apresuró el paso para ponerse cuanto antes á cubierto de ella.

El cocinero mayor se quedó atrás.

—¡Eh! ¡señor Francisco!—dijo el bufón - ; ¿en qué pensáis? andad de prisa, amigo mío, andad de prisa, que necesitamos aprovechar el tiempo... y sobre todo... si queréis que se os haga justicia...

—¡Que si quiero que se me haga justicia! pues ya lo creo; ¡á Dios la pido! ¡á Dios clamo por ella!... y estaré clamando hasta que la consiga...

—Pues aligerad.

—¿A dónde me lleváis?

—A casa de otra alma desconsolada.

—No hay alma más desconsolada que la mía.

—¡Quién sabe, Montiño! ¡quién sabe! pero andad, andad.

—¿Y quién es esa otra alma desconsolada?

—Una mujer que está enamorada de vuestro sobrino.

—¡Ah! ¿y quién es?

—La Dorotea.

—¡La querida del duque de Lerma!

—Eso es.

—¡Y esa mujer...!

—Está loca por don Juan.

—¿Y esa mujer puede...?

—Ya lo creo... pero si os ayuda, será necesario que vos la ayudéis.

Y el rostro del bufón, al decir estas palabras, tenía algo de terrible.

—Vamos, pues, vamos—dijo Montiño alentando una esperanza—; ¿y está muy lejos la casa de esa comedianta?

—No, no por cierto; en la calle Ancha de San Bernardo.

—Pues he aquí que estamos en la plazuela de Santo Domingo.

—Y dentro de poco estaremos á su puerta.

En efecto, poco después el bufón llamaba á la puerta de la Dorotea.

Salió á abrir Casilda.

—¡Oh! ¡bien venido seáis, tío Manolillo!—dijo la joven—; no sabíamos qué hacer con la señora; está terrible. Entrad, entrad. Pero ¿quién es ese que viene con vos?

—Es un amigo.

—No creo que esté la señora en disposición de que nadie extraño la vea.

—¡No importa! ¡no importa! entrad, señor Francisco, entrad—dijo el bufón viendo que Montiño se había detenido al escuchar la observación de la criada.

—Vamos á juntarnos dos locos, por lo que veo—dijo entrando Montiño.

Cuando entraron en la sala la encontraron revuelta; estaba llena de cofres abiertos, de trajes sobre los sillones, de objetos sobre las mesas.

Todo aquello era rico, relumbraba, punzaba la vista con los vivos colores y lo brillante de las telas; era, en fin, un magnífico equipaje de comedianta pagado por un gran señor.

—¡Ah!—dijo Montiño—, bien se conoce que aquí no ha habido ladrones.

La Dorotea, destrenzados los cabellos, desarreglado el traje, iba de acá para allá pálida, sombría, llorosa, sin acuerdo de lo que hacía, obrando maquinalmente, irritada, poseída por una pasión tremenda.

No vió ni al tío Manolillo ni á Montiño.

El bufón adelantó, y en un momento en que la Dorotea estaba de pie, inmóvil, con la cabeza inclinada, sostenida sobre una de sus manos, con el otro brazo abandonado á lo largo del cuerpo, era un vivo trasunto de una estatua pagana, representando á una mujer maldecida por los dioses y meditando de una manera terrible, blasfema é impía, sobre la causa de su desgracia.

El bufón se acercó á ella.

—¿En qué piensas, hija mía?—la dijo.

—¡Yo no sé!—contestó con acento de desesperación Dorotea.

—¡Pero estos cofres, estas ropas!

—Es necesario huir de aquí...

—¡Huir! ¿y á dónde?...

—¿A dónde? ¡No lo sé! ¡no he pensado en ello!

Guardó un momento silencio, y luego dijo con un arranque de resolución terrible:

· ¡Sí; sí, sé á dónde! ¡á un lugar donde pueda ocultarme!... ¡donde nadie sepa que estoy!... ¡pero cerca de él! ¡cerca de ella! ¡á un lugar desconocido para todos, del cual pueda salir de noche, silenciosa, envuelta en mi manto... sola con mi venganza! ¡No sé dónde! ¡pero no importa! ¡cuando haya vendido todo esto!... ¡lo estoy sacando de los cofres para venderlo!... ¡cuando mis ricos trajes, mis perlas, mis diamantes, estén reducidos á dinero!... ¡porque para vengarme es menester dinero!... ¡entonces!... ¡entonces!... ¡saldré de esta casa... y encontraré donde ocultarme! ¡oh! ¡sí! ¡villano! ¡infame! ¡hacerme conocer el amor y abandonarme!

—¡Pero no os ha robado!—dijo el cocinero mayor, que tenía el amor propio de creer que era la suya la desgracia mayor que podía acontecer á un mortal.

—¿Que no me ha robado?—gritó Dorotea clavando en Montiño una mirada resplandeciente de fiereza, que hizo temblar al cocinero mayor—, ¿que no me ha robado? ¿y mi alma? ¿y mi corazón?

—Os queda á lo menos dinero para vengaros.

—Vamos, vamos—dijo el bufón—; esto es una locura, Dorotea... tú no has pensado, tú no has meditado.

—Yo no puedo meditar, yo no quiero meditar; me basta saber que se ha casado con otra...

—Debes, pues, despreciarle.

—No se desprecia lo que se ama.

—Lo mismo digo yo—exclamó Montiño.

—Vos estáis sentenciado á no decir nunca más que necedades. ¿Qué tiene que ver lo que á vos os sucede?...

—¡Pues podía sucederme más!... mi mujer, mi hija...

- ¡Cómo!—exclamó Dorotea—; ¿vos también, pobre señor, habéis sido ultrajado... abandonado... insultado?...

—¡Oh! sí; sí, señora—dijo plañideramente Montiño—; abandonado... ultrajado y robado.

—¡Vengáos!- exclamó roncamente Dorotea, saliendo de su inercia y continuando en su exhibición de trajes de los cofres á las sillas.

—No, yo no quiero vengarme... si yo recuperara mi dinero...

—¿Quién es ese?—dijo la Dorotea escandalizándose de que un hombre en tales circunstancias se acordase de otra cosa que de vengarse, y perdiendo de todo punto el miramiento al cocinero mayor.

—Es Francisco Martínez Montiño—dijo el bufón.

—¡Cómo! ¡su tío!

—¿Tío de quién?—exclamó el cocinero...

—De Juan Montiño.

—De don Juan Téllez. Girón, querr‐is decir, señora —dijo el cocinero mayor.

—De Juan Montiño digo—repitió con impaciencia la Dorotea.

—Juan Montiño, hija mía —dijo dolorosamente el tío Manolillo—, es don Juan Téllez Girón.

Una palidez biliosa, lívida, terrible, cubrió las mejillas de la comedianta; sus ojos irradiaron una mirada desesperada, tembló toda, y exclamó con acento opaco:

—¡Conque me ha engañado!... ¡conque me ha mentido!... ¡ya lo sospeché yo!... Quevedo le trajo ayer á mi casa... sí, sí, veo claro... muy claro... ¡ya se ve!... ¡como yo soy... ó era la querida del duque de Lerma!... ¡oh! ¡han querido tener en mí un instrumento!... ¡ese maldito don Francisco, que lee en el alma... que adivinó que yo me enamoraría de él... que me volvería loca por él!... ¡oh! ¿quién había de creer que Quevedo fuese tan villano? ¡oh! ¿quién había de pensar que un joven de mirada tan franca y tan noble, sucumbiría á tal bajeza... á tal crimen?... ¡enamorar á una pobre mujer que vive tranquila, resignada con su fortuna... hacerla odioso su pasado y desesperado su presente... matarla el alma!... ¡oh! ¡qué crimen, qué crimen... y qué infamia! ¡Es necesario que aunque yo me pierda se acuerde de mí! ¡Es necesario que yo me vengue!...

—Sí, es necesario que te vengues – dijo el bufón, que enloquecía por Dorotea—; si no es necesario que me vengue yo...

—¡Vos!—exclamó la joven—; ¡os ha hecho también desgraciado ese hombre!

—¡Oh! sí, ¡muy desgraciado!

—Vuestra desgracia, sea cual fuere, no puede compararse con la mía—dijo Dorotea, que tenía el doloroso egoísmo de creer que su desgracia era la mayor de las desgracias posibles.

—¡Oye!—exclamó el bufón, asiendo de una mano á Dorotea—; oye... y oye tú sola – añadió llevándosela al hueco de un balcón, mientras Montiño, desvanecido por lo que sucedía, se dejaba caer sin fuerzas sobre un cofre cerrado aún—: oye, Dorotea, y sabe que tus desgracias son humo, viento, nada, comparadas con las mías.

Y la mano del bufón estrechaba ardiente y calenturienta la mano de Dorotea, y sus ojos cruzados, encendidos, extraviados, se fijaban en ella con una ansia dolorosa, y en su boca entreabierta, por la que salía una respiración ronca, asomaba ligera espuma blanca.

La joven se aterró al ver el aspecto del bufón, y quiso desasirse.

—No, no; escucha—dijo el bufón—; es necesario que escuches: es necesario que conozcas el infierno que arde en mi alma... es necesario que lo conozcas para que comprendas que, á pesar de lo que acontece, de lo que te desespera, de lo que te hace creerte la más desventurada de las criaturas, tu infierno, comparado con el mío, es la gloria; tu amargura, comparada con la mía, es miel; tu desgracia, comparada con la mía, es una ventura envidiable.

Y la voz del bufón al pronunciar estas palabras, era ronca, opaca, casi imperceptible, y á pesar de esto, era poderosa y marcaba todas las entonaciones, todas las gradaciones de la pasión.

Dorotea le escuchaba muda, aterrada, dominada por aquella pasión viva.

—Oye la dijo el bufón—: yo amo.

Y pronunció de tal manera estas palabras, miró de tal manera al pronunciar estas palabras á la joven, que ésta no pudo dudar que era ella á quien de una manera tan terrible amaba el bufón.

Y ahogó un grito de espanto, y quiso desasirse.

Pero el tío Manolillo la detuvo.

—Yo amo—repitió con acento más concentrado—; amo con toda la desesperación de Satanás; mi amor es más ardiente, más terrible, más atormentador que el fuego del infierno: me consume, me abrasa las entrañas, es un tósigo de muerte que llevo consigo; un dardo envenenado que no puedo arrancarme.

El bufón se detuvo para tomar aliento, porque de todo punto había enronquecido.

—Oye, oye: yo he visto crecer una mujer, crecer desde la cuna; la arrebaté de los brazos de su infame padre.

—¡Mi padre!—exclamó Dorotea.

—El padre de aquella niña era un monstruo: la llevaba consigo para abandonarla; aquella niña sin mí hubiera ido al hospicio...

—¡Ah!

—Yo fuí para la desdichada madre de aquella niña un hermano: comí pan seco y duro, dormí sobre el suelo, anduve sin capa en el invierno, viví en una calurosa buharda en el verano, llevé mi ración entera, y mi soldada entera de bufón, á aquella pobre madre abandonada, y cuando poco después murió, empeñé mi soldada por muchos meses para comprarla un nicho en el panteón de la porroquia, donde durmiese tranquila.

—¡Ah!—exclamó Dorotea.

—La misma noche en que enterraron á Margarita... oye... oye bien, Dorotea, oye con toda tu alma porque... vas á oir una cosa horrible —y el rostro del bufón tomó toda la terrible expresión de un condenado—: cuando tu madre...

—¡Oh! ¡no me había engañado!—exclamó la joven.

—Sí... sí... tu madre... pero más bajo, más bajo... ¿no ves que yo devoro mi voz, cuando si estuviese solo rugiría?... cuando tu madre estuvo sepultada... es el nicho de la segunda hilera, junto al rincón, en la pared derecha de la puerta, conforme se entra... nunca olvido aquel nicho... cuando estuvo sepultada... parecióme que me quedaba solo en el mundo... no había amado nunca...

— ¡Amásteis á mi madre!

—La amé... ¡oh! sí, como yo podía amar á una mujer que había conocido amando á otro, con toda mi caridad, y cuando digo con toda mi caridad, digo con todo mi corazón; la amé... ¡oh! sí, mucho, mucho... pero era un amor que no me inquietaba... porque nada quería... más que proteger á tu madre... consolarla, y protegiéndola y consolándola, y viéndola vuelta hacia mí como su único consuelo... mi amor recibía toda la recompensa que podía recibir... y al mismo tiempo... aquel amor puro, tranquilo... aquel cuidado de una pobre enferma, me alentaba... me reconciliaba con la vida... cuando perdí á tu madre, me encontré solo... salí del panteón con el corazón oprimido... por el momento no pensé en nada... pero luego... el frío de las noches de invierno, la lluvia, refrescan la sangre, y cuando la sangre que arde se refresca, el pensamiento se calma y la razón sobreviene... pensé y vi que no estaba solo en el mundo... que vivías tú... que te habías quedado sola en tu cuna... tenía una hija... una hija de quien Dios me encargaba... y yo no tenía dinero... no esperaba tenerlo en mucho tiempo, porque había empeñado mi soldada por mucho tiempo... para enterrar á tu madre.

—¡Oh, Dios mío!—exclamó Dorotea.

—¡Qué debía yo hacer!—exclamó con acento ronco el bufón—ampararte, criarte, velar por ti... y no tenía dinero... ¡el diablo á veces acude al auxilio de los desesperados y acudió al mío!

Y el bufón soltó una carcajada opaca, silenciosa, horrible.

Dorotea se sentía estremecida por un terror inexplicable.

—Sí, sí—añadió el bufón—; el diablo acudió en mi socorro; al pasar por delante de una tienda cerrada... en Santa Cruz... sentí contar dinero... mucho dinero...

—¡Ah!—exclamó Dorotea, que empezó á adivinar la horrible verdad.

—Escucha, escucha—prosiguió el bufón—; no es eso sólo... no es solamente lo que tú has sospechado... es más horrible... y todo por ti... por ti...

—¡Oh! ¡más horrible aún!—exclamó Dorotea.

—Oye... Oye... el ruido tentador del oro me detuvo, me trastornó, me atrajo... y... me quedé inmóvil, pegado á la pared... cerca de aquella puerta... yo no sentía, no oía otra cosa que el ruido del dinero... y tras él me parecía escuchar tu llanto desconsolado... me parecía verte extendiendo tus bracitos... llamando á tu madre... ¡oh! ¡Dios mío!... yo no sé

cuánto tiempo pasé de aquel modo... al fin aquella puerta...
la puerta de la tienda se abrió y salió un hombre... la puerta
se cerró y el hombre que había salido se alejó solo; yo le
seguí... le seguí recatadamente... eran mis pasos tan silenciosos, que no podía oirme... era la noche tan obscura, que aunque hubiera vuelto la cabeza no hubiera podido verme... y
una fascinación terrible, involuntaria, me acercaba más á
aquel hombre... de repente aquel hombre dió un grito y cayó
de boca contra el suelo... al caer se oyó un ruido metálico...
el de un saco de dinero... luego se oyó crujir de nuevo aquel
saco, y otro hombre dió á correr... el que había caído no
volvió á levantarse... el otro no volvió á pasar jamás por
aquella calle... tres días después estabas tú en las Descalzas
Reales... porque yo... yo tenía oro... mucho oro... yo era rico...
y podía criar bien á mi hija.

—¡Matásteis por mí un hombre!... · exclamó Dorotea—¡algún desdichado padre de familia!

—No sé quién era... ni aun oí hablar á nadie de aquella
muerte... el tiempo ha pasado... pero aquella sangre... aquella sangre está cada día más negra é indeleble en mi conciencia. ¡Dicen que estoy loco! es verdad... ¡loco! y es muy
razonable que yo esté loco... porque he sufrido mucho...
mucho...

El bufón se detuvo fatigado.

Dorotea temblaba.

—Oye... oye aún...—continuó el bufón—. Durante los primeros años de tu vida, te amé como á mí propio... más que
como á mí propio... yo lo empleaba todo en ti... el oro que
había robado... mi soldada... tú eras una pequeña dama...
estabas mejor vestida, tenías más juguetes y más ricos que
las hijas de gente noble y poderosa que se criaban en el convento... yo enloquecía por ti... porque tú eras para mí más
que mi amor: eras el recuerdo de un horrible crimen... yo
veía sobre tu pura y hermosa frente de ángel una mancha
roja...

—¡Dios mío!—exclamó Dorotea, exhalando un grito de
espanto, mirando con terror al bufón —¡vos me habéis criado
á precio de sangre humana, y vuestra maldición ha caído
sobre mí!

Y como Dorotea quisiese huir, el bufón la retuvo.

—Espera, espera—la dijo —; aún no he concluído; llegó un
día en que ya no fuiste una niña, sino una mujer, y una mujer hermosísima... entonces, sin poderlo evitar te amé...

La Dorotea miró con espanto al bufón.

—Te amé—continuó el tío Manolillo—como nunca he amado; ninguna mujer me parecía ni me parece tan hermosa como tú... y te he amado con ese terrible amor que no espera satisfacerse; con ese amor resignado al silencio, resignado al martirio; te amé y te amo de ese modo; he transmitido mi vida á ti y gozo cuando gozas, sufro cuando sufres. Tú sufres ahora y yo sufro también. Tú estás celosa de esa mujer, de esa doña Clara Soldevilla; yo también estoy celoso; tú amas á ese don Juan y ese don Juan no te ama... es necesario que ese don Juan sufra las mismas penas que nosotros sufrimos; es necesario que ese don Juan se desespere.

—¡Ah!—exclamó Dorotea estremeciéndose—, ¡y qué terrible situación la nuestra!

—¡Sí! ¡terrible, muy terrible! pero del mismo modo que nosotros la sufrimos, es necesario que otros la sufran. Es necesario que nos venguemos.

—¡Y cómo! ¡cómo!—exclamó Dorotea.

—Primero, oye... don Juan vendrá á verte.

—¡A verme!—exclamó la joven poniéndose densamente pálida.

—¿Ha obtenido algo de ti?

—No.

—Don Juan vendrá á verte; eres demasiado hermosa para que no vuelva; don Juan sabe que le amas... y querrá hacerte su querida.

—¡Oh!—exclamó Dorotea.

—A nadie le desagrada el que le amen dos hermosísimas mujeres. Don Juan vendrá, pretenderá engañarte...

—Le despreciaré.

—No, no le desprecies; desespérale.

—¡Desesperarle! ¿y cómo?

—¿De qué te servirá ser cómica, si no sabes ser cómica más que en el teatro? Cuando venga recíbele bien.

—¿Recibir yo bien á ese traidor?...

—La sonrisa en los labios y el odio en el corazón; porque tú debes odiarle, como odiarías á un ladrón, á un asesino, porque él te ha robado tu paz, él te ha matado el alma.

—Yo no puedo aborrecerle; ¡yo le amo, yo le amaré siempre!—exclamó llorando Dorotea.

—Más bajo, más bajo, que no nos oigan.

—¡Oh! ¡Dios mío! ¿y qué me importa todo?

—Ese hombre que está ahí doblegado bajo su rabia, bajo

su desconsuelo, como lo estamos nosotros, ese hombre, Dorotea, puede ser tu puñal.

—¡Mi puñal!

—¿No aborreces á doña Clara?

—¡Oh! ¡sí!

—¿No deseas que don Juan sufra como tú?

—Sí, sí

—Pues bien, ese hombre que está ahí reducido á la nada,
aniquilado, ese hombre es el cocinero de su majestad.

—No os comprendo.

—Doña Clara vive en palacio.

—¿Y qué?...

—Un plato de las cocinas del rey, puede bajar al aposento
de doña Clara.

—¡Oh! ¡sí! ¡es verdad! ¡yo me vengaré del desamor de don
Juan!

Y en los ojos de la Dorotea, apareció una mirada valiente,
enérgica, en la cual, cosa extraña en aquella situación, habla
mucho de generoso y de sublime.

—¡Oh! ¡y qué grato será hacerle llorar!— dijo el bufón.

—¡Oh! sí, sí, es el último recurso, el último consuelo que
queda á mi alma; hacer llorar á don Juan.

—Pero para eso es necesario que le engañes.

—Le engañaré.

—Que le desesperes.

—Le desesperaré.

—Y para ello, que recojas esas ropas, que vuelva el color
á tus mejillas, la risa á tus labios; que continúes siendo la
querida de Lerma y la amante de Calderón; que representes
como siempre . que vuelvas á ser la cómica.

—Lo haré, lo haré; descuida.

—Empieza, pues, por secarte las lágrimas, como yo, mira;
yo me las trago... yo me rio... ¡ah! ¡ah! ¡qué buen chasco les
vamos á dar!— dijo el tío Manolillo, saliendo del hueco del
balcón y dirigiéndose al cocinero mayor!

—¡Chasco! ¡chasco! ¿qué más chasco que lo que á mí me
sucede?—exclamó Montiño llorando.

—Pues de eso hemos estado tratando la Dorotea y yo;
del chasco que vamos á dar á vuestra mujer, á vuestra hija...
á los que os han robado.

—¡De veras!

—Dorotea... ya lo sabéis... es mucha cosa del duque de
Lerma.

—Y tanto—dijo la Dorotea que empezaba á representar su papel, que el duque hace cuanto yo quiero.

—¿Y vos os interesaréis por mí?

—Ya me intereso.

—¿Y lograréis que mi mujer y mi hija sean castigadas, y que yo recobre mi dinero?

—Haré cuanto pueda; tened por cierto que antes de mucho, una nube de ministros de justicia estarán buscando á los criminales.

—¡Ah! ¡señora!

—Debes escribir al duque—dijo el bufón.

—En efecto, hace tres días que no le veo—dijo la Doro ea—; esperad, esperad un momento, voy á escribitle.

Y se sentó junto á una mesa, tomó papel y pluma y escribió lo siguiente:

«Señor mío: Hace tres días que no me honráis; ¿habré caído en vuestra desgracia? No lo creo; al menos no he dado motivo para ello. No me quejo como me quejaría en otra ocasión, porque sé que andáis muy seriamente ocupado y más de un tanto cuidadoso por la vida de nuestro buen amigo don Rodrigo Calderón. Pero, según entiendo, habéis salido bien de vuestros negocios y la vida de nuestro amigo no corre peligro. Debéis, pues, venir, dedicar algún tiempo á la que os ama tanto, señor, que no es dichosa sin veros.— Vuestra *Dorotea*.»

Plegó y cerró esta carta la joven y la dió á Montiño.

—Llevadla ahora mismo—le dijo—al duque de Lerma; le digo en ella que quiero verle, y cuanto más pronto le vea más pronto podré hablarle de vuestros negocios.

—¡Oh, señora! ¡Cuánto os deberé si consigo recobrar mi dinero!—exclamó Francisco Montiño.

—Pues id, id, amigo mío.

—De todos modos, yo tenía también que ir á ver á su excelencia.

—Pues adiós.

—Adiós. Adiós vos también, tío Manolillo.

—¡Ah! Id, id con Dios, señor Francisco, id con Dios, y hasta más ver.

El cocinero mayor salió tambaleándose como un ebrio.

Dorotea empezó á recoger en silencio sus joyas y sus trajes y á guardarlos en los cofres.

Durante esta operación no habló una sola palabra.

El tío Manolillo, sentado en un sillón, la miraba con ansiedad.

Dorotea estaba serena; sus lágrimas se habían secado; sólo quedaba en su semblante, como vestigio de la pasada tormenta, una profunda gravedad.

El bufón guardaba también silencio.

Casilda y Pedro llevaron los cofres á su lugar y pusieron en orden el mueblaje.

Dorotea entre tanto había cambiado de vestido y se había puesto en el hueco de un balcón á estudiar su papel de la comedia antigua, titulada *Reina Moraima*.

—¡Oh! Tu calma me espanta, hija mía dijo el bufón.

-¿No me habéis dicho que debo ocultar el estado de mi alma para vengarme mejor?—dijo la Dorotea - ; yo he creído bueno vuestro consejo y empiezo á representar mi papel; estoy tranquila, ya lo veis, y estoy tranquila porque estoy resuelta. Ya sé lo que puedo esperar, y para representar mi papel es necesario que continúe en mi vida de costumbre. Esta tarde tenemos un primer ensayo y es necesario que la dama sepa su papel. Estudio, ya lo veis; no podéis pedirme más.

El bufón miró dolorosamente á la joven.

En quel momento entró Casilda.

- Señora - dijo , aquel caballero joven que estuvo aquí ayer acaba de bajar de una carroza y pide veros.

—¡Ah! Ya sabía yo que vendria—dijo el bufón—; adiós, Dorotea, adiós, y mira lo que haces.

—Id sin cuidado; ya os lo he dicho, estoy resuelta.

-¡Adiós!—repitió el tío Manolillo, y salió por la puerta de la alcoba.

—Que entre ese caballero—dijo Dorotea.

Y puso de nuevo los ojos en su papel, tranquila, serena, como si nada la hubiera acontecido.

Sólo la quedaban como vestigio de la tormenta dos círculos ligeramente morados alrededor de los ojos.

Toda su fuerza de voluntad no había podido borrar aquellas dos señales de las lágrimas y del insomnio.

Pero Dorotea sabía que tenía aquellas señales y estaba tranquila.

CAPÍTULO LIV

CÓMO SABEN MENTIR LAS MUJERES

Don Juan entró con recelo; esperaba un recibimiento terrible.

Pero se sorprendió al ver que Dorotea se levantaba solícita, salía á su encuentro y le abrazaba.

—¡Oh y cuánto me habéis hecho padecer! ¡Cuánto me habéis hecho llorar, señor mío!—le dijo con toda la ardiente expresión de su alma ; venid, venid que os vea; ya sé, ya sé que no os han herido... pero vuestro lance con don Bernardino... ¡No haber vos venido anoche! ¡Y luego como yo no sé dónde vivís!...

- Vivo en palacio—dijo con turbación don Juan.

¡Ah! ¿Vivís en palacio... con vuestro tío?... Me alegro... Y por lo visto vuestro tío es un buen tío; me ha dicho Casilda que habéis venido en carroza... y vuestro traje, vuestras alhajas, ¡oh, y qué hermoso y qué gentil y qué galán venís!... Cada día os amo más... y me alegro, me alegro de que vuestro riquísimo tío emplee sus doblones en vos con tanta magnificencia... prefiero que no me debáis nada... porque así sabré que me amáis por mí misma... no podré ofenderos en nada ni aun desconfiar de vos.

Miró don Juan de una manera franca y valiente á Dorotea.

Aquella mirada estuvo á punto de hacer llorar á la joven.

—¡Ah, no; vos no podéis engañarme!—dijo ésta—, ya lo sé, y por eso confío en vos.

—Escuchadme, señora, y suceda lo que quiera; sabed todo lo que debéis saber: yo no soy sobrino de Francisco Martínez Montiño.

—¡Ah! ¿No sois sobrino... del cocinero mayor de su majestad?

—No; soy hijo bastardo del duque de Osuna.

—¡Oh, me alegro, me alegro!—exclamó fingiendo la alegría más verdadera la Dorotea; vos no debíais ser hijo más que de un gran señor.

—Pues me pesa, señora, de no ser verdaderamente hijo del honrado hidalgo á quien he tenido por padre hasta anoche.

—¡Ah!—exclamó la comedianta—; ¿conque es decir que cuando me dijísteis que érais sobrino del cocinero mayor del rey me dijísteis la verdad?

—Nunca he pretendido engañaros; anoche, por un acaso, el mismo Francisco Montiño me dió ocasión de conocer mi nacimiento.

—¿Y dónde pasásteis la noche, señor mío? Yo os estaba esperando.

—Es necesario que yo os lo diga todo.

—¿Tenéis más que decirme?

—Ciertamente; vuestra hermosura, y un no sé qué inexplicable que existe en vos, que me obligó á amaros desde el momento en que os vi, tuvo la culpa de que yo, no conociéndoos bien, os haya engañado.

—¡Ah, me habéis engañado!...

—Y de una manera grave.

—¿Pero en qué? ¿Cómo?

—Soy casado.

—¿Y eso qué importa?—dijo la Dorotea, cuyo semblante no se alteró.

—¡Cómo! ¿No os importa nada que yo sea casado?—dijo don Juan, que sintió un vivo impulso de despecho.

—No, porque no había de haberme casado con vos.

—Sin embargo...

—Porque nunca hubiera sido vuestra querida.

—¡Ah! ¿Es eso cierto?

—Certísimo.

—¿Es decir, que os soy indiferente?

Y el joven pronunció estas palabras con un acento tal y tan doloroso, que Dorotea sintió que su amor crecía; se sintió amada; sin embargo, conservó su severidad.

—No; vos no me sois indiferente; no, ¡Dios mio! Por el contrario, sois el único hombre á quien he amado, el que ha encontrado mi corazón virgen... pero por lo mismo, porque solo mi corazón estaba puro, os amo con pureza... por eso yo, querida del duque de Lerma, querida de don Rodrigo Calderón, mujer perdida, no quiero arrastraros hasta el fango donde está mi cuerpo; os doy mi alma, mi alma entera y nada más; ¿qué me importa que seáis casado? ¿Qué me importa que no me améis si yo os amo?

—¡Dorotea!

—¿Os ama tanto como yo vuestra mujer?

—¡Oh, qué pregunta!

Don Juan Girón.

—Es que yo quiero, es que yo deseo que os ame, no más que yo, porque eso es imposible, sino tanto; yo sé bien que siendo vuestra esposa, será digna de serlo...

—¡Oh, sí!

—¿Y quién es? ¿La conozco yo? Decidme su nombre.

Fué la primera situación difícil en que se encontró después de casado don Juan; creía profanar el nombre de su esposa y tartamudeó algunas palabras en una torpe excusa; Dorotea vió lo que pasaba en el alma de don juan.

—Pronunciad, pronunciad sin temor el nombre de esa señora—dijo Dorotea—; no es la comedianta, no es la mujer perdida quien os lo pregunta, no es tampoco la mujer celosa; es vuestra hermana, vuestra buena hermana, que porque os ama, ama á la mujer que os ama y es también hermana suya; decidme su nombre.

—Doña Clara Soldevilla—contestó don Juan con acento opaco.

—¡Ah, la famosa menina de la reina! Famosa por su virtud y por su hermosura... pero no se decía que esa señora fuese casada... no os extrañe que yo la conozca; yo trato á la gente más principal de España; mi retrete en el teatro y mi casa, están frecuentados por lo más rico, por lo más noble; como delante de mí se habla sin empacho, he oído hablar mucho de doña Clara, ponderan su hermosura, y al mismo tiempo su desdén para con todo el mundo. Dicen que el rey—Dorotea bajó la voz—dicen que el rey ha amado á doña Clara; que ha tenido empeño; que ha enviado á Nápoles al coronel Ignacio Soldevilla, para dejarla más aislada; pero que, á pesar de esto, el rey se ha llevado chasco. A tal altura ha llegado la virtud de vuestra esposa, que la llamaron la *menina de nieve;* ¡oh, me alegro mucho!... Cuando esa señora se ha casado con vos os debe amaros mucho, muchísimo, con toda su alma, con todo su corazón, con todo su deseo. Debéis haberla vuelto loca, don juan; es la única mujer que conozco digna de vos, y me alegro... ¡oh, sí, me alegro!... Y la amo porque os ama y me alegraré de tener una ocasión en que demostrarla dignamente mi amor.

—¡Oh! no os comprendo Dorotea... yo creía...

—Habéis creído mal... yo no podía casarme con vos; yo no podía daros esa suma de encantos, de nobleza, de dignidad que os ha dado vuestra esposa; yo era, yo soy una mujer perdida para el amor; lo he conocido al conoceros... al amaros he comprendido que no debía ser para vos lo que

he sido para otros... quería ser más... quería ser.. vuestra
hermana... vuestra hermana del corazón... oíd... no vendréis
á mi casa... no... eso se sabría... creerían que yo era vuestra
querida... lo sabría vuestra esposa, porque conoce á muchas
gentes, y entre esas gentes, que son como todas, las hay sin
duda que se gozan en la desgracia ajena... esto es odioso,
pero es verdad; por recatadamente que viniérais á verme,
alguien os vería... ya lo creo... os sentirían mis criados... y
mis criados... lo dirían, porque los criados lo dicen todo...
no, no debéis, no podéis venir á mi casa, porque no podéis,
no debéis herir el corazón de vuestra esposa.

—¿Qué hay en vuestras palabras, Dorotea, que las hace
para mí agudas y afiladas como un puñal?

—Hay, que no me conocéis bien: hay vuestro recelo...
¡creéis que yo estoy ofendida de vos!

—Debéis estarlo.

—Lo estaría si os hubiéseis casado con otra mujer.

—Una mujer que ama no cede á ninguna su amor.

—No, su amor no; pero si ama de veras, si ella no puede
hacer la felicidad del hombre amado, se alegra de que otra
mujer la haga; la ama porque ella es la paz del corazón del
hombre á quien ama.

—Tenéis mucho ingenio.

—Si le tengo está en mi corazón.

—Entre tanto me prohibís que venga á vuestra casa.

—¿Y para qué queréis venir?

—¡Dorotea! yo no sé lo que pasa por mí; yo estoy loco.

—¡Loco! sí... debéis estarlo... loco de felicidad.

—No, no; loco de desesperación.

—¿Y por qué? ¿no sois afortunado? la mujer más pura y
más hermosa y más codiciada de la corte os ama. La comedianta que á todos enamora, que á todos desespera, y que
tiene buen corazón, es... vuestra hermana. Ella os da en su
hermosura, más de lo que puede soñar el enamorado más
loco; en su amor un cielo; yo os doy mi alma dolorida y
triste, mi pobre alma desterrada y sedienta; os amo con
toda esa alma desventurada, y sólo tengo ojos y corazón y
oídos para vos. ¿Qué más queréis?

—¡Yo no os conocía! vos habéis amargado mi felicidad.

—¡Que he amargado yo...! ¡que puedo yo amargar vuestra
vida! ¡oh! ¡no me lo digáis, no! ¡eso me desesperaría! ¡eso
no puede ser! ¡eso no es!

—Yo no podía comprender... no, no podía comprender

que de repente, á primera vista, pudiese el corazón intere-
sarse de tal modo...

—¡Ah! decidme... me interesa conocer vuestro corazón.
¿Vais á ser franco y leal conmigo?

— Os lo prometo.

—Decidme: ¿qué efecto os causó doña Clara Soldevilla la
primera vez que la vísteis?

—No lo sé.

—¡Pero experimentaríais algo al verla!

—Un deslumbramiento, una ofuscación, un no sé qué...
luego... luego la casualidad me puso junto á ella... y mi alma
entera fué suya... no, mi alma entera, no... ha quedado en
ella un lugar para vos...

—No, no sois franco... ¿os inspiró deseo doña Clara?

—No.

—¡Ah! no os inspiró deseo; ¿y deseásteis volver á verla?

—Deseé... deseé tenerla siempre á mi lado, vivir en su vida.

—Y no sobrevino el deseo...

—No.

—¿Y os habéis casado...?

—Con el alma llena de felicidad.

—¿Y la habéis hecho vuestra, con transporte, enloquecido?

—No, con miedo...

—¡Con miedo!

—Sí, con miedo por vos.

—¡Ah! ¡yo! ¡siempre yo!

—La posesión de doña Clara no podía hacer que yo olvi-
dara, que yo arrojara de mí esta fascinación poderosa que
me causáis...

—Ya que hemos llegado á mí, decidme, decidme, ¿qué impresión causé en vos?

—La impresión ardiente de una hermosura divina; yo no
había visto unos ojos que tuviesen la hermosura, el poder,
el dulce fuego que hay en vuestros ojos... y luego vuestros
ojos, al arrojar sobre mí su primera mirada, exhalaron instantáneamente una mirada de sorpresa, y luego una mirada
de atención, y luego una mirada que me dijo claro, claro,
como me lo podrían decir vuestros labios: soy tuya, tuya,
cuando quieras, tuya toda, cuerpo y alma, corazón y vida...
pude engañarme; pero yo leí eso sin quererlo en vuestros
ojos, lo leyó mi alma, y mis ojos debieron deciros lo mismo...

—Sí, sí; ¿y no os han dicho lo mismo los ojos de doña
Clara?

—¡Ah, sí, sí, pero al decirme sus ojos soy tuya, había en ellos alegría, confianza.

—¡Pureza! ¡decidlo de una vez! ¡y en los míos debió de haber dolor, vergüenza!

—¡Dorotea! ¿por qué os he visto?

—¡Por qué! porque Dios es bondadoso y justo, porque Dios sabía que mi alma estaba sedienta de amor y en vos me lo ha dado.

—Y á mí me ha dado en vos un remordimiento.

—No, no lo creáis; escuchad: doña Clara me hace un gran bien; doña Clara hace imposible el que yo me arroje en vuestros brazos; de la única manera que puedo ser feliz es sufriendo por vos, teniendo celos... viendo que vos los tenéis.

—¿Qué decís?...

—Oid... mi primera mirada de amor para vos, fué una mirada impura, ¿sabéis por qué?... por que vi en vuestros ojos el alma que yo anhelaba encontrar; porque vi en vos una hermosura que me enlanguidecía, que absorbía mis sentidos, que llenaba mi corazón; sentí un dolor agudo, porque, como doña Clara, no podía deciros: eres mi primero y último amante... ya lo sabéis .. yo, que hubiera sido vuestra cuando vos hubiérais querido, no lo seré nunca...

—¿Y si no me hubiese casado?...

—Si no os hubiérais casado... sí, vuestra... vuestra; por lo mismo me alegro de vuestro casamiento... me alegro de ese imposible puesto entre los dos.

—Pero sois desgraciada... ó no me amáis como decís...

—Os amo más... mucho más... ¿no notáis que cuando estoy á vuestro lado soy feliz?

—¡Asoman las lágrimas á vuestros ojos!

—Puede ser... puede ser... sí, es verdad; que queréis... ¡soy tan infeliz!—Y la pobre Dorotea se desplomó, lloró y se cubrió el rostro con las manos.

—¿Y queréis que no tenga remordimientos?

—No los tengáis.

—¡Os he hecho desgraciada, sin poderlo evitar!...

—¿La amábais?...

—Debéis aborrecerla... y ella...

—¡Ella! ¿sabéis lo que ella haría conmigo? si os ama como yo creo, como indudablemente os ama, me mataría...

—Como vos la mataríais á ella...

—Yo... yo... ¡Dios mío! yo no... no... porque sería mataros á vos... sí, mataros... estáis loco por ella... y yo no quiero mataros... no... de ningún modo... no quiero que sufráis...

—Nos encontramos en una situación muy difícil... muy grave.

—No... suframos cada cual... pero no sufráis más de lo que inevitablemente debáis sufrir, porque ya no tiene remedio... no agravéis el mal, llevándole á vuestra casa... no vengáis á la mía.

—No habéis podido sostener vuestra serenidad; habéis llorado; el castillo de vuestra firmeza se ha venido á tierra... el verme unido á otra os mata... y eso... eso me rompe el corazón.

—Eso ya no tiene remedio; doña Clara os ha inspirado ese amor puro, noble, intenso, ese amor del alma del que yo hubiera querido ser digna; doña Clara es para vos vuestra hermana, más que vuestra hermana, porque es vuestra amante. Yo soy para vos ese demonio tentador que embriaga, que no se puede apartar de la memoria, que no merece ser amado y que no se ama, pero que se desea, que se desea con una sed insoportable, que hace arder nuestra cabeza en una fiebre dolorosa, y gemir nuestro pecho que respira mal, que está dolorido... y al mismo tiempo soy para vos la pobre mujer que ningún mal os ha hecho, á quien veis sufrir de una manera desesperada, cuyas lágrimas no podéis secar, cuyo corazón no podéis dilatar, cuya agonía no podéis curar; un deseo vehemente... una compasión profunda... eso es lo que yo inspiro... ¡amo! ¡amor! ¡oh!

—¡Me estáis desgarrando el alma, Dorotea! – exclamó dolorosamente don Juan.

—Lo siento, y esto me hace más desgraciada; daría yo porque me olvidárais mi eternidad.

—Escuchadme —dijo don Juan tomando á Dorotea una mano que ardía y que al sentir la mano del joven tembló.

—Decid.

—Cerremos los ojos á todo. Lo sucedido no tiene remedio. Olvidáos de que me he unido á doña Clara.

—No puedo olvidarme... por ella misma... por vos.

– No os entiendo.

—No debéis venir á mi casa, os lo repito.

¡Ah! ¡vos os vengáis!

—¡Justo sería; pero no me vengo, no me puedo vengar. Me domináis, no me pertenezco, porque os pertenezco entera, porque soy lo que vos queréis que sea.

—¡Dorotea! ¿conque pretendíais engañarme?

—Mentía al hablaros de... de qué sé yo... porque no me acuerdo de lo que os he dicho que no sea mi amor, y mi humildad á vos, que sois dueño de mi alma y de mi voluntad... pero esto no impide el que comprenda que vos olvidáis, arrastrado por mí... lo que no debéis olvidar... yo no puedo olvidarme de vuestra felicidad... yo que os amo, no puedo exponerla... por eso os digo que no vengáis á mi casa... es necesario que vuestra esposa no lo sepa... no por mí... sino por ella misma... por vos... si viniérais... lo sabría... si lo supiera... ¡Oh, si se viese engañada!... ¡Si los celos la extraviaran... si en un momento de despecho quiere vengarse dándoos celos por celos... infamia por infamia!...

Don Juan se levantó como herido por una punta envenenada.

—Es necesario evitar que eso suceda; pero nos volveremos á ver... sí, nos volveremos á ver... siempre que podamos, sin causar sospechas; en lugar retirado, donde nadie nos vea, donde nadie nos conozca; yo... guardaré vuestro secreto... no os hablaré jamás de ella... no me hablaréis de ella vos... nos veremos mientras vos queráis que nos veamos... después... después... si me abandonáis... yo os veré... iré cubierta con mi manto á la iglesia donde vos vayáis... cuando represente, si estáis en el teatro, yo os haré conocer sin que nadie lo conozca, que representó para vos; mi pensamiento será siempre vuestro... os lo juro... pero ahora idos. Habéis estado demasiado tiempo. Una recién casada encuentra siempre largas las horas que está separada de su marido.

—¡Ah!

—¿Queréis que sea menos desgraciada, don Juan?

—¡Que si quiero! ¿y me lo preguntáis?

—Pues bien; sed feliz...

—No os comprendo.

—En doña Clara tenéis el alma, tenéis esa dulce y casta compañera, el ángel del hogar; no llevéis á vuestra casa la tristeza; en mí tenéis la mujer que enloquece, la mujer que embriaga; no traigáis á mis brazos el remordimiento; resignémonos á nuestra suerte. No sufráis por mí, porque cuando yo conozca que no sufrís, que sois completamente feliz, yo seré menos desgraciada.

—No sé qué contestaros; no sé qué deciros...

—Yo sí, yo sé lo que os tengo que decir... ¡os amo! ¡os amo! más que ayer, más á cada momento; ¡os amo! ¡muero por vos! ¡pero idos! volved tranquilo á vuestra casa... yo os avisaré... y nos veremos.

Don Juan hizo un esfuerzo y salió.

Dorotea se quedó mirando de una manera imposible de hacer apreciar á la puerta por donde había salido el joven, y no reparó en que apenas aquél había desaparecido, el bufón había abierto las vidrieras de la alcoba, había adelantado en silencio, y se había sentado en la alfombra á los pies de Dorotea.

No había querido salir por la puerta de escape, y lo había oído todo.

—¡Eres mujer perdida! —dijo con voz ronca.

Al sonido de la voz del tío Manolillo, Dorotea dejó de mirar á la puerta, y miró al bufón.

La ansiosa, la profunda mirada de éste, la estremeció.

—Sí, soy una mujer despreciable —dijo contestando á las palabras del bufón.

—No; no he querido decir eso—dijo el tío Manolillo—. Quiero decir que te has perdido. No has sabido empezar á vengarte... á vengarte de una manera horrible.

—¿Qué hubiérais hecho vos en mi lugar?

—¿Qué hubiera yo hecho?—exclamó el bufón sonriendo de una manera espantosa, y dejando ver su blanca dentadura que se entrechocaba.

¿Qué hubiera hecho yo?

Y se encogió, se dilató su pecho, y lanzó un aliento que rugia, poderoso, ardiente, indicio de la horrible lucha que conmovía su alma destrozada.

—Sí, sí—dijo impaciente Dorotea.

—¿Yo? ¿qué hubiera hecho yo? ¡dar mal por mal y con creces, con horribles creces! primero... en el primer momento se me ocurrió matar... cuando me hieren, lo primero que se me ocurre es matar; pero después... la reflexión, la calma,.. ¡matar! ¡hacer morir! ¡es decir, exterminar! ¡no, no! ¡es poco! yo creía que tenías más alma... y tienes el alma débil... no has sabido sacrificarte para sacrificarle... para sacrificarla á ella...

—¡Oh! ¡ella! ¡ella! pensar que ella le posee por completo, delante del mundo, con la frente alta, siendo su orgullo...

—Tienes que contentarte con matarla... y esto es poco, muy poco.

—¿Pero qué hubiérais vos hecho?

—Le he estado observando desde allí, temblaba, temblaba estremecido de deseo... sus ojos devoraban tus ojos, se fijaban en tu cuello, en tu seno... sufría... está loco por ti... no te ama... tiene hambre de ti y nada más.

—¡Eso es mentira!

—¡Pobre local porque ella le ama, porque le ama con toda su alma, cree que él... ¡él! lo más puro que él siente por ti, es lástima... y eso es humillante...

—¿Pero qué queríais que hubiera hecho?

—¡Qué! mantenerme firme, hacerle comprender, aunque fuera mentira, que te importaba poco que se hubiera casado... empezaste muy bien... yo estaba diciendo allí, detrás de los cristales... ¡qué buena cómica es mi hija!... ¡qué pobre hombre es ese don Juan! ¡pero luego lo has echado todo á perder, le has dejado ver tu desesperación, y se gozaba en ella sin saberlo! ¡oh! ¡qué felicidad tan incomprendida es para algunos hombres, magullar á una pobre mujer como el gato que magulla á un ratón! ¡Oh! ¡cuán felices, cuán felices son algunos hombres, y qué poco merecen su felicidad!

La excitación febril del tío Manolillo asustó á Dorotea, la asustó por don Juan; comprendió que debía engañar al bufón.

—Veamos qué hubiérais vos hecho mejor, qué he debido yo hacer.

—Oye: el hambre pasa cuando se satisface, pero cuando no, se irrita; el que muere de hambre... el que muere de hambre, no niega nada al que le ofrece un pedazo de pan.

—Seguid, seguid, me parece adivinaros; veamos si me he engañado.

—Tú irás misteriosamente á ver á ese hombre. Debes ir. Yo te buscaré el lugar.

—¡Ah! no, no—dijo Dorotea.

—Bien, no insisto... no quieres ser expiada... no quieres sermones... bien, mejor... buscarás un lugar retirado: lo embellecerás, lo perfumarás, enloquecerás en él con tu don Juan; te resignarás á todo, lo olvidarás todo, porque le amas con el amor más humilde del mundo; tu don Juan, esperará impaciente los primeros días la hora de verte; le será muy cómodo lograr tus amores sin que lo sienta la tierra, sin que pueda tener celos su doña Clara; después, á medida que vaya pasando el tiempo, le parecerás menos hermosa, y esperará con menos impaciencia la hora de verte; luego irá por ir, por lástima, te hará esperar, después le esperarás en vano algunos días, y te volverás á tu casa, humillada, desesperada, celosa, al fin y al cabo te abandonará, hastiado de ti...

—¡Oh!

—Matarás á doña Clara; puedes matarla... pero esa no es la venganza que tú necesitas...

—Seguid —dijo Dorotea, con el alma helada, por decirlo así—. Decidme, ¿de qué otro modo más horrible me puedo vengar?

—¿De qué otro modo? Oye: procura buscar un retiro á propósito; el lujo, las pinturas, los perfumes, todo esto favorece á una mujer y la hace más hermosa, cuando es tan hermosa como tú; vístete, además, como te vistes cuando quieres que el público te aplauda sólo al verte: los hombros desnudos, los brazos desnudos; perlas en el cuello; diamantes en los brazos, y en la cabeza flores; una corona de flores es lo mejor que puede llevar una mujer hermosa; allí, en aquel hermoso gabinete, más hermosa tú por tu atavío, una cena exquisita; vinos... pero tú no bebas... no bebas... conténtate con arrojar sobre él la doble embriaguez de tu hermosura y de licores... y en medio de todo esto... desespérale, irrítale, háblale continuamente de su mujer... llámale tu hermano... llegará un día en que no podrá sufrir más, un día en que, loco, no podrá negarte nada... en que podrás dictarle condiciones.

¡Y esas condiciones!

—¡Esas condiciones! ser suya cuando sea tuyo.

—¿Y cómo?

—¡Cómo! abandonando á su mujer... siendo tu amante delante de todo el mundo... llevándote á todas partes...

—¡Oh!

—Entonces habrás matado su felicidad; doña Clara Soldevilla, la conozco bien... te obligará á huir... pero él... él... te seguirá... ella... ella... puede ser que no sea tan honrada... si llegas á herirlos en el alma... porque se aman... ¡se aman! no necesitas más venganza... te habrás vengado horriblemente.

—¡Pero si él quería seguir viniendo á mi casa!—exclamó la Dorotea.

—Y tú has cometido la imprudencia de decirle que el venir á tu casa podía robarle la paz de la suya... tú no quieres vengarte.

—Os juro que me vengaré; que me vengaré de una manera cruel.

El bufón movió la cabeza en un ademán de duda, de incredulidad.

—Sí, me vengaré—insistió ella.

—¿Y cómo?

—Ya lo veréis.

—No... adivino.

—Yo haré de modo que en su vida me olvidará.

—¡Don Francisco de Quevedo!—dijo á la puerta anunciando Casilda.

—¡Ah! ¡ese hombre! ¡ese hombre!—exclamó el bufón.

—Dejadme sola con él—dijo Dorotea.

El bufón salió por la alcoba.

Dorotea le siguió.

—¡Ah! no quieres que te escuche—dijo dolorosamente el bufón—; pues bien, adiós.

Y salió por la puerta de escape de la alcoba.

Después volvió á la sala.

Ya estaba en ella Quevedo.

CAPÍTULO LV

QUEVEDO, VISTO POR UNO DE SUS LADOS

El buen *ingenio* llevaba sobre sí las señales de la ruda actividad á que se había visto sentenciado desde su llegada á Madrid.

Sus ojos estaban un tanto hundidos, su nariz parecía más afilada; la blanca golilla de su cuello estaba más de un tanto ajada, su traje descuidado y todo él descuadernado y lánguido que no había más que pedir.

Había movido el brasero y se calentaba y se restregaba las manos.

Cuando apareció Dorotea, don Francisco la miró con suma gravedad.

La comedianta adelantó, se detuvo junto á Quevedo y le miró intensamente.

—*Mea culpa*—dijo don Francisco.

—Lo que quiere decir en castellano, que vos tenéis la culpa de todo lo que me sucede.

—Trasladáis el latín al romance con grande licencia. Yo no tengo la culpa de lo que os pasa.

—¿Pues quién trajo aquí á ese hombre?

—¿Y tengo yo la culpa de que os hayáis derretido como cera? Allá os las compongáis.

—¿Os acordáis de lo que me dijísteis ayer en aquella taberna?

—Os confieso que estoy tan manoseado, tan traído, tan cansado, tan sin sueño y tan con hambre, tan calado y tan frío, tan asendereado y lastimoso, que no tengo memoria, ni siento más que los huesos que me duelen, las ropas que me mojan, los ojos que se me cierran, el estómago que pide más que cien frailes, y los pies que me chillan. Esto sin contar la cabeza, que se me anda. Si mi amigo Miguel de Cervantes viviese, juro á Dios, que al ver lo que me pasa, había de escribir un libro intitulado «Trabajos de don Francisco», que le había de dar más fama que el *Ingenioso Hidalgo*.

—Sin embargo, noto que no se os ha cansado la lengua.

—¡Ah, lengua mía! quemarála yo, si no me doliera, para que no tuviese que hacerme arrepentir.

—¡Ah! conocéis que habéis hablado mal—dijo la Dorotea sentándose—, y que vuestras malas palabras han hecho mucho daño.

—¿Y quién había de creer que ese don Juan era un milagro y una fortuna insolente? ¿Quién había de esperar lo que ha sucedido? Cuando os digo que estoy atónito, y espantado y medroso, y que de mí mismo recelo, y que ya no sé qué decir, ni qué pensar, ni por dónde salir...

—Menos lo sé yo.

—¿Sabéis las novedades que han ocurrido?

—Sé que es hijo del duque de Osuna y que se ha casado.

—¿Quién os lo ha dicho?

—¡El mismo!

—¡Ha estado aquí! No me espanta, esperado me lo había... ¡horror! recién casado y...

—¿No es verdad que eso es terrible...?

—Lo peor será que vos seáis tan loca como él.

—No puedo remediarlo. La última desgracia que podría sucederme sería no verle.

—¡Pobre Dorotea! debéis haber pecado mucho.

—¡Yo! ¡bah! yo no he hecho tanto como debería haber hecho; yo no he hecho mal á nadie.

—¿Amáis mucho á don Juan?

—No debía amarle.

—No acabaremos nunca. Os pregunto...

—Y bien, le amo.

—¿Y pensáis disputársele á su mujer?

—No.

—Hacéis bien; lo demás sería indigno de vos.

—Vos habéis venido para algo, don Francisco.

—Ciertamente, he venido á que me deis de almorzar.

—¡Casilda! un almuerzo abundante—dijo Dorotea en el momento en que se presentó la doncella.

—Sois un ángel, á quien es lástima hayan cortado las alas, pero me tenéis cuidadoso.

—¡Cuidadoso!

—Estáis demasiado tranquila después de lo que os ha sucedido.

—¿Y qué queréis que haga?

—Que no hagáis nada.

—¿Y qué hago con esta aflicción que se me ha metido en el alma?

—Gozarla.

—¡Gozarla!   decís—¡gozar los celos, la desesperación, la rabia!

—¡Ah' ¡todavía no sois bastante desdichada!

—¿No?

—No, porque no gozáis en la desdicha.

—¡Decís unas cosas, don Francisco!

—La desgracia es no sentir, tener el corazón de corcho, y la cabeza de hielo; vivir por necesidad, por aquello de que por cien mil y más razones es necesario vivir. ¡Ah! cuando nada os interese en el mundo, cuando nada hostigue vuestro pensamiento, cuando todo os importe nada, cuando no penséis en nada, cuando comáis por no morir y durmáis por que se cierren vuestros ojos; cuando os hayáis convertido en un pedazo de carne insensible á todo, que obra como una máquina; cuando el amor y las locuras de los otros os den hastío, cuando no os encontréis bien en ninguna parte, cuando vuestra alma haya muerto, entonces, entonces sí que podéis llamaros desgraciada. No sentir es no ver, no ver es no vivir, no vivir es el sufrimiento mayor. Pero ahora que os abrasa la vida, ahora que soñáis, que lucháis, que esperáis, que lloráis, que os agitáis, ahora más que nunca vivís; hay algo en el mundo que os deslumbra, que os atrae, que os hace gozar el gran placer del sufrimiento. ¡Vos sois muy feliz!

—¡Oh! ¡y qué felicidad tan horrible!

—Pero siempre es una felicidad. Yo quisiera padecer.

—¿Cómo, no padecéis?

—Padezco, el que no padezco; pero dadme licencia, veo á vuestros criados que adelantan con la mesa. Y traen dos servicios. ¿No habéis almorzado vos?

—No por cierto.

—Habéis hecho mal; con el estómago frío, la cabeza está débil y vaga y se pierde. Almorzad, almorzad conmigo, y después de almorzar ya veréis cómo pensáis de otro modo.

—Sí, sí, es preciso—dijo Dorotea—y aunque sólo fuera por probar...

—Observo que en el estado en que nos vemos necesitamos más vino, una botella es poco.

—Traed, traed más vino; cuatro botellas... –dijo Dorotea.

—¿De qué?— repuso Casilda.

—Puesto que tenéis bodega, que venga, si hay, Jerez—dijo Quevedo.

—Háilo y muy rico--dijo Casilda.

—Pues cuatro botellas, virtud sirviente; búscalas de las que estén más empolvadas, y si tienen telarañas, mejor. ¿Y qué haces tú ahí?—añadió don Francisco dirigiéndose á Pedro, que estaba detrás de la mesa con una servilleta en el brazo. La señora y yo necesitamos estar solos.

Pedro salió.

—Os voy á hacer el plato – dijo Quevedo dirigiéndose á Dorotea –; este jamón de Granada es sumamente confortante; se ceba con víboras, es un plato que yo, que sólo gozo cuando como, le prefiero á todos; voy á haceros la copa; este tintillo de Pinto es un gran vino de pasto; refrigera y no predica. Vamos; arriba con esa copa y no lloréis ¡vive Dios! que me lastimáis.

—Os hago feliz puesto que os hago sentir—dijo Dorotea enjugándose los ojos y apurando de un trago la copa, después de lo cual tomó un pedazo de jamón y se lo llevó á la boca.

Quevedo la miraba profundamente.

Dorotea arrojó el bocado sobre el plato.

—¡Oh! no puedo, no puedo; me mataría como si fuera un veneno.

—Tan llena está de despecho que no la cabe ni un bocado; es necesario andar con cuidado con esta loca. Bebed más—añadió alto –, el beber os dará apetito.

Y la llenó de nuevo la copa.

Dorotea apuró la mitad y luego puso los codos sobre la mesa, apoyó la cabeza entre sus manos y quedó profundamente pensativa.

Quevedo entre tanto devoraba la enorme cantidad de jamón que se había servido, y mientras comía pensaba.

Casilda trajo cuatro botellas, las puso sobre la mesa y se retiró.

—¿Sabéis, Dorotea—dijo de repente Quevedo—, que es necesario que toméis una determinación? Estáis muy enferma, hija.

—Tengo ya mi determinación tomada—dijo Dorotoa.

—¡Veamos si en medio de vuestra locura tenéis juicio!

—Pienso .. sufrir y callar y no vengarme de nadie... ni aun de vos.

—¡De mí! ¿y qué culpa tengo yo?

—Porque lo trajísteis á mi casa...

—¿Quién había de pensar?...

—Vos adivinásteis que me había yo de enamorar de él... y no os engañásteis, porque no os engañáis nunca.

—Eso no es verdad, porque me he engañado con vos.

—¿Me creíais más perdida de lo que estoy?

—No os creía tan corazón y tan alma y tan voluntad...

—¡De modo que vos creísteis que mis amoríos con don Juan!...

—Serían sol que sale y sol que se pone... yo os necesitaba por un solo día y creí que con teneros asida de cualquier modo de sol á sol...

—¡Ah! ¿hicísteis venir á propósito, con mala intención, á don Juan á mi casa?

—Vamos claro: ¿os pesa de amar á don Juan?

—Por muy desgraciada que su amor me haga, no quiero verme curada de él.

—Bien, muy bien; respondéis á mis preguntas como un instrumento perfectamente templado á la mano que sabe tocarle. Sigamos hablando, y acabaremos por ser los dos más grandes amigos del mundo. Pero bebed, hija, bebed; vuestro Jerez es un verdadero néctar de los dioses, se conoce que se lo han regalado al duque de Lerma.

—¿A qué pronunciar ahora su nombre?

—Es que como todo tiene una causa en este mundo, el estado en que os encontráis la tiene, y esta causa es el duque de Lerma.

—¿El duque de Lerma tiene la culpa de que yo me haya enamorado de él?

—Sí por cierto, porque yo... que he tenido gran parte en el estado en que se encuentra don Rodrigo Calderón; yo, que he venido á la corte para mucho, necesitaba tener asido á su excelencia; ningún asidero mejor que vos...

— Muchas gracias — dijo dolorosamente Dorotea.

—Perdonad, que si yo hubiera sabido lo que iba á resultar... hubiera hecho más para que os hubiérais empeñado por mi amigo.

--Gracias otra vez, don Francisco.

—Ya me habéis dicho que por nada del mundo os pesará el haberle conocido; cuando no os pesa es que os alegra; cuando os alegra es que os hace bien; cuando os hace bien... debéis estar agradecida á quien ese bien os ha hecho: he sido yo... recibo vuestras gracias y me saboreo con ellas... y tengo razón.

—Indudablemente — dijo la Dorotea mirando con una expresión de doloroso candor á Quevedo —, creo que en parte tenéis razón cuando decís que vale más sufrir que hastiarse.

—¡Ah! ¿Y quién duda acerca de eso? Para dudar de ello es necesario ser tonto, y vos no lo sois; todo, hasta la salud, cansa; vos vivíais sin rivales en la escena, sin rivales en la hermosura; poseíais una hermosa casa, una buena mesa; os galanteaba en vano toda la corte; el duque de Lerma es un amante muy cómodo, que se contenta con que todo el mundo sepa que paga á la mujer codiciada por todos, que os visita poco, y cuando os visita os habla de la última comedia de Lope, ó del tiempo, y se va saludándoos gravemente, sin haber mortificado más que al sillón donde su hinchada vanidad se ha sentado. Don Francisco de Rojas y Sandoval, no os desea, ni os ha deseado nunca, ni nunca ha pasado de vuestro recibimiento, ni se ha acercado á vos, ni conmovídose delante de vos; os tiene como á su papagayo y á su negro y otras muchas cosas que el buen señor tiene sólo por tener lo que cuesta caro.

—Pero ¿quién os ha dicho eso?

—Conozco demasiado á su excelencia.

—Aunque no hayáis acertado por completo, aunque siempre no haya sido tan feliz como suponéis con la indiferencia del duque, es cierto que para mí es más bien un gran señor que compra el derecho de entrar en mi casa cuando quiere, que un amante. Vuestros ojos penetran en lo más escondido.

—Y mis narices, que por algo son largas, huelen donde

no huele. Resulta, pues, que vos para don Francisco sois
más la vanidad que el deseo.

—Es verdad.

—Si vos dijérais al duque de Lerma: no volváis más á poner los pies en mi casa, el duque, herido en su vanidad, sería
capaz de hacer cualquier desatino.

—¡Oh' el duque haría cuanto yo quisiera, sólo porque no
pudiera nadie decir: la Dorotea le ha despedido.

—Pues bien; ved ahí por qué he venido yo á veros.

—¿Para utilizarme?

—Para valerme de vos.

—¡Ah! ¿Me necesitáis?

—¡Dios me perdone si no me han seguido hasta vuestra
casa cuatro corchetes!

—¡Ah! ¡os quieren prender!

—Mucho me lo temo, y aunque estoy ya muy acostumbrado á encierros, os afirmo que ahora sentaríame muy mal
el ser guardado.

—Pues yo me alegraría... me alegro... os tendré preso algún tiempo sólo por haceros rabiar, en cambio de lo que vos
me hacéis sufrir.

—¡Ingratitud inaudita! os saco de vuestra cansada vida, os
hago mujer, os desentierro, os hago probar el divino fuego
del amor y me aborrecéis. No os creía yo mala.

—No os aborrezco—dijo seriamente la joven—, porque
yo no he nacido para aborrecer; no os estremecéis vos del
daño que me habéis causado por vuestro interés propio,
porque... no veis mi alma, porque no sabéis qué horribles
pensamientos pasan por ella, ó porque, si lo comprendéis,
no tenéis corazón. ¿Qué os importa á vos, poeta que de lo
más santo se burla, que á lo más respetable zahiere, que
arroja su chiste mordaz sobre todo y todo lo calumnia; cortesano enredador que sobre todo pasa, cuando encuentra
un obstáculo en el tenebroso camino que sigue; sabio que
no ha sabido conservar la ternura, la caridad de su alma si
alguna vez la ha tenido; qué os importa, digo, que una
pobre mujer, que si no era feliz, no era desgraciada, se
retuerza como una sabandija en el fuego por vuestra causa,
porque la habéis necesitado para vuestros proyectos, y que
caiga ante vos ensangrentada, palpitante, aniquilada? ¿qué
importa? ¿qué importa? Adelante, don Francisco, adelante;
vuestros semejantes son para vos figuras que se mueven,
que andan; despreciables criaturas sobre las cuales, porque

os humilla el estar confundido con ellas, necesitáis levantar la frente maldita, pisarlas, destrozarlas bajo el lento y pesado paso de vuestros pies; ¿qué os importa á vos, alma fría, que yo sufra, que yo grite, que yo blasfeme, si os he servido para algo? Yo no os aborrezco, no, porque os desprecio, porque lo que habéis hecho conmigo os hace despreciable; yo no os temo, porque no podéis hacerme más daño que el que ya me habéis hecho; yo no me vengaré de vos, porque quiero ser más grande que vos; quiero heriros en vuestro orgullo; quiero que tengáis el recuerdo de una víctima que ha caído mirándoos frente á frente á vos, hombre funesto, mientras sus ojos han podido mirar.

—¡Pobre loca! - exclamó profundamente Quevedo, separando de sus labios una copa que llevaba á ellos—; ¡pobre niña, digna de cuanto una mujer puede alcanzar de menos malo en este mundo, donde todo es locura ó lodo! ¡pobre ciega, que deslumbrada por su desgracia no ve, no sabe distinguir el oro del barro!

Y Quevedo se levantó y cerró las puertas.

Luego vino, se sentó frente á Dorotea que estaba doblegada.

—He cerrado las puertas, porque vais á oir lo que nadie ha oido; porque vais á ver lo que nadie ha visto; vais á oir al hombre; vais á ver al hombre en este pobre Quevedo, en quien todos ven lo que él quiere que vean. Os confieso que sólo conozco cuatro personas dignas de que yo les tienda la mano, de que yo las hable palabras de verdad, de que yo las ame, de que yo me sacrifique por ellas. Tenéis razón; yo no veo en el mundo, alrededor mío, aturdiéndome siempre con su charla insoportable, dándome náuseas con su vanidad estúpida, repugnándome con sus vergonzosos vicios, más que miserables divididos en dos mitades: los comidos y los que comen; tenéis razón, yo no tengo alma ni corazón ni más que indiferencia, ó hastío ó mala intención, para el mundo; pero yo, en medio de ese mundo, tengo un pequeño mundo mío, que me consuela del otro, por el que lucho, por el que vivo, para el que tengo alma, corazón, amor, lágrimas; el uno, el primero de esos cuatro seres, es el duque de Osuna, alma grande, noble y generosa, cuyo pensamiento comprende el mío, cuyo corazón no late sino por lo grande, por lo verdaderamente grande, y que tan grande es, que los que no le comprenden le llaman extravagante; el duque y yo nos fuimos aproximando el uno al otro insensiblemente, porque debíamos estrechar la distancia que nos separaba; nos unimos al fin, porque era necesario que nos uniéramos, y al cabo nos confundimos de tal modo, que el duque se reflejó en mí, y yo me reflejo en el duque; que yo sin Osuna sería un filósofo arrinconado, y Osuna sin mí un águila sin alas. No somos dos, sino uno; la desgracia que suceda al duque debe necesariamente hacerse sentir en mí, como en el duque la desgracia que á mí me suceda. Sabe Dios á dónde iremos á parar don Pedro Téllez Girón y yo, pero nuestra suerte será igual: él me comprende y yo le comprendo, él me ama como amaría á su cabeza, y yo le amo á él como á mi brazo. Dióle Dios riqueza y poder, y cuna ilustre, y á mí me dió ingenio y dominio sobre los demás, y ojos que saben mirar, y oídos que sin escuchar oyen; somos, pues, uno solo.

—¿Y qué me importa á mí de todo eso?—dijo la Dorotea.

—Oid, oid, y esperad al fin. Como el duque no tiene para mí secretos, sabía yo que tenía un hijo bastardo: llegó el tiempo de que su hijo cumpliese sus veinticuatro años, y como quiera que por uno y otro informe se sabía que era digno de su padre, cuando salí de mi última prisión, recientemente, me encargó don Pedro que buscase á su hijo, que le revelase el secreto de su nacimiento, y que me lo llevase á Nápoles. Sin el señor Juan Montiño, que así se llamaba falsamente el hijo de don Pedro, yo no hubiera venido á Madrid. Hubiera tomado postas para Barcelona, y allí un barco para Nápoles. Pero vine, y encontréme á nuestro hombre metido en enredos que me dieron susto. Estos enredos produjeron las heridas de don Rodrigo Calderón, y los amores de don Juan con su esposa.

—¡Ah!—exclamó Dorotea.

—De todo ello han tenido la culpa dos animales.

—¡Dos animales!

—Sí por cierto: un caballo viejo y cojo, á quien juro Dios se ha de cuidar como á un rey hasta que se muera de viejo, y el cocinero de su majestad.

—No os comprendo.

—El caballo que debía haber llegado á Madrid con su jinete, es decir, con el venturoso que de tal modo os hace desventurada, antes del medio día, llegó á la noche; Francisco Martínez Montiño, que debió haber estado en su casa, y recibido á su sobrino postizo á la hora de la cena del rey, estaba dando un banquete de Estado al duque de Lerma. Las circunstancias eran además gravísimas. La reina se encontraba grandemente comprometida por una endiablada intriga de don Rodrigo, y doña Clara Soldevilla había salido sola á la calle por el compromiso de la reina, y seguida por don Rodrigo Calderón, al primero á quien encontró, de quien se amparó, como se hubiera amparado de otro cualquiera, fué de don Juan. Solos de noche, por esas calles de Dios; generoso y valiente él, generosa y ansiosa de amor ella, protegida por don Juan, puesta en contacto íntimo con él, que es impetuoso, y noble, y valiente como su padre, apasionado como vos, y como vos hermoso, aconteció lo que no podía menos de suceder: se enamoró ella de él con tanta más fuerza y más pronto, cuanto ella estaba ansiosa de un amor que no había podido encontrar en la corte, de un amor digno de ella. El enredo se había hecho terrible cuando yo encontré en el zaguán de la casa del duque de Lerma á don Juan, que como yo había ido allí en busca del cocinero de su majestad, y se agravó hasta hacerse negro, lúgubre, al caer don Rodrigo bajo la espada de don Juan. Entonces lo temí todo, todo: empecé á buscar una ayuda para salir del atolladero, y en cierta casa donde me refugié por el momento, supe que vos érais la mujer codiciada, la mujer envidiada por todos al duque de Lerma, á quien engañáis siendo amante de Calderón. Entonces dije: de seguro la Dorotea, aquella hermosa niña á quien yo conocí en el convento de las Descalzas, tiene gran poder ó puede tenerle para con don Francisco de Rojas; y en cuanto á Calderón, yo que le conozco, mucho me engaño si no es para Dorotea uno de esos hombres á quienes una mujer ama mientras no se le presenta otro mejor. Nuestro don Juan está terriblemente atollado; pues bien, procuremos que él mismo se desatolle enamorando á la Dorotea, y entonces me vine aquí y llamé á don Juan, y sucedió más de lo que yo creía: que vos os enamorásteis de él, y él se deslumbró al veros. Los sucesos han hecho que don Juan sea esposo de doña Clara, y que vos os encontréis con el alma negra, deshecha, desesperada. Yo no creí que ninguno de los tres valiéseis lo que valéis: mi mundo, el mundo de mi corazón y de mi amor, que se reducía á una persona, se ha aumentado con otras tres: y la que más amo, porque es la más débil, sois vos, hija mía, vos que me habéis sorprendido, que me habéis enamorado con el corazón que me habéis dejado ver. De modo que no me pesa de lo que ha sucedido, no; pero estoy aterrado, aterrado por vos.

—¡Aterrado por mí!

—¡Ah! si vos creéis que yo tengo el alma helada, os engañáis; que la tengo muerta, que sólo ha sobrevivido en mí lo
malo, os engañáis, Dorotea, os engañáis; mi vida es una
vida poderosa, insoportable, insaciable, una calentura continua; mi vida necesita espacio donde extenderse, y no le
halla; mi vida está comprimida, encerrada como en una caja
de hierro: cada corazón digno de mí que encuentro, es un
poco de espacio que se dilata en esa caja terrible, en esa prisión que no puedo romper por más que hago; y al mismo
tiempo es una amargura más, una amargura infinita; habéis
dicho que yo os sacrifico á sangre fría, y al veros sufrir, al
veros de tal modo desesperada, tengo el corazón apretado,
siento ansias, y me pregunto qué razón desconocida hay para
que el hombre se alimente del hombre el alma del alma, la
alegría del dolor, la vida de la muerte, me digo y me espanto
al decirlo: ¿por qué Dios no nos ha dado otros sentimientos
más fáciles de satisfacer? ¿por qué esta continua carnicería?
¿por qué esta durísima é interminable batalla? Os habéis
engañado respecto á mí; insensible, duro, cruel, si se quiere,
para todos, pero no para vos, no para vos que, como os he
dicho, sois mi aire de vida. Yo haré con vos todo lo que
pueda hacer: os haré menos infeliz.

—Menos infeliz ¡y cómo!

- Procuraré prestaros parte de mi fortaleza; emplearé con
vos todo el tesoro de consuelos de que mi alma está llena;
os enseñaré á encontrar la alegría en la tristeza, el placer en
el dolor; haré que, reconcentrada vuestra alma, busquéis la
vida en vos misma; os daré el filtro que hace soñar, levantando vuestra alma; seréis mi hija, y yo seré vuestro padre;
os retiraréis del teatro, y no entraréis en un convento, viviréis en el mundo, dominándole, despreciándole, engrande-
ciéndoos á vuestros propios ojos, con la comparación interna de lo que vos valéis, y lo que el mundo vale. Llegará un
día en que vos no seréis la amante de don Juan, sino su hermana, en que pondréis á sus hijos sobre vuestras rodillas, y
los amaréis como si fueran vuestros; en que purificada por
el martirio, levantaréis á Dios la frente lavada, blanca y resplandeciente por el Jordán del sufrimiento. ¡Oh! ¡Dorotea!
¡Dorotea! ¡hija mía! si viérais mi corazón, si apreciárais su
amargura y su despecho, si supiérais cuánto esta insoportable amargura y este despecho frío están dominados, puestos
en silencio... si viérais cuántas terribles ambiciones, cuántos
proyectos inconcebibles se agitan, rugen en mi cabeza, y al

mismo tiempo me viérais estudiar, buscar ansioso la ciencia, que siempre me parece poca, reir, y hacer reir á los demás, convertir las lágrimas en burlas... ¡oh! yo os aseguro que os compadeceríais de mí, que encontraríais injusta la maldición que sobre mí pesa, y poco todo el aire de la creación para dar á mi pecho el aliento que necesita.

—Conque, ¿sólo me hicísteis conocer á don Juan para salvarle? -dijo Dorotea, que no podía apartarse de su pensamiento dominante, de su pensamiento desesperado.

Sí, ¡por Dios vivo!—contestó Quevedo.

—Pues habéis hecho bien, muy bien, y os pido perdón por el odio que os he tenido, por las injurias que me habéis escuchado.

— ¡Bah! no podéis injuriarme.

—Y decidme: ¿habéis venido también á que yo siga salvando á don Juan?

—Sí.

—¿Y de qué modo puede ser eso?

—Impidiendo que me prendan. Porque preso yo, don Juan queda sin consejo, sin ayuda.

—No os prenderán ó he de poder poco.

—Se necesita además...

—¡Qué!...

—Que engañéis á vuestro... ¿qué sé yo lo que es vuestro el tío Manolillo?

— ¡Ah! ¡infeliz!

—Es necesario que le digáis, que le hagáis creer que nada os importa ya don Juan.

— Os comprendo, os comprendo, descuidad.

En aquel momento sonó el ruido de una carroza y Casilda entró azorada.

—.El duque de Lerma! —exclamó.

--El duque .. llevaos al momento esta mesa... y vos... vos don Francisco, escondéos aquí.

— ¡Cómo! ¿en vuestro dormitorio?

—Sí, sí, desde ahí podréis oir y ver. Desde ahí podréis juzgar si soy digna de que me apreciéis.

Don Francisco entró.

Poco después, quitada ya de en medio la mesa, sentada en el hueco de un balcón, Dorotea estudiando su papel de reina Moraima, entró el duque de Lerma.

CAPÍTULO LVI

EN QUE EL AUTOR RETROCEDE PARA CONTAR
LO QUE NO HA CONTADO ANTES

Cuando entró en su casa doña Juana de Velasco, duquesa de Gandía, de vuelta de palacio, se encerró diciendo á su dama de confianza:

— Cuando vengan don Juan Téllez Girón y su esposa doña Clara Soldevilla, introducidlos y avisadme.

A seguida se sentó en un sillón, y quedó inmóvil, pálida, aterrada, muda como una estatua.

Nada tenía esto de extraño; la caía de repente encima el hijo involuntario que le había procurado una fatal casualidad, una fatal sorpresa, un sobrecogimiento funesto, una inaudita audacia de las mocedades del duque de Osuna.

Nunca una mujer se había visto en tales y tan originalísimas circunstancias.

Es el caso que la duquesa, si tenía mucho por qué desesperarse, no tenía nada por qué acusarse, por qué avergonzarse.

Ella no tenía la culpa absolutamente de aquello; ella no la había autorizado; es más, ella, hasta que vió el aderezo funesto sobre doña Clara y supo que el esposo de doña Clara era un Girón, no sabía, no podía imaginarse quién era el padre de aquel hijo completamente fortuito.

Entonces comprendió doña Juana la razón de ciertas sonrisas intencionadas que el duque de Osuna se había permitido hablando en la corte con ella, después de la aventura de que había sido oculto testigo en El Escorial el tío Manolillo. Ella, irritada por el recuerdo de aquella enormidad, sin atreverse á mirar á nadie frente á frente, temerosa de que el hombre á quien mirase fuese el autor de su vergüenza, con el duque de Osuna había sido con el único que había hablado sin empacho.

En verdad que el duque de Osuna se había permitido enamorarla aun antes de ser viuda del duque de Gandía; pero el noble don Pedro, á pesar de que era joven é impetuoso, sabía enamorar á doña Juana sin que ésta se ofendiese, de la manera más delicada, más discreta, más respetuosa, más peligrosa, sin embargo, para la mujer objeto de aquellos

amores que nadie conocía, más que el duque que los alentaba, y doña Juana causa de ellos.

Y luego estos amores tenían disculpa.

El duque de Osuna no había conocido á doña Juana hasta
que después de casado la presentó en la corte su marido, y
á parte de esto, doña Juana era una mujer sumamente peligrosa.

A una hermosura delicada, espiritual, resultado de una
maravillosa combinación de encantos, unía un candor y una
pureza de ángel; se había casado crecida, más que crecida,
á los treinta años, veinticuatro de los cuales los había pasado en un convento, y era, sin embargo, una niña, y tenía en
su mirada, en su sonrisa, en su expresión una fuerza imponderable de sentimiento; dormía bajo su inexperiencia, bajo
su timidez, una alma vivamente impresionable, ardiente, apasionada, por lo dulce y por lo bello, pero sin aspiraciones,
sin comprender su deseo, sin irritarle.

El duque de Gandía, su esposo, era un señor antiguo,
provecto, que se acordaba del emperador continuamente,
que no sabía hablar más que del emperador, y que miraba
con desprecio á los que no habían nacido en aquella gene-
ración de gigantes, en aquella época de gloria, en aquel
período de embriaguez de las Españas.

Soltero siempre, porque no había sentido nunca el amor,
porque su alma de plomo, por decirlo así, no podía sentirle,
se casó cuando era viejo con el único objeto de tener un
hijo á quien transmitir su nombre, un hijo que impidiese que
sus Estados pasaran á sus parientes bilaterales, á quienes
aborrecía lo más cordialmente posible; entonces se encaminó á la casa del conde de Haro, condestable de Castilla,
hombre viejo, tan duro y tan excéntrico como él, y que por
una casualidad se había casado joven, y le dijo:

—Amigo don Iñigo: los médicos me dicen que cuando
más, cuando más, puedo prometerme cuatro años de vida.

—Los médicos quieren robaros, amigo don Francisco—
contestó el conde.

—Podrá ser; pero sucede endiabladamente que yo pienso
lo mismo que ellos; me siento mal, muy mal; me pesa cada
pie un quintal, y cuando quiero andar derecho como *in illo
tempore*, me da un crujido el espinazo, y el dolor me hace
volver á encorvarme un tanto; el peso del arnés y del yelmo
son malos, muy malos, amigo mío, bien lo sabéis, porque
vos, como yo, los habéis llevado mucho tiempo; además,

este respirar dificultoso, este hervor en el pecho; yo estoy muy malo y voy á hacer cuanto antes el testamento.

—¿Y venís á preguntarme sin duda, á cuál de vuestros parientes?...

—¿Qué? Ni por pienso; si me heredan será porque yo no puedo hacer otra cosa.

—Pues no veo el medio de evitar... ¿Tenéis algún hijo incógnito?...

—¡Quia' no; yo no he amado nunca; no comprendo para qué se quiere una mujer, como no sea para hacerla mujer madre; como una cosa; para un objeto de utilidad; por eso nunca me he acercado á una mujer, como no haya sido á las reinas que he conocido, y eso en los días de corte para besarlas la mano.

—Pues por más que hago, no adivino la razón de que hayáis venido á hablarme de vuestro testamento.

—Para hacer testamento á mi gusto, necesito tener un hijo, y vengo á que vos me deis ese hijo.

Púsose en pie de un salto el conde de Haro.

El duque de Gandía no se movió del sillón en que estaba sentado.

—Sí, sí señoi, vengo á que me deis un hijo por medio de una de vuestras hijas.

—¡Ah! —exclamó sentándose de nuevo el conde de Haro—; eso es distinto; ahora lo comprendo; pero decidme, amigo don Francisco, ¿estáis seguro, es decir, tenéis probabilidades de obtener hijos?

—Al menos los médicos me lo han asegurado.

—Bien; ¿y cuál de mis hijas queréis?

—La más hermosa.

—La destino para monja, y si no ha profesado ya es porque todavía no ha salido de ella; no quiero violentarla.

—¿Pero tiene hecho algún voto?

—No.

—¿Sabe ella vuestra voluntad?

—No, porque yo quiero que haga la suya.

—¿Habéis hecho alguna promesa á Dios?

—Tampoco, porque no puedo prometer lo que otro ha de cumplir, y mucho más cuando ese otro es hija mía.

—¿De suerte, que sólo tenéis un ligero deseo de que sea monja?

—Es tan candorosa, tan sencilla mi hija doña Juana...

—Pues mejor, mucho mejor; yo sólo sabía, porque lo

había oído á muchas personas, tratándose de vuestra familia, que teníais una hija que era un portento... Como para
mí la mujer es completamente inútil, sino para madrear, ni
reparé en ello, ni sentí absolutamente deseo por conocer á
ese portento de vuestra hija; pero cuando empecé á pensar
en que yo debía tener un heredero, y para ello me era forzoso casarme, sin saber cómo, se me vinieron á la memoria
los elogios que acerca de una de vuestras hijas había oído.

—Pero si la mujer es para vos completamente indiferente,
si sólo os casáis mecánicamente—dijo el conde de Haro,
que era un tanto socarrón—, casáos con la menor de mis
hijas; tiene veinte años, es fea, fuertemente fea de cara,
pero robusta, llena de vida, y á propósito, decididamente
á propósito para la maternidad. Me quitaríais de encima un
cuidado, porque aunque la he dotado mejorándola, para
contrapesar con dinero lo que la falta de hermosura, no hay
un cristiano que cargue con ella; vos es distinto; á vos, para
quien no existen los encantos de la mujer, ¿qué más os da?

—Amigo don Iñigo, yo he sido muy buen mozo.

—Ya lo sé.

—Y quiero que mi hijo ó mi hija lo sean.

—Es muy jus o.

—Porque á más de la nobleza de la sangre, es conveniente tener la nobleza natural de la hermosura.

—Sin duda.

—Ahora bien; un chiquillo se parece á su padre ó á su
madre, ó á los dos; si se parece el que yo tenga de una hija
vuestra á mí cuando tenía treinta años, estoy satisfecho; pero
si le da la gana de parecerse á su madre... Es necesario que
sea hermosa.

- Esto se parece á la manera cómo se hacen los caballos
de la cartuja de Jerez—dijo el conde de Haro, á quien convenía una alianza con el duque de Gandía, y á quien la tiesa
extravagancia de éste hacía feliz.

—En efecto, quiero un heredero robusto y hermoso; por lo
mismo os pido esa hermosísima hija que tenéis... que se quedará viuda pronto con un título ilustre y con cien mil ducados de renta.

—No hablemos de eso — dijo poniéndose serio el conde
de Haro—; mi hija llevará á vuestra casa en dote, las buenas tierras de un mayorazgo de hembra que posee, cuya
renta sube á trescientos mil ducados.

—No hablemos de eso—dijo el duque de Gandía —; yo no

necesito más que la hermosura y la nobleza de vuestra hija.

— Tiene treinta años.

—Mejor.

—Pues entonces... ¡Sanjurjo! ¡Sanjurjo!

El llamado era el secretario del conde de Haro.

—Poned una carta para la abadesa de las Descalzas Reales, en que la diréis que entregue mi hija la señora doña Juana, al aya doña Guiomar; al momento, al momento, y que me perdone si no voy yo en persona porque el catarro no me deja.

Escribió Sanjurjo, firmó el conde y partió la carta, y los dos grandes quedaron departiendo y arreglando aquella alianza improvisada.

Porque es de advertir que los dos eran hombres de fibra y aficionados á ver realizados cuanto antes sus deseos.

Dos horas después, entró de repente en la cámara una joven, una divinidad, vestida con un hábito, un velo y una toquilla de educanda y se detuvo al ir á arrojarse en los brazos del conde de Haro, al ver que había con él otro respetable señor, que la miraba ni más ni menos que como hubiese podido mirar á una yegua de raza, sin mover una pestaña.

Doña Juana se puso encarnada, hizo una profunda reverencia al duque de Gandía, y adelantó con menos apresuramiento hasta su padre, y se arrodilló y le besó la mano.

—¿Te han dicho que no volverás al convento, hija? -la preguntó el conde.

—Sí, señor.

—¿Y te pesa?

— No, señor.

—Dilo sin reserva, sin temor.

— Yo no tengo más voluntad que la de mi buen padre.

— Se trata de que cambies de estado.

—Muy bien, señor.

El conde besó á su hija en la frente, la levantó y la sentó junto á sí.

Doña Juana permaneció con los ojos bajos.

—Este caballero es mi antiguo amigo, mi hermano de armas don Francisco de Borja, duque de Gandía, de quien me has oído hablar tantas veces con nuestra parienta la abadesa de las Descalzas.

Doña Juana levantó la cabeza, miró de una manera serena á don Francisco, que no había cesado de examinarla, y le saludó de nuevo.

—Este caballero—añadió el conde—, te pide por esposa.

Pasó por los ojos de doña Juana algo doloroso, pero tan recatado, tan fugitivo, que ni su padre ni el duque lo notaron.

Pero no pudieron dejar de notar el vivísimo color que cubrió las hermosas mejillas de la joven.

—¿Qué respondéis á eso?—dijo el conde.

—Que vuestra voluntad es la mía, padre y señor—contestó doña Juana.

No se habló más del asunto, porque no era necesario hablar más.

Dióse parte á deudos y amigos de estas bodas, encargáronse galas á Venecia, se renovaron muebles y se aumentó la servidumbre de la casa del duque de Gandía, con lo que hacía muchísimos años, desde la muerte de su madre, no había tenido, esto es: con dueñas y doncellas, y dos meses después de la petición, doña Juana de Velasco fué duquesa de Gandía.

Entonces, y sólo entonces, la conoció don Pedro Girón.

Conocerla y codiciarla, fué cosa de un momento.

Codiciarla y poner los medios para obtenerla, fué subsiguiente.

Pero el terrible duque de Osuna encontró una barrera insuperable á sus deseos, en las costumbres, en el candor, en la pu eza de doña Juana.

Cuando el duque, aprovechando una ocasión, la decía amores, doña Juana se callaba, se ponía encendida y buscaba en la conversación general una defensa contra las solicitudes del duque.

Si éste la encontraba sola en su casa, doña Juana llamaba inmediatamente á sus doncellas.

Si el duque la seguía á la iglesia, la duquesa no levantaba la vista de su libro de devociones.

Llegó á contraer un empeño formidable el duque de Osuna.

Y lo que era peor, un amor intenso.

Porque doña Juana de Velasco lo merecía todo.

Irritábale aquella resistencia, porque él estaba acostumbrado á llegar, ver y vencer, como César.

La conducta fría, tiesa, sostenida de doña Juana, le sacaba de quicio.

Y, sin embargo, doña Juana le amaba con toda su alma; desde el momento en que le vió guardó su recuerdo, reposó en él, acabó en fin, por enamorarse; pero pura, y digna, y acostumbrada á las rígidas prácticas del convento, guardó su amor dentro de su alma, le combatió, le dominó si no le venció, y ni el mismo hombre amado pudo apercibirse de él, ni aun el confesor tuvo noticia alguna.

Porque decía doña Juana:

La honra de un esposo es un depósito tan sagrado, que no debe menoscabarse ni aun delante del confesor.

La duquesa se confesaba directamente con Dios, y le pedía fuerzas para resistir al duque, que no cesaba en su porfía.

Y Dios se las daba.

Y cuenta que junto á doña Juana no había nada extraño que concurriese á defenderla.

El duque de Gandía, rara vez, y aun así por pocos momentos y tratándola ceremoniosamente, entraba en sus habitaciones.

No era un marido, ni mucho menos un amante, ni siquiera un amigo.

Doña Juana para el duque de Gandía, no era más que un medio.

Y como aquel medio había respondido admirablemente á su intento, puesto que al poco tiempo de casada, los médicos declararon que la duquesa se encontraba encinta, el duque, logrado su deseo, se fué á sus posesiones de Andalucía á pasar el invierno, y dejó en completa libertad y en absoluta posesión de su casa á su esposa.

Esto tenía sus peligros, que no se ocultaban á la duquesa.

Don Pedro Téllez Girón no era un amante vulgar.

Irritado como se encontraba por la resistencia de doña Juana, debía poner en juego todos sus recursos.

Doña Juana, que era sencilla, pero no simple; modesta y dulce, pero no cobarde; callada y circunspecta, pero no torpe, se entró un dia sola en el aposento del duque su esposo, tomó un pistolete y lo llevó á su aposento, después de cerciorarse de que estaba cargado.

Doña Juana se había puesto en lo peor.

Y como todo el que se pone en lo peor, había acertado.

El duque, no encontrando ya persuasión ni insistencia que bastasen para ablandar á aquella roca, apeló al oro, y corrompió, enriqueciéndola, á la servidumbre particular de la duquesa.

Esta oyó una noche rechinar levemente una puerta.

Cuando el duque, que era el que había hecho rechinar

aquella puerta, entró en el aposento de doña Juana, se encontró á esta vestida de blanco de los pies á la cabeza, más hermosa que nunca, pero terrible.

Doña Juana tenía un pistolete amartillado en la mano, y apuntaba con él al pecho del duque, á dos pasos de distancia.

—¡Bravo recibimiento me hacéis! dijo el duque, á quien de antiguo no imponía espanto el peligro—; contaba con resistencia, porque os conozco bien; pero no creía que me presentáseis batalla.

—Si no os vais, os mato—dijo la duquesa con la voz más serena y más sonora del mundo.

—Habéis de ser mía—dijo el duque, y se fué.

La duquesa desarmó el pistolete, y se acostó como si tal cosa.

Al día siguiente, las dueñas y las doncellas del cuarto de la duquesa fueron despedidas por el mayordomo.

—Pero, ¿por qué se nos despide?—dijo una doncella que había sido envuelta sin culpa en el naufragio universal.

—No lo sé, señoras mías—dijo el mayordomo—; no sé más, sino que su excelencia acaba de decirme que despida á sus dueñas y á sus doncellas.

Y el mayordomo decía la verdad.

No sabía absolutamente nada.

El duque se dió á los diablos, y tomó el prudente partido de esperar.

Mientras esperaba, la duquesa dió á luz un hijo varón.

El duque de Gandía no pudo saber si su heredero, para el cual había escogido con tanto cuidado una hermosa madre, era feo ó hermoso.

Con tanta precipitación quiso hacer su viaje el duque de Gandía, que le dió un causón en el camino, y se murió en una venta sin otro consuelo sino que también en un mesón se murió el gran rey don Fernando el Católico.

Trajéronle difunto á su panteón de Madrid, y doña Juana se puso el luto sin alegría, pero sin sentimiento.

El que se alegró poco cristianamente, fue el duque de Osuna.

Muerto el obstáculo más grave, el duque creyó que los demás obstáculos serían fáciles de vencer.

Dejó pasar algún tiempo, y un día, al fin, completamente vestido de negro, y de la manera más sencilla, se hizo anunciar á la duquesa.

·· Doña Juana le recibió en audiencia particular; sólo que tenía vestido de negro también, sobre sus rodillas, á su hijo.

Con el luto estaba la duquesa encantadora.

Don Pedro Girón, que era violento, se sentó temblando de pasión y de deseo junto á ella.

— Os amo- -dijo el duque de Osuna—, y os declaro que soy tan vuestro, que no soy mío. Acoged propicia mi amor, que os juro que es tal, que si se ve despreciado, dará lugar á alguna desgracia.

—Señor duque—dijo tranquilamente doña Juana—, mirad que os oye el duque de Gandía.

Y señaló á su pequeño hijo.

—Pero sois libre...

- No por cierto, porque aún vive mi honor.

-- ¿No confiáis en el mío?

-·Él vuestro está tan enfermo, que dudo mucho que no muera si no le curáis á tiempo.

. -- ¿Qué decís, señora?

-- Que si yo soy libre, vos no lo sois.

—¡Ah!

—Sí; doña Catalina, vuestra esposa, tiene en mí una buena guardadora por lo que toca á sus derechos.

—¿De modo que si yo fuera libre?...

—Me esclavizaría con vos.

—¿Me amáis?...

—Me casé sin amor, y con vos, si pudiera ser, me casaría por tener un noble apoyo. Pero como esto no puede ser, adiós, señor duque, y perdonadme si no estoy más tiempo aquí.

Y la duquesa se levantó, saludó profundamente á don Pedro, y salió con su hijo en los brazos.

El duque estuvo á punto de hacer un desacierto; pero como un desacierto hubiera producido un escándalo, y el duque de Osuna era demasiado principal caballero para atreverse á un escándalo, se contuvo, salió de la casa, y después de haber dado vueltas á cien proyectos, y de haberlos abandonado por inaceptables, se redujo al último recurso de todo el que desea un casi imposible: á esperar.

Y no sabemos cuánto tiempo hubiera esperado, si el mar, los vientos y los ingleses, no hubieran vencido á la *Invencible;* si por esto, doña Juana, que era del cuarto de la infanta doña Catalina, no hubiera ido á dar á su señora la nueva del fracaso, y no se hubiera encontrado sola en una galería

—¡Bravo recibimiento me hacéis!— dijo el duque.

obscura, con un hombre que tuvo buen cuidado de matar la luz antes de que pudiera reconocerle.

Puede fácilmente suponerse el terrible efecto, la honda impresión, la desesperación que causaría en la duquesa aquel lance tan serio, tan grave, de tan terrible trascendencia.

¡Y luego no saber el autor de aquel desacato!

Doña Juana estuvo, como ya hemos dicho, muchos días avergonzada, sin atreverse á mirar frente á frente á ningún hombre de los de la servidumbre interior que habían estado de servicio la noche de su mala ventura; doña Juana se había informado de quiénes eran aquellos hombres, con gran reserva, se entiende; pero el duque de Osuna no había estado aquella noche de servicio, ni en El Escorial por aquel tiempo.

Esto consistía en que el duque acababa de llegar á la ligera desde Madrid al Escorial, cuando se tropezó en la galería obscura con la duquesa, y después de su crimen, para no dar sospechas, se había vuelto á Madrid sin ver al rey.

De modo que la duquesa no podía sospechar siquiera que el duque de Osuna hubiese sido el reo de aquella enormidad.

Por lo tanto, era el único delante el cual se presentaba serena, y el duque era el único que se sonreía dolorosamente delante de la duquesa.

Pasó algún tiempo y la duquesa se heló de espanto; conoció que era madre. ¡Madre de un bastardo, sin culpa, sin más culpa que la de un aturdimiento hijo de su misma pureza! ¡madre y viuda!

¡Y sin conocer al padre de su hijo!

Confesamos que la situación de doña Juana era excéntrica, excepcional, terrible.

Llegó un momento en que la duquesa tuvo miedo de que conociesen su estado, y se retiró de la corte, se encerró en su casa.

El duque de Osuna, al no ver en la corte á la luz de los ojos, quiso verla en el hogar doméstico.

Pero encontró cerrada la puerta del hogar de doña Juana.

Es e , pero pasó algún tiempo, y doña Juana no se dió á luzp ró

Entonces el duque tuvo una sospecha: la de si el retiro de doña Juana tendría por objeto ocultar un estado embarazoso.

Bajo la influencia de este pensamiento, don Pedro se encerró en su camarín más reservado, tomó unas tijeras y en un libro, y provisto de una escudilla de plata con engrudo, se puso á cortar, á aislar, á descomponer una por una las letras de imprenta, y luego pegándolas con el engrudo sobre un papel, compuso la siguiente carta:

«Juana de mi alma, corazón mío: Yo soy el dichoso y el desdichado que te encontró en una galería de El Escorial una noche de que es imposible que te olvides. Como has desaparecido de la corte, como te has encerrado, temo que sea una verdad dolorosa lo que sospecho. Si la deshonra te amenaza confía en mí: yo te salvaré. Pero contéstame. Mañana á la noche estaré, después de las doce, á los pies de tus ventanas que dan á la calle excusada.»

Tanto tardó el duque en componer esta carta, que ya era de noche cuando concluyó.

Vistióse de negro, envolvióse en una capa parda, cubrióse con un ancho sombrero, y se fué en derechura con su carta cerrada á casa de la duquesa de Gandía, ó más bien á la calle donde la casa estaba situada.

Esperó en un zaguán, y cuando salió un lacayo le siguió y le dijo, fingiendo la voz de tal modo que no podía ser reconocido:

—Yo soy tal persona, que puedo hacerte mucho daño si te niegas á servirme, y rico si me sirves bien.

Y diciendo esto, puso en las manos del lacayo algunos doblones de á ocho.

—¿Y qué puedo hacer, señor?—dijo el lacayo vencido completamente.

—Dime: Esperanza, la doncella de la duquesa, ¿tiene amante?

—Sí, señor—dijo el lacayo—, y está para casarse.

—¡Malo!—dijo para sí el duque—; ¿y con quién se casa Esperanza?

—¿Con quién ha de ser, sino con el señor Cosme Prieto?...

—¿Quién es ese Prieto?

—Él ayuda de cámara del duque difunto.

—¡Ah! ¿un vejete?...

—Sí, señor.

—¿Y con ese se casa doña Esperanza?

—¿Qué queréis? tanto robó á su excelencia, que es muy rico.

—¡Ya! pues mira: vas á buscar ahora mismo á Esperanza.

—Muy bien.

—La darás esta sortija y la dirás: el caballero que os envía como señal esta sortija, espera hablaros un momento por una de las ventanas que dan á la callejuela excusada.

—Muy bien, señor.

—Pero al instante, al instante.

—En el momento en que vuelva de avisar al médico de la señora duquesa.

Dióle un vuelco el corazón al duque, pero temeroso de comprometer á doña Juana, no preguntó ni una sola palabra más al lacayo, y recomendándole que concluyera pronto, se fué á esperar á la calleja.

Pasó más de una hora.

Al fin el duque sintió abrir una de las maderas de una reja y luego un ligero *siseo* de mujer.

El duque se acercó á la reja, y con la voz siempre fingida dijo:

—¿Sois vos Esperanza?

—Yo soy, caballero—contestó de adentro una voz de mujer que, aunque fresca y sonora, no tenía nada de tímida—; ¿y vos sois quien me ha enviado un recado con el lacayo Rodríguez?

—Sí; sí, señora.

—¿Y qué me habéis enviado?

—Un diamante que vale cien doblones.

—¿Eso habrá sido por algo?

—Indudablemente.

—¿Me conocéis?

—Sí, sé que sois muy hermosa. La hembra mejor que ha venido de Asturias.

—Muchas gracias, caballero: ¿y vos quién sois?

—¡Yo!... ¿qué os importa?

—¡Vaya!

—Soy joven; no tengo ninguna enfermedad contagiosa, ni me huele el aliento.

—¿Y por qué fingís la voz?

—Porque no quiero que me conozcáis.

—¿Os conozco yo?

—No; pero no quiero que me podáis conocer mañana.

—¿Pero?...

—Os amo.

—¿Que me amáis? Si sois un caballero principal, no querréis más que burlaros de mí.

—Vamos claros. Tú te casas con repugnancia con el viejo Cosme Prieto.

—¡Ah! sí, señor; con mucha repugnancia.

—Tú eres muy joven y puedes esperar.

—Como que no tengo más que diez y ocho años.

—Pero apuesto cualquier cosa á que si Prieto se casa contigo, es porque no ha podido ser tu amante.

—¡Bah! bien lo ha querido y me ha ofrecido dinero.

—Pero poco; ¿no es verdad?

—Es muy mísero.

—Vamos, yo soy muy rico y muy generoso: ¿quiéres ser mi querida?

—¡Señor!

—No tendrás que casarte contra tu voluntad, y mucho menos con ese escuerzo de Cosme Prieto.

—¿Pero qué dirán mis padres?

—Vamos, toma esta buena bolsa de doblones de oro.

—¡Señor!

—¿No la quieres?

—Sí; sí, señor.

—Pues entonces tómala.

Salió una mano por la reja, y tomó la bolsa.

—Ahora, ábreme—dijo don Pedro.

—¡Ah, no! ¡no, señor!—exclamó vivamente Esperanza.

—¡Ya, ya te entiendo! ¿Te parece poco el diamante y el bolso, ó temes que pueden ser falsos?

—No; no, señor, es que soy una doncella honrada.

—Oye, acaban de dar las ánimas; desde aquí á las doce de la noche van cuatro horas; ¿puedes tú bajar á las doce á esta reja?

—¡Por esta reja! ahora su excelencia está en el oratorio, y he podido bajar; pero á las doce su excelencia estará en su dormitorio, y el dormitorio de su excelencia da á un corredor, y este corredor á unas escaleras que están aquí orilla.

—¡Ah! ¿conque tu señora se ha venido á lo último de su casa?

—Vive muy retirada.

—¿Y no te atreves á venir por esta reja?

—No, señor.

—¿Pues por cuál?

—Por la última, seis rejas más allá.

—Pues vendré á las doce.

—Venid; pero no os abriré el postigo; bajaré á hablar.

—Bien, muy bien; me basta.

—Pues quedáos con Dios, que temo que mi señora me llame.

—Ve con Dios, y no te olvides de mi cita.

—No lo olvidaré; á las doce, por la última reja del lado de allá; ésta es la primera.

— Hasta luego.

—Hasta luego.

La reja se cerró.

¡Conque junto á esta reja hay una escalera que da á un corredor al que sale una puerta del aposento de mi ingrata amante! es necesario pensar en ello... es necesario que ya que por una locura, por una pasión violenta la he comprometido, la salve; y que la salve sin que nadie medie, con mi ingenio, con mi dinero y con la ayuda de Dios... sí, sí; la honra de doña Juana ha de quedar intacta. Pero observemos bien esta reja, que no se me despinte; encima hay otra con celosías. Otra reja volada; no se me confundirá. Además es la primera.

Y el duque se separó de la reja, tomó el camino de su casa y se entró en ella por un postigo sin ser sentido de nadie.

Abrió un pequeño guardajoyas que tenía en su aposento para su uso diario, y tomó una rica cadena de diamantes y la guardó en su escarcela.

Entonces se puso á trabajar de nuevo, esto es, á componer con letras pegadas, bajo lo que había compuesto antes en la carta que había llevado consigo lo siguiente:

«Me he procurado un medio de penetrar hasta la puerta de vuestro dormitorio, sin que nadie sepa que por vos he entrado en la casa; mañana habrá desaparecido de vuestra servidumbre la doncella Esperanza; no la busquéis porque no la encontraréis; no temáis nada por vuestra honra, porque esa Esperanza cree que estoy eaamorado de ella y que sólo por ella voy. Sed prudente por vos misma, que ya podremos comunicarnos sin que os comprometáis.»

Eran cerca de las doce cuando el duque de Osuna acabó de componer las anteriores líneas. Volvió á salir secretamente por el postigo, llegó á la calle á donde daban las rejas posteriores de la casa de la duquesa, reconoció aquélla por donde había hablado Esperanza cuatro horas antes, la dejó atrás y se detuvo junto á la última y esperó.

Al dar las doce el duque sintió pasos indecisos de una mujer en el interior; acercarse aquella mujer á la reja, de-

tenerse un momento como irresoluta, y abrir por fin las maderas.

—¿Sois vos?—dijo con voz trémula Esperanza.

—Yo soy—contestó con la voz siempre desfigurada el
duque.

— Pero ¿por qué si me queréis os ocultáis?

—Ya me conocerás. Entre tanto toma esta cadena.

—¡Una cadena!

— Que vale trescientos doblones.

··· ¡Ah! ¡trescientos doblones! — dijo Esperanza tomando
con ansia la cadena.

--Ya conocerás que quien tanto te da debe amarte mucho.

—¡Oh! ¡y qué buena suerte la mía, señor!

—No es la mía tan buena.

—¿Por qué? yo... os quiero ya... os quiero bien.

— No lo dudo. Pero me parece que no me querrás tanto
que me recibas esta noche.

--¡Ah, señor! no he tenido tiempo de buscar la llave del
postigo.

--¿Pero la tendrás mañana?

—Sí; sí, señor.

--Y dime, ¿nos podrán sorprender por esta parte?

—No; no, señor; por aquí no viene nadie; ese postigo no se abre nunca; por lo mismo, es necesario buscar la
llave.

—Cuento con que mañana...

--¡Oh! sí; sí, señor.

--Pues entonces, hasta mañana después de las doce.

—Hasta mañana.   ·

El duque se fué, y la doncella se subió á su aposento con
el corazón latiéndole con impaciencia por el regalo que la
había dado su extraño amante.

Cuando tuvo luz; cuando estuvo sola, miró estremecida
la cadena y ahogó un grito de asombro.

¡Dice que vale trescientos doblones! —exclamó—y bien
lo creo; esto es muy bueno, muy hermoso, ¿pero por qué
me da tanto ese caballero? ¿si serán falsas estas piedras?
Yo soy bonita, es verdad (y la muchacha no mentía), pero
nadie me ha ofrecido tanto; cuando á una le dan para vivir
toda su vida, cuando puede ser rica... y luego... debe ser
hermoso... yo le veía los ojos en la sombra y me abrasaban...
como que creo que le quiero... pero si fueran falsas estas
piedras...

Esperanza no durmió en toda la noche; al día siguiente se levantó muy temprano, y se fué á una platería.

—Un caballero que me solicita - dijo al platero—me ha dado estas joyas: yo he temido que sean falsas.

—¿Falsas? ¡eh, señora! si queréis ahora mismo por ellas doscientos doblones...

—¿De veras?

—Tan de veras como que os los doy.

—No, no las vendo; quedáos con Dios.

Y Esperanza volvió loca de alegría á su casa.

Entretanto, el duque de Osuna decía á su mayordomo:

—Oye: ¿no tengo yo ninguna casa en Madrid desalquilada?

—Sí; sí, señor: en la calle de la Palma Alta tiene vuecencia una.

—Hazla amueblar, y luego tráeme la llave y las señas de la casa.

—Muy bien, señor.

A la noche, á las doce en punto, el duque de Osuna llegó á la calleja á donde daba la parte posterior de la casa de la duquesa de Gandía.

Reconoció la primera reja por donde había hablado la noche anterior con Esperanza; vió sobre ella el mirador con celosías, y arrancándose una cinta del traje, la ató en un hierro; después, llegó á la última reja, y esperó.

Pero tuvo que esperar muy poco, porque Esperanza, que ya le esperaba, abrió al momento el postigo de la reja.

—¡Ah! ¡buenas noches!—dijo la joven—; os esperaba con impaciencia.

—¿Y me esperabas decidida á todo, luz de mi vida? -dijo el duque fingiendo siempre la voz y haciendo una violencia para enamorar á la doncella.

—Sí; sí, señor; pero vos no pensaréis mal de mí—dijo con cierto embarazo Esperanza.

—No, de ningún modo—dijo con impaciencia el duque—; ¿tienes la llave?

—Sí, señor, trabajo me ha costado quitarla del manojo del conserje... pero ya está aquí.

—Concluyamos entonces...

—¡Ah, señor!... si os sintiese...

—¿Decididamente consientes ó no en abrirme?

—¡Ah, sí, señor!... pero si me engañáseis...

—Mejor suerte has de tener que la que esperas...

—Pues bien... sí... sí, señor; id por el postigo. ¡Dios mío!
El duque de Osuna se acercó al postigo, latiéndole el corazón.

Esperanza abrió.

Cuando hubo abierto, el duque la asió una mano y tiró de ella.

—¿Que hacéis?—dijo asustada Esperanza.

—Yo no me atrevo á entrar —dijo el duque.

—Y entonces, ¿para qué queríais que abriese?

—Para que salieras tú...

—¡Pero Dios mío!... yo no os conozco.

—¿Y qué te importa?...

—Sí, sí—dijo con energía Esperanza—; venís encubierto, podéis ser un ladrón, haberme dado esas joyas y ese dinero para engañarme.

—Y tiene razón la muchacha—dijo para sí el duque de Osuna, pero sin soltarla.

Esperanza estaba fuertemente asida al marco de la puerta y pugnaba por desasirse del duque.

—Si no me soltáis, grito.

El duque se decidió á darse á conocer.

—Y si gritas y vienen y yo no te suelto, te encontrarán con el duque de Osuna.

—¡El duque de Osuna! ¡Dios mío! ¡pero esto no puede ser! ¡no, no, señor, vos me engañáis! ¡el duque de Osuna, cómo había de reparar en mí!

—¿Conoces tú al duque de Osuna?

—Le he visto entrar muchas veces en casa.

—Y yo te he visto á ti muchas veces, y me he enamorado de ti.

—¡Oh Dios mío!

—Entra un tanto, que me voy á dar á conocer de ti.

Entró Esperanza, el duque con ella, cerró el postigo, hizo luz con la linterna que llevaba bajo la capa, se quitó el antifaz y dejó ver su semblante á Esperanza.

La muchacha se estremeció y cayó de rodillas.

—¡Ah, señor! ¡perdonadme, perdonadme por haber dudado de vuecencia!—exclamó..

—No me conocías—dijo el duque—, y nada tiene de extraño. Pero abreviemos, estoy en ascuas... quiero verme fuera de aquí cuanto antes. ¿Te negarás ahora á seguirme?

—No, no, señor... pero no tengo manto... me he dejado

arriba en mi aposento, en mi cofre las joyas que vuecencia me dió...

—Nos espera una silla de manos muy cerca... en cuanto á las joyas no importa... vamos.

—¡Ah, señor...! ¡voy á seguiros...! ¡no sé lo que me sucede! ¡pero no me perdáis...!

El duque tiró de ella, llegó al postigo, tomó la llave de la parte de adentro, la puso por la parte de afuera, cerró, guardó la llave y se alejó con Esperanza.

A la revuelta de la primera calle, el duque dió una palmada.

Acercaron una ancha silla de manos, y Esperanza y el duque entraron en ella.

La silla se puso inmediatamente en movimiento.

Esperanza guardaba silencio; el duque meditaba.

—Es necesario, necesario de todo punto—pensaba el duque , que yo sea por algún tiempo amante de esta muchacha, para que no pueda sospechar nada, para que crea que todo esto lo hago por ella.

Y acercándose á Esperanza la abrazó.

Esperanza, en el primer movimiento instintivo, luchó por desasirse del duque; pero luego se estuvo quieta.

—¡Diablo!—dijo don Pedro—, del mal el menos; es buena moza cuanto puede pedirse, y parece honrada y buena... ¿qué diablos de complicaciones...? una querida más... y una pensión más... porque si no es mi querida, sospechará... podrá presumir, y es necesario que no presuma.

Y tras este pensamiento, el duque enamoró de tal modo á Esperanza, que ésta dijo al fin para sus adentros:

—Le parezco hermosa, y como estos señores son tan ricos y tan orgullosos, ha querido tenerme sin que nadie lo sepa... pero esto durará poco... y me dejará enamorada. ¡Dios mío! ¡y qué hermoso, y qué galán es!

Y la muchacha suspiró.

—¿Por qué suspiras?--la dijo el duque.

—Porque os amo—dijo Esperanza dejando caer la cabeza sobre el hombro del duque.

—Ya no me llamas excelencia, ni señor —dijo don Pedro—, y esto me agrada.

—Por lo mismo lo hago, porque creo que estáis enamorado de mí.

—Pero aún queda ese enojoso vos.

—¡Hablaros yo de tú, como á Cosme Prieto! Es verdad

que yo no soy como otras que vienen á servir de mi tierra. Yo soy noble.

—¡Hola!

—Mi padre tiene una torre con almenas en la Montaña, nuestro solar es muy antiguo; me llamo Esperanza de Figueroa.

—¡Ah! ¿Eso es cierto?

—Ya lo sabréis...

—¿Y servías...?

—Como doncella, á una grande de España; hay muchas damas sirviendo en la corte, hijas de nobles pobres; no se nos trata como se debía... ¡la necesidad...! somos siete hermanos... mi padre enfermo... mi madre anciana...

—¡Ah! ¡ah! pues mejor, mejor... yo enriqueceré á tus padres... yo no te abandonaré.

—¡Una sola palabra!

—¡Qué!

¡Me amáis de veras!

—¡Sí! dijo el duque.

—Pues bien; el amor iguala... yo no sé por qué te amo también, duque mío.

—¡Diablo!—exclamó para sí el duque—; esta muchacha es más hechicera y tiene más talento de lo que yo creía. Me va interesando ya... como puede interesarme una mujer que no es la duquesa de Gandía.

Abrióse en aquel momento la puerta de una casa, y entró la silla de manos.

Se detuvo, y los hombres que la conducían se alejaron, y volvió á cerrarse la puerta.

El duque abrió entonces la portezuela, salió, hizo luz con la linterna, y dió la mano á Esperanza.

—Estamos enteramente solos—dijo el duque—: los que nos han traído no saben quién eres, ni de dónde sales.

Y esta era la verdad.

—¡Oh Dios mío, y qué locura!—dijo Esperanza asiéndose encendida y trémula, al brazo que el duque la ofrecía.

Subieron unas escaleras.

Dos horas después el duque bajó por aquellas mismas escaleras, pálido y pensativo.

—Una mujer da otra mujer: el corazón, por lleno que esté, siempre tiene un hueco para la hermosura y para el corazón de otra mujer... ¡diablo! ¡diablo! me parece que me hace pensar demasiado seriamente esta muchacha... será necesario enviarla cuanto antes y bien dotada á sus nobles padres, antes de que tengamos una historia, y acaso un remordimiento.

Y el noble don Pedro abrió la puerta y salió.

Eran las tres de la mañana.

Dirigióse rápidamente á la callejuela á donde le llamaba su amor, su verdadero amor, la pasión de su alma, que no podían apagar las pasajeras lluvias de amorcillos que caían á cada paso, á causa de su carácter y de sus riquezas, sobre el duque.

Llegó, y antes de poner aquella llave que tan cara, y al mismo tiempo tan dulcemente había comprado, se estremeció, dudó, retrocedió: temía que un accidente cualquiera denunciase, descubriese aquella su entrada subrepticia casa de la duquesa: pero el duque de Osuna, don Pedro, no retrocedía tan fácilmente; antes que dejar abandonada á sí misma á la duquesa, arrostró por todo: confiaba en su nombre, en su fama; ya en su juventud, don Pedro Tellez Girón era un magnífico grande, á quien se respetaba poco menos que al rey.

Una vez dentro, recorrió algunas habitaciones desamuebladas, húmedas, á lo largo del muro de la calle, y fué reconociendo las rejas, ocultando la luz de la linterna cada vez que abría una.

Al fin dió con aquella, en uno de cuyos hierros había puesto como seña una cinta: quitóla, cerró, dió luz de nuevo, y buscó la subida de la escalera, por la cual, según le había dicho Esperanza, se subía al corredor donde correspondía una puerta de escape del dormitorio de la duquesa.

Aquel corredor tenía dos puertas: una á cada extremo.

El duque en esta perplejidad se dirigió á la de la derecha, con paso silencioso como el de un ladrón, oculta la luz de la linterna, con las manos por delante.

. . . .

En un ancho y magnífico dormitorio, en un no menos ancho y magnífico lecho, dormía, mejor dicho, estaba acostada la hermosa duquesa de Gandía.

Desvelábala el cuidado.

La espantaba el día en que, no pudiendo ocultar más su estado, la fuese de todo punto indispensable confiar á alguien su secreto.

¿Y cómo hacer creer á nadie la singular manera como había acontecido aquel terrible compromiso?

Doña Juana, que era virtuosa y honrada, no podía menos de afligirse amargamente, y de llorar al verse sometida á aquella inaudita desgracia.

Pidió á Dios que hiciese un milagro para librarla de la deshonra, de una deshonra á que ella no había dado lugar, sino siendo mujer, cuando oyó dos golpes recatados en la puerta de escape de la habitación inmediata.

Doña Juana detuvo el aliento y escuchó de nuevo.

. Pasó algún tiempo y los dos golpes se repitieron.

Por aquella puerta, condenada hacía mucho tiempo, y demasiado fuerte y bien cerrada para que pudiese libertarla de tener miedo. no podía llegar nadie como no fuese alguno de su servidumbre íntima, que tuviese interés en decirla algo secretamente, sin pasar por las habitaciones donde dormían la dueña y las doncellas de servicio.

Doña Juana se levantó, se echó por si misma un traje y se acercó á la puerta, á la que llamaban por tercera vez.

—¿Quién llama? dijo en voz baja.

--Tomad lo que os doy por bajo de la puerta, y con ello mi corazón y mi alma, hermosa señora—dijo una voz tan desfigurada, que la duquesa no pudo reconocer.

Al mismo tiempo sintió el roce de un papel por debajo de la puerta.

Bajóse la duquesa y tomó el papel.

Era la carta que había compuesto para ella el duque de Osuna.

Se fué, latiéndola el corazón, á la luz, y leyó el doble contenido que ya conocen nuestros lectores.

Apenas la leyó rápidamente, cuando corrió á la puerta.

Necesitaba conocer al hombre audaz, causa del compromiso horrible en que se encontraba.

Pero aquella puerta estaba condenada, no tenía la llave, y la duquesa se vió reducida á tocar á ella, á llamar levemente la atención de la persona que suponía al otro lado.

Pero nadie la contestó.

Volvió á llamar, y obtuvo por repuesta el mismo silencio.

Poco después oyó allá, desde el fo ido de la calle, una voz intensa, dolorosa, que exclamó:

—¡Adiós!

Doña Juan i se precipitó á la reja, la abrió. miró á la calle, y vió á lo lejos, en uno de sus extremos, entre lo obscuro. un bulto que desaparecía.

Doña Juan ' permaneció un momento en la reja mirando de

una manera ansiosa al lugar por donde el bulto había des
aparecido, como si hubiera querido atraerle, y luego se retiró, cerró lentamente las maderas, y se fué á la mesa, tomó
su libro de devociones, cortó algunas hojas, y luego buscó
unas tijeras y se puso á corta letra por letra.

Cuando tuvo una gran cantidad, las fué clasificando en
montoncitos por orden alfabético: como podría decir un ca-
jista, distribuyéndolas, y cuando las tuvo distribuídas, reparó en que no tenía con qué pegarlas sobre el papel.

—No importa—dijo —, aprovecharé el tiempo: escribiré lo
que he de copiar con esas letras.

La duquesa de Gandía se puso á escribir su original, es
decir lo que debía después componer.

Y al escribirlo la infeliz lloraba.

Cuando estuvo concluída la carta, que no fué sino mucho
después del amanecer, porque la duquesa había pensado mucho, había rayado muchas palabras, que por la delicadísima
índole del asunto, la habían parecido inconvenientes, resultó lo que sigue:

«Señor, que no puedo llamar de otro modo al que tiene
por una casualidad desdichada mi honra y mi vida, que todo
es uno, en sus manos: Yo quiero creer que sois noble y generoso, y que será verdad que no me habréis comprometido
valiéndoos, para hacer llegar á mis manos la carta vuestra
que contesto, de la liviandad de una de mis doncellas, á quien
yo creía por cierto más honrada. Quiero creer, que ni me
culpáis por lo sucedido, ni habréis revelado ni revelaréis á
nadie, ni aun á vuestro confesor, lo que sin conocernos ha
pasado entre nosotros. En efecto, señor: lo que teméis es una
horrible realidad, soy madre: por el amor de Dios, señor, ya
que lo sucedido no tiene remedio, á vuestro honor me entrego; de vos, que sois la causa de mis desdichas, espero la salvación, y si me salváis, si nadie en el mundo más que vos
puede saber lo que me sucede, si queda secreto, yo os perdonaré. Entre tanto, señor, seáis quien fuéreis, noble ó ple-
beyo, necesito saber vuestro nombre; necesito conoceros,
para no dudar, para no creer que todos los que me hablan
conocen mi desdicha. Cuando recibáis esta noche á las doce
mi carta, entrad, entrad como habéis entrado hace poco, y
hablaremos con la puerta de por medio, hablaremos y con-
vendremos en lo que hayamos de convenir. Adiós, señor, la
desdichada á quien conocéis y que no os maldice, porque no
sabe maldecir; que no os odia, porque no sabe odiar.»

Después de escrita esta carta, la duquesa la guardó cuidadosamente, envolvió cada suerte de letras de las que había cortado en su papel correspondiente y las guardó, cerró asimismo el libro de devociones, y se acostó.

Algunas horas después, ya muy entrado el día, cuando la despertaron, la dueña más antigua la dijo toda azorada:

—¡Señora! ¡Esperanza de Figueroa ha desaparecido!

—¡Que ha desaparecido Esperanza!—exclamó la duquesa con tal asombro, tan ingenuo y tan natural, como si aquella hubiera sido la primera noticia.

—Sí; sí, señora: desaparecido completamente.

—Habrá salido...

—Sí, señora: pero es el caso que se ha dejado su manto.

—Esperad, que ya volverá: cuando vuelva la decís que la despido, y que Bustillos corrá con lo necesario para enviársela á su padre, con una carta en que se diga por qué la vuelvo.

—Muy bien, señora.

—Haced que me traigan algo que sirva para pegar papel.

Trajeron á la duquesa almidón cocido.

—Retiráos—dijo la duquesa—; cerrad la puerta, y que nadie entre bajo ningún pretexto sin que yo le llame.

—¿No almuerza la señora?

—No.

La dueña salió admirada.

La pobre duquesa empleó todo el día en componer su carta con las letras cortadas, pegándolas como había hecho el duque de Osuna sobre un papel.

—Guardó cuidadosamente lo que podía indicar su trabajo, quemó la carta del duque de Osuna y el original de la suya, llamó y comió algo.

—¿Ha venido Esperanza? doña Agueda —dijo mientras comía la duquesa á la dueña que la había dado la primera noticia de la desaparición de la joven.

—No; no, señora—dijo la dueña—; ni parece á pesar de que se han enviado algunos lacayos á buscarla. Parece que se la ha tragado la tierra. Será necesario dar parte á la justicia.

—No, no: respetemos á su pobre padre... ocultémosle su desgracia—dijo la duquesa—; que nadie hable de ello... ya veremos lo que tenemos que hacer.

—Muy bien, señora.

—¿Ha dejado su cofre?

—Lo ha dejado todo.

—Pues bien: sacad ese cofre, que lo descerrajen delante de vos, y que me lo traigan. Yo sola he de verlo.

—Muy bien, señora.

Poco después la duquesa tenía en su habitación el pequeño cofre de Esperanza, descerrajado.

Quedóse sola, y fué sacando la pequeña hacienda de la joven.

Consistía en escasa ropa blanca, algunos abanicos, y otras joyuelas.

Pero en un rincón del cofre, la duquesa encontró un pequeño envoltorio; un envoltorio pesado.

Le abrió, y encontró quince doblones de oro de la cruz, una rica sortija y una cadena de diamantes.

La duquesa lo adivinó todo.

—¡Oh!—dijo profundamente—; la ha deslumbrado, la ha engañado, se la ha llevado consigo para que no hable: ¿quién será este hombre que tan villanamente obró conmigo aquella noche funesta, y que con tanta hidalguía cuida de que nadie, ni el aire pueda sospechar de mí? ¡Oh, Dios mío! ¡Dios mío! ¡si fuera el rey!... dicen que el rey es muy dado á las mujeres, muy enamoradizo... pero el rey no se recataría tanto... no, no... ¿quién será, Dios mío? ¿quién será?

Y ni por sueños pasó por la imaginación de la duquesa, que aquel hombre pudiera ser don Pedro Téllez Girón.

Tan imprudente le creía doña Juana, que á habérsela ocurrido aquel pnnsamiento, le hubiera desechado como absurdo.

Y eso que siempre tenía en la memoria al duque de Osuna, porque le amaba.

Pero para ella sola, con un amor encerrado en el fondo de su alma.

La duquesa guardó el dinero y las dos alhajas, puso de nuevo en el cofre lo que de él había sacado, y mandó que lo pusiesen entre sus cofres de uso diario.

Luego esperó con impaciencia á que diesen las doce de la noche.

Poco antes ocultó la luz, se asomó á la reja y esperó.

Al dar las doce, se oyeron pasos en la calleja, apareció un bulto, y se detuvo debajo de la reja donde estaba asomada la duquesa.

Esta, temblando, dejó caer la carta.

El bulto la recogió, y la dijo con voz desfigurada:

—Mañana te contestaré, adorada mía; á las doce echa un cordón donde yo pueda poner mi carta.

Y cuando la duquesa, atropellando por todo, iba á contestar, el bulto desapareció.

Doña Juana se entró despechada en su dormitorio, se acostó, pero no durmió.

A la noche siguiente, en punto de las doce, al entrar el duque de Osuna en la calle, al pararse bajo la reja, sintió abrir la del piso bajo.

—Caballero, quien quiera que seáis—exclamó la duquesa de Gandía, que ella era—, escuchadme en nombre de vuestro honor.

El duque, sobresaltado, guardó silencio por algunos segundos.

Luego, desfigurando completamente la voz, contestó:

—¡Oh! ¡y qué imprudente eres, y á qué terrible prueba me sujetas!

—Habladme como queráis—dijo la duquesa—; yo no puedo evitarlo; soy vuestra esclava.

—Perdonad, ¡ah! perdonad, señora—dijo el duque , pero os amo tanto...

—¿Y por qué siendo yo viuda, antes de llegar al punto á que habéis llegado...?

—¿No os he dicho mi amor... no es verdad? sois tan virtuosa, señora, tan insensible...

—Soy lo que debo de ser; pero no se trata de eso: ¿quién sois vos?

—Un hombre que os ama.

—¿Os conozco yo?

—No.

—¿Ni acudís á lugares donde yo pueda hablaros?

—No.

—¿Sois sin embargo, rico?...

—Y noble: pero el ser rico y noble no supone que haya uno de entrar en los salones del rey.

—¡Ah! si sois rico y noble, ¿por qué no os casáis conmigo?

—Porque no puedo.

—¿Sois casado?

—No.

—¿Pues si no sois casado?...

—Mi cabeza está sentenciada...

—¡Sentenciada! ¿Por qué delito?...

—Por haber puesto mano á la espada contra el rey.

—¡Ah! ¿y sois noble?

—Porque soy noble; la misma noche en que fuisteis mía...

—¡Callad!... pero si es cierto... yo preguntaré...

—Nada sabréis, porque el rey y yo estábamos solos.

—¿Y no puede el rey perdonaros?...

—Él rey me hará ahorcar el día que me coja...

—Sois cruel; sois miserable... habéis cometido conmigo un crimen inaudito y no lo queréis reparar.

—No puedo... pero nadie conocerá...

—Eso es imposible.

—Os juro que el secreto quedará únicamente entre los dos.

—¿Por qué no me habláis con vuestro acento natural?

—Si os hablo sin desfigurar la voz, soy perdido.

—¿No cederéis?

—No.

—¡Que os castigue Dios!

—Bastante castigado estoy, señora.

—¡Oh! ¡qué situación tan horrible la mía!—exclamó la duquesa.

—Horrible, sí, muy horrible—exclamó el duque—; horrible para los dos.

—Porque... porque vos habéis sido un infame—dijo la duquesa, que no pudo contenerse más, llorando.

—Culpad á Dios, que os ha hecho tan hermosa.

—Concluyamos, caballero, concluyamos—dijo la duquesa—; os habéis burlado de mí... ya no tiene remedio; yo no me vengaré, yo no os maldeciré... pero Dios os castigará.

—Ya os he dicho que estoy harto castigado.

—¿Pero no os dais á conocer? Os juro que no me quejaré, que me resignaré... pero vuestro nombre...

—No puedo... no debo... no lo diré ..

—Yo debo conoceros, puesto que con tal cuidado fingís la voz.

—No, no me conocéis. Pero veamos, señora, lo que hemos de hacer; lo que importa es salvar vuestro honor.

—¡Ah, Dios mío! ¿y cómo?

—Nadie sabe por mi parte que yo os he escrito; para que mi carta llegue á vuestras manos ha sido preciso que yo engañe á una de vuestras doncellas.

—¡Esperanza! la habéis seducido, la habéis comprado...

—¡Cómo sabéis ...

—Sí, sí por cierto... y os entrego el dinero y las alhajas que la disteis.

—Yo guardaré como preciosísimas estas alhajas y estas monedas que han estado en vuestro seno y que guardan su dulce calor—dijo don Pedro, tomando aquellos objetos que le daba la duquesa, y estrechando de paso una de sus manos, que la duquesa retiró vivamente.

—¡Ah!—exclamó con indignación - ¡no os basta el haberme perdido, sino que aún me seguís insultando!

—¡Perdonad, señora, pero os amo tanto!

—¿Y desde cuándo me amais?...

—Desde la noche en que...

—De modo que cuando me encontrásteis, por mi mala ventura...

—Me deslumbrásteis, señora; yo no os conocía... os vi... y...

—Fuísteis un infame.

—Tenéis razón; pero no fui yo... fué un impulso superior á mis fuerzas... no hablemos más de eso...

—Pero en la situación en que me encuentro...

—Os salvaré de ella...

—Alguien habrá de saber...

—Dios, que lo sabe todo, vos y yo.

—¿Y qué pensáis hacer? decidme.

—Por el momento, alejar á Esperanza de Madrid. Para eso necesito irme con ella, estar á su lado algún tiempo.

—¡Ah!

—Un mes á lo menos. Hoy estamos á primeros de Abril; el primero de Mayo á las doce de la noche en punto, estaré en esta reja. Adiós.

—¿Os vais?

—Sí...

—Y si os dijese que... que os amo...—dijo con gran dificultad la duquesa.

—Yo sé que no me amáis; yo sé que mentís... perdonadme, pero esta es la verdad; que mentís para arrancarme mi nombre; vos no me amáis.

—No... no miento—exclamó toda turbada la duquesa.

—Pues bien, señora, yo tengo la llave de ese postigo; si es cierto que me amáis, permitidme que llegue hasta vos.

—¡Ah! ¡no! ¡no! ¡imposible! si queréis que yo sea vuestra, hablad, descubríos el rostro, que yo os juro ser vuestra esposa.

—¡Ah! ¡si eso pudiera ser! Pero adiós, señora, adiós.

—¿Volveréis?

—Volveré... dentro de un mes; el primero de Mayo á esta misma hora, por esta misma reja. Adiós.

—Adiós.

El duque de Osuna notó que doña Juana se quedaba en la reja.

Tuvo intenciones de volver.

De decirla: soy yo; yo el hombre que os ama; el hombre á quien amais.

Porque el duque de Osuna había llegado á comprender que doña Juana le amaba.

Pero había comprendido también que doña Juana tenía fuerza sobrada para contener su amor.

Que era capaz de morir antes que deshonrarse.

El duque, pues, no se había atrevido á darse á conocer.

El amor tranquilo de la duquesa, expresado por una tierna amistad, se hubiera convertido en odio al saber ésta que él era el causador de su situación horrible; doña Juana se hubiera negado á verle, y don Pedro no se atrevió á romper el incógnito.

Trasladóse á la calle de la Palma Alta, á la casa donde tenía á Esperanza.

La joven dormía profundamente, y en su boca, entreabierta por el sueño, lucía una sonrisa de deleite.

—Dejémosla dormir—dijo el duque de Osuna—, y entretanto dispongámoslo todo para apartarla de aquí.

Y bajó, abrió una reja y dió una palmada.

Acudió un hombre.

—¿Eres tú, Díaz?—dijo el duque.

—Sí, excelentísimo señor.

—¿Sabe alguien quién es la dama que está conmigo en esta casa?

—Yo mismo no lo sé; vuecencia tenía la silla de manos dispuesta en una encrucijada; la noche en que vine era tan obscura, que aunque hubiera querido...

—Muy bien; ahora mismo buscarás un coche de camino.

—Muy bien, señor.

—Que el mayoral y los mozos sean extraños, que no me conozcan.

—Muy bien, señor.

—Necesito ese coche dentro de una hora.

—¿Y el equipaje del señor?

—No necesito equipaje. Toma esta llave, entra en mi recámara, y abre el armario; en uno de sus tableros hay un cofre pequeño muy pesado, tráetelo.

—¡Oh, y sin perder un minuto, traeré también á vuecencia equipaje!

—Bien, escucha: pon algunos trajes de corte; es posible que sin descansar me plante en París.

—¿Y va á ir vuecencia solo?

—Enteramente solo; pero ve, mi buen Díaz, ve que estamos perdiendo el tiempo.

El criado del duque partió á la carrera.

Don Pedro volvió á subir al aposento donde dormía Esperanza, se acercó á la luz y miró la muestra de un enorme reloj de oro

—Las tres y media—dijo—; á las cuatro y media está aquí el coche; aún no es de día ni con mucho. Hay el tiempo preciso para que esa muchacha se vista.

Y entrando en la alcoba la despertó.

—¡Ah, sois vos, señor!—dijo Esperanza—; apenas puedo ver claro.

—Sí, yo soy; levántate y vístete; nos marchamos.

—¿Que nos marchamos? ¿Y á dónde?

—Donde pueda vivir libremente á tu lado, Esperanza mía—contestó con ternura el duque.

—Oh, cuánto te amo—dijo Esperanza, colgándose del cuello del duque.

—Sí, sí; pero aprovechemos el tiempo.

—¿Y á dónde vamos, señor?—dijo Esperanza, saltando casi vestida de la cama.

—A París.

—¡A París!

—Sí, á una hermosa ciudad... muy noble y muy populosa... que vale algo más que Madrid.

—¿Y allí no os conocen?

—Sí, por cierto; pero en París es difícil encontrarse con los conocidos.

—¿Pero vos no podéis estar siempre en París?

—No; pero iré á verte largas temporadas. Tú puedes llevar á tu familia, vivir en un palacio.

—¡Oh, Dios mío!

—Quiero que pases por una dama principal.

—¡Oh, descuidad, no os avergonzaré, no diré á nadie que he estado sirviendo.

—Lo quiero... no por mí, que eres tú harto hermosa para que pueda disculparme, sino por ti.

Sí, por ti y por mí. ¡Oh, Dios mío y qué feliz soy! ¡Cuando pienso que he estado á punto de casarme con Cosme Prieto!

— Eso hubiera sido una atrocidad.

—¡Bendita sea lo hora en que el gran duque de Osuna me vió!

—El amor iguala á los bajos con los altos, y si no fuera yo casado...

—¿Te casarías conmigo?

No; pero no me casaría con otra.

—Yo os quiero así, mi señor... yo me muero por vos, y aunque no fuéseis rico ni duque, os amaría del mismo modo.

—Oye: es el ruido de un coche. Mientras concluyes de vestirte voy á ver si falta aún algo.

El duque bajó á obscuras y abrió la puerta.

Entre la sombra vió un enorme coche de camino, y detrás un carro.

La zaga del coche era un promontorio.

—¿Qué es esto, Díaz?—dijo.

—He concluído en menos de una hora. Como las ventas de España son tan malas, he cargado un carro de comestibles y vino; además he buscado un cocinero, y cuatro lacayos.

—¿Y todo eso en media hora?

—Como que hemos sido diez trabajando á un tiempo.

¿Y sabe esa gente que me acompañará quién soy yo? No, señor.

—¿Y qué es eso que abulta en la zaga?

— Es un equipaje completo; el cofre pesado que estaba en el armario está en el cajón del coche, y ésta es la llave; he puesto además un talego lleno de ducados y otro de doblones de á ocho en el mismo cajón.

—Bien, bien, Díaz; que esté todo dispuesto para marchar. Cuando salga yo con esa dama, cierra esta casa y vete; si pregunta alguien dónde estoy, responded que me he ido á caza.

—Muy bien, señor; ¿y si la señora duquesa?...

— Di á Alvarado, mi secretario, que la diga que no he podido despedirme de ella porque he partido en posta con un encargo secreto del rey para la corte de Francia. Adiós.

—Que vuecencia lleve buen viaje.

Poco después salió Esperanza cubierta con la capa del duque, y asida á su brazo entró en el coche.

Las mulas se pusieron en movimiento, sonaron las campanillas, rechinaron las ruedas y el pequeño convoy, compuesto del coche y del carro, salió de Madrid.

Quince días después entraba en París.

El duque tomó una hermosa casa en la calle de San Dionisio.

Es decir, la compró.

La hizo amueblar magníficamente en dos horas.

Llamó modistas y vistió á Esperanza de un manera regia.

Después la mostró un cofre lleno de alhajas y de doblones de oro.

—Esto –la dijo—es para ti; llama á tus padres y vive con ellos; no digas á nadie que el duque de Osuna te ha traído, ni que has sido doncella de servir; no te conviene. Yo además te enviaré ó haré que te envíen todos los meses, mientras vivas, trescientos ducados.

—¿Cómo, señor, os vais?

—Necesito estar en Madrid á fin de mes.

—¿Y no volveréis?

—No lo sé.

El duque se puso aquel mismo día en camino.

Como no hemos de volver á encontrar á Esperanza, diremos cuál fué su suerte.

Esperó durante algún tiempo al duque de Osuna siéndole fiel.

Pero como el duque no fué, acogió los amores de un par de Francia, no tan rico, ni tan joven, ni tan hermoso como su p ime amante grande de España.

Arruinó al par, y después á un consejero del Parlamento, y luego á un caballero de San Luis, y después á un tendero de la calle de San Honorato, explotó cuanto pudo su hermosura hasta los veinticinco años, en que rica y célebre, se casó con un hermoso oficial de mosqueteros que encontró inoportuno pedir honra á una dama tan hermosa, tan rica y tan pretendida.

El duque había logrado su objeto.

Esperanza se guardó muy bien de decir á nadie que había servido á la duquesa de Gandía ni que había salido de su casa con el duque de Osuna.

El guardar el decoro de la duquesa había costado á don Pedro un tesoro.

Este volvió á Madrid de su expedición á París el mismo día en que lo había prometido á la duquesa.

A las doce de la noche estaba en la reja.

Al llegar, la madera de la reja se abrió.

La duquesa de Gandía estaba esperando al duque.

—¡Oh vos, quien quiera que seais...!—exclamó la duquesa—es necesario que me salvéis... vos que me habéis perdido... temo la mirada de todos... mi mejillas empalidecen; ¡oh Dios mío! creo que todos conocen mi deshonra.

—¡Oh! descuidad, señora—exclamó conmovido el duque, aunque siempre desfigurando la voz... pero es necesario que pongáis de vuestra parte.

—¿Y cómo?

—He encontrado un medio...

—¿Cuál?

—Decid á vuestro confesor que habéis tenido una revelación.

—No os comprendo.

—Sí; he pensado mucho en vos... en vuestro compromiso.

—¡Oh! ¡Dios mío!

—Decid, pues, á vuestro confesor, que el santo de vuestra devoción se os ha aparecido...

—¡Una mentira sacrílega!

—¡Para salvar el honor de una ilustre familia! ¡para salvar vuestro perdido honor!

—Seguid, seguid.

—Diréis que el santo os ha revelado que vuestro esposo está en el purgatorio.

—¡Ah!

—Que para salir de él, necesita que vos hagáis un año de penitencia...

—No os comprendo aún.

—Un año privada de la vista de todo el mundo.

—¡Dios mío!

—Os juro, señora, que no me perdonaré nunca el sacrificio á que os obliga mi locura...

—No, no; merezco bien esa penitencia.

—¡Vos!

—Sí, yo; yo, al sentirme deshonrada, debí darme la muerte... y si no fuera por el hijo que siento en mis entrañas...

—Pues bien, señora; yo os juro hacer tan grande y tan poderoso á ese hijo...

—¡Ah, señor! ¿seréis acaso el rey?

. —¡El rey! guardáos muy bien, señora, de indicar nada á su
majestad; os juro por la salvación de mi alma, que no soy
el rey, ni mucho menos; que el rey ninguna parte tiene en
vuestra desdicha, que yo soy. . yo solo... el causador de ella.

—¡Sin embargo, podéis hacer grande al desdichado fruto
de vuestro delito!

—Sí; sí, señora; grande entre los grandes.

—Pero continuad, continuad; ¿cómo he de hacer yo para
que nadie me vea?

—Oid: tendréis dos habitaciones enteramente provistas
de cuanto necesitéis; cuando queráis algo, lo pediréis por
escrito; llamaréis y os ocultaréis antes que puedan llegar.

—Y... os comprendo... no sospecharán...

—Vos sois piadosa, os habéis criado en un convento de
monjas...

—¿Y si sobreviene alguna enfermedad?

—Dios no querrá, y si eso sucede, ya encontraré otro
medio.

El duque y la duquesa acabaron de madurar su plan.

Al día siguiente doña Juana llamó á su confesor, y le dió
parte de que había tenido una revelación, que para salvar
del purgatorio á su esposo, se la había mandado recluirse
durante un año, de tal manera, que no la viese persona viviente; que había prometido hacerlo y que estaba resuelta á
cumplir su promesa.

El confesor, que era un reverendo fraile francisco, bueno
y crédulo, aprobó la conducta de la duquesa, y no sólo la
aprobó, sino que la excitó á que la cumpliese cuanto antes.

Preparáronse dos habitaciones y empezó el encierro.

Cuando la duquesa se levantaba, llamaba.

Entonces la preparaban el almuerzo y la ropa blanca y lo
que había menester en otra habitación y cuando todo el
mundo había desaparecido, hacían señal con una campanilla.

La duquesa pasaba á la otra habitación, que estaba completamente á obscuras, para evitar cualquier curiosidad
reprensible; la duquesa cerraba por una parte y otra dos
puertas, y sólo cuando era imposible que nadie la viese,
abría las ventanas que estaban cubiertas por cortinas.

El paso de una á otra habitación se hacía siempre así.

Era imposible que nadie comprendiese su estado.

Todo estaba previsto; hasta los menores detalles se lle-
naban.

Súpolo el rey y no lo extrañó, porque conocía la piedad de la duquesa; celebrólo más bien.

Súpolo la corte y nadie sospechó, porque no podía sospecharse nada de doña Juana.

Todos, en aquellos tiempos en que la religión estaba sostenida por una fe ardiente, encontraron muy natural el sacrificio de la duquesa, y la tuvieron por una santa.

¡Y cuánto luchó la desgraciada en aquel largo encierro! ¡cuánto sufrió! ¡cuánto gozó en su sufrimiento!

Había perdonado al causador de sus males, porque al fin se mostraba generoso, y sentía una viva ansia por conocerle.

Pero el duque de Osuna, que iba recatadísimamente á verla por la reja algunas veces en la semana y en las altas horas de la noche, conservaba rigurosísimamente su incógnito.

En vano doña Juana pretendía desvanecer la sombra de aquel bulto negro que se acercaba á la reja.

En vano pretendía recordar una voz conocida en aquella voz afectada.

El causador de su desdicha seguía siendo para ella un misterio, un imposible, un pensamiento fijo.

Y por intuición, como por instinto, al sentir á su hijo en su seno, la pobre madre pensaba involuntariamente con el corazón abrasado de amor en el duque de Osuna, en aquel hombre á quien no podía pertenecer, que no debía conocer jamás su amor.

Y nunca sospechó que aquel encubierto de la reja fuese el duque de Osuna.

Pasáronse al fin seis meses desde el encierro de la duquesa.

Hacía ya algunos días que el duque ocupaba una casa frente por frente de las rejas de la duquesa, desde donde á una señal debía acudir á todo trance.

El duque conservaba aún la llave del postigo.

Desde hacía algunos días, el duque lo tenía preparado todo; la casa de don Jerónimo Martínez Montiño, en Navalcarnero, una litera y mozos en la casa vecina á la de la duquesa; cuanto era necesario.

Una noche del mes de Septiembre, que Dios quiso fuese obscura y lóbrega, el duque acudió á la reja.

Abrióse ésta al momento, y la dolorida voz de la duquesa exclamó:

—Salvadme, caballero, salvadme; abrid el postigo; entrad; yo muero.

El duque entró, y encontró á doña Juana desmayada.

Entonces hizo salir la litera de la casa de enfrente, sacó á doña Juana en sus brazos, la metió en la litera, cerró el postigo, y partió hacia Navalcarnero.

Hizo el diablo, que en aquellos momentos pasase por la calle el tío Manolillo, y lo viese todo, y siguiese á la litera.

Antes del amanecer, doña Juana volvió á su casa.

Había dejado á su hijo en Navalcarnero.

Doña Juana, exponiéndose á morir, no alteró la costumbre que desde el primer día de su encierro había establecido.

Nadie pudo saber nada.

El tío Manolillo, que había cogido el secreto dos veces, su principio en el Escorial, su fin en Navalcarnero, calló, porque el tío Manolillo sabía que ciertos secretos valen tanto, que no deben malgastarse.

Durante algunas noches, el duque de Osuna entró por el postigo.

Cuando la duquesa estuvo restablecida, cuando pudo bajar las escaleras, le habló por la reja.

—Os doy las gracias—le dijo—, por lo honrado que habéis sido; me habéis salvado, después de haberme perdido, y os perdono enteramente. Existiendo lo que entre los dos existe, ¿no podré saber quién sois?

—No —contestó con voz ronca el duque.

—No insisto; pero juradme que nada tengo que temer por mi hijo.

—Él será grande y noble.

—Oid; yo quiero alguna vez conocerle.

—No es prudente.

—Cuando ya sea hombre á lo menos.

—Hablad, señora.

—¿Cuando sea hombre ocupará un lugar distinguido en la corte?

—Sí, señora.

—Se casará, le casaréis con una dama.

—Sí; sí, señora.

—Pues bien, esperad.

La duquesa subió, y bajó á poco.

—Tomad.

—¿Y qué es esto, señora?

—La herencia que doy á mi hijo; el aderezo que llevé puesto el día en que me velaron con el duque de Gandía.

—¿Y bien?...

—Si se casa mi hijo... nuestro hijo, con una dama, y esa dama concurre á la corte, que lleve algunos días puesto este aderezo, y un medallón en que hay un rizo de mis cabellos.

—Bien, muy bien, señora.

—Ahora, caballero, ahora que todo ha concluido entre nosotros, no volváis á verme, sino para algo demasiado grave, para decirme, por ejemplo, si soy tan desgraciada... nuestro hijo ha muerto.

—¡Ah! ¡no quiera Dios, señora, que muera el hijo de nuestro amor!

Después de algunos momentos de conversación, duque y duquesa se separaron.

Y no volvieron á verse por la reja.

Pero cuando doña Juana acabó de cumplir su voto aparente, y se presentó en la corte, el duque de Osuna se presentó á ella, galán y hermoso.

La duquesa palideció.

—¡Oh! ¡cuánto os amo!—dijo el duque con un acento salido del corazón—; yo sabía que érais hermosa y pura; pero no sabía que érais una santa... ¡y un año mortal sin veros!... y á fe á fe que me parecéis más hermosa.

La duquesa se vió obligada á imponer silencio al duque, pero no sospechó que él fuese el encubierto de la reja; nunca lo sospechó.

El duque creyó, por su parte, que nadie sabía el secreto de la duquesa.

Ignoraba que el bufón del rey lo sabía por completo, por dos extrañas casualidades.

Ignoraba también que cuando dejó de socorrer á su hijo, con la intención de que se acostumbrase á la lucha y á la pobreza, Jerónimo Martínez Montiño, que amaba al bastardo como si fuera su propio hijo, fué traidor al secreto por amor á don Juan.

Un día llamó al escribano Gabriel Pérez, que ya estaba viejo, y le sedujo para abrir el cofre que le había dejado en depósito el duque.

El escribano, como que podía poner un nuevo testimonio, cedió por curiosidad y por algunos ducados.

Abrióse el cofre, y encontraron la carta en que don Pedro

revelaba á su hijo que conociera á su madre por medio del aderezo de brillantes.

Pero como no constaba el nombre de la madre y sólo el amor que decía haberla tenido el duque. Jerónimo Martínez Montiño, empeñado en saber quién era la madre de don Juan, se trasladó á Madrid, y tanto preguntó á amigos, á conocidos, acerca de una dama á quien hubiese amado mucho el duque de Osuna en cierta época, que hubo de saber que el duque había andado enamorado de la duquesa viuda de Gandía, pero sin obtener nada.

Entonces Jerónimo quiso conocer á la duquesa, y la conoció.

Vió que los cabellos de la duquesa eran rubios, del mismo color que el rizo que estaba encerrado en el medallón.

Después preguntó quién era ó había sido el joyero del duque de Gandía.

Dijéronselo, y le buscó, y en secreto le preguntó, presentándole un brazalete, si lo había él fabricado.

—En efecto—dijo el platero -, este brazalete es una de las alhajas del aderezo completo que hice para el casamiento de la señora duquesa de Gandía.

—Pues devolved estos dos brazaletes á la duquesa—dijo Jerónimo, que comprendió que era el mejor medio de escapar, y dejando las dos joyas, salió de la tienda y se perdió.

El platero llevó al momento las joyas á la duquesa.

Al verlas doña Juana, tembló, palideció.

—¿Quién os ha dado esto? - le dijo.

—Un hombre á quien no conozco, que me ha encargado de hacer devolución de ello á vuecencia.

—Pero su nombre...

—No le conozco, señora.

—Os haré prender.

—¡Ah, señora! eso sería muy injusto.

—Id, id con Dios—dijo la duquesa meditando que si se empeñaba en averiguar por dónde habían venido aquellas joyas, podía descubrir su secreto.

Pero doña Juana quedó en una ansiedad mortal.

¿Habría muerto su hijo, aquel hijo á quien amaba tanto? Doña Juana, pues, no era feliz.

Y de repente se le habían revelado dos grandes misterios, por medio del aderezo usado por doña Clara Soldevilla.

Había conocido á su hijo.

Era un mancebo hermosísimo, capaz de enloquecer á una

madre; noble, generoso, honrado por el rey, casado con una dama sin tacha, por más que no fuese muy de la devoción de la duquesa, por ser amiga doña Clara de la reina y conspirar contra el duque de Lerma.

¿Y aquel mancebo era hijo del duque de Osuna?

Nada tiene de extraño, pues, que doña Juana de Velasco se sintiese mala al ver su aderezo sobre doña Clara; nada, pues, que esperase con tanta impaciencia á los dos jóvenes.

Tenía, á pesar de su prevención hacia ella como conspiradora, gran confianza en doña Clara; sabía cuánto era noble y pura, y en cuanto á hermosa...

Como madre, tenía lleno el corazón doña Juana con la esposa de su hijo.

Pero... se veía obligada á defenderse delante de ellos; había llegado el momento de la defensa y temblaba.

Al fin se abrió una puerta, y un maestresala dijo:

—El señor don Juan Téllez Girón y su señora esposa están en la cámara de vueçencia.

CAPÍTULO LVII

AMOR DE MADRE

Doña Juana fué allá desolada.

Sin embargo, se detuvo cobarde antes de levantar el tapiz de la puerta exterior.

Vió á don Juan que miraba los retratos de familia de sus abuelos, y á doña Clara que los miraba también hechiceramente apoyada en el hombro de su marido con el más delicioso abandono.

—¡Oh Dios mío!—dijo la duquesa— ¡y es preciso, preciso de todo punto!

Y adelantó.

Los dos jóvenes se volvieron.

La duquesa miró á don Juan, hizo un ademán de arrojarse en sus brazos; pero se arrojó de repente en los de doña Clara.

La joven la estrechó entre ellos, la besó en la frente con ternura y la dijo exhalando su alma en su acento y en su voz, que sólo la duquesa pudo oir:

—¡Oh! ¡madre mía!

La duquesa se levantó de entre los brazos de doña Clara, y la miró al través de sus lágrimas.

La joven había tenido la delicadeza de no llevar el aderezo de bodas, aquel terrible aderezo.

Pero en cambio llevaba uno no menos rico de su madre.

- Sí, sí; ¡mis hijos!—exclamó la duquesa —; pero hablad bajo... muy bajo... vos...—añadió dirigiéndose á don Juan — hacedme el favor de cerrar por dentro aquella puerta. Ahora venid, venid conmigo á mi recámara, donde nadie pueda escucharnos.

Los dos jóvenes siguieron á la duquesa.

Esta llevaba asida de la mano á doña Clara.

Cuando estuvieron solos, en un reducido y bellísimo gabinete, la duquesa no pudo contenerse; se arrojó entre los brazos de don Juan, le besó, lloró, rió y por último cayó desvanecida sobre el estrado.

¡Agua! ¡agua! ¡Clara mía!—exclamó don Juan—¡mi pobre madre!...

Doña Clara buscó agua, y no encontrándola, sacó de su seno un pomito de agua de olor y la esparció sobre el rostro de la duquesa.

Al poco tiempo, como el desvanecimiento había sido ligero, doña Juana volvió en sí.

Vió á los jóvenes y se ruborizó.

Ellos conocían su secreto.

La duquesa se había visto obligada á llamarlos.

Su honor exigía una explicación, una revelación.

Y en medio de la situación difícil en que se encontraba, gozaba un placer infinito, una alegría inmensa, inefable, como nunca había experimentado.

Al fin era madre y tenía delante á su hijo.

Y su hijo era hermoso.

En su ancha y noble frente se reflejaba la grandeza de su raza: en sus ojos brillaban la generosidad, el valor, cien nobles pasiones.

Y aquellos ojos, fijos dulcemente en ella, inundaban de un placer desconocido el alma de la duquesa, la inflamaban en un amor infinito.

Era el purísimo amor de una buena madre, que había llorado veinticuatro años por su hijo á quien no conocía, y que le era tanto más querido, cuantos más sacrificios de todo género le había costado.

Junto á sí, y esposa de su hijo, tenía á aquella admirable

mujer, modelo de la dama española, tipo por desgracia perdido, con su belleza espiritual, con su noble aspecto, con la delicada atmósfera de distinción que vemos aún en los retratos contemporáneos de Pantoja, de Velázquez y de otros tantos.

Doña Juana, pues, sufría y gozaba; lloraba y sonreía, se avergonzaba, y sin embargo su alma se dilataba, reposaba en una dulce confianza.

Doña Juana entonces estaba en el cielo, sin haber desaparecido de la tierra.

Asió las manos de los dos jóvenes, los atrajo á sí, los estrechó á un tiempo contra su pecho, y partió con los dos sus besos y sus lágrimas.

Después, separándolos dulcemente de sí, les dijo:

—Necesito justificarme ante vosotros.

—¡Madre y señora! exclamó don Juan.

—¡Justificaros vos! ¿y de qué? dijo doña Clara.

—Vos, don Juan, sois noble y á más de noble, hombre de honor; no desmentís la ilustre sangre que por vuestro padre y por mí corre en vuestras venas. Estoy segura, no tengo duda de ello, que os pesa de ser mi hijo.

—¡Ah! ¡no! ¡no!—exclamó don Juan.

—Y vos, doña Clara; vos, cuya fama brilla pura y resplandeciente como el sol; vos, hija mía, vos tan hermosa, que no hay hermosura que os iguale en la corte; vos tan noble como yo y como su padre; vos pretendida por tantos ilustres caballeros, y tan insensible con todos, vos casada con don Juan, enamorada... porque no tenéis que decírmelo... la felicidad brilla en vuestros ojos... enamorada con toda vuestra alma de vuestro esposo, sin duda seríais más feliz si vuestro esposo no fuera mi hijo.

—Os juro, mi buena, mi amada madre, que no.

—Y sin embargo, hemos sido enemigas.

—¡Enemigas!—dijo don Juan.

—Si no enemigas, yo no la he querido bien, y ella me ha querido mal.

—No; no, señora: todo consiste en que vos sois amiga de Lerma, y yo amiga de la reina... pero eso nada importa; vos habéis querido separarme de la reina... esto era natural. La reina tenía y tiene en mí un apoyo muy fuerte; porque es fuerte todo aquel que lleva su amistad, su amor hasta el punto de sacrificarlo todo por la persona á quien ama, y una prueba de ello ha sido mi casamiento.

—¡Ah!—exclamó la duquesa.

Don Juan se sonrió, y miró de una manera elocuentísima á su mujer.

—Digo, señora, que una prueba de mi amor á su majestad, ha sido la causa de mi casamiento con mi don Juan; yo me hubiera casado con cualquiera en las circunstancias en que su majestad se encontraba...

—No os comprendo...

—Tiempo tendré de explicarme. Digo que en las circunstancias en que se encontraba la reina, con cualquiera me hubiera casado; pero al casarme por obligación con don Juan...

—¡Por obligación...!

—Antes he sido su esposa ante Dios y los hombres, que su mujer.

—¡Ah! perdonad; pero suceden, aun á la mujer más pura, cosas tan extraordinarias... y él, un Girón... audaz y apasionado como su padre... os repito que no os comprendo.

—Sin tener comprometido mi honor, me he visto obligada, por salvar á su majestad, á casarme con vuestro hijo. Pero he sido tan afortunada, que ansiaba ese casamiento, que ardía en amores por él... que al darle mi voluntad, mi libertad, mi vida, delante de Dios, no era yo quien daba, sino quien tomaba; no era yo quien hacía feliz, sino quien se hacía á sí misma dichosa.

—¡Cómo!—exclamó don Juan.

—Hace ya algunas horas que somos uno en dos: marido y mujer; don Juan, estoy delante de vuestra madre, que siéndolo vuestra lo es mía; nadie nos oye más que nuestros corazones. Ya os lo puedo decir, os lo debo decir: cuando os vi por primera vez... cuando vuestra torpeza os hizo perderos hace tres noches en palacio...

—¡Cómo! ¿no os conocíais hasta hace tres noches...?—exclamó la duquesa.

—No, madre mía, no—dijo don Juan.

—Si no hubiera sido torpe... no nos hubiéramos visto.

—Si mi tío fingido hubiera estado en palacio, no nos hubiéramos conocido.

—Y si no nos hubiéramos conocido, no seríamos tan dichosos, tan completa, tan inmensamente dichosos. Perdonad, señora—añadió doña Clara—, pero yo no le debo ocultar nada; me parece ahora, ahora que le veo delante de mí, que es mío... mirad, madre, me parece que estoy entregada á un sueño dulce, y mi vida se llena de no sé qué delicia, que me em iaga, ¡y soy tan feliz! ¡Dios mío! ¡tan feliz! ¡tan feliz! br

Doña Clara se puso vivamente encendida, y ocultó su rostro embellecido por la felicidad y por el pudor, en el seno de la duquesa.

—Sois un tesoro, doña Clara·· dijo la duquesa, levantando entre sus manos la hermosa cabeza de doña Clara y besándola en la boca.

Don Juan, dominado por su amor, por sus sentidos, apoyó un brazo en el sillón, y en su mano la cabeza.

—Como debo decírselo todo, es necesario que sepa, delante de vos que sois su madre, como quisiera que viera mi alma entera... ¿por qué no he de decirlo..? que al abrir la mampara de la cámara de la reina, al verle delante de mí, me sentí herida, no sé cómo, de una manera dolorosa, y al mismo tiempo dulce; que le amé... que le amé cuanto se puede amar... y después... después... cuando amparada de él corrí á obscuras las calles de Madrid apoyada en su brazo... yo... le amo desde que le vi... y si no hubiera sido su esposa, me hubiera metido monja... ¿cómo queréis que me pese que sea hijo de vos, de la madre que le ha dado el ser para que haga mi ventura?

—Y aunque no os pese, hijos míos... ¿qué pensaréis de vuestra madre?

Los jóvenes bajaron la cabeza. .

—Vuestra madre, don Juan, es digna de vuestro respeto; la madre de vuestro esposo, doña Clara, es tan pura como vos... una violencia.... una locura... un mal pensámiento de vuestro padre, tiene la culpa de todo. Yo no sabía, yo no he sabido hasta que he visto el aderezo con que os presentásteis á la corte, hija mía, que era el duque de Osuna el que tan cruelmente abusó del terror, de la debilidad, del aturdimiento de una mujer en una ocasión funesta. Yo no he sido amante de vuestro padre, don Juan, yo no tengo de común con él nada más que vos, que sois nuestro hijo y os he reconocido... porque mi corazón de madre no ha podido contenerse... os he llamado después para abrazaros, para veros junto á mí á solas; para deciros: yo os amo, os amo con mis entrañas, con mi alma, con mi vida... os amo desde el momento en que os sentí alentar en mi seno; os amo más que á mi hijo don Carlos, más, mucho más, porque me habéis sido más costoso, y al conoceros, don Juan, estoy orgullosa de ser vuestra madre... y yo os veré, os veré todos los días... ¿no es verdad que os veré?

—¡Oh! ¡sí!

—Y oid... cuando vos os apartéis de vuestra esposa...

—¡Apartarse...! - exclamó con profunda energía doña Clara.

Todos sus abuelos han servido al rey.

—¡Ah, no, no! bastantes aventureros tiene España que vayan á matarse en la guerra, en Flandes, en Italia y en Francia; don Juan es valiente... don Juan es capitán de la guardia española junto al rey, y no saldrá de Madrid, no saldrá de la corte; vos sois camarera mayor de la reina y yo dama de honor; los tres unidos, viviremos muy felices, y luego... lo dominaremos todo... ganará la reina y perderá Lerma.

Frunció el bello y pálido entrecejo doña Juana.

—Lerma abusa de vos, madre mía, de vuestra buena fe—dijo don Juan—. Lerma es un ladrón duque, un miserable. Yo os convenceré, vos no debéis servir á Lerma... y, además, si no os conociesen tanto en la corte, como aún sois hermosa y joven...

—Cincuenta y seis años—dijo la duquesa.

—Sin embargo, podrían creer...

—¡Qué!

—Podrían creer que amábais.

—No... no pueden creer eso... eso no es verdad... yo no he amado á nadie... más que á vuestro padre... y nunca lo ha sabido... no lo sabrá jamás... porque vosotros, á quiénes debe interesar el honor mío, no se lo diréis... ¿no es verdad?

—No; no, señora.

—No le digáis nunca... os lo pido con el corazón abierto, por Jesús sacramentado, no le digáis nunca que doña Clara se ha puesto aquel aderezo, que yo os he reconocido, don Juan... no le digáis nunca lo que está sucediendo entre nosotros... lo que sucederá... jurádmelo, hijos míos, jurádmelo.

—Señora—exclamó don Juan—: os lo juro por el nombre de mi padre, que conservaré sin mancha; por vuestro amor, que guardaré en lo más profundo de mi alma.

—Y yo os lo juro por mi honra y por la suya, madre mía.

—¡Oh! ¡pues entonces, soy la mujer más feliz del mundo!—exclamó, dando un grito ahogado por las lágrimas, la duquesa.

Pero de repente palideció y tembló.

—¿Qué tenéis, madre mía? —exclamó don Juan.

—¡Oh! hay alguien que conoce no sé cómo este secreto —dijo la duquesa.

—¡Alguien! ¿y quién es? —dijo don Juan.

—No lo sé... no lo sé... antes de anoche... antes de anoche no encontraba yo á su majestad en su cámara... la buscaba... de repente me dejan caer el candelero de la mano, y oí una voz ronca, una voz que no pude reconocer, y que me dijo, no he olvidado una de sus palabras, no he podido olvidarlas: *si queréis que nadie sepa vuestros secretos, noble duquesa, guardad vos un profundo secreto acerca de lo que habéis visto y oído esta noche.*

—¿Y no habéis podido averiguar quién era ese hombre?

—No.

—Sin duda se referían á vuestras inteligencias con el duque de Lerma —dijo doña Clara.

—¿Creéis vos que fuese eso?

—¿Y cómo podría ser otra cosa? —dijo don Juan—. Mi padre ha guardado un profundo secreto: solamente yo he sabido por esta carta...

Y dió á la duquesa la carta del duque de Osuna que había encontrado en el cofre.

—Pero aquí vuestro padre no me nombra; os dice sólo, que por medio de un aderezo podréis reconocerme si yo quiero darme á conocer de vos.

—Ya veis, madre mía, que mi padre no ha podido ser más hidalgo.

—Sí, pero...

—No es posible que ese secreto...

—Sin embargo... ¿quién os ha dado esa carta?

—El cocinero mayor del rey.

—¡El cocinero mayor!

—Sí, Francisco Martínez Montiño.

—¡De modo que ese hombre —dijo doña Clara—os ha dado padres y esposa!

—Sin quererlo y sin saberlo.

—¡Cómo! —dijo la duquesa—. ¿Montiño no conoce esta carta?

—No, señora.

—¿Pues no os la dió?

—Sí; sí, señora, pero dentro de un cofre cerrado.

—¿Y no pudo haber abierto ese cofre?

—No, madre mía, porque la cerradura estaba cubierta con

un papel sellado, y en aquel papel había un testimonio de escribano con la fecha de veinticuatro años ha.

—Es necesario, necesario que me expliquéis todo eso... pero otro día... hoy estoy muy conmovida.

—Y yo... yo necesito ir á palacio, mi buena madre —dijo doña Clara.

—¡Esperad! ¡esperad un momento!

La duquesa se levantó y salió.

—¡Juan! ¡Juan de mi alma! el secreto de tu madre está vendido...—dijo doña Clara.

—¡Vendido!...

—Sí... vendido... el hombre que dijo aquellas palabras á tu madre á obscuras, en la cámara de la reina, era... ¡el tío Manolillo! ¡el bufón del rey!

—¿Y qué interés tiene el tío Manolillo?...

—El tío Manolillo... perdóname, Juan de mi alma, perdóname... no creas que tengo celos al decirte... al nombrarte á esa comedianta.

—¡Dorotea!— dijo don Juan, y se puso pálido.

Helóse el alma á doña Clara al notar la palidez de don Juan, pero no dió indicio alguno de ello.

—Sí, Dorotea; esa mujer te ama.

—¡Oh! ¿y qué importa?—dijo don Juan ya completamente rehecho de su turbación.

—Importa mucho, muchísimo—dijo gravemente doña Clara.

—¿Crees que yo?...

—¡Oh! ¡no! ¡no! yo sé que tu corazón, tu alma, tu pensamiento, todo tú eres mío; pero el bufón del rey es padre ó pariente ó amante de esa perdida... el tío Manolillo es terrible... ella te ama... tú te has casado conmigo... si por vengarse ese hombre...

—¡Oh! te juro... te juro que el bufón no hablará; pero para eso es necesario...

—¡Qué!

—Que don Francisco de Quevedo, mi amigo... mi buen amigo, pueda estar seguro en la corte.

—¡Cómo!

—El duque de Lerma...

—¡Oh! descuida... pero tu madre se acerca.

En efecto, la duquesa venía cargada con una multitud de estuches.

—¿Qué es eso, señora?—dijo don Juan.

—Este es el dote de tu esposa que yo la doy.

—¡Ah! ¡no! ¡no! señora; yo estoy convenientemente dotada por mi padre.

—Tu padre... es rico... lo que se llama rico entre simples caballeros, que no se ven obligados á sostener gran casa, gran servidumbre; pero tú eres esposa de mi hijo...

—Me basta con eso.

—Y mi hijo mañana será muy alto, muy grande...

—Mi padre, madre mía, me ha dado ya una renta—dijo don Juan.

—Si has recibido de tu padre, ¿por qué no recibes de tu madre?

—¡Ah!

Mira: son mis mejores joyas; valen cientos de miles de ducados... yo no las necesito ya... tengo las bastantes para presentarme de una manera riquísima en los días de corte... toma, toma, llévatelas, hijo mío... redúcelas á dinero... compra haciendas y dalas en dote á mi buena, á mi hermosa hija... á mi pequeña enemiga.

—Meditad...

—¡Oh! ¡no me amas!... ¡me engañas!...

—Ya tenemos el magnífico aderezo...—dijo doña Clara.

—Y aquí van otros diez... más ricos que aquel...

—¿No creeréis que nuestro amor es interesado si aceptamos?

—Creeré que no me amáis si no recibís lo que os doy... lo que es tuyo porque eres mi hijo... lo que te doy secretamente porque no puedo dártelo de otro modo.

—Acepto, pues, madre mía.

—Además —dijo doña Juana acercándose á la joven, tomándola una mano, y poniendo en uno de sus dedos una sortija —, quiero que tengas esto mío.

—¡Ah! ¿una sortija?

—Mi anillo nupcial.

—¿Y este blasón?

El blasón de los Velasco, condes de Haro.

—¿Pero por este blasón?...

—Sabrán que la duquesa de Gandía ha hecho un regalo á su buena amiga doña Clara Soldevilla: sólo vosotros sabréis que ese anillo dado por mí, mi anillo nupcial, representa la bendición de vuestra madre. Ahora, hijos míos... idos... esto muy conmovida, necesito llorar á solas... llorar de alegría y

—Una palabra, una sola palabra, madre mía —dijo don Juan.

—¿Cuál?

—Tengo que haceros un encargo muy importante.

—Un encargo importante...

—Don Francisco de Quevedo..

—¡Don Francisco!... ¡ese hombre!... ¡enemigo del rey!...

—Os engañáis, madre mía.

—Secretario del duque de Osuna...

—Secretario de mi padre.

—¡Ah! aún me parece un sueño que el duque de Osuna... pero y bien, ¿qué hay que hacer por don Francisco?

—Antes de anoche... madre mía... herí malamente á don Rodrigo Calderón.

—¡Tú!

—Y me ayudó don Francisco.

—¡Cómo! ¡dos hombres contra uno!

—No; no, señora; dos contra dos.

—¡Ah!

—No podía ser de otro modo... la verdad del caso es que don Francisco y yo estamos amenazados.

—¡Amenazado tú!

—Sabe Dios de qué, porque sabe Dios si morirá don Rodrigo.

—Pero, ¿por qué le heriste?

—Por miserable.

—¡Por miserable!

—Había comprometido la honra de...

—Mi honra—dijo doña Clara.

—No, tu honra no—exclamó con extremada energía don u an—; la honra de la reina.

—¡Cómo!

—Siendo traidor á Lerma, fué traidor á la reina... tenía en su poder unas cartas de su majestad...

—Hiciste bien en matarle...

—No lo he conseguido por desgracia.

—Tú no tienes nada que temer.

—Para salvarme á mí, es necesario salvar á don Francisco.

—Le salvaré. ¡Hola, doña Violante! ¡Doña Violante!

Acudió una doncella.

—Mi manto, al momento; que pongan una carroza.

La doncella salió.

—¡Cómo, madre mía, vos!... ¿Vais á ir?...

—Sí; sí, yo en persona casa del duque de Lerma.

—¿Pero no sería mejor que él viniese?...

—No; no... quiero verle al momento... iré. Pero, toma esas joyas... y la carroza tarda...

—La nuestra...

—¡A! ¿tenéis carroza?...

—Y muy bella.

—¡Oh! bien, muy bien... haz poner en esa carroza el escudo de los Girones, hijo mío; es un noble escudo, ¡ay! ¡si pudiera ser unir á sus cuarteles los del escudo de Velasco!

La última exclamación de la duquesa representaba para los jóvenes el corazón de una madre.

Para nosotros y para nuestros lectores y para la duquesa, aquella exclamación salía del corazón de la madre y de la amante.

Porque doña Juana, enemiga política del duque de Osuna, le amaba; continuaba amándole en secreto; el duque de Osuna era la pasión de toda su vida.

Los recién casados dejaron á la duquesa de Gandía casa del duque de Lerma; después don Juan dejó en palacio á doña Clara, y con el pretexto de ir á esperar á su madre para llevarla á su casa, fué á casa de Dorotea y marchó la carroza á las órdenes de la duquesa de Gandía á la puerta del duque de Lerma.

CAPÍTULO LVIII

LAS AUDIENCIAS PARTICULARES DEL DUQUE DE LERMA

Acababa el duque de Lerma de apurar un almuerzo suculento, y se ocupaba de hacer la digestión cómodamente arrellanado en su ancha y magnífica poltrona, cuando entró su secretario Santos.

—¿Qué ocurre, amigo Pelerín—le dijo el duque—, que vienes tan serio y cuando acabo de almorzar? ¿Tendremos algo extraordinario?

—Lo ignoro, señor; pero su excelencia la señora condesa de Lemos, vuestra hija, pregunta por vuecencia y viene tras de mí y vestida de casa.

—¡Vestida de casa!

—Sí, señor, y siento ya las fuertes pisadas que bastan para adivinar que se acerca su excelencia.

—¡Oh! sí; mi hija es muy buena moza, ¿no es verdad?

—¡Señor, yo no he querido decir!...

—Demasiado buena moza, demasiado hermosa, por desgracia... pero ya está ahí... vete... por ahí...

Y le señaló á Santos una puerta de escape.

La condesa entró en el despacho del duque, cerró la puerta, y asiendo un sillón, le acercó al del duque y se echó el manto atrás.

—¿Qué es esto, Catalina? ¿qué es esto? ¡Pálida, llorosa, con los ojos encendidos! ¿Qué tienes, condesa?...

—No me llaméis condesa, padre: malhaya la hora en que me casásteis con el conde de Lemos.

—¡Ah!...

—Soy la mujer más desdichada de la tierra.

—¿Y por qué?

—Porque amo á un hombre.

—¡Catalina!

—Será todo lo escandaloso que queráis el que yo os diga esto... pero vos, padre y señor, me habéis sacrificado.

—El hombre á quien amas, me dijo anteanoche, con la mayor desvergüenza, que no se hubiera casado contigo por nada del mundo.

—¿Pero quién es el hombre á quien yo amo?

—Yo no extraño que le ames, porque yo también le amo; es decir, le amo porque para el rey, para España, y por consecuencia para mí, sería precioso si fuese mi amigo, en vez de serlo del duque de Osuna.

—¡Ah! ¡creéis que!...

—Sí... me consta que le amas, mancillando mi nombre, ultrajando á tu esposo, confundiéndote con esas despreciables mujeres...

—¡El nombre, el nombre de quien amo!

—Don Francisco de Quevedo.

—Pues bien, sí, es verdad; le amo... más que eso; soy su amante.

—Irás de aquí á un convento—exclamó irritado el duque.

—No iré.

—¿Que no irás...?

—No, porque me necesitáis... no... porque sin mí no sabríais muchas cosas que pasan en palacio... no... porque vos no tenéis derecho para reprenderme... me habéis perdido.

—¡Estás loca!—exclamó el duque levantándose irritado.

—Loca, sí; fuera de mí... desesperada... ¿qué me importa todo...? se va... me deja... me abandona... y no ha de irse.

Volvióse á sentar el duque.

—Afortunadamente están cerradas todas las puertas... pero eres demasiado violenta, Catalina, y gritas... no grites... ya que te has atrevido, ya que te atreves á presentarte sin pudor á tu padre...

—¡Sin pudor! ¿creéis que porque yo amo á Quevedo he perdido el pudor? ¿y me decís eso cuando me habéis casado con don Fernando de Castro?

—Es un igual tuyo...

—Ni igual mío ni igual vuestro, padre; el conde de Lemos ha llegado á ser mi esposo sirviéndoos de una manera harto miserable; os convenían sus servicios y me casásteis... cuando yo era una inocente... cuando no sabía quién era el marido que me dábais... después, él mismo se ha encargado de que yo conozca el mundo al conocerle á él; me encontré viuda, viuda del corazón, y Quevedo... el gran Quevedo...

—Nadie niega su grandeza; tu pasión es disculpable; pero no lo es el que me la vengas á arrojar á la cara.

—¿Y qué os importa á vos que se deshonre vuestra hija, cuando vos mismo habéis deshonrado á su esposo?

—¡Yo!

—¿Por qué llevó el conde, desempeñando un ruin oficio, al niño príncipe de Asturias á donde no debía llevarle?...

—Vamos, vamos, Catalina, tú estás loca.

—Pues bien, en mi locura seré capaz de todo. Vos no me habéis de matar, y si me matáis, ya tendré medios para haceros entender que os conviene el que yo sea vuestra amiga.

—Indudablemente:... indudablemente deben de haberte dado algún bebedizo.

—¿Qué más bebedizo que el amor?

— ·Pero... prescindiendo de todo: ese amor debe humillarte.

—Lo que me humilla es que don Francisco no me ame.

—¡Hum!--exclamó el duque de Lerma—; nunca hubiera creído posible que este caso llegase para mí.

—Vos tenéis la culpa.

—¡Yo!

—Vos me habéis dejado conocer tales cosas, que me habéis curado de espanto.

—¿Y qué cosas son esas?

—¿No se ponen en práctica los medios más repugnantes por todos, para conservar el favor del rey?... Vos mismo, ¿no habéis ennoblecido á ese don Rodrigo Calderón, que al

·cabo se ha vuelto contra vos... como que no puede obrar
sino miserablemente el que por miserables medios se ha
engrandecido? ¿no lo he visto yo aprovechando todo? ¿qué
hay que extrañar en que yo, cansada de sufrir, haya querido
ser feliz de la única manera que podía serlo, y haya abierto
mi alma á Quevedo?

—Es necesario que olvides eso, Catalina; don Francisco
es un hombre funesto; lleva consigo la desgracia.

—¡Ah! harto lo sé; pero no lo puedo olvidar; figuráos,
padre, que le amaba sin saberlo, antes de casarme, y que
me hubiera casado con él con toda mi voluntad, con todo
mi afecto. Pero estamos perdiendo el tiempo; decid de mí lo
que queráis... pero es necesario que don Francisco no salga
de Madrid.

—¡Cómo! ¿quiere irse?

· -A Nápoles.

—¡A Nápoles!

—En Nápoles, al lado del duque de Osuna, puede haceros
mucho daño.

—Pues no sé...

· ·Prendedle.

—¡Que le prenda!

—Sí por cierto.

—¿Para que tú... esto es... para que tú tengas ocasión de
obligarle á ser agradecido?

—Sea para lo que fuere... ¿créeis que yo puedo serviros
de mucho, padre y señor?

—Indudablemente.

—¿Sabéis, padre y señor, que vuestra privanza está muy
en peligro?

—¡Bah! eso dicen siempre; hace mucho tiempo que lo dicen, y sin embargo...

—Si os vais privando de la ayuda de todos los que os
sirven, acabáreis por no ver nada... yo os he servido bien.

—Esto en resumen es dictarme condiciones, y de una manera indigna.

—Estoy desesperada.

—¿Y si prendo á don Francisco?

—Sabréis todo lo que suceda en el cuarto de la reina.

Meditó un momento el duque.

—Le prenderé—dijo al fin.

—¿Al momento?

—Al momento.

—Y yo, señor, os serviré con el alma. Empiezo á serviros: guardáos de mi hermano.

—¡Ah! ¡esto es terrible!

—El duque de Uceda tiene el pecado de la soberbia y de la ambición.

—Y vos, hija, manchando así un nombre...

—No lo sabe nadie.

—Lo sabe el que lo mancha.

—No lo puedo remediar... y vos, padre, debéis comprender cuán resuelta á todo estaré cuando me he atrevido á dar este paso.

—Y además mi hijo... pero ¿con qué pretexto?...

—Las ciudades se quejan de los tributos, del abuso de los empleos; piensan acusarnos de inteligencias con los ingleses... y la reina...

—¡La reina!

—Se ha propuesto dar con vos en tierra.

—Sin embargo, yo... he cedido.

—Habéis cedido tarde... después de haberla insultado.

—Yo volveré á reducir á su majestad al estado á que estaba reducida.

—Y yo os ayudaré... yo diré al rey...

—¿Qué puedes tú decir al rey?...

—Mucho.

—Y... ¿qué le puedes decir?...

—Despacio... quiero tener armas reservadas...

—¿Tú también te vuelves contra mí?

—¿Porque procuro ser fuerte? No; no, señor. Yo os he dicho... como si no fuera vuestra hija: amo á un hombre, tengo empeño por él, ese hombre huye... detenedle, servidme... en cambio yo os serviré.

—Pues bien; detendré á ese hombre... detened vos, evitad, avisadme de lo que pueda hacerme daño.

—¿Cuándo prendéis á Quevedo?

—Al momento.

—Pues desde el momento empiezo yo á serviros. Adiós, señor.

—Id, id en paz, doña Catalina, y que Dios os perdone.

La condesa salió.

La escena que acaba de tener lugar entre el padre y la hija no podía ser más repugnante.

El duque de Lerma lo posponía todo á su ambición, hasta su dignidad de padre.

Llamó á su secretario Santos, y le mandó extender y llevar para su cumplimiento á un alcalde, una orden de prisión á Quevedo.

No se sabía por qué se prendía á Quevedo.

Pero era necesario prenderle y se le mandaba prender.

El duque quedó profundamente agitado.

Había pasado poco tiempo desde que doña Catalina había salido de la casa de su padre, hasta que un criado anunció á su excelencia la duquesa de Gandía.

Maravilló esto al duque, porque doña Juana jamás había ido á su casa.

Cambió precipitadamente de traje y fué á su cámara á recibir á la duquesa.

Doña Juana estaba conmovida, pálida, ojerosa.

—¿Qué sucede, mi buena amiga—la dijo el duque después de los saludos—, que así me alegráis y asustáis al mismo tiempo, viniendo á mi casa?

—Sucede... sucede mucho...—dijo la duquesa—muchísimo.

—Adverso debe ser, porque tenéis señales de haber sufrido.

—Me he reconciliado con doña Clara Soldevilla.

—¡Cómo! ¿con nuestra eterna enemiga?

—Desde hoy, duque, doña Clara es mi mejor amiga: es mi hija.

—¡Duquesa!

—No os quiero engañar... desde hoy...

—¿Qué...?

—Dejo de ser camarera mayor.

—Meditad lo que hacéis—dijo el duque alarmado...—fuera vos de palacio, no podéis ayudarme á hacer el bien del reino.

—Estoy cansada, don Francisco... sufro mucho... lo que pasó anoche en palacio...

—¿Pero qué pasó anoche?

—Anoche... ¡pasaron tantas cosas...! el padre Aliaga estuvo en audiencia particular con sus majestades... don Francisco de Quevedo anduvo enredando por el alcázar...

—¡Ah! no enredará más. He dado orden de prenderle y en cuanto me avisen de haberle preso, le envío bien asegurado al alcázar de Segovia.

—Haríais muy mal—dijo alarmada la duquesa, que no se olvidaba un momento de que importaba á su hijo la libertad de Quevedo.

-¿Que haré mal en prender á un tan encarnizado enemigo mío? ¿Ignoráis lo que ha hecho don Francisco?

—De ningún modo.

—Nos ha hecho mucho daño.

—No importa, es preciso que don Francisco esté seguro en Madrid.

—¡Para que nos haga libremente la guerra...!

—Os lo pido yo.

—Pues os digo que no os entiendo.

—Ni yo me entiendo tampoco.

Os quejáis de lo que ha pasado anoche en palacio, y entre las cosas de que os quejáis, es una de ellas el que Quevedo ha andado enredando.

—Es que ha sucedido mucho más.

—¿Mucho más?

—Don Juan Téllez Girón, se ha casado con doña Clara Soldevilla.

—¿Don Juan Téllez Girón? ¿pariente del duque de Osuna?

—Su hijo...

—¿Hijo suyo...?

—Bastardo, pero reconocido...

—¿Y qué tiene que ver con nosotros...?

—Y tanto como tiene que ver. ¿Ignoráis que ese don Juan Téllez Girón es el que ha herido á vuestro secretario don Rodrigo?

—¡Cómo! ¡si quien hirió á don Rodrigo, ayudado por Quevedo, fué un tal Juan Montiño, sobrino del cocinero mayor de su majestad!

—Es que ese Juan Montiño es don Juan Girón.

—Me estáis maravillando.

—Lo que debe maravillaros, es que siendo vos secretario de Estado universal, no sepáis cosas que han pasado en palacio delante de todo el mundo. No tenéis un sólo amigo junto al rey; entre tanto yo me he visto obligada á ser madrina en nombre de su majestad la reina de los recien casados, cuando era padrino á nombre de su majestad el rey, el conde de Olivares.

—¿Y este matrimonio lo ha hecho don Francisco de Quevedo?

—Sin él no se hubiera efectuado.

—¿Y queréis que á un hombre que así me sorprende y que así de mí se burla, no le prenda y le sujete? Preso he de tenerle todos los días de su vida.

—¿Aunque yo os ruegue que no le prendáis?

—Vos no debéis rogármelo.

—Os lo suplico.

—Pero yo no entiendo ni una palabra de esto. Creo que todo se vuelve en contra mía: mis hijos, mis amigos... vos... en quien yo confiaba ciegamente.

—¡Yo...!

—Sí, vos; me habéis dicho que os retiráis de la servidumbre de la reina... y vos me hacéis mucha falta al lado de la reina... no contenta aún, os hacéis amiga de nuestra enemiga doña Clara, y amparáis á mi enemigo don Francisco.

—¿Queréis que yo continúe desempeñando el cargo de camarera mayor?

—¿Que si quiero? os lo suplicaría de rodillas.

—Pues bien, continuaré siéndolo.

—¡Ah! ya sabía yo que no me abandonaríais.

—Pero con una condición.

—Hablad.

—Don Juan Téllez Girón no será molestado por la estocada que tiene en el lecho á don Rodrigo.

—Os lo juro.

—Don Francisco de Quevedo no será preso.

—¿Pero qué causa hay que os obligue á proteger á esas gentes?

—No me preguntéis la causa, porque no os la diré.

—¿Y estáis empeñada?

—Empeñada de todo punto.

—¿Y si prenden á don Francisco?...

—No sólo de,o de ser camarera mayor, sino que ofendida de vos...

—¿Ofendida de mí?...

—Sí por cierto; porque habréis desatendido mi recomendación... ofendida por vos, dejaré de ser vuestra amiga.

—No se prenderá á don Francisco—dijo trasudando Lerma, porque al decirlo, recordó el irritado empeño con que su hija pretendía que se le prendiese.

—Gracias, muchas gracias—dijo la duquesa levantándose—; no esperaba menos de vos. Y ya que me habéis complacido, me vuelvo á mi casa.

—¿Pero seguiréis en palacio?

—Sí.

—¿Y me ayudaréis?

—Os ayudaré... y en prueba de ello, desconfiad del duque

de Uceda y de la condesa de Lemos. Vuestros hijos son vuestros mayores enemigos.

—Será necesario destruirlos.

—Obrad con energía.

—Obraré, pero decidme: ¿qué os ha dado don Francisco de Quevedo que así os ha vuelto en su favor?

—Nada, no me preguntéis nada. Pero tened en cuenta que amo mucho á doña Clara Soldevilla, y que llevo vuestra palabra de que Quevedo no será preso.

Y saludando al duque salió.

El duque salió acompañándola y murmurando:

—Ese Quevedo debe de ser brujo.

Apenas el duque se volvió de haber acompañado á l duquesa hasta las escaleras, cuando un criado le dijo:

—Señor, Francisco Martínez Montiño, cocinero mayor de su majestad, solicita hablar á vuecencia.

Lerma mandó que le introdujesen, y le recibió en su despacho.

Volvemos á tener en escena al mísero cocinero mayor.

Parecía haber enflaquecido desde la víspera, y sus cabellos, antes entrecanos, estaban completamente blancos.

Alrededor de sus ojos hundidos y excitados por una fiebre ardiente, había un círculo rojo.

Francisco Martínez Montiño había llorado mucho.

Primero por su dinero: después por su mujer y por su hija.

—Os he esperado con impaciencia, Montiño—le dijo con severidad el duque.

—Señor, excelentísimo señor, poderoso señor... - dijo todo compungido y trémulo el cocinero mayor.

—¿Qué os mandé ayer? ¿qué me prometísteis ayer?

—¿Qué me mandó vuecencia?—dijo espantado Montiño—¿qué prometí á vuecencia?

Se detuvo asustado, como quien no encuentra una contestación satisfactoria á una pregunta importante.

Y luego rompió á llorar, y dijo en una de sus tremendas salidas de tono:

Haga vuecencia de mí lo que quiera; pero yo no me acuerdo de nada.

—¿Que no os acordáis? ¿habéis perdido la memoria?

—Lo he perdido todo, señor: mi dinero... mi mujer... mi hija...

Y entre otra nueva y más violenta salida de tono, añadió:

—¡Me han robado! ¡Me han perdido!

—¡Que os han perdido!

—¡Qué, señor! ¿quién ha dicho que me han perdido?...
¡mienten! ¡mienten! ¡bah! ¡la reina está sana y buena!

—¡Montiño! ¡qué decís de la reina!

—¡Yo! ¡bah! ¡yo no digo nada de la reina!

—Sí, sí... hay algo en vos que me aterra, no sé por qué ..
vuestros ojos... vuestra voz...

Y el duque se levantó, salió, cerró todas las puertas de
modo que de nadie pudiesen ser oídos, y se volvió al lado
del cocinero mayor, á quien asió violentamente de un brazo.

Había recordado aquellas palabras que le había dicho
poco antes la duquesa de Gandía: «sucede... sucede mucho...
lo que pasó anoche en palacio...» y una relación misteriosa,
terrible, se había establecido en la imaginación del duque,
entre aquellas palabras de la duquesa, y las que acababa de
oir, vagas, reticentes, respecto á la reina, al cocinero de su
majestad.

—Oye... - le dijo el duque—, estamos solos: yo soy omnipotente en España.

—Lo sé, señor, lo sé...— dijo Montiño.

—Puedo... ¿qué sé yo lo que puedo hacer contigo?... puedo, por un lado destruirte... por otro, enriquecerte.

—¡Señor'... ¡señor!... ¡que me lastimáis!

—Y si no me respondes á lo que te pregunto, claro, muy
claro... mira: mando que traigan aquí mismo una silla de
manos, que te metan en ella, y que te lleven á la Inquisición...

¡A la Inquisición!...—exclamó trémulo, acongojado, el
cocinero mayor.

—Y allí, encerrado yo contigo, á quien mandaré poner en
el potro, te haré pedazos si no me contestas...

—¡Ah, señor, señor!—exclamó Montiño, cayendo de rodillas á los pies del duque—. ¡Esto sólo me faltaba!

—Y oye   añadió el duque soltando á Montiño y yendo á
la mesa y escribiendo y trayendo después el papel escrito á
Montiño—, si me respondes con verdad y lo que me dices
vale la pena, te doy este vale para que al presentárselo te
pague mi tesorero mil ducados.

—¡Mil ducados, ó la Inquisición y el tormento!

- -Elige.

- Sí... sí... señor... pues... elijo... ¡los mil ducados!

Y tendió las manos al vale.

—Despacio, despacio, señor Francisco Montiño— dijo el

duque sentándose en el sillón—; antes es necesario que me respondáis á lo que voy á preguntaros.

— Si puedo responderos, señor, lo haré con toda mi alma.

—Decidme: ¿por qué habéis dicho con terror que la reina, que su majestad, está sana y buena?

—¡Yo!... ¿he dicho yo eso?... Sí, señor... la reina está muy buena... su majestad goza de muy excelente salud.

—Montiño, estáis pálido, aterrado cuando me decís eso; hablad, hablad, por Dios; os lo mando, os lo suplico. Tengo antecedentes...

—¡Cómo! ¡sabéis, señor!...

—Sí... sí... sé que en palacio han mediado cosas graves.

—Pero sabréis también, señor, y si no lo sabe vuecencia yo lo puedo probar, que en tres días no he parecido por las cocinas, y que soy inocente.

—¡Inocente! ¿Luego era verdad? ¿Luego se ha cometido un crimen?

—Señor... ¡yo no he dicho eso!

—Será preciso para que habléis que yo me encierre con vos en la Inquisición.

Y el duque se levanto.

—¡Ah, no! ¡no, señor!—exclamó el cocinero agonizando de terror, sudando, estremeciéndose—; yo lo diré todo.

—Hablad, pues.

—Habéis de saber, señor, que mi mujer...

—Pero si no se trata de vuestra mujer—exclamó con impaciencia el duque.

—Sí, sí; ya sé, señor, que no se trata de mi mujer; pero es necesario empezar por mi mujer.

—Veamos, veamos; seguid.

—Pues... mi mujer ha sido seducida por el sargento mayor don Juan de Guzmán.

—¡Oh! ¡Don Juan de Guzmán enamora á vuestra mujer!... Seguid, seguid.

—Y mi mujer se ha dejado enamorar de don Juan de Guzmán.

—¿Y qué tiene que ver eso...?

—Tiene que ver mucho. Don Juan de Guzmán es ó era servidor de don Rodrigo Calderón.

—¡Ah!

—Y como don Rodrigo Calderón ayudaba á los unos y á los otros, á vuecencia contra la reina...

—¡Montiño!

—Vuecencia me ha mandado decir la verdad.

—Seguid.

—Pues... ayudaba á vuecencia contra la reina, y al conde de Olivares contra el duque de Uceda y contra vos, y al duque de Uceda contra vos y contra el conde de Olivares, y traía enredado á todo el mundo, de cuyo enredo ha resultado el lance que le tiene en el lecho mal herido, y un delito horrible.

—¡Un delito!...

—Oigame vuecencia y llegaremos á ese delito.

—Seguid, seguid.

—Seducida mi mujer por don Juan de Guzmán, ella sedujo á uno de los galopines de cocina... estoy seguro de ello... á Cosme Aldaba... y á un paje de la reina... amante de mi hija, como don Juan de Guzmán era amante de mi mujer.

—Acabad de una vez.

—Llegamos al crimen. Hoy por la mañana, apenas me vi libre de negocios, me fuí á las cocinas... á cumplir con mi obligación... y me encontré en ellas á ese infame Cosme Aldaba...

—No os entiendo bien... Al resultado... al resultado.

—El resultado ha sido que se ha servido en el almuerzo de su majestad la reina una perdiz envenenada.

El tío Manolillo, revelando aquel crimen al cocinero mayor, había cometido una imprudencia gravísima; Francisco Montiño, que en otra ocasión, por interés propio, hubiera guardado la más profunda reserva, enloquecido, aterrado, fuera de sí, había roto el secreto.

El duque de Lerma, pálido y desencajado, estuvo algunos momentos sin hablar después de haber oído la frase una perdiz envenenada.

Se levantó y se puso á pasear á lo largo del despacho.

Temblaba; estaba aterrado.

—Pero no, no es esto lo que me indicó la duquesa de Gandía; no, no puede ser—decía paseándose—; y luego... no me han llamado á palacio... este hombre está fuera de sí... se engaña sin duda... veamos... dominémonos.

Y se detuvo delante de Montiño.

El cocinero mayor le miró de una manera que quería decir:

—Yo no he tenido parte en ese crimen.

—¿Y decís... que su majestad está buena?—preguntó al ocinero mayor.

—Sí; sí, señor —contestó Montiño —; y el padre Aliaga también... acabo de hablar con él... v está bueno, y tiene buen color... y eso que el padre Aliaga almorzaba con su majestad la reina.

—¿Es decir, que no han comido de la perdiz?...

—No; no, señor... yo creo que no... pero quien puede deciros eso... es... el tío Manolillo... el bufón del rey, que fué quien me lo dijo á mí.

—¿Pero cómo se sabe que esa perdiz estaba envenenada?

—Porque ha muerto un paje que se comió lo que había quedado en los platos de la reina y del padre Aliaga.

—Pero si quedó en los platos, debieron comer...

—No, porque el tío Manolillo asustó á la reina...

—Yo creo que estáis loco, Montiño; que lo que os sucede os ha trastornado el seso.

—Puede ser, puede ser, señor.

—No habléis de eso á nadie, porque si de eso habláis con otras personas, podéis dar en la horca... yo me informaré... aunque de seguro estáis equivocado.

—¿Y por qué ha huído mi mujer con mi hija y con el sargento mayor don Juan de Guzmán, y con Cosme Aldaba, pinche de la cocina, y con Cristóbal, paje de la reina... robándome?...

—Yo me informaré, me informaré... y veremos. Si se ha intentado el crimen, por lo que sucede... es decir... por lo que no sucede, es casi seguro que ese crimen se ha frustrado... si ha habido crimen, estoy seguro que estáis inocente de él... se os conoce... y á más... yo os conozco hace mucho tiempo; por dinero sois capaz de engañarme y de engañar á todos los que os paguen; de servir á personas enemigas, las unas contra las otras, á un mismo tiempo... pero no cometeríais un asesinato por dinero... estoy seguro de ello... callad, pues, acerca de este atentado; yo lo averiguaré todo, sabré lo que hay de cierto y castigaré á quien deba castigar.

—¿Y no correré yo ningún riesgo?

—No, si sois inocente como creo.

—¿Y mandaréis buscar, señor, á mi mujer y á mi hija, y al dinero que me han robado?

—Sí; sí... pero volvamos al principio. ¿Recordáis lo que os mandé?—dijo el duque cambiando la conversación.

—Me han sucedido tantas desdichas, señor... que estoy aturdido.

—Pues yo recuerdo perfectamente lo que os mandé. En primer lugar, os dije que fuéseis á visitar á cierta dama de quien se vale el duque Uceda para pervertir, á pesar de sus pocos años, al príncipe don Felipe.

—Sí; sí, señor, doña Ana de Acuña.

—Os dí una gargantilla de perlas para ella.

—Sí, señor; y la gargantilla está en poder de esa dama.

—¡Ah! ¿la habéis visto?

—Sí, señor.

—¿Y cuándo la vísteis?

—Con gran trabajo, porque se negaba á recibirme, anoche, ya tarde.

—¿Y qué pasó en vuestra visita?

— Díjela que un altísimo personaje me enviaba á ella, y en prueba de su estimación me mandaba entregarla una alhaja de gran precio. Entonces la dí la gargantilla. Alegráronsela los ojos; pero puso dificultades... me dijo que no conociendo á quien aquél regalo la hacía, no debía recibirle...

—Pero al fin...

—Díjela yo que quien la deseaba era tan alto personaje, que sería necesario, para que no le conociese, que le recibiese sin luz.

—¿Y qué dijo á eso?

—Quiso echarme rudamente de su casa... hizo como que se irritaba... pero no me echó... al fin de muchas réplicas me dijo: no hay persona que no pudiera ofenderme con una solicitud tan extraña sino el rey.

—¿Eso dijo? — exclamó el duque.

—Eso dijo.

—¿Y vos?...

—La dejé en su creencia.

—Habéis hecho bien; ¿y en qué habéis quedado?

—Doña Ana aceptó... y cuando vuecencia quiera, yo la avisaré que... el rey... irá á verla, y la hora en que irá.

—Pues bien; avisadla que iré á verla esta noche. Después vendréis y me diréis á qué hora y qué seña... y me acompañaréis...

—Muy bien, señor.

—Estoy satisfecho de vos por lo tocante á esa dama: pero os mandé además que diéseis una encomienda de Santiago á vuestro sobrino ..

—Es que mi sobrino, no es mi sobrino...

—Sí, sí; ya sé que es hijo bastardo del duque de Osuna;

pero esto no impide que le hayáis dado de mi parte la encomienda que os dí para él.

—Os diré, señor; estaba tan turbado con lo que me sucedía, que se me olvidó; aquí está la encomienda (y sacó del bolsillo el estuche que le había dado el duque de Lerma, conteniendo una placa con la cruz de Santiago), y además, señor, hubiera sido inútil.

—¡Inútil! ¿por qué? ¿hubiera despreciado don Juan un favor del rey hecho por mi medio?

—No digo yo eso... pero don Juan es caballero del hábito de Santiago desde que nació por merced del señor don Felipe II.

—¡Ah!—dijo el duque con asombro—; sin embargo, no hubiera estado de más que don Juan hubiera sabido que tenía en mí un amigo.

—Perdonad mi olvido, señor; ¡pero me sucedían cosas tan terribles!...

—Guardad... guardad de nuevo esa cruz; llevadla de mi parte á don Juan, y decidle que venga á verme para recibir la cédula real. En este negocio habéis andado torpe...

—¡Señor! ¡me sucedían tales cosas!

—Veamos si habéis hecho otro encargo mío. Os dí una carta pa a la madre Misericordia...

—Y la contestación está aquí...—dijo con suma viveza Montiño—, la tengo en el bolsillo desde ayer.

El duque leyó aquella carta.

En ella, por instigación del padre Aliaga, como dijimos en su lugar, la madre Misericordia desvanecía todas las sospechas del duque acerca del género del conocimiento que podía existir entre su hija y Quevedo.

Pero como el duque sabía ya por su misma hija que era amante del tremendo poeta, no pudo menos de fruncir el gesto.

—¡Conque es decir que también mi sobrina la abadesa de las Descalzas Reales me engaña!—dijo para sí—; ¡conque es decir que todos me abandonan, y que ahora sé menos que nunca en dónde estoy! Es necesario atraernos decididamente á Quevedo, y si nos pone por condición perder á don Rodrigo, hacer una de *pópulo bárbaro*, la haremos... aprovecharemos después la primera ocasión para dar al traste con Quevedo... ó cuando menos... sirviéndole, conservaremos nuestra dignidad exterior... Esto es preciso, preciso de todo punto.

Y luego añadió alto, tomando el vale de los mil ducados, y dándoselo al cocinero:

—Hasta cierto punto me habéis servido bien; seguidme sirviendo y os haré rico.

—¡Ah! bastante falta me hace, señor, porque la infame de mi mujer me ha dejado arruinado —exclamó Montiño volviendo de una manera tremenda á su pensamiento dominante.

—Yo haré que prendan á vuestra mujer. Dejadme su nombre, sus señas, las de vuestra hija y las de esos otros.

El cocinero escribió con cierto sabroso placer, y entregó el papel que había escrito al duque.

—En cuanto á lo que sospecháis respecto á ese crimen que decís intentado contra su majestad, guardad por vos mismo el más profundo secreto.

—¡Oh! no temáis, señor; yo no sé cómo lo he dicho á vuecencia; ¡estaba loco!.., pero ahora, con el amparo de vuecencia, es distinto... distinto de todo punto... empiezo á vivir de nuevo.

—Id, pues, á ver á doña Ana, y convenid con ella á qué hora podré verla esta noche.

—Iré, señor.

—Y volved á avisarme.

—Volveré.

—Buscad á don Juan Téllez Girón, y dadle de mi parte esa cruz.

—Le buscaré.

—Podéis iros, Montiño, confiando en mí.

—Perdonad, señor; pero antes tengo que deciros algo.

—¡Qué!

—¡La Dorotea!...

—¡Dorotea!

—Sí; sí, señor: Dorotea la comedianta me ha dado para vuecencia esta carta.

El duque la leyó.

¡Dorotea! —exclamó para sí el duque —; Dorotea es... yo no sé lo que Dorotea es del bufón del rey... esta muchacha me ama... la deslumbro... pues bien... me conviene ir á verla... Tranquilizáos é id en paz —dijo en voz alta dirigiéndose á Montiño.

—Beso las manos á vuecencia, y le doy las gracias por tanto bien como me hace.

—Id, id con Dios, buen Montiño —dijo el duque abriendo

una puerta para que el cocinero saliera—, y confiad en mí.

Montiño salió haciendo reverencias al duque.

Cuando el duque quedó solo, mandó poner una litera, y cuando ésta estuvo corriente, salió de su casa, sin acordarse de revocar la orden de prisión que á instancias de su hija había dado contra Quevedo.

Lerma estaba tan trastornado con lo que le acontecía, como con sus asuntos el cocinero mayor.

La duquesa de Gandía, por el momento había interpuesto en balde, respecto á Quevedo, su influencia para con el duque.

Éste se hizo conducir en derechura á casa de la Dorotea.

CAPÍTULO LIX

DE CÓMO DOROTEA ERA MÁS PARA CON EL DUQUE, QUE EL DUQUE PARA CON EL REY

Dijimos al final del capítulo LV, que cuando Casilda, la doncella de Dorotea, anunció á su señora la llegada del duque de Lerma, la Dorotea escondió á Quevedo en su dormitorio, á fin de que pudiese oir su conversación con el duque de Lerma, y que luego, quitado de en medio cuanto podía parecer extraño al duque, se sentó en el hueco de un balcón, y se puso á estudiar su papel de reina Moraima.

El duque entró al fin, grave, espetado y con el sombrero puesto como tenía de costumbre.

Al verle la Dorotea se levantó, arrojó el papel sobre una silla y se inclinó ceremoniosamente en una cumplida reverencia ante su hinchado amante.

—Mil gracias, señor—le dijo—, pues al fin os dejáis ver de esta pobre mártir.

Y puso un sillón al duque.

—¿Cómo os va, Dorotea?—dijo éste sentándose y extendiendo hacia la joven una mano, que ésta estrechó con respeto.

—Me va muy mal—dijo la Dorotea sentándose bruscamente en un taburete á los pies del duque—, y esto no puede continuar así.

—¿Qué decís, señora?

—No me llaméis señora—dijo la Dorotea—; yo no soy señora, soy una comedianta; una mujer que ha nacido para vivir libre como los pájaros, cantando siempre de rama en rama... para estar alegre, para gozar... para tener un amante... un verdadero amante que la ame, y no la trate con esos insoportables miramientos con que vos me tratáis... que no se pase los días sin verla... que no la olvide por nada... que no se vea obligada á llamarle señor, más que de su alma... y esto dulcemente... en fin, que no la aburra, que no la entristezca, que no la fastidie.

—Indudablemente estáis de muy mal humor, Dorotea.

—Tenéis razón, estoy de un humor endiablado.

—¿Y qué queréis?...

—Que acabemos de una vez; yo no sé aún lo que soy para vos.

—¿Que no lo sabéis?

—Quiero no saberlo, aunque vos me lo decís claramente con vuestra conducta

—Pero en fin... ¿qué creéis vos?

—Creo que yo para... vuecencia... soy... así, como una cosa que se tiene por vanidad... porque cuesta muy cara.

—¡Oh! ¡oh!

—Ni más ni menos; vos supísteis que había en la corte una mujer que había despreciado las ofertas, los regalos, las súplicas de los señores más principales, y os dijísteis... por vanidad, por pura vanidad: es necesario que esa mujer sea mía, cueste lo que cueste, valga lo que valga; es necesario que, como soy el dueño de la primera persona del reino, lo sea también de esa dificultad viviente. Es necesario que yo humille la vanidad de los demás.

—¿Y me habéis llamado para esto?

—Cierto que sí; para deciros que de vanidad á vanidad, la mía es mayor que la vuestra.

—¡Ah! ¡vuestra vanidad!

—Ciertamente; ¿ ¿ais creído que yo os amaba?

A esta inesperada pregunta de la Dorotea, el duque puso un gesto imposible de describir, en que lo que más se determinaba era una contrariedad terrible.

La Dorotea soltó una larga carcajada.

—Pues no os amo, ni os he amado nunca, ni os puedo amar—dijo inmediatamente después de la carcajada.

—¡Señora!—dijo el duque pálido de cólera.

—No me llaméis señora, ya os lo he dicho; llamadme Dorotea; no os irritéis tampoco; debéis apreciar el que yo os diga la verdad. Y además, si no os amo, no es porque no quiero amaros, sino porque no lo merecéis.

—¡Que no lo merezco!

—No, porque no me amáis. El corazón se rinde al amor, y el amor es tan libre, que todos los tesoros del mundo no bastan para comprarle; ¿cómo he de amaros yo, si desde que os conocí estoy quejosa de vos?

—¡Quejosa! ¿Qué habéis querido que no lo hayáis tenido?

—¡Bah! si yo he aceptado vuestros regalos, no ha sido porque me hagan falta, sino porque mi vanidad se halaga con los sacrificios que vuestra vanidad hace por mí.

—¡Sacrificios! ¿creéis que me he visto obligado á hacer sacrificios para complaceros?

—Sí.

—Os equivocáis.

—Cuando se me ocurrió tener una casa mía, amueblada á mi gusto, ostentosamente, como la de un grande de España, con bodega y despensa provistas de los mejores vinos y de los mejores manjares del mundo, os vísteis apurado.

—Os juro que no.

—No me dijísteis ni una palabra en contra, ni hicísteis nada, ni siquiera un gesto que pudiera indicar que mi petición os disgustaba; por nada del mundo hubiérais pronunciado la palabra *no quiero*. Yo lo sabía, pero quería que la vanidad de decir, de que supiese todo el mundo que yo era vuestra querida, os costara muy caro; y no me contenté con la casa, y con los muebles, y con la cocina, y con los criados, y con la carroza, y con el camarín forrado de raso en el coliseo; no, no, señor: os pedí diamantes, y perlas, y brocados, y sedas, y plumas, y encajes... habéis gastado conmigo un tesoro, sólo por hacer rabiar á los otros grandes y decirles: yo soy más que vosotros, mucho más que vosotros; yo tengo todo lo que vosotros no podéis tener, desde el rey hasta la cómica... y ellos rabian... y como lo que me habéis dado es el precio de la rabia que hacéis tener por mí á más de tres, no os agradezco lo que me habéis dado, y lo doy á mi vez á quien quiero.

—Si sé para lo que me llamábais, no vengo.

—Y yo creo que vos no habéis venido porque os he llamado; que os he llamado otras veces, y no os ha faltado pretexto para no venir: creo que habéis venido para algo que os conviene... sobre todo de día y viéndoos las gentes...

—Dejemos esta conversación, Dorotea.

—Por el contrario, sigámosla para que lleguemos á donde debemos llegar.

—¿Pues qué, tenemos que llegar aún á alguna parte?

—¡Vaya...! pero continuemos. A mí no me hacía falta, absolutamente falta nada de lo que me habéis dado; me trataba muy bien antes de conoceros, y tan cierto es esto, que os he llamado para devolveros todo eso, y salir antes que vos de esta casa, si no quedamos en lo que hemos de quedar.

—¡Qué decís!

—Digo... que... si no sois enteramente mío como el rey lo es vuestro, tomo ahora mismo por amante... ¿á quién diré yo...? á un aposentador muy rico que anda enamorado de mí, y á quien puedo arruinar en tres días.

—¿Pero estáis loca?

—Y todo el mundo dirá, conociéndoós, al ver que os dejo: mal debe de andar el duque de Lerma; su querida, que es una cómica interesada donde las hay, le ha dejado por un aposentador... luego el duque puede menos; ved de qué modo una cómica puede poner á vuecencia, secretario de Estado universal del rey, por debajo de un cualquiera, de un hombre burdo, de un aposentador.

—¿Y seríais capaz...? ¿habláis seriamente?

—Tan seriamente, que voy á empezar á deciros lo que quiero.

—Veamos, veamos lo que queréis.

—Quiero, en primer lugar, ocupar el lugar que me corresponde.

—¿Pues qué, no le ocupáis?

—No por cierto. Las queridas de los grandes hombres, son ó deben ser más que sus queridas. Deben partir con ellos el poder, la autoridad, deben ser omnipotentes. ¿Qué importa que la querida sea una cómica? al elegirla, el grande hombre la ha igualado á sí; esto no admite réplica, porque la querida de un grande hombre debe ser una gran mujer, y si no lo es, algo hay de vano en el hombre á quien todos tienen por grande.

—Esa mujer puede tener, como vos, una gran hermosura...

—No me extraviéis, no me respondáis. No será muy grande su hermosura, si no enloquece al grande hombre.

—Los negocios no son para las mujeres: para las mujeres las delicadezas de la vida, la buena casa, la buena mesa, las joyas, las galas, las sedas, las pieles... y el amor. Los cuidados graves, deben quedar para los hombres.

—Decís bien, cuando los hombres no son torpes.

—¡Cuando los hombres no son torpes! explicáos mejor; ¿me tenéis por torpe, Dorotea?

—Por torpísimo; y como yo soy orgullosa, sumamente orgullosa, me mortifica que mi poderoso amante sea burlado.

—¡Burlado!

—Como que no sabéis dónde estáis de pie.

—¡Vos también! ¡vos también os habéis convertido en esa voz que por todas partes me avisa!

—¡Sí... sí por cierto: yo os aviso con más interés que nadie!

—¿Pero de qué me avisáis?

—Os aviso de que... debéis mudar de amigos.

—¡De amigos!

—Porque los que os fingen amistad, os venden.

—Hablad más claro.

—Don Rodrigo...

—¡Herido!... ¡medio muerto!...

—A causa de sus traidores enredos.

—Creo que érais muy amiga suya, Dorotea, y aun algo más que amiga.

—Pues ahí veréis: cuando yo de repente me vuelvo en contra de don Rodrigo, algo debe de haber. Don Rodrigo, como pretendió robaros la querida, ha pretendido y pretende robaros de una manera villana el favor de su majestad.

—Hablad, hablad, Dorotea; decidme todo lo que sepáis.

—Para abreviar, sólo os diré que desconfiés de todos los que hasta ahora se han llamado vuestros amigos, y que busquéis para ayudaros, porque no hay hombre sin hombre, á alguno que os haya dicho frente á frente que es vuestro enemigo.

—¿Habéis querido que os pregunte quién es ese hombre?

—Puede ser.

—Pues bien, decidme cómo se llama.

—¿No conocéis entre vuestros enemigos alguno tan noble y tan grande que no pueda confundirse con ninguno otro?

—¿El duque de Osuna?

—Sí, pero no os hablo de él; aunque el que yo digo anda cerca de él.

—¡Quevedo! ¡Pero si Quevedo no quiere ser mi amigo!

—Mereced su amistad.

—¡Merecer su amistad!—dijo con orgullo el duque.

—Sí por cierto; bien merece Quevedo, por sabio y por ingenioso, que se merezca su ayuda.

—¿Conocéis también á ese hombre?

—Sí por cierto, y porque le debo muy buenos consejos, creo que vos podréis debérselos también, si conseguís que os trate con la buena amistad que á mí me trata.

—Ese hombre es tenebroso.

—Para los que no tienen ojos para mirarle.

—Le temo.

—Hacéis mal en temerle, porque es el único hombre que os puede salvar.

—Pero, señor, ¿qué ha dado don Francisco á todo el mundo, que así todo el mundo me habla de él, y las personas que más estimo, que más quiero, se ponen de su parte?

—Eso consiste en que tenéis personas que os aman, que saben que vuestro favor con el rey está amenazado, que quieren salvaros y que no encuentran otro mejor medio de salvación que don Francisco de Quevedo.

—¿Dónde vive don Francisco?—dijo Lerma profundamente pensativo.

—En mi casa.

—¡En vuestra casa!

—Sí por cierto; aquí le doy mesa y lecho; pero no para un momento; anda en ciertas diligencias del duque de Osuna, y concluídas que sean, marcha á Nápoles. Por lo mismo, es necesario que os apresuréis á atraérosle.

—¿Y está por acaso en casa?

—No por cierto.

—¿Pero vendrá?

—Vendrá indudablemente á la tarde.

—A la tarde vendré yo. Entre tanto, y ya que en tal asunto nos hemos entremetido, Dorotea, voy á deciros francamente la razón de haber yo venido á veros.

—¡Ah! ¡ya sabía yo que no veníais porque yo os había llamado!

—Hubiera venido más tarde, á la noche.

· Veamos á qué habéis venido.

—¿Qué es vuestro el bufón del rey?

—¿El tío Manolillo? Es mi padre.

—¡Vuestro padre!

—Es decir, padre en toda la extensión de la palabra, no; pero ¿qué nombre queréis que dé al que me ha criado á costa de privaciones de todo género, al que vela por mí, al que me ama como ninguno es capaz de amarme?

—Tenéis razón; y decidme: ¿cómo haré yo para atraerme ese hombre?

—Siendo desde ahora todo mío; haciéndole creer que me hacéis feliz.

—Lo creerá. Decidle que vaya esta noche á verme encubierto á mi casa, al obscurecer.

—No le dejarán entrar.

—Que presente esta sortija en mi casa—dijo el duque, quitándose una del dedo y entregándola á Dorotea.

La joven conoció á primera vista que aquella sortija era de gran valor.

—Procuraré dejaros tan satisfecho de mí—dijo el duque levantándose—, que no queráis poner en mi lugar á ese aposentador.

—Lo veremos... ¿Pero os vais?

—Sí, es ya tarde y voy á palacio.

—No quiero deteneros, señor; ¿pero volveréis?

—Sí, esta tarde; si para cuando yo llegue ha venido don Francisco, cuento con que me le tendréis entretenido.

Se me ocurre una idea: comed hoy conmigo; os trataré bien, y sobre todo, Quevedo comerá con nosotros.

—Convengo en ello; comeremos juntos los tres, pero por ahora, adiós.

—Id con Dios, señor duque.

Lerma salió, y Dorotea le acompañó hasta la puerta. Cuando oyó el ruido del carruaje del duque, volvió á la sala.

En ella estaba ya Quevedo.

—Confieso que merecéis mucho, hija Dorotea—exclamó—; habéis evitado que me prendan, del modo que más me convenía á mí, y que menos os compromete á vos. En cambio, yo prometo curaros de ese amor homicida que se os ha metido por el alma, que es lo que más necesitáis y lo mejor que se puede hacer por vos.

—¡Ay, don Francisco, que creo que este amor me va á costar la vida.

—El amor no mata más que en las comedias de autor tonto; no se despega á tres tirones el alma de la carne, y el tiempo... vamos, vamos, no hay que pensar mucho en ello; y como tengo harto que andar y estoy seguro de que no me han de prender, quedad con Dios, hasta la tarde, en que hemos de comer juntos, el duque, vos y yo.

Y Quevedo salió.

—Casilda—dijo Dorotea cuando se quedó sola—·, que
vaya Pedro al coliseo, y que avise de que esta tarde no
puedo representar. Estoy muy enferma.

CAPÍTULO LIX

LO QUE HACE POR SU AMOR UNA MUJER

Con tanto accidente habíasele olvidado al duque de Lerma revocar la orden que había dado á Santos, su secretario,
para que prendiesen á Quevedo.

Y esto no tenía nada de extraño.

El pobre duque estaba tan acosado por todas partes de
recelos, tan asustado por avisos, y era tan grave lo que acerca de la reina le había dicho Francisco Martínez Montiño,
que su cabeza se había convertido, como decimos los españoles, en una olla de grillos.

El único, el exclusivo pensamiento de Lerma cuando salió de casa de lá Dorotea, fué encaminarse á palacio en
busca de algo exacto, de algo que ver por sí mismo.

El duque de Lerma no había visto nunca nada, por más
que había procurado ver, y sin embargo, reincidía en poner
á prueba su mala vista.

Pero si el duque de Lerma se había embrollado, no aconteció lo mismo á su hija doña Catalina.

Ella tenía muy buena vista, y además, tenía concentrada
toda su atención, todo su cuidado en un objeto: en que no
se le escapara Quevedo.

Y como no confiaba demasiado en su padre, no dejó abandonado á su padre el negocio, ni se fió de otra persona
que de sí misma.

Doña Catalina estaba enamorada, y á más de enamorada,
irritada.

Temía haber sido burlada por Quevedo, y esto la hacía
temblar de indignación.

Le había abierto su alma y sus brazos, y la condesa de
Lemos era demasiado altiva, demasiado honrada, demasiado pura, para permitir que el único hombre por quien se
había olvidado de todo, se desprendiese de sus brazos
riendo.

Así, pues, cuando salió de casa de su padre y se metió en

su silla de manos, se hizo llevar á una tienda inmediata, dondo tomó una silla y se ocultó tras de la puerta.

—Rivera—dijo á un hombre embozado que acompañaba á la silla de mano—; id, entrad casa del duque, buscad á su secretario Santos, y decidle de mi parte que venga.

Rivera, criado de confianza de la condesa, fué á cumplir las órdenes de su señora; poco después entró en la tienda con Santos.

La condesa se dirigió entonces á la tendera, que estaba admirada y aun enorgullecida por tener á una tan gran señora y tan hermosa en su casa:

— Necesito—la dijo—un lugar donde hablar á solas con este hidalzo.

La tendera abrió la compuerta del mostrador, y manifestando servicialmente á la condesa que su casa, ella y su familia estaban á su disposición, la llevó á la trastienda.

Siguió Santos á la condesa. y cuando quedaron solos entre sacos de garbanzos, castañas y judías, la condesa dijo al secretario del duque:

—¿Os ha dado mi padre alguna orden?

— Su excelencia me da muchas todos los días, señora— contestó respetuosamente Santos.

—Una orden de... prisión.

—-Efectivamente, señora: su excelencia me ha dado orden. de que mande en su nombre á un alcalde de casa y corte, que prenda á...

—¿Don Francisco de Quevedo?

—Sí, señora.

—Don Francisco es caballero del hábito de Santiago y no puede ir á la cárcel—dijo doña Catalina.

—Se le prenderá en su casa.

—Don Francisco no tiene casa en Madrid... por ahora.

—Se le llevará á una torre del alcázar.

—Estaría demasiado cerca del rey.

—La torre de los Lujanes...

—Es demasiado honor para un simple caballero que le encierren donde ha estado encerrado un rey de Francia.

—Le llevaremos á un convento.

—Quevedo se serviría de los frailes.

—Consultaré, pues, á su excelencia.

—¿El duque no os ha indicado el lugar de la prisión de Quevedo?

—No, señora.

—Ha sido un olvido. Mandad al alcalde que le envíe resguardado por una guardia de cuatro hombres al alcázar de Segovia

—Su excelencia no me ha dicho eso.

—Mejor... mucho mejor.

—No comprendo á vuecencia.

—¿Creéis que merece la pena el servirme á mí?

—¡Oh, señora! vuecencia puede disponer de mí como de un esclavo.

—Gracias, Santos, gracias: de mi cuenta corren vuestros adelantamientos: por lo pronto guardad esto en memoria mía.

La condesa se sacó del seno un relicario de oro guarnecido de perlas y diamantes y del hermoso cuello la cadena de que pendía.

Había algo de tentación en dar á un hombre una prenda tan íntima, cuando podía haberle dado una de las ricas sortijas que llevaba en las manos.

Aquello podía tomarse por un favor.

Santos era joven, buen mozo é hidalgo, y las mujeres, aun las de más alto coturno, han dado en todos tiempos tales ejemplos...

Santos, á quien doña Catalina parecía deliciosa como lo parecía á todo el mundo, porque en efecto lo era, y mucho más cuando ella tenía interés en parecerlo de una manera enérgica, se turbó, se puso pálido, guardó el relicario en lo interior de su justillo por la parte del corazón, y tartamudeó algunas palabras.

Doña Catalina le había dado un golpe rudo.

Y para hacer más terrible aquel golpe, los ojos poderosos de doña Catalina, medio velados por sus sedosas pestañas negras, arrojaban sobre él fuego; le miraban de una manera tal que... Santos hubiera dado su alma al diablo porque aquellos ojos le hubiesen mirado de una manera más clara, porque le hubiesen prometido, aunque remotísimamente, algo.

Pero la intensa y ardiente mirada de la condesa era incomprensible.

—¿Estáis enterado de lo que debéis hacer? dijo doña Catalina cuando vió que tenía á Santos rendido á discreción.

—Sí; sí, señora—contestó Santos reponiéndose—; pero suplicaría á vuecencia me dijese claramente punto por punto...

—Oíd: iréis á buscar al alcalde de casa y corte más duro, más valiente, más á propósito para no dejarse engañar por Quevedo.

—Ruy Pérez Sarmiento, es que ni pintado.

—Bien: diréis á ese señor... le mandaréis que sin perder un momento, suelte por Madrid cuantas rondas de alguaciles pueda en busca de don Francisco. Todos le conocen. Encargadle que los alguaciles sean bravos por si Quevedo arrastra de espadas.

—Es decir, que le prendan muerto ó vivo.

—¿Quién ha dicho eso?—exclamó la condesa con impaciencia y cólera—que le prendan vivo y sin tocarle con las espadas: seis hombres bien pueden apoderarse de uno solo, por valiente que sea, sin herirle.

—¡Ah! muy bien, señora.

—En seguida... si es de día, que le metan en una litera y le lleven á una de mis casas desalquiladas... mi criado Rivera os llevará á ella...

- Muy bien, señora.

—Luego... cuando sea de noche y en la misma litera, que le saquen resguardado por cuatro alguaciles á caballo, para Segovia.

- ¿Cuatro alguaciles no más? ¿y si se escapa?

—Que sean buenos los cuatro.

—Ahora bien; vuecencia comprenderá que sobre mí carga la responsabilidad del envío á Segovia de don Francisco.

—No importa: si el duque de Lerma os hace cargo, decidle que habíais entendido la orden de llevarle á Segovia.

—Su excelencia tiene muy buena memoria.

—Y bien: todo puede reducirse á que os despida, y á que si ahora sois secretario de mi padre, lo seáis después mío.

—¡Oh, noble condesa!

—Conque ¿habéis comprendido bien lo que os he dicho?

- Sí; sí, señora; prender á don Francisco sin herirle ni maltratarle, aunque resista; llevarle á donde Rivera me diga, y á la noche enviarle en una litera, cerrada, con una guarda de cuatro alguaciles á caballo, al alcázar de Segovia.

—Al punto de obscurecer.

—Muy bien, señora.

—Recordad que esto es lo primero que os mando.

—Soy enteramente vuestro, señora.

—Pues no perdáis tiempo.

—Guarde Dios á vuecencia.

—Adiós.

Santos salió embriagado, fascinado, loco, porque la condesa, sin concederle nada, sin dar lugar á ninguna suposición de parte de Santos, había sido con él una gran coqueta.

Después salió de la trastienda doña Catalina, dió algunas monedas de plata á la tendera, se metió en la silla de manos y mandó que la llevasen á su casa.

Cuando entró en ella, se encerró en su recámara con Rivera.

—Voy á encargaros—le dijo—de una comisión muy reservada, y tanto, que si cumplís bien, os saco una bandera pa a Flandes, y antes de dos años os hago capitán de infantería.

—Sin eso, señora, podéis mandar.

—¿Qué casa tengo yo desalquilada en un lugar retirado de Madrid?

·Vuecencia tiene una á la malicia en la calle de la Redondilla.

—Pedid las llaves de esa casa y con ellas idos á acompañar, encubierto, á Pelegrín Santos, secretario del duque de Lerma, y haced lo que él os mande.

—Muy bien, señora.

—En seguida, buscad un hombre bravo y de puños, que tenga conocimiento con algunos como él, y avisadme cuando le tuviéreis.

—Muy bien, señora.

—Idos, pedid las llaves de esa casa y buscad en seguida, con ellas, á Pelegrín Santos.

Rivera se inclinó y salió.

La condesa de Lemos, sobreexcitada, trémula, enamorada, se quedó profundamente pensativa y devorada por la impaciencia, paseándose á lo largo de su recámara.

CAPÍTULO LXI

DE CÓMO LE SALIÓ Á QUEVEDO AL REVÉS DE LO QUE PENSABA

Entre tanto, el buen ingenio había salido de la casa de la Dorotea, pensando para sus adentros, mientras atravesaba las calles en derechura del alcázar, bajo la tenaz lluvia que no había cesado hacía tres días:

—Esa pobre chica me da compasión y me siento además agradecido; confiésola una gran mujer; deberémosla, por los buenos oficios que nos hace, el salir de este atolladero, sin sacar de él más que el lodo; pero con arrojar en Nápoles las botas, hemos concluido; paréceme que resurrezco, que por envuelto me he dado y á pique de desconfiar de mí mismo; el médico de su majestad dice que no hay que tener cuidado alguno; que Margarita se encuentra en muy cabal salud... por aquí la divina Providencia ha evitado un crimen... un crimen horrible; Lerma está confiado y sigue durmiendo; Dorotea, aleccionada por mí le engañará de tal modo, que tendré tiempo para llevarme á los recién casados; después... si mi doña Catalina me ama... vamos, no hay que pensar en ello... llevármela sería tocar á badajo perdido la campana del escándalo... será necesario que se cure, y yo también necesito curarme... el tiempo y la paciencia y la conformidad... bendito sea Dios, que nos ha criado para pelota, en manos de chicos... vamos adelante, vamos... yo haré que la Dorotea se cure... y olvide... doña Catalina olvidará... y yo... yo... ¡bah! ¿qué importo yo? Seguiré vengándome de lo que el mundo me hace sufrir, obligando al mundo á que se ría, como un necio, de sí mismo.

Llegaba entonces al alcázar y entróse resueltamente en él, con la frente descubierta y alta, como quien no tiene por qué temer.

Sin embargo, reparó en que en el zaguán de la puerta de las Meninas, por donde se había metido en el alcázar, había dos alguaciles de corte.

— ¿Cuervos tenemos?—exclamó—;cerca anda carne muerta... tormenta está aparejada para alguno. Dios le ayude.

Y se encaminó con su forzada lentitud á la primera escalerilla.

No sabía Quevedo, no podía pensarlo, después de lo que había oído en la casa de la comedianta, entre ésta y el duque de Lerma, que la tormenta se preparaba para él; que él era la carne muerta; esto es, el hombre preso á cuyo olor iban aquellas aves de rapiña.

Apenas se perdió Quevedo por las escalerillas, cuando uno de los alguaciles se echó fuera del alcázar más ligero que un rehilete.

Entre tanto Quevedo, atravesando callejones y galerías, se entró en el aposento de doña Clara Soldevilla.

Don Juan se calentaba al brasero y doña Clara escribía.

—Consuela este olor—dijo Quevedo entrando.

—¡Ah, mi buen amigo!—dijo don Juan.

—¡Ah, don Francisco!—exclamó doña Clara—: ¿de qué olor habláis?

—Huele aquí á contento, á paz, á alegría, á amor... Dios os bendiga, mis amigos, que tenéis sol claro en día de lluvia, y que vivís mientras otros se aperrean. ¿Y qué bueno hacéis, diosa?

—Escribo á mi padre largamente: antes habíale escrito una brevísima carta, pero no me basta. Estoy impaciente porque mi padre sepa punto por punto...

—¿Es decir que os habéis metido á letrado?

—No os entiendo.

—Explicaréme: la historia de vuestro casamiento, mis buenos amigos, es un proceso. Largo habréis de escribir si de todo habéis de dar cuenta, y es grande lástima que la tinta ponga negros unos dedos tan rosados. Dejadlo eso para mí, señora, que todo lo tengo negro, hasta la esperanza, y veníos aquí al amor de la lumbre y escuchadme, que tenemos harto que hablar.

Dejó doña Clara la pluma y luego la mesa, y fué á sentarse junto al brasero entre su marido y Quevedo.

—¡Vive Dios! exclamó Quevedo—, que estoy viendo en vos una experiencia, doña Clara.

—¡Una experiencia!

—¡Sí pardiez! los ojos y la razón engañan.

—Explicáos.

—¡Si sois más doncella hoy que ayer! —dijo Quevedo mirando de una manera profunda á doña Clara.

Púsose la joven vivísimamente encendida.

—Con las mujeres me reconciliáis, señora; yo las tendría á todas por partículas del diablo, y confiésome engañado: si queréis ser más feliz, don Juan, sois usurero, y no merecéis respeto, que en vuestra mujer tenéis un cielo.

—¿Sabéis que venís muy adulador, don Francisco?

—Adulado me vea yo, que es el mayor desabrimiento que puede probar el que no ha nacido tonto, si no son borbotones del corazón mis palabras, y fálteme aire si no es verdad que el corazón no me cabe en el pecho. ¡Ah, manos de marfil vivo! —exclamó tomando entre las dos suyas una de las hermosas manos de doña Clara—; y qué corona de gloria habéis puesto sobre la frente de mi amigo!

—Pues no soy completamente feliz—dijo don Juan.

—Alumbradme ese concepto á fin de que yo le vea, que tenebroso es y encrucijado y capaz de hacer perderse en un
laberinto al más diestro. ¿Mayor felicidad pedís que una mujer toda alma, tan delicada como el alma el cuerpo, y tan hermosa como el cuerpo el alma? ¿qué más blancura que la de
la nieve que nadie ha pisado? ¿qué calor más dulce que el
de este sol de primavera al que no empañan nubes?...

—Muy poeta andáis, don Francisco, amigo mío—dijo doña
Clara—: ¿me hacéis la merced de que hablemos de otra cosa?

—Poeta de verdades soy cuando os admiro, hija mía, y
dígoos hija, porque aunque casi soy mozo en años y negros
tengo los cabellos, péinome hace mucho tiempo canas en el
alma, y desengaños padezco y experiencias lloro. Ni he tenido yo como don Juan la fortuna de encontrarme dentro de
un jardín tal como vos, que si encontrádome hubiera, echado me habría á su sombra sin que cosa en el mundo fuera
bastante á despertarme del sueño. Espántame, pues, y razón
tengo, de que don Juan pida más felicidad teniéndoos á vos,
y conjúrole á que su concepto me explique, porque tanto le
quiero que me dolería haberle de tener de aquí en adelante
por tonto ó por malo.

—No soy completamente feliz—dijo don Juan—, porque
me creo de poco valor comparado con mi doña Clara.

—¡Ah!—dijo la joven.

Y aquella exclamación era protesta dolorosa.

—Perdonarse deben las necedades á los que aman, porque
el amor ciega; escrupuloso andáis más que monja, y os metéis á apreciar lo que á vos no toca. Bien me sé yo que doña
Clara no piensa otro tanto.

—¡Oh! ¡no!... pero os ruego, don Francisco...

· Sí, sí por cierto... vamos á lo que importa: es el caso que
yo tengo mucho sueño.

—¡Oh! ¡tenéis sueño, amigo mío!... pues bien, en vuestra
casa estáis; voy...

—Estáos queda... tengo mucho, muchísimo sueño: necesito urgentemente dormir, y en Madrid no duermo .. es decir,
no paso en Madrid esta noche, á lo menos por voluntad mía.

—¿Cómo? ¿nos dejáis?

—¡Dejaros! ¡dejárame yo primero las antiparras, sin las
cuales soy hombre muerto! ¡buena cuenta daría yo al duque
de Osuna! llévoos conmigo, y por lo tanto, os dije que cartas
eran vanas; que la mejor carta para el duque, lo serán sus
hijos: asunto es no más que de algunos cientos de ducados

y de camisas limpias. Dejemos á Madrid á obscuras, ama-
nezcamos muy lejos, y veamos á Neptuno dentro de ocho
días, embarcados con rumbo á Nápoles: que os afirmo que
mientras aquí estemos, ni duermo, ni descanso, ni vivo: cerrado está el cielo, de llover no cesa, y temo que esto pare
en diluvio que nos ahogue. Conque sus, y en vez de hacer
procesos, señora, haced cofres, y mientras se pide licencia á
sus majestades, el coche se apareje y huyamos, antes de que
llegue el caso de que cuando queramos huir, no sea tiempo,
y creedme y no disputemos, que allí tenéis entrambos los
padres, y si vos dejáis de ser dama de la reina, doña Clara,
seréis señora en vuestra casa; y á falta de la tercera compañía de la guardia española, tendréis vos allí, don Juan, los no
menos bravos alabarderos de la guarda del virrey.

Quedáronse atónitos los dos jóvenes á estas palabras de
Quevedo, y guardaron por algún tiempo silencio.

—¡Tan pronto! ¡tan de repente!—dijo al fin doña Clara—.
¿Qué motivo puede haber?...

—Motivo y aun motivos. Es el primero, que yo no estoy
muy seguro, y tanto, que si no estoy preso, en engaños consiste que no pueden durar mucho tiempo.

—¿Pero esos motivos?

—¿Olvidáis que don Rodrigo Calderón está malamente
herido, y que es vuestro esposo quien así le ha maltratado?
— dijo Quevedo de una manera profunda.

— Pero hasta ahora...—dijo don Juan.

—Sí, hasta ahora... y gracias á que el duque de Lerma
está mareado, nadie nos ha dicho una palabra; pero en la
corte, los mareos salen por donde entran; se amaña en minutos lo que parecía imposible, y el viento cambia de tal
modo, que el que era céfiro blando para alguno, se le convierte de repente en huracán que le echa por tierra; particularmente yo, si paro algunas horas más en Madrid, dóime
por embargado, y por algún tiempo, porque yo no he de hacer ni puedo hacer lo que sería necesario hacer para no ser
encerrado. Y si me encierran, yo no respondo de nada; porque enemigos crueles tenéis vos, doña Clara; y vos, don
Juan, aunque sólo hace tres días que estáis en la corte, no
los tenéis menos. Creedme, que yo nunca hablo en balde, y
pienso mucho en lo que digo antes de decirlo, y cuando
pienso mucho, no me engaño. No disputemos, por Dios uno
y trino; improvisemos nuestro viaje salvador, y no nos
chanceemos con la fortuna, que como mujer es muda-

ble, y sueledar sinsabores tales como ha dado dulzuras.

—¡Pero dejar abandonada á su majestad!...—dijo doña Clara.

—Dios vela por los reyes... ¿créeis vos que la reina tiene en vos un escudo?

—Tengo valor, y mi vida es de su majestad.

—Pues bien; mientras vos estábais entregada á vuestra felicidad, Dios ha salvado de una manera extraordinaria á Margarita de Austria.

—¡Salvado!

—Sin la misericordia de Dios, su majestad hubiera sido villanamente asesinada.

—¡Asesinada!

Quevedo contó punto por punto á los dos esposos la tentativa de asesinato contra la reina, y el modo extraño y providencial de su salvación.

—¡Oh!—exclamó doña Clara—, ahora menos que nunca me separo de su majestad.

—Dejad, dejad á Dios que la proteja; tened fe en la misericordia divina, y además, por salvar á la reina, no expongáis á perecer á vuestro esposo, al padre del hijo que acaso empieza ya á ser de vuestras entrañas; que sin duda vive ya, porque os amáis demasiado, y sois harto buenos para que Dios no haya bendecido vuestro amor.

—¡Ah! ¡me hacéis temblar, don Francisco! - dijo doña Clara.

—Procurad que vuestro hijo, si vive, no sea huérfano.

-·¡Dios mío!

—Hombres como don Juan, que son caballeros desde el seno de su madre, están siempre expuestos á morir sin gloria y sin combate, asesinados entre el cieno de esta infame corte. Creedme, y no vaciléis más.

—Partiremos—dijo doña Clara.

—Pues bien; mandad preparar lo necesario; pedid, entre tanto, la licencia á sus majestades, y adiós, que yo voy á otro lugar que me interesa.

Y Quevedo, seguro de que había asustado lo bastante á doña Clara, para que no se dilatase por su parte el viaje, salió.

Iba contento atravesando las calles.

—¿Qué puede suceder—decía—en tan poco tiempo? Iré á comer esta tarde á casa de la Dorotea, y de tal manera me mostraré amigo del duque, que acabaiá de creerme y me dará tiempo suficiente para dejarle burlado. Ahora volvamos junto á la pobre loca Dorotea, y concluyamos por aquel lado con lo que debemos á nuestro corazón.

Pero al entrar en la calle Ancha de San Bernardo, Quevedo vió venir hacia él un alcalde de casa y corte con, sus alguaciles.

—¡Otra bandada de cangrejos!—exclamó—; está de Dios que nunca hayan de dejarme los tales. Y es el bueno Ruy Pérez Sarmiento, asno injerto en lobo, y alcalde de casa y corte por la gracia de Lerma; ¿y qué me querrá éste? paréceme que se arroja á hablarme.

En efecto, un alcalde de casa y corte avanzaba, vara enhiesta, hacia Quevedo. A poca distancia le seguían sus alguaciles, y venía detrás una silla de manos.

—Guárdeos Dios—dijo el alcalde á Quevedo parándose delante de él—, ¿me conocéis?

—Hace mucho tiempo, por el servidor más ciego de la justicia.

¿Creéis que un alcalde de casa y corte puede prender á toda persona viviente en los reinos de su majestad y por su real mandato?

· Artículo de fe es ese de que no he dudado nunca—dijo Quevedo, al que pasó por los ojos tal cosa, que dió ocasión á que le rodeasen y asiesen de él de improviso los alguaciles.

—¡Eh! ¿qué es esto? ¿habréme convertido en doblón cuando con tal ansia me echais mano?—dijo Quevedo.

—Os habéis convertido en hombre preso por el rey.

—Su majestad viva, y pues su majestad lo quiere, preso me reconozco.

—Metedle en la silla de manos.

—Meteréme yo, que aún no estoy impedidos; que si yo rey no respetara...

—¿Qué decís?...

—Digo que nada digo, y concluyan y vamos y demos todos gusto al rey, que no hay para qué menos.

Y Quevedo se entró en la silla de manos.

Inmediatamente cerraron la portezuela, y como no tenía celosías ni vidrieras, Quevedo se quedó á obscuras.

—Al menos es blanda—dijo sintiendo el almohadón mullido de la silla—, y puesto que no podemos hacer otra cosa, y la alcoba nos cierran y á obscuras nos dejan, durmamos.

La litera echó á andar en aquellos momentos.

Poco después Quevedo, consecuente á su propósito y cansado y trasnochado, roncaba.

CAPÍTULO LXII

DE CÓMO EL DUQUE DE LERMA SE ENCONTRÓ MÁS DESORIENTADO QUE NUNCA

Don Francisco de Sandoval y Rojas atravesó las antecámaras de palacio en medio de los más profundos saludos y de las reverencias más profundas de los cortesanos.

Hasta allí todo iba bien: se le consideraba por los pretendientes, que son un barómetro, como señor omnipotente, en el pleno goce del favor del rey.

Los ujieres se mostraron con él, y del mismo modo, profundamente respetuosos.

Los gentileshombres le saludaron con sumo respeto.

Pero cuando entró en la cámara real, la encontró desierta.

El rey acostumbraba á estar siempre en la cámara cuando llegaba Lerma.

Lerma se alarmó al no encontrar al rey en su cámara.

Porque en las raras ocasiones en que se había entibiado para él el favor de su majestad, si bien es cierto que nunca el rey le había hecho hacer antesala ó antecámara, le había hecho hacer cámara.

Tomólo primero su orgullo á casualidad: pero pasó un cuarto de hora, y esto era ya mucho; pasó media hora, y esto era ya demasiado.

Lerma, á quien la cólera hacía audaz, se acercó á la mesa real, tomó la campanilla de oro, y la agitó como si hubiera estado en su casa.

Se presentó un gentilhombre.

—¿Qué manda vuestra majestad?—dijo sin reparar, en su servil apresuramiento, que el rey no estaba en la cámara.

—No, no es su majestad quien llama—dijo Lerma mordiéndose los labios—. Soy yo.

—¡Ah! ¡perdone vuecencia! ¿qué desea vuecencia?

—¿Habéis avisado al rey de mi llegada?

—Sí; sí, señor: en el momento en que llegó vuecencia.

—¿Dónde está el rey?

—En su recámara.

—¿Con quién?

—Con el duque de Uceda. ·

—¡Con mi hijo!

—Sí, señor.

—Gracias, caballero, gracias.

El gentilhombre salió.

—¿Conque se me hace esperar en la cámara por Uceda, que está en la recámara?—dijo el duque—; ¿con que el rey se olvida al fin de lo mucho que me debe? y... mi hijo... ¿qué hubiera sido de mi hijo sin mí? ¡Esto es infame! Vendido ó abandonado por todos... ¿y qué hacer? ¿qué hacer? Esto de que me lancen del favor del rey, que me reduzcan á una vida obscura... esto no puede ser, y no será... Quevedo... Quevedo tiene ingenio bastante para dar al traste con toda esta falange de cortesanos hambrientos y miserables... Quevedo me impondrá duras, durísimas condiciones... pero no importa... más vale ceder en secreto ante un solo hombre, que no caer en público combatido por tantos. ¡Oh! creo que debo dar una lección al rey, que debo retirarme... mostrarme enojado; si yo hubiera hablado ya con Quevedo, vería si podía atreverme á presentar al rey mi renuncia del empleo de secretario de Estado universal; pero sin contar con don Francisco, sería una locura. Lo que debo hacer indudablemente es irme de aquí. Esto será decir sin palabras al rey que no debe hacer esperar hasta tal punto al duque de Lerma.

Iba Lerma á poner en práctica su propósito, esto es, á irse, cuando se levantó un tapiz, asomó tras él una persona, y sonó una voz que dijo:

—¿A dónde vais, mi buen duque?

Lerma se volvió, adelantó rápidamente, dobló una rodilla ante el hombre que le había hablado, y le besó una mano.

Aquel hombre era su majestad católica, don Felipe III de Austria.

Había cierta quijotesca tiesura en el semblante del rey.

—¿A dónde ibais, pues, duque?—repuso Felipe III.

—Iba... como vuestra majestad estaba tan ocupado...

—Y tardaba, ¿eh?

—¡Señor!

—Hace un siglo que yo estoy esperando—dijo el rey—y no me impaciento; y vos, porque graves negocios me impiden venir cuando me avisan que estáis aquí, ¿os impacientáis?

—¿Y por qué tenéis vos que impacientaros, señor?—dijo Lerma levantándose y permaneciendo de pie junto al rey, que se había sentado en su sillón—; ¿no es ley vuestra voluntad? ¿No os obedecen todos vuestros vasallos?

—No, duque, no, y esa es mi impaciencia; en vano pido á mis vasallos que se avengan, que no luchen, que no se despedacen, porque yo deseo la paz, la concordia; en vano los odios crecen, las enemistades se aumentan, las quejas zumban alrededor mío, y me trastornan. ¿Sabéis que he estado hablando con vuestro hijo el duque de Uceda más de una hora?

—Me lo habían dicho, señor.

—Es verdad, vos lo sabéis todo.

—Señor...

—¿Pero á que no acertáis cuál era la extraña pretensión del duque?

Tembló interiormente Lerma, porque el rey usaba cierto tonillo acre que no acostumbraba mucho á usar.

—Lo ignoro, señor.

—Ya sabía yo que lo ignoraríais. Vuestro hijo se me quejaba de injusticias.

—¿Y por qué el señor duque de Uceda no ha venido á mí, secretario universal del despacho?—dijo ya con alguna irritación Lerma.

—Vuestro hijo sabe que yo no hago nada sin consultarlo con vos, y encaminarse á mí, es punto menos que si á vos se hubiera encaminado.

—¿Pero de qué se queja el duque de Uceda?

—De que se le haya separado del cuarto del príncipe don Felipe.

—¡Ya! su excelencia quiere sin duda privar desde temprano con su alteza, y esto es ya un principio de rebeldía.

—Pues ved ahí lo que dice el duque de Uceda: que al separarle del príncipe se ha dudado de sus intenciones, que se ha supuesto lo que él en su lealtad, no ha pensado; que las gentes creen ver en su separación motivos ocultos y por lo tanto pretende... lo más extraño que puede decirse, duque, es casi una rebeldía lo que vuestro hijo pretende.

—¿Y qué pretende, señor?—dijo Lerma, á quien pinchaban las palabras del rey.

—Pretende que se le haga proceso, que en el tal proceso se demuestren las causas por qué se le ha quitado su oficio de ayuda de cámara del príncipe... en fin, el duque dice que se va á presentar preso y á pedir el proceso, si no se lo concedemos, al consejo de Castilla.

—El duque está loco, señor—dijo Lerma—, y como á tal no podéis tenerle al lado del príncipe. Su petición demuestra su locura. ¿Pues qué, vuestra majestad tiene necesidad de decir á un vasallo, por muy alto que éste sea, ni debe decirle las razones que ha tenido para quitarle un oficio que le había dado? Este es un crimen de lesa majestad, señor, que debéis castigar con energía.

—Es que el duque de Uceda protesta hacia mí el más profundo respeto, y dice... dice que sois vos su enemigo.

—Es decir, que el que comete un delito de lesa majestad contra su rey, suponiéndole injusto, comete y debe necesariamente cometer otro no menor delito: el de lesa naturaleza rebelándose contra su padre.

—Pues ved ahí: Uceda dice que no le miráis como hijo.

—Desgracia y grande ha sido para mí, que tal hombre sea hijo mío.

—Y añade, que quiere ese proceso para demostrar las razones que vos habéis tenido para proponerme su separación del cuarto del príncipe.

—¡Razones contra mí!

—Sí; habla de pruebas...

—¿De pruebas de qué?

—Lo mismo pregunté á Uceda; pero pidiéndome perdón por no revelarme lo que yo quería saber, me dijo que sólo presentaría las tales pruebas al juez ó á los jueces que hiciesen el proceso.

—¿Es decir, que el duque de Uceda supone?...

—Que no me servís bien.

—Que presente, pues, las pruebas; que las presente—dijo conteniendo mal su cólera por respeto al rey, Lerma—; entre tanto, señor, yo me retiro á mi hogar, y dejo el honroso puesto que vuestra majestad me ha dado.

—Ved, ved ahí por qué digo yo que hace un siglo estoy teniendo paciencia; en vano me esfuerzo porque haya paz entre los míos; yo bien sé que vos y vuestro hijo y todos los que me rodean, me quieren, son leales, capaces de perder por mí la vida; pero todos reñís, todos os mordéis, todos procuráis parecer los más leales, á costa de los otros; y esto es un zumbar eterno que ya me atolondra, que me cansa, que me hace infeliz.

—Por lo mismo, señor, admita vuestra majestad mi renuncia.

—No hay necesidad; yo no he desconfiado de vos.

—Sin embargo, señor... esas graves acusaciones exigen: ó que yo sea juzgado, ó que lo sea mi hijo.

—¿Qué estáis diciendo, duque? ¿qué estáis diciendo?... ¿meterme queréis en esos cuidados? yo os mando que sigáis ayudándome en el gobierno de mis reinos.

—Y yo, señor, obedezco á vuestra majestad. Pero...

—¿Pero qué?

—Es necesario, para que tengamos paz, apartar de la corte á muchas personas.

—La primera á don Francisco de Quevedo.

—¡Cómo, señor!

—Es muy aficionado á contar cuentos que nadie entiende.

—Don Francisco de Quevedo es uno de los vasallos más leales de vuestra majestad.

—Paréceme, sin embargo, que le hemos tenido preso.

—Dos años. Es un tanto turbulento...

—Por lo mismo, dejémosle que se vaya con su duque de Osuna.

—Por el contrario, yo le guardaría...

—Pues prendedle otra vez, que no ha de faltar motivo. No sé qué he oído de unas estocadas... ¡ah! ¡sí! don Rodrigo Calderón...

—En efecto, mi secretario Calderón, hace tres noches fué muy mal herido y está en mi casa.

—Hirióle... ese bastardo de Osuna, ese don Juan, á quien yo no sé quién ha hecho capitán de la tercera compañía de mi guardia española.

—Lo ha hecho, señor, la reina, por amor á su favorita doña Clara Soldevilla.

—Esposa recientemente de ese don Juan... y á quien creo que ama mucho... pues bien, prendamos á ese don Juan para poder prender á Quevedo.

—¡Cómo!

—Como que dicen que Quevedo ayudó á don Juan á herir á don Rodrigo.

—Es necesario andar muy despacio en eso, señor; tales negocios pueden salir al aire si se prende á don Francisco...

—¡Cómo! ¿también por ahí?

—Sí; sí, señor; don Juan, hiriendo á don Rodrigo, ha obrado como bueno y leal, y como buen amigo suyo Quevedo, ayudándole... esto es... midiéndose con otro hombre que favorecía á don Rodrigo.

—Pues mirad: podré engañarme, pero ese don Juan no me gusta.

—¡Y yo que traía á vuestra majestad para que la firmase una real cédula de merced, para ese don Juan, del hábito de Santiago!

—Pues no; no hay que pensar en ello; ¿con que es decir que se nos lleva la dama más hermosa de palacio, que se nos pone á la cabeza de la compañía más brava de nuestros ejércitos, que nos hacemos los ciegos ante un homicidio intentado por él y todavía queréis que le demos el hábito de Santiago?

—No haríais más que doblárselo, señor, pues lo tiene ya.

—¡Cómo! ¿pues quién se lo ha dado?

— El gran don Felipe II, padre de vuestra majestad, lo concedió al duque de Osuna para su hijo bastardo cuando aún no le había dado su madre á luz.

—¿Y para qué dos mantos á un mismo hombre? eso es decirle que tiene mucho frío y que queremos abrigarle.

— Eso quiere decir que vuestra majestad le cree digno del hábito por sus hechos, como el gran don Felipe II le creyó digno de él por ser hijo de quien era.

— Pero esto no estorba para que le prendamos.

—No; pero vuestra majestad no le debe prender.

—Dad, dad acá esa cédula—dijo el rey.

Lerma sacó un papel arrollado y le extendió delante del rey.

—Ahora — dijo Felipe III — necesito firmar otros dos papeles.

—¿Cuáles, señor?

—Dos órdenes de prisión,

—Creo que sean necesarias más.

—Pues bien, Lerma; decidme vos los que queréis que sean presos, y yo os diré los que quiero tener encerrados y no disputemos más.

—Señor, yo no disputo con vuestra majestad.

—¿Pues qué estamos haciendo hace ya más de media hora? Disputar y no más que disputar. Con que sepamos ¿á quiénes queréis vos prender?

—Al duque de Uceda.

—Bien, prendámosle en el cuarto del príncipe.

— ¡Señor!—exclamó completamente desconcertado por aquella salida del rey, Lerma.

—Sí, sí, volvámosle su oficio al ayuda de cámara del príncipe don Felipe.

—Pues cabalmente eso es lo que el duque desea.

—Pues porque lo desea, y para que nos deje en paz, concedámoselo; mandad extender la provisión y traédmela al momento al despacho.

Lerma desconocía al rey.

El rey mandaba.

Lerma no estaba acostumbrado á aquello.

—Señor—dijo - , yo no puedo seguir siendo secretario de vuestra majestad.

—Os lo mando yo—dijo el rey.

—Obedezco, señor.

—A fray Luis de Aliaga, le nombramos confesor de la reina—dijo el rey.

Estremecióse Lerma.

—Traednos el nombramiento. Al conde de Olivares le reponemos en su oficio de caballerizo mayor.

—¡Ah, señor! ¡Dios quiera que no os pese!

—Al conde de Lemos, vuestro sobrino, levantamos su destierro.

—Todos son enemigos míos, señor.

—¿Y qué os importa, si es vuestro amigo el rey?

—Sea lo que vuestra majestad quiera.

—Envíense correos á don Baltasar de Zúñiga para que se vuelva á su oficio de ayo del príncipe don Felipe.

Lerma, aterrado, se resignó.

Aquel era un golpe mortal.

Sus enemigos triunfaban.

¿Pero de qué medios se habían valido?

Ignorábalo el duque, y esta ignorancia le aterraba.

—Además—dijo el rey—, orden de prisión contra don Francisco de Quevedo y don Juan Téllez Girón. Los enviaréis á Segovia.

Lerma no se atrevió á replicar.

—Id, id; extended todas esas órdenes y traérmelas al momento para que las firme.

Y el rey se levantó y escapó por una puerta de servicio.

El duque quedó aterrado en medio de la cámara.

- ¿Qué tal, eh?—dijo una voz detrás de un tapiz.

Miró Lerma al lugar de donde salía la voz, y vió que el tapiz se levantaba y que de detrás de él salía un hombrecillo.

Aquel hombrecillo era el bufón del rey.

CAPÍTULO LXIII

DE CÓMO EL DUQUE DE LERMA VIÓ AL BUFÓN DE SU MAJESTAD EXTENDERSE, CREAR, TOCAR LAS NUBES... ETC.

Estuvieron mirándose durante algunos segundos el ministro y el bufón.

Los ojos del tío Manolillo relumbraban como brasas.

Sus mejillas no estaban pálidas, sino verdinegras.

Miraba al duque con una fijeza y una insolencia tales, que el duque se irritó.

—¿Qué me queréis? – dijo Lerma con acento duro.

—¡Eh! ¿Qué os quiero yo? nada; vos sois quien me queréis á mí.

—¡Yo!

—Sí, vos me necesitáis.

—¿Que os necesito yo?

—Sí por cierto. ¿No es verdad que nuestro buen rey tiene de vez en cuando ocurrencias insufribles?

—¡Cómo! ¿Sabéis...?

—Vaya si lo sé; como que estaba allí, detrás de aquel tapiz, y no he perdido uno de los gestos, una sola de las convulsiones que os ha causado el ver al rey hecho por un momento rey. Y el bueno de Felipe, traía su lección bien aprendida; no ha olvidado nada; y es que los tontos tienen muy buena memoria.

—¡Ah! ¿Han hecho aprender á su majestad una relación de memoria?

— Sí, excelentísimo señor.

— ¿Y quién le ha enseñado esa lección?

—Excelentísimo señor, yo.

— ¡Vos! ¿Pero á quién servís?

— Me sirvo á mí mismo.

—Pero si el rey dice que ha hablado con el duque de Uceda...

—Y tiene razón; como que yo le he metido al duque de Uceda en su recámara.

—Venid, venid conmigo, bufón, y hablemos donde de nadie podamos ser escuchados.

—Eso quiero yo.

— Seguidme.

—No por cierto. No nos deben ver salir juntos de la cámara del rey. Sois muy torpe, excelentísimo señor. Nos veremos, sin que nadie lo sepa ni lo entienda, en vuestro camarín de la secretaría de Estado. Hasta dentro de un momento. Adiós.

Y el bufón levantó el mismo tapiz por el que había aparecido, y desapareció tras él.

—¿Qué sucede en palacio, señor? ¿Qué hay aquí—exclamó el duque –, que me veo obligado á tratar con ese miserable?

El duque hizo un violento esfuerzo, salió de la cámara real, bajó á la planta baja del alcázar, y se entró en la secretaría de Estado.

—¡Ledesma!—dijo á uno de los oficiales que trabajaba en la primera sala—; cuidad de que nadie vaya á interrumpirme, y estad dispuesto para cuando yo os llame.

Ledesma, que se había levantado como todos á presencia del duque, se inclinó profundamente.

Lerma atravesó otras dos salas, en las cuales los oficiales se levantaron con el mismo respeto que los de la primera, llegó á una puertecilla, sacó una llave, abrió la puerta, entró y cerró.

Atravesó después un largo corredor, abrió otras dos puertas, y se encontró al fin en un pequeño aposento, en el cual había únicamente una gran mesa cubierta de papeles y legajos en el testero de la mesa, un sillón de terciopelo carmesí, con las armas del duque bordadas; detrás, en la pared, un retrato de cuerpo entero del rey; á los dos lados, contra la pared, dos secreteres de ébano incrustados de plata, nácar y concha, y delante de la mesa, un sillón más modesto, destinado sin duda á un secretario; una magnífica alfombra y algunos excelentes cuadros, completaban el aspecto de aquel aposento, que era el camarín reservado de despacho del secretario universal del rey.

Al abrir el duque la puerta del camarín, retrocedió y tembló.

Sintió pavor á impulsos de una impresión supersticiosa.

Sentado en el sillón del duque, arreglando unos papeles, estaba el tío Manolillo.

El camarín no tenía más entrada que aquella por donde había ido el duque: una reja le daba luz, y aquella reja tenía vidrieras de colores.

Los hierros de la reja eran demasiado espesos para que

pudiese haber entrado por ella el bufón, y las vidrieras estaban cerradas.

—Cierra y siéntate—dijo el tío Manolillo al duque de Lerma—. Aquí no puede oírnos ni vernos nadie. Eres mi secretario, duque.

—¿Qué significa esto?—exclamó Lerma—; ¿en qué poder confiáis para atreveros á tanto?

—Es singular, singularísimo tu orgullo, duque. Cualquiera al escucharte, no viéndote, creería que no tenías miedo. Y estás temblando, Lerma. Temblando como un ratón delante del gato. Sin duda me crees brujo, ¿no es verdad? porque tú guardas como un tesoro las llaves de este camarín, donde escondes todos tus secretos en los secretos de esos secreteres, y sabes que nadie puede entrar aquí si no le das tú las llaves de esas tres puertas; y esas tres llaves no se separan de ti desde hace trece años: desde que eres favorito del rey más desfavorecido de ingenio que ha criado Dios para ejemplo de reyes imbéciles y torpes.

—No comprendo... no comprendo cómo...

—¿Cómo estoy aquí? Yo soy brujo, duque.

Desconcertóse de una manera tal Lerma, que el tío Manolillo soltó una carcajada hueca, larga, pero de un sonido, de una expresión tal, que se le crisparon los nervios al duque.

—Estoy aquí—dijo el bufón—, porque estoy: te tengo en mis manos, porque eres un traidor, un villano.

El duque se creía delante de un poder sobrenatural y no pudo irritarse; le faltaba completamente el valor.

Adelantó vacilante, y se apoyó en el sillón destinado al secretario.

—Siéntate, siéntate y no tiembles—dijo el bufon dulcificando su voz—; nada te sucederá si tú no quieres que te suceda.

El duque se sentó maquinalmente.

—Yo sé todos los secretos de palacio—dijo el bufón—; como que no hago otra cosa que ver y escuchar. Del mismo modo que he hecho que el rey vuelva á llamar á su alrededor á tus enemigos, puedo hacer que el rey los mande encerrar; y del mismo modo, duque, si quiero, puedo llevarte al patíbulo.

—¡Al patíbulo!

—Sí, por traidor al rey y por ladrón.

—¡Ah! ¡ah! ¿y qué pruebas...?

— Oye, tengo preparadas las pruebas; están aquí. Primera: carta de milord, duque de Bukingam, al excelentísimo señor duque de Lerma.

—¡Ah! esa carta...

—¡La España vendida á los ingleses, duque!

—Pero esa no es una carta.

—Es una copia de la carta.

--Pero la carta...

— Está con otras tres de Bukingam y cuatro de milord conde de Seymur y otras varias, que prueban cumplidamente que tú, más que secretario del rey de España, eres secretario del de Inglaterra; estas cartas están tan bien guardadas que no las encontrarás á tres tirones. Se trata, en esta que he traído de muestra, del casamiento de la infanta doña Ana, de ciertos tratos vergonzosos entre Bukingam y tú, de condiciones recíprocas, de infamias... ¿quieres que te la lea, don Francisco de Sandoval y Rojas?

—No, no; pero eso es imposible—dijo el duque abalanzándose al secreter de la derecha y abriéndole.

—Sí, busca, busca; encontrarás ahí alhajas que yo no he querido tomar, á pesar de que soy muy pobre, porque no soy ladrón, pero las cartas de que te hablo y otros importantísimos papeles, no están ahí; los tengo yo: auténticos, con tu firma, porque en todos ellos, ó en todas ellas, porque son cartas, has cometido la torpeza de escribir: «*Contestada en tal fecha.—Lerma.*» El rey podrá encontrar en esos papeles el secreto de la expulsión de los moriscos, las causas de su desavenencia con Francia, el por qué de los reveses que sufre en todas partes donde hace la guerra España; el rey sabrá que de los tributos que saca á sus vasallos la tercera parte es para el rey, otra tercera parte para los corregidores, alcaldes mayores y demás exactores, y la otra tercera parte para el nobilísimo, el excelente señor don Francisco de Sandoval y Rojas, marqués de Denia, duque de Lerma, del consejo de Estado, su protonotario en Indias, su secretario universal, su favorito, su todo; sabrá el rey... aunque me mates, porque los papeles se presentarán solos al rey, que ha criado en ti un cuervo, que ha levantado á su enemigo, y como el rey, aunque es débil, no es malo y no le gustan los bribones; y como el rey, aunque no es rey, tiene grandes humos de rey y de rey poderoso; y como el rey es del último que llega, nada tendrá de extraño que su majestad retire de ti su protección y te arroje al verdugo; porque tú has hecho lo bastante, mi buen duque, para ser primero degradado y después ahorcado.

—Sin duda tienes algo muy grande que pedirme; sin duda me necesitas para mucho, cuando así me hablas; ¿qué quieres?

—Creo que nos entendemos. Ahora voy á decirte lo que quiero.

—Si puedo, si está en mi mano...

—Oye; tú conoces á una mujer á quien yo conozco también. Yo quiero que esa mujer sea feliz.

—¡La reina!

—¿Qué me importa la reina? ya la he salvado hoy.

—¿Conque era verdad?

—Verdad, verdad; quisieron envenenarla.

—¡Envenenarla! ¿Pero quién ha querido cometer ese atentado?

- Tu buen secretario don Rodrigo Calderón.

—¡Pero si ese atentado se ha intentado hoy y don Rodrigo está en el lecho mal herido!

—Pero no estaba mal herido el sargento mayor don Juan de Guzmán, que ha estado yendo y viniendo al lecho de don Rodrigo, y como don Juan de Guzmán era amante de Luisa, la mujer del imbécil cocinero de su majestad, y como de las cocinas baja la vianda para la reina, Luisa pudo hacer que ciertos polvos entrasen en uno de los platos del almuerzo de su majestad. Quevedo y yo, que éramos muy amigos, nos hemos visto negros para salvar á Margarita de Austria; pero tales eran los polvos, que un pobre paje á quien se le apeteció lo que había quedado sobrante en los platos de la reina y del padre Aliaga, ha muerto en momentos.

—¡Horrible! ¡horrible!—exclamó el duque.

—Yo no sé si tú has tenido parte en esa infame tentativa de asesinato, ó si ha sido únicamente cosa de don Rodrigo Calderón.

—¡Yo! ¿me creéis capaz de esa infamia?

—Te creo, por tu vanidad y por tu ambición, capaz de todo.

—¡Oh! ¡oh! esto es demasiado, demasiado faltarme al respeto.

—La reina te estorba tanto como á don Rodrigo; la reina conspira contra ti, y la temes.

—Pero jamás llegaría á ese punto, jamás; me calumniáis.

—Quiero creerte, porque hasta ahora, si has sido traidor y ladrón, no has sido asesino.

—En muestra de ello, quiero las pruebas, las pruebas del crimen de Calderón; las pruebas para enviarle al cadalso.

—No hay pruebas.

—Vive la mujer del cocinero mayor, y aunque prófuga, se la buscará, se la encontrará, se la sujetará á la prueba del tormento.

—Y declarará que don Juan de Guzmán era su amante, que la dió unos polvos, que ella los dió al galopín Cosme Áldaba, que, en ausencia de su marido, le introdujo en la cocina. Siguiendo el hilo, prendiendo á Cosme Aldaba, atormentándole, se sabrá que el tal Cosme envenenó en las cocinas una perdiz destinada al almuerzo de la reina, que la entregó para que la sirviera el paje Cristóbal Cuero, y el paje, preso y sujeto al tormento, declarará que puso en la mesa de su majestad la perdiz envenenada; pero todas las pruebas recaerán en el sargento mayor don Juan de Guzmán.

—Se le prenderá, se le hará pedazos para que declare.

—Eso es imposible.

—¡Imposible!

—Sí; no has reparado en que cuando me he referido al sargento mayor, he dicho: ¿era, no es? El sargento mayor ha muerto.

—¡Muerto!

—A mis manos, á puñaladas.

El bufón, que había crecido de una manera imponderable á los ojos del duque, aumentó otro tanto en tamaño.

Se había convertido para Lerma en un gigante.

—Por lo que toca á la reina—continuó el bufón—, el negocio está perfectamente concluído; un paje ha muerto y se le ha enterrado... nadie ha sospechado... no asustemos á su majestad; sírvate esto para conocer á don Rodrigo Calderón y guardarte de él. La mujer, pues, á quien ambos conocemos y por la que he procurado tenerte en mis manos, por la que he penetrado aquí, en este lugar que tú creías tan seguro, y he abierto valiéndome de mis artes, artes acaso del diablo, esos secreteres, y me he apoderado de esas cartas, obteniendo con ellas armas bastante fuertes para rendirte, para hacerte mi esclavo; la mujer, pues, que á tal punto nos ha traído á los dos, no es la reina, aunque muchas veces represente reinas.

—¡Dorotea!

—Cabalmente, Dorotea; esa pobre niña que es tu querida públicamente, y mi corazón, mi alma en secreto.

—¿Qué sois vos de esa mujer?

—¡Qué soy yo! ¡su padre! ¡su hermano! ¡su mártir!

—¡Ah!

—La amo... más que á mí mismo: la deseo con todo mi deseo, con toda mi sed de gozar, y sin embargo, devoro y comprimo mi deseo. Vivo de su felicidad, y sus lágrimas me despedazan el alma. Dorotea sufre; Dorotea es infeliz. Se han valido de ella como de un instrumento, la han despedazado el alma... ama á un hombre y le roban ese hombre.

—¿Y qué hombre es ese?

—Don Juan Téllez Girón.

—¡Siempre ese hombre!—exclamó con desesperación el duque.

—Sin embargo - dijo el tío Manolillo—, á ese hombre debes el empezar á ser algo.

—¡Cómo!

—Sí, sí ciertamente. Si ese hombre no hubiera venido á Madrid, no hubiera conocido á doña Clara Soldevilla, y no hubiera podido ayudarla, cuando esa mujer servía á la reina con su vida, con su honra; no hubiera encontrado á Quevedo, y sin Quevedo, no hubiera herido á tu buen secretario don Rodrigo Calderón; si no hubiera herido á don Rodrigo, si no le hubiera arrebatado las cartas que tenía de la reina...

—¡Cómo! ¿ese caballero ha quitado á Calderón las cartas?...

—Sí, las cartas que yo acaso no hubiera podido arrancarle. Y don Rodrigo, armado con aquellas cartas, obrando por cuenta propia, era omnipotente: hubiera dictado condiciones á Margarita de Austria, te hubiera vencido, hubiera ocupado acaso ya tu lugar, un lugar que, si no le pones fuera de combate, ocupará algún día; ¿comprendes ahora todo lo que debes á ese afortunado joven?

—¡Oh! ¡oh! ¡y yo ciego!...

—Tú, torpe y confiado, creyéndote en tu vanidad asegurado en el favor del rey y superior á todo... pero continuemos y te convencerás de cuánto es lo que debes al bastardo de Osuna, sin que él, que porque es amigo de Quevedo te aborrece, sepa, ni por pienso, que te ha hecho el más leve servicio. Por otra parte, don Juan Téllez Girón, hiriendo á don Rodrigo, te ha hecho otro inmenso servicio: don Francisco de Quevedo, que conoce la corte, tuvo miedo al ver herido, sin saber si era muerto ó vivo, á don Rodrigo, y

·como sólo había venido á Madrid por encargo del duque de Osuna para buscar á ese don Juan, y con el sólo objeto de llevársele consigo á Nápoles, quiso ponerle á cubierto de toda eventualidad, y acordándose de Dorotea concibió un terrible pensamiento.

—¡Dorotea!

—Sí por cierto. Como don Juan es joven y hermoso, con esa hermosura que deslumbra á las mujeres...

—No le conozco.

—¡Oh! pues es un mancebo hermosísimo; ya ves: cuando en tres días ha llegado á ser marido de doña Clara Soldevilla, á quien todos, menos yo, creían de nieve, y ha enamorado á Dorotea, que no había amado nunca...

—¡Pero Dorotea le ama!--exclamó con cierta celosa impaciencia Lerma.

—Con toda su alma, con toda su vida, de tal modo, que si le pierde muere.

—¿Pero qué se proponía Quevedo al hacer conocer á Dorotea ese hombre?

—Que se enamorase de él, y lo consiguió.

—Pero no entiendo el objeto de Quevedo al pretender que Dorotea se enamorase de ese hombre.

—Estás cada día más torpe, duque.

—No tenéis razón para llamarme torpe, porque es incomprensible el objeto de Quevedo.

—Lo que á ti te falta de ingenio, le sobra á Quevedo, Lerma.

—Pero en esta ocasión...

--Dime: ¿no es tu querida Dorotea?

—Sí.

—Aún no me comprendes. Será necesario llegar al fin. Dime: ¿no harás tú cualquier locura por evitar que Dorotea te humillase despidiéndote?

—Según, según.

--No hay según. Tú eres todo soberbia. Tú hubieras hecho lo que hubiera querido Dorotea, y como Dorotea, una vez enamorada de don Juan, debía procurar que no le prendiesen por sus heridas á don Rodrigo...

—¡Ah!

—Has comprendido al fin, gracias á Dios y á mi paciencia. Pues bien, Quevedo ha tenido suerte: Dorotea ama como una loca á don Juan, le ama más que á sí misma, y es capaz de cometer cualquier terrible desacierto, porque tiene ·celos.

—¡Celos!

—¡Oh! ¡si Dorotea no tuviese celos! ¡si la amase don Juan, el primer hombre á quien ha amado, como ella le ama! Entonces yo le amaría también, porque haría feliz á mi Dorotea, y amaría á Quevedo que los había puesto en el caso de amarse, y procuraría que, como don Juan te ha robado el corazón de Dorotea, te robase el corazón del rey. ¡Pero ya se ve! don Juan había visto antes que á Dorotea á doña Clara: habían andado de aventura por esas calles de Dios... y doña Clara es tan hermosa... no es más hermosa que Dorotea, no; pero no es cómica, ni tu querida, ni lo ha sido de nadie: doña Clara... yo he visto á todos, altos y bajos, mirarla con codicia... y el mismo rey...

—¡El rey!

—Sí, el rey ama á doña Clara: tibiamente, eso sí; pero la ama cuanto puede amar, como no ha amado á ninguna mujer... ya ves: cuando siendo tan devoto y tan temeroso de Dios se ha atrevido á arrojarse á pretensiones... la mujer que ha sido capaz de sacar de quicio á su majestad, tiene no sé qué poder, que Dorotea no tiene... Dorotea, pues, amando al marido de doña Clara es una mártir, y ya que no puedo evitar su martirio, quiero vengarla, y la vengaré.

—¿Que la vengarás? ¿y cómo?

—Valiéndome de ti.

—¡Ah! creo que también te vales de otra persona.

—¿Del rey? cierto que sí. Su majestad no puede ver á don Juan desde que sabe que le ama doña Clara. Y anoche, que fueron las bodas, no durmió. Sabe además su majestad que Quevedo ha tenido gran parte en ese casamiento, y no puede ver á Quevedo.

—¡Por eso me ha mandado prenderlos!

—Ya lo creo, como que se lo he aconsejado yo.

—Y si teníais interesado al rey, ¿á qué imponerme condiciones á mí?

—Esa es una pregunta de simple. El rey nuestro señor, no es más firme que una caña; le mueve hacia un lado el más ligero vientecillo, y otro vientecillo no mayor, le inclina al lado contrario. Hoy manda prender á don Juan y á Quevedo porque yo he sabido irritarle. Presos serán, porque el rey, aunque no sea rey, se llama al fin rey, y es necesario obedecerle cuando manda. Pero hubiera sobrevenido doña Clara, sobrevendrá, se arrojará á los pies del rey, llorará, le besará las manos... y el rey se derretirá y revocará la orden de prisión, y será capaz de honrar á don Juan y á Quevedo por añadidura. Es necesario que el rey no pueda hacer nada.

—¿Y cómo?

—¿Cómo? poniendo entre la gracia del rey y don Juan, la justicia ofendida.

—Es decir, ¿formando proceso á don Juan por la herida de Calderón?

—Y por añadidura, á don Francisco de Quevedo.

—Y si todo eso sucede, ¿me devolveréis esas cartas que me habéis robado?

—Cuando Dorotea posea completamente á don Juan, ó cuando yo la haya vengado de él.

—¿Pero no consideráis que si la Dorotea sabe que su amante está preso, interpondrá todo su influjo para salvarle?

—Eso quiero yo. Que Dorotea tenga ocasión de demostrar á don Juan hasta qué punto le ama.

—¡De modo que me veo reducido á coaligarme con vos!

—Sí, sí por cierto, noble y poderoso señor duque de Lerma; conmigo el bufón, el loco, el miserable, el despreciable. Conmigo, que he sabido levantarme á vuestros ojos fuerte como un león. Conmigo, comadreja del alcázar, que puedo perderos.

—El duque no estaba en estado de regatear, ni aun podía defenderse; lo que le sucedía, le tenía aterrado; y lo que más. le humillaba era verse obligado á ayudar los amores de su querida.

—Haré, haré lo que pueda—dijo al fin.

—Tú harás lo que yo quiera; prenderás á don Francisco de Quevedo.

—En verdad, en verdad que ya he dado la orden de prisión, y á pesar de que una persona, á quien no puedo negar nada, me había comprometido á que no le prendiese, me he olvidado de revocar la orden.

—Adivino cuáles son las dos mujeres que te han pedido la una la prisión y la otra la seguridad de don Francisco.

—Si sabéis eso, es necesario concederos mucho poder.

—Con saber á quien interesa que sea preso y que no sea preso don Francisco, se sabe quién es quien ha obrado en su favor y quién en su contra. Voy á decirte los nombres: La condesa de Lemos, tu hija, te ha obligado sin duda á que prendas á Quevedo, y la duquesa de Gandía, la buena, la inocente doña Juana de Velasco, ha sido, sin duda, quien te ha exigido la promesa formal de no meterte en prenderle.

En vano el duque quiso ocultar su turbación, producida por la sagacidad del tío Manolillo; sin embargo, se dominó y dijo riendo:

—¡Bah! ¿y qué les importa ni á la condesa de Lemos, ni á la duquesa de Gandía que Quevedo sea preso ó no?

—¿Qué si les importa? Voy á revelarte dos secretos.

—¿Dos secretos más?

—¿No te he dicho que soy la comadreja del alcázar, que velo mientras los otros duermen, que todo lo veo y lo oigo? Pues bien; por esa razón sé que tu hija es querida...

—¡Querida!—exclamó el duque afectando una explosión de dignidad ofendida.

—Querida, manceba, moza, entretenimiento, como quieras, de don Francisco de Quevedo.

—¡Mentira!

—Vamos: lo sabías—dijo el bufón—; debe de habértelo dicho tu misma hija.

—¡Que yo sé esa deshonra!

—¡Si en ti todo es deshonra y fango y podre, cubierto por un manto ducal! La manera que tienes de negar esa deshonra que, lo confieso, es grande, me prueba que la conocías.

—¡Oh! ¡oh! ¡yo te juro que esa es una calumnia!

—No disputemos. Debe herirte demasiado lo que hago contigo, y yo, que adoro la venganza, reconozco el derecho y la necesidad que tienes de vengarte de mí. Cuando puedas, mátame, hazme pedazos; pero entre tanto, sírveme.

El duque no contestó; estaba lívido de cólera, se le saltaban los ojos de las órbitas.

El bufón continuó:

—Como doña Catalina es una dama muy discreta y tiene mucho ingenio, y es intrigante y enredadora y sagaz donde los hay, nada tiene de extraño que haya averiguado que Quevedo sólo ha venido á Madrid á buscar al hijo del duque de Osuna para llevárselo á Nápoles. Y como doña Catalina ama mucho á Quevedo, con toda su alma ardiente, á la que tan mal dueño has dado en tu sobrino el conde de Lemos, naturalmente, para no perder sus amores, te ha obligado, Lerma, porque tu hija puede obligarte, á que prendas á Quevedo.

El duque se movió violentamente en el sillón.

—Por lo que sufres, conozco que he acertado en todo; voy ahora á decirte las razones que tengo para creer que la duquesa de Gandía te ha obligado á que no prendas á Quevedo. La duquesa de Gandía es madre natural de don Juan Téllez Girón.

Dió un salto sobre el sillón Lermá y volvió á caer desplomado.

Aquella noticia le espantó.

Tal concepto tenía formado de la duquesa de Gandía, que le pareció un sacrilegio la revelación del tío Manolillo.

—Eso es imposible; imposible de todo punto; tu lengua ponzoñosa nada respeta; es una calumnia infame. La duquesa de Gandía es una santa.

—Pero cuando una santa se encuentra á obscuras en una galería apartada con un hombre, tal como el duque de Osuna, por lo mismo que es una santa, se encuentra sin saber cómo en la situación en que se halla la duquesa de Gandía. Pregunta á tu hija, que sin ser una santa, es y lo será siempre una mujer honrada, á pesar de ser querida de Quevedo, lo que son tales encuentros: ¡bah!, Lerma, tú te estremeces porque estás en la misma situación que un hombre atado por cada uno de sus remos á cuatro caballos. No te asustes; al pedirte yo lo que te pido, he pensado, primero, en procurarte los medios de hacerlo, porque yo no soy tan insensato que pida imposibles. Por eso he abierto camino al duque de Uceda hasta el rey. Por eso he procurado que tus enemigos, sin vencerte, se crean de nuevo en posición de hacerte la guerra. Para que volviese á la corte el conde de Lemos, era necesario hacer todo eso. Y yo necesito que el conde de Lemos vuelva. Entonces doña Catalina estará más contenida, porque un marido al fin es un marido, y, si pretende hacer algo, yo la haré callar. Del mismo modo haré que la duquesa de Gandía te sirva de cabeza. Conque ayudémonos resueltamente, duque, y no disputemos más. A cambio de tu favor con el rey, la prisión de don Francisco de Quevedo y don Juan Téllez Girón ante la justicia, como homicidas de don Rodrigo Calderón.

—Lo haré...—dijo el duque—¿pero esas cartas, esos secretos?...

—Las unas y los otros los guardo yo como armas preciosas.

—Escucha—dijo el duque—; yo puedo enriquecer á Dorotea, enriquecerte á ti...

—¿Y el oro da la felicidad? la da á los imbéciles, que creen verdades las adulaciones de los miserables; pero la sed del corazón no la calma el oro. Ni un maravedí quiero tuyo. Y

escucha: como dentro de un momento no esté preso don
Juan Téllez Girón, que está en el alcázar y en el cuarto de
su esposa, y ese Quevedo no duerma preso esta noche, obro,
duque, obro y ¡ay de de ti en el momento que yo obre!

—¡Y no hay medio en lo humano!

—Ninguno.

—Bien; será lo que quieras.

—¡Presos don Francisco y don Juan!

—¡Presos!

—¡Al momento!

—¡Al momento!

—Pues vete y manda extender las órdenes.

—¿Y te quedas aquí?

—Sí, no quiero asustarte desapareciendo delante de ti.

—Debe haber aquí alguna puerta secreta.

—Pues bien; ¿qué importa? bastante seguro te tengo.
Mira.

El bufón se levantó, llegó al secreter de la derecha, opri-
mió un resorte y el secreter giró dejando descubierta una
obscura entrada.

— Adiós, duque, adiós—dijo el bufón desapareciendo por
ella—, y no te atrevas á desobedecerme.

El secreter volvió á girar.

El duque quedó aterrado.

Parecíale, ó mejor dicho, quería que le pareciese aquello
un sueño.

Pasóse la mano por la frente, hizo un violento esfuerzo, se
resignó y salió y abrió la primera puerta.

—Que entre Ledesma— dijo á uno de los oficiales.

Y se volvió al camarín y se puso á papelear para disimular su turbación.

Entró Ledesma.

—Sentáos — le dijo el duque—y tomad nota.

Ledesma se sentó.

—Levantamiento del destierro del conde de Lemos—dictó
el duque   ; reposición en su oficio de ayo del príncipe de
Asturias á don Baltasar de Zúñiga; reposición en su oficio
de caballerizo mayor al conde de Olivares; nombramiento de
confesor de su majestad la reina al reverendo padre fray
Luis de Aliaga, y por último, reposición en su oficio de ayuda de cámara de su alteza el príncipe don Felipe, al duque
de Uceda.

—Ya está, señor —dijo Ledesma.

—Ahora aparte: comuníquese urgentemente orden al alcalde mayor, para que luego haga prender, donde los halle,
á don Francisco de Quevedo y Villegas y á don Juan Téllez
Girón, como causantes de la herida de don Rodrigo Calderón, y pase de oficio para que sin levantar mano se empiece
á formar el proceso; que cada oficial extienda una de esas
minutas y traédmelas para el despacho de su majestad.

Ledesma salió asombrado, comprendiendo la razón de la
malísima cara que tenía el duque.

Poco después, en vista de las minutas que se estaban extendiendo, se daba por segura en las secretarías de Estado
la caída del ministro universal duque de Lerma.

Lerma entre tanto, encerrado de nuevo, buscaba en vano
el resorte del secreter que cubría el pasadizo por donde había desaparecido el bufón.

CAPÍTULO LXIV

DE CÓMO QUEVEDO BUSCÓ EN VANO LA CAUSA DE SU PRISIÓN, Y DE CÓMO CUANDO SE LO DIJERON SE CREYÓ MÁS PRESO QUE NUNÇA

Antes de entrar en la materia de este capítulo, debemos
dar algunas noticias á nuestros lectores á la manera de sueltos de periódico:

—Don Juan Téllez Girón fué preso aquel mismo día, en el
aposento de su esposa doña Clara de Soldevilla, como acusado del estado en que se encontraba don Rodrigo Calderón, y en el momento en que preparaba un viaje, circunstancia agravante que el alcalde encargado de su prisión
hizo constase en la diligencia del escribano que le acompañaba.

—Doña Clara Soldevilla solicitó una audiencia del rey y
no pudo conseguirla.

—Dorotea esperó en vano toda la tarde al duque de Lerma y á don Francisco de Quevedo, con la mesa puesta, y
ya cerca de la noche se puso verdaderamente mala y se
metió en el lecho.

—El cocinero de su majestad fué á avisar al excelentísimo señor duque de Lerma, que doña Ana de Acuña recibiría
á obscuras al rey á las doce de aquella noche.

Al salir Francisco Martínez Montiño, cocinero mayor
de su majestad, de casa del excelentísimo señor duque de
Lerma, se encontró manos á boca con el tío Manolillo, bufón del rey, que le asió por un brazo y le metió en una taberna, donde se encerró con él en un aposento.

El tío Manolillo hizo vomitar al cocinero de su majestad
cuanto sabía acerca de la cita que el duque tenía aquelta
noche con doña Ana de Acuña.

Al salir de la taberna, separáronse el cocinero mayor y el
bufón, y este último se fué en busca de un alcalde de casa y
corte.

Conocidas de nuestros lectores estas noticias, entraremos
de lleno en el asunto del presente capítulo.

La silla de manos en que había sido metido Quevedo, y
en que Quevedo se había dormido, anduvo hasta parar en
un lugar de que no podía darse cuenta Quevedo; primero,
porque con su cansancio, su largo desvelo y su admirable
fuerza de ánimo, dormía profundamente; y segundo, porque
aunque hubiera estado despierto, la silla de manos estaba
herméticamente cerrada y á obscuras.

Pero de repente Quevedo hubo de despertar al contacto
de una mano que le movía.

Abrió los ojos, se los restregó, se desperezó, y... se encontró todavía á obscuras.

—Salid, don Francisco—dijo la voz del alcalde Sarmiento.

—¡Ah! ¡conque hemos llegado! ¡pues me alegro! quitáos
de delante no tropiece con vos, licenciado Sarmiento, que lo
sentiría por lo que de mí se os pudiese pegar, y dígame vuesa
merced, si no le enoja: ¿se han acordado de poner cama?

—Aquí os quedaréis—dijo el alcalde.

—Sea por minutos, amigo. Y como no me contestáis y os
despedís, id con Dios.

—Que Dios os guarde.

Sintió Quevedo el ruido de las pisadas de algunos hombres, y luego cerrarse una puerta.

—¿De dónde vendrá ese chubasco?—dijo para sí, palpando en torno suyo—; no lo sé... no adivino; una silla... pues
señor, estoy en mi casa... una cama mullida... afírmome en lo
dicho... y á obscuras... me afirmo más; calabozo tenemos,
guardados estamos, y... sueño tengo; dejémonos de suposiciones inútiles, y acostémonos, y continuemos el sueño interrumpido.

Y Quevedo se acostó, no así como quiera, sino desnudándose como si hubiera estado en su casa.

Pero por esta vez no se durmió.

Había descabezado, como suele decirse, el sueño en la silla de manos; la situación en que se encontraba era grave por más de un concepto, y su poderosa imaginación empezó á dar vueltas.

Pero las vueltas de su imaginación se agitaban en un laberinto obscuro, en el que se perdía más y más cuanto más pugnaba por encontrar la salida.

Y como la imaginación es tan libre que se agita más cuanto más pretendemos sujetarla, la cabeza de Quevedo llegó á convertirse en una devanadera.

Pasáronsele muy bien dos horas sin que pudiese atinar con la causa de su prisión, porque para él era indudable que el prenderle no convenía al duque de Lerma, y que siendo el duque tan apegado á su conveniencia, no era ni aun razonable creer que su prisión proviniera de él.

Ocurriósele, y acertó, que doña Catalina podía ser la causante, pero Quevedo tenía, como todos los hombres, dentro del cuerpo, el enemigo mayor del género humano: el amor propio.

Y su amor propio decía á Quevedo que doña Catalina estaba rendida á su voluntad, que lloraría mucho, que buscaría todos los medios imaginables para retenerle á su lado, pero que jamás obraría en contra suya.

Su amor propio, como ven nuestros lectores, engañaba á Quevedo, sobreponiéndose á su sagacidad y á su prudencia, que de una manera instintiva le decía, y le había dicho, que todo debía temerlo de la rabia y el despecho de la condesa de Lemos.

Ni asaltó el pensamiento á don Francisco que el bufón podría tener interés alguno en que le hiciesen preso, ni pudo, por consiguiente, encontrar una solución satisfactoria que justificase su prendimiento.

—Hanme preso—decía—por recelos muchas veces; hánme traído de acá para allá; pero en esas ocasiones, si no he mordido, he conspirado, y si no he conspirado he pensado en conspirar. Ahora no tengo contra mí nada, absolutamente nada, porque, según el viento que corre, lo de la herida de Calderón no hay que tomarlo en cuenta. Temí por don Iuan, pero puse en planta lo que sobra para tener descuido, y ó yo me he vuelto tonto, ó mi prisión no entiendo, ó anda por la corte algo que y_0 no veo. Por fortuna, no hay bien ni mal que cien años dure; alguno ha de hablar conmigo, que no han de tenerme emparedado, y entonces ya sabré yo lo que me pasa, más por lo que no me digan que por lo que me quieran decir.

Interrumpió á Quevedo el ruido de una llave en una cerradura, sintió pasos y una voz desconocida que le dijo:

—Sígame vuesa merced, señor don Francisco de Quevedo y Villegas.

—Del hábito de Santiago, señor de Juan Abad y poeta—contestó Quevedo.

— Espera á vuesa merced quien le ha de llevar á otra parte.

—-Pues espérese el que ha de llevarme á que me vista, que yo me creía en casa y habíame desnudado; y si quieren que despache pronto, tráiganme luz, que no se ponen bien las agujetas á obscuras.

—A obscuras habéis de vestiros como á obscuras os habéis desnudado, y á obscuras habéis de ir como habéis entrado á obscuras.

—Obscuridad cerrada tenemos, en el caos andamos; alguna creación anda cerca; y ¿á dónde habéisme de llevar, señor mío?

---No lo sé yo eso; que no traigo orden más que de sacaros de aquí, y hágame vuesa merced la gracia de no preguntarme más, porque tendré el dolor de no poderle responder.

—¿Adolecedor sois? Pues con alguacil no trato; hombre de bien tengo al canto; hidalgo barrunto; huélgome de ello, que siempre es bueno, aun en lo más malo, al dar con gente bien criada.

—Pero vuesa merced se vale de eso para vestirse con gran espacio, y y_0 rogaría á vuesa merced que abreviara, que la jornada es larga, la noche mala, y los caminos con tanto llover de los diablos.

—¿Es decir que Madrid se me escapa?

—Fuera de Madrid va vuesa merced.

—-Pues quien de Madrid me saca debe ser persona que puede.

—Gran secreto se tiene con vuestra prisión—dijo el hombre misterioso, acercándose más á Quevedo —; interés hay en que vuesa merced se pierda...

—Pues no es eso fácil, que no nací y_0 para perdido.

—Traspapelar quieren á vuesa merced; pero yo, que soy algo dado á papeles, y por algo letrado me tengo, y me he regocijado mucho con los versos de vuesa merced, y aprendido muy mucho más con los discursos de vuesa merced, no soy mío por más que me hayan mandado que calle, y quiero advertir á vuesa merced.

Púsose en guardia Quevedo, á quien parecía un tanto sospechosa aquella facilidad en soltarse de lengua, en quien tan severo había empezado, y dijo:

—Páguele Dios, hermano, la buena voluntad que me tiene, si es que yo no puedo pagársela, que sí podré, que estas son tormentas que pasan, y dígame lo que quiera, que aprovechará.

—Breve tiene que ser, porque esperan y pudieran sospechar.

—Con media palabra entiendo yo. ¿Por quién soy preso?

—Por el rey.

—Eso ya me lo sabía, que á nadie se prende sino á nombre de su majestad; que el nombre de su majestad hace ya mucho tiempo que sirve para embozar cosas malas.

—Os han preso con justicia.

—Cierto es que con alguaciles me prendieron.

—Con razón.

—Tenéis razón, que razón es que los tales prendan, que si no prendieran, no serían corchetes.

—Quiero decir, que vois tenéis la culpa de haber sido preso.

—También decís verdad, que por dejar yo la espada presa, he dado en prisiones.

—No es eso, don Francisco; habéis cometido un delito.

—Estáis echando un río de verdades. Gran delito es, en efecto, el venir en estos tiempos á la corte.

—Habéis malherido á don Rodrigo Calderón.

—No fui yo... pero quiero tomar mi parte en esa buena acción, porque al fin ayudé á ella. ¿Y por haber sangrado á un pícaro me prenden? ¿Y á esto llaman delito?

—Las cosas han variado.

—¿Priva de nuevo Calderón?

—El alcázar se ha vuelto de arriba abajo.

—Gran suceso y grande espectáculo. ¿Echádose ha el alcázar á volatinero?

—Más de lo que pensáis. En fin, y para abreviar, que ya nos detenemos demasiado, habéis sido acusado por el duque de Lerma, juntamente con don Juan Téllez Girón, de homicidio contra don Rodrigo; y como don Rodrigo se va por la posta...

Pues si se va me alegro, que nosotros por aquí nos quedamos, y á fe mía, que no ha de faltar quien pague las costas. Gran servicio habremos hecho con la ida de tal, al rey y á la patria.

—Pues piden vuestra cabeza.

—Menores cosas he pedido yo, y heme quedado sin ellas; que si á todo el que pide le dieran, pronto se echarían todos á pedir y no quedaría quien pudiera dar. ¿Y á dónde me llevan?

—A Segovia.

Honrosa cárcel me dan. Y con esto y no tener ya nada que ponerme salvo la daga y la espada que me han quitado, recibid mi agradecimiento, alguacil desalguacilado, y vamos, que el moverme me hará provecho.

—Acercad y asíos de mi capa.

—Téngoos ya.

—Pues marchemos, y silencio.

—Silencio y marchemos.

Tiró para adelante el hombre, á cuya capa iba asido Quevedo, y siguióle éste pensando para sus adentros:

—Póneme más en cuidado que nunca la amistad de éste; paréceme que se han propuesto asustarme... ¡y vive Dios! que lo han conseguido... por mí, acostumbrado estoy á estas aventuras... pero don Juan... preso también... ¡pueden salir de aquí tantas cosas!...

—Señor alcalde   dijo en aquel punto el hombre que guiaba á Quevedo—: aquí tiene vuestra merced al preso.

—¿Sois vos don Francisco?—dijo la voz ronca y tiesa, por decirlo así, del licenciado Sarmiento.

—Yo soy, á menos que no me equivoque, amigo.

—Entrad en esa litera.

—Pónganme junto á ella; pero ya la topo; adentro voy; buenas noches y buen viaje.

—¡Si sois vos el que os vais!

—No, licenciado Sarmiento; vos sois el que os vais de mí... y me alegro. Guardéos Dios.

Estaba ya dentro Quevedo y se cerró la puerta de la litera.

Esta se puso en movimiento.

Durante algún espacio, Quevedo oyó el ruido de las gentes que pasaban, y el viento que zumbaba en los aleros de las calles.

Después, aquel ruido cesó: oíase el zumbar del viento, largo, extendido, como en el campo, y sólo se oyeron los pasos de las mulas de la litera y los de algunas cabalgaduras que marchaban constantemente junto á ella.

CAPÍTULO LXV

DE CÓMO EL TÍO MANOLILLO NO HABÍA DADO SU OBRA POR CONCLUÍDA

A penas el licenciado Sarmiento había entregado á cuatro alguaciles de á caballo la guarda de Quevedo, con la orden verbal de que le recibiese preso el alcaide del alcázar de Segovia, y se había alejado de la casa con su ronda de alguaciles, cuando se le plantó delante de la luz de la linterna (porque era ya de noche) un hombre pequeño, cubierto con un sombrero gacho, y envuelto en una capa negra.

—¿Qué me queréis? - dijo secamente el licenciado.

—¿Es vuesa merced, como lo parece, alcalde de casa y corte? - dijo aquel hombre, cuyo acento era indudablemente afectado.

—Tal soy—dijo el licenciado.

—Pues tomad este pliego y enteráos de él en servicio del rey y de la justicia.

Tomó el alcalde el pliego, y apenas le hubo tomado, cuando el desconocido, volviéndole rápidamente la espalda, dió á correr con una velocidad maravillosa.

—¡Síganle y agárrenle! —gritó el alcalde.

Siguiéronle algunos alguaciles, pero volvieron á poco diciéndole que aquel hombre se les había perdido.

Puso preso el alcalde á aquellos alguaciles, por el delito de no haber tenido tan buenas piernas como el huído, y después de esto fuese á su casa, encerróse en su despacho, sentóse delante de una mesa cargada de procesos, y sacando el pliego que el hombre misterioso le había dado, leyó en él lo siguiente:

—«Señor alcalde: Un hombre ha sido asesinado...»

Al leer esto el licenciado Sarmiento, le bailaron los ojos de alegría.

Porque el licenciado Sarmiento era alcalde en cuerpo y en alma, y se alegraba de los delitos, como los médicos se alegran de las enfermedades, los clérigos de los entierros, y los sepultureros de los muertos.

La alegría le hizo detenerse un momento, y luego prosiguió:

«Un hombre · ha sido asesinado á traición. Este hombre es el sargento mayor don Juan de Guzmán. El causante de este asesinato, ó los causantes, han sido don Francisco de Quevedo y Villegas...»

La alegría nubló de nuevo los ojos del licenciado, porque, como todos los tontos á los hombres de ingenio, tenía suma ojeriza á Quevedo.

Después, prosiguió:

«Los causantes han sido, don Francisco de Quevedo y Villegas, del hábito de Santiago, y don Juan Téllez Girón, homicidas, al menos por intento, de don Rodrigo Calderón. El medio del asesinato ha sido Francisco Martínez Montiño, cocinero mayor de su majestad, por instigación de los tales don Francisco y don Juan, y el lugar del asesinato donde, si se busca bien, se encontrará el cadáver del dicho sargento mayor, la casa de doña Ana de Acuña, aventurera y manceba á un tiempo del duque de Uceda y del difunto, en la calle de Amaniel. Esté vuesa merced atento, y verá cómo á la media noche entran algunos en su casa por el postigo. Guarde Dios á vuesa merced.»

—¡Oh! ¡oh! ¡oh! — exclamó el alcalde—; ¡asesinato de hombre casa de la querida del duque de Uceda, y á manos del cocinero mayor de su majestad! Este tal cocinero es muy rico, y el duque podrá ser que se interese harto por su manceba. ¡Oh! ¡oh! ¡oh!

Y el licenciado se quedó gratamente abismado en la contemplación del resultado futuro de un negocio en que podrían cruzarse sendos doblones.

Pero como todo lo que tenía de salvaje en la acepción completa de la frase el licenciado, lo tenía de activo, hizo llamar á aquella hora, que ya era bien entrada la noche, á un escribano, empezó por encabezar el proceso con la declaración testimoniada de lo que le había acontecido con el hombre de la capa, sin olvidarse de unir la denuncia original, é *incontinenti* con el mismo escribano y diez alguaciles, fuese á la calle de Amaniel, y con las linternas cerradas y la mayor cautela, escondiéronse él y sus gentes, de tal modo, que nadie, como no hubiera tenido la cualidad de oler á la justicia, hubiérala creído en aquellos lugares.

Entre tanto, la hermosa doña Ana, sola, porque siguiendo los consejos del bufón, había despedido á sus criados; aterrada, porque la situación en que se encontraba, teniendo en las habitaciones inferiores el cadáver, cosido á puñaladas, del sargento mayor, no era para menos; halagando la sola esperanza de que el rey, á quien esperaba por anuncio de Montiño, enamorada de él, la salvaría, ocupábase en acabar de ataviarse de una manera.magnífica, porque, aunque según lo convenido, debía recibir al rey á obscuras, por el tacto, lo mismo que por la vista, se aprecian las buenas telas y las ricas alhajas, y en echar esencias en sus cabellos y en procurarse por todos los medios parecer hermosa sin luz.

La situación de aquella desdichada no podía ser más espantosa, más dramática; basta anunciarla para que se comprenda. Un terror profundo y una ansiedad mortal... y sin haber comido, privada de sus criados; y sin haber visto un sólo resquicio de salvación, entre las tinieblas de horrores que la rodeaban.

Cada vez que resonaba un reloj á lo lejos, el corazón de doña Ana cesaba de latir; cada vez que resonaban pasos en la calleja á donde daba el postigo de su casa, una ansiedad mortal la devoraba. Los pasos se acercaban, llegaban, se alejaban. No era el rey.

Al fin, dieron á lo lejos las doce de la noche.

La sangre de doña Ana circuló con fuerza, ardió, la dieron fuertes latidos las sienes y el corazón; se nublaron sus ojos... Era la hora de la cita; resonaron inmediatamente pasos en la calleja; doña Ana escuchó con toda su vida apoyada en el alféizar de la ventana que daba sobre el postigo; luego resonó una llave en aquel postigo; la alegría dió fuerzas á doña Ana; la esperanza valor; se retiró precipitadamente de la ventana; tomó la luz que había en la habitación, y entró en otra que era su dormitorio; de allí pasó á otra que era su cámara; allí encendió una linterna de resorte que tenía preparada, la cerró, la puso sobre una mesa, apagó la bujía y se quedó á obscuras esperando impaciente en medio de la cámara.

Resonaron al fin pasos en el dormitorio, crujieron las vidrieras al tropezar en ellas una persona, y la voz cobarde, trémula del cocinero mayor, dijo desde en medio de la obscuridad:

—¿Estáis ahí, señora?

Doña Ana hizo un violento esfuerzo sobre sí misma para que su voz no temblase y contestó con acento dulce:

—Sí, sí, señor Francisco Montiño. ¿Viene con vos ese caballero?

—Tenéisme aquí impaciente, hermosa señora—dijo el duque de Lerma.

Debemos advertir que doña Ana no había oído nunca hablar ni al rey ni al duque de Lerma; y que la voz del duque, por la soberbia de éste, y su gran aprecio de sí mismo, tenía un timbre particular, hueco, campanudo, grave, que daba á conocer al gran señor que habla siempre mandando, imponiendo, obteniendo inmediatamente una respetuosa obediencia.

—Retiráos abajo, Montiño—añadió el duque.

Y luego dijo:

—¿Dónde estáis, señora?

—Aquí, mi señor; venid, adelantad, tomad mi mano; yo os guiaré.

El duque, guiado por el sonido, buscó entre la obscuridad y tropezó primero con un traje de brocado; luego con un hombro redondo que se retiró de una manera nerviosa, y al fin, con un brazo desnudo de una morbidez y una suavidad exquisitas, yendo á parar, por último, á una mano incomparable por su forma, pequeña, gruesecita, cuajada en los dedos de gruesos cintillos, que temblaba y estaba fría.

—¿Qué os espanta, señora?—dijo el duque mientras doña Ana le conducía á tientas hacia un lado de la cámara.

—Me espanta · dijo doña Ana con su sonora y dulce voz de mujer hermosa—, me espanta la situación en que me encuentro, que es horrible.

—¡Horrible! No alcanzo á comprenderos; ¿horrible porque yo estoy aquí?

—Sí; sí, señor, porque si mi situación no fuese horrible, no estaríais vos aquí.

—¡Explicadme, explicadme, señora! ·dijo el duque con cierta magnífica majestad, porque suponía que todo aquello no era más que un prefacio de costumbre.

—Si yo no hubiera necesitado de la protección de una alta persona, cuando Montiño me trajo de vuestra parte el regalo que tengo al cuello...

—¡Ah, señora!

—Podéis creer que el haber yo consentido ha sido por ese

regalo; pero os engañáis si creéis eso, señor; lo he aceptado porque me encontréis humilde, porque queráis mejor ampararme.

—¿Pero qué os sucede?

—Estoy sola en el mundo; sola y amenazada de mil peligros. Cuando Montiño me dijo que una altísima persona me amaba...

—Otros hay más altos que yo, señora.

—¡Oh, no, sólo Dios!

—¿Quién os ha dicho eso?—dijo con una gravedad eminentemente cómica el duque, que quería pasar por rey...

—Nadie... pero... mi corazón...

—¡Vuestro corazón!

—Yo había ido muchas veces á la corte, señor; las mujeres somos locas, insensatas; nos gusta, nos enamora lo grande, lo que deslumbra...

—¡Y os he deslumbrado yo!

—¡Ah, señor!, vos sois el sol de las Españas.

—¡El sol yo! ¡pero no veis que estamos á obscuras!

—Yo os veo claro, como si fuera de día... como si... estuviérais...

—¿Como si estuviera dónde?

—No me atrevo, señor, ¡habéis mostrado tal empeño en no ser conocido!...

—Sin embargo, vos lo mostráis también en hacerme entender que me conocéis.

—Porque en ello me va mi honra.

—¡Vuestra honra!

Sí, sí por cierto; yo no podía ser esclava de otro que de vos.

—¡Ah! ¿pero quién créeis que soy yo?

—No me atrevo á decíroslo.

—Hablad, hablad sin temor, señora.

—¿Me dais vuestra noble palabra de no enojaros?

—Os la doy.

—Pues bien—dijo doña Ana arrodillándose de repente á los pies del duque de Lerma—; yo soy vuestra, señor, en cuerpo y en alma... porque hace mucho tiempo que, loca, fuera de mí, amo á vuestra majestad.

—¡Mi majestad! - dijo el duque fingiendo el más profundo asombro—; ¡cómo, señora! ¿habéis creído que yo soy el rey?

—¡Ah, señor, señor!—exclamó doña Ana cubriendo de

trémulos besos las manos del duque; vuestra majestad me
ha dado su real palabra de no ofenderse.

—Y no me ofende más que el dolor de no ser rey, puesto
que al rey amáis vos; pero levantáos, señora, no sois vos la
que debéis estar á mis pies.

—¿Es decir que tenéis empeño formal en que yo no os
reconozca?

—Creed que hay en mí grandes razones para no querer
ser conocido de vos.

—Respeto esas razones, señor, las respeto, y me someto á
vuestra voluntad.

—¿Quedamos, pues, en que yo no soy el rey?

—Sí; sí, señor.

--Gracias, señora, gracias. Ahora decidme: ¿cuál es la
situación horrible en que os encontráis? Hablad, que aunque
yo no sea el rey, tengo poder bastante para salvaros.

—Juradme por vuestra alma que me salvaréis y que no
desconfiaréis de mí.

—Os lo juro.

—Voy á ser muy franca con vos.

—Os lo agradeceré.

--Yo, señor, no soy noble.

—Tenéis la nobleza de la hermosura.

--Nací en las playas de Galicia, señor, y Dios, sin duda
para probarme, me dió esta funesta hermosura.

—¡Vuestros padres fueron pobres!

—Pescadores, sin más bienes que una barca y una cabaña
en la playa; yo crecí allí libre, al sol y al aire, delante del
mar, tan ancho, tan azul, tan hermoso, guardada por las
espaldas por las verdes montañas de mi hermosa Galicia.
¿No es verdad, señor, que nadie al verme, al escucharme,
puede creer que yo he sido una pobre muchacha que se
llamaba Aniquilla, que corría descalza por las rocas buscando
mariscos cuando era niña, y que más tarde?... ¡oh, Dios mío!

—No, no, nadie lo creería, porque Dios os ha dado la
nobleza, como ya os lo he dicho, de una grande hermosura,
y con esa maravillosa hermosura una discreción adorable y
un claro íngenio. Vos sois una dama completa.

—¡Pluguiera á Dios que no lo fuese!

—¿Pero qué misterio hay en vuestra vida?

—Sería un crimen el engañaros, señor.

—Os escucho con afán.

—Apenas dejé de ser niña, cuando dejé de ser pura.

—¡Ah, la inocencia!

—La libertad... y luego mi anhelo de salir de aquella cabaña... las solicitudes de los marineros... todos me prometían sacarme de allí... yo ansiaba ser más... los creía... y todos me dejaban.

—¡Oh!

—Un día, señor, fondeó en la caleta, que estaba delante de la choza de mis padres, un barco de rey. Yo estaba sentada en la punta de una roca, triste y desesperada, porque mi último amante acababa de hacerse á la mar. La blanca vela de su bergantín se veía allá á lo lejos, como una motita próxima á desaparecer en la inmensidad de los mares. Sacóme de mi distracción el ruido acompasado de muchos remos; miré y vi que era una barca que entraba en la caleta llena de hombres que llevaban plumas y corazas relucientes, y bandas sobre las corazas los unos, y los otros largas lanzas en las manos. Eran gente de guerra que había venido en el barco del rey. Yo era la persona primera que vieron. Todos aquellos hombres, al saltar en tierra, me miraron. Particularmente uno, joven y buen mozo, que llevaba banda de seda sobre la coraza, me miró con más fijeza que los otros, y se detuvo. Los restantes se encaminaron á la aldea, y los marineros se pusieron á llenar de agua unos barriles que traían en la lancha, en una fuente que había en la playa.

—Rapaza—me dijo el hombre que se había detenido junto á mí—, ¿cómo tan sola, siendo tan hermosa? ¿Esperas á tu amante?

Yo no le contesté; pero mis ojos se llenaron de lágrimas.

—¿Por qué lloras me preguntó.

—Porque mi amante se ido para no volver—le contesté arrojando una mirada al mar, en cuyo horizonte se veía ya imperceptiblemente como un punto blanco próximo á desaparecer, el bergantín que conducía á mi último amante, que acaso no se acordaba ya de mí.

—¡Bah, muchacha! —me dijo el soldado—; á rey muerto, otro al puesto; por mucho que le quieras, pronto le olvidarás, si pones otro en su lugar.

—El, como todos, me había dicho que me llevaría consigo... y como los otros me ha dejado aquí.

Miróme profundamente el capitán, y dijo como hablando consigo mismo:

—Pedirla más hermosa sería avaricia, y parece inocente.

Muchacha – añadió dirigiéndose á mí—, ¿quieres ser la prenda de un mozo de rumbo?

—No os entiendo – le contesté.

—¿Quieres ser mi moza, digo? Yo te pondré en el cuello corales y encajes, y te meteré la cintura en sedas, y te calzaré los pies con chapines, y si ahora pareces un lucero, después parecerás un sol.

—¿Es de veras? le pregunté olvidada ya del otro que iba en el bergantín, que había desaparecido por completo en alta mar.

—Tan de veras, que si estás aquí en este mismo sitio á la noche, vendré por ti.

—Estaré.

—¿Palabra de buena muchacha?

—Os lo prometo.

—Pues veremos quién falta á lo prometido—dijo el capitán.

Y me estrechó la mano, y se fué á la aldea donde habían entrado los soldados.

—¿Y fuísteis?– dijo el duque de Lerma.

—Sí; sí, señor; fuí, puesto que estoy hablando con vos; fuí por mi desgracia; ó mejor dicho, no me moví de la roca... no me despedí de mis padres, ni entré siquiera en la cabaña.

Cuando me habló el capitán se ponía el sol.

La noche, por lo tanto, no tardó en llegar.

Pasó algún tiempo desde que cerró la noche, y por cierto bien obscura.

Yo esperaba con impaciencia.

Toda mi ambición era salir de aquel estrecho valle, encerrado entre el mar y las montañas.

¡El mar sin límites, que recibió mis primeras miradas! ¡las verdes montañas de mi hermosa Galicia, de entre las cuales pluguiera á Dios no hubiera salido nunca!

Como os decía, la impaciencia me devoraba.

Sólo veía delante de mí, porque la noche era muy obscura, una línea algo más clara, una línea movible.

Era el mar que venía á romper sus olas en las rocas.

Sólo escuchaba su quejido incesante, y el ligero zumbar del viento.

—¡Bah!—dije llorando—; el hermoso soldado se ha olvidado como los otros de sus promesas; pero éste, al fin, no ha sido infame, porque no ha sido mi amante.

Y me levanté de la roca, y con el corazón amargo me volví para encaminarme á la choza de mis padres, por cuya puerta se veía relucir á lo lejos la llama, la alegre y dichosa llama del hogar.

Pero de repente, un ruido que sentí á mis espaldas me detuvo.

Era ruido de remos.

Mi corazón se ensanchó y me volví de nuevo á la roca.

Abordó una barca y de ella saltó un hombre.

—¿Estás ahí, muchacha?—dijo.

En aquella voz reconocí la del capitán.

—Sí, aquí estoy.esperándoos —le dije.

—Pues ven conmigo y no te detengas, que el viento es favorable y vamos á zarpar.

Acerquéme á él, y él me asió de una mano y me llevó hasta la barca.

Su mano temblaba.

Luego me asió de la cintura para meterme en la barca.

Sus brazos temblaban también, y su corazón latía .con fuerza.

Me dió un silencioso beso en el cuello, y sus labios abrasaban.

Yo empecé á sentir no sé qué por aquel hombre.

Me parecía hermoso, y luego... me trataba como no me había tratado ninguno.

Los otros me habían tratado con desprecio.

El me trataba como á una señora; se estremecía á mi lado, se ponía pálido.

Me retuvo en sus brazos en la barca; y luego, siempre en sus brazos, me subió á la galera.

Noté que nadie se reía de mí; que nadie me miraba, que todos, cuando pasaba junto á ellos el capitán, que me lleva· ba de la mano, se descubrían.

Era él el capitán de la galera, y además muy rico y muy principal.

Por eso me respetaban todos.

Y yo iba mal vestida, despeinada, descalza.

Y, sin embargo, don Hugo de Alvarado, que así se llamaba mi esposo...

—¡Vuestro esposo!...—exclamó con asombro el duque de Lerma.

—Sí; yo soy viuda de un capitán de mar de su majestad, señor.

—Contadme, contadme cómo fué eso.

—Cuando llegamos al puerto del Ferrol, don Hugo, que no se había tomado conmigo la menor libertad, á pesar de que yo estaba enteramente sometida á él, hizo venir de tierra unas sastras..

Aquellas mujeres me tomaron medidas, y tres días después me llevaron ricos vestidos y muchos trajes de dama, y de dama principal; por otra parte, don Hugo me llevó joyas.

Cuando me vistieron, cuando me engalanaron, don Hugo exclamó enamorado:

—¡Es un sol!

Yo estaba aturdida, me miraba en un espejo, y no me conocía; me parecía que mi hermosura había crecido.

La felicidad me hacía sufrir.

Había visto otras playas; veía otras montañas; tenía á mis pies un amante joven, hermoso, que me trataba con el mayor respeto.

Mis vestidos eran ricos; sentía perlas en mi cuello, y cuando me miraba en el espejo, veía que mi cuello era más nanacarado que las perlas.

Y no me acordaba de mis padres.

Amaba la vida en que entraba, y me moriría por don Hugo.

—¡Le amábais!—dijo el duque de Lerma.

—Como no había amado nunca; como no he vuelto á amar hasta que os he conocido á vos, señor

El duque de Lerma iba olvidándose rápidamente del objeto que le había llevado á aquella casa, esto es: el hacer la guerra por uno de sus flancos á su hijo el duque de Uceda, que se valía de aquella mujer para excitar las precoces pasiones del príncipe, que se llamó después Felipe IV, y de cuyas escandalosas aventuras amorosas están llenas la historia y la tradición.

El duque de Lerma, aunque circunspecto, porque la gravedad era su vicio, hombre al fin, empezaba á sentirse excitado por la galante historia de doña Ana.

Y luego hay que convenir en que doña Ana tenía una gran práctica de cortesana, que conocía el secreto de inspirar la voluptuosidad, y en que, tales eran las manos que tenía abandonadas dulcemente entre las del duque, que por su forma y su tersura, venían á ser el prólogo de bellezas incomparables.

Si el duque no hubiera llevado allí, según su sentido político, un alto objeto, hubiera roto por todo y hubiera pedido á doña Ana luz. Pero aquella mujer le parecía muy importante, y necesario y conveniente de todo punto seguir representando á obscuras un papel de rey enamorado y celoso de su dignidad.

El duque de Lerma incurría en su millonésima equivocación.

Estaba allí representando por la millonésima vez su papel de simple.

—¡Ah! ¿con que amáis á su majestad, cuanto habéis amado al que habéis amado más? —dijo el duque.

—Os ruego, señor, que no volvamos á la pasada disputa; yo no me atrevo á disputar con vos. Respeto vuestros deseos y callo.

—Continuad; señora, continuad—dijo el duque halagado por las palabras de doña Ana, porque tal era su vanidad, que se hinchaba con el placer de representar al rey de una manera indirecta, aunque esto no fuese sino como podía ser, á obscuras y ante una persona que nunca hubiese oído la voz del rey.

Doña Ana continuó:

—Amaba yo á don Hugo por cuantas razones puede amar á un hombre una mujer; me enamoraba y me enorgullecía. Pero fuí muy desgraciada en mis amores. No los logré.

—¡Cómo! ¿Pues no sois su viuda?

—Oid, señor, oid: cuando estuve ataviada como una dama, don Hugo zarpó de nuevo y tomó rumbo para Barcelona; durante la travesía me trató con el mayor respeto. Yo no comprendía por qué don Hugo me respetaba; después lo he comprendido; don Hugo respetaba en mí su amor, un amor tan extrañamente concebido por una pobre muchacha deshonrada. Pero contra el amor no hay razones; se ama porque se ama, y nada más.

En Barcelona saltamos en tierra, y don Hugo me llevó á casa de una anciana tía suya. Habíamos convenido, para que nada pudiese decir la tía, en decirla que don Hugo me había rescatado de unos piratas berberiscos que me habían apresado algunos años antes, matando á mis padres.

La buena vieja era muy crédula, y creyó todo lo que su sobrino quiso que creyese.

Don Hugo estuvo algunos días en Barcelona y partió al fin, dejando encomendado á su tía que hiciese de mí una dama.

Yo quedé con un agudo dolor.

Don Hugo me escribió al poco tiempo una carta muy tierna que aumentó mi amor hacia él. Con el afán de poder leer sus cartas, de poder escribirle, aprendí en muy poco tiempo á leer y á escribir.

Al año pude contestar, aunque mal, por mí misma á aquel amante que se me había entrado en el alma, y á quien debía el verme cambiada en otra.

Porque ya no era yo la pobre muchacha ignorante que andaba descalza por la playa, entregada al primero que encontraba al paso, abandonada á sí misma; había formado otro concepto del mundo; estaba en una casa rica; proveían mis deseos numerosos criados; vestía ostentosamente; iba á todas partes y á todas partes en litera ó carroza; la buena doña María me amaba y no había sospechado nunca de la verdad de la historia que la habíamos contado su sobrino y yo. Por otra parte, yo, que en realidad me llamaba Ana Pereira, me llamé doña Ana de Acuña, como ahora.

--¿Y cómo pudo ser eso?--dijo admirado el duque de Lerma.

—No lo sé, porque don Hugo no me lo dijo por escrito ni pudo decírmelo de presente.

—¡Cómo!

—¡Don Hugo y yo no nos volvimos á ver!

— ¡Y sois su viuda!

—Seguid escuchando. Un día recibí una ejecutoria, que aún conservo, y unos papeles que acreditaban que yo era, en efecto, doña Ana de Acuña, única descendiente de una familia ilustre, pero pobre.

—¿Era rico don Hugo?—preguntó el duque de Lerma.

—Riquísimo.

—Pues entonces comprendo perfectamente cómo os ennobleció... Compraría su apellido y su ejecutoria á una familia pobre...

—Eso debió ser.

—Continuad, señora.

—Pasaron dos años, y al cabo de ellos, cuando yo estaba completamente transformada, cuando acababa de cumplir los diez y nueve años, doña María adoleció de su última enfermedad. Escribí á don Hugo que me veía expuesta á quedarme sola en el mundo, y don Hugo me contestó, enviándome los papeles necesarios por medio de un amigo suyo para que pudiera casarme con él por poder, que para este efecto había dado á su amigo.

En efecto, una noche en que la dolencia de doña María se había agravado de una manera tal que los médicos no la daban más que algunas horas de vida, me casé, junto á su lecho, con don Hugo, representándole el amigo que para ello había enviado.

Acabada la ceremonia, el amigo de don Hugo y los testigos se retiraron, y yo, triste y temerosa por aquellas bodas que se habían hecho junto á una moribunda, me quedé velando su agonía.

Al amanecer murió.

Aquel día un escribano vino á abrir el testamento.

La buena doña María había dejado todos sus bienes, que eran muchos, á la esposa de su sobrino.

Yo era ya rica.

No sé si por esto, yo que había olvidado completamente á mis pobres padres, lloré por aquella mujer.

Quedéme en la casa como dueña.

Escribí á mi esposo participándole la muerte de su tía, y al poco tiempo recibí una carta enlutada.

La abrí con el corazón helado y recibí un golpe cruel.

Don Hugo había muerto en Flandes como bravo, peleando por el rey, pero había tenido tiempo para darme la última prueba de aquel extraño amor que había sentido por mí.

En su testamento aparecía yo su heredera universal.

Encontréme viuda, joven, hermosa y dos veces rica.

Lloré mucho por don Hugo, pero todo pasa, todo muere y muere también y pasa el dolor.

¡Oh! ¡si yo entonces me hubiera acordado de mis pobres padres y hubiera ido á sacarlos de su miserable cabaña!

¡Dios acaso, entonces, me hubiera amparado!

Pero me olvidé de todo y acabé por olvidarme de don Hugo, del único hombre á quien había amado.

Rica, joven y hermosa, me propuse apagar mi sed de placeres, mi sed de vanidad.

Y aunque muchos quisieron casarse conmigo, yo no quise.

Quería volar libre, suelta, poderosa; devorar cuanto el mundo tiene de incitante y bello.

Y lo gocé.

Pero lentamente mi caudal disminuía.

Vivía en la corte, y gastaba, gastaba sin reflexión el caudal que me habían dejado una santa y un hombre de corazón.

Gasté su caudal y su nombre, porque fuí una mujer ga-

lante, una aventurera; porque en mi sed de gozar me olvidaba de mi honra, como me había olvidado de mis padres,
como me había olvidado de mi esposo.

—¡Oh! ¡oh! vos sin duda exageráis, señora.

—Os digo la verdad; no he querido engañaros. Soy una
mujer perdida, y no comprendo cómo vos, señor, podéis
haberos enamorado de mí, como no he podido comprender
nunca por qué de mí se enamoró don Hugo.

—Tenéis una hermosura maravillosa, doña Ana.

—Gracias, muchas gracias, señor; pero escuchadme todavía, que aún no he concluido.

—Os escucho.

—Muy pronto estuvo enteramente perdido lo que había
heredado; empecé á contraer deudas, y no sé lo que hubiera
sido de mí, si un día no me hubiese visto en el coliseo del
Príncipe, el príncipe don Felipe.

—¡Ah!

—Aunque es muy niño, clavó en mí sus ojos y no los
apartó en toda la función. El duque de Uceda estaba en el
aposento del príncipe.

—¡Oh! ¡oh!—exclamó el duque de Lerma con un acento
que engañó á doña Ana.

—Yo no debería deciros esto, señor—dijo ella—; pero no
debo engañaros; no debo excusaros ni la parte más leve de
la verdad. Además que su alteza es muy niño...

—¡Y sin embargo, quiere pervertirle el buen duque de
Uceda!...

—El duque de Uceda es muy ambicioso, y hace la guerra
á su padre el duque de Lerma de la manera que puede. El
duque de Uceda es tan mal hijo como lo he sido yo. Dios
le castigará como me ha castigado á mí. En cuanto al príncipe...

—Decid, decid...

—El duque le trae algunas noches. Su alteza se alegra
cuando me ve y me abraza y me besa, y me dice que cuando
sea rey yo seré lo que quiera ser.

—¿Pero el príncipe está ya pervertido?

—No; no, señor: pero si... su majestad el rey no pone remedio, el príncipe será un rey débil capaz de todo, si para
lograr sus intentos le pone un ambicioso delante una mujer
hermosa.

—Gracias, señora, gracias en nombre del rey.

—¡Oh! el rey pude contar con mi corazón, con mi alma.

Pero el rey tendrá compasión de mí y me salvará; ¿no es verdad, señor?

—¿Pero de qué tiene que salvaros el rey?

—¡Ah, señor! ¡yo no os lo he dicho todo! Pero antes de que concluya la triste confesión de mis desdichas, dadme, señor, vuestra palabra de que me protegeréis.

—Os protegeré, no lo dudéis. Pero alzad, alzad, señora, y no tembléis de ese modo.

Doña Ana se había arrojado de nuevo á los pies del duque de Lerma, y besaba llorando sus manos.

El duque creyó que quien causaba el miedo de doña Ana, era el duque de Uceda.

Doña Ana se levantó.

—Continuad, señora—dijo el duque.

—Yo tenía un amante, más por miedo que por amor

—¡Un amante!

—Sí, señor; el sargento mayor...

—¿Don Juan de Guzmán?

—¡Cómo! ¿lo sabíais, señor?

—Sí, me lo habían dicho.

—Y á pesar de eso, señor, ¡me habéis solicitado!

—Sé que ese hombre ha muerto.

—¿Lo sabéis?

—¡A puñaladas!

—¿Pero sabéis quien le ha matado?

—¡Sí!

—¿Lo sabéis?

—Permitidme que no lo diga; su nombre...

—Os lo diré yo, porque ninguna parte tengo en su muerte.

—¿Qué decís?

—Que le ha matado el tío Manolillo, el bufón de... el rey.

—¿Lo sabíais?

—Pero yo creía que le había matado por distinta causa.

—¡Cómo! señora, ¿creéis que yo he mandado la muerte de ese hombre?

Y en el acento de temor y de sorpresa del duque, que era siempre hinchado, doña Ana creyó oir el acento de un rey ofendido.

—¡Ah! ¡perdón! ¡perdón, señor!—exclamó—no crea vuestra majestad...

Era tan grave lo que sucedía, que el duque de Lerma perdió la serenidad y exclamó:

—¿Cómo os he de decir que yo no soy el rey?

—¿Pues quién sois entonces?—exclamó con espanto doña Ana, á quien parecieron enérgicamente verdaderas las palabras del duque.

—Yo—dijo Lerma reponiéndose, pero torpemente—soy... un caballero que os ama.

—¡Ah!—exclamó con acento rugiente doña Ana—¡me ha engañado ese miserable Montiño! Pero yo sabré quién sois.

Y corrió al rincón donde, como dijimos, había dejado la linterna sorda, vino hacia donde estaba el duque, y abriendo la linterna, inundó de luz su semblante.

—¡El duque de Lerma'—exclamó.

—¡El duque de Lerma!—exclamó un hombre que abría al mismo tiempo una puerta.

Lerma arrancó la linterna de las manos de doña Ana, y miró á aquel hombre,y retrocedió.

—¡Mi hijo!—exclamó con espanto.

—Sí; sí, señor, vuestro hijo—contestó el duque de Uceda.

Y el padre y el hijo delante de doña Ana, aterrada, quedaron mirándose frente á frente.

CAPÍTULO LXVI

EL PADRE Y EL HIJO

Entrambos se encontraban contrariados.

Ni el padre ni el hijo habían esperado verse allí de una manera tan ambigua.

El duque de Lerma, que había tenido aquella mañana una entrevista escandalosa con su hija la condesa de Lemos, debía tener aquella noche otra con su hijo el duque de Uceda.

Condiciones eran de su posición.

Había asaltado el poder por medio de intrigas y de bajezas, y la bajeza y la intriga debían acometerle á su vez.

Y como su hijo era bajo é intrigante, he aquí que en la maraña en que ambos estaban enredados, debían encontrarse y se encontraron en aquella situación absurda, casa de una cortesana, y rivales en todo hasta respecto á la mujer que los miraba aterrada sin saber qué la sucedía.

Doña Ana, con el terrible acontecimiento de aquella ma—

ñana, lo había olvidado todo, y cuando dió la cita al cocinero mayor para el duque de Lerma, creyendo que se la
daba para el rey, se olvidó de que el duque de Uceda tenía
una llave de la puerta principal de la casa, por medio de la
cual podía entrar á cualquier hora.

Si doña Ana se hubiera acordado, con haber corrido los
cerrojos de la puerta, punto concluído.

Pero se había olvidado de ello, y como un descuido basta
á veces para producir consecuencias inmensas, he aquí que
el duque de Uceda, á quien enamoraba doña Ana de una
manera doble, como mujer y como instrumento, llegó, abrió,
subió y entró en la cámara de la cortesana á tiempo que
ésta reconocía al duque de Lerma.

Ya hemos dicho que doña Ana estaba aturdida.

Ni aun se la ocurrió desmayarse.

Un silencio de estupor enmudecía á los tres personajes.

El primero que le rompió fué el duque de Uceda.

—Encended las bujías, doña Ana—dijo—, venid después
acá, y decidnos: ¿por qué razón, de una manera tan imprevista y tan enojosa nos encontramos aquí mi señor padre y yo?

—Yo he venido á deshacer vuestras rebeldías, señor
duque de Uceda—dijo el duque de Lerma, mientras doña
Ana, aturdida, encendía las bujías.

—¿Mis rebeldías, excelentísimo señor?—dijo el duque con
calma—¿pues acaso hago yo otra cosa que defenderme?

—Defenderos, ¿de qué?

—De los agravios que vuecencia me ha estado continuamente haciendo por celos. Sí; vuecencia cree que nadie puede acercarse al rey sino para hablarle mal de vos.

—Vos habéis conspirado constantemente contra mí.

—Es cierto: por vuestro nombre y por el mío.

—¿Por vuestro nombre?

—Cierto; soy vuestro hijo y no puedo tolerar á sangre
fría que, cegado por viles favoritos, aconsejéis constantemente al rey lo que deslustra vuestro nombre.

—¿Sabéis que á más de ser vuestro superior por mi estado, lo soy también por ser vuestro padre?

—Padre y señor, hace mucho tiempo que no somos padre
é hijo.

—Tan seguro tenéis, porque os ha repuesto el rey en
vuestro oficio de ayuda de cámara del príncipe, que soy
hombre al agua, que ya se me os atrevéis.

—Os encuentro casa de mi querida.

—¡Casa de vuestra querida! ¡yo creía que esa mujer era la primera querida de su alteza, querida que vos le habíais procurado!

—Venid acá, perdida—dijo el duque de Uceda asiendo violentamente de una mano á doña Ana—; ¿así se juega con gentes principales? ¿para esto te doy yo los brocados que vistes y las joyas que gastas?

Doña Ana se echó á llorar, y para que llegase hasta lo último lo escandaloso de aquella escena, el duque de Uceda dió una bofetada á doña Ana, como podía haberlo hecho el último de los rufianes.

—¡No os conozco!—exclamó el duque de Lerma escandalizado, avergonzado, porque nunca el duque de Lerma había prescindido de las formas —; vos no debéis ser mi hijo, no; si ¡fuérais mi hijo no hubiérais hecho, y delante de vuestro padre, lo que acabáis de hacer.

Doña Ana lloraba; el duque de Lerma se dirigió á la puerta.

—Esperad, esperad, señor—dijo el duque de Uceda interceptando á su padre la puerta.

—En nombre de la ley divina y de la humana, apartáos, duque de Uceda—exclamó Lerma con la dignidad que siempre tiene un padre respecto á su hijo.

—Esperad, os lo suplico, señor; no somos, os lo repito, el padre y el hijo, somos dos enemigos; vuestra es la culpa de esta enemistad; me habéis provocado.

El duque, ciego de cólera, puso la mano en la empuñadura de su espada: el duque de Uceda permaneció inmóvil.

—Ved de escucharme á sangre fría —dijo—; reparad en que causaría gran escándalo que vos me maltratáseis aquí en las altas horas de la noche, casa de esa mujer.

Y señaló á doña Ana, que continuaba llorando arrojada en un sillón.

—Dirían las gentes, si dejándoos llevar de vuestra violencia pusiéseis en mí las manos, que no bastando los odios políticos que nos separan, habíamos reñido por una querida.

—Yo diría á las gentes, si os castigase, como debo castigaros, que vos os habéis olvidado de todo; que para corregir vuestros excesos, me he visto obligado á recurrir á este caso, á sorprender á esta mujer, de quien os valéis para pervertir á su alteza el príncipe de Asturias.

—¡Ah! ¡vuecencia diría eso! pues bien; yo puedo decir, yo

puedo probar para acreditar de falsa vuestra acusación, que vos vendéis al rey y al reino.

—¡Yo!

—Sí, vos. Y lo declararían sin saberlo los duques de Bukingam y de Seimur; lo declararían sin saberlo vuestros satélites, delegados por vos para sangrar al reino, por medio de cartas que puedan presentarse al rey.

—¡Mentís! - exclamó el duque, que delante de doña Ana no quería rendirse, por decirlo así, á lo tremendo de su situación; no quería confesarla.

Su hijo lo adivinó.

—¿Qué haces tú ahí?—dijo á doña Ana—; ¿no ves que su excelencia y yo tenemos que entendernos? Vete.

Doña Ana se levantó y salió doblegada, cabizbaja, llorando.

El duque de Uceda cerró las puertas.

—Ya estamos solos, padre y señor—dijo—; sé á qué habéis venido aquí; sé que por el afán de guardar para vos solo el favor de su majestad, habéis llegado hasta el caso de traición, de tomar el nombre de su majestad, de querer pasar ante esa mujer por su majestad, para deshacer uno de los medios que suponéis de mi privanza con el príncipe.

—¿Pero quién os ha dicho eso?

—El bufón del rey.

—¡Ese hombre lo sabe todo!

—Ese hombre trabaja por su cuenta, es astuto, tenaz, y sabe aprovecharse de las debilidades, de los vicios, y aun de los crímenes de las personas que necesita.

—¿Pero cómo sabe el bufón del rey?...

—¿Que doña Ana os esperaba creyendo esperar al rey? Se lo ha dicho el cocinero de su majestad.

—Es necesario cerrar las bocas de esos dos hombres.

—Sí, es necesario que la lucha quede entre nosotros dos, es necesario destruir esas bajas personas intermedias, y ya que de nuestros rostros han caído los antifaces, entendámonos directamente, padre; solapemos esa lucha, que por vuestra imprudencia va haciéndose escandalosa, y convengámonos.

—¿Pero qué es lo que vos queréis?

—Padre y señor, yo quiero heredaros cuando sea tiempo.

—¿Y cuándo creéis que será tiempo?

—Cuando muera el rey.

—Su majestad es joven, y goza de muy buena salud.

—Podrá ser larga la espera, ya lo veo; pero vos me ayudaréis á esperar.

—Explicáos.

—Vos, antes de que muriese Felipe II, mucho tiempo antes, érais el favorito, los andadores del príncipe de Asturias; cuando Felipe II murió, vos fuísteis lo que sois ahora, secretario de Estado universal de Felipe III. Vuestra privanza con el rey cuando era príncipe, os costó poco; era, como lo es, vanidoso y grave, y vos adulásteis su vanidad y su tiesura; era, como lo es, devoto, y vos supísteis haceros más devoto que él.

—Felipe III tenía un padre muy prudente... y cuando me dejó al lado de su hijo...

—Demostró que no era tan prudente ni tan sagaz como dicen, cuando no conociendo que vos representábais vuestro papel de Estado, os hacíais señor del príncipe su hijo, os lo repito; vos tuvísteis la fortuna de dar con un príncipe imbécil, y yo... el actual príncipe de Asturias, está viciado precozmente por la pasión á la mujer, que hará de él un rey á quien será imposible servir, contentar sin humillarse, sin manchar la dignidad. ¿Creéis que yo he traído al niño príncipe al regazo de esa mujer? Os engañáis: él me ha obligado á traerle... si no le hubiera traído... es un niño muy adelantado á su edad. Lope de Vega escribió su primera comedia á los doce años; el príncipe don Felipe, ha tenido su primera querida á los siete.... Vió á doña Ana en un coliseo, y concibió por ella una verdadera pasión; pasión de niño, pero que tiene ya la impureza del hombre.—Quiero mucho á aquella dama—me dijo—; quiero ir á casa de aquella dama... y yo resistí, porque aunque yo no era asustadizo, me asusté... me asusté porque vi á dónde me llevaría la necesidad de halagar á su alteza para no perder su favor... y me vi obligado á ceder... hizo el diablo que el príncipe viese otras dos veces en el mismo coliseo á doña Ana, y ya fué imposible resistir á su voluntad... me hubiera arrojado de sí, si me hubiese negado. Busqué á esa mujer... afortunadamente es una cortesana, y la compré... el príncipe vino, y desde entonces soy para él la vida, el alma... porque yo soy quien le puede traer junto á esa mujer. Me cuesta, pues, mucho más el afecto del príncipe, que lo que os costó á vos el de su padre. Dejadme, pues, seguir libremente mi camino, no me pongáis embarazos, porque como vos sois el privado de Felipe III, quiero yo serlo de Felipe IV.

—Yo no puedo tomar parte en esa indignidad, yo no pue-do permitirla; por el contrario, he venido aquí para cercio-rarme en ella y evitarla.

—Vos podéis perderme, señor duque de Lerma, mi buen padre; vos podéis hacer con una sola palabra, que el rey me encierre en un castillo; pero desde el fondo de mi calabozo, yo puedo hacer que caigáis desde tan alto, que no podáis sobrevivir á vuestra caída.

—Horrorizaros debía lo que estáis haciendo —dijo el du-que á falta de otra contestación mejor.

—¿Y por qué? ¿Acaso vos, señor, no habéis querido per-derme?

—Debí separaros de la servidumbre del príncipe y os se-paré; pero no os prendí como pudiera haberlo hecho; ni os desterré, ni aun siquiera os envié á nuestro ejército de Italia.

—Y habéis hecho muy bien, porque os conviene tenerme por amigo.

—¿Que me conviene?

—Solo vos, no podríais defenderos de la multitud de hom-bres de valía que acechan el favor de su majestad; con vos yo, falta á esos hombres un aliado, y vos tenéis en mí unos ojos que todo lo ven, unos oídos que todo lo oyen. Puesto que os tengo cogido...

—¡Cogido!...

—Preso, y de tal modo, que no os podéis mover; voy á deciros las condiciones...

—¡Vos, condiciones á mí!

—Aquí no hay padre ni hijo; sólo hay el duque de Lerma, favorito del rey, y el duque de Uceda, favorito del príncipe de Asturias. Oíd, pues, las condiciones de avenimiento entre el duque de Lerma y el duque de Uceda.

—¡Oigamos! —dijo con sarcasmo Lerma.

—Me daréis una parte de lo que os produce el favor del rey.

—Disgustos, compromisos.

—Una parte del oro que os dan los ingleses y del que os procura tanta y tanta cosa como tenéis en las manos, secre-tario de Estado universal de su majestad. Quiero, además, un puesto en el Consejo real. Quiero participación, aunque secreta, en el gobierno con vos. Quiero una parte en los em-pleos y en las encomiendas que se dan para venderse...

—Pues no queréis poco, señor duque.

- Mi privanza con el príncipe, en vez de producirme ganancias, me produce gastos exorbitantes. Bien es verdad, que es dinero que se siembra para cogerlo dentro de diez, dentro acaso de veinte años, y esto de una manera dudosa. Estoy empeñado; los acreedores me asedian, y para pagarles me veo obligado á conspirar.

—¿A conspirar contra mí?

—Contra todo el mundo.

—¿Conque es decir, que me proponéis una alianza?—dijo el duque, cuya voz temblaba de cólera.

—Sí, señor.

—¡Ah! ¡pedís por esa alianza la mitad de mi poder!

—No, señor; os pido... que vos calléis respecto á mí lo del príncipe, á cambio de mi silencio respecto á vos por lo de Inglaterra.

—¡Ah! ¡son mutuas concesiones!

—Por supuesto.

—Pero á cambio del tesoro que queréis que yo os dé, ¿qué me daréis vos?

—Os daré... la traición que haré por vos á mis amigos.

—¿Es decir?...

—Que sabréis cuanto piensan Olivares, Zúñiga, Sástago, Mendoza, cuantos están contra vos, y de los cuales seguiré fingiéndome amigo.

—Aceptado—dijo Lerma, tendiendo la mano crispada á su hijo—; aceptado, señor duque de Uceda. Pero se me ocurre una cosa.

—¿Qué?

—Conocen nuestros secretos dos hombres.

—Se da de través con ellos. ¿Quiénes son?

—El tío Manolillo y Francisco Martínez Montiño.

—Esperad: ¿no es vuestra amante la Dorotea, la hermosa comedianta?

—Sí.

—Pues por ahí tenéis cogido al bufón del rey.

—Aún queda el cocinero mayor, y éste es el tal, por lo que veo, que un secreto se le va con la misma facilidad que se escapa el agua de una cesta.

—Francisco Martínez Montiño es harto débil para que no le rompamos cuando sea menester.

—Aún todavía quedan otros enemigos, enemigos terribles que no son vuestros enemigos...

—¿Quiénes?

—El primero, la reina.

—¡Ah! ¡la reina! la tenemos segura... hay ciertas cartas que Calderón nos venderá...

—Os engañáis, esas cartas han desaparecido.

—¡Cómo!

—¿No sabéis que don Rodrigo ha sido gravemente herido?

—Sí, pardiez: por ese bravo bastardo de Osuna que se nos presentó hace tres días, sobre un cuartago viejo, á Olivares y á mí.

—Pues el jinete de ese viejo cuartago, don Juan Téllez Girón. el marido de doña Clara Soldevilla, el maltratador de don Rodrigo, el salvador de la reina, ha estado á punto de dar con vosotros al traste, señores conspiradores de palacio: á él debéis el haber estado dos días separados de vuestros oficios, aturdidos sin saber de dónde venía el golpe.

—¡A él!

—Mejor dicho, me lo debéis á mí.

—Explicáos.

—Si yo no hubiera tenido ocupado á Francisco Martínez Montiño en el banquete de Estado que os dí hace tres días, el cocinero mayor hubiera estado en palacio, le hubiera encontrado su sobrino, y habiéndole encontrado no se hubiera perdido en palacio, no hubiera visto á doña Clara...

—¿El sobrino del cocinero del rey ha tenido también aventuras con esa castísima señora?

—Como que es su marido.

—¿Pues cuántos maridos tiene doña Clara?

—Uno: el sobrino del cocinero del rey, que es lo mismo que don Juan Téllez Girón.

—¡Ah! ¡es cierto! me había olvidado. Pero estamos perdiendo el tiempo. Debemos concluir por el momento. Tenemos prendas recíprocas... es decir, estamos unidos por la necesidad. Sepamos cómo quedamos.

—¿Pues cómo hemos de quedar? Unidos como hemos debido estarlo siempre.

—Lo estaremos desde hoy en adelante. Para concluir, os voy á decir lo último en que debemos quedar convenidos, y eso porque es urgentísimo.

—Sepamos.

—Destierro del padre Aliaga.

—¡Hum! ¡eso es algo difícil!

—¡Destierro del padre Aliaga!—dijo Uceda, como quien repite una orden que no admite réplica.

—Haré cuanto me sea posible.

—Se aracin del lado del rey y de la reina.

—Bien.   ó

—Destierro de doña Clara Soldevilla.

—¡Otra dificultad! ¡la ama el rey!

—¡Destierro de doña Clara Soldevilla!

—Se procurará.

—Prisión y proceso á don Juan Téllez Girón y don Francisco de Quevedo.

—Eso ya está hecho. Don Francisco de Quevedo va camino de Segovia, y don Juan está preso en la torre de los Lujanes.

—En cuanto al bufón y al cocinero, dejadme obrar.

—Bien, muy bien. Pero aún tenemos algo que decir. ¿Y esa mujer?

—¿Doña Ana de Acuña?

—Sí, ¿os interesa esa mujer?

—Yo no he dicho eso.

—Esa mujer, tenedlo entendido, no es mi querida; pensaba que lo fuese por cálculo; pero os la cedo.

—Yo no he dicho...

—Pues bien, padre y señor, no disputemos acerca de esto. Vine á interrumpiros, y os dejo de nuevo libre. Estaba aquı con vos esa hermosa señora, y justo es que con vos la deje.

El duque de Uceda salió por la puerta por donde antes había salido doña Ana, y volvió con ella de la mano.

—Mañana nos veremos en palacio, padre y señor—dijo el duque de Uceda—. Hasta mañana.

Y salió por la misma puerta por donde había aparecido.

Quedaron de nuevo solos el secretario de Estado universal del rey y la cortesana.

El escándalo había crecido. La escena tenida por el duque con su hija la condesa de Lemos aquella mañana, era nada, una cosa inocente y casi digna, comparada con la que acababa de tener con su hijo el duque de Uceda.

Lerma no sabía ya dónde se encontraba.

Era un buque sin timón, sin velas, sin jarcias, entregado á merced del mar é impulsado por todos los vientos.

El duque no veía.

Sin embargo, veía delante de sí á doña Ana, pálida, llorosa, aterrada.

El duque necesitaba decirla algo.

Vaciló algún tiempo, y al fin la dijo:

—No soy el rey, pero soy sobre poco más ó menos lo mismo que el rey; ¿queréis servirme?

—Sí—dijo doña Ana—; vuestra soy en cuerpo y en alma si me salváis y me vengáis,

—¡Vengaros! ¿y de quién?

—Del duque de Uceda. Aún siento su mano sobre mi rostro; aún abrasa mi mejilla. El que ha sido villano con una mujer, debía ser infame con su padre. De ese hombre quiero que me venguéis.

—Pues bien, ayudadme.

—Os ayudaré; pero para que os ayude es necesario que me salvéis.

—Sí, sí, os salvaré.

—Pero de un peligro inmediato.

—¿Cuál?

—¿No os dije que el tío Manolillo había matado á puñaladas al sargento mayor...?

—Sí.

—Pues bien; el cadáver de ese hombre está aquí: está en mi casa.

—¡En vuestra casa! —exclamó aterrado el duque.

En aquel momento se oyeron grandes golpes en la puerta de la casa y una voz terrible, la voz del licenciado Sarmiento, que dijo desde la calle:

—¡Abrid á la justicia del rey!

Quedóse el duque perplejo por un instante, pero luego dijo:

—Mandad á vuestros criados que abran, señora.

—¡Criados! ¡no los tengo! ¡si los he despedido para que no se enterasen!

—¡Abrid á la justicia del rey!—repitió el alcalde golpeando con furia la puerta.

—Id, id á abrir, señora—dijo el duque.

—¡Yo! ¡sola!

—Sí; sí, decís bien: iremos los dos.

Y doña Ana y el duque bajaron á abrir á la justicia.

CAPÍTULO LXVII

DE CÓMO EL LICENCIADO SARMIENTO HIZO BUENO UNA VEZ MÁS AL PROVERBIO QUE DICE: QUE NO ES TAN FIERO EL LEÓN COMO LE PINTAN, Y DE CÓMO TODAS LAS PULGAS SE VAN AL PERRO FLACO.

Apenas el duque de Uceda había salido de casa de doña Ana y aventurádose en la calle de Amaniel, que estaba

obscura como boca de lobo, sirviéndole de guía entre las tinieblas su linterna, cuando se sintió fuertemente sujeto por
detrás y oyó una voz áspera que le dijo:

—¡Sois preso por el rey!

—¡Preso yo! ¿y por quién?

—Por quien puede y debe.

¿Sabéis que soy grande de España?

—¡Ah! ¿vuecencia es grande de España?

—¡El duque de Uceda!

—¡Ah! ¡ah! ¡una linterna! ¡una linterna pronto!—exclamó
la misma voz, que no era otra que la del licenciado Sarmiento.

Hizo luz uno de los alguaciles, es decir, abrió su linterna
que entregó al alcalde, y éste vió con la luz de la linterna el
rostro al duque de Uceda.

—¡Ah! ¡perdonad! ¡perdonad! excelentísimo señor; ha sido
una equivocación—dijo Sarmiento todo trémulo, porque su
vara se rompía al tocar á personas tan encumbradas, como
una caña, fuerte para matar un ratón, pero extremadamente
inútil para un león—. Perdone vuecencia, nos hemos equivocado; creímos que vuecencia salía de una casa donde per-
seguimos un delito; vuecencia perdone otra vez y no se enoje,
que la noche y las tinieblas me disculpan.

—Venid, venid acá á un lado, alcalde—dijo el duque de
Uceda.

El alcalde se apartó con él todo cuidadoso.

—Es necesario—dijo el duque—que nadie sepa que me
habéis encontrado por estos sitios.

—Descuide vuecencia, que nadie lo sabrá—dijo todo humilde y reverencioso el alcalde.

—Y para que esto no se os vaya de la memoria, tomad.

Y dió al alcalde una sortija.

—¡Ah, excelentísimo señor!—exclamó el alcalde inclinándose hasta el suelo y apreciando al mismo tiempo, por el
tacto, que la sortija tenía una gruesa piedra.

—Si alguien tiene noticia de que me habéis encontrado,
os pesará.

—Descuide, descuide vuecencia, que no lo sabrá nadie.

—Quedad, alcalde, con Dios.

—Dios vaya con vuecencia.

El duque se alejó y el alcalde permaneció por algunos
segundos inmóvil.

Después dijo con la voz no tan tonante como otras veces:

—¡Hola! ¡á mí!

Rodeáronle inmediatamente todos los alguaciles.

—El que no quiera ir á galeras—dijo el alcalde—que calle mucho.

—¿Y qué hemos de callar, señor alcalde?—dijo el más audaz de los alguaciles.

—Que hemos encontrado á ese caballero.

—Callaremos—dijeron todos.

—Ahora, hijos, yo creo que nos hemos equivocado; que ese caballero no ha salido de la casa que creímos.

—Sí; sí, señor; nos hemos equivocado.

—Pues bien: como ya hemos esperado harto, y tenemos que evacuar más diligencias en esa casa, venid conmigo.

Entonces fué cuando el alcalde se acercó á la puerta y llamó.

Al tercer llamamiento se abrió la puerta.

Lo primero que vió el alcalde fué delante de sí un hombre embozado; pero con tal capa y tal pluma y tal cintillo en la gorra, que le entró miedo.

—¿Tendremos otro grande de España?— dijo.

—Entrad solo, señor alcalde—dijo gravemente el duque de Lerma.

El licenciado Sarmiento entró.

—¿Sois alcalde de casa y corte, según creo?—dijo el duque.

—Sí; sí, señor.

—¿Os vendría bien ir de oidor á las Indias?

—¡Oh! ¡excelentísimo señor!

—No os equivocáis; soy... el duque de Lerma.

—¡Ah!—exclamó el alcalde—; perdonad, señor, pero me habían dicho que en esta casa se había cometido un asesinato á instigación de...

—¿De quién?

—¿Me exige vuecencia que rompa el sigilo del proceso?

—Os lo mando.

—Pues bien: el acusado es Francisco Martínez Montiño, cocinero mayor del rey, por instigación de don Francisco de Quevedo y Villegas y de don Juan Téllez Girón.

—Pero eso no es verdad—dijo doña Ana que estaba detrás del duque.

—Callad, señora, callad—dijo Lerma—. ¿Conque el acusado de ese asesinato es el cocinero de su majestad?

—Sí, señor.

—¿Y sus cómplices Quevedo y Girón?

—Sí, señor.

—Venid—dijo el duque de Lerma después de haber meditado un tanto.

El alcalde siguió al duque.

—Decid, señora— dijo Lerma á doña Ana—, ¿dónde está el difunto?

Doña Ana se estremeció.

—·Nada temáis—dijo el duque—; voy á salvaros.

—El sargento mayor—dijo doña Ana—está en un patinillo, junto al postigo que da á la calle de San Bernardino.

—Guiad, pues, señora; alcalde, venid.

Siguieron los tres adelante, atravesaron algunas habitaciones, y al fin doña Ana se detuvo en un patinillo lóbrego.

Llovía con abundancia, y empapado por la lluvia, estaba en el centro del patinillo el cadáver del sargento mayor.

Doña Ana le señaló con terror.

—¿Veníais en busca de ese cadáver?—dijo el duque.

—Sí; sí, señor— contestó el alcalde.

—Pues es necesario que le encontréis, pero que no sea aquí.

—¡Cómo, señor!

—Vais á sacar este cadáver por el postigo á la calle.

—¡Señor!

—Sé que os pido mucho; ¿pero sabéis lo que yo puedo hacer por vos?

—¡Oh, excelentísimo señor! ¿Pero cómo he de hacerlo?

—Quitad esas luces de en medio—dijo el duque.

Doña Ana tomó la linterna del alcalde, y con la suya las puso en una habitación inmediata.

El patinillo quedó á obscuras.

Cuando volvió doña Ana, el duque la dijo:

—Abrid el postigo, señora.

—Pero abridle silenciosamente—dijo el alcalde.

Doña Ana abrió en silencio el postigo.

—Ahora, alcalde, sacad ese cadáver á la calle.

El alcalde, con la esperanza de merecer por el favor del duque de Lerma, hizo, como vulgarmente se dice, de tripas corazón, asió á tientas el cadáver por los pies, le arrastró hacia el postigo y le sacó fuera.

Luego entró.

—¿Habéis concluido ya?—dijo el duque.

—Sí, excelentísimo señor.

...le arrastró hacia el postigo y le sacó fuera.

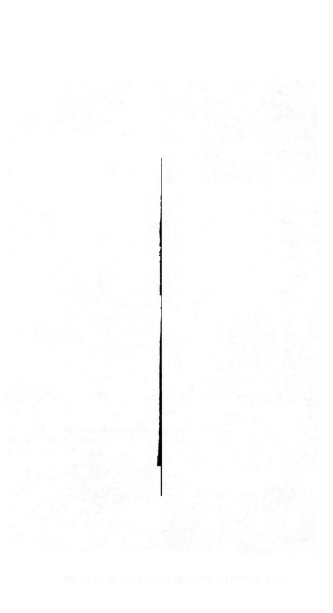

—Cerrad el postigo, señora, y después traed las luces.

Poco después volvía con las linternas, y el duque y el alcalde examinaban el patinillo.

—No queda rastro de sangre—dijo el duque—; la lluvia la ha lavado.

—Pero queda la mancha en la alfombra de la habitación, donde sin culpa mía, y sin poderlo yo evitar, ese hombre fué herido, y los rastros en los lugares por donde ha pasado hasta aquí.

—Pues bien; quemad esa alfombra y lavad esos rastros, señora; algo habéis de hacer por vuestra parte. Ahora bien, alcalde; vais á salir de esta casa. En ella no habéis encontrado nada. En premio de vuestros servicios, miráos ya presidente de los oidores de la real audiencia de Méjico, con tres mil ducados para costas de viaje.

—¡Ah! ¡señor! ¡excelentísimo señor!

—No es esto todo lo que tenéis que hacer.

—Mande vuecencia.

—Cuando salgáis de aquí, iréis con vuestra ronda á la calle de San Bernardino, á donde da ese postigo. Dentro de poco, el cocinero mayor de su majestad saldrá por ese postigo. Prendedle junto al muerto, y hacedle cargo del delito.

—Muy bien, señor.

—Vamos, señora, guiad á la puerta principal.

Cuando estuvieron en el zaguán, el duque se embozó, se cubrió, y abrió la puerta.

El alcalde salió.

La puerta volvió á cerrarse.

Los alguaciles no habían visto más que el hombre encubierto que había franqueado por dos veces la puerta; una para que el alcalde entrase, otra para que saliese.

—He registrado toda la casa, hijos—decía el alcalde á los alguaciles - y no he encontrado nada de lo que buscaba; es una nobilísima familia, á quien conozco, y que me merece la mayor confianza. Vámonos, pues, pero ya que estamos de faena, rondemos un poco por estos barrios. que no son muy seguros.

Y tiró adelante á la cabeza de la ronda, diciendo para su embozo:

—Si esa dama no fuera tan maravillosamente hermosa, nadie la hubiera librado de la horca; es verdad que sin la hermosura de esa dama, no sería yo presidente de la real audiencia de Méjico. Adelante, adelante, pues, y acabemos con lo que nos ha dado que hacer esta noche, para mí tan venturosa.

Y diciendo esto, dobló con ansia la esquina de la calle de San Bernardino, donde él mismo había puesto el cadáver del sargento mayor.

CAPÍTULO LXVIII

DE CÓMO SE AGRAVÓ LA DEMENCIA DEL COCINERO MAYOR, Y ACABÓ POR CREERSE ASESINO DEL SARGENTO MAYOR

Apenas salió el duque de Lerma por la puerta principal, cuando doña Ana, aterrada aún, se fué á buscar al cocinero mayor, que se había quedado dentro de la casa.

Encontróle más allá de su dormitorio, en un pasadizo, rebujado en el capotillo, temblando de miedo y de frío, y murmurando entre dientes palabras ininteligibles.

—¡Oh! ¡oh! ¿quién es?—dijo retirándose de una manera nerviosa al ver á doña Ana.

—Nada temáis, señor Montiño—dijo doña Ana—; soy yo, que de orden del duque de Lerma, voy á echaros fuera para que os vayáis á descansar.

— ¡A descansar! ¡á descansar! ¿Conque sabéis al fin que es el duque de Lerma? ¿Conque os habéis arreglado? Todos se arreglan menos yo.

- ·Vamos, amigo mío, que es ya tarde.

—¡Que es ya tarde!—dijo Montiño siguiendo á doña Ana que se encaminaba á unas escaleras—; decídmelo á mí, que he estado dos horas arrinconado en el pasadizo, y temblando, más encogido que un orejón.

—Por lo mismo, es conveniente y justo que os volváis á vuestra casa.

—¡A mi casa! ¡á mi casa! ¿Y dónde está mi casa?

Ha an bajado las escaleras y se encontraban en el patinillo.bí

Doña Ana llegó al postigo y le abrió.

—Id con Dios, señor Montiño—dijo.

—Quedad con Dios, señora—dijo el cocinero rebujándose—; pero esperad un momento... Como veréis á su excelencia... cuando nada importante tengáis que hablar, recordadle la situación en que me hallo; ya lo sabe su excelencia; decidle que estoy muy necesitado de amparo.

—Sí, sí, se lo diré--contestó doña Ana con suma impaciencia.

— Perdonad, perdonad, señora—dijo Montiño, notando el disgusto de doña Ana—; los desventurados creemos que nadie tiene que hacer más que pensar en ellos. Adiós, señora, adiós... y recibid mil plácemes por vuestra buena fortuna.

—Adiós, señor Francisco, adiós.

El cocinero salió y doña Ana cerró con precipitación el postigo.

—Pues señor—dijo el cocinero mayor, rebujándose de nuevo en su capotillo-, sigue lloviendo, y la noche no es más clara que un tizón; ¿y á donde voy yo ahora? El alcázar estará cerrado á piedra y lodo; y aunque no lo estuviera... por nada del mundo voy yo á mi casa á despedazarme el alma con aquel doloroso espectáculo; ¡mi dinero!, ¡mi mujer!, ¡mi hija! Vamos, me voy á casa del señor Gabriel Cornejo; no es muy buena casa, pero mejor estaré allí que en la calle, y sin linterna... y con esta noche... pues señor, por lo que pueda suceder desnudemos la daga y vamos de prisa para llegar cuanto antes.

Y el cocinero arrancó.

Pero á los pocos pasos tropezó y cayó.

Al caer sintió bajo de sí un cuerpo humano.

Una de sus manos se apoyaba en su semblante.

Aquel semblante estaba frío y rígido.

—¡Dios mío! ¡Poderoso señor! ¡un difunto!—exclamó todo erizado el cocinero mayor.

Y para acabar de probar un terror, como después de él no ha probado ninguno, se oyeron algunas voces cercanas que dijeron:

—¡Téngase á la justicia!

—¡La justicia! ¡y sobre un muerto yo!—exclamó el mismo Montiño—; ¡el infierno llueve sobre mí desventuras!

A este tiempo le habían asido dos alguaciles, y el licenciado Sarmiento inundaba con la luz de su linterna el semblante de Montiño, que estaba lívido, descompuesto, desencajado; el triste temblaba, gemía, no podía tenerse de pie, y si no se caía era por los dos alguaciles.

—¡Me van á matar!—dijo con el acento de angustia más épico, más terrible que ha oído nunca un alcalde de casa y corte.

—¿Pues qué queréis que hagamos con vos, señor asesino, á quien encontramos cebándoos en vuestra víctima y con el homicida arma aún en la mano?

—¡La daga que había desnudado para defenderme y que me pierde!—exclamó el desdichado.

—Amarradle y con él á la cárcel—dijo el bribón del licenciado Sarmiento.

Los alguaciles sacaron cuerdas de sus greguescos y ataron codo con codo á Montiño.

—¿Pero qué vais á hacer conmigo?—exclamaba el infeliz llorando.

—Brinco más ó menos, bailarás, hijo, y bailarás en el aire—dijo un alguacil.

—¡Que bailaré! ¡Para bailar estoy yo! Yo no quiero bailar—dijo Montiño.

—Que quieras que no quieras, á la fuerza ahorcan—repuso otro de los alguaciles.

—¡Ahorcan! ¡Que me ahorcarán! ¡Conque después de haber sido robado en cuerpo y alma, he de ser ahorcado!

—Si probáis que el hombre que habéis muerto era un ladrón...—dijo el alcalde.

—Pero si yo, señor, no he muerto á ningún hombre—dijo Montiño · ; ¡si yo no he matado jamás otra cosa que pavos, capones y conejos!

—Si probáis que el hombre á quien habéis muerto era un ladrón, y que le habéis muerto en defensa propia, seréis absuelto... no lo dudéis... pero si no, seréis ahorcado como asesino. Veamos, pues, qué tales trazas tiene el difunto.

—Es un sargento mayor—dijo un alguacil.

—¡Un sargento mayor!..—exclamó Montiño.

Y de una manera instintiva arrojó una mirada cobarde al cadáver, cuyo semblante estaba alumbrado por la luz de la linterna de un alguacil.

—¡Don Juan de Guzmán!—exclamó Montiño reconociéndo e—¡el infame que me ha robado mi dinero, mi mujer y mi hija!

—¡Ah, ah! ¿Le conocéis?—dijo el licenciado Sarmiento—¿y además decís que ese hombre os ha causado perjuicios?

—¡Perjuicios! ¡Dios sólo sabe lo que ese infame ha hecho conmigo!

—Aunque yo no os hubiera encontrado sobre el cadáver y con la daga en la mano, y á tales horas y en tal noche, las palabras que acabáis de decir y que demuestran que sois enemigo del muerto, bastan para llevaros á la horca. Pero no perdamos tiempo. Adelante con él, á la cárcel, hijos; uno de vosotros avisad á la parroquia y que vengan por el muerto.

El licenciado Sarmiento echó á andar hacia la cárcel de corte, y los aguaciles empujaron á Montiño, que se resistía instintivamente á ir preso.

Al fin, inflexible el alcalde de casa y corte á las súplicas y á las declamaciones, Montiño fué, ó mejor dicho, fué llevado por los aguaciles á la cárcel, donde le arrojaron en un calabozo en que había otros presos.

Cuando Montiño oyó crujir las cadenas y rechinar los cerrojos de la puerta, se desmayó.

CAPÍTULO LXIX

EN QUE CONTINÚAN LAS DESVENTURAS DEL COCINERO MAYOR, Y SE VE QUE LA FATALIDAD LE HABÍA TOMADO POR SU INSTRUMENTO

Un farol de hierro con un vidrio empañado, clavado á grande altura en la pared, arrojaba una luz turbia sobre el calabozo destartalado, negro, húmedo, un verdadero antro, alrededor del cual había un poyo de piedra.

Francisco Martínez Montiño no pudo ver nada de esto, porque tal iba cuando entró, ó cuando le entraron en el calabozo, que no veía: ni los que estaban allí pudieron verle el rostro, porque los aguaciles le dejaron en la sombra negra proyectada por el farol.

Eran los que allí estaban dos hombres y dos mujeres.

No podía verse el semblante de ninguno de ellos, porque estaban replegados en sí mismos, en un ángulo los dos hombres, silenciosos y sombríos, y en otro, las dos mujeres abrazadas, una de las cuales lloraba silenciosamente.

Pasó como media hora, y con el frío del calabozo, que era mayor que el que hacía al aire libre, y con la inmovilidad, pasó el vértigo que dominaba al cocinero mayor. Levantó primero la cabeza, y miró con la expresión más miserable del mundo en torno suyo; luego desenvolvió unos tras otros las piernas y los brazos, y al fin se puso de pie.

Entonces notó que le faltaban la espada y la daga.

Esto era natural, porque á un preso no se le dejan armas.

Pero lo que no era natural y lo que le asustó, fué el reparar que su bolsillo no pesaba. Se registró y halló que no hallaba el dinero que en los bolsillos había tenido.

¡r Buscó la placa de oro con la cruz de Santiago esmaltada, que le había dado para su ex sobrino don Juan Téllez Girón, el duque de Lerma, y halló que no parecía; vivamente asustado, buscó con ansia el vale que le había dado el duque de Lerma por valor de mil ducados, y halló que tampoco parecía; un enorme reloj de plata, que Montiño usaba para acudir con regularidad á las funciones de su oficio, había también desaparecido; y, por último, hasta le habían despojado del lienzo de narices.

Entonces la amargura de Montiño no conoció límites.

Job en padecimientos y Jeremías en lamentaciones, se quedaban muy por bajo de él.

Tenía sino de ser robado y hasta la justicia le robaba.

Los alguaciles le habían despojado completamente.

Al primer grito herido de Montiño, una de las dos mujeres levantó la cabeza, y la otra se estrechó más contra su compañera; en el momento en que una de las mujeres le miró, la luz del farol hería de lleno la calva frente de Montiño, levantada al cielo en una actitud más épica y más impía que la que puede suponerse en Ayax amenazando á los dioses; verle aquella mujer, y esconder otra vez, temblando, su cabeza, entre el seno y el hombro de su compañera, fué todo cosa de un momento, y uno de los dos hombres que estaban en un ángulo, y que no le veían el rostro por la razón capital de que le veían las espaldas, le dijo con acento áspero é insolente:

—Háganos el menguado la merced de callar, que aquí, al que más y al que menos le huele el pescuezo á cáñamo, y no alborote de ese modo.

Desde la primera palabra que aquel hombre dijo, tomó el semblante del cocinero una expresión espantosa de sorpresa y de rabia, que fué aumentando á medida que el otro pronunciaba su poco cortés, aunque breve razonamiento, y habían ya acabado, y aún duraba el mutismo colérico de Montiño y su temblor horrible.

Al fin dijo con voz cavernosa:

—¡Ah! ¿estás tú ahí, miserable, engendro del diablo, infame Cosme Aldaba, galopín maldito, envenenador protervo?

pues espera, espera, que al fin te tengo en mis manos y frailes franciscos que vengan no te han de valer.

Y se arrojó furioso sobre los dos hombres.

Pero uno de ellos se levantó y adelantó hasta Montiño, sujetándole por los brazos con unas fuerzas hercúleas.

—¡Eh! ¿qué vais á hacer con este pobre muchacho, señor Francisco Montiño?--dijo con acento socarrón—¿es de personas hidalgas querer maltratar á los amigos que se encuentran cuando se creían perdidos?

—Amigos ¿eh? amigos que me roban mi caudal, y juntamente con él mi mujer y mi hija.

—¿Quién os las quita? ahí las tenéis en aquel lado, que no se atreven á hablaros las pobres porque temen que las maltratéis.

—¡Mi Luisa! ¡mi Inés!—dijo el imbécil Montiño olvidándolo todo por su amor de padre y de marido.

—Sí, sí; tú Inés y tu Luisa—dijo alentada por aquel reblandecimiento del cocinero mayor, su mujer, que ella era en efecto.

En vano quiso Montiño recobrarse; Luisa se había abalanzado á su cuello por una parte y por otra Inés, alentada por el ejemplo de su madrastra; veía por un lado los negros ojos de Luisa, que le miraban de una manera tentadora, y por otro la dulce é infantil cabeza de Inés que le miraba suplicante.

Fuera ó no criminal su familia, Montiño la había llorado, y al encontrarla de nuevo junto á sí, de una manera orgánica, por razón de temperamento, sin poderlo evitar, sin pensar en evitarlo, se alegraba.

Aquella era una nueva desgracia que sucedía al cocinero mayor.

·No puede concebirse la audacia de Luisa, sino por la esperanza de que la debilidad de su marido la salvaría del apuradísimo trance en que se encontraba.

Porque no se les había dicho por qué se les había preso, y la prisión no podía ser resultado sino del envenenamiento de la reina ó del robo hecho á Montiño.

Si se les hubiera preso por lo primero, les hubieran cargado de cadenas, les hubieran maltratado, les hubieran tomado inmediatamente alguna declaración; por alguna palabra al menos, hubieran comprendido la causa de su prisión; nada de esto había sucedido; luego no estaban presos por el envenenamiento de la reina, sino por su fuga y por el robo.

Esto, sin embargo, no estaba claro, y Luisa quería ponerlo como la luz del sol; porque tratándose de asuntos de su marido, Luisa estaba segura de domesticarle.

—¿Y os atrevéis á abrazarme después de lo que habéis hecho, miserables?—dijo al fin el cocinero mayor, que quería conservar su entereza.

—¿Y qué hemos hecho, señor, más que lo que debíamos?—dijo con la mayor audacia Cristóbal Cuero, el paje rubio amante de la Inesilla.

—¿Cómo que lo que debíais? ¿Pues no habéis intentado envenenar á su majestad?

—¿Quién os ha dicho eso, señor Montiño?—dijo Cristóbal.

—¿Quién ha de habérmelo dicho? ¡Los funestos, los terribles resultados!

—¡Cómo! ¿pues qué ha sucedido?—dijo Luisa, á quien se la puso un nudo en la garganta.

—El paje Gonzalo ha muerto de repente.

—¿Y qué tenemos que ver con la muerte de Gonzalo?

—¡Cómo! ¡infames! ¿qué tenéis que ver? ¿Sabéis por qué ha muerto el paje?

—Por lo que se muere todo el que entierran—dijo Cosme Aldaba—, porque se le ha acabado la mecha.

—¡Vil ratón de cocina! ¡asesino! ¡infame!—exclamó el cocinero mayor—; ha muerto por haber comido una perdiz que se sirvió en la mesa de su majestad.

Todos se pusieron pálidos; pero Cristóbal Cuero conservó toda su serenidad.

—¿Y ha comido la reina?—dijo.

—La providencia de Dios ha salvado por fortuna á su majestad.

—Pues yo digo - contestó con una serenidad irritante Cristóbal Cuero—, que es lástima que su majestad no haya comido.

—¡Cómo! ¡monstruo! ¡cuando debías dar gracias á Dios de que tu crimen no haya producido todo el terrible resultado que esperabas, infame, deploras que ese gran crimen se haya frustrado!

—Señor Francisco—dijo con una gran serenidad el paje—, ós han informado mal.

—¿Que me han informado mal?

—Sí por cierto: ¿sabéis lo que eran los polvos con que se avió la perdiz que se puso en la mesa de su majestad?

—Un veneno tal, que el paje Gonzalo que comió las pechugas de la perdiz, reventó á los cuatro minutos, y que hizo que el gato del tío Manolillo, que siempre está hambriento, no quisiera comer los pocos restos que quedaron de la perdiz.

—Pues bien, señor Francisco Martínez Montiño: los polvos de que hablamos (aquí tengo todavía parte en este papel), no son un veneno, sino un hechizo.

—¡Un hechizo'—dijo el cocinero tomando el papel.

—Sí; sí, señor; un hechizo que no puede matar á la persona que se la da porque está hecho para ella, y se tiene en cuenta si es mujer ú hombre y el día de su nacimiento, y su estado, y otras muchas cosas. Ahora, si le toma una persona distinta de aquella para quien se ha hecho, aquella persona muere.

Dijo con tal soltura y con tal aplomo estas palabras Cristóbal Cuero, que Montiño se desconcertó, dudó, vaciló y empezó á ver las cosas de distinto color.

—¿Pero para qué se daban esos hechizos á su majestad?

—Oíd, señor Francisco: la mujer que tales hechizos toma, se vuelve lo más obediente del mundo para su marido.

—¡Oh, oh!—exclamó Montiño—, á quien empezaban á parecer bien aquellos polvos; ¿y para qué querían que la reina fuese obediente al rey? ¿y quién lo quería?

—Os diré, señor Francisco: la reina, en la apariencia, obedece al rey; pero en realidad conspira.

—¡Ah, ah! eso es cierto.

—Pues bien; con las conspiraciones de la reina no se puede gobernar.

—¡Ah, ya!

—Y como su excelencia el duque de Lerma, quiere labrar la prosperidad en los reinos de su majestad...

—¡Ah, ya!

—He aquí que un día encargó á don Rodrigo Calderón que buscara un medio para que la reina no conspirara; y don Rodrigo buscó al sargento mayor don Juan de Guzmán para que viese de qué modo podía hacer el que la reina no conspirase.

—No se lo volverá á encargar más—dijo con acento lúgubre Montiño.

—¿Y por qué, esposo y señor?—dijo suavemente Luisa.

—Porque nadie encarga nada á los muertos—contestó con acento doblemente lúgubre el cocinero.

—¡Que ha muerto!—preguntó con la misma suavidad y la misma indiferencia Luisa.

—¿Pues por qué estoy yo aquí?—exclamó en una de sus chillonas salidas de tono Montiño.

—¡Cómo, marido mío! vos que sois tan humano y tan compasivo, ¿habéis matado á un hombre?—dijo Luisa.

—Y si le hubiera matado, razones me hubieran sobrado para ello, señora—exclamó con acento amenazador Montiño.

—¡Razones!

—¡Sí; sí, señora! ¿pues no érais vos amante de ese hombre?

—¿Yo?... ¡que yo era amante del... ¡de ese hombre!... ¡Dios mío!... ¡y sois vos!... ¡vos, mi marido!... ¡quien me dice!... ¡esa calumnia horrible!... ¡yo, la mujer más honrada que ha nacido de madre!

—¡Conque vos sois honrada!... ¡y habéis salido de mi casa!... ¡y me habéis pervertido mi hija!... ¡y me habéis robado!...

—¡Ta, ta, ta!—dijo con el aplomo más admirable Cristóbal Cuero; ¡que vuestra mujer, que esta santa os ha robado! ¡lo que ha hecho es lo que no hubiera hecho ninguna mujer!

—Créolo bien, porque ninguua mujer hubiera cometido contra mí tan negra infamia.

—¿Llamáis infamia poner á salvo vuestro dinero?

—¡Cómo! ¡que mi dinero está en salvo! ¿y dónde?

—Casa del señor Gabriel Cornejo.

—¿Qué están allí mis sesenta mil ducados?

—Sí; sí, señor.

—¡Dios mío!—exclamó Montiño —. Pero eso no puede ser... sería demasiada fortuna... ese dinero que yo he ganado con tantos afanes... perderlo... llorarlo... volverlo á encontrar.

—Sí; sí... encontrado lo tenéis y no lo tenéis...

—¡Cómo, pues qué! ¿hay alguna duda? -exclamó alentando apenas el cocinero mayor.

—Yo he entregado ese dinero al señor Gabriel Cornejo—dijo Cristóbal—, á mí es á quien el señor Gabriel lo entregará únicamente.

—Pues le llamaremos, le llamaremos, hijo; por eso no quede... no veo duda alguna.

—Es que yo, señor Francisco, no pediré al señor Gabriel Cornejo ese dinero, sino yendo á su casa á pedírselo; es decir, estando en libertad.

—¿Y cómo puede ser eso? ¡pecador de mí!—dijo lleno de angustia Montiño.

—En vos consiste.

—¡En mí!

—Sí, señor Francisco; en vos y sólo en vos, porque sólo por vos estamos presos.

—¿Por mí?

—Sí por cierto; ¿no decís que la reina no ha comido de la perdiz?

—Si hubiera comido... hubiera muerto como el paje.

—Sí, sí, tenéis razón... hubiera muerto — dijo Cosme Aldaba.

—¡Cómo! ¿pues no decía Cristóbal que los po os con que estaba aderezada la perdiz eran un hechizo? lv

—¡Bah! Cristóbal y vuestra mujer creen eso, pero yo no lo creí nunca.

—¡Ah, Judas traidor! ¿conque tú sabías que era veneno?

—Como vos sabéis que os llamáis Francisco; me lo había dicho don Juan de Guzmán, y... me había ofrecido tanto dinero...

—¡Oh! ¡infame!

—Para ganarlo necesitaba yo estar en las cocinas... vos me habíais despedido... era urgente el negocio... entonces fuí á ver á vuestra mujer, y la rogué, la supliqué... si vos hubiérais estado... os hubiera rogado también.

—¡Infame!

Ello es que ya no tiene remedio lo hecho... busquemos la salida. Vuestra esposa me llevó inocentemente á las cocinas... yo aderecé la perdiz... pero en el momento que estuvo servida, me fuí á vuestro aposento y dije á vuestra mujer... «salváos...»; la dije que podíais ser preso... y en esto fuí hombre de bien, porque pudiendo salvarme solo, quise salvaros también.

—Después de haberme perdido... ¡Dios mío! yo no sé cómo puedo mirarte á la cara, ¡miserable! ¡conque es decir que si su majestad come de la perdiz...!

—¡Os ahorcan! y por eso yo avisé á vuestra mujer; como no estábais en la casa, vuestra mujer procuró salvarse, y salvar vuestro caudal... dejamos encargado á cierta persona que os avisara, pero sin duda no ha dado con vos.

—¡Bueno he andado yo todo el día!

—No culpéis, pues, ni á vuestra esposa, ni á vuestra hija, ni á su novio. Yo tengo la culpa de todo, señor Francisco, y yo os prometo que en saliendo de aquí no me veréis más, porque iré á meterme fraile.

—¿Y crees tú que yo dejaré que tu crimen quede impune
por mi parte?

—¡Ah! ¡queréis dar parte á la justicia!

· Es mi obligación; me lo manda mi conciencia.

—Pues bueno; iremos juntos á la horca... todos á la horca... sin escapar siquiera ni vuestra mujer ni vuestra hija.

Montiño lanzó un rugido de rabia, de dolor, de miedo.

—Conque, ¿qué os parece?

—¿Qué ha de parecerme · dijo Montiño después de algunos momentos de un silencio enérgicamente expresivo—;
¿qué ha de parecerme sino que estoy en poder de Satanás?

—Pues bien; sí, es verdad—dijo Cristóbal Cuero —, pero
Satanás os tiene tan bien agarrado, que no os soltará á tres
tirones. En vos consiste recoger vuestro caudal, tener á
vuestra mujer y á vuestra hija, ó que nos ahorquen á todos.
Escoged.

—¿Pero cómo puedo yo hacer...? · dijo Montiño en el
colmo de la desesperación.

Decir que no tenéis queja alguna de vuestra esposa, de
vuestra hija ni de nosotros.

· Eso no puede ser.

—Tened toda la queja que queráis, pero no lo digáis á
nadie · dijo Cosme Aldaba.

—¿Y os soltarán...?—dijo Montiño.

—Indudablemente

—Pero yo me quedaré aquí.

—¡Vos, marido mío!

—Sí, sí por cierto; como que me acusan de haber dado
muerte á vuestro amante.

—Dedid al sargento mayor don Juan de Guzmán, pero no
digáis á mi amante exclamó con altanería Luisa ; sobre
todo, no deis mal ejemplo á vuestra hija diciendo delante de
ella tales cosas.

— ¡Mi hija..! ¡tan perdida como vos!

—¡Padre! ·exclamó con su dulce voz la Inesilla—; es verdad que quiero á Cristóbal, pero le quiero para mi marido...
y mirad, señor, que mi madre es una mujer honrada.

—¡Hum!—dijo el cocinero mayor—. Pero eso no quita el
que yo tenga encima un proceso.

—¿Y sois vos en efecto quien ha matado al sargento mayor? ·dijo Luisa, cuya voz estaba perfectamente serena.

—Os diré.. no lo puedo asegurar... no sé de fijo si le he
matado ó no.

—¿Que no lo sabéis? pues entonces ¿quién lo sabe?

—¡Dios!

—Pero explicáos.

—Salía yo de una casa, pero como la hora era alta y la noche lóbrega y el barrio apartado, desnudé la daga... me previne... á los pocos pasos tropiezo, caigo, y me encuentro sobre un cuerpo humano, y con la justicia encima, que viéndome con la daga desnuda y sobre un difunto, me toma por un homicida, y me prende.

—Decidme, señor Francisco—preguntó Cosme Aldaba—, ¿llevábais vos la daga de punta?

—No me acuerdo—contestó con angustia Montiño.

—Pero es muy posible que la lleváseis con la punta al frente.

—Sí. que es muy posible.

—Pudo ser muy bien, que entre lo obscuro tropezáseis con don Juan de Guzmán.

—No me acuerdo, pero pudo ser.

—Cayó don Juan, y vos sobre él... eso ha sido... un homicidio involuntario...

—Dios que le llevaba á aquellas horas para su castigo, al infame; ¡pero Dios mío! ¡haberlo yo matado sin saberlo!...

—Si os quejáis de vuestra mujer—dijo gravemente Cristóbal Cuero—tenéis que fundar la razón de vuestra queja; si la acusáis de amores con don Juan de Guzmán, os acusáis del homicidio.

—¡Y es verdad!—exclamó en una nueva salida de tono Montiño.

—Cuando por el contrario, si decís que vuestra mujer es honrada y buena, y que os satisfacen las razones por qué se salió de vuestra casa con vuestra hija y con vuestro dinero, nos salvamos todos.

—¿Yo?... ¿cómo me salvo yo?

—Recobrando vuestro dinero, que de otra manera no recobraríais, y entorpeciendo con él las ruedas del carro de la justicia, á fin de que eche por otro camino.

—Pero... sepamos, sepámoslo todo: ¿cómo y dónde os han preso?

En el camino de las Pozas, cuando íbamos sobre cuatro jumentos en busca de un caserío donde pasar la noche.

—Ibamos á Navalcarnero, esposo—dijo Luisa.

—¿Y no os han dicho nada?

—Nada más, sino que la justicia nos prendía.

—Pues bien; el duque de Lerma os prendió, porque yo se lo pedí al duque de Lerma, y el duque os soltará, porque yo le pediré que os suelte. A seguida, tú, Cristóbal, irás á casa del señor Gabriel y me devolverás mi dinero.

—En seguida.

—¡Oh! ¡qué alegría, madre!—exclamó la Inesilla—; ¿ya no os harán nada?

—Nada, hija mía.

—¡Ni nos ahorcarán!

—¿Quién piensa en la horca?

—¡Eh! ¡callad! ¡callad por Dios!—dijo el cocinero—, que parece que se acerca gente.

—En efecto, se oían pasos fuera del calabozo y en dirección á él.

Todos se callaron y se acurrucaron cada cual en su sitio.

Después de haber crujido tres llaves y tres cerrojos la puerta del calabozo se abrió, y un carcelero dijo desde ella:

—Señor Francisco Martínez Montiño: salid.

Confuso, sin atreverse á alegrarse, temeroso de una nueva desdicha, el cocinero mayor salió y siguió al carcelero.

Se cerró de nuevo la puerta y se oyeron los tres cerrojos y las tres llaves.

CAPÍTULO LXX

EN QUE SE ENNEGRECE GRAVEMENTE EL CARÁCTER DEL TÍO MANOLILLO

Cuando el duque de Lerma, de vuelta de la casa de doña Ana, llegó al postigo de la suya, se le atravesó un bulto embozado.

—¡Hola!—le dijo aquel bulto—; detente y escucha.

—¡Ah! ¡eres tú, bufón!—dijo el duque contrariado.

—Soy tu amo—contestó el tío Manolillo.

—¿Qué quieres?

—Muy poca cosa: una orden tuya al alcaide de la cárcel de Villa, para que me deje hablar á solas, cuando yo quiera, con el cocinero mayor del rey.

—¡Cómo? ¿Montiño está preso? ¿y por qué?

--Por un homicidio.

—¿Pero á quién ha muerto?

—Al amante de su mujer.

—¡Cómo! ¿no lo habías matado tú?

—¡Ah! es verdad que sabes que yo he matado á ese infame. Pues bien, tengo suerte; la justicia, no sé por qué ni cómo, ha encontrado daga en mano y sobre el cadáver de Guzmán á Montiño; me quito un muerto de encima. Pero tengo mis proyectos; necesito hablar al cocinero de su majestad. Conque la orden.

--Entra --dijo el duque, á quien como sabemos tenía sujeto el bufón.

—No, te espero aquí; no quiero subir escaleras: bájame tú mismo la orden.

Como ven nuestros lectores, para lo que habían sacado á Montiño del calabozo era para que hablase con el bufón.

Paseábase éste en una de las habitaciones de la alcaidía.

Había dejado la capa y el sombrero que estaban empapados en agua, y así, con los brazos cruzados, encorvado, meditabundo, con la cabeza sobre el pecho, tenía algo de terrible.

El carcelero introdujo en la habitación á Montiño, y con arreglo á las órdenes que tenía, salió y cerró la puerta.

—Venid acá, tío Francisco, venid acá—le dijo el bufón —; tenemos que hablar mucho y grave.

—¡Ah, tío Manolillo! mucho y grave es lo que á mí me sucede - dijo compungido el cocinero mayor.

—Sois el rigor de las desdichas, Montiño, y por vuestra torpeza y vuestra cobardía hacéis esas desdichas mayores; y esa horrible codicia...

Yo creía que veníais á otra cosa, tío Manolillo—dijo el cocinero—, y no á reñirme por desgracias que yo no he podido evitar.

--En efecto—contestó el bufón—, vengo á sacaros de aquí.

—¡A sacarme! ¡Ah! ¡Dios os bendiga, tío Manolillo! no esperaba tanto... pero vos sabéis que yo soy un hombre de bien, muy desgraciado, eso sí, pero que no he hecho mal á nadie.

—¿Que no habéis hecho mal á nadie? Vos tenéis la culpa de lo que está sucediendo desde hace cuatro días: vos, torpe y miserable, vendido á todos, volviéndose á todos los vientos... vos, por quien ha venido á Madrid ese hombre fatal.

—¿Qué hombre?

—Don Juan Tellez Girón.·

—Pero yo no tengo la culpa; me le envió mi hermano Pedro...

—¿Y por qué no le admitísteis en vuestra casa?...

—¿En mi casa?...

—Sí; si vuestro sobrino, es decir, si don Juan cuando os buscó os hubiera encontrado...

—¿Pero tengo yo la culpa de no haber estado en mi casa cuando llegó á Madrid ese caballero?·

—Pero cuando os encontró, ¿por qué le dejásteis?...

—¿Cómo llevarle, joven y buen mozo en compañía de mi mujer y de mi hija?

—Que os han robado, y os han abandonado, y os han deshonrado...

- No; no, señor; eso creía yo... pero mi· mujer me ama, mi mujer es honrada, y mi hija...

—Y si vuestra mujer es honrada, ¿por qué habéis matado al sargento mayor?

—¡Yo! ¡que he matado yo á don Juan de Guzmán!

—Pues si no le habéis matado, ¿por qué estáis preso?

—Si le he matado—dijo el cocinero en una de sus frecuentes salidas de tono , ha sido sin querer... os lo juro... llevaba yo la daga por delante... la noche era muy obscura...

—¡Mentís—dijo el bufón mirando profundamente al cocinero, cuyo semblante estaba desencajado—; ¡mentís tan descaradamente, como villanamente habéis muerto al sargento mayor!

—Os lo juro que yo, ni aun siquiera sabía que podía encontrármele.

—¡Mentís! vos sabíais demasiado que don Juan de Guzmán, á más de ser amante de vuestra mujer...

—¡Ah! no, no, tío Manolillo; eso ha sido una equivocación.

—Sabíais—insistió el bufón -, que á más de ser amante de vuestra mujer, lo era también de cierta dama buscona: de doña Ana de Acuña...

—¡Ah! ¡no! ¡no!

—Se os puede probar.

—¿Que se me puede probar?

—Sí, con el testimonio del duque de Lerma, y con el mío.

—Y bien, aunque se me pruebe que yo sabía eso...

—Habéis matado á don Juan de Guzmán junto al postigo

de la casa de doña Ana; allí, junto al cadáver, hierro en mano, os ha encontrado la justicia. ¿A qué Ibais por allí, señor Francisco Martínez Montiño?

Pronunció de una manera tan fatídica estas palabras, que Montiño se aterró; aturdido, embrollado su pensamiento, llegó á creer lo que no había visto claro; esto es: que en efecto y por una terrible casualidad, hermana de las inauditas que le estaban abrumando desde que llegó á Madrid su sobrino postizo, había matado sin quererlo, sin sospecharlo siquiera, al amante de su mujer. Vió que todas las apariencias estaban en contra suya, y se echó á llorar.

—Ha sido un asesinato meditado, llevado á cabo con una frialdad horrible—dijo el bufón—: á un asesino tal, se le ahorca...

—¡Que me ahorcarán!... ¡Dios mío! ¡y no hay remedio!

—La ley es rigurosa y expresa... y no era necesario que vuestro proceso estuviese en manos del terrible alcalde de casa y corte, Rui Pérez Sarmiento, que se perece por ahorcar gente; cualquier otro alcalde, por bueno y por compasivo que fuese, os entregaría al verdugo.

—¿Y habéis venido á decirme eso, cuando yo, ¡triste de mí! creía que veníais á salvarme?

—Sois mezquino y cobarde, que si no lo fuérais, yo os salvaría.

—¡Vos!

—¡Yo!

—¿Y podéis?

—Puedo.

—Os daré mi caudal.

—Yo no quiero vuestro oro.

—Pues ¿qué queréis? Vos queréis algo.

—Quiero vuestra conciencia.

—¡Mi conciencia!

—Sí, quiero que matéis á la persona que una persona que yo os diré, os nombre.

—¡Matar! yo no tengo valor para matar... yo no he matado á nadie.

—Habéis matado hace dos horas...

—Sin saberlo, sin quererlo, ¡Dios mío!

—Lo que no impedirá que vayáis al patíbulo.

—¡Dios mío! ¡Dios mío!

—Ya que habéis matado un hombre, matad una mujer, y nada os acontecerá.

—Pero ya os he dicho que no me atreveré nunca... ¡oh! ¡no! no tengo valor.

—No será necesario que la hiráis.

—No os entiendo.

—Un cocinero puede matar...

—¡Ah!

—Con un guiso hecho por su propia mano...

—¡Ah! pero... el veneno... yo no he pensado jamás en eso.,

—Buscad el veneno.

Montiño se acordó entonces de que tenía en el bolsillo los polvos que le había dado envueltos en un papel el paje Cristóbal Cuero.

—¡El veneno! - exclamó—¡un veneno que mata en cinco minutos! ¡como murió ayer el paje Gonzalo!...

—Eso es...

—No... y cien veces no...

— Pues á la horca por asesino.

—¡Dios mío! pero dejadme pensarlo.

— Ni un momento.

—Pues bien—dijo Montiño—, sobre vuestra conciencia caerá ese asesinato... no seré yo quien mate, sino vos... que me dáis á elegir entre mi muerte... una muerte horrible, y la muerte de otro.

—En buen hora; yo cargo sobre mi conciencia con ese crimen.

—Y si sabéis que es un crimen, ¿por qué le cometéis?

—Señor Francisco, no hablemos más de esto; dentro de dos horas estaréis en libertad.

—¿Absuelto de la acusación?... es muy justo.

—No, absuelto no; se os pondrá en libertad bajo fianza, pero tendréis á Madrid por cárcel, y os guardaré yo; os juro que en el momento que queráis huir, os prendo.

—¿Es decir, que me tenéis sujeto?...

—Cuando me hayáis servido, el proceso se rasgará.

—¡Oh! ¡Dios mío! ¡Dios mío!—exclamó trémulo, anonadado, el cocinero mayor—. ¡Tened compasión de mí!

—Hasta mañana, que iré á veros á vuestra casa—dijo el bufón llamando á la puerta de la habitación en que se encontraban.

Abrió el que hasta allí había llevado al cocinero mayor, y el bufón le dijo:

—Dejad aquí á ese hombre; no le bajéis al encierro; dentro de poco saldrá de la cárcel con fianza. Adiós.

El bufón desapareció.

El carcelero cerró la puerta.

Montiño, inmóvil, con los escasos cabellos erizados de horror, se quedó en el sitio donde le había dejado el bufón, murmurando:

¡Desdichado de mí! para librarme del castigo de ese crimen que no he cometido, me veo obligado á cometer un crimen horroroso. ¿Y quién será esa persona que quieren que mate yo?

CAPÍTULO LXXI

DE CÓMO QUEVEDO DEJÓ DE SER PRESO POR LA JUSTICIA PARA SER PRESO POR EL AMOR

Iba Quevedo en la litera y á obscuras, aunque sin ir en la litera á obscuras hubiera también ido por lo tenebroso de la noche, y luchando con un millón de conjeturas, á ninguna de las cuales encontraba una explicación razonable.

Esto sucedía al principio de la noche.

La litera, según podía juzgar Quevedo por el silencio que le rodeaba, sólo interrumpido de tiempo en tiempo por lejanos ladridos de perros campestres y por lo sordo de los pasos de las cabalgaduras de sus guardianes, adelantaba por un camino.

Oíase además el lento, monótono y acompasado rumor de aquella lluvia tenaz que no había cesado durante cuatro días.

La soledad y el silencio, turbado sólo por estos ruidos melancólicos, influyen de una manera poderosa sobre el pensamiento, le concentran, le entristecen, le dan un giro especial en armonía con las impresiones externas.

Quevedo meditaba lentamente.

Sentía en su cerebro el embrión de algo cuyas formas no podía determinar, embrión que con su misterio le traía cuidadoso, y más que cuidadoso, cobarde.

Pasó muy bien una hora sin que sobreviniese ningún incidente, pero de improviso sonó muy cerca un arcabuzazo, y tras éste un grito de dolor, y tras el grito un golpe sordo como el de un cuerpo humano que hubiese caído desplomado desde un caballo á tierra.

La litera se detuvo.

Sonaron otros dos tiros, y otros dos gritos, y otras dos caídas y algunas voces confusas.

—Pues esto es peor, mucho peor—dijo Quevedo—; paréceme que en esto andan mis enemigos y que perderme quieren; achacaránme resistencia á la justicia, embrollaránme el proceso y bien podrá ser que algo más que negro me sobrevenga. España está en manos de bandidos; en nada se repara; artes del diablo se ponen en uso y lo mismo se derrama la sangre de los hombres para cualquier enredo villano, que agua de lavadero. Malhayan de Dios los reyes tontos, que dan ocasión á la soberbia y á la codicia de los pícaros. ¿Pero quiénes serán éstos? Paréceme que andan en la litera.

En efecto, sonaba una llave en la portezuela.

Esta se abrió.

La luz de una linterna penetró en el interior.

Quevedo miró profundamente al bulto que estaba pegado al brazo que tenía la linterna.

Pero nada vió más que el bulto.

—¡Ah! ¡vive Dios!—exclamó una voz ronca—. Por bien empleado doy el trabajo que me ha costado encontrar la llave en la ropilla de uno de esos alguaciles, á quien el diablo hospeda sin duda en estos momentos en la mejor cámara del infierno.

—¡Ah! ¡voto á!... ¿eres tú, Juan de Francisco?—dijo Quevedo reconociéndole por la voz.

—Humilde criado de vuesa merced—contestó el matón.

—Pues si mi criado te confiesas, mándote que te entres, que lugar hay en este calabozo andante, y que me expliques...

—Con mil amores, don Francisco; pero esperad, voy á dar á mis bravos muchachos la orden de que nos volvamos á Madrid.

—¿Conque á Madrid nos volvemos?

—De orden superior.

—Como quien dice, de orden de su majestad el dinero.

—¿Pues á quien otro obedezco yo?

Despacha, hijo, y ven y entendámonos.

Francisco de Juara se separó de la litera y dió algunas órdenes en voz baja y rápida.

Luego, á obscuras, entró en la litera, se sentó á tientas al lado de Quevedo, cerró la portezuela é inmediatamente ésta se puso en marcha.

—¿Quién ha armado todo esto?—dijo Quevedo.

—Una mujer que os ama.

¡Ah! por mis pecados, condesa de Lemos—dijo Quevedo—, que no sabía yo que tan valiente érais.

—Las mujeres son diablos, don Francisco —repuso Juara.

Y aun archidiablos; una perdió al mundo y sus nietas siguen perdiéndole; aconsejadas siguen por el diablo. ¡Audacia como ella! Pero cuenta, hijo, cuenta; así entretendremos el tiempo. ¿Cómo te me he venido yo á las manos? ¡Lance más donoso!

—Esta mañana – dijo Juara - , en la hora en que fuí á comer mi olla, encontréme con un criado de la condesa de Lemos, antiguo amigo y compañero mío. Este tal me dijo sin rodeos: traigo para ti treinta doblones.

—Pues quiera Dios que y_0 los pueda tomar, que harto bien me vienen—repliqué—, y los doblones no llueven así como se quiera; ¿de qué se trata?

—De un empeño bravo—me contestó mi amigo—; esta noche al obscurecer, irás á ponerte en el lugar que mejor te parezca del camino de Segovia; no tardará mucho en pasar una litera resguardada por cuatro alguaciles á caballo: quitas á esos alguaciles el preso que irá en la litera, y vente con él por el portillo de la Campanilla.

· Como vuesa merced conoce, don Francisco, todo era negocio de ir á galeras; yo las conozco ya y ellas me conocen, y no era cosa, por temor de volver á *gurapas*, de despreciar treinta buenos de los de á ocho, de presente, y otros treinta de añadidura, una vez cumplido el empeño.

—¿Por supuesto, que tu compadre te daría alguna luz?—dijo Quevedo.

—Diómela sin quererlo, haciéndome él el encargo; porque habéis de saber, don Francisco, que como os he dicho, yo sabía que es criado de la condesa de Lemos.

—¡Tal ¡tal ¿y qué sabías tú?...

—Olía de una legua el encargo á faldas... yo soy muy práctico en estos negocios... lo que no pude adivinar, fué que vos fuéseis el galán que había de robar á la justicia. ¡Suerte téneis!...

—¡Como mía!

—¿Os quejáis aún? preso os llevan, y una mujer os salva, tan hermosa como la condesa. Otro en vuestro lugar, verla el cielo abierto.

—Veríale y_0, si la litera abrieses, y en Madrid pudiese

encerrarme y perderme; que si tal hicieras, doble habías de ganar de lo que has ganado.

—No hablemos de eso una palabra, porque no me conviene serviros de ese modo... temo á la condesa más que á una daga huída, y por nada del mundo me atrevería a ponerme en su desgracia. Pero otros medios hay, don Francisco, y en dejándoos yo en poder de quien me paga, os serviré de balde.

—¿Y de qué modo?

—Haciendo que la condesa os suelte.

—Antes soltará un ala de las entrañas; empeñada y resentida anda conmigo, y mucho será que no tengamos encierro, duende y comedia para rato... y cada minuto me parece ahora una eternidad; anímate, hijo, y cuenta por tuya una razonable cantidad de los de á·ocho y una bandera en los tercios de Italia.

—Os cojo la palabra.

—Entonces, si quieres cogerme, suéltame.

—Os soltaré, ¡vive Dios!

—Pues avisa que paren en llegando á las tapias de la villa.

—No me habéis entendido... yo por mí no puedo soltaros; pero haré que otros os suelten.

—El siglo que viene.

—Quizá dentro de pocas horas.

—Explícate.

—Suceden en la corte cosas, que el diablo que las entienda; entre ellas, me lo ha dicho el criado de la condesa, sucede que el duque de Lerma ha hecho al rey que levante el destierro al conde de Lemos.

—¿Es decir, que tendremos aquí á don Fernando de Castro dentro de un mes?

—¡Quial el conde de Lemos estaba en Alcalá; por la mañana, antes del alba, salía de allí, y por trochas y sendas llegaba hasta mediar el camino de Madrid; yo he ido á llevarle muchas veces cartas de don Baltasar de Zúñiga y del secretario Céspedes, y de otros varios; el conde esperaba que de un momento á otro le levantasen el destierro; por la tarde se volvía, y ya de noche entraba otra vez en Alcalá. Hace un mes que está sucediendo esto. Por lo mismo, apostaría cualquier hacienda á que el conde está en Madrid y en su casa á estas horas.

—Pues eso es peor, mucho peor. Guardaráme más profundo la condesa.

—Ya encontraremos hurón que llegue hasta lo último de la madriguera.

—Paréceme que me engañas, Juara.

—No por cierto, don Francisco, porque os temo; aún tengo sobre mí los cardenales de los cintarazos que me apretásteis la noche pasada, y sé que conviene estar bien con vos, porque yo tengo para mí que aunque os metieran en una botella y taparan con pez encima, habíais de escaparos. Os serviré, pues, de miedo; pero como me parece que marchamos ya sobre el puente de Segovia, que empedrado suena bajo el peso de las cabalgaduras, dejadme salir, don Francisco, y confiad en mí, y haced lo que podáis, que yo no he de dejar de ayudaros.

El matón hizo parar la litera, salió de ella, y cerró de nuevo con llave.

—Paréceme—dijo Quevedo, que este tunante quiere vengarse de la paliza que le apliqué hace cuatro noches; pues días pasan y días vienen, y los tiempos andan, y alguna vez nos encontraremos, racimo de horca. ¡Y pensar que don Juan está abandonado á sí mismo y acaso preso! ¡Válgame Dios! ¿y con qué cara me presento yo, si acontece al muchacho una desgracia, á don Pedro Girón?

—¡Alto allá!—dijo de repente una voz robusta en el camino.

Dejó Quevedo de pensar para poner su atención en lo que pasaba fuera, y oyó que algunos hombres hablaban amigablemente.

—Ha llegado, por lo que veo—dijo Quevedo—, la hora de la entrega, y pronto llegará la de la presentación. Si ese Juara no me engañase... si ese Juara me sirviese... y estoy más indefenso que un ratón cogido en trampa.

Abrióse la litera.

Un bulto se acercó á ella.

—Salid, caballero—dijo á Quevedo.

Este no conoció la voz del que le había hablado, pero salió.

—Asíos de mi brazo, que la noche está lóbrega—dijo aquel hombre—y sois torpe de pies.

—Y de cabeza, lo que no creía, y me ha hecho creer el verme perdido en estos enredos—dijo don Francisco asiéndose al brazo de quien le había hablado—; ¿y á dónde vamos, amigo? Alegraríame que fuese cerca, porque llueve que cala y ciegos andamos.

—¿No oís?

—Campanillas.

—De mulas de coche.

—Muy ruidoso me hacéis.

—No hay por qué taparse.

—Alégrome.

—Pero ya llegamos. ¡Eh, Andresillo, la meseta a este caballero para que suba!

—No veo—dijo Quevedo.

--Guiaréos yo; delante tenéis la meseta.

Quevedo levantó el pie y le puso sobre una pequeña mesa, que entonces y mucho después servía de estribo á los empinadísimos coches de nuestros abuelos.

Al ir á entrar Quevedo por la portezuela se sintió asido, y escuchó un suspiro, y al mismo tiempo aspiró un delicado olor á dama (porque en todos los tiempos las damas se han dejado conocer á obscuras), lo que hizo pensar á Quevedo lo siguiente:

—La tragicomedia empieza... ella es... por el olor la saco; veamos de qué modo puedo engañarla, aunque no me parece fácil; ello dirá.

Y se entró en el coche.

—Pues no, este coche no es suyo—dijo Quevedo palpando la badana usada de los asientos... Cállome y veamos.

Pero la mujer que en el coche estaba no habló.

El coche se puso en movimiento; sonaron las campanillas de las mulas, rechinaron los ejes y empezó á crujir toda aquella vieja armazón.

Quevedo adelantó las manos y tropezó con la mujer.

Esta le rechazó.

--Tormenta se prepara—dijo Quevedo para sí—, pues retirémonos y estémonos quedos para que más pronto descargue.

La dama continuó callando.

Sólo de tiempo en tiempo dejaba oir un suspiro mal contenido.

—Esos son los relámpagos—continuó diciendo para sí Quevedo.

Al cabo de algún tiempo la mujer hizo un movimiento de impaciencia.

—Encima lo tenemos—murmuró Quevedo.

—¿Sabéis, caballero—dijo al fin la dama--, que sois el traidor peor nacido que conozco?

—Ya lo sabía yo—dijo Quevedo.

—Pues yo quisiera haberlo sabido antes de... antes de haberme olvidado por vos de lo que soy—dijo la condesa de Lemos.

—He dicho que ya sabía yo que no habíais de estaros callada mucho tiempo, doña Catalina.

—¿Y es posible que yo guarde silencio cuando tengo tanto que echaros en cara?

—Más valiera que á la cara no me hubiérais echado vuestra hermosura y al alma vuestro amor, que tan caros me han salido.

—¡Qué mentir tan villano! ¿Hermosa llamáis á quien habéis despreciado? ¿Llamáis amor á una burla infame? ¡Y después de haberme ofendido de una manera tan odiosa, os burláis aún! ¡He hecho bien en castigaros!

—Ved que castigándome os castigáis.

—¡Yo!

—Si no me amárais, ¿hubiérais hecho lo que hacéis?

—¡Qué necios y qué vanos son los hombres! Porque han tenido á una mujer rendida creen que esta mujer no puede recobrar su dignidad al conocerlos, aborrecerlos, procurar vengarse de ellos...

—¡Ay, Catalina de mis ojos! ¡Suspiras muy profundo para que yo te crea!

—Respetadme, caballero—dijo la condesa—, y no veáis en mí más que una mujer que todo lo ha perdido por vos en un momento de locura y os castiga.

—Si culpa hay entre nosotros, no sé quién está más castigado: si tú, Catalina mía, viéndote obligada á prenderme por amor, ó yo, por amor, viéndome obligado á huir de ti.

—Os aseguro que no huiréis.

—Entonces seremos los dos felices.

—No os entiendo.

—Si me prendes serás mi carcelera, porque no te fiarás de nadie; y si eres mi carcelera, teniéndote al lado tengo contigo un cielo. ¡Que no se muriera el conde de Lemos!

—Me estáis destrozando el corazón.

—Ya sabía yo que la tormenta acabaría en lluvia—dijo para sí Quevedo—. ¿Lloras, alma mía?

—¡Lloro mi desdicha, mi desesperación! ¡Me pesa de haber nacido!

—¡Catalina de mi alma!

—¡Oh, cuánto, cuánto os amo aunque no lo merecéis!— dijo la condesa.

—No os amo yo menos.

—Eso es mentira.

—Sabe Dios que si alguna mujer me ha lastimado el corazón, has sido tú; que si en algún vaso puro he calmado la sed de mis labios, ha sido en tu boca; que si alguna luz ha iluminado mi alma, ha sido la luz de tus ojos; que si en alguna parte ha descansado mi cabeza quemada por el desprecio y el cansancio de todo, ha sido en tu seno. No miento, Catalina, no miento; yo te amo, yo te adoro, yo te venero... ¡Dios lo sabe!

Y Quevedo no mentía.

Amaba con toda su alma á la condesa.

—·Pero amaba más á su ambición.

Su ambición estaba personificada en el duque de Osuna, y Quevedo servía al duque en cuerpo y alma.

Importaba, por lo tanto, demasiado á Quevedo, salvar de los peligros que le amenazaban á aquel hijo natural del duque, por el que únicamente había ido á la corte.

Pensando en esto, y para tener una ayuda, un medio, había sido audaz con la condesa de Lemos, y cuando la condesa de Lemos se convirtió para él en un inconveniente, la abandonó, abandonando su amor; la lastimó lastimándose á sí mismo.

Se veía cogido por una mujer justamente ofendida y enamorada, y no sabía cómo escapar de sus manos.

Apeló, pues, á la fascinación del amor.

Pero la condesa estaba ya escarmentada; no le creía, y el asunto iba haciéndose negro para Quevedo.

Todo su ingenio se estrellaba contra el recelo de la condesa.

—Sí, sí, mentid cuanto queráis—le dijo doña Catalina—; pero esta vez me convierto para vos en un tirano. Necesito vengarme, satisfacerme, haceros sufrir tanto como vos me habéis hecho sufrir á mí; al menos tendré el consuelo de que no me hayáis burlado de balde, vos que estáis acostumbrado á burlaros á mansalva de todo el mundo.

—Porque zaherí á vuestro padre en un romance, escrito por mi desesperación y por mis celos, cuando os vi casada con don Fernando de Castro, hanme tenido dos años preso entre frailes; porque recobro la razón y tengo valor bastante para apartarme de vuestros brazos, dejando en ellos mi vida y mi ventura, me prendéis vos. No de balde me burlo, sino que bien de veras pago el no tener el corazón de corcho, que si yo no os amara tanto, no me acontecería esto.

--Pues bien... suframos los dos: yo, el teneros contra vuestra voluntad; vos, en verme, cuando no quisiérais, á vuestro lado. Y como hemos hablado todo lo que teníamos que hablar, y como yo estoy contenta todo cuanto puedo porque os castigo, no hablemos más, que si más hablamos no haremos más que ofendernos.

—Os voy á dar un consejo.

—¿Cuál?

—Que dejéis para más tarde vuestra venganza, ó que os venguéis de otro.

— No os comprendo.

. - Han levantado el destierro á vuestro marido.

Guardó la condesa un silencio de espanto.

—¡Cómo!--dijo—; ¿el conde de Lemos vuelve á la corte? ¡pues bien, me alegro, vuelve á tiempo, como que sólo hace cuatro días que vos habéis venido!

—Oidme, por Dios, que importa; vuestro marido, si os obstináis en retenerme, acabará por saber que yo... y que vos... que estoy en vuestras manos. Aunque el conde de Lemos no os ama, porque los necios no aman á nadie más que á sí mismos, tiene orgullo; y como el que seáis vos mi amante sólo le da deshonra á secas, es natural que la tome por alto; por embargarme os habéis valido de gentes en las cuales un secreto no está más seguro que un doblón en medio de la calle... Sabrán...

—Que se sepa.

—¿Pero estáis loca?

—Si lo estoy, mi locura no tiene remedio.

—Oid, prenda de mi alma. Ya que os decidís á todo, unámonos. Me importa poco si á vos os importa menos; podrá ser cuando más asunto de estocadas, y yo no soy miserable de ellas. En vez de tapujos y encierros, entraréme yo á la luz del sol en vuestra casa... y así os habréis vengado de don Fernando de Castro, que os ofendió casándose con vos.

—Eso quería yo hacer, y vos no quisísteis.

—Temí por vos.

—Y hoy por vos tenéis miedo.

—Os ruego que lo penséis.

- Lo tengo pensado.

—¿Conque soy vuestro prisionero?

—Prisionero por amor.

—Sois, pues, mi Carlos V.

—Y vos, mi Francisco I; por lo mismo temo firmar con vos las paces, no sea que vos me engañéis, como Francisco I engañó á Carlos V.

—¡Entendida sois en historia!

—Por mi desdicha; quisiera ignorarlo todo.

—Me dais miedo.

¡Ah! ¡por fin!

—Mientras una mujer injuria ó llora ó se desespera, aún hay esperanzas de dominarla; pero cuando, como vos, acaba por hablar á sangre fría, y casi ríe...

—Entonces está resuelta... decís bien: y mi resolución es invariable.

—Pues bien, doña Catalina, os juro que os salvaré de vuestra propia locura, antes de algunas horas.

— ¿Y cómo?

— Escapándome.

—Os juro que no os escaparéis.

—Lo veremos.

— ¿Y cómo haréis para escaparos? yo os guardaré por mí misma; viviré con vos, comeré con vos... ni de día ni de noche me separaré de vos.

— Me escaparé.

—Queréis asustarme, pero no lo conseguís. Si vos sois valiente y resuelto, yo no lo soy menos.

—Ello dirá.

—Pues va á decirlo pronto. El coche se para. Hemos llegado.

— ¿Y á dónde hemos llegado?

— No quiero ocultároslo. A mi casa de campo del río.

—Creo que esta casa es del conde mi señor, y que la pintó y la amuebló para vuestras bodas.

—Así es.

—¿Y aquí queréis tenerme?

—¿Y por qué no?

—Ocurrencia del diablo es.

—Dejadme bajar, que abren la portezuela. ·

—¿En galán os tornáis, y en dama me convertís?—dijo Quevedo.

—Sí por cierto; dadme la mano para bajar.

—Os la diera mejor para subir.

— Ya subiremos.

—Y aún llueve—dijo Quevedo.

—Y hace obscuro; por lo mismo os guío.

—¿Y las gentes que os acompañan?

—Se han ido.

—Misteriosa aventura.

—Y más misteriosa la felicidad que más allá de esta puerta me aguarda.

—Y la condesa abrió con llave el postigo de una cerca.

—Entrad--dijo.

Quevedo entró.

La condesa sintió que otra persona cerraba el postigo.

—Pero doña Catalina, corazón mío, ¿estáis en vos? Enterado habéis de este lance á medio mundo.

—¿Y qué se me da? No soy yo mujer á quien mate su marido, ni el conde de Lemos, un marido que mate á una mujer tal como yo; ni aun se divorciará, porque divorciándose perderá la administración de mis bienes. Por lo demás, me importa todo un bledo. Dirán: la condesa de Lemos es querida de Quevedo; y bien, vos me habéis enseñado á despreciar al mundo.

—Ya no llueve—dijo Quevedo.

—Como que estamos bajo techado—contestó doña Catalina—; ahora vamos á subir... y yo os doy la mano.

—No hablaba yo de esta subida.

—Pues mirad, yo estoy muy contenta.

—No veo el motivo.

—Os tengo.

—¡Pero si decís que no os amo!

—No me amáis todo lo que yo quisiera... pero me amáis... sí; me amáis... y yo os haré tanto... yo seré para vos tanto...

—¿Qué seréis para mí?

—El camino de los honores, del mando, del trono.

—¡Eh! ¿qué decís del trono, señora?—dijo Quevedo con un acento tan singular como nadie hasta entonces había oído en él.

—Digo, que sin haceros rey, os pondré sobre el rey, y como el rey está en el trono...

—¿Sabéis que esta escalera se parece á la subida de la montaña aquella á cuya cumbre llevó el diablo á Cristo?—dijo con un doloroso sarcasmo Quevedo.

—Muchas gracias, señor mío, por la galantería. Pero estáis irritado, y con razón, y es menester perdonároslo todo. Entrad.

Y tiró de Quevedo, que se encontró de repente en un magnífico salón completamente iluminado, y con una mesa servida.

Doña Catalina cerró la puerta por donde habían entrado, se aseguró por sí misma de que las otras puertas estaban cerradas también, y luego arrojó el manto, y apareció deslumbrantemente vestida.

—He aquí—dijo Quevedo—, que el sol sale á la media noche.

—Os he traído á mi cámara de bodas, y para ello me he vestido el mismo traje de mis bodas.

Y luego, sentándose en un sillón y señalando otro á Quevedo, le dijo con la mirada llena de amor, de embriaguez, de encantos:

—¡Cenemos!

—¡Oh! ¡qué feliz podía yo ser!—murmuró Quevedo.

Y luego, sentándose resueltamente, dijo con una voz que espantaba por su sarcasmo, por su desesperación, por su amargura, y con la mirada ardiente y fija en los ojos de doña Catalina:

—Cenemos.

CAPÍTULO LXXII

DE CÓMO EL DUQUE DE LERMA ENCONTRÓ Á TIEMPO UN AMIGO

Amaneció el día siguiente.

Y seguía lloviendo, y nublado y sin señales de mejor tiempo. Estaba en su despacho el duque de Lerma, y su secretario Santos escribía á más y mejor lo que el duque le dictaba.

Se notaban en el semblante del duque señales de insomnio.

Lo que demostraba que había pasado muy mala noche.

Como que volvían á la corte todos sus enemigos, y podían hacerle la guerra y derrocarle, sin que él pudiera defenderse, atado como estaba por los terribles secretos suyos que poseía el bufón.

En lo que se ocupaba el duque, era en escribir á sus parciales de las provincias, á fin de que le hiciesen un partido entre la gente que alborota y que ha existido en todos tiempos bajo todas las formas de gobierno, á fin de que escribieran cartas honrosas para él, esto es, una especie de opinión pública ficticia, que debía figurar ante los ojos del rey como la opinión pública del reino.

Para esto se ofrecía á comunidades de frailes, cosas que el duque había resistido; á los ayuntamientos, arbitrios; á los labradores, tolerancia en el pago de los tributos; á las corporaciones de todo género, nuevos privilegios; á éste y al otro señor, amenazado por desafueros, hacer la vista gorda, como suele decirse, y á las audiencias, desestimar las numerosas quejas de injusticias, cohechos y violencias que pendían por ante el rey.

Claro es que todo esto venía á gravar en último punto sobre la gran masa del reino, sobre el pobre, sobre el débil, sobre el querelloso; pero importaba poco: era necesario que el rey recibiese de todas partes plácemes por el buen gobierno del duque de Lerma.

Desde el amanecer estaban trabajando en esto el duque y su secretario.

Santos, á pesar de que hacía frío, sudaba la gota gorda.

El duque estaba fatigado.

—No puedo más, señor—dijo Santos—; de tanto escribir, se me ha puesto el brazo tan frío y tan pesado como si fuera de plomo.

—Urge, urge, Pelegrín; ya sabes que mi sobrino no ha perdido el tiempo, y que ya está en Madrid; viene irritado contra mí y no perdonará medio; además, se encontrará al duque de Uceda apoderado del príncipe de Asturias, y empezará de nuevo entre ellos la guerra, que vendrá á herirme de rechazo.

—Yo aconsejaría á vuecencia que tomase un partido mucho más prudente, que el de lograr por medio de estas cartas que se corten las quejas que vienen de todas partes—dijo Santos estirándose el brazo derecho y frotándoselo con la mano izquierda.

—¿Y qué partido es ese, Pelegrín?

—¡Hum! vuecencia está muy comprometido.

—Sí, es cierto; pero todo lo que puede suceder será perder la gracia del rey.

—Perdonad, señor, de antemano, lo que voy á decir á vuecencia, porque mi lealtad no me permite guardar por más tiempo silencio.

—¡Crees tú!...

—Creo que puede sucederos peor que perder la gracia del rey.

—¿Peor?

—Podéis ser procesado.

—¡Procesado!—exclamó con orgullo el duque.

—Porque podéis ser calumniado; esta gente enemiga vuestra, os teme, sabe que el rey está acostumbrado á vos, y como en el rey no hay nada más poderoso que la costumbre, como es indolente y enemigo de luchas y de mudanzas y sobre todo irresoluto y débil, usarán contra vuecencia de armas infames; se han cometido en la corte grandes desaciertos; vuestro secretario don Rodrigo Calderón ha usado y abusado de vuestro nombre y no se ha detenido en nada; se ha pretendido primero deshonrar á la reina, después envenenarla...

—¡Cómo!

—Hay quien lo sabe, y quien lo murmura... lo que hoy es un rumor sordo, será mañana un estruendo, y un estruendo tal, que no podrá menos de oirlo el rey... ¡si para entonces estáis desprevenido!...

—Pero yo no he pensado... yo no he hecho...

—En la corte es muy fácil hacer caer sobre una persona los delitos de otra; Calderón ha sido vuestro favorito y aún lo es, al menos para todo el mundo, que ve que en vuestra casa le tenéis, que en vuestra casa le curáis. Calderón es presuntuoso, soberbio, tiene mucho ingenio, vale mucho, conoce la corte, y en cuanto pueda se abrirá paso, obligándoos á que vos le facilitéis el camino, porque os tiene sujeto...

—¡Pelegrín!

—Enojáos cuanto queráis conmigo, señor; pero no oiga vuecencia á Pelegrín Santos, pobre hidalgo que os debe cuanto es, sino á la voz severa de la verdad; sucédame cuanto quiera, aunque vuecencia irritado conmigo me haga pagar cara mi lealtad, no puedo callar por más tiempo. Porque se hace necesario prevenir el mal, necesario de todo punto; no se puede perder un minuto.

—Sigue, sigue, Pelegrín.

—Como os decía, aunque sabéis que don Rodrigo os ha hecho traición, no podéis deshaceros de él; como no podéis deshaceros ahora de Uceda, de Lemos, de Olivares, de Sástago, de tantos y tantos á quien vuecencia estorba; os veréis obligado á servir de escala á Calderón, que partirá con vos la ganancia, porque os necesitará siempre, pero que os comprometerá; porque Calderón, soberbio y ciego y codicioso, hará tales cosas, que él mismo se hundirá... y al hundirse, os hundirá con él.

—¿Pero qué puede suceder?...

—Yo veo á Calderón marchar de frente hacia el cadalso, sin verle, confundiéndole con el trono.

—¡Ah!

—Dejad que suba solo al cadalso... cubríos...

—¡Cómo! ¡Pelegrín! ¡crees...!

—Lo creo posible todo. Si fuera tiempo, os diría: retiráos de la corte... pero ya no es tiempo, señor; estáis en el mismo caso que aquel que, subiendo unas escaleras, va dejando caer los escalones; no tiene más remedio que seguir subiendo, ó caer desde una inmensa altura á una muerte cierta; no podéis retroceder.

—Y entonces... ¿qué hago?

—Roma insiste sobre el asunto de las preces...

—Pero no puedo complacer á Roma sin rebajar la dignidad del rey.

—Es un recurso desesperado. Complaced al papa, á cambio de otra complacencia del papa.

—Explícate mejor.

—Pedid á Roma el capelo.

—¡Ah! —exclamó el duque de Lerma, abandonando su sillón y yendo á abrazar á Santos—; sí, sí, tú eres mi amigo; tú eres la única persona leal con que cuento; ¡el capelo! ¡y no se me había ocurrido! ¡y sin embargo, tengo el alma llena de una inquietud vaga, del temor de verme envuelto en las traiciones infames, en los delitos de los que me rodean! ¡el capelo! ¡gracias, Pelegrín, gracias! El duque de Lerma puede ser juzgado y condenado por el rey. ¡El cardenal, duque de Lerma, sólo puede ser juzgado y sentenciado por Roma! ¡Roma! yo haré que Roma esté tan contenta de mí, que me crea ser su mejor hijo. Escribe, escribe, Santos...

—¿A Roma?

—¡A Roma!

—No es asunto para escrito... es necesario que vaya una persona de toda la confianza de vuecencia.

—¡Y quién mejor que tú! ¡tú que acabas de darme una prueba inapreciable de tu amor y de tu lealtad hacia mí!

—¡Partiré!

—Al momento.

—Esperemos...

—¿Que esperemos, y dices que es de todo punto necesario?...

—Esperemos á mañana.

—Preconíceme Roma y nada temo.

—Nada de preconizaciones: basta con que en un momento dado, autorizado por el papa, podáis vestiros la púrpura; sed en buen hora cardenal, pero no lo digáis á nadie... no mostréis miedo...

—¡Ah! ¡Pelegrín! ¡yo no te conocía!

—Como no habéis conocido á los traidores hasta que ha sido de todo punto imposible que no los conozcáis, no habéis conocido á los leales hasta que los leales se han visto obligados por amor vuestro á darse á conocer.

—¡El capelo! ¡el capelo!—exclamaba el duque de Lerma paseándose á largos pasos por su despacho—. ¡Y que no se me haya ocurrido! ¡el capelo! ¡hijo de Roma! ¡la iglesia puesta entre el poder temporal y yo! ¡qué quieres, Pelegrín!

—Seguir siendo vuestro secretario.

—¿Y nada más?

—Nada más. Pero para que siga siendo vuestro secretario. es necesario que no me deis muchos días como hoy.

—Vete, vete á descansar, y... está dispuesto.

Santos se inclinó y salió.

El duque de Lerma estaba contento; había encontrado al fin la difícil solución de un problema obscuro que le tenía vivamente inquieto. Cubrir su responsabilidad como ministro, cuando tan duros eran los tiempos, con el manto de la iglesia, era cosa que jamás se hubiera ocurrido al duque de Lerma.

Saboreando estaba su contento, cuando un ayuda de cámara abrió la puerta y dijo respetuosamente:

—Señor, el cocinero mayor de su majestad, solicita hablar á vuecencia.

Lerma mandó entrar á Montiño.

Presentóse éste, pálido, desencajado, estropeado completamente en cuerpo y traje; miró al entrar con recelo en torno suyo, y dijo con grande misterio:

—¿Podrá escuchar alguien lo que voy á decir á vuecencia?

—Nadie, Montiño, nadie—contestó el duque—. ¿Pero qué sucede?

—Sucede, señor... En primer lugar, la Dorotea me envía.

—¿Y qué quiere la Dorotea?—preguntó el duque estremeciéndose, porque veía de nuevo asomar la fatídica figura del bufón, que había llegado á convertirse para él en un espectro.

—La Dorotea... quiere ver á vuecencia... al momento; me ha mandado llamar para eso solo... está enferma... muy enferma...

—Iré, iré... Id á decírselo.

—Un momento, señor; tengo que hablar á vuecencia de asuntos míos.

—¿De asuntos vuestros?

—Creo, señor—dijo Montiño, á quien la desesperación daba atrevimiento—, que en mí tiene vuecencia un esclavo, que ha hecho por vuecencia...

—Lo bastante para que os ampare; lo sé.

—¡Ah, señor! necesitado y muy necesitado estoy de amparo. Por servir anoche á vuecencia al salir de aquella casa, me aconteció una negra aventura.

—¿Y qué fué ello?

—El diablo me echó delante al sargento mayor don Juan de Guzmán.

—¡Que os encontrásteis anoche á don Juan de Guzmán!—dijo con asombro el duque—. ¡Bah! ¡imposible! ¡no puede ser! ¡vísteis visiones!

—No vi, tropecé; y como llevaba la daga de punta, porque eran malos sitios, mala hora y mala noche, sin quererlo, sin pensarlo, le maté.

—¡Ah!, ¡matásteis... al sargento mayor!...

—Y me encontró sobre él la justicia.

—¡Ah!—dijo el duque de Lerma comprendiéndolo todo, porque como saben nuestros lectores estaba en el secreto—; ¿y os prendió el alcalde de casa y corte Ruy Pérez Sarmiento?

—¡Cómo, señor, sabéis!...

—Sí, el licenciado Sarmiento me ha hablado de una prisión. Pero si os prendieron, ¿cómo estáis en libertad?

—Bajo fianza de un tal Gabriel Cornejo...

—¿Y qué queréis?

—¡Señor! ¡señor!—exclamó Montiño arrojándose á los pies del duque y con los brazos abiertos—; puesto que lo sois todo en España, y que yo soy inocente, porque quien mata sin querer no mata, salvadme, señor, salvadme.

—Levantáos, levantáos, Montiño, y nada temáis; se le echará tierra al muerto, se romperá el proceso...

—¡Ah señor! ¡piadoso señor! ¡Mi vida!...

—Merecéis que se os ampare.

—Después de lo que vuecencia acaba de hacer, no me atrevo á pedirle otra gracia.

—Hablad, hablad.

—Muchas gracias, señor, muchas gracias, no sé cómo pagar á vuecencia.

—Acabando pronto, Montiño.

—Es el caso, que mi mujer y mi hija y el galopín Cosme Aldaba, y el paje Cristóbal Cuero están presos.

—Ya veis que no me he olvidado de lo que me pedísteis.

—Muchas gracias, señor; pero ahora pido á vuecencia que se deshaga lo hecho.

—¡Cómo!

—Que sin ruido, y sin que nadie pueda saber que han estado presos, suelten á mi mujer, á mi hija, al galopín y al paje.

—¿Pero estáis loco, Montiño? ¿No os ha deshonrado vuestra mujer?

—¡No señor!

—¿No os ha robado?

—¡No, señor! y ruego encarecidamente á vuecencia...

—Sentáos y escribid vos mismo.

El cocinero se sentó.

El duque le dictó una orden de soltura para el alcaide de la cárcel de villa, y otra para el alcalde de casa y corte, para que diese por nulo y destruyese todo lo que se había escrito é intentado contra los presos.

Después de esto y de haber saludado humilde y profundamente al duque, el cocinero salió.

Poco después, Montiño entraba triunfante en palacio con su mujer y su hija.

Al mismo tiempo, el duque de Lerma entraba en casa de Dorotea.

CAPÍTULO LXXIII

EN QUE EL DUQUE DE LERMA CONTINÚA REPRESENTANDO SU PAPEL DE ESCLAVO

Encontró el duque á la joven en el lecho.

Pero no la encontró sola.

A su lado estaba el tío Manolillo.

El duque se estremeció como si en el bufón hubiese visto personificada su conciencia.

—Gracias, muchas gracias, señor, porque habéis venido— dijo la joven sacando un magnífico brazo de debajo de las ropas y estrechando una mano del duque—. Tengo que hablaros gravemente. Manuel, amigo mío; hacedme el favor de dejarme sola con su excelencia.

El bufón se levantó y salió en silencio, pero no sin haber dicho antes con una profunda mirada al duque:

—Os mando hacer todo lo que ella quiera.

El duque se sentó en un sillón junto al lecho, y por la primera vez se descubrió delante de Dorotea.

—Cubríos, cubríos, don Francisco—dijo la joven—; yo os lo ruego. Os habla una pobre mujer, y esa mujer os suplica. Cubríos, si no queréis lastimarme.

El duque se puso la gorra.

—¿Qué queréis, pues?

—Don Juan Téllez Girón ha sido preso; preso como causante de la herida de don Rodrigo.

—Es cierto; todas las pruebas están contra él.

—Pues bien: yo quiero que se destruyan esas pruebas.

—No es eso fácil.

—Ya lo sé: sé que doña Clara Soldevilla, su esposa, se ha arrojado á los pies de su majestad el rey; sé que su majestad la reina ha intercedido por la petición de su amiga, porque doña Clara, más que dama, es amiga de la reina, y sé que el rey se ha mantenido severo; que ha respondido á la reina y á doña Clara, que no puede hacer nada estando de por medio la justicia.

—Ya veis, Dorotea, que cuando el rey...

—Pero vos podéis más que el rey.

—¡Yo!

—Sí, vos; basta una palabra vuestra para que la justicia calle, para que la puerta de la prisión se abra, y yo quiero que don Juan salga libre y seguro... porque le amo, ¿lo entendéis?... porque es mi vida, y el mal que le sucede me vuelve loca, me asesina. Quiero ir yo... yo misma á abrirle su prisión; quiero ser para él la libertad, la vida; quiero ser su recuerdo continuo... quiero que no pueda olvidarme nunca... y tanto haré, que no me olvidará... ¡Oh, no! y con eso sólo seré feliz.

—¡Pardiez, y lo que amáis á ese mozo!—dijo contrariado el duque.

—No os enfadéis señor; vos me tenéis por lujo... ya os lo he dicho... pues bien: vuestra querida pública seré, ya que esto os halaga, hasta la muerte, hasta la muerte, señor; pero... tened compasión de mí; concededme lo que os pido.

El duque miró á la cortina de la puerta tras la cual había desaparecido el bufón.

Aquella cortina estaba inmóvil.

Aquella cortina era en aquellos momentos para el duque el velo impenetrable de la fatalidad.

—No puedo...—dijo al fin.

—Sí, sí podéis—dijo Dorotea—, vos lo podéis todo.

—No me atrevo—dijo el duque, que no quitaba ojo de la cortina.

—Necesito la libertad y la seguridad de don Juan—dijo con acento voluntarioso Dorotea.

—Yo no puedo sobreponerme á las leyes.

—Sobreponéos—dijo la voz ronca del bufón detrás de la cortina.

Tembló el duque al sonido terrible, fatídico de aquella voz.

—Es el caso que... yo... mi poder... no alcanza á veces...

—¿No os he dicho ya, duque de Lerma, que hagáis cuanto ella quiera? ¿ó es que sois tan torpe que no comprendéis lo que se os manda?—dijo el bufón abriendo la cortina y apareciendo.

Sonrojóse vivamente el duque al verse tratado de tal modo por el bufón en presencia de una tercera persona, y balbuceó algunas palabras.

El bufón adelantó lento y sombrío.

—No te agites, Dorotea—dijo—; no llores; no supliques: el señor duque hará lo que sea necesario hacer; el señor duque no puede negarte nada: excelentísimo señor, afuera, en la sala, hay recado de escribir; yo sé dónde vive el licenciado Sarmiento; escribidle una carta y concluyamos, que Dorotea está impaciente.

—Esto es ya demasiado—dijo el duque colérico.

—Ya lo creo que es demasiada obstinación la vuestra.

—No os irritéis, señor—dijo Dorotea—; yo os lo ruego, yo os lo suplico.

—No hay que suplicar; tú no tienes que suplicar á nadie, hija mía; yo soy tu esclavo, y el duque de Lerma es esclavo mío. Ayer quisiste la prisión de don Juan, y fué preso; hoy quieres su libertad y hoy se verá libre, porque su excelencia y yo... nos entendemos.

—¿No teméis que llegue un día en que os pese de lo que hacéis?

—Algunas cosas horribles tengo hechas por ella, y todavía no me ha pesado; servidnos ahora, y después, cuando podáis, no tengáis compasión de mí... pero ahora... haced lo que ella quiere.

Y señaló á Lerma con toda la autoridad y la arrogancia de un señor despótico, la puerta que conducía á la sala.

El duque se levantó maquinalmente y salió de la alcoba.

Maquinalmente se encaminó á una mesa donde había recado de escribir y escribió.

Luego cerró la carta y la entregó al bufón.

Aquella carta estaba concebida en estos términos:

«Mi buen Ruiz Pérez Sarmiento: En el punto en que recibáis ésta, rasgad todas las diligencias que hayáis practicado en averiguación del delito cometido en la persona de don Rodrigo Calderón; proveed auto de libertad en favor de don Juan Téllez Girón y de don Francisco de Quevedo Villegas, y guardad esta carta para cambiarla por una provisión de oidor en la Real Audiencia de México. A cualquier hora, mañana, me encontraréis en la secretaría de Estado ó en mi casa. Guárdeos Dios. —*El duque de Lerma.*»

Apenas entregada esta carta, el duque salió de casa de Dorotea, sin despedirse de ella, trémulo, irritado.

El bufón salió también, llevando consigo la carta del duque de Lerma.

Dorotea quedó en un estado horrible de ansiedad.

Una hora después, el tío Manolillo volvió con unos pliegos en la mano.

—¿Tenéis ya la orden de libertad?—dijo la joven con anhelo.

—Sí—respondió con voz ronca el bufón—. Este pliego es el auto de libertad de tu amadísimo don Juan; este otro, el auto de libertad de don Francisco de Quevedo, que yo me guardo, porque importa que esté preso; y este otro pliego, es una orden para que tú puedas entrar en la torre de los Lujanes, donde está encerrado don Juan.

Dorotea, á pesar de la fiebre que la devoraba, llamó á Casilda, saltó de la cama, se hizo vestir, pidió una litera, y salió de su casa.

CAPÍTULO LXXIV

LO QUE HIZO DOROTEA POR DON JUAN

Irritado, contrariado, impaciente, cuidadoso, se encontraba don Juan encerrado en un aposento alto de la torre de los Lujanes.

La opaca luz de aquel día nublado y lluvioso, penetrando en el encierro por dos estrechísimas sacteras, apenas bastaba para determinar los objetos que en el aposento había.

Podía juzgarse, sin embargo, que no se había tratado mal á don Juan; algunos muebles, aunque no de lujo, decentes; una cama limpia, una alfombra usada, pero aceptable aún, y un brasero con fuego, hacían cómodo aquella especie de calabozo, si es que un calabozo puede ser cómodo para un preso.

Comprendíase claro que aquel encierro estaba destinado á personas á quienes, por su clase, era necesario tratar bien.

Don Juan no sabía por qué estaba preso, pero se lo figuraba; no podía ser por otra cosa que por el asunto de don Rodrigo Calderón.

Lo que más inquietaba al joven era que suponía que Quevedo habría sido también preso, porque ¿cómo explicarse que estando libre Quevedo no hubiese hecho en su favor maravillas?

Y dolíale, además, el estado aflictivo que suponía en doña Clara Soldevilla.

Cuando le prendieron en su aposento, la joven se puso pálida y se desmayó.

Don Juan no vivía, agonizaba en aquel calabozo, había pasado una noche horrible, de cavilaciones, de temores; se había acordado de todo, había dado vueltas á todo, y sin embargo, no se había acordado de Dorotea.

Cuando el carcelero la noche antes le entró la luz, don Juan le dió dinero y le preguntó por la causa de su prisión.

El carcelero le respondió con sumo respeto, pero encogiéndose de hombros, que nada sabía.

Encargóle don Juan que procurara informarse, que avisase á su esposa del lugar donde se encontraba, y que procurase ver á don Francisco de Quevedo ó saber de él.

El carcelero volvió á la hora de la cena, trayendo una escogida y abundante.

Pero lo que le dijo el carcelero le puso en mayor ansiedad.

Empezó por asegurarle que, por más que había hecho, no había podido averiguar la causa de su prisión; pero que él creía que cuando lo habían traído á la torre de los Lujanes, y con tal misterio, debía tratarse de un grave asunto de Estado.

Añadió que había ido al alcázar y que no había podido hablar á Doña Clara, porque estaba en audiencia con el rey, y que en cuanto á don Francisco de Quevedo, ninguna de las personas á quienes por él había preguntado le habían dado razón de tal persona.

Se empeoraba el negocio á la vista de don Juan, y como hemos dicho, no pudo dormir en toda la noche.

Al día siguiente, cuando volvió el carcelero con el almuerzo, cuando don Juan le habló, el carcelero le respondió con gran respeto:

—Se me ha prohibido terminantemente hablar con vuesa merced una sola palabra; estas que le digo son imprudentes, porque las paredes escuchan. No me pregunte vuesa merced más, porque no le contestaré.

Después de esto el carcelero salió, y don Juan quedó más cuidadoso que antes.

Adelantó el día y con él la desesperación y la impaciencia de don Juan.

Nadie parecía á tomarle declaración ni darle noticia alguna.

Al fin, al medio día se oyeron pasos en las escaleras y luego el ruido de los candados y cerrojos de la puerta.

Entró el carcelero.

No traía la comida.

Esto dió alguna esperanza á don Juan.

—¿A qué venís?—dijo al carcelero.

—Vengo á pediros licencia, en nombre de una dama que quiere hablaros—contestó aquél.

—¿De una dama? ¿qué señas tiene?

—Está completamente encubierta por un manto; pero parece principal y hermosa.

—¡Ah, es ella!—dijo don Juan pensando en doña Clara y

sin acordarse, ni remotamente, como hásta entonces nó se había acordado, de Dorotea.

—Trae una orden terminante para que se la permita hablaros á solas, del señor alcalde de casa corte, Ruy Pérez Sarmiento, de quien pende vuestro proceso.

—¡Oh, pues que entre! ¡que entre!— exclamó con afán el joven.

—Entrad, señora—dijo el carcelero llegando á la puerta.

Entró una mujer completamente envuelta en un manto, y mandó con un ademán enérgico al carcelero que saliese.

La puerta se cerró.

Entonces la mujer se echó atrás el manto, adelantó hacia don Juan, le asió de las manos y le miró exhalando toda su alma, y su alma enamorada por sus ojos.

—¡Ah! ¡Dorotea!—exclamó con una sorpresa dolorosa don Juan.

—¿La esperábais á ella?—dijo Dorotea con la voz apagada de quien sufre un dolor agudo.

—Os confieso que... señora... me sorprende...—dijo trastornado don Juan.

—¿Os sorprende que yo sea la primera mujer que penetra por vos en este horrible encierro? ¡No sabíais, no hablas podido saber cuánto yo os amaba! ¡cuánto era capaz de hacer por vos! ¡pues sabedlo, os traigo vuestra libertad!

—¡Mi libertad! ¡vos!—exclamó dejando ver la expresión de una profunda sorpresa don Juan.

—Sí, yo... aquí está—dijo Dorotea mostrando al joven un pliego cerrado.

—¿De modo que ya puedo salir de aquí?

—Aún no—contestó dolorosamente Dorotea.

Esta respuesta de la joven irritó á don Juan.

—¡Ah! ¡venís á imponerme condiciones!

—¡Condiciones! ¡condiciones yo á vos! ¡qué condiciones puede dictar el esclavo á su señor! ¡cuán poco me conocéis, por mi desdicha!

—Entonces, ¿por qué no me dais esa orden?

—¡Hay en el mundo otra mujer que os ama, que puede y debe confesar el amor que os tiene ante Dios y los hombres! ¡una mujer que por vos sufre, que por vos está enferma, que por vos muere! ¡una mujer que por vos se ha arrojado á las plantas del rey, y que no ha podido conseguir nada, ni aun saber el lugar donde estáis preso! ¡Vuestra esposa! ¡Doña Clara Soldevilla, que es vuestra vida!

—¡Ah!—exclamó don Juan.

—Y esa mujer venturosa, porque tiene vuestro amor; esa mujer á quien únicamente debéis amar, esa será la que reciba, sin saber de quién lo recibe, este pliego cerrado; esa mujer será la que venga á abriros la puerta de vuestra prisión; esa mujer será, porque debe serlo, quien goce toda la alegría de recobraros, cuando os creía perdido, cuando se creía casi viuda.

—¡Viuda!

—¿Pues no sabéis de lo que os acusan?

—No.

—De homicidio premeditado y con ventaja, intentado contra don Rodrigo Calderón.

—Mentira: como hidalgo y frente á frente, reñí con él por un grave asunto, y sirviendo á la reina: vos lo sabéis.

—Pero vos no podéis, por lo mismo que sois hidalgo y leal, sacar á juicio lo de las cartas de la reina, y os sentenciarían cometiendo una injusticia, es cierto; pero las injusticias no sorprenden á nadie en España. Me debéis, pues, la vida, y os lo digo para que lo sepáis; para que no podáis olvidarme.

—Me estáis desgarrando el alma, Dorotea.

—¿Y qué importo yo... pobre cómica... querida miserable del duque de Lerma? pero dad gracias á Dios de que yo sea querida del duque, y de que el duque, por una casualidad que Dios ha permitido, sea esclavo de un hombre terrible, que es á su vez esclavo mío.

—¿Y quién es ese hombre?

—Él tío Manolillo, el bufón del rey. Él, porque sabe que os amo, y que vos íbais á salir de la corte, hizo que Lerma os prendiera. Él, porque yo se lo he pedido, ha hecho que Lerma mande rasgar vuestro proceso y poneros en libertad. Si yo le hubiese dicho: ese hombre me desprecia, ese hombre me insulta, quiero vengarme de él y de ella, mátale; hubiérais subido al cadalso, y con vos Francisco de Quevedo, á quien Dios maldiga. Sabedlo, quiero que lo sepáis para que no podáis olvidarme jamás; os lo repito. ¿Qué me importa que os apartéis de mí, que no os vuelva á ver más, si estoy segura de que vos no olvidaréis nunca mi memoria?

Don Juan inclinó la cabeza y no supo qué responder.

Estaba seguro de que no podía engañar á Dorotea, porque ésta sabía demasiado que él amaba, que él no podía dejar de amar á doña Clara.

Y sin embargo, la hermosura y el amor inmenso, excepcional de la comedianta, excitaban su deseo; halagaban su orgullo; don Juan, si hubiera podido, sin dejar de amar á doña Clara y de ser feliz con ella, hubiera sido amante de Dorotea.

Pero esto era imposible: Dorotea tenía demasiado corazón.

Dorotea no podía partir el amor de su alma con otra, por más que aquella otra fuese la esposa del hombre de su amor.

La situación de don Juan, ante quien Dorotea se presentaba de una manera enloquecedora, dándole la libertad y con la libertad la vida, sacrificándoselo todo, con la abnegación sublime de que sólo es capaz una mujer que ama, la situación de don Juan era horrible.

—¿Cómo podré yo hacer—dijo al fin—, que vos me perdonéis la desgracia de no haberos conocido antes?

—No blasfeméis de vuestra fortuna—dijo gravemente Dorotea—; Dios os ha dado en doña Clara una mujer digna de vos. Amadla, reverenciadla, alegráos como de una felicidad inmensa de que sea vuestra esposa. En cuanto á mí, con que vos me apreciéis, con que me recordéis, con que os cause compasión mi desdicha, estoy satisfecha, seré feliz.

Y Dorotea, á quien hasta entonces había sostenido la excitación febril de la alegría que la causaba el llevar la libertad á don Juan, se sentó y se puso sumamente pálida.

—Estáis mala, Dorotea - dijo el joven acercándose rápidamente á ella —. ¿Qué tenéis?

—¡Me muero!

—Disponed de mí: yo soy vuestro... yo os amo—dijo don Juan embriagado.

Y en aquel momento, olvidándolo todo, asió con sus dos manos la hermosa cabeza de Dorotea y la besó en la boca.

—¡Oh! ¡qué horror!—exclamó la joven poniéndose en pie de un salto—; ¡qué crueldad! ¡qué daño me habéis hecho tan terrible!

Y arreglándose el manto, se dirigió á la puerta y llamó.

—¿A dónde vais, Dorotea?—dijo don Juan.

—Es necesario que venga cuanto antes vuestra esposa.

Sonaron entonces las llaves del carcelero.

—Esperad un momento—dijo don Juan asiendo por el manto á Dorotea, que estaba vuelta hacia la puerta.

—¿Que más queréis de mí?—contestó la joven.

—Quiero... quiero volveros á ver.

—¡Que queréis volverme á ver!... ¡sí, yo también quiero! pues bien: estad esta noche, á las ocho, al pie de la Cruz de Puerta de Moros.

—Estaré.

En aquel momento se abrió la puerta.

—Adiós—dijo Dirotea, y salió precipitadamente.

—Adiós—dijo don Juan, y se dejó caer aniquilado sobre una silla.

El carcelero cerró la puerta.

—No merece este amor asesino que me ha entrado en el alma—murmuraba la comedianta bajando precipitadamente las escaleras.—¡Yo estoy loca! ¡yo me muero! ¡Dios mío! ¡irá! ¡irá! ¡le parezco hermosa! ¡le embriago!... ¡sí, irá! pues bien... ¡me vengaré de él y de ella! ¡él me obliga! ¡aquel horrible beso!... ¡Oh, Dios mío!

Y acabando de bajar las escaleras, atravesando la alcaidía sin reparar en nadie, salió.

En la puerta de la torre había una litera.

Al aparecer Dorotea, un criado abrió la portezuela.

Dentro de la litera había un hombre.

Era el tío Manolillo.

Estaba más palido, más cadavérico que Dorotea.

Al ver el aspecto de aniquilamiento y de desesperación de la joven, una chispa de alegría involuntaria pasó por los ojos del bufón.

—Ese miserable no te comprende—dijo.

—Os engañáis, Manuel; le enamoro, haría de él cuanto quisiera, menos que me amara como yo quiero ser amada. Estoy irritada: la cólera y la desesperación me matan. Quiero vengarme, y empiezo. ¡Pedro! ¡al alcázar!

La litera se puso en movimiento.

—¿A qué vas al alcázar, hija mía?

—No voy yo, sino vos. Tomad.

—¡Ah! ¡la órden de libertad de don Juan! ¡no se la has dado! ¡quieres que la devuelva al duque de Lerma y que el proceso siga! ¡haces bien! ¡ese no es digno de nuestra protección! ¡no amarte á ti que tanto le amas! ¡que tanto haces por él! ¡véngate! ¡ya que no sea tuyo, que no sea de la otra!

—Vais á entrar en el alcázar y á hacer de modo que doña Clara Soldevilla reciba esta orden sin que pueda saber de dónde viene.

—¡Cómo!

—¡Lo quiero!

—Haces mal.

—Lo quiero. ¡Y cuenta con que doña Clara pueda ni aun por indicios sospechar!

—¡Haces mal!—repitió el bufón, y tomó la orden y la guardó suspirando.

Ni Dorotea ni el bufón hablaron una palabra hasta que la litera llegó á las puertas del alcázar.

—Entrad—dijo Dorotea al bufón—; haced que esa orden llegue, como os he dicho, á las manos de doña Clara, y luego buscad al cocinero mayor, y hacedle que vaya á verme.

El bufón salió de la litera.

—¡A casa!—dijo la Dorotea.

La litera se puso de nuevo en marcha.

—El bufón, después de meditar un momento en el vestíbulo, se entró resueltamente en la secretaría de Estado.

—Decid á su excelencia—dijo—que yo, mi majestad el bufón, le mando que me reciba y me oiga.

Riéronse todos de la manera cómica con que el tío Manolillo dijo estas palabras, y uno de los oficiales contestó:

—No está su excelencia de humor para recibiros, tío.

—¡Quién le mete al menguado en lo que no le importa!—repuso gravemente el bufón—; diga al duque que Felipito mi amigo me envía.

—¡Ah! ¡si traéis orden del rey!...

—¡Qué pesado! ¿Te pagan para que repliques, ó para que hagas lo que se te mande?

—Vamos, no os incomodéis, tío—dijo el oficial—; decid á su e e en ia, Lasala, que el bufón de su majestad quiere verlec l c

El enviado entró.

—Ya veréis cómo Lerma no me hace esperar tanto—dijo el bufón paseándose con gran prosopopeya por la secretaría.

En efecto, un momento después de haber entrado, Lasala abrió una mampara y dijo:

—Su excelencia espera al bufón de su majestad.

Cinco minutos después de haber entrado el tío Manolillo en el despacho del duque, éste subía por una escalera de servicio á la cámara del rey.

Felipe III estaba ocupado en examinar con su montero mayor una magnífica escopeta de dos cañones que acababa de regalarle respetuosamente la muy noble y leal villa de Eibar.

—¡Eh! vienes á tiempo—dijo el rey al ver al duque—; tú que eres aficionado, ¿qué te parece este arcabuz de caza? Mira que llaves, Lerma: una invención, una verdadera invención.

—En efecto, señor—dijo el duque—, los vizcaínos son muy hábiles y muy industriosos. Á primera vista se conoce la bondad de esa arma. Pero con licencia de vuestra majestad, vengo á hablarle de un negocio muy importante.

—¿Tan importante que no admite demora?

—De ningún modo, señor.

—No me dejarán reposar; ni aun cuando rezo estoy seguro: vamos, Lerma, vamos: y tú espera aquí—dijo el rey al montero mayor.

Felipe III y su secretario universal se encerraron.

—Veamos de qué se trata—dijo el rey con el empacho que le causaban todos los negocios.

Del asunto de doña Clara Soldevilla.

—¡Ah! pues mira, ese asunto me trae disgustado; la buena doña Clara me pidió ayer una audiencia, se la dí, me rogó por su esposo, se arrojó á los pies, lloró... y como tú me habías dicho que se trataba de un negocio grave, me mantuve inflexible, hasta tal punto, que se me desmayó doña Clara, y la llevaron á su cuarto sin sentido. Después he tenido una verdadera batalla con la reina. Me ha amenazado... me ha dicho que no la obligase á hablar... y yo no sé qué tenga que hablar la reina en este asunto. En fin... me ha dicho la reina que yo y ella debemos grandes, eminentes servicios á ese don Juan, que ha hecho muy bien hiriendo á don Rodrigo, y que mejor hubiese sido que le hubiera matado. ¿Qué dices tú á eso?

—Digo, señor, que su majestad la reina tiene mucha razón.

—¿Pues no me dijiste ayer que era necesario castigar con mano fuerte á ese don Juan y á don Francisco de Quevedo, su complice?

—Ayer estaba mal informado, señor; por las primeras diligencias del proceso resulta que no fueron dos contra uno, sino que por el contrario, don Rodrigo llevaba otro hombre contra don Juan. Que Quevedo no hizo más que ayudar como hidalgo á su amigo, y que don Juan se vió en la necesidad de defenderse. Ni siquiera ha sido un duelo.

—Pues entonces es necesario formar proceso á Calderón.

—Aconsejo á vuestra majestad que me permita echar tierra á este negocio.

-Pues bien, échasela; pon en libertad á don Juan y á Quevedo y que se vayan benditos de Dios á Nápoles.

—Ya, contando con el beneplácito de vuestra majestad, he mandado al alcalde Ruy Pérez Sarmiento que destruya la causa y libre auto de libertad para Quevedo y Girón; el auto de libertad de don Juan está aquí, señor.

—¡Ah! ¿Conque está todo hecho?

—Aún falta algo que hacer.

—¿Y qué hace falta?

—Tan activo ha andado el alcalde Ruy Pérez en este proceso y tan leal, que merece un premio.

—¡Ah, merece un premio! Pues dásele.

—Aquí está extendida ya la provisión para él, de oidor de la real audiencia de Méjico, con las costas del viaje, y sólo falta la firma de vuestra majestad.

El rey firmó la provisión, y la recogió el duque.

—Por aquí—dijo para sí Lerma, guardando la provisión del licenciado Sarmiento—, hemos salido de un testigo enojoso.

—¿Queda algo más que hacer?—dijo el rey, que en su marcada antipatía por los negocios deseaba verse libre.

—Sí, señor; yo creo que vuestra majestad debe aprovechar esta ocasión de complacer á su majestad la reina.

—¿Y cómo?

—Dándola este auto, que pone á cubierto de todo proceso al marido de su dama favorita.

—Tienes razón, Lerma, tienes razón; y ahora más que nunca conozco el grande afecto que me tienes; no me gusta estar reñido con la reina. Voy... voy... adiós, Lerma, adiós.

Y el rey abrió una puerta, atravesó un largo corredor, abrió otra puerta y se encontró en la recámara de Margarita de Austria.

La reina leía.

Al ruido de los pasos del rey volvió la cabeza.

Al verle, dejó el libro, se puso ceremoniosamente de pie, y miró al rey con severidad.

—Veo que aún estás enojada, Margarita—dijo el rey.

—En efecto, señor—contestó la reina—; tengo un profundo disgusto.

—¡Por tu queridísima doña Clara!

—Me he propuesto no volver á hablar más á vuestra majestad de este asunto.

—¡Mi majestad!... ¡Pero si estamos solos, Margarita, si estamos solos! ¡Siéntate aquí al lado mío! Vengo á que hagamos las paces.

La reina se sentó al lado del rey, pero con tiesura, con el semblante nublado y sin mirar á Felipe III.

—¡Lo que yo digo! ¡eso, eso es!—exclamó con impaciencia el rey—; ¡yo soy lo último de todo!

—¡Señor!—dijo la reina con dignidad.

—Se me respeta, pero no se me ama; basta el más ligero motivo para que no se me oculte el desvío que causo. ¡Cómo ha de ser! ¡Y yo, á pesar de todo, me afano por complacerte, Margarita!

La reina comprendió que debía bajar del empinado lugar á que se había subido; que debía ser mujer, y combatir al hombre, no al rey.

—Sí—dijo, hiriendo con su pequeño pie la alfombra y mordiéndose impaciente su grueso labio austriaco—; sí se conoce que mi esposo... me ama locamente, que adivina mis deseos, que se anticipa á ellos; ciertamente que soy una insensata, cuando me quejo; ¿qué puedo yo desear? ¿Qué reina ha tenido más influencia sobre su esposo?

—Puedo hacerte que llores de alegría, y que me abraces como una loca, Margarita—dijo el rey.

—¿De veras?—preguntó disimulando mal su ansiedad la reina. porque en las palabras y el aspecto del rey conoció que podía prometerse algo satisfactorio.

—Tan de veras, como que te traigo una medicina que pondrá buena de repente á tu amiga doña Clara, que creo que anda enferma.

—¿Cómo queréis que esté una recién casada que adora á su marido, y que ni aun sabe dónde para?

—¡Es verdad! ¡es verdad! pues bien; toma, Margarita, toma; he mandado romper el proceso de don Juan Téllez Girón, y aquí está la orden de libertad.

El rey dió á Margarita de Austria el pliego cerrado que contenía el auto.

Pasó una alegría infinita por los ojos de la reina.

Rompió el sobre y leyó ávidamente la orden de soltura.

—¡En la torre de los Lujanes! ¡y allí está mi libertador preso, dudando, temiendo...!

· ¡Tu libertador!—dijo el rey con asombro.

—¡Sí, mi generoso y valiente libertador!

—No te comprendo.

—¿Por qué he de callar más? Yo estaba resuelta á revelároslo todo, cuando no me quedase otro medio de salvar á ese caballero. ¿Por qué no he de ser franca y leal con vos, cuando está salvado?

—¡Qué! ¿tú me ocultabas algo, Margarita?

—¡Oh! ¡sí,:señor! ¡no sé por qué he tenido miedo! vos no podéis dudar de mí, ¿no es verdad?

—¡Dudar yo de la reina! ¡de mi esposa!—dijo el rey en uno·de los arranques de verdadera dignidad que á veces dejaba conocer—.¡Cómo! ¿por qué había yo de dudar ·de vos, señora?

—Oidme, don Felipe, oidme, perdonadme, porque por una sola vez en mi vida he obrado con ligereza.

—Yo.estoy seguro de que no tengo que perdonarte nada—dijo el rey volviendo á su debilidad habitual, y procurando excusarse de entrar en explicaciones que le asustaban, porque á. primera vista parecían graves.

—No, no; me habéis de oir: os lo suplico - dijo la reina –, necesito librar mi conciencia de este peso.

Al oir.la palaba conciencia, el rey, que tenía algo de lo asustadizo de su padre, aunque no su firmeza ni su sombrío recelo, se alarmó.

—¡Tú conciencia, dices!

—Sí, porque siendo vos mi rey y mi esposo, os he callado lo que no debía haberos callado.

—¿Tendremos alguna otra conspiración?—dijo todo asustado el rey.

—Sí; sí, señor; de conspiraciones se trata; pero de conspiraciones que ya no deben daros cuidado, porque ya pasaron.

—¿Conspiraciones vuestras?

—Por recobrar vuestra dignidad y la mía.

—Pues lo de siempre. ¿Y quién os ayudaba á conspirar? porque nadie conspira solo.

—Don Rodrigo Calderón.

—¡Ah! ¡ah!

—Se me mostró leal... cuando era traidor; le concedí algunas audiencias secretas.

—¿Contra el duque de Lerma?

—Contra el duque de Lerma.

—¡Ah! ¡don Rodrigo conspiraba contra su bienhechor, contra el hombre á quien todo lo debe! ¡No sabía yo que ese tal era tan malvado!

—Lo es más·aún: ese hombre se ha atrevido á dictarme condiciones.

—¡Condiciones á la reina! ¡un vasallo! ¿pero cómo podía ese miserable atreverse á dictarte condiciones?

—Fuí imprudente; creyéndole un vasallo leal, le escribí algunas cartas de mi puño y letra, avisándole de la hora que podía entrar en palacio y verme.

—¡Y esas cartas! ¡esas cartas!

- Las he quemado yo por mi propia mano, gracias á don Juan Téllez Girón, que se las arrancó á estocadas.

—¡Ah!– dijo respirando el rey—; ¿y de resultas de esas estocadas está herido don Rodrigo?

—Sí, señor.

—¿Pero don Juan sabrá...?

- Don Juan entregó aquellas cartas sin leerlas á doña Clara.

—¡Ah! ya; sí... esas cartas acompañaban sin duda al rizo de cabellos aquel de doña Clara, y don Juan habrá creído que de doña Clara eran las cartas...

—Sí; sí, señor—dijo la reina, que no se atrevió á ser más explícita.

—Pues es necesario premiar á ese caballero.

- -Harto premiado está ya con ser esposo de doña Clara; sólo os pido una cosa, señor

—¡Qué!

—Que me perdonéis si por amor á vos, por la dignidad de la monarquía, pude ser una vez imprudente.

Y la reina se arrojó á los pies del rey.

—¡Oh! ¡no! ¡no! ¡en mis brazos, que tan ansiosos están de ti! ¡en mis brazos, Margarita mía! ¡oh, qué hermosa eres!

Y besó á la reina en la frente.

—¡Oh! ¡cuánto te amo, Felipe mío!—dijo la reina llorando de placer y estrechando al rey entre sus brazos.

—No me dices eso siempre—contestó el rey con el acento la expresión de un niño voluntarioso.

—Es que no siempre me tienes contenta; pero hoy has hecho mucho bueno, Felipe; has vuelto su esposo á mi buena doña Clara, y á pesar de lo que te he revelado, no has dudado de mí. ¡Te amo! ¡te amo!

—¡Oh, Dios mío!—dijo el rey—¡si esto durara mucho!...

—Durará... todo lo que tú quieras que dure, Felipe... ¡oh! ¡y qué feliz soy! pero hay alguien á quien debemos mucho, que llora por nosotros, y cuyas lágrimas es necesario enjugar.

—¡Doña Clara!

—Doña Clara... y voy... sin perder un momento.

—¡Ir tú!... ¡la reina'...—dijo Felipe III, que no olvidaba nunca la ceremoniosa etiqueta de la casa de Austria.

—Iré... por las comunicaciones interiores... nadie me verá... enviaré delante á la duquesa de Gandía, para que doña Clara, cuando llegue yo, esté sola. Y adiós, adiós; es necesario no olvidarnos de que para el que sufre, cada momento es un siglo. Te amo. Adiós.

Y la reina escapó.

—¡Ah!—dijo el rey—; cuando se hace una buena acción se le queda á uno el alma tan llena de no sé qué... Vamos, Dios quiera que por estos momentos de felicidad que me ha dado, no nos pida Lerma algo que vuelva á ponernos tristes.

Y el rey, por el mismo sitio por donde había ido á la recámara de la reina, se volvió á la suya y al examen de la escopeta vizcaína que tenía aún entre las manos su montero mayor.

CAPÍTULO LXXV

EL SOL TRAS LA TORMENTA

Vestida, arrojada sobre un lecho, con el rostro vuelto contra la almohada, en una bellísima alcoba, había una mujer.

Aquella mujer lloraba silenciosamente; de tiempo en tiempo un sollozo desesperado hacía desgarrador su llanto.

En la alcoba, sobre un reclinatorio delante de una virgen de los Dolores, había una lamparilla encendida.

Fuera de la alcoba, junto á la puerta, estaban sentadas dos dueñas silenciosas é inmóviles.

Pasó algún tiempo así.

Abrióse al cabo una puerta, y asomó por ella la cabeza de una doncella.

—La camarera mayor de la reina quiere ver á la señora—dijo la joven en voz baja.

—¿Qué hacemos, doña Inés? —dijo también en voz baja la una dueña á la otra.

—¿Qué os parece que hagamos, doña María? —preguntó la preguntada.

—La señora no duerme, que solloza—dijo doña María.

—Y acaso su excelencia la traiga una buena noticia—dijo doña Inés.

—Pues avisémosla.

—Avisémosla.

—Id vos.

—No, vos.

—Cualquiera.

Y doña Inés se levantó, abrió las vidrieras, y de puntillas se acercó al lecho, y dijo casi al oído de su señora:

—La excelentísima señora camarera mayor de su majesta quiere veros, señora.

—¡Oh! ¡que entre! ¡que entre al momento!—dijo doña Clara, apartándose de sobre la frente las pesadas bandas de sus negros cabellos—; ¿por qué la habéis detenido?

La dueña salió como un relámpago.

Cuando doña Clara abrió las vidrieras y salió á la cámara, ya estaba en ella la duquesa de Gandía.

—¿Qué noticias me traéis, señora?—exclamó anhelante la joven, arrojándose al cuello de doña Juana de Velasco.

La duquesa miró en torno suyo, y al ver que habían quedado solas, exclamó llorando:

—¡Ah! no sé nada; ¡desdichado hijo mío!

—Me habíais hecho concebir una esperanza—dijo con desaliento doña Clara.

—Su majestad está en la saleta azul—dijo la duquesa, enjugándose las lágrimas—; me ha enviado delante para que apartéis de aquí las personas que pudieran verla. Su majestad os creía muy enferma.

—¡Ah! sí, del corazón, del alma... me estoy muriendo. Pero no estoy tan débil que no pueda ir á ver á su majestad. Vendrá á consolarme.

La reina viene alegre, impaciente.

—¡Oh! ¡Dios mío!—exclamó doña Clara.

Y apartándose de la duquesa dió á correr, loca, anhelante, atravesó algunas habitaciones, y en una cayó entre los brazos de la reina que la había salido al encuentro.

—Oye, Clara—la dijo Margarita—; consuélate, enjuga tus lágrimas; te traigo buenas noticias.

—¿Dónde está, señora?

—En la torre de los Lujanes.

—¿Y puedo verle?

—Sí.

—¡Ah! señora, perdonad... pero... permítame vuestra majestad que vaya al momento... le he creído perdido... son esos hombres tan infames... y... ¡le amo tanto!

—Espera, espera... serénate, tranquilízate, Clara, amiga mía: no ves que yo me sonrío, que estoy contenta. ¿Como podía estarlo si te amenazase una desgracia?

— ¡No corre peligro su vida!

—No, ni mucho menos...

—Y entonces, ¿qué hay que temer?

— Nada.

— ¡Nada! pues si no hay nada que temer, ¿por qué continúa preso?

—Tú eres valiente, Clara. Domínate, prepárate...

— ¿Para qué?

—Tanto valor se necesita para soportar la desgracia, como para resistir la noticia inesperada de una dicha.

— ¡Ah! ¡señora! tendré valor, le tengo.

— Pues bien: toma, Clara mía, toma, y ve tu misma á sacarle de su prisión.

Y la reina dió á doña Clara el auto de libertad.

La joven le leyó, se dominó, se puso pálida, y miró con una elocuente ansiedad á la reina.

—Sí, sí; ve amiga mía—dijo la reina—; pero no te olvides de decir á doña Juana que la espero para volverme á mi cámara.

Doña Clara se arrojó á los pies de la reina, y la cubrió las manos de besos y lágrimas.

Luego se levantó y dió á correr, como una loca, hacia sus habitaciones.

—¡Libre! ¡libre, madre mía!—exclamó arrojándose en los brazos de la duquesa y riendo y llorando á un tiempo— ¡libre! y ¡libre de todo cargo!

— ¡Ah! ¡gracias á Dios!

— Y no podía eso ser de otro modo, porque Dios no podía querer mi desesperación; pero la reina os espera. Y voy por él. ¡Un manto! ¡una litera!—añadió dirigiéndose á una puerta—. Después, venid, madre mía; él estará ya aquí. ¡No oís! ¡dueñas! ¡lacayos!

—Adiós, hija mía, adiós—dijo la duquesa viendo que se acercaba gente, y salió.

—Pronto, doña Inés, mi manto; que pongan una litera al momento—repitió con impaciencia doña Clara.

Y cinco minutos después, dentro de una litera salía del alcázar la joven.

·· Como la torre de los Lujanes no estaba lejos, y los lacayos que llevaban la litera iban de p isa, muy pronto la litera
paró á la puerta de la torre, salió de ella doña Clara, y presentó la orden de soltura al alcaide.

—Y van dos, las dos principales y hermosas—dijo entre
dientes el alcaide leyendo la orden.

Afortunadamente no le oyó doña Clara.

—No hay que oponer nada á esto —dijo el alcaide dando
vueltas á la orden—; en pagando ese caballero ciertos derechos y el alquiler de los muebles...

—Bien, bien, pero llevadme á donde está—dijo doña
Clara.

—¿Y quién le diré que le busca?

Su esposa.

- ¡Ah! perdonad, señora—dijo el carcelero quitándose su
caperuza, que hasta entonces había tenido encasquetada—;
como vuestro esposo es joven y gentilhombre, á estos tales
señores suelen buscarlos...

—¿Pero hay algún inconveniente para que yo vea al momento á mi marido?

—Ninguno, señora. ¿Qué ha de haber? yo mismo voy á
llevaros. Molinete, dame las llaves del encierro alto. Vamos,
señora, vamos.

El alcaide se metió por una estrecha puerta y por una escalera obscura.

Doña Clara le seguía sin pensar en donde ponía los pies,
acertando con los escalones y con las revueltas por instinto.

Al fin se vió alguna luz en las escaleras, y al acabar de
subirlas se encontraron en un corredor estrecho alumbrado
por claraboyas, á cuyo fin había una puerta de hierro con
tres cerrojos y tres candados.

Doña Clara no tuvo paciencia para que el alcaide acabase
de abrir.

Golpeó con su pequeña mano la puerta, y dijo con toda la
fuerza de sus pulmones y toda la alegría de su alma:

—¡Juan! ¡Juan!

-¡Clara de mi alma!—gritó desde adentro el joven.

—Sin duda ninguna son marido y mujer, cuando se tratan
así delante de gentes - dijo el alcaide acabando de abrir.

Y cuando la puerta estuvo franca, como nada había ya
que guardar allí, se volvió dejando la puerta abierta y murmurando por las escaleras:

—¡Ya lo creo! con una mujer como esa ya puede uno ha-

cer lo que le dé la gana. ¡Dios de Dios! en mi vida he visto
otra tan hermosa.

Entre tanto doña Clara y don Juan estaban estrechamente
abrazados, mudos, en el primer momento de alegría. Parecía-
les á entrambos que habían resucitado el uno para el otro.

Al fin se separaron, se miraron, y don Juan vió en los ojos
de su mujer lo que jamás había visto, lo que ni aun había
sospechado, lo que no sabía que existiese: un amor sobrenatural, una vida que vivía en su vida; una alegría que era
su alegría; un alma que absorbía la suya, la envolvía, la acariciaba y la defendía; una fuerza infinita de absorción que
no le dejaba vida, ni deseo, ni voluntad como no fuesen para
doña Clara.

Habíale parecido su mujer hermosa: pero entonces le pareció que la hermosura de su mujer no pertenecía á la vida,
que tenía algo de fantástico, de divino.

—¡Juan de mi alma!—le dijo doña Clara—; vámonos de
aquí: me parece que me van á arrancar de tus brazos, que
se va á cerrar de nuevo esa puerta, que no te voy á volver á
ver. Vámonos, vámonos; estás libre; he traído la orden yo
misma, y nadie puede impedirte que salgas; nadie, como no
sea Dios, me volverá á separar de ti.

—¿Quién te ha dado esa orden, Clara mía?—dijo don Juan
acordándose á pesar de todo de la pobre Dorotea.

—¡La reina!—contestó doña Clara—; no sé por qué medio:
anoche yo me arrojé en balde á los pies de su majestad: en
balde la reina suplicó al rey. Ni aun pudimos saber dónde
estabas preso.

· ¡La reina te ha dado esa orden!—dijo profundamente
pensativo don Juan, que no acertaba á comprender cómo
aquella orden había pasado de las manos de Dorotea á las
de la reina.

—Sí, sí—repuso impaciente doña Clara—; ¿pero qué importa eso? Lo que importa es salir de aquí.

Y tiró de su marido, que se dejó conducir.

Al pasar por la alcaidía, el alcaide les salió al encuentro
respetuosamente y gorra en mano.

En la otra mano tenía una daga y una espada, sencillas
pero hermosas y fuertemente bruñidas las empuñaduras de
acero.

—El señor alcalde de casa y corte, Ruy Pérez Sarmiento,
acaba de enviarme para vuesa merced, estas armas, que le
ocupó cuando le prendió—dijo el alcaide.

El joven se puso la daga y la espada en el talabarte, y dió las gracias al alcaide.

—Perdonad, caballero —dijo el alcaide al ver que los dos esposos seguían hacia la puerta—; pero quisiera que antes de salir miráseis esta cuentecita.

Y presentó un papel á don Juan.

Aquel papel decía:

«Cuenta de lo que ha adeudado don Juan Tellez Girón, en las veinte y cuatro horas que ha estado preso en la torre de los Lujanes.

»Por alquiler de la habitación alta donde estuvo preso en otro tiempo el rey Francisco, y donde sólo se encierran personas principales, diez ducados.

»Por el alquiler de una cama con colchones de pluma, sábanas de holanda y repostero de damasco, mantas y demás, cinco ducados.

»Por ídem de doce sillas, un sillón, una mesa, un candelero de plata y una alfombra, seis ducados.

»Por una comida traída de la hostería de los Tudescos, ocho ducados.

»Por una cena de ídem, cuatro ducados.

»Por un almuerzo de ídem, cuatro ducados.

»Por una vela de cera, cuatro reales de vellón.

»Por asistencia, dos ducados.

»Por derechos de carcelaje, ocho ducados.

»Todo lo cual monta la suma de cuarenta y siete ducados y cuatro reales de vellón.—*Ginés Piedrahita.*»

Debemos advertir, que de esta cuenta sólo leyó don Juan la suma total.

—¿Traes contigo dinero, Clara?—dijo don Juan.

—Sí, por acaso; ¿qué se necesita?

—Da á este hombre, dos doblones de á ocho.

Doña Clara sacó un precioso bolsillo, y de él dos doblones.

—Aquí sobra dinero, señor—dijo con un acento particular el alcaide, al recibir las dos monedas de oro.

—Guardadlo—dijo don Juan.

—Viváis mil años, señor—dijo el alcaide apresurándose á abrir la puerta.

Doña Clara, llevando á don Juan de la mano, salió de la torre con la precipitación y alegría con que sale un pájaro á quien abren la jaula, y se metió con su marido en la litera.

—¡Ah!—dijo, cuando se vió caminando hacia el alcázar—, ¡gracias á Dios que ha pasado esta horrible pesadilla!

Y estrechó de una manera ardiente las manos de su marido que tenía entre las suyas.

Don Juan, sin embargo, se mostraba sombrío, pensativo y cabizbajo.

Le preocupaban el recuerdo de Dorotea y la cita que tenía aquella noche con ella en Puerta de Moros.

CAPÍTULO LXXVI

DE CÓMO EL COCINERO MAYOR CONOCIÓ CON DESPECHO QUE NO HABÍAN ACABADO PARA ÉL LAS ANGUSTIAS

Encerrado en aquel aposento reservado que, como sabemos, tenía en su casa Francisco Martínez Montiño, se ocupaba en contar una gran cantidad de dinero que tenía sobre la mesa.

Con un placer sin igual, apilaba los relucientes doblones de oro, y á otro lado los escudos y los ducados de plata.

—Cabal, cabal—decía—, nada he perdido; ni un maravedí; mi mujer no me ha engañado; había puesto á cubierto mi dinero, y el señor Gabriel Cornejo es un hombre de bien. Mis treinta mil ducados están aquí... completos, justos. Sólo he perdido el dinero que llevaba en el bolsillo y que me quitaron los alguaciles. Pero lo doy por bien empleado y más que hubiera sido. El arca de hierro donde está el dinero de don Juan la tiene el mayordomo mayor del rey, y me será entregada, según me han dicho, para que yo responda de ella á su dueño. Además, ese bribón de sargento mayor que había llegado á inquietarme, ha muerto. Casaré á mi hija con ese Cristóbal Cuero, y allá se arreglen; haré lo posible para que el duque de Lerma dé un empleo al galopín Cosme Aldaba, y cuando todo esté hecho, me iré con Luisa y con lo que haya nacido á Asturias, compraré una tierra y viviré en paz.

El cocinero empezó á poner en sacos su dinero, y á colocar aquellos sacos en una arca.

—Sólo me inquieta una cosa—decía entre dientes y compungido...—la muerte de ese pobre paje Gonzalo... esa muerte cuyo autor conozco, y á quien no me atrevo á delatar porque sería necesario delatar á mi mujer... Vamos, es necesario olvidar esto, olvidarlo de todo punto... yo no he tenido la culpa; y luego, ¿quién sabe si aquellos polvos que me dió en la cárcel Cristóbal son un hechizo ó un veneno? los tengo aquí; me los metí sin reparar en ello en el bolsillo. Yo los llevaré al señor Gabriel Cornejo que entiende de esto y él me lo dirá. Vamos... por último... yo soy inocente; yo no tengo la culpa de nada de lo que ha sucedido.

Acabó de colocar su dinero en el arca, y saliendo del cuarto y cerrándole cuidadosamente, se fué á una habitación donde su mujer y su hija estaban ocupadas en ponerlo todo en orden.

—¡Eh! ¿qué tal? ¿se te ha pasado ya el susto, mujercita mía?—dijo Montiño, en quien la debilidad era un defecto incurable.

—No ha sido tan pequeño que pase tan pronto, marido mío; si vos hubiérais sido mejor de lo que sois y no hubiérais pensado mal de vuestra mujer, y no la hubiérais hecho meter en la cárcel, estaríamos mejor; yo no puedo olvidarme tan pronto de lo mucho malo que habéis hecho contra mí; yo no puedo perdonaros tan fácilmente.

Esto lo decía Luisa, subida en una silla, de espaldas á Montiño, clavando clavos en la pared y dejándole ver el pie más pequeño y el principio de unas piernas lo más bonito que podía darse.

—Vamos, no hablemos más de esto, mujercita mía; yo he estado loco y á los locos se les perdona todo; yo te compraré un justillo y una saya de terciopelo tomados de oro y collar y arracadas de corales, y te daré aquellos cintillos de diamantes que te gustan tanto.

—Ya sois bueno—dijo Luisa—, conocéis que habéis sido malvado, y queréis contentarme con regalos, como si con los regalos pudiera curarse el alma.

Y Luisa se echó á llorar desconsoladamente; aquel llanto era por la muerte del sargento mayor á quien amaba, y con quien había pensado gozar fuera de España el dinero robado á su marido.

Pero Montiño era de esos ciegos que no ven ó no quieren ver, y exclamó:

—¡Válgame Dios y qué llanto tan inútil! ya no tienes nada que temer, y yo te amo más que nunca.

—No queréis que llore, ¡y me habéis llamado adúltera y miserable!—dijo Luisa buscando un pretexto á su llanto.

—Vamos, mujer, por Dios, olvidemos eso; ya te he dicho que yo estaba loco. ¿No estás bastante vengada de mí?

—No, no y no; necesito vengarme más.

—Pues bien, haz de mí lo que quieras, pero no me atormentes más con tus lágrimas. Tendrás todo lo que quieras: ricos trajes, hermosas alhajas...

—¡Ah!—exclamó desconsoladamente Luisa.

—Y á mí, padre, ¿qué me daréis á mí?—dijo la Inesilla.

—A ti, hija mía, te daré un hermoso ajuar, un buen dote y te casaré con Cristóbal.

—¡Ay, padre! y ¡qué bueno es vuesa merced!

—No lo cree así tu madre, que dice que se ha de vengar de mí.

—¡Bah! madre Luisa está irritadilla... pero eso se le pasará: ¿no es verdad, madre?

—¡Eh! ¡no! -- dijo Luisa.

—¡Todo sea por Dios!—dijo Montiño—; voy á las cocinas, que ya es tiempo de que yo vuelva de nuevo á mi obligación; quiera Dios que cuando vuelva te encuentre de mejor humor, mujer.

Y Montiño salió y se trasladó á las cocinas.

—Señor Gómez Puente dijo al oficial mayor, que adelantó cuchilla y tenedor en mano—, ¿qué hacéis?

—Salpimento unos lechones, señor Francisco—contestó el oficial mayor.

—Muchas gracias, señor Gómez—dijo Montiño.

—¿De qué, señor Francisco?—dijo el oficial mayor.

—Todo está en orden, todo limpio, todo á punto; parece que no he faltado yo de las cocinas.

—Vos nos tenéis acostumbrados á trabajar bien.

—Veamos qué vianda habéis preparado á su majestad.

—Aquí está la lista—dijo el oficial mayor dejando la cuchilla sobre un mantel, sacando un papel doblado del bolsillo de su mandil.

Montiño desdobló con gran interés aquel papel y le recorrió.

—Bien, muy bien—dijo --; diez principios con perniles, diez platos de volatería, otros tantos de pescados, ocho de caza mayor, surtido completo de entremeses, variedad de empanadas, de asados y de fritos, seis ensaladas, todas las frutas secas y frescas de la estación y abundancia de conservas y dulces de repostería; bien, muy bien, señor Gómez; ya veo que no hago aquí gran falta. ¿Y la cena, señor Gómez?

—Hela aquí—dijo el oficial sacando otra lista.

Recorrióla con suma avidez Montiño y con cierto disgusto, porque no halló nada que reprender, y esto, hasta cierto punto, ofendía su amor propio.

—Está visto que yo aquí no hago absolutamente falta—repitió—. Todo esto está muy bien.

—Vuesa merced hace siempre falta en las cocinas —dijo Gómez—; hemos podido salir adelante dos días; pero si vuesa merced faltara un día más, no sabríamos cómo componernos. Así como así, faltan en estas dos listas algunos platos de que gusta sobremanera su majestad, y que son tan delicados, que sólo vuesa merced los sabe preparar.

—En efecto, y quiero hacer dos platillos de los míos reservados, para que el rey conozca que no me he muerto todavía. ¡Hola! Lamprea, hijo: prepárame unos filetes de ternera.

—Buenos días, ó más bien, buenos medios días, señor Francisco—dijo una voz áspera, en aquel punto, á las espaldas del cocinero, al mismo tiempo que una mano pesada se apoyaba en su hombro.

Volvióse de una manera nerviosa Montiño, y vió detrás al tío Manolillo que le presentaba una escudilla de madera.

Estremecióse el triste del cocinero.

El bufón le miraba de una manera terriblemente fija y con una expresión que era un misterio para el cocinero mayor.

—¿Qué queréis?—dijo Montiño con la voz temblorosa de miedo.

—Quiero que me deis algo bueno que almorzar, tengo mucha hambre y no puede esperar mi estómago á la mesa de mi hermano don Felipe; paréceme que esas empanadas que acaban de salir del horno, por lo que huelen, son de águilas; apropiadme una.

Montiño puso por sí mismo una hermosa empanada en la escudilla del bufón.

—Ahí veo formadas en batalla algunas botellas con telarañas; la masa, señor Francisco, no pasa bien sin vino; dadme una botella

El cocinero dió al bufón una botella, que éste se puso debajo del brazo.

—Ahora, echadme aquí—dijo quitándose la caperuza—algunos pastelillos y confituras con que acabar mi almuerzo.

Montiño le llenó la caperuza.

—Muchas gracias, hermano —dijo el bufón.

—¿Y qué más queréis?—dijo con voz chillona, con impaciencia Montiño, viendo que el bufón con la botella bajo un brazo, la escudilla en una mano y la caperuza en otra, no se movía.

—Quiero que me acompañéis

- Yo he almorzado ya.

—Que me acompañéis mientras almuerzo yo.

—No puedo; tengo que hacer un platillo de filetes de ternera sobreasados por mi propia mano...

—Y yo tengo que hablaros urgentemente de un platillo que he inventado yo y que quiero que hagáis—dijo con voz ronca el bufón.

—¡Ah! ¡habéis inventado un manjar!...—dijo el cocinero, que tenía graves motivos para no atreverse á desobedecer al bufón . Pues esto es distinto. Vamos, tío Manolillo, y veamos vuestra invención.

Y salió con el tío Manolillo.

—¡Pobre señor Francisco!—dijo el oficial mayor—. Cada día me convenzo más de que está loco.

—Tiene los ojos que le echan fuego—dijo otro de los oficiales.

—Y se sonríe de una manera que mete miedo—observó otro.

—¡Pobre señor Francisco!—dijeron todos.

Entretanto el bufón había llevado al cocinero á su aposento y se había encerrado con él.

Puso los manjares que llevaba sobre una grasienta mesa y empezó á comer con ansia.

—Es necesario alimentarse para tener fuerzas—dijo , y sobre todo cuando hay que obrar.

—Decidme, tío Manolillo, ¿para qué me habéis traído aquí?

—Para deciros que Dorotea tiene que haceros un encargo y os espera al momento.

Yo no puedo ir... y no iré.—dijo el cocinero.

—¿Cómo que no iréis? ¿Ignoráis que sobre vuestra cabeza pende un proceso de asesinato?

—El duque de Lerma ha mandado romper ese proceso.

—¡Ah, el duque de Lerma!... Pues bien, el duque de Lerma os mandará prender de nuevo cuando se lo mande yo.

—¡En cuanto vos se lo mandéis! ¡Bah! vos sois algo fanfarrón, tío Manolillo.

—Oye, Montiño: si te vuelves á permitir burlas conmigo, te doy una paliza, ¿me entiendes?

El cocinero mayor se acobardó.

—Y si te niegas á servir á Dorotea te llevo á la horca.

Entróle pavor á Montiño.

—¿Pero en qué hay que servir á Dorotea?

—Puede suceder que Dorotea quiera matar á alguien.

—¿Y se valdrá de mí?

—Ya lo creo; en tu casa no es ya nuevo el veneno.

—Os digo que no, que no y que no—exclamó Montiño poniéndose lívido de miedo —; si vos sois un infame, yo no quiero serlo y no lo seré.

—Urge aprovechar el tiempo, el asunto es importante y te voy á revelar lo que sólo sabemos Lerma y yo; voy á convencerte de que Lerma es mi esclavo. Mira.

El bufón sacó de su pecho un legajo de papeles, le desató y, desdoblando uno de aquellos papeles, le dijo:

—Lee.

—¡Dios mío!—exclamó el cocinero después de haber leído aquella carta.

—Es una prueba de traición á favor de la Inglaterra contra el duque. ¿No es verdad? Pues lee estotra.

—¡Señor, señor!—exclamó el cocinero después de haber leído aquella segunda carta.

—Aquí se prueba que Lerma roba al rey, ¿no es verdad?

—Sí, sí.

—¿Y crees tú que quien tiene éstas y otras terribles pruebas contra Lerma no te tiene en sus manos?

—¡Dios mío!—exclamó medio muerto de terror el cocinero.

—¿Y crees tú que si yo digo á Lerma: «la vida de Francisco Martínez Montiño por estas cartas», no te llevará Lerma al cadalso?

—Tened compasión de mí, Manuel; tened lástima de un hombre de bien que ningún mal os ha hecho.

—Dorotea necesita vengarse, y para vengarse te llama. Tú eres mío y yo uso de ti. ¿Qué importa una muerte más? ¿No mataste anoche al amante de tu mujer?

—¡Le mató Dios, le mató Dios! ¡Yo sólo fuí la mano de Dios!

—Pues bien, seguirás siendo la mano de Dios, porque haciendo lo que Dorotea te mandará, habrás matado á ese infame.

—Pensadlo bien, Manuel, pensadlo bien.

—Lo tengo pensado.

—¿Y decís que...?

—Que si no obedeces á Dorotea vas á la horca.

—Dejadme tiempo para pensar.

—Si no te decides te dejo encerrado aquí, voy á ver á Lerma, le arranco la orden de prenderte como asesino y vengo con la justicia.

—Bien –dijo el cocinero sudando de angustia–, iré á casa de Dorotea.

—Vendrás conmigo; ya he acabado mi almuerzo y me siento con más fuerzas que nunca. Vamos.

Y llevándose tras sí á Montiño, que estaba adherido á él por el terror, salió de su aposento y poco después del alcázar.

Encamináronse á casa de la Dorotea.

Cuando llegaron á la puerta, el bufón dijo al cocinero:

—Llamad y entrad, aquí os aguardo.

Montiño llamó temblando.

Abrióse la puerta y apareció Pedro.

—Decid á vuestra señora - dijo Montiño con voz apenas inteligible—que aquí está el cocinero mayor del rey.

—No es necesario avisarla—dijo Pedro—; os espera y me ha dicho que en cuanto vengáis, entréis.

El cocinero entró, y poco después estaba á solas con Dorotea.

CAPÍTULO LXXVII

EN QUE SE ENNEGRECE Á SU VEZ EL CARÁCTER DE DOROTEA

La joven cerró las puertas en cuanto entró en la sala Montiño.

A pesar de su turbación, Montiño notó que Dorotea estaba llorosa, muy pálida, y visiblemente enferma. Sobre una mesa había mucho dinero en oro.

—Tomad de aquí lo que necesitéis para una buena merienda para dos personas–dijo Dorotea.

Montiño, que iba resignado, contestó:

—¿Cómo queréis que sea esa merienda, señora?

– Como pudiera serlo para el rey.

—¿Con vinos y licores?

—Sí... sí... con vinos y licores.

··· Pues bien, tomo diez doblones.

—Tomad lo que queráis.

—¿Y para cuándo ha de estar dispuesta esa merienda?

—Para esta noche á las ocho.

—Es muy pronto.

—Tomad por vuestro trabajo lo que queráis.

—No, no es eso. Lo que importa es tener cocina y utensilios.

— Cocina tendréis; utensilios, compradlos.

—Entonces se necesitan otros cuatro doblones.

—Gastad, gastad, y si no basta con el dinero que ahí está, os daré más.

—¡Dios mío! con ese dinero basta para dar un convite de Estado en palacio.

—Pues bien, el oro hace milagros. Gastad sin miedo, y que la merienda esté dispuesta para las ocho de la noche.

—Lo estará.

—El tío Manolillo os llevará á la casa donde habéis de guisar y servir esa merienda.

—¿Será necesario buscar vajilla?

—No, se llevará de casa. Pero es indispensable buscar otra cosa, para lo cual no dudo que necesitáreis mucho dinero.

—¿Qué cosa, señora?

—Un veneno que mate como un rayo.

Y al decir estas palabras Dorotea, se cubrió el rostro con las manos y rompio á llorar.

— ¡Un veneno, señora! - exclamó aterrado el cocinero—; ¡un veneno! ¿y para qué le queréis?

—Buscad un veneno; cuando habéis venido aquí, ¿no habéis venido resuelto á obedecerme?

—Sí.

—Pues bien, tomad todo ese dinero, tomad más si es necesario. Ahí deben quedar sesenta doblones. ¿Habrá bastante?

—Sí; sí, señora.

— Pues tomadlos.

El cocinero tomo maquinalmente el dinero y le guardó.

—Oid: el veneno le pondréis en una sola confitura, pero en gran cantidad; por ejemplo, en una pera; cuidaréis que no haya otra; á esa pera la pondréis un lazo rojo y negro.

—¡Señora! ¡señora!

—Estáis demasiado turbado; voy á escribiros lo que debéis envenenar, con la señal que debéis ponerle, para que no podáis equivocaros.

Y la joven se puso á escribir con mano segura, pero llorando sobre el papel.

Cuando hubo acabado de escribir, entregó el papel á Montiño.

—Tomad, idos—le dijo—; á las ocho todo ha de estar dispuesto. ¿Lo entendéis?

—¡Adiós, señora, adiós!—dijo Montiño, y salió apresurado, porque le parecía que saliendo de allí, se libertaba del horrible compromiso en que se veía metido.

Pe o al abrir la puerta se encontró delante al tío Manolillo. r

Entre él y el bufón creyó el cocinero ver levantarse los dos palos rojos de la horca, y se decidió á hacer todo lo que quisiese con tal de no verse colgado de aquel patíbulo horrible.

La fatalidad arrastaba á Montiño.

—¿Estáis dispuesto?—le dijo el bufón.

—Sí; sí, señor; estoy dispuesto á todo.

—Pues vamos á donde sea necesario ir.

—Es necesario comprar cacerolas, vasijas, todo lo indispensable para preparar la vianda que quiere Dorotea.

—Vamos, pues.

No había pasado una hora, cuando Montiño, ayudado por el bufón, guisaba sin mandil y sin gorro, sin más oficial ni galopín que el tío Manolillo, en la cocina de una casa deshabitada.

Eran las dos de la tarde.

A cada momento llegaban mozos cargados de muebles, de alfombras, de cuadros, y un tapicero se ocupaba en adornar á toda prisa un inmenso salón en aquella misma casa.

CAPÍTULO LXXVIII

EN QUE SE SIGUEN RELATANDO LOS ESTUPENDOS ACONTECIMIENTOS DE ESTA VERÍDICA HISTORIA

Era ya cerca del obscurecer.

En dos bufetes (así se llamaban en aquellos tiempos una especie de mesas aparadoras) se veían puestos en tres filas como hasta dos docenas de platos, conteniendo una riquísima variedad de manjares.

. Sentado á un lado de la cocina, limpiándose el sudor que corría en abundancia por su frente, y mirando con cierta vanidad inevitable á pesar de la situación, su magnífica merienda, perfectamente arreglada, estaba el cocinero mayor.

Al otro lado, arreglando sobre otros dos bufetes una magnífica vajilla de plata, y un no menos rico y bello juego de cristal, estaba el tío Manolillo, ceñudo y taciturno.

. Ninguno de los dos hablaba una palabra.

Pero como obscureció hasta el punto de que ya no se veía en la cocina, el bufón dijo al cocinero como pudiera haberlo dicho á un criado:

—Encended una luz.

—Dejad, dejad que descanse un tanto, tío Manolillo—contestó humildemente el cocinero—; acabo de sentarme y estoy rendido; nunca he trabajado tanto; es cierto que las confituras y los hojaldres y las empanadas se han traído de fuera, pero así y todo, he hecho más de doce platillos en tres horas, y buenos todos, y sin oficiales, ni aun siquiera galopines. Sólo yo podría hacer otro tanto; ¡qué día! ¡qué día, Señor!

- Después descansaréis—dijo el bufón—; pero antes, concluyamos; encended, encended la luz.

—¿Pues qué? ¿no hemos concluido? —dijo el cocinero levantándose.

—Yo creo que no.

—Pues yo creo que sí—dijo el cocinero mientras encendía una trás otra seis bujías que puso sobre los bufetes.

—¿No os ha hablado Dorotea de cierta confitura que ha de ir á la mesa, señalada con un lazo de seda negro y rojo?

Montiño se estremeció todo; sus ojos erraron vagos, atónitos, espantados, sin fijarse en ningún objeto.

—El lazo está aquí—dijo tomando un papel ahuecado de un aparador el tío Manolillo—, y muy bello por cierto; como que me ha costado tres reales, á pesar de ser una quisicosa; mirad, mirad, Montiño; ¿no es verdad que es muy bello?

Y desenvolvió el papel y mostró al cocinero un precioso lazo de seda.

Montiño miró y apartó instintivamente los ojos del terrible lazo.

—Además—dijo el tío Manolillo tomando otro papel más abultado—, aquí hay una porción de lazos: blancos, verdes, azules, dorados; adornad ese plato de confituras, Montiño, que esté vistoso; vamos, que se pasa el tiempo.

Montiño se acercó á uno de los bufetes, tomó un plato de frutas confitadas, y lentamente, pálido, convulso, fué poniendo á cada dulce un lazo, un adorno, una flor, que también las había.

Quedaba únicamente por poner el lazo negro y rojo.

Montiño le tomó con la extremidad de los dedos, con el mismo horror que si hubiera sido un reptil ponzoñoso.

—Esperad, esperad—dijo el tío Manolillo—; voy á daros la confitura que debéis adornar con ese lazo; es una pera bergamota, una hermosa pera; tomad.

Y desenvolvió de un papel que tomó de sobre una mesa una magnífica pera confitada.

Montiño tomó la pera con la misma repugnancia que había tomado el lazo, y fué á adornarla con él.

—Esperad, esperad, Montiño—dijo el tío Manolillo—; aún falta algo á esa pera.

—¡Por Dios! ¡Por su Santísima Madre! ¡Por todos los santos y santas del cielo! ¡No me obliguéis á ser asesino—exclamó el cocinero juntando las manos y llorando.

- Bien, no lo hagáis; todo se reduce á que desde aquí mismo os lleve yo á la cárcel.

—Pues bien—dijo Montiño desesperado—, no soy yo el asesino, sino vos, vos que me obligáis á elegir entre mi vida y la de otro; yo juro á Dios...

—Acabad, que lugar tendréis de jurar después.

—Pues bien, sea—dijo el cocinero metiendo su mano derecha de una manera violenta y nerviosa en el bolsillo derecho de sus gregüescos—: que Dios tenga piedad de la criatura que va á morir.

Y sacó un papel ajado y le desenvolvió.

—¡Cuidado! ¡cuidado con lo que hacéis! no vaya á caer el tósigo en algún otro plato—dijo el bufón dando la confitura al cocinero y apartándole del bufete donde los otros platos estaban servidos. Hacedlo aquí.

—Ni veo, ni sé lo que me hago—dijo el cocinero mirando con terror los polvos rojizos que contenía el papel.

—Pues ved de ver—dijo el bufón.

-¿Y cómo pongo yo esto en la pera? dijo Montiño, cuya voz aterrada por el miedo, apenas se oía.

—Introducid el veneno con la punta de un cuchillo.

Montiño se dominó, tomó la pera, y con un cuchillo la hizo una hendedura. Luego, con una agonía infinita, llorando, rezando, estremeciéndose todo, tomó de aquellos polvos con la punta del cuchillo, é introdujo otra vez la punta en la hendedura. El bufón le hizo repetir esta operación tres veces consecutivas.

Una gran cantidad de los polvos había sido introducida en la pera.

—Ahora podéis ponerla ese lazo – dijo el tío Manolillo.

Montiño puso en la pera el lazo rojo y negro.

Tomó la pera el bufón, y colocándola sobre una hoja de parra contrahecha, para aislarla, la puso sobre las otras confituras.

—Ahora podéis descansar cuanto queráis—dijo el bufón.

No; no, señor—dijo el cocinero mayor—; lo que yo quiero es irme de aquí; irme muy lejos de aquí, porque aquí tengo mucho miedo, porque me muero aquí; porque creo que se me va á caer encima esta maldita casa. ¡Dios mío! ¡Dios mío! ¡Dios mío!

Y se echó estrepitosamente á llorar.

El tío Manolillo cantaba entretanto entre dientes, y mientras acababa de arreglar la vajilla, una canción picaresca.

Pero había algo de horrible en el acento y en el canto del bufón.

—¿Dónde están mi capa, mi sombrero, mi espada y mi daga?—dijo Montiño, que buscaba por todos los rincones.

- ¿Cómo, os empeñáis en iros?

- Os juro que no me quedo aquí si no me matáis.

Es que yo tengo que salir y quisiera que no se quedara la casa abandonada.

—Es que si he de quedarme solo, no me quedo.

Y bien mirado—dijo el tío Manolillo, como hablando consigo mismo—, ¿para qué quiero yo á éste aquí? ¿para que cometa alguna imprudencia? Vamos, vamos, Montiño, saldremos juntos. Afuera están vuestras prendas.

Y tomando una bujía salió de la cocina.

En la pieza inmediata encontró el cocinero mayor su capa, su sombrero y sus armas.

Púsoselos como pudo, y siguió al tío Manolillo, que no se había detenido.

Cuando estuvieron en el piso bajo, el bufón dejó la bujía en el patio, entró en el obscuro zaguán y abrió la puerta.

Montiño escapó con la misma rapidez y el mismo sobresalto con que escapa un pájaro á quien abren la jaula.

Y sin detenerse, sin volver la cara atrás, temeroso de ser

cogido de nuevo, no paró de correr hasta que dobló tres esquinas.

Entonces se detuvo y escuchó con atención.

Nada se oía más que el rumor monótono y sostenido de la lluvia, porque seguía lloviendo, y el zumbar del viento pesado y fuerte á lo largo de las estrechas calles.

Miró y tampoco vió nada, porque la noche era obscura.

Montiño no podía apreciar en dónde estaba precisamente, porque había salido de la casa tan azorado, que no sabía si había tomado hacia la derecha ó hacia la izquierda.

Y tal era el miedo, tal la preocupación del menguado cocinero, que no se le ocurrió orientarse, ni otra cosa más que seguir adelante, y aun esto no se le ocurrió, sino que lo hizo maquinalmente.

Y siguió, siguió torciendo esquinas á la ventura, empapándose en agua, tropezando aquí, resbalando allá, sin encontrar ningún transeunte, sino de tiempo en tiempo y aun así sin reparar en él.

No se había atrevido á desenvainar la daga, porque temía no le aconteciese otra negra aventura como la que creía haberle acontecido la noche anterior; esto es: matar á un hombre entre lo osbcuro, sin voluntad alguna de matarle.

Y siguió, siguió andando con paso tan rápido, que se cansó al fin y se sentó en el escalón de una puerta.

Y allí, encogido, temblando á un mismo tiempo de frío y de miedo, se puso á llorar sin saber por qué lloraba, porque el pobre cocinero mayor en aquellos momentos había perdido la conciencia de todo.

Pero pasó algún tiempo, y con el frío de la noche, con la lluvia, con el viento, afectado de una manera externa, fué volviendo al uso de sus facultades, recordando, apreciando su situación.

Entonces, no estando sujeto á la influencia próxima del tío Manolillo, la conciencia del cocinero se rebeló contra lo que había hecho, operóse en su alma una reacción poderosa, y se levantó como al impulso de un sacudimiento galvánico.

—¡Ah, Dios mío, Dios mío!—exclamó—; ¡no ha sido un sueño, no! ¡no ha sido una pesadilla, ha sido una verdad horrible! yo he cedido de miedo; de miedo por aquellos terribles secretos del duque de Lerma, que posee ese miserable, ¡ese infame Manolillo! ¡y por mi miedo va á morir una criatura humana y yo me condenaré! No, no; es necesario evitar... es necesario correr... avisar... ¿y á quién? á la justicia... porqué... ¿qué sé yo á quién quieren matar?...

El cocinero adelantó algunos pasos.

—Pero Dios mío—dijo al fin—, ¿dónde estoy yo? he venido hasta aquí sin saber por dónde he venido, y no pasa nadie, y la noche está obscura como boca de lobo.

En aquel momento y como contestando á la pregunta del cocinero, traído por el viento, llegó hasta él el sonido de un reloj cercano.

¿—¡Dios mío!—exclamó Montiño—; es el reloj de Nuestra Señora de Atocha. Me he perdido; estoy de extremo á extremo de palacio y son las nueve de la noche. Cuando yo salí de aquella maldita casa debían ser, cuando más, las siete. En dos horas ha habido tiempo para que se cometa el crimen. Pero ¡ah! Dios sin duda me ha traído aquí cerca del padre Aliaga, que puede impedir el crimen, que yo le revelaré bajo secreto de confesión, y que tiene mucho ingenio y sabrá sacarme del paso sin comprometerme; y no hay que perder tiempo: ¡no, Dios mío, no!

Y siguió adelante, guiado ya por la pendiente de la calle de Atocha y casi á la carrera.

Cinco minutos después tiraba de la cuerda de la campana de la puerta del convento y pedía al portero ver al padre Aliaga de orden del rey.

Inmediatamente fué introducido.

El padre Aliaga, sentado delante de su mesa, ceñudo y sombrío, pensaba más que leía sobre un libro.

Al ruido de los pasos del cocinero mayor, levantó la cabeza.

Al ver el aspecto de Montiño, su palidez singular, su temblor, y sobre todo, la extraña é insensata mirada de sus ojos, se estremeció instintivamente, porque al ver el aspecto del cocinero, había creído ver el presagio de una desgracia.

—¿Qué sucede?—dijo cerrando el libro y levantándose.

—Sucede, que va á suceder un horrible crimen, si no ha sucedido ya.

—¿Un crimen? ¿Y por qué no habéis ido á la justicia en vez de venir á mí?

—Porque... porque... yo no revelaré ese crimen sino bajo sigilo de confesión.

—¿Pero no decís que va á cometerse si no se ha cometido? Urge, pues, el impedirlo.

—Por lo mismo, seguidme, señor, seguidme, y por el camino os haré mi confesión.

—Vamos—dijo el padre Aliaga tomando su manteo y su sombrero y saliendo sin avisar á nadie, de su celda con Montiño.

Cuando el portero vió salir no menos que á su señoría ilustrísima el inquisidor general fray Luis de Aliaga, de noche, á tal hora y con tal prisa, y á pie con un hombre que había entrado en el convento trayendo órdenes del rey, no pudo menos de maravillarse y santiguarse porque aquello era verdaderamente extraordinario.

—Empezad, empezad, pues—dijo el padre Aliaga—, y sobre todo, sepamos á dónde me lleváis.

—A la calle de Don Pedro.

- Nos perderemos; está la noche muy obscura y nos hemos olvidado de tomar una linterna: esta calle está lejos. Volvamos al convento, y proveámonos de luz.

—No podemos perder un instante, señor; acaso ya no sea tiempo de impedir el crimen; es necesario ir de prisa. Asíos á mi brazo, que seguro estoy de no perderme; toda la calle de Atocha arriba, á la calle de la Magdalena, la de la Merced, la del Duque de Alba, la de Toledo, la plaza de la Cebada y la calle de Don Pedro; iría con los ojos vendados.

—Pues bien, vamos y apresurémonos - dijo el padre Aliaga recogiéndose con una mano los hábitos y asiéndose con otra del brazo de Montiño—; empezad, pues, os escucho—añadió el religioso.

—Advierto á vueseñoría que no le revelo nada sino bajo sigilo de confesión.

—Os prometo el sigilo por lo que respecta á vuestra persona, *in verbo sacerdotis*.

—¡Cómo!

—Bajo palabra de sacerdote.

Entonces, y con esta seguridad, Montiño se persignó y rezó apresuradamente la confesión general.

Después dijo:

—Hace dos horas envenené una confitura que ha de servir en una merienda.

Y apenas pronunciadas estas palabras, Montiño rompió á llorar.

El padre Aliaga se detuvo de repente, y oprimiendo el brazo de Montiño, hasta el punto de hacerle gritar de dolor y de miedo, y convirtiéndose de fraile en hombre, y en hombre enérgico y terrible, exclamó sacudiendo con furia al cocinero y con voz concentrada, espantosa:

—¡Miserable! ¡habéis envenenado un manjar que debe comer una criatura de Dios!

Montiño tembló de los pies á la cabeza, vaciló y cayó de rodillas sobre el suelo encharcado, murmurando:

—¡Ah! ¡Perdón! ¡perdón, señor!—exclamó—; me aterraron... el tío Manolillo...

—¡El tío Manolillo!... ¡el bufón del rey!—exclamó aumentando en severidad el padre Aliaga—. ¡Pero levantáos y seguid! ¡Sigamos, corriendo, volando, si pudiéramos! ¡Llevadme al lugar donde esa criatura va á morir, donde está muriendo acaso!

El cocinero, que hacía ya mucho tiempo no era otra cosa que una máquina que se movía á voluntad de la potencia que tenía al lado, se levantó y dió á correr, temblando, llorando y rezando, todo á un tiempo.

El padre Aliaga, levantándose los hábitos, asido del brazo de Montiño, corría también.

—¿Y quién es la persona á quien mata el tío Manolillo?—dijo el padre Aliaga.

—¡No lo sé, no lo sé!—contestó todo gemibundo y miedoso Montiño.

—¡Cómo! ¿No os ha dicho el tío Manolillo?...

—No, ni la Dorotea tampoco.

—¿Qué decís de la Dorotea?

—La Dorotea ha sido la que me ha mandado envenenar un dulce... guisar una merienda.

—¡La Dorotea!... ¡Dios mío! ¡Corred, corred, que la Dorotea quiere envenenar á una persona!... ¡Y no os ha dicho el nombre de esa persona!...

—No; no, señor.

—Si fuera por acaso don Juan Téllez Girón...

—¿Mi supuesto sobrino?

—Sí, sí; él ha pasado hasta ahora por sobrino vuestro... la Dorotea le ama... le ama con toda su alma...

—Sí; sí, señor.

—Y pudiera suceder también que no sea á don Juan á quien se quiera matar... sino á su mujer... doña Clara de Soldevilla...

—¡Dios mío!

—¡Corramos! ¡Corramos y callemos!, que las palabras nos fatigan y retrasan nuestra marcha.

Y siguieron corriendo sin hablar ya, sin escucharse más
que de tiempo en tiempo alguna exclamación angustiosa
del cocinero.

Y así, sin encontrar á nadie, bajo la lluvia, azotados por
el viento, llegaron en muy poco tiempo á la calle de Don
Pedro.

Pero al entrar en ella, oyeron dos voces irritadas, ruido
de aceros que se chocaban, y á poco un grito de agonía,
tras el cual no se volvió á oir el choque del acero.

Montiño se detuvo, pero el padre Aliaga tiró violentamente de él y le arrastró hacia un lugar donde resonaban
grandes golpes á la puerta de una casa.

CAPÍTULO LXXIX

DEL MEDIO EXTRAÑO DE QUE SE VALIÓ QUEVEDO PARA SOLTARSE DE LA PRISIÓN EN QUE LE HABÍA PUESTO EL AMOR DE LA CONDESA DE LEMOS

Dejamos al final del capítulo LXXI á Quevedo y á la condesa de Lemos en un magnífico salón de una quinta, y sentados á una mesa admirablemente servida.

El moreno y hermosísimo semblante de la condesa estaba
embellecido por el color febril de una excitación extraña; el
amor, pero un amor lastimado, ofendido, receloso, entume-
cía sus ojos fijos en Quevedo.

Su mórbida garganta se hinchaba hasta el punto de que
parecía no poderla contener la gargantilla de gruesas perlas, con broche de diamantes, que la ceñía, y la magnífica
cruz que pendía de esta gargantilla, se levantaba y descen-
día á impulsos de la continua dilatación y compresión del
casi desnudo seno de doña Catalina; sus hermosas manos
cuajadas de cintillos, y sus brazos que dejaban descubiertos
hasta la mitad, entre encajes de Flandes, las anchas mangas de su rico traje de brocado blanco, temblaban al hacer
el plato á Quevedo.

Éste, por su parte, tenía fija una mirada atónita, ardiente,
asombrada en la condesa.

Nunca la había visto, ni aun la había soñado tan hermosa.

Y era porque todo se combinaba aquella noche en la condesa para aumentar su hermosura.

El estado de su alma; su voluntarioso amor por Quevedo; la manera cómo pensando en seducirle, en deslumbrarle, se había ataviado, todo lo cual la hacía resplandeciente, y luego el carácter particular de aquella aventura, en que una mujer enamorada lo arrostraba todo, la deshonra, y acaso la muerte, por el amor de un hombre, daban á la condesa un poderío terrible, tratándose de un hombre tan sensual y tan espiritual á un tiempo como Quevedo, que se sentía halagado por completo en los sentidos, en el alma y en el orgullo por aquella mujer, toda hermosura, toda alma, toda voluptuosidad, toda deseo, para él y sólo por él.

Y además, hasta la vanidad de Quevedo, que también tenía vanidad, estaba halagada, y su buen gusto, que le tenía exquisito, estaba satisfecho.

Todo lo que le rodeaba era magnífico, rico y bello; desde el techo, de madera ensamblada, pintada y dorada, hasta el pavimento, cubierto de una alfombra de terciopelo, las tapicerías, los cuadros, los cortinajes, los muebles, las arañas de cristal de Venecia, los espejos con marcos de plata cincelada, las mesas cargadas de bujerías preciosas, aquella otra mesa con riquísimos manjares servidos en vajilla de oro, y lo que alegraba la malicia de Quevedo, con el escudo de arma cincelado de la casa de Lemos, las viandas exquisitas, los transparentes y límpidos vinos generosos en costosas y raras cristalerías; el fausto, el brillo, la nobleza por todas partes, y en medio de esto, viviendo para él solo, hermosa para él solo, enamorada para él solo, una mujer engalanada con un tesoro de joyas y del alhajas, semejante á un sueño, noble por su cuna, distinguida por su talento, envidiada por hermosa y esquiva, sensible, poética, valiente, obstinada, en lucha con él, todo esto mareaba á Quevedo, le aturdía, le adormecía, le fascinaba.

Y la mirada de la condesa, que continuamente pasaba de los ojos de Quevedo á un bello pórtico dorado y misterioso, á cuyo interior servía de telón una cortina de encajes... Quevedo tuvo necesidad de afirmarse, por decirlo así, en los estribos y acordarse de su porvenir; sobreponerlo en grandeza, en goces, en belleza, á aquel su bellísimo presente, para poder luchar con alguna esperanza de triunfo con la condesa.

Se encontraba en el alcázar mágico de una encantadora.

—Cuando hayamos dado un enorme escándalo—dijo la

condesa sirviendo un plato á Quevedo y haciéndole la copa— ; cuando sin temor á nadie ni á nada, seamos yo tuya y tú mío; cuando nuestro nido de amor sea más hermoso y más rico que éste; cuando nos rodee una familia tuya y mía...

—Dios me libre de bastardos ..—dijo Quevedo mascando á dos carrillos y tomando una copa de oro rebosando de vino—. Un bastardo tiene la culpa de que nos suceda lo que no debía sucedernos.

—¡Qué! ¿te pesa... don Francisco?...

—Pesaríame por ti... ¿pero qué digo, pesarme?... bebe, Catalina, luz de mis ojos, bebe... embriaguémonos... olvidémonos de todo... pidamos á Dios que disponga como nos conviene de mi señor el conde de Lemos.

- ¡Qué! ¿serías tú capaz?...

—Yo... ¡eh! ¡de qué he de ser yo capaz!... abriría yo de buena gana, que bien lo merece, el alma torcida del conde, puerta bastante para que se escapase del cuerpo, si no hubiera de perderte...

—¡Ah! sí... sí... yo estoy loca... tan desesperada estoy, que si tú fueras otro Hombre, no sé á dónde me llevaría mi locura; pero si tú fueras capaz de una infamia... yo no te amaría.

—Dios nos libre de espectros como de bastardos... los unos y los otros acaban por pesar mucho... no pensemos en echar peso sobre nuestra conciencia. Pero... ¡no bebes, luz de mis ojos!

—No... me basta con la embriaguez de mi amor; ya que he perdido el corazón no quiero perder la cabeza. Resígnate á ser mío, y no esperes escapar por ningún medio; te tengo, y no te he de soltar tan pronto.

—Hablemos con juicio, Catalina mía.

—¡Juicio! no sé si lo he tenido alguna vez; pero ahora sólo tengo amor y miedo de que te me vayas.

—No puedo irme; aunque estuviésemos separados, aunque tú, lo que Dios no permita, murieses, yo no me vería libre; tu memoria... la memoria de mi felicidad perdida, de mi corazón muerto...

-- ¡Ah! ¡don Francisco! ¡por qué antes no nos comprendimos!

El hombre es necio é insensato; necesita ver lo suyo en manos de otro para conocer que era suyo lo que le han robado... ¡oh! ¡si yo hubiera sido menos necio! ¡si no hubiera mirado en ti á tu padre!... porque en fin, ¿qué tiene que ver tu padre contigo? ni tu hermosura, ni tu alma, la has heredado de él; te las ha dado Dios... yo... desde mis primeros años he vivido soñando, y aún sueño... aún sueño...

Las dos últimas palabras de Quevedo fueron sombrías.

Después de pronunciarlas, inclinó la cabeza sobre el pecho, é instantáneamente la levantó, dejando ver en sus enormes y poderosos ojos negros una expresión de soberbia y de blasfemia tales que aterraron á doña Catalina.

—¡Oh! ¡qué soy yo para ti!—dijo la joven comprendiendo la mirada de Quevedo.

—Tú... ¿qué puedes ser tú, Catalina? Tú puedes ser y eres mi diablo amor.

—¡Oh! ¡y qué palabras!

—Creo que he nacido maldito, Catalina—continuó Quevedo.

—Tú quieres asustarme.

No...—respondió Quevedo con voz vibrante—; las palabras que te digo, se me salen á borbotones del corazón. Escúchame, Catalina: tú eres la única mujer nacida para mí; tú... tú tienes todo lo que yo he soñado en la mujer... ya lo ves, te estoy hablando frío y desnudo como si hablara conmigo mismo. Oye, Catalina, yo necesito dominar, dominarlo todo, porque desprecio todo lo que me rodea, todo menos á ti, que eres mi mujer como yo tu hombre... ¿entiendes?... hay en mí algo rebelde, algo de Satanás... yo marcho, marcho y sigo marchando sin detenerme, la vista fija en un punto, la cabeza firme en un propósito... ¿por qué te me pones delante de ese propósito? ¿por qué me has obligado á huir, á ofenderte?

Quevedo miraba de hito en hito á doña Catalina, que de hito en hito le miraba también.

Entrambos estaban transfigurados, fuera de sus condiciones ordinarias.

El rostro, la mirada, la actitud de Quevedo eran terribles; no era el mismo hombre que doña Catalina conocía; hasta su lenguaje, aquel lenguaje artificial, tan usado por él, había desaparecido.

Y era que doña Catalina, verdad para él, le arrastraba con su influencia, le llevaba por el camino de la verdad.

—Creo que yo te puedo servir de algo, don Francisco— dijo la condesa dejando su asiento, dando vuelta á la mesa, rodeando con un brazo el cuello de Quevedo y asiendo una de sus manos.

—Ahora de mucho, de todo, Catalina mía—dijo Quevedo, rodeando la cintura de la condesa, que se estremeció.

—Cuenta conmigo.

—Cuidado con lo que ofreces—dijo Quevedo.

—Todo cuanto yo pueda es tuyo.

—¿La ambición de tu padre?...

—Sí..

—¿La vida de tu esposo?...

—Sí, y cien veces sí.

Pasó algo terrible, inmenso, doloroso, por el alma de Quevedo, esto es, por sus ojos.

La condesa no vió aquella mirada breve y rápida, pero sombría, que pasó como un relámpago.

Si la hubiera visto se hubiera asustado.

Quevedo empezaba á cobrar miedo á la condesa.

Era demasiado enérgica, demasiado terrible.

Quevedo vió de un golpe que doña Catalina podia ser el obstáculo perenne de su vida.

Tanto amor y tan ciego, y en una mujer tan ardiente y con tanto ingenio como doña Catalina, era respetable; más que respetable, terrible.

Quevedo llegó á temer si había más que amor en doña Catalina hacia él.

Si la ambición la impulsaba á recurrir á él por una poderosa simpatía.

Serenó su semblante, y atrayendo á sí con ambas manos la cabeza de la joven, la dijo:

—¡Oh, y cuán bien que brillaría sobre esta serena y noble frente una corona!

—Sí, una corona de mirto y rosas purpúreas—dijo doña Catalina sonriendo—; una corona de amor.

Desconcertóse Quevedo; doña Catalina no tenía más ambición que su amor.

Si la ambición de doña Catalina hubiera sido otra, Quevedo hubiera tenido esperanzas de dominarla.

Para con doña Catalina no había otro dominio que el amor, y estaba escarmentada, recelosa.

—Dime, don Francisco—dijo doña Catalina sentándose sobre sus rodillas—: ¿es cierto que tú sueñas grandezas?...

—¿Yo?...

—¿Que, porque las sueñas, te sirves de la soberbia y de la locura del duque Osuna?

—El duque de Osuna es mi amigo.

—No; es tu criado.

—¡Catalina!

—¿No has pensado nunca en el reino de Nápoles?

Quevedo miró profundamente á la joven.

La joven sonreía de una manera singular.

—¡Rey!—dijo con acento hueco Quevedo--. ¿Y qué es ser rey?

—Ser esclavo de un favorito—dijo la condesa—; de modo que si el duque de Osuna, en vez de llamarse virrey, se llamase rey de Nápoles, lo que no sería otra cosa que un reino más perdido para el rey de España, el secretario del virrey sería secretario del rey... ¿y quién sabe?...

—El duque de Lerma ha nacido para equivocarse, y nada más que para equivocarse.

—¿Y qué tiene que ver mi padre?...

—Tú... no has sido tú quien ha pensado ese desvarío que me supones... lo has oído al duque de Lerma.

—Es que te he adivinado, don Francisco.

--¡Y bien, qué! ¿Si eso fuera cierto?...

—Entonces una mujer que ocupase un alto lugar en la corte de España, que supiese conspirar, que lo viese todo, que lo oyese todo y que te amase... sería tus pies y tu cabeza; podrías obrar aquí y allá... aprovechar las ocasiones propicias... ¿Crees tú que yo puedo ser esa mujer?

—Sí.

—¿Crees tú que yo soy capaz de sacrificarlo todo por ti?

--Lo creo.

—¿Crees tú que sería capaz de doblar mi orgullo hasta el punto de ser dama de la duquesa de Osuna, si la duquesa llegase á ser reina?

—Sí.

—Y entonces, ¿por qué quieres destrozarme el corazón. abandonándome?

- Es que yo no te abandono, me ausento.

—Tu ausencia es la muerte de mi esperanza. ¡Dicen que son tan hermosas las napolitanas! ¿No has dejado allí ningún amor, don Francisco?

—No he amado á nadie más que á ti; virgen del alma, me has tenido y no me has dejado alma para otra mujer.

—Pues bien; no nos separaremos.

—Es urgente, necesario, que yo salga de aquí esta noche. No sé lo que ha sido del hijo bastardo del duque de Osuna.

—Yo lo sabré.

—Lo que yo puedo hacer por él no puede hacerlo nadie.

—¿Es decir, que tienes empeño en salir de aquí?

—Lo necesito, lo arriesgo todo si paso algunas horas sin correr al auxilio de don Juan.

—Pues bien, primero soy yo que nadie; no saldrás.

—Te aborreceré.

—Aunque me aborrezcas; ¿qué me importa, si insistiendo en huir de aquí me pruebas que no me amas? para el hombre que ama, lo primero es la mujer de su amor.

Y doña Catalina se levantó irritada de sobre las rodillas de Quevedo.

—¿Conque somos decididamente enemigos?—dijo don Francisco.

—Aún hay un medio de entendernos.

—¿Cuál?

—Entre mis bienes dotales, tengo yo hacienda cerca de Nápoles.

—¡Oh! pues entonces...

—Si me pruebas que me amas, abandono á España, y con el pretexto de la salud, de mudar de aires, del deseo de ver aquellas posesiones mías, me voy contigo.

—No puedes dudar de mi amor.

—Necesito una prueba.

—¿Cuál?

—Permanece aquí, deja á mi cuidado el salvar á ese don Juan, y cuando esté en salvo, partiremos juntos.

—A don Juan no puede salvarle nadie más que yo.

La condesa se irritó.

—Y bien -dijo , tú me desprecias; á nada te avienes; quieres verte libre de mí... quieres burlarme; que se pierda, pues, don Juan; piérdete tú y piérdame yo en buen hora... todo me importa nada.

—Malhaya, amén, la primera mujer que vino al mundo para producir mujeres—exclamó perdida ya la paciencia Quevedo.

—Malditas sean dijo la condesa—, si han nacido para ser tan desventuradas.

—Ello es necesario, señora, que yo salga de aquí—dijo Quevedo, acabando de perder completamente la .paciencia.

—Por lo mismo que tú quieres salir, yo no quiero que salgas, y no saldrás.

—No me obliguéis á cometer una villanía.

—Será necesario que me mates, y nada me importa morir; ¿no te he dicho que estoy desesperada?

—Hasta en amor me persigue la desventura—dijo Quevedo.

—Bien merece ser desventurado, quien no es capaz de amar.

Quevedo se puso á pasear á lo largo de la cámara; la condesa se sentó en un sillón silenciosa y sombría, y quedó profundamente pensativa.

Pasó algún tiempo, durante el que ni ella ni él hablaron una sola palabra.

De improviso se detuvo Quevedo.

—Paréceme que se acerca alguien—dijo.

La condesa se puso sobresaltada de pie.

—Y bien, ¿qué me importa?—dijo dominándose y sentándose de nuevo—; sea quien quiera, nada me importa.

—Pues no—dijo Quevedo—; oye, se acercan... llaman.

La condesa volvió á ponerse de pie.

Llamaron por segunda y tercera vez con insistencia, y se oyó una voz de mujer que dijo recatadamente detrás de la puerta:

—¡Señora! ¡señora! ¡por amor de Dios! ¡oid, si no queréis que suceda una desdicha!

La condesa se acercó á la puerta.

—¿Qué sucede, Josefina?—dijo.

—El señor conde de Lemos acaba de llegar á la quinta y pregunta por vuecencia.

—¡Ah! ¡mi marido!—dijo la condesa.

—¡Tu marido! ve, Catalina, evítame un desastre; el conde es orgulloso y yo estoy desarmado.

—¡Desarmado! ¡desarmado no! en aquel retrete hay armas de todas clases, blancas, de fuego... ¡Oh! ¡Dios mío! ¡Dios mío! Espera, Josefina, espera... y tú espera también... Yo te juro que, á pesar de todos los condes y de todos los maridos del mundo, no te me escaparás, no huirás de mí.

Doña Catalina abrió violentamente la puerta y salió.

Quevedó la oyó cruzar por fuera una barra y echar llaves.

—Pues no—dijo Quevedo—, ella es muy capaz de engañar á ese imbécil de don Fernando de Castro, ó lo que es peor, de hacerle consentir en un convenio vergonzoso, como si lo viera; después de una hora de conversación con su marido, volverá para tenerme al lado y no separarse de mí en una eternidad; si no aprovecho esta coyuntura, largo cautiverio me espera, y don Juan... y mi proyecto... perder por una mujer... ¡ah! ¡no! ¡Quevedo! ¡muy poco valdrás y merecerás todo cuanto te suceda si no logras escaparte! Lo primero es prevenirse; me ha dicho que en aquel retrete hay armas, armémonos.

Quevedo tomó una bujía de sobre la mesa y se dirigió á una puerta situada á un extremo de la cámara, la abrió y entró.

En los ángu'os había algunos hermosos arcabuces; en las paredes, en una especie de espeteras de madera rica y tallada, gran número de espadas y dagas; algunos preciosos pistoletes se veían acá y allá.

Quevedo tomó una espada, una daga y dos pistoletes, después de cerciorarse que estaban cargados, y se los puso en el talabarte; á seguida salió de la cámara y abrió una de las puertas que suponía de balcón; pero se había engañado, aquella puerta tenía detrás una fuerte reja.

Quevedo era un hombre de imaginación pronta; recordó que en el estante, entre las armas de caza, había algunos frascos de pólvora, y entró, se apoderó de aquellos frascos y los puso junto á la reja; luego, con la daga, abrió algunos huecos entre el marco de la reja y la pared, rellenó de pólvora aquellos huecos, puso en comunicación con ellos un reguero que llevó hasta un lugar desde donde podía ponerle fuego á cubierto de la explosión de las cargas de pólvora de la reja, y á continuación se puso á apilar las mesas, las sillas y los muebles junto á la puerta de entrada.

Luego se dirigió á aquel misterioso apartamiento, cubierto por una cortina, en el que tantas veces se había fijado la vista de la condesa, y se encontró en un precioso dormitorio. Quevedo suspiró, pero suspirando cargó con un colchón y le llevó á la cámara; volvió y cargó con otro, y así sucesivamente, colchones, ropas, muebles aumentaron el montón que cubría la puerta de entrada de la cámara; y cortinas, tapices, cuadros, ropas, todo fué á parar allí, y todo esto en pocos momentos.

Entonces Quevedo aplicó la luz de una bujía á aquella especie de pira que casi tocaba al techo, y luego otra bujía y luego otra; una llama viva y brillante apareció á los pocos momentos, y un humo denso y blanco inundó la cámara.

Era inevitable un incendio.

La cámara debía convertirse en pocos minutos en una hoguera.

Quevedo aprovechó el tiempo, se fué al ángulo donde empezaba el reguero de pólvora que iba á terminar en los depósitos de pólvora de la reja y le puso fuego; instantáneamente retumbó una detonación y á seguida un golpe, como de un objeto desprendido y que había parado á poca profundidad.

Quevedo, cuanto de prisa se lo permitieron sus mal configurados pies, corrió al vano cubierto antes por la reja, y la encontró franca.

Como había previsto Quevedo, la pólvora había hecho volar la reja.

Y sin pararse á meditar si la altura era ó no tal que pudiese arrojarse á tierra un hombre sin peligro, Quevedo se dejó caer.

Pero Quevedo no había contado con el reblandecimiento de la tierra por una lluvia que había sido constante durante cuatro días, y sucedió lo que no podía menos de suceder: que al llegar al suelo se clavó hasta las rodillas en una tierra gredosa, quedando preso y en la completa imposibilidad de salir por sí solo.

Dejémosle allí para concluir este capítulo y sigamos á la condesa de Lemos.

Su primer cuidado fué cambiar absolutamente de traje y tomar uno que no se hiciese sospechoso á su marido.

Por poco que quiso tardar, tardó lo bastante para que, cuando fué á encontrar al conde de Lemos, que estaba en la cámara principal de la quinta, éste la recibiese de una manera duramente excepcional.

Ni uno ni otro dieron señales de alegría al verse, como convenía á esposos que habían estado separados largo tiempo.

La condesa hizo una reverencia á su marido, y don Fernando de Castro bajó levemente la cabeza en contestación al saludo de doña Catalina.

—Paréceme, señora—dijo el conde—, que habíais tomado la resolución de haceros ermitaña.

—Si lo sabíais no debíais haber dado ocasión á disgustarme, respetando mi voluntad.

—Siempre nos hemos llevado mal, señora, desde el mo-

mento en que nos casamos, y en que tuvísteis la franqueza
de decirme que, casada conmigo contra vuestra voluntad,
nada podía esperar de vos, sino vuestra sumisión á vuestra
suerte; yo no he abusado de vuestra sumisión; yo no he in-
tervenido en vuestra vida, pero ha sido mientras habéis respetado mi honor.

—Bien; concluid.

—¡Tenéis un amante!

—Fuerza era que yo amara á alguien.

—¡Lo confesáis!

—Había pretendido que no lo supiérais; había tomado mis
medidas para ocultároslo; pero como vuestro acento me
amenaza, y ningún derecho tenéis sobre mí, sino delante del
mundo, y aquí estamos solos, os lo confieso: amo á un hombre y soy suya... es más... lo seré.

—¿Y quién es ese hombre?

—Don Francisco de Quevedo.

—¿Y está aquí?

—Aquí está.

—Bien: esto me da ocasión para encerraros en un convento y matar á ese hombre.

—Al separaros de mí... ruidosamente, perderéis la administración de mis bienes.

Púsose pálido el conde.

—Si me servís—continuó la condesa—os pagaré bien.

—¿Meditáis bien lo que decís?—dijo aturdido el conde,
porque la amenaza de perder la administración de los bienes
de su mujer le había aterrado.

—Estamos solos, don Fernando, y podemos hablar libremente: yo había querido retardar estas explicaciones porque
me repugnan; yo hubiera querido más bien que hubiérais
meditado mejor lo que os convenía y que nos hubiéramos
entendido tácitamente. Pero ya que me habéis amenazado,
yo, que si estoy obligada á ser vuestra ante los hombres, no
lo he estado ni lo estoy ante Dios ni ante vuestra conciencia,
os declaro que tengo un esposo del corazón; que digna y
honrada he sido de ese esposo, por más que yo no se lo
haya confesado; que suya seré únicamente, y no vuestra ni
de ningún otro. En cambio de vuestro silencio y de vuestro
nombre, que podrá suceder se necesite, tomad de mí lo que
queráis y contad con mi apoyo en la corte.

—Lo que me decís—dijo balbuceando el conde—es horrible.

—Haced lo que mejor os plazca; en ocasión estáis de consentir ó de rehusar.

—Pero el escándalo...

—Evitaréle yo por mí misma.

—Lo pensaré.

—Pensadlo en buen hora.

En aquel momento sonó una detonación, y poco después se oyeron las voces de los criados que gritaban:

—¡Fuego! ¡fuego en la cámara de su excelencia la señora condesa!

—¡Eso es que Quevedo se me escapa!—exclamó doña Catalina.

Y corrió desolada al lugar del incendio.

Entre tanto el conde sacó del bolsillo una carta, la retorció y la puso á la luz.

Aquella carta ardió.

Aquella carta antes de quemarse decía:

«Excelentísimo señor conde de Lemos: Vuestra esposa, ignorando que habéis sido perdonado de vuestro destierro con el rey, pone en vuestro lugar un amante, y se solaza con él en vuestra hacienda del río.»

Esta carta no tenía fecha y era anónima.

CAPÍTULO LXXX

DE CÓMO EL INTERÉS AJENO INFLUYÓ EN LA SITUACIÓN DE QUEVEDO

No sabemos cuánto tiempo hubiera estado nuestro buen ingenio preso por los pies en el lodo pegajoso, y maldiciendo de su suerte, y del amor, y de las mujeres, y de los hijos bastardos y del mundo entero, y si acaso hubiera perecido, á no ser por un incidente imprevisto para él.

Y decimos *si acaso hubiera perecido*, porque el incendio había progresado con una voracidad tal, que las llamas salían en turbiones rugidores por las rejas de la cámara de la condesa de Lemos, al poco tiempo de estar enclavado Quevedo en el fango y los escombros, que no debían tardar en caer, debían caer sobre él inflamados.

Al resplandor de estas llamas, Quevedo vió un hombre embozado que se deslizaba junto al muro del edificio, sobre un terreno que no habían podido reblandecer las lluvias por estar cubierto por los anchos aleros.

—¿Quién será éste—dijo Quevedo—que adelanta y me mira? ¿estaría cercada la casa? pues si es así, á lo menos con éste me quedo.

Y sacando de su cinto uno de los pistoletes, le armó y apuntó.

—¡Eh! ¡vive Dios! ¡don Francisco!—dijo deteniéndose de repente el embozado que adelantaba—; ¿así queréis tratar á quien viene á salvaros?

—¡Ah! ¡por mis pecados! ¿conque eres tú, Francisco de Juara?—dijo todo admirado Quevedo—. ¡Milagro patente que tú hagas una buena acción!

—Me conviene. Os tengo cogida una palabra.

—Cógeme primero á mí, y sácame de este atollo.

—A eso vengo, y por vos esperaba. Allá va la punta de mi capa, que si yo me meto me atollo también y somos dos pájaros en vez de uno.

—Paréceme bien la idea y agárrome á ella –dijo Quevedo agarrándose á la punta de la capa que le había echado el matón.

Tiró éste, y crujiendo costuras, abriéndose telas, y con gran trabajo, logró verse al fin en firme Quevedo, pero con una arroba de tierra en cada pierna y perdidos los zapatos.

—Descalzádome has, condesa—dijo Quevedo —, pero fuego te dejo; agarrado por los pies me has tenido, pero no por la cabeza; libre me veo y de ti me escapo; no creía tanto; pero días pasan y días vienen, y tal vez llegue alguno en que vuelva á pedirte lo que de mí contigo se queda. ¿Y á dónde vamos en esta guisa?—añadió Quevedo.

—Al camino, donde en un ventorrillo tengo preparado para vos un caballo.

—¿Está muy lejos ese ventorrillo?

—Como un tiro de arcabuz.

—¿Sabes que, sin ofensa, no me fío de ti, Juara?

—Hacéis bien en no fiaros, porque no soy hombre de fiar; pero hoy me confieso vuestro.

—Pues echa delante, que mejor quiero ver si eres gallardo, que no que tú me veas las espaldas.

—No me quejo, y delante echo.

—Vóime fiando de ti, porque te tengo fiado.

—Dentro de poco fiaréis más.

—Paréceme que suena gritería en la quinta.

—Sin duda vienen á apagar el fuego.

—Pues andemos de prisa, si es que yo puedo.

—Ya no dan con nosotros; está muy lejos y por aquí hace obscuro.

—Pues silencio, no nos sientan.

Siguieron caminando en silencio.

Poco después estaban sobre el camino, y al cabo entraron en un ventorrillo.

—Ahora—dijo Juan—, lo que importa es que vuesa merced se mude de medias y se ponga zapatos.

—¿Y con qué, voto á Baco? - dijo Quevedo.

—Con mis zapatos y con mis medias.

—Paréceme bien—dijo Quevedo echándose fuera las calzas enlodadas—, pues digo que el enclavamiento fué donoso.

—A él debéis la vida, que si la tierra no está blanda, os estrelláis.

—¿Y tú que vas á ponerte?

—Las medias y los zapatos del ventero.

—¡Ah! pues... sí... bien .. y á Madrid á escape.

—Como gustéis.

—Pues en marcha—dijo Quevedo—, ya estoy listo.

—Esperad, esperad un momento á que yo esté listo también. Quiero daros resguardo, la noche es obscura y mala y no sabemos lo que os puede acontecer de aquí á Madrid, que hay media legua larga.

Y Juara entre tanto se ponía apresuradamente unas medias y unos zapatos que le había dado el ventero.

—Saca los caballos—dijo á este último Juara—, y toma un ducado.

El ventero tomó la moneda y sacó dos caballos.

Quevedo y Juara montaron y se encaminaron á Madrid.

—¡Oh! ¡y cómo arde la quinta!—dijo Juara—no entráis en parte donde no hagáis daño.

En efecto, la quinta del conde de Lemos era una hoguera.

—Oblíganme—dijo Quevedo—, malo me hacen culpas ajenas; la maldición me sigue; pero pica, Juara, pica, que me importa llegar á Madrd cuanto antes. Pero calla, que oigo los cuartos de un reloj de la villa que nos trae el viento.

—¡Las nueve!—dijo Juara.

—Pues pica largo, y gracias que aún están abiertas las puertas; enderecemos á la de Segovia.

—Me place; que así podremos dejar en el mesón del Bizco
los caballos.

—A caballo iré yo hasta el alcázar, que así llegaré más
pronto.

—Como queráis.

—Recuerdo que me has dicho al sacarme de mi atolladero que me tenías cogida una palabra.

—Sí por cierto: á prima noche, cuando os libré de los
alguaciles que os llevaban á Segovia, para entregaros á
cierta dama, me ofrecísteis si os soltaba dinero y una compañía en los tercios de Nápoles. Yo dije para mí: ahora no
puedo soltar á don Francisco, porque la condesa de Lemos
no me lo perdonaría nunca, y es demasiado persona la condesa para que yo no la tema; pero después que yo haya
entregado á don Francisco, es dintinto. En efecto, apenas
entrásteis en el coche, dije á aquel criado de la condesa,
amigo mío, si sabía á dónde os llevaban y aun tuve que
darle algún dinero para que cantase; entonces me dijo: yo no
sé á dónde irá la condesa con ese caballero; nadie sabe una
palabra; pero he oído allá en la casa que se había mandado
arreglar la cámara de la señora en la quinta que tiene el
señor junto al río.

·· Bueno—dije para mí--; ya sabemos algo; y despidién-
dome de mi compadre, me metí en Madrid y me fuí en derechura á casa del conde de Lemos. Yo esperaba que habiéndole sido levantado el destierro á su excelencia, y estando cerca, hubiese llegado á Madrid, y no me engañé. El
conde de Lemos había llegado al obscurecer, y no encontrando á la condesa en su casa, se había ido á la del duque
de Lerma; entonces, me metí en la primera taberna que encontré, escribí una carta al conde avisándole de que su esposa se solazaba en aquellos momentos con un galán en la
quinta del río, llevé la carta á casa del duque de Lerma, la
entregué con un doblón á un criado para tener seguridad de
que la carta había llegado á manos del conde, y sin esperar
la respuesta, que no era para esperada, fuíme de allí al mesón del Bizco, alquilé dos caballos, y por lo que pudiera tro-
nar me fuí á rondar la quinta.— Ya veis que si no es por mí
no escapáis, y que he ganado bien todo el dinero que queráis darme, y á más mi compañía de los tercios de Nápoles.

—Rico serás y capitán, Juara, y perdónenme los soldados
á quienes en ti tal capitán he de darles.

—Tendrán en mí una cabeza valiente.

—No lo dudo; ni tampoco de que les darás buen ejemplo; pero llegamos á la puerta de Segovia: adentro, y torzamos hacia el alcázar.

Arremetieron los dos jinetes por la puerta, y poco después Quevedo, echando pie á tierra en la puerta de las Meninas, dijo á Juara dándole las bridas:

— -Desde ahora estás á mi servicio.

—Muy bien, don Francisco, y me alegro.

—Despídete de las gentes de que tengas que despedirte, porque esta misma noche marchamos á Nápoles.

—Todos los cuidados los llevo conmigo.

—Bien; busca un buen coche de camino, ajústalo para Barcelona y llévalo al mesón del Bizco.

—Muy bien.

—Después busca diez hombres bravos, con sus caballos, armados á la jineta y con arcabuces, que no están los caminos muy buenos para ir desprevenidos.

—¿Y dinero para todo seo?

—Ya se te dará.

—¡Y para cuándo ha de estar todo prepardo?

—Para las doce de la noche.

—Estará.

—Pues adiós, que me importa no perder tiempo.

—Quede vuesa merced con Dios.

Juara se alejó, y Quevedo se metió en el alcázar y se encaminó en derechura á la habitación de doña Clara Soldevilla.

CAPÍTULO LXXXI

DE CÓMO QUEVEDO SE ASUSTA MÁS DE SABER QUE DON JUAN ESTÁ EN LIBERTAD, QUE SI HUBIERA SABIDO QUE ESTABA PRESO

Doña Clara se ocupaba en arreglar su equipaje, cuando entró en su cuarto Quevedo.

La joven le recibió con alegría.

—Pláceme—la dijo Quevedo—, encontraros tan bien entretenida...

— -Sí; he llegado á cobrar miedo á la corte.

—Y habéis hecho bien en asustaros, porque Madrid es un almacén de peligros; ¿conque nos vamos?

—Sí por cierto; sólo necesitábamos saber de vos para

marchar, pero esperábamos saberlo pronto, aunque no se os ha encontrado cuando se os ha buscado.

—Tened á milagro el verme, porque á punto he estado de perdido.

—¿Qué os ha pasado?

—Cosas que sólo por mí pasan; preso me han tenido, pero suelto me veo.

—Don Juan también ha estado preso.

—Lo esperaba, lo temía; pero vos le habréis soltado.

—No por cierto; el rey no quiso oirme, ni la reina ha conseguido nada; pero al fin, cuando menos lo esperábamos, el rey ha llamado á su majestad y le ha dado el auto de libertad de mi esposo.

—¡El rey, que se había negado á oiros, y que había desoído á la reina, os ha dado por fin el auto de libertad de don Juan!

—Sí; él y vos habéis sido declarados libres.

—¡El y yo! ¿y no adivináis quién ha podido alcanzar esa gracia del rey?

—Indudablemente ha sido el duque de Lerma.

—¡El duque de Lerma! —dijo Quevedo frunciendo el entrecejo y poniéndose pálido —; el duque de Lerma no hace nada de balde.

Pero recobrando su expresión impenetrable, añadió:

—Sin duda el duque de Lerma, después de haber meditado, ha conocido que le conviene estar bien con don Juan y conmigo. Dios se lo pague á su excelencia, aunque por su conveniencia lo haya hecho. Y... don Juan, ¿dónde anda que junto á vos no le veo?

—Ha salido —dijo doña Clara fijando su mirada tranquila y profunda en Quedo —; ha salido á las ocho sin decirme á dónde iba...

—¿Y no le habéis preguntado?

—Yo jamás pediré cuentas de nada á mi marido.

—Sois la perla de las mujeres. ¿Pero no ha indicado al menos?...

—Nada, y estoy con sumo cuidado: salió á las ocho, son las nueve y media, él no conoce á nadie en Madrid... como no sea á esa comedianta con quien tuvo amores... pero no hay que pensar en que... yo no quiero pensar en ello.

—Ni hay para qué —dijo Quevedo —; amores de un día han sido, ó por mejor decir, conocimiento de un día, y aun así conocimiento simple.

—Sin embargo... pudiera suceder... la comedianta no está en su casa.

—¡Cómo! ¿os habéis metido en averiguar?...

—Sí, don Francisco, sí... he tenido celos. . los tengo... no hace ni más ni menos tiempo que me conoce á mí don Juan, que el que hace que conoce á esa mujer, y sin embargo, yo soy su esposa y le amo; ¿tendrá algo de extraño que esa mujer, que le ama también, sea su amante?

—¡Blasfemia! ¡suposición negra que sólo puede engendrar los celos, que con llamarse celos está dicho que son locos! vos no debíais haber llegado hasta el punto de informaros de lo que pasa en la casa de esa mujer.

—Tengo el presentimiento de que mi marido está con ella.

—¿Pero no sabéis nada de cierto?

—No; Juana, mi doncella, fué á buscar á la comedianta con un pretexto: con el de venderla muy baratas unas ricas alhajas. Sin embargo, esa mujer no estaba en casa... es decir, no recibía á nadie.

—Seguid, seguid haciendo vuestro equipaje, señora, que hemos de marchar esta misma noche; entre tanto descuidad, que yo he de traeros antes de media hora á don Juan.

Y Quevedo, saludando á doña Clara y evitando prolongar la conversación, salió, porque le tardaba saber lo que hubiese de cierto en el negocio.

—Y es muy posible —decía encaminándose hacia la casa de la Dorotea, bajo la tenaz lluvia que no cesaba un momento—; es muy posible que los celos de doña Clara sean verdaderos; se prende á don Juan, no bastan las lágrimas de una mujer como doña Clara para que le suelten, ni aprovechan para nada las súplicas de la reina. Después y de *motu proprio*, el rey nos pone en libertad. Veo detrás del rey á Lerma, detrás de Lerma al bufón, y detrás del bufón á la Dorotea. ¿Quién había de haber creído que esa muchacha era capaz de un amor tal? ¡pecador de mí! de modo que si le sucede una desgracia por su conocimiento con Dorotea, yo, que le hice trabar conocimiento con ella, soy la causa de ésa desgracia. Y como doña Clara, yo tengo también un presentimiento. ¡Dios quiera que quede en imaginación y en miedo, que tal podría suceder, que no lo olvidásemos en mucho tiempo!

Y don Francisco apretó cuanto pudo el paso, y llegó al fin casa de la Dorotea.

Llamó con la misma desenvoltura que si á la puerta de su casa hubiera llamado.

Pedro contestó desde arriba.

Quevedo intimó que le abriesen.

Pedro replicó que su señora no estaba en casa.

Hubo de terciar Casilda, que conocedora de la confianza que su ama dispensaba á Quevedo, no tuvo inconveniente en abrir.

—Entrad y os convenceréis—le dijo—: si queréis esperar á la señora, esperadla.

—Dejadme, sin embargo, subir, hija.

—Subid enhorabuena.

Quevedo subió, y con su audacia acostumbrada, lo registró todo, hasta la alcoba.

—Pues es verdad—dijo.

—¡Qué! ¿había creído vuesa merced que le engañábamos? —dijo Casilda.

—Todo pudiera ser. Pero veamos si me decís también ahora la verdad.

—Veamos—dijo Casilda.

—¿Dónde está tu señora?

—No lo sé.

—¿Cómo que no lo sabes?

—Ha venido por ella el bufón del rey y se la ha llevado en una silla de manos.

—Tú sabes dónde está tu señora—dijo Quevedo encarándose de repente á Pedro.

—¡Yo!

—Sí, tú: te estás rascando una oreja.

—Porque me pica.

—No, sino como diciendo para ti: si yo quisiera podría decir dónde está mi señora.

—No; no, señor, yo no lo sé.

—¿A dónde has ido con un recado de tu señora?—dijo á bulto Quevedo, pero con un acento tal de seguridad]y una mirada tan profunda, tan dominadora, que Pedro se turbó.

—¡Pero don Francisco!...—dijo Casilda.

Quevedo no la dejó continuar.

—Vendrá la justicia, y se sabrá todo—dijo—, y os llevarán á la cárcel y... lo pasaréis mal... porque no sabéis de lo que se trata.

—¿Pues de qué se trata?

—¿Por qué nos han de llevar á la cárcel?—dijeron á un mismo tiempo los dos domésticos.

--Por encubridores.

—Nosotros no encubrimos nada—dijo Casilda.

—Yo no sé nada—añadió Pedro.

—Sabéis demasiado: peor para vosotros si no queréis declarar, porque todavía sería tiempo de impedir un gran crimen.

Quevedo, sin saberlo, decía la verdad.

Los criados de Dorotea se aterraron.

—Yo sólo sé que la señora estaba llorosa, que no ha comido, y que antes de obscurecer se ha vestido como una diosa—dijo Casilda.

—Yo sólo he ido á llevar vajilla de plata y copas y botellas de cristal á una casa de la calle de Don Pedro.

—¡Vajilla! ¡copas! ¡botellas!... ¿y dónde?... ¿hacia dónde de la calle de Don Pedro está esa casa?

—Hace esquina á la calle de la Flor.

Quevedo no esperó á saber más.

Una intuición poderosa le decía que habiendo salido Dorotea en silla de manos, vestida como una diosa, según el dicho de Casilda,. no podía haber ido á otra parte que á aquella casa á donde Pedro había llevado vajillas de plata y de cristal.

Allí donde estuviese Dorotea, allí debía estar don Juan.

Y aquella cita fuera de la casa de la comedianta, entre ésta y el bastardo de Osuna, en que intervenía el tío Manolillo, asustaba á Quevedo.

Por la primera vez de su vida procuró correr

No pudo; pero por la primera vez de su vida, á pesar de la defectuosa configuración de sus pies y de sus piernas, anduvo de prisa.

La calle á donde se encaminaba estaba cerca de un extremo de Madrid.

CAPÍTULO LXXXII

EN QUE EL TÍO MANOLILLO SIGUE SIRVIENDO DE UNA NEGRA MANERA Á DOROTEA

Apenas había salido Quevedo del cuarto de doña Clara Soldevilla, cuando uno de sus criados la anunció que el bufón del rey quería hablarla.

En otras circunstancias doña Clara se hubiera negado á recibir al tío Manolillo; pero el tío Manolillo era una persona allegada á la comedianta Dorotea, á aquella mujer que la hacía probar la amargura mayor que puede probar una mujer: sentirse herida en su amor, en su orgullo, en su dignidad; doña Clara, pues, mandó que introdujesen al tío Manolillo.

Entró lentamente el bufón, abarcando en una mirada sombría el aposento.

Sus ojos estaban encarnados, parecían arrojar el fuego de una calentura horrible, y su pecho de gigante se alzaba y se deprimía á impulsos de una respiración poderosa, que se exhalaba por su boca entreabierta y seca, produciendo un silbido ronco y débil, á veces un ruido semejante al de un hervor fatigoso; de tiempo en tiempo, á lo largo de los cortos miembros del tío Manolillo, corría una convulsión rápida, fuerte, instantánea.

Detúvose en medio de la estancia, y dijo con una voz sepulcral, terrible, que estremeció á doña Clara:

—¡Estáis preparando vuestra marcha! ¡quedaos! ¡pensáis iros!... ¡iros... y con él! ¿para qué queréis partir ya, si él se quedará aquí?

Doña Clara no palideció ni tembló; pero sus ojos inmóviles, incontrastables, absorbieron toda entera la mirada calenturienta del bufón, con toda la expresión funesta de odio, de desesperación, de horrible alegría.

— ¿Qué decís? — dijo marcando fuertemente su pregunta doña Clara.

— Digo que sois viuda.

—¡Viuda! - gritó doña Clara, salvando de un salto la distancia que le separaba del bufón y asiéndole con violencia: ¡viuda habéis dicho!

—Sí, viuda —contestó el bufón desasiéndose de doña Clara con un ligero sacudimiento—; pero no quiero atormentaros antes de tiempo; podéis daros por viuda porque os lo roban.

—¡Que me le roban!

- ¡Sí, no volverá!

—Explicáos, ó por mi alma, llamo...

—Y si me prenden, ¿quién llevará á la hermosa doña Clara á que vea por última vez á su hermoso don Juan?

—¡Está con ella!

—Sí, con Dorotea.

—¡Mentira!

—Aún tendréis un manto fuera de esos baúles; aún os quedará valor; ese valor que hace pocas noches demostrásteis para salvar á la reina, para venir á salvaros á vos misma; yo os guiaré.

—¿Donde están ellos?

—Sí; donde se enamoran, donde enloquecen, como si no hubiera en el mundo más hombre que él, ni más mujer que ella; ¡oh! tembláis de cólera y de celos; yo también tiemblo de celos y de desesperación; mirad, mis ojos arrojan fuego, mi aliento silba, mi cabeza se pierde... porque la amo... la amo... y quiero... quiero venganza.

Doña Clara no le escuchaba.

Buscaba apresuradamente un objeto.

Al fin levantó de entre sus ropas un manto y se envolvió rápidamente en él.

—¿Decís, Manuel—exclamó con voz concentrada y breve, que sabéis donde están juntos ese hombre y esa mujer?

—Sí—dijo el bufón.

—Venid.

Doña Clara abrió con un llavín una puerta de servicio, y seguida por el tío Manolillo, atravesó un espacio obscuro, sin detenerse, sin dudar, como quien conocía perfectamente el sitio, y á obscuras siempre se oyeron sus fuertes pisadas, descendiendo rápidamente por una escalera de caracol.

El bufón, sin vacilar, sin dudar, como ella, la seguía.

Escuchábase sobre el pavimento de mármol el fuerte ruido de sus zapatos guarnecidos de clavos.

Al fin de la escalera se oyó el ruido de una llave en una cerradura; salieron doña Clara y el tío Manolillo, y volvió á cerrarse la puerta.

A la luz de un turbio farol que ardía en aquel lugar, que era el zaguán de la puerta de las Meninas, se vió á doña Clara envolverse completamente en su manto, y al bufón rebujarse en su capilla.

El suizo, que alabarda al brazo paseaba en el zaguán, se detuvo un momento, y al desaparecer, lanzándose en la calle, doña Clara y el bufón volvió á su paseo.

—Llevadme donde están—dijo doña Clara.

—Seguidme—contestó el bufón.

Y tiró adelante.

Doña Clara le seguía con esa rapidez incomprensible de las mujeres cuando andan de prisa.

Si de improviso el ancho arroyo de una calle, causado

por la continua lluvia, detenía á doña Clara, el bufón la asía por la cintura, y levantándola como una pluma, á pesar del enorme peso de buena moza de la joven, la ponía al otro lado del arroyó.

Luego él y ella seguían su rápida marcha.

En pocos minutos habían atravesado el barranco de Segovia, y subiendo las pendientes callejas que están al otro lado, llegaron á las vistillas de San Francisco, y entraron en la calle de Don Pedro.

De repente una voz seca, vibrante, particular, dijo con acento de amenaza, viniendo de la dirección opuesta á la que llevaban el tío Manolillo y doña Clara:

—¡Alto allá! que en noches tan obscuras es bueno evitar tropiezos.

El bufón se detuvo al escuchar aquella voz y retrocedió.

—¡Quevedo!—exclamó doña Clara.

Y por instinto, en vez de retroceder, avanzó hasta el bulto informe, del cual al parecer había salido la voz.

—¡Doña Clara!—exclamó Quevedo—, ¿con quién venís?

—Con el tío Manolillo.

—A mis espaldas, á mis espaldas, señora—exclamó Quevedo poniéndose rápidamente delante de doña Clara, terciándose la capa y echando al mismo tiempo al aire las hojas de su daga y su espada.

—¡Ah! ¡ah!—dijo soltando una horrible carcajada el bufón—; ¿conque habré de mataros, hermano Quevedo, ya que se me os habéis puesto por medio?

Y acometió hierro en mano á Quevedo.

—Hacéos, hacéos á la pared, doña Clara—dijo Quevedo parando los primeros golpes del tío Manolillo—; las habemos con un gato garduño, tan ágil de pies como yo quisiera serlo; así, contra esa puerta, ahora no hay miedo. Tío Manolillo, idos, y no me obliguéis á despacharos; ya veis que aunque hace obscuro, mi hierro huele el vuestro, y siempre le sale al encuentro; en verdad que sois diestro, pero más yo... no me fatiguéis demasiado, hermano, no sea que por descansar os mate.

El bufón no hablaba una sola palabra; acometía en silencio, y de tiempo en tiempo salían de su pecho rugidos poderosos, sordos; hálitos abrasadores, con los que parecía querer comunicar á su acero la fuerza de su rabia.

—Ved que me canso, tío—repitió Quevedo.

El tío Manolillo redobló su ataque.

—¡Ah! –dijo Quevedo—; ¿conque os empeñáis, hermano? pues señor, descansemos.

Y dejó caer un tajo tal y tan formidable sobre el bufón, que apenas recibido cayó el tío Manolillo, como si la tierra le hubiera faltado de debajo de los pies.

Lo primero que hizo Quevedo fué volver la punta de su espada al suelo, apoyarse en su pomo y descansar; el combate había sido corto, pero reñidísimo, duro, formidable; Quevedo se había visto obligado á resistir los golpes tirados por el puño de hierro del bufón, y sudaba, estaba jadeante.

Pero en el mismo punto en que se había apoyado en su espada se irguió y se preparó.

Se esc. chaban los pasos precipitados de dos hombres que se acercaban á la carrera.

—¿Quién va? – dijo Quevedo.

—El cocinero de su majestad – contestó una voz angustiosa.

—¿Y quién más?—repitió Quevedo.

—Fray Luis de Aliaga—contestó otra voz.

—¡Ah, bien venido seáis! He aquí, doña Clara, que Dios nos envía amigos.

Pero doña Clara no contestó.

Helósele la sangre á Quevedo.

Temió que, replegado á la pared contra la puerta de una casa, teniendo inmediatamente pegada á sí á las espaldas para protegerla de todo ataque de costado á doña Clara, no la hubiese alcanzado algún golpe del bufón.

—¡Una luz, una luz! exclamó Quevedo –. ¿No traéis con vosotros una luz para ver lo que ha acontecido á doña Clara?

—¡Cómo! ¿Está doña Clara con vos?—dijo el padre Aliaga.

—La trajo, no sé para qué, el tío Manolillo; he reñido con él, le he tendido; pero no sé si habrá alcanzado algún golpe á doña Clara.

—¡Oh, qué de crímenes, qué de desgracias!—exclamó el padre Aliaga –. Pero socorrámosla; ¿dónde está?

—Vamos –dijo Quevedo, que entre tanto había corrido al socorro de doña Clara ; no es nada, un desmayo; un desmayo que nos viene á las mil maravillas; quedáos vos aquí, padre Aliaga, y esperadnos.

—¿A dónde vais?

—A llevar á doña Clara á una de estas casas inmediatas. Ayudadme vos, Montiño.

—Dios quiera que pueda; apenas me tengo de pie.

—Os ayudaremos los dos y es más breve—dijo el padre Aliaga.

Y entre los tres cargaron con doña Clara, que estaba sin sentido.

Después de algunos minutos doña Clara estaba recibida en una casa que se abrió al nombre del tribunal del Santo Oficio, pronunciado por el padre Aliaga.

A aquel nombre no había puerta que no se abriera en aquellos tiempos en España.'

Y ninguna persona más competente para usar de él que el inquisidor general.

Nadie vió á doña Clara, que fué introducida envuelta en su manto.

En efecto, sólo estaba desmayada.

Aquel rudo combate la había aterrado, porque si bien doña Clara era valiente, su valor era el valor de la mujer.

El cocinero mayor se quedó encerrado con ella.

Pero antes dijo á Quevedo:

—Si habéis matado al tío Manolillo, importa que le quitéis unos papeles que lleva encima y que son muy importantes; pero apresuráos y entrad cuanto antes en la casa á cuya puerta os hemos encontrado, porque en esa casa están de cena la Dorotea y don Juan, y en esa cena hay un plato envenenado.

—¡Ah!—exclamó Quevedo, y escapó.

Y llegó al lugar donde estaba el bufón y le registró.

Quitóle unos papeles que encontró bajo su ropilla y una llave.

El bufón no se movía.

Quevedo guardó los papeles, se alzó, se volvió á la puerta que estaba tras él, puso la llave en la cerradura y dijo al padre Aliaga que le había seguido:

—Entremos, fray Luis, entremos.

Poco después el fraile y el poeta estaban dentro de la casa, cuya puerta volvió á cerrarse.

CAPÍTULO LXXXIII

EN QUE SE VE QUE EL BUFÓN Y DOROTEA HABÍAN ACABADO DE PERDER EL JUICIO

Hora y media antes de los últimos sucesos podía verse en la casa donde acababan de entrar Quevedo y el padre Aliaga, un extenso salón magníficamente engalanado.

Tapices de Flandes cubrían las paredes, una gruesa alfombra el pavimento; del techo, renegrido ya, pero majestuoso, uno de esos techos de madera del gusto del Renacimiento, de enorme relieve, con profundos casetones magistralmente tallados con florones, grecas, hojas, frutas y caprichos admirables, pendía una araña de cristal cargada de bujías de cera encendidas.

Debajo de esta araña había una gran mesa cubierta con un mantel, y sobre el mantel una numerosa variedad de manjares servidos en vajilla de plata; en el centro estaban los postres de dulces, conservas y frutas de la estación, y en medio de estos postres un plato de confituras coronado por una enorme pera, puesta sobre una hoja de parra artificial, y adornada con un lazo rojo y negro.

A los dos extremos de la mesa había un bosque, por decirlo así, de botellas de riquísimo cristal, sobre salvillas rodeadas de copas.

A la derecha y á la izquierda de esta mesa había otras dos cubiertas de otros platos y de otras botellas y alumbradas cada una por un candelabro en forma de ramillete, de entre cuyas flores, admirablemente contrahechas, salían las bujías.

Dos sillones, puestos el uno junto al otro, estaban delante de la mesa; una hilera de sillones dorados alrededor del salón junto á los tapices, y espejos y cuadros cubriéndolos á éstos.

Últimamente, delante de la mesa había un brasero de plata con fuego.

Gran parte de aquellos efectos habían sido llevados de la casa de la Dorotea; el resto comprado acá y allá, donde se había encontrado y por lo que habían pedido.

Aquel era un capricho de la Dorotea que la costaba algunos miles de ducados.

¿Pero qué importaba esto? quería presentarse hermosa y grande ante su amante en una habitación rica y bella.

Como á las ocho de la noche se levantó un tapiz y entró una mujer envuelta en un manto.

Tras ella entró un hombre pequeño y ancho, embozado en una capa.

La mujer se desprendió el manto y le arrojó al hombre, que había echado abajo su embozo.

Eran Dorotea y el bufón.

Ya sabemos que Dorotea era la hermosa de moda; es decir, la comedianta que por orgullo enriquecía el duque de Lerma, la niña de los grandes ojos azules y del seno de nácar, que enloquecía á los galanes de Madrid; la reina de las entretenidas, como diría un francés de nuestros días; la tentación viviente y continua del corral de la Pacheca, aquella á quien si por comedianta excelente hubiera aplaudido siempre el público, aplaudía con frenesí, por inimitable comedianta y por incomparable en hermosura.

La hemos descrito ya. Pero necesitamos describirla de nuevo.

Dorotea estaba transfigurada por el amor, por el sufrimiento, por la horrible decisión que á aquella casa la llevaba; su palidez mortal, la lucidez de su mirada, un no sé qué portentoso que emanaba de la dolorosa contracción de su boca, de lo grave, profundo y ardiente de su mirada febril; de aquellos hombros redondos, tersos, mórbidos, en que la vista parecía tocar una suavidad dulcísima; de aquel seno cuya parte superior no cubría el escote, agitado por una respiración poderosa, por un aliento de fuego; de aquellos brazos desnudos, modelados por Dios, de una manera tan bella, tan dulce, tan pura, que el cincel griego se hubiera detenido impotente al querer copiarlos; de todo su ser, en fin, emanaba tal magia, que la hermosura de Dorotea parecía divinizada, sobrenatural, hija de la imaginación, no real y efectiva; una de esas bellezas que se ven raras veces, que la mayor parte de los hombres no ven nunca, y que hacen creer al que las ve que han de desvanecerse cómo una sombra al ser tocadas.

Sus densos, brillantes y sedosos cabellos estaban peinados en largos rizos, en una manera de teatro, contra la moda de aquellos tiempos; estos rizos, de un tono obscuro, ceñidos en la frente por una corona de rosas de brillantes, formaban un marco hechicero al rostro de Dorotea, contrastando con su blancura, que la palidez había llevado hasta el último punto del blanco en la tez de la mujer. Su pecho estaba rodeado por las múltiples vueltas de un collar de gruesas perlas (las perlas son el adorno inmejorable de un cuello hermoso) que se anudaba en un rosetón de brillantes y encendidos rubíes.

Los brazaletes eran del mismo género: perlas y rubíes, y del mismo género también los herretes y el ceñidor de su magnífico traje de raso blanco bordado de oro, traje de teatro, traje de reina, que dejaba desnudos los hombros, el seno y los brazos, con doble falda, ancho, flotante, maravilloso, que aún no había estrenado Dorotea, que aún no había visto nadie.

Jamás se había presentado de tal modo al público, por más que fuesen famosos por su lujo sus trajes y sus joyas é hiciesen que muchos tuviesen lástima del duque de Lerma y la mayor parte envidia.

Aquello lo pagaba España, como ha pagado tantas otras cosas.

Pálida, lenta, dominada por un pensamiento fijo, Dorotea adelantó hasta la mesa; la examinó y luego miró en torno suyo.

—Gracias, Manuel—dijo dirigiendo la palabra de una manera fría al bufón—; habéis hecho más de lo que yo quería; esto es magnífico.

—Ha costado mucho y se ha trabajado bien—dijo el tío Manolillo con la voz conmovida y sin apartar su mirada ansiosa de Dorotea.

—¿Qué hora es?—dijo la joven.

Ya es hora de ir en su busca.

—Pues id; tengo grandes deseos de acabar.

—¡De acabar! ¡de acabar! ¿y qué ha de acabar?

- Esta agonía que me devora, esta muerte en vida.

- Dorotea, yo necesito saber lo que piensas hacer.

- ¿Qué? -- dijo Dorotea sonriendo tristemente — ¡vengarme!

—¡No, tú no le matarás! - dijo el bufón -; ¡le amas demasiado! ¡no te atreverás!

—¿Dónde está el dulce envenenado, Manuel?—dijo Dorotea sin contestar á la observación del tío Manolillo.

- Aquí, en este plato del centro—dijo el bufón estremeciéndose—; esa pera que tiene un lazo negro y rojo. Pero ¿para qué quieres ese veneno?

—Para un último caso.

—¿Pero qué último caso es ese?

—Que don Juan no quiera seguirme.

—Mientes; no hay nada preparado para una marcha.

—Pues yo os aseguro, Manuel, que el viaje se hará.

—Me espantas, Dorotea yo no sé por qué tiemblo, yo, que no tiemblo por nada; yo que no me aterro; tú no eres franca conmigo, Dorotea; y debías serlo... porque yo soy... tu padre... á mí me debes la vida.

—Os lo agradezco, Manuel, os lo agradezco; nada temáis; no sucederá nada; don Juan me debe la vida también.

—Don Juan no te ama.

—Peor para él.

—Doña Clara le tiene loco.

—¡Oh! ¡doña Clara! aborrezco á mi pesar á esa mujer; porque ella, ella no tiene la culpa de que él la haya amado; hay momentos en que mataría á esa mujer.

Y eso, eso es lo que debía hacerse; pero no tú... tú no debías matarla; las cuentas con la justicia son malas de ajustar... oye, Dorotea: voy á quitar de ahí esa pera...

Y el bufón tendió su mano hacia el plato.

—Dejadla, dejadla ahí —dijo Dorotea—; en cuanto á doña Clara, mirad, Manuel: yo quisiera que doña Clara me viera junto á él aquí...

—¡Oh! —dijo con alegría el bufón—, la traeré.

—Sí; que vea cómo su marido cae á mis pies... porque caerá, Manuel, caerá; no me ama, pero me desea... cuando esté á mi lado algún tiempo, se embriagará en mis ojos, en mi sonrisa, en mis palabras. Quiero... quiero que doña Clara vea que desprecio á ese hombre á quien ama ella... quiero...

—¡Oh! tú no sabes lo que quieres, y el estado en que te encuentras me espanta... ¿para qué te has engalanado de ese modo? ¿para qué te has puesto tan hermosa como un ángel?... ¡pobre niña! tu alma, tu corazón, tu vida, es ese hombre, ese hombre que no puede hacerte feliz; el solo hombre á quien has amado; ¡terrible Dios, que has dado al hombre amor y caridad, sangre y lágrimas, y no le has dado poder!... ¡mañana me pedirás cuenta de lo que yo haya destruído, arrastrado por mi desesperación, y no tendrás en cuenta mi amor hacia esta infeliz, mi rabia al ver que nada puede servirla, mi dolor al mirarla anonadada, muerta, apurando la hiel más amarga que tú has destinado para probar á las criaturas! ¡oh! ¡yo estoy loco! ¡mi cabeza se rompe! ¡mi corazón revienta! ¡Maldito sea ese hombre! ¡maldito! ¡maldito!

Y el tío Manolillo se paseaba iracundo, terrible, á lo largo de la estancia, con ese paso igual, sostenido, terrible del león enjaulado.

Dorotea tenía una mano apoyada en la mesa, en la otra mano apoyada la barba y la mirada fija, profundamente fija, en la pera que tenía el lazo rojo y negro.

Hubo un momento en que se estremeció de pies á cabeza y cerró los ojos.

Luego se pasó la mano por la frente como si hubiera querido arrancarse un pensamiento horrible, y haciendo un poderoso esfuerzo se separó de la mesa á la que parecía retenida por una influencia fatal.

—Don Juan estará esperando - dijo al bufón.

¡Oh! ¡no piensas más que en él!—dijo el tío Manolillo sin detenerse en su paseo.

—Sí, sí, es verdad; quiero verle cuanto antes; quiero concluir; id por él.

—¿Y luego?... porque supongo que querrás que él entre solo.

—Sí, sí, es verdad; me olvidaba; entradle hasta aquí á obscuras; que no pueda ver la desnudez de esta casa; además, esa obscuridad tendrá para él algo de misterioso, y esta habitación le parecerá mejor. Luego, Manuel, necesito que nadie me escuche; ¿lo entendéis?

—Nadie te escuchará, hija mía —dijo dolorosamente el bufón

—Luego, así que haya entrado don Juan, vos saldréis de la casa, dejaréis la llave debajo de la puerta y os retiraréis.

—¿Y quién ha de acompañarte cuando hayas concluído?

—Él.

—¡Él!

—Sí, él.

—¡Pero entonces ese veneno!

—No me preguntéis, por Dios, más. Prometedme hacer lo que os he dicho.

—Lo haré; pero no te comprendo.

—Os repito, Manuel, que por caridad no me atormentéis más.

—Una sola palabra. ¿Quieres que traiga aquí á doña Clara?

—No... no... no quiero atormentarla... ella no tiene la culpa... dejad á doña Clara en paz.

—¿Pero no habías pensado vengarte?...

—Me vengaré, Manuel, pero noblemente. Aborrezco á esa mujer, pero sólo como á una cosa que me hace daño... no quiero ser infame... que nada sepa doña Clara... no hay necesidad, basta con que lo sepa él.

—¿Pero qué es lo que ha de saber él?—exclamó el tenaz bufón.

Dorotea hizo un movimiento de colérica impaciencia.

—¿Sois mi señor ó mi amigo?— exclamó —¿pretenderéis que os diga lo que cuando no os he dicho ya, debíais comprender que no quiero, ó que no puedo deciros?

—Estás loca y es necesario perdonártelo todo, Dorotea. Pero tienes razón; no soy tu señor ni aun tu amigo; soy menos que eso, soy tu esclavo; pero un esclavo que vive para ti y por ti.

Dorotea hizo otro nuevo movimiento de impaciencia.

—Sí, sí, voy... perdóname, porque no sé ni lo que digo ni lo que hago. Voy por don Juan.

Y el bufón salió.

Aquel hombre singular, que sólo vivía por Dorotea, que por Dorotea era capaz de todos los crímenes y de todas las grandezas; de matar y de morir, lloró cuando estuvo fuera de la casa, atravesando entre la obscuridad de la noche las estrechas calles de la villa hacia Puerta de Moros.

Cuando llegó vió paseándose delante de la cruz á un hombre.

Se acercó á él y le dijo:

—¿Esperáis á una persona?

—Sí.

—¿Os llamáis don Juan?

—Sí.

—Seguidme, os esperan.

—Guiad.

El bufón tiró adelante; no quería hablar ni una sola palabra más con aquel hombre que hacía tan infeliz á Dorotea, con aquel hombre á quien aborrecía, porque no amaba á la comedianta.

Y así, el tío Manolillo delante y don Juan detrás, llegaron en muy poco espacio á la calle de Don Pedro.

Abrió el bufón la puerta de la casa y se dejó ver un fondo tenebroso.

—No receléis en entrar—dijo el tío Manolillo procurando
dar á su acento el tono más amistoso posible—; venturas
os esperan, que no desgracias; el amor os llama, no la
traición.

—Adelante—dijo don Juan.

—Seguid mis pasos—dijo el bufón entrando y cerrando
la puerta—; cuidad de que subimos, seguid en derechura,
ahora á la izquierda, ahora á la derecha: hemos subido; seguid recto; ahora bien- dijo el bufón deteniéndose—, tras
ese tapiz, por cuya abertura se ve luz, os esperan. Adiós.

El bufón se volvió.

Don Juan entró.

Cuando don Juan hubo entrado, el bufón se detuvo.

—No, yo no puedo dejarla sola con ese hombre- dijo-;
ella está fuera de sí; yo no sé lo que intenta; es necesario
que yo observe; observaré, comprimiré mis celos... seré capaz de ser testigo de su alegría si se comprenden... y seré
capaz de alegrarme. ¡Oh, Dios mío! ¿por qué no soy yo tan
hermoso, tan joven y tan gentil como don Juan? ¿ó por qué
don Juan no tiene para mi pobre Dorotea el amor que
tengo yo?

Y quitándose los zapatos, se acercó silenciosamente al
tapiz y se puso en acecho.

CAPÍTULO LXXXIV

EN LO QUE VINIERON Á PARAR LOS AMORES DE DOROTEA Y DON JUAN

Don Juan se asombró al ver el lugar donde le esperaba
Dorotea.

Porque aquel salón, dispuesto como se encontraba, era
completamente bello y fuertemente voluptuoso.

Dorotea estada indolentemente reclinada en un sillón junto á la copa, en la que arrojaba de tiempo en tiempo algunos
granos de perfume.

Don Juan había ido allí vivamente excitado por el recuerdo de lo que había pasado entre Dorotea y él aquella mañana en la prisión.

A pesar de su amor á doña Clara, Dorotea era un astro

bellísimo, que poniéndose entre los dos esposos, producía un eclipse de amor.

Don Juan no veía entonces más que á Dorotea.

Se acercó á ella, y al verla de cerca, sintió una conmoción poderosa, tembló, se deslumbró.

Dorotea le miraba, le sonreía, y le mostraba una hermosísima mano.

De una manera irreflexiva, dominado por la situación, por la magia poderosa que se desprendía de Dorotea, por aquella voluptuosidad concentrada, por decirlo así, don Juan cayó de rodillas, y asió la mano de Dorotea y quiso llevarla á sus labios.

Pero Dorotea la retiró.

—Perdonad, señor mío—le dijo sonriendo—; pero me hacéis mucho daño, y no tengo valor para que me lastiméis de nuevo; aún siento el dolor horrible del cruel beso que me dísteis esta mañana. Tratadme, pues, con caridad; sentáos y hablemos como dos buenos amigos que se despiden para no volverse á ver.

—¡Ah, Dorotea! ¿estáis irritada conmigo?

—Irritada no; estoy lastimada y nada más. Pero sentáos.

Don Juan puso el otro sillón que estaba junto á la mesa muy cerca de Dorotea, y se sentó.

Dorotea retiró su sillón.

Don Juan dijo para sí:

—Dejémosla; no la irritemos; me ama, y su amor me ayudará.

Entrambos guardaron por un momento silencio.

Dorotea miraba de una manera ansiosa, enamorada, dulce, á don Juan; le transmitía su alma entera, y con su alma todos los embriagadores sentimientos de que su alma estaba llena; y como si en aquella mirada le transmitiera también su vida, Dorotea se ponía más pálida, se espiritualizaba más y más, se hacía irresistible.

—¿Cuándo os vais?—le dijo Dorotea.

—Nunca —respondió el joven—; me quedo con vos.

—¡Conmigo! ¿sabéis si yo quiero que os quedéis?

—¡Oh, vos me amáis!

—Es cierto que os amo, que mi alma toda entera es vuestra.

—¿No más que el alma?

—No más.

—¿Es decir, que pretenderéis que apuremos una vida desesperada?

—¡Desesperada! ¿y por qué?

- Un deseo voraz que crecerá con el tiempo; un deseo contr. riado; un volcán comprimido...

—¿Y qué queréis? no somos libres: no nos pertenecemos,.

—Tratándose de vos, yo soy enteramente libre.

—Pertenecéis á doña Clara.

—Decidme... apartáos de ella... no es necesario que me lo digáis...

—Yo no os diré eso jamás.

—Harélo yo... os seguiré.

—No me seguiréis... os lo juro.

—¿Y por qué?

—Porque no debéis seguirme.

—No me habléis de deber, cuando se trata de amaros... ¿no os debo la vida?

—Me debéis la voluntad... si yo he podido salvaros, ese poder no añade ni un quilate más á la voluntad; esa misma voluntad, de salvaros la ha tenido doña Clara.

—Vos sois más hermosa... vuestro amor más ardiente.

—Ya que os amo, don Juan, no procuréis perder mi aprecio.

—¡Vuestro aprecio!

—Sí por cierto. No me demostréis que el amor en vos es un devaneo; que al verme joven, hermosa, engalanada, enamorada, os olvidáis de otra mujer que es más hermosa que yo, y que si no os ama más que yo, os da á lo menos un amor más puro; hablemos como dos amigos, don Juan, y desengañáos; si yo aceptase esa promesa que me habéis hecho en un momento de embriaguez, seríais mío durante ocho días; pero á los ocho días veríais á doña Clara, porque do la Clara os buscaría, os embriagaría, con su dolor y con su amor, como ahora os embriago yo, y os iríais con ella; pero habiéndola lastimado, habiendo turbado su alma con un recuerdo que no perdería nunca. No hagamos infeliz á esa señora, ya que nosotros no podamos ser felices.

—Será esta una lucha que durará mientras vivamos; hay en vos, Dorotea, una fuerza tal para conmigo, que me siento arrastrado; vuestro amor es un amor tal que me enloquece; os miro; y paréceme que no sois una criatura mortal; para una fría despedida yo no hubiera venido, os lo aseguro, y os aseguro también, que si no alcanzo completamente vuestro

amor, vuestra confianza, vuestra alegría, vuestra posesión...
mirad, Dorotea, estoy embriagado, loco; no me desesperéis
hasta el punto de que ponga á prueba vuestro amor.

—¿Y cómo le pondríais á prueba?

—Perdonad; pero al sólo pensamiento de perderos, pasan
por mí horribles tentaciones.

—No... no moriréis...—dijo Dorotea extendiendo hacia
don Juan una mano y dejándosela besar.

Dorotea sufrió sin alterarse, sin estremecerse, los apasio-
nados besos de que dón Juan cubrió su mano.

— Basta de locuras, don Juan—dijo Dorotea -; os he
llamado para cenar con vos antes de separarnos para
siempre.

—¡Separarnos! pero eso no puede ser.

—¿No veis que estoy vestida de una manera particular?

—Éso es, Dorotea, que os habéis propuesto demostrarme
que sois más blanca que las perlas, que vuestros ojos brillan
más que los diamantes, que vuestra hermosura domina á
todas las riquezas.

—No, no por cierto, don Juan; es que me he vestido de
boda.

—¡Ah! ¡para casaros conmigo!

—No, porque vos sois casado. El esposo que he elegido,
será enteramente mío, y yo seré enteramente suya; nada al-
terará la paz de nuestra únión; nadie podrá separarnos; fiel
yo para él, él será fiel para mí, y ningún pensamiento, ningún recuerdo ajeno empañará nuestra unión.

—¿Es decir, que me olvidaréis?

—Sí.

—No os creo.

- Cuando sepáis con quien me saso, lo creeréis.

—¿Habláis formalmente, Dorotea?

—¡Oh! ¡sí!

—¿Y quién es ese afortunado esposo? Me estáis ator-
mentando, Dorotea.

Os juro que no tendréis celos del esposo que he elegido.

—¿Vais á meteros á monja?

—¡Llevar yo á Dios un corazón lleno del amor impuro de
un hombre! ¡No, don Juan! no soy tan impía. Podrá faltarme valor para el martirio, podré ser criminal, podré llamar,
arrastrada por mi desdicha, la justicia de Dios sobre mi cabeza; pero no cometeré un sacrilegio, ¡no, no tomaré á Dios

por esposo, amando á un hombre! ¡otro es el esposo que he elegido, don Juan!

—No os comprendo, y quisiera comprenderos; hay algo en vuestros ojos, en vuestro semblante, en vuestra sonrisa, en vuestras palabras, que me espanta. Encuentro en vos no sé qué calma fría, horrible.

—Sí, el resultado de una decisión irrevocable.

—Pero explicáos. ¿No os inspiro yo confianza?

—Sí, mucha, muchísima; ¡Dios mío! vos lo sois todo para mí; sin vos no quiero nada... sin vos... sin vos. la vida es para mí una carga insoportable. Pero cenemos, don Juan, cenemos.

—Si vos cenáis —dijo sonriendo don Juan —, cenaré yo.

—Tenéis razón; más fácil sería que una gota de agua horadase una roca, que el que yo pudiese pasar un solo bocado. Tengo el cuerpo y el alma, el corazón y los sentidos, llenos de vos; nada veo más que vos, nada respiro más que el amor que siento por vos.

—¿Y á qué entonces esa extraña mentira?

—¿Qué mentira?

—La de vuestro casamiento.

—Quisiera que no fuese una horrible verdad.

—Os repito que no os comprendo.

—Dentro de poco me comprenderéis.

—¿Y me amáis?

—Como no creo que haya amado nadie; con un amor voluntarioso, ciego. Suponed, don Juan, un pobre náufrago que flota sobre una débil barca, sobre un mar siempre irritado, que ve al fin, cuando ya ha perdido la esperanza, una ribera fresca, hermosa, odorífera, que le llama, que le convida; suponed que el náufrago ha tocado á esa ribera, que se ha creído salvado, y que una nueva ola le ha arrastrado de nuevo, le ha apartado de aquella ribera amada, hasta que la ha perdido de vista. El náufrago, acostumbrado antes á la tempestad, sostenido por su débil esquife, se adormía al bramar de las olas, le era indiferente que éstas le llevasen acá ó allá, estaba seguro de que un día le tragaría el mar, y estaba resignado. Yo, antes de veros, era ese náufrago; el mundo, el mar tempestuoso en que flotaba á la ventura el esquife, que me sostenía, mi ingenio como cómica, mi belleza como mujer; el día en que una enfermedad me imposibilitase para la escena, ó los años destruyesen mi hermosura, estaba previsto por mí; un hospital era mi destino, sin parientes que me amparasen, sin hijos que cuidasen mi ancianidad; no había amado nunca; no creía en el amor: pero os vi; vos habéis sido para mí la ribera encantada donde pude encontrar la felicidad, el porvenir, acaso la familia, y el mundo, el mundo irritado me ha apartado de vos... bebamos al menos, don Juan, bebamos. La embriaguez es hermana de la locura, y yo estoy loca.

Dorotea se levantó y llenó dos copas.

Luego vino con una salvilla, y sirvió una copa á don Juan.

—Por mi amor   dijo don Juan bebiendo.

—Por mi vida   dijo bebiendo también Dorotea.

Y dejó la salvilla con las dos copas vacías sobre la mesa, y volvió á sentarse en el sillón.

Don Juan acercó el suyo.

Por aquella vez Dorotea no se retiró.

Don Juan rodeó la cintura de Dorotea.

Dorotea se alzó radiante de dignidad.

—La mujer que ama no es la impura cortesana, la torpe comedianta que vendía sus favores—dijo—; respetadme, don Juan, respetad en mí lo más noble que Dios ha dado á sus criaturas: el amor y la pureza del alma.

Don Juan se retiró, no confundido, sino enojado.

Dorotea, pensativa y triste, guardó silencio.

—Dorotea—dijo al fin don Juan—, ¿queréis que hablemos seriamente?

—¿Pues qué, don Juan, creéis que yo me chanceo?

—Quiero decir, que hablemos sin locuras; con arreglo á la situación en que estamos colocados.

—Hablemos.

—¿No hay un medio de unirnos?

—Ninguno.

—¿Ni aun de que vivamos como dos hermanos?

—Ya habéis dicho que hablemos con juicio, y es una locura pensar que puedan amarse como hermanos un hombre como vos y una mujer como yo.

—Vivamos como amantes.

—¡Como amantes! ¿pues qué, no os vais de Madrid?

—Sí por cierto; pero por el mismo camino que yo me vaya podés ir vos.

—Y bien; suponiendo que yo consienta...

Y Dorotea miraba de una manera ansiosa á don Juan.

—Escucha, alma de mi alma—la dijo don Juan—; una ca-

.sita bella, apartada, donde yo vaya á verte de noche; un jardín solitario, donde sólo el firmamento estrellado sea testigo de nuestra dicha; un amor eterno, embellecido por el deseo y por el misterio; hermosos hijos en quienes veas reproducido tu amor; una vida tranquila; sin celos...

—¡Sin celos!...

— ¡Qué amante puede tenerlos de una esposa!

—¡Ay de mí!—exclamó Dorotea oprimiéndose el pecho.

—¡Bebamos, luz de mi alma!—dijo don Juan, y se levantó y llenó las copas y las trajo en la salvilla, y se arrodilló sonriendo para que Dorotea tomase la suya.

Dorotea se inclinó para levantar á don Juan.

Los rizos perfumados de la joven tocaron las mejillas de don Juan y sus ojos se sintieron atraídos por la mirada dulce, apasionada, saturada de amor y de deseo del joven.

Aquellos dos semblantes se unieron y resonó el estallido de un doble beso.

Y entonces el bufón se separó del tapiz, se alejó y dijo bajando las escaleras:

—¡Oh! ¡gracias á Dios! el veneno es inútil: el veneno no matará á nadie. Pero es preciso... sí... sí... es preciso que doña Clara se separe de don Juan; es preciso que don Juan sea de Dorotea y sólo de Dorotea; es preciso que doña Clara los vea aquí juntos, enamorándose, acariciándose, embriagados de amor.

Y el bufón bajó silenciosamente las escaleras, se puso los zapatos, abrió la puerta, salió, cerró y se encaminó al alcázar en busca de doña Clara.

Don Juan y Dorotea, sin embargo, no habían cambiado de situación: tras aquel beso irreflexivo, fatal, por decirlo así, Dorotea se había rehecho de nuevo.

—Sentáos, don Juan—le dijo—, y hablemos por último con seriedad; hemos vuelto á caer en las locuras. Tenéis sobre mí un poder maravilloso: ya lo sabía yo, y me he prevenido; lo que me habéis propuesto es imposible.

- ¡Imposible!

—Sí; yo no puedo partir mi amor con otra mujer; yo no puedo deciros tampoco, y no os diré: abandonad á vuestra esposa; os debéis al gran nombre que lleváis, y no podéis deshonrarle; aunque queráis yo no permitiré que le deshonreis por mí. Veámonos por la última vez .. y tened mucho valor si me amais.

—¿Qué queréis decirme con esas palabras?

—Que cuando salgáis de aquí llevaréis de mí tal recuerdo, que no me olvidaréis jamás.

—¿Qué misterio tan incomprensible es este que os arranca de mis brazos, que os defiende de mí, que me desespera, que me mata?...

—Mi amor.

—Extraño amor que se complace en despedazarme.

Amor desdichado, muerto apenas nacido.

—Dorotea, no me obliguéis á ser villano.

—Conmigo no podéis ser más que lo que sois.

—Un hombre burlado, por no sé qué intención que no comprendo.

¡Ah! no hay ningún hombre que merezca el amor de una mujer; no hay ninguno que comprenda el alma de una mujer.

Don Juan calló confundido.

—Oye, don Juan - dijo Dorotea asiéndole las manos con acento triste y con los ojos arrasados de lágrimas—: yo no comprendo el amor como tú le comprendes; para mí el amor no es el deleite impuro, ni la vanidad, ni la embriaguez, ni el entretenimiento; para mí el amor es más, mucho más; tiene algo de divino; para mí el amor es ser el pensamiento entero de un hombre, el espíritu poderoso que le engrandezca, que le impulse á las grandes acciones; grandezas buscadas para engrandecer la mujer amada, cuando se trata de un hombre como tú, que se llama Girón, que es hijo del gran duque de Osuna, que debe su espada á sus abuelos y á su patria, y el corazón á una mujer; yo no te pido eso que puede y debe pedirte tu esposa; yo quiero tu grandeza para que refleje sobre mi frente; yo no puedo ser para ti más que la amante oculta y misteriosa, que te sonría apartada de la vista del mundo; mis hijos no pueden llevar tu nombre, porque... tu nombre pertenece entero á los hijos de la mujer con quien te has unido: yo sólo puedo ser para ti un sueño embriagador durante algún tiempo; después... después, cuando hasta el misterio hubiera perdido para ti su encanto, yo sería una carga para ti..

—¡Una carga

—Sí, una carga enojosa.

—¿Cres tú que yo reparé jamás en...?

Don Juan se detuvo, porque lo que iba á decir era inconveniente

Pero Dorotea oyó con el alma las palabras que don Juan no había pronunciado; las oyó dentro de su corazón.

—No; no hablo yo de esa carga material que consiste en atender á las necesidades materiales ae una mujer; entre nosotros no puede haber eso; el dinero hace daño al amor; yo cómica, yo cortesana, no he pertenecido á un amante sino á trueque de un tesoro; yo, mujer, no doy mi corazón sino por otro corazón; de otra carga más pesada he querido hablarte: de la carga que consiste en tener que sacrificar algún tiempo todos los días á una mujer á quien no se ama, á quien nunca se ha amado, por quien sólo se ha sentido deseo y por la cual al fin ni deseo se siente, y á la que se sigue fingiendo amor por compasión; carga que acaba por hacerse insoportable, porque el sacrificio más pequeño se hace insoportable cuando es continuo; yo sería dentro de poco una carga para ti y después un remordimiento, porque me abandonaríais...

—Te he dejado seguir porque quería saber á dónde ibas á parar. ¡Que yo no te amo!

—Ahora... ahora, don Juan, te crees enamorado de mí, y lo estás; estás loco...

—No vivo más que para ti.

—Es necesario que vivas para los demás; no eres dueño de ti mismo.

—¿De modo, que yo que ansiaba que llegase el momento de ver á mi libertadóra, me encuentro con una especie de hermosísimo fraile que me predica un sermón de cuaresma? Esto no puede ser. Yo... te amaba como dices, con el deseo antes de hoy: te amé de ese modo desde el punto en que te vi... Pero desde hoy, Dorotea, te amo con un amor que no puede confundirse con nada, porque tu amor me ha obligado á amarte; tú me has procurado la libertad, y con la libertad la vida, no sé á precio de qué sacrificio; has podido satisfacer tus celos, vengarlos, diciendo á mi mujer: «tú, su esposa; tú, la dama hermosísima, noble, rica, favorita de la reina, no has podido salvarle; y yo, la cómica, yo, su querida, le he salvado»; y tú no has hecho eso, Dorotea; tú has sufrido tu despecho, tu desesperación, y has hecho llegar por las manos del rey á mi mujer la orden que me ponía en libertad; tú sabías que yo libre había de partir de Madrid y, sin embargo, la libertad me has dado; ¿cómo quieres que no te ame, á no ser que creas que soy un miserable? Y si soy un miserable, ¿por qué me amas?

—¡Don Juan!—exclamó Dorotea con la voz trémula, ardiente, opaca, y la mirada ansiosa, fija, concentrada en los

ojos del joven—; ¡don Juan! ¡mira no mientas involuntariamente!

—No, no; te amo—dijo don Juan estrechándola contra su
seno.

Dorotea pugnó por desasirse.

—Sólo á ti amo—murmuró el joven en su oído.

Dorotea rompió á llorar.

—Por ti y para ti viviré—continuó el joven—, y escucha:
mi vida es tuya; ¿para qué quiero yo un nombre que me
aparta de ti? Renuncio á ese nombre, me separo de la mujer
que nos impide unirnos, saldré de Madrid, pero saldré contigo, todo por ti y para ti.

—¡Separarte de doña Clara!—dijo Dorotea levantando de
sobre el hombro de don Juan la cabeza y apartando con las
dos manos los rizos que se habían desordenado sobre su
frente, pálida y tersa—. ¡Ser mío, únicamente mío! ¡Salir de
esta casa en que había entrado muerta, contigo, llena de
una vida hermosa! ¡Oh! ¡repítemelo, repítemelo! ¡creo que
me he engañado! ¡que tú no has dicho eso!

—¡Oh, sí! ¡tuyo y no más que tuyo!

—¿Y partiremos?

—Sí.

—¿Desde esta casa?

—Sí.

—¿Y no volverás á ver á doña Clara?

—No amo á nadie más que á ti.

Y don Juan la atrajo á sus brazos.

Dorotea le sonrió de una manera tal, le dejó ver de tal
modo su alma, que una involuntaria sonrisa de triunfo de
don Juan borró, como una nube al sol, la sonrisa de gloria
de Dorotea.

En la sonrisa de don Juan había visto, no amor, sino voluptuosidad, alegría, y aun podemos decir vanidad, por la
posesión segura de una mujer vivamente deseada.

Entonces, Dorotea se levantó de los brazos de don Juan,
haciendo un violento esfuerzo para desasirse de ellos.

Su palidez había crecido.

Durante algunos segundos, una seriedad sombría, y tal
que llegó á imponer respeto á don Juan, apareció en su semblante.

Luego volvió á sonreir.

Pero entre aquella seriedad y aquella sonrisa había pasado una agonía completa.

—La hora de la partida se acerca—dijo apoyándose dulcemente en el hombro de don Juan.

—Partamos—di,o don Juan levantándose.

—Espera, espera un momento —dijo Dorotea poniendo sus dos manos sobre los hombros de don Juan y mirándole frente á frente.

Don Juan exhaló una exclamación de asombro.

Nunca había visto á Dorotea tan hermosa.

Tembló bajo la impresión de la mirada de la comedianta.

—Siempre, siempre tu sed—dijo Dorotea—; nunca tu amor.

—¡Cómo! ¿aún dudas?

—No, no dudo ya—dijo la joven.

Y dejó los hombros de don Juan y se acercó á la mesa.

—¿Qué haces? —dijo don Juan.

—¡Tengo sed! ¡una sed que me devora!—contestó Dorotea fijando una mirada indescribible en la pera adornada con el lazo rojo y negro que se veía en medio de la mesa.

Y tomó una botella y llenó de vino una copa.

—Yo también tengo sed—dijo don Juan, que tenía la boca amarga, como cuando experimentamos una fuerte conmoción en nuestro organismo.

Dorotea llenó otra copa.

Luego se apoyó sobre la mesa, mirando siempre el confite del lazo negro y rojo.

Su semblante estaba contraído; gruesas gotas de sudor corrían por sus mejillas.

Hubo un momento en que tembló toda, como á la sensación imprevista de un frío agudo.

—Estos confites son muy buenos—dijo—; probémoslos antes de beber.

Y tomó la pera envenenada.

Al tomarla miró á don Juan y pasó por sus ojos algo horrible.

—Toma—le dijo, y le mostró la confitura.

Don Juan extendió la mano.

Dorotea se estremeció de nuevo, retiró vivamente la pera y la mordió exclamando:

—No, no; esta es para mí, para mí sola.

Y temerosa de que don Juan pudiera arrebatarla ni una pequeña parte de aquel confite mortal, le devoró.

A seguida cayó de rodillas.

—¿Qué haces, Dorotea?—dijo don Juan.

—¡Dejadme! ¡dejadme orar!—exclamó la joven.

—¡Orar! - exc.amó asombrado don Juan.

—Sí; orar por mi alma —respondió Dorotea,

Y juntó las manos, las cruzó y dobló la cabeza sobre el pecho.

En aquel momento resonaron voces en la calle y luego el choque de espadas.

Don Juan sintió un terror vago y se abalanzó á Dorotea y la levantó en sus brazos.

La joven se abandonó en los brazos de don Juan y le sonrió de una manera embriagadora.

—¡Oh! ¡no me olvidarás!—exclamó.

—¡Olvidarte, olvidarte yo, vida mía!

Y don Juan, embriagado, la besó en la boca.

—¡Adiós! – exclamó Dorotea entre un beso ardiente.

—¿Por qué me dices adios, alma mía?

—Me llama mi esposo —dijo sonriendo siempre Dorotea.

—¡Tu esposo!

—Sí; acabo de desposarme... con quien estará eternamente conmigo y yo eternamente con él.

—Sí, sí -exclamó don Juan engañado por las palabras de Dorotea –; no nos separaremos jamás.

—Sí—dijo Dorotea rodeando un brazo tembloroso al cuello de don Juan –; vamos á separarnos muy pronto, porque no me he desposado contigo; me he desposado con la muerte. Ahora déjame orar; no acabes de perderme.

—¡Con la muerte!—gritó don Juan.

—Sí, el dulce que acabo de comer estaba envenenado.

—¡Envenenado!.. ¡Dios mío! ¡Hola! ¡aquí! ¡aquí!—gritó don Juan, llamando.

—¡No hay nadie! ¡estamos solos!—exclamó Dorotea.

Y una leve contracción de dolor resistido, pasó por su semblante.

—¡Oh! ¡esto es horrible! ¡esto no puede ser verdad!—exclamó don Juan reteniendo entre sus brazos á Dorotea.

Otra contracción más violenta, indicó á don Juan que Dorotea sentía un dolor más agudo.

Al mismo tiempo su cuerpo se hizo más pesado.

Don Juan se vió en la necesidad de doblar una rodilla para sostener á Dorotea.

—¡No me abandones! ¡no me dejes! - exclamó—; quiero morir en tus brazos! toma... porque apenas puedo hablar...

había escrito este papel... que es mi última palabra para ti...
y mi última voluntad... ¡Oh Dios mío!

Y sacó del seno un papel doblado, que se desprendió de
sus manos y cayó sobre la alfombra.

Don Juan estaba inmóvil, mudo, dominado por el terror.

Dorotea hizo aún un nuevo esfuerzo, aún tuvo una sonrisa
para don Juan; luego lanzó algunos gritos agudos, horribles;
se retorció de una manera violenta, hasta el punto de desasirse de los brazos de don Juan; dió dos pasos desatenta-
dos, y cayó desplomada.

Don Juan corrió á ella, la volvió, miró su semblante y dió
un grito de horror.

Dorotea estaba muerta, y aquel semblante, poco antes tan
hermoso, tan lleno de vida, estaba afeado por una contracción horrible.

Hay en la vida algunos momentos comparables á la
muerte.

Momentos de atonía en que los músculos se petrifican y
el corazón se hiela.

Momentos á los cuales sucede una reacción horrible.

Don Juan probó unos momentos semejantes, y luego, como
si despertase de una pesadilla horrorosa, gritó con un acento imposible de hacer comprender:

—¡Muerta! ¡muerta! ¡y muerta por mí!

Y seguidamente se arrojó sobre el cadáver y unió su boca
á la boca helada de Dorotea.

Y en otra nueva y más terrible reacción, se alzó, y desnudando violentamente su daga, exclamó:

—¡Muerta por mí!... ¡y yo, miserable, vivo!

Y volvió la punta de su daga al pecho.

Pero en aquel momento, se sintió sujeto por detrás, asidos
los brazos, retenidos por otros brazos que le apretaban con
la fuerza de una cadena de hierro.

—¡Oh! ¡no! ¡no! ¡mientras yo esté á vuestro lado!—dijo
una voz.

Aquellos brazos que le sujetaban y aquella voz que le hablaba, mojada en lágrimas, eran los brazos y la voz de
Quevedo.

Este y el padre Aliaga, habían entrado sin que á causa de
lo horrible de la situación los sintiera don Juan.

—¡Desarmadle, fray Luis! ¡vive Dios! ¡que tiene las fuerzas
de un toro y se me escapa!—gritó Quevedo luchando con
don Juan.

El inquisidor general, arrancó la daga al joven, y le quitó la espada.

—Mirad, fray Luis, mirad si tiene pistoletes á la cintura— dijo Quevedo.

El padre Aliaga, en silencio como hasta allí, registró la cintura de don Juan y le quitó dos pistoletes.

—¡Ah, ya era tiempo! ¡ya no podía resistir más!—dijo Quevedo soltando al joven.

Este se levantó, dió tres pasos vacilantes, y luego se dejó caer sobre un sillón, y se cubrió el rostro con las manos.

—Vamos— dijo Quevedo—, nos hemos salvado; veamos ahora si podemos salvar á esta infeliz.

¡Muerta!—dijo el padre Aliaga roncamente.

Y se arrodilló junto al cadáver y oró.

Entre tanto Quevedo había levantado el papel que se había caído de la mano de Dorotea y que ésta había sacado de su seno.

Quevedo, que tenía siempre valor para dominar las situaciones más difíles, que no desatendía jamás ninguna circunstancia por ligera que fuese, se acercó á la mesa, desdobló el papel y le leyó:

«Don Juan - decía—: He tenido la desgracia de conoceros y de que no me améis: mi vida es demasiado horrible para que yo la conserve, y me habéis hecho demasiado daño para que yo quiera vengarme de vos; me he vestido de boda para acudir á vuestra cita; de esa cita saldré envuelta en una mortaja; sois noble y generoso, y el único medio que tengo para que no me olvidéis jamás, es morir en vuestros brazos; cuando leáis este papel, habré muerto ya; os amo, os amo tanto, que todo por vos lo pierdo; hasta mi alma; sé que no me olvidaréis nunca, mientras viváis, y quiero mejor vivir muerta en vuestro pensamiento, que vivir muriendo lejos de vos, abandonada, despreciada por vos; que mi recuerdo no os haga infeliz; amad... amad mucho á vuestra esposa, porque si os ama como yo os amo, y un día se ve desdeñada por vos como yo me he visto, morirá como yo muero. Adiós, recibid mi alma. -*Dorotea*.»

Y por bajo se leía:

«Decid á don Francisco de Quevedo, que en mi casa, en un cajón de la mesa de la sala, está mi testamento; que lo haga cumplir.»

Dos lágrimas, gordas, enormes, de Quevedo, cayeron sobre este papel.

...arrancó la daga al joven y le quitó la espada.

Luego le dobló en silencio, y le guardó.

—Padre Aliaga—dijo dirigiéndose al religioso que oraba en silencio—, vos os quedáreis, ¿no es verdad?

—Debo orar junto á esta desgraciada, y tanto más, cuanto que es hija de otra infeliz, á quien he amado mucho, antes de dejar el mundo.

—Y yo necesito apartar de aquí á don Juan.

— Sí, sí; lleváoslo.

—Esperad, esperad—dijo don Juan levantándose y dando algunos pasos hacia Dorotea.

—¡Qué hacéis! - dijo dulcemente el padre Aliaga.

—¡Dejadme, por Dios, que la vea la última vez! ,

—Apartad, caballero, apartad, y no profáneis ese cadáver —dijo el padre Aliaga, poniéndose delante de Dorotea.

—¡Oh! ¡para qué quiero vivir!

—¡Para doña Clara de Soldevilla, para vuestra esposa!— dijo severamente Quevedo—; ,ya que esa desgracia es irremediable, no causéis otra desgracia mayor!

—¡Clara! ¡mi esposa!—exclamó don Juan.

Y se dulcificó la rigidez de su semblante, sus ojos se humedecieron y lloró.

— ¡Oh! ¡Dios mío! ¡Dios mío!—dijo—; ¡la vida es un sueño de Satanás!

—¡Sí, sí, un sueño horrible! ¡pero, seguidme! tomad vuestras armas, que ya no hay peligro en que las toméis, y vamos.

Don Juan tomó sus armas, su sombrero, su capa, y siguió á Quevedo; pero antes de salir se volvió hacia Dorotea.

—¡Doña Clara os espera!- dijo Quevedo

Don Juan siguió á su amigo, y entrambos salieron de la casa.

El padre Aliaga se quedó orando al lado del cadáver de Dorotea.

CAPÍTULO LXXXV

EL AUTOR DECLARA QUE HA CONCLUÍDO, Y ATA ALGUNOS CABOS PARA QUE NO QUEDEN SUELTOS

El cocinero de su majestad supo al día siguiente, al ir á oir misa á Santo Domingo el Real, una noticia horrible.

Al pasar junto á dos comadres que charlaban en una esquina, oyó las siguientes palabras:

– Os digo que la he visto; yo misma con estos ojos que se ha de comer la tierra: es la comedianta Dorotea; pero se ha quedado que espanta; está que da compasión verla: los ojos hundidos, que le cabe un puño en cada uno; la boca torcida... ¡ella, que era tan hermosa!... dicen que ha muerto de repente.

Helósele de repente en las venas la sangre al cocinero mayor.

Y tal comezón le dió en saber lo que le hubiera sido mejor ignorar. de tal modo le impulsaron su terror y su conciencia, que sin encomendarse á Dios ni al diablo, se acercó á las dos viejas y las dijo:

—Perdonen voacedes, pero he oído no sé qué de una muerte que me ha trastornado.

—¡Qué! ¡si todo Madrid está que lo ahogan con un cabello, y aquella casa parece un jubileo!—dijo una de las viejas—; yo he sudado y me he estropeado para poder entrar donde está la difunta, y me han roto la saya; ¡si aquello es mucho! ¡y qué lujo! y allí están todos los cómicos del corral de la Pacheca, y los del coliseo del Príncipe, y los del coliseo de la Cruz, y muchos señores, y muchos grandes, y cuatro lacayotes con hachas, que diz que son del señor duque de Lerma, que diz era querido de la comedianta; y allí está también el inquisidor general y otros religiosos, todos rezando, y la sala hecha un ascua de oro de luces, y la calle que no cabe un alfiler de gente, y todos tristes, y todos llorosos; y están dando limosna á más y mejor en la puerta á todos los pobres que llegan. ¡Si parece que se ha muerto una persona real! Cuando nosotras doblemos la cabeza y nos quedemos como un pollo con moquillo, nos agarrarán de un zancajo y nos echarán á un estercolero. ¡Pues ya se ve! ¡como era tan hermosa!... y como era querida de un señor... ¡he ahí! Quede vuesa merced con Dios. Vamos, tía Brígida, vamos, que ya es tarde.

El cocinero mayor no oyó ni la mitad de la relación de la vieja; la noticia de que la Dorotea había muerto de repente, le había encogido, le había helado, le había dejado inmóvil, presa de uno de esos pavores que no se comprenden, si alguna vez no han pasado por nosotros.

Él, aunque se había quedado con doña Clara Soldevilla en la casa, donde había entrado con aquella señora al nombre de la Inquisición, pronunciado por el padre Aliaga; como don Juan y Quevedo habían ido á buscar á doña Clara,

Montiño no sabía nada acerca de la muerte de Dorotea, porque Quevedo le había echado con cajas destempladas, sin darle explicación alguna, para quedarse solo cuanto antes con doña Clara y don Juan.

En el mismo punto se fué al alcázar, evitando pasar por el sitio donde se suponía muerto al bufón; se había metido entre sábanas, y había pasado la noche con la cabeza tapada y con fiebre.

Por la mañana se durmió y despertó á las diez.

Al ver entrar el sol por las rendijas de la ventana de su dormitorio...

(Entre paréntesis: al meter Quevedo aquella noche, cuatro horas después de la muerte de Dorotea, á doña Clara y á don Juan, en un coche, que tenía prevenido Francisco de Juara en el mesón del Bizco, cesó de repente la lluvia; lentamente se despejó el cielo; luego amaneció claro, y un sol brillante inundó de una luz dorada el espacio; parecía que al despejarse completamente la situación de nuestros personajes, se había creído el cielo obligado á despejarse también; esto pudo ser una casualidad, pero una casualidad reparable.)

Al ver entrar el sol por las rendijas de la ventana de su dormitorio, decíamos, el cocinero mayor saltó del lecho, se vistió apresuradamente, y afligido por su lastimada conciencia, su primer impulso fué ir á arrojarse de rodillas delante de Dios, en un templo; en el camino le había sorprendido, pues, de una manera terriblemente providencial, la noticia de la muerte de su víctima.

Porque Montiño no tenía duda, no se atrevía á tenerla; Dorotea le había mandado hacer una cena y poner en ella un veneno: Dorotea había muerto de repente, luego Dorotea se había envenenado.

Nada tiene, pues, de extraño, la parálisis total que acometió al cocinero mayor al saber la muerte de Dorotea.

Hacía un rato que los dos horribles conductores de aquella noticia, las dos viejas queremos decir, habían desaparecido, y todavía estaba Montiño hecho un garabito en el mismo lugar donde se había parado para informarse.

Pero de repente se enderezó, se volvió y dió á correr como un insensato en dirección á la calle Ancha de San Bernardo, atraído por ese magnetismo horrible que existe entre el asesinado y el asesino.

Cuando llegó hubo de detenerse; la afluencia de gentes le había cortado el paso.

La calle estaba llena.

Y nada tenía esto de extraño.

La Dorotea era muy conocida, y á más de esto, se daba una abundante limosna á la puerta de su casa.

Montiño codeaba á derecha é izquierda, pero no podía pasar.

Entonces, y como la atracción que le impulsaba hacia cadáver era más poderosa á medida que se acercaba á é viendo que por codos no podía abrirse paso, dió á gritar d una manera desentonada:

—¡Dejadme, dejadme pasar, por Dios! ¡quiero verla! ¿no oís que quiero verla antes de que se la lleven? ¡Dejadme pasar!

Y redoblaba sus gritos.

Todos le creyeron, por lo menos, pariente de la difunta, y le abrieron paso.

Y así gritando y codeando, logró llegar á la puerta de la casa.

En ella estaba Pedro, el antiguo criado de Dorotea, con un talego en la mano, del que sacaba sucesivamente reales de pla.a que iba entregando á los pobres que se presentaban.

Dos alguaciles, delante de él, impedían que fuese atropellado por los mendigos, y que entrase gente en la casa, á pesar de lo cual, más de uno se colaba.

Colábase también Montiño.

—¡Eh! ¿á dónde váis?—le dijo uno de los alguaciles cogiéndole del brazo.

—¿Que á dónde voy?—dijo Montiño volviendo su mirada escandencida é insensata al alguacil—. ¿A dónde he de ir sino á verla antes de que se la lleven?

A estas palabras lacrimosas, chillonas, del cocinero mayor, Pedro volvió la cabeza y le reconoció.

—¡Ah! ¿sois vos, señor Montiño?—dijo también lloroso Pedro—. ¡Oh, qué desgracia! ¡qué desgracia tan grande y tan impensada! ¡No la olvidaremos jamás!

—¡Ni yo! ¡ni yo! ¡yo no puedo olvidarla nunca! exclamó Montiño—; pero, ¿cómo ha sucedido eso? ¿cuándo?

—Casilda, que está adentro, en la cocina, os dará razón, señor Montiño. Yo no puedo marcharme de aquí. Como veis, estoy dando limosna por su alma Dejad pasar á ese hidalgo, señor Casimiro Trompeta; es de la casa—dijo Pedro al alguacil que aún tenía asido á Montiño.

El corchete soltó al cocinero, que se despidió, subió las escaleras, atravesó un pasillo, y se entró de rondón en la cocina, donde, envuelta en un pañolón negro, estaba Casilda gimoteando, asistida por algunas comadres de la vecindad y algunas doncellas de cómicas que estaban en la casa, y componían aquella especie de duelo criaderil.

—¿Pero qué es lo que aquí ha sucedido?—dijo Montiño dirigiendo bruscamente la palabra á la doncella de Dorotea.

—¿Qué ha de haber sucedido? ¡desdichada que yo soy, sino que mi señora se ha muerto! ¡Y tan hermosa! ¡tan joven! ¡tan buena!

Y siguieron las lágrimas y los sollozos.

—¿Pero cómo se ha muerto la señora? —dijo Montiño, cuya voz tenía á cada momento una acentuación más extraña y más punzante.

—¿Y qué se yo?—dijo Casilda—; yo no la he visto morir.

—¿Pero no ha muerto en la casa?

—Sí; sí, señor, según dicen don Francisco de Quevedo y el padre fray Luis de Aliaga, que la trajeron allá muy tarde.

—¿Que la trajeron?

—Sí, señor; la trajeron al obscurecer; la señora había salido muy engalanada con el tío Manolillo; dicen que esta noche pasada han matado al tío Manolillo.

—Eso dicen, eso dicen—exclamó el cocinero mayor—; pero seguid, seguid; decíais que don Francisco de Quevedo y el padre Aliaga trajeron á la señora.

—Sí; sí, señor; la metieron envuelta en su manto, y como arrastrando; luego se encerraron con ella, y después salió don Francisco de Quevedo; á poco vinieron el duque de Lerma, y un alcalde de casa y corte y un escribano; entonces supe que mi señora había muerto; pero había tenido tiempo de hacer testamento; nada la ha faltado, nada, ni sacerdote que la auxiliara, y calificado, como que era nada menos que el inquisidor general, ni escribano que autorizase su última voluntad.

—¿Y no vino ningún médico?

—Sí; sí, señor, el doctor Campillos, que era el médico del coliseo; allá dentro estuvo encerrado mucho tiempo, con la difunta, y con el duque de Lerma. y con el inquisidor general, y con don Francisco de Quevedo.

—¿Y no dijo de qué había muerto?

—Sí; sí, señor: de repente, de enfermedad natural.
—¡Eso dijo!
—Sí; sí, señor, eso dijo.
— ¿Y eso ha escrito la justicia?
—Sí, señor; eso ha escrito.

Al través de su locura un rayo de razón penetró en el pensamiento de Montiño, ó más bien un instinto de conservación.

Aguantóse, dejó las cosas como los hombres y la justicia de los hombres las habían puesto; pero en medio de su locura, su conciencia, más poderosa que ella, le acusaba de aquella muerte.

Y la fascinación que le había llevado hasta allí, poderosa, terrible, le arrastró todavía.

Se despidió de Casilda, y se entró en la sala.

Los balcones estaban completamente cerrados; las paredes y el techo cubiertos con paños de terciopelo negro franjeados de oro, el suelo cubierto con un paño negro.

En medio de la sala, sobre un magnífico lecho rodeado de gigantescos candelabros de bronce dorado con blandones, estaba el cadáver, humildemente amortajado con un sayal ceniciento de la orden de San Francisco y la cabeza rodeada de una toca blanca.

A los cuatro ángulos del lecho había cuatro lacayos de gran librea, inmóviles como estatuas, y con blandones amarillos en las manos.

Las libreas de aquellos hombres eran del duque de Lerma.

Detrás del lecho se veía la manguilla negra de terciopelo bordado de oro, y con la cruz dorada de la parroquia de San Martín.

El cura y los clérigos de la parroquia, y en medio de ellos el inquisidor general con sus hábitos negros y blancos de dominico, rezaban.

Detrás de los sacerdotes, arrodillados, rezando también, abía una multitud de hombres y de mujeres vestidos de luto.

Aquellas mujeres y aquellos hombres eran los cómicos de los coliseos de Madrid.

Al fondo de la sala, junto á la puerta de entrada, silenciosos y graves, había algunos hidalgos.

Al verse allí, el cocinero mayor sintió un vértigo horrible, parecióle que las luces se agrandaban, que se iban hacia él,

que le rodeaban, que giraban, que subían, que bajaban, que·
se revolvían en un torbellino de fuego.

Parecióle ver en medio de aquel torbellino, de aquel resplandor, impuro y flameante, levantarse el cadáver de Dorotea, adelantar, asirle, estrecharle entre sus brazos y arrastrarle consigo.

Y presa de este vértigo infernal, Montiño adelantó con paso nervioso, lento, marcado, con los cabellos erizados, con los ojos horriblemente dilatados, con la boca contraída, temblorosa, con el semblante lívido, estremeciéndose todo, hacia el cadáver, junto al cual llegó y le contempló de una manera horrorosa en el momento que la clerecía empezaba á entonar el terrible salmo: *Dies iræ, dies illæ.*

Montiño no pudo resistir más; su cabeza se partía, su pecho se abrasaba, y antes de que pudiese separarse de allí, su locura estalló, y gritó con un acento espantoso:

—¡Perdón! ¡perdón! ¡yo pasaré todos los días de mi vida en la penitencia! ¡pero! ¡suéltame! ¡suéltame! ¡no me arrastres contigo! ¡yo pasaré mi vida orando y haciendo que la Iglesia ore por ti!

Y tras esto, en medio del escándalo de los que en la sala estaban, dió con su cuerpo en tierra.

—Este hombre está loco—dijo el padre Aliaga, mandando sacar de allí al cocinero mayor, y llevarle á un cuarto, en donde se encerró con él.

Pero había causado tal impresión la muerte de la Dorotea, habían dicho tales cosas acerca de entradas y salidas de su ama Pedro y Casilda, se había murmurado tanto, que se sospechó por todos, y aun se dió por seguro, que allí había *gato encerrado.*

El tremendo alcalde de casa y corte Ruy Pérez Sarmiento, á quien ya conocemos, había sido llamado entre doce y una de la noche anterior por el duque de Lerma.

El duque de Lerma había llamado al alcalde de casa y corte, porque entre diez y once de la noche había estado encerrado un largo espacio con él don Francisco de Quevedo.

Quevedo había hecho llegar, valiéndose de frases hinchadas y misteriosas para obligar á los ciados, una carta al duque de Lerma, una carta que sólo contenía estos tres renglones:

«Excelentísimo señor: Tengo en mis manos el cuchillo que puede cortaros la cabeza; pero yo os daré este cuchillo si me dais licencia para hablaros.—*Francisco de Quevedo.*»

· Leer esta carta, y hacer entrar inmediatamente á Quevedo, fué todo uno.

Quevedo entró con unos papeles en la mano.

· Y por cierto que aquellos papeles estaban teñidos de sangre.

Pero digamos antes de dónde venía Quevedo.

Cuando salió con el corazón desgarrado de la casa donde había visto muerta á Dorotea, llevando consigo á don Juan, hizo dar á éste algunas vueltas por las tenebrosas calles.

Aún no había dejado de llover, y Quevedo, que como tenía de todo, era algo médico, esperó que la humedad reblandec ese el cerebro de don Juan.

Lo que demuestra que Quevedo, ya en aquellos tiempos, buscaba el alma en los nervios.

No se engañó don Francisco.

La excitación nerviosa del joven se modificó.

Anduvo por algún tiempo en silencio asido al brazo de Quevedo.

Luego exclamó:

—¡Qué sueño tan horrible!

—Ya que de sueños habláis—dijo Quevedo—, tomad lo pasado como sueño y escarmiento. No juguéis más con el alma de la mujer, porque las mujeres son terribles. Olvidad.

—No puedo.

—Domináos.

—Tengo el corazón despedazado.

—Por lo mismo, y porque estáis experimentando lo que es tener el corazón amargo y sangriento, no queráis que le tenga también vuestra esposa.

—¡Clara!

—¡Si supiérais.de lo que ha sido capaz esa mujer que lloráis!

—¡Dorotea!

—Sí; vos veis en ella un ángel perdido, y era un demonio.

Quevedo era un médico terrible; ponía á sangre fría los dedos sobre la llaga y la estrujaba.

La muerta nada tenía ya que perder ni que esperar en la vida, y Quevedo quería salvar á los que, vivos aún, tenían que perder y que esperar.

Calumniaba á Dorotea.

—¿Qué decís, don Francisco? —exclamó el joven.

—Digo que Dorotea era una aventurera que quería perderos.

—¿Perderme y ha muerto por mí?

—Vos no comprendéis á ese animal que se llama hombre, á quien aventaja en ferocidad ese otro animal que se llama mujer. ¿Hubiérais vos creído que hubiese persona que para vengarse de otro se diese la muerte?

—No... eso es inconcebible.

—Pues todo el que se mata por amor, no se mata por otra cosa que por amargar con el recuerdo de su muerte la conciencia del hombre ó de la mujer que le ha desdeñado.

—¡Oh, no! ¡no puede ser!

—Y sin embargo, es.

—Yo... me había entregado enteramente á Dorotea.

—Dorotea sabía que mientras existiese doña Clara, ella no podía ser para vos más que un entretenimiento.

Quevedo estaba en la situación, y sus últimas palabras influyeron terriblemente en el ánimo del joven, porque había oído aquellas mismas palabras á Dorotea.

—¿Y ha podido llegar la locura de esa infeliz hasta tal punto? – dijo.

—No era locura, sino rabia, y rabia femeril, la más terrible de las rabias de que puede adolecer una criatura. El amor de Dorotea era impuro; si no hubiese tenido celos, y celos de vanidad, hubiera satisfecho su deseo por vos, y á los quince días os hubiera burlado.

Don Juan no contestó.

Cada una de las palabras de Quevedo, le hacían experimentar el frío de la hoja de un puñal.

El implacable Quevedo continuó:

—Y dad gracias á Dios de que su sabia y misericordiosa providencia me haya traído á tiempo de impedir el gran crimen que había meditado Dorotea, y su contrahecho amante el bufón del rey.

—¡Cómo! ¿aquel hombre era...?

—Sí; era ese amante feroz y bajo que tienen todas las aventureras: era su puñal.

—Me estáis revelando cosas horribles.

—Es que cuando la verdad vale algo es siempre horrorosa en el punto en que se la quita la camisa.

—¿Y qué era lo que habían meditado ese hombre y esa mujer?

Quevedo notó con alegría, con una alegría *sui generis*, que don Juan llamaba *esa mujer* á la desdichada Dorotea.

—Habían querido matar á un ángel.

—¿A Clara?

—Sí por cierto; en el momento en que vos estuvísteis encerrado con Dorotea, el tío Manolillo fué al alcázar, dijo á doña Clara que vos os olvidábais de ella con otra, y doña Clara le siguió loca de celos, porque los celos y la prudencia nunca van juntos. Si yo no encuentro á la puerta misma de la casa donde Dorotea con vos estaba al tío Manolillo que con doña Clara venía, vuestra esposa, vuestra noble y digna esposa, os hubiera visto en los brazos de esa mujer, y esa mujer se hubiera matado segura de que os dejaba á entrambos muertos.

—¡Oh! ¡ved no os engañéis, don Francisco!

—El bufón, que está allá en la calle de Don Pedro sin la vida que yo le he sacado por la cabeza del tajo más lleno y más derecho que he dado en toda mi vida, es un testimonio, y doña Clara, que está en una casa de la misma calle, entre la muerte y la vida, que de muerte es el ansia que la aflige, es otro.

—¡Cómo! ¡Clara, mi adorada Clara me espera!

—Y sufre y llora.

—Pues vamos, vamos al momento; ¿qué tardamos?

—¿Estáis seguro de dominaros hasta el punto de parecer sereno después de lo que habéis sufrido?

—Ha sido un sueño, un horrible sueño que ha pasado.

—Cuenta con que el sueño no se conozca en los ojos.

—Descuidad, estoy tranquilo; lo que me habéis revelado me ha cerciorado.

—Ved que doña Clara es muy aguda de entendimiento y que no es cosa fácil hacerla ver lo negro blanco.

—No necesito engañarla; verla será para mí la vida, la entrada en el cielo después de haber salido del infierno.

—Es necesario que la mintáis.

—La diré que he ido á ver á mi madre.

—No; decidla más bien que habéis ido á ver al duque de Lerma.

—¿Y para qué?

—¿No habéis sido puesto en libertad? ¿No necesitáis licencia del rey para partiros esta misma noche de Madrid?

—¡Ah, sí! ¡Es cierto!

—Pues vamos.

—Vamos.

—Esperad, esperad; allá, en aquella esquina, medio agoniza un farol delante de una imagen; vamos allí, don Juan, quieros veros el rostro.

Esta fué una intimación indirecta al joven para que se dominase, para que compusiese su semblante.

Llegaron á la esquina y Quevedo le quitó el sombrero para verle mejor el rostro.

—No importa que os mojéis la cabeza—dijo—; cuanto más agua cae sobre el fuego, mejor.

—Vedlo; estoy tranquilo, estoy como siempre—dijo don Juan sonriendo de una manera tan amarga, tan horrible, que Quevedo retrocedió espantado.

—Esperad; os he enseñado mi corazón, ahora voy á mostraros mi valor.

Y don·Juan se sonrió de una manera franca, abierta, natural, tranquila.

—¡Oh! ¡Sí, sí, hijo mío!—dijo Quevedo conmovido—; tenéis un hermoso corazón y un valor como hay pocos; ello pasará, ello pasará; vuestro corazón es todo entero de doña Clara, y ella será el ángel glorioso que os cure de ese otro ángel condenado. Vamos, hijo mío, vamos; seguid siendo valiente y acordáos para serlo de que vuestra serenidad, vuestra paz exterior en estos momentos es la paz del alma, es la vida de la inapreciable compañera que os ha dado Dios; recoged todas vuestras fuerzas, preparáos y no hablemos más.

Y tiró de don Juan. Algunas calles más allá se encontraron en la de Don Pedro. Quevedo llamó á la puerta de la casa donde estaba doña Clara Soldevilla.

Cuando entró en el aposento donde estaba ésta con don Juan, la joven se levantó de una silla y corrió á su marido, le asió las manos temblorosa y le miró con ansiedad.

Quevedo despidió al cocinero mayor, que todavía estaba allí. Don Juan sonrió enamorado, transportado de alegría, á doña Clara. Y esta alegría no era fingida.

Quevedo había operado con su cruel tratamiento una reacción en el ánimo del joven; le había ennegrecido el recuerdo de Dorotea, le había hecho temblar por doña Clara. Don Juan se encontraba al fin delante de ella, estaba bajo la influencia de su hermosura aumentada por el temor, por la agonía del alma, bajo el magnetismo de sus hermosos ojos ansiosos y enamorados, en contacto con aquella vigorosa organización que se estremecía aterrada.

Don Juan lo olvidó todo; no vió más que á doña Clara.

Su vista fué para él lo que la sombra para el peregrino

cansado, lo que la fuente para el sediento, lo que la luz para el ciego. Y ebrio de placer, y de amor, y de alegría, y de esperanza, abrazó á doña Clara y la besó en la boca.

Quevedo miraba aquello con una triste gravedad.

—¡El alma de los jóvenes!—dijo—; ¡humo que agita el viento en el cielo de la esperanza! Helos curados á los dos.

—¿Dónde has estado?—dijo doña Clara.

—Casa del duque de Lerma.

—¡Oh! sí—dijo doña Clara con toda la fe de su alma—, no podía ser otra cosa; me habían engañado horriblemente.

Quevedo dejó á los dos esposos en libertad de explicarse, y con uno de los vecinos de la casa envió á pedir dos sillas de manos.

Cuando llegaron hizo acercar la una, en la cual doña Clara y don Juan entraron y se dirigieron al alcázar.

Luego, con la otra silla de manos se fué á la casa donde estaba el padre Aliaga, con lo que había sido Dorotea, abrió, hizo que los ganapanes que conducían la silla le metiesen dentro y se quedasen fuera.

Poco después Quevedo abrió é hizo que los conductores llevasen la silla, cerró la puerta, y á pie y lentamente escoltó la silla de manos.

Dentro de la silla iban el cadáver y el padre Aliaga.

Más allá de la casa, entre la obscuridad, bajo la lluvia, quedaba el cadáver del tío Manolillo.

Cuando el padre Aliaga y Quevedo, con gran trabajo, disimulando cuanto pudieron el estado de muerte de Dorotea, la pusieron en su lecho y se encerraron con ella, Quevedo se fué sin vacilar al cajón de la mesa donde, según la postdata de la carta póstuma de Dorotea á don Juan, estaba el testamento de la comedianta.

Abrióle, y le encontró fechado y autorizado con muchos días de anterioridad, á pesar de que con arreglo á todos los indicios, había sido otorgado aquel mismo día.

Dorotea dejaba su hacienda al bufón, al cocinero mayor, á sus dos criados Pedro y Casilda, á los pobres y á su alma.

Al bufón, por lo mucho que le estimaba, dejaba seis mil dobl. nes; al cocinero mayor, *por un gran beneficio que le había hecho*, mil doblones; á Pedro y Casilda, mil ducados á cada uno; cuatro mil ducados para los pobres, que debían darse de limosna para su alma, y diez mil ducados á la parroquia de San Martín por una sepultura en tierra, sin losa ní letrero, y para sufragios por su alma.

Esta cantidad debía encontrarse parte en dinero, en su casa, y el resto debía completarse con la venta de sus trajes, sus alhajas y sus muebles.

Quevedo leyó conmovido este testamento, y sobre todo una cláusula en que Dorotea le constituía su albacea único y le suplicaba tomase en amor suyo, en memoria suya, la prenda que más quisiese de lo que dejaba.

Quevedo se enjugó las lágrimas con el envés de la mano, y luego escribió con mano firme al fin del testamento:

«No pudiendo permanecer en Madrid, del que salgo esta noche, delego las facultades que en este testamento se me otorgan, en el ilustrísimo señor Fray Luis de Aliaga, inquisidor general, archimandrita del reino de Nápoles, del consejo de Estado, confesor de su majestad el rey nuestro señor, que conmigo firma aceptando. — *Don Francisco de Quevedo y Villegas*, del hábito de Santiago.»

Esto escrito, Quevedo apartó del cádaver al padre Aliaga, y le leyó el testamento.

Oyólo en silencio el confesor del rey.

Pero cuando Quevedo leyó la nota adicional escrita por él, exclamó:

—¡Qué! ¿Os vais dejando esta pesada carga sobre mis hombros?

—Antes de irme yo os abriré camino. fray Luis.

—¿Y por qué no os quedáis? ¿por qué no nos ayudáis con vuestras grandes fuerzas á soportar el enorme peso de aconsejar á su majestad en la gobernación del reino?

—Líbreme Dios de meterme en embrollos y en obscuridades; que no soy yo cortesano de los que hoy se usan, ni mis consejos serían para seguidos; y pues mejor es no aconsejar que aconsejar al aire, dejadme ir á donde mis consejos se oyen y aprovechan, y no me queráis aquí; que en cuatro días que hace que en esta última vez en la corte ando, han sucedido cuatro mil desgracias. Que tal es mi suerte pecadora, que á donde yo voy va la desdicha, y el bien que hago sangre y lágrimas me cuesta.

—Os debemos, sin embargo, demasiado.

—Quédanse las cosas como se estaban, y no podía suceder de otro modo; que tal anda ello, que el gobierno es como capa vieja á quien se la va el remiendo que se la ha puesto, por las puntadas. Ved, pues, lo que me mandáis para Nápoles, que tengo que hacer bastante, y verme quiero fuera de Madrid ántes de que acabe la noche.

—Sacadme antes de iros, si podéis, de este pantano en que me encuentro.

—A ver voy á Lerma y os le enviaré, y él hará lo que sea menester, que él lo puede todo.

—¿Y no volveremos á veros por aquí?

—Acaso.

—Id con Dios, id con Dios, don Francisco, y al menos escribiéndonos, no nos olvidaréis.

—Así haré, porque como escribiendo me divierto, en escribir soy diligente. Y adiós, fray Luis, y no me detengáis más, que estoy decidido y aún me queda que hacer, y ansia tengo por acabar.

—¿Y no os despedís de esa desdichada?

Quevedo se volvió en un movimiento nervioso hacia la alcoba, entró en ella, se acercó al lecho, asió una helada mano del cadáver y se descubrió.

Su ancha frente, nublada, sombría, transparentando un pensamiento desesperado, parecía absorber el amarillo reflejo de una lámpara que estaba encendida sobre una palometa de plata junto al lecho, delante de una virgen de los Dolores.

La mirada de Quevedo, abarcando aquel cadáver afeado por la muerte, de que quedaban aún los hombros desnudos, redondos y mórbidos, y las maravillosas galas y las joyas deslumbrantes, tenía algo de espantoso.

—Te he calumniado—dijo — en el corazón del hombre por quien has muerto; pero tú ya estás donde la verdad resplandece, pobre niña; tú verás que de los que aquí quedan, sólo queda en uno la amarga memoria tuya; yo haré que en los templos de Nápoles se eleven preces por tu alma y por tu descanso; yo rogaré á Dios por ti lo que me quede de vida; y puesto que una prenda tuya me legas, este rizo y mi recuerdo serán lo único que de ti quede algún tiempo sobre la tierra.

Y Quevedo desnudó su daga, cogió uno de los sedosos y pesados rizos de Dorotea, le cortó, le anudó, le guardó en el seno y salió de la alcoba.

—Adiós, fray Luis, adiós—dijo abrazándole—. Hasta que la desdicha nos vuelva á juntar.

—Adiós, don Francisco, adiós, y que Él os de fuerzas para sufrir vuestras amarguras.

Quevedo salió y se encaminó á casa del duque de Lerma, en cuya portería escribió la carta en tres renglones que le abrió paso hasta el despacho del duque.

Recibióle Lerma afablemente y le mostró la carta que acababa de leer.

—Explicadme esto, don Francisco—le dijo.

—La explicación está en estos sangrientos papeles—dijo Quevedo entregando al duque los que llevaba en la mano.

El duque los examinó rápidamente.

Eran los papeles que le había robado el tío Manolillo, y que le tenían sujeto.

—¿Qué precio queréis por estos papeles, don Francisco?

—Yo no vendo seguridades ni en ser soplón he pensado nunca. Lo que quería ya lo tengo, una audiencia vuestra.

El duque se acercó á una bujía y quemó uno por uno aquellos papeles.

— Nada habéis hecho—dijo Quevedo —, si no quemáis también vuestra ambición y vuestra soberbia.

—¡Siempre cruelísimo conmigo! ¿por qué no me ayudáis?

—Porque no quiero.

—¡Breve estáis!

—Tengo prisa.

—¿Y á qué habéis venido?

—A atar unos cabos que si se quedasen sueltos podrían enmarañarnos.

Veamos.

—Recordad que sangre tenían los papeles ¿que habéis quemado.

—¿Habéis muerto ó herido?...

—He sacado de penas al bufón del rey. Desdichado era y por mí descansa. Allá está en la calle de Don Pedro.

—Bien; no se harán informaciones acerca de esa muerte.

—Necesaria ha sido, y con decir que ha sido necesaria, digo que ha sido justa.

—Bien, bien; el secreto se enterrará con el muerto.

—Hay además en la calle de Don Pedro, esquina á la de la Flor, una casa deshabitada, de cuya puerta es esta llave.

Y Quevedo dió al duque una llave que el duque puso sobre la mesa.

—En esa casa hay una sala ricamente entapizada y con una cena ricamente servida; la vajilla es de plata; los manjares apetitosos; pero cuando mandéis recoger la vajilla y los tapices y los cuadros, advertid que nadie por golosina coma de aquellos manjares. Podría acontecerle lo que á Dorotea.

—¡Cómo! ¡pues qué ha sido de Dorotea!

—Debéis alegraros por lo que toca á vuestra hacienda, aunque la lloréis como cristiano; la Dorotea os tenía apurado; dándose muerte desesperada, os ha librado de apuros y de gastos.

Púsose densamente pálido el duque de Lerma.

—¿Pero quién ha asesinado á... Dorotea?

—Su despecho.

—Su muerte va á causar un alboroto, un escándalo; era muy querida del público.

—Pues ved ahí lo que son las mujeres: ella no ha pensado ni un momento en el escándalo que iba á dar matándose.

—Pero explicadme...

—Ya os he dicho que estoy de prisa; por lo mismo quiero. concluir pronto. Que la causa de su muerte se oculte; que su secreto se entierre con la infeliz, como el otro con el bufón.

—Se enterrará, se enterrará. ¿Pero dónde está Dorotea?

—En su casa, en su cama, y orando junto á su cama el bueno del inquisidor general.

—¿Y qué más queréis, don Francisco?

—Quiero real licencia para que partan cuando quieran á Nápoles don Juan Téllez Girón, capitán de la guardia española del rey, con su esposa doña Clara Soldevilla, dama de honor de su majestad la reina.

—Pediré la licencia á su majestad.

—Dádmela vos por traslado, que otras más graves reales órdenes se han dado sin que lo sepa su majestad.

El duque, dominado por Quevedo y por la situación, se sentó en la mesa, escribió, firmó, leyó lo que había escrito á Quevedo y luego dobló el papel, le puso un sobre y le selló. y le sobrescribió.

—Beso á vuecencia las manos y le doy las gracias—dijo Quevedo tomando el pliego.

Y se encaminó á la puerta.

—No me atrevo á deciros más—dijo el duque—, porque estoy seguro de no reteneros.

—Adiós, don Francisco de Sandoval y Rojas—dijo con un acento singular Quevedo—; plegue á Dios que no paguéis, como me temo, el favor de su majestad.

Y quevedo salió.

Poco después fué cuando el duque llamó al alcalde de casa y corte, Ruy Pérez Sarmiento.

—Tomad—dijo el duque dándole una orden firmada por

el rey —; presidente sois desde ahora de la real audiencia de Méjico.

—¡Ohl ¡señor! ¡señor exce:entísimo!—dijo doblegándose todo el alcalde.

—Anteanoche me servisteis bien; pero aún os queda que hacerme un último servicio.

—Mandad, señor.

—En la calle de Don Pedro encontraréis un hombre muerto á hierro.

—¿Y quiere vuecencia que se descubra?...

—Por el contrario, quiero que hagáis el proceso de manera que no pueda, ni aun por barruntos, sospecharse quién es el homicida.

—Lo haré, señor.

—Pues id al momento, no dé con el difunto una ronda.

—A tal hora y lloviendo, juraría que no hay un alcalde fuera de su lecho, ni más alguaciles de pie que los que yo traigo.

—Pues id, alcalde, despacháos, depositad el difunto y volved, porque os necesitaré aún.

Cuando el duque se encontró solo, una expresión de contento animó su semblante.

Esto consistía en que se le había quitado una montaña de sobre el corazón, en el momento en que destruyó las pruebas de traición que en poder del tío Manolillo eran su inquietud mortal.

En cuanto á Dorotea, no diremos que el duque se alegrase de su muerte.

Pero el corazón humano es un abismo.

Dorotea era un cocodrilo alimentado con oro.

Le sacrificaba.

Viva Dorotea, no era posible dejarla. ¿Qué se hubiera dicho de la magnificencia del duque de Lerma?

No dejándola, era preciso satisfacer sus gastos.

Por la muerte de Dorotea heredaba Lerma un tesoro.

Esto es, el tesoro que hubiera absorbido Dorotea, si no hubiera muerto.

Y como todo el que hereda cuantiosamente se consuela con facilidad de la pérdida del difunto (en general sea dicho), y como el duque de Lerma salía bien heredado, estaba en unas magníficas disposiciones de consuelo.

Todo se arregló á las mil maravillas, porque el licenciado Sarmiento era hombre que lo entendía.

El tío Manolillo pasó por asesinado por una mano oculta, y con su entierro se terminó el proceso.

Dorotea pasó por muerta de repente en su casa, en su cama; se la hicieron, costeándolos el duque de Lerma, que no podía dispensarse de aquel último gasto, unos ostentosos funerales, y se la enterró según su voluntad, en la iglesia de San Martín, en una sepultura en el suelo, sin piedra ni letrero.

Había cesado de llover y hacía sol.

Un mes después, la duquesa de Gandía recibió por un correo expreso una larga carta del duque de Osuna.

El poderoso grande estaba completamente satisfecho de su hijo y de su esposa, que se amaban con toda su alma y eran felices.

A la carta de Osuna acompañaban una de don Juan y otra de doña Clara.

Aquellas cartas respiraban felicidad.

El autor debe decir, que tal maña se dió Quevedo, que curó á los dos esposos completamente, á él del recuerdo de Dorotea, á ella de sus celos.

Atemos los últimos cabos.

Don Rodrigo Calderón sanó al fin de su herida, y como era necesario al duque de Lerma, éste se guardó muy bien de mostrarse enojado con don Rodrigo.

El incendio de la quinta del conde de Lemos se apagó, pero no se apagó del mismo modo el incendio del corazón de la condesa.

En la primavera siguiente, la condesa de Lemos fué á visitar sus posesiones de Nápoles.

En resumen, ¿cuál de nuestros personajes era la víctima de los sucesos que acabamos de relatar?

La situación de la corte había quedado en el mismo estado que antes; las intrigas seguían, los que antes eran enemigos, seguían profesándose un razonable odio.

Doña Clara tenía á su don Juan.

La condesa de Lemos á su don Francisco.

Dorotea y el bufón habían dejado de sufrir, porque los muertos no sufren.

Doña Ana seguía siendo la maestra de amor del príncipe de Asturias.

El padre Aliaga quedóse más desesperado que lo estaba cuatro días antes.

Unos personajes habían ganado.

Otros se habían quedado como estaban.

¡Pobre Francisco Martínez Montiño! Tú solo, parte paciente de esta historia; tú, pagador constante de pecados ajenos, tú sólo fuiste la víctima superviviente á estas aventuras de cuatro días lluviosos.

Su locura se había determinado.

Perdió, por lo tanto, la cocina de su majestad, cuya pérdida no se le indemnizó sino con dejarle un mechinal donde vivía en palacio y una mezquina pensión nominal, porque no se le pagaba.

No le encerraron porque su locura era tranquila.

Consistía ésta en la manía de querer hacer creer á todo el mundo, que detrás de él, siguiéndole, persiguiéndole, engalanada con sedas y joyas, iba constantemente la comedianta Dorotea; que cuando se acostaba, Dorotea se sentaba á la cabecera de su cama.

Y esto, que era asunto de risa para la canalla de escalera abajo de palacio, era una verdad para el infeliz.

Veía por todas partes á Dorotea, engalanada, pero lívida, horrible. Huía de sí mismo, pretendiendo huir de ella, en vano; porque la llevaba consigo, porque su locura había dado una forma real á sus remordimientos.

El infeliz se había quedado solo.

Su mujer se había fugado con un nuevo amante, robándole su dinero ahorrado en tantos años, los dos mil doblones que había contenido el cofre de hierro que había traído de Navalcarnero Francisco Martínez Montiño, donde había hallado las pruebas de su nacimiento don Juan Téllez Girón, que éste le había cedido generosamente, y los dos mil ducados que le había legado Dorotea, como precio horrible de su envenenamiento.

Flaco, desnudo, hambriento, acurrucado en la puerta de las cocinas, comiendo de la caridad de los que en otro tiempo habían sido sus oficiales, fué necesario que, informado el duque de Osuna de su miseria, le señalase una pensión decente, le diese aposento cómodo en uno de sus palacios de Madrid, y destinase una persona á su servicio que sólo tenía esta obligación, y la no muy pesada de cuidar de otro personaje de quien no hemos vuelto á ocuparnos desde el primer capítulo de este libro, de *Cascabel*, del pobre caballo viejo y cojo, sobre el cual había entrado el señor Juan Montiño en Madrid.

Así pasaron algunos años.

El excocinero hablando siempre de Dorotea y viéndola

siempre, pero sin nombrar jamás la palabra envenenamiento.

Cascabel, rumiando su pienso cernido en un rincón de las caballerizas del duque de Osuna.

Un día encontraron á *Cascabel* muerto.

Pocos días después, al entrar por la mañana en el aposento de Francisco Montiño el hombre que le asistía, le encontró sentado sobre la cama, mirando con extrañeza cuanto le rodeaba.

—¡Dónde estoy!—dijo -- ; ¡y mi mujer! ¡dónde está mi mujer! ¡dónde está mi hija! ¡y tan tarde, y sin haber acudido á las cocinas!

El asistente le creyó más loco que nunca.

Y sin embargo, Montiño había recobrado la razón, pero para morir.

Cuando le dijeron cómo había vivido seis años; que su mujer le había robado y abandonado; que su hija había desaparecido con el paje·Cristóbal Cuero; que vivía de la caridad del duque de Osuna, Montiño fué lentamente desplomándose; cuando, por último, le contaron que nombraba continuamente á Dorotea, un grito horroroso, un rugido terrible salió del pecho del desdichado, y cayó sobre el lecho acometido de un vértigo mortal.

Llamóse al padre Aliaga, que no se separó de él, y tanto se esforzaron que le creyeron salvado.

Había dejado el lecho.

Pero el mismo día en que le dejó, en que saiió á la calle, le esperaron en vano.

Llegó la noche y tampoco vino.

Al día siguiente se supo que le habían hallado muerto sobre la sepultura de Dorotea.

Aquella sepultura no tenía losa ni nombre.

Montiño no había preguntado á nadie por el lugar de la sepultura de Dorotea.

¿Quién le había llevado á morir sobre la tumba de su víctima?

- ¿Quién sabe? una casualidad tal vez. .

Tal vez la mano de Dios.

Madrid, 1.º de Mayo de 1858.

FIN DEL COCINERO DE SU MAJESTAD

INDICE

Caps.		Págs.
XXXIV	En que se explicará algo de lo obscuro del capítulo anterior, y se verá cómo doña Clara encontró un pretexto para favorecer el amor de Juan Montiño, á pesar de todos los pesares	5
XXXV	De cómo Quevedo, sin decir nada al rey, le hizo creer que le había dicho mucho	9
XXXVI	De cómo el padre Aliaga puso de nuevo su corazón y .i virtud á prueba	17
XXXVII	De cómo el diablo iba enredando cada vez más los sucesos.	26
XXXVIII	De lo que vió y de lo que no vió el tio Manolillo siguiendo á los que seguían al cocinero mayor.	29
XXXIX	De cómo Quevedo conoció prácticamente la verdad del refrán: el que espera desespera	38
XL	De cómo el noble bastardo se creyó presa de un sueño	45
XLI	De cómo Quevedo se quedó á su vez sin entender al rey	51
XLII	De cómo don Juan Téllez Girón se encontró más vivo que nunca cuando más pensaba en morir	56
XLIII	Continúan los trabajos del cocinero mayor	67
XLIV	Lo que se puede hacer en dos horas con mucho dinero	78
XLV	En que el autor presenta, porque no ha podido presentarle antes, un nuevo personaje	85
XLVI	De cómo la Providencia empezaba á castigar á los bribones.	93
XLVII	De lo perjudicial que puede ser la etiqueta de palacio en algunas ocasiones	98
XLVIII	De cómo muchas veces los hombres no reparan en el crimen aunque sus vestigios sean patentes	104
XLIX	De cómo la duquesa de Gandia tuvo un susto mucho mayor del que le habían dado Los miedos de San Antón	107
L	De cómo don Francisco de Quevedo quiso dar punto á uno de sus asuntos	117
LI	En que encontramos de nuevo al héroe de nuestro cuento...	122
LII	De cómo empezó á ser otro el cocinero mayor	129
LIII	En que se deja ver en claro el bufón del rey	132
LIV	Cómo saben mentir las mujeres	145
LV	Quevedo visto por uno de sus lados	158
LVI	En que el autor retrocede para contar lo que no ha contado antes	170
LVII	Amor de madre	209
LVIII	Las audiencias particulares del duque de Lerma	219
LIX	De cómo Dorotea era más para con el duque, que el duque para con el rey	235
LX	Lo que hace por su amor una mujer	242
LXI	De cómo le salió á Quevedo al revés de lo que pensaba.	246
LXII	De cómo el duque de Lerma se encontró más desorientado que nunca	253
LXIII	De cómo el duque de Lerma vió al bufón de su majestad extenderse, crear, tocar las nubes, etc.	260
LXIV	De cómo Quevedo buscó en vano la causa de su prisión, y de cómo cuando se lo dijeron se creyó más preso que nunca	273
LXV	De cómo el tio Manolillo no había dado su obra por concluida	279
LXVI	El padre y el hijo	294
LXVII	De cómo el licenciado Sarmiento hizo bueno una vez más el proverbio que dice: no es tan fiero el león como le pintan,	

Caps.		Págs.
	y de cómo todas las pulgas se van al perro flaco	308
LXVIII	De cómo se agravó la demencia del cocinero mayor, y acabó por creerse asesino del sargento mayor	310
LXIX	En que continúan las desventuras del cocinero mayor, y se ve que la fatalidad le había tomado por su instrumento	313
LXX	En que se ennegrece gravemente el carácter del tío Manolillo	322
LXXI	De cómo Quevedo dejó de ser preso por la justicia para ser preso por el amor	327
LXXII	De cómo el duque de Lerma encontró á tiempo un amigo	338
LXXIII	En que el duque de Lerma continúa representando su papel de esclavo	344
LXXIV	Lo que hizo Dorotea por don Juan	348
LXXV	El sol tras la tormenta	360
LXXVI	De cómo el cocinero mayor conoció con despecho que no se habían acabado para él las angustias	366
LXXVII	En que se ennegrece á su vez el carácter de Dorotea	372
LXXVIII	En que se siguen relatando los estupendos acontecimientos de esta verídica historia	374
LXXIX	Del medio extraño de que se valió Quevedo para soltarse de la prisión en que la había puesto el amor de la condesa de Lemos	382
LXXX	De cómo el interés ajeno influyó en la situación de Quevedo	393
LXXXI	De cómo Quevedo se asusta más de saber que don Juan está en libertad, que si hubiera sabido que estaba preso	397
LXXXII	En que el tío Manolillo sigue sirviendo de una negra manera á Dorotea	401
LXXXIII	En que se ve que el bufón y Dorotea habían acabado de perder el juicio	407
LXXXIV	En lo que vinieron á parar los amores de Dorotea y de don Juan	413
LXXXV	El autor declara que ha concluido, y ata algunos cabos para que no queden sueltos	429